Gutenberg
aventur und kunst

Gutenberg
aventur und kunst

Vom Geheimunternehmen zur ersten Medienrevolution

Katalog zur Ausstellung der Stadt Mainz
anlässlich des 600. Geburtstages von Johannes Gutenberg
14. April – 3. Oktober 2000
Herausgegeben von der Stadt Mainz

Impressum

Herausgegeben von der Stadt Mainz,
Kulturdezernat und
Amt für Öffentlichkeitsarbeit

Verlag Hermann Schmidt Mainz
Robert-Koch-Straße 8
55129 Mainz
Tel. (0 61 31) 50 60 30
Fax (0 61 31) 50 60 80
www.typografie.de

ISBN 3-87439-507-3 (Verlagsausgabe)
Printed in Germany

Katalog zur Ausstellung im Gutenberg-Museum (in Zusammenarbeit mit dem Stadtarchiv), Bischöflichen Dom- und Diözesanmuseum und Landesmuseum Mainz vom 14. April bis 3. Oktober 2000

Geöffnet täglich außer montags von 10.00 bis 17.00 Uhr (Landesmuseum dienstags bis 20.00 Uhr, Naturhistorisches Museum dienstags und donnerstags bis 20.00 Uhr)

1. Auflage 11 000 Exemplare

Das Projektteam
Andrea Arens, M. A., Landesmuseum Mainz
Dr. Wolfgang Dobras, Stadtarchiv Mainz
Dr. Gisela Fiedler-Bender, Landesmuseum Mainz
Dr. Isa Fleischmann-Heck, Gutenberg-Museum Mainz
Dr. Uwe Gast, Landesmuseum Mainz
Dr. Eva-Maria Hanebutt-Benz, Gutenberg-Museum Mainz
Dr. Dr. Jürgen Jungbluth, Naturhistorisches Museum Mainz
Dr. Hans-Jürgen Kotzur, Dom- und Diözesanmuseum Mainz
Harald Kubiczak, Diplom-Designer, Frankfurt a. M.
Dr. Franz-Otto Neuffer, Naturhistorisches Museum Mainz
Dr. Cornelia Schneider, Gutenberg-Museum Mainz
Dr. Sabina Wagner, Gutenberg-Museum Mainz
Dr. Winfried Wilhelmy, Dom- und Diözesanmuseum Mainz

Leitung
Kulturdezernent Peter Krawietz

Konzeption
Dr. Eva-Maria Hanebutt-Benz

Katalogkoordination und -redaktion
Dr. Wolfgang Dobras

Bibliografie und Literaturrecherche
Susanne Speth

Ausstellungsgestaltung
Harald Kubiczak, Diplom-Designer, sowie
Aleksandra Krizaj, Gereon Leber und Silke Remmel

Multivision
Gestaltung: CPO Peter Wießenthaner
Text: Dr. Günther Lohr
Sprecher: Jochen Nix
Fachliche Beratung: Dr. Wolfgang Dobras und Dr. Sabina Wagner

Hortus sanitatis – Spätmittelalterlicher Kräutergarten auf dem Liebfrauenplatz
Konzeption: Dr. Wolfgang Dobras und Harald Kubiczak
Landschaftsarchitekten: Atelier für Gestaltung Thomas Hannibal und Dipl.-Ing. Constanze Bitzegeio, Berlin
Grün- und Naturschutzamt der Stadt Mainz
Dr. Ulrich Hecker, Botanischer Garten der Universität Mainz

Kataloggestaltung
Annette Schneider
Michelle Vollmer

Schrift
Gesetzt aus der Foundry Form Sans und Foundry Form Serif

Lithografie
Gustav Schoell Reprotechnik, Mainz

Druck
Universitätsdruckerei H. Schmidt, Mainz
Erasmusdruck, Mainz
KS-Druck Karlheinz Schlaf, Mainz
Eggebrecht Presse, Mainz

Buchbinderei
C. Fikentscher, Darmstadt

Instinianus, Institutiones. Mainz: Peter Schöffer, 1476

Die Stadt Mainz dankt

der Sparkasse Mainz,
dem Bundesverband Druck e. V.,
der Kulturstiftung des Landes Rheinland-Pfalz,
dem Beauftragten der Bundesregierung für die Angelegenheiten der Kultur und der Medien
für die Förderung der Ausstellung
»Gutenberg – aventur und kunst«

der LRP Landesbank Rheinland-Pfalz
für die Förderung des Kataloges.

Leihgeber

Für großzügige Unterstützung danken wir all jenen, die unsere Ausstellung mit ihren Leihgaben ermöglicht haben:

Amorbach, Fürstlich Leiningensche Verwaltung
Amsterdam, Bibliotheca Philosophica Hermetica
Amsterdam, Prof. Dr. Frans Janssen
Antwerpen, Museum Plantin-Moretus
Aschaffenburg, Hofbibliothek
Aschaffenburg, Museen der Stadt Aschaffenburg, Stiftsmuseum
Augsburg, Staats- und Stadtbibliothek

Ballrechten-Dottingen, Kath. Pfarramt St. Erasmus
Basel, Öffentliche Bibliothek der Universität Basel
Basel, Staatsarchiv des Kantons Basel-Stadt
Bayreuth, Universitätsbibliothek (Historischer Verein für Oberfranken)
Berlin, Staatsbibliothek zu Berlin – Preußischer Kulturbesitz
Berlin, Staatliche Museen zu Berlin – Preußischer Kulturbesitz, Kupferstichkabinett
Bernkastel-Kues, St. Nikolaus-Hospital (Cusanusstift)
Bramsche, Rasch-Druckerei
Bremen, Focke-Museum

Caen, Bibliothèque de la Ville de Caen
Chalôns-en-Champagne, Bibliothèque Municipale

Danzig, Muzeum Narodowe
Darmstadt, Hessische Landes- und Hochschulbibliothek
Darmstadt, Hessisches Landesmuseum
Darmstadt, Hessisches Staatsarchiv
Den Haag, Koninklijke Bibliotheek – Nationale Bibliotheek van Nederland
Den Haag, Museum van het Boek / Museum Meermanno-Westreenianum
Dessau, Anhaltische Landesbücherei
Dillingen, Studienbibliothek
Dinkelsbühl, Kath. Pfarrkirchenstiftung St. Georg
Düsseldorf, Universitäts- und Landesbibliothek

Erfurt, »Haus zum Stockfisch« Stadtmuseum
Erfurt, Stadtarchiv
Erfurt, Stadt- und Regionalbibliothek
Erlangen-Nürnberg, Universitätsbibliothek

Frankfurt a. M., Institut für Stadtgeschichte
Frankfurt a. M., Museum für Angewandte Kunst
Frankfurt a. M., Stadt- und Universitätsbibliothek
Frankfurt a. M., Städtische Galerie Liebieghaus, Museum alter Plastik
Freiburg i. Br., Universitätsbibliothek
Freiburg/Schweiz, Museum für Kunst und Geschichte
Freiburg/Schweiz, Kantons- und Universitätsbibliothek
Friedberg, Bibliothekszentrum Klosterbau, Stadtarchiv
Friedberg, Ev. Kirchengemeinde

Genf, Bibliothèque Publique et Universitaire
Göttingen, Niedersächsische Staats- und Universitätsbibliothek
Greifswald, Universitätsbibliothek

Haarlem, Stadsbibliotheek
Halle, Universitäts- und Landesbibliothek Sachsen-Anhalt
Hamburg, Hamburger Kunsthalle
Heidelberg, Universitätsbibliothek
Hildesheim, Ev.-luth. Kirchengemeinde St. Lamberti

Jena, Optisches Museum der Ernst-Abbe-Stiftung

Karlsruhe, Badische Landesbibliothek
Karlsruhe, Generallandesarchiv
Kassel, Gesamthochschulbibliothek, Landesbibliothek und Murhardsche Bibliothek der Stadt Kassel
Koblenz, Landeshauptarchiv
Koblenz, Stiftung Staatliches Görres-Gymnasium
Köln, Diözesan- und Dombibliothek
Köln, Historisches Archiv der Stadt Köln
Köln, Schnütgen-Museum
Köln, Universitäts- und Stadtbibliothek

Leipzig, Deutsches Buch- und Schriftmuseum
London, The British Library
Lübeck, Hansestadt Lübeck, Bereich Archäologie
Lübeck, Museum für Kunst und Kulturgeschichte der Hansestadt Lübeck
Ludwigsburg, Staatsarchiv
Lyon, Bibliothèque Municipale

Mainz, Bischöfliches Dom- und Diözesanmuseum
Mainz, Gutenberg-Museum
Mainz, Landesmuseum

Mainz, Martinus-Bibliothek,
Wiss. Diözesanbibliothek im Priesterseminar
Mainz, Stadtarchiv
Mainz, Stadtbibliothek
Mainz, Universitätsbibliothek
Manchester, University of Manchester,
John Rylands University Library
Marburg, Hessisches Staatsarchiv
Michelstadt, Nicolaus-Matz-Bibliothek
München, Bayerische Staatsbibliothek
München, Deutsches Museum
München, Dirk Ippen
München, Universitätsbibliothek

Nürnberg, Germanisches Nationalmuseum
Nürnberg, Stadtarchiv

Oberkochen, Optisches Museum
Offenbach, Deutsches Ledermuseum

Paris, Bibliothèque Mazarine
Paris, Bibliothèque Nationale de France
Roanne, Bibliothèque Municipale

St. Pölten, Niederösterreichisches Landesarchiv
(Landeshauptplatz 1, A 3109 – St. Pölten / Österreich)
Schweinfurt, Bibliothek Otto Schäfer
Schwerin, Mecklenburgisches Landeshauptarchiv
Soest, Stadtarchiv, Wissenschaftliche Stadtbibliothek
Speyer, Historisches Museum der Pfalz
Strasbourg / Frankreich, Archives municipales
Stuttgart, Württembergische Landesbibliothek

Vatikanstadt, Biblioteca Apostolica Vaticana

Wegberg, S. E. Johannes Graf von Schaesberg
Weimar, Thüringisches Hauptstaatsarchiv
Wien, Akademie der Bildenden Künste Wien,
Kupferstichkabinett
Wien, Graphische Sammlung Albertina
Wien, Heeresgeschichtliches Museum
Wien, Kunsthistorisches Museum,
Hofjagd- und Rüstkammer
Wien, Österreichische Nationalbibliothek
Wiesbaden, Hessisches Hauptstaatsarchiv
Wiesbaden, Hessische Landesbibliothek
Wiesbaden, Museum Wiesbaden,
Sammlung Nassauischer Altertümer
Wolfenbüttel, Herzog August Bibliothek
Würzburg, Staatsarchiv

sowie private Leihgeber.

Wir danken allen, die zum Gelingen der Ausstellung und des Kataloges beigetragen haben, insbesondere:

Dr. Christian Beaufort, Kunsthistorisches Museum Wien,
Hofjagd- und Rüstkammer
Prof. Dr. K. Ewe, Mainz
Don Raffaele Farina, SDB, Biblioteca Apostolica Vaticana
Dr. Joachim Glatz, Landesamt für Denkmalpflege
Rheinland-Pfalz, Mainz
Dr. Hartmut Heinemann,
Hessisches Hauptstaatsarchiv Wiesbaden
Dr. Manfred Huiskes, Historisches Archiv der Stadt Köln
HR Dr. Eva Irblich,
Österreichische Nationalbibliothek Wien
Dr. Theo Jülich, Hessisches Landesmuseum Darmstadt
Dr. Tomasz Niewodniczanski, Bitburg
M. Christian Ortner, M. A.,
Heeresgeschichtliches Museum Wien
Dr. Matthias Pfaffenbichler, Kunsthistorisches Museum Wien,
Hofjagd- und Rüstkammer
Bernhard Reichel,
Institut für Stadtgeschichte Frankfurt a. M.
Wolfgang Riedel, Hallgarten
Peter Rong, Aachen
Dr. Gerd Rupprecht,
Landesamt für Denkmalpflege Rheinland-Pfalz
Dr. Ulrich Schaaff, Römisch-Germanisches Zentralmuseum Mainz
Dr. Reinhard Schmid, Mainz
Susanne Speth, Stadtarchiv Mainz
Dr. Kurt Hans Staub, Darmstadt
Dr. Winfried Wilhelmy,
Bischöfliches Dom- und Diözesanmuseum Mainz
Prof. Dr. Walter Wilkes, TU Darmstadt

Inhalt

III. Landesmuseum Mainz

Künstler – Kunstwerk – Auftraggeber.

Mainz im späten Mittelalter

IV. Bischöfliches Dom- und Diözesanmuseum Mainz

Drache, Greif und Liebesleut' –

Mainzer Bildteppiche aus Gutenbergs Zeit

Anhang

Grußwort

Will man Gutenbergs Erfindung des Buchdrucks mit beweglichen Lettern in seiner ganzen Tragweite begreifen, so kann dies nicht geschehen, ohne gleichzeitig den historischen Kontext des berühmtesten Sohnes unserer Stadt zu beleuchten.

Die wenigen lebensgeschichtlichen Daten des Mainzer Bürgers Johannes Gensfleisch zum Gutenberg, die überliefert sind, beschränken sich auf Namensnennungen im Zusammenhang mit Dokumenten und Urkunden – zu wenig, als dass daraus eine lebensnahe Biographie entstehen könnte, aber doch genug, um unsere Phantasie anzuregen.

Wie könnte das Leben eines umtriebigen Kaufmannssohnes und vielseitigen Erfinders in der Stadt Mainz Anfang des 15. Jahrhunderts ausgesehen haben? Welchen äußeren Einflüssen war es unterworfen? Wie könnte die Ausbildung des jungen Gutenberg verlaufen sein, was könnte ihn bewogen haben, Mainz zu verlassen, und was, wieder in seine Geburtsstadt zurückzukehren? Fragen, die auch noch 600 Jahre nach der Geburt des Erfinders die Menschen bewegen.

Dass der »Mann des Jahrtausends«, zu dem Gutenberg kürzlich gekürt wurde, durch seine Erfindung die Neuzeit wie kein anderer geprägt hat, ist unbestritten. »Mehr als das Gold hat das Blei in der Welt verändert. Und mehr als das Blei in der Flinte das im Setzkasten«, dies war schon die Überzeugung von Georg Christoph Lichtenberg.

Gutenberg war es, der eines der anerkannt schönsten Bücher, die Gutenberg-Bibel, mit der von ihm erfundenen Technik anfertigte, und Gutenberg war es auch, der den Grundstein für die moderne Medienkommunikation legte. Gutenbergs Erfindung Mitte des 15. Jahrhunderts war ebenso einfach wie genial, weil sie, im Gegensatz zu den damals üblichen Holzschnitten, variabel war – jeder Text konnte beliebig zusammengesetzt werden, da die Buchstaben einzeln zur Verfügung standen.

Heute, im Kommunikationszeitalter, wo die elektronischen Medien allerorten auf dem Vormarsch sind, wenden wir den Blick zurück zu den Anfängen. Die neue Technik damals erlaubte ungeahnte Vervielfältigungsmöglichkeiten, sie eroberte rasch viele ausländische Städte und war bereits zehn Jahre nach Gutenbergs Tod europaweit verbreitet. Noch weitaus rasanter als die Menschen an der Schwelle zur Neuzeit erleben wir heute zu Beginn des 3. Jahrtausends mit den digitalen Medien eine Flut von Informationen, die weltweit zur Verfügung stehen. Langfristig gesehen wird dies sicherlich entscheidende Veränderungen mit sich bringen – doch die Kommunikationsrevolution wird immer mit dem Namen Gutenberg verbunden bleiben.

Wenn wir anlässlich des 600. Geburtstags Gutenbergs der Wirkungsgeschichte seiner Erfindung nachspüren und den größten Sohn unserer Stadt würdigen, so sollen in diesem Werk Gutenberg selbst, seine Zeit und sein Umfeld näherer Betrachtung unterzogen werden.

Der historische Katalog will einen Einblick in das Mainz während der Ära Gutenberg geben und uns die innovative Kraft, die nötig war, um solch eine Vision in damaliger Zeit zu verwirklichen, vor Augen führen. Erfindergeist, Tatkraft und Mut waren in der Person Gutenbergs eine glückliche Symbiose eingegangen, sodass wir noch heute den Worten von Victor Hugo zustimmen können: »Die Erfindung des Buchdruckes ist das größte Ereignis der Menschheitsgeschichte«.

Jens Beutel
Oberbürgermeister

Druckwerkstatt, 17. Jahrhundert. Ausschnitt aus dem Titelblatt (Kupferstich) von Bernhard Mallinckrot, *De ortu ac progressu artis typographiae dissertatio …*, **Köln 1640**

Grußwort

Eine Ausstellung über Johannes Gutenberg hat mit besonderen Schwierigkeiten zu kämpfen. Denn auch heute noch gilt das Diktum von »Gutenbergs Stellvertreter auf Erden« Aloys Ruppel, dem Mainzer Stadtbibliothekar, Museumsdirektor und ersten Inhaber des Gutenberg-Lehrstuhls: »Über die Lebensschicksale des Erfinders der Buchdruckerkunst haben sich in den Archiven nur wenige Nachrichten erhalten. Und selbst diese sind nach ihrem Inhalt dürftig und mehrdeutig«. Gerade weil man so wenig von Gutenberg weiß, haben sich die Menschen in all den Jahrhunderten jeweils ihr eigenes Bild von ihm gemacht, im übertragenen wie im wörtlichen Sinne. Die Ausstellung »O werthe Druckerkunst — Du Mutter aller Kunst«, mit der am Ende letzten Jahres hier in Mainz der Reigen der Veranstaltungen zum Gutenbergjahr eröffnet wurde, führte uns diese unterschiedlichen Bilder nochmals eindrücklich vor Augen. Nachdem man Gutenbergs Erfindung auf 1440 datiert hatte, konnten ab 1540 die Jahrhundertfeiern ihren Anfang nehmen und wurden jeweils vom Geist der Zeit erfasst: 1540 im Zeichen der Reformation, 1640 im Schatten des Dreißigjährigen Krieges, 1740 im Lichte der Aufklärung, 1840 im Magnetfeld des Nationalismus und 1940 im Dienste nationalsozialistischer Propaganda.

Den Höhepunkt der bisherigen Gutenberg-Jubiläen bildeten freilich die Feiern im Jahre 1900, also 500 Jahre nach Gutenbergs angenommenem Geburtsjahr 1400. Mit der Gründung des Gutenberg-Museums und der Internationalen Gutenberg-Gesellschaft wurde damals der Grund gelegt für eine kontinuierliche Beschäftigung mit dem Leben und dem Werk Gutenbergs. In diese Tradition stellen sich auch die Feiern des Jahres 2000: Mit dem Aus- und Umbau des Gutenberg-Museums ehrt Gutenbergs Vaterstadt ihren berühmtesten Sohn und schafft die Voraussetzungen für eine weitere angemessene Präsentation und Erforschung seiner Erfindung und ihrer Folgen.

Unser Bild von Gutenberg ist nicht zu trennen von der Tatsache, dass wir in einer Zeit vergleichbarer Umwälzungen leben. Die so genannte zweite Medienrevolution verändert unseren Umgang mit Informationen sowie die Formen und Möglichkeiten von Kommunikation in einer Weise, wie dies zuvor nur der Buchdruck getan hat. Ob dies auch das »Ende des Gutenberg-Zeitalters« bedeuten wird, wie manchmal vielleicht etwas vorschnell behauptet wird, sei zunächst einmal dahingestellt. In jedem Falle wird aber vor dem Hintergrund der momentanen Veränderungen der Blick auf die erste Medienrevolution umso spannender: Welche Voraussetzungen waren notwendig, damit Gutenberg seine Erfindung realisieren konnte? Und nicht zuletzt: Inwieweit erkannten die Menschen die Tragweite der Erfindung?

Gutenberg selbst verstand sich gewiss nicht als Revolutionär. In einer Zeit, in der die Bewahrung des Alten ein hohes Gut war, konnte dies auch wohl kaum anders sein. Nicht zufällig sollten die ersten Drucke in ihrem Erscheinungsbild Handschriften möglichst nahe kommen und damit ihre Neuartigkeit verschleiern. Bald freilich waren die weitreichenden Folgen der Erfindung nicht mehr zu übersehen. Bereits um 1500 wurde in Europa an mehr als 200 Orten gedruckt, in einer weniger schnelllebigen Zeit ein ungeheurer Siegeszug und insofern in der Tat mit den heutigen Umwälzungen vergleichbar. Dass die neue Technologie nicht nur auf Zustimmung traf, dass der Humanist Sebastian Brant in seinem 1494 erschienenen »Narrenschiff« vor den Folgen der Informationsflut warnte, erscheint auf verblüffende Weise aktuell, werden wir doch angesichts der gegenwärtigen Veränderungen mit ähnlichen Überlegungen konfrontiert.

Mit der Ausstellung »Gutenberg — aventur und kunst« wird der Versuch unternommen, unser heutiges Bild von Gutenberg einer breiten Öffentlichkeit auf anschauliche Weise zu präsentieren. Für dieses ehrgeizige Unterfangen haben sich Experten aus unterschiedlichen Gebieten zusammengefunden. Die Ausstellung und der Katalog sind Dank der vorbildlichen kollegialen Kooperation von Gutenberg-Museum, Stadtarchiv, Dom- und Diözesanmuseum, Naturhistorischem Museum und Landesmuseum zustande gekommen. Ergänzt wird die Ausstellung durch eine Vielzahl von Projekten, Tagungen und Symposien, die zu der Hoffnung Anlass geben, dass wir am Ende dieses Jahres ein wenig mehr Klarheit haben werden über die Persönlichkeit Gutenbergs und die Wirkung seiner Erfindung bis in unsere Zeit. Wir leben in dem Gefühl froher und gespannter Erwartung sowie großer Dankbarkeit gegenüber denen, die durch ihr Engagement und Fachwissen das Programm des Gutenberg-Jahres 2000 bereichern.

Peter Krawietz
Kultur- und Schuldezernent

Vorwort

Im Jahr der Feier der Wiederkehr seines 600. Geburtstages ist Johannes Gutenberg weltweit im Gespräch – doch was wissen wir von diesem Mann?

Die Quellen, die sich auf sein Leben beziehen, sind äußerst dürftig. Der Legendenbildung wurde dadurch Vorschub geleistet. Die Lücken, die im Wissen um seine Biografie klaffen, luden dazu ein, mit Phantasie aufgefüllt zu werden. So werden wir heute noch und immer wieder mit dem Klischeebild des genialen, doch einsamen und unglücklichen Erfinders konfrontiert, der der Früchte seiner Arbeit beraubt wurde und seine letzten Lebensjahre verarmt und vermeintlich blind verbringen musste.

Sichtet man unvorbelastet die früh ansetzende und immens umfangreiche, z.T. auch konträre Ergebnisse zeitigende Forschung, ergibt sich ein anderes Bild. Aus dem Wenigen, das als gesichert anzusehen ist, entsteht das Profil eines weitsichtigen, klug kalkulierenden Unternehmers, der die Fähigkeit besaß, für die Realisierung seiner Visionen Geldgeber zu motivieren und Mitarbeiter mit geeigneten Kenntnissen um sich zu sammeln. Gutenberg, das können wir wohl sicher sagen, war nicht das weltfremde übervorteilte Erfindergenie der Romane des 19. (und noch 20.!) Jahrhunderts, das im kollektiven Bewusstsein überlebt hat. Seine Leistung muss vor dem Hintergrund der technischen Kenntnisse und der unternehmerischen Möglichkeiten seiner Zeit gesehen werden.

Gutenberg entwickelte nicht nur gemeinsam mit Fachleuten verschiedener Produktionszweige damaliger Handwerkskunst eine höchst komplexe Fertigungsmethode, er stand auch, sobald befriedigende Lösungen gefunden waren, einem großen Betrieb vor, woraus sich wiederum die Vermarktung der Ergebnisse – Waren in hohen Auflagenzahlen – ergab.

In solchen Zusammenhängen ist Gutenberg nicht nur als Spiritus Rector, sondern auch als »Manager« im heutigen Sinne zu sehen, der mit Weitblick und visionärer Kraft seine Ziele verfolgte. Die Vorstellung seines Mangels an Geschäftstüchtigkeit relativiert sich, wenn man weiß, dass aus seiner Werkstatt (bzw. seinen Werkstätten) viele Hunderte von Ablassbriefen, handlichen lateinischen Grammatiken und anderen Druckwerken hervorgingen, die ganz offensichtlich einen guten Absatz erzielten. Die Vorstellung wurde geprägt von dem dokumentierten Prozess zwischen ihm und Johannes Fust, seinem Geldgeber für den Druck der Bibel, als Folge dessen Gutenberg seine Werkstatt an den Kontrahenten abgeben musste. Die erfolgreiche Seite seines Unternehmens, seiner »aventur«, blieb dadurch ausgeblendet.

Tatsächlich können wir aus seiner Bestallung zum »Hofmann« des Kurfürsten und Erzbischofs Adolf von Nassau schließen, dass er sein Lebensende hoch geachtet verbrachte, d.h. dass seine Lebensleistung offizielle Anerkennung erfuhr. Für sein hohes, nachwirkendes Ansehen sprechen auch die kontinuierlichen Feiern, die seitens der Akademiker, Buchdrucker und Verleger seit der hundertjährigen Wiederkehr seiner Erfindung inszeniert wurden. Diese Rezeptionsgeschichte wurde in unserem Katalog »O werthe Druckerkunst / Du Mutter aller Kunst« gerade durch Monika Estermann ausführlich dargelegt (Mainz 1999).

So steht, bei nüchterner Betrachtung des Überlieferten und Gesicherten, Gutenberg als Mann der frühen Neuzeit vor uns, der die Steigerung des Informationsflusses mit nach wie vor modernen Prinzipien der Fertigungsmethoden zu Wege brachte: serielle Produktion (Letternguss), Recyclingverfahren (die Lettern als Elemente der Druckform werden nach Bedarf [zusammen-]gesetzt und wieder abgelegt), Beachtung ergonomischer Gesichtspunkte (beim Setzkasten), Einsatz von Maschinen mit normierender Wirkung (Druckerpresse).

Der Gedanke, der der Konzeption dieser Ausstellung zugrunde lag, war die Intention, die vagen Umrisse der Persönlichkeit Gutenbergs durch ein Panorama seiner Lebensverhältnisse und der Zeitumstände, die in seiner Heimatstadt Mainz und in Straßburg wirksam wurden, stärker herauszuarbeiten. Indem wir über die Darstellung seiner Erfindung, soweit sie zu rekonstruieren ist, hinausgehen und verschiedenste Aspekte seiner Lebenswelt zu präsentieren versuchen, vertreten wir die Hoffnung, den Besuchern der Ausstellung ein differenziertes und präziseres Bild vom Erfinder und seiner Leistung vermitteln zu können. Der Geist seiner Zeit, der Gutenbergs Leistung beflügelte, äußert sich auch in Kunst, Technik und Lebensstandard seiner Epoche.

Dankenswerterweise erklärten sich die Mainzer Museen sowie das Mainzer Stadtarchiv bereit, mit parallelen Sonderausstellungen, dem Charakter des jeweiligen Hauses gemäß, unterschiedliche Facetten zu einer solch breit angelegten Präsentation beizutragen, die durch eine Institution allein nicht hätten geboten werden können. Allen Kollegen und auch den Autoren des Kataloges sei daher Dank ausgesprochen, dass das gemeinsame Projekt trotz aller damit einhergehenden Schwierigkeiten verwirklicht werden konnte. Besonders möchte ich mich auch bei Herrn Dr. Wolfgang Dobras, Stadtarchiv Mainz, bedanken, der die schwierige Redaktion des Kataloges übernommen hat, sowie bei unserem Verleger, Herrn Bertram Schmidt-Friderichs.

Vor allen Dingen gilt unser herzlicher Dank aber auch allen Leihgebern, die sich für einen längeren Zeitraum großzügigerweise von ihren Sammlungsstücken getrennt haben, um diese Ausstellung zu ermöglichen!

Dr. Eva-Maria Hanebutt-Benz
Direktorin des Gutenberg-Museums

Stadtarchiv

Mit Gutenberg durch Mainz

Eine Stadt und ihre Lebenswelt im 15. Jahrhundert

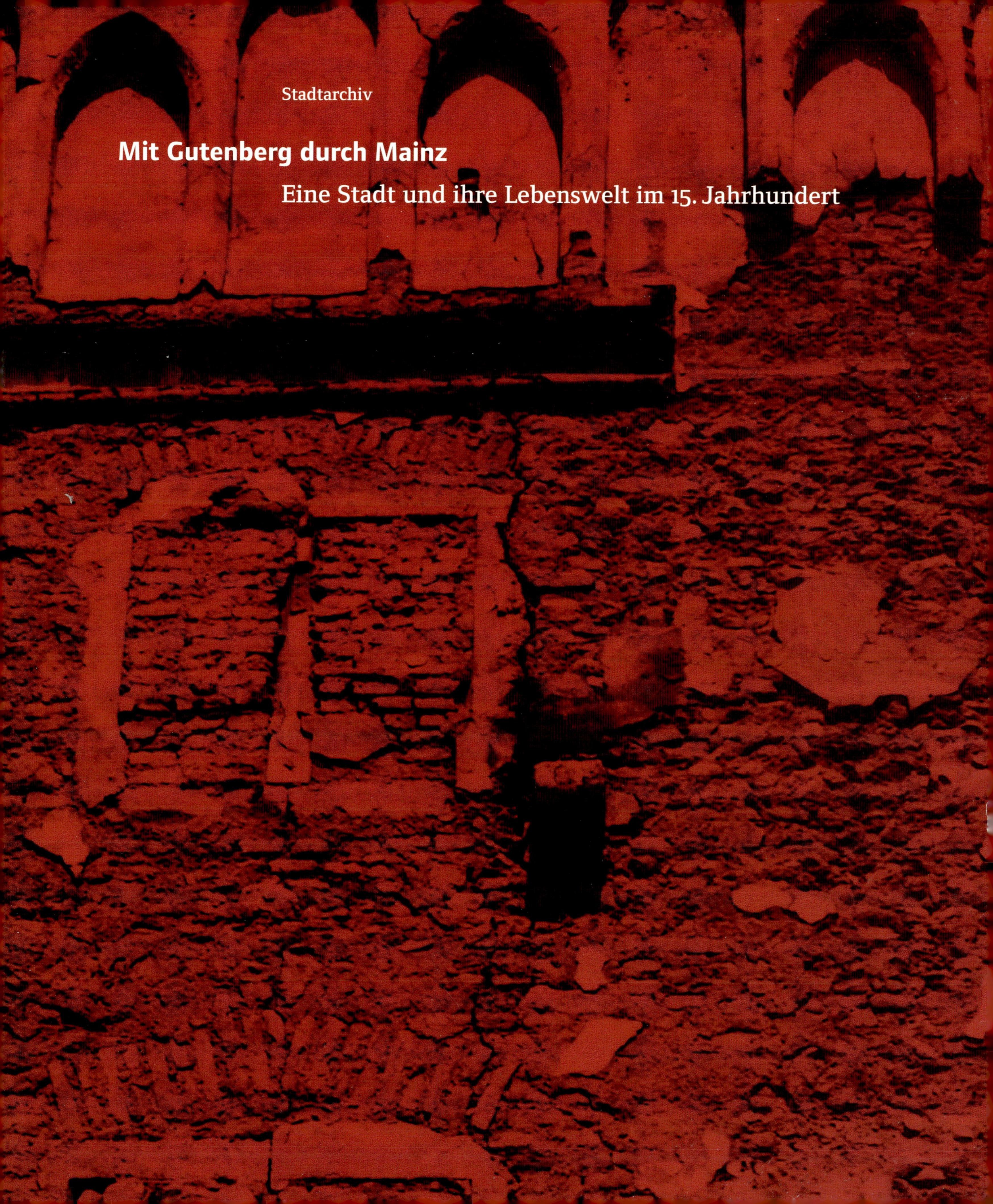

Wolfgang Dobras

Gutenberg und seine Stadt:
Mainzer Geschichte im 15. Jahrhundert

Wer heute vom Dom über den Marktplatz in Richtung Brand spaziert, den erinnern nur wenige bauliche Überreste daran, dass er sich im Zentrum des bürgerlichen Mainz des Spätmittelalters befindet, wo sich einst die Patrizierhöfe mit ihren Kaufmannsgewölben und Weinkellern aneinander reihten und sich inmitten der eng verschachtelten Gassen das städtische Kaufhaus erhob. In der Häuserzeile direkt am Markt übersieht man fast die Rekonstruktion eines gotischen Hauses, dessen Fensterbänke im ersten Stock zwei steinerne gotische Liebespaare schmücken und dessen Treppengiebel mit Patrizierwappen bemalt sind. Ein paar Schritte weiter hat sich in den Gassen ein Trakt des Hauses zum Korb, des Druckhauses von Peter Schöffer, mit seinem für Mainz typischen Erkertürmchen erhalten. Schließlich ist auf dem Weg zum Rhein durch eine Betonschlucht hindurch linker Hand der Eisenturm als Relikt der mittelalterlichen Stadtbefestigung und rechter Hand das restaurierte und im romanischen Stil rekonstruierte Gebäude des Heiliggeist-Spitals zu erkennen. Die wenigsten werden sich bewusst sein, dass sie kurz vorher den Ort überquert haben, an dem einst das Mainzer Rathaus (Abb.1) stand.

Abb. 1 **Ansicht der Rheinfront des Mainzer Rathauses. Rekonstruktion nach der Stadtansicht von 1565 und 1633 unter Einbeziehung der 1972 freigelegten Mauerüberreste**

Um sich einen Eindruck vom spätmittelalterlichen Mainz zu verschaffen, ist man daher auf schriftliche, bildliche und archäologische Quellen angewiesen. Doch auch hier waltete über der Mainzer Überlieferung kein günstiger Stern. Bereits mit der Eroberung der Stadt in der Stiftsfehde 1462 ging vieles verloren, und spätere Jahrhunderte brachten der immer wieder von Kriegen heimgesuchten Stadt weitere Verluste (Abb.2). Gleichwohl ist es möglich, die einzelnen, trotz allem erhaltenen Fragmente zu einem Bild zusammenzusetzen, in dem die Konturen der Stadt Mainz im 15. Jahrhundert deutlich werden.

Im Folgenden sollen vor der Folie wichtiger Daten aus dem Leben Johannes Gutenbergs, seiner Geburt 1400, seinem Wegzug aus Mainz um 1430, seiner Rückkehr nach Mainz um 1446 und seiner Ernennung zum kurfürstlichen Hofmann 1465, die wesentlichen Linien der Mainzer Stadtgeschichte im 15. Jahrhundert beleuchtet werden: Aus der Perspektive dieser Jahre sollen gleichzeitig die Bedingungen und Strukturen politischer, sozialer und wirtschaftlicher Art herausgearbeitet werden, die Gutenbergs Leben und Wirken in Mainz bestimmten.

Abb. 2 **Haus zum Widder (Brand 9). Zinnenwand des 14. Jahrhunderts vor dem Abriss 1960**

Mainz um 1400 – erste Anzeichen der Krise

Mainz, als Metropolis, goldenes Haupt oder Diadem des Reiches von den hochmittelalterlichen Chronisten gerühmt,[1] verdankte auch zur Zeit Gutenbergs seinen Glanz vor allem der einflussreichen Stellung, die die Mainzer Erzbischöfe und Kurfürsten im Reich einnahmen und die Erzbischof Johann II. von Nassau (1397–1419) durch seine führende Rolle bei der Absetzung König Wenzels und der Wahl Ruprechts III. von der Pfalz zum römischen König am 20. August 1400 unter Beweis gestellt hatte. Eine dominierende Position besaßen die Mainzer Erzbischöfe aber ebenso in und über die Stadt. Die Bürger lebten auch im übertragenen Sinne im Schatten des Domes: Zwar verfügten sie in Gestalt des Rates über ein eigenes Selbstverwaltungsorgan, übten das Recht der Besteuerung aus, hatten die Kontrolle über das Kaufhaus und konnten selbstständig Außenpolitik betreiben. Doch die bürgerliche Selbstverwaltung war unvollkommen, was sich am deutlichsten darin zeigte, dass der Erzbischof das Stadtgericht, das so genannte weltliche Gericht, besetzte, das innerhalb der Stadt Mainz für Hochgerichts-, Straf-, Zivil-, Erb- und Vormundschaftsangelegenheiten zuständig war. Die von Erzbischof Johann nach seinem Amtsantritt 1397 auf dem Bischofshof, dem heutigen Höfchen, entgegengenommene Huldigung der Bürgermeister, Räte und Gemeinde war daher mehr als nur eine förmliche Anerkennung der bischöflichen Stadtherrschaft, wenngleich die Stadt versuchte, den Rechtsakt in seiner Bedeutung herunterzuspielen. Die Mainzer Bürgerschaft war um 1400 von ihrem Ziel, sich von ihrem Stadtherrn, dem Erzbischof, zu emanzipieren, und damit von dem Status einer wirklich freien Stadt noch ein ganzes Stück weit entfernt.

Abb. 3 **Spätmittelalterliche Straße, ausgegraben 1998 am Südbahnhof**

Der Glanz, den der Erzbischof und die wie ein Kranz um den Martinsdom liegenden Stifte und Klöster verbreiteten, konnte freilich nicht darüber hinwegtäuschen, dass Mainz zu Beginn des 15. Jahrhunderts an Wirtschaftskraft und Bevölkerungszahl gegenüber anderen Städten, wie etwa der benachbarten, sich durch seine Messen zur wirtschaftlichen Drehscheibe Mitteleuropas entwickelnden Reichsstadt Frankfurt, ins Hintertreffen geraten war. Hundert Jahre früher noch zu den europäischen Großstädten mit 20–25.000 Einwohnern zählend, war Mainz um 1400 – nicht zuletzt infolge der Pestepidemien – zu einer größeren Mittelstadt mit 5–10.000 Einwohnern herabgesunken, wobei sich allerdings genaue Zahlen aufgrund fehlender Steuerlisten und Bürgerbücher nicht beibringen lassen. Zwar hatte Mainz seine wichtige Funktion als Umschlagplatz und Lagerort für auf dem Rhein transportierte Waren behaupten können, und die Stadt nutzte diesen Transitverkehr auch zugunsten der städtischen Wirtschaft und der städtischen Finanzen, indem sie von den fremden Kaufleuten für die sichere Aufbewahrung ihrer Waren im städtischen Kaufhaus (Abb. 4) eine beim Verkauf fällige Abgabe erhob. Doch in weit gespannten Handelsaktivitäten, die für die Blüte anderer Städte, denen die Zukunft gehörte, verantwortlich waren, engagierten sich die Mainzer eher weniger, sieht man einmal von den Textilerzeugnissen des heimischen Gewerbes ab, die in größerem Umfang exportiert wurden. In erster Linie war Mainz eine Stadt des Konsums. Handel und Gewerbe versorgten und belieferten den heimischen Markt mit Bedarfsgütern aller Art vom Gemüse bis hin zu Luxusartikeln wie Goldschmiedearbeiten oder prachtvoll illuminierten Handschriften. Gerade die Nachfrage nach Luxusgütern war in einer Bischofsstadt wie Mainz mit ihren vielen reich bepfründeten Domherren, Stifts- und Pfarrklerikern sowie prosperierenden Klosterkonventen groß.

Während sich in den Händen der höheren Geistlichkeit und der bürgerlichen Oberschicht beträchtliche Reichtü-

Abb. 4 **Aufriss des Mainzer Kaufhauses, vor 1317 erbaut, 1812 abgerissen. Zinnenkranz mit den Reliefs der sieben Kurfürsten**

mer angesammelt hatten, war es um die Finanzen der Stadt schlechter bestellt. In den Jahren um 1400 waren bereits die Anfangsgründe für die kommende, rasch ins Unermessliche steigende Verschuldung der Stadt gelegt. Spätestens seit 1411 sollte das Missverhältnis zwischen Einnahmen und Kreditaufnahmen offenkundig werden. Wer dafür die Verantwortung zu übernehmen hatte, war strittig. Die Patrizier sahen später die Ursache in der kostspieligen Beteiligung am Städtekrieg 1388, in den die Zünfte die Stadt – wider besseres Raten der Patrizier – getrieben hätten. Die Zünfte wiederum gaben der Misswirtschaft des Rats, vor allem der patrizischen Ratsherren, die Schuld. Das mangelnde Vertrauen in die Geschäftsführung und das Finanzgebaren des Rates machte sich jedenfalls schon um 1400 bemerkbar. Nichts spiegelt die beginnende politische Krise besser wider als die Tatsache, dass die Gemeinde ihr Recht auf Mitbesiegelung der vom Rat ausgestellten Urkunden durchsetzte (Abb. 5), und zwar mit dem von den Zünften bei den Bürgerkämpfen von 1332 geschaffenen Gemeindesiegel (Abb. 6), das seit der Mitte des 14. Jahrhunderts nicht mehr verwendet worden war, nachdem sich die Wogen zwischen Patriziern und Zünften geglättet hatten (Kat.-Nr. StA 67).[2]

Zwar teilten die Patrizier mit den Zunftbürgern zur Hälfte die Ratssitze, da sie aber auf Lebenszeit und nicht wie die zünftigen Ratsherren jährlich gewählt wurden, verfügten sie über größere Erfahrung und bessere Beziehungen und beherrschten auf diese Weise die Ratspolitik. Der sich innerhalb der Bürgerschaft gegen die Macht der Patrizier formierenden Opposition waren vor allem die Vorrechte ein Dorn im Auge, die die Patrizier den Mainzer Erzbischöfen verdankten. Dazu zählte das Monopol des (in den Gaden am Dom betriebenen) Tuchhandels sowie des Geldwechsels und Edelmetallhandels. Außerdem konnten die Patrizier vom Erzbischof mit einem Amtslehen und den dazugehörigen Einkünften betraut werden, weshalb ein Teil des Patriziats auch in die erzbischöfliche Verwaltung der Stadt eingebunden war. So waren die prestigeträchtigen Ämter des Schultheißen und der Richter im erzbischöflichen weltlichen Gericht eine Domäne des Mainzer Patriziats. Gegen diese Sonderrechte sowie die Macht des Patriziats begann sich die Politik der Zünfte, vor allem der zünftigen Oberschicht, die sich wirtschaftlicher und politischer Möglichkeiten beraubt sah, seit 1400 verstärkt zu richten.

Abb. 5 **Stadtsiegel an der »Pfaffenrachtung« vom 7. Januar 1435**

Abb. 6 **Gemeindesiegel an der »Pfaffenrachtung« vom 7. Januar 1435**

Die sich ankündigenden politischen Auseinandersetzungen gingen einher mit gesellschaftlichen Veränderungen innerhalb der Mainzer Oberschicht. Denn ein Teil des Patriziats hatte die ständischen Grenzen durchbrochen und war mit wohlhabenden zünftigen Familien durch Heiraten und Geschäftsbeziehungen eng verbunden. Es lässt sich sogar nachweisen, dass einzelne Patrizier Aufnahme in Zünften fanden. Zwar existieren für die Mainzer Zünfte keine Mitgliederverzeichnisse aus dieser Zeit, einer Namensliste im Wappenbuch der Bruderschaft des Hospizes von St. Christoph am Arlberg (Kat.-Nr. StA 18), die anlässlich einer in deutschen Städten 1396 durchgeführten Kollekte angelegt wurde, kann man jedoch entnehmen, dass zum Beispiel Angehörige der Mainzer Patrizierfamilien Gostenhofer und Molsberg in die Krämerzünfte auf *Wunnecke* bzw. auf *Isenburg* (Abb. 7) eingetreten waren.[3] Auch der Patrizier Friele Gensfleisch, der Vater des um 1400 geborenen Erfinders, hatte die Tochter eines reich gewordenen Mainzer Krämers, Else Wirich, geheiratet. Solche Heiratsverbindungen riefen jedoch den Widerstand der übrigen Patrizier hervor. Um sich geburtsständisch abzuschließen, verschärften sie die Bedingungen für die Mitgliedschaft in der Münzerhausgenossenschaft. In dieser vom Mainzer Erzbischof abhängigen Korporation hatten sich die Patrizier zur Ausübung ihres Monopols des Geldwechsels und Edelmetallhandels zusammengeschlossen. Dadurch, dass sie bei der Aufnahme eines neuen Mitgliedes den Nachweis von vier patrizischen Ahnen verlangten, sicherten sie die Exklusivität ihres Kreises. Zwar ist von der von den Münzerhausgenossen geforderten Ahnenprobe erst in einer Quelle zum Jahre 1445 die Rede,[4] doch dürfte der Ursprung dieser Bestimmung aufgrund der geschilderten sozialen Verschiebungen im Mainzer Patriziat Ende des 14. Jahrhunderts liegen, als die alten Ratsgeschlechter in Mainz unter politischen und sozialen Druck gerieten. Somit war auch Gutenberg aufgrund der nicht standesgemäßen Heirat seines Vaters der Zugang zu den Münzerhausgenossen verwehrt.

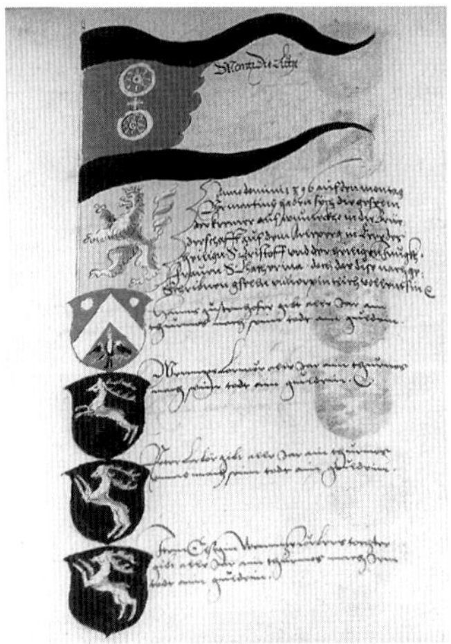

Abb. 7 **Wappenbuch der Bruderschaft von St. Christoph am Arlberg, Abschrift des 16. Jahrhunderts. Auf fol. 35v Mitglieder der Mainzer Krämerzunft auf Wunnecke, darunter ein Angehöriger der Patrizierfamilie Gostenhofer (Wappen mit Adler unter Sparren)**

Mainz um 1430 – der Exodus der Patrizier

Der innerstädtische Friede, der seit 1400 gefährdet und 1411 endgültig zerbrochen war, schien 1430 wieder hergestellt. Vorausgegangen waren Auseinandersetzungen, die sich in unterschiedlicher Intensität über einen Zeitraum von 19 Jahren erstreckt hatten.[5] Der Protest der Bürgergemeinde hatte sich Anfang 1411 zunächst gegen die oligarchischen Tendenzen des Ratsregiments, genauer gegen die eigenen zünftigen Vertreter im Rat, gewandt. Diese hatten das Prinzip der jährlichen Neuwahl zu unterlaufen, die Aufnahme neuer Mitglieder in den Rat zu hintertreiben und sich auf diese Weise Vorrechte wie die patrizischen Ratsherren zu sichern versucht. Die Bürger hatten daraufhin aus ihren Reihen einen Ausschuss bestimmt, der ein Kontrollrecht über den Rat beanspruchte, um der Cliquenwirtschaft ein Ende zu bereiten. Als Möglichkeit, die mittlerweile offen zu Tage liegende Überschuldung der Stadt in den Griff zu bekommen, hatte man außerdem die höhere Besteuerung der Patrizier vorgesehen. In Reaktion darauf hatte ein Teil der Patrizier, wie schon bei den Unruhen von 1332, Mainz – zunächst nur befristet – verlassen, um die Stadt ihre nun fehlende Steuerkraft spüren zu lassen. Zwar hatten sich dank der Vermittlung des Mainzer Erzbischofs Johann die Verhältnisse wieder relativ schnell beruhigt, doch die Konflikte schwelten weiter, um dann 1428/29 mit umso größerer Heftigkeit erneut aufzubrechen. Der Widerstand gegen das patrizische Regime hatte sich nun zugespitzt. Erneut war von den Zünften eine Gegenregierung in Gestalt eines Zehnerausschusses eingesetzt worden. Diesem Ausschuss, angeführt von dem zünftigen Ratsschreiber Nikolaus von Wörrstadt und dem ambitionierten Mainzer Patrizier Eberhard Windecke (Kat.-Nr. StA 71), war es gelungen, den alten Rat zu stürzen, ohne jedoch seinerseits für eine politische Konsolidierung sorgen zu können.

Einen – wie sich bald herausstellen sollte, nur vorläufigen – Ausgleich in den Verfassungskämpfen brachte erst der

Sühnebrief, auch Rachtung genannt, vom 28. März 1430. Dieser zwischen den alten Geschlechtern auf der einen und Rat und Gemeinde auf der andern Seite geschlossene Vertrag stellte einen Kompromiss dar: War den Patriziern 1429 der Anspruch auf eine bestimmte Zahl von Ratssitzen genommen worden, so garantierte man ihnen jetzt 12 von insgesamt 36. Der Vertrag bedeutete aber auch eine Klärung der Fronten innerhalb des Patriziates, das während der – unblutig verlaufenen – Kämpfe in eine radikalere und eine gemäßigte Gruppe zerfallen war. Denn als der den Willen der Gemeinde repräsentierende Zehnerausschuss 1428 wieder die alte Forderung nach einer höheren Besteuerung der Patrizier aufgebracht hatte, um der städtischen Schulden Herr zu werden, hatten immerhin einige Patrizier den Zünften ihre Unterstützung zugesagt. Viele hatten die Forderung aber zum Anlass genommen, erneut die Stadt zu verlassen und von Oppenheim, Frankfurt oder dem Rheingau aus die weitere Entwicklung abzuwarten. Auch Gutenberg muss unter den Ausgezogenen gewesen sein, denn in dem Sühnebrief von 1430 wurde eigens festgelegt, dass alle auswärtigen Patrizier, die zu einem späteren Zeitpunkt, d. h. nach dem 28. März 1430, nach Mainz zurückzukehren wünschten – und unter ihnen wurde ausdrücklich Gutenberg genannt – ihre Zustimmung zu dem Vertrag mit eigenem Brief und Siegel erklären müssten. Für die in Mainz Gebliebenen oder bereits Zurückgekehrten besiegelte eine vierköpfige Abordnung der Patrizier am 28. März den Vertrag. Dass der Vertrag überhaupt zustande gekommen war, war der Vermittlung des Mainzer Erzbischofs Konrad III. von Dhaun (1419–1434) zu verdanken, der sich offensichtlich auf Wunsch der alten Geschlechter[6] in den Konflikt eingeschaltet hatte (und bezeichnenderweise den Münzerhausgenossen 1433 auch noch einmal ihre Privilegien bestätigen sollte). Beteiligt waren am Vertragsabschluss darüber hinaus die umliegenden Städte Worms, Speyer und Frankfurt, die schon deshalb ein Interesse an stabilen Verhältnissen in Mainz haben mussten, weil viele ihrer Bürger Gläubiger der Stadt Mainz waren.

Die finanzielle Situation von Mainz mit einem – bis 1437 auf über 200.000 Gulden – anwachsenden Schuldenberg stellte den neuen Rat vor eine schier unlösbare Aufgabe. Um einen wirtschaftlichen Aufschwung herbeizuführen, etablierte man zwei Messen, die jeweils zwei Wochen vor den Frankfurter Terminen beginnen sollten, in der Hoffnung, die Warenströme vom Main an den Rhein locken zu können, doch König Sigismund verbot schon 1431 beide Messen auf Frankfurter Intervention. Auch das Mainzer Handwerk befand sich in Schwierigkeiten, wie sich in der Zusammenlegung einzelner Zünfte offenbarte: So existierten von den ursprünglich zwei Schmiedezünften Anfang der 1430er Jahre nur mehr eine.[7] Auch die Zunft der Eisenhändler und die der – nach ihrem Zunftlokal – *auf Hoenberg* genannten Krämer hatten sich zusammengeschlossen.[8] Und dass von ehemals drei Weberzünften bis 1443 allein die *zum Krummen Ring* übrig geblieben war (Abb. 8),[9] spiegelte die Krise des einst blühenden Mainzer Textilgewerbes wider. Angesichts der großen wirtschaftlichen und innenpolitischen Probleme und der damit verbundenen Bevölkerungsabnahme, nicht zuletzt an reichen Patriziern, konnte der Rat die Steuerschraube nicht mehr beliebig nach oben drehen. Den Bankrott vor Augen wusste der Rat sich nicht anders zu helfen, als zu erklären, er werde die Zinszahlungen für die Kredite erst wieder leisten, wenn die Gläubiger der Minderung ihrer Renten um ein Drittel zugestimmt hätten. Den ohne Erlaubnis des Rats emigrierten Patriziern wurde, sofern sie Gläubiger der Stadt waren, die Auszahlung der Renten sogar ganz verweigert, weswegen der in Straßburg lebende und vergeblich auf seine ihm zustehende Rente wartende Gutenberg 1434 in einem Akt der Selbstjustiz den Mainzer Stadtschreiber Nikolaus von Wörrstadt in Schuldhaft nehmen ließ, als sich dieser auf Durchreise in der elsässischen Metropole befand.

Abb. 8 **Umzeichnung des Siegels der Mainzer Wollenweberzunft mit der Darstellung des hl. Severus von Ravenna, in der Rechten einen Wollbogen, in der Linken einen Krummstab haltend (nach einem erhaltenen Abdruck aus dem Jahre 1525)**

Die drohende Zahlungsunfähigkeit der Stadt war für den nach einem Ausweg suchenden Rat auch ein Grund mehr, die in der Stadt lebenden Geistlichen an den finanziellen Aufgaben zu beteiligen, da sie – so die Argumentation des Rats – vom Schutz der Stadt genauso wie die Bürger profitierten. Dieser Versuch reihte sich in die bis weit in das 14. Jahrhundert zurückreichenden Bestrebungen des Rats

Abb. 9 **Bulle des Basler Konzils mit der Darstellung der Herabkunft des Hl. Geistes auf die versammelten Konzilsväter, 1435**

ein, alle Sonderrechte des nicht dem Bürgerverband angehörenden Klerus zu beseitigen. Zu diesen zählte vor allem – angesichts der angespannten städtischen Finanzlage besonders gravierend –, dass die Geistlichen den von ihnen verkauften oder ausgeschenkten Pfründwein nicht zu versteuern brauchten. Diesem Privileg wollte der Rat nun erst recht ein Ende bereiten. Doch der Konfrontationskurs führte 1433 zu einem Prozess zwischen Rat und Mainzer Geistlichkeit vor dem in Basel tagenden Konzil (Abb. 9). Die Erwartung, das Konzil werde zugunsten der Stadt entscheiden, erfüllte sich nicht. Vielmehr musste der Rat 1435 in einem mit der Mainzer Geistlichkeit geschlossenen Vertrag, der so genannten Pfaffenrachtung (Kat.-Nr. StA 81), deren Sonderstatus anerkennen. So war Mitte der 1430er Jahre die Situation in Mainz verfahrener denn je: Weder war eine Lösung für die sozialen Spannungen und die städtischen Schulden in Sicht, noch hatte der Rat seinen Herrschaftsanspruch gegenüber der Kirche durchsetzen können. Dass es 1438 zur brutalen Vertreibung der Juden aus Mainz kam, war bezeichnend für die aufgeheizte und verzweifelte Stimmung des Rats und der Bürger (Kat.-Nr. StA 59).

Mainz um 1446 – das Zunftregiment

Die Motive, die Gutenberg zur Rückkehr nach Mainz Ende der 1440er Jahre bewogen haben, werden sich wohl kaum je ergründen lassen. Seine Rückkehr fiel jedoch in eine Phase, die von zwei für die Stadt wichtigen Ereignissen bestimmt war: zum einen von der Beendigung der Bürgerkämpfe 1444/46, zum andern von dem 1449 zwischen Rat und Erzbischof erzielten Kompromiss hinsichtlich der Herrschaftsverhältnisse in der Stadt.

Mit der Beseitigung der politischen Sonderrechte der Patrizier waren die internen Spannungen gelöst worden. Dabei hatte es zunächst so ausgesehen, als ob die Patrizier das Ruder noch einmal in ihrem Sinne herumreißen könnten. Denn 1437 war es zu einer erneuten Umverteilung der Macht im Rat gekommen, und zwar dieses Mal eindeutig zugunsten der Patrizier. Doch hatte auch dieses neue, patrizisch dominierte Regime keine Wende zum Besseren herbeiführen können und damit selbst seinen Sturz verursacht. Am 23. Dezember 1444 kam es zu einer Rachtung, die der Rat und alle 34 Mainzer Zünfte besiegelten. Mit dieser Urkunde wurde in Mainz eine reine Zunftverfassung etabliert. Danach musste in Zukunft jeder, der in den Rat gewählt wurde, einer Zunft angehören oder, falls er noch kein Mitglied war, einer Zunft beitreten. Allerdings blieb es den einzelnen Patriziern unbenommen, einen Ratssitz zu bekleiden. Nur mussten sie von einer Zunft aufgenommen und als Kandidat für den Rat akzeptiert werden. Als politischer Stand aber war das Patriziat damit entmachtet.

Treibende Kraft dieser Verfassungsumbildung war der Stadtsyndikus Dr. Konrad Humery gewesen (Abb. 10), der sich spätestens in den 1460er Jahren auch als Geldgeber Gutenbergs engagieren sollte. Aus einer Mainzer zünftigen Kaufmannsfamilie stammend, war er an der Universität in Bologna 1432 zum Doktor des Kirchenrechts promoviert worden (Kat.-Nr. StA 62) und hatte danach in Mainz das Amt des Ratssyndikus übernommen. Als Vertreter der Stadt bei dem Prozess mit der Geistlichkeit vor dem Basler Konzil hatte Humery sich Meriten erworben und sich 1437 um die Neuredaktion des »Friedebuches« (Kat.-Nr. StA 61) verdient gemacht, das die wichtigsten städtischen Rechtssatzungen enthielt (S. 26, Abb. 11). Auf der Seite der Zünfte stehend, hatte Humery stets gegen die Vorherrschaft der alten Geschlechter agitiert und 1443 sogar eine Art »Klub« gegründet, dem vor allem die Spitzen der zünftigen Opposition angehörten. Mit dem Sturz des alten Regimes 1444 hatte dieser »Klub« sein Ziel erreicht, das in seiner Losung zum Ausdruck kam: *mich wondert, daz die von den alten also große friheit hant.*[10] Doch Humery beließ es nicht dabei. Den neuen rein zünftigen Rat, dem er fortan als Kanzler und oberster Schreiber angehörte, drängte er, den ehemaligen Ratsherren den Prozess zu machen. Das Verfahren, in dem Humery als Wortführer der Zünfte auftrat, zog sich allerdings in die Länge und fand erst 1444 – ohne wirkliches Ergebnis – ein Ende. Vor allem blieb unentschieden, ob die Patrizier ihr angestammtes Monopol des Gewandschnitts und des Geldwechsels behalten durften. Persönlich betrafen diese Fragen Gutenberg wohl kaum, denn aufgrund seiner Herkunft war ihm die Aufnahme bei den Münzerhausgenossen ohnehin verwehrt, und außerdem hatte er nicht die Absicht, sich im Tuchhandel zu betätigen. Doch dürfte Gutenberg wohl das Ende des Prozesses und damit die grundsätzliche Regelung des Verhältnisses zwischen Patriziern und Zünften abgewartet haben, bevor er in seine Heimatstadt zurückkehrte. Das genaue Datum seiner Rückkehr ist unbekannt, seit Oktober 1448 ist er jedenfalls urkundlich in Mainz nachweisbar. Waren damit 1446 die Bürgerunruhen beigelegt, so hielt der Streit zwischen Erzbischof Dietrich I. Schenk von Erbach (1434–1459) und dem Rat um die Oberhoheit über die Stadt weiter an. Diese Auseinandersetzung, in der der Erzbischof die Mainzer Stadtfreiheit grundsätzlich anzweifelte, hatte 1441 begonnen und den innerstädtischen Konflikt zwischen den Patriziern und den Zünften überlagert. Vor einem durch Vermittlung des Pfälzer Kurfürsten eingesetzten Schiedsgericht unter Vorsitz des Grafen Philipp von Katzenelnbogen hatten beide Parteien 1443/44 ihre Standpunkte vorgetragen: Während der Rat auf dem Status von Mainz als freier Stadt pochte, warf der Erzbischof der Stadt vor, *fryer* sein zu wollen als *die romer ye gewest*,[11] und ließ den Ratsvertretern alle seine bischöflichen Rechte aufzählen, angefangen beim Stadtgericht, das er besetzte, über die Huldigung, die die Bürgerschaft ihm zu leisten hatte, bis hin zu den Rechten des Geldwechsels und Gewandschnitts, die er verlieh. Als endlich nach zähen Verhandlungen 1449 das Urteil gefällt wurde, vermied das Schiedsgericht eine klare Parteinahme und sanktionierte stattdessen den bisherigen, konfliktträchtigen Status quo. Das für den Mainzer Rat unbefriedigende Ergebnis verschlimmerte sich noch dadurch, dass es auch nicht gelungen war, die Sonderrechte der Geistlichkeit aufzubrechen, wodurch die weiterhin katastrophal verschuldete Stadt schwere finanzielle Einbußen zu ertragen hatte. Denn als der Rat die Geistlichkeit 1444/45 um die freiwillige Leistung des Ungelds, einer Verbrauchssteuer, für Wein und Getreide gebeten hatte, lehnte diese unter dem Hinweis auf den Streit mit dem Erzbischof ab, der ihr eine Unterstützung der Stadt verboten habe.

So kam Gutenberg zurück in eine Stadt, deren finanzielle Verhältnisse so desolat waren, dass der Rat 1446 ernsthaft den Gedanken erwog, Mainz an Frankfurt zu verpfänden. Bald nach seiner Rückkehr muss Gutenberg seine Erfindung des Drucks mit beweglichen Lettern gemacht haben. Damit war eine wesentlich schnellere und kostengünstigere Reproduktion von Texten möglich als durch das mühselige Abschreiben von Handschriften. Hier boten der Erzbischofssitz mit seinen vielen Stiften und Klöstern sowie die Nähe zur Frankfurter Messe gute Absatzmöglichkeiten. Um aber seine Erfindung zu verwirklichen, benötigte Gutenberg Geld. Dass er bei der Suche nach Financiers in Mainz zuerst auf seinen patrizischen Verwandten Arnolt Gelthus und dann erst auf den Zunftbürger Johannes Fust stieß, mag Zufall gewesen sein. Bezeichnend und ein Spiegel der gesellschaftlichen Verhältnisse ist jedoch, dass Arnolt Gelthus ihm nur 150 Gulden, Fust ein Jahr später aber 800 Gulden lieh. Nun machte sich bemerkbar, dass viele alte Geschlechter die Stadt verlassen hatten und die zünftige Oberschicht dominierte.

Abb. 10 **Umzeichnung des Siegels von Dr. Konrad Humery nach einem erhaltenen Abdruck aus dem Jahre 1449. Der Wappenschild zeigt ein springendes gezäumtes Pferd, begleitet oben links von einer Jakobsmuschel**

Die Rachtung von 1444 bewirkte keine vollständige Vertreibung der Patrizier und hatte dies auch nicht beabsichtigt. Einige Patrizier waren geblieben und erlangten sogar wieder hohe städtische Würden. So bekleidete Johann Molsberg 1445 das Amt des Rechenmeisters und besiegelte 1449 als Bürgermeister zusammen mit Dr. Konrad Humery und dem Patrizier Klaus Reise eine Urkunde.[12] Klaus Reise ist auch ein Beispiel dafür, dass eine Aussöhnung stattgefunden hatte. Im alten Rat hatte er 1441 das Amt des Rechenmeisters und 1444 das des Bürgermeisters bekleidet, weswegen 1445 nicht zuletzt ihm der Prozess gemacht worden war. Es ist nicht unwahrscheinlich, dass Reise nach dem Prozess versucht hat, die zurückliegenden Ereignisse aufzuarbeiten. Denn mit ihm ist möglicherweise der Verfasser der *Chronik von alten Dingen der Stadt Mainz* zu identifizieren, die aus patrizischer Sicht die

Abb. 11 **Initiale mit Mainzer Stadtwappen auf der ersten Seite des Mainzer Friedebuches, 1437**

Konflikte zwischen Geschlechtern und Gemeinde von 1332 bis 1446 beschreibt und daher auch als »eine Art Weißbuch der Patrizier«[13] charakterisiert worden ist. Dass sich 1445 der Zorn Humerys gegen die Patrizier vor allem auf Reise entladen hatte, muss jedoch bald vergessen gewesen sein, denn 1455 wurde Reise sogar wieder zum Bürgermeister gewählt. So wie Molsberg und Reise dürfte auch Gutenberg seinen Frieden mit der Stadt geschlossen haben, was ihm auch deswegen nicht allzu schwer gefallen sein dürfte, als er ohnehin nicht zum privilegierten Kreis der Münzerhausgenossen gehört hatte. Ob Gutenberg jedoch einer Zunft beitrat, entzieht sich unserer Kenntnis. Molsberg und Reise mussten jedenfalls als Ratsherren – aufgrund der Rachtung von 1444 – einer Zunft angehören. Gutenberg war dazu, so lange er kein städtisches Amt bekleiden wollte, nicht verpflichtet. So sind die Lebensumstände Gutenbergs in Mainz nur schwer zu erhellen. Nicht einmal der Hof, in dem Gutenberg seit Ende der 1440er Jahre in Mainz lebte, lässt sich aufgrund der fehlenden Quellen bestimmen.[14]

Mainz um 1465 – unter kurfürstlicher Herrschaft

Als Gutenberg von Erzbischof Adolf II. von Nassau 1465 zum Hofmann ernannt wurde, war der Kampf um die Mainzer Stadtfreiheit entschieden. Drei Jahre vorher war Mainz gewaltsam unter kurfürstliche Herrschaft gebracht worden. Damit war vom Ergebnis her eingetreten, was der Rat schon seit 1445 befürchtet hatte: dass die Stadt *aus armut und nottorftikeit* gezwungen sein könnte, sich zu *virheren*,[15] das heißt sich der Oberhoheit eines Herrn zu unterwerfen, wobei dem Rat in diesem schlimmsten Falle die Herrschaft des Kurfürsten von der Pfalz deutlich lieber als die des Mainzer Erzbischofs gewesen wäre.

Zum Verlust der Stadtfreiheit war es gekommen, weil sich die Stadt in das Schisma auf dem Mainzer Erzbischofsstuhl hatte hineinziehen lassen. Der 1459 erwählte Erzbischof Diether von Isenburg war 1461 als Führer der antikaiserlichen und auch antipäpstlichen Opposition der Fürsten im Reich von Papst Pius II. mit Zustimmung Kaiser Friedrichs III. abgesetzt worden. Stattdessen hatte der Papst den Domherrn Adolf von Nassau als neuen Erzbischof eingesetzt. In der nun folgenden kriegerischen Auseinandersetzung um den Erzbischofsstuhl warben beide Kandidaten um die Gunst der Stadt Mainz, die dies als Chance für ihre Autonomiebestrebungen zu nutzen gedachte. Dabei waren Rat und Gemeinde in der Frage, wen man unterstützen sollte, gespalten oder unsicher. Wieder fehlte es, wie schon früher so oft, an Geschlossenheit. Zwar ging man am 2. Dezember 1461 mit Diether von Isenburg einen Bündnisvertrag ein, nachdem dieser der Stadt die Aufhebung der Pfaffenrachtung, das Ungeld der Geistlichkeit und anderes mehr versprochen hatte, war andererseits aber nicht bereit, Erzbischof Adolf von Nassau förmlich den Krieg zu erklären. Diese Schaukelpolitik sollte der Stadt zum Verhängnis werden. Als der mit dem Kurfürsten von der Pfalz verbündete Diether von Isenburg am 30. Juni 1462 bei Seckenheim einen Sieg über die nassauischen Truppen errang, war die Freude in der Stadt groß. Der Krieg war damit allerdings noch nicht entschieden. Das Angebot der isenburgischen Partei, zur Sicherheit mehrere hundert Soldaten in die Stadt zu legen, lehnte der Rat aus Furcht um seine Autonomie ab. Da gelang es Erzbischof Adolf von Nassau im Gegenschlag, nachdem er die Stadt zuvor durch einen im Überwinden von Mauern erprobten »Steiger« hatte ausspionieren lassen (Kat.-Nr. StA 83), am 28. Oktober 1462 Mainz zu überrumpeln und zu erobern (Abb. 12). Bei diesem Überraschungscoup scheint auch Verrat (Kat.-Nr. StA 85) im Spiel gewesen zu sein, denn manche der Bürger, die päpstlich und damit nassauisch gesinnt waren, hatten wohl geholfen, die Aktion vorzubereiten. Dass die Eroberung in einen zwölfstündigen erbitterten Straßenkampf münden würde, der über 350 Bürger das Leben kostete und unzählige Höfe und Häuser in Flammen aufgehen ließ, hatten sicherlich auch die »Verräter« nicht gewollt. Von den Verwüstungen und Zerstörungen sollte sich die Stadt nur sehr langsam wieder erholen.

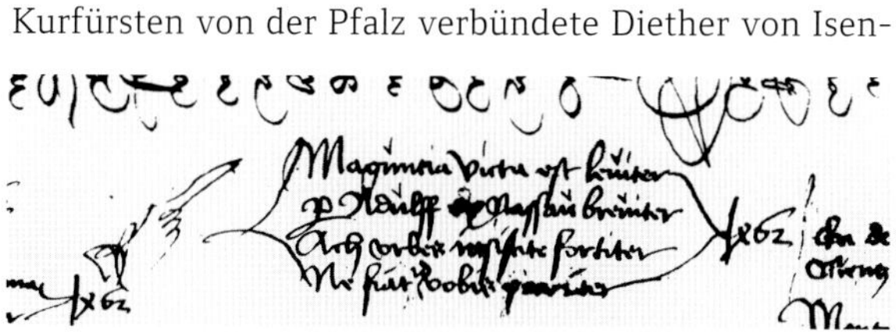

Abb. 12 **Randnotiz im Briefbuch der Stadt Köln vom 29.10.1462 mit einem Klagegedicht auf die Eroberung von Mainz:** *Maguntia victa est leviter/per Adulff ex Nassau breviter/Ach urbes insistite fortiter/ne fiat id vobis pariter* **(Mainz ist ohne Mühen und schnell gefallen durch Adolf von Nassau, ach Städte achtet tapfer darauf, dass Euch nicht gleiches geschieht)**

Das sich an die Eroberung anschließende Strafgericht traf alle diejenigen Bürger, die nicht die Partei Adolfs von Nassau ergriffen hatten: der neue Stadtherr ließ sie der Stadt verweisen. Mit dieser politischen Säuberung zerschlug Adolf auch die gesellschaftliche und politische Führungsschicht, die die Traditionen der städtischen Freiheit verkörperte. Alle Mainz von seinen Vorgängern sowie den deutschen Königen und Kaisern verliehenen Privilegien kassierte der Erzbischof – wie im übrigen auch die städtischen Schulden. Die kommunale Selbstverwaltung schränkte er radikal ein: An die Stelle des Bürgermeisters trat ein in seinem Namen agierender Hauptmann, später Vizedom; der Rat sowie die Zünfte wurden entpolitisiert und zu reinen Verwaltungskörperschaften von kurfürstlichen Gnaden degradiert.

Die Ernennung Gutenbergs zum »Diener« und Hofmann Erzbischof Adolfs, die mit jährlichen Naturaleinkünften sowie der Befreiung von der bürgerlichen Steuerpflicht und dem Wachdienst verbunden war, spiegelt somit die neuen politischen Verhältnisse wider. Sie ist jedoch nicht ungewöhnlich. Auch zur Zeit der Freien Stadt waren immer wieder Bürger, nicht nur Patrizier, in erzbischöfliche Dienste getreten. So lässt sich Dr. Konrad Humery spätestens seit

1457 ebenfalls als »Diener« des Mainzer Erzbischofs, damals Dietrich von Erbach, nachweisen, wobei die Gründe für sein Ausscheiden aus der städtischen Verwaltung im Dunkeln liegen. Die Ernennung Gutenbergs ist aber insofern symptomatisch, als sie die künftige gesellschaftliche Entwicklung von Mainz andeutet: Bezugspunkt für die Bürger wurde nun der kurfürstliche Hof. So sollte es bald als besonders erstrebenswert gelten, einen der vom Kurfürsten zu vergebenden Posten zu erhalten und sich damit von den übrigen Bürgern abzuheben. Nach dem Tode Gutenbergs entwickelte sich Mainz zu einer Residenzstadt, in der Geistlichkeit, Adel und kurfürstliche Beamte den Ton angaben.

1 Waitz, Georg: Deutsche Verfassungsgeschichte. Bd. 6. 2. Aufl. Berlin 1896, S. 309f., Anm. 4.

2 Diepenbach 1941, S. 76f.

3 Niederösterreichisches Landesarchiv St. Pölten, HS 328, fol. 35^{v} u. 40^{r}. »Wieder entdeckt« wurde die Handschrift von Kai-Michael Sprenger, dem ich für den Hinweis besonders danken möchte.

4 Hegel 1881/82, Bd. 1, S. 312. Vgl. Schenk zu Schweinsberg 1900, S. 129.

5 Zu den Bürgerkämpfen siehe Matheus 1999, S. 178ff.

6 Altmann 1893, S. 441.

7 Seidenberger 1900, S. 46.

8 Stadtarchiv Mainz, Urkunde 1431.10.17.

9 Staatsarchiv Würzburg, Mainzer Urkunde 68/60 1/3 II (Zunftordnung der vereinigten Weberzünfte zum Krummen Ring und zum Ressen, 1443.08.04).

10 Hegel 1881/82, Bd. 1, S. 315.

11 Staatsarchiv Würzburg, Mainzer Urkunden, Geistlicher Schrank, Lade 25, Nr. 2a, fol. 78^{r}. Siehe Moraw, Peter: Zur Verfassungsposition der Freien Städte zwischen König und Reich, besonders im 15. Jahrhundert. In: Schwinges, Rainer Christoph (Hrsg.): Über König und Reich. Aufsätze zur deutschen Verfassungsgeschichte des späten Mittelalters (Festschrift P. Moraw). Sigmaringen 1995, S. 127–150, bes. S. 148.

12 Vidimus von 1449.10.09 (Staatsarchiv Würzburg, Mainzer Urkunden, Erzstift Nr. 2355 [liegt unter Kaiserselekt 1083]); Vogt, Ernst (Bearb.): Regesten der Erzbischöfe von Mainz von 1289–1396. 1. Abt. 1. Bd.: 1289–1328. Leipzig 1913, S. 55f., Nr. 317. Siehe Ringel, Ingrid Heike: Studien zum Personal der Kanzlei des Mainzer Erzbischofs Dietrich von Erbach (1434–1459). (Quellen und Abhandlungen zur mittelrheinischen Kirchengeschichte 34). Mainz 1980, S. 194, Anm. 28 u. 32.

13 Frenz, Thomas: Art. »Reise, Nikolaus«. In: Stammler, Wolfgang (Begr.): Die deutsche Literatur des Mittelalters. Verfasserlexikon. Bd. 7. 2., völlig neu bearb. Aufl. Berlin/New York 1989, Sp. 1214f., hier Sp. 1215.

14 So ist fraglich, ob Gutenberg im gleichnamigen Hof wohnte. Denn 1444 wird als Besitzer des Hofes zum Gutenberg Pfalzgraf Otto (von Pfalz-Mosbach) genannt. Dies ist dem Ehevertrag zwischen dem Kurfürsten Ludwig von der Pfalz und Margarete von Savoyen zu entnehmen, der am 22. Oktober 1444 in Mainz, und zwar im Hof des Pfalzgrafen Otto, *vulgariter zu Gudemberg nuncupata* (gewöhnlich zu Gudemberg genannt), geschlossen wurde. Der Vertrag ist gedruckt bei Cornaz, Ernest: Le Mariage Palatin de Marguerite de Savoie. (Mémoires et documents publiés par la Société d'Histoire de la Suisse romande. Seconde série tome XV.) Lausanne u. a. 1932, S. 102. Für den Hinweis danke ich herzlich Herrn Dr. Volker Rödel, Generallandesarchiv Karlsruhe.

15 Hegel 1881/82, Bd. 1, S. 328.

Literatur
Hegel 1881/82. – Hegel 1882. – Seidenberger 1900. – Fischer 1958. – Falck 1973. – Falck 1975. – Demandt 1977. – Falck 1978. – Matheus 1999.

Katalog

Aurea Maguntia – Stadt der Bürger und Sitz des Erzbischofs

In seiner 1457 erschienenen Beschreibung Deutschlands rühmte der italienische Humanist Enea Silvio Piccolomini, der spätere Papst Pius II., auch Mainz. Neben dem Alter der von den Römern gegründeten Stadt pries er vor allem die Großartigkeit der Kirchen, aber auch die prachtvollen öffentlichen und privaten Gebäude (Germania 2, 7). Wer sich der Stadt von außerhalb näherte, für den bildeten die Bürgerhäuser jedoch nur eine Masse, aus der sich durch ihre Größe und ihre Höhe alles beherrschend die Bischofskirche, der Martinsdom, erhob. In den Augen der Zeitgenossen gründete die Bedeutung der Stadt denn auch weniger auf bürgerlichen Gewerbefleiß und Handelsmacht als vielmehr auf die Tatsache, dass sie Sitz des Mainzer Erzbischofs und Kurfürsten war. Den Anspruch der Mainzer Bischofskirche, für Deutschland die gleiche Vorrangstellung einzunehmen wie Rom für die christliche Welt insgesamt, verkündete auch die Umschrift der beiden ältesten Stadtsiegel: *AVREA MAGVNTIA, ROMANE ECCLESIE SPECIALIS FILIA* (Das Goldene Mainz, der römischen Kirche bevorzugte Tochter). Die Bürgerschaft wusste also sehr wohl, dass die Nähe, die der Mainzer Erzbischof zum Papst und als Kurfürst und Reichserzkanzler zum Kaiser besaß, auch ihrer Stadt einen besonderen Glanz verlieh. Konfliktfrei war das Verhältnis zwischen Erzbischof und Stadt allerdings nicht. Das Miteinander wurde immer wieder von Kämpfen um die Macht in der Stadt belastet.

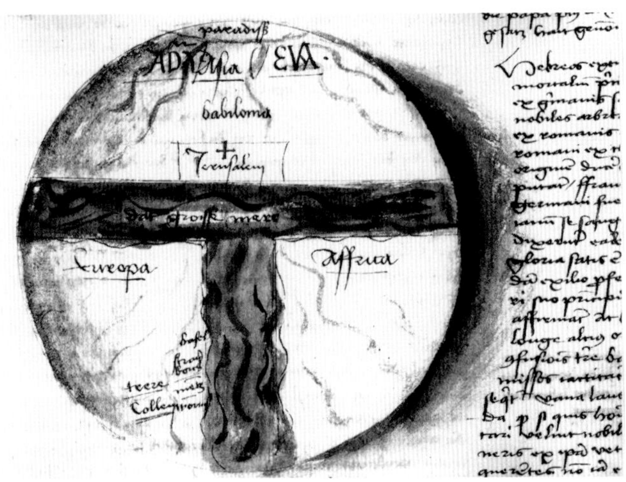

Abb. StA 1a **Weltkarte mit den rheinischen Bischofsstädten aus der »Agrippina«**

StA 1

Die Stellung von Mainz in der Welt und im Reich

Weltkarte und »Quaternionenadler« in der »Agrippina« des Kölners Heinrich van Beeck Köln/Mainz, 1469–1472

Bis 6. Juli 2000: Abschrift von 1472
Papier, 192 Bll.
H. 34,5 cm, B. 24 cm
Historisches Archiv der Stadt Köln, Chroniken und Darstellungen 20
Ab 7. Juli 2000: Abschrift von 1475, Schreiber Johann Sudermann
Papier, 203 Bll.
H. 32,4 cm, B. 23,5 cm
Historisches Archiv der Stadt Köln, Chroniken und Darstellungen 21

Wie man sich im 15. Jahrhundert die Stellung von Mainz in der Welt und im Heiligen Römischen Reich dachte, geben beispielhaft zwei Zeichnungen in einer Kölner Chronik wieder. Das Geschichtswerk trägt nach dem Namen des römischen Köln den Titel »Agrippina«; Autor ist der Kölner Heinrich van Beeck. Mit der Abfassung hatte dieser 1469 noch in seiner Heimatstadt begonnen, sein Werk aber erst 1472 in Mainz vollendet. Hier stand Beeck seit 1471 als Kaufhausmeister in Diensten Erzbischof Adolfs II. von Nassau. Ausdrücklich erwähnt der Autor Mainz in seiner Chronik im Zusammenhang mit Handschriften, die er in der Bibliothek des Mainzer Ritterstiftes St. Alban eingesehen hatte.

Mit seinem Werk wollte Beeck untermauern, dass und warum Köln die vornehmste und bedeutendste unter allen Freien und Reichsstädten sei. Dieser Intention dienten auch mehrere Zeichnungen, die im Autograph Beecks nur angedeutet, in späteren – in der Ausstellung präsentierten – Abschriften jedoch koloriert ausgeführt sind. Wenngleich die Zeichnungen in erster Linie die dominierende Stellung Kölns illustrieren sollten, so zeigen sie dessen ungeachtet in Kölns Nachbarschaft Städte, die einen vergleichbaren Status hatten oder bei denen der Chronist ähnliche Verhältnisse annahm, darunter auch Mainz.

Die Zeichnung mit der Weltkarte unterstreicht das ehrwürdige Alter der sechs Bischofsstädte Trier, Köln, Mainz,

Abb. StA 1b **Quaternionenadler aus der »Agrippina« des Kölners Heinrich van Beeck, 1472**

Worms, Straßburg und Basel. In T-Form, dem im Mittelalter verbreitetsten Typ der Weltdarstellung, ist die Erde als Scheibe gedacht. Im Zentrum liegt der Ort, an dem Christus auferstanden ist, Jerusalem, darüber befinden sich im Osten Babylon (als Behausung des Teufels) und Asien. Bekrönt wird die Karte vom Paradies und den Namen Adams und Evas, mit denen die Menschheitsgeschichte ihren Anfang nahm. Der blaue T-Balken steht für die Meere, die Europa, Afrika und Asien voneinander trennen. Die europäische Welt aber repräsentieren für den Städter Beeck allein die erwähnten Bischofsstädte, deren Namen entlang einer gedachten Rheinlinie in den europäischen Teil der Karte eingetragen sind.

Während die Weltkarte die Bischofsstädte einschließlich Mainz in einen heilsgeschichtlichen Zusammenhang bringt, versucht die Zeichnung mit dem Quaternionenadler den

Aufbau des Heiligen Römischen Reiches zu versinnbildlichen. Das Wappentier des Reiches, der doppelköpfige Adler, ist mit den Wappen einzelner Reichsstände belegt. Diese Wappen, insgesamt 32, verteilen sich auf die Flügelfedern in acht Gruppen zu je vier Wappen, den so genannten Quaternionen oder Quatuorviraten. Während die Federn des heraldisch rechten Flügels die Gruppen der Herzöge, Markgrafen, Landgrafen und Burggrafen zeigen, füllen den heraldisch linken Flügel Ritter, Grafen, Städte und Bauern aus. Die Gruppe der Städte bilden Augsburg, Aachen, Lübeck sowie Mainz, dessen Wappen das Doppelrad ziert.

Diese allegorisierende Art, das spätmittelalterliche Reich in Vierergruppen nach Reichsständen gegliedert darzustellen, besaß nur wenig Bezüge zur realen Verfassung, wie schon daran zu erkennen ist, dass die Kurfürsten in diesem System nicht berücksichtigt wurden. Gleichwohl erfreuten sich die Quaternionenadler seit Beginn des 15. Jahrhunderts zunehmender Beliebtheit, boten sie doch die Möglichkeit, das abstrakte Reich an ausgewählten Ständen konkret zu erfassen. Dass gerade Mainz zu den Quaternionen zählte und auch von den Theoretikern des Quaternionensystems, wie etwa dem Juristen Peter von Andlau 1460, dazu gerechnet wurde, dürfte die Stadt mit nicht geringem Stolz erfüllt haben. Die Zugehörigkeit zu den Quaternionen als Beweis der Reichsunmittelbarkeit von Mainz war allerdings zum Zeitpunkt der Entstehung der Beeckschen Chronik schon nichts mehr wert, denn 1462 hatte Erzbischof Adolf II. von Nassau die Stadt erobert und seinem Kurstaat einverleibt. Wie die Zeichnung belegt, sah Beeck aber offensichtlich keine Veranlassung, Mainz aufgrund des veränderten Rechtszustandes aus dem Quaternionensystem zu streichen.

W. D.

Literatur

Schubert 1993. – Henn 1996. – Meier 1998.

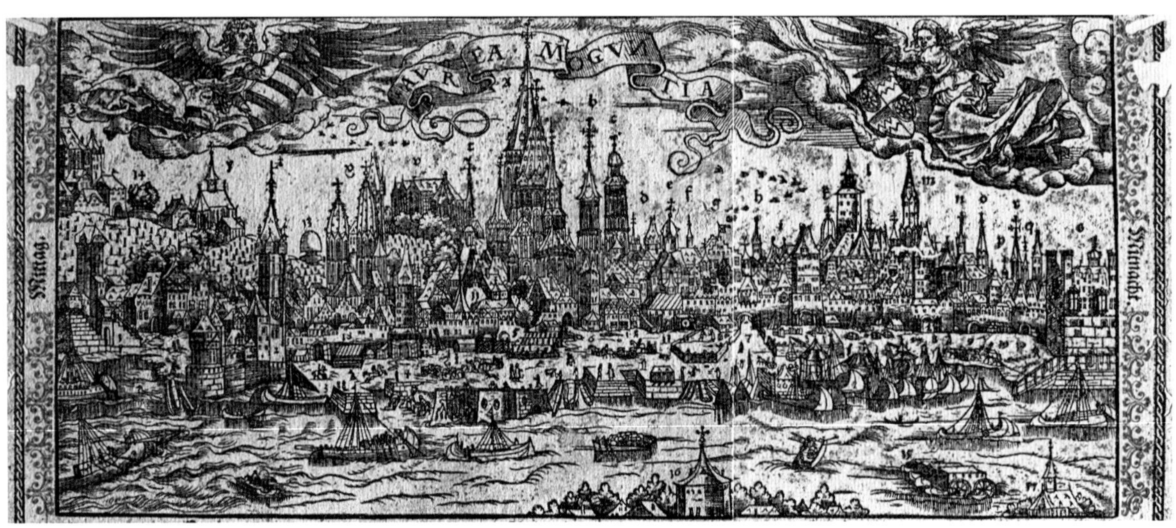

StA 2

Aurea Moguntia – das Bild der Stadt

Almanach Meyntzisch auf das Jahr nach der Geburt Christi MDLXV
Mainz, vor 1565

Kolorierter Holzschnitt von Franz Behem
H. 14 cm, B. 39,7 cm
Stadtarchiv Mainz, BPS 14 B

Einen vom Mainzer Domkapitel in Auftrag gegebenen Kalender für das Jahr 1565 ziert eine Darstellung, die erstmals einigermaßen realistisch die Mainzer Rheinfront von der gegenüberliegenden Seite wiedergibt. Abgesehen von der am äußersten rechten Bildrand gelegenen Martinsburg, die erst nach Gutenbergs Tod erbaut wurde, entspricht der bauliche Eindruck in etwa dem zur Zeit Gutenbergs. Das von dem Spruchband *Aurea Moguntia* gekrönte Bild führt dem Betrachter die ganze Stadt in einer prachtvollen Perspektive vor Augen. Am linken Bildrand ist das vor den Toren von Mainz gelegene Albanskloster (Nr. 14) sowie die Ruine des für den römischen Feldherrn Drusus errichteten Denkmals, des Eichelsteins (Nr. 13), zu sehen. Die Mitte beherrschen der Dom und die davor gelegene Liebfrauenkirche (Nr. b) als geistliches Zentrum, rechts davor erhebt sich der Kirchturm der Pfarrkirche von St. Quintin (Nr. c). Das bürgerliche Zentrum markiert das – leicht rechts, direkt vor den Stadtmauern gelegene – Rathaus (Nr. g). Als Inbegriff städtischen Lebens hat der Künstler des Holzschnitts vor der trutzigen Rheinbefestigung Handel und Verkehr plastisch dargestellt. Am Ufer haben zahlreiche Schiffe festgemacht, die mit Hilfe der Kräne be- und entladen werden. Träger und Fuhrleute stehen zum Abtransport der Waren in die Stadt – zum Verkauf auf dem Markt oder im Kaufhaus – bereit.
W. D.

Literatur
Dobras 1999, S. 25f.

StA 3
Der Geltungsbereich des Mainzer Stadtrechts
Gemarkungskreuz
15. Jahrhundert

Muschelkalk
H. 113 cm, B. 60 cm, T. 20 cm
Ursprünglicher Standort (bis 1967): Mainz-Weisenau, Göttelmannstraße
Landesmuseum Mainz, Inv.-Nr. 67/8a

Der städtische »Burgbann« bezeichnete den Geltungsbereich des Mainzer Stadtrechts. Die Burgbann-Grenzen markierten steinerne Kreuze, von denen nur noch zwei erhalten sind. Das ausgestellte Exemplar stand ursprünglich an der Höhenstraße nach Weisenau. Es zeigt das Mainzer Stadtwappen mit dem achtspeichigen Doppelrad. Da dieses erst seit dem Ende des 14. Jahrhunderts – erstmals auf dem Ratssiegel – nachweisbar ist, lässt sich das Gemarkungskreuz auf die Zeit nach 1400 datieren.
W. D.

Literatur
Falck 1973, S. 82. – Reibeling, Heinrich: Steinkreuze und Kreuzsteine in Hessen. Dossenheim/Heidelberg 1977, S. 164, Nr. 5915.2.

StA 4

Symbol der geistlichen Herrschaft des Mainzer Erzbischofs

Krümme aus dem Grab des Mainzer Erzbischofs Adolf I. von Nassau († 1390) Zweite Hälfte des 14. Jahrhunderts

Kupfer vergoldet
L. 32 cm
Bischöfliches Dom- und Diözesanmuseum Mainz, Inv.-Nr. S 486

Seit ca. 780 war Mainz ständiger Erzbischofssitz und damit Zentrum der größten Kirchenprovinz Europas. Der Mainzer Erzbischof hatte die Aufsicht und Obergewalt über die Bistümer Chur, Konstanz, Straßburg, Speyer, Worms, Augsburg, Eichstätt, Würzburg, Paderborn, Hildesheim und Verden. Seine eigene Diözese – das Erzbistum Mainz, dem der Metropolit als Diözesanbischof vorstand – dehnte sich schlauchförmig vom heutigen Rheinland-Pfalz bis in den Norden Niedersachsens aus und umfasste auch weite Teile Hessens und Thüringens.

Abzeichen der bischöflichen Würde und Symbol seines Hirtenamtes war der Bischofsstab, von dem das Exemplar des 1390 verstorbenen Mainzer Erzbischofs Adolf I. von Nassau in der Ausstellung gezeigt wird.[1] Entdeckt wurde der Stab, als man in den Jahren 1925–1928 den Mainzer Dom einer umfassenden statischen Sicherung unterzog. Bei den damit verbundenen Fundamentierungsarbeiten wurden zahlreiche erzbischöfliche Grabstätten, darunter auch diejenige des Mainzer Erzbischofs Adolf I. von Nassau (1381–1390), geöffnet. Das von Fritz Arens publizierte Grabungsprotokoll vom April 1926 verzeichnet die Fundumstände. Demnach waren Körper und Gewandung des Verstorbenen fast vollständig vergangen, erhalten waren jedoch das Schwert, der Bischofsstab, ein Kissen, eine völlig oxidierte Bleiplatte und zwei Fingerringe. Zwischen den Händen hielt der Tote ein hölzernes Kruzifix.

Zu der hier ausgestellten Krümme gehören noch Reste des eigentlichen Bischofsstabes, die jedoch weitgehend zerfallen sind. Es handelte sich dabei um einen Holzstab, der im rechten Arm des Toten lag. Die Krümme selbst befand sich auf einem kleinen Kissen, das mit Samen (Fenchel? Kümmel?) gefüllt war. Sie besteht aus mehreren Teilen und weist Spuren ehemaliger Vergoldung auf. Über dem abgeplatteten Knauf verläuft die Kurvatur in zwei Windungen, die in einem Dreiblatt enden. Der obere Rand der Kurvatur ist mit einem wellenartigen Zackenfries geschmückt. Ein zweites, größeres Dreiblatt stützt die Volute der Krümme gegen den senkrechten Teil ab. Diese im 13. Jahrhundert entwickelten Formelemente wurden auch im 14. Jahrhundert beibehalten (vgl. die im Bonner Landesmuseum bzw. im Londoner Victoria- and Albert-Museum aufbewahrten Bischofsstäbe aus den genannten Jahrhunderten).

W. W.

1 Insignien der Bischöfe des 15. Jahrhunderts haben sich nicht erhalten.

Literatur

Arens, Fritz V.: Beigaben in Bischofsgräbern. Der Ring aus dem Grabe des Erzbischofs Adolf I. von Nassau im Mainzer Dom. In: MZ 60/61 (1965/66), S. 110–124. – Katalog »Hessen und Thüringen. Von den Anfängen bis zur Reformation«. Marburg 1992, S. 198, Nr. 300.

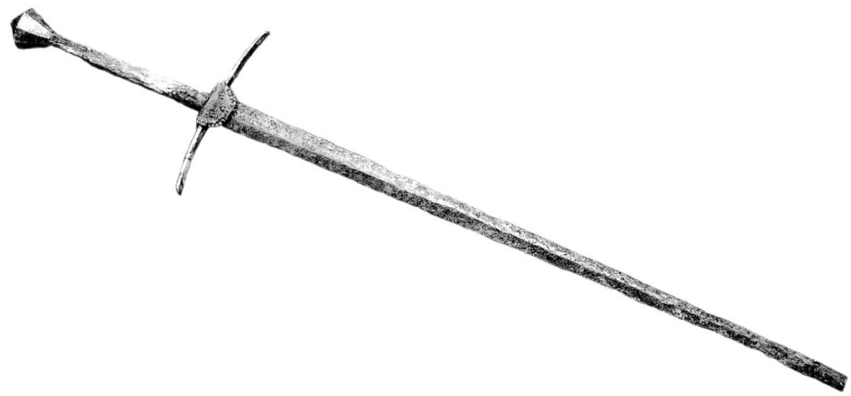

StA 5

Symbol der weltlichen Herrschaft des Mainzer Erzbischofs

Schwert aus dem Grab des Mainzer Erzbischofs Adolf I. von Nassau († 1390) Zweite Hälfte des 14. Jahrhunderts

Eisen, Bronze, Holz, Leder
L. 114 cm
Bischöfliches Dom- und Diözesanmuseum Mainz, Inv.-Nr. S 485

Der Mainzer Erzbischof war zum einen geistliches Oberhaupt seiner Diözese, zum andern Landesherr über einen weltlichen Herrschaftsbereich, das Erzstift. Dieses stellte jedoch kein geschlossenes Gebilde dar: Es umfasste Gebiete um Mainz und im Rheingau, um Aschaffenburg, um Amöneburg, Neustadt und Fritzlar, um Königstein, im Eichsfeld und schließlich in und um Erfurt. Versuchen der Mainzer Erzbischöfe, dieses Konglomerat zu einer kraftvollen Territorialmacht auszubauen, blieb der Erfolg versagt. Seit dem Ende des 14. Jahrhunderts stagnierte die Territorialpolitik der Mainzer Erzbischöfe, und gerade im 15. Jahrhundert musste das Erzstift, nicht zuletzt infolge der Stiftsfehde 1462, empfindliche Gebietsverluste hinnehmen.

Als Abzeichen seiner weltlichen Herrschaft führte der Mainzer Erzbischof ein Schwert. Das ausgestellte Exemplar stammt ebenso wie die zuvor aufgeführte Krümme aus dem Grab des Mainzer Erzbischofs Adolf I. von Nassau († 1390). Es lag unter dem linken Arm und der linken Körperseite des Toten, die Spitze nach oben gerichtet und neben dem Kopf situiert. Der Griff ruhte neben den Knien. Es handelt sich um einen Zweihänder mit oktogonalem Bronzeknauf über einem Griff aus Holz und Leder. Auch ein Rest des perlenbesetzten, stoffüberzogenen Stichblattes hatte sich erhalten. Von der Scheide sind Fragmente überliefert.

W. W.

Literatur

Arens, Fritz V.: Beigaben in Bischofsgräbern. Der Ring aus dem Grabe des Erzbischofs Adolf I. von Nassau im Mainzer Dom. In: MZ 60/61 (1965/66), S. 118–124. – Katalog »Hessen und Thüringen. Von den Anfängen bis zur Reformation«. Marburg 1992, S. 197 f., Nr. 299.

Abb. StA 6 **Die Kurfürsten bei der Königswahl in Frankfurt 1438**

StA 6

Der Mainzer Erzbischof als Kurfürst

Die Kurfürsten bei der Königswahl in Frankfurt Miniatur in der Chronik Kaiser Sigismunds von Eberhard Windecke Elsass (?), um 1440–1450

Kolorierte Federzeichnung aus der Werkstatt Diebold Laubers (?)
Papier
H. 36,7 cm, B. 27,5 cm
Österreichische Nationalbibliothek Wien, Cod. 13975, fol. 440v

Der Mainzer Erzbischof spielte eine einflussreiche Rolle in der Reichspolitik, gehörte er doch zu den Fürsten, die den König »in deutschen Landen« wählten. Die Prinzipien der Königswahl waren in der Goldenen Bulle Kaiser Karls IV. von 1356 reichsrechtlich fixiert: Danach zählten allein die Erzbischöfe von Mainz, Trier und Köln sowie der König von Böhmen, der Pfalzgraf bei Rhein, der Herzog von Sachsen und der Markgraf von Brandenburg zu den Kurfürsten des Heiligen Römischen Reiches. Einen Vorrang unter den Kurfürsten besaß der Mainzer: Denn er berief nicht nur die Wahlversammlung ein und leitete sie, sondern stimmte beim Wahlakt selbst als Letzter ab. Aufgrund dieses Rechtes der letzten, möglicherweise entscheidenden Stimme sahen sich die Mainzer Erzbischöfe auch gerne als eigentliche Königsmacher.

Eine kolorierte Zeichnung in der von dem Mainzer Patrizier Eberhard Windecke verfassten Chronik des Kaisers Sigismund illustriert in stark schematisierter und vereinfachter Form den Wahlakt: Gezeigt wird, wie die Kurfürsten von Köln, Trier, Mainz, Pfalz, Sachsen und Brandenburg (von links nach rechts) im Frühjahr 1438 in den Mauern von Frankfurt – der von der Goldenen Bulle bestimmten Wahlstätte – zusammensitzen, um einen Nachfolger für den am 9. Dezember 1437 verstorbenen Kaiser Sigismund zu küren. Die böhmische Kur ruhte, da mit dem Tod Sigismunds zugleich auch der böhmische Thron verwaist und die Nachfolge noch nicht entschieden war. Der Kurfürst von der Pfalz, Ludwig, war noch minderjährig und wurde von seinem Vormund Pfalzgraf Otto vertreten.

Anders als in der Zeichnung dargestellt, fand die Wahl nicht unter freiem Himmel statt, sondern in einer eigens dafür bestimmten Kapelle in der Frankfurter Stiftskirche St. Bartholomäus. Am 18. März 1438 entschieden sich die Kurfürsten einstimmig für den Schwiegersohn Sigismunds, Herzog Albrecht V. von Österreich.

W. D.

Literatur

Reifferscheid, Al.: Des Kaisers Sigismund Buch von Eberhard Windeck und seine Ueberlieferung. In: Nachrichten von der Königl. Gesellschaft der Wissenschaften und der Georg-Augusts-Universität zu Göttingen 1887, S. 522–545, hier S. 529 f. – Altmann 1893, S. 448 f. – Beckmann, Gustav (Hrsg.): Deutsche Reichstagsakten unter König Albrecht II. 1. Abt.: 1438. (Deutsche Reichstagsakten Ältere Reihe 13). Stuttgart/Gotha 1925, S. 80–82, Nr. 32. – In Retrospect. A Catalogue of 100 Outstanding Manuscripts sold in the last four decades by H. P. Kraus. New York 1978, S. 152 f. – Hehl 1999, S. 839–857.

Wir Bürger arm und reich – Wirtschaft und Gesellschaft

Die in den städtischen Urkunden immer wieder vorkommende Formel *Wir Bürger arm und reich* bezeichnete alle Mitglieder des Bürgerverbandes. Der Bürgerverband war nicht gleichbedeutend mit der Einwohnerschaft der Stadt. Nur das Bürgerrecht garantierte die vollberechtigte Teilnahme am politischen Leben der Stadt, umfasste aber auch Pflichten wie die Bezahlung von Steuern und den Wachdienst. Das soziale Spektrum der Mainzer Bürgerschaft reichte von Angehörigen des Patriziats und der zünftigen Oberschicht, vor allem Händlern und Kaufleuten, bis hin zum kleinen Zunfthandwerker, der gerade oberhalb des Existenzminimums lebte. Die Formel *Wir Bürger arm und reich* spielte aber nicht nur auf den unterschiedlichen Reichtum an, sondern auch auf das unterschiedliche Ausmaß an Einfluss, Ehre, Ansehen und politischer Macht in der Stadt. Hier besaßen die Patrizier einen Vorrang, der jedoch von der Oberschicht der Zünfte angefochten wurde.

Dessen ungeachtet repräsentierte die Bürgergemeinde die Armen aber genauso wie die reichen Patrizier. Von den armen Bürgern zu unterscheiden sind allerdings die wirklich ökonomisch Armen, die Unterschichten ohne Bürgerrecht, wie etwa die Knechte und Tagelöhner. Gesellschaftliche Außenseiter waren darüber hinaus die Juden, deren Gemeinde sich in Mainz nach dem Pogrom von 1349 neu gebildet hatte und Anfang des 15. Jahrhunderts noch einmal eine letzte schwache Blüte erlebte.

Da sich keine Steuerlisten und Bürgerbücher erhalten haben, lassen sich für Mainz jedoch keine genauen Angaben zur Verteilung des Reichtums sowie zur Zahl von Bürgern und Einwohnern ohne Bürgerrecht in der ersten Hälfte des 15. Jahrhunderts machen.

Abb. StA 7 **Auflistung von Grundstoffen zur Farbherstellung sowie von Garnsorten und Seidentüchern in der Mainzer Kaufhausordnung**

StA 7

Das städtische Kaufhaus –
Lokal für den Großhandel und Depot für die Waren fremder Kaufleute

von roder farben, die man hie bereid und macht …

Mainzer Kaufhausordnung
Erste Hälfte des 15. Jahrhunderts

Handschrift auf Pergament, 31 Bll. – Zeitgenössischer Holzdeckeleinband mit 1/1 rotem Lederbezug. Im vorderen Deckel das Stadt-Mainzer Doppelrad in das Leder hineingeschnitten
H. 29 cm, B. 19,5 cm
Staatsarchiv Würzburg, MBvl 1

Das in den ersten beiden Jahrzehnten des 14. Jahrhunderts erbaute große Kaufhaus auf dem Brand war das älteste seiner Art im deutschsprachigen Südwesten. Im Jahre 1317 hatte König Ludwig der Bayer den Mainzer Bürgern gestattet, in diesem zur sicheren Aufbewahrung der Waren errichteten Kaufhaus auf Dauer eine mäßige Abgabe von den Kaufleuten beim Warenverkauf zu erheben. Mit den Einnahmen sollten die Kosten für die Kaufhauswächter sowie andere städtische Ausgaben bestritten werden. In der Gutenbergzeit war das Kaufhaus, dessen Zinnen im 14. Jahrhundert mit acht großformatigen Reliefs König Ludwigs des Bayern und der sieben Kurfürsten geschmückt wurden, immer noch der markanteste und eindrucksvollste Mainzer Profanbau. Ob etwa der obere Saal des Kaufhauses schon damals auch für Feste und Tanzveranstaltungen genutzt wurde, ist möglich, sicher aber erst für das 16. Jahrhundert belegt.

Aus dem 15. Jahrhundert sind bisher noch nicht systematisch ausgewertete Kaufhausordnungen erhalten, die u. a. einen interessanten Überblick über die im Kaufhaus gestapelten Güter gestatten. Die in den Kaufhausgewölben unter städtischer Regie angebotenen Waren wurden nur en gros verhandelt, während der Verkauf vieler in den Ordnungen fehlender Güter auf den verschiedenen Mainzer Märkten und in Marktgassen, auf Verkaufsständen und in Läden unter der Aufsicht von erzbischöflichen Funktionsträgern erfolgte. Das Kaufhaus diente neben anderen Einrichtungen der Kontrolle und Qualitätssicherung im Handel. Bei etlichen Gütern begünstigten niedrigere Abgaben die Mainzer Händler gegenüber fremden Kaufleuten.

Offenkundig konnte man in Mainz damit rechnen, dass im Kaufhaus in großem Umfang Waren vorrätig waren, welche neben anderen Zwecken auch zur Herstellung von Farben benutzt werden konnten. Alle im Folgenden genannten Produkte werden nach Zentnern (sic!) tarifiert. Solche Grundstoffe wurden u. a. zur farblichen Ausgestaltung von Handschriften und Frühdrucken verwendet. Ein aus der Mitte des 15. Jahrhunderts zufällig überliefertes Musterbuch, das heute in der Staats- und Universitätsbibliothek Göttingen aufbewahrt wird, beschreibt über Maltechniken hinaus, auf welche Weise Farben zum Zwecke der Illuminierung hergestellt und gemischt wurden. Unterdessen kann als gesichert gelten, dass eines der vier erhaltenen Pergament-Exemplare der 42-zeiligen Gutenbergbibel, welches sich ebenfalls in Göttingen befindet, in einer (Mainzer?) Werkstatt nach der Vorlage dieses Musterbuches ausgemalt wurde.

Auf den beiden aufgeschlagenen Seiten der Kaufhausordnung (fol. 4^v, 5^r) werden Garnsorten, Seide, Seidentücher und *gulden ducher* (vermutlich: goldgewirkte Tücher) sowie verschiedene Grundstoffe zur Farbherstellung genannt: *Weydt* (blaue Farbe); *Rodefarbe: item von roder farben, die man hie bereid und macht* … Demzufolge wurde in Mainz in großem Stile rote Farbe hergestellt und en gros verkauft. Es handelt sich offenbar nicht um die zuvor bereits (fol. 4^r: *Rode*) genannte Färberröte (Krapp), die gleichfalls als Großhandelsware angeboten wurde. Bei *Blywisze* handelt es sich um das im Musterbuch mehrfach genannte Bleiweiß. Mit *Teste* (von lat. testa?) könnten aus Ziegelstein oder Ziegelmehl hergestellte Farbpigmente gemeint sein. An anderen Stellen werden weitere für die Farbherstellung wichtige Grundstoffe aufgeführt, die ebenfalls im Musterbuch genannt werden. Dies gilt für den fol. 2^v notierten *Cenober* (Zinnober) ebenso wie für das *Presiligen holtze* (Brasilholz, Rotholz aus Indien), das der Herstellung von *Sattbraun oder Sattrot bzw. Lichtrosa* dient. Das fol. 2^v aufgelistete *Quecksilber* wird zur Herstellung von Goldfarbe benötigt, während *Alune* (Alaun) als Farbzusatz verwendet wird (fol. 4^r). Das fol. 8^v erwähnte *Sirmetyes* wird von einer Hand des ausgehenden 15. bzw. des frühen 16. Jahrhunderts als *Terpentin* interpretiert. Auch andere im Kaufhaus angebotene Produkte wie Gummi, Öle, Schwefel, Zinn, Kreide, Weinstein sind Bestandteile von Farbmischungen. Wie konsequent die hervorragenden Lager- und Stapelmöglichkeiten des Mainzer Kaufhauses genutzt wurden, ist leider nicht bekannt. Jedenfalls konnte eine umfangreiche Vorratshaltung an Grundstoffen nicht nur den Bedarf von Mainzer Malwerkstätten befriedigen, sondern dürfte auch für den regionalen bzw. überregionalen Absatz von Bedeutung gewesen sein.

M. M. u. H. S.

Literatur

Falck 1973, bes. S. 103 f. – Lehmann-Haupt 1972. – Füssel 1999, S. 50 ff.

StA 8

Der rheinische Gulden als Hauptwährungsmünze des spätmittelalterlichen Reiches

StA 8a

Gulden des Kurrheinischen Münzvereins, geprägt vom Mainzer Kurfürsten Johann II. von Nassau (1397–1419) in Bingen nach dem Vertrag von 1399

Vs.: Stehender Johannes der Täufer mit Kreuzstab, zwischen den Beinen ein Kreuz. *IOh(ann)IS AR(chi)E–P(iscop)VS MAGV(n)T(inus)'*
Rs.: In rundem Vierpass fünf Wappenschilde, in der Mitte Nassau, oben Mainz, links Köln, rechts Trier und unten Pfalz. + *MONETA OPIDI PINGENSIS*
Gold – 3,48 g – 21 mm
Stadtarchiv Mainz, MK 188 D 5
Link 1989, Nr. 26

StA 8c

Gulden des Kurrheinischen Münzvereins, geprägt vom Trierer Kurfürsten Werner von Falkenstein (1388–1418) in Wesel nach dem Vertrag von 1399

Vs.: Stehender Johannes der Täufer mit Kreuzstab, zwischen den Beinen ein Kreuz. *WERNER(us)'–AR(chi)EP(iscopu)S TRE(verensis)*
Rs.: In rundem Vierpass fünf Wappenschilde, in der Mitte Falkenstein, oben Trier, links Mainz, rechts Köln, unten Pfalz. *MONETA WESALIENSIS*
Gold – 3,49 g – 21 mm
Stadtarchiv Mainz, MK 407 D3
Noss 1916, Nr. 318c

StA 8b

Gulden des Kurrheinischen Münzvereins, wie Nr. 8 a, jedoch Stempelvariante mit leicht verändertem Münzbild

Gold – 3,44 g – 21 mm
Stadtarchiv Mainz, MK 188 D7

StA 8d

Gulden des Mainzer Kurfürsten Johann II. von Nassau (1397–1419), Höchst 1404–1409

Vs.: Erzbischof mit Krummstab in gotischem Gestühl, sechsspeichiges Rad als Mantelspange. Vor den Füßen der nassauische Wappenschild. *IOhIS AR–EP MAGV*
Rs.: Im Dreipass Mainzer Radschild. + *MONETA I(n) hOEST(en) SVP(ra) MOGEN(um)*
Gold – 3,50 g – 22 mm
Stadtarchiv Mainz, MK 188 J 2
Schlegel 1991, Nr. 22

StA 8e

Gulden des Mainzer Kurfürsten Konrad III. Wild- und Rheingrafen von Dhaun (1419–1434), Bingen 1426, mit Gegenstempel der Reichsstadt Lübeck

Vs.: Kniebild des Erzbischofs mit Stab und segnender Rechten über quadriertem Familienwappen Wildgrafschaft/Rheingrafschaft. *CONRADI–ARCPI' MA'*
Rs.: Im Dreipass Mainzer Radschild. + *MONETA NOVA AVREA BIN*. Von der Stadt Lübeck mit einem Doppeladler über dem Radschild gegengestempelt, um die Münze als vollwertig zu kennzeichnen und ihr Gültigkeit im Lübecker Währungsgebiet zu verschaffen.
Gold – 3,42 g – 23 mm
Stadtarchiv Mainz, MK 191 E 6
Link 1989, Nr. 52

StA 8f

Gulden des Kurrheinischen Münzvereins, geprägt vom Mainzer Kurfürst Dietrich I. Schenk zu Erbach (1434–1459) in Höchst 1437

Vs.: Krückenkreuz, belegt mit Schild, quadriert von Mainz und Erbach. *ThEO(doricus) AR(chi)EP(iscopus)' MAGV(ntinus) MO(neta) HO(estensis)*
Rs.: Im Dreipass aneinander stoßende Schilde, links Kurköln, rechts Kurpfalz und unten Kurtrier. *ANO DNI M CCCC XXXVII*
Gold – 3,43 g – 23 mm
Stadtarchiv Mainz, MK 194 C 5
Schlegel 1991, Nr. 53

Nachdem seit karolingischer Zeit die Silberwährung vorherrschend gewesen war, ließ der Aufschwung des Handels zu Beginn des 14. Jahrhunderts den Wunsch nach größeren Nominalen als nur den Pfennig entstehen. So kam es bald zur Einführung von Goldmünzen im Reich. Als Vorbild dienten die Goldmünzen von Florenz, die Florentiner, deren Rechnungswert einem Pfund (= 240) Pfennige entsprach. An ihrem typischen Gepräge – dem Florentiner Schutzheiligen Johannes dem Täufer auf der Vorderseite und dem Stadtwappen der Lilie auf der Rückseite – waren sie leicht zu erkennen. In Deutschland gehörten die rheinischen Kurfürsten zu den ersten, die – seit den 1340er Jahren – die Prägung von Goldgulden, zunächst noch in Nachahmung des Florentiner Münzbildes, aufnahmen. 1356 verankerte Kaiser Karl IV. die kurfürstliche Guldenprägung reichsrechtlich in der Goldenen Bulle.
Die rheinischen Kurfürsten waren es auch, die dem Münz- und Währungssystem des spätmittelalterlichen Reiches größere Stabilität zu verleihen suchten und damit eine reichspolitische Verantwortung übernahmen. Vor allem um dem weit verbreiteten Vermindern des Edelmetallwerts gängiger Münzen durch eigennützige Fürsten Einhalt zu gebieten, schlossen sich die Erzbischöfe und Kurfürsten von Mainz, Köln und Trier sowie der Kurfürst von der Pfalz 1386 zum »Kurrheinischen Münzverein« zusammen: Sie verpflichteten sich auf eine gemeinsame Guldenprägung mit genau festgelegtem Gewicht, Feingehalt und Münzbild, wobei Umschrift und Wappen den jeweiligen Münzherrn erkennen ließen. Dank immer wieder erneuerter Verträge gelang es den rheinischen Kurfürsten innerhalb weniger Jahrzehnte, nicht nur die Stabilität der Guldenwährung am Rhein, der wichtigsten Handelsstraße des Reiches, zu gewährleisten, sondern auch den rheinischen Gulden zur Leitmünze im Reich zu entwickeln. Das bedeutete nicht, dass man in anderen Teilen des Reiches darauf verzichtete, die rheinischen Gulden auf ihren Feingehalt genauestens zu prüfen, wie das Beispiel eines vom Mainzer Erzbischof Konrad 1426 geprägten Guldens beweist: Dieser wurde von der Reichsstadt Lübeck mit einem Gegenstempel in Form eines Doppeladlers als vollwertig gekennzeichnet und damit erst für den Umlauf innerhalb der eigenen Stadtmauern zugelassen.
Große Bedeutung für die Geldpolitik der kurrheinischen Münzherren kam den Frankfurter Messen zu, die einen Dreh- und Angelpunkt der mitteleuropäischen Wirtschaft darstellten. Hier konnten die rheinischen Kurfürsten ihre eigenen Prägungen absetzen und sich nicht zuletzt mit Gold für neue Prägungen versorgen. Vor allem die Mainzer Erzbischöfe nutzten die geographische Nähe: Um den

lästigen Transport des Rohstoffs zu ihrer Hauptmünzstätte Bingen zu vermeiden und größeren Gewinn aus den Messen zu ziehen, ließen sie seit dem letzten Viertel des 14. Jahrhunderts in Höchst, der kurmainzischen Zollstätte am Main direkt vor den Mauern Frankfurts, Gulden, und zwar ausschließlich, prägen. Die für den Absatz auf der Messe geprägten Gulden des Kurrheinischen Münzvereins genossen einen guten Ruf, der auch nicht erschüttert wurde, als König Sigismund 1418 in Frankfurt die Reichsgoldmünzenprägung reaktivierte. So sorgte nicht zuletzt der Zahlungsverkehr auf den Frankfurter Messen für die reichsweite Durchsetzungskraft und Akzeptanz der rheinischen Gulden.

W. D.

Literatur

Diepenbach 1949. – Schlegel 1991. – Rothmann 1998, bes. S. 283 – 287.

StA 9

Fundament des Mainzer Rheinkrans mit eingemauertem Wappenstein der Stadt Mainz Lavierte Federzeichnung um 1800

1 Bogen Papier
H. 23,4 cm, B. 19,5 cm
Stadtarchiv Mainz, Französisches Archiv 60/900
(Abtretung der Kranen und Waagen, des Kaufhauses und der Rente sowie deren Gebühren an die Stadt, 1802)

Um Schwerlastgüter wie Weinfässer besser befördern zu können, entstanden seit dem 13. Jahrhundert in vielen Fluss- und Seehäfen leistungsfähige Krane mit Tretradantrieb, die zuvor bereits im Bauwesen Verwendung gefunden hatten. Mainz verfügte wie andere bedeutende Hafen- und Umschlagsorte neben einfacheren Verladeeinrichtungen über mindestens zwei derartige tretradgetriebene Maschinen zum Be- und Entladen der auf dem Rhein transportierten Güter. Ob bereits im 14. Jahrhundert zwei Hebewerke in Mainz existierten, kann nicht als gesichert gelten.[1] In den Mainzer Präsenzrechnungen des Liebfrauenstifts wird im Jahre 1383 ein Mainzer *kranen* erwähnt, an dem aus Oestrich stammende Weine verladen werden.[2] Im Jahre 1395 wird ein *kranenmeister* Wycker genannt.[3] Ob wie in Frankfurt und andernorts auch in Mainz zunächst Schiffskrane zum Einsatz kamen, wissen wir nicht. Unbekannt ist auch, wann neben solchen schwimmenden Schiffskranen oder als Ersatz für sie Landkrane erbaut wurden. Spätestens im 15. Jahrhundert wurde in Mainz jedenfalls entsprechend dem Flusslauf ein Oberer von einem Unteren Kran unterschieden. Eine Urkunde vom 28. April 1421 nennt Weinlieferungen aus Oestrich im Rheingau, die zur Zeit der Weinlese an den *nydder cranen* in Mainz geliefert werden müssen.[4] Von Steinmetzarbeiten *an dem luer* (eine Art Ausladeplatz am Ufer) *of dem Ryne an dem oberkranen* ist zum Jahr 1439 die Rede.[5] Die Mainzer Krane am belebten Rheinufer befanden sich in Nachbarschaft von Landestellen für Schiffe sowie von Markt- und Stapelplätzen und waren funktional mit anderen dem Warenverkehr dienenden Einrichtungen wie dem Kaufhaus und den städtischen Waagen verknüpft.

In den wenigen erhaltenen Mainzer Stadtrechnungen des 15. Jahrhunderts sind ab 1410 Einnahmen vom *kraniche* bzw. vom *krane* verbucht. So werden für die Jahre 1436 und 1449 entsprechende Summen verzeichnet: *des ganzen jars von dem krane* bzw. *die man rechent vor daz gantz jar, hat der krane getan*.[6] Diesen Eintragungen zufolge erscheint es eher zweifelhaft, dass während der gesamten Gutenbergzeit zwei Hebewerke im Einsatz waren.

Für die Nutzung des unter städtischer Regie betriebenen Krans erhoben Kranmeister und Kranknechte Gebühren, das so genannte Krangeld. Der Rat versuchte, einen Kranzwang durchzusetzen und einen möglichst umfangreichen Personenkreis zur Nutzung des Krans zu zwingen. Der Pfaffenrachtung von 1435 zufolge, welche das Verhältnis zwischen der Stadtgemeinde und der Mainzer Geistlichkeit grundlegend regelte (Kat.-Nr. StA 81), sollte die Geistlichkeit entsprechend der bisherigen Praxis am Kran für zu befördernde Weinfässer Gebühren entrichten.[7] Laut einer vom 18. August 1450 datierenden Ordnung sollte der Mainzer Kranmeister nur solche Waren vom Kran befördern lassen, die zwei Nächte lang in Mainz deponiert worden waren. Sie waren zudem in einem *zeichen buch* im Kaufhaus zu notieren, und dem Kranmeister mussten entsprechende Quittungen *(zeichen)* übergeben werden. Dieser hatte die über die Woche eingesammelten Belege samstags im Kaufhaus abzuliefern, wo sie mit den Einträgen im Zeichenbuch verglichen werden sollten.[8] Auf diese Weise versuchte man, den Kran neben anderen kommunalen Einrichtungen als ein Instrument zur Steigerung und Überprüfung der städtischen Einnahmen und als Mittel zur Kontrolle des Warenumschlags einzusetzen. Für einige Jahre der Gutenbergzeit sind Nachrichten über die Höhe der eingenommenen Krangelder überliefert. Sie sind Indikatoren über Handelsumfang und konjunkturelle Entwicklungen. So erzielte die Stadt im Jahre 1438 lediglich rund 168 Pfund Einnahmen aus den Krangebühren, während sich diese Einkünfte im Jahre 1442 auf immerhin rund 326 Pfund beliefen.[9]

Spätestens im 15. Jahrhundert wurde in Mainz auch ein feststehendes steinernes Kranhaus errichtet, von dem zu Beginn des 19. Jahrhunderts noch Reste gesichtet wurden. In der zweiten Hälfte des 18. sowie in der ersten Hälfte des 19. Jahrhunderts wurden vielerorts ältere Krane, welche den gestiegenen Anforderungen nicht mehr genügten, abgerissen und durch leistungsfähigere Anlagen ersetzt. So sollte auch der 1768 vom Kurfürsten in Mainz statt des alten Unteren Krans errichtete Kran der Beförderung des »Commerzes« dienen. Das am 14. Juli 1802 eingeweihte Hebewerk trat an die Stelle des Oberen Krans. Bevor die neue Verladeeinrichtung der Stadt übergeben wurde, ließ die französische Verwaltung eine Zeichnung anfertigen, welche das Fundament des alten Mainzer Rheinkrans mit dem eingemauerten Wappenstein der Stadt Mainz zeigt. Besondere Beachtung fand dabei die oberhalb des Wappens eingemeißelte Jahreszahl 1460. Demnach wäre noch vor der Eroberung der Stadt im Jahre 1462 mit einer umfangreicheren Kranbaumaßnahme, möglicherweise sogar mit einem Neubau begonnen worden. Das in Stein gehauene Datum galt bei der Befundsicherung zu Beginn des 19. Jahrhunderts als einer der Belege dafür, dass bis zur Eroberung der Stadt Mainz durch die Truppen Erzbischof Adolfs II. von Nassau die Mainzer Kranbetriebe zu den städtischen Gerechtsamen zählten.[10]

R. M.

1 Schaab 1841–1851, Bd. 1, S. 415–417; Falck 1973, S. 75.
2 Stadtarchiv Mainz, 13/290, S. 141.
3 Dertsch 1962–1967, Bd. 3, Nr. 2549.
4 Stadtarchiv Mainz, Kopialbuch 13/231, fol. 122r.
5 Hegel 1881/82, Bd. 1, S. 251 f., vgl. auch ebd. S. 277 ff.
6 Staatsarchiv Würzburg, Rechnungen 40577, 40578.
7 Stadtarchiv Mainz, U 1435.01.07 (1) (St 212) bzw. Stadtarchiv Mainz, U 1435.01.07 (2) (St 210b); Würdtwein, Stephan A.: Subsidia diplomatica ad selecta juris ecclesiastici Germaniae et historiarum capita elucidanda. Bd. 13. Frankfurt/Leipzig 1780, S. 54 f.
8 Staatsarchiv Würzburg, MBvI 1, fol. 12r.
9 Hegel 1881/82, Bd. 1, S. 111 ff.
10 Stadtarchiv Mainz, FA 60/900.

Literatur
Falck 1973, bes. S. 75. – Matheus, Michael: Hafenkrane. Zur Geschichte einer mittelalterlichen Maschine am Rhein und seinen Nebenflüssen von Straßburg bis Düsseldorf. (Trierer Historische Forschungen 9). Trier 1985. – Matheus, Michael: »Accipio, trado, qvodlvbet expedio«: Flußhäfen und ihre Hebewerke. In: Stoob, Heinz (Hrsg): See- und Flußhäfen vom Hochmittelalter bis zur Industrialisierung. (Städteforschung A 24). Köln/Wien 1986, S. 89–127. – Matheus, Michael: Hafenkrane. In: Lindgren, Uta (Hrsg.): Europäische Technik im Mittelalter 800–1200. Tradition – Innovation. Berlin 1996, S. 345–348.

StA 10

Verhandlung vor dem Mainzer weltlichen Gericht in einem Weinhandelsstreit Mainz, 21. April 1446

Ausfertigung – Pergament – Anhängend die Siegel des Kämmerers Raban von Liebenstein, des Schultheißen Konrad Billung und der Richter Jakob Wertheim, Heinrich Bock, Johann Granß und Claus Schenkenberg
H. 40 cm, B. 51 cm
Historisches Archiv der Stadt Köln, HUA 2/11892

Vor dem weltlichen Gericht zu Mainz wird unter Hinzuziehung von Zeugen ein Streit zwischen Konrad Weydelich von Markolsheim als Kläger und dem Kölner Johann von Kruft als Beklagtem verhandelt. Demzufolge vertrat Konrad die Interessen Johann von Krufts, der einer bedeutenden Kölner Weinhändlerfamilie angehörte, im Elsass. Dort hatte Konrad im Auftrag Johanns Weine eingekauft, sie nach Mainz verschiffen und dort an Land bringen lassen. Der Kölner Händler sollte umgehend seinem Geschäftspartner den Einkaufspreis und zudem pro Fuder zwei Gulden für *arbeyt und schiffunge* erstatten. Johann verweigerte die Annahme der gelieferten Weine, weil sie zu einem Fuderpreis von *uber funfzien oder sezzien gulden* und damit viel zu teuer erworben worden seien. Zudem seien die Weine nicht fristgerecht nach Mainz geliefert worden. Offenkundig war Konrad nicht zum ersten Mal für den Kölner Weinhändler tätig gewesen. Schon früher hatte er ein Schiff Wein nach Bingen geliefert, das von

Johann anstandslos in Empfang genommen worden war. Aufgrund einer schriftlich fixierten Geschäftsvereinbarung hatten die beiden Zeugen, Hamman, ehemaliger Schultheiß von Eltville, und Heinritze Spyrer zu Iseneck, Rechenmeister zu Mainz, zu Gunsten von Konrad einen Schiedsspruch gefällt, über den Johann auch schriftlich unterrichtet worden war. Johann hatte zum Schaden Konrads jedoch dieser Entscheidung keine Folge geleistet. Dem Schiedsspruch zufolge hätte Johann die gelieferten Weine übernehmen müssen, zwischen Konrad und Johann sollte in Köln abgerechnet werden. Könne der Kölner Händler die ausstehende Summe für den Wein in Höhe von 200 bis 300 Gulden nicht sofort entrichten, solle das Geld auf der nächsten Frankfurter Messe fällig werden. Ob es zwischen den Geschäftspartnern zum Streit über die Konrad zustehende Provision in Höhe von 50 Gulden gekommen sei, wissen die Zeugen nicht. Auf eine schriftliche Ausfertigung des Schiedsspruchs in Form eines Chirographen *(zwene uszgesnyden zeddel)* hätten beide Parteien verzichtet. Das Gericht nimmt vorläufig Abstand von einer förmlichen Eidesleistung der Zeugen, behält sich aber eine nachträgliche Vereidigung vor. Die Gerichtsurkunde wird vom Kämmerer Raban von Liebenstein, dem Schultheißen Conrad Billung und vier namentlich genannten Richtern des Mainzer Gerichts besiegelt.

Der Streit macht deutlich, dass Mainz im 15. Jahrhundert als Umschlagplatz und Lager für auf dem Rhein transportierte Weine eine wichtige Rolle spielte. Wohl nicht nur in diesem Falle wurden rheinabwärts nach Köln gehandelte Weine aus dem Elsass über Mainz umgeschlagen, auch wenn als Zahlungstermin die Frankfurter Messe vereinbart wurde.

M. M.

Literatur

Kuske, Bruno: Quellen zur Geschichte des Kölner Handels und Verkehrs im Mittelalter. Bd 1 (Publikationen der Gesellschaft für Rheinische Geschichtskunde 33). Bonn 1932. Repr. Düsseldorf 1978, S. 385, Nr. 1117. – Irsigler, Franz: Die wirtschaftliche Stellung der Stadt Köln im 14. und 15. Jahrhundert. Strukturanalyse einer spätmittelalterlichen Exportgewerbe- und Fernhandelsstadt. (VSWG. Beiheft 65). Wiesbaden 1979, S. 267 f. – Hirschfelder, Gunther: Die Kölner Handelsbeziehungen im Spätmittelalter. Köln 1994, bes. S. 506, 512, 522. – Matheus 1999, S. 171–204, bes. S. 194 f.

StA 11

Wappen und Siegelbilder der Mainzer Zünfte

Seit dem 14. Jahrhundert war der überwiegende Teil der Bürger in Zünften organisiert. Als handwerkliche Korporationen dienten sie der Durchsetzung berufseigener Interessen, stellten aber gleichzeitig gesellige Vereinigungen mit eigenen Gesellschafts- und Trinkstuben dar und übernahmen – etwa bei Prozessionen oder beim Tod eines Mitglieds – die Funktion religiöser Bruderschaften.

Die Zahl der in Mainz existierenden Zünfte belief sich im 14. Jahrhundert noch auf 58. Zur Zeit Gutenbergs war sie deutlich im Schwinden begriffen. Das lag am Bevölkerungsrückgang, aber auch an wirtschaftlichen Problemen, die zu Zusammenlegungen einzelner Zünfte geführt hatten. Einen Überblick erhält man aus der Urkunde von 1444, die eine rein zünftige Verfassung in Mainz etablierte. Sie wurde von allen Mainzer Zünften mit ihren Siegeln beglaubigt. Es handelt sich um folgende 34 Zünfte: die Weber zum krummen Ring, die Obermetzler, die Niedermetzler, die Holzherren, die Steuerleute, die [Krämer] auf Isenburg, die Kannengießer, die Bäcker, die Löher (= Gerber), die [Schuhmacher?] zur goldenen Lederhose, die Schneider, die Hauszimmerleute, die Kürschner, die Schmiede, die Gärtner, die Steinmetzen, die Leien(= Schiefer)-decker, die Oberfischer, die Fischkäufer, die Bender, die Salzmütter und Tuchscherer, die Scherer und Bader, die Sattler und Maler, die Weinschröter, die Weinknechte, die Spengler, die Leineweber, die Schuhmacher, die Obersackträger, die Niedersackträger, die Seiler, die Kistner, die Hecker an der Steige und die Russen (= Schuhflicker). Leider ist die Urkunde nicht im Original, sondern nur mehr kopial, also auch ohne die ursprünglich anhängenden Siegel, überliefert. Aus anderen Quellen lassen sich immerhin noch die Wappen bzw. Siegelbilder der Obermetzler, Niedermetzler, Steuerleute, Krämer auf Isenburg (die sich nach ihrer Gesellschafts- und Trinkstube nannten), Bäcker, Löher, Schneider, Kürschner, Schmiede, Gärtner, Steinmetzen, Bender, Spengler sowie der Weinherren (= Weinkaufleute) rekonstruieren.

W. D.

Literatur

Falck 1975.

Beschreibung der Wappen bzw. Siegelbilder:

Metzger der obern Scharn
Springender Hirsch, begleitet oben links von einem geschweiften Tatzenkreuz und in der Mitte links von einem siebenspeichigen Rad.

Metzger der niedern Scharn
Linksgewendeter schreitender Ochse.

Steuerleute
Unter einem Schildhaupt, darin ein geschweiftes Tatzenkreuz beseitet von zwei sechsspeichigen Rädern, ein gestürzter Anker.

Krämer auf Isenburg
Laufgewichtswaage.

Bäcker
Schwebendes Krückenkreuz, übereck bewinkelt von zwei achtspeichigen Rädern und zwei schräglinken Wecken.

Löher
In einem mit fünfstrahligen Sternen bestreuten Schild ein steigender gekrönter Löwe.

Schneider
Geöffnete Schneiderschere, deren Griffe in Ziegenbockköpfen endend.

Kürschner
In einem Schild mit Bord von Kürsch (= Pelzwerk) ein auffliegender Adler.

Schmiede
Eine schrägbalkenweise gestellte gekrönte Schlange und darüber ein auffliegender gekrönter Adler, beseitet rechts unten von einer Zange und links unten von einem Hammer.

Gärtner
Bewurzelter Strauch.

Steinmetzen
Sparren, allseits begleitet von drei Hämmern, zwei zu eins.

Bender
Im bordierten Schild (?) ein Böttcherzirkel, darunter zwei schragenweise gekreuzte Böttcherschlägel.

Spengler
Schnalle, beseitet von zwei aus drei Halbkugeln pfahlweise zusammengesetzten Beschlägen.

Weinherren (1444 nicht mehr existent)
Hinter einem hervorwachsenden Laubbaum ein schreitender Löwe.

W. D. / W.V. / L. M.-W.

StA 12

Zunftbuch der Bender
Mainz, 1445/46 (fortgeführt bis 1675)

Handschrift, 105 Bll., 1 Pergament, 2–105 Papier – Rubriziert – Auf S. 3 Miniatur in Deckfarbenmalerei mit Christus als Weltenrichter, Maria und Johannes dem Täufer, darunter Wappen des Gau Henne und Claus Snelle; auf S. 6 aufgeklebter kolorierter Holzschnitt mit Christus als Weltenrichter, darunter Wappen des Gau Henne und Claus Snelle; auf S. 7 Benderzunftwappen – Zeitgenössischer Holzdeckeleinband mit 1/1 rotem Schaflederbezug (teilweise restauriert)
H. 29,5 cm, B. 21 cm
Stadtarchiv Mainz, 21/170

Die Bender als Hersteller von Fässern waren aus dem städtischen Gewerbeleben nicht wegzudenken, stellten Fässer doch das Verpackungs- und Transportinstrument für flüssige und feste Waren aller Art dar, sei es Wein, Getreide, Fleisch, Fisch, Tuche oder Bücher. Gerade in Mainz, das als wichtiger Umschlagplatz für den Weinhandel fungierte, brauchten die Bender nicht um den Absatz ihrer Produkte zu fürchten.
Als Beweis für den relativ hohen Organisationsgrad der Zunft kann das Zunftbuch gelten, das die Zunftmeister des Jahres 1445, Gau Henne und Claus Snelle, anlegen ließen und 1446 ihren Zunftgenossen übergaben. Darin wurden die Aufnahmen neuer Mitglieder sowie die von der Zunft beschlossenen Satzungen verzeichnet. An den mit dem Benderzunftwappen verzierten Anfang war die Zunftordnung gestellt, die sich die Mitglieder autonom gegeben und 1432 vom Rat hatten bestätigen lassen. Die Bestimmungen der Ordnung betrafen etwa die Höhe des Einkaufsgeldes bei Eintritt in die Zunft oder das Verhältnis zwischen Meister und Gesellen, aber auch die militärische Ausrüstung der Mitglieder, die dazu verpflichtet waren, einen Harnisch zu besitzen. Bemerkenswert sind auch die Artikel, die es der Zunft erlaubten, ohne Mitwirkung des städtischen Rats sittenpolizeiliche Delikte ihrer Mitglieder zu strafen, zum Beispiel, wenn ein Bender einen anderen beleidigte oder sogar das Messer über ihn zückte. Die Ordnung war von allen Zunftgenossen zu beschwören. Als Mahnung zur Gerechtigkeit ist ein dem Text vorangestellter, kolorierter Holzschnitt zu verstehen, der Christus als Weltenrichter mit Lilie und Schwert als Zeichen von Gnade und Gerechtigkeit zeigt, wie er neben Maria und Johannes dem Täufer über den Auferstehenden thront. Genau dieselbe Darstellung, jedoch als Deckfarbenmalerei, ziert auch das Titelblatt des Zunftbuches. Beide Male haben sich die Zunftmeister Gau Henne und Claus Snelle quasi als »Stifter« des Buches unter dieser, auf das Jüngste Gericht verweisenden Illumination mit ihren Wappen verewigen lassen.
W. D.

Literatur
Falck 1975.

StA 13

Siegelstempel der Mainzer Spenglerzunft Zweite Hälfte des 14. Jahrhunderts

Bronze
Dm. 4 cm
Stadtarchiv Mainz, Siegelsammlung Zug. 1999/11

Der Siegelstempel der Mainzer Spenglerzunft ist das einzige Exemplar, das sich von den Stempeln der Mainzer Zünfte aus der Zeit der Freien Stadt, also vor 1462, erhalten hat. Er wurde 1974 bei Grabungen der Archäologischen Denkmalpflege im Stadtzentrum, am Brand, gefunden. Das Stempelbild zeigt den Gegenstand, von dem sich der Name Spengler ableitet, nämlich eine (Gürtel-)Spange. Die Umschrift in gotischer Majuskel *IST DER SPENGOVLERE ZV MEINCE S(IGILLVM)* ist in zweierlei Hinsicht bemerkenswert. Zum einen ist der Text im Gegensatz zu den anderen überlieferten Mainzer Zunftsiegeln dieser Zeit bereits in Deutsch abgefasst. Zum andern fällt die etwas ungelenke Konstruktion mit dem Hilfsverb »IST« auf.
W. D.

StA 14

Siegel der Mainzer Schneiderzunft Mainz, 13. Januar 1362

Braunes Wachs
Dm. 5 cm
Stadtarchiv Mainz, U 1362.01.13.

StA 15

Schere 15./16. Jahrhundert?

Eisen
L. 12,5 cm
Privatsammlung

Der Textilsektor spielte im Wirtschaftsleben der Stadt eine wichtige Rolle. So existierten neben den Schneidern im 14. Jahrhundert allein drei Weberzünfte. Zünftig organisiert waren auch die Altgewender, die gebrauchte Kleider verkauften, die Tuchscherer, die das von den Webern gewebte Tuch verfeinerten, die Leineweber sowie die Leinwandverkäufer. Von den acht im Textilbereich tätigen Zünften waren zu Gutenbergs Zeit um 1450 jedoch nur mehr vier übrig geblieben: die Schneider, die Tuchscherer, die Leineweber sowie eine Weberzunft.

Das Schneiderzunftsiegel hängt an einer 1362 ausgestellten Urkunde, mit der ein interner Streit der Zunftgenossen um die Anzahl der Gesellen beigelegt wurde, die ein Schneidermeister haben durfte, wenn er in den Stadtrat gewählt war. Die Entscheidung, die den Ratsherren fünf Gesellen gegenüber den vier der übrigen Schneidermeister zugestand, trug der Tatsache Rechnung, dass die zeitintensiven Sitzungen im Rat eine Vertretung des Schneidermeisters in der Werkstatt erforderten.
Das Siegel, das zu den ältesten erhaltenen Mainzer Zunftsiegeln zählt, zeigt in einem dreieckförmigen Schild das Wappen der Zunft: eine Gelenkschere, deren Griffenden in Ziegenbockköpfen auslaufen (die – nebenbei bemerkt – bei Wilhelm Busch in seinem Schneider »Ziegenböck / Meck, meck, Meck« einen späten, ins Ironische gewendeten Widerhall finden). Das Wappen hob die gegenüber dem Nähen qualifiziertere Tätigkeit der Schneider hervor, nämlich das Zuschneiden des Stoffes, der entweder vom Kunden gestellt wurde oder den der Schneider vom Tuchhändler beziehen musste. Denn den Schneidern war es untersagt, mit (unbearbeiteten) Stoffen zu handeln. Den Tuchverkauf in den Wollen- oder Tuchgaden am Dom besaßen allein die patrizischen Geschlechter, die deswegen auch »die unter den Gaden« genannt wurden. Sie hatten sich das so genannte »Gadenrecht« als Monopol vom Mainzer Erzbischof im 13. Jahrhundert zusichern lassen.
W. D.

Literatur

Baur 1860–1873, Bd. 5, S. 405–407, Nr. 435. – Dertsch 1962–1967, Bd. 2, S. 296, Nr. 1693. – Falck 1975, S. 286.

StA 16

Das Mainzer Patriziat

Wappentafel Mainzer Patriziergeschlechter zur Zeit Gutenbergs

Münzerhausgenossen: 1) zur Britschen, 2) Clemann, 3) Dulin, 4) Fürstenberg, 5) Gelthus, gen. Echzeller, 6) Gelthus zur jungen Aben, 7) Gensfleisch, 8) Guldenschaf, 9) Humbrecht, 10) zum Jungen, 11) Landeck, 12) Reyse, 13) Salmann zur Eiche, 14) Schlüssel, 15) Ungefugen, 16) Waldertheimer, 17) Widenhof. Nicht als Münzerhausgenossen nachweisbare Geschlechter: 18) Apotheker, 19) Bechtermünze, 20) Eselweck, 21) Gostenhofer, 22) Leeheimer, 23) Maulbaum, 24) Molsberg, 25) Nußbaum, 26) Schenkenberg, 27) Vitztum, 28) Windecke.

Beschreibung der abgebildeten Patrizierwappen:

1.) Als Münzerhausgenossen nachweisbare Geschlechter

zur Britschen
Drei Balken, überdeckt von einem Schrägbalken, belegt mit drei Ringen oder Kugeln.

Clemann
Drei gekrönte Leopardenköpfe mit ausgeschlagener Zunge, zwei zu eins.

Dulin
In Rot ein silberner Schragen, belegt mit fünf goldenen Rosen.

Fürstenberg
In Gold ein schwarzer Balken, belegt mit einem sechsstrahligen goldenen Stern und beiderseits begleitet von drei silbergekrönten roten Leopardenköpfen mit ausgeschlagener Zunge, zwei zu eins.

Gelthus, gen. Echzeller
Unter einem Schildhaupt, darin drei Schrägbalken, eine Lilienhaspel.

Gelthus zur jungen Aben (Zweig der Jungen)
In Schwarz übereinander drei silberne Jagdhörner.

Gensfleisch
In Rot ein goldengekleideter und -begugelter Mann mit einer Schale in der erhobenen Rechten und einem Stock in der Linken; Rock, Mantel und Gugel sind mit weißem Pelz gefüttert.

Guldenschaf
In Schwarz ein goldener Pfahl, belegt mit drei goldgekrönten roten Leopardenköpfen.

Humbrecht
In Silber ein schwarzer Wechselzinnenbalken.

zum Jungen
In Rot übereinander drei silberne Jagdhörner.

Landeck
In Rot, mit quadratischen goldenen Vierblättern belegt, zwei gekreuzte silberngeharnischte Arme mit verkehrten bloßen Händen, je einen goldenen Ring haltend.

Reyse
In Gold ein grünbewurzelter und -beblätterter Rosenstock mit fünf sechsblättrigen roten Blüten.

Salmann zur Eiche
In Gold ein schwarzer Sparren, im Giebel belegt mit einer silbernen Lilie und allseits begleitet von drei goldgekrönten roten Leopardenköpfen mit ausgeschlagener Zunge, zwei zu eins.

Schlüssel
In Schwarz zwei schragenweise gekreuzte silberne Schlüssel mit abgewendeten Bärten.

Ungefugen
In Silber ein schwarzer rotbewehrter streitender Hahn.

Waldertheimer
In Blau ein goldenes achtspeichiges Rad.

Widenhof
Schild mit gestücktem Bord, darin ein Schragen.

2.) Nicht als Münzerhausgenossen nachweisbare Geschlechter

Apotheker
In Rot ein goldener Schrägstrom, begleitet von zwei schräglinksbalkenweise gestellten grünen Fröschen.

Bechtermünze
Von Gold und Blau dreifach geteilt, überdeckt von einem rot-silbern gestückten Schrägbalken.

Eselweck
In grünem Schild mit rot-golden gestücktem Bord ein goldener Schragen.

Gostenhofer
In Rot unter einem silbernen (Zwillings-?/gesparrten?) Sparren ein auffliegender silberner Adler.

Leeheimer
In Silber blauer Schrägbalken, belegt mit drei goldenen Ringen.

Maulbaum
Gespalten, rechts in Rot zwei silberne Balken, links in Schwarz ein aufrecht gestellter, nach außen gewendeter silberner Fisch.

Molsberg
In Rot ein schwarzer Balken, beiderseits begleitet von drei silbernen Kronen mit ringförmigen silbernen Halsbändern, zwei zu eins.

Nußbaum
In Silber ein rot-silbern geschachter Balken, beiderseits begleitet von drei roten Herzen, zwei zu eins.

Schenkenberg
In Silber drei rote Flügel, zwei zu eins.

Vitztum
In Silber ein roter Wechselzinnenbalken, begleitet oben rechts von einem Mond.

Windecke
In Schwarz übereinander zwei silberne Fische.

W. D. / W.V./ L. M.-W.

Gutenberg war Patrizier. Damit gehörte er der Gesellschaftsschicht an, die einen adelsgleichen sozialen Vorrang innerhalb der Stadt beanspruchte, ja: gleichsam als Stadtadel zu charakterisieren ist. Die Zeitgenossen nannten Angehörige dieser Schicht die »Geschlechter« oder die »Alten«. In einem modernen, von den Humanisten eingeführten Begriff, der von den Ständeverhältnissen der römischen Republik übernommen ist, werden sie auch als »Patrizier« bezeichnet.

Die Patrizier waren Bürger, die wie alle anderen dem Stadtrecht sowie der Steuer- und Wehrpflicht unterlagen, jedoch in keine Zunft eintreten mussten. Ihre herausgehobene Stellung beruhte auf ihrer Geburt: Ihre Vorfahren stammten von den Familien bischöflicher Ministerialen und reicher Kaufleute ab, die seit dem 11./12. Jahrhundert das politische und wirtschaftliche Leben in Mainz bestimmten und denen seit Genehmigung einer Ratsverfassung durch den Erzbischof 1244 ausschließlich die Ratssitze und Ratsämter zukamen. Im Kreis dieser Familien waren die Ratssitze also praktisch erblich. Erst seit den Bürgerkämpfen von 1332 mussten die Patrizier das Stadtregiment mit den Zünften teilen, ohne ihren exklusiven Status einzubüßen.

Der politisch-soziale Vorrang der Patrizier schlug sich aber nicht nur in der Ratsfähigkeit nieder, sondern auch in drei, von den Patriziern heftig verteidigten Standesprivilegien: dem Dienstrecht, dem Gadenrecht und der Münzerhausgenossenschaft. Das Dienstrecht beinhaltete – jedenfalls nach Meinung der Patrizier –, dass nur sie vom Erzbischof mit einem Amtslehen und den dazugehörigen Einkünften betraut werden durften. Von den Verkaufsbuden am Dom, den »Gaden«, leitete sich der Name des Gadenrechts ab, kraft dessen die Patrizier das Monopol des Tuchhandels ausübten. Das dritte Privileg schließlich bestand im alleinigen Recht des Edelmetallhandels und des mit bankähnlichen Kreditgeschäften verbundenen Geldwechsels, woraus die überaus wichtige Rolle der Patrizier in der städtischen Geldwirtschaft resultierte. Zur Ausübung dieses Monopols hatten sich die Patrizier in einer Gemeinschaft zusammengeschlossen, die sich »Hausgenossen auf der Münze« oder »Münzerhausgenossen« nannte. Innerhalb des Mainzer Patriziats bildeten sie eine noch exklusivere, sich zudem verkleinernde Geschlechterelite, denn die Mitgliedschaft war an den Nachweis von vier hausgenossenschaftsfähigen Großeltern gebunden[1], so dass Söhne von Patriziern, die nicht-patrizische Frauen geheiratet hatten, ausgeschlossen blieben. Gutenberg, dessen Mutter einer Krämerfamilie entstammte, konnte daher kein Münzerhausgenosse sein.

Die Tafel bildet die Wappen der zur Zeit Gutenbergs lebenden Patrizierfamilien ab. Dabei sind die Wappen von Familien, die nie den Münzerhausgenossen angehörten, an den Schluss gestellt. Die Zahl der Patrizierfamilien war im 15. Jahrhundert stark im Schwinden. Zum Teil waren Familien, wie die zum Fuß, bereits im 14. Jahrhundert ausgestorben oder hatten sich, wie die zum Turm, auf ihre feudalen Landgüter zurückgezogen. Die Bürgerunruhen seit Beginn des 15. Jahrhunderts ließen dann viele Mainzer Patrizier auswandern, wie die zum Jungen nach Oppenheim, oder die Salmann zur Eiche nach Frankfurt. Zu beachten ist, dass die Namen der Geschlechter sich meist von den Namen ihrer Höfe ableiteten. Da die Patrizier jedoch relativ häufig den Wohnsitz und mit dem neuen Wohnsitz auch den Namen wechselten, gestaltet sich die Erforschung der Verwandtschaftsbeziehungen mitunter recht schwierig. Ein verlässliches Merkmal zur Identifizierung der Geschlechter bieten jedoch – soweit überliefert – ihre Wappen.

W. D.

1 Hegel 1881/82, Bd. 1, S. 312; Schenk zu Schweinsberg 1900, S. 129.

Literatur

Lehne, Friedrich: Die vorzueglichsten Geschlechter der freien Stadt Mainz im Mittelalter. In: Ders.: Gesammelte Schriften Bd. 4,1. Mainz 1837, S. 143–202. – Franck, W.: Beiträge zur Wappenkunde des rheinhessischen Land- und Stadtadels im 13., 14. und 15. Jahrhundert. In: AHG 11 (1867), S. 222–249 u. Tafel I-IX. – Schenk zu Schweinsberg 1884, S. 347–357. – Strecker, W. J.: Gedenktafel alter Mainzer Patrizier- u. Bürger-Geschlechter. Mainz [o. J.]. – Keßler 1925.

StA 17

Wappenstein des Patriziergeschlechtes zum Fuß 14. Jahrhundert

Sandstein
H. 29,5 cm, B. 76 cm, T. 24 cm
Landesmuseum Mainz, Inv.-Nr. 73/131
Provenienz: aus dem Haus zum Edelfrosch (Hintere Schafsgasse 4 1/10), dort bis zum Abbruch des baulich veränderten Hauses 1971 am Hinterpförtchen eingemauert.

Bei dem Fragment handelt es sich um einen Tür- oder Fenstersturz, an dem das Wappen des Mainzer Patriziergeschlechtes zum Fuß angebracht war. Er stammt aus dem Haus zum Edelfrosch, das sich im Besitz der Familie befand. Wie die zum Fuß waren auch einige andere Mainzer Patriziergeschlechter zur Zeit Gutenbergs bereits ausgestorben.
W. D.

Literatur
Falck 1973, S. 63.

StA 18

Wappenbuch der Bruderschaft St. Christoph auf dem Arlberg Abschrift, Österreich, letztes Drittel des 16. Jahrhunderts

Handschrift auf Papier, 299 Bll. – Pergamenteinband
H. ca. 33,2 cm, B. 23,0 cm; Einband: H. 34,0 cm, B. 24,5 cm
Niederösterreichisches Landesarchiv St. Pölten, HS 328

Die Bruderschaft St. Christoph auf dem Arlberg wurde gegen Ende des 14. Jahrhunderts von dem Hirten Heinrich, genannt das Findelkind, gegründet. Er hatte aus Mitleid begonnen, Reisende, die beim Überqueren des winterlichen Arlbergpasses in Not geraten waren, zu retten. 1385 erteilte Herzog Leopold III. von Österreich Heinrich und seinen Helfern die Genehmigung zum Bau eines Schutzhauses auf dem Arlberg, das den Passreisenden eine sichere Unterkunft und Betreuung bot. Gleichzeitig forderte der Landesfürst die Umwohnenden und Besucher des Hospizes auf, durch mildtätige Spenden zum Unterhalt beizutragen. Daraus entwickelte sich schließlich die Bruderschaft St. Christoph auf dem Arlberg, die sich bis ins 18. Jahrhundert hinein erhalten sollte.[1] Bald entstanden von der Schweiz bis nach Kroatien, von Österreich bis an den Niederrhein, in vielen größeren Städten – so auch in Mainz – Christophsbruderschaften. Neben Zünften und Klöstern traten Domherren, Priester und ganze Familien der Bruderschaft bei und verpflichteten sich zu alljährlichen Beitragszahlungen. Diese Spenden wurden durch eigene Sendboten Heinrichs des Findelkinds in den verschiedenen Gebieten eingesammelt. Sie trugen die erhaltenen Summen in Bücher ein, in denen unter dem Wohnort, Namen und Wappen des jeweiligen Mitglieds der gestiftete Betrag festgehalten wurde. Von diesen Botenbüchern, die gleichzeitig als Legitimation für den Spendensammler dienten, haben sich einige im Original oder in Abschriften erhalten.[2]

Das Bruderschaftsbuch des Niederösterreichischen Landesarchivs in St. Pölten ist eine Abschrift des 16. Jahrhunderts. Es wurde vermutlich nach einer Originalvorlage aus der Anfangszeit der Vereinigung kopiert. Darin finden sich mehrere Eintragungen über Spender aus der Stadt Mainz, und unter diesen sind auch Mitglieder der Familie Gensfleisch aufgeführt.

Auf Blatt 31ᵛ (Abb.) ist der Beitritt einiger enger Verwandter Gutenbergs verzeichnet. Neben Friele Gensfleisch, seinem Vater (zweiter Eintrag), sind noch drei von dessen Brüdern, nämlich Johann Gensfleisch der Ältere, Orte Gensfleisch und Peter Gensfleisch, gefolgt von Peter Gensfleisch dem Jüngeren – wohl ein Sohn des vorherigen Peter – aufgeführt. Alle vier traten um 1396 der Bruderschaft bei und verpflichteten sich, wie der Eintrag vermerkt, alljährlich einen Turnosgroschen und nach dem Tod einen Gulden zu geben.[3] Auf der gegenüberliegenden Seite (fol. 32ʳ) sind weitere Gensfleisch – vermutlich aus der Sorgenlochlinie – eingeschrieben, nämlich Friele, Johann sowie Rudolf Gensfleisch. Ein späterer zweiter Vermerk (fol. 286ᵛ und fol. 287ʳ) notiert nun den jährlichen Beitrag dieser Mitglieder.

Jeder Eintrag wird durch ein Wappenschild begleitet, das für alle Gensfleisch dieselbe Schildfigur in minimalen Variationen aufzeigt. Auf einem roten Schild erscheint ein ganz in Gelb gekleideter, schreitender Mann, der in der rechten erhobenen Hand eine flache Schale und in der linken einen kräftigen Stock hält. Er trägt eine Gugelmütze mit langem Zipfel und Quaste sowie über seinem kurzen, im Winde flatternden Umhang einen kleinen weißen Sack.

Obwohl erst im 16. Jahrhundert angefertigt, haben wir hier die ältesten bisher bekannten Wappendarstellungen der Familie Gensfleisch vor uns. Ihre Vorlage – das originale Bruderschaftsbuch – entstand Ende des 14./Anfang des 15. Jahrhunderts, also circa 70 Jahre früher als die Illustration des Wappens von Henne Gensfleisch von Sorgenloch im Lehenbuch des Pfalzgrafen Friedrich I. (Kat.-Nr. StA19). Deutlich ist in den Darstellungen des Bruderschaftsbuchs zu erkennen, dass die Wappenfigur ursprünglich den kleinen Sack über dem Umhang trug und keinen Buckel oder großen Sack unter dem Mantel, wie die Umsetzung im Lehenbuch vermuten lässt. Auch die gebückte Haltung scheint der Mann, der als Bettler, Pilger, Narr, Kaufmann und Jude gedeutet wird, erst in den folgenden Jahrzehnten anzunehmen. Doch gerade diese merkwürdige Haltung und der undefinierbare Buckel der späteren Schildfigur haben zu widersprüchlichen, teils sogar phantastischen Interpretationen der Symbolik des Gensfleischwappens geführt. Eine schlüssige Deutung konnte bis heute allerdings nicht gefunden werden.[4]

S. W.

1 Herzberg-Fränkel 1901, S. 355–357.
2 Originalexemplare befinden sich in München und Wien, vgl. Herzberg-Fränkel 1901, S. 357.
3 Durstmüller 1973, Beilage; Hupp 1925, S. 3.
4 Hupp 1925, S. 2; Haemmerle 1971, S. 34; Rosenfeld 1974, S. 35; Bechtel 1992, S. 154.

Literatur

Herzberg-Fränkel 1901. – Hupp 1925. – Haemmerle 1971. – Durstmüller 1973. – Rosenfeld 1974. – Bechtel 1992.

StA 19

Das Wappen der Gensfleisch (Sorgenloch-Linie)

Lehenbuch des Kurfürsten und Pfalzgrafen Friedrich I. (1449–1475) Verzeichnis aller im Bereich der Pfalz ausgestellten Lehensurkunden Heidelberg 1471

Handschrift auf Pergament, 373 Bll.
H. 44 cm, B. 30 cm
Generallandesarchiv Karlsruhe, 67/1057

Der reich mit Miniaturen ausgestattete Pergamentband wurde 1471 im Auftrag des Pfalzgrafen Friedrich I. angelegt. Dieser hatte darin nicht nur die ihm zugesprochenen Lehen gesammelt, sondern alle von ihm ausgestellten Lehensurkunden bzw. die Empfangsbestätigungen (Reverse) der Lehensträger im vollen Wortlaut abschreiben lassen. Begleitet werden diese Eintragungen vom jeweiligen Wappen des Lehensträgers, das – meist farbig ausgeführt – immer Schild, Helm und Helmzier zeigt.

Lehensbücher zählen zu den frühen Amtsbüchern, die sich mit der zunehmend differenzierten Verwaltung herausbildeten. Die prachtvolle Ausstattung ist zugleich ein Indikator für die Bedeutung, die man diesen Sammlungen von Urkundenabschriften beimaß.[1]

Im Lehenbuch Friedrichs I. werden zunächst die Reverse der Grafen und Adeligen aufgeführt, dann folgen die der übrigen Vasallen. Unter ihnen findet sich der Revers des Henne Gensfleisch von Sorgenloch. Dieser erhielt 1461 ein Burglehen in Oppenheim, verbunden mit jährlichen Einkünften über 6 Gulden. Sein im Lehenbuch eingetragenes Wappen galt lange als die einzige farbige Darstellung des Gensfleischwappens.

Es zeigt auf rotem Wappenschild einen schreitenden Mann, der mit der rechten Hand eine Schale hebt und in der Linken einen Wanderstab hält. Über einem knielangen, gelben Rock trägt er einen gleichfalls gelben, kurzen Umhang und eine Kapuze mit langgezogener Spitze (Gugel), an der eine Schelle oder Troddel hängt. Die Haltung des Mannes wirkt gebückt und der Umhang bauscht sich auf dem Rücken. Das Schild zeigt in Wiederholung den Rumpf der Wappenfigur als Helmzier.

Die oben beschriebene Schildfigur findet sich schon auf dem Siegel des Frielo Rafit zum Gensfleisch, des Ahnherrn der Sippe, und wird mit kleinen Variationen, sei es mit »Buckel« oder mit abflatterndem Mantel, in den verschiedenen Siegeln und Wappensteinen der Familie übernommen (Kat.-Nr. StA 20 und StA 24). Dabei konnten die Schildhintergründe in den verschiedenen Familienzweigen variieren. Dass auch Gutenberg in seinem Siegel diese Wappenfigur führte, belegt eine Nachzeichnung seines letzten bekannten Siegels, das während des Deutsch-Französischen Krieges von 1870/71 – zusammen mit vielen wertvollen Beständen der Straßburger Bibliothek – zugrunde ging.[2]

S. W.

1 Katalog »Dokumente zur Geschichte des Oberrheins« 1971, S. 20. Zur Entwicklung der Schriftlichkeit in der Verwaltung vgl. Beitrag Fleischmann-Heck.

2 Abb. in: Hartwig 1900, Tafel 3, Nr. 4.

Literatur

Weech 1886. – Hartwig 1900. – Hupp 1925. – Katalog »Spätgotik am Oberrhein« 1970. – Katalog »Dokumente zur Geschichte des Oberrheins« 1971.

StA 20

Zwei Empfangsquittungen der Familie Gensfleisch über Frankfurter Leibrenten

StA 20a

Friele zum *Ginsefleis*, Bürger zu Mainz, und seine Frau Grede beurkunden der Stadt Frankfurt den Empfang von 25 Gulden Gült. Frankfurt, 16. April 1366

Friele Gensfleisch zum Eselweck und seine Frau Greden zur Laden waren die Großeltern Gutenbergs väterlicherseits.
Papierquittung – Rückseite Wachssiegel, Dm. ca. 2,5 cm,
Siegelinschrift: *S. FRILO. DCI. ZV. DEM. ESELWEKE*
H. 12 cm, B. 30 cm
Hessisches Staatsarchiv Darmstadt, B19–257

StA 20b

Katherine, Peter Schlüssels Witwe von Mainz, bestätigt der Stadt Frankfurt den Empfang von 25 Gulden Gült. Frankfurt, 29. Oktober 1407

Katherine, verwitwete Schlüssel, war die Tante Johannes Gutenbergs. Da sie kein eigenes Siegel führte, quittierte ihr Bruder, der Vater Gutenbergs, mit seinem Siegel.
Papierquittung mit angehängtem Siegel des Friele Gensfleisch
H. ca. 17 cm, B. 21 cm
Hessisches Staatsarchiv Darmstadt, B19–261

Die Quittungen stehen stellvertretend für zahlreiche lukrative Rentengeschäfte, die man bei allen Vertretern der Familie Gensfleisch finden kann.[1]

Rentenverschreibungen hatten sich aus zunächst religiös motivierten, vorbehaltlosen Schenkungen von Grund und Boden an kirchliche Institutionen entwickelt. Im Laufe der Jahre wandelten sie sich zur gebräuchlichsten Form der spätmittelalterlichen Geldanlage, mit der das kanonische Zinsverbot umgangen werden konnte.

Man unterschied Leibrente (Leibgedingsgülte), Wiederkaufsrente (Losungsgülte) und Ewigrente (Ewiggülte). Dabei überließ der Rentenkäufer (Gläubiger) dem Rentenverkäufer (Kreditnehmer) eine bestimmte Summe Geldes. Bei Leibrente und Ewiggülte übereignete man die Summe dem Kreditnehmer und dieser verpflichtete sich vertraglich, dem Gläubiger einen bestimmten Prozentsatz Zinsen in regelmäßigen Abständen zu zahlen. Diese Zinsauszahlung konnte bei Leibgedingen auf Lebenszeit oder halb auf Lebenszeit, halb nach dem Tod oder überhaupt erst den Erben ausbezahlt werden. Die Ewigrente war über die Lebenszeit des Käufers hinaus auch an die Kinder und Kindeskinder zu zahlen. Bei der Wiederkaufsrente handelt es sich um die Vergabe kurzfristiger Anleihen mit gewöhnlich 14-tägiger Fälligkeit und der Möglichkeit, durch Rückzahlung des aufgenommenen Geldes den Kredit zurückzukaufen.[2]

Renten erwerben konnte im Prinzip jedermann, sofern er über entsprechendes Kapital verfügte. Es sind daher meist Patrizier, reiche Handwerker, Klöster und Stifte, die ihr überschüssiges Kapital in Leibgedingen anlegten. Rentenverkäufer waren oftmals die Städte, die auf diese Weise zunehmend ihre öffentlichen Ausgaben finanzierten. Lebte der Rentenkäufer nicht lange, machte die Stadt Gewinn, hatte dieser aber eine gute Gesundheit, überstiegen die ausgezahlten Zinsen bald die eingezahlte Rentensumme. Auch durch diese Praxis geriet die Stadt Mainz wiederholt in eine völlige Überschuldung, bis sie in den 40er Jahren des 15. Jahrhunderts schließlich zahlungsunfähig wurde.

S. W.

1 Schenk zu Schweinsberg 1900, S. 67 f.; Friederichs 1972, S. 75; Tronnier 1936, S. 39 f.

2 Vgl. Ogris 1961, S. 43; LMA, Bd. 5, Sp. 1847–1855.

Literatur

Schenk zu Schweinsberg 1900. – Tronnier 1936. – Ogris 1961. – Friederichs 1972. – Clemm 1973.

Abb. StA 21/1 **Liebespaar vom Haus zum Molsberg, um 1320–1340**

StA 21

Figurenpaar vom Haus zum Molsberg (Korbgasse 8) Um 1320–1340

Sandstein, beschädigt, teilweise ergänzt, Fassungsreste
H. 33,5 cm, B. 58 cm, T. 36,7 cm
Landesmuseum Mainz, Inv.-Nr. 55/59a

Die Skulptur stammt wie ein zweites, ganz ähnliches Paar (Abb. StA 21/2) vom Haus Korbgasse 8. Nach der Beschreibung bei Ernst Neeb war Anfang des 20. Jahrhunderts ein Paar über der Haustüre, das zweite – hier gezeigte – auf der Hofseite eingemauert. Beide gelangten 1955 in das Landesmuseum.

Dargestellt ist ein Liebespaar in Halbfigur. Frau und Mann umfassen einander mit dem rechten bzw. linken Arm; mit den jeweils freien Armen stützen sie sich auf einer schrägen Brüstung ab. Beide wenden sich einander zu. Bekleidet sind sie mit einfachen Hemden. Die lächelnden Gesichter werden von offenen, lockigen Haaren gerahmt. In verwandter Haltung erscheint das zweite Paar. Beide Gestalten sind enger aneinander geschmiegt, während der Blick geradeaus gerichtet ist. Besser erhalten ist hier die Haartracht mit der sogenannten Schapel, einem dünnen Haarreif aus Metall, der mit Steinen verziert ist.

Unterschiedlich ausgebildet ist die Brüstung, auf der die Paare lagern. Während sie bei dem ersten Paar aus einer breiten Schräge über einem schmalen, senkrechten Streifen besteht, springt dieser bei der zweiten Gruppe schräg zurück. Unabhängig davon, dass der bei Neeb überlieferte letzte Anbringungsort am Haus Korbgasse 8 nicht der ursprüngliche war, ergibt sich hieraus, dass beide wohl keine unmittelbaren Gegenstücke sind, wie dies die Einfügung zweier Kopien in die Brüstung eines in den 70er Jahren rekonstruierten gotischen Hauses am Markt in Mainz vorgibt. Da die Unterseite beider Gruppen glatt bearbeitet ist, die Rückansicht jedoch in Bosse steht, muss davon ausgegangen werden, dass es sich wohl nicht um die plastische Dekoration von Fensterbrüstungen gehandelt hat. Hiergegen sprechen auch praktische Gründe.

Vergleichbare Darstellungen an Bürgerhäusern sind selten und liegen zudem zeitlich meist später, wie Diener und Dienerin am Haus Jacques de Cœur in Bourges (1452–53)

Abb. StA 21/2 **Liebespaar vom Haus zum Molsberg, um 1320–1340**

oder Prophet und Sibylle (Johann von Lichtenberg und Bärbel von Ottenheim) von der Neuen Kanzlei in Straßburg (1463). Im Zusammenhang mit der plastischen Giebelbekrönung (Versuchung Christi) des nur durch Zeichnungen überlieferten Hauses Altermarkt 64 in Köln aus der Mitte des 14. Jahrhunderts verweist Hans Vogts auf eine formale Ähnlichkeit – Skulpturen über einer Schräge – zu den Mainzer Paaren. Am nächsten stehen diesen aber die Reliefs zweier Paare in den Bogenfeldern der Fenster des ersten Obergeschosses der Stadtseite des Holzturms in Mainz (Abb. StA 21/3 und StA 21/4). Möglicherweise gehören diese noch zum ersten Bauabschnitt des 1366 erstmals erwähnten Stadttores. Die Paare sind als einzelne Büsten wiedergegeben, eines – mit Kronen – als Königspaar, das andere als Bürger- oder Patrizierpaar (Haarreife). Zeitlich am nächsten kommt der Plastik aus der Korbgasse ein gemaltes Liebespaar von einem Fenstersturz aus dem Haus zum Widder (Brand 9) aus dem späten 14. Jahrhundert.

Abb. StA 21/3 und StA 21/4 **Königs- und Patrizierpaar in den Bogenfeldern der Fenster des ersten Obergeschosses des Holzturms (Stadtseite), 14. Jahrhundert**

Auffällig ist die Häufung der Darstellung von Paaren an Profanbauten des 14. Jahrhunderts in Mainz; eine spezifische Deutung ist aufgrund fehlender Schriftquellen kaum möglich.

J. G.

Literatur

Neeb 1905, S. 61. – Vogts, Hans: Das Kölner Wohnhaus bis zur Mitte des 19. Jahrhunderts. Bd. 2. Neuss 1966, S. 414 ff. – Arens 1997, S. 170 ff.

StA 22

Wappendarstellungen im Haus zum Molsberg bzw. Krummen Ring (Korbgasse 8) Kolorierte Zeichnung von Johann Lindenschmit Mainz 1828

H. 24,5 cm, B. 32 cm
Stadtarchiv Mainz, BPS zu III Lk 7, Nr. 8

Zu dem im Zweiten Weltkrieg völlig zerstörten Haus zum Molsberg (Korbgasse 8) gehörte ein zum Hof hin orientierter Saal (»Rittersaal«) im ersten Stock mit einer spätgotischen Fensterreihe. Sie bestand aus insgesamt vier großen Fensteröffnungen, die von profilierten, oben vorkragenden Sandsteinpfosten unterbrochen waren. Diese trugen flache Stichbögen. An den Pfeilern befanden sich seitlich, d. h. in den Laibungen, und zum Saal hin aufgemalte Wappen.

Die aufwendige Saal- bzw. Fensterarchitektur mit den Wappenmalereien aus dem späten 15. Jahrhundert ist durch insgesamt drei Zeichnungen von Johann Lindenschmit aus dem Jahre 1828 und eine Nachzeichnung von Georg Schaab (1829) überliefert. Die farbig aquarellierten Zeichnungen sind ausführlich beschriftet. Zwei Zeichnungen, auch diejenige von Georg Schaab, bilden nur sechs Wappen ab, die beiden anderen sieben.

P. T. Keßler dokumentierte 1925 insgesamt acht Wappen. Er zeigt auf seiner Darstellung jeweils dreiflügelige Fenster, während diese bei Lindenschmit und Schaab zweiflüglig dargestellt sind. Bedauerlicherweise gibt es keine Dokumentation (Bauaufmaß) des Hauses zum Molsberg vor der Zerstörung.

Die Wappen sind bei Keßler und Lindenschmit folgendermaßen bezeichnet:

1. Gensfleisch
2. Molsberg-Lichtenberg
3. Salmann-Molsberg
4. Molsberg-Gensfleisch
5. Molsberg
6. Eselweck-Molsberg
7. Knoblauch-Molsberg
8. Molsberg-Dulin

Wappendarstellungen scheinen in Bürgerhäusern durchaus üblich gewesen zu sein, letztlich als sichtbare Legitimation der Abstammung und ehelicher Verbindungen. An Ort und Stelle erhalten ist ein gemaltes Wappen der Familie zum Jungen in der Rückwand des Hauses Kartäuserstraße 16 (14. Jh.). Gotische Wappenfriese sind u. a. überliefert aus drei Mainzer Klosterkirchen: Augustiner, Dominikaner und Karmeliter.

J. G.

Literatur
Keßler 1925. – Glatz 1981, S. 277.

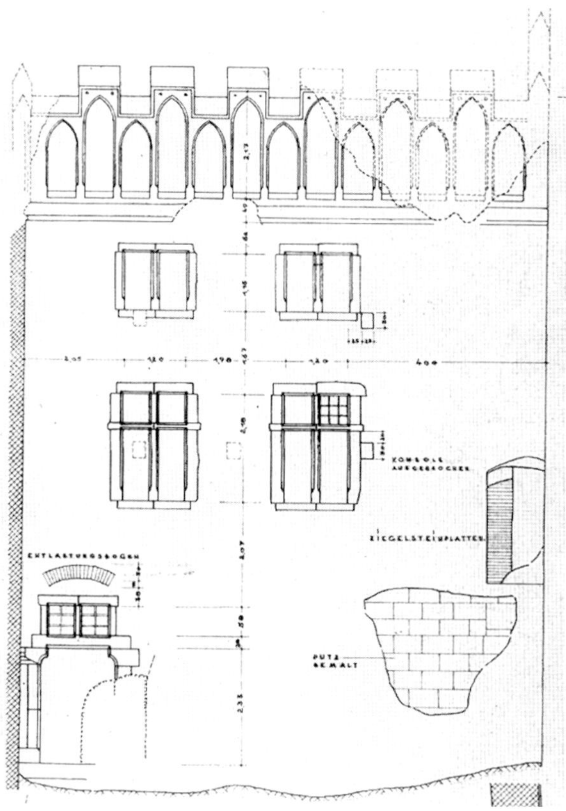

StA 23

Ansicht der Zinnenwand vom Haus zum Widder Gezeichnet von Walter Becker, Staatl. Bau- und Kunstschule Mainz 1952

Bauaufnahme M. 1:50
H. 51cm, B. 41,5cm
Stadtarchiv Mainz, BPS III Lb 9, Nr. 7 (1)

Beim Fliegerangriff am 27. Februar 1945 wurde das Brandgebiet besonders schwer getroffen. Durch die Zerstörung mehrerer Anbauten zeigte sich, dass ein Großteil des Areals zwischen Vorderer Schafsgasse, Dreikronenstraße und Brand von einem großen, aus mehreren Teilen bestehenden Patrizierhof eingenommen wurde, von dem verschiedene Mauerzüge, Baudetails und Ausstattungsreste sichtbar wurden. Es handelte sich um das Haus zum Widder, später ein Teil des Hauses (Brauhaus) zur Krone. Neben einem reich profilierten Portal zur Vorderen Schafsgasse hin war eine von der Gasse zurückspringende, rund 12 m hohe Zinnenwand besonders gut erhalten. Im Erdgeschoss (links) saß ein Oberlichtportal, das erste Obergeschoss öffnete sich mit zwei großen Kreuzstockfenstern, die ursprünglich wohl zu einem Saal gehörten. Darüber saßen im zweiten Stock kleine, zweigeteilte Fenster. Alle Gewändeteile zeigten kräftige Profilierungen, die eine Datierung dieses Bauteils in die Zeit um 1400 nahe legen. Besonders reich ausgebildet war der verputzte, über einer kräftigen Hohlkehle vorspringende Zinnenkranz. Niedrige und hohe, bemalte Spitzbogenblenden wechselten einander ab; über den höheren – vor den Zinnen – saßen zwei kleine runde Blendöffnungen. In den Nischen waren Wappen gemalt, von denen dasjenige der Familie zum Jungen (mit den drei Hörnern) noch zu erkennen war. Außerdem fanden sich großflächige Reste der ursprünglichen Außenfassung: großzügiges rotes Fugennetz auf hellem Putzgrund. Teile der gotischen Ruine, so der rechte Teil des Zinnenkranzes, brachen nach ihrer Freistellung herunter. Trotz einer provisorischen Sicherung des Bestandes und hohen Einsatzes der staatlichen Denkmalpflege war es nicht möglich, dieses neben dem Haus Korbgasse 3 (»Hof zum Korb«) und dem ebenfalls abgebrochenen, ganz ähnlichen Haus Mailandgasse 1 (»Zum jungen Aben«) letzte gotische Haus zu retten. Der Abriss erfolgte 1960. Überliefert ist das Haus auch durch Bauaufnahmen von Ernst Stephan von 1949 und 1960 sowie mehrere Fotos von Fritz Arens (s. S. 19, Abb. 2).

J. G.

Literatur
Stephan 1974, S. 35 ff. – Glatz 1981, S. 275.

StA 24

Wappenstein der Familie Gensfleisch 15. Jahrhundert

Kalkstein
H. 35 cm, B. 32 cm, T. 30 cm
Bischöfliches Dom- und Diözesanmuseum Mainz, Inv.-Nr. PS 5558
Provenienz: Mainz, wohl aus dem Bereich des 1960 abgerissenen ehemaligen Patrizierhofes zur Goldenen Engelkrone (Brand 9) bzw. dem ehemals daran angrenzenden Haus zum Widder (Zur Alten Krone).

1997 konnte bei Umbauarbeiten im Domkreuzgang ein spätmittelalterlicher Wappenstein entdeckt werden, der aufgrund seiner heraldischen Darstellung in das Umfeld der Familie Gutenbergs, genauer der Familie Gensfleisch, eingeordnet werden kann. Trotz der zum Teil stark abgeriebenen Oberfläche des Steins ist noch deutlich die leicht nach vorne gebeugte Gestalt zu erkennen, wie sie beispielsweise noch heute das Emblem der Internationalen

Gutenberg-Gesellschaft ziert. Bekleidet mit einem Mantel, unter dem sich gleichsam wie ein Buckel ein Sack oder ein geschnürtes Bündel verbirgt, hält die Figur in der Rechten eine napfartige Schale, in der Linken einen Stab. Selbst die eigentümlich weit nach hinten verlängerte Kopfbedeckung, eine sogenannte Gugelmütze, ist noch klar auszumachen, welche immer wieder zu ebenso gelehrten wie phantastischen Deutungen der Gutenbergschen Wappenfigur vom Pilger über den Bettler bis hin zur Anspielung auf womögliche jüdische Vorfahren des Erfinders Anlass gegeben hat.

Die zunächst nahe liegende Vermutung, in dem Stein ein Fragment eines spätmittelalterlichen Grabsteines oder gar eines Schlusssteins aus dem Bereich des Kreuzganges erkennen zu können, bestätigte sich nicht, handelte es sich hier doch um einen typischen Hauswappenstein, dessen ursprünglicher Standort demnach wohl kaum im Bereich des Domes zu suchen war. Vielmehr deuteten verschiedene Indizien darauf hin, dass der Fund in den Jahren unmittelbar nach dem Krieg zusammen mit zahlreichen weiteren Spolien aus Trümmern der Stadt als Notbergung lediglich zur Zwischenlagerung in die Magazinräume des Dom- und Diözesanmuseums verbracht worden war.

Ein Blick in die Gutenbergliteratur des 19. Jahrhunderts, welche im Zuge der Bemühungen um die Errichtung eines Gutenberg-Denkmals neben der Sichtung der archivalischen Quellen zugleich auch die Häuser, die vermeintlichen Wirkstätten und die Grabdenkmäler der Familie des Erfinders in ihre Untersuchungen mit einbezog, brachte mehr Licht in das Dunkel um die Provenienz des Fundes. So beschreibt Karl Anton Schaab in seiner Geschichte der Erfindung der Buchdruckerkunst die in Stein gehauenen Wappen der Familie Gensfleisch, welche in den 1830er Jahren noch im Stadtbild auszumachen waren, darunter auch einen Hauswappenstein, der noch zu Beginn des 19. Jahrhunderts in der Hofmauer des Bierhauses zur Alten Krone, auch Haus zum Widder genannt, vermauert gewesen sein soll. In seinem hofwärtigen Bereich grenzte das Haus zum Widder unmittelbar an den Patrizierhof zur Goldenen Engelkrone (später Brand 9) an, der durch seine prominente Lage direkt gegenüber dem städtischen Kaufhaus wie auch wegen der zum Teil erhaltenen Reste reicher Wandmalereien der Innenräume zu den bedeutendsten Denkmälern spätmittelalterlicher bürgerlicher Wohnkultur in Mainz zählte. Bis 1960 konnte man auf der zinnenbekrönten hohen Fassadenwand noch die Reste eines aufgemalten Wappens der Familie zum Jungen erkennen, zu der auch die Gensfleischs verwandtschaftliche Beziehungen hatten. Die Familie Gensfleisch darf somit zumindest in das Umfeld der Besitzer bzw. Bewohner dieses Gebäudes gezählt werden, das trotz zahlreicher Proteste noch 15 Jahre nach Kriegsende dem Abrissbagger zum Opfer fiel.

Der in der Hofmauer verbaute Gensfleisch-Wappenstein, der somit ursprünglich in dem Haus zum Widder oder dem Hof Zur Goldenen Engelkrone den Eingang geziert haben könnte, sei indessen nach Schaabs Auskunft schon zu seiner Zeit durch die »Unvorsichtigkeit eines Bierjungen« zugrunde gegangen, ohne dass wir jedoch Genaueres erfahren, ob der Stein damals tatsächlich vollständig zerstört worden ist. Ein besonders glücklicher Umstand ist es daher, dass bereits im Jahre 1808 der Mainzer Graveur Lindenschmit eine Skizze dieser historisch bedeutenden Spolie angefertigt hatte. Zumindest die zeichnerische Dokumentation des Steines, die sich im Stadtarchiv erhalten hat, erlaubt somit einen Vergleich mit dem neuen Fund aus dem Dom. Die auffällige Ähnlichkeit der Wappenfigur wie auch der Gestaltung der Details von Mantel, Stab, Schale oder gar der eigenartig anmutenden Gugelmütze, an deren langgestrecktem Ende wie bei einer Narrenkappe eine Schelle angebracht ist, legt zumindest den Verdacht nahe, dass es sich bei dem Fund aus dem Kreuzgang tatsächlich um den bereits im 19. Jahrhundert, dann freilich nur angeblich, zugrunde gegangenen Stein handeln könnte. Nicht zuletzt das Fehlen jeglicher Beizeichen in Form von kleinen eingehauenen Kreuzen oder länglichen, tupferartigen Symbolen, welche beispielsweise die Wappen des Familienzweigs mit Beinamen Sorgenloch kennzeichneten, scheinen für eine Identität des Steins aus dem ehemaligen Gebäudekomplex am Brand mit jenem aus dem Kreuzgang zu sprechen, der somit aufgrund seiner spezifischen heraldischen Darstellung der älteren Linie der Familie der Gensfleischs und somit der Familie Gutenbergs zugeordnet werden kann.

K.-M. S.

Literatur

Rosenfeld 1974. – Sprenger, Kai-Michael: Ein Gensfleisch kommt selten allein. Zwei verschollene Wappensteine der Familie Gensfleisch durch einen Zufall wiederentdeckt. In: Mainz. Vierteljahreshefte für Kultur, Politik, Wirtschaft, Geschichte 19 (1999), Heft 1, S. 34–39.

StA 25

Wandmalereifragmente mit der Darstellung eines Propheten (?) aus dem Haus zum Widder (Brand 9)
Zweite Hälfte des 14. Jahrhunderts

H. 87,5 cm, B. 57,5 cm
Landesmuseum Mainz, Inv.-Nr. 1464

Nach der Freilegung der Reste des gotischen Hauses Brand 9 (Zum Widder) infolge eines Bombenangriffs wurden in einem Fenster der Südseite zum Hof hin Wandmalereien entdeckt. Es handelte sich um ein Liebespaar am Fenstersturz und zwei Gestalten an den Gewänden. Die Wandbilder wurden fotografiert (Fritz Arens) und abgenommen (Leonardo Guida), wobei eines der Gewändebilder nicht zu retten war. Die geborgenen Fragmente befinden sich im Landesmuseum.

Am besten erhalten ist die Darstellung einer männlichen Gestalt vom linken Fenstergewände. Der Mann steht unter einer Spitzbogenarchitektur, die von zwei Rundfensterchen flankiert ist, gut vergleichbar der Ausbildung des Zinnenfrieses an der Fassade des Hauses zum Widder zur Vorderen Schafsgasse hin. Rundfenster und andere Öffnungen sind perspektivisch gemalt.

Die bärtige männliche Gestalt ist von der Seite her wiedergegeben. Auf dem nach vorn geneigten Kopf trägt sie eine Art Barett; der Körper ist in einen langen, malerisch drapierten Mantel gehüllt. In der rechten Hand hält die Gestalt ein langes Schriftband, das über den Kopf flattert und der Form des Spitzbogens folgt. Mit dem ausgestreckten Zeigefinger der linken Hand weist sie auf den – leider nicht mehr lesbaren – Text. Die Bewegung der Gestalt wird noch unterstrichen durch das Voranschreiten der Figur. Allerdings fehlt am geborgenen Fragment der untere Teil des Bildes mit den voreinander gesetzten Füßen und dem Anfang des Schriftbandes.

Am Gewände gegenüber war unter einer ähnlich gemalten Spitzbogenarchitektur eine thronende, wohl weibliche Gestalt zu sehen. Das schlecht erhaltene Bild ging bei der Abnahme zugrunde. Die Frau hielt ein langes Schriftband, das ebenfalls über den Kopf verlief, dann aber vor dem Körper in weichen Wellen geführt war, und zeigte mit dem rechten Zeigefinger auf den Text. Der Kopf der Frau war mit einem Tuch bedeckt.

Aus der Gegenüberstellung mit der männlichen Gestalt ist zu schließen, dass es sich um einen Propheten und eine Sibylle handelte, vergleichbar den berühmten, vermutlich etwas jüngeren Skulpturen Nicolaus Gerhaerts von der 1463/64 errichteten Neuen Kanzlei in Straßburg, die später mit Jacob von Lichtenberg und Bärbel von Ottenheim in Verbindung gebracht wurden.

Am Fenstersturz war ein Liebespaar unter einem Baum gemalt. Nur schwach zu erkennen sind auf dem geborgenen Fragment zwei liegende Gestalten, Frau und Mann. Die erhobenen Köpfe sind einander zugewandt. Er krault sie am Kinn. Eine unmittelbar vergleichbare Darstellung zeigt die Schmalseite eines Minnekästchens aus Elfenbein, das sich in der Schatzkammer von St. Ursula in Köln befindet. Es entstand am Anfang des 14. Jahrhunderts.

Die Wandmalereien aus dem Haus zum Widder, die im späten 14. Jahrhundert entstanden sein dürften, gehören zusammen mit den plastischen Liebespaaren vom Haus Korbgasse 8 (Landesmuseum) und den Reliefs am Holzturm zu den seltenen profanen Darstellungen des späten Mittelalters in Mainz. Dass solche Bilder in Mainzer Häusern jedoch keine Seltenheit waren, zeigt beispielsweise die Beschreibung der Ausmalung des Saales im Haus des Domherrn Johannes von Eberstein aus dem späten 14. Jahrhundert. Die zum Teil als anstößig empfundenen Malereien zeigten in moralisierenden Gegenüberstellungen u. a. die Ausschweifungen des Wiesbadener Badelebens. Die wenigen erhaltenen bzw. überlieferten bildlichen und schriftlichen Zeugnisse sind Beleg für eine recht aufwendige Ausstattung der Wohnhäuser des Adels, der Patrizier und der hohen Geistlichkeit im späten Mittelalter.

J. G.

Literatur

Weigert, Hans: Gotische Plastik in Europa. 2. Aufl. Frankfurt/Main 1963, S. 174 f. – Beck, Herbert: Bildwerke des Mittelalters I. Liebig-Haus, Museum alter Plastik. Frankfurt/Main 1980, S. 206 ff. – Glatz 1981, S. 275.

Geschichte aus Scherben – Mainzer Alltag zur Zeit Gutenbergs

Die zahlreichen urkundlichen und erzählenden Quellen, welche für das 15. Jahrhundert erhalten geblieben sind, vermitteln trotz ihrer Masse nur ein sehr unzureichendes Bild vom alltäglichen Leben der Menschen. Zwar sind wir durch die bildende Kunst, etwa durch Gemälde, Skulpturen oder gar Miniaturen aus der Buchmalerei über das Aussehen, die Form und Funktion verschiedener Gebrauchsgegenstände des 15. Jahrhunderts informiert. Erst durch die Ergebnisse der Mittelalterarchäologie jedoch wird die ganze Vielfalt des spätmittelalterlichen Alltags im wahrsten Wortsinne gegenständlich und sichtbar. Vor allem die relativ junge Disziplin der Stadtkernarchäologie hat in den vergangenen Jahrzehnten unsere Vorstellung vom Leben in einer spätmittelalterlichen Stadt erheblich erweitern können. So gelang es beispielsweise durch die Auswertung zahlreicher Latrinenverfüllungen – wahren Fundgruben für die Alltagsgeschichte – ein sehr detailliertes Lebensbild jener Zeit zu zeichnen, das von dem Formenreichtum spätmittelalterlichen Glas-, Keramik- und Holzgeschirrs über den Speiseplan bis hin zur Bekleidung und zum Schuhwerk sowie Kinderspielzeug reicht und bisweilen die Darstellung der Schriftquellen ergänzt, stützt oder aber zu widerlegen vermag.

Auch in der Altstadt von Mainz sind in den vergangenen Jahrzehnten bei Baumaßnahmen regelmäßig derartige Abfallgruben des ausgehenden 14. und 15. Jahrhunderts zutage getreten, aus denen eine kleine Fundauswahl hier gezeigt werden kann. Das Formenspektrum und die Qualität der ausgestellten Gebrauchsgegenstände entsprechen dabei einem eher durchschnittlichen Haushaltsinventar und weisen keine Sonderformen etwa an Glas oder Steinzeug auf. So gehören die aus Holz geböttcherten Daubengefäße wie auch der dazugehörige Holzlöffel zweifelsohne zur Standardausstattung einer spätmittelalterlichen Küche (Kat.-Nr. StA 47 – StA 50); als organisches Material haben sie sich glücklicherweise in den feuchten Fäkalschichten der Abfallgruben erhalten.

Ebenfalls darf die unglasierte Hafner- oder Irdenware als billiges Massenprodukt jener Zeit angesprochen werden, von der in nahezu allen Abfallgruben Fragmente, bisweilen sogar vollständige Gefäße geborgen werden können. Sehr wahrscheinlich handelt es sich bei diesen Stücken um am Ort bzw. in der näheren Umgebung produzierte Ware, deren Nutzung als Kochtöpfe sich noch aus den an der Außenwandung vorhandenen Rußspuren erschließt (Kat.-Nr. StA 26 – StA 28).

Der Nachteil dieser sog. Irdenware bestand darin, dass ihr Scherben – so nennt man in der Fachsprache die keramische Substanz nach dem Brennvorgang – aufgrund seiner relativ niedrigen Brenntemperatur noch recht porös und wasserdurchlässig war. Erst durch das Aufbringen von Bleiglasuren auf der Innenseite der Gefäße erreichte man, dass die Irdenware nach dem Brand tatsächlich wasserdicht war und sich zudem leichter reinigen ließ. Dass diese Bleiglasuren gesundheitsschädlich waren, dürfte den Zeitgenossen Gutenbergs dagegen wohl kaum bewusst gewesen sein. Bald schon erkannte man freilich auch den dekorativen Wert der grünen, gelben oder bräunlichen Bleiglasuren und verwendete sie auch ohne konkrete Funktion für die Außenseite der Gefäße (Kat.-Nr. StA 29 – StA 30), für Spardosen (Kat.-Nr. StA 45 – StA 46) oder aber für die besonders formschönen glasierten Ofenkacheln (Kat.-Nr. StA 36 – StA 38).

Im Gegensatz zu der niedrig gebrannten Irdenware waren die hartgebrannten Gefäße aus Steinzeug gänzlich wasserundurchlässig (Kat.-Nr. StA 39 – StA 41). Ihre Herstellung erforderte neben ausreichenden Tonvorkommen besonderes technisches Können sowie spezielle Brennöfen, mit denen sich die hohen Temperaturen von mindestens 1200 – 1300 °C erzielen ließen. Während in der unmittelbaren Umgebung von Mainz kein Steinzeug hergestellt wurde, entwickelten sich im 14. und 15. Jahrhundert Siegburg, Köln-Frechen, Raeren (an der deutsch-belgischen Grenze) und Höhr-Grenzhausen im Westerwald zu bedeutenden Zentren der rheinländischen Steinzeugproduktion, deren Töpferwaren weit über die regionalen Grenzen hinaus Absatz fanden. Wenngleich qualitativ hochwertiger als die einfache Irdenware stellte das Siegburger Steinzeug, insbesondere die typischen Trichterhalsbecher und Krüge (Kat.-Nr. StA 43 – StA 44), bereits im ausgehenden 15. Jahrhundert einen weitverbreiteten Massenartikel dar, der in nahezu jedem bürgerlichen Haushalt zu finden gewesen sein dürfte.

In ähnlicher Weise hatte sich im Verlauf des 15. Jahrhunderts Glas längst von einem zunächst kostbaren Luxusartikel zu einem nahezu alltäglichen Gebrauchsgut entwickelt, das keineswegs nur für betuchte Haushalte erschwinglich war. Während in Abfallgruben vom 12. bis zur Mitte des 14. Jahrhunderts Glasfunde einen eher geringen Anteil am Fundspektrum ausmachen, so sind in den Abortgruben und Brunnen ab dem ausgehenden 14., vor allem aber des 15. Jahrhunderts Fragmente von Glasbechern und Flaschen, wie sie hier ausgestellt werden, mit großer Regelmäßigkeit zu finden. Nicht der Glas- oder Steinzeugbesitz alleine, sondern allenfalls das Auftreten spezieller Sonderanfertigungen in einer Abfallgrube lässt daher einen Rückschluss auf die sozialen Verhältnisse des Hausbesitzers zu.

Dagegen sind die dekorativen glasierten Nischenkacheln ein deutliches Indiz für eine gehobene Stellung ihres ursprünglichen Besitzers. Das Setzen eines Kachelofens nämlich war im 14. und 15. Jahrhundert eine recht aufwendige Alternative zu der ansonsten wohl noch überwiegenden und oftmals einzigen Heizquelle in den Häusern, dem offenen Kamin in der *camera caminata* bzw. der Kemenate. Es ist von daher nicht verwunderlich, dass Kachelöfen im Gegensatz zu der schnelllebigen Gebrauchskeramik eine Nutzungsdauer von bis zu hundert Jahren aufweisen konnten. So sind beispielsweise die hier ausgestellten Kacheln anhand von Vergleichsfunden auf der 1399 geschleiften Burg Tannenberg (Kr. Darmstadt) zweifelsfrei noch im ausgehenden 14. Jahrhundert gefertigt worden. Ihre Vergesellschaftung mit Keramik- und Glasfunden aus der Mitte des 15. Jahrhunderts am Fundort belegt jedoch, dass sie erst Jahrzehnte später abgebrochen und durch neue bzw. modischere Kacheln ersetzt worden waren.

K.-M. S.

Literatur

Rademacher, Franz: Die deutschen Gläser des Mittelalters. Berlin 1933. – Keramische Gefäße heute und einst. Ausstellung des Mittelrheinischen Landesmuseums Mainz. Bearbeitet von K. H. Esser und W. Venzmer. Mainz 1973. – Mielke, Heinz Peter: Zur Typologie und Datierung gotischer Nischenkacheln mit dem »Mainzer Rad«. In: MZ 71/72 (1976/77), S. 150–157. – Aus dem Wirtshaus zum Wilden Mann. Fund aus dem mittelalterlichen Nürnberg. Ausstellungskatalog des Germanischen Nationalmuseums Nürnberg. Nürnberg 1984. – Steinzeug. Katalog des Kunstgewerbemuseums der Stadt Köln. Bearbeitet von G. Reineking von Bock. 3. Auflage Köln 1986. – Kölner Ofenkacheln. Die Bestände des Museums für angewandte Kunst und des Kölnischen Stadtmuseums. Bearbeitet von Ingeborg Unger mit einem Beitrag von David Gaimster. Köln 1988. – Phoenix aus Sand und Asche: Glas des Mittelalters. Ausstellungskatalog Bonn/Basel. Bearbeitet von E. Baumgartner und I. Krueger. München 1988. – Stadtluft, Hirsebrei und Bettelmönch. Die Stadt um 1300. Herausgegeben vom Landesdenkmalamt Baden-Würtemberg und der Stadt Zürich. Ausstellungskatalog. Stuttgart 1992. – Vor dem großen Brand: Archäologie zu Füßen des Heidelberger Schlosses. Redaktion Dietrich Lutz, Christine Prohaska-Gross und Heike Schwerdel-Schmidt. Stuttgart 1992.

StA 26

Kochtopf
15. Jahrhundert

Unglasierter irdener Kochtopf mit schlankem Gefäßkörper, ausgeprägten Drehrillen und leichten Rußspuren.
Unglasierte hellrote Irdenware
H. 13,2 cm
Privatsammlung

Provenienz: Wohl einheimische Produktion

Fundort: Mainz, Altstadt

StA 27

Kochtopf
15. Jahrhundert

Bauchiger unglasierter irdener Kochtopf mit ausgeprägten Drehrillen und starken Rußspuren.
Unglasierte hellrote Irdenware
H. 15 cm
Privatsammlung

Provenienz: Wohl einheimische Produktion

Fundort: Mainz, Altstadt

StA 28

Koch- oder Vorratstopf
15. Jahrhundert

Großer glasierter irdener Koch- oder Vorratstopf, bauchiger Gefäßkörper mit zwei auf der Schulter umlaufenden wolfszahnähnlichen Zierbändern und deutlichen Rußspuren.
Graue Irdenware mit gelb-grüner Bleiglasur
H. 25 cm
Privatsammlung

Provenienz: Wohl einheimische Produktion

Fundort: Mainz, Altstadt

StA 29

Fußbecher
15. Jahrhundert

Doppelkonischer Steinzeugfußbecher mit feinen, regelmäßigen Drehrillen, braun geflammt.
Graues Steinzeug
H. 7,3 cm
Privatsammlung

Provenienz: Raeren oder Westerwald

Fundort: Mainz, Altstadt

StA 30

Krug
15. Jahrhundert

Bauchiger Steinzeugkrug mit bandförmigem Henkel, abgesetztem Zylinderhals mit feiner Riefung, aufgedrehtem Grat unterhalb der Schulter und breitem Wellenfuß; braune, zum Teil abgeplatzte Lehmglasur; aus Scherben zusammengesetzt und stellenweise ergänzt.
Steinzeug
H. 14,5 cm
Privatsammlung

Provenienz: Rheinland, Siegburg

Fundort: Mainz, Altstadt

StA 31

Getauchte Kanne
15. Jahrhundert

Irdene Kanne mit bandförmigem Henkel, schwach ausgeprägten Drehrillen, abgesetztem Standfuß und grau-brauner Engobe.
Engobierte Irdenware
H. 19 cm
Privatsammlung

Provenienz: Wohl Dieburg

Fundort: Mainz, Altstadt

StA 32

Gestauchte Flasche
15. Jahrhundert

Doppelkonische gestauchte Flasche auf angesetztem Standfuß mit nach innen gestülptem hohlen Wulstring.
Grünes Waldglas
H. 17 cm
Privatsammlung

Provenienz: Spessart

Fundort: Mainz, Altstadt

Abb. StA 33, 34

StA 33

Glasbecher
15. Jahrhundert

Schlanker zylindrischer Glasbecher mit rillenverzierter Wandung; aus Scherben zusammengesetzt und teilweise ergänzt.
Grünes Waldglas
H. 9,5 cm
Privatsammlung

Provenienz: Spessart

Fundort: Mainz, Altstadt

StA 34
Glasbecher
15. Jahrhundert

Achteckiger Glasbecher mit rillenverzierter Wandung;
aus Scherben zusammengesetzt und teilweise ergänzt.
Grünes Waldglas
H. 9 cm
Privatsammlung

Provenienz: Spessart

Fundort: Mainz, Altstadt

StA 35
Glasmaigelein
15. Jahrhundert

Niedriges, nahezu halbkugeliges Glasmaigelein mit verzierter Wandung;
aus Scherben zusammengesetzt und teilweise ergänzt.
Grünes Waldglas
H. 6 cm
Privatsammlung

Provenienz: Spessart

Fundort: Mainz, Altstadt

StA 36
Ofenkachel
Ende 14. Jahrhundert

Halbzylindrische, gelbglasierte Nischenkachel mit Spitzbogenverblendung
über offenem Dreipass sowie Vogelmotiv mit Astwerk in den Zwickeln;
aus Scherben zusammengesetzt und teilweise ergänzt.
Hellgraue Irdenware mit gelber Bleiglasur
H. 21 cm, B. 15 cm
Privatsammlung

Provenienz: Nicht gesichert, möglicherweise regionale Herstellung

Fundort: Mainz, Altstadt

StA 37
Ofenkachel
Ende 14. Jahrhundert

Halbzylindrische, grünglasierte Nischenkachel mit Spitzbogenverblendung
über offenem Dreipass sowie Blattmotiv (Eichenranken) in den Zwickeln,
aus Scherben zusammengesetzt, kleinere Ergänzungen.
Hellgraue Irdenware mit grüner Bleiglasur
H. 25 cm, B. 16 cm
Privatsammlung

Provenienz: Nicht gesichert, möglicherweise regionale Herstellung

Fundort: Mainz, Altstadt

StA 38
Ofenkachel
Ende 14. Jahrhundert

Halbzylindrische, grünglasierte Nischenkachel mit Spitzbogenverblendung
über offenem Dreipass sowie Radmotiv in den Zwickeln;
aus Scherben zusammengesetzt, kleinere Ergänzungen.
Hellgraue Irdenware mit grüner Bleiglasur
H. 30 cm, B. 18,5 cm
Privatsammlung

Provenienz: Nicht gesichert, wahrscheinlich lokale Herstellung

Fundort: Mainz, Altstadt

StA 39

Trichterhalsbecher
15. Jahrhundert

Kugeliger Gefäßkörper mit trichterförmigem Hals auf Wellenfuß, rötlich-braun geflammt.
Weißgraues Steinzeug
H. 10,5 cm
Privatsammlung

Provenienz: Rheinland, Siegburg

Fundort: Mainz, Altstadt

StA 40

Trichterhalsbecher
Um 1400

Eiförmiger Gefäßkörper auf Wellenfuß mit trichterförmigem Hals sowie vier münzähnlichen Appliken auf der Schulter, rötlichbraun geflammt; stellenweise ergänzt.
Weißgraues Steinzeug
H. 14,5 cm
Privatsammlung

Provenienz: Rheinland, Siegburg

Fundort: Mainz, Altstadt

StA 41

Becher
Um 1400

Schlanker, keulenförmiger Gefäßkörper auf Wellenfuß mit leicht konischem Hals und aufgedrehtem Grat zwischen Bauch und Hals, rötlichbraun geflammt; stellenweise ergänzt.
Weißgraues Steinzeug
H. 19 cm
Privatsammlung

Provenienz: Rheinland, Siegburg

Fundort: Mainz, Altstadt

StA 42

Henkelschale
15. Jahrhundert

Konische Hafnerschale mit Bandhenkel und inwandiger grüner Bleiglasur; aus Scherben zusammengesetzt und stellenweise ergänzt.
Irdenware mit grüner Bleiglasur.
H. 11,5 cm
Privatsammlung

Provenienz: Womöglich lokale Produktion

Fundort: Mainz, Altstadt

StA 43

Krug
15. Jahrhundert

Bauchiger Gefäßkörper auf Wellenfuß, Bandhenkel und trichterförmigem Hals, schwach geflammt.
Weißgraues Steinzeug
H. 17 cm
Privatsammlung

Provenienz: Rheinland, Siegburg

Fundort: Mainz, Altstadt

StA 44

Krug
15. Jahrhundert

Hoher, schlanker Krug auf Wellenfuß mit Bandhenkel und engem zylindrischem Hals, rötlichbraun geflammt.
Weißgraues Steinzeug
H. 21 cm
Privatsammlung

Provenienz: Rheinland, Siegburg

Fundort: Mainz, Altstadt

StA 45

Spardose
15. Jahrhundert (oder später)

Irdenware mit grüner Bleiglasur
H. 6,5cm
Privatsammlung

Provenienz: Womöglich lokale Produktion

Fundort: Mainz, Altstadt

StA 46

Spardose
15. Jahrhundert

Aus Scherben zusammengesetzt und stellenweise ergänzt.
Irdenware mit gelber Bleiglasur
H. 7,5 cm
Privatsammlung

Provenienz: Womöglich lokale Produktion

Fundort: Mainz, Altstadt

StA 47

Holzlöffel
14./15. Jahrhundert?

Holz
L. 13cm
Privatsammlung

Provenienz: Wohl lokale Produktion

Fundort: Mainz, Altstadt

StA 48

Daubenschale
14./15. Jahrhundert

Konische Daubenschale mit steiler Wandung aus sechs Dauben auf runder Bodenfläche; an der Außenwand zwei umlaufend eingeschnittene Führungen für die Weidenruten.
Holz
H. 6 cm, Dm. 11,6 cm
Privatsammlung

Provenienz: Wohl lokale Herstellung

Fundort: Mainz, Altstadt

StA 49

Daubenschale
14./15. Jahrhundert

Konische Daubenschale mit ovaler Öffnung aus neun Dauben auf ovaler Bodenfläche; an der Außenwand zwei umlaufend eingeschnittene Führungen für die Weidenruten.
Holz
H. 7 cm, Dm. 17 bzw. 19 cm
Privatsammlung

Provenienz: Wohl lokale Herstellung

Fundort: Mainz, Altstadt

StA 50

Daubenschale
14./15. Jahrhundert

Konische Daubenschale mit steiler Wandung aus zehn Dauben auf polygonaler Bodenfläche; an der Außenwand zwei umlaufend eingeschnittene Führungen für die Weidenruten.
Holz
H. 4,5 cm, Dm. 12 cm
Privatsammlung

Provenienz: Wohl lokale Herstellung

Fundort: Mainz, Altstadt

StA 51

Zinnlöffel
15./16. Jahrhundert

Zinn
L. 12 cm
Privatsammlung

Provenienz: Unbekannt

Fundort: Mainz, Altstadt

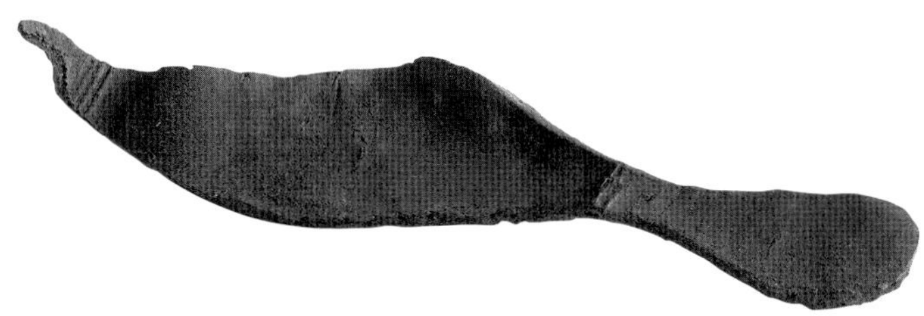

StA 52

Sohle eines Schnabelschuhs
Ausgehendes 15. Jahrhundert

Leder
L. 22 cm
Privatsammlung

Provenienz: Wohl lokale Herstellung

Fundort: Mainz, Altstadt

StA 53

Halbschuh
Ausgehendes 15. Jahrhundert

Halbschuh mit Resten des Oberleders und noch sichtbaren Ansätzen eines seitlich angebrachten Schnür- bzw. Schnallenverschlusses.
Leder
L. 24 cm
Privatsammlung

Provenienz: Wohl lokale Herstellung

Fundort: Mainz, Altstadt

Das Rathaus als Zentrum der städtischen Selbstverwaltung

Das Rathaus war gleichsam das steingewordene Symbol der städtischen Autonomie. Seit 1277 bezeugt, befand sich das Mainzer Rathaus inmitten des bürgerlichen Markt- und Gewerbeviertels auf dem Brand in der Nähe des städtischen Kaufhauses und neben dem bürgerlichen Heilig-geist-Spital. Zum Rhein hin lehnte es sich an die Stadtmauer an, zur Stadt hin war ihm ein Hof mit einer Mauer und einem breiten Eingangstor vorgelagert. Der Dachfirst überragte die Häuser in der Umgebung. Die architektonischen Schmuckelemente waren jedoch eher bescheiden. Die Schmalseiten zierten hohe Treppengiebel, an den Ecken waren vier erkerartige Türmchen angebracht und inmitten der Schauseite zum Rhein hin befand sich ein großer Erker. Darunter lag der von drei großen Bogenfenstern erhellte Ratssaal (s. S. 18, Abb. 1). In erster Linie war das Mainzer Rathaus ein Zweckbau, der dem Raumbedarf der Stadtregierung zu genügen hatte. Dazu gehörte neben dem Saal für die Rats- und Gerichtssitzungen ein Raum für den Stadtschreiber und die städtische Kanzlei. In kurfürstlicher Zeit der Bürgergemeinde als Rathaus entzogen, existierte das Gebäude bis um 1830.

W. D.

StA 54

Privilegien als Garanten städtischer Existenz

Erzbischof Johann von Nassau bestätigt die Freiheiten der Stadt. [Mainz], 6. November 1397

Ausfertigung – Pergament – Anhängend das große Erzbischofssiegel
H. 20,5 cm, B. 38 cm, Umbug 4,5 cm
Stadtarchiv Mainz, U 1397.11.06

Mainz zählte zu Beginn des 15. Jahrhunderts neben Worms, Speyer und Straßburg zu *des Heiligen Reiches Freien Städten am Rhein*.[1] Frei war Mainz – im Unterschied zu einer Reichsstadt – insofern, als es nicht der Gewalt des Königs als Stadtherrn unterstand und auch nicht zu Leistungen für das Reich herangezogen werden konnte, sieht man einmal von der nicht unumstrittenen Hilfe zum Romzug des Königs ab. Frei bedeutete jedoch nicht herrenlos: Herr über die Stadt war der Mainzer Erzbischof und Kurfürst. Die Freiheit der Stadt Mainz bemaß sich nach den einzelnen Freiheitsrechten, die die Bürgerschaft den Erzbischöfen seit dem 12. Jahrhundert hatte abtrotzen können. Das wichtigste erzbischöfliche Privileg war ihr 1244 erteilt worden. Damals hatte Erzbischof Siegfried III. neben gerichtlichen und finanziellen Vergünstigungen den Bürgern das Recht zugestanden, einen eigenen Stadtrat zu wählen. Alle Nachfolger auf dem Mainzer Erzbischofsstuhl mussten bei ihrem Amtsantritt auch die Urkunde von 1244 bestätigen. So erneuerte der am 24. Januar 1397 vom Papst zum Erzbischof ernannte Johann II. von Nassau unmittelbar nach seinem Einzug in Mainz am 6. November desselben Jahres alle von seinen Vorgängern der Stadt zugestandenen Gnaden und Vorrechte. Außerdem bestätigte er den Bürgern, an allen erzstiftischen Zollstätten keine Abgaben für ihre Güter leisten zu müssen. Nachdem der Erzbischof dem Mainzer Patrizier Heinrich zum Jungen als städtischem Vertreter in die Hand gelobt hatte, diese Urkunde stets und fest zu halten, leisteten Bürgermeister, Ratsmitglieder und Gemeinde, die alle auf dem Erzbischofshof versammelt waren, ihrem Stadtherrn den Huldigungseid.[2]

W. D.

1 Weizsäcker, Julius: Deutsche Reichstagsakten unter König Ruprecht. 1. Abt.: 1400–1401 (Deutsche Reichstagsakten Ältere Reihe 4). Gotha 1882, S. 446, Nr. 372.
2 Joannis 1722–1727, Bd. 1, S. 711, Note 2.

Literatur
Schrohe 1915, S. 157 f.

StA 55

König Sigismund bestätigt die Freiheiten der Stadt. Heilbronn, 15. Oktober 1414

Ausfertigung – Pergament – Majestätssiegel an blau-roter Seidenschnur
H. 27 cm, B. 54 cm, Umbug 9,5 cm
Stadtarchiv Mainz, U 1414.10.15 (1) (St 191)

Der Mainzer Stadtrat schöpfte seine Legitimation jedoch nicht nur aus bischöflichen, sondern auch aus königlichen Privilegien. Vor allem versuchte die Freie Stadt Mainz, vom König die Anerkennung und Absicherung der von den Erzbischöfen als Stadtherren erkämpften Freiheiten zu erlangen. Vielfach nutzte der Stadtrat dabei Spannungen zwischen dem Mainzer Kurfürsten und dem König aus, wie auch zu Beginn der Herrschaft des seit 1410 regierenden Königs Sigismund. Während Erzbischof Johann II. von Nassau als Anhänger Papst Alexanders V. demonstrativ Distanz zum König hielt, der den abgesetzten römischen Papst Gregor XII. unterstützte, knüpfte der Stadtrat bald Kontakte zum Königshof. Zwar verzögerte sich die Konfirmation der städtischen Privilegien aufgrund der hohen Gebührenforderung der königlichen Kanzlei, doch letztendlich war die Stadt bereit, anstatt der ursprünglich geforderten 2200 Gulden 1000 zu zahlen, sodass sie vom König am 15. Oktober 1414 die gewünschte Urkunde ausgestellt bekam.

W. D.

Literatur

Schaab 1843/45, Bd. 2, S. 379 ff. – Huckert 1877, S. 84. – Altmann 1896/1900, Nr. 1259 f. – Heinig 1983, S. 288.

StA 56

König Sigismund verleiht der Stadt Mainz das Münzrecht. Brünn, 29. Dezember 1419

Ausfertigung – Pergament – Majestätssiegel an schwarz-gelber Schnur (abgerissen)
H. 23,5 cm, B. 36,5 cm, Umbug 6 cm
Stadtarchiv Mainz, U 1419.12.29 (2) (St 195b)

Die Anstrengungen des Mainzer Rats, sich von der bischöflichen Stadtherrschaft zu emanzipieren, erstreckten sich auch auf das Münzrecht des Erzbischofs, an dessen Ausübung der Rat ihn zu behindern suchte. Infolgedessen ließen die Mainzer Erzbischöfe seit den 1320er Jahren ihre Goldgulden sowie ihr Silbergeld nicht mehr in Mainz, sondern in anderen Orten des Erzstiftes – in Eltville, Bingen, Oberlahnstein und Höchst – prägen. Veranlassung, sich um ein eigenes Münzrecht zu bemühen, sah der Rat jedoch zunächst nicht. Erst 1419 nutzte man eine günstige Gelegenheit, nachdem König Sigismund gerade mit seinem Versuch, in Frankfurt eine Reichsmünzstätte für Silbermünzen zu etablieren, am Widerstand des dortigen Rats gescheitert war. So verlieh König Sigismund der Stadt Mainz am 29. Dezember das Recht, Silbermünzen, und zwar Turnosen, Sterlinge und Heller, im eigenen und des Königs Namen zu schlagen. Die Unterstützung des Königs hatte Mainz umso leichter gewinnen können, als sich dieser wegen seiner Reichsreformpläne in Opposition zu den rheinischen Kurfürsten und damit auch zu dem im Oktober 1419 gewählten Mainzer Erzbischof Konrad III. von Dhaun befand und von daher eine städtefreundliche Politik betrieb. Der König bemühte sich sogar um die Akzeptanz der neuen Münze, indem er die umliegenden Städte Frankfurt, Worms und Speyer anwies, diese in ihren Mauern kursieren zu lassen. Doch innerhalb dieses, vom Kurrheinischen Münzverein dominierten Währungsgebietes konnte sich das Stadt-Mainzer Geld nicht durchsetzen. Hinzu kam, dass die Stadt aufgrund ihrer hohen Verschuldung finanziell gar nicht in der Lage war, das Privileg auszunutzen. Turnosen und Sterlinge wurden zwar geprägt, aber anscheinend nur in sehr geringer Zahl. So bedeutete das Münzprivileg Sigismunds letztlich nicht mehr als »eine moralische Unterstützung«[1] im Konflikt mit dem Erzbischof.
W. D.

1 Demandt 1977, S. 130.

Literatur

Joseph 1884. – Friedensburg 1912, S. 119. – Diepenbach 1926. – Falck 1982, S. 25. – Heinig 1983, S. 287–289.

StA 57

Sterling (»Englisch«) der Stadt Mainz nach dem Münzprivileg König Sigismunds von 1419

Silber – 17 mm – 0,82 g
Stadtarchiv Mainz, MK 264 G 6

Vs.: *SIGISMV(n)D(us) RO(ma)NORVM REX*. Reichsadler.
Rs.: +*MONET(a): NO(va): MAGVNTI(n)A*. Fünfspeichiges Doppelrad der Stadt Mainz.
W. D.

Literatur
Joseph 1884.

StA 58

Turnose (= 18 Heller) der Stadt Mainz nach dem Münzprivileg König Sigismunds von 1419

Silber – 24 mm – 2,5 g
Stadtarchiv Mainz, MK 264 G 5

Vs.: *SIGISMV(n)D(us) RO(ma)NORVM REX.* Reichsadler.
Rs.: +*MONETA*NO(va)*IN*MAGVNCIA*. Im inneren Kreis *PAX – VOB(iscum)*. Sechsspeichiges Doppelrad der Stadt Mainz.
W. D.

Literatur
Joseph 1884.

StA 59

Der Streit um die Vertreibung der Juden als Teil der Auseinandersetzung um die Stadtherrschaft

Der Mainzer Stadtrat weist die von Erzbischof Dietrich von Erbach erhobene Klage wegen Missachtung seiner Hoheitsrechte zurück. Mainz, 4. Dezember 1443

Ausfertigung – Libell (62 Bll.) in Pergamentumschlag – Ratssiegel an roter Schnur
H. 29,5 cm, B. 23 cm
Stadtarchiv Mainz, U 1443.12.04 (St 228)

Der Streit um die Herrschaftsrechte in und über die Stadt spitzte sich während der Regierung Erzbischof Dietrichs von Erbach zu. Seit 1443 bemühte sich ein Schiedsgericht unter dem Vorsitz des Grafen Philipp von Katzenelnbogen um einen gütlichen Vergleich. Diesem legte der Erzbischof am 5. November 1443 eine Klageschrift vor, in der er der Bürgerschaft vielfältige Eingriffe in seine Hoheitsrechte vorwarf. Unter anderen bezichtigte er sie der Missachtung des Judenschutzes.

1438 hatte die Stadt nämlich aus nicht nachvollziehbaren Beweggründen die gesamte jüdische Gemeinde brutal vertrieben, den jüdischen Friedhof geschändet und die herausgerissenen Grabsteine zum Bau eines Quais am Rhein verwendet. Der Erzbischof erwähnte diese Untat, um sein Judenschutzregal in Erinnerung zu bringen: Zwar habe sein Vorgänger, Erzbischof Gerhard II., im Jahre 1295 der Stadt das Nutznießungsrecht an den Juden gegen eine jährliche Zahlung von 112 Mark Aachener Pfennige abgetreten, und die Stadt habe daher auch das Recht zur Besteuerung der Juden, nicht jedoch das Recht zur Vertreibung. Dieses sei selbst ihm, dem Erzbischof, verwehrt und stehe nur dem König zu. Dietrich von Erbach verlangte daher entweder die Rückführung der Juden oder die Bezahlung von 100 000 Gulden für die Schäden, die ihm aus der Vertreibung entstanden seien. In ihrer 124 Seiten umfassenden Antwort nahmen Bürgermeister und Rat auch zu diesem Klagepunkt Stellung: Sie bestritten (S. 22 f.), die Juden gewaltsam ausgetrieben zu haben, und behaupteten, man habe den Juden wegen ihres Wuchers »nur« den weiteren Aufenthalt in der Stadt verboten.

Während die anderen Klagepunkte in dem Verfahren vor dem Schiedsgericht erst 1449 geklärt wurden, fand der Streit wegen der Juden schon vorher ein Ende. Die Entschädigungsforderung des Erzbischofs vor Augen und, weil man selbst auch nicht auf die Judensteuern verzichten wollte, beschloss der Rat bereits 1445, wieder Juden in Mainz aufzunehmen.

W. D.

Literatur
Hegel 1882, S. 165–167. – Falck 1979, S. 38–40. – Schütz 1995, S. 805 f.

StA 60

Schaubild 1: Die Verfassung der Stadt Mainz zur Zeit Gutenbergs (vor 1462)

Der Mainzer Rat, die Vertretung der Bürgerschaft, besaß keine vollkommene Autonomie, die inneren Angelegenheiten der Stadt zu regeln. Denn der Stadtherr, der Mainzer Erzbischof, war auch zu Beginn des 15. Jahrhunderts noch im Besitz wichtiger Herrschaftsrechte. Verwaltung und Rechtsprechung zerfielen daher zum einen in eine kommunale, zum andern in eine stadtherrliche, das heißt: erzbischöfliche Sphäre.

Deutlich wird dies an der Zuständigkeit der erzbischöflichen und städtischen Amtsträger, zum Beispiel im Bereich des Markt- und Gewerbelebens. Während der Rat über die Kaufhausmeister den Großhandel im städtischen Kaufhaus kontrollierte, beaufsichtigte der vom Erzbischof ernannte Marktmeister alle diejenigen, die ihre Waren auf dem Markt und in den Gassen feilboten. Noch gravierender waren die Autonomie-Defizite des Rats auf dem Gebiet der Justiz. Denn nicht beim Rat, sondern beim Erzbischof lag die Blutgerichtsbarkeit. Das von ihm eingesetzte Stadtgericht, Weltliches Gericht genannt, verfügte über den Blutbann, kraft dessen es alle schweren Delikte mit Leibes- und Lebensstrafen ahnden durfte. Und auch bei der niederen Gerichtsbarkeit über minder schwere Vergehen wie Beleidigungen oder Prügeleien, so genannte »Frevel«, über die der erzbischöfliche Walpode Geld- oder leichte Körperstrafen verhängte, hatte der Erzbischof seine Kompetenzen wahren können. Die Bemühungen des Rats, die Gerichtsbarkeit in der Stadt zu kommunalisieren und den Erzbischof aus der Mitherrschaft herauszudrängen, verliefen bis zum Untergang der freien Stadt erfolglos.

W. D.

Die Verfassung der Stadt Mainz zur Zeit Gutenbergs (vor 1462)

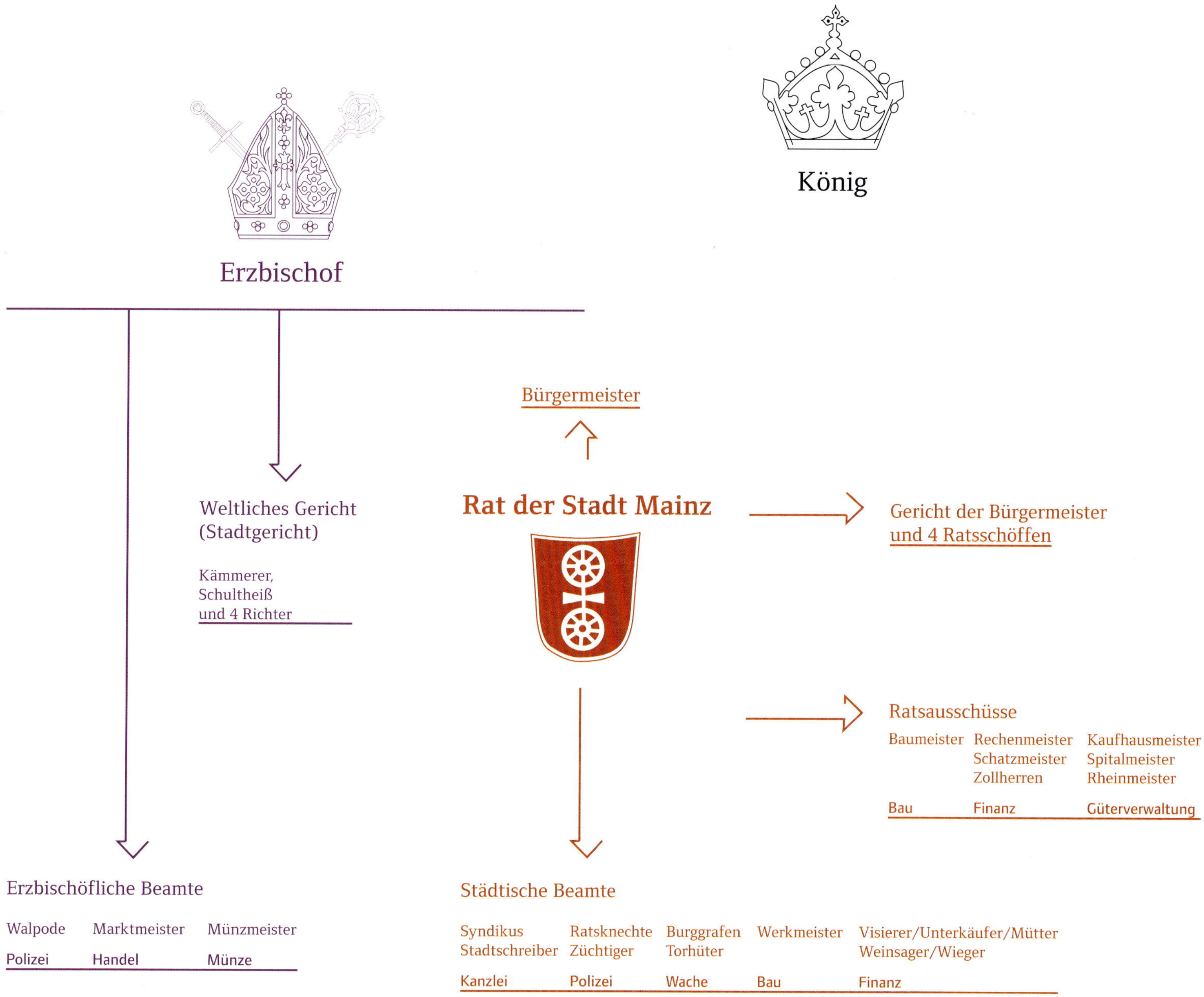

Abb. StA 60

1

Diß ist das Register des friedebuchs
wo man Iglichen artikel finden sall

i

Zum Ersten Das nymant keinleye
hanffinge oder sonemunge zu mentze
machen sall

ii

Daß nymant in der Stede laster ader schande eynche ver-
buntenisse ingene sall

iii

Wer den Raid widdertribet vnd meyneydig heisset

iiii

Wer Rait suchet widder den Rait

v

Daß nymant kein gabe noch myde nemen sall ymant zuver-
antworten gein dem Raide

vi

Auch mag yderman mit synen feinden gene vnd stene vnd

3

Abb. StA 61 **Das Mainzer Friedebuch, 1437 (fol. 1r)**

StA 61

Der geschworene Friede der Bürgerschaft schützt die Stadt vor Blutrache, Fehde und anderen eigenmächtigen Gewaltmaßnahmen

Das *Friedebuch* als städtisches Grundgesetz Mainz, 1437 (mit späteren Ergänzungen)

Handschrift auf Pergament, 49 (+1) Bll. – Initialen verziert, auf fol. 1r Mainzer Stadtwappen, auf fol. 9r Einhorn – Zeitgenössischer Holzdeckeleinband mit 1/1 rotem Schaflederbezug mit fünf Buckeln (mittlerer Buckel in Form eines sechsspeichigen Rades), ursprünglich mit Langriemenschließen (nicht erhalten). Im oberen Teil des vorderen Deckels das Stadt-Mainzer Doppelrad in das Leder hineingeschnitten
H. 30 cm, B. 22 cm
Stadtarchiv Mainz, 4/50

Eines der höchsten Güter der Bürgergemeinschaft war der städtische Friede, war er doch unerlässlich für das Zusammenleben der Bürger und das Gedeihen von Handel und Gewerbe. Vom Mainzer Stadtrat erlassene Satzungen zum Schutz des Friedens in der Stadt sind erstmals aus dem Jahre 1300 überliefert. Dieses »Friedgebot« erfuhr in den folgenden Jahrzehnten mehrere Überarbeitungen und Ergänzungen. Die letzte Redaktion aus der Zeit der Freien Stadt stammt aus dem Jahre 1437 und wurde vom Stadtsyndikus Dr. Konrad Humery besorgt. Der Stadtrat hatte ihn beauftragt, die vorhandenen Statuten *in rechte ordenonge zu setzen,* und ihm dafür eigens einen Schreiber zur Seite gestellt, der für seine Arbeit mit zwei Goldgulden entlohnt wurde. Das »Friedebuch« in der Neufassung Humerys unterschied sich von den früheren »Friedgeboten« zwar nicht inhaltlich, aber sehr wohl in der Anordnung der einzelnen Bestimmungen.

Die Bedeutung des »Friedebuches« für die Bürgergemeinde war mit der eines Grundgesetzes vergleichbar. Auf dieses zentrale Dokument mussten die Bürger auch bei dem alljährlich zu leistenden Treue- und Gehorsamseid gegenüber dem neuen Rat und den neuen Bürgermeistern schwören. Friedensbruch durch eigenmächtige Gewaltanwendung galt daher als Eidbruch. Zu den grundlegenden Satzungen gehörte das Verbot von Waffentragen, Zusammenrottungen und Absprachen mit Feinden. Totschlag, Verwundung und handgreifliche Streitereien wurden von Bürgermeister und Rat mit Geldbußen und Stadtverweisung geahndet. Die Verhängung der Todesstrafe lag jedoch bei dem vom Erzbischof eingesetzten Weltlichen Gericht, worin sich die eingeschränkte Autonomie des Mainzer Stadtrates manifestierte.

W. D.

Literatur

Mone 1856. – Hegel 1881/82, Bd. 1, S. 153f.

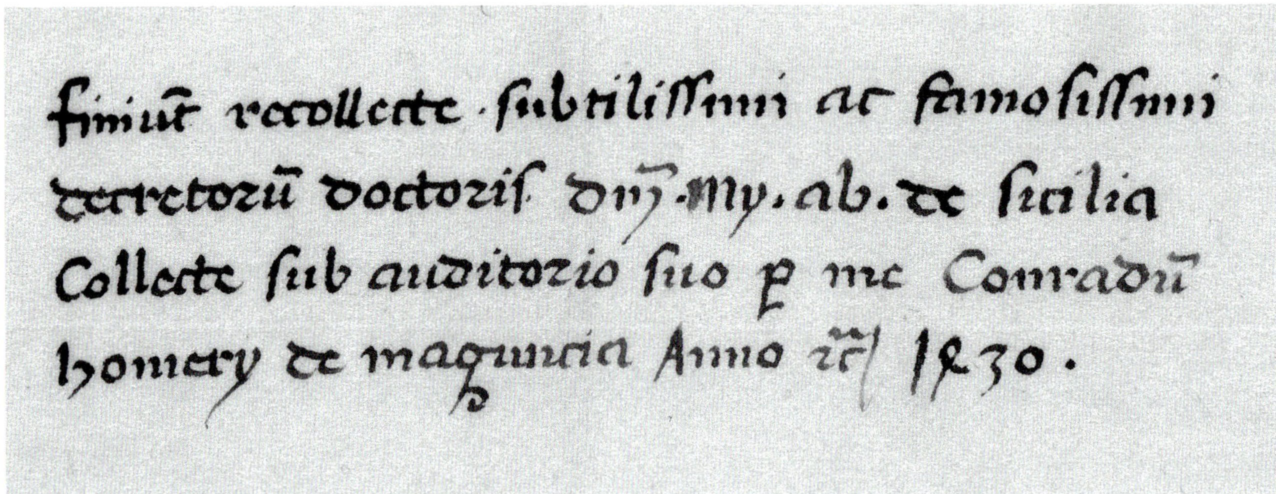

StA 62

Der Stadtsyndikus Dr. Konrad Humery Abschrift einer Vorlesung des Bologneser Rechtsprofessors Nicolaus Lapi Bologna 1430

Handschrift auf Papier, 312 Bll. – Schreiber Hubert de Sarto.
Schlussschrift (in Gotico-Antiqua) auf fol. 208r *(collecte [...] per me Conradum Homery de Maguncia anno etc. 1430)* von der Hand Humerys – Einband aus Pappe, mit Pergament überzogen, nicht original; ein ursprünglich im hinteren Deckel befindliches Fragment des Mainzer »Catholicon« herausgelöst (jetzt Vatikanstadt, Biblioteca Apostolica Vaticana, INC. S. 241 bis)
H. 30 cm, B. 22 cm
Vatikanstadt, Biblioteca Apostolica Vaticana, Cod. Pal. lat. 672

Mit dem Beginn des 15. Jahrhunderts spitzten sich die Auseinandersetzungen zwischen dem Mainzer Erzbischof und der Bürgerschaft um die Herrschaft in der Stadt, aber auch um die rechtliche Sonderstellung des Klerus zu. In diesem Konflikt bedurfte der Mainzer Stadtrat juristischer Beratung. Wertvolle Dienste leistete dem Rat hierbei der im Kirchenrecht promovierte Dr. Konrad Humery. Aus einer reichen, mit Edelmetallen handelnden Mainzer Kaufmannsfamilie stammend, hatte sich Humery nach kürzeren Studienaufenthalten in Erfurt und Köln 1427 an der Universität von Bologna, einer der renommiertesten Hochschulen Europas, immatrikuliert, um dort kanonisches Recht zu hören. Im November 1432 zum *doctor decretorum* promoviert, kehrte er nach Mainz zurück, wo er seit spätestens Januar 1435 das Amt des Stadtsyndikus bekleidete. Zu seinen ersten Aufgaben zählte es, den Rat in dem Prozess zu vertreten, den die Mainzer Geistlichkeit wegen der städtischen Übergriffe in ihre Privilegien vor dem Basler Konzil angestrengt hatte.

Aus Humerys Bologneser Zeit rührt ein, meist als »Kollegheft« charakterisiertes Manuskript, das eine Vorlesung seines Lehrers Nicolaus Lapi über die Antwortbriefe Papst Gregors IX. auf kirchliche Rechtsfragen enthält. Das Manuskript, das nicht direkt in der Vorlesung, sondern erst nachträglich niedergeschrieben worden ist, stammt zwar nicht von der Hand Humerys, aufgrund der Schlussschrift auf fol. 208r ist es jedoch unzweideutig seinem Besitz zuzuweisen. Die Handschrift hat im übrigen auch zu Mutmaßungen über eine Verbindung Humerys zu Gutenberg bzw. zum Drucker des »Catholicon« (Kat.-Nr. GM 155) von 1460 verleitet, denn in dem Rücken der Handschrift war eine Seite (zum Stichwort »consul«) des »Catholicon« eingebunden. Die Frage, ob das Fragment noch zu Lebzeiten und mit Wissen Humerys als Makulatur verwendet wurde, lässt sich jedoch nicht beantworten. Die Vermutung von Franz Falk, aufgrund dieses Bruchstückes in Humery den Verfasser des berühmten, die Druckkunst preisenden Schlusswortes des »Catholicon« zu sehen,[1] bleibt daher rein hypothetisch.

W. D.

1 Falk 1888, S. 311.

Literatur
Stevenson, Henricus Jr. / De Rossi, Ioannes Baptista (Bearb.): Codices Palatini Latini Bibliothecae Vaticanae. Bd. 1. Rom 1886, S. 238f., Nr. 672. – Falk 1888 (I). – Mommert 1965, S. 22–25. – Worstbrock 1983.

StA 63

Urteilsbrief des Bürgermeister- und Schöffengerichts
Mainz, 10. Januar 1442

Reinschrift, ohne Besiegelungsspuren – Pergament
H. 30 cm, B. 29,5 cm
Stadtarchiv Mainz, U 1442.01.10(2) (St 224)

Zuständig für alle Fälle der höheren und niederen Gerichtsbarkeit, für Straf- und Zivilsachen sowie für Angelegenheiten der freiwilligen Gerichtspflege war in Mainz das *Weltliche Gericht,* über das der Mainzer Erzbischof auch zur Zeit der Freien Stadt als Stadtherr die Oberhoheit besaß. Er ernannte die Mitglieder des Gerichts: den Kämmerer als Vorsitzenden sowie ihm zur Seite den Schultheißen und die vier weltlichen Richter. Während der Kämmerer seit 1355 immer dem Mainzer Domkapitel entstammte, waren die übrigen Ämter in der Regel für Mainzer Patriziergeschlechter reserviert. Der stadtherrliche Einfluss offenbarte sich auch im Tagungsort des Gerichts, das gewöhnlich im Gerichtshaus auf dem Erzbischofshof, dem heutigen Höfchen, oder unter freiem Himmel auf dem Erzbischofshof selbst zusammentrat.

Bei Fällen von Mord und Totschlag bestand spätestens seit dem Friedgebot von 1300 eine Konkurrenz zum Stadtrat, denn dieser besaß ebenfalls die Befugnis, Friedensbrüche zu ahnden. Im Verlauf der Emanzipation von der bischöflichen Stadtherrschaft begann der Stadtrat, einzelne Kompetenzen des Weltlichen Gerichts in Frage zu stellen. Konkurrierend zum erzbischöflichen Weltlichen Gericht etablierte sich ein städtisches Gericht, das sich aus den Bürgermeistern und vier Schöffen zusammensetzte und einmal in der Woche auf dem Rathaus tagte. Dieses beanspruchte, der oberste Gerichtshof in der Stadt zu sein, und scheute auch nicht davor zurück, Klagen, die vor dem Weltlichen Gericht anhängig waren, vor seinen Richterstuhl zu ziehen. So betrachtete es sich auch für »Erbe und Eigen«, d.h. Grundbesitzangelegenheiten, zuständig und drang damit in einen ureigenen Bereich des Weltlichen Gerichts ein. Ein Beweis dafür ist eine Urkunde aus dem Jahre 1442: In dem Rechtsstreit zwischen Hermann Windecke und Konrad Marburg, Prokurator am Weltlichen Gericht, um einen Grundzins fällen die Bürgermeister Heinrich Rebstock, Heinrich Kumoff, Johann Nussbaum und Johann Gauporten sowie die Schöffen Heinrich Bechtermünze, Claus Rosche, Johann Salmann und Claus Buser ein Urteil zugunsten Marburgs. Aufgrund formaler Elemente und der fehlenden Besiegelung handelt es sich bei dem Dokument nicht um eine Ausfertigung für eine der beiden Parteien, sondern um eine Abschrift. Es ist eines der wenigen erhaltenen Zeugnisse zur städtischen Gerichtsbarkeit.

W. D.

Literatur
Hegel 1882, S. 58f. Anm. 8 u. S. 162–164. – Falck 1973, S. 176–183. – Falck 1978.

Zusammensetzung des Mainzer Rats von 1244–1444

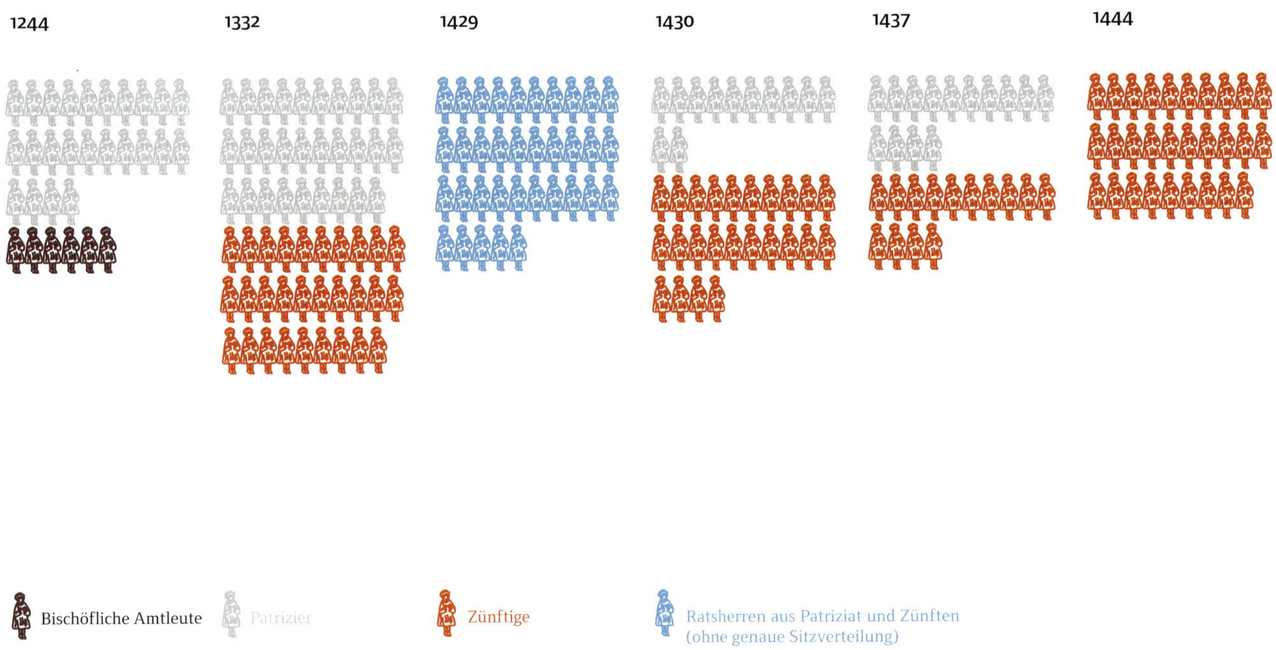

StA 64

Schaubild 2: Die Zusammensetzung des Mainzer Rats von 1244 bis 1444

Das Schaubild verdeutlicht die unterschiedliche Zusammensetzung des Mainzer Rats vom Jahre 1244 an, als Erzbischof Siegfried III. der Bürgerschaft das Recht auf einen eigenen Rat zugestand, bis zum Jahre 1444, als die Verfassung zum letzten Mal vor dem Verlust der Stadtfreiheit 1462 geändert wurde. Gezeigt wird die Entwicklung vom rein patrizisch zum rein zünftig besetzten Rat. Dazwischen liegen die Bürgerunruhen der Jahre 1332 und 1429 bis 1437, in denen sich die Zünfte, das heißt vor allem die Angehörigen der reicheren und angeseheneren, nicht-patrizischen Familien, einen – unterschiedlich hohen – Anteil an Sitzen im Rat erkämpften. Das hatte auch Auswirkungen auf die Besetzung der Ratsämter, denn fortan geschah dies proportional zur Sitzverteilung zwischen Patriziern und Zünftigen im Rat, sodass zum Beispiel im Jahre 1430 die 24 zünftigen Ratsherren zwei Bürgermeister und die 12 patrizischen Ratsherren einen stellten. Die Verfassungsänderung von 1444 löste dann das Patriziat als politischen Stand auf. Wer im Rat sitzen wollte, musste in Zukunft einer Zunft angehören. Das bedeutete nicht, dass den Patriziern der Zugang zum Rat verschlossen war: Bedingung war allerdings, dass man vorher einer Zunft beitrat und von dieser dem Rat als Kandidat vorgeschlagen wurde. In der Tat finden sich auch nach 1444 einzelne Patrizier in hohen Ratsämtern.

W. D.

StA 65

Reimgedicht des Jakob Stosselin über die Mainzer Bürgerunruhen 1428/29 Mainz, ca. Februar 1430

Aus dem Nachlass der Mainzer Patrizierfamilie zum Jungen. Handschrift mit drei Gedichten sowie einem Bericht über die Wahl des neuen Stadtrates und einem Schreiben Peters zum Jungen an den Mainzer Rat vom 5. Februar 1430
Handschrift auf Papier, 16 Bll.
H. 35 cm, B. 14 cm
Staatsarchiv Darmstadt, Abt. E 12, Konv. 193, Fasz. 1, Nr. 1

Als junger Mann musste Gutenberg erleben, wie die 1332 geschaffene Verfassung der Stadt Mainz, die einen Ausgleich zwischen Patriziern und Zünften herbeigeführt hatte, nach über einem Dreivierteljahrhundert ihres Bestehens zerbrach. Seit 1411 wurde seine Vaterstadt von politischen und sozialen Konflikten erschüttert, die 1428 eskalierten. Auslöser war die hohe Verschuldung der Stadt, für die die Bürgergemeinde den Rat verantwortlich machte. Dieser setzte sich aus 29 Patriziern – dem Rat der Alten – sowie 29 Zunftangehörigen – dem Rat von der Gemeinde oder auch nach dem Versammlungslokal Rat zu Mompasilier genannt – zusammen.

Der Unmut richtete sich vor allem gegen die Patrizier, deren gesellschaftliche Exklusivität und politische Vormachtstellung im Rat den Zünften ein Dorn im Auge war. Ein von den Zünften eingesetzter Zehnerausschuss entzog dem Rat die Verfügungsgewalt über sämtliche Steuer- und Finanzangelegenheiten: Mit Steuererhöhungen wollte der Ausschuss den Notstand beseitigen und rief damit den erbitterten Widerstand der meisten Patrizier hervor. Immerhin stimmte ein kleinerer Teil der Patrizier am 1. Oktober 1428 diesem Vorschlag zu, worin sich das Zerfallen der Patrizier in eine gemäßigte und eine radikale Gruppe offenbarte. Dass mit Eberhard Windecke sogar ein Angehöriger des Patriziats an der Spitze des Zehnerausschusses stand, ist ein weiteres Indiz für die Fraktionskämpfe innerhalb der Geschlechter. Zusammen mit dem zünftigen Stadtschreiber Nikolaus von Wörrstadt war Windecke maßgeblich daran beteiligt, dass die patrizischen Ratsherren am 29. Januar 1429 von ihrem Amt zurücktraten und damit den Weg für eine tiefgreifende Verfassungsänderung freigaben. Im neu gebildeten Rat saßen fortan nur mehr 35 Mitglieder, vor allem aber gab es keine Unterscheidung mehr zwischen den Ratsherren aus den Geschlechtern und denen aus der Gemeinde.

Einen lebendigen Eindruck von dem politischen Kampf jener Jahre vermitteln drei Reimgedichte, die spätestens 1430 entstanden sein dürften. Während ein Gedicht die Ereignisse aus der Sicht der Zünfte kommentiert, ergreifen die beiden anderen dezidiert für die Patrizier Partei: So steht für den Autor des zweiten Gedichts, der sich *Jacob Stoßelin* nennt, fest, dass der Zehnerausschuss, allen voran Eberhard Windecke, die Gemeinde zu dem Umsturz verführt hat: *Sie hant der gemeynde so vil gescreben / gesaget und gelogen, daß der alde / rat ist verdreben* (fol. 11r unten).[1] Dass sich die Gedichte in einer zeitgenössischen Abschrift im Nachlass der Mainzer Patrizierfamilie zum Jungen erhalten haben, dürfte an der Person Windeckes liegen. Dieser war ein persönlicher Feind Peters zum Jungen, des Anführers der Patrizier, dem Windecke nicht nur wegen seiner politischen Ansichten, sondern auch aufgrund eines Besitzstreites um den Mainzer Rheinzoll verhasst war. Die Familie zum Jungen hatte daher ein großes Interesse daran, alle Dokumente, die Windeckes in ihren Augen unrühmliche Rolle beleuchteten, zu sammeln.

W. D.

1 Liliencron, Rochus von (Hrsg.): Die historischen Volkslieder der Deutschen vom 13. bis 16. Jahrhundert. Bd. 1. Leipzig 1865, S. 306–326, hier S. 322, Nr. 64.

Literatur

Wyß, Arthur: Ueber die drei Gedichte von den bürgerlichen Unruhen zu Mainz 1428–1430. In: Forschungen zur deutschen Geschichte 25 (1885), S. 101–112. – Menke, Johannes Bernhard: Geschichtsschreibung und Politik in deutschen Städten des Spätmittelalters. In: JbKölnGV 34/35 (1959/60), S. 85–194, hier S. 130–135. – Fischer 1958, S. 18–30. – Matheus 1999, S. 184–186. – Neugart, Isolde: Art. »Stoßelin, Jacob«. In: Stammler, Wolfgang (Begr.): Die deutsche Literatur des Mittelalters. Verfasserlexikon. 2., völlig neu bearb. Aufl. Hrsg. von Burghart Wachinger u. a. Bd. 9. Berlin / New York 1995, Sp. 369–371.

StA 66

Der Exodus der Mainzer Patrizier

König Sigismund erlaubt der Stadt, die Liegenschaften der ausgewanderten Bürger zu besteuern. Pressburg, 10. September 1429

Ausfertigung – Pergament – Majestätssiegel an schwarz-gelber Seidenschnur
H. 23 cm, B. 50 cm, Umbug 3,5 cm
Stadtarchiv Mainz, U 1429.09.10 (St 199)

Der sich verschärfende Konflikt zwischen Rat und zünftiger Opposition bewog in den Jahren 1428–1430 nicht wenige Mainzer Patrizier, darunter auch Gutenberg, Mainz zu verlassen und die weitere Entwicklung vom Rheingau, von Oppenheim, Frankfurt oder anderswo aus zu verfolgen. Der zunächst wohl nur als vorläufig gedachte Auszug stellte ein beliebtes, auch schon 1332 und 1411 angewandtes Protestmittel dar, mit dem die Patrizier die Stadt unter Druck setzen konnten. Denn die Abwanderung der patrizischen, und das hieß der kapitalkräftigen Familien schmälerte das städtische Steueraufkommen und erschwerte den dringend nötigen Abbau der städtischen Schulden.

In Reaktion auf den Exodus der Patrizier erließ der im Februar 1429 neu konstituierte Rat ein Verbot, wodurch es den Ausgewanderten verwehrt wurde, ihren Besitz in Mainz aufzulösen. Auch wurde ihnen, sofern sie der Stadt in früheren Jahren mit Krediten ausgeholfen hatten, die Auszahlung der entsprechenden Renten verweigert. Darüber hinaus ließ sich der Rat am 10. September 1429 von König Sigismund dazu legitimieren, die Liegenschaften der aus der Stadt emigrierten Bürger innerhalb und außerhalb von Mainz in gleicher Weise wie die Besitzungen der in der Stadt ansässigen Bürger zu besteuern. Auf Dauer ließ sich dieser Konfrontationskurs jedoch nicht durchhalten. Ende März 1430 konnte der Streit mit Hilfe des Mainzer Erzbischofs beigelegt werden. Die Lösung bestand in einer Verfassungsänderung, die ein Zugeständnis an die Patrizier bedeutete und diesen wieder eine garantierte Anzahl von Sitzen, nämlich 12 von 36, im Rat zugestand. Für Gutenberg bedeutete dieser Kompromiss jedoch keinen Anreiz, nach Mainz zurückzukehren.

W. D.

Literatur

Schaab 1843/45, Bd. 2, S. 402–404. – Altmann 1896/1900, Nr. 7416. – Fischer 1958, S. 26 f. – Heinig 1983, S. 288 f. – Matheus 1999, S. 179.

StA 67

Die Siegel der Stadt Mainz als Quellen der Verfassungsentwicklung

StA 67a

Abguss des zweiten romanischen Stadtsiegels (Stempel vor 1254)

Dm. 104 mm

Segnender heiliger Martin, auf Faltstuhl thronend, in einem Architekturrahmen als symbolischen Bild der Stadt. Im Feld: *SCS.MAR – TINVS.* Umschrift: *AVREA MAGVNCIA ROMANE ECCL(ES)IE SPECIALIS FILIA* (Goldenes Mainz, bevorzugte Tochter der römischen Kirche).
Historisches Archiv der Stadt Köln, HUA 2/196

StA 67b

Abguss des zweiten gotischen Stadt- bzw. Ratssiegels (Stempel von 1392)

Dm. 87 mm

Traum des heiligen Martin: Der nach der Mantelschenkung an den Bettler schlafende Heilige, darüber ein Bogen mit der Aufschrift: *Martinus ad huc catecumenus* (Martin, bisher noch Schüler im Glauben). Über dem Heiligen der mit der Mantelhälfte des Bettlers bekleidete und die Rechte zum Segen erhebende Christus zwischen zwei Engeln. Umschrift: + *cristi maguntini populi secreta tuere hic te martini tectu* (Balken über dem u) *qui veste fatere* (Christus, schütze die Briefe des Mainzer Volkes, der Du hier gestehst, dass Du mit Martins Gewand bekleidet worden bist). Über dem heiligen Martin das städtische Wappenbild des Doppelrades.
Stadtarchiv Mainz, Siegelsammlung

StA 67c

Abguss des Siegels der Stadtgemeinde (Stempel von 1332)

Dm. 67 mm

Der nach rechts reitende heilige Martin teilt, nach rückwärts gewandt, seinen Mantel, hinter dem Pferd der nach dem Mantel greifende Bettler. Umschrift: *S(IGILLVM) UNIVERSITATIS CIVITATIS MOGVNTINE* (Siegel der Gemeinde der Stadt Mainz).
Institut für Stadtgeschichte Frankfurt a. M.

Ende des 14., Anfang des 15. Jahrhunderts treten im Siegelgebrauch der städtischen Kanzlei einige markante Veränderungen auf, die die politische Entwicklung und die Machtverhältnisse in Mainz widerspiegeln. Ein städtisches Siegel lässt sich in Mainz seit ca. 1150 nachweisen. Dieser älteste romanische Stempel war Mitte des 13. Jahrhunderts durch ein neues, von seinem Vorgänger kaum unterscheidbares Siegel ersetzt worden, an dessen Stelle dann um 1300 ein im Stil der Gotik gearbeiteter Stempel trat. Dieser wurde 1392 von einem neuen Stadt- bzw. Ratssiegel abgelöst, dessen Bild bis auf einen bezeichnenden Unterschied identisch war: das Siegel zierte erstmals die städtische Wappenfigur des Doppelrades. Obwohl man damit die städtische Autonomie selbstbewusst demonstrierte, müssen doch sehr bald Zweifel aufgekommen sein, ob dieses Siegel zur Beglaubigung besonders wichtiger Rechtsakte ausreiche. Spätestens vom Jahre 1400 ab griff man zusätzlich auf das alte ehrwürdige romanische Stadtsiegel zurück, das gut 100 Jahre geruht hatte und von dem noch der (jüngere) Stempel aus der Zeit um 1250 existierte. Man tat dies, obwohl das Siegelbild von einem städtischen Selbstverwaltungsanspruch nichts erkennen ließ.

Fortan wurden alle vom Rat ausgestellten Urkunden je nach Bedeutung entweder mit dem »großen und alten Siegel« oder dem gotischen Geschäftssiegel von 1392 beglaubigt. Doch nicht nur das alte romanische Siegel wurde wieder eingeführt, sondern auch das von den Zünften bei den Unruhen von 1332 geschaffene Gemeindesiegel. Es war seit der Mitte des 14. Jahrhunderts nicht mehr verwendet worden, nachdem sich die Wogen zwischen Patriziern und Zünften geglättet hatten. Dass nun in den Jahren um 1400 bei rein innerstädtischen Angelegenheiten die Beweis- und Rechtskraft des Stadtsiegels allein für ungenügend erachtet wurde, zeigt, wie stark die Autorität des Rates angefochten war. Vor allem bei Urkunden, die das Finanzgebaren des Rates betrafen, setzte die Gemeinde ihr Recht auf Mitbesiegelung durch und machte davon auch Gebrauch bis zur endgültigen Niederlage der Patrizier 1444. Der am 23. Dezember 1444 zwischen Rat und Bürgern geschlossene – leider verlorene – Vertrag, der einen Schlussstrich unter die Bürgerunruhen setzte und in Mainz ein reines Zunftregiment etablierte, wurde außer mit dem großen und alten Siegel der Stadt mit den 34 Zunftsiegeln sämtlicher damals bestehender Zünfte beglaubigt. Auf diese Weise meinte man, den einhelligen Willen aller sozialen Gruppen besser zum Ausdruck bringen zu können als mit dem Gemeindesiegel allein. Mit dem Sieg der Zünfte war seit 1444 eine Verwendung des Gemeindesiegels in der städtischen Kanzlei nicht mehr vonnöten.

W. D.

Literatur

Diepenbach 1941. – Diederich, Toni: Rheinische Städtesiegel. (Rheinischer Verein für Denkmalpflege und Landschaftsschutz: Jahrbuch 1984/85). Neuss 1984, S. 292–294.

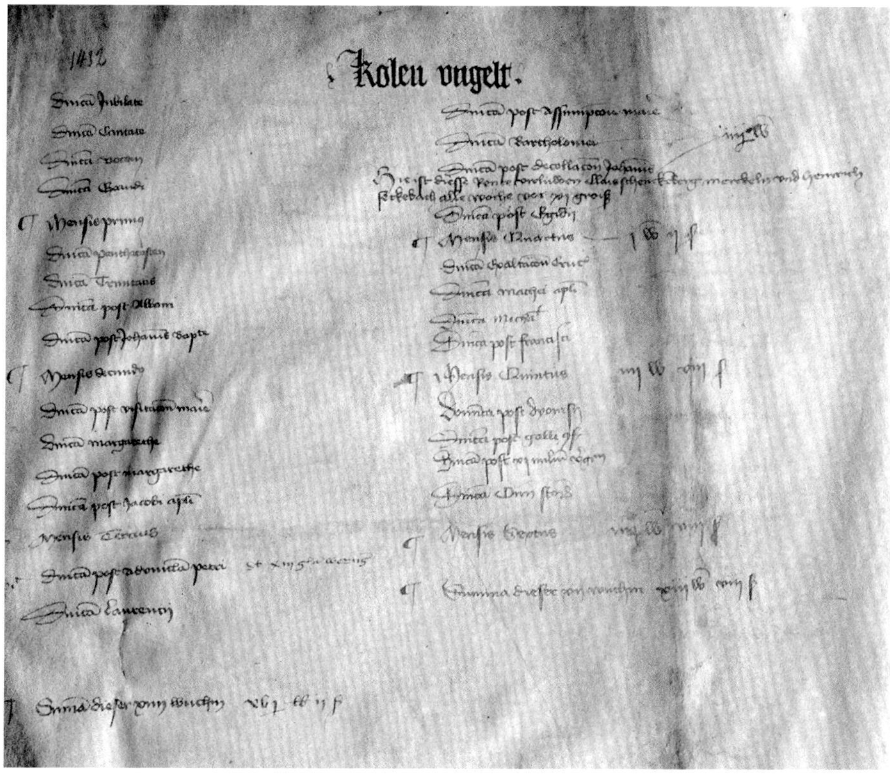

StA 68

Bruchstück der Mainzer Stadtrechnung Mainz 1432

1 Bogen Pergament
H. 36 cm, B. 27 cm
Stadtarchiv Mainz, 6/30, Nr. 2

Die Aufsicht über die städtischen Finanzen hatten die Rechenmeister. Für dieses Amt wurden vom Rat jährlich jeweils zwei patrizische und zwei zünftige Mitglieder aus den eigenen Reihen bestimmt. Die Rechenmeister hatten genauen Einblick in die Vermögens- und Finanzverhältnisse der Stadt, führten über alle Einnahmen und Ausgaben Buch und mussten sich zum Ende des Finanzjahres in der Rechnungslegung vor dem Rat verantworten. Die Mainzer Stadtrechnungen haben sich jedoch nur sehr lückenhaft – für die Jahre 1410, 1436, 1449, 1458 und 1460 – erhalten.

Aus dem Jahre 1432 stammt das ausgestellte Fragment mit den Einnahmen aus dem Kohlenungeld. Das Ungeld war eine indirekte Verbrauchs- und Verkehrssteuer, die der Stadt vor allem beim Verkauf von Wein und Mehl hohe Erträge einbrachte. Die Einnahmen beim Kohlenungeld machten dagegen nur einen Bruchteil aus. Wie der Vermerk in der vierten Zeile der rechten Spalte zeigt, war es nicht ungewöhnlich, dass die Steuer zu einem festen Betrag (elf Groschen wöchentlich) an Mainzer Bürger verpachtet wurde *(hie ist diesse rente virluwen Clais Schenckenberg, Merckeln und Heinrich Seckebach alle wochen vor xj groißen)*.

W. D.

Literatur
Hegel 1882, S. 94–115.

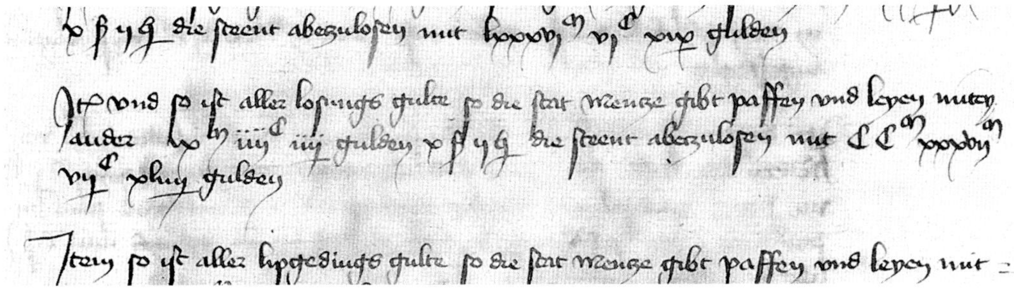

Abb. StA 69 **Verzeichnis der Mainzer Schulden, 1437**

StA 69

Die Stadt vor der Zahlungsunfähigkeit Mainzer Grundrechnung vom 5. Oktober 1437

Abschrift – 1 Bogen Papier
H. 28 cm, B. 21,5 cm
Institut für Stadtgeschichte Frankfurt a. M., RS I, Nr. 3610, fol. 2^{r-v}

Seit den 1420er Jahren nahm die Stadtschuld erdrückende Ausmaße an. Die Frage, wer dafür die Verantwortung zu übernehmen hatte, bestimmte den politischen Tageskampf. Während die Zünfte den Patriziern Klüngelei vorwarfen, verteidigten sich diese damit, dass die Geldnöte von der Beteiligung am Städtekrieg 1388 herrührten: In jenen Krieg sei Mainz damals aber von den Zünften gegen den ausdrücklichen Rat der Patrizier getrieben worden.

Nachdem die Verschuldung erstmals 1429 zur Zahlungsunfähigkeit der Stadt geführt hatte, drohte 1437 erneut der Bankrott. Verglichen mit der Stadtrechnung von 1410 hatten sich 1436 die städtischen Einnahmen um fast zwanzig Prozent reduziert. Noch gravierender war jedoch, dass mittlerweile nicht mehr nur die Hälfte der Gesamteinnahmen, sondern bereits drei Viertel für den Schuldendienst verwendet werden mussten.

In dieser Situation bat der Mainzer Rat Ende September 1437 die benachbarten Städte Frankfurt, Worms und Speyer, durch Abgesandte die Mainzer Stadtrechnung zu prüfen. In einer am 5. Oktober aufgestellten »Grundrechnung« kamen die auswärtigen Finanzexperten zu einem verheerenden Ergebnis: Die städtischen Schulden beliefen sich mittlerweile auf 237 693 $^1/_2$ Gulden, für die an Zinsen jährlich allein 18 500 Gulden aufgebracht werden mussten. In ihrem Gutachten zur Haushaltskonsolidierung schlugen die Abgesandten der Städte Steuererhöhungen vor, und gerade darin wird man den Grund suchen dürfen, warum der Mainzer Rat zu der außergewöhnlichen Maßnahme einer Finanzrevision durch Auswärtige gegriffen hatte: Die Notwendigkeit von Steuererhöhungen wurde der Bürgerschaft nun auch von unparteiischer Seite bestätigt.

Die desolate Lage führte zu einem Stimmungsumschwung in der Gemeinde, der den Patriziern die Rolle von Rettern in der Not zuspielte. In der Folge wurde der alte – nur zu einem Drittel patrizische – Rat gestürzt: Die am 20. November 1437 erlassene neue Ordnung wies den Patriziern wieder die Hälfte der Sitze im Rat zu, verbunden mit der Erwartung, dass es ihnen gelingen würde, den städtischen Haushalt zu sanieren.

W. D.

Literatur
Fischer 1958, S. 32–35. – Rothmann 1998, S. 444 f.

StA 70

Vorschlag des Mainzer Stadtrates, die Stadt zu verpfänden Mainz, Mai 1446

Abschrift – 1 Blatt Papier
H. 21 cm, B. 21 cm
Institut für Stadtgeschichte Frankfurt a. M., RS I, Nr. 4143, fol. 41r

Der 1437 aus Patriziern und Zünften gebildete Stadtrat war nach sieben Jahren, in denen er sich vergebens um die Sanierung der städtischen Finanzen bemüht hatte, gestürzt worden: Das am 23. Dezember 1444 erlassene Verfassungsgesetz etablierte ein reines Zunftregiment, in dem nur Ratsherr werden konnte, wer einer Zunft angehörte oder mit der erfolgten Wahl sofort in eine Zunft eintrat. Doch auch unter der zünftigen Stadtregierung trat keine Besserung ein, vielmehr führte die Zahlungsunfähigkeit der Stadt sogar dazu, dass einer der patrizischen Gläubiger seine Vaterstadt in die Reichsacht erklären ließ. Im Frühjahr 1446 war die Lage so hoffnungslos, dass sich der Rat auf einem in Mainz abgehaltenen Städtetag nicht mehr anders zu helfen wusste, als die Gesandten von Straßburg, Nürnberg, Ulm, Augsburg, Worms, Speyer und Frankfurt zu bitten, Mainz 60 000 Gulden zu leihen: Als Sicherheit bot man die Stadt als Pfand an! Der Vorschlag war so ungeheuerlich, dass er von den anderen Freien und Reichsstädten wohl erst gar nicht ernsthaft diskutiert wurde.

Dass in den nächsten Jahren der vollkommene Ruin der Stadt verhindert werden konnte, war vor allem Frankfurt zu verdanken. Da die Messestadt und ihre Bürger die Hauptgläubiger waren, die sich schon in den vorhergehenden Jahren zur Stundung und/oder Reduzierung der Zinszahlungen hatten bereit finden müssen, waren sie auch besonders daran interessiert, es nicht zum Bankrott von Mainz kommen zu lassen, hätten sie dadurch doch das Mainz geliehene Kapital vollends verloren.

W. D.

Literatur
Fischer 1958, S. 53. – Rothmann 1998, S. 446–448.

Abb. StA 71c **Verleihung eines Anteils am Mainzer Rheinzoll und Übergabe der Lehensfahne an Eberhard Windecke durch König Sigismund, 1424**

Abb. StA 71d **Darstellung der von Eberhard Windecke gesehenen Reliquien und Wallfahrtsstätten**

StA 71

Vier Miniaturen aus »Kaiser Sigismunds Buch«, verfasst vom Mainzer Eberhard Windecke (Windeck) Elsass (?), um 1440–1450

Kolorierte Federzeichnungen aus der Werkstatt des Diebold Lauber (?)
Papier
H. 36,7 cm, B. 27,5 cm
Österreichische Nationalbibliothek Wien, Cod. 13975

StA 71a

Eberhard Windecke bezahlt im Jahre 1417 der Stadt Brügge von König Sigismund gemachte Schulden

Österreichische Nationalbibliothek Wien, Cod. 13975, fol. 97v

StA 71b

Eberhard Windecke überbringt 1418 Papst Martin V. in Pavia dreizehn *briefe* im Auftrag König Sigismunds

Österreichische Nationalbibliothek Wien, Cod. 13975, fol. 123r

StA 71c

Eberhard Windecke bekommt einen Anteil am Mainzer Rheinzoll von König Sigismund verliehen, der ihm die Lehensfahne überreicht

Österreichische Nationalbibliothek Wien, Cod. 13975, fol. 228v

StA 71d

Darstellung der Reliquien und Wallfahrtsstätten, die Eberhard Windecke gesehen hat

Österreichische Nationalbibliothek Wien, Cod. 13975, fol. 235v

Die Handschrift enthält eine der überlieferten Fassungen jenes Werkes, das wohl in mehreren Phasen von dem aus einer Mainzer Familie stammenden Eberhard Windecke verfasst und nach seinem Tode um 1440 überarbeitet wurde. Vermutlich gehörten Vorfahren des um 1380 geborenen Eberhards zum Mainzer Patriziat, sein im Jahre 1400 gestorbener Vater hatte die städtische Goldwaage gepachtet. Im Jahre 1393 beginnt Windeckes Wanderleben, und über Jahre hinweg ist er in Handels- und Finanzgeschäften tätig. Der Weg führt ihn zunächst nach Worms, dann nach Erfurt, Eger und Prag. Es folgt ein dreijähriger Aufenthalt in Paris. Windecke war dort in Diensten Herzog Stephans III. von Bayern tätig. Weitere Stationen waren Wien und Ofen, wo er in Verbindung mit einflussreichen Nürnberger Firmen stand und von wo aus er zahlreiche Geschäftsreisen unternahm. Von 1410 bis 1415 wohnte er in Pressburg, erwarb dort das Bürgerrecht und heiratete eine Bürgerin namens Elspeth. Sein Aufenthalt in der ungarischen Stadt endete freilich unrühmlich, er war in innerstädtische Auseinandersetzungen verwickelt, wurde ins Gefängnis geworfen und hinterließ, als er der Stadt den Rücken kehrte, hohe Schulden und eine ruinierte Ehefrau. Nach einer kurzen Etappe als Mühlenmeister zu Berlin führte ihn der Weg in seine Heimatstadt Mainz. Seit 1415 war Windecke, der schon spätestens seit 1410 in Diensten Sigismunds stand, in zahlreichen Missionen für den König unterwegs und lernte viele Landschaften Europas kennen (Kat.-Nr. StA 71a und StA 71b).

Von Windecke selbst erfahren wir, wie sehr er sich um Reichslehen bemühte. Als ihn Sigismund 1422 und 1424 u. a. mit einem Anteil am Mainzer Zoll belehnte, war er endlich am Ziel seiner Wünsche. *Got gebe* – so hält er schriftlich fest – *das ich und min nachkomen und erben mit hilfe unsers lieben herren gotes es also behalten, das es bi den erben und stammen blibe* (Kat.-Nr. StA 71c). Von einem Reichslehen versprach sich Eberhard offenkundig noch mehr als von anderen Lehen über materielle Vorteile hinaus Prestige und Rangerhöhung. Unterdessen hatte sich Windecke wieder dauerhaft in Mainz niedergelassen. Um das Lehen kam es jedoch zum Streit, nicht zuletzt mit Angehörigen der Familie zum Jungen. Während der 1428 ausbrechenden innerstädtischen Auseinandersetzungen standen sich Peter zum Jungen und Eberhard Windecke zeitweise als Anführer der streitenden Parteien gegenüber.

In seinem aus verschiedenen Quellen schöpfenden Sammelwerk über die Taten Kaiser Sigismunds behandelt der Mainzer Chronist seinen Stoff aus sehr persönlicher Perspektive. Er verknüpft eigene biographische Vorkommnisse mit dem Bericht über Kaiser Sigismund, wobei sich die nicht immer zuverlässigen Nachrichten hauptsächlich auf Sigismunds Regierungszeit ab 1410 beziehen. Neben herausragenden Ereignissen der Reichsgeschichte sowie der europäischen Geschichte ist immer auch die Rede von Geschehnissen im Mittelrheingebiet sowie in seiner Vaterstadt Mainz, deren historische Ursprünge Eberhard in einem eigenen Kapitel beschreibt. Eine Aufzählung von Reliquien und Wallfahrtsstätten, welche Windecke gesehen hat (Kat.-Nr. StA 71d), bezeugt Eberhards persönliche Frömmigkeit, doch spart er nicht mit bisweilen scharfer Kritik an Klerus und Geistlichkeit.

Die Bedeutung des Werkes Windeckes wurde unterschiedlich eingeschätzt, sein Rang vermutlich auch aufgrund zahlreicher Wiederholungen und einer »oft verworrene(n), jeden Augenblick von einem Gegenstand zum anderen abirrende(n) Erzählweise« (Johann Gustav Droysen) lange Zeit eher unterschätzt. Peter Johaneks Urteil zufolge darf es jedoch »zu den bedeutendsten historiographischen Werken des 15. Jahrhunderts gezählt werden und steht am Beginn neuer Gebrauchsformen geschichtlichen Wissens in einer zunehmend von pragmatischer Schriftlichkeit geprägten Zeit«.

Die Überlieferungssituation des Werkes ist bisher nicht zufriedenstellend geklärt. Es stieß im 15. Jahrhundert jedenfalls auf beachtliche Resonanz. Ein vermutlich in Straßburg tätiger Redaktor hat eine Überarbeitung vorgenommen und in diesem Zusammenhang Passagen des Urtextes gestrichen, andere Textteile hinzugefügt. Ob die Miniaturen der vorliegenden Wiener Handschrift sowie jene einer derzeit verschollenen, aber wohl in Privatbesitz befindlichen Handschrift der Werkstatt Diebold Laubers zugeschrieben werden können, bedarf der Überprüfung. Jedenfalls handelt es sich um eines der ganz wenigen zeitgeschichtlichen Werke des 15. Jahrhunderts, welches mit Illustrationen versehen wurde.

M. M.

Literatur

Zuletzt mit allen einschlägigen Hinweisen: Johanek, Peter: Art. »Windeck (Windecke), Eberhard«. In: Stammler, Wolfgang (Begr.): Die deutsche Literatur des Mittelalters. Verfasserlexikon. 2., völlig neu bearb. Aufl. Hrsg. von Burghart Wachinger u. a. Bd. 10. Berlin/New York 1998, Lieferung 3/4, Sp. 1197–1206.

StA 72

König Sigismund bestätigt Eberhard Windecke den Besitz von dessen Anteil am Mainzer Rheinzoll
Gran, 1. Mai 1426

Ausfertigung – Pergament – Majestätssiegel am Pressel
H. 17,5 cm, B. 35 cm
Hauptstaatsarchiv Wiesbaden, Abt. 121, Urk. von Windeck

Literatur
Altmann 1893, S. 475 f. – Altmann 1896/1900, Nr. 6622.

Im Schatten des Doms: Bürgerschaft und Kirche

Die Kirche besaß eine elementare Bedeutung für das Leben der Bürger, vermittelte sie ihnen doch das ewige Heil. Die Sorge um das Heil und die Angst vor dem Gericht Gottes bestimmten das Frömmigkeitsstreben der Menschen. Durch die Anhäufung guter Werke, vor allem in Form von Opfergaben und Stiftungen, versuchten viele, sich das himmlische Heil zu sichern und der Hölle zu entgehen. Wegen des angebotenen Gnadenschatzes und der seelsorgerlichen Betreuung waren die Bürger auf die Kirche angewiesen. Sie war die sinnstiftende Institution. Daraus ergab sich ein im wörtlichen Sinne alltäglicher Umgang zwischen den Bürgern und dem Klerus, der auch deswegen besonders eng war, weil die Geistlichen oft Mainzer Bürgerfamilien entstammten. Doch trotz der vielfältigen sozialen Kontakte waren die Geistlichen, die in der erzbischöflichen Metropole Mainz einen besonders hohen prozentualen Anteil an der Bevölkerung ausmachten, ein Fremdkörper in der Stadt: Sie besaßen einen eigenen Gerichtsstand vor dem kirchlichen Richter, genossen Freiheit von Steuer- und Dienstleistungen aller Art und fühlten sich dem städtischen Gemeinwohl nur bedingt verpflichtet. So waren die Geistlichen, auf ihre Privilegien pochend, nicht bereit, der kurz vor dem Bankrott stehenden Stadt in den 1430er und 40er Jahren finanziell zur Hilfe zu kommen, was den Mainzer Patrizier Eberhard Windecke zu dem Urteil verleitete, die schlechten Zeiten seien vom »Übermut der Pfaffen« und ihrer »großen Gier« heraufbeschworen worden. Harsche Kirchenkritik und tiefe Frömmigkeit schlossen einander nicht aus: So sehr die Bürgergemeinde die Geistlichen als Heilsvermittler benötigte, so wenig wollte man deren Sonderrechte tolerieren, profitierten diese doch in gleicher Weise wie die Bürger von der Infrastruktur und dem Schutz der Stadt.
W. D.

StA 73

Wandmalereien aus der Gruft von St. Christoph Mainz, um 1400

Kalkputz mit Malerei
H. 136,5 cm, B. 200 cm, T. 5 cm
Bischöfliches Dom- und Diözesanmuseum Mainz, Inv.-Nr. M 5560

1791 wurden bei Umbauarbeiten im Chor der Pfarrkirche St. Christoph, der vermutlichen Taufkirche Gutenbergs, und der Anlage einer neuen Grablege Reste einer gotischen Gruftanlage mit bemalten Wänden (Süd- und Westwand) entdeckt. Johann Sebastian Severus, der diesen Fund und die entdeckten Malereien beschrieb, hielt den unterirdischen Raum für eine Krypta. In seinem Handexemplar »Dioecesis Moguntina I – Parochiae Moguntinae intra urbem« (erschienen 1768) ist eine lavierte Federzeichnung eingeklebt, welche die Malereien in barocker Form, ikonographisch jedoch recht exakt wiedergibt. Die Wandbilder hatten infolge starker Durchfeuchtung seit dem Zweiten Weltkrieg, in dem die Kirche zerstört wurde, so sehr gelitten, dass 1980 die Abnahme und Übertragung in das Bischöfliche Dom- und Diözesanmuseum erfolgte (Restaurator Peter Laros). Fast völlig verloren ist die kniende Stiftergestalt, die noch in den 70er Jahren recht gut erkennbar war.

Das Wandbild zeigt links einen knienden, geistlichen Stifter. Auf einem ihm zugeordneten Spruchband ist zu lesen: *Herr. dyn. pyn. La(ß). dir. min. sele. befohlen syn* (Herr durch deine Pein lass dir meine Seele befohlen sein). Neben ihm folgt die Darstellung eines Vesperbildes. Maria hält den toten Christus auf ihrem Schoß. Mit der rechten Hand unterstützt sie den Kopf ihres Sohnes. Die linke ergreift seinen linken Unterarm. Ihr Haupt neigt sie Christus zu. Es folgt der hl. Christophorus, der, auf einen grünenden Baumstamm gestützt, den kleinen Christus trägt. Dieser kniet auf der Schulter des Heiligen und hat die rechte Hand zum Segen erhoben. Anschließend – an der Westwand – ist eine Szene aus der Passion zu sehen: Christus, der gemeinsam mit Simon von Cyrene das Kreuz trägt. Die Malereien, deren schwarze Konturzeichnung sich zusammen mit Gelb- und Brauntönen erhalten hat, gehören in die Zeit um 1400. Vesperbild und Kreuztragung beziehen sich auf die Funktion des Raumes als Gruft. Wie die nur schriftlich überlieferten Wand- und Gewölbemalereien im Kreuzgang des Domes erfüllten die Bilder in St. Christoph die Funktion gemalter Epitaphien (Grabmäler). Zugleich sind sie Zeugnis für die Ausstattung einer seltenen gotischen Gruftanlage.

Neben der Darstellung bei Severus (1768) gibt es eine Umzeichnung der Malereien bei Karl Georg Bockenheimer.[1] Originalgroße Pausen, die Joseph Löwe nach dem Zweiten Weltkrieg anfertigte, werden im Landesmuseum Mainz aufbewahrt.

J. G.

1 Bockenheimer, Karl Georg: Die St. Christophskirche zu Mainz. Mainz 1881.

Literatur

Arens 1961, S. 149 ff. – Glatz 1981, S. 255 f.

StA 74

Ablassurkunde für die Mainzer Pfarrkirche St. Ignaz Konstanz, 15. Januar 1418

Ausfertigung – Pergament, rechts unten beschnitten – Siegel fehlen – Illuminiert: in der Mitte zwischen zwei Engeln Medaillon mit Jungfrau Maria und Christuskind im Strahlenkranz, rechts der heilige Ignaz mit einem auf seinen Märtyrertod anspielenden Löwen, links der Mainzer Erzbischof mit dem Wappen Konrads III. Rhein- und Wildgrafen zu Dhaun (1419–1434)
H. 36,5 cm, B. 61 cm, Umbug 10,5 cm
Staatsarchiv Darmstadt, Urkunden Rheinhessen, A 2, Nr. 130/2

Das religiöse Leben der Menschen war geprägt von einer unstillbaren Heilssehnsucht, hinter der sich eine bedrängende Heilsunsicherheit verbarg. Der quälenden Angst vor den Sündenstrafen und dem Fegefeuer suchte man durch den Erwerb von Ablässen zu begegnen. Als typisches Beispiel für das große Angebot in den Mainzer Kirchen kann der auf dem Konstanzer Konzil Anfang 1418 von Kardinal Johannes von Ragusa und vier weiteren Kardinälen ausgestellte Ablass für die Pfarrkirche St. Ignaz in der Mainzer Vorstadt Selenhofen gelten. Die Kardinäle erließen denjenigen, die Samstagabend an der Vesper teilnahmen, vor dem Altar der Jungfrau Maria die Antiphon »Salve Regina« sangen und etwas für den Unterhalt der Kirche spendeten, hundert Tage der ihnen von Gott auferlegten Sündenstrafen. Wie die am oberen Rand der Urkunde angebrachten, durchlöcherten Pergamentstreifen belegen, war die Urkunde zum öffentlichen Aushang vorgesehen. Die Verzierung und Hervorhebung des Anfangswortes, die anhängenden, leider nicht mehr erhaltenen Siegel der Kardinäle und vor allem die farbige Darstellung Mariens sowie des heiligen Ignaz und des Mainzer Erzbischofs verliehen der Urkunde die Gestalt eines Werbe-Plakats. Bevor der Ablass öffentlich bekannt gemacht werden konnte, war jedoch noch die Zustimmung des Mainzer Erzbischofs nötig. Ein Hinweis auf die Genehmigung ist das auf der Urkunde angebrachte Wappen des seit 1419 regierenden Mainzer Erzbischofs Konrad III. von Dhaun.
W. D.

StA 75

Baurechnungsbuch der Mainzer Pfarrei St. Emmeran
Mainz, 1431–1581

Handschrift auf Papier, 83 Bll. – Zeitgenössischer Holzdeckeleinband mit 1/2 Schweinslederbezug
H. 28 cm, B. 20 cm
Stadtarchiv Mainz, 13/141

In seinem Streben nach vollständiger kommunaler Selbstbestimmung versuchte der Mainzer Rat, auch Einfluss auf die Stadtpfarrkirchen, die »Bürgerkirchen« schlechthin, zu gewinnen. Während der Rat jedoch in keiner der Mainzer Pfarrkirchen das Recht erwerben konnte, den Pfarrer zu wählen oder zu präsentieren, gelang es immerhin, über das Institut der Kirchenpflegschaften die Aufsicht über die Pfarreivermögen zu sichern. In dieser Einrichtung manifestierte sich eindrücklich die Einheit von Bürger- und Kirchengemeinde: Der Pfarrer blieb zwar das Haupt der Kirche, die Pfarrgemeinde bestimmte jedoch aus ihren Reihen, wie in St. Emmeran, zwei Kirchenpfleger, die das zu Bau und Unterhaltung des Kirchengebäudes bestimmte, so genannte Fabrikgut verwalteten. Dieses stammte nicht zuletzt aus Stiftungen, Ablass- und Opfergeldern sowie sonstigen Zuwendungen der Bürger selbst. Vor dem Pfarrer und Vertretern der Kirchengemeinde mussten die Kirchenpfleger jährlich über die bestimmungsgemäße Verwendung der Stiftungen, den Vermögensstand, ausstehende Zinsen oder Schulden Rechenschaft ablegen. Die Kirchenpfleger amtierten rechtlich selbstständig. Dadurch, dass in der Regel mindestens einer von ihnen dem Stadtrat angehörte, sicherte sich die weltliche Obrigkeit eine Art Kontrollgewalt. Von einer städtischen Kirchenherrschaft konnte jedoch nicht die Rede sein, da das Patronat von St. Emmeran im Besitz des Mainzer Erzbischofs verblieb.

Seit 1430 wurde in St. Emmeran die jährliche Rechenschaftslegung in einem eigenen Buch festgehalten. An dessen Anfang stellten die Kirchenpfleger des Jahres 1431, der Patrizier Jörg Waldertheimer und der Zünftige Heinrich Engelender, ein Inventar des Kirchenschatzes, waren sie doch auch für die zur Pfarrei gehörenden Messgewänder sowie liturgischen Geräte und Bücher zuständig. Teilweise vermerkten sie bei ihrer Aufstellung auch den Stifter des entsprechenden Stückes, wie etwa bei einem goldenen Messgewand (auf S. 1, vorletzte Zeile), das das Mainzer Patriziergeschlecht zum Jungen der Pfarrei geschenkt hatte.

W. D.

StA 76

Bettelordenskirchen als bevorzugte Grabstätten der Mainzer Patrizier

Epitaph Heinrichs II. zum Jungen († 1398) und seiner Frau Else Knebel von Katzenelnbogen († 1407) in der Dominikanerkirche

Zeichnung (von dem Mainzer Maler Gerhard oder Georg Brück?) im Epitaphienbuch derer zum Jungen, vor 1633
Papier – Bleistift, mit Tinte nachgezogen
H. 32,5 cm, B. 20 cm
Stadtarchiv Mainz, BPS III m b, fol. 21r

Besonderer Beliebtheit in den Städten erfreuten sich die Bettelorden, war deren Ideal doch im Gegensatz zu den traditionellen Orden weniger von der Selbstheiligung, als vielmehr von der seelsorgerischen Betreuung der Bürger geprägt. Die »Bürgernähe« schlug sich nicht nur in einer intensiven Predigttätigkeit nieder, sondern etwa auch in der Bereitstellung von Klosterräumen für weltliche Angelegenheiten: Diesem Bild entspricht es, dass im Verlauf des Prozesses zwischen Gutenberg und seinem Geldgeber Johannes Fust 1455 ein Termin im Franziskanerkloster (dem Ausstellungsort des Helmaspergerschen Notariatsinstrumentes) stattfand. Die besondere Verbundenheit mit der Stadt wurde aber auch dadurch gefördert, dass vornehmlich in den Klöstern der Bettelorden die Söhne und Töchter von Bürgern unterkamen. So befanden sich im Mainzer Dominikanerkloster im Zeitraum von 1368 bis 1440 25 Angehörige Mainzer Patrizierfamilien.

Dass die Bettelordenskirchen in den Augen der Bürger in gleicher Weise wie die Pfarrkirchen städtisch waren, bezeugten nicht zuletzt die Grabsteine, Epitaphien, Gedenk-Inschriften und Totenschilde, die auch die Dominikanerkirche ausfüllten, die aber alle spätestens mit dem Abbruch des Klosters zu Beginn des 19. Jahrhunderts verloren gegangen sind. Von den Grabmälern des angesehenen, über Mainz hinaus bekannten Patriziergeschlechtes zum Jungen besitzen wir jedoch dank eines Buches, das ein Angehöriger des Frankfurter Zweiges der Familie, Johann Maximilian zum Jungen, vor 1633 anlegen ließ, immerhin Zeichnungen. So besaßen die zum Jungen im Dominikanerkloster mehrere Grabstätten. Die prachtvollste war wohl die des 1398 verstorbenen Heinrich II. zum Jungen und seiner – dem Adelsgeschlecht der Knebel von Katzenelnbogen entstammenden – Gemahlin Else. Das Grab befand sich am begehrtesten Platz der Kirche, nämlich in der Chormitte. Darüber erhob sich ein Sockel mit einer Madonnenstatue, die von einem Prager Bildhauer stammte. Sie spiegelt die Vorliebe des Ehepaars für den so genannten »weichen Stil« wider, der sich in der Zierlichkeit der Statue und dem Idyllischen der Beschäftigung der Jungfrau mit dem Kind offenbarte. Zwei Schilde mit den Wappen derer zum Jungen und der Knebel von Katzenelnbogen, die an dem – vom Zeichner fälschlicherweise in Renaissanceformen wiedergegebenen – Sockel angebracht waren, legten davon Zeugnis ab, dass es sich bei der Statue um eine Stiftung der Eheleute handelte. Auf diese Weise wurde nicht nur die Muttergottes geehrt, sondern auch das Andenken der Stifter und ihrer Familien.

W. D.

Literatur

Arens 1958, S. [20] und S. 417 f., Nr. 794. – Arens 1961, S. 189. – Frank 1993, S. 30 u. 44. – Springer 1995/96, S. 73.

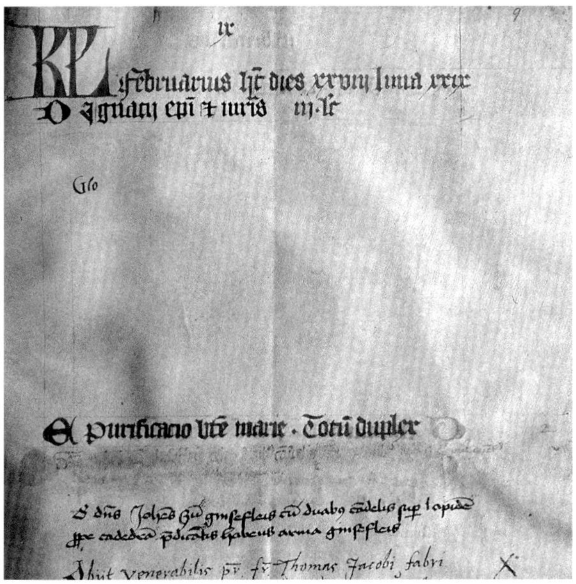

StA 77

Totenbuch der Dominikaner Mainz, zwischen 1417/18 und 1423 mit späteren Einträgen

Handschrift auf Pergament, 98 Bll. – Rubriziert – Zeitgenössischer Holzdeckeleinband (restauriert) mit 1/1 Schweinslederbezug. Blindprägung mit Streicheisenlinien und Einzelstempeln
H. 29 cm, B. 22 cm
Stadtarchiv Mainz, 13/120

Die Beliebtheit der Dominikaner schlug sich auch in der großen Zahl von Stiftungen nieder, mit denen die Bürger das Kloster bedachten, um für ihr Seelenheil zu sorgen – ein Weg, der nur den reicheren unter ihnen vorbehalten war. Die gebräuchlichste Form war die sogenannte Jahrtag- oder Anniversarstiftung, die aus Vigilie und Totenmesse am Todestag des Verstorbenen bestand und ein nicht geringes Anlagekapital erforderte. So hatte auch der Großonkel von Gutenberg, der am 2. Februar 1414 verstorbene Johannes Gensfleisch, noch zu Lebzeiten den Dominikanern testamentarisch zwei Mark Ewigzins für seine Jahrzeit vermacht, seinen Erben aber auferlegt, die Stiftung zur Hälfte mitzufinanzieren. Als von den Dominikanern zwischen 1417/18 und 1423 ein neues Totenbuch angelegt wurde, um die Memorialverpflichtungen des Konvents festzuhalten, wurde auch der Jahrtag des Johannes Gensfleisch vermerkt mit der Angabe, dass zwei Kerzen und vier Lichter aufzustellen seien (fol. 9^{r}). Da der von den Erben zu leistende Betrag jedoch ausblieb, wurden die den Verstorbenen betreffenden Zeilen im Totenbuch durch Rasur unleserlich gemacht. Erst als sich dessen Schwiegertochter Nese von Udenheim 1452 entschloss, den ausstehenden Jahrzins von einer Mark zu zahlen, wurde der Jahrtag des Johannes Gensfleisch erneut eingetragen, und zwar im Anschluss an den rasierten Text: *O(biit) dominus Johannes czum Ginsefleis, cum duabus candelis super lapidem prope cadedram predicantis, habens arma Ginsefleis* (Es ist gestorben Herr Johannes Gensfleisch, mit zwei Kerzen über dem Grabstein bei der Predigerkanzel, hat das Gensfleischwappen).

W. D.

Literatur
Schenk zu Schweinsberg 1884, S. 337–347. – Frank 1993, S. 10 Anm. 26, S. 54 u. S. 140 Anm. 54.

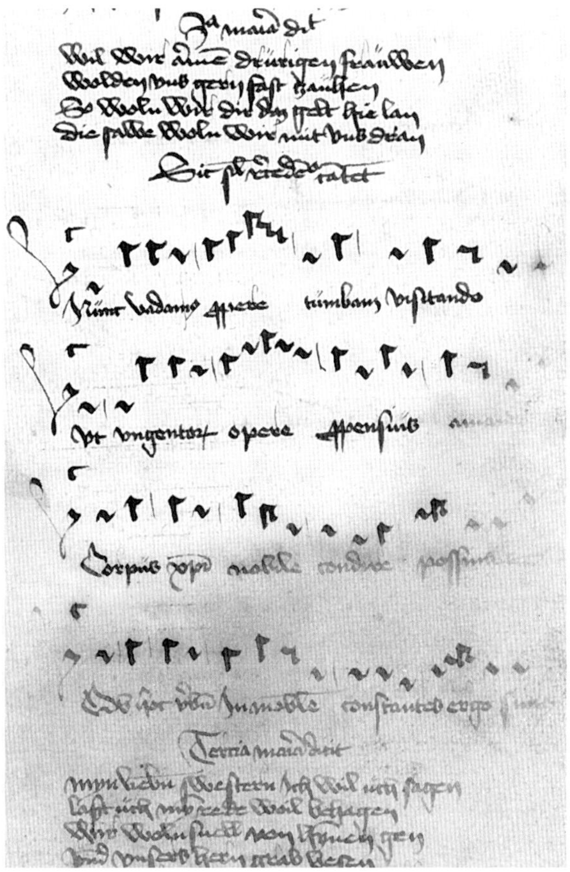

StA 78

Mainzer (Rheinhessisches) Osterspiel
Wahrscheinlich Mainz, 1460

Abschrift eines geistlichen Dramas in lateinischer und deutscher Sprache mit Gesangseinlagen
Handschrift auf Papier, 33 Bll.
H. 30 cm, B. 11 cm
Staatsbibliothek zu Berlin – Preußischer Kulturbesitz, Ms. Germ. Fol. 1219

Seit dem 14. Jahrhundert scheint es in verschiedenen Gegenden Europas regelrechte Zentren für die Aufführung geistlicher Spiele gegeben zu haben. Einen besonders großen Bereich stellt das Gebiet Rheinhessen, Oberhessen und Thüringen dar. Dorther stammen u. a. die beiden ältesten deutschen Passionen, die Osterspiele von Mainz, Erfurt und Schmalkalden, weiterhin die Spiele von Frankfurt, Alsfeld und Friedberg, die Trierer Marienklage sowie das thüringische Zehnjungfrauenspiel.

Die Tradition liturgischer Spiele reicht in der Erzdiözese Mainz wohl bis ins 10. Jahrhundert zurück, schlichte Osterdialoge lassen sich in Fritzlar im 11., in Erfurt im 13. Jahrhundert nachweisen. In Mainz war die »Visitatio sepulchri« mit einer Prozession der Angehörigen aller Stifte zur Liebfrauenkirche verbunden. Im 15. Jahrhundert begann sich das um weitere lateinische, aber auch um deutsche Teile erweiterte Osterspiel aus dem Kirchenraum ins Freie zu verlagern.

Die hier vorgestellte, aus dem Jahre 1460 stammende Abschrift des Mainzer Osterspiels weist 2285 Verse aus und fordert mehr als 60 verschiedene Rollen. Die Herkunft des heute in Berlin liegenden Spieles erschließt sich aus Untersuchungen des verwendeten Dialektes als die Gegend des Rheingaues und des nördlichen Rheinhessen. In diesem Bereich dürfte Mainz als größte Stadt am ehesten für die Realisierung eines so aufwendigen Dramas in Frage kommen. Im Text genannte topographische Angaben (»langer Stein«) dürften ebenfalls auf Mainz hinweisen. Schließlich spielt der Wein in den komischen Szenen des Dramas eine vorzügliche Rolle (u. a. in der Krämerszene und besonders in Emmaus). Dabei wird der Zuseher Zeuge einer Weinprobe, erfährt Details von Weinlage, Weinfarbe und -geschmack, Transport und Preis. Ein mit falschem Maß einschenkender Weinwirt hat am Ende in der Hölle zu schmoren.

Größtenteils nicht notiert sind die zum Spiel gehörenden Gesänge, sie sind nur mit Incipits (Textanfängen) markiert. Meistens handelt es sich um bekannte, aus der Liturgie stammende Stücke, gelegentlich um deutschsprachige Einlagen. Annähernd alle sind über liturgische Gesangbücher oder über Vergleiche mit anderen Osterspielen wiederzugewinnen. In der Handschrift selbst stehen lediglich zwei musikalische Aufzeichnungen (Abb. fol. 13r), bei denen es sich in der Tat um Unika dieses Spieles handelt.

F. K.

Literatur

Rueff, Hans: Das rheinische Osterspiel der Berliner Handschrift Ms. Germ. Fol. 1219. (Abhandlungen der Gesellschaft der Wissenschaften zu Göttingen. Phil.-hist. Klasse. N. F. Bd. XVIII, 1). Berlin 1925. – MGG (Liturgische Dramen).

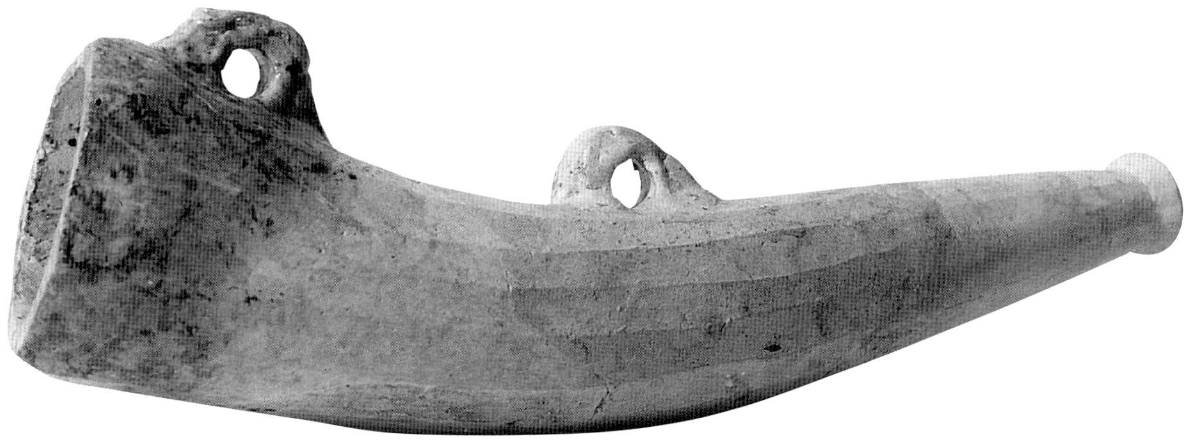

StA 79
Pilgerhorn oder sog. »Achhorn«
14./15. Jahrhundert

Handgeformtes, geschnittenes Horn mit zwei Ösen zur Riemenbefestigung und grün-gelber Bleiglasur an der Schallöffnung; aus Scherben zusammengesetzt und teilweise ergänzt.
Hellgraues Steinzeug
L. 21,5 cm
Privatsammlung

Provenienz: Rheinland, Langerwehe oder Raeren

Fundort: Mainz, Altstadt

Ähnlich wie die aus Blei oder Zinn gefertigten Pilgermarken des Gutenbergschen Spiegelunternehmens (Kat.-Nr. GM 59) waren derartige Pilgerhörner ein billig hergestellter Massenartikel, der unter anderem auch an die Wallfahrer der Aachener Heiltumsfahrt verkauft wurde; in zeitgenössischen Quellen werden sie daher auch als »Achhörner« bezeichnet. In dem Moment, in dem am Wallfahrtsort den versammelten Pilgern in einer feierlichen Zeremonie die Reliquien bzw. die Heiltümer gezeigt wurden, bliesen zahlreiche der Wallfahrer in ihre mitgeführten Pilgerhörner, was nach Angaben des Aachener Chronisten Noppius einen solchen Lärm verursachte, dass man kaum noch die Musik und die Gesänge hören konnte, welche die liturgische Handlung der Heiltumsschau begleiteten. Als Herstellungsorte dieser »Achhörner« sind die westlich von Köln-Frechen am Rande der Eifel gelegene Stadt Langerwehe sowie die an der deutsch-belgischen Grenze gelegene Stadt Raeren belegt, wo man verschiedene Töpferöfen mit solchen Pilgerhörnern ausgegraben hat. Der Fund des hier ausgestellten Pilgerhorns aus einer spätmittelalterlichen Abfallgrube in der Altstadt von Mainz ist somit ein aufschlussreicher archäologischer Beleg für die ebenfalls aus

StA 80

Union des Mainzer Primar- und Sekundarklerus zum Schutz vor der Stadt Mainz Bingen, 18. April 1433

Ausfertigung – Pergament – Bis auf das Siegel des Domkapitels alle Siegel vorhanden (St. Jakob, St. Peter, St. Stephan, St. Viktor, Heiligkreuz, Liebfrauen, St. Moritz, St. Johann, St. Gangolf, St. Alban); Siegel in Baumwolltaschen eingenäht
H. 55 cm, B. 57 cm, Umbug 7 cm
Stadtarchiv Mainz, U 1433.04.18 (St 201)

Die langwierigen Auseinandersetzungen, in denen der Mainzer Rat vergebens versuchte, den Klerus seiner Gerichtsbarkeit zu unterwerfen und zu Steuerleistungen heranzuziehen, trieben Anfang der 1430er Jahre ihrem Höhepunkt zu. Auslöser war der Streit um den Ausschank von Pfründwein durch die Geistlichen, der für diese besonders lukrativ war, da sie kein Ungeld zu entrichten hatten – eine Verbrauchssteuer, die zu den einträglichsten städtischen Einnahmequellen zählte. Um diese, die Finanzkraft der Stadt schwächende, konkurrierende Gewerbetätigkeit der Geistlichen zu unterbinden, hatte der Rat ein neues städtisches Weinmaß eingeführt, nach dem auch der Klerus künftig den Wein verzapfen musste, und den Bürgern verboten, nach dem alten, von den Geistlichen gebrauchten Maß Wein zu holen oder zu trinken. Auf diese, vom Rat schon früher mehrfach angewandte Kampfmaßnahme reagierte die Mainzer Geistlichkeit mit einem ebenso probaten Mittel: das Domkapitel, das Benediktinerkloster St. Jakob sowie die Stiftskapitel von St. Peter, St. Stephan, St. Viktor, Heiligkreuz, Liebfrauen, St. Moritz, St. Johann, St. Gangolf und St. Alban schlossen sich – wohlgemerkt: in Bingen – am 18. April 1433 zu einer so genannten »unio« zusammen, einem Bündnis, das sie zu gemeinsamer Interessenvertretung und gegenseitigem Beistand verpflichtete. Die Drohung, im Falle eines Scheiterns der Verhandlungen mit der Stadt den Gottesdienst einzustellen und aus Mainz auszuziehen, setzte die Mainzer Geistlichkeit im August auch um, beließ es dabei jedoch nicht: Mit einer ausführlichen Klageschrift wandte sie sich an das in Basel tagende Konzil, das mit der »Pfaffenrachtung« vom 7. Januar 1435 eine grundsätzliche Klärung des Streits um die geistlichen Standesprivilegien herbeiführen sollte.

W. D.

Literatur
Hegel 1882, S. 124–134. – Demandt 1977, S. 129 f. u. 135. – Matheus 1999, S. 176 f.

StA 81

In der »Pfaffenrachtung« muss die Bürgerschaft die Sonderrechte der Geistlichkeit endgültig anerkennen

Die »Pfaffenrachtung«: Zweiter Teil mit der Grundsatzentscheidung in der Frage des Ungeldes [Eltville], 7. Januar 1435

Ausfertigung – Pergament – Anhängend die Siegel der Stadt Mainz und der Gemeinde der Stadt Mainz, der Beauftragten des Basler Konzils (Johann, Abt von Maulbronn; Johann von Polomar, Auditor des römischen Hofes; Tilman von Lyns, Propst zu St. Florin in Koblenz), des Gottfried von Eppstein sowie der Städte Speyer und Frankfurt; Siegel des Grafen Johann von Katzenelnbogen, des Grafen Reinhard von Hanau sowie der Stadt Worms fehlen
H. 44,5 cm, B. 74 cm, Umbug 6,5 cm
Stadtarchiv Mainz, U 1435.01.07 (4) (St 209)

einzustellen und aus Mainz auszuziehen, setzte die Mainzer Geistlichkeit im August auch um, beließ es dabei jedoch nicht: Mit einer ausführlichen Klageschrift wandte sie sich an das in Basel tagende Konzil, das mit der »Pfaffenrachtung« vom 7. Januar 1435 eine grundsätzliche Klärung des Streits um die geistlichen Standesprivilegien herbeiführen sollte.

W. D.

Literatur

Hegel 1882, S. 124–134. – Demandt 1977, S. 129 f. u. 135. – Matheus 1999, S. 176 f.

Durch Vermittlung von Beauftragten des Konzils zu Basel wurde am 7. Januar 1435 zwischen der Stadt Mainz und der Mainzer Geistlichkeit ein Vergleich geschlossen, der den seit Herbst 1433 am Konzil anhängigen Prozess beendete. Vorausgegangen waren mehrere Urteile des Konzils, das unter anderem alle Verordnungen des Rats gegen die Geistlichkeit für null und nichtig erklärt und über Bürgermeister und Rat den geistlichen Bann verhängt hatte. Die Stadt war dadurch gezwungen gewesen einzulenken: Dementsprechend ungünstig fiel für sie der als »Pfaffenrachtung« bezeichnete Vergleich aus, dessen Inhalt in zwei Urkunden festgehalten wurde. Beglaubigt wurden die Urkunden nicht nur mit den Siegeln des Mainzer Rats und der Gemeinde sowie den Siegeln der Konzilsbeauftragten, sondern auch – zur Erhöhung der Rechtskraft – mit den Siegeln der Städte Worms, Speyer und Frankfurt sowie des Grafen Johann von Katzenelnbogen, des Grafen Reinhard von Hanau und Gottfrieds von Eppstein, die

der abgabenfreie Weinausschank erlaubt sein. Damit hatte sich die Geistlichkeit im zentralen Streitpunkt gegenüber der Stadt durchgesetzt und ihre herausgehobene Position behauptet.

Die »Pfaffenrachtung« wurde für so wichtig erachtet, dass die Aufnahme des Textes in das städtische Friedebuch bestimmt wurde. Der Rat hatte sich außerdem bereit erklären müssen, die Pfaffenrachtung jährlich am Schwörtag den Bürgern zu verlesen und deren Einhaltung, genauso wie die Satzungen des Friedebuchs, von den Bürgern beschwören zu lassen. Nachdem Vertreter des Rats am 29. Januar 1435 dem Propst von St. Florin in Koblenz, Tilmann von Lyns, als Beauftragten des Basler Konzils Gehorsam gelobt hatten, löste dieser die Stadt vom Kirchenbann. Nach über eineinhalb Jahren gab es wieder Gottesdienst in Mainz.

W. D.

Literatur

Hegel 1882, S 130–132. – Keutgen, Friedrich: Urkunden zur städtischen Verfassungsgeschichte. Berlin 1901, S. 477–489, Nr. 385 u. 386. – Demandt 1977, S. 132–144. – Matheus 1999, S. 177.

Moguntia victa – der Untergang der Freien Stadt 1462

In der so genannten Mainzer Stiftsfehde, die zwischen 1461 und 1463 weite Teile des Mainzer Erzstifts von Nordhessen und der Pfalz bis hin nach Thüringen in die kriegerischen Auseinandersetzungen mit einbezog, ging es um weit mehr als um die Frage, wer von den beiden miteinander konkurrierenden Mainzer Erzbischöfen Adolf von Nassau und Diether von Isenburg denn nun rechtmäßig den Anspruch auf Titel, Amt und Besitzungen des ersten Kurfürsten im Reich erheben dürfe. Die Mainzer Erzstiftsfehde war ein Ereignis von überregionaler politischer Bedeutung, in deren komplizierter Ereignisabfolge selbst die Eroberung der Stadt Mainz am 28. Oktober 1462 einen markanten, nicht aber wirklich entscheidenden Wendepunkt darstellte.

Ausgelöst wurde diese Auseinandersetzung durch ein Ereignis, das zum Zeitpunkt der Eroberung der Stadt schon weit über ein Jahr zurücklag. Am 21. August 1461 hatte Papst Pius II. die Absetzung des bereits 1459 gewählten Mainzer Erzbischofs Diether von Isenburg verfügt und an seiner Stelle den Domkapitular Adolf von Nassau ernannt. Die Ursache dieser Absetzung war in der überaus einflussreichen Position begründet, welche Diether von Isenburg in den zwei Jahren nach seiner Wahl innerhalb der Fürstenopposition zugefallen war; vor allem seine engen Kontakte zu Pfalzgraf Friedrich dem Siegreichen, der als Anführer der Opposition gegen Kaiser und Papst im Reich galt, schien 1461 den politischen Plänen Papst Pius' II. wie auch Friedrichs III. zu bedrohlich zu werden: Gemeinsam sorgten sie deshalb für eine weitgehende politische Isolierung Diethers von Isenburg, während in einer streng geheimen Mission der päpstliche Legat Werner von Flassland schon Wochen vor der Absetzung Diethers in enger Absprache mit einflussreichen Adeligen Adolf von Nassau als neuen Kandidaten für den Mainzer Stuhl gewonnen hatte.

Freiwillig beugte sich Diether allerdings nicht dem päpstlichen Mandat. Stattdessen versuchte er zunächst in umfangreichen Rechtsgutachten sowie einer an das ganze Reich gerichteten Verteidigungsschrift seine Ansprüche gegen Papst und Kaiser zu verteidigen. Und selbst als bereits die Waffen sprachen, veröffentlichte Diether noch im März 1462 ein gedrucktes Kriegsmanifest, in welchem er das Verhalten der gegnerischen Seite anprangerte (Kat.-Nr. StA 82).

Entscheidend für den Ausgang der Mainzer Stiftsfehde war allerdings nicht der nächtliche Coup, mit dem es dem Heer Adolfs und seinen Verbündeten in der Nacht zum 28. Oktober 1462 gelang, die Stadt in ihre Gewalt zu bringen. Zwar markiert dieses Datum eine deutliche Zäsur in der Geschichte der Stadt und das Ende von deren weitgehender politischer Selbstverwaltung. Vor diesem Hintergrund erscheint es geradezu paradox, dass die Vorgänge und Gruppierungen innerhalb der Stadtmauern für den Ausbruch, den Verlauf wie auch den Ausgang der Mainzer Erzstiftsfehde von geradezu marginaler Bedeutung waren. In der Frage nach dem rechtmäßigen Erzbischof nämlich gelangten weder die Geistlichkeit, allen voran die Mitglieder des Domkapitels, noch die maßgeblichen politischen Gremien der Stadt zu einer einheitlichen oder wirklich konsequenten Position, welche dem Verlauf der Stiftsfehde entscheidende Impulse hätte vermitteln können. Selbst das Bündnis, das die Stadt am 2. Dezember 1461 mit Diether von Isenburg eingegangen war, bedeutete nicht mehr als eine unzuverlässige politische Momentaufnahme, zu der sich der Rat lediglich durch einen angesichts der desolaten Finanzlage der Stadt äußerst attraktiven Köder, der Aufhebung der »Pfaffenrachtung« (Kat.-Nr. StA 81), bewegen ließ. Denn auch nach dem Vertragsschluss mit Diether von Isenburg versuchten die Stadtväter, mit einer ausweichenden, zögernden und ausschließlich reagierenden Politik weiterhin mit der Partei Adolfs von Nassau in Kontakt zu bleiben.

Die Mainzer Erzstiftsfehde wurde daher nicht mit dem Schwert in den Straßen von Mainz, sondern auf dem Wege der Diplomatie nach zähen Verhandlungen entschieden. Am 5. Oktober 1463 verzichtete Diether von Isenburg im Friedensschluss von Zeilsheim auf die erzbischöflichen Titel und Rechte, wofür er von Adolf von Nassau mit umfangreichen Besitzungen und den Zolleinnahmen aus allein zwölf Städten des Erzstifts großzügig abgefunden wurde. Das weitere Schicksal der Stadt Mainz spielte dagegen in den abschließenden Friedensverhandlungen nur noch eine untergeordnete Rolle. Mit der Eroberung war Mainz ab dem 28. Oktober 1462 faktisch in die Herrschaft ihres Eroberers und somit neuen Stadtherrn, des Erzbischofs Adolf von Nassau übergegangen.

K.-M. S.

Literatur

Menzel 1868. – Hegel 1881/82, Bd. 2. – Schädel, Bernhard: Zum Kampf Adolfs von Nassau und Diethers von Isenburg im Rheingau (nebst zwei historischen Volksliedern). In: Zeitschrift des Vereins zur Erforschung der rheinischen Geschichte und Altertümer in Mainz 3 (1868–87), S. 465–480. – Schrohe 1915. – Erler 1964. – Brosius 1975. – Jürgensmeier 1989, S. 159–163. – Sprenger 1999 (II).

StA 82

Kriegsmanifest des Erzbischofs Diether von Isenburg Höchst, 30. März 1462

Einblattdruck
Mainz: Offizin Fust und Schöffer (?), 1462
H. 48,4 cm, B. 32 cm
Stadt- und Universitätsbibliothek Frankfurt a. M., Ausst. 317
GW 8338; de Ricci 1911, Nr. 78

In der Mainzer Stiftsfehde wurden erstmals in der Geschichte gedruckte Flugblätter, so genannte Einblattdrucke, zur politischen bzw. propagandistischen Meinungsbildung eingesetzt. Bislang sind neun verschiedene Mandate und Erklärungen bekannt geworden, mit denen Papst Pius II., Kaiser Friedrich III. bzw. die beiden miteinander konkurrierenden Erzbischöfe Adolf II. von Nassau und Diether von Isenburg ihre Positionen und Ansprüche vor einer möglichst breiten Öffentlichkeit bekannt machen und legitimieren wollten.[1]

Anhand des verwendeten Typenmaterials, der Type der 48-zeiligen Mainzer Bibel sowie der des 1459 gedruckten »Rationale divinorum officiorum« des Wilhelm Durandus, werden alle Exemplare dieser Einblattdrucke aus dem Umfeld der Mainzer Stiftsfehde von der Frühdruckforschung als Drucke der Offizin Johannes Fusts und Peter Schöffers angesprochen.[2]

Das Kriegsmanifest Diethers von Isenburg vom 30. März 1462 gehört zu insgesamt drei Schreiben, die im Auftrag der beiden konkurrierenden Erzbischöfe zum Druck befördert wurden. Der darin scheinbar liegende Widerspruch, wie denn ein und dieselbe Offizin für zwei widerstreitende politische Lager tätig geworden sein kann, ist jüngst durch Konrad Repgen plausibel aufgelöst worden, indem er den einzigen bekannt gewordenen, aber im Text nicht datierten Einblattdruck Adolfs von Nassau anhand inhaltlicher Kriterien auf Oktober/November 1461 und somit noch vor dem Abschluss des Bündnisvertrages der Stadt Mainz und Diethers von Isenburg im Dezember 1461 neu datieren konnte.[3] Die Einblattdrucke, die im Auftrag Diethers von Isenburg bei Fust und Schöffer die Druckerpresse verließen, fallen somit in eine Zeit, in der der Mainzer Rat zumindest auf dem Papier die Partei Diethers unterstützte und die Druckerei Fusts und Schöffers ihr Programm nunmehr der veränderten politischen Konstellation anpassen konnte.

Ereignisgeschichtlich markiert das Kriegsmanifest Diethers von Isenburg vom Frühjahr 1462 eine Phase der

Stiftsfehde, in der parallel zu den bereits seit Dezember unternommenen Feldzügen noch versucht wurde, durch Verhandlungen zu einem Ausgleich zu gelangen. Sehr wahrscheinlich ist der Text in deutscher Sprache von dem bedeutenden Mainzer Humanisten, Förderer Gutenbergs und ehemaligen Kanzler des Mainzer Rats, Dr. Konrad Humery, verfasst worden, von dessen Hand auch ein Rechtsgutachten für Diether von Isenburg stammt und der gleichfalls als Verfasser der Verteidigungsschrift Diethers vermutet wird, die unmittelbar nach dessen Absetzung im September 1461 bekannt gegeben wurde.[4]

Das Kriegsmanifest ist mit insgesamt 108 Zeilen der bei weitem umfangreichste Einblattdruck aus dem Kontext der Mainzer Stiftsfehde; er war an *Alle*[*n*] *und igliche*[*n*] *fursten, Graven, herren, prelaten, geystlichen und werntlichen und allermenlich In was staidts wirden oder wesens si sin,* also an die Öffentlichkeit im ganzen Reich gerichtet.[5]

Zunächst legte Diether ausführlich die Gründe dar, wonach seine Absetzung durch den Papst und die Provision Adolfs von Nassau mit dem Stuhl des Mainzer Erzbischofs jeglicher rechtlichen Grundlage entbehre. Dementsprechend sei der Krieg, den Adolf von Nassau gegen Diether führe, ein ungerechter Krieg. Trotzdem erklärte sich Diether bereit zu weiteren Verhandlungen. Sollten allerdings die diplomatischen Bemühungen scheitern, so müsste er seine Rechtsansprüche und den Besitz des Mainzer Erzstifts gegebenenfalls mit Gewalt verteidigen. Diethers *gegenwer*, wie es im Text heißt, erfolge somit aus reiner Notwehr. Mit seinem Ausschreiben suchte er diesen – in seiner Sicht – reinen Verteidigungskrieg vor der Öffentlichkeit des ganzen Reiches zu legitimieren. Nicht zuletzt wegen der Androhung militärischer Mittel, die allerdings als »ultima ratio« erst gegen Ende des Textes und in geschickter Verbindung mit einem Friedensangebot ausgesprochen wurde, ist der Text zu Recht als Kriegsmanifest bezeichnet worden.

Über die Auflagenhöhe des Kriegsmanifests lassen sich anhand der insgesamt zehn erhaltenen Exemplare kaum zuverlässige Angaben machen. Die Tatsache aber, dass mindestens zwei Auflagen unterschieden werden können, lässt den Rückschluss auf eine verhältnismäßig hohe Zahl an Stücken zu, die als Plakate etwa an Kirchentüren angeschlagen oder aber öffentlich verlesen wurden. So erwähnt auch der Autor der Mainzer Chronik, der den Druck des Kriegsmanifestes allerdings fälschlicherweise Johannes Gutenberg zuschreibt: *Es ließ auch Dietrich von Isenburg ein offen brieff abgehen, darin er sich seiner absezung halben als unrechtmessig verthedigt, undt wurden viel Exemplar gedrukt von dem ersten Buchtrucker zu Meincz Johann Guttenbergk undt hie undt wider in Stetten angeschlagen.*[6] Das ausgestellte Exemplar gehört zur ersten Auflage und ist der Stadt Frankfurt am 13. April 1462 übersandt worden. Das noch erhaltene Originalsiegel des Erzbischofs Diether von Isenburg diente der Beglaubigung des Druckes als rechtskräftiges Dokument aus der erzbischöflichen Kanzlei.

K.-M. S.

1 Auflistung bei Repgen 1994 (I), S. 783 f.

2 Die Type der 48-zeiligen Mainzer Bibel ist nur in dem Schreiben Kaiser Friedrichs III. an die Reichsstände verwendet; die anderen Einblattdrucke sind mit der Durandus-Type gedruckt, vgl. Repgen 1994 (I), S. 783 f. mit Anm. 18.

3 Ausführlich Repgen 1994 (I), hier S. 793 ff.

4 Vermutung bei Repgen 1994 (I), S. 798; vgl. auch Erler 1964, S. 274–288 und passim.

5 Vollständige Edition bei Repgen 1994 (II), S. 310–321, hier S. 311.

6 Vgl. Hegel 1881/82, Bd. 2, S. 45; zur Frage des Drucks durch Gutenberg oder Fust und Schöffer vgl. Repgen 1994 (I), S. 80 sowie Kazmeier 1954 passim.

Literatur

De Ricci 1911. – Kazmeier 1954. – Heusinger 1962. – Repgen 1994 (I). – Repgen 1994 (II), vor allem S. 310 ff.

StA 83

Zerlegbare Sturmleiter Österreich, Ende des 15. Jahrhunderts?

Eisen – Grüne Farbe
L. 722 cm
Kunsthistorisches Museum Wien, Hofjagd- und Rüstkammer, A 2407

Eine große Rolle bei der Eroberung von Mainz am 28. Oktober 1462 spielte eine Sturmleiter. Erzbischof Adolf von Nassau hatte unter seinen Truppen einen auf das Erklettern von Mauern spezialisierten »Steiger«, der in den Nächten vor dem Angriff zusammen mit Graf Alwig von Sulz mehrmals die Stadt ausspionierte. Mit Hilfe einer Sturmleiter, die man in der Eltviller Burg gefunden und die einst Erzbischof Konrad von Dhaun (1419–1434) hatte anfertigen lassen, kamen sie mühelos in die Stadt. Das Stück kam vermutlich auch im Morgengrauen des 28. Oktober zum Einsatz, als die nassauischen Truppen an der Gaupforte die Stadtmauern erstiegen.

Die Sturmleiter, die die Parteigänger Erzbischof Adolfs von Nassau einsetzten, ähnelte vom Aussehen und der Funktion her vermutlich dem im Kunsthistorischen Museum Wien aufbewahrten, einmaligen Exemplar. Die in 20 Teile zerlegbare Sturmleiter besitzt eine Gesamtlänge von 7,22 m und kann mit der Hilfe von Rädern eine Mauer hinaufgefahren und an der Mauerkrone mit einem Haken eingehängt werden. Neben dem Radteil und dem Haken besteht sie noch aus 17 ca. 48 cm langen Teilen, die über ein Stecksystem mit den anderen Teilen der Leiter verbunden sind. Die einzelnen Teile können nach dem Zusammenstecken mit Flügelmuttern fixiert werden. An jedem der 17 Teile befindet sich eine seitlich angebrachte Sprosse. Diese Sprossen ermöglichen nach dem Einhängen des Hakens das Hinaufklettern. Vergleichbare Stücke finden sich in militärtechnischen Handschriften wie dem *Kriegs- und Pixenwerch* (Wien, Kunsthistorisches Museum, P 5014) aus der ersten Hälfte des 15. Jahrhunderts abgebildet. In diesem Manuskript kann man auf fol. 16^{v} eine ähnlich gestaltete Kletterhilfe beobachten.

Die Wiener Sturmleiter findet sich im Ambraser Inventar von 1821 (Inv.-Nr.: PS. 6675) von Alois Primisser wie folgt beschrieben: »Ein aus 20 Theilen bestehende, antike Wagenleiter (in »Sturmleiter« ausgebessert) durchaus mit grüner Patina bedeckt«. Aufgrund der Beschreibung im Inventar von 1821 kann man annehmen, dass es sich bei der heute in Wien befindlichen Sturmleiter um ein Original handelt. Eine Fälschung des späten 19. Jahrhunderts wird durch diese Beschreibung aus dem Jahre 1821 vollkommen ausgeschlossen. Eine Fälschung des frühen 19. Jahrhunderts ist in Ambras eher unwahrscheinlich, da das Interesse des Kaisers an Schloss Ambras zu diesem Zeitpunkt gering war, und die Romantik bestehende Objekte eher umdeutete, als Gegenstände nach historischen Vorlagen historisierend nachzubauen. Die geringe Wahrscheinlichkeit einer Fälschung dieser Sturmleiter während des 16., 17. und 18. Jahrhunderts ist auch gegeben, da das historische Interesse an dieser Art von Objekten gering war, sodass man trotz des Mangels eines inventarischen Nachweises in dieser Zeit von der Annahme ausgehen kann, dass die ausgestellte Sturmleiter aus dem 15. Jahrhundert stammt.

M. P.

Literatur

Primisser, Alois: Inventar der Ambraser Sammlung in Wien. Wien 1821, S. 341, Nr. 106. – Hegel 1881/82, Bd. 2, S. 95. – Schrohe 1915, S. 198 Anm. 2. – Sprenger 1999 (II), S. 205 u. 224.

StA 84

Geschmiedete eiserne Kammerschlange 15. Jahrhundert

Eisengeschmiedetes Seelenrohr mit aufgezogenen Mantelstücken und Ringverstärkungen. Die vorderen und rückwärtigen Verstärkungsringe weisen im oberen Bereich markante Erhöhungen auf (Kimme / Korn?), die gemeinsam mit jener am mittleren Ring befindlichen Öffnung einer primitiven Visiereinrichtung entsprechen könnten; Kammer, Keil und Lafette nachträglich ergänzt. – Rohrlänge: 86 cm. Kaliber an der Mündung: 10 cm

H. 58 cm, B. 164 cm, L. 157 cm

Heeresgeschichtliches Museum Wien, NI 81.523/330-023

Die Entscheidung in dem Kampf um die Stadt am 28. Oktober 1462 fiel in der Gaugasse. In einem Verzweiflungsakt versuchten 300 eilig bewaffnete Bürger, die Truppen Adolfs von Nassau zurückzudrängen, die vom Gautor über die Gaugasse in das Zentrum der Stadt vorstießen. Mit sich führten die Bürger zwei auf Holzkarren befestigte Kanonen, mit denen man die Feinde in der engen Gasse zusammenkartätschen wollte. Doch der städtische Büchsenmeister schoss über deren Köpfe hinweg, sodass die Bürger der gegnerischen Übermacht nichts mehr entgegenzusetzen hatten. Bei der Flucht fiel das städtische Geschütz in die Hände der Feinde, die die Karren kurz und klein schlugen.
Die auf Karren befestigten Büchsen dürften wahrscheinlich dem Typ entsprochen haben, von dem das Heeresgeschichtliche Museum in Wien ein Exemplar besitzt. Diese aufgrund ihres Kalibers als mittlere Steinbüchse zu klassifizierende Kammerschlange weist einen für das 15. Jahrhundert überaus modernen Lademechanismus, die Hinterladung, auf. Im Unterschied zu herkömmlichen Büchsen derselben Zeitperiode wurde die Kammer mit dem Rohr nicht fest verbunden, sondern als beweglicher Bestandteil konzipiert. Damit konnte der Ladevorgang erheblich vereinfacht und folglich auch die Feuerkadenz des Geschützes durch das Vorhandensein mehrerer austauschbarer Kammern merklich gesteigert werden. Die Problematik der Gasdichtheit zwischen Rohr und Kammer konnte aufgrund der begrenzten technischen Möglichkeiten noch nicht gelöst werden, wurde vermutlich im Hinblick auf die gesteigerte Feuerschnelligkeit aber bewusst in Kauf genommen. Derartige Büchsen finden sich, in kleineren Kalibern ausgeführt (6 bis 7 cm), im frühen 15. Jahrhundert oftmals als Wallbüchsen auf Stadtmauern und Schiffen und verschossen Bleikugeln. Geschütze mit einem Kaliber über 7 cm benötigten Steinkugeln, die für jede Steinbüchse speziell angefertigt werden mussten.
Die Büchsen konnten universell eingesetzt werden. Bei Belagerungen wurden sie als »Legestücke« direkt im Boden eingebaut oder wie bei der Verteidigung in Blocklafetten bzw. »Laden« eingelassen. Zur Erhöhung der Mobilität insbesondere in Feldschlachten konnten die Büchsen auch auf vorhandene Karren montiert werden (»Karrenbüchsen«).
Die Artillerie galt seit ihrer Entstehung als typische Waffe der Städte, da die Herstellung der Geschütze ein hohes Maß an handwerklichem Können voraussetzte. Den Büchsenmeistern, der Zunft der Schmiede zugehörig, oblag nicht nur die Produktion und Wartung des Geschützmaterials, sondern gleichfalls auch die Bedienung ihrer Büchsen im Kriegsfall. Damit sollte der effiziente Einsatz der Geschütze gewährleistet werden, nachdem in der Regel ja nur sehr primitive Zielvorrichtungen existierten und die Trefferwahrscheinlichkeit sehr stark vom Erfahrungswert der Bedienungsmannschaften abhing. Der Richtvorgang setzte entsprechende Vorrichtungen an der Lafette voraus, mit denen dem Rohr die gewünschte Seiten- und Höhenrichtung gegeben werden konnte. Karrenbüchsen konnten aufgrund ihrer Mobilität bequem seitlich gedreht und versetzt werden, hinsichtlich der Elevation behalf man sich mit höhenverstellbaren Lafetten oder legte einfach Holzkeile unter. Dennoch nahm der Richtvorgang erhebliche Zeit in Anspruch, sodass für bewegliche Ziele ein exaktes Richten undenkbar wurde.
Das Urteil des Chronisten, der dem die beiden Karrenbüchsen kommandierenden Büchsenmeister aufgrund seines schlechten Schussergebnisses – ... *Der Büchsenmeister sollte gegen die feindt schiessen, aber er war ein schalk, wie man meint, und schoß oben uber undt thett ihnen kein schaden*[1] – sogar eine Konspiration mit dem Gegner unterstellt, ist daher zu relativieren. Bedenkt man nämlich, dass sich das Gefecht zu diesem Zeitpunkt bereits auf sehr nahe Distanzen abgespielt haben musste, so kann davon ausgegangen werden, dass dem Büchsenmeister für die Lade- und Richttätigkeit wohl nicht allzu viel Zeit zur Verfügung stand. Möglicherweise könnte es dabei zu einem Richtfehler gekommen sein, der das schlechte Schießergebnis durchaus rechtfertigen würde. Da dem Büchsenmeister vermutlich zu wenig Zeit blieb, mehrere Lagen abzufeuern, musste der Einsatz der Artillerie in diesem Gefecht bei den in unmittelbarer Nähe der Geschütze fechtenden Landsknechten als besonders negativ empfunden werden.
M. C. O.

1 Hegel 1881/82, Bd. 2, S. 53.

Literatur
Quellen zur Geschichte der Feuerwaffen. Hrsg. v. Germanischen Museum. Leipzig 1877. – Boeheim, Wendelin: Die Sammlung alter Geschütze im k. k. Artillerie-Arsenale zu Wien. Wien 1884. – Egg, E./Jobé, J./Lachouque, H./Cleator, Ph. E./Reichel, D.: Kanonen. Illustrierte Geschichte der Artillerie. Bern/München/Wien 1971. – Schmidtchen, Volker: Bombarden, Befestigungen, Büchsenmeister. Von den ersten Mauerbrechern des Spätmittelalters zur Belagerungsartillerie der Renaissance. Eine Studie zur Entwicklung der Militärtechnik. Düsseldorf 1977. – Goetz, Dorothea: Die Anfänge der Artillerie. Berlin 1985.

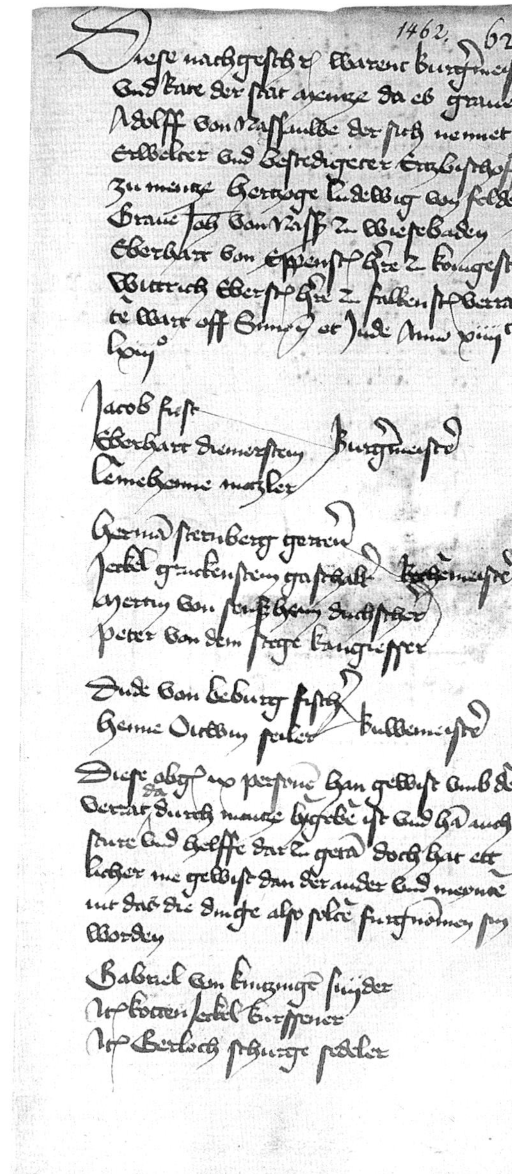

StA 85

Liste der Verräter der Stadt
Ende 1462

Zeitgenössische Abschrift – 1 Bogen Papier
H. 25 cm, B. 11 cm
Institut für Stadtgeschichte Frankfurt a. M., RS I, Nr. 5293b, Bl. 62 I+II

In den Berichten zur Mainzer Stiftsfehde wird die Eroberung und der Verlust der Stadtfreiheit von Mainz zumeist mit der Uneinigkeit ihrer Bürger bzw. mit einem konkret eingefädelten Verrat als selbst verschuldet erklärt. Der anonyme Autor der um 1600 verfassten Mainzer Chronik beispielsweise, eine unserer wichtigsten Quellen für die Ereignisse der Mainzer Stiftsfehde, fügt seiner Erzählung eine Namensliste der Verräter bei, die mit leichten Abweichungen auch in zeitgenössischen Abschriften aus dem 15. Jahrhundert, etwa in der Speyerer Chronik oder dem hier ausgestellten Exemplar aus der Frankfurter Reichskorrespondenz, überliefert ist.

Unter den Verrätern, darin stimmen die verschiedenen Fassungen überein, befanden sich angesehene Vertreter des Stadtrates, wobei der Grad ihrer Schuld unterschiedlich bewertet wird. So wird etwa die zahlenmäßig größte Gruppe von insgesamt zehn Ratsmitgliedern um den Schneider Gabriel von Kintzingen als *lichtfertige lude* beschrieben, *den nit zugetruwen ist, und sind partilich gewest hude hie, morn dort, doch des mereteile Nassauwisch.* Ihre Position erscheint symptomatisch für die schnelllebige, häufig wechselnde Parteienbildung innerhalb des Mainzer Rates, der vornehmlich darauf bedacht war, sich in der Mainzer Stiftsfehde nach allen Seiten hin abzusichern, ohne sich politisch zu weit zu exponieren.

Zumindest neun Personen aber – die drei Bürgermeister Jakob Fust, Eberhard Diemerstein und Hans Leme, die beiden Baumeister Dudo und Henn Ottwein sowie die vier Rechenmeister Hermann Sternberger, Jeckel Grückenstein, Martin von Sponheim und Peter von Stege – hätten von dem bevorstehenden Angriff des Nassauers nicht nur Kenntnis gehabt, sondern sogar *Steuer und hilff darzu gethan* und somit den nächtlichen Handstreich aktiv mit vorbereitet. Sie führen gleichsam als Hauptschuldige die Liste der Verräter an, wenngleich der anonyme Verfasser ihre Verantwortung relativiert, denn auch *sie meynten nit das die dinge also solten furgenommen sin worden,* dass es also tatsächlich so schlimm kommen würde. Als Gegenleistung nämlich, so war es wohl in den geheimen Verhandlungen mit Adolf von Nassau abgesprochen, sollte ein Frieden ausgerufen werden, sobald Adolf von Nassau mit seinen Truppen in die Stadt eindringen würde; die nassauisch gesinnten Mitwisser würden dann verschont, die Anhänger Diethers von Isenburg dagegen an Leib und Leben gestraft werden.

Ein in der Speyerer Chronik überlieferter Brief eines anonymen Augenzeugen weiß es noch genauer zu berichten. Demnach habe ein reisiger Knecht Heinz aus Hechtsheim, der im Dienste des mit Adolf von Nassau verbündeten Grafen von Veldenz stand, über seine Frau und seinen Schwager – den in unserer Liste namentlich aufgeführten Rechenmeister Hermann Sternberger – sowie dessen Komplizen, den Stadtbaumeister Dudo, detaillierte Informationen über die Befestigung der Stadt zugespielt bekommen und darüber hinaus mit dem Stadtbaumeister verabredet, das innere Gautor in jener Nacht geöffnet zu lassen. Der nächtliche Überraschungscoup der Truppen Adolfs in der Nacht zum 28. Oktober 1462 findet hier eine scheinbar griffige Erklärung, zumal der Stadtbaumeister Dudo für die Überprüfung der Türme und Tore auf ihren Verteidigungszustand zuständig und folglich auch im Besitz der Torschlüssel war. Ob dies den Tatsachen entspricht, lässt sich nicht klären. Andere Quellen schreiben das Eindringen der Feinde in die Stadt eher dem so genannten Steiger, einem Kletterspezialisten im Heer Adolfs von Nassau, zu, der unbemerkt die Mauern erstiegen und dann das Tor geöffnet hätte.[1] Ebenso spricht die Tatsache, dass die Liste die beiden Ratsmitglieder Jakob Fust und Eberhard Diemerstein zu den heimlichen Verbündeten Adolfs von Nassau zählt, obwohl diese im Straßenkampf ihr Leben verloren haben, eher dafür, dass auch die Anhänger Adolfs in der Nacht von dem plötzlichen Schlag gegen die Stadt überrascht worden sind. Zumindest hatten sie wohl damit gerechnet, möglicherweise sogar auf der Grundlage einer zuvor getroffenen Absprache, dass Adolf eine derartige Eskalation der Gewalt verhindern würde. So waren letztlich auch die Verräter unserer Liste die Verratenen, denn nach der Eroberung der Stadt wurden auch sie ohne Ausnahme aus der Stadt vertrieben, sofern sie überhaupt überlebt hatten. Erst 1463 sollte eingehend untersucht werden, wer von ihnen tatsächlich auf der Seite des Nassauers gestanden hatte, doch in der Zwischenzeit wurden auch ihre Häuser geplündert und ihr Besitz unter den Siegern verteilt.

K.-M. S.

1 Hegel 1881/82, Bd. 2, S. 95.

Literatur

Mone, Franz Josef (Hrsg.): Speierische Cronik. In: Quellensammlungen der badischen Landesgeschichte, hrsg. von Franz Josef Mone. Bd. 1. Karlsruhe 1848, S. 367–520, hier S. 476 ff. – Janssen 1866, S. 218 f., Nr. 343. – Hegel 1881/82, Bd. 2, passim sowie S. 59 f. und S. 90. – Schmidt 1948, S. 92.

StA 86

Bericht Erzbischof Adolfs von Nassau über die Eroberung der Stadt 30. Oktober 1462

Ausfertigung – Papier
H. 28,5 cm, B. 15,5 cm
Hauptstaatsarchiv Wiesbaden, Abt. 130 I, II D 2, Nr. 7a (7)

Neben der bereits erwähnten Mainzer Chronik sind wir durch eine Reihe weiterer zeitgenössischer Berichte über die Eroberung der Stadt Mainz informiert. Der hier ausgestellte Brief, den Adolf von Nassau am 30. Oktober unmittelbar nach der Eroberung an seinen Schwager, den Grafen Philipp von Hanau, schrieb, vermittelt uns die Perspektive des Siegers. Schon vor diesem Hintergrund erklärt sich das Fehlen jeglicher Hinweise auf eine angeblich zuvor erfolgte geheime Absprache einzelner Ratsmitglieder mit der Partei Adolfs von Nassau oder gar auf einen Verrat der Mainzer, wie er etwa in der Liste der Verräter (Kat.-Nr. StA 85) und auch in einem Brief des unterlegenen Diethers von Isenburg erwähnt wird, den dieser nur wenige Tage später am 5. November 1462 dem Rat der Stadt Frankfurt übersandte.[1]

Zunächst teilt Adolf die Eroberung der Stadt mit, galt es doch seinen Erfolg möglichst rasch im Reich bekannt zu machen. Dies erklärt auch, dass unter demselben Datum nahezu gleichlautende Briefe Adolfs an den Rat der Reichsstadt Frankfurt oder etwa an den Herzog Wilhelm von Sachsen abgingen.[2]

Neben der Siegesnachricht enthält der Brief einige interessante Details über den Verlauf der Kämpfe in Mainz, die sich von *des morgends zu funff uheren ane biß widder zu funff uheren in die naicht* hingezogen haben. Insgesamt fünfmal – so heißt es in der Quelle – mussten die Truppen Adolfs gegen die Mainzer und die Reiter Diethers von Isenburg anstürmen, bis der heftige Widerstand letztlich gebrochen werden konnte, für den Adolf sogar anerkennende Worte findet (*die sich in gar hefftlich zu der were gestailt haben*). Daneben erfahren wir gleichsam als Bilanz der Kämpfe die Zahl der Toten, die Adolf für die gegnerische Seite mit insgesamt 350, in den eigenen Reihen dagegen mit lediglich drei gefallenen Reitern und zehn bis zwölf Fußknechten recht pauschal und höchstwahrscheinlich viel zu gering beziffert.

Breiten Raum nimmt in dem Bericht die Aufzählung der erbeuteten Pferde – darunter auch der Hengst Diethers von Isenburg – sowie die Namensliste der adeligen Gefangenen ein, für die in der Regel attraktive Lösegelder eingefordert wurden. Hierdurch konnte Adolf wenigstens einen Teil der enorm hohen Kriegskosten abdecken, welche die damalige Art der Kriegführung vor allem durch die Anwerbung berittener Truppen und teurer Söldner, etwa der gefürchteten Schweizer, verursachte.

So war neben der Einnahme der Stadt sicher ein weiteres Ziel des nächtlichen Überfalls, Diether von Isenburg zusammen mit seinen beiden wichtigsten Verbündeten, dem Grafen Philipp d. Ä. von Katzenelnbogen und dem Pfalzgrafen Friedrich dem Siegreichen, mit einem Schlag gefangenzusetzen, die sich geheimen Informationen zufolge just zu diesem Termin gemeinsam in der Stadt aufhielten.[3] Während Pfalzgraf Friedrich der Siegreiche aber durch seinen Hofastronomen Matthias von Kemnat zuvor gewarnt worden war, *das er umb diese zeit die stadt Mentz solte vermeiden,*[4] gelang Diether von Isenburg und dem Grafen von Katzenelnbogen noch in letzter Minute die Flucht in den frühen Morgenstunden *naket und barvoet over de muren an eime zele* (»nackt und barfuß an einem Seil über die Mauer«), wie es ein Bericht in niederdeutscher Mundart zu berichten weiß.[5]

K.-M. S.

1 Janssen 1866, S. 221 f., Nr. 347.
2 Hegel 1881/82, Bd. 2, S. 89 f. sowie Janssen 1866, S. 219 f., Nr. 344 und 345 mit Verweis auf ältere Editionen.
3 Hegel 1881/82, Bd. 2, S. 51 sowie Janssen 1866, S. 219 f., Nr. 345, hier S. 220.
4 Hegel 1881/82, Bd. 2, S. 51 f.
5 Hegel 1881/82, Bd. 2, S. 53 und S. 95–99, hier S. 97 sowie die Fassung in mitteldeutscher Mundart bei Schmidt 1948, S. 92–97, hier S. 94.

StA 87

Humerys Übersetzung der Consolatio Philosophiae des Boethius

Sammelhandschrift, mehrere Hände, Papier, 112 Bll. – Humerys Übersetzung auf fol. 2r–71r, geschrieben vom Schreibmeister Kaspar Kraft 1472 in Ulm – Rubriziert – Zeitgenössischer Holzdeckeleinband mit 1/1 Schweinslederbezug. Blindprägung mit Streicheisenlinien und Einzelstempeln
H. 29,5 cm, B. 21 cm
Stadtbibliothek Mainz, Hs III 44

In die Wirren der Stiftsfehde verstrickte sich auch der ehemalige Stadtsyndikus Dr. Konrad Humery. Nach 1449 war er aus der städtischen Verwaltung ausgeschieden und hatte einen politischen Seitenwechsel vollzogen. Dass er sich 1457 in Frankfurt niedergelassen hatte und spätestens zu diesem Zeitpunkt *diener* des Mainzer Erzbischofs Dietrich von Erbach geworden war,[1] dokumentiert deutlich seinen Bruch mit der Stadt. Zwar hatte Humery das Frankfurter Bürgerrecht schon 1459 wieder aufgesagt, in erzbischöflichen Diensten war er jedoch geblieben. Beim Ausbruch des Schismas auf dem Mainzer Erzbischofsstuhle 1461 ergriff er die Partei Diethers von Isenburg. Infolge der Eroberung der Stadt geriet Humery in die Hand des siegreichen Erzbischofs Adolf II. von Nassau, der ihm erst ein Jahr später aufgrund des Zeilsheimer Friedensvertrages vom 5. Oktober 1463 wieder die Freiheit schenkte. Offenbar hat der hochgebildete Humery in oder kurz nach seiner Gefangenschaft die lateinische Trostschrift des Boethius ins Deutsche übersetzt. In dem Schicksal des römischen Senators konnte Humery seine eigene Situation widergespiegelt sehen: Jener war, mit höchsten politischen Würden bekleidet, 523 n. Chr. in Ungnade gefallen. Eingekerkert und auf seine Hinrichtung wartend hatte er eine Trostschrift an sich selbst in Form eines Dialoges zwischen ihm und der personifizierten Philosophie verfasst. Dass Humery sich in der Vorrede als *liebhaber der gerechtigkeit* titulierte und eigens betonte, mit seinem Buch *allen gefangenen und auch allen den, die in anderm trocke, anfechten und lyden, das elende dieses jamertalis der werlde buwent und doldent,* Trost spenden zu wollen[2], scheint vor dem Hintergrund der persönlichen Erfahrung nicht ganz zufällig. Bei seiner Übersetzung verfuhr Humery sehr frei mit der antiken Vorlage: Nach Belieben erweiterte und verkürzte er den Text, glossierte und kommentierte ihn; Gedichte gab er als Prosa wieder; platonische, aristotelische oder stoische Gedanken wandelte er in christliche um. Weder vom Inhalt noch von der Intention her lässt sich Humerys Werk jedoch mit humanistischen Bestrebungen in Verbindung bringen. Welche Verbreitung Humerys Übersetzung fand, lässt sich kaum abschätzen. Nur drei Handschriften haben sich erhalten: Aus deren Schreiber- bzw. Besitzvermerken geht hervor, dass der Text immerhin auch in Köln und Ulm bekannt war und unter Patriziern und Franziskanern sein Publikum fand.
W. D.

1 Andernacht, Dietrich / Berger, Erna (Hrsg.): Die Bürgerbücher der Reichsstadt Frankfurt 1401–1470. (Veröffentlichungen der Historischen Kommission der Stadt Frankfurt a. Main XIV). Frankfurt 1978, S. 267.
2 Mommert 1965, S. 141 f.

Literatur
Bibliotheca medii aevi manuscripta. Pars altera. Einhundert Handschriften des Mittelalters vom zehnten bis zum fünfzehnten Jahrhundert. Katalog 90 Jacques Rosenthal München. München [1929], S. 24–26. – Schmidt 1936. – Mommert 1965. – Worstbrock 1983.

StA 88

Erzbischof Adolf von Nassau belehnt seinen Bruder Graf Johann mit dem Hof zum Dürrenbaum Mainz, 11. April 1464

Zeitgenössische Abschrift – Papier
Hauptstaatsarchiv Wiesbaden, Abt. 130I, II D 2, Nr. 7a

Das Strafgericht Erzbischof Adolfs von Nassau über die Stadt umfasste auch die Enteignung von Hab und Gut der Bürger. Vor allem die stattlichen Patrizierhöfe und Zunfthäuser betrachtete der Sieger als Beutemasse, um damit die verbündeten Fürsten, Herren und Adligen, nicht zuletzt auch seine Verwandten, für ihre Dienste bei der Eroberung von Mainz zu entlohnen. So belehnte Erzbischof Adolf seinen Bruder Graf Johann von Nassau-Idstein und dessen Frau 1464 mit dem Hof zum Dürrenbaum, der bald nur mehr »Nassauer Hof« hieß. Die Besitzübernahme zahlreicher Patrizierhöfe durch Adlige leitete eine tiefgreifende Wandlung ein: Mainz entwickelte sich nach 1462 zu einer Stadt, in der der erzstiftische Adel mit seinen Repräsentanten am kurfürstlichen Hof und in der Geistlichkeit, vor allem im Domkapitel, politisch und gesellschaftlich dominierend wurde. Das alte Stadtpatriziat aber blieb Mainz auf Dauer fern.
W. D.

Literatur
Sauer 1868/1887, S. 280, Nr. 23. – Schrohe 1920, S. 2–6. – Dobras 1999, S. 227.

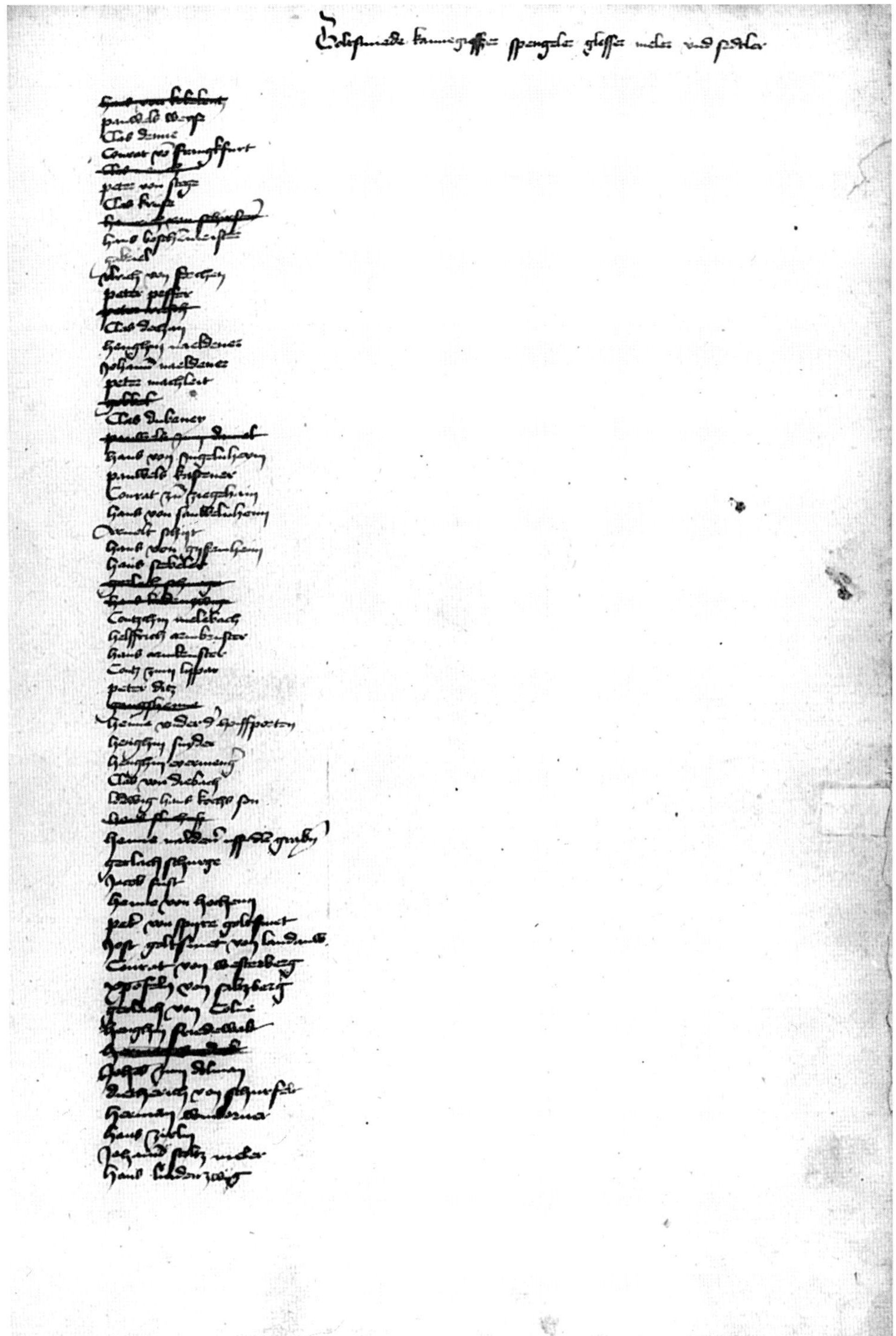

Abb. StA 89 **Das »Alte Zunftbuch«, nach 1468/69. Auf fol. 134r Verzeichnis der Goldschmiede, Kannengießer, Spengler, Glaser, Maler und Sattler**

StA 89

Das »Alte Zunftbuch« Mainz, nach 1468/69 mit Nachträgen bis zum Jahr 1515

Handschrift auf Papier, 213 Bll. – Zeitgenössischer Holzdeckeleinband mit 1/1 Schweinslederbezug. Blindprägung mit Streicheisenlinien. Langriemenschließen und Buckel (z.T. ergänzt). In späterer Zeit angebrachtes Schloss entfernt
H. 41,5 cm, B. 29,5 cm
Stadtarchiv Mainz, 21/100

Der Verlust der Stadtfreiheit zog eine politische und gesellschaftliche Neuordnung nach sich, mit der der Erzbischof seine Herrschaft über die Stadt absicherte. Die Maßnahmen, die er zu diesem Zwecke ergriff, betrafen auch die Zünfte. Nach der Eroberung von Mainz zunächst aufgelöst, konnten sie sich dank der Gnade Erzbischof Adolfs von Nassau 1468/69 zwar wieder konstituieren, mussten dabei aber einige tiefgreifende organisatorische Änderungen über sich ergehen lassen. Zum einen reduzierte der Erzbischof die Zahl der Zünfte von zuletzt 34 auf 17. Zum andern gab er den Zünften neue Ordnungen, die sie zu Verbänden rein wirtschaftlicher und gesellschaftlicher Art degradierten. Sie sollten in Zukunft die Erfüllung der bürgerlichen Pflichten ihrer Mitglieder gewährleisten und sich vor allem auf religiöse und karitative Aufgaben konzentrieren, keinesfalls aber politische Aktivitäten entfalten. Dass die Zünfte nur mehr als *bruderschaften* tituliert wurden, spiegelt diese Entpolitisierung wider. Die Zeiten des Zunftregimentes waren für immer vorbei.
Die neue wirtschaftlich-gewerbliche Verfassung von Mainz wurde im so genannten »Alten Zunftbuch« dokumentiert, das der vom Kurfürsten eingesetzte, neue Stadtrat nach 1468/69 anlegen ließ. Es enthält alle Zunftordnungen, angefangen mit der Ordnung für die Wollen- und Leinenweber und endend mit der Ordnung für die Hecker (= Kleingärtner). Außerdem finden sich darin Listen mit den Namen der in der zweiten Hälfte des 15. Jahrhunderts in Mainz lebenden Zunftmitglieder, insgesamt 975, wovon jedoch 271 Namen – wohl die der Verstorbenen – durchgestrichen sind. Damit stellt das Zunftbuch auch die erste »statistische« Erfassung der männlichen Bürgerschaft von Mainz nach dem Übergang der Stadt in kurfürstliche Hände dar.
W. D.

Literatur

Schrohe 1920, S. 8–10. – Brück, Anton Ph.: Aus dem Mainzer Zunftleben im 16. Jahrhundert. In: MZ 67/68 (1972/73), S. 51–59. – Dobras 1999, S. 228 u. 232 f.

rius dñs nobiſcum hi

rdonauit. Venus·

ominis. Propoſiti

q̃ ña marie ru

uidete ui uiu

rū geni⁹ nuẞ

Gutenberg-Museum

Gutenberg – Unternehmer, Ästhet, Techniker

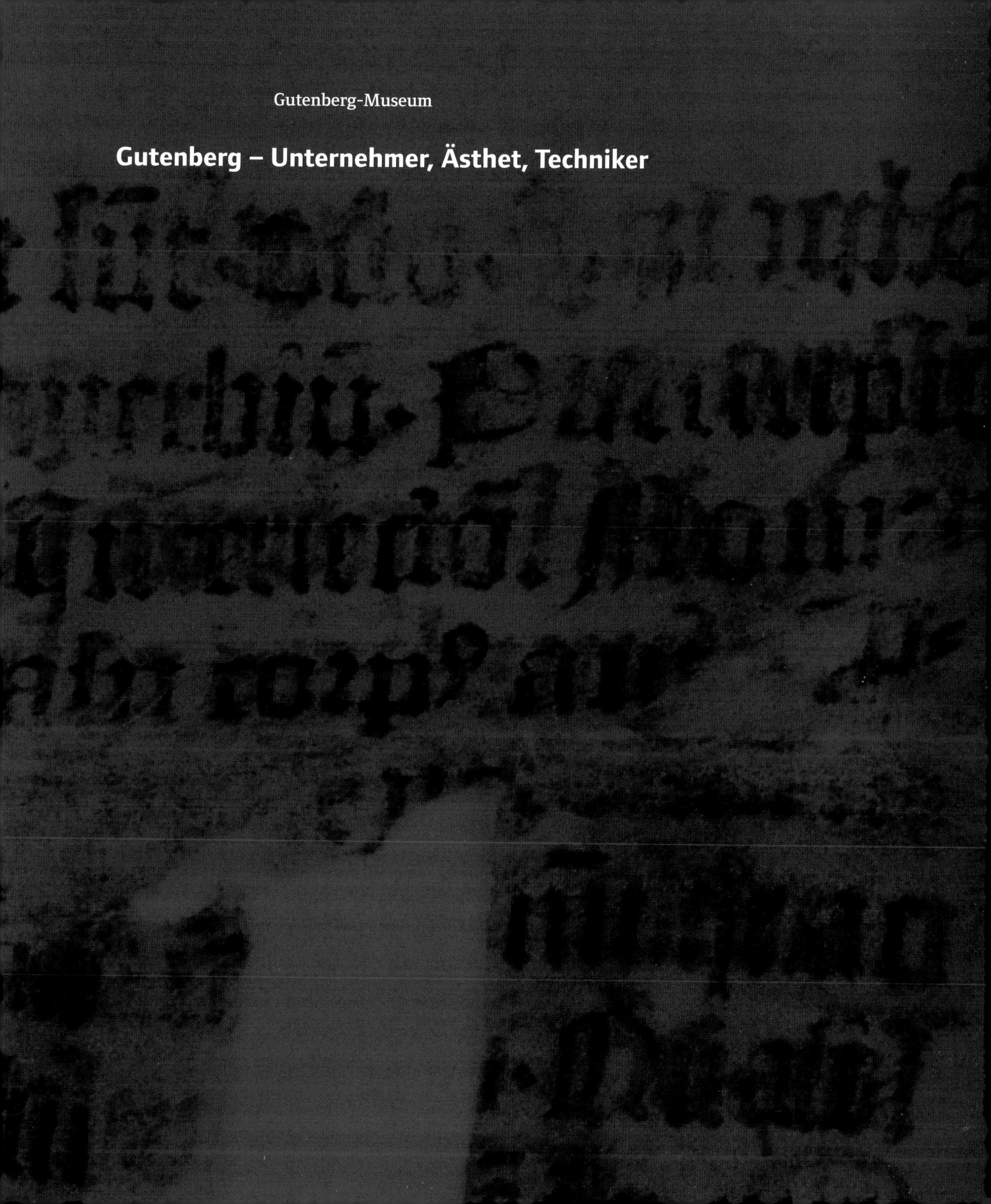

Sabina Wagner

Bekannter Unbekannter – Johannes Gutenberg

Die Gutenbergforschung, die seit dem Ende des letzten Jahrhunderts unzählige Bücher und Aufsätze zum Thema hervorgebracht hat, bietet ein differenziertes, aber keineswegs deutliches Bild jener Persönlichkeit, deren technische Entdeckung die geistige Entwicklung der letzten 550 Jahre entscheidend geprägt hat und die uns als Johannes Gutenberg geläufig ist.
Doch Leben und Werk des Johannes Gensfleisch, genannt Gutenberg, liegen weitgehend im Dunkeln. Schon seine Tätigkeit als Drucker ist schwer nachzuweisen, da er sich in keinem seiner Bücher namentlich genannt hat und auch in keinem der zeitgenössischen Dokumente als Drucker verzeichnet ist. Kriege, Brandkatastrophen und der Lauf der Zeit haben die meisten historischen Belege zerstört, noch bevor eine wissenschaftliche Aufarbeitung begann.[1] Und als Archivare und Historiker den Wert der noch erhaltenen Unterlagen erkannten, ging durch Kriegszerstörung nochmals vieles verloren. So stützt sich unser heutiges Wissen über Gutenberg auf einen sehr schmalen Bestand von wenigen authentischen Quellen; neun Dokumente sind durch Abschriften des 15. und 16. Jahrhunderts überliefert und schließlich haben die ersten Gutenberg-Forscher durch handschriftliche Kopien und Veröffentlichungen, zumindest auszugsweise, die Inhalte einiger alter, später verlorener Akten überliefert. Das teilweise schwer zu deutende Quellenmaterial gibt zudem keinen kontinuierlichen Einblick in Gutenbergs Lebenssituation; es beleuchtet blitzlichtartig *zufällige* Wegmarken seines Werdegangs und bietet, aus Mangel an wirklich belegbaren Fakten, viel Raum für hypothetische Auslegungen. Alle bisher geschriebenen biographischen Versuche beziehen sich notwendigerweise auf dieses rare, durch den historischen Zufall selektierte Quellenmaterial, das durch die moralische, politische und geschichtliche Auffassung des jeweiligen Autors gedeutet wird. So wurde zum Beispiel im letzten Jahrhundert die Diskussion, welchem Land die Ehre der Erfindung eigentlich zukomme, durch nationale Interessen bestimmt.
Die Vielzahl der biographischen Interpretationen entspricht den zahllosen imaginären Porträts Gutenbergs, von dem kein zeitgenössisches Bildnis überliefert ist. Wie diese Porträtdarstellungen, die oftmals in unmittelbarer Abhängigkeit voneinander entstanden, schließlich ein authentisch erscheinendes Bildnis schufen, so beriefen sich auch die Gutenberg-Biographen auf hypothetische Topoi und tradierte Interpretationen ihrer Vorgänger, bis sich eine Fiktion von Johannes Gutenberg als Idealbild manifestierte.
Doch was wissen wir wirklich über diesen Mann? Wie viel von der lieb gewonnenen Vorstellung des einsamen, betrogenen Genies, des würdigen bärtigen Mannes an der Druckerpresse entspricht den historischen Tatsachen? Ist es überhaupt möglich, ein unvoreingenommenes Bild von Gutenberg zu entwickeln? Spiegelt sich nicht in jedem Versuch einer biographischen Rekonstruktion zugleich die eigene geschichtliche Befangenheit?
Vielleicht vermag der veränderte Blickwinkel aus heutiger Sicht auf das vermeintlich Bekannte uns den Unbekannten näher bringen.

Hof zum Gensfleisch / Hof zum Gutenberg – Gutenbergs familiäre Herkunft

Symptomatisch für Gutenbergs geheimnisumwittertes Leben ist, dass schon sein genaues Geburtsjahr Gegenstand zahlreicher Spekulationen ist. Als drittes Kind des Ehepaares Friele Gensfleisch und Else Wirich ungefähr um die Wende vom 14. zum 15. Jahrhundert geboren, taufte man ihn auf den Namen Johannes. Unter der in Mainz geläufigen Kurz- und Koseform seines Vornamens wird er aber erst 1420 als »Henchen«, Bruder des Friele Gensfleisch, erstmals urkundlich erwähnt.[2]
Ebenso wenig wie das Geburtsjahr ist der genaue Geburtsort des späteren Erfinders überliefert. Seine Eltern lebten zu Beginn des 15. Jahrhunderts in Mainz und waren im

Abb. 1 **Wappen der Familie Gensfleisch (Kat.-Nr. StA 19)**

Abb. 2 **Wachssiegel des Friele Gensfleisch zum Eselweck (Großvater Gutenbergs) vom April 1366 (Kat.-Nr. StA 20a)**

Hof zum Gutenberg ansässig (Abb. 1).[3] Ob Johannes in diesem Anwesen gleich neben der Christophskirche zur Welt kam oder nur wenige Häuser weiter im großväterlichen Besitz zum Eselweck oder gar in Eltville, wo die Familie ein Anwesen besaß, bleibt offen. Seine Kindheit verlebte der Knabe, mit einigen Unterbrechungen, wahrscheinlich im Gutenberghof.

Väterlicherseits entstammt Johannes dem Patriziergeschlecht der Gensfleisch, das sich über circa 200 Jahre in der Mainzer Geschichte zurückverfolgen lässt. Der Ahnvater »Frilo dictus Rafit« nahm mit dem Erwerb des in der Emmeranstraße gelegenen, gleichnamigen Hofes den Beinamen Gensfleisch an, der von nun an bei allen männlichen Nachfahren anzutreffen ist. Wie in Mainz üblich, wurde dieser Traditionsname durch den jeweiligen Hausbesitz des Nachkommen ergänzt oder auch ersetzt. So nennt sich Gutenbergs Großvater zunächst Friele Gensfleisch, dann Friele Gensfleisch zum Eselweck und wird später zur Laden genannt (Abb. 2).

In der Häufung und dem Wechsel der Hausnamen offenbart sich zugleich die Familienpolitik der Gensfleisch, die durch das Konnubium, also durch Ehepolitik, ein weit verzweigtes Netz mit den anderen Mainzer Patriziergeschlechtern aufbauten.[4] Innerhalb eines Zeitraums von circa 150 Jahren waren die Gensfleischs mit den alteingesessenen Mainzer Familien zur Laden, zum Gelthus, zum Fürstenberg, zum Jungen, zum Blashof, zur Jungen Aben, zum Silberberg, zum Eselweck, zum Rafit, zum Vitztum, zum Molsberg und Bechtermünze meist mehrfach in den verschiedenen Generationen verwandt und verschwägert.

Beruflich und wirtschaftlich bilden diese väterlichen Vorfahren Gutenbergs ein sehr homogenes Bild. Es waren begüterte Handelsleute, die durch landwirtschaftliche Einkünfte von ihren Höfen oder ihren Lehensgütern, durch Geld- und Warenhandel und das sogenannte Gaden-Privileg (dem Tuchgroßhandel) ihr Vermögen mehrten und festigten.[5] Immer wieder trifft man die Männer in hohen städtischen Funktionen des patrizisch beherrschten Rates an. Andere Mitglieder widmeten sich einer kirchlichen Laufbahn und erreichten angesehene Positionen und beachtlichen Einfluss. Als Mitglieder der Münzerhaus-Genossen waren die Gensfleischs durch eine rechtliche Sonderstellung geschützt und sicherten sich persönlich durch den Eintritt in die erzbischöflichen Dienste. Ihre wirtschaftliche wie rechtliche Vormachtstellung nutzten sie zur Sicherung des Familienvermögens, das in städtischen Rentenfonds, so genannten Leibgedingen oder Gülten, angelegt wurde (Kat.-Nr. StA 20).[6] Dabei beschränkte man sich keineswegs nur auf den Erwerb von Mainzer Leibgedingen, sondern investierte auch in den Städten der Umgebung und bis nach Straßburg in diese im Mittelalter weit verbreitete Form der Vermögensanlage (Abb. 3). Durch frühzeitigen Rentenkauf bemühte man sich um eine finanzielle Absicherung der Kinder, Enkel, Nichten und Neffen – eine familiäre Fürsorge, von der auch Gutenberg später profitieren sollte. Einen Hinweis auf den Wohlstand der Familie erhält man recht anschaulich aus einem Bericht über einen Kredit, den die Stadt Mainz 1382 der Stadt Wetzlar gewährte und den die Familie Gensfleisch durch insgesamt 7716 Gulden mitfinanzierte.[7]

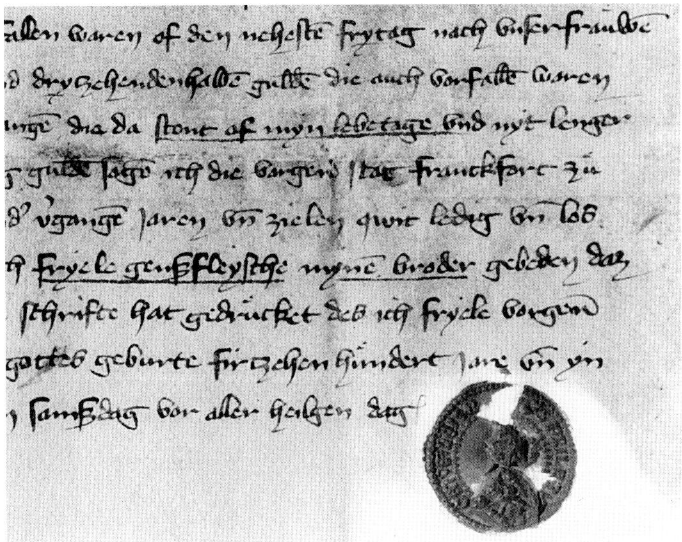

Abb. 3 **Frankfurter Rentenquittung mit einem Siegel des Friele Gensfleisch, genannt zur Laden (Vater Gutenbergs) vom 29. Oktober 1407 (Kat.-Nr. StA 20b)**

Gleich allen Mainzer Patriziern suchte Gutenbergs Familie durch Pflege ihrer Pfründen und Vorrechte, die soziale und wirtschaftlich privilegierte Stellung innerhalb der Stadt zu wahren – ein Gebaren, das immer wieder zu Konfrontationen mit den aufstrebenden zünftigen Handwerkern führte. Die Vertreter der Gensfleisch sind daher allenthalben in die politischen Auseinandersetzungen der Zeit verstrickt. Diese Haltung wirkte sich in unterschiedlicher Weise auch auf Gutenbergs Lebensweg aus, etwa als sich die patrizisch konservative Gesinnung von Gutenbergs Vater in den Zunftkämpfen von 1411 offenbarte. Infolge dieser politischen Auseinandersetzung musste der Vater die Stadt verlassen und zog – wahrscheinlich mit seiner Familie – nach Eltville.[8]

Gutenbergs Vater Friele wird 1372 erstmals urkundlich erwähnt. 1386 schloss er eine zweite Ehe mit Else Wirich, Tochter eines wohlhabenden, aber bürgerlichen Mainzer Krämers. Diese, in familienpolitischer wie finanzieller Hinsicht vielleicht wünschenswerte Ehe war aber in patrizischen Augen nicht standesgemäß und, nach Meinung vieler Gutenberg-Biographen, ein entscheidender Auslöser für Gutenbergs ungewöhnlichen Lebensweg. Sie glauben, Gutenberg sei in der geschlossenen Gesellschaft der Mainzer Führungsschicht nicht anerkannt worden und aus Verdruss über die mangelnde Achtung zum Erfinder geworden.[9]

Zwar finden sich unter Gutenbergs mütterlichen Vorfahren vorwiegend Händler, vielleicht sogar italienische Geldwechsler, doch schon der Großvater Werner Wirich heiratete die verwitwete Ennelin zum Fürstenberg. Diese stammte aus einem ebenso angesehenen Hause wie die Gensfleischs. Ja sie war in vielfacher Weise mit diesen sogar verwandt.[10] Von den vier Großeltern Gutenbergs waren immerhin drei patrizischer Abstammung, sodass die Kinder aus dieser Ehe in fast allen Bereichen gesellschaftlich integriert waren. Wie sonst ließe sich erklären, dass beide Geschwister Gutenbergs in Patrizierfamilien einheirateten? Und wie sollte man es deuten, dass der Bruder Friele als Mitglied des Rates in der Mainzer Politik eine ähnliche Rolle einnahm wie seine Vorväter? Lediglich der Zugang zu den Münzerhaus-Genossen und deren Privilegien war ihnen verwehrt, da man hier auf rein patrizische Ahnen achtete.[11]

Unbestreitbar bleibt Gutenbergs Lebensweg für einen Patrizier ungewöhnlich; ob dies durch mangelnde soziale Akzeptanz ausgelöst wurde, muss allerdings stark bezweifelt werden. Vielmehr sollte man bedenken, dass Gutenberg, als nachgeborener Sohn vom Erbe der väterlichen Handelsprivilegien ausgeschlossen, gezwungen war, sich seinen eigenen Weg zum Erfolg zu suchen. Hier bot die Kirche attraktive Möglichkeiten, und der junge Johannes könnte durchaus, wie viele seiner Cousins, zunächst eine klerikale Laufbahn angestrebt haben.[12]

Mögliche Ausbildungswege – Schule

Aus Gutenbergs Kindheit und Jugend ist kein einziges Dokument überliefert, das uns Einblick in seine Erziehung, Bildung und seinen sozialen Umgang gewährt. Als Sohn eines reichen Patriziers gehörten Lesen, Schreiben und Rechnen zu den notwendigen beruflichen Grundlagen, und der soziale Status verlangte eine angemessene Schulbildung.

Mainz bot zu Beginn des 15. Jahrhunderts durch die zahlreichen Stifts- und Klosterschulen ein breites Ausbildungsangebot, das nicht nur zukünftigen Klerikern, sondern auch den Bürgersöhnen offen stand.[13] Daneben erteilten einige Pfarrschulen die Grundlagen des Lesens und Schreibens. Das Lernen an den genannten Einrichtungen vollzog sich auf unterschiedlichem Niveau, doch bildete das Fundament jeglichen Unterrichts die lateinische Sprache, die auch die Voraussetzung für den Universitätsbesuch war (vgl. Beitrag Fleischmann-Heck, S. 144).

Gutenberg wird daher zunächst eine Lateinschule besucht haben. Ob er seinen ersten Unterricht durch einen Privatlehrer erhielt, eine der Mainzer Pfarrschulen besuchte oder vielleicht die ersten Schuljahre in Eltville absolvierte, wohin sich die Familie 1411 geflüchtet hatte, lässt sich nicht mehr klären.[14] Für eine weiterführende Ausbildung boten sich in Mainz renommierte Kloster- und Stiftsschulen an.[15] Die Gensfleischs unterstützten einige dieser Klöster. Insbesondere zu St. Viktor lassen sich enge Beziehungen nachweisen. Dort finden sich Angehörige aus Gutenbergs engerer Familie in kirchlichen Rängen und unter den säkularen Verwaltern des Stiftes (Kat.-Nr. GM 40). Aufmerksamkeit verdient auch, dass Gutenberg, als er Ende der vierziger Jahre nach Mainz zurückkehrte, sich der St.-Viktor-Bruderschaft anschloss und somit die alte Familienbindung erneuerte (Kat.-Nr. GM 162).

Sollte Gutenberg zunächst tatsächlich den geistlichen Stand ins Auge gefasst haben, bot das Viktorstift gute Voraussetzungen. Sicher nachweisen lässt sich das freilich nicht. Konstatieren wir derweil nur, dass St. Viktor eine Stiftsschule von Ruf besaß und die Familie Gensfleisch enge Beziehung zu diesem Stift unterhielt. Besonders interessant ist, obgleich vielleicht nur zufälliges Zusammentreffen, dass 1417 Amplonius de Bercka als Dekan in St. Viktor Einzug hielt. Durch seine Person ergibt sich im Hinblick auf Gutenbergs mögliches Studium eine interessante Verbindung.[16] De Bercka war ein kenntnisreicher Mann, versierter Leibarzt des Kölner Erzbischofs und des Kaisers Sigismund. Von 1398 bis 1412 lehrte er als Dekan an der Universität zu Erfurt und später in Köln. Er schenkte Erfurt seine überaus reiche und wertvolle Handschriften-Bibliothek und stiftete der Stadt außerdem ein Collegium zur Unterbringung und Ausbildung von Studenten (Kat.-Nr. GM 46). De Bercka könnte in St. Viktor auf den talentierten Gutenberg aufmerksam geworden sein und ihn – mit dem erforderlichen Empfehlungsschreiben – an seine ehemalige Wirkungsstätte, die Universität Erfurt, verwiesen haben.[17]

Universitätsbesuch in Erfurt?

So hypothetisch wie Gutenbergs Schulbesuch bleibt auch sein weiterer Bildungsweg. Im Vergleich mit den bekannten Lebensläufen anderer deutscher Drucker des 15. Jahrhunderts darf man annehmen, dass Johannes wie diese zu den »litterati«, den in lateinischer Sprache und Literatur Gebildeten gehörte.[18] Diese Kenntnisse erreichte man üblicherweise durch den Besuch einer »Hohen Schule«, der Universität (Abb. 4). Das circa zweijährige Grundstudium verbesserte nicht nur die Lateinkenntnisse, sondern unterwies die Studenten in den »sieben freien Künsten« (*septem artes liberales*), d. h. dem grundlegenden Wissen in Grammatik, Rhetorik, Dialektik, Arithmetik, Musik, Geo-

Abb. 4 **Immatrikulation und Stipendienvergabe, um 1500, Statutenbuch des Collegium Sapientiae. Freiburg, Universitätsarchiv (Kat.-Nr. GM 45)**

metrie und Astronomie. Die *artes liberales* wurden durch eine erste universitäre Prüfung, den Baccalaureus, abgeschlossen. Solch enzyklopädische Lehrinhalte müssen Gutenberg geläufig gewesen sein, da ohne eine intellektuelle Vorbildung die Entwicklung der Druckkunst und seine Tätigkeit als Herausgeber kaum vorstellbar sind. In einer gut bestückten Universitätsbibliothek könnte Gutenberg schließlich Zugang zu theoretischen Lehrbüchern, wie den »Problemata mechanica« des Aristoteles und anderen mechanisch-theoretischen Schriften der Antike, gehabt haben. Diese Lehrbücher zählten ursprünglich zum Curriculum der *artes mechanicae,* die den Anwendungsbereich der Geometrie bzw. praktische und theoretische Ingenieurtätigkeit umfassten. Im Spätmittelalter gehörten sie allerdings nicht mehr zum Lehrplan der Universität und bezeichneten nur noch das kunstvolle Handwerk.[19]

Darüber hinaus könnte Gutenberg als Student aus eigener Anschauung den akuten Mangel an preiswerten Lehrbüchern verspürt und daraus eine erste vage Idee zu seinem späteren Vorhaben entwickelt haben. Bücher waren rar und teuer, meist schrieben die Studenten die Lehrtexte ab und verdienten sich als Schreiber ein Zubrot.

Zu Beginn des 15. Jahrhunderts war die Auswahl an Universitäten in Deutschland nicht sehr groß. Die erste Alma Mater des Heiligen Römischen Reiches war Prag, doch wanderten Ende des 14. Jahrhunderts – aufgrund nationaler Konflikte – zahlreiche deutsche Professoren, Magister und Studenten von dort ab. Ein Teil ging an die 1392 neu gegründete Erfurter Universität, die bald einen ausgezeichneten Ruf genoss (Abb. 5).[20] Die Stadt gehörte außerdem zum Bistum Mainz und war zu Zeiten Gutenbergs für einen Mainzer Bürger sicherlich die erste Wahl. Denn zwischen beiden Städten bestanden zahlreiche enge Bindungen, und der Universitätsrektor war der Mainzer Erzbischof. Zahlreiche Mainzer Persönlichkeiten und Männer, die für den frühen Buchdruck von Bedeutung sein sollten, begannen ihre Studien in Erfurt. Darüber hinaus hatten sich schon 1417 zwei Verwandte Gutenbergs dort eingeschrieben, so dass der junge Johannes nicht ohne familiären Anschluss gewesen wäre.

Abb. 5 **Ansicht Erfurts, Schedelsche Weltchronik, 1493**

Auf der Suche nach Beweisen für ein Studium Gutenbergs in Erfurt hat man die erhaltenen Matrikelbücher durchforscht (Kat.-Nr. GM 43). Diese regelmäßig geführten Register vermerkten die Aufnahme (Immatrikulation) eines neuen Studenten meistens unter dem Namen seines Heimatortes, zuweilen wurde aber auch nur der Familienname notiert. Sollte Gutenberg in Erfurt studiert haben, müsste er als Johann de Moguncia, Johann Gensfleisch oder Gutenberg im Matrikelbuch eingetragen sein. Nun fand man unter dem Rektorat des Johann Scheubing – im Sommersemester 1418 – die Einschreibung eines gewissen *Johannes de Alta Villa* (Johannes aus Eltville) (Abb. 6). Bereits im Wintersemester 1419 legte jener Johann seine Prüfung als Baccalaureus ab (Kat.-Nr. GM 43).[21] Danach findet sich in den Matrikelbüchern kein neuerlicher Eintrag zu Johannes aus Eltville; ein sicheres Anzeichen, dass der Student nach 1419 keine weiteren Prüfungen in Erfurt mehr ablegte.[22]

Man ist geneigt, in *Johannes de Alta Villa* Johannes Gutenberg zu sehen.[23] Freilich ergeben sich aus dieser Interpretation Fragen, die bisher nicht befriedigend beantwortet werden konnten. Das wichtigste Argument gegen diese These stellt die Frage dar, warum Gutenberg nicht Mainz, sondern Eltville als Heimatstadt angab. Eine Erklärungsmöglichkeit wäre, dass Gutenberg tatsächlich in Eltville geboren wurde, da die Familie, wie bereits erwähnt, in diesem Ort einen Besitz hatte. Andere Theorien sehen eine Erklärung in Gutenbergs Adelsstolz, der, durch das politische Vordrängen der Zünfte in Mainz gekränkt, die Vaterstadt verleugnet habe.[24] Bemerkenswerterweise geben auch Gutenbergs Cousins nicht ihren Heimatort an, sondern lassen sich mit ihrem Familiennamen als *Frilo und Rulemandus zcu der Laden* in die Matrikel eintragen.

Da sich in Erfurt keine unmittelbare Spur von Gutenberg nachweisen lässt, hat man an anderen Universitäten Europas nach seiner Fährte gesucht. Doch nirgends fand sich ein Johannes Gensfleisch, Gutenberg, Johannes aus Mainz oder auch Eltville, der mit unserem Erfinder identisch sein könnte. Es lässt sich also keineswegs mit Gewissheit behaupten, dass Gutenberg in Erfurt oder an einer anderen Universität studiert habe. Unbewiesen bleibt auch, ob *Johannes de Alta Villa* und Gutenberg ein und dieselbe Person sind. Fraglos ist indes, dass für Gutenbergs spätere Tätigkeiten zumindest die Grundkenntnisse eines Universitätsstudiums vorauszusetzen sind.

Eine gesicherte Nachricht zu Gutenbergs Lebensweg erhalten wir erstmals durch die anfangs erwähnte Notiz aus dem Jahr 1420 (Kat.-Nr. GM 47a).[25] Die nach dem Originaldokument angefertigte Abschrift verzeichnet knapp eine Erbstreitigkeit der Geschwister Gutenberg mit ihrer älteren Halbschwester Patze, denn Friele Gensfleisch, der Vater Gutenbergs, war im Verlauf des Jahres 1419 verstorben. Die lapidare Notiz enthält außer den Namen der Erbberechtigten keine Information zu den Wohnorten und Tätigkeiten der Beteiligten. Sie gibt auch keine Hinweise auf Ursache und Ausgang des Streites. Wir erfahren lediglich, dass Gutenberg 1420 bereits rechtsmündig – d. h. über 14 Jahre alt – war, da er durch keinen Vormund vertreten wurde.[26]

1420–1430

Auch das folgende Lebensjahrzehnt Gutenbergs wird durch keinerlei urkundliche Nachricht erhellt. Wir wissen nicht, ob der junge Mann weiter studierte oder bald einem Beruf nachging.

Verschiedentlich wurde vermutet, Gutenberg habe in seiner Jugend eine Goldschmiedelehre absolviert, und, dass schon sein Vater Friele dieses Handwerk beherrscht habe. Wie bereits erwähnt, war Frieles Haltung gegenüber den Zünften sehr ablehnend, eine Mitgliedschaft daher kaum akzeptabel; und tatsächlich ist von keinem Gensfleisch die Zugehörigkeit zu einer Mainzer Zunft bekannt. Ebenso wenig ließen es die Standesschranken zu, dass ein Patriziersohn eine handwerkliche Ausbildung absolvierte; und welcher Mainzer Goldschmied hätte Frieles Sohn als Lehrling akzeptiert? Im Übrigen wurde bereits mit Recht darauf verwiesen, dass Gutenberg später immer wieder Goldschmiede mit den wichtigen Gravier- und Stempelschneidearbeiten beauftragte und diese nicht selbst ausführte. Als gelernter Handwerker hätte er sich diese Kosten gewiss gespart.[27]

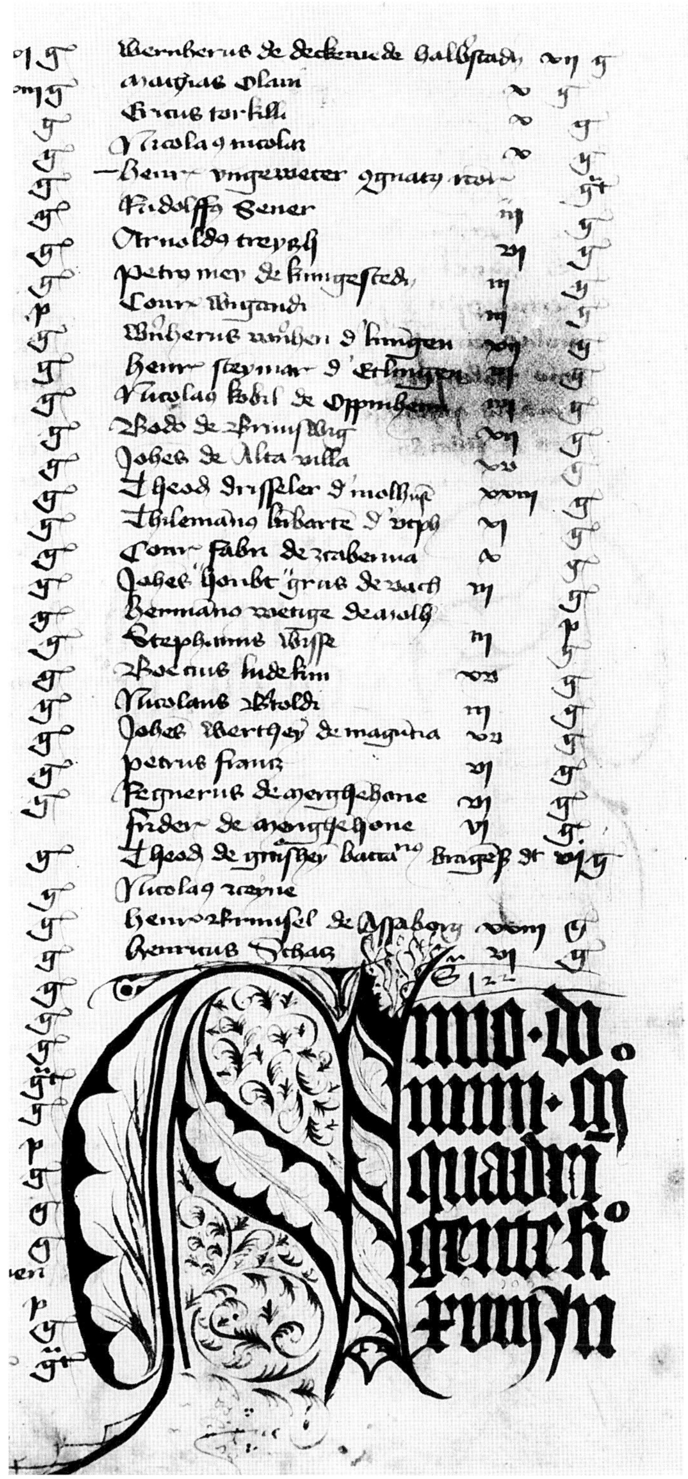

Abb. 6 **Immatrikulationseintrag des Johannes de Altavilla von 1418 Ältere Universitätsmatrikel von Erfurt 1392–1509 (Kat.-Nr. GM 43)**

Dennoch bleibt es Tatsache, dass sich Gutenberg irgendwann, auf die eine oder andere Weise, metalltechnische Kenntnisse angeeignet hat. Dies belegen seine späteren Aktivitäten in Straßburg und die Erfindung des Gießinstrumentes und der Drucktechnik mit beweglichen Metalllettern. Eine weitere Theorie geht davon aus, dass er den Umgang mit Edelmetallen durch einen Münzerhaus-Genossen erlernt habe. Zwar schlugen die Mainzer Münzerhaus-Genossen zu Beginn des 15. Jahrhunderts die Münzen nicht mehr eigenhändig.[28] Doch mag ein älteres Mitglied der Münzergemeinschaft, vielleicht ein Verwandter, sein Wissen vom Münzwesen (Metalllegierungen, Stempelherstellung, Prägen und Münzhandel) Gutenberg beigebracht haben.[29] Aber auch diese Theorie klärt nicht, welcher Natur Gutenbergs handwerkliche und technische Fähigkeiten genau waren. Blieben sie auf theoretisches Wissen beschränkt oder konnte er auf praktische Sachkenntnis zurückgreifen? Sammelte er seine Erfahrungen in Mainz oder an anderen Orten?

Bürger die yczunt nit inlendig sint

Auszug aus Mainz

Erst 1427 informiert uns ein zweites Dokument über ein neues Detail im Leben Gutenbergs. In einer im Mainzer Stadtarchiv aufbewahrten Abschrift ist die Übertragung einer Rente auf Gutenberg und seinen Bruder Friele notiert. Leider enthält auch dieser Vermerk keine Aussagen über Beruf oder Aufenthalt der Begünstigten. Doch musste sich der junge Gensfleisch zu dieser Zeit wieder in der Stadt aufgehalten haben. Bald ist er, ganz in der Tradition seiner Väter, in die politischen Auseinandersetzungen von 1428 zwischen Zünften und Patriziern verstrickt.[30]

Wie so oft, ging es in der Auseinandersetzung zwischen Zünften und den »Alten« (Patriziern) um den Vorwurf der Misswirtschaft, hervorgerufen durch zahlreiche Rentenverkäufe, und die bedenklich hohe Verschuldung, in die die Stadt dadurch geraten war. Diese Situation glaubte der zünftig beherrschte Rat durch eine höhere Besteuerung der Patrizier verbessern zu können. Um einer Steuerflucht der Patrizier vorzubeugen, wollte man diese verpflichten, die Stadt zehn Jahre lang nicht zu verlassen, andernfalls drohte ihnen der Entzug ihrer Bürgerrechte und die Stilllegung aller Renten (vgl. Beitrag Dobras, S. 23). Die derart in die Pflicht Genommenen reagierten trotzig mit heftigem Widerspruch und Auswanderung. Durch zwei Quellen ist belegt, dass Gutenberg zu den »Ausgewanderten« gehörte, also die Stadt verlassen hatte. Den ersten Hinweis erhalten wir aus einer Vereinbarung, die Gutenbergs Mutter mit der Stadt Mainz im Namen ihres Sohnes traf. Else erklärte sich mit der Minderung einer Rente, die Gutenberg zustand, einverstanden. Die Aktennotiz besagt eindeutig, dass Gutenberg rechtlich durch seine Mutter vertreten wurde und nicht persönlich zustimmte. Eine Rechtsvertretung war allerdings nur dann notwendig, wenn er selbst nicht in der Stadt weilte (Kat.-Nr. GM 48a).[31]

Gewissheit über die Ursache von Gutenbergs Auswanderung liefert die *Rachtung* des Erzbischofs Konrad von Dhaun vom 28. März 1430 (Kat.-Nr. GM 49). Dieser vom Mainzer Erzbischof verfasste Einigungsvertrag ordnete die strittigen Machtverhältnisse zwischen Zünften und Patriziern neu (Abb. 7). Er forderte die flüchtigen Patrizier persönlich zur Rückkehr in die Stadt auf und verlangte gleichzeitig die schriftliche Anerkennung der in der *Rachtung* vereinbarten neuen politischen Machtverhältnisse. Unter denen, die zurückkehren durften, wird Gutenberg namentlich aufgeführt und ausdrücklich als *nit inlendig* bezeichnet, was so viel wie »nicht im Herrschaftsbereich der Stadt lebend« bedeutet. Soweit wir wissen, nahm er das Angebot zur Rückkehr nicht an. Vielleicht ließ es seine politische Einstellung nicht zu, die mit der *Rachtung* verknüpften Bedingungen zu akzeptieren. Möglicherweise hatte er sich an diesem Punkt seines Lebens bereits in einer anderen Stadt etabliert und verspürte nun keine Neigung mehr zurückzukehren.

Im Jahr 1433 starb Gutenbergs Mutter Else, und ihr Erbe wurde unter den Kindern geteilt. Kehrte Gutenberg zur Erbteilung nach Mainz zurück und unterwarf sich doch noch der Rachtung, oder ließ er sich rechtlich wiederum durch einen Verwandten vertreten? Wir wissen es nicht. Zu ungenau ist diese Notiz, die den Tatbestand der Teilung zwischen den Kindern vermerkt (Kat.-Nr. GM 47b). Ebenso

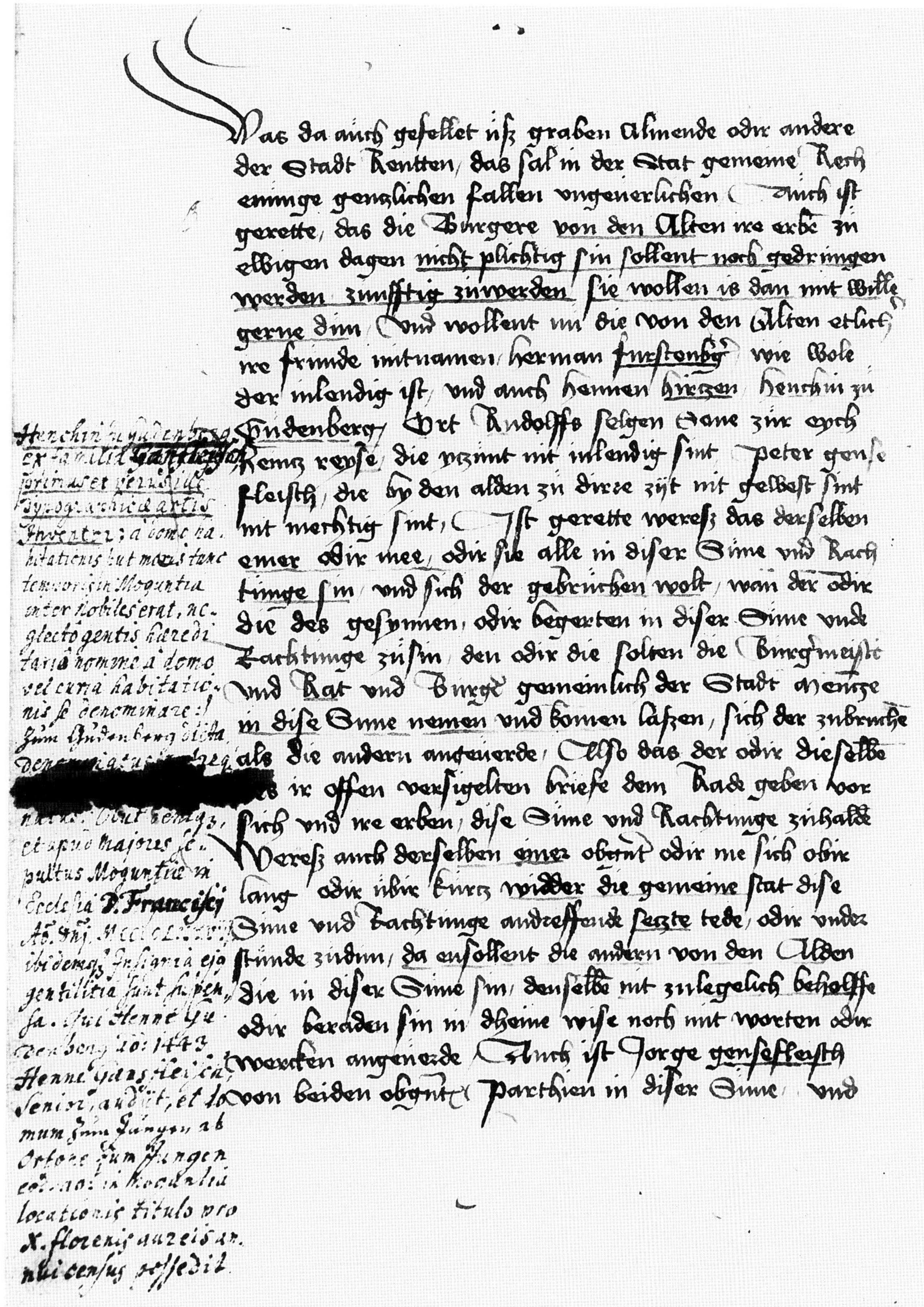

Was da auch gesellet ist graben Almende odir andere
der Stadt Renten, das sal in der Stat gemeine Rech
enunge genzlichen fallen ungeverlichen. Auch ist
gerette, das die Burgere von den Alten ire erbe zu
ebigen dagen nicht plichtig sin sollent noch gedrungen
werden zunfftig zu werden, sie wollen is dan mit Wille
gerne dun. Und wollent im die von den Alten etlich
ire frunde mitnamen, herman furstenbg wie Wole
der inlendig ist, und auch hennen Gretzen, henchin zu
Gudenberg, Ort Rudolffs selgen Sone zum Eych
Heinz reyse, die yczunt mit inlendig sint, Peter gense
fleisch, die by den alden zu drie zyt mit selbest sint
nit mechtig sint. Ist gerette, weres das derselben
einer odir mee, odir sie alle in diser Sune und Rach
tunge sin, und sich der gebruchen wolt, wan der odir
die des gesynnen, odir begerten in diser Sune und
Rachtunge zu sin, den odir die solten die Burgermeist
und Rat und Burger gemeinlich der Stadt Menze
in dise Sune nemen und komen laßen, sich der zubruche
als die andern ungeverde. Also das der odir dieselbe
[illegible] ir offen versigelten briefe dem Rade geben vor
sich und ire erben, dise Sune und Rachtunge zu halde.
Weres auch derselben einer obgnt odir me sich obir
lang odir ubir kurtz widder die gemeine stat dise
Sune und Rachtunge andreffende sezte tede, odir under
stunde zu dun, da ensollent die andern von den Alden
die in diser Sune sin, denselbe mit zulegelich beholffe
odir beraden sin in dheine wise noch mit worten odir
werken ungeverde. Auch ist Jorge gensefleisch
von beiden obgnt Parthien in diser Sune und

Henchin zu Gudenberg
ex familia Gensfleisch
primus et verus
typographicae artis
inventor: a domo ha-
bitationis ut moris tunc
temporis in Moguntia
inter nobiles erat, ne-
glecto gentis haeredi-
tario nomine a domo
vel curia habitatio-
nis se denominare:
Zum Gudenberg dicta
[redacted]
[illegible] Ort Bengz,
et apud majores se-
pultus Moguntiae in
Ecclesia D. Francisci
Ao. Dni. MCCCL[illegible]
ibidemq. Insignia ejus
gentilitia sunt suspen-
sa. Fuit Henne Gu-
tenberg 20: 1443
Henne Gensfleisch,
senior, audit, et do-
mum zum Jungen ab
Ortone zum Jungen
[illegible] in Moguntia
locationis titulo pro
X. florenis aureis an-
nui census possedit

Abb. 7 **Sühnevertrag (Rachtung) des Erzbischofs Konrad III., 28. März 1430, Mainzer Chronik, 15. Jh. (Kat.-Nr. GM 49)**

ungewiss bleibt die Aufteilung des Erbes. Hat Johannes den Hof zum Gutenberg geerbt? Schließlich ist er der Einzige seiner Familie, der diese Hausbezeichnung als Familienname weiterführt. Friele scheint den Grundbesitz in Eltville erhalten zu haben, da er seit 1434 dort lebte.[32] Offensichtlich war man um eine gerechte Aufteilung der verschiedenen Vermögenswerte bemüht und suchte unterschiedlich hoch dotierte Immobilien durch Barvermögen auszugleichen. So könnte man eine Rente, die Friele innehatte und 1434 auf seinen Bruder Gutenberg übertragen ließ, als eine Ausgleichszahlung deuten (Kat.-Nr. GM 48b).

Gutenberg in Straßburg (1434–1444)

Wo aber könnte Gutenberg nach 1428 Zuflucht gefunden haben? In welcher Stadt baute er sich eine neue Existenz auf, nachdem er 1430 das Angebot zur Rückkehr nach Mainz abgelehnt hatte? Über diese frühen Jahre seines Auszuges aus Mainz wissen wir nichts.

Erst im März 1434 taucht Gutenberg in Straßburg auf. Hier ließ er sich dauerhaft nieder und ist bis Oktober 1444 durch zuverlässige Quellen nachzuweisen (Abb. 8).[33] Aber hatte er die Stadt erst im Jahr 1434 erreicht? Manche Gründe sprechen für eine frühere Übersiedlung Gutenbergs in die elsässische Metropole. In der aufstrebenden Großstadt, mit fünfmal soviel Einwohnern wie Mainz, die sich – wie man heute sagen würde – durch ein investitionsgünstiges Klima auszeichnete, fand er die idealen Voraussetzungen für seine ideenreichen Unternehmungen. Der Geldhandel war fortschrittlicher und moderner als in Mainz. Die Straßburger Gesellschaft wurde, trotz der sozialen Trennung und der Spannungen zwischen Patriziat und Zünften, durch einen liberalen, offenen Geist geprägt. Außerdem besaß Gutenberg vermutlich – wie sein Bruder Friele – Geldanlagen in Straßburg, deren Renditen ihn finanziell abgesichert und somit den Wohnortwechsel erheblich erleichtert hätten.[34]

Der erste Beleg für Gutenbergs Anwesenheit in Straßburg ist mit einer spektakulären Aktion verbunden und erhellt schlaglichtartig die Persönlichkeit dieses Mannes. Seit Gutenberg seine Heimatstadt verlassen hatte, war diese ihm die hohe Summe von 310 Gulden Zinsen aus städtischen Leibgedingen und Anlagen schuldig geblieben. Mit dem säumigen Zahlungsgebaren des Mainzer Rates mag durchaus eine Bestrafung des ausgewanderten Patriziers beabsichtigt gewesen sein.[35] Die Hauptursache für die ausbleibenden Leistungen ist jedoch in der mangelnden Liquidität der städtischen Verwaltung zu vermuten, die zu diesem Zeitpunkt in noch größeren Zahlungsschwierigkeiten als 1430 steckte und jede Möglichkeit wahrnahm, sich von der Tilgung ihrer Schulden zu befreien.[36]

Daher ließ Gutenberg am 14. März 1434 den zufällig in Straßburg anwesenden Mainzer Stadtschreiber Nikolaus von Wörrstadt festnehmen, um ihn persönlich für die Verbindlichkeiten der Stadt Mainz haftbar zu machen. Gutenberg konnte sich hierbei auf einen Vertrag berufen, der ihm das Recht zusicherte, im Falle der Zahlungsunfähigkeit der Stadt von jedwedem Mainzer Bürger die Gemeindeschulden einfordern zu dürfen.[37] Besondere Brisanz erhält Gutenbergs Handlungsweise durch die politische Stellung des arretierten Wörrstadt, der jener Gruppe rebellierender Zünftler angehörte, gegen die sich Gutenberg 1428 im Zunftstreit gewandt hatte. Besorgt intervenierte der Straßburger Rat, und Gutenberg verzichtete schließlich auf eine weitere Inhaftierung des Stadtschreibers (Abb. 9). Dieser versprach ihm, bei seiner Freilassung für eine Auszahlung der Schulden zu sorgen, was tatsächlich auch geschah (Kat.-Nr. GM 56).[38]

Dass Johannes auf Vermittlung der Straßburger Honoratioren den unglücklichen Wörrstadt ziehen ließ und ihn sogar aus der persönlichen Haftung entband, zeigt seinen politischen und diplomatischen Sachverstand und hatte zwei Vorteile: Gutenberg sicherte sich durch sein Nachgeben das Wohlwollen seiner Gastgeber, und er vermied eine Eskalation des Konfliktes mit der Heimatstadt. Er tritt

Abb. 8 **Ansicht der Stadt Straßburg, Schedelsche Weltchronik 1493**

uns hier als ein überlegt handelnder und für seine Sache energisch eintretender Mann gegenüber, der seine Chancen zu nutzen verstand. Bemerkenswert ist, dass Gutenberg, der keine Bürgerrechte in Straßburg besaß, überhaupt in der Position war, sein für Mainz geltendes Recht auf fremdem Territorium durchzusetzen. Anscheinend verfügte er 1434 bereits über entsprechend gute Kontakte in der städtischen Hierarchie – auch dies m. E. ein Indiz für einen schon länger währenden Aufenthalt in der elsässischen Metropole.

Lebenssituation und soziale Kontakte in Straßburg

Im privaten Leben scheint der vermutlich fast Vierzigjährige dagegen kein übermäßig diplomatisches Geschick an den Tag gelegt zu haben. Anders kann man die Überlieferung einer Klage auf Bruch des Eheversprechens nicht interpretieren, die um 1436 von der Straßburgerin Ennelin von der Yserin Thüre (Eisernen Türe) gegen den Mainzer angestrengt wurde. Dieser Prozess, von dem keine Originaldokumente erhalten sind, wird aber durch eine damit in unmittelbarem Zusammenhang stehende Beleidigungsklage des Schuhmachers Claus Schott bestätigt. Er hatte als Zeuge im Prozess für Ennelin ausgesagt und war von Gutenberg sehr grob als Lügner abgefertigt worden. Der schwer beleidigte Handwerker verklagte daraufhin den Mainzer und erhielt ein vorläufiges Sühnegeld von 15 rheinischen Gulden zugesprochen. Das endgültige Urteil sollte an den Richterspruch im Eheprozess gebunden sein. (Kat.-Nr. GM 53).[39]

Ennelin zur Yserin Thüre stammte aus einer Straßburger Patrizierfamilie. Ihre Existenz ist durch Einträge im Helbeling-Zollbuch, in den so genannten Armagnaken-Listen und unter den Stiftern für das Straßburger Münster belegt.[40] Wie alt jene Frau war und auf welche Art sich ihre Beziehung zu Gutenberg gestaltete und ob er ihr tatsächlich die Ehe versprochen hatte, erfahren wir nicht. Ebenso wenig ist der Richterspruch überliefert. Entgegen der früher vertretenen Auffassung von J. D. Schöpflin ist man sich heute sicher, dass Gutenberg Ennelin nicht geheiratet hat. Wird diese doch noch 1443/44, also 7 Jahre nach dem Prozess, als Ledige bei ihrer Mutter registriert. Hätte Gutenberg tatsächlich eine Straßburger Patriziertocher geheiratet, wäre er automatisch eingebürgert worden. Doch noch 1444 wird er in den Straßburger Unterlagen als *Hintersaß* (nicht Eingebürgerter) verzeichnet.[41]

Abb. 9 **Siegel der Bürgerschaft von Straßburg, ca. 15. Jahrhundert (Kat.-Nr. GM 51)**

1434 wohnte Gutenberg im Bereich des umfriedeten Klosters St. Arbogast, 2,5 km außerhalb der Straßburger Stadtmauern (Kat.-Nr. GM 52, Abb. 10). Gleich an den Ufern der Ill gelegen, bot dieser Standort gewisse Vorteile für Gutenbergs Aktivitäten. Hier war er relativ unbehelligt und vor allen Dingen geschützt vor allzu neugierigen Augen und konnte ungestört seine technischen Versuche durchführen. Eine solche Geheimhaltung war in einem Jahrhundert unerlässlich, in dem es keinen Patentschutz oder andere rechtliche Absicherung zur Wahrung einer innovativen Idee gab. Darüber hinaus bot sich die Ill als Antriebsquelle für Mühlräder, Hammerwerke oder ähnlich schwere technische Hilfsmittel an. Auch war das Hantieren mit flüssigen Metallen in diesem Vorort nahe dem Wasser nicht so riskant wie in der Stadt, wo in den engen Gassen hohe Brandgefahr herrschte. Zudem war der Unterhalt von Essen innerhalb Straßburgs, außer für zünftige Goldschmiede, verboten, um das unerlaubte Einschmelzen von Münzen zu verhindern. Erst Anfang der vierziger Jahre, als die Gefahr durch die umherstreifenden Armagnaken immer größer wurde, zog Gutenberg hinter die sicheren Stadtmauern und ließ sich im Viertel des Thomasstifts nieder (Kat.-Nr. GM 61).[42]

In welchen Verhältnissen lebte Gutenberg in Arbogast? Zu welchen gesellschaftlichen Kreisen nahm er Kontakt auf und wodurch sicherte er seinen Lebensunterhalt? Die Straßburger Unterlagen geben hier nur unklare Auskünfte, doch scheint er den Umgang mit den unterschiedlichsten

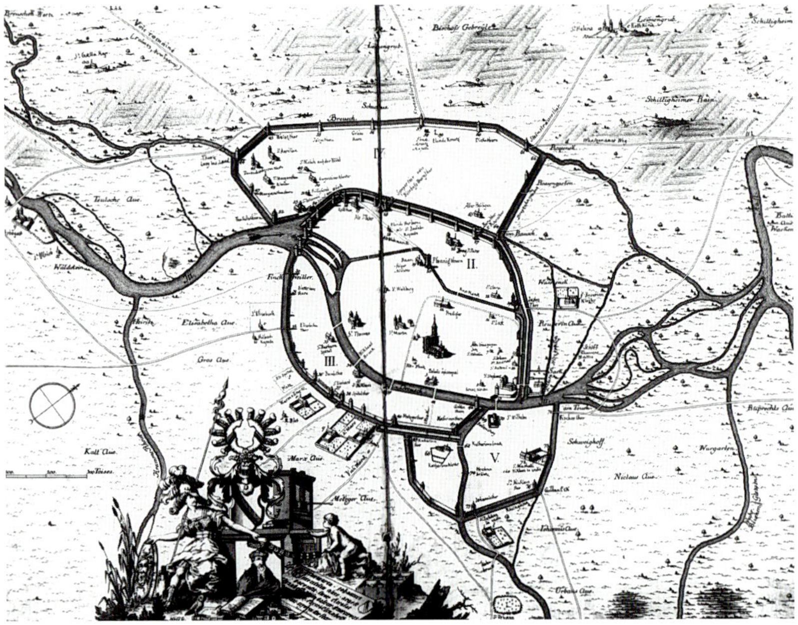

Abb. 10 **Plan der Stadt Straßburg im 15. Jahrhundert in Johann Andreas Silbermann: Local-Geschichte der Stadt Straßburg, 1771 (Kat.-Nr. GM 52)**

sozialen Schichten gepflegt zu haben. Es finden sich einfache Handwerker, wohl situierte Zunftmitglieder, Priester, Patrizier und Adelige in seinem Umfeld.[43] In der durch sozial streng getrennte Gruppen bestimmten mittelalterlichen Gesellschaft scheint es selbst den Zeitgenossen schwer gefallen zu sein, Gutenberg richtig einzuschätzen. Denn in den noch erhaltenen städtischen Unterlagen finden wir ihn so unterschiedlichen Gruppen zugeordnet wie den Constoflern, den Goldschmieden oder denen, *die mit niemanden dienen,* d.h. diejenigen ohne Zunftzugehörigkeit.

Der Unternehmer im Spiegel des Dritzehn-Prozesses

Soweit wir wissen, war eine Verdienstquelle Gutenbergs die Vermittlung seiner bemerkenswerten technischen Fertigkeiten gegen ein »Lehrgeld«. Wir dürfen daher mit einiger Berechtigung ungewöhnliche Sachkenntnisse und Know-how bei Gutenberg voraussetzen, die außerhalb der traditionellen, zünftigen Handwerksmethoden lagen, da er sie ohne Meistertitel oder Zunftzugehörigkeit weitergeben durfte. Die Einkünfte als »Lehrherr« mögen für Gutenbergs private Lebenshaltung ausgereicht haben. Für verschiedene Projekte, die er in Straßburg initiierte, benötigte er jedoch wesentlich mehr Kapital. Solche Vorhaben wurden im Sprachgebrauch seiner Zeit als *aventur* bezeichnet – ein Begriff, der eine kühne, meist finanziell riskante Unternehmung mit ungewissem Ausgang umschreibt. Heute würde man von innovativem Unternehmergeist mit hoher Risikobereitschaft sprechen. Gutenbergs *aventur* bezog sich auf den Bereich der *künste,* ein Wort, das allgemein den handwerklich manuellen Produktionsbereich definierte. Hier scheint Gutenberg Methoden gefunden zu haben, die durch neue Techniken und Rationalisierung der traditionellen Herstellungsprozesse beträchtlich höheren Gewinn abwarfen.

Seine Ideen erschienen den Zeitgenossen so einleuchtend, dass sie bereit waren, beträchtliche Summen zu investieren, ja sogar regelrecht um Beteiligung bei diesen ungewissen Unternehmen buhlten. Die überaus interessante Frage, auf welche Weise und wo er sich dieses Wissen angeeignet hatte, kann durch keinerlei Quellen erhellt werden. Darüber hinaus erkannte Gutenberg anscheinend, welche Produkte durch eine stetig steigende Nachfrage am besten für seine Unternehmungen geeignet waren. So zumindest könnte der heutige Leser die Akten aus dem so genannten Dritzehn-Prozess interpretieren. Es handelt sich hierbei um überlieferte Abschriften eines Gerichtsverfahrens, das 1439 von Jörge und Claus Dritzehn gegen Gutenberg angestrengt wurde (Kat.-Nr. GM 57). Die beiden Kläger waren Brüder des Andreas Dritzehn, der mit Gutenberg zusammengearbeitet hatte. Andreas hatte im Verlauf der Jahre seine Arbeitskraft und sein Geld in die von Gutenberg gegründete Genossenschaft zur Herstellung von Aachenspiegeln, kleinen Wallfahrtszeichen, und bald darauf einen beträchtlichen Teil seines Vermögens in ein zweites, nicht genau definiertes Unternehmen von *aventur und kunst* gesteckt. Noch bevor dieser zweite Gesellschaftervertrag ausgeführt werden konnte, starb Andreas Dritzehn Ende 1438 an der Pest.[44] Seine Brüder verlangten, als Erben in die Genossenschaft aufgenommen zu werden. Dies wurde von Gutenberg mit Hinweis auf einen Vertrag, der im Todesfall ausdrücklich die Aufnahme der Erben ausschloss, verweigert. Mit dem erwähnten Rechtsstreit versuchten Jörge und Claus Dritzehn, sich in das geheimnisvolle Geschäft einzuklagen oder zumindest das bereits investierte Geld ihres Bruders zurückzuerhalten.[45]

Die Genossenschaft für Aachener Pilgerspiegel und das Geheimunternehmen »aventur und kunst«

Durch die – nur teilweise überlieferten – Zeugenaussagen zeichnet sich folgendes Bild von Gutenbergs Straßburger Unternehmungen ab:

Anfang 1438 traf Gutenberg mit Hans Riffe, einem reichen Straßburger Patrizier, eine Geschäftsvereinbarung mit dem Ziel, Aachener Pilgerspiegel herzustellen. Diese kleinen Devotionalien waren ein überaus beliebtes Pilgerandenken bei der alle sieben Jahre stattfindenden Aachener Heiligtumsfahrt (Kat.-Nr. GM 59). Charakteristisch für die Aachener Zeichen ist ein eingefügter kleiner Spiegel, der bei den Fernzeigungen der Reliquien eine besondere Rolle spielte (Abb. 11). Doch konnte das Bedürfnis der zu Tausenden in die Stadt strömenden Pilger von den Aachener Pilgerspiegelproduzenten nicht befriedigt werden, und viele Wallfahrer mussten ohne das begehrte Abzeichen heimkehren.[46] Diese Marktlücke hatte Gutenberg erkannt und anscheinend ein rationelleres oder serielles Herstellungsverfahren für den beliebten Massenartikel entwickelt.[47]

Sehr schnell interessierten sich auch andere für das Gewinn versprechende Projekt, und bald wurden Andreas Dritzehn und Andreas Heilmann als Teilhaber aufgenommen (Kat.-Nr. GM 58). Andreas Dritzehn hatte schon vor 1436 bei Gutenberg die Technik des Steinepolierens erlernt. Welche handwerkliche Methode damit genau gemeint war, wissen wir nicht, doch verdiente Dritzehn gutes Geld damit.[48] Andreas Heilmann fand durch Vermittlung seines Bruders, des Pfarrers von Alt St. Peter, Zutritt zur Genossenschaft. Während Hans Riffe als Investor auftrat, Gutenberg sein technisches Wissen und das Werkzeug (also die Produktionsmittel) zur Verfügung stellte, brachten die beiden neuen Partner ihre Arbeitskraft und jeweils stattliche 80 Gulden als »Lehrgeld« und Kapitaleinlage ein.[49] Dafür waren sie nicht nur am Ertrag beteiligt, sondern wurden auch in den Herstellungsprozess der Pilgerspiegel eingeweiht. Von dem erwarteten Gewinn beanspruchte Gutenberg 50 Prozent, ein Viertel stand dem Finanzier Riffe zu, und die beiden Mitgesellen hatten jeder ein Achtel zu erwarten.

Die Pilgerzeichen wurden im Laufe des Jahres 1438 produziert. Es handelt sich um circa 10 cm hohe, durchbrochene Abzeichen aus meist preiswerten Materialien, etwa Bleilegierungen (Abb. 12). Sie wurden traditionsgemäß mit einfachen Gussverfahren in Sand- oder Specksteinformen produziert, eine mühsame und langwierige Methode. Auf welche Art die Straßburger Genossenschaft die kleinen Abzeichen herstellte, entweder mittels Gussverfahren oder schon durch ein Prägestanzverfahren, lässt sich nicht mit Sicherheit beantworten. Ungewiss ist, ob man vielleicht auch die in die Zeichen eingefügten kleinen Hohlspiegel produzierte.[50]

Der erhoffte schnelle Absatz der beliebten Massenware scheiterte jedoch daran, dass die Aachen-Wallfahrt von 1439 – wahrscheinlich wegen der sich ausbreitenden Pest – abgesagt und auf das Jahr 1440 verschoben wurde.[51] Somit lag das investierte Geld der Genossenschaft für ein Jahr fest. Dies scheint aber keinen der Genossen verärgert zu haben, vielmehr gedachten sie die Wartezeit bis zur

Abb. 11 **Weisung der Aachener Heiligtümer, 1622, Museum Burg Frankenberg, Aachen**

Abb. 12 **Zweikreisiges Aachener Pilgerzeichen, 14. Jahrhundert, Faksimile aus Zinn (Kat.-Nr. GM 59a)**

Einlösung des Gewinnes durch eine Fortsetzung des Gemeinschaftsunternehmens unter anderen Vorzeichen auszufüllen. Zu diesem Zweck wurde die alte Vereinbarung in einem zweiten Vertrag umgewandelt, der zwar den Kontrakt der Pilgerspiegel-Produktion fortführte, den inhaltlichen Rahmen der Unternehmung aber stark erweiterte.[52] Der neue Vertrag war fünf Jahre gültig. Abermals zahlten Andreas Dritzehn und Andreas Heilmann Geld ein, und zwar sollte »jeder zu den ersten 80 Gulden so viel zugeben und zulegen (…), dass es 500 Gulden wurden (was sie auch getan hätten), und sie zwei sollten ein Mann in der Gemeinschaft sein; desgleichen sollten Gutenberg und Hans Riffe jeder auch ebensoviel einlegen als die zwei«.[53] Nach Gutenbergs eigener Aussage belief sich die Gesamtsumme der beiden Andreas' allerdings nur auf 410 Gulden. Für diesen zusätzlichen Beitrag von Dritzehn und Heilmann »… sollte Gutenberg keine der Künste, die er verstand, vor ihnen verheimlichen«. Ferner regelte die Vereinbarung, dass »falls einer der Gesellschafter sterben sollte, die übrigen Gesellschafter den Erben des Verstorbenen 100 Gulden herausgeben sollten, während das übrige Geld und was (sonst) der Gesellschaft gehörte, den anderen Gesellschaftern in Gemeinschaft verbleiben sollte«.[54] Die Gesamtinvestition belief sich somit auf circa 1300 oder 1500 Gulden. Doch welches war der Zweck dieser äußerst kostspieligen Gemeinschaft? In den Prozessakten wird das Unternehmen immer nur geheimnisvoll als *afentur und kunst* umschrieben und nur berichtet, dass Gutenberg sich auf weitere Verfahren *(künste)* verstand, die seine Partner zu erfahren und erlernen wünschten. Sollte darüber hinaus auch etwas produziert werden? Hierüber liefern uns die Prozessunterlagen immer nur unklare und vage Angaben. Betrachtet man die Aussagen genauer, erscheint unter den Zeugen der Goldschmied Hans Dünne, der aussagte, etwa 100 Gulden an dem was *allein […] zu dem trucken gehöret* verdient zu haben. Es wurde *bli (Blei) und anders, das darzu gehört,* gekauft, und der Schreiner Konrad Saspach baute eine Presse, die im Hause des Andreas Dritzehn stand, der darauf etwas in großer Stückzahl produzierte. In der Presse befanden sich vier Teile, die Gutenberg und Heilmann möglichst schnell aus dem Haus des pestkranken Dritzehn entfernen wollten, damit sie niemand sähe. Da aber beide die Ansteckungsgefahr fürchteten, schickten sie den Diener Beilbeck, der die Teile nicht mehr vorfand.[55]

Es liegt nun nahe, die vier Pressebestandteile, in Verbindung mit der Aussage des Goldschmieds Dünne, als ersten konkreten Versuch zur Erstellung des beweglichen Letterndrucks zu deuten. Der Sinn des zweiten geheimnisvollen Gesellschaftsvertrages hätte dann die Erfindung der Druckkunst sein müssen.[56] Doch bezieht sich Dünnes Aussage auf einen Zeitraum lange vor der zweiten Genossenschaftsabrede;[57] ebenso wurde die Presse des Konrad Saspach wohl für das Aachenspiegel-Projekt verwendet. Geht man davon aus, dass der Anreiz von Gutenbergs Vorhaben in der schnelleren Produktionsweise lag, kann dies eigentlich nur ein Prägestanzverfahren gewesen sein. Dafür benötigte man sowohl Blei als auch Formen zum *Trucken* und eine Presse, zweifellos Elemente, die bereits auf signifikante Komponenten der mechanischen Schriftvervielfältigung hinweisen.[58] Doch wenn Gutenberg 1439 schon die entscheidenden Elemente des Druckes mit beweglichen Metalltypen erfunden hatte, warum benötigte er dann nochmals 11 Jahre bis zu dem ersten sicher datierten Druck? Und warum lässt sich keiner seiner Drucke einsichtig in die Straßburger Jahre datieren? Keiner seiner ehemaligen Mitstreiter findet sich unter den Frühdruckern Straßburgs, obwohl die von Saspach hergestellte Presse in Straßburg verblieb. Sie wird noch 1446 im Testament des Jörge Dritzehn erwähnt, der sie in seinem Hause stehen hatte, aber anscheinend niemals damit gedruckt hat.[59] Ist es nicht wahrscheinlicher, dass sich Gutenberg zuerst mit Rationalisierungstechniken beschäftigte und dabei Erfahrungen mit Pressentechnik, Metallguss, serieller Produktion sammelte? Aus diesen Grundlagen ergab sich dann in einer langsamen Entwicklung der Druck mit beweglichen Lettern. Eine Technik, die wahrscheinlich nicht als fertige Idee in Gutenbergs Kopf vorgefasst war, sondern aus seinen unterschiedlichen Erfahrungen und Entdeckungen erwuchs. Was war nun aber genau der Zweck von *afentur und kunst* – hatte Gutenberg tatsächlich schon die konkrete Realisierung des Buchdruckes im Kopf? Oder verfolgte man eine Produktionsform, die kurzfristigen Erfolg und finanziellen Gewinn versprach, aber bereits auf die spätere Technik hinwies?[60] Die Mitgesellschafter Gutenbergs waren jedenfalls bereit, auf dem offenen Markt Kredite einzuhandeln und mehr Geld als vertraglich vereinbart in die Unternehmung zu stecken. Andreas Dritzehn hatte sich zum Beispiel vollständig verschuldet und Mühe, seinen Beitrag für den zweiten Vertrag aufzubringen.[61] Nach den erhaltenen Zeugenaussagen glaubte er allerdings fest an einen baldigen Erfolg der gemeinsamen Arbeit. Gewiss hätte er, wie auch Riffe und Heilmann, für eine Unternehmung ohne absehbaren finanziellen Erfolg nicht sein gesamtes Vermögen riskiert.

Der Ausgang des Prozesses war für Gutenberg günstig. Da er die Vereinbarung, insbesondere den Ausschluss der Erben von der Genossenschaft, glaubhaft nachweisen konnte, erhielten die klagenden Brüder nur 15 Gulden ausgezahlt. Damit waren sie aber vom ausstehenden Gewinn für die Pilgerzeichen ausgeschlossen, die, wie erläutert, frühestens 1440 verkauft werden konnten.

Dass ein gewinnträchtiger Umsatz stattfand, belegt Gutenbergs finanziell abgesicherter Ruf in den nächsten Jahren. 1441 bürgte er in persönlicher Haftung für Hans Karle den Älteren mit 100 Pfund beim St.-Thomas-Stift. Gewiss hätte dieses Kloster, das einer der großen Kreditgeber in Straßburg war, keinen schlecht beleumundeten Bürgen akzeptiert.[62] Auch dürfte man im Thomasstift die Verhältnisse des Mainzer Erfinders, der in dem zum Stift gehörenden Dorf Arbogast lebte, gut genug gekannt haben. Und schon ein Jahr später gewährten die Stiftsherren Gutenberg bereitwillig einen Kredit von 80 Pfund zu 5 Prozent Zins jährlich (Kat.-Nr. GM 60). Wie üblich stellte Gutenberg einen Bürgen und verpfändete als Sicherheit eine seiner Mainzer Leibrenten. Diese Kreditaufnahme sollte daher keinesfalls als Anzeichen für Gutenbergs ruinöse Finanzlage angesehen werden. Er mag 1442 eine größere Bargeldmenge benötigt haben, die er selbst in diesem Moment nicht zur Verfügung hatte, zumal durch den Tod des Andreas Dritzehn dessen Kapitaleinlage fehlte. Die anfallenden 4 Pfund Zinsen wurden, wie die Rechnungsbücher belegen (Kat.-Nr. GM 61), lange pünktlich bezahlt. Erst 15 Jahre später erwies sich der Erfinder als säumiger Schuldner. Über eine auskömmliche Vermögenslage Gutenbergs berichten uns verschiedene städtische Unterlagen. So belegt der Eintrag im sogenannten Helbeling-Zoll-

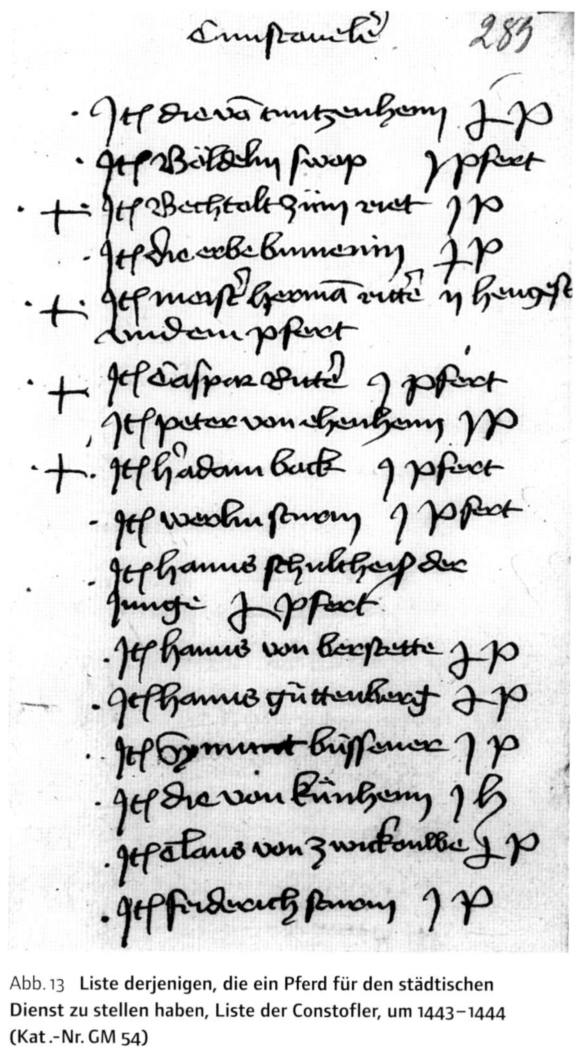

Abb. 13 **Liste derjenigen, die ein Pferd für den städtischen Dienst zu stellen haben, Liste der Constofler, um 1443–1444 (Kat.-Nr. GM 54)**

buch (der Steuererhebung auf den privaten Weinverbrauch), dass Gutenberg finanziell in der Lage war, sowohl große Mengen Wein einzulagern als auch die Abgaben dafür zu bezahlen.[63] Ebenso findet sich sein Name in den Armagnaken-Listen von 1443–1444 für die zur Abwehr der Armagnaken-Gefahr erhobene Kriegssteuer (Abb. 13). Die Höhe der Abgabe richtete sich nach den persönlichen Vermögensverhältnissen und wurde nach dem Wert für den Unterhalt von Kriegspferden und Hengsten berechnet. Wir finden Gutenberg unter den nicht vollberechtigten, also nicht eingebürgerten Constoflern (Kat.-Nr. GM 54). Als Constofler bezeichnete man im allgemeinen die Führungsschicht Straßburgs, die im sozialen Status den Mainzer Patriziern vergleichbar war. Im Zusammenhang mit Steuererhebungen müssen die Constofler aber als eine Gruppe, die eher von ihrem Kapital leben konnte, als dass sie Gewerbe betreiben musste, definiert werden. Für die Stadtväter gehörte Gutenberg somit zu denjenigen, die von ihren Kapitalerträgen leben konnten.[64]

Er wurde mit einem halben Pferd belastet, das entspricht einem zugrunde gelegten Barvermögen von circa 400 bis 800 Gulden[65] – kein sehr großer Besitz (andere Bürger zahlten für mehrere Pferde), dennoch war es das Vielfache eines jährlichen Handwerker-Einkommens. Gutenberg musste sich nicht nur finanziell an den Kriegslasten beteiligen, sondern war auch im Kriegsfall wehrpflichtig. Die Organisation des Kriegswesens ruhte in Straßburg, wie in anderen Städten, vorwiegend in den Händen der Zunftmeister.[66]

Wir finden Gutenberg im Aufgebot der waffenfähigen Männer unter der Zunft der Goldschmiede, Maler, Sattler, Glaser und Harnischmacher verzeichnet (Kat.-Nr. GM 55). Gemeinsam mit Andreas Heilmann wurde er im Januar 1444 als Zugeselle (nicht vollberechtigtes Mitglied) eingetragen.[67] Am 12. März 1444 zahlte Gutenberg nochmals seine jährliche Wein-Steuer, dann schweigen die Straßburger Akten.[68]

Das Geheimunternehmen: »Werk der Bücher« (1448–1457)

Rückkehr nach Mainz und Aufbau der ersten Druckwerkstatt

Nach 1444 verliert sich der Name Gutenbergs in den Straßburger Akten, um erst im Oktober 1448 in Mainz wieder aufzutauchen. Hat Gutenberg Straßburg 1444 verlassen, oder ist dieser plötzliche Mangel an Nachrichten ein Zufall der Geschichtsüberlieferung? Die Genossenschaft mit Riffe und Heilmann war nach den vereinbarten fünf Jahren schon 1443 beendet, so dass Gutenberg durch keine vertragliche Verpflichtung an Straßburg gebunden war. Hingegen wurde die Stadt immer stärker durch die umherstreifenden Armagnaken bedroht und Gutenberg in die Reihen der aktiven Verteidiger eingetragen. Möglich, dass er sich nun nach einem weniger gefährlichen Aufenthaltsort umsah. Könnte er in dieser Situation seine Heimatstadt als sicheren »Hafen« angesehen haben (Abb. 14)?[69]

Die politischen Gegebenheiten um 1444 in Mainz lassen dies nicht glaubhaft erscheinen. Erinnern wir uns: Als Gutenberg 1428 Mainz verließ, hatten die Zünfte einen stärkeren Einfluss im Rat erreicht und verlangten eine höhere Besteuerung der bis dahin privilegierten Patrizier. 1444 bot sich in Mainz erneut eine ganz ähnliche politische Situation. Nach Streitigkeiten über den Rechenschaftsbericht des Rates von 1437 bis 1444 waren wiederum die Zünfte an die Macht gelangt und erreichten bei der Neuwahl des Rates im November 1444 seine vollständige Besetzung mit Zunftmitgliedern. Schon im Dezember wurde für die Zukunft beschlossen, dass jedes Ratsmitglied Angehöriger einer Zunft sein musste; dies bedeutete indirekt den Ausschluss der Patrizier von der Stadtregierung, da sie nur noch als Mitglied einer Zunft im Rat sitzen konnten (vgl. Beitrag Dobras, S. 24).[70] Abermals wurde den Bürgern die Abwanderung im Verlauf der nächsten vier Jahre untersagt. Wer dennoch innerhalb dieses Zeitraumes die Stadt verlassen wollte, musste zuvor seinen Anteil an den städtischen Schulden entrichten. Dies waren dieselben Bedingungen, vor denen Gutenberg 16 Jahre zuvor geflohen war (vgl. Beitrag Dobras). Möglicherweise blieb Gutenberg unter diesen Voraussetzungen noch einige Zeit in Straßburg und kehrte erst später zurück. Etwa zum Mainzer Städtetag im Mai 1446, als die Gläubiger der Stadt auch die ausgewanderten Geschlechter einluden, um gemeinsam eine Lösung für das städtische Finanzdebakel zu finden, und sich die politische Lage verbesserte.[71] Ein weiterer Grund, zu diesem Termin in das völlig bankrotte Mainz zurückzukehren, könnte auch der Tod seines Bruders Friele um 1447 gewesen sein, denn nun war Gutenberg das männliche Oberhaupt seines Familienzweiges, auch wenn ihm der Bruder nicht, wie üblich, die Vormundschaft für seine Kinder anvertraut hatte.[72] Derartige Überlegungen bleiben aber ebenso spekulativ wie die Geschichten von einem Aufenthalt in Lichtenau bei Hans Riffe, in Avignon mit Prokop Waldfogel, in Harlem bei dem umstrittenen Coster. In Wahrheit wissen wir nicht, wie sich Gutenbergs Lebensweg von 1444 bis 1448 gestaltete.

Mit Gewissheit befindet sich Gutenberg im Oktober 1448 wieder in Mainz. Zu diesem Zeitpunkt musste die Entwicklung seiner Erfindung so weit gediehen sein, dass er einen Verwandten vom Gelingen seines Vorhabens überzeugen konnte. Arnold Gelthus verschaffte Gutenberg 150 Gulden Kredit, für die er selbst als Schuldner haftete und Einkünfte aus seinen Immobilien zur Sicherheit verpfändete. Der Kreditvertrag vermerkt ausdrücklich, dass das von Gelthus aufgenommene Geld Gutenberg zugute kommen sollte und dieser sich verpflichtet hatte, für die Zinsen einzustehen und den Rückkauf zu bewerkstelligen (Kat.-Nr. GM 129).[73]

Man darf davon ausgehen, dass Gutenberg dieses Darlehen für eine Druckwerkstatt verwendete, in der innerhalb der nächsten Jahre die ersten kleinen Drucke entstanden. Ob diese Urdruckerei 1448 bereits existierte oder noch aufgebaut werden musste, bleibt offen. Auch ist uns nicht bekannt, ob Gutenberg die 150 Gulden aus vollständigem Mangel an eigenen Mitteln benötigte oder nur privates, bereits investiertes Kapital aufstocken wollte. In den folgenden Monaten zeigte sich, dass dieses Darlehen für Gutenbergs Vorhaben bei weitem nicht ausreichte. Schon circa eineinviertel Jahre später benötigte er erneut eine fremde Kapitalspritze und fand Ende 1449 oder Anfang 1450 in dem reichen Mainzer Unternehmer Johannes Fust einen neuen Geldgeber und Geschäftspartner.

Nur wenige Belege dokumentieren ab 1448 Gutenbergs Lebensweg in Mainz. Er tritt uns als Zeuge bei juristischen Vertragsniederschriften entgegen (Kat.-Nr. GM 138), und sein Name findet sich regelmäßig in den Rechnungsbüchern des Straßburger St.-Thomas-Stifts, dem er die Zinsen für den 1442 gewährten Kredit pünktlich zahlte.

Abb. 14 **Ansicht der Stadt Mainz, Schedelsche Weltchronik 1493**

Gutenberg selbst bezog Zinsen aus einem Straßburger Leibgeding, die er wahrscheinlich auf der Frankfurter Herbstmesse 1455 persönlich entgegennahm.[74] Soweit es zulässig ist, aus diesen wenigen Quellen Rückschlüsse zu ziehen, lebte Gutenberg trotz seiner hohen Verschuldung in gesicherten Verhältnissen. Er konnte seine Kredite abzahlen und hatte, da er als Zeuge fungierte, einen unbescholtenen Ruf.

Über Gutenbergs persönliche Lebensumstände in diesen Jahren ist uns kaum etwas bekannt. Wohnte er in seinem Elternhaus, dem Hof zum Gutenberg, den er nach dem Tod seiner Geschwister vielleicht als letzter Überlebender seiner Generation beanspruchen konnte? Möglicherweise war der Hof auch schon an einen anderen Besitzer gegangen (vgl. Beitrag Dobras, S. 28, Anm. 14). Ob er auch in Mainz in einer Hausgemeinschaft mit seinem Diener oder mit seinen Helfern aus der Druckerei lebte, wissen wir nicht.

Nichts ist von den sozialen Kontakten des Rückkehrers überliefert. Schloss er sich wieder der patrizischen Partei an und war politisch aktiv? Oder hatten ihn die Straßburger Jahre gegenüber den Zünften milder gestimmt? Welche Verbindungen musste er innerhalb der städtischen Hierarchie aufbauen, um eine neue Technik ohne Anfechtungen ausführen zu können? Hatte er Kontakt zu kirchlichen Kreisen, und traf er womöglich Nikolaus von Kues, der öfter in Mainz weilte? Und wie kam der Kontakt zu seinem Geldgeber Fust zustande? Zu all diesen Fragen sind aus Mangel an Dokumenten nur ausgeklügelt-hypothetische Interpretationen möglich, die sich oft genug als sehr spekulativ erweisen. Ebenso diffizil gestaltet sich die Rekonstruktion seiner Tätigkeit als Drucker und Verleger, da Gutenberg keines seiner Werke mit einem Druckersignet oder einer Schlussschrift versah.[75]

Im allgemeinen Konsens geht man heute von einer Urdruckerei Gutenbergs aus, die spätestens ab 1448 existierte. Hier wurden möglicherweise die Sibyllenweissagung, ein 27-zeiliger Donat und Kalenderblätter in einer großen gotischen Schrifttype hergestellt, die man nach diesen ersten Drucken »Donat-Kalender-Type« nennt.

Um diese kleinen Werke mit beweglichen Lettern herzustellen, hatte es zahlloser Versuche und Einzelerfindungen bedurft, die vor allem sehr viel Zeit und Geld kosteten. Diese begannen mit dem Entwurf der Schrift, dem Gravieren der Patrize, der Herstellung der Matrizen, der Erfindung des Handgießgeräts und der Zusammensetzung der Metalllegierung, der Anpassung der Buchstaben für einen geraden Zeilenstand, dem Finden der richtigen Rezeptur für die Druckfarbe und reichten bis zu den Experimenten mit Papier und Pergament, die für die ideale Aufnahme der Druckfarbe vorbereitet sein mussten. Versuche mit der Presse und ihrer Mechanik waren notwendig, um zahllose kleine Details auszuarbeiten. Bis zur Satzgestaltung und der richtigen Setztechnik musste vieles neu erdacht, gefunden und erprobt werden. Einige dieser Details wird Gutenberg schon in Straßburg erarbeitet haben, manche in den Jahren danach.

Der Standort dieser ersten Druckerei ist uns nicht bekannt, doch spricht die Überlieferung vom Hof zum Gutenberg, wo Gutenberg auch gelebt haben soll. Dieser bot gewiss genügend Raum für die Anfänge des Buchdruckes. Aber auch der in den Mainzer Urkunden traditionell als Druckhaus bezeichnete »Hof zum Humbrecht«, der angeblichen Bibelwerkstatt, käme als erster Druckort in Frage.[76]

Die Gemeinschaftsdruckerei Gutenberg und Fust

Durch den Betrieb seiner Urdruckerei konnte Gutenberg Fust anschaulich demonstrieren, was seine Erfindung zu leisten in der Lage war und um 1449/50 die ersten Ergebnisse vorlegen.[77] Fust erkannte das ungeheure Potenzial, das diese neue Technik eröffnete und hatte – als er seinen Schützling Schöffer in der Werkstatt unterbrachte – möglicherweise von Anfang an die Idee einer eigenen Druckerei im Kopf (vgl. Beitrag Schneider). Er war daher bereit, Gutenberg einen Kredit von 800 Gulden auszuzahlen, Kapital, das er sich selbst leihen musste.[78] Als einzige Sicherheit akzeptierte er die mit diesem Geld herzustellenden Geräte. Dieses Pfand machte für den Unternehmer Fust nur dann Sinn, wenn er überzeugt war, mit den Werkzeugen selbst etwas herstellen zu können. Weitere zwei Jahre später investierte Fust erneut 800 Gulden und stieg als Teilhaber in Gutenbergs Druckvorhaben ein. Dies alles erfahren wir aus einem einzigen, nur ein Blatt Pergament umfassenden, juristischen Dokument: dem so genannten Helmaspergerschen Notariatsinstrument (Abb. 15). Die im November 1455 niedergeschriebene Urkunde schildert in knapper Übersicht die geschäftliche Beziehung der beiden Partner. Es ist dort die Rede von einem *werck der bucher*, das ein *werck zu irer beider nocz* sein sollte, also von einem Gemeinschaftsunternehmen Gutenbergs und Fusts mit dem Ziel, Bücher herzustellen.[79] Doch markiert dieses Schriftstück zugleich auch das Ende des Abkommens zwischen Gutenberg und Fust. Auf den genauen Inhalt soll im späteren Verlauf unserer Betrachtung eingegangen werden.[80]

Um 1450 musste die Urdruckerei Gutenbergs entweder für das gemeinsame *werck der bucher* vergrößert oder eine neue, größere Werkstatt aufgebaut werden. In der neueren Gutenberg-Literatur wird die Theorie favorisiert, Gutenberg habe seine Urdruckerei autonom weiter betrieben und hier – zeitlich parallell zum großen Bibelprojekt – jene Akzidenzen gedruckt, die in der Donat-Kalender-Type erschienen. Demnach wäre Gutenberg Leiter von zwei unabhängigen Druckereien in Mainz gewesen.[81]

Das Gutenberg-Fustsche Projekt »Werk der Bücher« war wahrscheinlich auf die Herausgabe einer repräsentativen Bibel begrenzt.[82] Das Buch sollte es optisch mit den handgeschriebenen Exemplaren aufnehmen können, jedoch größere Fehlerfreiheit und Gleichmäßigkeit der Schrift zeigen. Gegenüber den zuvor produzierten Büchern eine wahrhafte »aventur«; umfassten die bisher gedruckten Donate und Kalender üblicherweise doch nur wenige Blätter. Nun sollte ein Buch von fast 1300 Seiten gedruckt werden, so umfangreich, dass es für den Einband in mehrere Bücher aufgeteilt werden musste. Die Erfindung wurde in diesen Dimensionen erstmals erprobt. Zuvor galt es, eine neue Schrift zu entwerfen und in den benötigten Mengen herzustellen. Neue Pressen wurden gebaut, kundige Mit-

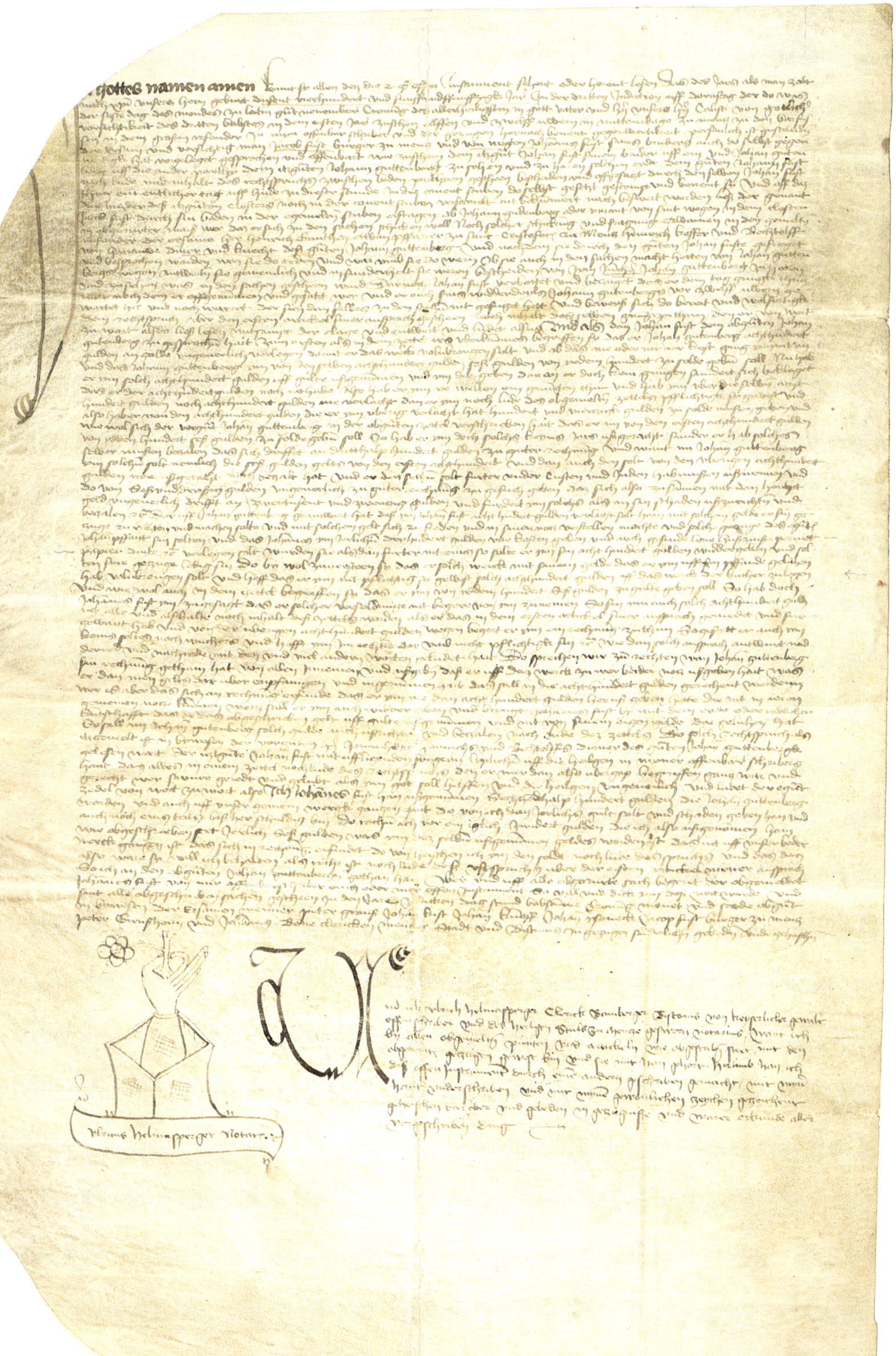

Abb. 15 **Helmaspergersches Notariatsinstrument, 6. November 1455 (Kat.-Nr. GM 140)**

arbeiter eingestellt und angelernt. Materialbeschaffung und Lagerhaltung waren vorauszuberechnen, Ernährung und Unterbringung der Angestellten mussten, ebenso wie Heizung, Beleuchtung und Miete der Druckerei, sichergestellt sein.[83]

Neben diesen technischen und organisatorischen Schwierigkeiten bereiteten Gutenbergs ästhetische Vorstellungen Probleme. In Anlehnung an die Handschriften sollte die Bibel in zwei Spalten mit gleicher Zeilenlänge gesetzt werden und die Typographie ein ebenmäßiges Bild ergeben. Um dies zu erreichen, wurden allein 290 verschiedene Schriftzeichen entworfen und vervielfältigt.[84] Die noch erhaltenen Bibelexemplare belegen, dass Gutenberg nicht sofort die optimale Aufteilung der Zeilen auf dem Blatt fand. Er experimentierte – selbst als der eigentliche Druck bereits begonnen hatte – zunächst mit 40 und 41 Zeilen pro Seite, bevor er sich für die Aufteilung in 42 Zeilen pro Spalte entschied. Diese Zeilenzahl bestimmt den heute gültigen wissenschaftlichen Namen »B42« für die erste gedruckte Bibel.[85]

Nach den umfangreichen Vorbereitungen begann man wohl Ende 1451, Anfang 1452 mit dem eigentlichen Druck.[86] Schon zu diesem Zeitpunkt scheinen Gutenberg und Fust effektiv für die neue Art der Buchherstellung geworben und die Bibel in einer Art Subskription angeboten zu haben. Denn nachdem bereits die ersten Lagen gedruckt und der Satz schon wieder aufgelöst worden war, entschloss man sich zu einer Auflagenerhöhung. Dies bedeutete, die bereits angefertigten Seiten erneut zu setzen und nachzudrucken. Ein aufwendiges Verfahren, das sich nur bei gesicherten wirtschaftlichen Erfolgsaussichten lohnte.

Einer der aussichtsreichsten Handelsplätze und Informationsbörsen des Mittelalters war die Frankfurter Messe. Hier könnten Gutenberg und Fust die ersten fertigen Lagen ihrer Bibel um 1454 mit großem Erfolg präsentiert haben.[87] Denn schon im Frühjahr 1455 scheinen alle Exemplare der Bibel verkauft oder vorbestellt gewesen zu sein. So überliefert es uns ein Brief des Enea Silvio Piccolomini, damals Bischof von Siena und späterer Papst (Abb. 16). Er hatte während seines Aufenthaltes beim Frankfurter Reichstag im Oktober 1454 – wohl auf der Herbstmesse – einige Lagen der Bibel gesehen und dem spanischen Kardinal Carvajal brieflich davon berichtet (Kat.-Nr. GM 139).[88] Dieser wollte mehr über die erstaunliche Angelegenheit erfahren und bat Piccolomini um genauere Informationen. Im März 1455 teilte Piccolomini dem Kardinal mit: »Über jenen zu Frankfurt gesehenen erstaunlichen Mann ist mir nichts Falsches berichtet worden.« Er schildert, welchen Eindruck die neue »Schreibweise« auf ihn mache und dass alle Exemplare bereits vergeben seien. Allerdings drückt sich Piccolomini im Hinblick auf wichtige Details sehr vage aus. So gibt er eine Auflagenhöhe zwischen 158 und 180 Exemplaren an und berichtet, persönlich nur einige Quinternionen, also Lagen mit 5 Bögen, in Frankfurt gesehen zu haben, und fügt hinzu: »… an der Vollendung der Bände zweifle ich nicht, wenn man [diesen] Leuten Glauben schenken kann.«[89] Dieser Anmerkung Piccolominis folgend, muss man davon ausgehen, dass die Fertigstellung der Bibel höchstwahrscheinlich zwischen Oktober 1454 und Frühjahr 1455 abgeschlossen war.[90] Bis zur Wiederentdeckung des Piccolominizitates orientierte sich die Forschung an dem Rubrikationsvermerk des Heinrich Cremer, dem

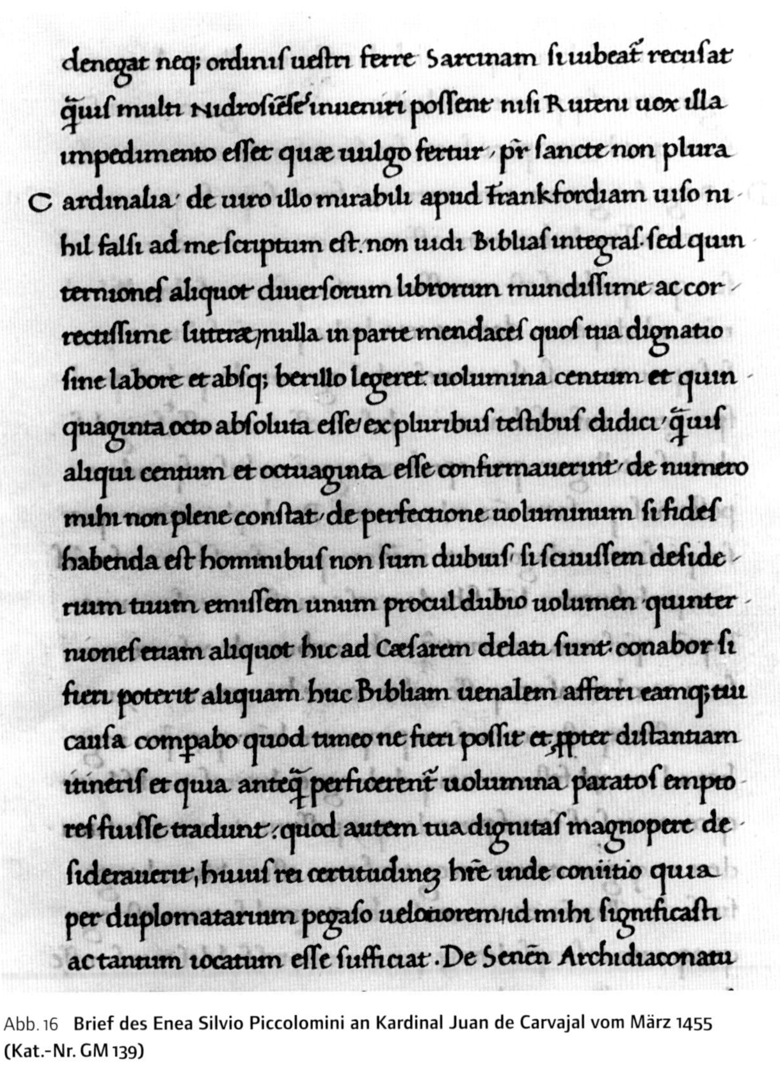
denegat neq; ordinis uestri ferre Sarcinam si iubeat recusat
quis multi Nidrosiense inueniri possent nisi Ruteni uox illa
impedimento esset quae uulgo fertur . pr sancte non plura
C ardinalia de uiro illo mirabili apud frankfordiam uiso ni
hil falsi ad me scriptum est . non uidi Biblias integras sed quin
terniones aliquot diuersorum librorum mundissime ac cor
rectissime litterae nulla in parte mendaces quos tua dignatio
sine labore et absq; berillo legeret . uolumina centum et quin
quaginta octo absoluta esse ex pluribus testibus didici quis
aliqui centum et octuaginta esse confirmauerint de numero
mihi non plene constat de perfectione uoluminum si fides
habenda est hominibus non sum dubius si sciuissem deside
rium tuum emissem unum procul dubio uolumen quinter
niones etiam aliquot hic ad Caesarem delati sunt . conabor si
fieri poterit aliquam huc Bibliam uenalem afferri eamq; tui
causa compabo quod timeo ne fieri possit et propter distantiam
itineris et quia anteq perficerentur uolumina paratos empto
res fuisse tradunt . quod autem tua dignitas magnopere de
sideraverit, huius rei certitudinem habere unde coniitio quia
per duplomatarium pegaso uelociorem id mihi significasti
ac tantum iocatum esse sufficiat . De Senen Archidiaconatu

Abb. 16 **Brief des Enea Silvio Piccolomini an Kardinal Juan de Carvajal vom März 1455 (Kat.-Nr. GM 139)**

einzigen gesicherten Datum in diesem Zusammenhang. Cremer, der Vikar von St. Stephan in Mainz war, notierte im August 1456 in seinem Bibelexemplar das Ende der Rubrikationsarbeiten. Demnach mussten die beiden Bibelbände spätestens im Frühjahr 1456 fertig gedruckt gewesen sein, was allerdings die frühere Datierung um 1454 keineswegs ausschließt.[91]

Der Rechtshandel mit Johannes Fust (Das Helmaspergersche Notariatsinstrument)

Irgendwann im Verlauf des Jahres 1454 kam es zwischen Fust und Gutenberg zu gravierenden Meinungsverschiedenheiten, die nicht mehr auf gütlichem Wege beizulegen waren. Ungefähr im Frühjahr 1455 verklagte Fust Gutenberg vor dem Mainzer Stadtgericht auf sofortige Rückzahlung aller Kredite. Er beschuldigte ihn, vertraglich vereinbarte Zinsen nicht gezahlt und Gelder veruntreut zu haben. Die eigentlichen Prozessunterlagen sind – wie so oft – nicht erhalten, auch nicht die Klageschrift oder Niederschriften aus dem Prozess. Doch erfahren wir vieles über den Streit aus jener juristischen Urkunde, die im November 1455 vom Notar Ulrich Helmasperger im Auftrage Fusts angefertigt wurde (Kat.-Nr. GM 140, Abb. 15).

Der aktuelle Anlass zur Niederschrift der Urkunde war ein Eid, den Johannes Fust am 6. November 1455 auf gerichtliche Anordnung ablegen musste. Fust beschwor vor Zeugen, dass er Gutenberg ein Darlehen vorgestreckt habe, für das er selbst Zinsen zahlen musste (Abb. 17). Glücklicherweise fasste der Notar Helmasperger, bevor er die eigentliche Eidesleistung aufnahm, den Prozessverlauf nochmals schriftlich zusammen. Das heißt, sein Notariatsinstrument (=beglaubigte Notarsurkunde) gibt uns eine sehr gekürzte Darstellung der Klage Fusts, der Gegenrede (Verteidigung) Gutenbergs und des gefällten Urteils.[92]

Wir erfahren, dass Fust in seiner ursprünglichen Klage die Verbindung zu Gutenberg als die eines ausschließlichen Kreditgebers darstellte und behauptete, er habe einen Vertrag mit Gutenberg, demzufolge er diesem 800 Goldgulden zu 6 Prozent Jahreszins geliehen habe, um das Werk zu vollenden *(domit er das werck volnbrengen solt)*.[93] Dieses Geld habe er, Fust, selbst gegen Zins leihen müssen. Da dieser erste Kredit Gutenberg nicht ausreichte, habe er ihm nochmals 800 Gulden vorgestreckt, obwohl dies vertraglich nicht vereinbart war. Gutenberg zahlte jedoch trotz Vertrages keine Zinsen und so musste Fust diese

Abb. 17 **Eidesleistung vor dem Richter, Bamberger Halsgerichtsordnung, Mainz: Johann Schöffer, 1508 (Kat.-Nr. GM 141)**

selbst entrichten, und zwar für das erste Darlehen gute 250 und für das zweite 140 Gulden. Um die Zinsen zahlen zu können, nahm Fust wiederum gegen Zins (insgesamt 36 Gulden) Geld auf. Abschließend bezifferte der Kläger die Gesamtschuld Gutenbergs mit 2020 Gulden und verlangte die unverzügliche Rückzahlung dieses Geldes.

Gutenberg antwortete auf Fusts Anschuldigungen, dieser habe ihm zwar 800 Gulden geliehen, jedoch nicht für das gemeinsame Werk, sondern um Werkzeug und Arbeitsgerät damit herzustellen. Diese Geräte seien als Sicherheit an Fust verpfändet worden, sollten jedoch Gutenberg zur freien Verfügung stehen *(mit solchem geld er sin geczuge zurichten und machen solte … und solche geczuge des egenanten Johann pffant sin solten …)*.[94] Fust habe ihm außerdem mündlich zugesagt, keine Zinsen zu verlangen. Darüber hinaus zahlte Fust ihm jährlich 300 Gulden als

Geschäftseinlage für die Nebenkosten des Betriebes, insgesamt 800 Gulden, die gleichfalls zinsfrei bleiben sollten. Über diese 800 Gulden sei er bereit Rechnung abzulegen. Ferner sei vereinbart, dass er bei der Auflösung der Gemeinschaft den Kredit zurückzahlen könne und das damit erstellte Gerät dann pfandfrei sei *(Wurden sie alsdan furter nit eins, so solte er ym sin acht hundert gulden widdergeben und solten sine geczuge ledig sin).* Außerdem habe Fust ihm die ersten 800 Gulden nicht vollständig und sofort ausbezahlt. Ferner weist der Erfinder deutlich darauf hin, dass die ersten 800 Gulden – der Kredit also – seiner Meinung nach nicht auf das *werck der bucher* (das Gemeinschaftsunternehmen) zu verwenden war, vielmehr *... mit solchem gelt sich zu freden und in sine nocz verstellen mochte ...,* dass er es also zu seinem Vorteil verwenden konnte.

Trotz der teilweise schwer verständlichen Formulierungen lässt sich aus dieser knappen Zusammenfassung lesen, dass Fust versuchte, sein gesamtes in das Unternehmen investierte Geld als Kredit darzustellen und Gutenberg in die ausschließliche Rolle eines Schuldners zu drängen; wahrscheinlich mit dem Ziel, die verpfändeten Geräte zu erhalten. Gutenberg hingegen bemühte sich zu beweisen, dass es sich um ein Gemeinschaftsunternehmen handelte, in das Fust die zweiten 800 Gulden als Betriebskapital eingebracht hatte. Wichtig war ihm, dass das verpfändete Gerät sein Eigentum war und nicht der Genossenschaft gehörte.[95]

Da unsere Quelle nur eine gekürzte Fassung des tatsächlichen Prozesshergangs wiedergibt, fehlen einige für mittelalterliche Prozesse typische Verfahrensschritte. Üblicherweise musste der »Anwort« Gutenbergs eine »Gegenrede« Fusts folgen, und Gutenberg bekam mit einer »Nachrede« Gelegenheit, auch darauf zu antworten. Erst dann wurde ein Richterspruch verkündet. Doch Gegenrede und Nachrede überspringt Helmasperger *(wie dan solch ansprach, antwurt, widderred und nachred mit den und viel andern worten geludet hait)* und fährt in seiner Darstellung mit der Zusammenfassung des Urteils fort *(do sprechen wir zum rechten).*[96] Demnach schlossen sich die Richter der Darstellung Gutenbergs an, dass es einen Kredit und eine Geschäftseinlage gab, und bestimmten, dass beide Summen – Kredit und Geschäftseinlage – zusammengerechnet werden müssten. Gutenberg sollte seine Betriebsausgaben für das »Werk zu beider nutzen« abrechnen. Sollte sich aus dieser Abrechnung ergeben, dass Gutenberg höhere Ausgaben für das gemeinsame Unternehmen nachweisen konnte als die 800 Gulden der Fustschen Geschäftseinlage, so könne er diesen Mehrbetrag vom Kredit abziehen. Sollte er aber zum eigenen Vorteil aus dem Gemeinschaftstopf mehr entnommen haben als das ihm zugesagte Darlehen, so sollte dieser Mehrbetrag zum Kredit hinzugerechnet werden. Könne Fust durch Eid und glaubwürdige Zeugen beschwören, er habe sich das Geld für den 800-Gulden-Kredit an Gutenberg selbst geliehen, müsse ihm Gutenberg diesen Betrag auch mit allen Zinsen zurückzahlen.

Daraufhin schwor Fust, sich 1550 Gulden geliehen zu haben. Einen Teil gab er Gutenberg als Kredit, den anderen Teil habe er in ihr gemeinsames Werk der Bücher investiert. Nun verlangte er das Geld, das nicht zu ihrer beider Nutzen ausgegeben wurde, einschließlich der angefallenen Zinsen zurück.

Fust hatte, wie diese Schwurformulierung augenscheinlich belegt, in seiner ersten Aussage den Sachverhalt nicht ganz richtig dargestellt. Unter Eid musste er zugeben, dass er erstens Teilhaber in Gutenbergs Unternehmen war, zweitens insgesamt nur 1550 Gulden, anstelle der ursprünglichen 1600 Gulden, aufgewendet und drittens außerdem nur einen Teil des Geldes als Kredit an Gutenberg vergeben hatte.

Durch das Urteil wird aber auch offenbar, dass Gutenberg die Gelder des Gemeinschaftsunternehmens teilweise zu seinem eigenen Vorteil verwendet hatte, etwa auf eigenen Gewinn in der Gemeinschaftsoffizin gedruckt oder Material der Genossenschaft für andere Zwecke verwandt hatte. Beide Partner versuchten also, sich zu übervorteilen. Fust probierte, Gutenberg möglichst viele Schulden aufzubürden; konnte Gutenberg diese nicht zurückzahlen, verfiel sein Pfand und Fust hätte alle Produktionsmittel gewonnen. Gutenberg hatte vermutlich von Anfang an geplant, sobald der Bibeldruck Gewinn abwarf, Fust seine 800 Gulden auszubezahlen und somit alleiniger Besitzer der Werkstatt zu werden.[97]

Das Gericht bemühte sich um einen unparteiischen Urteilsspruch. Es erkannte Gutenbergs Darstellung von einer Kreditvergabe und einem Gesellschaftervertrag an, bezüglich der Zinsforderungen für den Kredit folgte es allerdings Fusts Darstellung. Im Urteilsspruch verlangten die Richter eine komplette Abrechnung von Gutenberg.

Da aber Gutenbergs Bilanzen zu diesem Zeitpunkt noch nicht vorlagen, konnte das Gericht keine konkreten Zahlungen festlegen. Wir wissen daher nicht, welchen Betrag Gutenberg Fust schlussendlich zahlen musste, da weder die exakte Kreditsumme noch die genaue Kreditlaufzeit bekannt sind.[98]
Bei einer vorsichtigen Einschätzung der aus der Helmaspergerschen Niederschrift zu lesenden Fakten ist sich die Forschung inzwischen einig, dass Gutenberg – je nach Berechnungsmethode – zwischen 1000 und 1250 Gulden an Fust zahlen musste.[99] Dazu kamen selbstverständlich ein Kontingent an ausgedruckten Bibeln und die Anteile an Typen, Pressen und Material, die Fust als Gesellschafter und Mitbesitzer zustanden. Gewiss war die Schuldsumme hoch, jedoch nicht so hoch, dass Fust sowohl das Werkstattinventar als auch die fertig gedruckten Bibeln vollständig pfänden konnte. Unklarheit herrscht jedoch über die weitere Abwicklung der Geschäftsauflösung. War das Werk der Bücher – wie uns Piccolominis Brief berichtet – schon Anfang 1455 fertiggestellt und alle Bibelexemplare verkauft, hätte Gutenberg mit einem beachtlichen Anteil des Gewinns rechnen dürfen und seine Schulden mühelos begleichen können. Tatsächlich scheint aber Fust fast das gesamte Inventar erhalten zu haben und eröffnete damit, nachdem er sich mit dem begabtesten Mitarbeiter der Bibelwerkstatt, seinem Schützling Peter Schöffer, zusammengetan hatte, seine eigene Druckoffizin. Schon 1457 gaben Fust und Schöffer ein umfangreiches Werk, das Psalterium, heraus. Dieses erste mit einer Schlussschrift versehene Buch war nicht nur mit einer neuen Schrifttype, sondern auch, mittels mehrteiliger Metallklischees, mit farbigen Initialen ausgestattet worden. Ein technisch kompliziertes und Aufsehen erregendes Projekt, an dessen Entwicklung und Vorbereitung Gutenberg vielleicht noch selbst beteiligt war und das er durch den Prozess verloren hatte.[100]

War Gutenberg 1455 nicht in der Lage, Fust auszuzahlen? Wir können nur Vermutungen anstellen, etwa, dass sich die Bezahlung der Bibeln hinzog.[101] Möglicherweise hatte Gutenberg auch noch andere Kreditgeber auszuzahlen, die, durch den Prozess beunruhigt, nun gleichfalls ihre Einlagen zurückforderten.[102] Oder hatte er sein Geld bereits in einem neuen Vorhaben festgelegt?
Aus Mangel an belegbaren Informationen bleibt der genaue Prozessausgang ungewiss. Fust konnte möglicherweise ein bis zwei Pressen an sich bringen und auch den schon begonnenen Typensatz für das Psalterium beanspruchen. Gutenberg behielt gewiss die mit dem Gelthusschen Kredit angeschafften Geräte, also wahrscheinlich eine Presse und seine erste Schrift, die Donat-Kalender-Type. Ob er darüber hinaus auch in der Lage war, Teile des Pfandes, nämlich die Type der B42, auszulösen, bleibt fraglich. Tatsache ist, dass diese Schrift nach 1455 weder von Gutenberg noch von der Fust-Schöfferschen Druckerei benutzt wurde und erst nach Gutenbergs Tod wieder Verwendung fand. Der Grund für die Stilllegung des kostbaren Materials könnte eine Verpfändung durch Gutenberg, etwa an Dr. Humery, gewesen sein.[103] Doch bleiben alle Überlegungen zur Aufteilung der Druckerei hypothetisch, solange man weder die Werkstattausstattung noch die genaue Höhe von Gutenbergs Schulden kennt.
Als Folge des Urteilsspruches muss man um 1455 die juristische Auflösung der Gemeinschaftsdruckerei Gutenberg-Fust annehmen. Doch schon vor dem Ende des Prozesses hatten Gutenberg und Fust auf eigene Rechnung gearbeitet. Ein deutliches Indiz für zwei ab 1454 selbstständig agierende Werkstätten sind der 30-zeilige und der 31-zeilige Zyprische Ablassbrief, die inhaltlich identisch sind, typographisch aber Unterschiede aufweisen (vgl. Beitrag Schneider). Es sind zugleich die ältesten datierten Druckerzeugnisse, die wir kennen. Sollte Gutenberg nicht von Anfang an seine »Urdruckerei« autonom weiterbetrieben haben, so entstanden spätestens im Verlauf des Jahres 1454 zwei getrennt arbeitende, konkurrierende Offizine.

Die Jahre nach dem Fust-Prozess

Der Prozess gegen Fust und sein Ausgang hatten für Gutenberg gewiss einen schweren Rückschlag bedeutet, ihn aber nicht ruiniert oder daran gehindert, mit Tatkraft an der Weiterentwicklung seiner Technik zu arbeiten. Zweifelsohne hatte sich die Kunde von seiner Erfindung inzwischen längst verbreitet und wurde an den Höfen Europas und in klerikalen Kreisen diskutiert. Und so trifft man in Gutenbergs Umfeld immer wieder auf kirchliche Würdenträger, die ihm Druckaufträge verschafften. Es ist auch nicht ausgeschlossen, dass Gutenberg Anfang der fünfziger Jahre in Mainz mit Nikolaus von Kues zusammentraf. Der fast gleichaltrige Kues erteilte ihm vielleicht einen der ersten Aufträge zum Druck eines Ablassbriefes, und manche seiner reformatorischen Ideen mögen sich in der Auswahl der Druckwerke Gutenbergs (Türkenablass und Catholicon) niedergeschlagen haben.[104]

Indes sind über Gutenbergs Leben seit 1455 kaum Tatsachen bekannt. Bis zu seiner Ernennung zum Hofmann im Jahre 1465 fließen die Quellen äußerst spärlich. Wir wissen, dass Gutenberg Mainz nach dem Prozess nicht verlassen hat, denn 1457 wird er in einem Notariatsinstrument als Zeuge genannt. Auch schien er zunächst keine finanziellen Engpässe zu haben, da er bis 1457 regelmäßig seinen Kredit in Straßburg bezahlte. Höchstwahrscheinlich betrieb er weiterhin eine Druckerei, denn im Oktober 1458 entsandte der französische König Karl VII. seinen Stempelschneider Nikolaus Jenson ausdrücklich zu Gutenberg nach Mainz, um die neue Technik zu erkunden.[105]

Doch gerade für die Existenz der Gutenberg-Werkstatt fehlen unwiderlegbare Beweise. Um diese Lücke zu schließen, versucht die Forschung, Gutenbergs Druckertätigkeit nach 1455 zu rekonstruieren. Dies erweist sich als äußerst schwierig, da kein einziger Frühdruck ein Druckersignet Gutenbergs aufweist oder auch nur seinen Namen in einer Schlussschrift nennt. Ausgehend von der These, dass Gutenberg im Besitz der Donat-Kalender-Type blieb, schreibt man daher Drucke mit dieser Type Gutenberg zu. Anhand der stilistischen Entwicklung der undatierten und der wenigen datierten Werke in dieser Schrift lässt sich dann eine zeitliche Abfolge entwickeln, die, über den Türkenkalender (1454), verschiedene Donate (1454–1463), einen Aderlasskalender (1456), die so genannte Türkenbulle (1456–1457), den Cisioianus (1456–1457), einen Astronomischen Kalender (1458), das Gebet »Oratio respice« (1458) und das Provinciale Romanum, einem Verzeichnis der römischen Kirchenprovinzen (um 1458), zu einer neuen Schriftvariante führt (vgl. Beitrag Schneider), mit der 1460 eine zweite Bibelausgabe nach dem Vorbild der B42 vollendet wurde. Diese Bibel weist allerdings nur 36 Zeilen pro Seite auf und wird darum als B36 bezeichnet. Legt man diese Werk-Chronologie Gutenbergs Leben zugrunde, ergeben sich aufschlussreiche Aspekte, denn der Entstehungsort der B36 ist interessanterweise nicht in Mainz, sondern in Bamberg zu vermuten.[106] Wie aber kam dieser Schriftsatz nach Bamberg? Verließ Gutenberg Mainz, um in Bamberg eine neue Druckerei zu gründen? Dafür finden sich keine Quellennachweise. Oder zog einer von Gutenbergs Gesellen nach Franken und nahm die Schrift des Meisters einfach mit? Sicher ist, dass die B36 in Bamberg nicht ohne tatkräftige Unterstützung vom Rhein verwirklicht wurde, denn nur in Mainz konnte man zu dieser Zeit die neue Kunst erlernen. Da es höchstens zwei Druckereien gab und die verwendete Schrifttype eindeutig in Gutenbergs Richtung verweist, muss man ihn mit der B36 in Verbindung bringen. Das heißt, Gutenberg könnte seine Erfindung in einer Art Technologietransfer gewinnbringend vermarktet haben, indem er einen Typensatz verkaufte und durch einen versierten Mitarbeiter beim Aufbau der Werkstatt und der Ausbildung des Fachpersonals behilflich war. Diese Methode kam durchaus seinen Straßburger Gepflogenheiten nahe (vgl. Beitrag Schneider).

Noch im selben Jahr erschien in Mainz das Catholicon des Johannes Balbus, das in neuerer Zeit gleichfalls Gutenberg zugeschrieben wird. Aufgrund seiner Schlussschrift (Kolophon) kann man es sicher nach Mainz und ins Jahr 1460 datieren. Für dieses Werk, ein inhaltlich umfangreiches Wörterbuch, hatte der Catholicon-Drucker eine neue, kleinere Schrift entworfen, um möglichst viel Text auf einer Seite unterzubringen. Die Entwicklung und Produktion eines neuen Typenapparates erforderte abermals Zeit und Kapital. Bedenkt man die hohen Summen, die für die Vorfinanzierung der B42 notwendig waren, muss man auch für dieses Werk entsprechend umfangreiche Investitionskosten und lange Vorbereitungszeiten annehmen. Hinzu kommt eine Besonderheit des Catholicons, über dessen Entstehung und Zuschreibung die Forschung kontroverse Standpunkte entwickelt hat. Denn dieses umfangreiche Werk scheint auf rätselhafte Weise mit identischer Typographie nochmals 1469 und 1472 aufgelegt worden zu sein (vgl. Beitrag Schneider).

Schreibt man die Entstehung des Catholicons Gutenberg zu, so ergeben sich auch hier aufschlussreiche Beziehungen zu seinem Leben.

Die seit 1454 entstandenen Kleindrucke, Donate und Kalender, Gebete, Ablassbriefe und der Technologietransfer nach Bamberg dürften einen sicheren Gewinn für Gutenberg abgeworfen haben. Um so mehr erstaunt es, dass er 1457 mit den Zinsen für Straßburg in Rückstand geriet, die bis dahin immer pünktlich gezahlt wurden. Ab 1458 blieben die Zahlungen ganz aus, und das Straßburger St.-Thomas-Stift griff infolgedessen zu allen rechtlich gebotenen Möglichkeiten, das Geld einzutreiben, und ließ Gutenberg nach mehreren vergeblichen Mahnungen schließlich ins Achtbuch eintragen (Kat.-Nr. GM 153). War es Fust drei Jahre nach der gerichtlichen Auseinandersetzung doch noch gelungen, seinen Gegenspieler vollständig zu ruinieren?[107] Auf frappante Weise fallen Gutenbergs finanzielle Engpässe genau mit jenem Zeitraum zusammen, in dem auch die Vorbereitungen für den Catholicondruck begonnen haben müssen. Geht man mit Paul Needham davon aus, dass während des Catholicondrucks zugleich mit einer technischen Neuerung experimentiert wurde, benötigte Gutenberg trotz der Erfahrungen mit der B42 für ein so großes Projekt auf jeden Fall ein bis zwei Jahre zur Vorbereitung und ein bis zwei Jahre für den Druck. Man sollte also bedenken, dass das Catholicon seit circa 1457 Arbeitszeit und Kapital aus Guten-

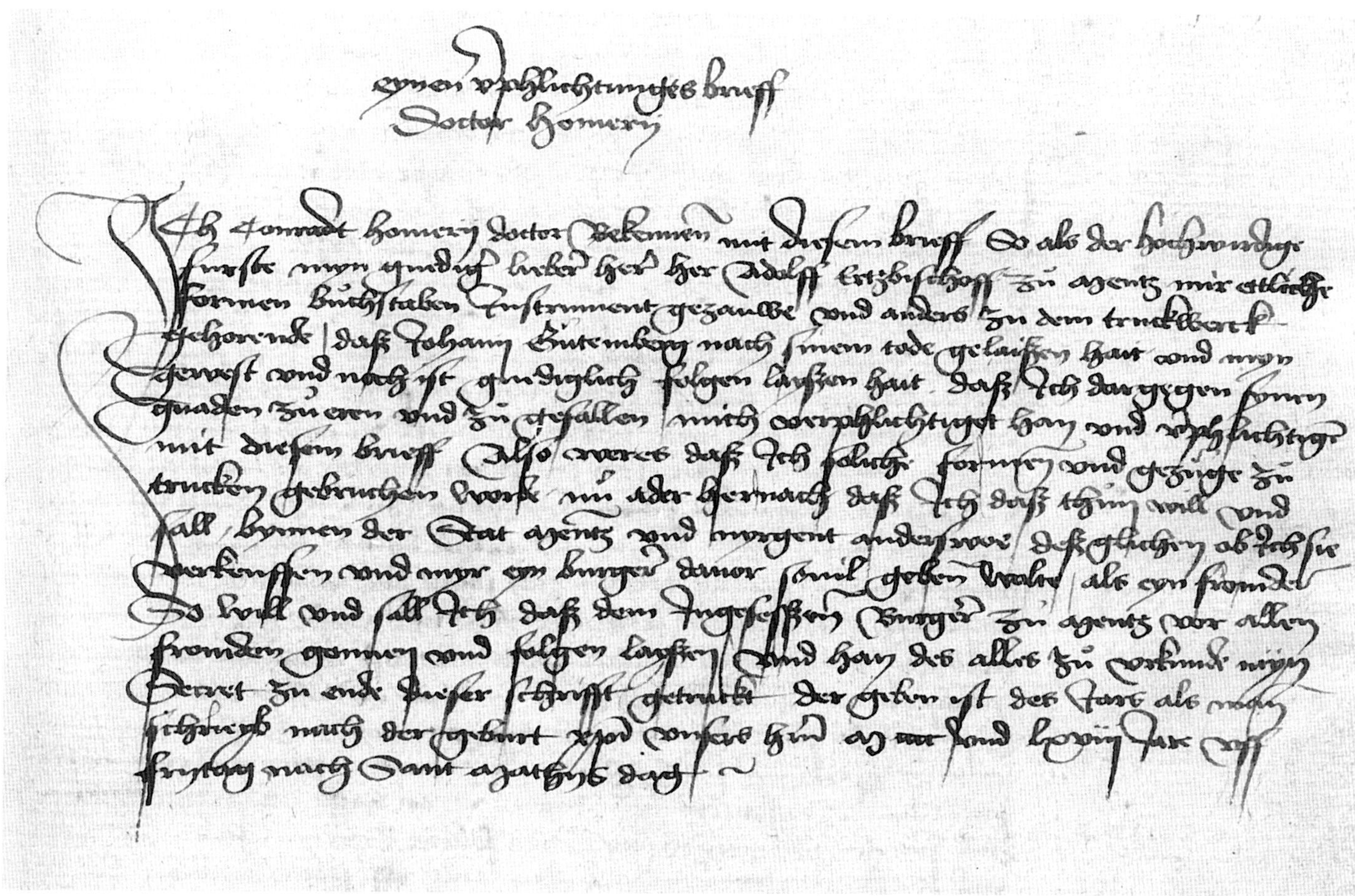
Eynen verpflichtunges brieff
Doctor homery

Ich Conrad homery doctor bekennen mit diesem brieff So als der hochwirdige
furste myn gnediger lieber herre her Adolff Ertzbischoff zu Mentz mir etliche
formen buchstaben Instrument gezauwe und anders zu dem truckwerck
gehorende das Johann Gutenberg nach sinem tode gelaißen hait und myn
gewest und noch ist gnediglich folgen laißen hait Das ich dargegen siner
gnaden zu eren und zu gefallen mich verpflichtet han und verpflichte
mit diesem brieff Also were es das ich solich formen und gezuge zu
trucken gebruchen wurde nu oder hernach das ich das thun will und
sall binnen der Stat Mentz und nyrgent anderswo Desglichen ob ich sie
verkeuffen und mir ein burger darvor sovil geben wolte als ein fremder
So will und sall ich das dem ingesessen burger zu Mentz vor allen
fremden gonnen und folgen laißen Und han des alles zu urkunde myn
Secret zu ende dieser schrifft gedruckt der geben ist des Jars als man
schreib nach der geburt xpi unsers herren M cccc lx und acht jare uff
fritag nach Sant Mathis dage

Abb. 18 **Verpflichtungsbrief des Dr. Konrad Humery vom 26. 2. 1468, Staatsarchiv Würzburg, MIB 36**

bergs kleiner Werkstatt gezogen haben kann. Mit einem Gewinn war frühestens nach der Fertigstellung 1460 zu rechnen, und die Einkünfte aus kleineren Werken (z. B. Thomas von Aquin, Matthaeus de Cracovia, beide mit der Catholicontype gedruckt, vgl. Beitrag Schneider) deckten gewiss nicht die anfallenden Kosten. Hier mag, sollte Gutenberg der Drucker des Catholicon gewesen sein, die eigentliche Hauptursache für Gutenbergs Zahlungsschwäche gelegen haben. Daher wird er sich auf herkömmliche Weise nach einem finanzstarken Teilhaber, der das notwendige Kapital einbrachte, umgesehen haben. Manches deutet darauf hin, dass der Mainzer Stadtsyndikus Dr. Konrad Humery dieser Teilhaber war.[108] Zumindest wissen wir, dass Gutenberg sich in seinem letzten Lebensjahrzehnt bei Humery Geld geliehen haben muss oder seine Werkstatt von diesem finanziert wurde. Dafür verpfändete Gutenberg nach vertrautem Schema seinen Typenapparat und vielleicht auch die restliche Werkstatteinrichtung einschließlich der B42-Typen. Denn wir wissen, dass Dr. Humery nach Gutenbergs Tod dessen Werkzeug aus der Hand des Erzbischofs erhielt, da er seine Eigentumsrechte nachweisen konnte (Abb. 18).[109] Der Erzbischof überließ Humery die Geräte allerdings nur unter der Zusicherung, sie innerhalb von Mainz zu verwenden oder zu verkaufen. Da Humery selbst nie als Druckherr auftrat, verkaufte er das kostbare Material anscheinend später an Schöffer, in dessen Druckerzeugnissen Typen der B42 nach Gutenbergs Tod wieder auftauchen.[110]

Mit der Vollendung des »Catholicon« blickte der circa 60-jährige Gutenberg auf ein bewegtes, aber dennoch erfolgreiches Dasein zurück. Der Befriedigung über ein erfülltes Lebenswerk wird m. E. auch im Kolophon des Catholicons, in dessen Verfasser wir ja Gutenberg vermuten, Ausdruck verliehen: »Unter dem Schutz des Höchsten, durch dessen Gunst die Zungen der Unmündigen beredt werden und der oftmals den Geringen offenbart, was er den Weisen verbirgt, ist im Jahre der Menschwerdung des Herrn 1460 in Mainz (…) dieses vortreffliche Buch Catholicon, nicht mit Hilfe von Schreibrohr, Griffel und Feder, sondern mit der wunderbaren Harmonie und dem Maß (Modul) der Typen und Formen gedruckt und vollendet worden (…)«.[111] Auch in den folgenden Jahren scheint sich der alternde Meister nicht aus seiner Druckerei zurückgezogen zu haben. Es erscheinen weiterhin kleinere Werke, die mit der Catholicontype gedruckt wurden, darunter die sicher datierbaren Ablassbriefe für Neuhausen von 1461/62 und der Trinitarier-Ablass von 1464; auch sie müssten – folgt man der zuvor ausgeführten These – der Werkstatt Gutenbergs entstammen. Aber der Unterhalt der Druckerei war schwierig geworden, und Gutenbergs Lebensweg sollte nochmals einschneidend durch den Gang der Geschichte beeinflusst werden.

Aufenthalt in Eltville?

Schon 1459 waren mit der Wahl Diethers von Isenburg schwarze Wolken über Mainz aufgezogen. Als der neue Erzbischof sich 1461 mit Papst Pius II. (Enea Silvio Piccolomini) überwarf, setzte Pius den Isenburger ab und erhob Adolf II. von Nassau auf den Mainzer Bischofsstuhl. Diether von Isenburg wollte dies nicht hinnehmen, und es kam zu kriegerischen Auseinandersetzungen um den Bischofssitz. Der Mainzer Rat hatte – in der Absicht, für sich selbst Vorteile aus dem Streit zu ziehen – auf den Isenburger gesetzt und verloren. In der Nacht zum 28. Oktober 1462 überfiel Adolf von Nassau mit seinen Alliierten Mainz und konnte die Stadtmauern überwinden. Diether von Isenburg gelang mit seinen Verbündeten die Flucht. Doch zahlreiche Mainzer wurden bei der Verteidigung ihrer Stadt getötet, die Überlebenden ließ Adolf aus der Stadt vertreiben (vgl. Beitrag Dobras, S. 27). Auch Gutenberg und seine Gesellen scheinen zu den Vertriebenen gehört zu haben. Seine Mitarbeiter zerstreuten sich in alle

Abb. 19 **Wenzel Hollar: Ansicht von Eltville, Staatliche Museen zu Berlin, Kupferstichkabinett, KdZ 3148**

Himmelsrichtungen und trugen die Druckkunst in verschiedene Städte Europas (vgl. Beitrag Rautenberg).

Wohin sich der betagte Erfinder nach seiner Vertreibung wandte, wissen wir nicht genau. Könnte er sich zur Tochter seiner Schwester Else, die als Witwe des Henne Humbrecht in Frankfurt lebte, geflüchtet haben? Doch wäre ein Aufenthalt in der Reichsstadt Frankfurt nicht ratsam gewesen, denn 1462 stand Gutenberg wohl immer noch in der Acht.[112] Traditionsgemäß zogen sich die Gensfleischs bei politischen Auseinandersetzungen nach Eltville zurück, um dort eine Besserung der Verhältnisse abzuwarten. So mag auch Gutenberg die kleine Rheinstadt als Zufluchtsort gewählt haben (Abb. 19). Hier lag der Besitz seines toten Bruders, in dem noch der Ehemann seiner inzwischen verstorbenen Nichte Odilgen, Johann Sorgenloch, genannt Gensfleisch, lebte. Aber auch andere Verwandte und Bekannte waren hier ansässig. Etwa Jakob Sorgenloch, ebenfalls ein Gensfleisch und Schwiegersohn des Heinrich Bechtermünze.

Jener Heinrich Bechtermünze gründete Mitte der sechziger Jahre mit seinem Bruder Nicolaus eine Druckerei in Eltville und gab 1467 und 1469 je eine Ausgabe der lateinischen Grammatik »Vocabularius ex quo« heraus, die mit neu gegossenen Catholicontypen gedruckt wurden (vgl. Beitrag Schneider). Wie aber kamen die Brüder Bechtermünze in den Besitz der Catholicontype und wo hatten sie die Technik des Druckens erlernt? Die Verbindung zu Gutenberg scheint bestechend, und wie schon im Falle der B36 darf man auch hier eine konkrete Hilfestellung durch den Erfinder und seine Gehilfen annehmen.[113] Nochmals vermittelte Gutenberg – wahrscheinlich einem zahlenden »Schüler« – seine Technologie und ihre Handhabung und verlieh oder verkaufte als Starthilfe Teile seines Typenapparats.

Ernennung zum Hofmann

Der Rheingau war aber nicht nur Zufluchtsort von einigen Mainzer Patriziergeschlechtern, auch die Mainzer Erzbischöfe pflegten sich bei Streitigkeiten mit den Mainzern hierher zurückzuziehen. Im Laufe des 14. Jahrhunderts hatten sie die Eltviller Burg zu ihrer favorisierten Residenz ausgebaut. Nach der verlustreichen Stiftsfehde weilte auch Adolf von Nassau bevorzugt in Eltville, da ihm die Mittel fehlten, die bescheidene Mainzer Residenz auszubauen.[114]

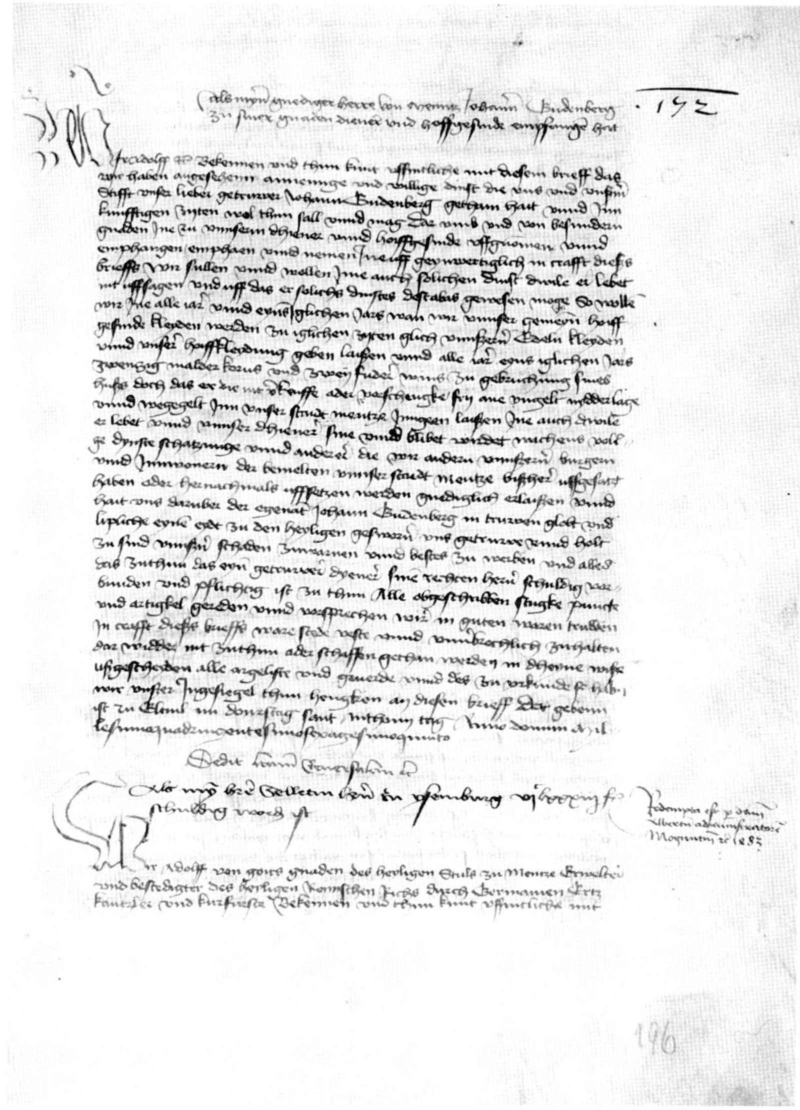

Abb. 20 **Ernennung Gutenbergs zum Hofmann durch Adolf von Nassau, 17. 1. 1465, Staatsarchiv Würzburg, MIB 35**

Der Aufenthalt in Eltville könnte Gutenberg daher mit dem neuen Mainzer Erzbischof zusammengeführt haben. Das Haus der Gensfleisch liegt nur einen Steinwurf von der erzbischöflichen Burg entfernt, und in der Enge des kleinen Ortes hatte Adolf gewiss von der Anwesenheit des Buchdruckers erfahren. Wie andere Kirchenfürsten auch, war er in der Lage, die Brisanz der neuen Technik richtig einzuschätzen. Seinem Interesse an dem Erfinder verlieh er mit der Ernennung Gutenbergs zum Hofmann Ausdruck (Abb. 20). Die im Januar 1465 ausgestellte Urkunde ehrte Gutenberg ausdrücklich als *unser lieber getruwer Johann Gudenberg,* den der Erzbischof wegen *willig dinst,* die ihm Gutenberg schon geleistet habe und auch in der Zukunft leisten solle, in besonderer Gnade als seinen Hofmann aufnehmen wolle. Dieser Ehrentitel war an einen Treueschwur Gutenbergs gebunden und gewährte dem neuen Hofmann außerdem materielle Vergünstigungen. Das heißt, Gutenberg erhielt neben der jährlichen Ausstattung mit einem »Hofkleid« die Grundnahrungsmittel, Korn und Wein, steuerfrei zur Verfügung gestellt und war außerdem von den meisten Bürgerpflichten befreit.[115]

abeganck signatum est – Der ehrsam Meister Gutenberg ist tot

Spätestens nach seiner Ernennung zum Hofmann war Gutenberg wieder in seine Vaterstadt zurückgekehrt, da ihn der Erzbischof aus der Folgepflicht, dem Gebot, sich immer an der jeweiligen Residenz des Erzbischofes aufzuhalten, befreit hatte. Hier verbrachte Gutenberg, glaubt man der Zimmernschen Chronik, seinen Lebensabend, nur wenige Schritte von seinem Elternhaus entfernt, im Algesheimer Hof. Die Unterkunft war ihm vielleicht ebenfalls vom Erzbischof zur Verfügung gestellt worden.[116]

Abb. 21 **Der heilige Viktor, Kopialbuch des Viktorstifts, Hessisches Staatsarchiv Darmstadt, C1 A 130 (Bd. 2)**

Schon drei Jahre später starb Johannes Gensfleisch, genannt Gutenberg, in Mainz. In der mittelalterlichen Frömmigkeit fest verwurzelt, hatte sich der alternde Erfinder Gutenberg gewiss schon lange auf seinen Tod vorbereitet und für ein angemessenes Begräbnis Vorsorge getroffen. Irgendwann nach seiner Rückkehr aus Straßburg war er in erklärlicher Sorge um sein Seelenheil der St.-Viktor-Bruderschaft beigetreten (Abb. 21). Bei dieser christlichen Gemeinschaft, die dem St.-Viktor-Stift angeschlossen war, handelte es sich um eine so genannte Begräbnisbruderschaft (Kat.-Nr. GM 162a). Die Mitglieder setzten sich aus einigen Stiftsherren und Laien, meist Angehörigen der Stiftsinsassen, zusammen. Die Brüder widmeten sich dem gemeinsamen Gebet und sorgten für die »memoria« der verstorbenen Mitglieder, indem sie ein feierliches Begräbnis und die Einhaltung der Totengebete garantierten. Traditionell unterhielt die Familie Gensfleisch zum Viktorstift eine gute Verbindung, und Gutenberg hatte wohl über seinen Cousin Jakob Gensfleisch, den Scholaster von St. Viktor, Zutritt zu der Vereinigung gefunden. Wann genau er der Bruderschaft beitrat, wissen wir nicht; möglicherweise lange vor seinem Tod, zumindest findet er sich bereits 1457 als Zeuge in einer Urkunde des Klosters (Kat.-Nr. GM 161).
Dass solche Bruderschaften neben ihrer zweifelsfrei religiösen Motivation auch geschäftliche Vorteile bieten konnten, belegt die interessante Querverbindung Gutenbergs zu Rudolf von Rüdesheim. Dieser war nicht nur Propst im St.-Viktor-Stift, sondern auch Domdekan in Worms und als solcher 1461 mit der Durchführung des Ablasses von Neuhausen beauftragt, dessen Druck höchstwahrscheinlich von Gutenbergs Werkstatt ausgeführt wurde.[117]

Der *Liber fraternitatis* (Bruderschaftsbuch) des St.-Viktor-Stiftes hat sich erhalten. Darin wurden die verstorbenen Mitglieder der Bruderschaft vermerkt. Hier fand sich der Eintrag: *hengin Gudenberg ciuis mag(untinus),* der leider von einem übereifrigen Gutenberg-Verehrer herausgeschnitten wurde (Kat.-Nr. GM 162b, Abb. 22). Wie fast alle Einträge im Bruderschaftsbuch ist auch dieser ohne Datierung. Doch wissen wir durch zwei Zeitzeugen, dass Gutenberg wohl zu Beginn des Jahres 1468 starb. Der erste Gewährsmann ist Leonhard Mengoss, gleichfalls Mitglied der St.-Viktor-Bruderschaft und Pfarrer zu Eltville. Er war vermutlich ein guter Bekannter Gutenbergs, der auch in der Urkunde von 1457 genannt wird. Mengoss schrieb folgende Randbemerkung in seine Ausgabe des 1470 gedruckten Confessionale: *Anno Domini 1468 uff sant blasius tag starp der ersam meister Henne Ginsfleiss dem got gnade.*[118] Demnach war Gutenbergs Todestag der 3. Februar 1468. Dieses Datum wird durch den bereits erwähnten Revers des Dr. Humery gestützt. Humery bescheinigt darin, dass der Mainzer Erzbischof ihm *ettliche formen, buchstaben, instrumente, gezauwe und anderes zu dem truckwerck gehorende, dass Johan Gutemberg nach sinem tode gelaißen hait und myn gewest und noch ist,* übergeben habe (Abb. 18). Das Dokument wurde am 28. Februar 1468 ausgestellt und unterstreicht somit die Glaubwürdigkeit des von Mengoss angegebenen Todesdatums, den 3. Februar 1468.

Man beerdigte den Erfinder in der Mainzer Franziskanerkirche, wo schon einige seiner Anverwandten ihre letzte Ruhestätte gefunden hatten.[119]

Als die Franziskanerkirche nach etlichen Umbauten im 18. Jahrhundert vollständig niedergelegt wurde, verschwanden alle unmittelbaren Zeugnisse von Gutenbergs Grablege, und man kann seine Begräbnisstätte heute nur unter dem Beton der Mainzer Innenstadt vermuten.

Mit einiger Verzögerung erfuhr 1471 das St.-Thomas-Stift in Straßburg vom Tod des Erfinders. Resigniert verzichtete das Stift, nachdem es fraglos festgestellt hatte, dass keine direkten Nachfahren zu belangen waren, auf die Einforderung der Kreditsumme und der ausstehenden Zinsen und verzeichnete neben dem Schuldvermerk Gutenbergs lakonisch: *abeganck signatum est* (Kat.-Nr. GM 159b, Abb. 23).

Abb. 22 **Vermerk über den Tod Gutenbergs aus dem Bruderschaftsbuch von St. Viktor (Kat.-Nr. GM 162b)**

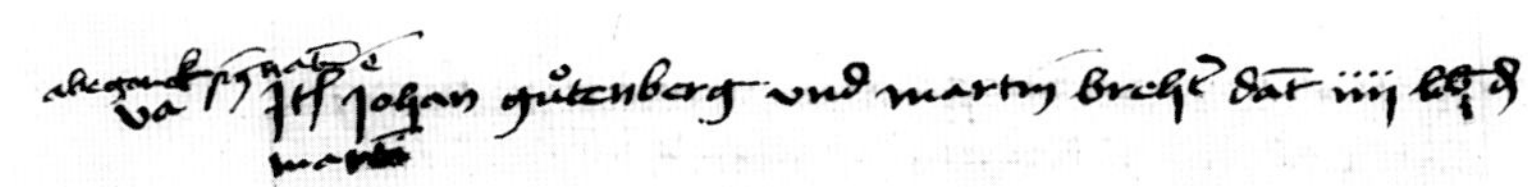

Abb. 23 **Vermerk über den Tod Gutenbergs im Rechnungsbuch des St.-Thomas-Stifts in Straßburg (1473–1474), (Kat.-Nr. GM 159b)**

1 Vor allem der Verlust zahlreicher Mainzer Quellen ist zu beklagen, und auch die wichtigen Zeugnisse für Gutenbergs Straßburgaufenthalt wurden im Laufe der Jahrhunderte stark dezimiert. Diese Dokumente sind alle bei Schorbach 1900 aufgeführt.

2 Als mögliches Geburtsdatum kommt der Zeitraum zwischen 1394 und 1405/06 in Frage. Da man das genaue Jahr nicht kennt, hat sich das runde Datum um 1400 eingebürgert. Alle Versuche, das Geburtsjahr genau zu berechnen, scheitern letztlich am Mangel belegbarer Quellen. Zur Diskussion um das Geburtsdatum vgl. Ruppel 1947 (I), S. 29, Corsten 1966, S. 70 f.; Häuser 1968, S. 66; Geldner 1976, S. 72; Bechtel 1992, S. 162f.

3 Schenk zu Schweinsberg 1900, S. 74 und S. 111.

4 Schenk zu Schweinsberg 1900, S. 66 f.; Friederichs 1965, S. 64; Venzke 1993, S. 26.

5 Schenk zu Schweinsberg 1900, S. 67 f. und S. 70 f.; Friederichs 1968, S. 94.

6 Tronnier 1936, S. 38 f.; Bechtel 1992, S. 134 f.

7 Friederichs 1968, S. 94–96; Venzke 1993, S. 19. Einen ungefähren Überblick über die Renten der Gensfleischs liefert Tronnier 1936, S. 44 f.

8 Hegel 1881/82, Bd. 1, S. 2, S. 47 und Beilage S. 360; zu den Hintergründen der Zunftkämpfe in Mainz vgl. Seidenberger 1900, S. 10; Hanebutt-Benz 1997, S. 8; Matheus 1999, S. 200 f.

9 Geldner 1976, S. 73; ebenso Kapr 1987, S. 34 f.; Venzke 1993, S. 37, schwächt Geldners Interpretation ab, glaubt aber, Gutenberg habe infolgedessen einen resoluten, durchsetzungsfähigen, aber auch zänkischen und herrschsüchtigen Charakter herausgebildet.

10 Die Fürstenbergs werden wie die Gensfleischs unter den *furnembsten* Geschlechtern der Stadt genannt, vgl. Hegel 1881/82, Bd. 2, S. 73; Schenk zu Schweinsberg 1900, S. 98 f.; Friederichs 1972, S. 76.

11 D. h. alle vier Großeltern mussten patrizischer Abstammung sein. Hegel 1881/82, Bd. 1, S. 312; Schenk zu Schweinsberg 1900, S. 129; Geldner 1968 (II), S. 309.

12 Geldner 1966, S. 2533 f.; Kapr 1966 (II), S. 9; Bechtel 1992, S. 171.

13 Scherf 1999, S. 773 f.

14 Die Vermutung, Gutenberg könnte die Lateinschule der benachbarten St. Christophskirche besucht haben, wird durch die Tatsache widerlegt, dass dort im 15. Jahrhundert eine solche Institution noch nicht nachzuweisen ist, vgl. Scherf, 1999, S. 774; auch Falk 1906, S. 5 f., hat St. Christoph nicht in seinem Verzeichnis mittelalterlicher Schulen aufgeführt.

15 Scherf 1999, S. 774.

16 Zu de Bercka und seiner Beziehung zu Erfurt vgl. Oergel 1875 und 1898; Weissenborn 1877, S. 87–129, 1880, S. 129–183.

17 Märker 1993, S. 29.

18 Geldner 1966, S. 2534; ebenso Bechtel 1992, S. 171.

19 LMA, Bd. 1, S. 1063 f.; Müller 1996, S. 19.

20 Erfurt hatte bis 1420 schon 6049 Studenten ausgebildet. Dagegen mussten die kurz zuvor gegründeten Universitäten in Heidelberg (1387) und Leipzig (1407) sich ihr Renommee erst noch erarbeiten. Zur Geschichte der Erfurter Universität Blaha / Metze 1992 und Märker 1993; zur Frequentierung vgl. Schwinges 1993 und Müller 1996, S. 40.

21 Vgl. Weissenborn 1881, S. 110, 112, 116.

22 Dies bedeutet allerdings nicht, wie Kapr vermutet, dass *Johannes de Alta Villa* sein Studium abgebrochen oder beendet hatte. Eine Neueinschreibung nach Unterbrechung eines Studiums war nicht notwendig, da man mit der Erstimmatrikulation auf ewig Mitglied der Universität blieb. Ein weiterer Eintrag wurde im Matrikelbuch nur bei Prüfungen vorgenommen. Kapr 1980, S. 21; Märker 1993, S. 22f.; Rosenfeld 1982, S. 106f.; Geldner 1976, S. 66f.

23 Zur Diskussion, ob Gutenberg in Erfurt studiert hat, vgl. Kapr 1980, S. 21f.; Rosenfeld 1982, S. 106f.; Corsten 1983 (II), S. 159f.; Bechtel 1992, S. 170–172.

24 Kapr 1980, S. 25f.

25 Schorbach 1900, S. 135.

26 Zur Rechtsmündigkeit vgl. LMA Bd. 1, Sp. 471; Corsten 1966, S. 72.

27 Bechtel 1992, S. 170; Geldner 1966, S. 2534.

28 Laubenstein 1953, S. 96; Bechtel 1992, S. 136f.

29 Zu den Aufgaben des Münzmeisters vgl. Laubenstein 1953, S. 66f.

30 Bechtel 1992, S. 167–177.

31 Schorbach 1900, S. 137.

32 Schenk zu Schweinsberg 1900, S. 77.

33 Trotz mehrerer katastrophaler Zerstörungen haben sich in den Straßburger Archiven viele zeitgenössische Dokumente erhalten. Daher sind die Jahre zwischen 1434 und 1444 der am besten belegte Lebensabschnitt Johannes Gutenbergs. Vgl. Schorbach 1900, S. 149–188.

34 Von Friele wissen wir, dass er 1429 eine Rente aus Straßburg bezog, die, wie das Straßburger Rechnungsbuch von 1455/56 belegt, auch nach seinem Tod (1447) seiner Frau und dem Sohn weiter ausgezahlt wurde. Im gleichen Verzeichnis finden wir Zinszahlungen an Gutenberg, der also gleichfalls eine Straßburger Rente bezogen haben muss. Vgl. Archives Municipales de Strasbourg, Akte V 56/1; Schorbach 1925, S. 134; Bechtel 1992, S. 167 und S. 603.

35 Schorbach 1925, S. 135f.; Ruppel 1947 (I), S. 36.

36 Matheus 1999, S. 203: »Die Lage der städtischen Finanzen verschlechterte sich immer mehr. 1436 mußten drei Viertel der städtischen Einnahmen für Zinsen aufgebracht werden.« Zur Senkung der Zinsgewinne vgl. Seidenberger 1900, S. 37; Schorbach 1925, S. 141; Tronnier 1936, S. 40; ebenso Bechtel 1992, S. 134f.

37 Für Mainzer Bürger war es daher bisweilen nicht mehr möglich, in andere Städte zu reisen, mussten sie doch mit ihrer Festnahme wegen der säumigen Zahlungsmoral ihrer Stadtregierung rechnen. Matheus 1999, S. 203; Seidenberger 1900, S. 38f.; Schorbach 1925, S. 136.

38 Schorbach 1900, S. 144f., und Schorbach 1925, S. 134.

39 Schorbach 1900, S. 151; Schorbach 1926, S. 14 und S. 18–20.

40 Schorbach 1926, S. 14–31; Bechtel 1992, S. 580f.

41 Schorbach 1900, S. 153; Ruppel 1947 (I), S. 39, und Bechtel 1992, S. 207.

42 Vgl. Alioth 1988, S. 99. Bezeichnenderweise finden wir Gutenberg, nachdem er wieder in die Stadt gezogen war, unter den Goldschmieden als nicht vollberechtigtes Mitglied verzeichnet. Möglicherweise hatte er sich als Zunftmitglied beworben, um weiterhin mit Metallen arbeiten zu können. Vgl. auch Schulz 1985, S. 211f.

43 Vgl. hierzu die Zeugenliste aus dem Dritzehnprozess bei Schorbach 1900, S. 160.

44 Köster 1973, S. 16f.

45 Zur Familie der Dritzehn siehe Alioth 1988, S. 475f., 490, 519 u. 582 und NDBA Bd. 2.

46 Zur Geschichte und Bedeutung der Aachener Pilgerspiegel vgl. Köster 1972, 1973 und 1983.

47 Schmidt-Künsemüller 1972, S. 127f.

48 Schorbach 1900, S. 161f.; Fuhrmann 1940, S. 183.

49 1414 verdiente ein Steinmetz des Straßburger Münsters von Juni bis November insgesamt 9 Straßburger Pfund, ein Vorarbeiter 25 Schilling mehr, also insgesamt 10 Pfund und 5 Schillinge. Vgl. Fuchs 1998, S. 33–60. Dirlmeier 1978, S. 195f. gibt für das Jahr 1440 die Handwerkslöhne zwischen 25 und 35 Gulden im Jahr an.

50 Gerhardt 1970, S. 56–72.

51 Köster 1973, S. 16f.

52 Venzke 1993, S. 90; Stammler 1912, S. 7.

53 Fuhrmann 1940, S. 163.

54 Fuhrmann 1940, S. 163 und S. 185.

55 Schorbach 1900, S. 154f.; Fuhrmann 1940, S. 157f.; Köster 1973.

56 So ist Kapr überzeugt, dass Gutenberg in Straßburg bereits alle notwendigen Elemente für den Buchdruck erfunden hatte. Kapr 1987, S. 89.

57 Fuhrmann 1940, S. 175: »Hans Dünne […] hat gesagt, dass er vor etwa drei Jahren von Gutenberg etwa hundert Gulden verdient habe, allein (an dem Material), das zum Drucken gehört«; vgl. dazu Köster 1973, S. 11.

58 Schmidt-Künsemüller 1972, S. 127.

59 Ruppel 1947 (I), S. 59.

60 Diese Auffassung vertritt Gerhardt 1970, S. 56–72.

61 Liest man die Zeugenaussagen im Prozess genauer, finden sich zahlreiche Hinweise auf komplizierte kurzfristige Kredit- und Vorschussgeschäfte und die Aussagen, dass diese Gelder auch zurückgezahlt wurden. Vgl. dazu auch Stromer 1983, S. 45–48.

62 Schorbach 1900, S. 176, und Schmidt 1860, S. 97

63 Schorbach, 1900, S. 149 und S. 185.

64 Alioth 1988, S. 169 und S. 181.

65 Schorbach 1900, S. 187.

66 Martin 1941, S. 107f.

67 Vgl. Anmerkung 42.

68 Schorbach 1900, S. 290.

69 Vgl. Kapr 1987, S. 136; Bechtel 1992, S. 285.

70 Seidenberger 1900, S. 45.

71 Seidenberger 1900, S. 49.

72 Schenk zu Schweinsberg 1900, S. 126.

73 Schorbach 1900, S. 191f.

74 Vgl. Schorbach 1925, S. 130f.; Bechtel 1992, S. 183f.

75 Die Problematik der typengeschichtlichen Zuordnung und die Zuschreibung an Gutenberg wird im Beitrag von C. Schneider erörtert. Deshalb wird an dieser Stelle auf eine ausführliche Diskussion der Thematik verzichtet.

76 Ruppel 1940, S. 10–12.

77 Schmidt-Künsemüller 1972, S. 137.

78 Die Größenordnung dieses Darlehens zeigt sich im Vergleich mit dem Jahresgehalt eines städtischen Angestellten. So bezog Dr. Humery 180 Gulden im Jahr, vgl. Seidenberger 1900, S. 55; ein Universitätsprofessor in Basel erhielt 1450 höchstens 150 Gulden jährlich, vgl. Dirlmeier 1978, S. 84.

79 Zur Bedeutung der Begriffe *werck* und *werck der bücher*, vgl. Kapr 1981, S. 126f.

80 Schorbach 1900, S. 196f.; Blum 1954.

81 Zur Diskussion um die Urdruckerei Gutenbergs in Mainz vgl. die Zusammenfassung Widmanns in: Widmann 1972 (II), S. 18–20; Kapr 1987, S. 186f.; Bechtel 1992, S. 348–351; Venzke 1993, S. 193, und Beitrag von C. Schneider.

82 Zur Diskussion, welche Drucke das »Werk der Bücher« einschloss, vgl. z. B. Blum 1954, S. 1f.; Kapr 1981, S. 32f.; Kapr 1987, S. 181; Bechtel 1992, S. 566.

83 Hoffmann 1993 (I) hat sich detailliert um die Rekonstruktion der einzelnen Betriebsfaktoren bemüht und anhand zeitgenössischer Beispiele versucht, eine Kosten- und Gewinnrechnung aufzustellen.

84 Durch die kunstvolle Anwendung dieses Typenapparates erreichte der geübte Setzer mittels Ligaturen und Abkürzungen den Zeilenausgleich, weshalb neben dem spezialisierten handwerklichen Können auch noch gute Lateinkenntnisse von den Setzern verlangt wurden. Vgl. Ruppel 1947 (I), S. 110.

85 Zur Geschichte der B42 siehe den Beitrag von C. Schneider, zur technischen Entwicklung den Beitrag von E. Hanebutt-Benz.

86 Vgl. Anmerkung 98.

87 Schorbach 1925, S. 130.

88 Meuthen 1982, S. 116f.; Hoffmann 1983–1987, S. 473f.; Hoffmann 1993 (I), S. 256f.

89 Zit. nach Meuthen 1982, S. 116.

90 Hoffmann unterstützt diese durch den Piccolomini-Brief vorgegebene Datierung der Bibelvollendung durch ausführliche Berechnungen zum möglichen

Druckbeginn und zur Dauer des Bibeldruckes. Er resümiert, dass der Bibeldruck, selbst bei Annahme niedrigster Setzerleistungen, schon 1454 hätte beendet sein können. Hoffmann 1993 (I), S. 281f.; Bechtel 1992, S. 366f.

91 Schneider 1990, S. 48; Bechtel 1992, S. 360f.

92 Die folgende Darstellung zum Helmaspergerschen Notariatsinstrument bezieht sich hauptsächlich auf die Ausführungen von Blum 1954, S. 1f.; Stammler 1912, S. 1f.; Geldner 1972 (II), S. 91f.; Juchhoff 1973, S. 51f.; Hoffmann 1993 (I), S. 255f.

93 Zum Begriff von »Werk« und »Werk der Bücher«, vgl. Kapr 1981, S. 126f.

94 Alle wörtlichen Zitate nach Blum 1954, S. 20

95 Stammler 1912, S. 21; Hoffmann 1993 (I), S. 260f.

96 Blum versucht eine Rekonstruktion der Gegenrede Fusts und der Nachrede von Gutenberg, vgl. Blum 1954, S. 48f.

97 Blum 1954, S. 38f.; Venzke 1993, S. 184.

98 Durch die Rückrechnung der von Fust angegebenen Zinsen des ersten Kredits versucht man, dessen Laufzeit und zugleich das genaue Datum für den Beginn der Beziehung zwischen Gutenberg und Fust zu ermitteln. Ausgehend vom Oktober/November 1455, dem Monat der Eidesleistung, ergibt sich für den Beginn der Geschäftsbeziehung der Sommer 1450; der Druckbeginn läge dann im Januar 1452. 1. Kredit = 800 fl. zu 6% = 48 fl. Zins pro Jahr. 250 fl. Gesamtzinsen : 48 fl. Jahreszins = 5,2 Jahre; 2. Summe = 800 fl. zu 6% = 48 fl. Zins pro Jahr. 140 fl. Gesamtzinsen: 48 fl. Jahreszins = 2,9 Jahre. Die im Notariatsinstrument angegebenen Zinsen beziehen sich aber wahrscheinlich auf den Zeitpunkt der Klageerhebung, der uns wiederum unbekannt ist. Fand der Prozess im Sommer 1455 statt, könnte das Darlehen schon Ende 1449 ausgehändigt und der Druck im Herbst 1451 begonnen worden sein. Auch wissen wir nicht, ob die Zinsen jährlich, halbjährlich oder vierteljährlich abgerechnet wurden. Eine auf den Tag genaue Berechnung wie heute war zu dieser Zeit im Allgemeinen noch nicht üblich. Eine Rekonstruktion des Betrages muss also immer mit zwei Unbekannten errechnet werden. Ebenso bleibt unklar, ob Fusts angegebene Zahlen korrekt sind, hatte er doch die Gesamtsumme großzügig nach oben aufgerundet. So ergibt sich auch hier, trotz aller mathematischer Bemühungen, nur ein ungefährer Zeitrahmen des Beginns der Geschäftsbeziehung Gutenberg – Fust zwischen Herbst 1449 und Sommer 1450 und der Inangriffnahme des eigentlichen Bibeldruckes zwischen Ende 1451 und Anfang 1452.

99 Verschiedenste Berechnungen führten Stammler 1912, S. 17; Blum 1954, S. 68f.; Kapr 1987, S. 178f.; Geldner 1968 (II), S. 311; Geldner 1972 (II), S. 120f.; Hoffmann 1993 (I), S. 305; Hoffmann 1993 (II), S. 124, und Venzke 1993, S. 200 durch.

100 Hanebutt-Benz 1997, S. 16.

101 Hoffmann 1993 (I), S. 309.

102 Die gesamten Entwicklungskosten des Buchdruckes sind nie vollständig berechnet worden. Auch die sehr detaillierten Berechnungen von Hoffmann 1993 (II), S. 299f., beziehen sich ausschließlich auf die Realisierungskosten der B42 in Mainz. Doch schon Peter Schöffer berichtete, wie Trithemius 1485 schreibt, dass die Kosten für die B42 mehr als 4000 Gulden betragen hätten, noch bevor die dritte Lage gedruckt war. Vgl. Geldner 1968 (II), S. 314.

103 Ruppel 1947 (I), S. 65; Geldner 1966, S. 2538.

104 Kapr 1972, S. 32–40; Kapr 1987, S. 57f. und 120; Sprenger 1999 (I), S. 42–57.

105 Bechtel 1992, S. 609.

106 Darauf verweisen die Papiersorten und die spätere Verwendung der Drucktypen durch den Bamberger Frühdrucker Albrecht Pfister. Vgl. Beitrag Schneider; Dresler 1954, S. 553f.; Geldner 1950, S. 100–110; Geldner 1964 (II), S. 48–51; Kapr 1987, S. 220–224.

107 Die Zeiten waren schlecht. Die Stadt Mainz stand vor dem Konkurs und allgemein war eine schlechte Zahlungsmoral nicht ungewöhnlich. Vgl. Hoffmann 1993 (II), S. 125, Anm. 17–19.

108 Ob Humery diese Hilfe nur auf Betreiben des Erzbischofs Diether von Isenburg unternahm, müsste erst noch bewiesen werden. Geldner 1966, S. 2538, und Geldner 1968 (II), S. 316.

109 Schorbach 1900, S. 227.

110 Ruppel 1947 (I), S. 138.

111 Zit. nach Kapr 1987, S. 229.

112 Kapr 1987, S. 221.

113 Kapr 1987, S. 253.

114 Falck 1993, S. 75.

115 Schorbach 1900, S. 220; Ruppel 1947 (I), S. 56f.

116 Ruppel 1928, S. 58f.; Ruppel 1940, Nr. 146; Ruppel 1947 (I), S. 64.

117 Kapr 1976, S. 106.

118 Kapr 1987, S. 263.

119 Ruppel 1928, S. 68; Ruppel 1937 (I), S. 35–47; Ruppel 1947 (I), S. 72

Isa Fleischmann-Heck

Schrift im Gebrauch

Lese- und Schreibkultur im Spätmittelalter

Für uns heute, im 21. Jahrhundert, ist der Gebrauch von Schrift selbstverständlich. Täglich verwenden wir Stift und Papier, lesen Zeitschriften und Bücher. Gleichwohl gelten die »Schriftmedien« nicht mehr als die wichtigsten Kommunikationsmittel, denn längst haben Radio, Fernsehen, Telefon und Computer das Handgeschriebene und Gedruckte in vielen Lebensbereichen in den Hintergrund gedrängt.

Versetzen wir uns jedoch in das 15. Jahrhundert zurück, so bedeutete die Einführung des Buchdrucks eine revolutionäre Neuerung in der Schrift- und Buchproduktion, die einen dauerhaften Einfluss auf die kulturelle, soziale und politische Entwicklung der europäischen Länder haben sollte.

Mit seiner Erfindung reagierte Gutenberg allerdings auf Bedürfnisse, die sich in der mittelalterlichen Gesellschaft im Laufe von vier Jahrhunderten, zwischen 1000 und 1400, herausgebildet hatten und die mit umwälzenden sozial- und bildungsgeschichtlichen Veränderungen zusammenfielen. Denn im Erziehungs- und Bildungswesen, in Handel und Recht hatte sich aufgrund der Ausweitung des Schriftgebrauchs ein tiefgreifender Wandel vollzogen. Schriftliche Kommunikation war zu einer Notwendigkeit geworden, die neue Vervielfältigungsmethoden und einen preiswerteren Beschreibstoff als Pergament – das Papier – erforderte.

Die zunehmende Verschriftlichung der Gesellschaft wirkte sich in günstiger Weise auf die Lese- und Schreibfähigkeit breiter Bevölkerungsschichten aus, die jetzt in neu gegründeten Schulen und Universitäten darin Grundkenntnisse erwarben. Profane Nutzungszwecke von Schrift und Buch lösten die vorwiegend religiös motivierte Bindung an die »heiligen Bücher« ab, sodass sich beispielsweise seit dem 14. Jahrhundert nördlich der Alpen in den kommunalen sowie den kaufmännischen Verwaltungen die aus Italien übernommene Buchhaltung schnell durchsetzen konnte.

Die Nachfrage nach Lesestoffen – insbesondere nach Schultexten – sowie das Angebot stiegen kontinuierlich an, und so entstanden seit Ende des 14. Jahrhunderts Schreibwerkstätten, in denen Handschriften auf Papier serienmäßig hergestellt wurden.

Der Druck mit Hilfe beweglicher Lettern beschleunigte die Vervielfältigung von geschriebenen Texten und verbilligte das bisher teure Buch; aber bereits lange bevor Gutenberg seine ersten Druckversuche unternahm, wurden Bücher in unternehmerisch organisierten Werkstätten produziert. In der Buchherstellung herrschten längst Rationalisierungstendenzen, welche die relativ schnelle Ausbreitung der Druckkunst in Europa begünstigen sollten.[1]

Lesen und Schreiben als Gott wohlgefälliges Werk

Bis in das 11. Jahrhundert hinein erlernte nur eine Minderheit von Menschen, die mit dem herrschaftlichen oder kirchlichen Bereich verbunden war, Lesen und Schreiben. Vor allem im geistlichen Stand und in den kirchlichen Institutionen hatte sich die Schriftkundigkeit seit der Spätantike erhalten. Insbesondere das Mönchtum trug entscheidend dazu bei, dass die römisch-lateinische Bildungstradition nach der Völkerwanderungszeit weiterhin fortbestand.

In den klösterlichen Schreibstuben widmete man sich eifrig dem Abschreiben von Codices. Diese aufwendige und anstrengende Arbeit teilten sich oft mehrere Mönche oder Nonnen, indem sie jeweils eine oder mehrere Lagen – ineinandergelegte Doppelblätter – schrieben, die zu einem Buch zusammengebunden wurden. Diese Teamarbeit musste sehr gut vorbereitet und geplant sein. Der Arbeit des Korrektors, der die Texte überprüfte und verbesserte, wurde eine besondere Bedeutung zugemessen. Rubrika-

Abb. 1 **Wachstafelbuch, Niederrhein, 1. Hälfte 14. Jahrhundert, Darmstadt, Hessisches Landesmuseum (Kat.-Nr. GM 2)**

toren fügten anschließend Überschriften und Anfangsbuchstaben (Initialen) in roter Farbe in den Text ein, bevor die Maler (Miniatoren) ihr Werk begannen.

In der Regel kopierte man vorhandene Bücher – Mess- und Chorbücher, Schriften der Kirchenväter und der monastischen Theologie – für den eigenen Gebrauch oder um sie anschließend gegen Werke aus anderem Besitz einzutauschen.

An der Entstehung neuer Texte, die häufig diktiert wurden, waren ebenfalls mehrere Personen beteiligt: Zunächst wurde das Diktierte auf einer »tabula«, einer mit Wachs bestrichenen Tafel festgehalten, d. h. mit der Spitze eines Griffels (stilus) eingeritzt und anschließend als Konzept transskribiert. Der »dictator« ließ sich dann, bevor das Original auf Pergament geschrieben wurde, den Text noch einmal vorlesen. Benötigte man den eingeritzten Text auf den Wachstafeln nicht mehr, wurde die Wachsfläche mit dem anderen spatelförmigen Ende des Griffels wieder geglättet.[2]

Die Wachstafel beziehungsweise das Wachstafelbuch (Abb. 1) hatten bereits in der Antike als Konzept-, Notiz- oder Rechenbuch gedient. Das kostspielige Pergament dagegen verwendete man im Mittelalter in der Regel nur für die Reinschrift. Als Schreibwerkzeuge nahmen die Schreiber neben Griffeln aus Holz auch solche aus Bein oder Metall sowie Federkiele für das Pergament.

Als Amts-, Liturgie- sowie Wissenschaftssprache, die in Schule und Universität zu den grundlegenden Lehrfächern gehörte, galt das Lateinische, das von den »clerici« beherrscht wurde, die mindestens bis zum 12. Jahrhundert als einzige Schriftkundige »litterati« waren. In jener Zeit setzte sich allmählich im Sprachgebrauch durch, die »illiterati« (Schrift- und somit Lateinunkundigen) mit »laici« gleichzusetzen. »Laici«, des Schreibens und Lesens nicht mächtig, waren nicht nur Bauern, Handwerker und Kaufleute, sondern bis in das Spätmittelalter selbst große Teile des deutschen Adels. Ihr Bildungsbegriff fußte auf volkssprachlich-mündlichen Traditionen, während insbesondere an den italienischen Fürstenhöfen die Lese- und Schreibfähigkeit bereits im 12. Jahrhundert eingesetzt hatte.

Schriftunkundigkeit war jedoch nicht allgemein als Synonym für Unbildung zu verstehen, konnte doch die römisch-lateinische Überlieferung mündlich erfasst und erlernt werden.[3]

Lange Zeit entstanden Bücher nur in den Skriptorien der Klöster oder Domschulen; und auch Schreibaufträge für die königliche Kanzlei – z. B. die Erstellung von Schriftstücken, wie Urkunden – gingen an schreibkundige Geistliche. Seit dem hohen Mittelalter wurden Bücher dann auch von Lohnschreibern aus dem Laienstand kopiert, die im Auftrag der Klöster und der neu gegründeten Universitäten arbeiteten.

Lesen und Schreiben stellten bis in das 14. Jahrhundert oftmals getrennte Lernbereiche dar, die nicht notwendigerweise zusammen, vielmehr auch einzeln vermittelt wurden. Im Zusammenhang mit einer Ausbildung für die klerikale Laufbahn lehrte man Elementarkenntnisse in Lesen und Schreiben für lange Zeit ausschließlich an Kloster- oder an Domschulen. Dagegen war privater Unterricht durch bezahlte Lehrer sehr selten.

Beim Lernen stützten sich die Schüler in der Hauptsache auf ihr Gedächtnis. Im Unterricht galt das laute Memorieren als wichtigstes Mittel, sich lateinische Silben, Worte oder Verse einzuprägen. Für den Lernerfolg war bei dieser mnemotechnischen Methode nicht nur die Intelligenz eines Menschen von Bedeutung, sondern das Lernen »forderte Herz und Sinne des Schülers mehr noch als seine Ausdauer und seinen Verstand heraus«.[4]

Das Trainieren des Gedächtnisses gehörte zu den wesentlichen Aufgaben eines Schülers, und vor allem der Scholastiker Hugo von St. Victor († 1141), Leiter der Pariser Stiftsschule, sah im Gedächtnistraining eine wesentliche Voraussetzung für das Lesen. In seinen »Sieben Büchern der Gelehrsamkeit« (Eruditionis didascalicae libri septem) gab er praktische Anweisungen zum Lernen, die das spätere pädagogische Schrifttum wesentlich beeinflusst haben.

Im Namen der Verwaltung, des Glaubens und des Wissens – Neue Funktionen und Formen von Schrift und Buch

Für die Geschichte des Buches und des mittelalterlichen Bildungswesens stellen das 11. und 12. Jahrhundert einen deutlichen Wendepunkt dar. Es entstehen jetzt zunehmend neue Handschriften – insbesondere Schultexte –, es werden Texte gesammelt und geordnet sowie Bibelkommentare der Kirchenväter zusammengestellt. Neu in diesem Zusammenhang sind einige Erfindungen, die als Hilfsmittel bald unersetzlich werden: Das Sachregister ermöglichte das schnelle Auffinden bestimmter Textstellen, die Manuskriptseite erfährt durch Kapitel- oder Zwischenüberschriften eine neuartige Gestaltung, Blatt- oder Seitenzahlen werden eingefügt und Worterläuterungen zwischen den Textzeilen (Interlinearglossen) seltener, beziehungsweise mit kleineren Buchstaben geschrieben; Text und Glosse erscheinen in unterschiedlichen Schriftgrößen, parallel angelegt. Diese ordnenden und verständnisfördernden Einrichtungen im Text erleichterten insoweit die Lektüre, als die Leser nun nicht mehr murmelnd und langsam das Geschriebene aufnahmen, sondern leise und schneller für sich lesen konnten. Vermutlich war deshalb die Menge der gelesenen Texte und Bücher sehr viel höher als in den Zeiten zuvor.[5] Als textgliedernde und gedächtnisstützende Elemente dienten in den Codices bis in das 15. Jahrhundert auch Initialen, die farblich und in ihrer Größe hervorgehoben wurden, sowie Tabellen und Rubrizierungen.

Zur Grundausstattung von Kirchen und Klöstern gehörten bis in das 12. Jahrhundert neben der Bibel der Psalter sowie das Sakramentar, in dem alle Gebete zusammengefasst wurden, die der Priester in der Messe sprach; außerdem das Evangeliar, das alle vier Evangelien umfasste, und das Perikopenbuch, das nur die in der Messe vorgetragenen Abschnitte der Evangelien enthielt. Mit der gestiegenen Buchproduktion und einer höheren Nachfrage nach liturgischen Büchern änderten sich auch einige Buchtypen. Dem Sakramentar folgte nun das Missale (Kat.-Nr. GM 13), das alle Gebete, Gesangstexte und Lesungen der Messe im liturgischen Jahr beinhaltete. Da im späten Mittelalter immer häufiger Privatmessen gehalten wurden, benötigten die Priester kleine, leicht handhabbare Messbücher, die nun vermehrt im Angebot waren. Das Brevier (Kat.-Nr. GM 27), das Gebete, Gesänge, den Psalter und tägliche Stundengebete enthielt, entwickelte sich zum Gebetbuch der Geistlichen. Seit dem 12. Jahrhundert stellte man kleine, reich mit Malereien ausgestattete Gebetbücher her, die nur einen Teil des Breviers, wie beispielsweise den Psalter, zum Inhalt hatten und vor allem von Laien erworben und für die private Andacht verwendet wurden; im 14. Jahrhundert übernahm im privaten Bereich das Stundenbuch die Rolle des Psalters als Gebetbuch (Kat.-Nr. GM 14, 15).

Mit diesen Modifizierungen der Textgestaltung und der Buchtypen verbunden waren neue Funktionen des Gebrauchs von Büchern und geschriebenen Texten, die sich insbesondere in den verschiedenen Formen von »Buchführung« widerspiegelten. Im Laufe der Zeit wurde der Erwerb der Lese- und Schreibfähigkeit zur lebensbestimmenden Aufgabe für den Einzelnen und für die Gesellschaft. In engem Zusammenhang mit dem steigenden Schriftgebrauch sind zudem geistes- und sozialgeschichtliche Umbrüche zu sehen, die festgefügte gesellschaftliche Strukturen lockerten, Kommunikationsformen veränderten und Auswirkungen auf die Verwaltung von Wissen und den Aufbau von Herrschaft besaßen. Die Bevölkerungszunahme und die wachsende Zahl von Stadtgründungen in vielen Regionen Europas im Hochmittelalter und die damit einhergehenden Veränderungen im Erziehungswesen waren bildungsgeschichtlich von entscheidender Bedeutung.

Zuerst in Italien, wo es stets ein laikales Notariatswesen gegeben hatte, später in den Ländern nördlich der Alpen, erlernten zunehmend Laien Lesen und Schreiben. In den Kontoren der Kaufleute, in den kommunalen und kirchlichen und anderen Verwaltungen legte man Geschäfts-, Rats- oder Stadtbücher an. Für diese Arbeiten wurden zunächst Lohnschreiber herangezogen, dann Rats- oder Stadtschreiber, die nicht selten und bis in das 15. Jahrhundert hinein Kleriker waren. In der Ratskanzlei waren dem Ratsschreiber häufig mehrere Gehilfen sowie Sachbearbeiter und Kopisten, die Reinschriften anfertigten, unterstellt. Das Stadtgericht und die Ämter konnten auf eigene Schreiber oder Notare zurückgreifen. Aufgrund ihrer Tätigkeit hatten die Notare einen umfassenden Einblick in das Rechts- und Verwaltungswesen einer Stadt. Sie besaßen eine wichtige Funktion. Auf den Konzilien in Konstanz (1414–1418) und Basel (1431–1449) beispielsweise, fertigten sie nicht nur während der Sitzungen Protokolle an, sondern vervielfältigten auch Konzilstexte, Beiträge und Akten. Schriftstücke wurden in den Kanzleien der Konzilien mehrfach geschrieben und versandt. Im Laufe des Mittelalters stieg die Zahl der im kommunalen Bereich beschäftigten Schreiber und Notare an, und zunehmend hatten neben dem Ratsschreiber auch Sekretäre eine universitäre Ausbildung.[6]

Der Wunsch, Lesen, Schreiben oder Rechnen zu erlernen, war nun zu einer profanen, meist wirtschaftlichen Notwendigkeit geworden. Neben Urkunden und Protokollen belegen auch Privatbriefe von Unternehmern und Kaufleuten, die aus spätmittelalterlicher Zeit erhalten sind, das Erfordernis der schriftlichen Kommunikation, beispielsweise für einen erfolgreichen Geschäftsverlauf: »Zuverlässige Nachrichten über Ernten, über Kredit- und Wechselgeschäfte, Preisentwicklungen bei Handelsgütern, insbesondere bei Luxusartikeln, aber auch über politische Ereignisse oder bevorstehende Bankrotte waren im risikoreichen Geschäft der großen Handelsgesellschaften notwendig geworden.«[7]

Ein Unternehmer, der als unermüdlicher Briefeschreiber in die Wirtschaftsgeschichte einging und viele Boten beschäftigte, war der Kaufmann Francesco di Marco Datini, der 1410 in Prato 140000 Geschäfts- und Privatbriefe hinterließ. Neben dem städtischen Botenwesen profitierten allmählich auch private Anbieter von Postdiensten, wie z. B. gegen Ende des 15. Jahrhundert die Post der Taxis', von einem gesteigerten Kommunikationsbedürfnis.[8]

Gleichzeitig entwickelte sich die bisher mündlich tradierte volkssprachliche Literatur in Deutschland im Verlauf des späteren Mittelalters zu einer »Buchliteratur«, die von einer neuen Rezipientenschicht nun nicht mehr nur gehört, sondern vor allem gelesen wurde. Infolge dieser Entfaltung volkssprachlicher Bücher, insbesondere seit dem 14./15. Jahrhundert, entstanden neue Textgruppen für neue Leserschichten. Im 15. Jahrhundert ist sogar eine »Literatur-Explosion« deutscher Texte festzustellen.[9] Nun wurde es möglich – und mit der Durchsetzung des Buchdrucks vergrößerte sich das Angebot noch – zwischen Büchern mit unterschiedlichem Inhalt auszuwählen. Man konnte wissenschaftliche, literarische, pragmatische Bücher, Verse oder Prosa, Bücher mit geistlichen oder weltlichen Themen käuflich erwerben. Neben Brevieren und Stundenbüchern fanden insbesondere volkssprachliche und lateinische Armenbibeln, Heilsspiegel (Kat.-Nr. GM 17) und Legendendichtungen sowie praktische Anleitungen in Laienkreisen eine weite Verbreitung.

Im Zusammenhang mit der Verfügbarkeit volkssprachlicher Werke sowie einer steigenden Nachfrage nach Lektürestoffen besaßen jetzt immer mehr Menschen Bücher,

Abb. 2 **Statutenbuch des Freiburger Collegium Sapientiae, Bücher in Ketten, Freiburg, Universitätsarchiv (Kat.-Nr. GM 45)**

die in fürstlichen Häusern zu repräsentativen Sammlungen anwuchsen, wie beispielsweise die damalige Palatina in Heidelberg oder die Münchener und die Wiener Hofbibliothek. Aber auch die städtische Oberschicht gelangte in den Besitz von lateinischen und volkssprachlichen Büchern, und gerade für das 15. Jahrhundert können wir bereits umfangreiche Gelehrtenbibliotheken nachweisen; stellvertretend mögen hier die Büchersammlungen von Amplonius de Bercka (s. Kat.-Nr. GM 46), Hartmann Schedel und Ludwig von Marburg zum Paradies genannt werden.[10] Darüber hinaus bemühten sich ebenso sehr Ordensgemeinschaften wie die Kartäuser und die Zisterzienser, ihre Bibliotheken zu vergrößern (s. Kat.-Nr. GM 28–33). Seit dem 13. Jahrhundert bewahrte man in klösterlichen Bibliotheken einen Teil der Bücher auf langen, schrägen Tischen (Doppelpulten) auf; die Handschriften und später auch die Drucke waren meist an den Pulten angekettet (*libri catenati*, Abb. 2, Kat.-Nr. GM 6). Viele Bibliotheken in kirchlicher Verwaltung verliehen ihre Bücher auch an Laien, die oftmals ein Pfand zurücklassen und sich in ein Leihbuch eintragen mussten. Öffentliche Bibliotheken gab es noch sehr selten: Sie entstanden im 15. Jahrhundert nur in italienischen Städten wie Florenz (1441 Markusbibliothek) und Venedig (1468).[11]

Mit der Zunahme von geschriebenen Texten bildete sich auch eine Vielfalt ihrer Formen aus, die sich den unterschiedlichsten Gebrauchsfunktionen anpasste. Als Beschreibstoff diente in der Hauptsache noch das Pergament, dessen Herstellung sehr langwierig und teuer war. Seit dem 13. Jahrhundert entstanden dann – zunächst in Italien – Papiermühlen, die Papier aus Hadern (Lumpen aus Leinen, Hanf und später Baumwolle) produzierten. In Deutschland nahm, soweit bekannt, erst ein Jahrhundert später, 1390, die erste Papiermühle von Ulman Stromer an der Pegnitz in der Nähe von Nürnberg ihren Betrieb auf. Die Papiere, die dort oder in Ravensburg oder Basel produziert wurden, konnten in der Anfangszeit allerdings in ihrer Qualität nicht mit den italienischen Papieren konkurrieren, sodass das bevorzugte italienische Papier bis in das 15. Jahrhundert hinein ein ebenfalls teurer Beschreibstoff war, der aber im Vergleich zu Pergament für eine vielseitigere Verwendung zur Verfügung stand, wie z. B. als Notizzettel, Rechnungsblatt oder Brief.

Auf Papier wurden nun auch Holzschnitte (Kat.-Nr. GM 11) gedruckt, die als Einzelblätter bei Briefdruckern sowie auf Märkten und Messen, in Kirchen und Klöstern erworben werden konnten. Zunächst schnitt der Holzschneider Bild und Schrift spiegelverkehrt aus einem Holzstock heraus. Anschließend färbte man die zu druckenden, erhabenen Partien ein, legte oder drückte dann das Papier auf den Holzstock und druckte mit Hilfe eines Reibers (Reiberdruck).

Die Technik des Holzschnitts – der Holztafeldruck – hatte sich seit dem Ende des 14. Jahrhunderts schnell verbreitet und bot erstmals die Möglichkeit einer massenhaften Vervielfältigung von Texten und insbesondere von Bildern, die der privaten Andacht in häuslicher Umgebung dienten. Als Einblattdrucke wurden vor allem Spielkarten, Andachtsbilder und Blätter mit der Darstellung einer Wallfahrtsstätte oder deren Reliquien, aber auch Neujahrsgrüße, Pestblätter oder Abc-Tafeln (Kat.-Nr. GM 36) hergestellt und an ein großes Publikum verkauft.

Seit Beginn des 15. Jahrhunderts entwickelte sich eine weitere druckgraphische Technik, der Kupferstich: In eine Kupferplatte wurden zunächst das Bild und der Text seitenverkehrt eingraviert und die Druckfarbe in die vertieften Linien, die Furchen, eingerieben. Nachdem die Oberfläche der Platte von Farbe gesäubert war, konnte der Druckvorgang beginnen. Anfangs druckte man noch manuell durch Abreibung; in der zweiten Hälfte des 15. Jahrhunderts verwendete man jedoch schon Druckpressen.

Die ersten Kupferstiche haben vermutlich anonyme Künstler in Deutschland hergestellt, denen die kunsthistorische Forschung häufig Notnamen gab (Kat.-Nr. GM 12). Bald verbreitete sich dieses graphische Verfahren in Italien und den Niederlanden. Im Gegensatz zu den massenweise vertriebenen Holzschnitten wandten sich die Kupferstiche an einen eher kleinen, kunstsinnigen und anspruchsvollen Kundenkreis, der diese wertvollen, fein ausgeführten Blätter schätzte.

Das religiöse Leben der Menschen im Spätmittelalter war hauptsächlich bestimmt durch den regelmäßigen Besuch der Kirche, in der die Gläubigen durch die Predigt das Wort Gottes vernahmen. An Feiertagen wurden vor der Kirche Ablassbriefe verkauft, die ein großes Publikum fanden (Kat.-Nr. GM 5). Ferner las man nun in privater Abgeschiedenheit Andachts- und Stundenbücher und hängte sich Bilder – z. B. Holzschnitte mit Heiligenfiguren und Schutzpatronen – und Gebetstafeln in den eigenen Räumen auf. Aber nicht nur in Privaträumen verwahrte man religiöse Texte auf Blättern oder Tafeln, sondern auch in Kirchen hingen zur Gedächtnisstütze ebenfalls Gebets- und Katechismustafeln, die den lesekundigen Gläubigen ansprechen sollten (Abb. 3, Kat.-Nr. GM 4). Ein wichtiges Zeugnis über die Ausstattung der spätmittelalterlichen Kirchen mit Schrifttafeln, Andachtsbildern und -texten sowie Ablassurkunden lieferte im 16. Jahrhundert ein Geistlicher aus Biberach an der Riß. Detailliert beschrieb er die religiösen Verhältnisse seiner Vaterstadt vor Luthers Thesenanschlag. Zur Frömmigkeitspraxis in Biberach schreibt er:

Wür habendt auch vil Andacht im Alten, rechten glauben gehabt in vil Andöchtigen, hayligen Büecher, darinnen mit Andacht zue Lesen; auch vil Andacht gehabt vor den Andöchtigen Hayligen Brieffen, dero man nuhn ganz vil gehabt hat von andächtigen wegen in Heüßern, Stuben, in Cammern, an Göttern (= Gittern), *in Truchen, an thüren und an wänden und Allenthalben. Man hat ir auch Ganz vaßt vil fail gehabt und die nuhn gern von Andacht wegen khaufft. […] Es sendt auch neben Altar* (der Kapelle in der St.Wolfgangskirche) *ahn jeglicher Seitten gehanget zwo gros Tafflen, daran vil großer Zaichen geschriben, was Zaichen* (Wunderzeichen) *da geschehen sendt, und annder Schrifften auch, […].*[12]

Mit der Differenzierung des Schriftguts nach unterschiedlichen Funktionen ging auch eine Änderung der Buchformen einher. Neben großformatigen Werken band man nun zunehmend Texte in kleineren Formaten, wie z. B. in Quart, zusammen. Iro-schottische und angelsächsische Mönche reisten im 7./8. Jahrhundert bereits mit Handbibliotheken, die als wertvolle Gepäckstücke in ledernen Säcken aufbewahrt wurden. Der heilige Bonifatius trug schon – sicher nicht als einziger – ein Taschenevangeliar mit sich.

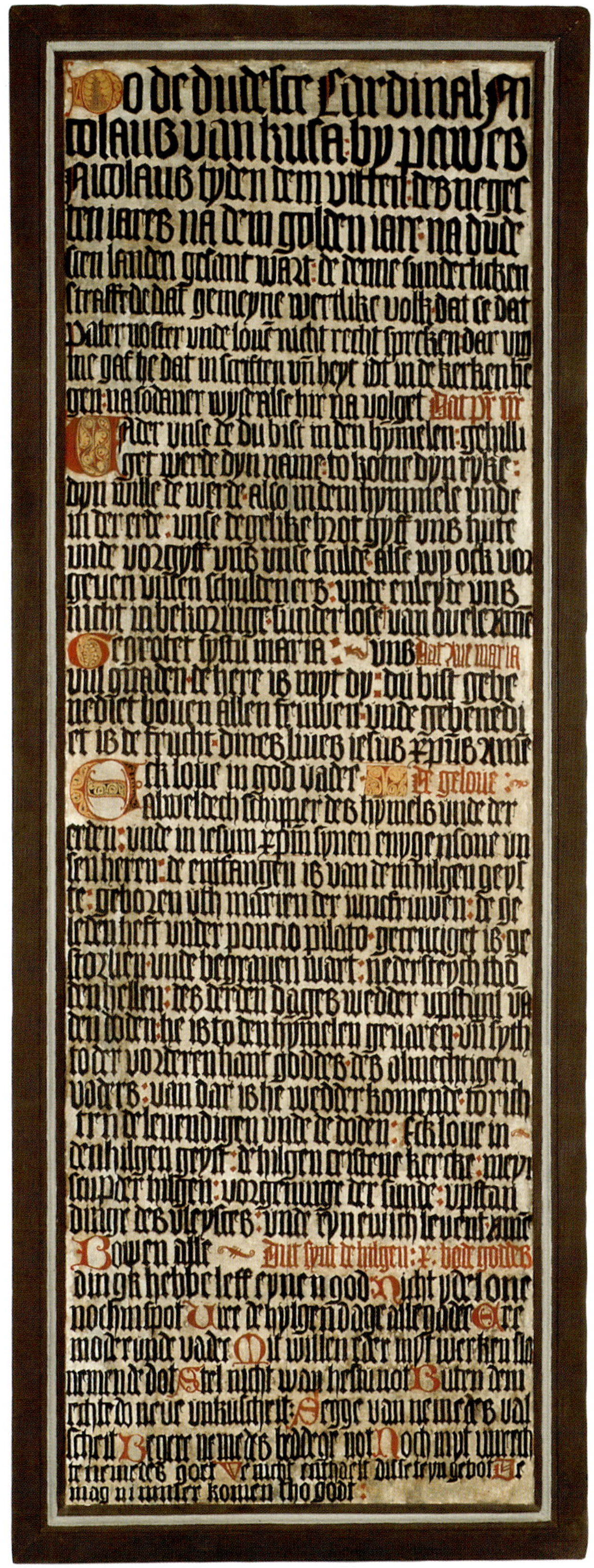

Abb. 3 **Katechismus-Tafel des Nikolaus von Kues, aus der Lambertikirche in Hildesheim, 1451, Hildesheim, Roemer-Museum (Kat.-Nr. GM 4)**

Abb. 4 **Faltbuch, handschriftlicher Almanach, Deutschland 1487, Herzog August Bibliothek Wolfenbüttel (Kat.-Nr. GM 10)**

Hatten bisher Bücherkästen (Kat.-Nr. GM 16) von unterschiedlicher Größe zur sicheren Aufbewahrung von Codices gedient, so wurden jetzt auch tragbare Bücher entwickelt: Vermutlich im 14. Jahrhundert kamen Beutelbuch und Faltbuch auf, die an der Hand mitgetragen oder am Gürtel befestigt werden konnten (Abb. 4, Kat.-Nr. GM 9 und GM 10). Ferner diente manchem Buch als besonderer Schutz ein zusätzlich über den Einband gezogenes Stück Stoff oder Leder, in das der Codex eingewickelt wurde – der Hülleneinband.

Außerdem stellte man jetzt vermehrt heftartige Bücher von geringem Umfang her, die meist in einen Pergamentumschlag gebunden waren und vereinzelt auch für den Schulunterricht, neben den Tafeln aus Holz und Wachs, geschaffen wurden.

Um das Buch handlicher zu gestalten und Platz zu sparen, reichte jedoch eine Verkleinerung des Buchformats nicht aus. Die Schriftgröße sowie der Zeilenabstand verkleinerten sich, und so stieg die Zeilenzahl. Dem Wunsch, mehr Text – in möglichst kürzerer Zeit als bisher – in einem Buch unterzubringen, wurde zudem häufig mit einer größeren Zahl von Abkürzungen und mit der Wahl einer kleineren Kursivschrift entsprochen. Oder man entschied sich für dünneres Pergament, sodass mehr Blätter zusammengebunden werden konnten. In Frankreich, vor allem in Paris, entstanden seit dem frühen 13. Jahrhundert so genannte »Pariser Bibeln« im Format von ungefähr 14,5 × 10 cm. Ausländische Studenten erwarben vermutlich zahlreiche dieser Taschenbibeln und brachten sie mit in ihr Heimatland (Kat.-Nr. GM 7).[13]

Resümierend können wir festhalten, dass im Zeitalter vor der Erfindung des Buchdrucks mit beweglichen Typen zunehmend Bücher, Schrift und Bild in verschiedener Form für unterschiedliche Zwecke gebraucht wurden: Das Rechnungs-, Stadt- oder Geschäftsbuch zur Registrierung, die Urkunde als schriftliches Dokument. Immer mehr Menschen schrieben nun Formulare, Privat- oder Geschäftsbriefe auf Pergament oder Papier, protokollierten Prozesse in Akten, erwarben Ablassbriefe und Andachtsbilder, lernten mit Schulbüchern und Schreibtafeln, formulierten wichtige Notizen auf Papierzetteln oder in Büchern, lasen religiöse Texte auf Tafeln in Kirchen und Büchern in der Volkssprache und in Latein.

bücher gar hübsch gemolt – Zur Ausstattung von Büchern im Spätmittelalter

Im Verlauf des frühen 15. Jahrhunderts entfaltete sich allmählich ein größeres Angebot an Büchern, das es kaufkräftigen Kunden ermöglichte, Lesestoffe – wenn auch noch in bescheidenem Maß – auszuwählen. Diese neue Situation ist mithin durch einen steigenden Wettbewerb unter den Schreibmeistern und Schreibateliers gekennzeichnet, die nun mit Hilfe von Anzeigen ihre Leistungen und Werke offerierten.

Um die Mitte des 15. Jahrhunderts spiegelte sich die veränderte Lage, besonders im Bereich der Handschriftenillustration, in einem vielfältigen Angebot und einem größeren Konkurrenzdruck, der sich durch die Entwicklung des Holztafeldrucks und die Verbreitung des Buchdrucks noch verschärfte (zur Handschriftenillustration in Mainz im 15. Jahrhundert siehe die Beiträge von J. König, E. König und A. Arens).[14]

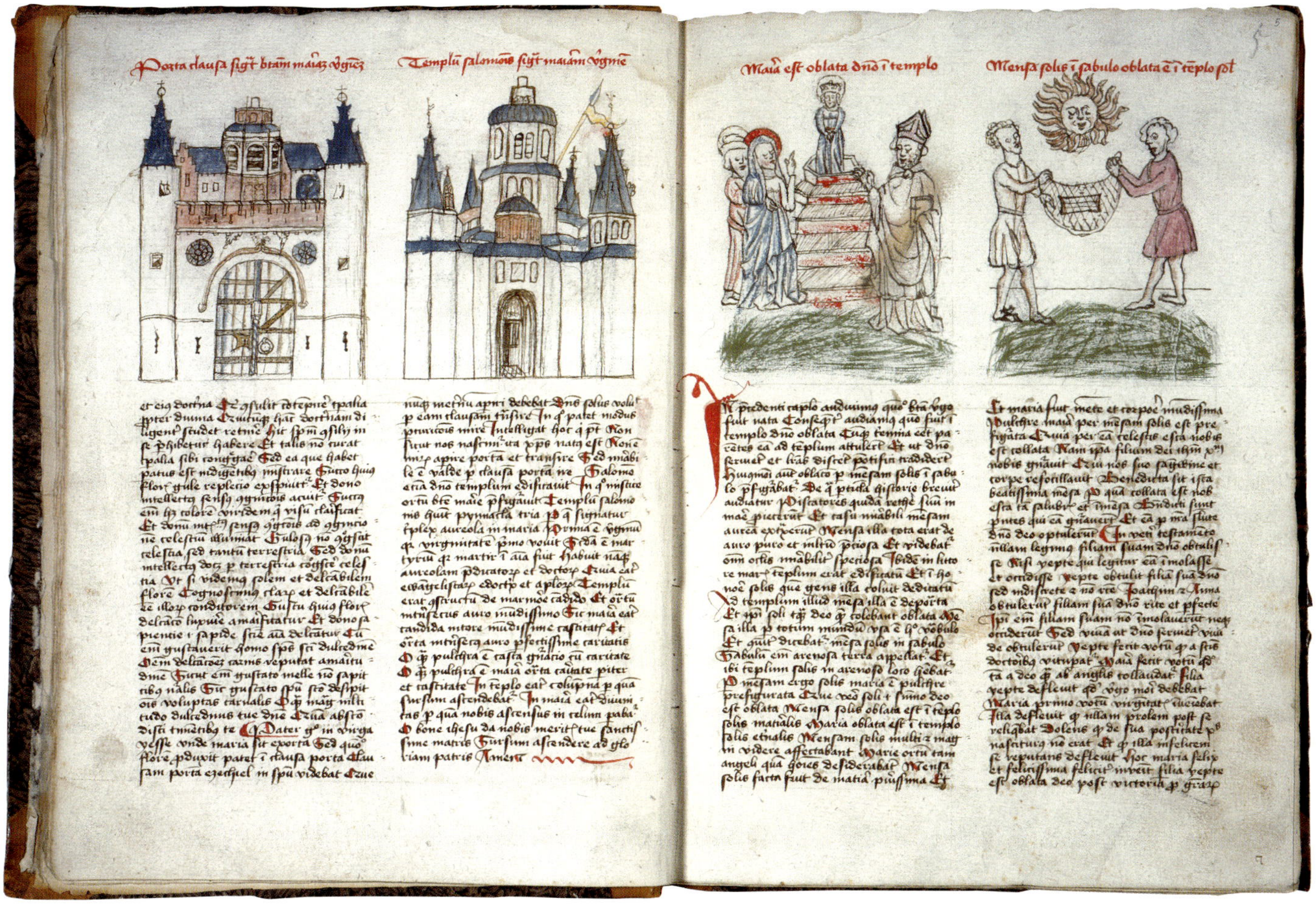

Abb. 5 **Speculum humanae salvationis, Handschrift, Mitte 15. Jahrhundert, Stadtbibliothek Mainz (Kat.-Nr. GM 17)**

Für die Ausstattung mit kostbaren Illustrationen bieten die im 15. und 16. Jahrhundert sehr beliebten Stundenbücher (livres d'heures) zahlreiche Beispiele (Kat.-Nr. GM 14, 15). In spezialisierten Werkstätten, vor allem im niederländisch-nordfranzösischen Raum, entstanden diese privaten Andachtsbücher mit Kalendarium, Stundengebeten, Psalmen, Heiligenlitaneien und Gebeten für Fest- und Heiligentage. Auf Pergament geschrieben, wurden die Prachthandschriften aufgrund ihrer kostbaren Malereien von ihren fürstlichen Besitzern hoch geschätzt und als Wertgegenstand betrachtet. Meist waren sie nicht für einen täglichen Gebrauch bestimmt.

Neben prunkvoll ausgestaltete Stundenbücher, die häufig Auftragsarbeiten waren, traten zu Beginn des 15. Jahrhunderts Handschriften mit kolorierten Federzeichnungen, die in Serie angefertigt und auf Vorrat produziert wurden (Abb. 5, Kat.-Nr. GM 17–20). Sie enthielten sowohl volkssprachliche als auch lateinische Texte und entstanden in Werkstätten, die mehrere Schreiber und Maler gleichzeitig beschäftigten. Die Schreibateliers, in denen Bücher in arbeitsteiligem Verfahren hergestellt und vertrieben wurden, waren vorwiegend im städtischen Milieu angesiedelt. Dort fanden sich spezialisierte Arbeitskräfte, Vorlagenmaterial, Kapitalgeber und finanzstarke Kunden mit wichtigen Verbindungen z. B. zum Adel.[15]

Nicht weit von der im Spätmittelalter florierenden Großstadt Straßburg entfernt (Kat.-Nr. GM 50 ff.) liegt der Ort Hagenau, wo Diebold Lauber eine solche unternehmerisch organisierte Schreibwerkstatt betrieb. Handschriften aus seinem Atelier pries der Schreiber, Lehrer und Unternehmer Diebold Lauber in einer Werbeanzeige an, in der er eine lange Titelliste der bei ihm erhältlichen Bücher auf-

Abb. 6 **Blockbuch Apokalypse, 15. Jahrhundert, Gutenberg-Museum Mainz (Kat.-Nr. GM 24)**

führte (Kat.-Nr. GM 19). Seine Werkstatt bestand vermutlich von 1420 bis 1470; in dieser Zeit beschäftigte er viele Schreiber und Maler und verkaufte die Bücher aus seinem »Verlagsbetrieb« an Adlige und die städtische Oberschicht. Lauber fertigte Handschriften nicht nur auf Bestellung an, sondern auch auf Vorrat, für den »freien Markt«.[16]

Vermutlich seit der Mitte des 15. Jahrhunderts, ungefähr gleichzeitig mit den ersten Druckversuchen Gutenbergs, wurden neben Handschriften auch Blockbücher hergestellt, die aus einer Reihe von inhaltlich zusammenhängenden Einblattholzschnitten bestanden (Abb. 6). Hatte man anfangs den Bildern Texte handschriftlich hinzugefügt (Kat.-Nr. GM 22), schnitten die Holzschneider später auch Legenden, Spruchbänder oder Schriftblöcke spiegelverkehrt in die Holzstöcke und druckten Bild und Text gleichzeitig (Kat.-Nr. GM 23, 24). Als Bildvorlagen dienten neben Handschriftenillustrationen, wie beispielsweise bei den Blockbuchausgaben der »Apokalypse«, auch Werke der zeitgenössischen Malerei sowie Kupferstiche.

In der Regel wurde für die Herstellung von Blockbüchern Papier verwendet, nur einige wenige Exemplare sind auf Pergament gedruckt. Der Umfang war eher gering und variierte meist zwischen 8 und 30 Blatt, selten bis 50 Blatt. Mit ihren vornehmlich religiösen Inhalten und ihrem bildlich-lehrhaftem Charakter wandten sich die Blockbücher, die überwiegend in den Niederlanden, am Nieder- und Oberrhein und in Süddeutschland geschaffen wurden, in erster Linie an die niedere Geistlichkeit, Mönche und Laien, die Lesekenntnisse besaßen.

Ein Geschenk des Himmels und der theoretischen Wissenschaft – Lesestein und Brille

Eine für die Geschichte des Lesens und Schreibens bedeutende Erfindung war die Brille, die um 1300 in Italien entwickelt und von dort aus zunächst in beschränktem Umfang exportiert wurde.[17]

Als der Oxforder Franziskanermönch Roger Bacon im Jahre 1267 sein bedeutendes Werk »Opus maius« verfasste, in dem er den Lesestein beschrieb, gab es bereits Plankonvexlinsen, welche die Buchstaben erheblich vergrößerten. Bacon wusste, dass diese auf der einen Seite plan, auf der anderen Seite konvex geschliffenen Linsen für Weitsichtige ein gutes Hilfsmittel zum Lesen darstellten. Seine wissenschaftlichen Erörterungen in Physik, Optik, Astronomie und Mechanik basierten zu einem Teil vermutlich auf dem großen optischen Werk des Mittelalters, dem im 11. Jahrhundert geschriebenen »Schatz der Optik« des Mediziners, Mathematikers und Astronomen Abu Ali al-Hassan Ibn al-Haitham, auch Alhazen genannt.

Zum ersten Mal wird in diesem wichtigen Lehrbuch der Optik formuliert, dass ein gläsernes Kugelsegment als Hilfe dienen kann, Gegenstände vergrößert erscheinen zu lassen. 1240 wurde diese Schrift von Erazm Golek Vitello ins Lateinische übersetzt und fand danach in Klöstern eine weite Verbreitung. Nicht ausschließen können wir, dass konvexe Linsen bereits lange vor Alhazen als Lesehilfe verwendet wurden. Dies lassen Funde von Plan- oder Bikonvexlinsen in vielen Ländern Europas vermuten, so beispielsweise die Entdeckung einer Bikonvexlinse aus der Zeit um 550 n. Chr., die in Gotlands Fornsa (Visby) in Schweden ausgegraben wurde.[18] Jahrhunderte später studierten Mönche in den mittelalterlichen Klöstern das Werk Alhazens und stellten sich Lesesteine (Kat.-Nr. GM 25) – überhalbkugelige Plankonvexlinsen – her. Im Gegensatz zu dem in vielen Regionen verbreiteten farbigen Glas war durchsichtiges, »weißes« Glas sehr schwer zu bekommen; es wurde bis in das späte Mittelalter nur in den venezianischen Glashütten erzeugt. Deshalb nahm man als Material für die frühen Sehhilfen Quarze, vorwiegend Bergkristall oder Beryll. Aus »beril(l)«, der mittelhochdeutschen Bezeichnung für den Lesestein, wird im 15. Jahrhundert im Südniederländischen und Frühneuhochdeutschen der »bril« und die »prillen« oder »brillen«.

Als erste Zeugnisse für die Herstellung von Brillen sind schriftliche Quellen aus Venedig um 1300 zu nennen. Zuvor waren die Lesesteine zunehmend flacher geschliffen worden, um ihnen so eine bikonvexe Form einer Linse zu geben. Diese neue Art der Sehhilfe legte man nun nicht mehr auf die beschriebene Seite, sondern hielt sie vom Buch entfernt und später vor das Auge. Der nächste Schritt, die Einfassung des Einglases in ein hölzernes Gestell mit Stiel, blieb nicht lange aus und wurde wohl in den weit entwickelten venezianischen Glashütten vorangetrieben. Dann entstand die Nietbrille, die aus zwei gefassten Eingläsern an den Stielenden mit einem Nagel zusammengenietet wurde und so als Sehhilfe vor beide Augen gehalten werden konnte (Abb. 7, Kat.-Nr. GM 26). Die Anfertigungsweise der Brillen wurde vom Rat in Venedig streng geheim gehalten, »Verrat« des Produktionsverfahrens durch die Glas- und Brillenmacher oder deren Verlassen der Stadt wurde nicht selten mit dem Tod bestraft. Doch das Geheimnis konnte nicht ewig in der Lagunenstadt gehütet werden, schon bald stellte man auch in Oberitalien und in der Toskana Brillen her und vertrieb sie bis nach Deutschland. Vor allem in italienischen Dominikanerklöstern ist die Fabrikation von Brillen schon für die erste Hälfte des 14. Jahrhunderts belegt. Die früheste bisher gefundene bildliche Darstellung einer Brille befindet sich in Treviso, nahe Venedig im Kapitelsaal des Dominikanerklosters San Niccolò. Ein Fresko von Tommaso da Modena (1325/26–1379) zeigt den Kardinal Hugo de Provence mit einer Nietbrille.

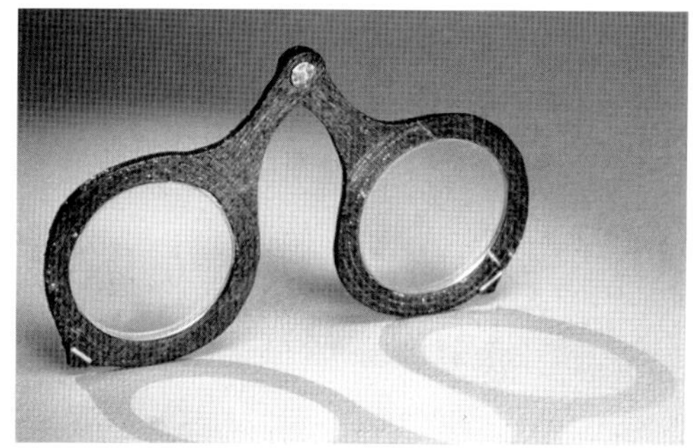

Abb. 7 **Nachbildung einer mittelalterlichen Brille aus Kloster Wienhausen, Optisches Museum Oberkochen (Kat.-Nr. GM 26)**

Seit dem 15. Jahrhundert verbreitete sich die Brille nun auch nördlich der Alpen, in Frankreich, Flandern und im deutschsprachigen Raum. Um 1450 ist ein Brillenmacher in Frankfurt a. M. belegt, und 50 Jahre später sind bereits zwölf mit Namen bekannte Hersteller von Brillen in Nürnberg dokumentiert. Zur gleichen Zeit wurde eine neue Brillenform entwickelt, die Bügelbrille, die aus einem Stück bestand. Als Materialien für die Gestelle verwendeten die Brillenmacher neben Holz auch Leder, Horn, Knochen, Metall oder Papier. Sehr gut dem unterschiedlich geformten Nasenrücken passten sich Bügelbrillen aus Leder an, die nicht nur sehr bequem waren, sondern auch sicher und fest saßen. Diese ersten Sehhilfen waren ausschließlich für Alterssichtige beziehungsweise Weitsichtige gedacht; für Kurzsichtige schliff man erst im frühen 16. Jahrhundert Konkavlinsen, die in Brillengestelle eingefasst wurden. Für die Verbreitung des Wissens und den Wandel der Lesegewohnheiten im Mittelalter ist die Bedeutung der Erfindung einer guten Sehhilfe nicht zu unterschätzen. Mit Hilfe einer Brille konnten viele Menschen bis in das hohe Alter hinein lesen und so ihre Kenntnisse erheblich vergrößern. Parallel zur Verbreitung der Brille im Laufe der Jahrhunderte stieg und differenzierte sich der Bedarf sowie das Angebot an Lesetexten.

Lernen für das Leben – Das spätmittelalterliche Bildungswesen

Zwischen dem 12. und 15. Jahrhundert erfuhr die Produktion von Schultexten einen bedeutenden Aufschwung, der im Zusammenhang mit den grundlegenden Veränderungen im Bildungswesen zu sehen ist. Denn seit dem 11. Jahrhundert gründete man nun neben den klösterlichen Schulen, die außerhalb der Städte lagen, immer mehr innerstädtische Schulen, die von Weltgeistlichen geführt und beaufsichtigt wurden. Im Laufe der Zeit breiteten sich Dom- und Stiftsschulen aus, die in erster Linie für die Ausbildung des Weltklerus sorgten. Einrichtung und Unterhalt von neuen Schulen sowie die gute Ausbildung der Priester wurde zumeist den Bischöfen in Form von päpstlichen Bestimmungen aufgetragen, die auf den Laterankonzilien und Provinzialsynoden beschlossen wurden. So ist es nicht verwunderlich, daß sich um 1500 in fast jeder deutschen Stadt eine Lateinschule befand.[19]

Das wichtigste Ziel dieses Elementarunterrichts (Abb. 8) war der Erwerb von Grundkenntnissen im Lesen und Schreiben des Lateinischen sowie die Mitwirkung in der Liturgie. Letztere verlangte sowohl die stimmliche Beherrschung der Stücke (Antiphonen, Hymnen, Sequenzen, Versikel) als auch deren Wortverständnis. Im weiteren Verlauf lernten die Schüler grundlegende Grammatikregeln vor allem anhand der »Ars minor« des Aelius Donatus (Kat.-Nr. GM 38, 39, 46).

Seit Beginn des 15. Jahrhunderts sind insbesondere die Kommunen selbst zu Trägern von Bildungseinrichtungen wie Latein-, Schreib- oder Rechenschulen (»teutschen« Schulen) geworden, in denen die Kinder sowohl in lateinischer Sprache und Grammatik als auch in der Volkssprache unterrichtet wurden. Neben Kaufleuten erwarben hier auch Handwerker Schreib-, Lese- und Rechenkenntnisse. Als Schreibmaterialien verwendeten die Schüler Schiefertafeln, Wachstafeln und Griffel und das für den Gebrauch im Schulunterricht oft noch sehr kostspielige Papier.

Seit dem 14. Jahrhundert wurden in Mitteleuropa Universitäten gegründet – Prag, Wien, Krakau, Heidelberg, Köln, Erfurt, um nur einige zu nennen –, die sowohl Geistliche als auch zunehmend Bürger und Adlige als Bildungseinrichtung nutzten.[20] Der größte Teil der Studenten immatrikulierte sich an der Artistenfakultät, deren Ausbildungskanon sich zunächst nicht erheblich von den städtischen Lateinschulen unterschied. An dieser Fakultät unterrichtete man die Studierenden in den »sieben freien Künsten«, die das Trivium von Rhetorik, Grammatik und Dialektik und das Quadrivium von Geometrie, Arithmetik, Astronomie und Musik bildeten. Weitere, »höhere« Fakultäten waren die theologische, die juristische und die medizinische. Das Studium wurde meist mit dem Baccalaureats-Examen an der Artistenfakultät beendet, nur ein geringer Prozentsatz der Studierenden strebte den Magister- oder Doktorgrad an. Die Studiendauer bis zum Grad des Baccalaureus betrug in der Regel zwei Jahre, bis zum »magister artium« und dem Doktorgrad, die bis in das 15. Jahrhundert synonym verwendet wurden, weitere drei bis fünf Jahre. Der »magister artium« (Magistergrad der Artistenfakultät) war lange die Voraussetzung für ein Studium der Theologie, Medizin oder der Rechte.

Als Student der »Artes« lernte man in erster Linie die lateinische Sprache und Grammatik sowie die Logik. Als Lehrmaterial dienten, wie bereits in der Schule, die »Ars minor« und »Ars maior« des Donatus und das »Doctrinale« des Alexander de Villa Dei, eine Grammatik in Versen. Für das Studium der Rhetorik wurden hauptsächlich Schriften des Aristoteles sowie die »Ars dictandi« des Boethius herangezogen. Das philosophische Fach mit den Gebieten Logik, Dialektik, Metaphysik und Ethik sowie die Fächer Naturkunde und Naturphilosphie stützten sich auf die in das Lateinische übertragenen Werke des Aristoteles.

Alle Lehrveranstaltungen und auch die Prüfungen fanden in lateinischer Sprache statt, die Verwendung der Volkssprache war untersagt. Dieses Verbot, das durch einen »lupus« (Denunziant) kontrolliert wurde, der den nachlässigen Studenten anschwärzte, galt ebenso für die Latein- und Grammatikschulen.

Die Examensprüfungen wurden als Disputationen durchgeführt, in denen zwei Magister oder Doktoren den Lehrstoff im Frage-und-Antwort-Verfahren prüften. Im Anschluss an diese »disputationes ordinariae« fanden oftmals große, spektakuläre Feiern in der Universität statt, die nicht zuletzt einen positiven Eindruck der Alma Mater in der »Öffentlichkeit« vermitteln sollten.[21]

Mit den Neugründungen von Universitäten und den steigenden Studentenzahlen im Laufe des Mittelalters wuchs auch die Nachfrage nach Lehrbüchern stetig an. Diesem Wunsch nach studienrelevanter juristischer und theologischer Literatur hatte man im 13. und 14. Jahrhundert an den Hochschulen mit der kontrollierten, leihweisen Herausgabe von »pecien« zu entsprechen versucht: »Stationarii« verwahrten die »Normalexemplare« in nummerierten Teilen auf und verliehen diese als »pecien«, d.h. zwei zweispaltige Doppelblätter, an Berufsschreiber, sodass ein Text gleichzeitig von mehreren Schreibern kopiert werden konnte. Im 15. Jahrhundert verschwand das so genannte Pecienwesen, denn mit dem Wandel des Studienbetriebs wurden nun häufig Vorlesungsmitschriften von Studenten nach Diktat des Magisters angefertigt.[22]

Im Unterschied zum gestiegenen Bedarf an schriftlichen Texten hatte sich das technische Verfahren der Buchherstellung bis zur Mitte des 15. Jahrhunderts nicht verändert. Neben die individuelle Anfertigung von Handschriften und Illustrationen hatten sich zwar nun in Serie produzierte Werke wie Handschriften aus dem Lauberatelier und der Holztafeldruck gesellt; eine Vielzahl von Büchern wurde allerdings in dieser Zeit noch in traditioneller Weise abgeschrieben. Ein Beispiel möge dies am Schluss noch einmal veranschaulichen: Theodericus Wichmann, der das Abschreiben eines Bibelkommentarwerks 1453 in Auftrag gegeben hatte, erhielt in der Zeitspanne der folgenden fünf Jahre lagenweise insgesamt 1272 Blätter, die möglicherweise vier Bände ergaben. In seinen Notizen erwähnt Wichmann zwei Schreiber, die er im Laufe der Jahre für die Kopierarbeiten bezahlt habe.[23]

Dieser mühsame Herstellungsprozess einer einzigen Abschrift wurde zur gleichen Zeit, um 1450, durch die Erfindung Johannes Gutenbergs in wesentlichen Punkten entscheidend verbessert. Von nun an sollte es möglich sein, in kurzer Zeit eine große Anzahl von Kopien eines Werkes herzustellen und lesebegierigen Buchkäufern preisgünstigere Bücher anzubieten.

1 Grundlegende Literatur: Boehm 1988, Chartier/Cavallo 1999, Fried 1986, Le Goff 1989, Grundmann 1958, Grenzmann/Stackmann 1984, Gumbrecht 1980, Illich 1991, Isenmann 1988, Keller 1990, Keller 1992 (I), Keller 1992 (II), Kirchhoff 1853, Kommunikation und Alltag in Spätmittelalter und früher Neuzeit 1992, Kuhn 1980, Leben in der Stadt des Spätmittelalters 1980, Lülfing 1969, Meckseper/Schraut 1991, Meier 1996 (dort ein umfassender Literaturüberblick zum Thema), Moeller 1983 (I) , Neddermeyer 1998, Oediger 1953, Patze 1970, Pohl 1989, Saurma-Jeltsch 1992/1993, Schreiner 1975, Schreiner 1992, Günther 1994, Wattenbach 1896, Wendehorst 1986, Widmann 1975 (I).

2 Boehm 1988, S. 154.

3 Wendehorst 1986, S. 17.

4 Illich 1991, S. 22.

5 Illich 1991, S. 100.

6 Helmrath 1989, S. 155 ff.; Isenmann 1988, S. 143.

7 Gerteis 1989, S. 26, dort weitere Literatur zum Korrespondenzwesen im Mittelalter.

8 Gerteis 1989, S. 22 ff.; zu F. di Marco Datini: Origo 1986; zum Alltag einer Kaufmannsfamilie im Spiegel ihrer Privatbriefe siehe Irsigler 1985, außerdem Irsigler 1991.

9 Kuhn 1980, S. 20.

10 Die Graphiksammlung des Humanisten Hartmann Schedel 1990, Powitz 1999; zum literarischen Leben am kurfürstlichen Hof zu Heidelberg s. Backes 1992.

11 Baur-Heinhold 1974, Moeller 1983 (II), S. 136–145, Schneider 1983; Burckhardt 1983, Palmer 1998.

12 Schilling 1887, S. 16.

13 Palmer 1998, S. 110 ff.; De Hamel 1994, S. 118–123; Dickerhof 1989.

14 Saurma-Jeltsch 1992/93, S. 328 f.

15 Zur spätmittelalterlichen Handschriftenillustration im Milieu der Stadt s. Saurma-Jeltsch 1992/93.

16 Zur Werkstatt Diebold Laubers in Hagenau: Kautzsch 1896, Kautzsch 1926, Fechter 1938, Traband 1983, Stamm 1983, Stamm 1985, Stamm-Saurma 1987, Saurma-Jeltsch 1988, Saurma-Jeltsch 1992/1993; außerdem Stamm 1981. Der gewerbsmäßigen Buchproduktion widmeten sich auch die »Brüder vom gemeinsamen Leben« sowie der Augustiner-Konvent Corpus Christi, der sich 1451 der Windesheimer Kongregation anschloss. Beide Bewegungen spezialisierten sich auf die Herstellung von Handschriften nicht nur für den eigenen Gebrauch, sondern sie sorgten für eine Verbreitung von Bibelhandschriften und religiöser Erbauungsliteratur in Laienkreisen und sicherten damit einen Teil ihres Lebensunterhalts (Lülfing 1969, Staubach 1991, Kock/Schlusemann 1997).

17 Zeiss/Marwitz und Hauser 1958, Appuhn 1980, Steuer 1985, Steuer 1986, Rossi 1989, Löber 1994, Schmitz 1995.

18 Schmitz 1995, S. 26 f.

19 Oediger 1953, S. 68, siehe auch: Kaemmel 1882, Fried 1986, Grenzmann/Stackmann 1984, Schiffler/Winkeler 1991, Dickerhof 1994.

20 Schwinges 1986, Fried 1986, Dickerhof 1989, Müller 1996 (mit ausführlichem Literaturverzeichnis), Moraw 1993, Boehm 1996.

21 Müller 1996, S. 26.

22 Müller 1996, S. 26; zum »Pecienwesen«: Schooner 1991, Rouse/Rouse 1991.

23 Brandis 1984, S. 176 ff.

Abb. 8 **Unterrichtsszene, Holzschnitt, aus: Rodericus Zamorensis, Speculum vitae humanae, Augsburg: P. Berger, 1488, Gutenberg-Museum Mainz, StB Ink. 375**

Eva-Maria Hanebutt-Benz

Gutenbergs Erfindungen

Die technischen Aspekte des Druckens mit vielfachen Lettern auf der Buchdruckerpresse

Sobald Aussagen über die technische Seite des Druckens gemacht werden, wie sie seit Gutenberg im Europa des 15. Jahrhunderts Verbreitung fand, muss man sich vor allem vergegenwärtigen, dass wir weder auf Realien noch auf schriftliche oder bildliche Zeugnisse zurückgreifen können. Schlussfolgerungen, die gezogen werden, rühren von der Analyse der erhaltenen Druckwerke her oder sind aus der Überlieferung späterer Jahrzehnte, wenn nicht Jahrhunderte, rückgeschlossen. Wir besitzen weder Bilder oder Beschreibungen von Gutenbergs Pressen, auch nicht von den Gerätschaften, die für die Vorbereitung zum Druck nötig waren, noch irgendwelche Unterlagen, die über wirtschaftliche Gegebenheiten berichten. Allen Aussagen, die über diese Bewandtnisse gemacht wurden und gemacht werden können, haftet daher notgedrungen ein spekulativer Charakter an. Auch wenn mit großer Sorgfalt aus überlieferten Daten und auf der Basis von Analogien Rückschlüsse gezogen werden, um Aussagen über Aufwendungen und Ergebnisse drucktechnischer Produktion in den ersten Jahren machen zu können, müssen diese mit größter Vorsicht betrachtet werden, denn ist nur ein angenommener Parameter mit Fehlern behaftet, bricht das hypothetische Gebäude schon in sich zusammen.

Im Folgenden kann daher kein verbindlicher Bericht darüber gegeben werden, wie Gutenberg (und seine Mitstreiter) gedruckt, bzw. wie die allerersten Entwicklungsstufen europäischen Buchdrucks ausgesehen haben. Es soll aber dargestellt werden, auf welchen grundsätzlichen Prinzipien seine Erfindung aufbaute und von welchem historischen Moment an wir tatsächlich auf verwendbare Quellen zurückgreifen können. Das Drucken mit vielfachen Lettern[1] und der Presse war eine komplexe Erfindung, in der ein Bestandteil zum anderen passen musste, damit ein so hervorragendes Ergebnis zustande kommen konnte, wie es die 42-zeilige Bibel, das erste Meisterwerk des Buchdrucks, darstellt. Das Können vieler Spezialisten war gefordert, um diese Aufgabe zufriedenstellend zu bewältigen. Es ist sicherlich die größte Leistung Gutenbergs, als weitsichtiger Spiritus Rector dieses Spezialwissen zusammengebracht und koordiniert zu haben.[2]

Es soll also versucht werden, die verschiedenen Schritte der Erfindung – besser: die verschiedenen Erfindungen, die das Drucken konstituierten – zu beschreiben, soweit rückgeschlossen werden kann oder, wo dies nicht möglich ist, wie dies in den auf Gutenberg folgenden Zeiten nach Quellen belegbar ist.

Als Quellen sind, neben Zeichnungen und druckgrafischen Darstellungen späterer Zeit, Druckerhandbücher (seit 1683/84) und vereinzelte Bemerkungen in unterschiedlichsten Schriften heranzuziehen.[3] Es gilt dabei immer wieder die Hypothese, dass in Anbetracht der Perfektion der 42-zeiligen Bibel Gutenbergs die technischen Voraussetzungen bereits vorhanden gewesen sein müssen, wie sie für spätere Zeiträume belegbar sind.

Die häufigsten bildlichen und schriftlichen Bezüge allerdings, nämlich *Druckersignete* (Firmenmarken) und Schlussschriften *(Kolophone)* in Druckwerken helfen als Zeitzeugen nur sehr geringfügig weiter, sie sind als Quellen wenig brauchbar. Wegen ihrer Ungenauigkeit und Widersprüchlichkeit geben sie keine verlässlichen Anhaltspunkte. Die bildlichen Wiedergaben von Druckereien in Holzschnitten, die so häufig hübsche Druckermarken bilden, sind im Detail zu generalisierend; darüber hinaus ist zu verfolgen, wie eine Darstellung die andere kopiert, sodass Ketten voneinander abhängiger Bildschemata aufgestellt werden können – auch deswegen sind sie wenig aussagekräftig.[4]

Der Zeitpunkt der Erfindung, beziehungsweise der Entwicklung des komplexen Systems, das insgesamt den Vorgang des Buchdrucks umschreibt, ist nicht durch eindeutiges Quellenmaterial belegbar (s. Beitrag Wagner).

Seit 1483 wird in Chroniken und Schlussschriften von Inkunabeln das Jahr 1440 genannt, ein Datum, das durch die Zentenarfeiern der Erfindung der Buchdruckerkunst seit 1540 bis in unsere Zeit zementiert wurde.[5] Sicher ist aber, da das Verfahren eine lange Vorbereitungs- und Erprobungszeit bedingte, dass ein Unterschied zwischen

Abb. 1 **Druckerpresse. Bruder Erhardt Buttmann, Buchdrucker, gestorben 1559, Malerei aus dem Hausbuch der Mendelschen Zwölfbruderstiftung, Nürnberg, Bd. 2. Stadtbibliothek Nürnberg**

dem Beginn der Unternehmung und der schließlichen Perfektionierung und effektiven Anwendung zu machen ist. So geht man wohl nicht fehl, wenn man die Anfänge in die Straßburger Zeit Gutenbergs datiert, d.h. 1440 und folgende Jahre, den effektiven Beginn der Herstellung von Druckwerken jedoch in die Zeit um 1450 in Mainz.

Wann immer von Gutenbergs Erfindung gesprochen wurde, ging es um das »Drucken« und um die »Presse«, beides Worte, die umfassend den Begriffsapparat geprägt haben, der die mechanische Vervielfältigung von Texten betrifft. In Wahrheit umfasst die Erfindung in ihren zusammengehörigen Schritten natürlich viel mehr: das Entwerfen der Druckschriften, ihre Umsetzung in Prototypen, deren Vervielfältigung mittels Matrizen und Handgießgerät (das wäre der Bereich der Schriftherstellung), das Setzen und damit Erzeugen von Druckformen. Daran schließt sich die nötige Korrektur an, und dann erst folgt das Drucken und schließlich das Zusammenfügen einzelner Druckbögen zu einem in richtiger Reihenfolge lesbaren Kompendium von Seiten, d. h. die buchbinderische Verarbeitung. Im Falle zahlreicher früher Werke, wie auch der 42-zeiligen Bibel, kommt die Ausgestaltung per Hand (Rubrizieren, Einfügen von Initialen und gegebenenfalls Illuminieren) noch hinzu.

Grundidee und Buchhandschriften im 15. Jahrhundert

Gutenbergs Idee, Buchstabe an Buchstabe zu Wörtern, zu Sätzen usw. zusammenzufügen, ist so alt wie unsere Lautschrift und wird beim Lesen und Schreiben seit eh und je praktiziert. Neu war allerdings, von jedem einzelnen Schriftzeichen des Alphabets und aller anderen Zeichen, deren wir uns bedienen, zeichenartige Gebilde in beliebiger Menge herzustellen, die man ebenfalls buchstabenweise materiell zusammenfügen konnte, um daraus Druckformen zu erzeugen und in beliebiger Anzahl abdrucken zu können. Diese Idee beinhaltet einen technischen und einen kulturhistorischen Aspekt.

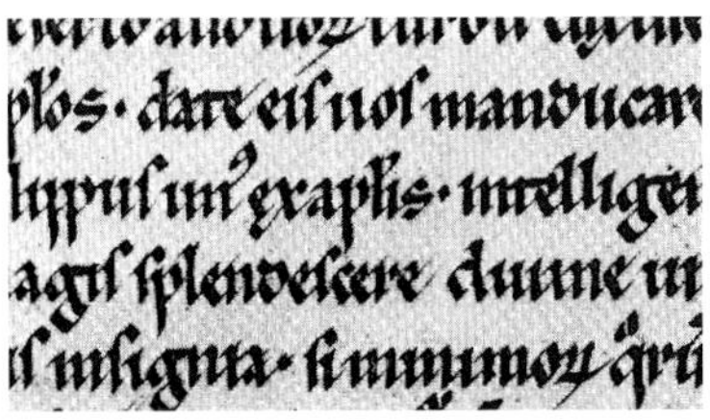
Abb. 2 **Gotische Minuskel**

Abb. 3 **Textura**

Zunächst muss man sich vor Augen führen, dass bereits bei der Herstellung handgeschriebener Bücher Schriften verschiedener Form in Gebrauch waren. Ihre Auswahl war durch die Unterschiedlichkeit der Buchgattungen bestimmt, manche Schriftform war auch für einzelne Länder typisch. Im 12. und 13. Jahrhundert und in geringem Umfang bis ins frühe 15. Jahrhundert hinein war die *gotische Minuskel* (Abb. 2) die vorherrschende Buchschrift. Für liturgische Bücher hatte sich eine besondere Form der gotischen Minuskel entwickelt, die statisch und ornamental wirkt und aufwendig zu schreiben war, die *Textura* (Abb. 3). In Italien, Südfrankreich und Spanien fanden die strengen gotischen Formen der Textura weniger Anklang, dort entwickelte sich aus der gotischen Minuskel eine gegenüber der Textura mehr gerundete Schriftform, die *Rotunda* (Abb. 4). Sie wurde auch verwendet für juristische Werke, die von den norditalienischen Universitäten in ganz Europa verbreitet wurden.

Abb. 4 **Rotunda**

Abb. 5 **Bastarda**

Eine andere Verwandte der gotischen Minuskel ist die *gotische Kursive,* die Schrift der Verwaltung, der Briefe und Akten, eine Schrift, die sich schnell schreiben ließ. Im 13. Jahrhundert wird sie zunehmend für Bücher verwendet und ist schließlich im 15. Jahrhundert darin vorherrschend. Gewisse Ausformungen dieser Schrift werden heute als *Bastarden* bzw. *Hybriden* (Abb. 5) bezeichnet, von denen bald eine spezielle Form entsteht, die in den Niederlanden geschrieben wird sowie eine mehr kalligrafische Variante, die sogenannte *Lettre bâtarde,* die Schrift des französischen und burgundischen Adels.

Eine ganz andere Schriftart, die Abkehr von gotischen Schriftformen, stellt die *humanistische Minuskel* (Abb. 6) dar, die um 1400 in Florenz aufkommt und sich schnell in ganz Norditalien verbreitet. Sie ist der *spätkarolingischen Minuskel* und der *römischen Kapitalis* nachempfunden. Aus ihr entwickelt sich bald auch eine kursive Variante, die als *Humanistische Kursive* (Abb. 7) zunächst eine kultivierte Gelehrtenhandschrift ist. Die humanistische Handschrift, die man auf antike Vorbilder glaubte zurückführen zu können, wurde *Littera antiqua* genannt, im Gegensatz zu den zeitgenössischen »modernen« gotischen Schriftformen. In der zweiten Hälfte des 15. Jahrhunderts wurden humanistische Schriften auch in Deutschland und Frankreich gebräuchlich.

Aus diesem »Fundus« der Handschriften, der die Lesegewohnheiten der Zeit spiegelt, schöpften die ersten Drucker; verständlicherweise, sollte doch das gedruckte Buch dem handgeschriebenen gleichkommen.

Stempelschnitt und Schriftguss

Die Metallbearbeitung hatte in der Spätgotik bereits ein hohes Niveau erreicht. Die Techniken des Gravierens, Prägens, Schmiedens und Gießens waren weit entwickelt. Präzise Bearbeitung der Metalloberfläche mit Stichel und Feile war nicht nur den Gold- und Silberschmieden geläufig, sie wurde auch schon der Druckgrafik in Form des Kupferstiches nutzbar gemacht. Petschaften zum Siegeln und Stempel für Münzprägung sowie als Werkzeug des Buchbinders wurden ebenfalls mit Sticheln graviert. Die Schmiedekunst stand in hoher Blüte, wie Waffen und vor allem Rüstungen, Wunderwerke der Mechanik und der Metallornamentierung, beweisen. Giedeon weist darauf hin, wie sehr die Schlosser »Meisterschaft der Hand mit einer nie ermüdenden Erfindungsgabe«[6] vereinigten. War das Holz der Möbel noch derb und wenig bearbeitet, so wurde es durch aufs Feinste ausgearbeitete Schlösser und Beschläge mit filigranen Schmiedeornamenten aufgewertet. Der Metallguss war in vielen Spielarten ein wohl bewältigtes und verbreitetes Verfahren. Es ging also beim Buchdruck nicht darum, Grundtechniken neu zu entwickeln, sondern sie neu zu organisieren.

Wenn also stempelartige Gebilde einzelner Schriftzeichen in identischer Form und vielfacher Menge angestrebt waren, so konnte die schnelle Herstellung in größeren Mengen eigentlich nur durch Gießen mittels geeigneter Gießformen erreicht werden. Um also die stempelartigen Gebilde – die wir schon Lettern nennen wollen – nämlich die Zeichen des Alphabets, Ziffern und Satzzeichen, zu erzeugen, waren zunächst vertiefte seitenrichtig angelegte Gießformen der jeweiligen Lettern erforderlich. Wenn Lettern zu Wörtern, Zeilen und Seiten zusammengefügt, dann eingefärbt und auf Papier oder Pergament abgedruckt werden sollten, dann musste jede einzelne Letter auch eine bestimmte, »normierte« Höhe *(Schrifthöhe)* haben, damit aus ihnen eine plane druckende Fläche, die *Druckform,* entstand. Eine weitere Notwendigkeit war, dass schon beim Aneinanderreihen einzelner Lettern ein passender Buchstabenabstand gewährleistet sein musste.[7]

Aufgrund erhaltener Druckwerke vermuten wir also, dass Gutenberg diese Schwierigkeit der Letternherstellung bereits wie folgt meistern ließ: Zunächst wurde von jedem Zeichen ein reliefartiger seitenverkehrter Stahlstempel graviert *(geschnitten).* Dieser Stahlstempel wurde auf einem plan geschliffenen Kupferblock von gut 5 mm Höhe aufgesetzt und mit kräftigen Hammerschlägen eingetrieben *(abgeschlagen).* Das Produkt hieß *Abschlag* oder *Matrize,* während der Stempel auch *Patrize* genannt wurde (Abb. 8, 9).

Um der Letter einen Körper zu geben, bedurfte es aber neben der Matrize noch einer weiteren Gießform, die man mit einem speziellen *Gießinstrument* bildete. Es bestand aus zwei gleichen Einzelteilen, die jeweils eiserne Winkel waren. Übereinander gelegt und seitlich verschoben ergaben beide Hälften des Gießinstruments (Abb. 13 a, 13 b) einen Hohlraum, der entsprechend dem jeweiligen Schriftzeichen auf jede beliebige Breite eingestellt werden konnte. Dieser länglich-rechtwinklige Hohlraum wurde nun am unteren Ende mit der Matrize, die als Negativform wirken sollte, derart verschlossen, dass man, wenn man von oben hineinblickt, am Ende des Gießkanals das eingetiefte Schriftzeichen sah. Es versteht sich, dass die Matrize genauestens platziert sein musste, damit sie den genau bemessenen Raum auf dem Typenkörper einnehmen konnte.

Wie sah nun die Arbeit des Schriftgießers im Einzelnen aus? Sobald die Stempel geschnitten und durch Probeabdrucke kontrolliert waren, wurden sie auf kupferne Metallstücke, die etwas breiter als das jeweilige Schriftzeichen waren, im oberen Drittel des Kupferblocks, jeweils immer genau an gleicher Stelle abgeschlagen, geprägt. Dabei verformte sich der Kupferblock; er erhielt durch Schleifen und Feilen seine ursprüngliche Form zurück. Die Matrize wurde nun im Gießinstrument so angebracht, *justiert,* dass beim folgenden Guss der Lettern jedes Zeichen eine ganz bestimmte Stellung auf dem Letternkörper einnahm. Nun ist zu bedenken, dass die späteren Lettern, werden sie beim Setzen zu Wörtern aneinander gereiht, sich nicht berühren dürfen, weil nämlich ein gewisser Abstand zwischen den Zeichen (der Buchstabenabstand) für die Lesbarkeit der Wörter unabdingbar ist. Deswegen muss links und rechts eines jeden Zeichens ein knapper nichtdruckender Abstand berücksichtigt werden, das *Fleisch.* Anders ausgedrückt: die Letter ist etwas breiter als das eigentliche druckende Zeichen. Deswegen sprechen die Schriftgießer, wenn sie die Breite einer Letter meinen, von *Dickte.* Ihre Bestimmung ist eine sehr diffizile Arbeit, denn das Fleisch links und rechts der Figur ist nicht immer gleich, es richtet sich danach, ob der Buchstabe eine gerade, runde oder schräge Anfangs- bzw. Endform hat. Der endgültige Buchstabenabstand ergibt sich aber immer erst, wenn zwei Lettern nebeneinander stehen; es kommt demnach darauf an, die Abstände so zu gestalten, dass bei allen denkbaren Buchstabenkombinationen die Buchstabenabstände angemessen und optisch möglichst gleichmäßig erscheinen.[8]

Die zweite Maßnahme ist, die einzelnen Schriftzeichen immer in gleicher Linie auf den Kegel zu platzieren, damit die Lettern alle in einer präzisen *Schriftlinie* stehen. Auch hierbei spielen optische Gesichtspunkte eine Rolle, sodass allein durch Messen kein befriedigendes Ergebnis erzielt

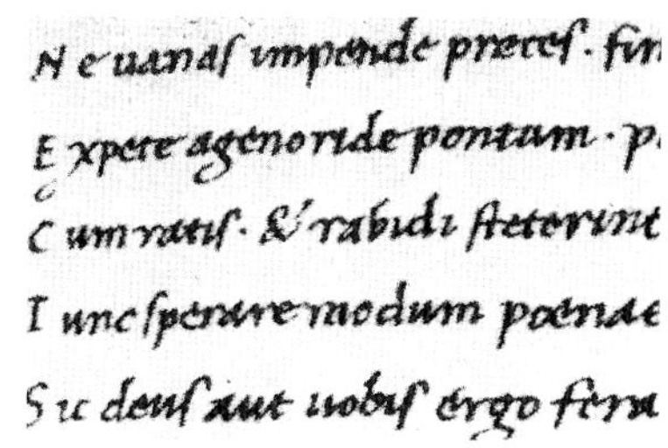

Abb. 6 **Humanistische Minuskel (vor 1429)**

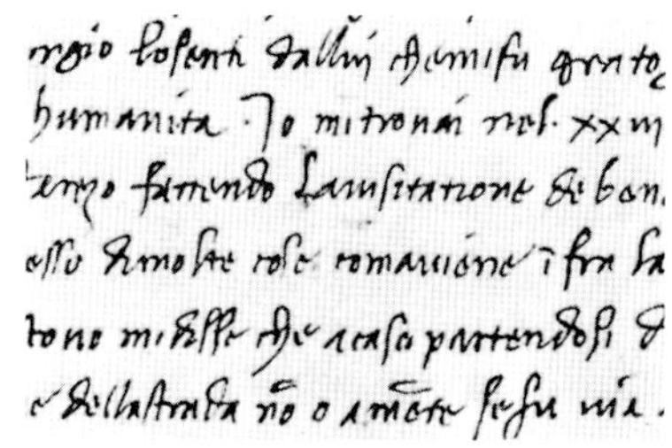

Abb. 7 **Humanistische Kursive**

Abb. 8 **Stempel**

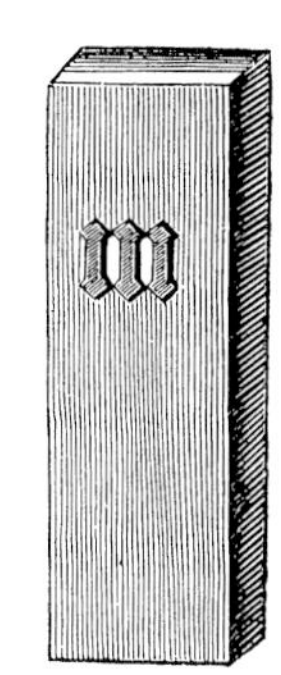

Abb. 9 **Matrize**

Abb. 10, 11 **Gießinstrument, vor 1850. Deutsches Museum München**

werden kann. Die Größenordnungen, in denen seitliches Fleisch oder Schriftlinie zu justieren sind, liegen im Bereich von hundertstel Millimetern, auch bei größeren Schriftgraden.

Sobald die Matrize genauestens im Instrument justiert ist, kann mit dem Guss von Lettern begonnen werden (Abb. 10, 11). Durch statistische Erhebungen wird festgestellt, welche Buchstaben in welcher Häufigkeit benötigt werden. Auf dieser Grundlage sind sogenannte *Gießzettel* erstellt, die (je nach der Sprache, in der ein Text gedruckt werden soll) das entsprechende Mengenverhältnis der zu gießenden Lettern zueinander ausdrücken. Das Letternmetall ist eine Legierung aus Blei, Antimon und Zinn: Blei allein wäre für das Drucken zu weich, deswegen der Zusatz von Antimon. Zinn verbessert das Fließverhalten der Legierung. Die Anteile können sich in etwa folgendermaßen darstellen: 65% Blei, 23% Antimon und 12% Zinn. Das Mengenverhältnis wurde aber häufig verändert, weil Zinn ein sehr teurer Rohstoff ist (etwa zehnmal teurer als Blei) und durch seine Verminderung ließ sich – auf Kosten der Schriftqualität – sparen. Das Mischungsverhältnis der Metalle beeinflusst die Härte der Schriftlegierung und ihren Schmelzpunkt. Ihre Erstarrungstemperatur, die bei 232° Celsius liegt, hat den Vorteil, dass die Legierung vom flüssigen Zustand, nachdem sie mit einem Schöpf- oder Gießlöffel in das Gießinstrument eingebracht ist, unmittelbar in den festen Zustand übergeht. Den Lettern wird nach dem Guss der notwendige Anguss abgebrochen. Durch so genannte *Flussfedern* im *Kern* des Gießinstruments bedingt, die das Entweichen der Luft beim Guss gewährleisten, ergeben sich an der Letter leichte Grate; sie werden durch anschließendes Abziehen auf einem großen Schleifstein beseitigt. Danach sind die Lettern zum Satz verfügbar.

Die Tagesleistung eines Gießers beträgt bei »normalen« Schriftgraden mindestens 3000 Lettern. Die Angaben gehen aber auch in den Bereich von über 5000. Beim Gießen der Lettern zur 42-zeiligen Bibel darf eine Tagesleistung von 1500 bis 2000 Lettern als untere Menge angenommen werden.[9]

Druckhistoriker gehen davon aus, dass die ersten Gießinstrumente noch nicht soweit entwickelt waren, dass eine präzise Schrifthöhe durch Eigenschaften der Konstruktion erreicht wurde. Eugène Duverger, ein französischer Drucker, stellte anlässlich der Gutenberg-Feiern 1840 umfangreiche Versuche an und kam zu dem Schluss, dass angesichts der Druckqualität der früh anzusetzenden (allerdings nicht datierten) Donatdrucke die Höhe der einzelnen Lettern unregelmäßig gewesen sein muss. Er führte das darauf zurück, dass der beim Guß notwendigerweise entstehende Anguss die übergangslose Verlängerung der Letter darstellte und deswegen nicht abgebrochen, sondern abgesägt werden musste (Abb. 13). Die erforderliche Genauigkeit im Bereich von einigen hundertstel Millimetern konnte dabei nicht erreicht werden. Daraus folgerte er, Gutenberg habe das ursprüngliche Gießinstrument noch einmal überarbeitet, denn beim Druck der 42-zeiligen Bibel ist der beschriebene Mangel der Donat-Drucke (über den man in einem Schulbuch noch hinwegsehen konnte) behoben.[10]

Duverger vermutete deswegen für das verbesserte Instrument, dass die beiden Winkel, die das eigentliche Gießinstrument bildeten, eine Höhe hatten, die addiert mit dem Maß der Matrizentiefe, die genaue Höhe der Letter, die *Schrifthöhe* (früher auch *Papierhöhe*), bildeten. Um die Forderungen der Gießtechnik zu erfüllen, war nun ein Gießtrichter angebracht, der etwas in den Hohlraum versetzt, einen trichterförmigen Anguss erzeugte, dessen Spitze in der Mitte des Letternfußes lag. Dieser Anguss ließ sich leicht abbrechen; die Bruchstelle konnte ausgeschnitten werden. Der Letternkörper hatte nun also seine

Abb. 12 **Schriftgießer. Holzschnitt aus Jost Ammans »Ständebuch«, Nürnberg 1568**

endgültige, »normierte« Höhe durch das Gießinstrument erhalten; alle Lettern hatten deswegen exakt die gleiche Höhe. Dieses verbesserte Gießinstrument forderte aber Matrizen von ganz genauer Prägetiefe. Das war handwerklich dadurch zu erreichen, dass die Stempel präzise und ausreichend tief abgeschlagen wurden, und dass nach dem Richten des Kupferblocks dessen Oberfläche so lange abgezogen (abgeschliffen) wurde, bis eben die erforderliche Prägetiefe erreicht war. Hierzu gab es simple Messinstrumente von höchster Genauigkeit.

Schriftgießen ist aber nicht nur ein technischer Vorgang, der seit dem Guss der Lettern zur 42-zeiligen Bibel beherrscht wurde, sondern hat auch eine ästhetische Komponente. Die einzelnen Schriftzeichen, die aus vielfältigen Varianten handgeschriebener Vorlagen ausgewählt werden, müssen mit kalligrafischem Verständnis umgesetzt, auf die polierte Oberfläche eines Stahlstäbchens übertragen und dann zu einem Relief des Schriftzeichens ausgehoben werden. Das Entwerfen von Schriftzeichen für den Druck und das Schneiden der Stempel verlangen einfühlsame und geübte Handwerker. Wer z. B. die Stempel zur Textura der 42-zeiligen Bibel geschnitten hat, ist unbekannt,[11] und auch in der Folge weiß man nichts oder sehr

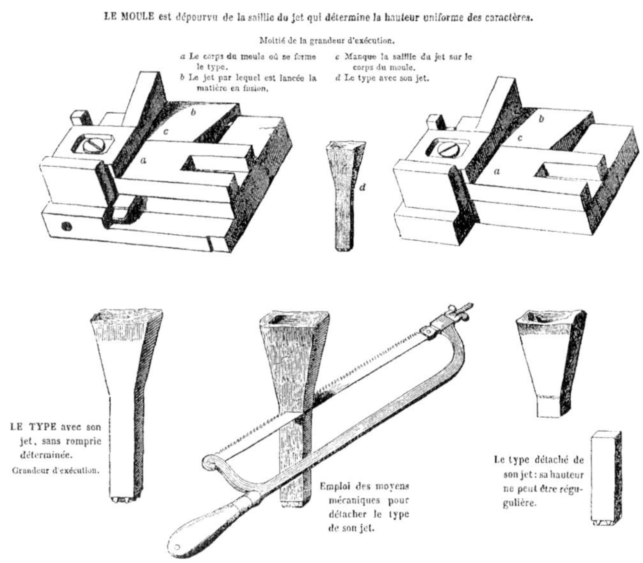

Abb. 13a **Einfaches Gießinstrument nach Duverger, 1840. Die Lettern müssen auf Länge gesägt werden**

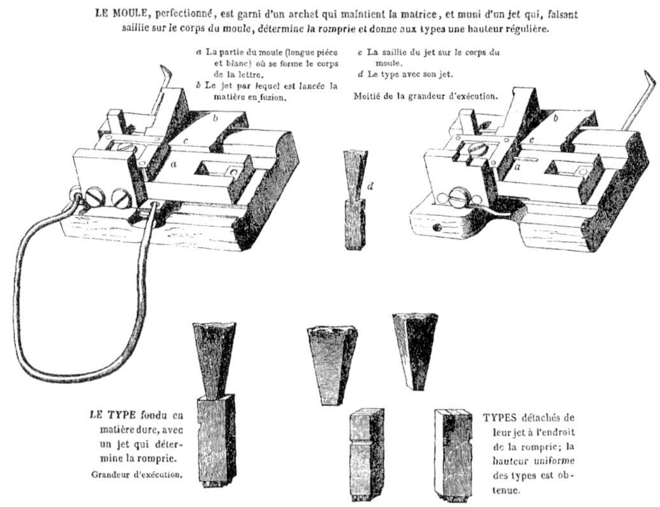

Abb. 13b **Verbessertes Gießinstrument nach Duverger, 1840**

wenig über die gestalterischen und technischen Urheber; erst Jahrzehnte nach der Bibelherstellung werden Persönlichkeiten greifbar.

Auch ist die wirtschaftliche Seite des Stempelschnitts zu betrachten. Nach Erfahrungen, die über mehrere Jahrhunderte bis ins 20. Jahrhundert hineinreichen, rechnet man mit einer Tagesleistung von einem bis eineinhalb Stempeln. Das bezieht sich aber auch auf kleine und schwierige Formen. Man darf wohl annehmen, dass beim Schneiden einer Textura, wie sie in der 42-zeiligen Bibel auftritt, die Tagesleistung auch etwas höher gelegen haben könnte. Jedenfalls sind in diesem Druckwerk 290 verschiedene Figuren verwendet worden (aus ästhetischen und satztechnischen Gründen), sodass sich bei niedrigster Leistungsannahme etwa 200 Arbeitstage für die Stempelherstellung veranschlagen lassen. Das mag verdeutlichen, dass erhebliches Kapital aufgewendet werden musste, um überhaupt die Voraussetzung zur Herstellung von Lettern zu schaffen. Mit diesem Aufwand hatte man aber erst eine einzige Schrift in einem einzigen Grad verfügbar. Jeder weitere Schriftgrad erforderte erneut die beschriebenen Mühen, und man kann nachvollziehen, dass es Jahre dauerte, bis die Drucker über ein gewisses Repertoire von Schriften unterschiedlicher Art und Größe verfügen konnten.

Nun könnte die Frage aufgeworfen werden, warum überhaupt Stempel und nicht gleich Matrizen graviert wurden. Die Antwort lautet: Das Tiefgravieren von Schriftzeichen ist unendlich mühsamer als das Schneiden von erhabenen Reliefs. Weiterhin konnten Matrizen beim Gießen der Schrift beschädigt werden, es hätte dann einer neuen, identischen Matrize bedurft; sie zu gravieren wäre indessen kaum möglich gewesen.

Hingegen ist der Stahlstempel in gewisser Weise unverwüstlich und mit ihm können große Zahlen identischer Matrizen abgeschlagen werden. Der Stempel ist daher die Urform der Letter und kostbarer Besitz. Mit Ausbreitung der so genannten *Druckerkunst* geht auch bald ein reger Handel mit Matrizen einher; denn nicht jeder Drucker war fähig, eigene Druckschriften zu schneiden oder schneiden zu lassen – oft allein der hohen Kosten wegen –, und kaufte deswegen Abschläge, aus denen er dann seine Lettern goss. Durch Verkauf von Abschlägen konnten andererseits die hohen Investitionskosten der Stempelherstellung kompensiert werden.[12]

Erste Druckschriften

Wie schon erwähnt, war die Textura anfangs die typische Schrift liturgischer und anderer Bücher, die nördlich der Alpen gedruckt wurden. Als Bücherschrift wird sie bald danach nicht mehr verwendet, hingegen taucht sie als Titel- und Auszeichnungsschrift bis ins 16. Jahrhundert hinein häufiger auf. Es versteht sich, dass auch der Schriftgrad der Textura in der 42-zeiligen Bibel oder jener

Abb. 14 **Schriftgießerei im Druck- und Verlagshaus Plantin-Moretus in Antwerpen**

im Mainzer Psalter von 1457 vom Verwendungszweck der Bücher bestimmt waren. »Gewöhnliche« Bücher wären bei solchen Schriftgraden viel zu groß, zu unhandlich ausgefallen, und allein der vermehrte Papier- und Druckaufwand hätte die Kosten unnötig hinaufgetrieben.

Beinahe parallel zur Textura der 42-zeiligen Bibel werden in Mainz 1454/1455 zwei Ablassbriefe gedruckt, die im kleineren Grad einer Schrift gesetzt sind, die wir heute *Bastarda* nennen. Vorbild dieser Druckschrift bilden die handschriftlichen *Buchkursiven* des 14. und 15. Jahrhunderts. Ein weiteres Beispiel für die Anwendung einer Bastarda ist dann die lateinische Bibel von Johann Mentelin (Straßburg, nicht nach 1461). Spätere Beispiele zeigen spezielle Ausformungen und werden *oberrheinische Bastarda* (Abb. 16) (mit den typischen Schlingen in Buchstaben mit Oberlängen) oder als schlingenlose Variante *Schwabacher* (Abb. 17) genannt (deren Namensgebung übrigens nicht zu erklären ist). Die Schwabacher tritt in Nürnberger Drucken um 1484 erstmals auf.

Auch die erwähnte südländische handschriftliche Form der Textura, die *Rotunda* (Abb. 18), entsteht als Druckschrift. Hierfür gibt Ulrich Han 1467 ein erstes Beispiel. Sie entwickelt sich zu einer beliebten Schrift und wird bald auch in Deutschland verwendet. Erhard Ratdolt, der 1485 seine Druckerei von Venedig nach Augsburg verlegte, brachte besonders eindrucksvolle Lettern dieser Art mit.

Die humanistischen Handschriften beeinflussen ebenso die Druckschriftengestaltung. Eine gewisse »Andeutung«

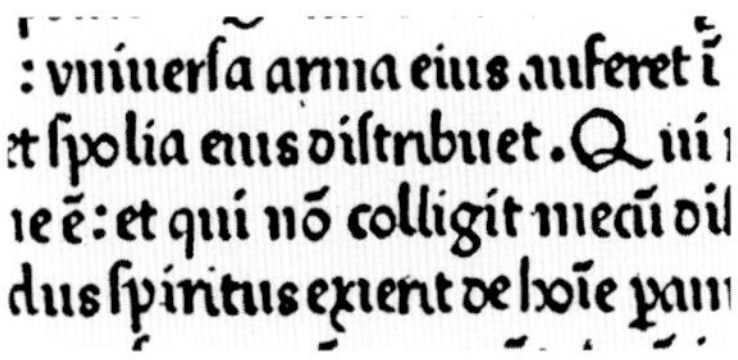

Abb. 15 **Bastarda, Mentelin, Gotico-Antiqua, Straßburg 1459/60**

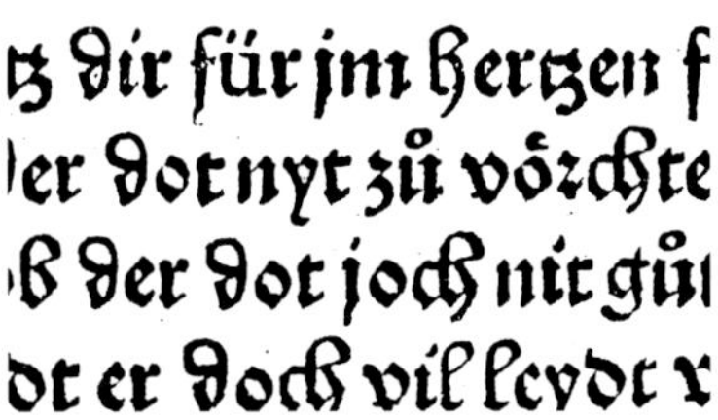

Abb. 16 **Oberrheinische Bastarda, Basel 1498**

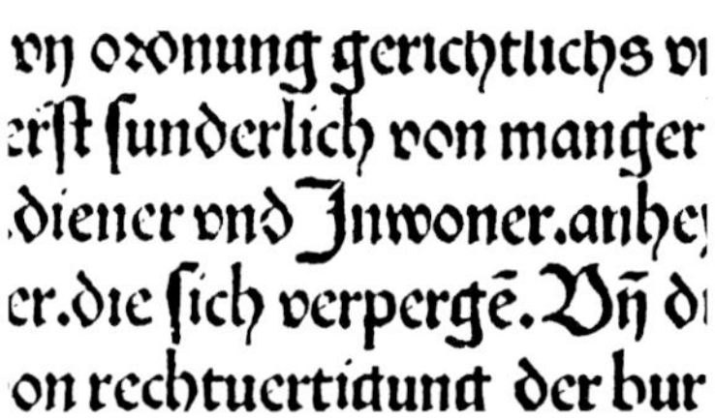

Abb. 17 **Schwabacher**

davon enthalten bereits Typen, die Mainzer Frühdrucker für das 1460 erschienene »Catholicon« (ein enzyklopädisches Lexikon zum Bibelstudium) oder für ein 1459 bei Fust und Schöffer gedrucktes Werk des Guillelmus Duranti verwenden: eine Schrift, gemischt aus Elementen humanistischer Handschrift und Buchkursive, die wir heute mit dem Verlegenheitsnamen *Gotico-Antiqua* benennen und die insbesondere in der 48-zeiligen Bibel von Schöffer (1462) ihre Zweckmäßigkeit beweist.

Die Übergänge der verschiedenen Schriftformen sind fließend. Eine erste Schrift, in der Elemente der humanistischen Handschrift überwiegen, eine sogenannte *Antiqua,* verwendet bereits 1467 der Straßburger Drucker Adolf Rusch, auch wenn seine Druckschrift noch handwerkliche Mängel zeigt. 1469 drucken Sweynheim und Pannartz in Rom ebenfalls mit hinlänglicher Antiqua. Doch einen ersten Höhepunkt, und die überzeugende Umsetzung der humanistischen Handschrift in Druckschrift, stellt die Antiqua des Franzosen Nicolaus Jenson dar, der in Venedig tätig und gelernter Münzstempelschneider war (Abb. 19).

Jensons Lettern beeinflussen auch den bedeutenden Aldus Manutius in Venedig, der sich von dem Stempelschneider Francesco Griffo da Bologna eine herrliche Antiqua schneiden ließ, die im »De Aetna«-Druck des jungen Pietro Bembo 1496 zur Anwendung kommt. Die gleiche Type, allerdings mit Großbuchstaben (*Versalien*) um eine Winzigkeit kleiner geschnitten, verwendet Aldus für sein Meisterwerk »Hypnerotomachia Poliphili« (Abb. 20). Auch ist Griffo der Schöpfer einer Schrift auf der Grundlage der humanistischen Kursiven, der *Antiquakursive* (Abb. 21). Mit ihr druckt Aldus seit 1501 seine berühmten Klassikerausgaben im handlichen Format. Diese *Kursive* wird unmittelbar als zweite, selbstständige Antiqua genutzt und erst in unserer Zeit ist sie Auszeichnungsschrift zur geradestehenden Antiqua geworden. Nebenbei bemerkt: Mit der Person Griffo taucht erstmals der selbstständige Schriftschneider auf. Er behielt die Stempel in seinem Eigentum und belieferte verschiedene Drucker mit Matrizen. Wegen seiner Kursiven kam es zu einem Streit mit Aldus, als dieser ihre alleinige Nutzung beanspruchte.

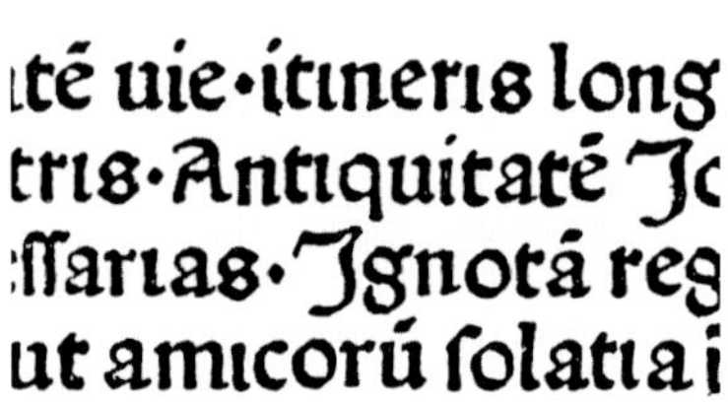

Abb. 18 **Rotunda, Rom 1473**

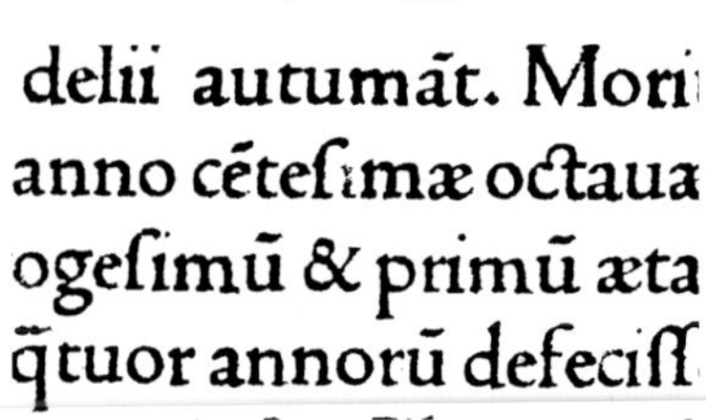

Abb. 19 **Antiqua des Nicolaus Jenson, 1475**

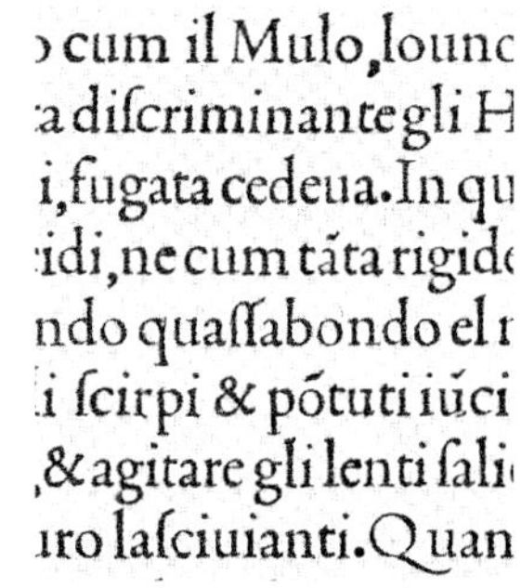

Abb. 20 **Antiqua des Francesco Griffo da Bologna**

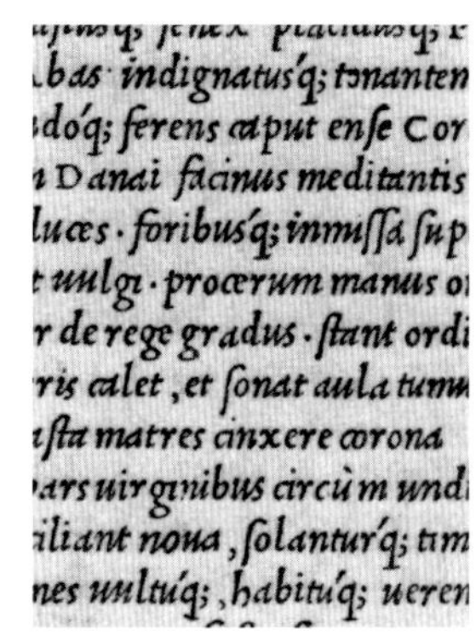

Abb. 21 **Antiqua-Kursive**

Es wurde bereits gesagt, dass der Vorgang des Schneidens von Schrift aufwendig war und dass qualitätvolle Schriften herzustellen nicht jedes Druckers Sache war. Es lässt sich aber nachvollziehen, dass in den viereinhalb Jahrzehnten, die zwischen der 42-zeiligen Bibel und den *Aldinen* lagen, das Schriftenangebot permanent größer wurde. »Schöne« Drucklettern und ein reiches Angebot waren gewissermaßen das Aushängeschild des anspruchsvollen Druckers. Einen Eindruck davon vermittelt uns die Schriftprobe des Augsburger Druckers Erhard Ratdolt von 1486, die früheste erhaltene Schriftprobe überhaupt. Ratdolt zeigte zehn verschiedene Grade Rotunda, drei Grade Antiqua und einen Grad Griechisch. Den Reichtum, den er in dieser berühmten Anzeige vorführt, hatte er aus Venedig mitgebracht.[13]

Das Setzen (Abb. 22)

Anhand der 42-zeiligen Bibel soll versucht werden, den Vorgang des Setzens zu erklären. Eine bestimmte Menge verschiedener Lettern wurde in einem *Setzkasten* aufgehoben, der so viele Fächer aufwies, wie die Druckschrift Zeichen hatte. Lettern, die am häufigsten gebraucht wurden, lagen in größeren Fächern, in unmittelbarer Nähe zum Körper des Setzers. Der Setzkasten selbst war schräg gestellt, um den Zugriff zu erleichtern. Zum Setzen benutzte man ein Gerät, das in der Druckersprache *Winkelhaken* heißt. Der Winkelhaken war in früherer Zeit aus Holz gefertigt (darauf weisen beispielsweise die alten Bestände im Plantin-Moretus-Museum in Antwerpen hin). Er hatte neben einem Griff, mit dem der Setzer ihn mit der linken Hand hielt, eine offene Seite, die in ihrer Länge der Satz- bzw. Spaltenbreite entsprach. Diese Öffnung wurde links und rechts durch gerade Wände begrenzt, die im rechten Winkel zu einer Rückwand standen. Der Boden war plan und die Tiefe des so geschaffenen Raumes ließ es zu, mehrere Zeilen im Winkelhaken unterzubringen. War der Winkelhaken durch eine bestimmte Anzahl von Zeilen gefüllt, wurde er *ausgehoben.* Hierzu, wie auch zum Setzen jeder Zeile selbst, bediente man sich wohl einer *Setzlinie,* einer Art hölzernen oder metallenen Lineals, dessen Länge der Satzbreite und dessen Höhe der Letternhöhe entsprach, und das an seinen beiden Enden *Ohren* hatte, mit denen es vor die Zeile gehoben wurde, die gerade vollendet war. Die Setzlinie bildete somit auch eine glatte Anlagefläche für die Lettern und erleichterte erheblich den Setzvorgang.

Vermutlich verwendete man auch schon einen Manuskripthalter, der aus *Tenakel* und *Divisorium* bestand und den Zweck hatte, dem Setzer das Manuskript so in Sichtweite vor Augen zu führen, dass keine Fächer des Setzkastens verdeckt wurden (Abb. 22).

Die Lettern, die bekanntlich seitenverkehrte Zeichen tragen, wurden auf dem Kopf stehend von links nach rechts, also in ganz normaler Lese- oder Schreibrichtung – man kann auch spiegelbildlich sagen – verarbeitet.

Der Setzer griff Letter für Letter dem Manuskript entsprechend aus dem Kasten, stellte sie in den Winkelhaken und bildete aus einzelnen Buchstaben ein Wort (Abb. 22, 23). Für den Wortzwischenraum benutzte er ein so genanntes *Ausschlussstück* von bestimmter Breite und weniger hoch als die Letter selbst. Der Setzkasten enthielt also auch Ausschlussstücke verschiedener Breite, die ebenso zum Auffüllen auslaufender Zeilen verwendet wurden.

Die 42-zeilige Bibel ist im *Blocksatz* erstellt, d. h. alle Zeilen haben (zumindest optisch) die gleiche Länge. Es wäre nämlich mehr als Zufall, würden sich aus der natürlichen Folge der Wörter immer gleichlange Zeilen ergeben; vielmehr erreichen manche nicht die gewünschte Satzbreite, andere gehen darüber hinaus. Es gehört nun zu den Besonderheiten der 42-zeiligen Bibel, dass durch unterschiedlich breite Lettern des jeweils gleichen Zeichens und durch *Ligaturen* (zusammengegossene Buchstaben), des weiteren durch *Abbreviaturen* (Abkürzungszeichen) sowie durch Kürzung oder Zusammenziehung eines Wortes in wenige Buchstaben die gewünschte Zeilenbreite erreicht wurde. Insgesamt hatten die Setzer der Bibel 290 Figuren vorrätig. Der Wortzwischenraum konnte bei die-

Abb. 22 **Setzer. Holzschnitt aus dem Totentanz von Lyon, 1498**

ser Methode des *Ausschließens* sehr gleichmäßig gehalten werden und somit auch der »optische Grauwert« einer Zeile, der schließlich dafür sorgte, dass die Druckseite ebenfalls eine gleichmäßige Grauwirkung erreichte. Diese Art zu setzen erforderte eben dieses umfangreiche Typenrepertoire und war sehr zeitaufwendig. Dennoch handelte es sich um die qualitätvollste Art der Satzherstellung. Diese Arbeitsweise wurde allerdings schon bald nach dem Druck der 42-zeiligen Bibel nach und nach aufgegeben, bis sich schließlich der Typenvorrat auf eine Letter pro Zeichen und wenige Ligaturen beschränkte. Um dann bei dieser Methode die Zeilen auf gleiche Breite zu bringen, wurde ein »mittlerer« Wortabstand, etwa in Breite eines »e«, entweder *verringert* oder *erweitert.* Die Folge war, dass einzelne Zeilen unterschiedliche Grauwerte aufweisen, indem die Wortabstände innerhalb der Zeilen von eng bis weit variieren (wie wir es noch heute an unseren Druckwerken beobachten können).

Um aber wieder auf den Satz der 42-zeiligen Bibel zurückzukommen, ist auf eine weitere Besonderheit hinzuwei-

Abb. 23 **Setzer mit Setzkasten, Winkelhaken und Schiff. Radierung aus Täubel, 1810**

sen: Interpunktionen, insbesondere Trennungszeichen und Punkte, sind am Zeilenende »frei gestellt«, d. h. sie stehen außerhalb des Satzspiegels. Dadurch bildet die rechte Kante jeder Kolumne ein geschlosseneres Bild, während anderenfalls, wenn Interpunktionen am Zeilenende innerhalb des Satzspiegels stehen, diese Zeilen optisch kürzer erscheinen – auch dies ein Merkmal sorgsamster Arbeitsweise.

Sobald der Setzer eine Winkelhakenfüllung auszuheben hatte, wurde diese auf einem *Schiff* abgestellt. Das Schiff war eine längliche rechtwinklige Platte, an drei Seiten von hölzernen Anschlagleisten, niedriger als die Schrifthöhe, begrenzt. Die seitlichen Anschläge ragten etwas über die Bodenplatte hinaus, eine Notwendigkeit, fertigen Satz von den Satzbrettern, auf denen er vor dem Drucken abgestellt war, wieder aufzunehmen.

In den linken Winkel des Schiffes wurde der Satz abgestellt, der mit jeder Winkelhakenfüllung bald zu einer Spalte bzw. Kolumne bestimmter Länge anwuchs. Eine solche Spalte wurde mit einer dünnen Schnur mehrmals umwickelt, bis die Schnur nach einem bestimmten Prinzip an einer Ecke der Kolumne verknotet wurde. Anschließend wurde er auf einem Formbrett abgestellt. Danach wurde ein Probeabzug erstellt, indem der Satz auf dem Schiff eingefärbt und das aufgelegte Papier von der Oberseite durch Klopfen mit einer Bürste abgedruckt wurde. Der *Bürstenabzug* wurde vom Korrektor auf Fehler durchgesehen. Typische Satz- bzw. Setzerfehler waren z. B. verkehrt gegriffene, auf dem Kopf stehende, fehlende, doppelte Buchstaben, Lesefehler, ausgelassene Satzteile *(Leichen)*, oder doppelt gesetzte Wörter und Satzteile *(Hochzeiten)*. Der Spaltensatz wurde zu gegebener Zeit mittels Schiff vom *Formbrett* genommen und auf dem Schiff korrigiert. Sobald ausreichend Spalten gesetzt und korrigiert waren, wurden diese zu Seiten *umbrochen*. Entsprechend einer festgelegten Zeilenanzahl wurden im Falle der Bibel zwei Kolumnen mit einem *Zwischenschlag* aus nicht druckendem (nicht schrifthohem) Material zu einer Druckseite zusammengestellt. Eine solche umbrochene Seite wurde noch einmal abgezogen und war nach weiterer Korrektur *druckreif*.

Wir müssen nun wieder Einzelheiten der 42-zeiligen Bibel erwähnen: Sie hat einen Umfang von 1286 Seiten. Wie der Name sagt, bestehen die Kolumnen (mit wenigen Ausnahmen) aus 42 Zeilen; 84 Zeilen bilden eine Seite. Jede Zeile setzt sich aus durchschnittlich 30 Lettern (ohne Wortzwischenräume, d. h. ohne Ausschluss) zusammen, sodass pro Seite ca. 2500 Lettern benötigt wurden. Damit wären, überschlägig gerechnet, über 3 Millionen Lettern nötig gewesen, hätte man die Bibel als Ganzes absetzen wollen. Legt man eine Gießleistung von 2000 Lettern pro Tag und Gießer zugrunde, wären dafür ca. 1600 Arbeitstage, das wären gut 5 Jahre, erforderlich gewesen. Selbst wenn mehrere Gießer gleichzeitig tätig gewesen wären, wäre nicht nur der zeitliche Aufwand erheblich gewesen, sondern auch der materielle, denn in einer Bibelseite sind ca. 10,5 kg Typen verarbeitet und ca. 1 kg Ausschluss; man hätte also insgesamt etwa 13 t Schriftmetall benötigt.

Das konnte wohl nicht sein. Es gibt zwar auch hierzu keine konkreten Hinweise auf die eingesetzte Typenmenge, doch gibt es keinen Zweifel, dass es eine begrenzte sein musste. Es konnte also nur eine ganz bestimmte Textmenge gesetzt und gedruckt werden, danach musste der Schriftsatz wieder aufgelöst *(abgelegt)* werden, bevor die Lettern erneut verwendet werden konnten.

Die Lettern litten beim Druckvorgang nur wenig. Weil mit gefeuchtetem Papier und deswegen mit relativ geringem Druck gearbeitet werden konnte, nutzten sich die Lettern kaum ab, selbst wenn die Auflage das Doppelte der allgemein angenommenen von ca. 180 Exemplaren betragen hätte.

Wir können also zunächst annehmen, dass die Tätigkeit des Setzers die eigentliche Satz-, Korrektur-, Umbruch- und Ablegearbeit umfasst. Aber wie stellt sich seine Arbeitsleistung dar?

Noch um 1960, als Mengensatz selbstverständlich mit Maschinen hergestellt wurde, musste ein Auszubildender ca. 1500 Buchstaben pro Stunde[14] im 10-Punkt-Schriftgrad (einschließlich Wortzwischenräume) mit der Hand setzen können, um eine ordentliche Gehilfenprüfung abzulegen. Der Schriftgrad der 42-zeiligen Bibel ließ sich sicher nicht so schnell setzen und besonders die Vielfalt der »Sonderfiguren« beeinträchtigte die Setzgeschwindigkeit.

Wenn wir annehmen, 3000 Lettern einschließlich Wortzwischenräume (84 Zeilen à 36 Zeichen je Zeile) bilden eine Seite, so hätten – wenn der Setzer nur 1000 Buchstaben pro Stunde setzte – rechnerisch etwa drei Seiten pro 10-stündigem Arbeitstag geschafft werden können. Doch sollte man bei solchen Schätzungen *Beschäftigungsgrad* (das Verhältnis von Soll-Kapazität zu tatsächlicher Kapazität) und *Nutzungsgrad* (Verhältnis Fertigungsstunden zu Arbeitsstunden), wie man heute sagen würde, berücksichtigen.

Im Allgemeinen wird der Aufwand für Ablegen von Handsatz mit einem Drittel der Satzzeit bemessen. Bei der schon mehrfach erwähnten Art des Satzes der 42-zeiligen Bibel könnte das Ablegen die Hälfte des Satzaufwandes gewesen sein.

Wenn wir rechnen, die Leistung eines Setzers der 42-zeiligen Bibel – kumuliert auf einen 10-stündigen Arbeitstag – habe das Setzen einer Seite, das Ablegen einer Seite, Korrektur und Umbruch einer Seite betragen, so dürfte die Schätzung an der unteren Grenze des tatsächlich Möglichen liegen. Waren also knapp 1300 Seiten zu setzen, zu korrigieren und zu umbrechen und zwischendurch abzulegen, so errechnen sich für die Satzherstellung 1300 Arbeitstage. Wenn tatsächlich vier Setzer permanent tätig waren, wie allgemein angenommen wird, so könnte die B42 in ca. 325 Arbeitstagen gesetzt worden sein.

Papier (Abb. 24)

Gutenberg ließ, dem späteren Verwendungszweck entsprechend, sowohl auf Papier wie auf Pergament drucken – genauso, wie bis dahin für Handschriften beide Materialien eingesetzt wurden.

Für die von den Schülern viel strapazierten Donate wurde Pergament verwendet, das der dauernden Benutzung besser standhielt als Papier. Der größere Teil der Bibeln wurde auf Papier, der kleinere auf Pergament gedruckt, der Türkenkalender auf Papier, ebenso wie der Einblattdruck des Cisianus; die Ablassbriefe wiederum auf Pergament, und so fort. Pergament war repräsentativer, manchmal zweckmäßiger, aber immer viel teurer als Papier.

Die Verfügbarkeit von Papier war sicherlich eine der Grundvoraussetzungen für den Erfolgsweg des Buchdrucks. Schon vorher war das Medium der Holzschnittdrucke durch das Aufkommen des Papiers zum verbreiteten Informations- und Bildträger geworden.

Papier, eine chinesische Erfindung, war aus Ostasien schon im 10. Jahrhundert über die Seidenstraße in die arabischen Länder vorgedrungen und wurde seit dem 12. Jahrhundert auch in Europa hergestellt. Urkundlich gesichert sind spanische Papiermühlen zu dieser Zeit in Gerona, Mauresa und Xativa bei Valencia. Auch auf Sizilien und in Genua wurde bereits im 12. Jahrhundert Papier gemacht. Die Papiermühle von Fabriano, einem Ort im Hinterland des Hafens Ancona, ist die erste, die für Italien urkundlich belegt ist (1256). Italienische Papiere wurden sehr geschätzt und lange Zeit in ganz Europa verwendet.

In Italien entwickelte sich die Papierherstellung zu der für Europa typischen Verfahrensweise. Vermutlich wurden hier zum ersten Mal mit Wasserkraft betriebene Stampfwerke eingesetzt, die das Zerfasern der Lumpen *(Hadern)* auf mechanische Weise besorgten. Anschließend wurden die geschöpften Bogen mit tierischem Leim behandelt, um eine geschlossene Oberfläche zu erhalten.

In Deutschland entstanden die ersten Papiermühlen in den süddeutschen Fernhandelsstädten. Die »Gleismühl« von Ulman Stromer in Nürnberg wurde 1390 in Betrieb genommen, und in Ravensburg stellte man seit 1393 Papier her; beide Städte waren vorher Umschlagplatz italienischer Importe gewesen. Bereits um 1450 gab es in Deutschland immerhin zehn Orte mit Papiermühlen, um 1500 dann schon 60.[15]

Die Methode der Papierherstellung ist von diesen Anfängen bis zur Industrialisierung im 19. Jahrhundert gleich geblieben: Lumpen aus Hanf, Baumwolle und Leinen wurden aufgeweicht und so lange mit großen Hämmern zerstampft, bis sie unter reichlicher Zugabe von Wasser eine flüssige homogene Suspension bildeten. Diese befand sich in besonderen Bottichen *(Bütten)*, in die man die *Form* eintauchte, einen rechteckigen Holzrahmen, in den feine waagerechte Messingdrähte gespannt waren, die durch senkrecht stehende Holzstäbchen gestützt wurden: diese waren wieder mit waagerechten Kupferdrähten im Abstand von 8–80 mm verwoben. Ein zweiter, beweglicher Rahmen diente dazu, Maß und Dicke des Papiers zu regulieren. Nach dem *Schöpfen* der Masse aus der Bütte mit Hilfe der *Form* drückte man das Wasser durch Aufpressen auf Filze heraus, presste das Papier nochmals in einer Papierpresse und ließ das Blatt an der Luft trocknen. Danach folgten Leimen und Glätten.

Schon früh wurden *Wasserzeichen* als Fabrikmarken eingeführt. Wasserzeichen sind im Papier enthaltene und – wie das Liniennetz des Schöpfsiebes – gegen das Licht sichtbare Strukturen geringerer Papierdicke. Sie waren aus Messing- oder Silberdraht zusammengebogene Zeichen, die dem Hersteller zur Kenntlichmachung seiner Produkte dienten und die auf die Schöpfform aufgebracht wurden. Die Zeichen wurden mit haardünnem Draht auf-

XV.

Das wohlausgeſonnene Pappiermachen.

Der die Pappier-Kunſt rühmende Meiſter.

Seynd das nicht auserleſne Sachen,
Aus Lumpen das Pappier zu machen?
Pappier, darauf man ſchreibt und drücket,
Wird in die weite Welt geſchicket.
Sind des Erfinders Kunſt und Proben,
Auch wohl zu der Genüg zu loben?

Der antwortende Geſell.

Der zugerichte Lumpen-Brey,
Wird in die Formen mancherley
Geſchöpfft, in Bögen ausgebreitet,
Und in der Lufft gar zubereitet.
Der Nutz, den ſchaffet das Pappier,
Iſt ſehr einträglich Euch und mir.

Abb. 24 **Der Papiermacher**

genäht, meistens auf die Mitte der Schöpfform. Es konnten Buchstaben, Tierfiguren, Blumen, Früchte, Geräte o. a. sein. Die ältesten Wasserzeichen sind aus dem 13. Jahrhundert bekannt.

Anhand der Wasserzeichen ist zu erkennen, dass die 42-zeilige Bibel zum großen Teil auf Papier gedruckt wurde, das aus Italien importiert worden war.[16]

Man kann nachrechnen, dass für eine Gutenberg-Bibel je Exemplar 340 Bogen großformatiges Papier verbraucht wurde, was für 150 angenommene Exemplare etwa 51 000 Bogen bedeutet. (Zum Vergleich: eine Stadt wie Nürnberg verbrauchte zu Beginn des 15. Jahrhunderts jährlich nicht mehr als 1000 Bogen für ihre Kanzleien.) Die Jahresproduktion einer Bütte belief sich auf 1000 bis 1800 *Ries*, das sind 480 000 bis 860 000 Bogen. Die benötigten Papiermengen für den Bibeldruck aus einer einzigen Produktion zu beschaffen, war wohl nicht möglich. Das bestätigen die Wasserzeichen, denn sie sind nicht gleich. Ein Teil des Papiers trägt als Wasserzeichen den Ochsenkopf, ein anderes zeigt zwei Weinstöcke und schließlich gibt es noch das Wasserzeichen mit dem laufenden Ochsen. Als viertes Wasserzeichen zeigt sich eins mit einer Weintraube.

Es ist schwer vorstellbar, dass die Drucker der 42-zeiligen Bibel die Papierfrage nicht vor Beginn ihres Vorhabens geklärt hätten. Obwohl in der Bibel vier verschiedene Wasserzeichen festzustellen sind, sind doch alle vier Sorten in Format, Stärke und Färbung sehr ähnlich. Die vier Sorten deuten auf vier Fertigungen hin.

Nun meinen Buchhistoriker aus diesen vier verschiedenen Wasserzeichen auf verschiedene, zeitlich versetzte Lieferungen schließen zu können. Sie glauben, wohl nicht zu Unrecht, dass insbesondere das Papier mit dem Weintrauben-Wasserzeichen mit dem Neusatz einiger Seiten in Verbindung gebracht werden kann, in dem sie eine Auflagenerhöhung bzw. eine Papiernachlieferung vermuten.[17] Ebenso bringen sie die vier Papiersorten mit den erkennbaren Arbeitsabschnitten der Setzer und der Auflagenhöhe (die sich aber auch nicht endgültig feststellen lässt) in Zusammenhang. Corsten hat sicher Recht, wenn er feststellt, dass die Aussagekraft der Papiersorten überbewertet wird.[18]

Pergament

Pergament – getrocknete Tierhaut – war seit dem Altertum zum Beschreiben benutzt worden. Gegerbte Tierhaut – Leder – hingegen war schon vorher bei den Ägyptern, Hebräern, Assyrern und Persern dafür verwendet worden. Die Pergamentherstellung begann erst im 3. Jahrhundert v. Chr. Da ihre Technik in Pergamon in großem Maßstab betrieben wurde, nannten die Römer das Material *pergamineum*.

Die Herstellung durchläuft grundsätzlich folgende Phasen: Die Tierhaut wird etwa drei bis sechs Wochen in starker Kalklauge gebeizt, um von der allein verwendeten Lederhaut die oberste Schicht (Narbenmembran) sowie das Unterhautbindegewebe (Hypodermis) und die Oberhaut (Epidermis) samt den Haaren mit einem halbmondförmigen Schabeisen leichter entfernen zu können. Zur Beseitigung noch vorhandener Fettreste wird die Haut erneut gewässert und mit fettlösenden Materialien wie Asche, gelöschtem Kalk o. ä. behandelt, bevor sie nass in einen Rahmen gespannt und an der Luft getrocknet wird. Dann werden Stellen, die Äderungen oder noch Fettspuren aufweisen, mit Bimsstein und Kreide abgeschliffen. Als Rohmaterial dienten Häute von Ziegen, Schafen und Kälbern.[19] Im späten Mittelalter wurde für besonders leichte und handliche Bücher das sehr dünne und feine so genannte *Jungfernpergament* gebraucht, das wohl aus den Häuten tot geborener oder sehr junger Tiere gewonnen wurde. Im 15. Jahrhundert war die Herstellung von Pergament, die früher im Umkreis klösterlicher Skriptorien geschah, zu einem bürgerlichen Gewerbe geworden, das von *pergamentarii* betrieben wurde.

In der Frühzeit des Druckens wurde Pergament, wie schon erwähnt, entweder eingesetzt, wenn es um die Haltbarkeit von Texten ging, d. h. wenn es sich um stark strapazierte Bücher handelte, oder wenn ein Buch sich durch Schönheit und Kostbarkeit auszeichnen sollte.

Das Feuchten

Im 15. Jahrhundert wurde überwiegend auf *Schreibpapier*, d. h. auf geleimtes Papier, gedruckt. Härte und Glätte verhinderten, dass sich die Lettern sauber eindrücken und die aufgetragene Farbe sich von denselben rein abziehen ließ: Das Papier musste daher für den Druck gefeuchtet werden, wodurch es weicher wurde. Das wird nachvollziehbar, wenn man versuchsweise einen Papierbogen partiell und unterschiedlich stark feucht macht und dann bedruckt. An den trockenen Stellen drucken die Lettern *spicklicht*, wie es in alten Fachbüchern heißt, also fleckig, getüpfelt. Werden sie durch stark aufgetragene Farbe schwarz druckend, dann sind sie an ihren Rändern ebenfalls dick mit Farbe umgeben, wodurch der Abdruck verschmiert. Auf den nassen Stellen erscheint keine Farbe oder der Druck wird *fletschig* (verbreitert), denn dann hat sich das Papier um die Lettern gelegt und den Rand derselben mit abgezogen, so dass sie dicker erscheinen als sie sind. Nur an den bloß feuchten Stellen wird, zumal wenn nicht zu viel Farbe aufgetragen ist, jede Letter in ihrer ursprünglichen Gestalt und mit gleichmäßiger Schwärze stehen.

Der »richtige« Farbauftrag, die genau bemessene Farbmenge, ist ebenso für den Trocknungsvorgang und den dann folgenden Widerdruck von größter Bedeutung.

Kircher sagt, dass wegen der Sorgfalt, mit der das Feuchten geschehen muss, es eine der »vornehmsten Arbeiten« sei, von der es abhänge, ob ein Druck gut oder schlecht gelinge.[20]

Während auf Gutenbergs Pressen ausschließlich Schreibpapier verwendet wurde, wurden später auch weniger bis gar nicht geleimte Papiere benutzt, die dann als *Druckpapier* vom *Schreibpapier* (das selbstverständlich auch weiterhin zum Drucken verwendet wurde) unterschieden wurden.

Die Anweisungen zum Papierfeuchten, die wir in Buchdruckerlehrbüchern finden und die bis Ende des 19. Jahrhunderts (auch bei Maschinenpapier) praktiziert wurden, wiesen zunächst darauf hin, dass vor dem Feuchten festzustellen ist, ob es sich um Schreib- oder Druckpapier handelt, ob es dick oder dünn ist. In der Fachsprache hieß es, es musste geprüft werden, ob es *rasches* (lockeres, wenig geleimtes), oder *harsches* bzw. *hartes* Papier (d. h. Schreibpapier) war. Es versteht sich, dass geleimtes Papier Wasser nicht so gut aufnimmt wie ungeleimtes.

Das Arbeitsprinzip beim Feuchten besteht darin, einzelne oder mehrere Bogen gefeuchtet und im Wechsel mit einer entsprechenden Menge ungefeuchteter Bogen übereinander zu schichten. Solch ein *Haufen* wird dann mit Steinen beschwert, und nach einer gewissen Zeit, zwischenzeitliches Umpacken der Lagen eingeschlossen, ist ein gleichmäßig durchgefeuchtetes Papier erreicht, »weder nass noch trocken«; der Vorgang wird auch durch die Klimabedingungen der jeweiligen Jahreszeit stark beeinflusst.

Zunächst wurde die Papiermenge, die sich aus der vorgesehenen Auflagenhöhe ergab, der *Haufen,* ermittelt und jedes Ries Schreibpapier (480 Bogen) in *Bücher* (24 Bogen) unterteilt, verschränkt gelegt und durch schmale Papierstreifen gekennzeichnet. Das zu feuchtende Papier wurde zur linken Hand auf eine so genannte *Feuchtebank* gelegt. Zur rechten Hand befand sich ein mit Makulatur belegtes *Feuchtebrett,* etwas größer als die zu feuchtenden Bogen und unten mit zwei Leisten versehen. Dazwischen stand eine Wanne oder ein Trog mit Wasser. Das Papier wurde entweder mit der Hand oder mittels zweier gehobelter Holzlatten *(Feuchtespäne)* geschwind durch das Wasser gezogen und dann auf das Feuchtebrett befördert. Besonders dicke Schreibpapiere wurden als Viertel- oder Drittel-Buch, weniger geleimte als halbes und ungeleimte als ganzes Buch ins Wasser gebracht. Dann wurde die gleiche Menge trockenen Papiers, um einen Daumen breit einwärts versetzt, aufgelegt und in der Mitte mit einer »Hand voll« Wasser besprengt, anschließend wieder eine gewässerte Lage und so fort. Die letzte Lage wurde dann vollständig mit Wasser besprengt, mit Makulatur bedeckt und mit einem Feuchtebrett zugedeckt. Schreibpapier wurde etwa eine halbe Stunde so belassen, bis der Haufen mit Steinen beschwert wurde. Er konnte dann mit Matten und Packtuch behängt werden, um das vorzeitige Trocknen und damit das Wellen der Ränder zu verhindern.

Am anderen Tag wurde das Papier *umschlagen.* Die jeweiligen Lagen wurden so gelegt, dass die untere Seite nach oben, die linke nach rechts kam. Die versetzten Partien wurden zurückgelegt. Fanden sich trockene Stellen, wurden diese noch mit Wasser und Schwamm besprengt.

Nach einem weiteren Tag wurde erneut umschlagen, dies konnte sich insgesamt dreimal wiederholen. Bei zu stark gefeuchteten Lagen musste trockenes Papier oder Makulatur eingeschossen werden. Der ganze Vorgang begann mindestens vier bis fünf Tage vor dem Drucken.

Man findet keine Anhaltspunkte, ob das Papier nach dem Schöndruck völlig getrocknet und für den Widerdruck erneut gefeuchtet wurde. Wahrscheinlich hat man es nach dem ersten Druckgang genauestens übereinander gelegt und, sobald die Farbe angezogen hatte, im Zustand der ersten Feuchtung erneut bedruckt. Es gibt aber auch den Hinweis, dass beim Widerdruck ein feuchter Bogen Papier in den *Deckel* der Presse gelegt wurde, der somit beim Drucken eine zusätzliche Feuchte auf den Druckbogen brachte.[21]

Auch das endgültige Trocknen erforderte gelegentliches Umlegen des Papiers, es wurde *gelüftet,* wieder umschlagen, der Haufen aber immer wieder beschwert. Hätte man die Bogen offen liegen lassen, wäre das Trocknen nicht gleichmäßig gelungen, das Papier wäre an den Rändern zuerst getrocknet und wellig *(runzlig)* geworden. Später mag es auch noch auf Leinen gehängt worden sein, um ein restloses Trocknen zu erreichen, denn Feuchtigkeit im Papier hätte später Stockflecken und Schimmel bewirken können.

Pergament wurde für den Druck ebenfalls gefeuchtet, vermutlich bogenweise. Nähere Angaben dazu sind in den einschlägigen Lehrbüchern nicht gemacht, nur ist ihnen zu entnehmen, dass Pergament beim Feuchten seinen Glanz verliert.

Am Beispiel dieses einen Vorgangs wird deutlich, welch zeitaufwendige und komplexe, auf Erfahrung gründende Schritte nötig waren, um beim Drucken zu guten Ergebnissen zu kommen.

Druckfarben

Druckfarbe musste von Gutenberg und seinen Mitarbeitern nicht erfunden werden, denn schon der mittelalterliche Zeugdruck (Textildruck) arbeitete bereits mit festen Farben und trocknenden Bindemitteln. Auch die Kupferdrucker (älteste bekannte Abdrucke um 1430) verwendeten eine zähe Druckfarbe, die der Buchdruckerfarbe weitgehend entsprach.[22] Außerdem fiel die Entwicklung der Buchdruckerkunst mit der ersten Blütezeit der Ölmalerei zusammen. In der Tafelmalerei, früher mit wasserhaltiger Eitempera ausgeführt, wurden mehr und mehr ölhaltige Farbmischungen zum Einsatz gebracht. Jan van Eyck († 1441) benutzte Farbrezepte, die Harzzusätze enthielten. Die Grundmaterialien dieser Malfarben entsprachen weitgehend den Bestandteilen der Druckfarben, genannt werden Leinsamen- oder Nussöl mit Zusätzen von Baumharz, Terpentin, Mastix und Ambraharz.[23] Man kann also sagen, dass es nicht nötig war, Ölharzverbindungen neu zu entwickeln; die Kenntnisse der anderen Berufsgruppen konnten vielmehr von den Druckern adaptiert werden.

Die schwarze Buchdruckerfarbe besteht aus den Komponenten Firnis (ein schnell trocknendes Bindemittel) und der eigentlichen Farbe, dem Ruß. Den geeigneten Firnis bereiteten die mittelalterlichen Drucker aus Leinöl. Leinöl wurde – möglicherweise unter Zusatz von frischen Harzen wie Mastix oder fossilen wie Bernstein – gekocht, bis es in heißem Zustand einen Faden zog und im erkalteten Zu-

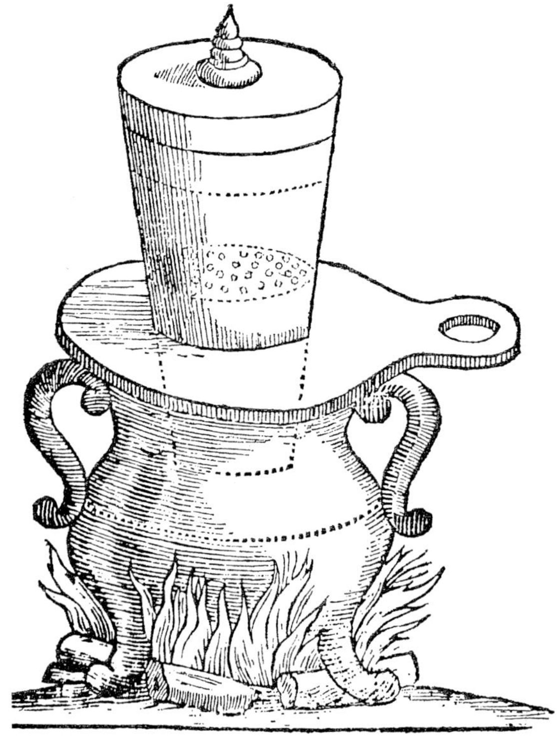

Abb. 25 **Gefäß zum Firniskochen. Im Handgefäß befindet sich Leinöl, im Einsatz Harz (z. B. Mastix). Holzschnitt, 1685**

stand dickflüssig war. Daraus ließ sich eine *fette* Farbpaste herstellen. Sie wurde als fett bezeichnet, da sie nur wenig Farbpigmente (Ruß) aufnimmt, weniger als dünnflüssiger Firnis, mit dem man eine *magere* Farbe erhält. Die fette Farbe haftet nur auf der »Schauseite« des Papiers, während die dünnflüssige Druckfarbe *durchschlägt,* d. h. sie ist auch auf der Rückseite zu sehen. Der hochviskose Firnis mit seiner geringen Farbe bildet nach dem Trocknen einen flexiblen und transparenten Harzfilm auf der Oberfläche des Bedruckstoffes. Kircher berichtet 1793:

»Dies Sieden geschieht in einer kupfernen, nach oben zu sich etwas erweiternden, in einen engen und kurzen Hals auslaufenden und mit einem Deckel versehenen Blase, an welcher zwei eiserne Henkel befestigt sind, die über den Hals derselben in die Höhe stehen und mit dem auf dem Deckel befindlichen eisernen Griffe in gerader Linie sich endigen. Der Deckel ist so tief, als der Hals lang ist, und schließt dicht und genau über denselben.

Um Feuersgefahr zu verhüten, die bekanntlich bei dem Kochen des Oels zu befürchten ist, wird es nirgends gestattet, daß der Firnis in einem Hause in der Stadt, oder nahe bei Gebäuden gesotten wird, sondern dieses Sieden muß entweder ausser der Stadt, oder doch an einem solchen freien Orte geschehen, wo man vor allem zu verursachen-

den Schaden sicher ist. In dieser Rücksicht muß man zu dem Firnissieden einen heiteren, windstillen Tag, und, wenn es möglich ist, einen solchen Ort wählen, wo die Blase auf dem Feuer in Schatten stehen kann; denn wenn die Sonne auf die Blase und ins Feuer scheint, und die Sonnenhitze sehr stark ist, so drückt sie, wie ich öfter bemerkt habe, die Hitze des Feuers nieder und vermindert sie oberhalb der Blase so sehr, daß auch das beste Oel sehr langsam zu gutem Firnis kocht. (…)
Während der Zeit, daß das Oel ins Kochen gebracht wird, macht man seitwärts vom Feuer ein Loch in die Erde, welches so groß seyn muß, daß die Blase bequem in dasselbe gesetzt werden kann, und macht in demselben Feuer an, damit es austrockne. Wenn das Oel kocht, so nimmt man altes, in nicht gar zu dicke Stücken geschnittenes Brod, steckt die Stücken einzeln an einen Spieß (ein von tannen Holz etwa eine Elle lang und unten keilförmig geschnitztes Stöckchen) und hält es damit so lange ins Oel, bis es ganz braun gekocht ist [es diente der Reinigung des Firnis]. *Wenn das Brod hineingehalten (abgekröscht) wird, muß das Oel so stark kochen, daß es Wellen schlägt; außerdem muß man es erst besser ins Kochen bringen, weil sonst der Nutzen, den man sich davon verspricht, daß nämlich das Oel gut durch einander koche, und die etwa im Oele befindlichen wässerichten Theile in das Brod ziehn, nicht erreicht wird. Mehr als zwei Stückchen Brod darf man nicht auf einmal in das Oel halten, weil es sonst zu stark braust, und in die Höhe steigt; geschieht dies demungeachtet, so muß man das Brod so lange wieder herausziehen, bis sich das Oel wieder gesetzt hat; gemeiniglich geschieht dies aber nur bei frischem Brode. Die Masse des hineinzuhaltenden Brods ist willkührlich; ich pflege so lange abkröschen zu lassen, bis auf dem Oele, wenn kein Brod mehr in dasselbe gehalten wird, kein Schaum mehr zu sehen ist«*[24] (Abb. 25).
Die Tiefschwärze des Druckbildes ohne jede spätere Gelbfärbung des Papiers im Umfeld der Zeichen konstituierte eine der unübertroffenen Qualitätsmerkmale der Werke Gutenbergs. Es wird daraus deutlich, dass bereits am Anfang die Schwierigkeiten der Druckfarbenherstellung bewältigt werden konnten, während gerade in dieser Hinsicht im 17. und 18. Jahrhundert oft ein Qualitätsabfall sichtbar wird. Noch die Bemühungen von William Morris, der im späten 19. Jahrhundert den »Handpressendruck« neu belebte, und der bezüglich der Druckfarbenbereitung große Probleme hatte, machen deutlich, wovon es abhing,

Abb. 26 **Zubereitung (Anreiben) der Farbe. Kupferstich von 1570**

eine gute Druckfarbe zu bereiten: Die Qualität wurde vom verwendeten Ruß bestimmt und von einer speziellen Nachbehandlung (z. B. Rösten), die ihm fettige Harzrückstände entzog.[25]
Den besten Ruß erhielt man durch Verbrennen harzhaltiger Hölzer oder unmittelbar durch Verbrennen von Harzen und Ölen. Das so genannte Lampenschwarz, das wohl anfangs Hauptbestandteil der Buchdruckerfarbe war, bereitete man, indem man unter einem Becken Öl und Harz verbrannte. Die stark rußende Flamme schlug gegen das Becken, von dem man dann den Ruß leicht abbürsten konnte. Der Vorteil von Ölruß gegenüber dem Holzruß war, dass er aschenfrei entstand. (Anstelle des Beckens oder der Überdachung aus Blech wurde in der Methode der Rußgewinnung auch eine Art Zelt oder Stoffüberdachung angewendet, von dessen Bahnen der Ruß abgefegt wurde.)[26]

Abb. 27 **Druckerballen aus Jost Ammans »Spielkartenbuch«, Nürnberg 1562 (vergrößert)**

Neben dem Schwarz wurde schon von Anfang an auch mit Blau und Rot gedruckt (die B42 weist in Bereichen rot gedruckte Zeilen auf, die Initialen im Mainzer Psalter sind blau und rot gedruckt, usw.). Das Pigment der roten Farbe im Mainzer Psalter ist Zinnober, von den Malern im Mittelalter häufig verwendet. Das Blau im selben Werk war Ultramarin (Azurblau, aus Lapislazuli) oder Schmallte (eine Farbe auf Kobaltgrundlage). Das Mahlen der Pigmente erforderte großen Kraft- und Zeitaufwand, es musste wie das Vermischen mit Firnis per Hand durch Reiben mit dem Läufer geschehen (Abb. 26).[27]

Buntfarben waren in jedem Fall mühsamer herzustellen als Druckerschwarz. Die fertig angeriebene Farbe wurde in Gefäßen verwahrt, die Oberfläche mit Wasser bedeckt, sodass die Farbe nicht eintrocknen oder Haut ziehen konnte.

Am Ende eines Arbeitstages, manchmal zwischendurch, aber immer, wenn die Form *ausgedruckt* war, mussten die Reste der Druckfarbe von der Form entfernt werden. Dafür wurde eine starke Lauge aus Wasser und Asche angesetzt.

Druckerballen

Schon auf den frühesten Darstellungen von Druckwerkstätten sind Druckerballen zu sehen, die dazu dienten, die Form einzufärben. Jost Ammans Spielkarten (Nürnberg zwischen 1560 und 1580) zeigen sie recht genau und anschaulich. Im Gebrauch wurden in der Regel zwei Ballen zusammen benutzt (Abb. 27). Der Geselle bzw. *Ballenmeister* hielt je einen in jeder Hand und nahm mit kreisenden Bewegungen Farbe vom Farbtisch mit ihnen auf, anschließend wurden beide Ballen gegeneinander gerieben, um eine gleichmäßige Farbverteilung zu gewährleisten. Dann wurden beide Ballen, wiederum mit gleichmäßigen, kreisenden Bewegungen über die Form geführt, wobei die Farbe nur die Oberfläche des Satzes erreichen durfte, ohne ihn zu verschmieren.

Der Ballen selbst bestand aus einem hölzernen gedrechselten Griff und dem *Ballholz* (leichtes und zähes Holz wie Linde, Erle oder Ahorn), einer schüsselförmigen Scheibe, die Innenseite leicht konkav gestaltet, um möglichst viel Füllung aufnehmen zu können. Das Füllmaterial war Wolle oder Rosshaar. Der Durchmesser betrug ca. 20 cm (Abb. 28).[28]

Als Bezugsmaterial werden Schafsleder, Kalbsleder und Hundeleder genannt. Das Leder wurde kreisförmig zugeschnitten, nachdem es gut präpariert war. Es durfte nicht fettig sein, um die Druckerfarbe gut annehmen zu können. So wurde es in Bier getaucht, gewalkt bzw. mit den Händen gerieben und ausgewrungen oder über Nacht in Wasser eingeweicht, am nächsten Tag so lange mit den Füßen bearbeitet, bis das Leder ganz weich war, dann von überschüssiger Feuchtigkeit befreit, nach dem Trocknen noch auf der Außenseite mit Öl übergossen und nochmals gewalkt.

Nachdem man das Leder auf diese Weise fettfrei, zäh und geschmeidig gemacht hatte, wurde es wieder in seine runde Form gedehnt und mittels Ballnägeln auf den Rand des Ballholzes genagelt. Nach Täubel erhielt es, um in die entsprechende rund auswölbende Form gebracht zu werden, acht bis neun Falze. Nachdem das Leder zur Hälfte aufgenagelt war, wurden die Ballhaare nach und nach hineingestopft, wobei sehr darauf zu achten war, dass der Ballen seine gehörige halbrunde Form erhielt und nicht ungleichmäßig wurde. Das Leder sollte durch sorgfältiges Aufnageln eng am Holz anzuliegen kommen, so dass beim Auftragen der Farbe nicht so leicht Luft entweichen konnte (Abb. 29).[29]

Nach dem Gebrauch wurden die Ballen paarweise und griffbereit an die Presswand der Druckerpresse eingehängt, und zwar mittels der beiden dort angebrachten Halterungen, genannt *Ballenknechte.*

Um aber immer »gute« Ballen zu haben, musste man sie alle drei Tage *abbrechen,* d. h. sie an drei Falzen öffnen, die Haare herausnehmen und sie *zausen* (auseinander

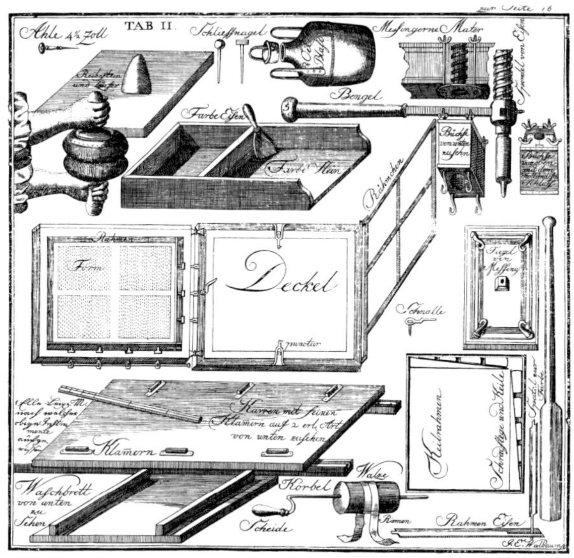

Abb. 28 **Druckerballen (links oben in der Abbildung)**

Abb. 29 **Stopfen des Ballens. Stich aus Moxon 1683/84**

ziehen), und sie mit trockenen und gut gezausten Haaren, die vorrätig zu sein hatten, neu stopfen und zunageln.[30]

Die Druckerpresse (Abb. 30)

Rückblickend erscheint die Erfindung der Druckerpresse unabdingbar mit der Entwicklung des typografischen Druckens verbunden. Vergegenwärtigt man sich jedoch, dass bewegliche Lettern in Ostasien viel früher schon ohne Presse problemlos gedruckt wurden, sollte die Frage gestellt werden, warum im europäischen Kontext eine Presse als Hilfsinstrument nötig war. Die Erklärung hängt vermutlich stark mit den Eigenschaften des jeweiligen Papiers zusammen. Im Vergleich ist das asiatische Papier sowohl erheblich dünner als auch reißfester als das in Europa aus Hadern geschöpfte Papier. In Asien konnte Textdruck aufgrund dieser Eigenschaften problemlos als Reiberdruck in großer Schnelligkeit und ohne Makulatur bewirkt werden. Das Papier wurde auf die eingefärbte Form gelegt und mit einer festen Bürste oder einer Art Rakel abgezogen. Ein zusätzliches Hilfsmittel wurde nicht gebraucht. Wegen des extrem dünnen Papiers wurde es nur einseitig bedruckt, die Rückseite blieb also unbedruckt. Schlug Farbe auf die Rückseite durch oder bildete sich gar durch das Abreiben ein Relief im Papier, war dies unerheblich, da in der üblichen buchbinderischen Weiterverarbeitung die Rückseite des Papiers in jedem Fall nach innen geschlagen und die gefalzten Bogen an ihrer »offenen« Seite seitlich durch den Block geheftet wurden. Europäisches Büttenpapier dagegen hatte eine durch Material und Sieb bedingte sehr viel festere Substanz, rauere Oberflächen und war erheblich dicker. Eine Übertragung der Druckfarbe von der Form auf das Papier erforderte einen vergleichsweise starken Druck. So beobachten wir bei Drucken, die vor Gutenberg gemacht wurden, eine starke Reliefbildung auf der Rückseite des Papiers. Die Nachteile des so genannten *Reiberdrucks* sind bei den europäischen Blockbüchern zu sehen: das Papier konnte meistens nur einseitig bedruckt werden und die Rückseiten zweier Drucke wurden dann entweder aufeinander geklebt, um das Relief nicht in Erscheinung treten zu lassen, oder man ließ die einzelnen Drucke wie sie waren, was unschöne Intervalle von jeweils zwei unbedruckten Seiten im Buch bedingte. Da der Buchbinder nicht daran gewöhnt war, die Bücher wie in Ostasien zu binden, musste für dieses ästhetische wie ökonomische Problem (denn es war die doppelte Papiermenge nötig) eine Lösung gefunden werden.

Mit senkrecht wirkendem, höherem Druck konnte das feste und voluminösere europäische Hadernpapier mit einem randscharfen Druckbild versehen werden, sobald es leicht gefeuchtet war. Um diesen zu erzeugen, war eine Presse nötig. In der Papiererzeugung wurden bereits seit dem 13. oder 14. Jahrhundert Pressen eingesetzt, um den hohen Wasseranteil aus den frisch geschöpften Stapeln von Papierbögen (dem *Pauscht*) herauszupressen. Es handelte sich um Spindelpressen. Durch Drehen der Spindel wurde ein horizontales Brett nach unten bewegt, das sich auf den Stapel senkte und den Druck ausübte. Hier ist der Bezug zum Drucken sicherlich am nächsten.

Spindelpressen waren keine Erfindung des Spätmittelalters oder der frühen Neuzeit, schon in der Antike wurden Öl und Wein in Pressen gewonnen, die nach demselben Prinzip wirksam wurden.[31] Auch im Zeugdruck waren derartige Pressen üblich. Die Spindelpresse als solche war also nicht die Erfindung, die im Zusammenhang mit Gutenberg zu loben ist; bedeutsam war, dass es gelang, sie erfolgreich zur Buchdruckerpresse umzugestalten. Der neural-

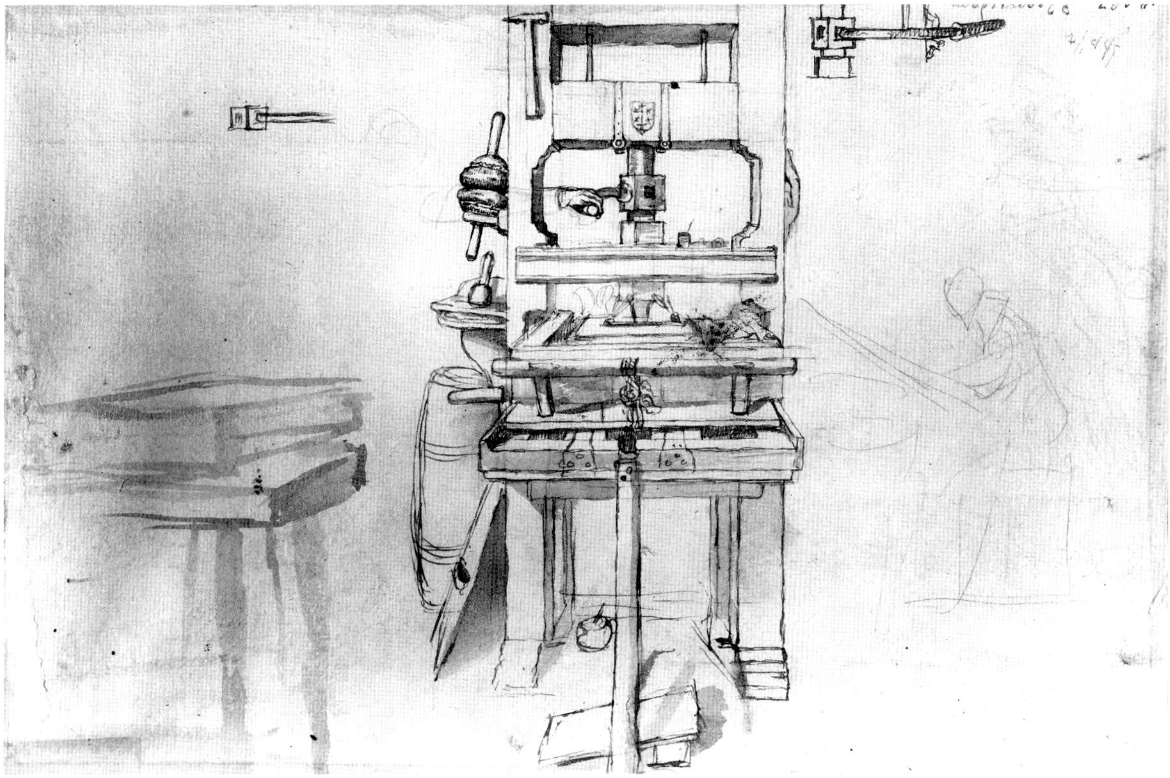

Abb. 30 **Zeichnung einer Presse von Pieter Saenredam, 1628**

gische Punkt war die horizontale, den Druck ausübende Platte, der Tiegel.

Es musste eine Lösung für das Problem gefunden werden, dass die seitliche Drehbewegung der Spindel (Schraube) im Moment der Farbübertragung – also des Drucks – nicht auf den Tiegel übertragen wurde. Die technische Bewältigung dieser Aufgabe war sicherlich die wesentliche Leistung in der Konstruktion der Druckerpresse. Die ältesten Darstellungen von Druckereien stellen im Allgemeinen Werkstattzusammenhänge dar, bei denen auf Genauigkeit im Detail wenig Wert gelegt wurde. Wohl die früheste sachlich-»technische« Darstellung der Druckerpresse findet sich unter den Zeichnungen Leonardos im Codex Atlantico (Ambrosiana, Mailand). Diese bisher kaum beachteten Zeichnungen von Einzelabschnitten der Presse entstanden in den frühen 1480er Jahren. Sie zeigen Spindel, Büchse und Tiegel, dann den Karren mit halb geöffnetem Deckel sowie einen Mechanismus zum Bewegen des Karrens (Bl. 357^r und 372^r). Im selben Codex befindet sich eine Zeichnung, die zwei Versionen von Druckpressen entwickelt, die der kreativen Phantasie des Künstlers entsprungen waren – vielleicht wurden die an der Wirklichkeit orientierten Skizzen darüber in der Forschung vernachlässigt. So gibt es, von diesen Detailzeichnungen abgesehen, kaum verlässliche Darstellungen vor dem 17. Jahrhundert.[32]

Folgendermaßen muss man sich den Bau der Presse vorstellen: zwischen zwei senkrechten Streben, den *Presswänden,* die mit Querverstrebungen verbunden sind, wird eine kräftige Spindel mittels eines durchgesteckten Holms, des *Bengels,* gedreht. Die Spindel ist durch eine der Querverbindungen, die Brücke, hindurchgeführt. Unter ihrem unteren Ende angeordnet ist eine rechteckige Platte, der *Tiegel,* der im Moment des Druckes gleichmäßig auf die darunter geschobene Form drücken soll.

Die Form wird in die Presse *eingehoben,* das heißt, auf das *Fundament* gestellt, eine plane Fläche aus Hartholz, Stein, Messing oder Eisen, die auf dem *Karren* oder Schlitten liegt, der auf dem unteren Teil des Pressengestells auf Gleitbahnen waagerecht vor- und zurückbewegt werden kann. Die Form ist so nach Bedarf frei zugänglich oder kann zum Drucken unter den Tiegel geschoben werden. Am Karren befestigt war der mehrteilige *Deckel* zur Aufnahme des zu bedruckenden Materials.

Da die Kraft einer hölzernen Presse nur für die halbe Form – d. h. zwei oder mehr Seiten je nach Größe des

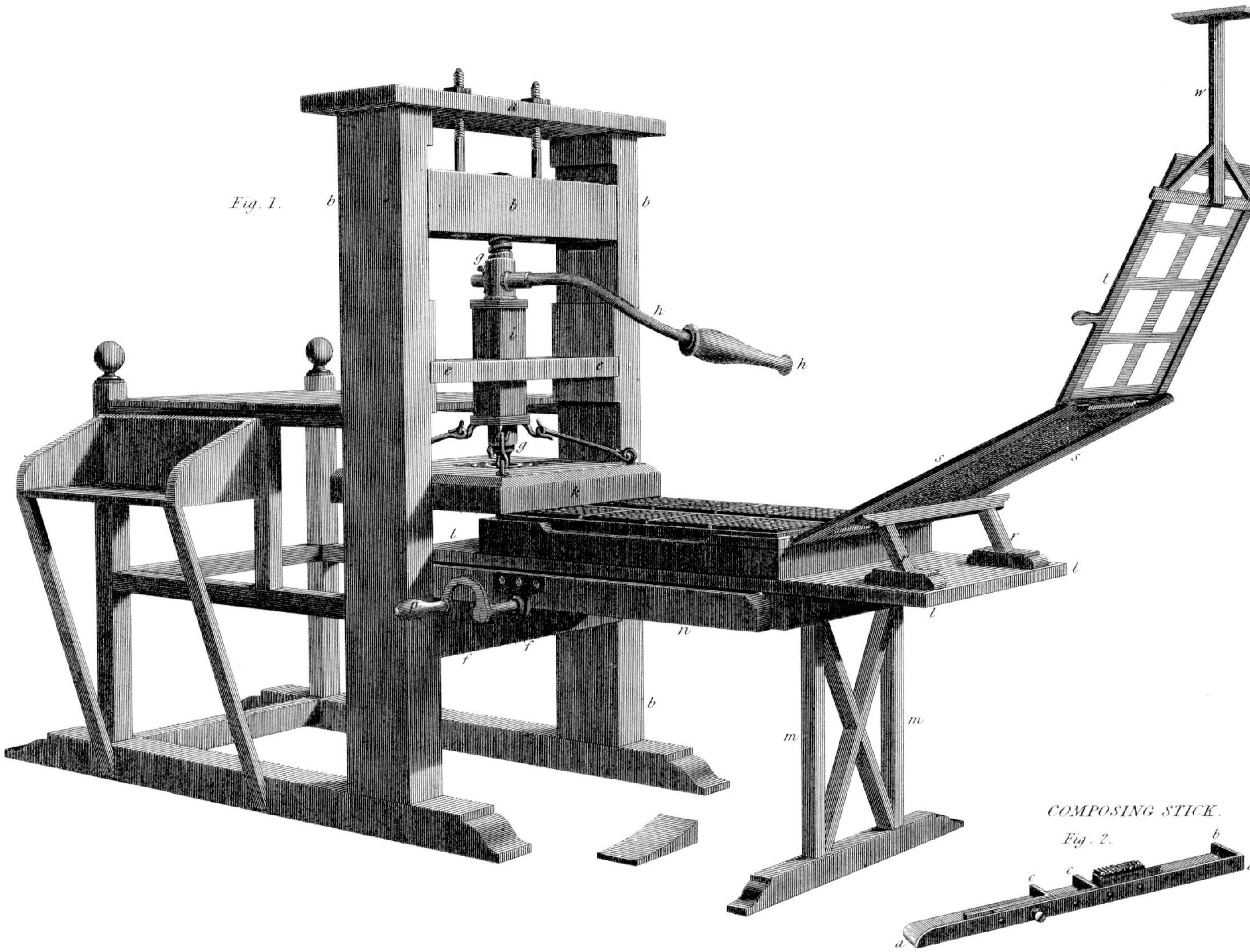

Abb. 31 **Druckerpresse nach Abraham Reese, The Cyclopaedia, London 1820**

Buches – ausreichte, wurde nach dem Einfärben der gesamten Form und dem Schließen des Deckels zunächst nur die erste Hälfte der Form unter den Tiegel geschoben. Der Tiegel hatte also die Größe einer halben Druckform und war somit etwa so groß wie eine Seite der 42-zeiligen Bibel. Danach wurde der Karren weiter bewegt, sodass nun die zweite Hälfte gedruckt werden konnte. Auf diese Weise konnten an einer Presse dieser Art zwei Drucker, die sich beim Einfärben und Drucken abwechselten, in einer Stunde mindestens 80 einseitig bedruckte Bogen herstellen.

Um die Drehbewegung der Spindel beim Druck aufzuheben, war in die Brücke eine spezielle Vorrichtung, die *Büchse,* eingelassen, durch die die Spindel hindurchgeführt wurde. Die Büchse, eine Art hölzerner Kasten mit quadratischem Querschnitt, passte genau in die Öffnung der Brücke und konnte dadurch auf und nieder bewegt werden, weil in der Büchse zwei halbmondförmige *Vorsteckeisen* befestigt waren, die in das Gewinde der Spindel griffen. Durch diese sinnreiche Vorrichtung wurde die Drehbewegung der Spindel nicht auf den Tiegel übertragen, der unterhalb an der Büchse befestigt war, sodass dieser einzig den Druck von der Spindel übernahm, deren Spitze auf die so genannte *Pfanne,* eine eiserne Platte in der Mitte des Tiegels wirkte (Abb. 31).

Die Bewegung des Karrens erfolgte bald mittels eines durch eine Kurbel bedienten und über Rollen laufenden Zuges (Ledergurt).[33]

Um den Bedruckstoff genauestens und sauber auf die Druckform zu platzieren, bediente man sich einer besonderen Vorrichtung, die am Karrenende angebracht war und schon als *Deckel* erwähnt wurde. Dieser Deckel bestand genau genommen aus drei Teilen, einmal aus dem eigentlichen Deckel, einem Rahmen aus Holz oder Eisen in der Größe des Fundaments. Dieser Deckel war durch Scharniere mit dem Ende des Fundaments verbunden und konnte auf die Form geklappt werden. Der Deckel war mit dichter, fester Leinwand oder mit gleichdickem Schaf- oder Kalbpergament überzogen. Innerhalb des Deckels befand sich ein weiterer, genau hineinpassender etwas kleinerer Rahmen, der *innere Rahmen (Tympan),* der durch Scharnier und Haken mit dem Deckelrahmen verbunden war. Der Tympan wurde in gleicher Weise mit Leinwand oder Pergament bespannt. Zwischen die bespannten Rahmen von Deckel und Tympan, gewissermaßen in den Deckel hinein, wurden Woll- oder Tuchfilze eingelegt, manchmal auch Papier- und Pappeinlagen. Das hing davon ab, ob ein *weicher* oder *harter* Abdruck erforderlich war. Kleine Schriftgrade erforderten nämlich weiche Abdrücke, größere Schriftgrade harte Abdrücke, ebenso waren benötigte Farbmenge und Papierqualität für die Art der Einlage von Bedeutung. So lag also hinter dem Deckelbezug eine spezielle Einlage, die durch den Bezug des inneren Rahmens (Tympan) abgedeckt und damit nicht sichtbar war. Schlitze im Rahmen des äußeren Deckels dienten für die Befestigung von Halterungen für die so genannten *Punkturen.*[34]

Stand das Fundament in Ausgangsstellung und war der Deckel hochgeklappt, so konnte bei leichter Schräglage des Deckels das zu bedruckende Papier (Pergament) in Anlegemarken eingelegt und auf spitze Nadeln *(Punkturen)* standgenau *aufgestochen* werden, wobei die Punkturen insbesondere für den später erfolgenden Widerdruck des Bogens bezüglich des *Registers* ihre Bedeutung hatten. Wollte man den Deckel nach Einlegen des Bedruckstoffes auf die Druckform klappen, wäre der Bogen vom Deckel auf die Druckform gefallen. Um das zu verhindern, war am oberen Rand des Deckels ein weiterer Klapprahmen in gleicher Größe angebracht, das so genannte *Rähmchen.* Das Rähmchen war mit zähem Papier bespannt, in das Öffnungen geschnitten waren, gewissermaßen offene Fenster, die in Größe und Anzahl den Seiten (Kolumnen) der Druckform entsprachen. War also der Bedruckstoff im Deckel mittels Punkturen und Marken platziert, wurde zunächst das Rähmchen eingeklappt, das nun die Oberfläche des Deckels bildete. Ein kleiner Verschluss, die *Schnalle,* verband nun Rähmchen und Deckel. Erst dann konnte der Deckel auf die Form eingeschlagen und diese in der beschriebenen Weise unter den Tiegel befördert werden.

Das Rähmchen hatte aber noch eine weitere Funktion: Das Umfeld der zu druckenden Schrift- oder Bildseiten, z. B. die Stege, empfingen bei dem Einfärben der Form zwangsläufig auch Farbe, und dank des Rähmchens waren alle druckfreien Partien des Papiers vor Verschmutzung geschützt.

Um weitere Maßnahmen des Druckers anschaulicher zu machen, sind allgemeine Überlegungen zum Büchermachen und zur Arbeit des Buchbinders nützlich: Ein gebundenes Buch besteht aus einer Anzahl einzelner *Heftlagen,* das sind mehrere Doppelblätter zu vier Seiten, die in ihrer Mitte gefalzt sind. Der Umfang einer solchen Heftlage kann, je nach Größe des Buches und Stärke des Materials, 8, 12, 16, 20, 24 und mehr Seiten umfassen. Eine solche Lage wird in der Mitte geöffnet und in einer bestimmten Art mit einem Zwirnsfaden »zusammengenäht«, geheftet. Mehrere Heftlagen, die einen Buchblock bilden, sind dann durch den gleichen Heftfaden miteinander verbunden.

Das Buchformat ergibt sich u. a. aus seinem Verwendungszweck, entsprechend entscheidet man sich für die jeweils geeignete Seitengröße. Das größte Buchformat war im allgemeinen das Folioformat, bei dem ein großer Papierbogen (max. ca. 50 × 70 cm) auf seiner langen Seite einmal gefalzt wurde und damit ein Doppelblatt zu vier Seiten ergab. Wenn ein Buch in Folio in Lagen von zwei Druckbogen geheftet werden sollte, so musste der eine Bogen mit den Seiten 1, 2, 7, 8 bedruckt werden, der andere, der »eingesteckte« Bogen folglich mit den Seiten 3, 4, 5, 6.

Ein solches Beispiel für Folioformat ist die 42-zeilige Bibel, die überwiegend für 20-seitige Heftlagen eingerichtet und gedruckt worden ist, d. h. fünf Bogen zu vier Seiten wurden vor dem Heften ineinander gesteckt. Die äußere Lage war also mit den Seiten 1, 2, 19 und 20 bedruckt, die folgende mit den Seiten 3, 4, 17, 18 usw., schließlich bestand der mittlere Teil aus den Seiten 9, 10, 11, 12 (Abb. 32).

Wurde ein Papierbogen aber zweimal gefalzt, sprach man von *Quartformat,* er bestand aus vier Blättern bzw. acht Seiten. Setzte sich eine Heftlage beispielsweise aus zwei Quartfolgen zusammen, so musste der eine Bogen mit den Seiten 1 bis 4 und 13 bis 16, der andere mit den Seiten 5 bis 12 bedruckt werden.

War der Druckbogen gar dreimal gefalzt, ergab sich das *Oktavformat:* acht Blatt bzw. sechzehn Seiten. Waren zwei Oktavbögen als Heftlage vorgesehen, musste ein Bogen die Seiten 1 bis 8 und 25 bis 32 enthalten, der andere die Seiten 9 bis 24, usw.

Aus diesen Vorgaben bzw. Notwendigkeiten ergaben sich für den Drucker folgende Konsequenzen: Wenn in Folio gedruckt wurde, mußte das Papier auf jeder Bogenseite – also vorder- und rückseitig – mit je zwei Seiten bedruckt werden, bei Quart vorder- und rückseitig je vier Seiten und bei Oktav jeweils acht Seiten auf Vor- und Rückseite des Druckbogens usw..

In den genannten Fällen besteht die Druckform aus einem äußeren und einem inneren Teil *(äußere* und *innere Form).* Die äußere Form enthält die erste Seite des jeweiligen Bogens, die innere beginnt mit seiner zweiten Seite. Wird ein Bogen Papier auf der ersten Seite bedruckt (meistens auf die schönere Seite des Papiers), spricht der Drucker von *Schöndruck,* beim Druck der entsprechenden Rückseite vom *Widerdruck.* Meistens war es so, dass die äußere Form eines Bogens für den Schöndruck genommen wurde und äußere Form und Schöndruck genauso als Synonyme galten (was sie aber nicht sind) wie innere und Widerdruck.

Beim Druck eines Buches wurden nun die Seiten, die zu einer Druckform gehörten, nach einem sich zwangsläufig ergebenden Schema auf dem Fundament der Presse platziert und mit einem *Schließrahmen* umgeben.

Die Form, die aus den seitenverkehrten Lettern bestand, wurde auch seitenverkehrt angeordnet. Seiten, die im gedruckten Buch rechts stehen (mit ungerader Seitenzahl), stehen ebenfalls »seitenverkehrt«, d. h. links in der Form; im Buch links stehende Seiten (gerade Seitenzahl) rechts.

Der auf der Buchseite unbedruckte Raum, der Raum auf der Doppelseite zwischen den Seiten, der *Bundsteg,* musste ebenso wie der Raum am Kopf und Fuß der Seite oder der zu den Rändern hin, mit nichtdruckendem Material (*Stege* aus Holz) ausgefüllt werden. Das geschah nicht nur nach optischen Gesetzen (aufgrund gewisser ästhetischer Gesetzmäßigkeiten, was die Größen dieser Weißräume betrifft), sondern auch mit größter Genauigkeit, denn schließlich sollte die Druckform genau die Mitte des zu bedruckenden Bogens einnehmen und alle Zeilen auf gleicher Linie *(Register)* stehen. Insbesondere war darauf zu achten, dass auch beim Widerdruck das Zeilen- und Seitenregister eingehalten wurde.

Und schließlich war die Druckform bzw. der Rahmen zu verkeilen und/oder durch Schrauben des Schließrahmens festzustellen, damit sowohl die einzelnen Seiten als auch das Ganze unverrückbar wurden. Dieses *Formenschließen* bzw. *Formatmachen,* anfangs *Zurichten* genannt (der Begriff wurde später, insbesondere im Maschinenzeitalter auch anders, nämlich für das Ausgleichen von Höhenunterschieden und unterschiedlicher Druckausübung in der Satz- und Bilderform gebraucht), wurde mit Lineal und Winkelmaß kontrolliert, und schließlich der erste Abdruck nochmals überprüft, insbesondere darauf, dass alle Seiten richtig *ausgeschossen* waren, d. h. nach dem Falzen des Bogens in richtiger Reihenfolge standen.

Das Einfärben *(Auftragen)* vollzog sich dann folgenderweise: Ein Quantum Druckfarbe wurde auf den *Farbenstein* aufgebracht und mit einem *Farbeneisen* (Spachtel) ausgestrichen, gegebenenfalls auch mit einer Farbe von geringerer Konsistenz vermischt, um ihr die erforderliche Geschmeidigkeit zu geben, die von der Beschaffenheit der Druckform (z. B. kleine oder größere Schriftgrade), Art des Papiers (Oberflächenbeschaffenheit, Dicke), aber auch von der Temperatur abhängig war. Eine geringe Farbmenge wurde nun durch Auftunken mit dem Ballen vom Farbstein übernommen und diese wurde zwischen beiden Ballen so lange gerieben, *bis sie überall gleich und auf das feinste verteilt ist*.[35]

Beim Einfärben der Druckform kam es darauf an, die Farbe gleichmäßig oder dem unterschiedlichen Bedarf (Schrift, Linie, evtl. Holzschnitte) entsprechend zu verteilen. Diese Tätigkeit war keineswegs so einfach, wie sie erscheinen mag, und vollzog sich in einem bestimmten Rhythmus. Es war u. a. darauf zu achten, nicht mehr und nicht weniger Farbe als nötig auf dem Ballen zu verreiben und auf die Form zu bringen, und dass vor allem keine Partien der Druckform übersehen wurden, damit keine weißen Flächen im Abdruck entstanden, keine *Mönche geschlagen* wurden.

Auch musste Acht gegeben werden, nicht zu weit über die Form hinaus auf die Stege einzufärben, weil dadurch Papierstaub und andere Verunreinigungen auf die Ballen übertragen wurden, die die Schrift leicht zusetzen konnten und *Butzen* erzeugten, die aufgestochen werden mussten.

Nach dem Einfärben wurde also der Deckel auf die Form gebracht, der Karren bis zur Hälfte unter den Tiegel gefahren, der Bengel gezogen und dadurch gedruckt; nach

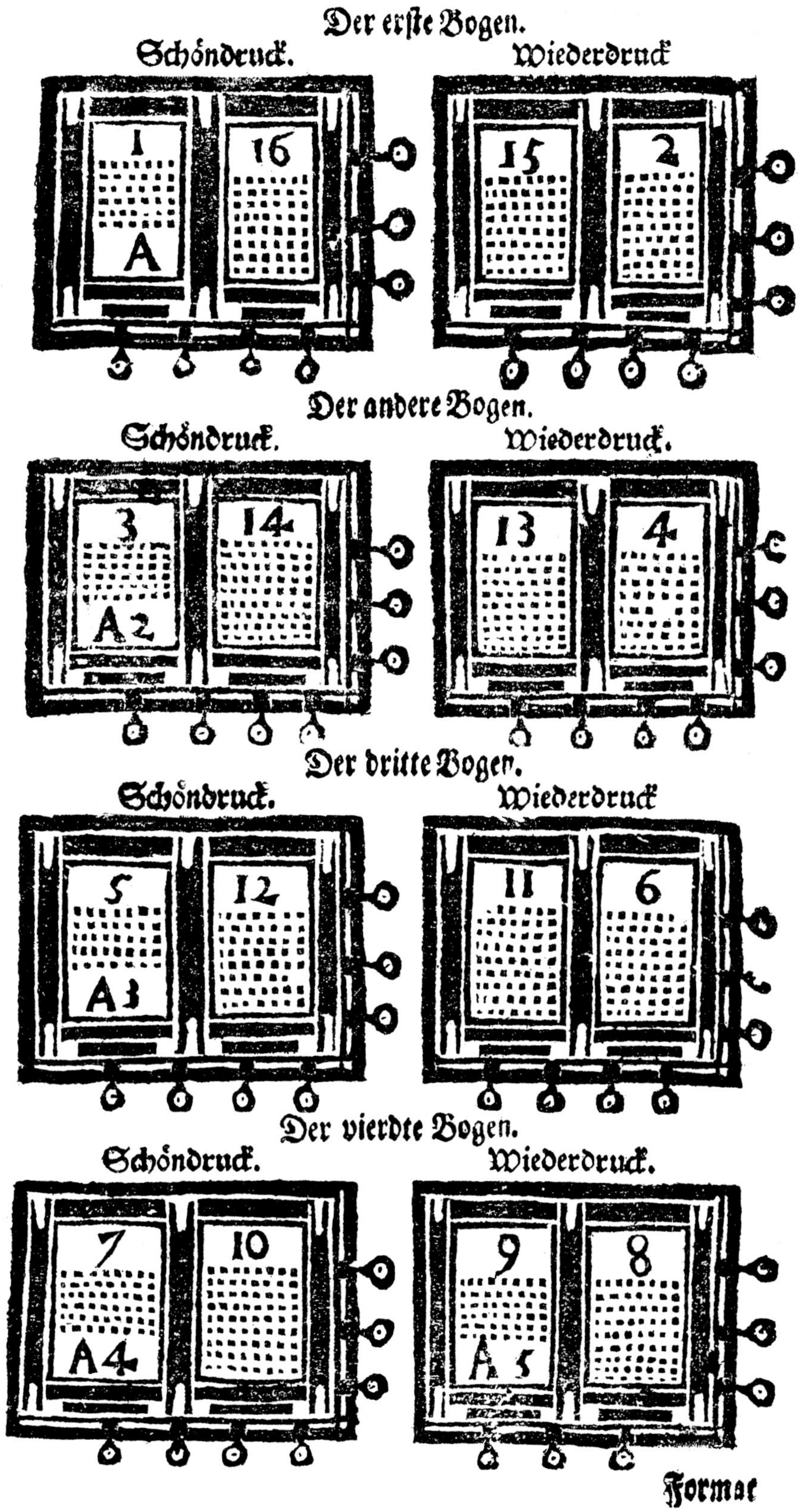

Abb. 32 **Acht Formen für Folio-Format, entsprechend vier gefalzten und ineinandergesteckten Druckbogen**

dem ersten Zug wurde die zweite Hälfte der Form unter den Tiegel gebracht, abermals der Bengel betätigt und der Karren in die Ausgangsstellung zurückbefördert. Dann wurde der Deckel nach hinten geklappt und so in die Schräglage gebracht, die Schnalle gelöst und das Rähmchen nach oben geklappt. Nun konnte der Bogen aus den Anlegemarken genommen und aus den Punkturnadeln gehoben werden.

Die gedruckten Bogen wurden behutsam aufeinander gelegt, denn *»beim Auslegen muß man die Bogen nicht wie Kraut und Rüben übereinanderwerfen, sondern sie gerade aufeinander legen; die aus dem Haufen hervorstehenden Ecken werden sonst trocken, ziehen sich krumm und verhindern alsdann beim Widerdruck, daß der Bogen leicht in die Punkturspitzen fällt«*[36] (Abb. 33).

Allem Anschein nach wurde der Widerdruck ausgeführt, sobald die Farbe des Schöndrucks getrocknet bzw. so weit angezogen hatte, dass sie nicht mehr oder nur ganz gering auf dem Deckelbezug abfärbte *(ablegte).* Man kann annehmen, dass bei qualitätvolleren Arbeiten an einem Tag der Schöndruck, am folgenden der Widerdruck ausgeführt wurde.

Wenn der Haufen nach dem ersten Druckgang gut gelegt war, unten und oben durch Bretter und Makulaturbögen beschwert und evtl. seitlich noch vor übermäßiger Luftaufnahme geschützt war, so konnte die Papierfeuchte für den Widerdruck noch ausreichend sein (s. »Feuchten«).

Der gesamte Vorgang an der Presse konnte von einer einzigen Person vorgenommen werden oder von einem *Gespann,* d. h. zwei Druckern, dem *Ballenmeister* und dem *Pressmeister.* War nur eine Person an der Presse tätig, dann hieß es, sie gehe »halb«, in Doppelbesetzung ging sie »voll«.[37]

Rotdruck

Schon beim Druck der 42-zeiligen Bibel war man in der Lage, Rot- und Schwarzdruck zusammenzubringen. Auf den Seiten 1, 7 und 9 sowie auf den Seiten 257 und 258 (die ersten Seiten, die auf der vermuteten zweiten Presse parallel gedruckt wurden) wurde Rotdruck versuchsweise praktiziert. Bei diesen in einem zweiten Arbeitsgang gedruckten roten Zeilen handelt es sich um Überschriften, die relativ leicht in die freien Stellen des Schriftsatzes einzupassen waren. Dennoch hat man nach diesen fünf Seiten die Versuche aufgegeben, weil an anderen Textstellen – wo neben Überschriften auch einzelne Wörter in den schwarzen Text einzudrucken waren –, der satztechnische Aufwand erheblich und der Bedarf an systematischem Blindmaterial enorm gewesen wäre. Auch der Druckaufwand wäre verdoppelt worden. Man ließ also wieder davon ab, denn das nachträgliche handschriftliche Eintragen der Zeilen war günstiger.

Zu diesem Zweck wurden die hervorzuhebenden Zeilen für sich auf Bogen gedruckt, die den Rubrikatoren zum Nachschreiben übergeben wurden. Eine solche Zusammenstellung wurde als *tabula rubricatorum* bezeichnet. Mit ihr als Vorlage konnte der Rubrikator die Zeilen schnell handschriftlich einfügen.

Zum Druck der 42-zeiligen Bibel

Dieser allgemeine Überblick zu der frühen Arbeit an der Presse, der auch ein annäherndes Bild für die Arbeitsweise der Drucker im 15. Jahrhundert gibt, führt uns wieder zur 42-zeiligen Bibel zurück.

Es wurde schon mehrfach erwähnt, dass wegen des Mangels an zeitgenössischen Quellen das meiste, was wir über die allerersten Jahre des Buchdrucks wissen, auf Vermutungen und Hypothesen beruht.

Die so genannte Gutenberg-Bibel gilt als typografisches und drucktechnisches Meisterwerk des 15. Jahrhunderts (viele sehen in ihr auch das schönste Druckwerk überhaupt). Sie ist, um dem Erfinder Gutenberg auf die Spur zu kommen, Gegenstand gründlichster wissenschaftlicher Untersuchung geworden. Durch vielfältige analytische Untersuchungen, durch Vergleich erhaltener Exemplare, durch Wasserzeichenstudien und schließlich Analysen mittels Elektronenbeschuss versuchte man, die Herstellung zu rekonstruieren. Die Gutenberg-Forschung möchte z. B. ermitteln, in welchem Zeitraum wurde die Bibel fertig gestellt, wie hoch war die Auflage, in welchen Arbeitsabläufen wurde gedruckt, usw. Indem man nun Seite für Seite genauestens analysierte, bemühte man sich, diese Fragen zu beantworten. Nicht alle gefundenen Antworten stimmten überein, vieles muss ein Ergebnis individueller Interpretation bleiben.

Die 42-zeilige Bibel ist zum größeren Teil ihrer Exemplare auf Schreibpapier im Regalformat (ca. 44,5 × 61,5 cm) gedruckt, aus dem sich ein unbeschnittenes Seitenformat von ca. 30,7 × 44,5 cm ergeben würde, ein anderer Teil der Auflage (man schätzt 30) auf Pergament in gleicher Größe.

Abb. 33 **Druck eines Bogens in Folio-Format. (2 Seiten Schön- und 2 Seiten Widerdruck.) Kupferstich, 1668**

Die Bibel hat einen Umfang von insgesamt 643 Blättern (1286 Seiten), sie ist normalerweise in zwei Bände aufgeteilt. Band I umfasst 324 Blätter, von denen zwei Seiten ohne Druck sind (fol. 239^v und 253^v). Band II beginnt mit dem Buch Salomon, umfasst 319 Blätter, von denen zwei Blatt am Ende sowie drei weitere Seiten unbedruckt sind (Seite 378 = fol. 189^v, S. 546 = fol. 274^v und S. 618 = fol. 309^v). Die Leerseiten im Text der beiden Bände erklären sich dadurch, dass jedes Hauptkapitel auf einer rechten Seite beginnt, weshalb immer dann, wenn eines auf einer rechten Seite endet, zwangsläufig die linke Seite frei bleibt. Insgesamt besteht die Bibel also aus 1275 bedruckten Seiten. Der Satzspiegel misst ca. 19,5 × 29 cm. Der Schriftsatz ist in zwei Kolumnen angeordnet. Die Schrifttype ist einheitlich gleich groß. Die Seiten 1 bis 9 des ersten Bandes sowie die Seiten 257 bis 263 haben 40 Zeilen, Seite 10 hat 41 Zeilen pro Kolumne, alle anderen Seiten – sofern es nicht auslaufende Seiten sind – sind mit 42 Zeilen pro Kolumne bedruckt.

Hieraus werden zunächst folgende Schlüsse gezogen: Die Vermehrung der Zeilenzahl pro Seite, der Wechsel von 40 bzw. 41 Zeilen auf 42 fand verhältnismäßig früh statt. Da er nach den Seiten 1 bis 9 und 257 bis 263 vollzogen wurde, geht man davon aus, dass Satz und Druck an zwei Stellen begonnen wurden und dass man auf zwei Pressen gleichzeitig gedruckt hat.[38]

Es bleibt zunächst die Frage, warum dieser Wechsel von 40 auf 42 Zeilen stattgefunden hat. Rechnet man überschlägig, dass ca. 1200 Seiten mit 42 Zeilen pro Kolumne (84 Zeilen/Seite) bedruckt sind, ergibt sich, wenn man durchgängig 40 Zeilen pro Kolumne annimmt, eine Erweiterung des Umfangs von 60 Seiten bzw. 30 Blatt, eine nicht allzu große Ersparnis an Papier (Pergament) und Druckzeit, knapp 5%.

Dieser Wechsel von 40 auf 42 Zeilen pro Kolumne hat aber den Satzspiegel nicht verändert, denn man hat ihn durch Verringerung des Zeilenabstands bewerkstelligt, indem man den *Durchschuss* verringerte, wie es in der Fachsprache heißt. Also ist die bedruckte Fläche einer Seite mit 42 Zeilen lediglich etwas »kompakter« geworden, die Größenverhältnisse für die Freiräume im Bund, an Kopf und Fuß sowie die äußeren Papierränder sind gleich geblieben und somit blieb der »typografische Modul« der 40-zeiligen Seiten erhalten.

Dieser Wechsel von 40 auf 42 Zeilen fällt gar nicht ins Auge, denn der Satzspiegel blieb unverändert, weil der Zeilenabstand verringert wurde; er wird vom Betrachter nicht wahrgenommen, wenn er unbefangen das Buch betrachtet oder liest.

Nun wird gelegentlich die Meinung vertreten, die Verminderung des Zeilenabstandes sei dadurch zustande gekommen, dass man das Typenmaterial durch Abfeilen auf ein neues Kegelmaß gebracht hat.[39] Generell gesagt, ist das Abfeilen eine sehr aufwendige und äußerst ungenaue Methode. Würden nämlich beim Abfeilen Differenzen von nur einem hundertstel Millimeter entstehen, würden einige Lettern um dieses Maß zu schwach, andere zu stark ausfallen, sodass sich diese Ungenauigkeiten über die ganze Kolumne gerechnet auf etwa einen halben Millimeter addierten, und somit die Schrift nicht *Linie halten,* sondern *tanzen* würde. Doch gerade das tut sie nicht, das Schriftbild der 42-zeiligen Bibel ist von größter Perfektion und Schönheit. Auch würde Abfeilen viel mehr Zeit als Neuguss erfordern. Eine andere – nicht unwahrscheinliche Möglichkeit – wäre, dass die Lettern von Anfang an das Kegelmaß (den *Grad*) der 42-zeiligen Kolumnen besaßen, dass der Satz der 40-zeiligen Seiten mit Karton- oder Pergamentstreifen *durchschossen* war und man bald diesen Aufwand, weil er optisch nicht übermäßig wirksam wurde, aus ökonomischen Gründen aufgegeben hat.

Diese Annahme könnte gestützt werden durch die Beobachtung, dass in dem »Shuckburgh«-Exemplar auf Seite 4 (linke Spalte, Zeile 31) – also einer Seite mit 40 Zeilen – und auf Seite 264 (linke Spalte, Zeile 40) – einer Seite mit 42 Zeilen – jeweils ein dünnes Ausschlussstück *(Spatium)* mitdruckt *(spießt).* In beiden Fällen scheint es, dass die Ausschlussstücke das Kegelmaß der 42-zeiligen Typen haben. Die Tatsache, dass die Seiten 1 bis 9 und die Seiten 257 bis 263 mit 40 Zeilen pro Kolumne gedruckt sind, wird verständlicherweise als Indiz für den Satz- und Druckbeginn an gleichzeitig zwei Stellen gedeutet. Damit ergeben sich zwei weitere Fragen: 1. Waren die genannten Seiten bereits gedruckt, als man die Zeilenzahl pro Kolumne erhöhte und 2. welche Quanten an Lettern standen den Setzern zur Verfügung?

Ein Berliner Bibliothekar, der 1993 »wissenschaftlich« glaubte nachweisen zu müssen, wie Gutenberg ein Darlehen von Fust auf »Mark und Pfennig« verwendet hatte und wie hoch Aufwand und Gewinn waren, behauptete nun, der Typenvorrat sei »sehr begrenzt« gewesen und habe nur für »drei Folioseiten« gereicht. Deswegen habe der Satz der gedruckten Seiten »sofort aufgelöst« werden müssen, »da die Typen für die nächsten Seiten benötigt wurden«.[40]

Das würde bedeuten, man hätte nur ca. 7500 Lettern gegossen, ca. 30 kg. (Unverständlich, dass nach seinen weiteren Angaben damit 6 Setzer gearbeitet haben sollen.) Im weiteren wird dann gefolgert, dass z. B. die äußere Lage der ersten Falzlage (S. 1, 2, 19, 20) folgendermaßen gedruckt wurde: 1. Tag = S. 1, 2. Tag = S. 2 und die Seiten 19 und 20 nach 16 Tagen. Zudem sollte der Bogen »nach dem Druck jeder Seite zum Trocknen der Druckfarbe auf eine Leine gehängt werden«.[41] Nun wissen wir bereits, dass sowohl Papier als auch Pergament im feuchten Zustand bedruckt werden. Wie sollte das aber geschehen, wenn das gefeuchtete Papier schon nach dem ersten Druckgang zum Trocknen auf die Leine gehängt wurde?

Aber das ist nicht die entscheidende Frage: Es gibt verschiedene Druckforscher, die der Meinung sind, die Bibel sei in Einzelseiten gedruckt worden, einmal, weil das Typenmaterial als knapp eingeschätzt wurde oder weil sie die Druckerpresse für noch nicht »ausgereift« hielten[42] (was nicht immer ganz klar wird). Jedenfalls wird die Meinung vertreten, der Bogen in seiner Ausgangsgröße (von ca. 45 × 62 cm) hätte sich nicht plan in die Presse einlegen lassen, sei deswegen vor dem Drucken auf das Seitenformat gefalzt worden und dann in vier Druckgängen bedruckt worden[43] (vgl. hierzu Abb. 33). Bei dieser Methode steht zu befürchten, dass sich schon beim Druck der ersten Seite die Typen blind in das Blatt mit den Seiten 19 und 20 einprägen und dass beim Druck der Seite 2 das Blatt mit 20/19 nochmals »geprägt« wird usw.

Eine andere Frage wäre, ob die Druckfarbe, die nicht absolut wasserfest war, nicht auf der jeweils darunter liegenden Seite abgefärbt, abgezogen hätte; das Problem des Trocknens soll dabei vernachlässigt werden.
Das andere Argument für den Druck in einzelnen Seiten wird dadurch gestützt, dass man sagt, die Seiten mit den 40 Zeilen pro Kolumne seien schon gedruckt gewesen, als man sich zur Änderung auf 42 Zeilen entschloss, denn sonst hätte man die wenigen Seiten auch noch verändert. Das kann durchaus möglich sein, ist aber keineswegs zwingend, denn warum sollte man sich die Mühe eines Neuumbruchs machen, war doch der ästhetische Nutzen unerheblich.
Aus den genannten Gründen scheint diese Methode des Druckens nicht plausibel und man möchte annehmen – auch wegen der Sauberkeit und Qualität des Druckes –, dass doch zwei Seiten eine Druckform bildeten, die in zwei Zügen unter den Tiegel gebracht wurden, der unabhängig davon auf jeden Fall die Größe einer Folioseite gehabt haben muss.
Somit kommt man jetzt wieder zwangsläufig auf Satzherstellung und Schriftguss zurück.
Um wirtschaftlich und qualitätvoll zu drucken, hätte es zunächst für jede Presse mindestens Lettern für 20 Seiten bedurft. Wenn also auf zwei Pressen gleichzeitig gedruckt wurde, wäre Satz für 40 Seiten (2 Lagen à 20 Seiten) erforderlich gewesen. Möglicherweise waren Lettern für mindestens 20 weitere Seiten vorhanden, sodass, wenn nach dem Drucken erster Formen bereits wieder abgelegt wurde, ein neuer Bogen gesetzt und korrigiert werden konnte. 60 Seiten hätten ca. 150 000 Lettern erfordert, die ein einziger Gießer in maximal 100 Arbeitstagen hätte gießen können. Angesichts so aufwendiger Vorarbeiten wie Stempelschnitt und Matrizenfertigung ist der Gießaufwand gering und gerade in ihm liegt die Bedeutung der Erfindung. Es wäre merkwürdig, wenn man diesen Vorteil nicht genutzt hätte, zumal der Bedarf an Schriftmetall nur etwa 600 kg betragen hätte.
Erst eine gewisse Anzahl gesetzter Seiten erlaubt es, die Fertigung in einen angemessenen Rhythmus von Setzen, Korrektur lesen und ausführen, Revision, Formenschließen, abermaliger Revision und Korrektur, Drucken und Ablegen zu bringen. Auch braucht es einen gewissen »Spielraum« beim Umbruch: es ist sicher kein Zufall, dass z. B. Seite 256 exakt mit einer vollen Seite endet und Seite 257, die nach allgemeiner Auffassung parallel mit der ersten Lage gesetzt und gedruckt wurde, anschließt.
Verschiedene Buchforscher gehen davon aus, dass alles, was die Setzer täglich produzierten, sofort gedruckt wurde, dass Setzer und Drucker gewissermaßen synchron arbeiteten. Verschiedene Experten kommen dann zu dem Ergebnis, die Bibel sei auf 6 Pressen gedruckt worden. Das erscheint völlig abwegig und ist mehrfach widerlegt worden. So ist Corsten zuzustimmen, der meint, dass diejenigen, die dieses vertreten, »durch schematisches Denken bestimmt (sind), dass man sich über ihre Rezeption« nur wundern kann.[44]
Nun muss man aber sehen, dass Setzen zeitaufwendiger ist als Drucken und bei einer angenommenen Auflage von ca. 180 Exemplaren und selbst bei einer Größenordnung von 300 Exemplaren der Drucker zwei Seiten schneller druckt als der Setzer sie setzt. Das Verhältnis Setzer zu Drucker wird also nicht 1:1 gewesen sein und im Allgemeinen hat sich deshalb die Ansicht durchgesetzt, dass vier, zeitweise vielleicht auch sechs Setzer mit dem Satz der 42-zeiligen Bibel beschäftigt waren. Offensichtlich hat sich jeder Setzer durch gewisse »Eigenheiten«, die sich z. B. beim Abkürzen bestimmter Wörter zeigen, zu erkennen gegeben und so hat die Gutenberg-Forschung akribisch ermittelt (unterstützt durch zweifelhafte Rückschlüsse auf die verwendeten Papiersorten), welchem Setzer welche Abschnitte (»Setzerabschnitte«) zuzuordnen sind. Hintergrund dieser Ermittlungen bildet der Wunsch, Beginn und Fertigstellung zeitlich zu ermitteln.[45]
Wenn also auf zwei Pressen gedruckt wurde, bleibt offen, ob diese einfach oder doppelt besetzt waren.
Im Gespann war die Presse leistungsfähiger. Nehmen wir an, man habe in doppelter Besetzung gedruckt: wenn tatsächlich die vier Drucker mit dem Bibeldruck wegen der aufwendigen Satzarbeiten nicht immer ausgelastet sein konnten, was spricht dagegen, dass sie zwischendurch noch andere Aufträge erledigt haben? Genauso, wenn es in der Bibel-Werkstatt Schriftschneider und -gießer gegeben hat, was taten diese nach Fertigstellung der Schrift zur 42-zeiligen Bibel? Wurden nicht vielleicht andere Druckvorhaben vorbereitet oder gar parallel dazu ausgeführt?
Zu weiteren Vermutungen und Spekulationen gibt auch die Frage der Auflagenhöhe des Bibeldrucks Anlass. Seitdem Erich Meuthen den Brief von Enea Silvio Piccolomini

in die Gutenberg-Forschung einführte,[46] in dem es heißt, dass »158 Bände, evtl. um 180« hergestellt seien, wird diese Zahl als Grundlage gern übernommen und man hat sich »geeinigt«, dass 180 Exemplare gedruckt wurden, davon 30 auf Pergament. Aber sicher ist das keineswegs. Selbst wenn Piccolomini von »jenem zu Frankfurt gesehenen erstaunlichen Mann«[47] diese Zahl erfahren haben sollte, muss sie nicht stimmen, denn schließlich ist eine »geringe« Auflage auch ein Verkaufsargument.

Schließlich gilt es noch auf eine weitere Eigenheit einzugehen: In einigen der erhaltenen Exemplare findet man Seiten, die anstelle der Seiten mit 40 Zeilen ebenfalls 42 aufweisen. Es sind also Seiten bzw. Teile der Bibel neu gesetzt worden. Dies sind im I. Band die Seiten 1 bis 63 und 257 bis 316; in Band II die Seiten 1 bis 31 und die Seite 323.

Der Neusatz wird mit einer Erhöhung der Auflage erklärt, die bald nach Druckbeginn vorgenommen worden sein soll. Zu diesem Zeitpunkt sollten die entsprechenden Seiten bereits wieder abgelegt gewesen sein. Dabei wird davon ausgegangen, dass die Anfangsauflage der Ausgabe auf Papier 120 betragen habe, die erhöhte 150. Zu dieser Annahme führen Untersuchungen, die sich wiederum auf die unterschiedlichen Papiersorten (Wasserzeichen) stützen. Aber die »Ergebnisse« solcher Untersuchungen schwanken, sodass man nochmals bemerken muss, dass sich die Auflagenhöhe auch auf diesem Wege nicht zweifelsfrei nachweisen lässt.

Es muss ja auch nicht unbedingt eine Auflagenerhöhung gewesen sein. Vielleicht sind auch Bogen nach dem Druck durch irgendwelche Umstände verdorben worden, vielleicht ist bei einigen Bogen das Auflagenpapier nicht richtig bemessen worden? Man weiß es nicht. Und es ist eine simple Rechenaufgabe, wann Neusatz sich lohnt. Auch wenn in einem Teil der Auflage nur eine geringe Anzahl Bogen gefehlt hätte, kann Neusatz bzw. Nachdruck sich empfehlen, denn ein unvollständiges Exemplar ist wertlos. Nur müsste man wissen, welchen Erlös ein komplettes Exemplar gebracht hat, um Aufwand und damit auch Auflage des Nachdrucks abschätzen zu können. 155 Seiten Neusatz stellten sicher keinen übermäßigen Aufwand dar. Der Neusatz ist nicht zeilenidentisch mit dem Erstsatz. Vielmehr ist er durchgehend in Kolumnen zu 42 Zeilen gesetzt. Seiten, die vorher nur 40 Zeilen pro Kolumne hatten, wurden dadurch um die erforderliche Textmenge erweitert, indem Abkürzungen aufgelöst wurden. Alle auf das Drucken folgenden Arbeiten wurden in anderen Werkstätten ausgeführt: das Rubrizieren, das Ausmalen der Initialen, das Binden und Gestalten der Einbanddecken.

Resümee

Diese Ausführungen, mit denen die technische Herstellung der 42-zeiligen Bibel und anderer früher Werke nachvollziehbar werden sollte, zeigen eigentlich nur, wie wenig Genaues man weiß und dass es trotz umfangreicher Forschung mehr Hypothesen als Erkenntnisse gibt. Wie bei der Person Gutenbergs, die sich fast wie ein Phantom darstellt, das sich nicht greifen lässt, bewegen wir uns auch im Technischen überwiegend im Bereich der Vermutungen. Vieles konnte durch genaue Beobachtung und sorgfältige Analyse rekonstruiert werden, dennoch erleben wir immer wieder, dass sich die Sicht der Dinge durch neu gefundene Hinweise oder durch vorher unberücksichtigt gebliebene Aspekte ändert. Diese Ausführungen haben sich daher, wie schon anfangs zum Ausdruck gebracht, eng an der schriftlichen Überlieferung der Druckerhandbücher und anderer Quellen späterer Zeit orientiert. Solange nicht neue Quellen der Gutenberg-Zeit erschlossen werden können, muss man sich mit diesen Unzulänglichkeiten abfinden.[48]

1 Corsten, Severin: Die Technikgeschichte der Inkunabeln (Wiegendrucke). In: Leonhard, Joachim-Felix u. a. (Hrsg.): Medienwissenschaft. Ein Handbuch zur Entwicklung der Medien und Kommunikationsformen. (Handbücher zur Sprach- und Kommunikationswissenschaft 15). Berlin/New York 1999, S. 444–450, hier S. 444.

2 Corsten 1996, S. 267, bemerkt sehr plausibel zur Ausbildung und Tätigkeit Gutenbergs: Er »dürfte eine der Mainzer Stadtschulen besucht haben; dass er an einer Universität studiert hat, ist eine bloße Vermutung. Andererseits ist es auch wenig wahrscheinlich, dass der Patriziersohn das Goldschmiedehandwerk erlernt hat«.

3 Boghardt 1983, S. 5–57.

4 Janssen 1977, S. 9ff.

5 Estermann 1999.

6 Giedion 1987, S. 74.

7 Wilkes 1990, S. 9.

8 Füssel scheint zu bezweifeln, dass der Buchstabenabstand sich durch das Fleisch seitlich der Lettern zwangsläufig ergab. Er schreibt, dass beim Ausschließen »sogenanntes Blindmaterial« verwendet wurde, »das die Abstände zwischen den Buchstaben … ausglich« (Füssel 1999, S. 11; vgl. Füssel, Stephan: Johannes Gutenberg [1400–1468]. In: Dumont, Franz/Scherf, Ferdinand/Schütz, Friedrich [Hrsg.]: Mainz. Die Geschichte der Stadt. 2. Aufl. Mainz 1999, S. 859–875, hier S. 863). Ein Pressendrucker, ob dieser Aussage befragt, meinte, die Herstellungszeit der 42-zeiligen Bibel hätte dann jener des Grimmschen Wörterbuchs entsprochen.

9 Wilkes 1990, S. 104.

10 Duverger 1840, S. 5ff.

11 Die Frage nach der Herstellung der Type zur 42-zeiligen Bibel hat Füssel inzwischen beantwortet. Er weiß, dass im Mai 1451 »Johannes Gensfleisch nur wenige Meter vom Mainzer Dom entfernt in seiner Werkstatt im Haus zum Humprecht (Schusterstraße)» saß, und »die Stempel für den künftigen Guss der metallenen Typen« schnitt (Zitat ohne Angabe von Quellen: Füssel, Stephan: Johannes Gutenberg [1400–1468]. In: Dumont, Franz/Scherf, Ferdinand/Schütz, Friedrich [Hrsg.]: Mainz. Die Geschichte der Stadt. 2. Aufl. Mainz 1999, S. 859–875, hier 859; vgl. Füssel 1999, S. 3).

12 Haebler 1924 (II), S. 81ff.

13 Corsten, Severin: Die Erfindung des Buchdrucks im 15. Jahrhundert. In: Tiemann, Barbara (Hrsg.): Die Buchkultur im 15. und 16. Jahrhundert. Maximilian-Gesellschaft. 1. Halbbd. Hamburg 1995, S. 125–202, hier S. 135.

14 Mehnert 1961, S. 23.

15 LMA, Bd. 6, Sp. 164ff.

16 Zur Frage des Papiers der B42 s. Needham 1985, S. 303–374.

17 Zusammenfassend behandelt bei Ing 1988, S. 92ff.

18 Corsten 1979, S. 51 u. 53.

19 LMA, Bd. 6, Sp. 1885f.

20 Kircher 1793, S. 25 ff. Im Folgenden ausführliche Angaben über das Feuchten, wie auch bei Geßner/Hager 1743, S. 407ff., Täubel 1810, 2. T., S. 3 ff., Krebs 1827, S. 468ff. und Flick 1820, S. 206ff.

21 Kircher 1793, S. 124.

22 Ploss 1989, S. 113.

23 Bloy 1967, S. 2f.

24 Kircher 1793, S. 143–145, S. 147f. Vgl. auch Täubel 1791, S. 205.

25 Morris' Drucke litten anfangs unter einer Gelbfärbung des Papiers um die gedruckten Buchstaben und Zeichen. Anleitungen wie z.B. in Fertel 1723, empfehlen den Zusatz einer gewissen Menge Terpentin zum Firnis.

26 Ploss 1989, S. 109. – Die Herstellung von »Lampenschwarz« wird ausführlich bei Krebs 1827, S. 646 beschrieben. Der Ruß sollte vor der Verwendung durch Schwemmen und Ausglühen (calzinieren) gereinigt werden. Das »Schwemmen« geschah mit Branntwein und Wasser, Sand und andere Verunreinigungen sanken zu Boden. Unausgeglühter Ruß enthält viele unverbrannte Harzanteile, die sich im Firnis nicht auflösen.

27 Bloy 1967, S. 30ff.; Ploss 1989, S. 101ff.

28 Kircher 1793, S. 137ff.

29 Moxon 1683/84, S. 282ff.; Kircher 1793, S. 38.

30 Kircher 1793, S. 43

31 Feldhaus 1985, S. 175ff.; Treue 1955, S. 59ff., S. 91 ff.

32 Janssen 1977, S. 9ff. Janssen verweist auch auf die früheste realistische Gesamtdarstellung einer Druckerpresse, in der es allein um die technische Darstellung geht: eine Zeichnung des Künstlers Pieter Jansz Saenredam, »Studienblatt mit Druckpresse«, 1628, aufbewahrt in der Sammlung der Kgl. Kunstmuseen Brüssel.

33 Die früheste bekannte gedruckte Darstellung einer Presse, deren Karren über eine Rolle mit Gurt und Kurbel bewegt wird, ist die Druckermarke von Jodocus Badius, Paris 1503.

34 Haebler 1925, S. 67f.

35 Kircher 1793, S. 96.

36 Ebda, S. 97.

37 Krebs 1827, S. 413f.

38 Zuerst bei Dziatzko 1890, S. 30.

39 Zedler 1929, S. 50ff.

40 Hoffmann 1993 (I), S. 259.

41 Ebda. S. 259, S. 295, S. 284. – Im Prozess um Rückzahlung eines Darlehens, den Fust gegen Gutenberg 1455 anstrengte, werden ca. 2000 Gulden genannt. Anhand dieses Betrages rechnet Hoffmann nun bis ins Kleinste vor, wie Gutenberg das Geld in den 18 Monaten der von Hoffmann angenommenen Herstellungsdauer der B 42 verbraucht hat. Dabei kommt H. zu aparten Ergebnissen: Gutenberg habe 50 Gulden für Heizung, 35 Gulden für Kerzen und 15 Gulden für Seife (!) ausgegeben (S. 299), den Gegenwert eines »mittelgroßen Bürgerhauses« (100 Gulden) (S. 260). Will H. damit indirekt den Vorwurf Fusts, Gutenberg habe das Darlehen nicht zweckentsprechend verwendet, belegen? 85 Gulden für Heizung und Kerzen erscheinen in der Tat als Verschwendung, die Seifenkosten muß man wohl mit einem Sauberkeitsfimmel erklären.

42 Corsten, Severin: Die Erfindung des Buchdrucks im 15. Jahrhundert. In: Tiemann, Barbara (Hrsg.): Die Buchkultur im 15. und 16. Jahrhundert. Maximilian-Gesellschaft. 1. Halbbd. Hamburg 1995, S. 125–202, hier S. 153.

43 Corsten 1979, S. 37.

44 Von Corsten 1979, S. 54, dezidiert zurückgewiesen. Trotz Corstens Diktum vertritt Füssel weiterhin die These von den sechs Pressen. Seiner Meinung nach waren daran nicht nur 12 Drucker »notwendig, sondern auch Hilfskräfte zum Einfärben, Bogenanlegen etc.« (Füssel, Stephan: Johannes Gutenberg [1400–1468]. In: Dumont, Franz/Scherf, Ferdinand/Schütz, Friedrich [Hrsg.]: Mainz. Die Geschichte der Stadt. 2. Aufl. Mainz 1999, S. 859–875, hier S. 866).

45 Schwenke 1900, S. 57; Zedler 1929, S. 84ff.

46 Meuthen 1982, S. 108–118.

47 *vir mirabilis* ..., wie es im Original heißt, war eine geläufige Floskel der Zeit. Es kann daraus nicht geschlossen werden, dass es sich um Gutenberg persönlich gehandelt haben muss.

48 Corsten 1979, S. 35.

Cornelia Schneider

Mainzer Drucker – Drucken in Mainz (I)

Der Erstdrucker: Gutenberg

Hilfsmittel

Bei dem Versuch, sich über Gutenbergs Wirken einen Überblick zu verschaffen, stößt man schnell an die Grenzen des Faktischen. Die wenigen Quellen geben nur punktuell Auskunft über sein Leben, keiner seiner Drucke nennt seinen Namen, und die Nachrichten über ihn und sein Werk sind ungenau und widersprüchlich. Da Gutenberg bei einigen Projekten Geheimhaltung übte, war ihm offenbar selbst daran gelegen, die Spuren seiner Tätigkeit zu verwischen, was die heutige Forschung zusätzlich erschwert. Deshalb sind an das Werk des Mainzer Druckers Johannes Gutenberg nur Annäherungen möglich, die nicht ganz frei von spitzfindigen Schlussfolgerungen und Spekulationen sein können.

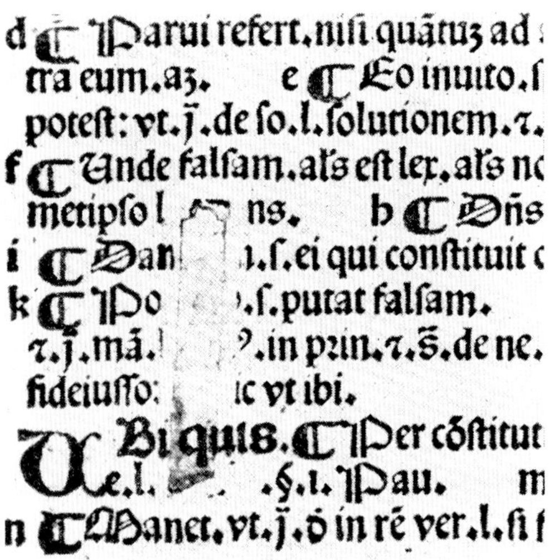
d ¶ Parui refert.nisi quãtuz ad
tra eum.az. e ¶ Eo inuito.s
potest: vt.j.de so.l.solutionem.t.
f ¶ Unde falsam.al's est lex.al's nc
metipso l ns. b ¶ Dñs
i ¶ Dan .l.s.ei qui constituit c
k ¶ Po .l.s.putat falsam.
t.j.mã. ?.in prin.t.s̄.de ne.
fideiusso: ic vt ibi.
Si quis. ¶ Per cõstitut
e.l. .§.i. Pau. m
n ¶ Manet.vt.j.ð in rē ver.l.si f

Abb. 1 **Abdruck einer Type in: Justinian, Digestum vetus. Venedig: B. de Tortis 1490. British Library London, IC 21411**

Neben urkundlichen Erwähnungen bilden die von ihm gedruckten Werke die Hauptinformationsquelle. Bei ihrer Beurteilung besteht ein grundsätzliches Problem darin, dass für jeden in Frage kommenden Druck zunächst Gutenbergs Urheberschaft geklärt werden muss. Aufschluss können dazu bestimmte Methoden der klassischen analytischen Bibliographie, des Typenvergleichs, der Wasserzeichenforschung und neuerdings physikalische Untersuchungen der Druckfarbe geben.

Der erste Schritt zur Erkundung einer Inkunabel – also eines vor 1500 gedruckten Werkes – besteht in einer exakten, kritischen Autopsie. Schon hier erhält der Forscher unter Umständen wichtige Informationen. Handschriftliche Einträge und Randnotizen können ebenso Hinweise geben wie das Kolophon (Impressum), die mit der Hand nachgetragene rote Schrift (Rubrizierung) oder gemalter Buchschmuck (Illuminierung). Unbemerkte Fehler ermöglichen Rückschlüsse auf die Herstellung: Aus Versehen aus dem Satz herausgelöste Typen hinterlassen ihre Abdrücke im Text und vermitteln so ein Bild von ihrem Aussehen (Abb. 1);[1] senkrecht verlaufende Fehlstellen am linken Rand eines Textes weisen auf verrutschte Schablonen, die das Papier vor unfreiwilligem Bedrucken an den für die Initialen freigelassenen Stellen schützen sollten;[2] spezielle Druckfehler und ihre Korrektur bezeugen die Benutzung einer einzügigen Presse, auf der immer nur eine einzige Seite gedruckt wurde,[3] oder klären die Abfolge von Ausgaben; versehentlich eingefärbter Stützsatz lässt auf einen Druck nach Formen rückschließen.[4]

Weitere Aufschlüsse bietet der Typenvergleich. Dabei macht man sich die Tatsache zunutze, dass in der Inkunabelzeit normalerweise jeder Drucker seine individuellen, speziell für ihn angefertigten Schriften besaß. Allerdings erfährt diese Erkenntnis durch einige Angewohnheiten der Wiegendrucker eine gewisse Relativierung. So entwickelten viele ihre Schriften weiter, was für die Datierung hilfreich, aber auch verwirrend sein kann, oder sie mischten sie mit weiteren Schriften aus ihrem Besitz. Andere, unter ihnen Gutenberg, trieben mit ihren Schriften Handel oder waren aus anderen Gründen gezwungen, sie fortzugeben. Ging das gesamte Typenmaterial einschließlich der Gussformen in fremde Hände über, verschwindet es ab diesem Zeitpunkt aus den Büchern des Verkäufers, taucht dafür aber bei dem Käufer auf. Meist lassen sich die Transaktionen jedoch nicht so einfach aus den Druckwerken ablesen, da ab und an mehrere Drucker mit denselben Schriften arbeiteten, das Typenmaterial nur verliehen oder gemeinsam benutzten, was in der Forschung häufig für Irritation sorgte. Neben dieser Zuordnung von Schriften an bestimmte Drucker kann ein geübtes Auge anhand des individuellen Gebrauchs von parallelen Buchstabenformen, Abbreviaturen, der Orthographie und Interpunktion sowie anderer Gepflogenheiten innerhalb eines Werkes verschiedene Setzer unterscheiden.[5] Da es für bestimmte Beobachtungen – und seien sie noch so exakt – häufig mehrere Erklärungen gibt, liefert der Typenvergleich zwar wertvolle Hinweise, aber selten unumstößliche Ergebnisse.

Ähnlich verhält es sich mit den Wasserzeichen.[6] Als filigrane Marken lassen sie sich bei Gegenlicht im Papier erkennen. Sie entstehen beim Schöpfen durch das Sieb, in das mit Draht ein bestimmtes Motiv – etwa ein Ochsenkopf – aufgebracht wurde. Mit ihm firmierte eine bestimmte Papiermühle, das Wasserzeichen gibt also normalerweise den Ursprungsort an. Da es aber im Mittelalter noch kein Copyright gab, kommen gleiche Symbole bei unterschiedlichen Mühlen vor, zur Irritation der frühen Papierforscher aber auch nicht identische Zeichen in einem Schöpfvorgang. Letzteres erklärt sich durch die Produktionsweise. So treten Wasserzeichen meist paarweise auf, weil mit zwei Sieben geschöpft wurde. Unterschiedlich ausgeformte Motive können also durchaus ein und derselben Produktionsphase entstammen. Zudem veränderten aufgrund der permanenten Beanspruchung die dünnen Drähte des Siebes – nicht nur die des Symbols – ihre Form, weshalb man die Wasserzeichen überarbeitete und an einer anderen Stelle fixierte, bis schließlich das alte Sieb ausgedient hatte und ein neues zum Einsatz kam. Dieser permanente Prozess lässt sich im Papier nachvollziehen und ermöglicht, kombiniert mit auf dem Papier notierten Daten, eine bestimmte Chronologie. Da Papier teuer war, verwendeten die Drucker es möglichst rasch, um damit wieder Gewinn zu erzielen. Auf diese Weise liefern Wasserzeichen nicht nur Hinweise auf den Entstehungsort und -zeitraum des Papiers, sondern auch des Drucks. Allerdings lassen sich die filigranen Marken oft schlecht erkennen, da sie sich im Falz des Buchs befinden, ihr Umriss durch Pressen und Wässern unkenntlich wurde und/oder der Text sie überdeckt. Zudem kam es immer wieder vor, dass die Drucker das Papier nicht völlig aufbrauchten oder es durch widrige Umstände länger liegen blieb, weshalb die Wasserzeichen keine eindeutigen Schlussfolgerungen zulassen.

Eine relativ neue Zuschreibungs- und Identifizierungsmöglichkeit aufgrund der Druckfarben bieten anspruchsvolle naturwissenschaftliche Methoden wie die Röntgenfluoreszensanalyse und andere röntgenspektroskopische Verfahren.[7] Ohne die Substanz des zu untersuchenden Materials anzugreifen, können sie zwar nicht alle, aber immerhin eine breite Skala der im Papier und der Druckfarbe vorkommenden Spurenelemente und deren Verhältnis zueinander bestimmen. Da man hofft, dass jeder Drucker für seine Farbe ein individuelles Rezept benutzte,

Abb. 2 **42-zeilige Bibel (Kat.-Nr. GM 142). Gutenberg-Museum Mainz**

er sozusagen seinen Fingerabdruck per Druckerschwärze hinterließ, wäre auf diese Weise seine Identität festzustellen. Ob sich diese Erwartung erfüllt, lässt sich zur Zeit noch nicht eindeutig sagen, da zu geringe Vergleichsmöglichkeiten existieren, um über allgemeine Trends hinaus eine exakte Zuschreibung zu garantieren. Und ebenso wie in den Anfangsphasen von Typenkritik und Wasserzeichenforschung fehlt es auch auf diesem relativ jungen Forschungsgebiet an einheitlichen Beschreibungskriterien und einem Konsens über deren Bedeutung.[8]

Dennoch erlaubt die Kombination der eben beschriebenen Verfahren – zusammen mit philologischen, einbandkundlichen oder anderen historischen Informationen – Erkenntnisse und Annäherungen, selbst wenn viele Tatsachen unerkannt bleiben und andere falsch eingeschätzt werden. Dafür legt die Forschungsgeschichte beredtes Zeugnis ab. Kaum ein Werk Gutenbergs gehörte über die Jahre unwidersprochen seinem Œuvre an, und manch hoffnungsvolle Entdeckung entpuppte sich als folgenreicher Irrtum. Vor diesem Hintergrund sollte man stets den Anteil des Spekulativen berücksichtigen, der in jeder Darstellung Gutenbergs und seines Werkes steckt.

Immerhin hat sich die Forschung weitgehend darauf verständigt, dass Gutenberg tatsächlich in Europa den Buchdruck initiierte und ihm die Urheberschaft an der 42-zeiligen lateinischen Bibel (auch »B42« oder »Gutenberg-Bibel«) gebührt (Abb. 2).[9] Doch schon Untersuchungen über sein Werk oder sein Wirken als Druckherr eröffneten mehr neue Fragen als sie alte beantworteten. Die wenigen historischen Quellen erhellen Gutenbergs Leben nur schlaglichtartig und entwerfen ein höchst fragmentarisches Bild. Immerhin existieren folgende Anhaltspunkte über seine letzten zwanzig Lebensjahre:

- Seit spätestens dem 17. Oktober 1448 befindet sich Gutenberg wieder in Mainz. Zu diesem Zeitpunkt nimmt er ein Darlehen über 150 Gulden auf.
- Um 1449/1450 erhält Gutenberg von Johann Fust einen Kredit über 800 Gulden für eine Werkstatteinrichtung, später, vermutlich seit 1452, nochmals insgesamt 800 Gulden, womit Fust Teilhaber am »Werk der Bücher« wird.
- Im Oktober 1454 sieht Enea Silvio Piccolomini einige Lagen der B42 in Frankfurt und berichtet im März 1455, dass die Auflage von 158 bzw. 180 Exemplaren bereits verkauft sei.
- Auf der Fastenmesse 1455 in Frankfurt nimmt Gutenberg persönlich von der Stadt Straßburg eine Leibrente über 26 Gulden in Empfang.[10]
- Am 6. November 1455 verzeichnet der Notar Helmasperger eine Eidesleistung Fusts in seinen Akten (»Helmaspergersches Notariatsinstrument«, Kat.-Nr. GM 140) und fasst einen Teil eines Rechtsstreits zwischen Johannes Gutenberg und Johann Fust zusammen, bei dem es um eine Druckerei ging.
- Am 14. August 1457 erscheint in der Gemeinschaftsdruckerei von Johann Fust und Peter Schöffer ein Psalter, dessen Kolophon Urheber und Erscheinungsdatum nennt.
- Am 4. Oktober 1458 befiehlt der französische König Karl VII. dem Stempelschneider der königlichen Münze Nikolaus Jenson, in Mainz die Kunst des Druckens auszukundschaften, die Johannes Gutenberg erfunden habe. Ebenfalls seit diesem Jahr bleibt Gutenberg dem St.-Thomas-Stift in Straßburg die Rückzahlung eines Kredits schuldig.
- Am 14. Januar 1465 ernennt Erzbischof Adolf II. von Nassau Gutenberg zum Hofmann und garantiert ihm damit auf Lebzeiten ein Auskommen.
- Am 3. Februar 1468 stirbt Gutenberg in Mainz und wird in der Franziskaner-Kirche beigesetzt.
- Am 26. Februar 1468 quittiert Dr. Konrad Humery, der ehemalige Syndikus der Stadt Mainz, den Erhalt von Typen und Druckwerkzeugen aus Gutenbergs Besitz als sein Eigentum und verpflichtet sich, diese Utensilien nur im Stadtbereich zu verkaufen.

Aus diesen Fakten lassen sich für Gutenbergs Drucktätigkeit gewisse Rückschlüsse ziehen. So benötigte er seit der Rückkehr in seine Heimatstadt offenbar Kapital in größerem Umfang, was – vermutlich nicht zu Unrecht – mit dem um 1454 abgeschlossenen Druck der Bibel in Verbindung gebracht wird. Aus diesem Grund ging er auch 1449/50 die Geschäftsbeziehung zu Fust ein, deren nicht ganz einvernehmliche Auflösung spätestens 1457 (Mainzer Psalter), vermutlich aber schon deutlich früher zur Gründung der Fust-Schöfferschen Offizin führte. An ihrer Existenz besteht nicht der geringste Zweifel, was sich für Gutenbergs eigene Werkstatt leider nicht sagen lässt. Dazu fehlen eindeutig von Gutenberg produzierte Drucke, wenngleich die Ordonnanz Karls VII. und Humerys Quittung einen vagen dokumentarischen Hinweis auf eine Tätigkeit im Rahmen seiner Erfindung geben.

Neben diesen spärlichen Fakten über die letzten zwanzig Lebensjahre Gutenbergs ist eine Reihe größtenteils undatierter und allesamt unfirmierter Druckwerke überliefert, für die aufgrund bestimmter Typen eine Urheberschaft Gutenbergs in Frage kommt. Zu ihnen zählen Donate, Kalender und weitere kleine Werke in der Donat-Kalender-Type, die Gutenberg-Bibel, die 36-zeilige Bibel und andere Bücher in der verbesserten Donat-Kalender-Type sowie das laut Kolophon 1460 in Mainz entstandene Catholicon. Ihre Zuweisung an Gutenberg hängt vor allem von der Einschätzung der historischen Situation ab. So gehen die meisten Forscher zu Recht davon aus, dass eine dritte Mainzer Werkstatt in dieser frühesten Phase des Buchdrucks in höchstem Maße unwahrscheinlich ist, weshalb für unfirmierte Drucke nur Fust/Schöffer oder Gutenberg in Frage kommen. Da Fust und Schöffer einen Großteil ihrer Produktion mit ihren Namen ausstatteten, fällt es leicht, unidentifizierte, in ihren Schriften erschienene Werke an sie zu verweisen. Für den Rest nimmt man – im Ausschlussverfahren und bis zum Beweis des Gegenteils – Gutenberg als Drucker an.

Auch die Vorstellung vom Drucker Gutenberg und seinen Unternehmungen unterliegt starkem zeitlichen Kolorit. Lange Zeit herrschte das Klischee vom altdeutschen Handwerker vor, vom idealistischen und deshalb an finanziellen Dingen desinteressierten Meister, der die Schrift selbst schnitt, eigenhändig die Presse betätigte und dessen einziges Ziel darin bestand, der Welt ein vollkommenes Werk – die B42 – sowie die Segnungen seiner Erfin-

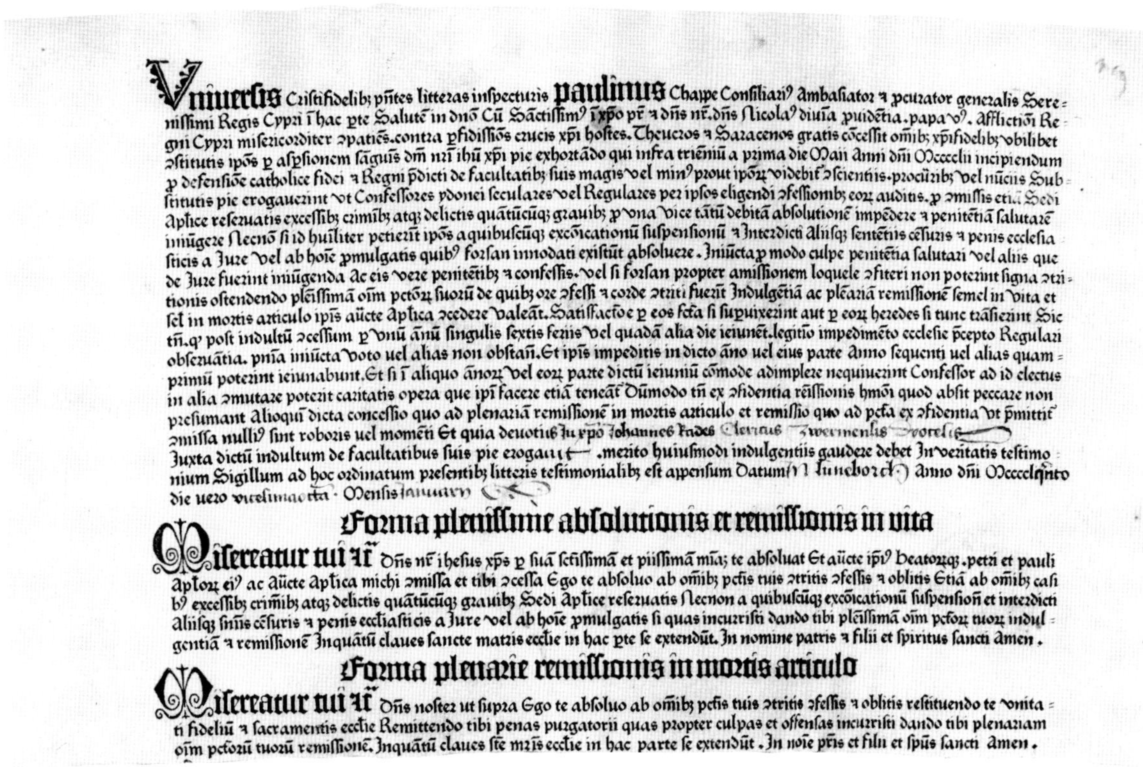
Forma plenissime absolutionis et remissionis in vita

Forma plenarie remissionis in mortis articulo

Abb. 3 **31-zeiliger Zyprischer Ablassbrief (Kat.-Nr. GM 130). Landeshauptarchiv Schwerin**

dung zu hinterlassen. Tragischerweise brachte ihn sein geldgieriger Partner Fust um die Früchte seiner Arbeit und stieß ihn ins Elend, bis ein kunstsinniger und gnädiger Herrscher seine Leistung erkannte und sich seiner erbarmte. Ein solches Bild unterschlägt Gutenbergs zahlreiche Prozesse, in denen er sich taktisch und juristisch äußerst versiert zeigte, ebenso wie sein professionelles Geschäftsgebaren in Straßburg. Hierin war Gutenberg durchaus ein Kind seiner Zeit, die neben einem ausgedehnten, elaborierten Zahlungs- und Kreditverkehr die unterschiedlichsten, auch spekulativen Finanzierungs- und Geschäftsmodelle kannte. Entsprechend herrschte im Inkunabeldruck – einem jungen Produktions- und Investitionszweig ohne feste Zunftbindungen, Ausbildungsvorschriften, Organisationsstrukturen oder Unternehmensformen – keineswegs beschauliche Handwerkerromantik, sondern Innovation, Tatkraft, Unternehmergeist und Risikobereitschaft. Die Drucker jener altehrwürdigen Bücher, die wir heute Inkunabeln nennen, waren wagemutige Kinder einer technischen und wirtschaftlichen Revolution, deren unbekannten Herausforderungen sie mit hohem finanziellem und persönlichem Einsatz, Flexibilität und Kreativität begegneten. Es gab noch keine handwerklichen Traditionen, keine gängigen technischen Abläufe, keine Standesehre oder fest gefügten Verhaltensmuster, die aufgrund ihrer allgemeinen Verbindlichkeit Rückschlüsse auf Gutenbergs Handeln zuließen.[11] Im Gegenteil: Gutenberg und seine Zeitgenossen lebten in einer Epoche des sozialen und wirtschaftlichen Umbruchs, in der Gewinn und Verlust, Scheitern und Erfolg eng beieinander lagen. Einstige Regeln galten nicht mehr, neue mussten sich erst etablieren – wie etwa die Ereignisse in Mainz zeigen. Als Gutenberg seine Werkstatt aufbaute, stand die Stadt wegen riskanter finanzpolitischer Transaktionen am Rande des Bankrotts, Konflikte zwischen dem Erzbischof, dem Patriziat und den Zünften waren an der Tagesordnung und Ausdruck tiefgreifender gesellschaftlicher Umwälzungen. Selbst wenn Gutenberg sich nach einer mittelrheinischen Fachwerk-Idylle gesehnt haben sollte, war der Zeitpunkt dafür denkbar schlecht gewählt.[12] Dies sollte man sich beim Versuch, Gutenbergs Tätigkeit als Drucker zu rekonstruieren, vergegenwärtigen.

Drucke in der Donat-Kalender-Type

Die ersten sicher datierbaren Druckwerke Europas, die »Zyprischen Ablassbriefe« (Abb. 3) und der »Türkenkalender«, stammen aus dem Jahr 1454. Zu diesem Zeitpunkt arbeitete Gutenberg schon seit etwa vier Jahren in seiner Mainzer Offizin, und die B42 stand nach Aussage des Humanisten und kaiserlichen Sekretärs Enea Silvio Piccolomini kurz vor ihrer Vollendung, denn er hatte Lagen aus ihr gesehen, die zu Kaiser Friedrich III. gebracht worden waren. Ihre Entstehung verdanken die »Zyprischen Ablassbriefe«[13] dem König von Zypern, der zur Verteidigung der Insel gegen die Türken von Papst Nikolaus V. einen bis zum 30. April 1455 gültigen Ablass gewährt bekam und Paulinus Chappe (Zappe) mit der Durchführung beauftragte. Dazu benötigte dieser unter anderem eine große Zahl von Quittungsformularen, die seine Agenten den gläubigen Spendern aushändigten und aufgrund derer jeder Priester die Absolution erteilen konnte. Während die Höhe der Spende dem Gutdünken des Käufers überlassen blieb, musste dieser eine feste Bearbeitungsgebühr, die den Material- und Herstellungspreis sowie die Besiegelung der Urkunde abdeckte, direkt an den Ablasshändler entrichten.[14] Die Zyprischen Ablassbriefe wurden zunächst traditionell auf handschriftlichem Wege hergestellt,[15] doch dann erschienen auf Pergament gedruckte Exemplare zu 30 und zu 31 Zeilen, von denen das früheste ein Ausgabedatum vom 22. Oktober 1454 trägt. Ihre Vorzüge bestanden nicht nur in der raschen Vervielfältigung, sondern auch in der Reinheit des Textes. Vermutlich fiel die Entscheidung für eine technische Reproduktion im Zusammenhang mit einer Kreuzzugskampagne im Oktober 1454. Während in Frankfurt am Main der Reichstag die Türkenfrage beriet, versuchte auf den Straßen der Stadt der italienische Franziskaner Giovanni de Capistrano, die Menge von der Notwendigkeit eines Türkenkreuzzugs zu überzeugen. Tausenden verlas er die entsprechende päpstliche Bulle und warb um finanzielle Unterstützung, wobei er sich des Wohlwollens des kaiserlichen Sekretärs Enea Silvio Piccolomini sicher sein konnte, der ihn zu dieser Aktion eingeladen hatte.

Ebenfalls 1454 und im selben Zusammenhang entstand der Türkenkalender (»Eyn manung der cristenheit widder die durken«), eine Druckschrift, die in Versen für jeden Monat einen anderen geistlichen oder weltlichen Herrscher zum Kampf gegen die Türken aufruft. Seine Datierung ergibt sich aus historischen Ereignissen: Nach der Eroberung Konstantinopels durch die Türken am 29. Mai 1453 erhielt am 6. Dezember 1454 der Städtetag in Frankfurt Nachricht von christlichen Erfolgen, auf die sich der Verfasser des Türkenkalenders bezieht. Hieraus und aus dem Datum M.CCCC.L.V. lässt sich eine Entstehung in der zweiten Dezemberhälfte 1454 erschließen.[16]

Allerdings werfen bereits diese frühen Drucke Probleme auf, wie sie für Gutenbergs gesamtes Œuvre symptomatisch sind:[17] Ihre Zuordnung kann wegen fehlender Firmierung nicht eindeutig erfolgen, und der Typenvergleich erweist sich als problematisch. Denn obwohl die Zyprischen Ablassbriefe mit identischem Text erschienen, druckte man sie mit zwei unterschiedlichen, wenn auch ähnlichen Schriften und differierender Zeilenzahl. Als Auszeichnungsschrift diente beim 31-zeiligen Ablassbrief die Donat-Kalender-Type, eine von Gutenberg entwickelte und zu diesem Zeitpunkt schon relativ ausgereifte Schrift, beim 30-zeiligen Ablassbrief teilweise modifizierte Typen der B42. Diese Unstimmigkeit lässt sich entweder damit erklären, dass Gutenberg und Fust in ihrem (noch) gemeinsamen Unternehmen über verschiedene, aber eng verwandte Schriften für denselben Zweck verfügten, die sie nebeneinander benutzten, oder der Bruch bereits vor dem Erscheinungsdatum der Zyprischen Ablassbriefe stattgefunden hatte und deshalb zwei Offizine in Mainz existierten.

Gegen die erste Überlegung spricht das ausgesprochen unökonomische Geschäftsgebaren, denn die Typen-Herstellung war in finanzieller und zeitlicher Hinsicht ein aufwendiges Verfahren. Ordnet man jedoch sinnvollerweise Fust und Schöffer den 30-zeiligen, Gutenberg dagegen den 31-zeiligen Ablassbrief zu, wird die beliebte Vorstellung hinfällig, dass Fust nach der Trennung von Gutenberg, die Ende 1454 dann bereits stattgefunden hatte, das gesamte Unternehmen an sich brachte, während der Erfinder leer ausging.[18] Zumindest eine kleine Druckerei muss man Gutenberg schon zugestehen, in der er mit der Donat-Kalender-Type weniger bedeutende und umfangreiche Werke – wie etwa den 31-zeiligen Ablass – herstellte, wenn auch der bessere Teil der Werkstatt an Fust ging, darunter die Typen der B42. Mit ihnen hätte dieser dann die Auszeichnung des 30-zeiligen Ablasses, einige 26- und 33-zeilige Donate und ein »Psalterium cum canticis« (1455/56)[19] gedruckt. Gegen diese Zuweisung der B42-Type spricht jedoch eine andere Beobachtung: Während Fust und Schöffer die Metallschnitt-Initialen des 30-zeiligen Ablasses weiter verwendeten,[20] tauchen die Typen der B42 erst lange nach Gutenbergs Tod wieder bei Schöffer auf, der sie zwischen 1480 und 1493 mehrfach benutzte.[21] Falls sie bei der Trennung tatsächlich an Fust gingen, hätten er und sein Partner einen kompletten, bestens ausgestatteten Typenapparat 25 Jahre lang unbenutzt auf die Seite gelegt – ein hochgradig unökonomisches Verhalten, besonders in einer Zeit, in der es nur sehr wenige Schriften gab.

Allerdings plädieren seit einiger Zeit Wissenschaftler dafür, Gutenberg nicht mehr als den großen Verlierer des Prozesses zu sehen.[22] Vielmehr fehlte Fust aufgrund der speziell gearteten Geschäftsbeziehungen der Zugriff auf die Werkstatteinrichtung, zu der die Typen ja wohl gehörten, da Gutenberg sie nicht in das gemeinsame Unternehmen eingebracht, sondern sie beliehen hatte.[23] Auf diese Tatsache legte Gutenberg – so viel wird selbst im Helmaspergerschen Notariatsinstrument deutlich – großen Wert. Es ist also nicht völlig aus der Luft gegriffen, Gutenberg alle bis zu diesem Zeitpunkt existierenden Schriften und die damit gedruckten Werke zuzuschreiben. In Schöffers Besitz kamen die Typen der B42 dann erst nach Gutenbergs Tod, vielleicht durch Ankauf über Dr. Humery.[24]

Die Verwendung von Typen der B42 im 30-zeiligen Ablassbrief trägt also wenig zur Identifizierung seines Druckers bei. Vielmehr wird bereits hier deutlich, wie wichtig es wäre, genaue Auskunft über Art und Dauer der Zusammenarbeit der frühesten Drucker zu haben. Dennoch zeichnet sich aufgrund der übrigen verwendeten Schriftzeichen eine Herkunft des 31-zeiligen Ablasses aus der Werkstatt Gutenbergs, des 30-zeiligen Ablasses aus der Fusts und Schöffers ab. Diese Zuordnung bestätigen Untersuchungen der Druckfarben, die eine enge Beziehung zwischen der B42, dem 31-zeiligen Ablass und der B36 erkennen lassen, wohingegen die Fust-Schöffer-Drucke eine völlig andere Farbzusammenstellung aufweisen.[25] Trotz der offenen Frage hinsichtlich der B42-Typen spricht viel für zwei voneinander unabhängige Mainzer Offizine spätestens seit der zweiten Jahreshälfte von 1454, besonders, da die Ablässe für unterschiedliche Diözesen gedacht waren, die diese vermutlich direkt bei einem Drucker ihrer Wahl in Auftrag gaben.[26]

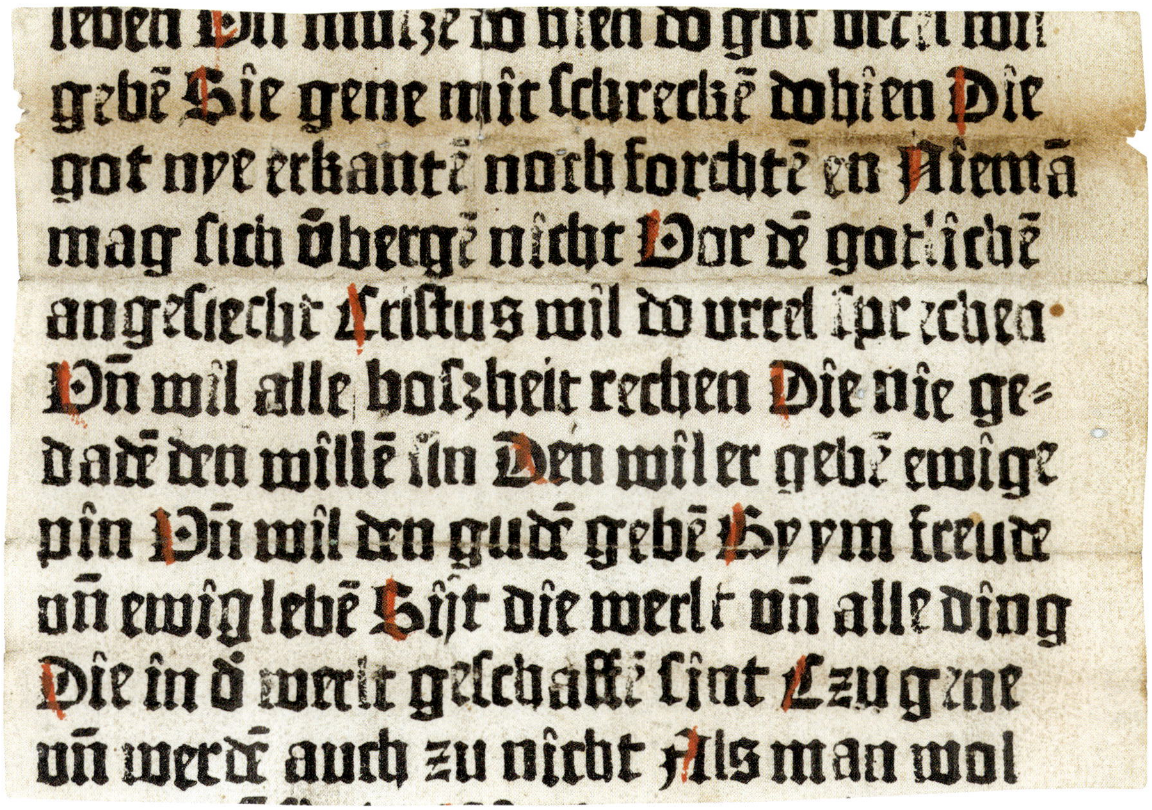
gebē Sie gene mit schreckē dohien Die
got nye erkantē noch forchtē en Niemā
mag sich übergē nicht Vor dē gotlichē
angesiecht Cristus wil do urtel sprechen·
Vn̄ wil alle boßheit rechen Die nie ge=
dadē den willē sin Den wil er gebē ewige
pin Vn̄ wil den gudē gebē Hymmel freudē
vn̄ ewig lebē Sijt die werlt vn̄ alle ding
Die in dē werlt geschaffē sint Czu gene
vn̄ werdē auch zu nicht Als man wol

Abb. 4 **Fragment vom Weltgericht (Kat.-Nr. GM 132). Gutenberg-Museum Mainz**

Die Zuweisung des 31-zeiligen Ablasses an Gutenberg hat weitreichende Folgen, da seine Auszeichnungsschrift in einer ganzen Reihe von Drucken auftaucht, die somit aus Gutenbergs Offizin stammen müssen. Sie alle erschienen in der Donat-Kalender-Type, die spätmittelalterliche Schreibschriften zum Vorbild hat. Zeitgenossen bezeichneten diese als »textura formata quadrata« und kannten sie sowohl aus liturgischen Werken als auch aus lateinischen Elementarbüchern wie der Grammatik des Aelius Donatus. Im Laufe der Zeit baute Gutenberg die Donat-Kalender-Type zu einer vielseitigen Schrift aus, die er gleichzeitig für deutschsprachige wie lateinische Werke verwendete und mit entsprechenden Abkürzungs- und Verbindungszeichen versah.[27] Als früheste, Jahre vor dem 31-zeiligen Ablass entstandene Erzeugnisse der Donat-Kalender-Type gelten – aufgrund bestimmter variabler Typen, des Typenzustands und der Qualität des Satzes – die 27-zeiligen Donate (Kat.-Nr. GM 137) sowie das »Fragment vom Weltgericht« (»Sibyllenbuch«, Abb. 4), ein deutschsprachiges, lediglich in wenigen Fragmentstreifen überliefertes Werk, das einige Forscher bereits in Straßburg entstanden sehen.[28]

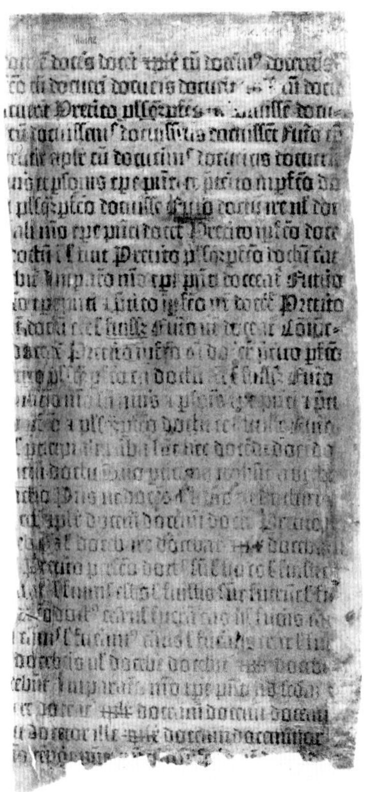

Abb. 5 **30-zeiliger Donat (Kat.-Nr. GM 134). Gutenberg-Museum Mainz**

Die meisten Drucke in der Donat-Kalender-Type waren, wie ihr Name schon nahe legt, Ausgaben der »Ars Minor« des Aelius Donatus, der meistbenutzten Schulgrammatik des Mittelalters. Keiner dieser durchgängig auf Pergament publizierten Donate ist komplett überliefert, wobei ihre Zeilenzahl zwischen 26, 27, 28 und 30 schwankte, und damit auch der Buchumfang. Während die sieben Ausgaben des 30-zeiligen Donats (Abb. 5) vermutlich in rascher Folge zwischen 1456 und 1458 erschienen, schwankt die aufgrund typographischer Beobachtung erfolgte Datierung für die drei Ausgaben des 28-zeiligen Donats (Abb. 6) zwischen 1454 und 1463. Um 1458 entstanden wohl die 26-zeiligen Donate. Sie weisen typographisch eine enge Verwandtschaft mit dem gleichzeitig angesetzten »Astronomischen Kalender« auf und folgen textlich verbesserten Donaten, die vermutlich kurz nach der Vollendung der B42 in dieser Type gedruckt wurden.[29]

Ein anderer Zweig der Donat-Kalender-Werkstatt beschäftigte sich mit der Kalenderproduktion, zu der neben dem »Türkenkalender« für 1455 der 1456 gedruckte, nur fragmentarisch erhaltene »Aderlass- und Laxierkalender«, der wohl spätere deutsche »Cisioianus« sowie der 1457/58 datierte »Astronomische Kalender« (GW 1285) zählen. Während der erste Almanach in lateinischer Sprache die zum Aderlassen und Abführen astronomisch günstigen Tage des Jahres 1457 nennt, bietet der zweite Hilfestellung beim Auswendiglernen der unbeweglichen Kirchenfeste und Heiligentage und der dritte astronomische Angaben zum Bestimmen der Planetenkonstellationen. Weitere Klein- und Einblattdrucke aus dieser Zeit sind das »Provinciale Romanum« (ein Verzeichnis der katholischen Bistümer und Erzbistümer) sowie das von Abt Ekbert von Schönau verfasste Gebet »Respice, domine sancte pater«. In der noch jungen Tradition der politischen Agitationsschriften steht die Kreuzzugsbulle Papst Calixtus' III., die dieser am 29. Juni 1455 erlassen hatte. Hierin forderte er die Christenheit zur mentalen oder tatkräftigen Teilnahme am für den 1. Mai 1456 geplanten Kreuzzug auf. Den Auftrag zu dem wohl Anfang 1456 erfolgten Druck der Bulle sowie ihrer Übersetzung ins Deutsche erteilte vermutlich der Drontheimer Bischof Heinrich Kalteisen, den Calixtus am 20. September 1455 mit der Organisation der Kreuzzugspredigten in Deutschland betraut hatte.

Die B42 und ihre Typen

Im Gegensatz zu den umfassenden Neuerungen, die Gutenbergs Erfindung in technischer und logistischer Hinsicht für die Buchproduktion mit sich brachte, erscheint das Produkt dieser Medienrevolution erstaunlich traditionell. Tatsächlich hatte der frühe Buchdruck nie die Konfrontation zum Manuskript gesucht. Vielmehr begriff er sich als dessen perfektionierte Form und wahrte deshalb nicht nur in ästhetischer, sondern auch in inhaltlicher Hinsicht eine ungebrochene Kontinuität.[30] Ebenso wie die Schreiber benutzten die Inkunabeldrucker Handschriften als Vorlagen, im Fall der B42 wohl eine Pariser Vulgata-Variante,[31] die vermutlich wegen ihres schlechten Zustands verloren ging: Durch die redaktionelle Bearbeitung hervorgerufene handschriftliche Verbesserungen überzogen das Manuskript, und der Einband fehlte, da man ihn auflöste, um die einzelnen Lagen an die verschiedenen Setzer zu verteilen, die danach die Druckform erstellten.

Bei der Vorlage handelte es sich vermutlich um eine Perlschrift-Bibel aus dem 14. Jahrhundert, wie sie an der Pariser Universität benutzt und in großen Mengen hergestellt wurde (Kat.-Nr. GM 7). Für die Textrevision verwendete der Bearbeiter – normalerweise ein erfahrener Theologe – vermutlich eines der im 13. Jahrhundert verbreiteten Bibelkorrektorien. Damit stellte Gutenberg seinen Käufern die in Europa wohl am meisten verbreitete Bibelversion zur Verfügung, sicher nicht ohne dabei den Absatzmarkt im Auge zu behalten.[32] Letzteres spielte wahrscheinlich auch bei der Planung der Ausstattung eine Rolle. Hier bewegte sich die B42 zwar im oberen, nicht aber im höchsten Preissegment, was den Kreis der Interessenten vermutlich zu stark dezimiert hätte. Zwar erforderte ihr »Layout« mit den entsprechenden Leerstellen im Satz die Ausgestaltung der Initialen per Hand, nicht jedoch ganzseitige Illuminierungen, da es keine leeren Seiten gab. Tatsächlich nutzten die Käufer diesen finanziellen und gestalterischen Spielraum, wie die mit sehr unterschiedlichem Aufwand ausgestatteten Exemplare der B42 zeigen. Ebenso willkommen war ihre gute Lesbarkeit, die bereits dem kaiserlichen Sekretär Enea Silvio Piccolomini aufgefallen war: Für viele der Bibeln kann man eine Verwendung zum Vorlesen nachweisen.[33]

Obwohl Gutenbergs erstes umfangreiches Werk große Nähe zu gleichzeitigen Handschriften zeigt, lässt die Quellenlage weder die konkrete Nennung von Buchbeständen oder Betrieben noch den Nachweis über die Zusammenarbeit mit ihnen zu.[34] Zwar existierten in Straßburg und Mainz sicher Schreib-, Graphik- und Malwerkstätten, die Gutenberg ausreichend Anschauung boten, doch wissen wir nicht, woher er seine Vorlage bezog, wer sie redaktionell für den Druck vorbereitete oder wer die Qualität während der Produktion überwachte. Da diese Arbeiten aber bei der Herstellung von Handschriften ebenfalls anfielen, gab es dafür genügend professionelle Berater, selbst wenn sie uns heute unbekannt sind.

Gutenberg druckte seine lateinische Bibel (bis auf wenige Blätter zu 40 bzw. 41 Zeilen)[35] in zwei Spalten zu je 42 Zeilen – daher die Bezeichnung B42. Als Schrift wählte er die »Textura«, eine repräsentative Buchschrift,[36] die ihre Herkunft aus der mittelalterlichen Manuskripttradition nicht verleugnen will.[37] Gutenbergs Textura zeichnet sich durch ein dichtes Schriftbild aus, in dem die einzelnen Buchstaben wie miteinander verwoben erscheinen, ein Eindruck, der durch das Fehlen jeglicher Rundungen entsteht und den der Buchdruck in seiner Regelmäßigkeit noch verstärkt. Selbst ein »o« setzt sich aus einzelnen Strichen zusammen, die im Winkel gegeneinander stehen. Zudem verhalten sich Buchstabengröße und -zwischenräume proportional zueinander. Die Abstände zwischen v, o und s in dem Wort »vos« fallen also größer aus als die zwischen v und i in dem Wort »vidit«. Ein derartiges Vorgehen entstammt ebenso dem Repertoire mittelalterlicher Schreiber wie die Verwendung von Ligaturen (die Verbindung einzelner Buchstaben wie das »d« und das »e« in dem Wörtchen »de«) oder von Abkürzungszeichen, sogenannten Abbreviaturen. So steht etwa das einer 9 ähnelnde Zeichen für die lateinische Endung »us«, während ein waagrechter Strich das Fehlen des folgenden Buchstabens markiert.

Abb. 6 **28-zeiliger Donat (Kat.-Nr. GM 136 b). Staats- und Stadtbibliothek Augsburg**

Obwohl Setzer und Schreiber dasselbe Ziel verfolgten, unterschieden sie sich deutlich in ihrer Vorgehensweise. Letztere produzierten Ligaturen und Abbreviaturen, schmalere und breitere Buchstabenkörper spontan und der jeweiligen Situation angepasst, der Setzer dagegen war auf die ihm zur Verfügung stehenden Zeichen beschränkt. Für die Qualität seiner Arbeit spielte nicht nur sein eigenes Können, sondern auch das ihm zur Verfügung stehende Typenmaterial eine Rolle. Daher ließ Gutenberg für seine B42 rund 290 verschiedene Schriftzeichen (Figuren) schneiden und gießen, davon 47 Großbuchstaben, 63 Kleinbuchstaben, 92 Abbreviaturen, 83 Ligaturen und 5 Satzzeichen.

Ligaturen und Abbreviaturen erleichterten das Einhalten der korrekten Zeilenlänge. Allerdings kann ein Schreiber einen wirklich senkrechten rechten Kolumnenrand kaum bewerkstelligen, wie die roten handschriftlichen Textstellen der B42 zeigen, wohingegen der Druck mit beweglichen Metalltypen ein exaktes senkrechtes Zeilenende der Spalten (Kolumnen) ermöglicht. Denn während sich der Schreiber die Zeile vorher einteilen muss und das bereits Geschriebene nicht mehr verändern kann, lässt der Typensatz beliebig viele Korrekturen zu. Ist der Setzer mit einer Zeilenaufteilung unzufrieden, löst er sie wieder auf und komponiert sie neu. Deshalb sind die Abkürzungen im Buchdruck eigentlich überflüssig und verschwinden, wie viele aus dem Manuskript überkommene Gewohnheiten, zum Ende des 15. Jahrhunderts. Zu dem frühen Zeitpunkt der B42 verweisen sie jedoch vor allem auf die enge geistige und ästhetische Verwandtschaft zwischen Handschrift und Typensatz.

Zwar herrschte in den kommerziell arbeitenden Offizinen – zu ihnen zählt die Gutenberg-Fustsche ganz sicher – durchaus Zeitdruck, doch fällt der sorgfältige Satz der B42 ins Auge, was für gut ausgebildetes Personal und einen hohen Qualitätsstandard spricht.[38] Hierin musste sich Gutenberg von seinen Käufern an Manuskripten messen lassen, umgekehrt konnte er für die Arbeitsorganisation Gepflogenheiten aus der Handschriftenherstellung übernehmen. So war es bei umfangreicheren Werken üblich, den Text zwischen verschiedenen Schreibern aufzuteilen.[39] Vergleichbares geschah bei der B42, die mehrere Setzerabschnitte erkennen lässt. Während anfangs lediglich zwei Setzer an der B42 arbeiteten, wurde ihre Zahl später auf vier und schließlich auf sechs erhöht.[40] Diese Beobachtung wird sowohl durch die verwendeten Papiersorten als auch durch Satzvergleiche unterstützt. Neueste Papier- und Druckfarben-Untersuchungen sprechen für eine Zuweisung von je zwei Setzerabschnitten an eine Presse.[41] Man hat sich also in der Endphase des Bibeldrucks vermutlich drei Pressen vorzustellen, an denen je zwei Drucker arbeiteten.

Allerdings konnten frühe Pressen pro Arbeitsgang nur eine einzige Seite drucken.[42] Dies bestätigen auch die Farbuntersuchungen, nach deren Erkenntnis »Verso- und Recto-Seiten mit unterschiedlichen Farbmischungen eingefärbt und somit auf unterschiedlichen Pressen gedruckt wurden«,[43] es also »auf alle Fälle eine Presse für ›Weißes Papier‹ und eine für den Rückseitendruck gegeben« habe.[44] Zwar schließen sich beide Aussagen gegeneinander aus, da sowohl auf der Schön- als auch auf der Widerdruckseite eines Bogens je eine Verso- und eine Recto-Seite steht, doch lassen die Beobachtungen vage Rückschlüsse auf die Zusammenarbeit zwischen Setzer und Drucker zu. Anders als bei der seit etwa 1470 üblichen Zweizugpresse, die entweder die Schöndruckseite oder die Widerdruckseite eines ganzen Bogens bedruckte, weshalb über die Hälfte der Lage im Satz vorliegen musste, bevor mit dem Drucken begonnen werden konnte, erforderten die frühesten Pressen lediglich einen Vorrat von zwei gesetzten Seiten: Während die eine Seite eines Bogens trocknete,[45] konnte die übernächste auf dem folgenden Bogen gedruckt werden. Der Bedarf an Typenmaterial war also deutlich geringer als bei der effektiveren Zweizugpresse, und die Zusammenarbeit zwischen Setzer und Drucker folgte einem anderen Rhythmus.

Auch bei den Druckmaterialien bemühte sich Gutenberg um eine optische Nähe zum Manuskript, wobei er hier an technische und logistische Grenzen stieß. So erwies sich Tinte zum Drucken als gänzlich ungeeignet, was die Entwicklung von spezieller Druckfarbe erforderlich machte.[46] Das angemessene Trägermaterial für ein Buch wie die B42 war Pergament. Da Tierhäute in den benötigten Mengen aber bei weitem nicht zur Verfügung standen,[47] musste Gutenberg auf Papier ausweichen, ein in den Augen von Käufern repräsentativer Handschriften minderwertiger Stoff, auf den man aber angesichts des enormen Materialbedarfs beim Buchdruck nicht mehr verzichten konnte und der damit selbst für repräsentative Bücher salonfähig wurde. Ein kleiner Teil der Auflage erschien dennoch in Pergament, für den größten Teil benutzte Gutenberg hochwertiges Papier aus italienischen Mühlen, wobei bereits die Wasserzeichen auf eine Erhöhung der Exemplare während der Auflage hindeuten. Satzvergleiche unterschiedlicher Exemplare bestätigen diese Beobachtung ebenso wie die Aussage Enea Silvio Piccolominis.[48] Die Bibeln erschienen also vermutlich nicht zu einem fixen Datum, sondern zunächst verkauften Fust und Gutenberg die kompletten Bibeln aus dem Erstsatz, während die fehlenden Textteile für die zweite Auflage vermutlich am Schluss entstanden und die entsprechenden Exemplare deshalb später herauskamen. Obwohl über die Höhe von ursprünglicher und endgültiger Auflage nur spekuliert werden kann, spricht viel für Piccolominis Nennung von 158 bzw. 180 Exemplaren, wobei sich letzte Schätzungen für ein ungefähres Verhältnis zwischen Pergament- und Papierausgaben von 1:3 einpendeln.[49]

Da Gutenberg lediglich den Text der B42 druckte, war sein Einfluss auf deren weitere Ausgestaltung beschränkt. Zwar hatte er ursprünglich geplant, zumindest die rote Auszeichnungsschrift im Buchdruck herzustellen – Beispiele in einigen Exemplaren der B42 belegen dies –,[50] doch entschied er sich wohl aus Kostengründen letztend-

Abb. 7 **36-zeilige Bibel (Kat.-Nr. GM 150). Universitätsbibliothek Erlangen-Nürnberg**

lich dagegen. Rubrizierung, Buchschmuck und Einband blieben also dem Geschmack und dem Geldbeutel des Käufers überlassen. Auch hierin glich Gutenbergs Situation der eines Schreibers, der durch die Aufteilung einer Seite und die Größe der freien Stellen für die Initialen die weitere Ausgestaltung zwar indirekt beeinflusste, die nachfolgenden Illuminierungsarbeiten aber aus der Hand gab.[51] Dementsprechend fand der Käufer einer B42 es keinesfalls erstaunlich, wenn er den ungebundenen Buchblock (einen kompletten Satz der einzelnen Lagen) erhielt, dazu eine gedruckte Liste (»Tabula rubricarum«) zum korrekten Eintragen der Über- und Schlussschriften mit roter Tinte. Wie die erhaltenen Exemplare der B42 zeigen, folgten die Rubrikatoren der Tabula recht eigenwillig. Bereits an diesem Punkt erfuhr also die durch die Reproduktionstechnik vorgegebene Gleichheit der Exemplare eine Relativierung, die der Illuminator noch deutlich verstärkte. Nachdem er seine Arbeit beendet hatte, wobei er je nach Wichtigkeit des Werks oder Auftraggebers in materieller und künstlerischer Hinsicht unterschiedlich großen Aufwand betrieb, war jede Bibel ein Unikat. Allerdings sahen Gutenbergs gedruckte Bibel-Bögen keine ganzseitigen Bilder vor, weshalb den Illuminatoren nur ein begrenzter Gestaltungsspielraum blieb und sie sich gezwungen sahen, den breiten Rand ausgiebig zu nutzen.

Zum Schluss erhielt der Buchbinder die Bögen, um den Buchblock mit einem entsprechenden Einband zu versehen. Auch er hatte dabei keinerlei Neuerungen im Sinn, weshalb eine geschlossene B42 im zeitgenössischen Einband von einer Handschrift nicht zu unterscheiden ist. Ohnehin bildet die Gutenberg-Bibel lediglich den ersten, wenngleich richtungweisenden Schritt auf dem Weg einer buchgestalterischen Entwicklung, an deren Ende das komplett gedruckte Buch stand. Doch noch stellten sich Produzent und Konsument gleichermaßen das Buch als Manuskript vor. Dementsprechend fehlen Gutenbergs lateinischer Bibel – wie ihren handgeschriebenen Verwandten – Seitenzählung, Inhaltsverzeichnis, Titelblatt und die Nennung ihres Herstellers. Gutenberg trat in seinen Werken nicht als der revolutionäre Erfinder an, der die Medienwelt aus den Fugen heben wollte. Vielmehr erkannte er den gesteigerten Bedarf nach Büchern, und sein findiger und unternehmerischer Geist entwickelte eine Lösung, von der er vermutlich nicht einmal ahnte, dass sie die Welt verändern würde.

Die Donat-Kalender-Type in Vollendung: B36

Wohl zwischen 1456 und 1458 durchlief die Donat-Kalender-Type in einem langwierigen Prozess eine Entwicklung, an deren Ende die 36-zeilige lateinische Bibel (»B36«)[52] (Abb. 7) stand: Schon vorhandene Typen wurden in besserem Typen-Material frisch gegossen, Ligaturen, Zeichen sowie Minuskel- und Majuskelformen neu geschaffen. Wie der Probedruck einer Seite in Krakau zeigt, war ursprünglich eine 40-zeilige Bibel in der verbesserten Donat- und Kalendertype geplant. Realisiert wurde sie schließlich mit 36 Zeilen, womit sie mit ihren 882 gegenüber den 641 bedruckten Blättern der 42-zeiligen Bibel ein ausgesprochen umfangreiches Druckwerk bildet.

Für die B36 lassen sich vier unterschiedlich umfangreiche Setzerabschnitte erkennen, wobei man sich – wie bei der B42 – im Laufe des Drucks zur Erhöhung der Auflage bei gleichzeitiger Veränderung der Textvorlage entschloss. Hatten Setzer A und B zunächst eine Handschrift – vielleicht dieselbe wie die für die B42 – benutzt, arbeiteten sie recht bald (Setzer A mit der zehnten, Setzer B mit der vierten Seite) nach einem Exemplar der B42, das auch als Vorlage der fehlenden Seite für die erhöhte Auflage diente.[53] Die Qualität des Satzes kann den der B42 nicht ganz erreichen, die Zeilenenden flattern deutlich und gegen Ende der Setzerabschnitte wirkt die Schrift nicht mehr ganz frisch.

Aufgrund von Papieruntersuchungen nimmt die Forschung für die B36 einen Entstehungszeitraum um 1459/60 an, da ein einzelnes Blatt in der Bibliothèque Nationale Paris das Rubrizierungsdatum 1461 trägt. Obwohl die Type der B36, die Setzergewohnheiten und ihre Druckfarben[54] nach Mainz weisen, wurde sie vermutlich in Bamberg gedruckt. Dafür sprechen nicht nur die Wasserzeichen, die zwar in anderen Bamberger Büchern, nicht aber in Mainz auftauchen, sondern auch die Provenienzen und Einbände der erhaltenen Exemplare. Zudem berichtet der Prager Gelehrte Paulus Paulirinius über einen Bamberger Bibeldruck,[55] und die Donat-Kalender-Type verschwindet aus dem Mainzer Typen-Repertoire, während sie Albrecht Pfister, der ehemalige Sekretär des Bamberger Bischofs Georg I. von Schaumburg, unter anderem für seinen »Ackermann von Böhmen« und sieben weitere mit Holzschnitten illustrierte Drucke benutzte. Allerdings scheint sich in Bamberg nicht der gesamte Typen-Apparat samt Patrizen befunden zu haben, sondern lediglich ein sehr umfangreicher Schriftvorrat.[56]

Aufgrund der späteren, teilweise von Pfister datierten und firmierten Bücher lag es nahe, ihn als Drucker der B36 anzusehen.[57] Da er aber noch 1460 für den am 18. Mai 1459 zum Bischof von Bamberg gewählten Georg von Schaumburg arbeitete, kann Pfister höchstens als Druckereibesitzer angesehen werden, der sich während des Bibeldrucks mit der neuen Technologie und ihren organisatorischen Anforderungen vertraut machte. In jedem Fall muss zusammen mit den Typen fachkundiges Personal aus Mainz nach Bamberg gekommen sein, das die Werkstatt aufbaute, den Satz und den Druck erstellte sowie die Arbeitsabläufe koordinierte und überwachte. Das dazu benötigte Fachwissen kann bei Pfister kaum vorausgesetzt werden, da die Qualität seiner späteren Drucke weit hinter die der B36 zurückfällt und er einem so aufwendigen Unternehmen kaum gewachsen war. Selbst wenn die Auflage der B36 niedriger lag als die der B42 und man nun auf einen gewissen Erfahrungsschatz zurückgreifen konnte, kommen als technische Leiter des Projekts nur lang gediente Mainzer Drucker in Frage. Beim Ausschluss von Fust und Schöffer, denen die Donat-Kalender-Type vermutlich nicht gehörte, bleiben nur noch Gutenberg und seine Gesellen, etwa Johann Neumeister, Berthold Ruppel, Konrad Zeninger, Johannes Beckenhub und Heinrich Keffer, aber auch andere, nicht mit Namen bekannte Drucker Mainzer Herkunft.[58]

Dabei wird ein einziger Fachkundiger angesichts des großen Projekts kaum genügt haben, denn er hätte Jahre für die Ausbildung des Personals gebraucht. Allein für den Satz der B36 ist aufgrund Mainzer Eigentümlichkeiten von mindestens vier Mainzer Handwerkern auszugehen. Ohnehin stellt sich die Frage nach dem Aufgabengebiet des »Druckers der B36«. Finanzierte er das Projekt, leitete er die Werkstatt, verkaufte er das technische Know-how?

Finanzielles Engagement beim Druck der B36 ging eventuell von einem Frankfurter Konsortium aus, das sich »Gemeinschaft der Bücher« nannte und dem unter anderen die Brüder Peter und Niclas Ugelnheimer angehörten.[59] Während Niclas Anfang der 1440er Jahre in Mainz lebte, ließ sich Peter Ugelnheimer später in Venedig als Gesellschafter eben jenes Nicolaus Jenson nieder, den der französische König 1458 zur Erkundung des Buchdrucks zu Gutenberg geschickt hatte. Der Einfluss dieser Handelsgesellschaft auf den Druck der B36 erscheint freilich eher diffus und mysteriös, da dieser mit hoher Wahrscheinlichkeit in Bamberg vonstatten ging.

Als Geldgeber und Auftraggeber kommt weiterhin der Bamberger Bischof Georg I. von Schaumburg in Frage, ein Kirchenfürst mit glanzvoller Hofhaltung, ein Förderer der Künste und Wissenschaften. 1463 schenkte er dem Franziskanerkloster von Coburg das einzige bisher bekannt gewordene Pergamentexemplar der B36. Ob die von ihm am 2. Dezember 1459 der Bamberger Bistumskasse entnommene Summe von 523 Pfund tatsächlich den Beginn der Druckarbeiten markiert,[60] muss ebenso offen bleiben wie die Frage, wie der Kontakt zwischen dem Bischof und dem Erfinder zustande kam. Dem kunstsinnigen und weltoffenen Renaissancemenschen wird das neue Verfahren jedoch ebenso wenig verborgen geblieben sein wie dem französischen König oder dem kaiserlichen Sekretär. Man einigte sich also auf einen Technologie-Transfer, über dessen Details wir jedoch nicht informiert sind. Sicher gab es vorbereitende Gespräche, bei denen Pfister als lang gedienter Sekretär Georgs von Schaumburg eine Rolle spielte, so wie er vielleicht später als Mittelsmann zwischen dem Bischof und der Offizin, in der er sich mit dem neuen Verfahren vertraut machte, fungierte. Ob Gutenberg persönlich nach Bamberg fuhr, um die Druckerei einzurichten und die Arbeiten zu überwachen, oder seinen fähigsten Meister damit beauftragte, ist ungewiss. Verkaufte Gutenberg sein eigenes Gerät nach Bamberg, gab er Anleitung zu einer neuen Werkstatteinrichtung? Oder vertrat ihn ein lang gedienter Geselle? Pfisters lückenlos nachfolgende Druckertätigkeit in Bamberg spricht jedenfalls dafür, dass ein Arbeitsplatz, vermutlich aber auch einige Drucker der B36 nach deren Erscheinen in Bamberg blieben.

Letztes Rätsel: Catholicon

Das gleiche Problem, das die Forschung bei den Zyprischen Ablassbriefen beschäftigte, nämlich das parallele Vorkommen zweier ähnlicher Schriften zum selben Zeitpunkt und am selben Ort, begegnet uns wieder bei Johannes Balbus' »Catholicon« (Abb. 8; Kat.-Nr. GM 155 a–d).[61] Der Druck trägt eine Schlussschrift, nach der er 1460 in Mainz entstand. Etwa zur selben Zeit, am 6. Oktober 1459, verließ laut Kolophon das »Rationale divinorum officiorum« des Guillelmus Durandus, ein Standardwerk über gottesdienstliche Gebräuche, bei Fust und Schöffer die Presse (Kat.-Nr. GM 164). Beide Bücher entstanden in einer Rotunda, einer kleinen und daher sparsamen Schrift, die gerne für wissenschaftliche Bücher verwendet wurde. Wieder stellt sich die Frage, warum Fust und Schöffer die Kosten für zwei gleiche Typensorten getragen haben sollten, und ob nicht eine zweite Mainzer Druckerei die sinnvollere Erklärung für das Phänomen bietet. Darüber hinaus spricht gegen Fust und Schöffer als Urheber des »Catholicon« das immense Arbeitspensum für das Jahr 1459 (drei große Werke innerhalb kürzester Zeit: 29. August 1459 »Psalterium Benedictinum«, 6. Oktober 1459 »Rationale divinorum officiorum«, 1460 »Catholicon«) sowie das Fehlen der Catholicon-Type in einem von Fust und Schöffer firmierten Druck oder im Zusammenhang mit einer ihrer anderen Schriften. Als mögliche andere Drucker kämen die Brüder Bechtermünze in Frage, die am 4. November 1467 in Eltville ihr »Vocabularius ex quo« herausbrachten. Dazu benutzten sie einen Teil der Catholicon-Typen, allerdings verfügten sie offensichtlich nicht über den kompletten Apparat, sonst hätten sie sich nicht bei fehlenden F- und Q-Majuskeln mit kleinen fs und umgedrehten Ds behelfen müssen. Außerdem müssten dann auch alle anderen mit der Catholicon-Type gedruckten Werke der Eltviller Offizin zugeordnet werden, darunter 1461/62 gedruckte Ablassbriefe für das Kloster Neuhausen (Kat.-Nr. GM 154), in denen zwei Abkürzungszeichen aus der Schrift des 31-zeiligen Ablasses auftauchen, sowie ein am 11. Dezember 1464 ausgestellter Ablass zu Gunsten des Trinitarier-Ordens[62] mit typographischen Übernahmen aus der Donat-Kalender-Type, der B42 sowie dem 31-zeiligen Ablass. Selbst wenn man annehmen wollte, dass die Brüder Bechtermünze all diese Werke druckten, muss eine Beziehung zum vormaligen Typenbesitzer, vermutlich Gutenberg, bestehen. Nun wirft das »Catholicon« aber noch in ganz anderer Hinsicht Probleme auf, die sich auf seine Zuschreibung an einen bestimmten Drucker auswirken.

1286 vollendete der italienische Dominikaner Johannes Balbus in Genua seine »Summa que vocatur Catholicon«, ein Nachschlagewerk der lateinischen Sprache, das neben grammatikalischen, orthographischen, metrischen, etymologischen und rhetorischen Erläuterungen seinem Leser ein umfangreiches Wörterbuch bietet. Als unentbehrliches Hilfsmittel für Theologen erfuhr es eine beachtliche Verbreitung, von der Hunderte noch heute nachweisbare Handschriften zeugen.[63] Die erste gedruckte Ausgabe erschien laut Kolophon 1460 in Mainz, vermutlich in hoher Auflage, wenn man von den zahlreichen erhaltenen Exemplaren rückschließt. Bis zum Beginn des 16. Jahrhunderts, als humanistische Studien die lateinische Philologie revolutionierten und mittelalterliche Lexika zu Makulatur degradierten, galt das »Catholicon« als Standardwerk und deshalb jedem Drucker als sicherer Gewinn.

Während sich die traditionelle bibliographische Wissenschaft zunächst darauf konzentrierte, den ersten Catholicon-Drucker zu identifizieren, warteten die Wasserzeichenforscher in den 1970er Jahren mit einer Entdeckung auf, die sich bis heute auf die Catholicon-Forschung auswirkt.[64] Schon früh hatte man eine Vierteilung innerhalb der Catholicon-Exemplare erkannt: solche auf Pergament, auf Ochsenkopf-Papier, auf Galliziani-Papier und auf Turm-Krone-Papier. Diese unterschiedlichen Sorten tauchen nahezu unvermischt in den einzelnen Exemplaren auf.[65] Mittlerweile bestehen kaum noch Zweifel, dass das Ochsenkopf-Papier und die Pergamentausgaben mit dem angegebenen Druckjahr 1460 übereinstimmen, das Galliziani-Papier jedoch 1468/69, das Turm-Krone-Papier sogar erst 1472 zum Einsatz kam. Nach philologischen Diskussionen, ob es sich beim Datum im Catholicon um einen Druckfehler oder eine mehrdeutige Formulierung (»in den 1460er Jahren«) handeln könne, wobei Letzteres verworfen wurde,[66] ging man auf die Suche nach einer neuen Lösung.

Diese musste zudem eine andere Auffälligkeit des Catholicon erklären, nämlich die nahezu identische Übereinstimmung des Satzes in allen drei Ausgaben. Da in der Inkunabelzeit Typenmaterial knapp bemessen war, löste man den Satz nach erfolgtem Druck sofort auf, damit die Lettern möglichst rasch wieder zur Verfügung standen. Bei einer Neuauflage konnte zwar nach der vorherigen Ausgabe gesetzt werden, was eine enorme Erleichterung darstellte; hinsichtlich der Abkürzungen, der Rechtschreibung und anderer Details wies der Neusatz gegenüber seinem Vorgänger jedoch immer spezifische Abweichungen auf, die am Catholicon fehlen. Dafür besteht bei allen Exemplaren eine konsequente zweizeilige Anordnung des Satzes, was zwar schon früh bemerkt, aber zunächst nicht interpretiert worden war.[67] Eine Erklärung dafür kam von Paul Needham, der aufgrund penibler Untersuchungen des Satzbildes folgerte, der Druck des Catholicon sei nicht in der üblichen Weise von beweglichen Einzellettern, sondern von zweizeiligen, von diesen abgenommenen Druckformen (»slugs«) erfolgt.[68] Er stellte sie sich als dünne, fragile Metallstreifen vor, gegossen aus einer Form, die als direkter Abguss oder -druck von einer aus traditionellen beweglichen Typen zusammengefügten Doppelzeile entstand. Diese dünnen Regletten hatten an ihren beiden Enden Vorsprünge in Form eines Gevierts, von der Druckfläche durch eine flache Furche, die einem umlaufenden Draht als Führung diente, getrennt. Dieser Draht vereinigte und stabilisierte die aus einzelnen slugs zusammengesetzte Druckform.[69] Eine derartige Vorgehensweise ermöglichte bei zu erwartenden Neuauflagen eine deutliche Zeit- und Kostenersparnis und erklärt zugleich den zeitlichen Abstand der Papiersorten sowie die Übereinstimmung des Satzes. Allerdings – und das fiel bereits Zedler auf, ohne dass er Needhams These kannte – erleidet die Qualität durch den erneuten Abguss Einbußen.[70] Für die technische Realisierung der von Needham rekonstruierten Methode kommen verschiedene Vorgehensweisen in Frage.[71] Generell kannten die Graphiker des 15. Jahrhunderts die Möglichkeit des Abformens und Nachbildens von Druckstöcken (Stereotypie) in vielen Variationen,[72] und Needham kann im Kartendruck des 16. Jahrhunderts zumindest vereinzelt die Verwendung von Stereotypie nachweisen.[73] Allerdings existiert ein Unterschied zwischen dem Abguss einzelner Wörter und dem Druck eines umfangreichen Buchs. Darüber hinaus gibt das Ausbleiben jeglicher Resonanz zu denken, denn die Methode fand im frühen Buchdruck keinerlei Nachhall und kam erst wieder im 19. Jahrhundert zur Anwendung. Letztendlich besteht die Schwierigkeit in Needhams Beweisführung darin, dass zwar bis heute kein Argument überzeugend genug war, um seine Hypothese zu stürzen, er andererseits aber kaum den Nachweis über die Existenz von slugs erbringen kann.

Dieses Problem stellt sich in Lotte Hellingas Erklärungsmodell nicht, denn sie geht von bewährten Herstellungstechniken aus. Dabei negiert sie weder die Ergebnisse der Papierforschung noch die offensichtliche Zweizeiligkeit im Catholicon, widerspricht aber Needham hinsichtlich der Setzmethode und der Datierung.[74] Ihr Gegenentwurf schöpft den zeitlichen Spielraum der Papierdatierung bis zu ihren Grenzen aus und postuliert ein Konsortium von Druckern, die gleichzeitig um 1469 je ein Drittel der Herstellung des Catholicon bewältigten. Die Doppelzeiligkeit erklärte sie durch mit Draht zu je zwei Zeilen fixierten

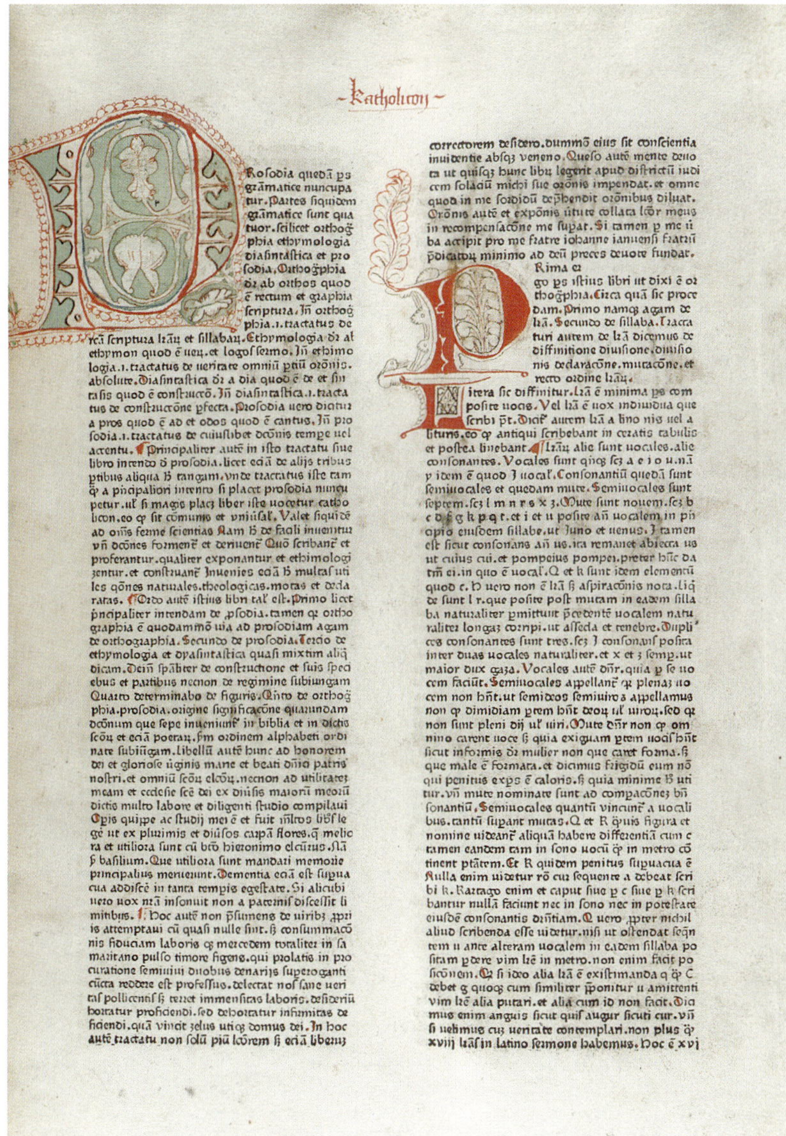
Katholicon

Abb. 8 **Johannes Balbus: Catholicon (Kat.-Nr. GM 155 d). Bibliothek Otto Schäfer, Schweinfurt**

Einzel-Metalltypen, die, zum Stehsatz wiederum mit Draht fest verbunden, zwischen den jeweiligen Offizinen hin- und hertransportiert wurden. Den Vorteil dieser Vorgehensweise sieht Hellinga in der Reduzierung der Korrekturarbeiten und der deutlichen Verringerung der Druckzeit. Zudem erleichtere die Identifizierung der jeweiligen Drucker anhand der verschiedenen Papiersorten die interne Abrechnung. Als mögliche Teilnehmer an diesem aufwendigen Unternehmen vermutet Hellinga die Gebrüder Bechtermünze in Eltville, Peter Schöffer in Mainz, Ulrich Zell in Köln oder Johann Sensenschmidt und Heinrich Keffer in Nürnberg. Da die Physiognomie des Catholicon nicht mit den sonstigen Mainzer Drucken übereinstimme,

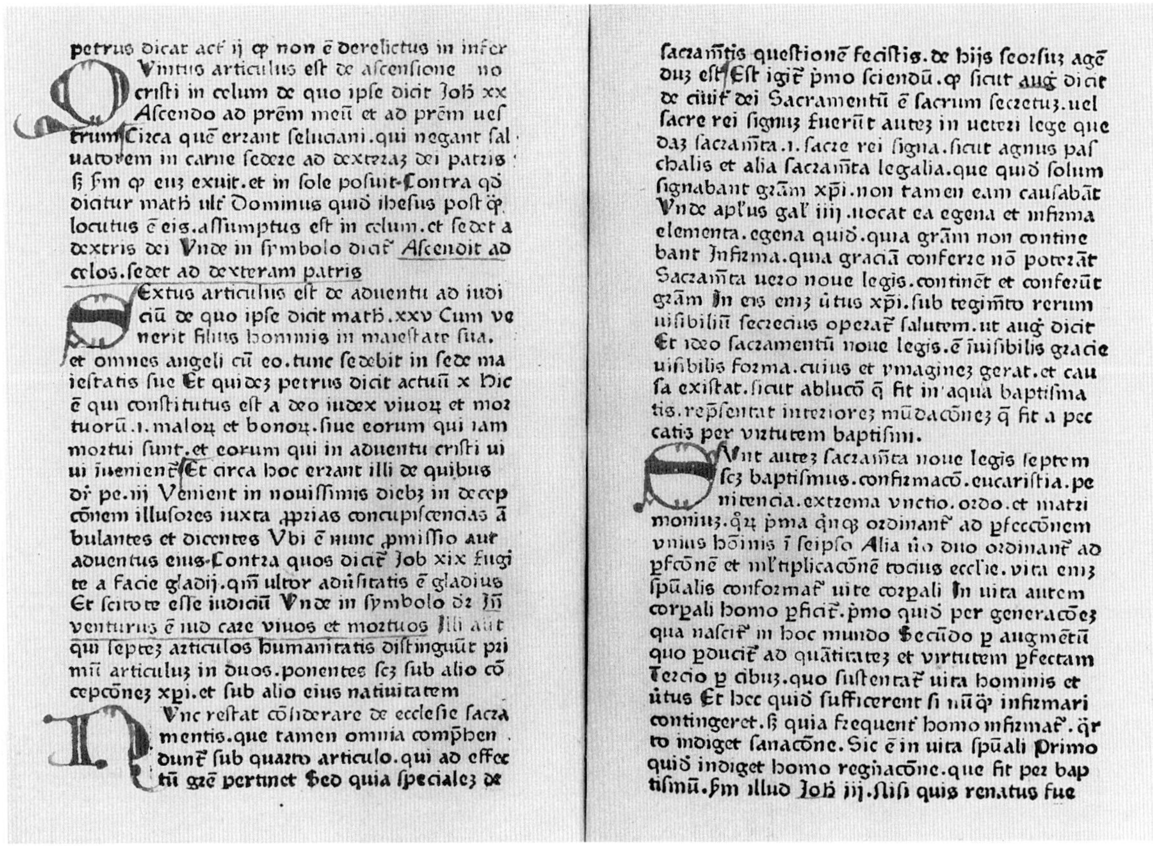

petrus dicat act' ij ꝙ non ē derelictus in infer
Vintus articulus est de ascensione no
cristi in celum de quo ipse dicit Joh xx
Ascendo ad prēm meū et ad prēm uest
trum Circa quē errant seleuciani.qui negant sal
uatorem in carne sedere ad dexteraʒ dei patris
ꝭ ꝭm ꝙ euʒ exuit.et in sole posuit.Contra qd
dicitur math ult Dominus quid ihesus post ꝙ
locutus ē eis.assumptus est in celum.et sedet a
dextris dei Vnde in simbolo dicit Ascendit ad
celos.sedet ad dexteram patris
Sextus articulus est de aduentu ad iudi
ciū de quo ipse dicit math.xxv Cum ve
nerit filius hominis in maiestate sua.
et omnes angeli cū eo.tunc sedebit in sede ma
iestatis sue Et quideʒ petrus dicit actuū x Hic
ē qui constitutus est a deo iudex viuoꝝ et mor
tuorū.i.maloꝝ et bonoꝝ.siue eorum qui iam
mortui sunt.et eorum qui in aduentu cristi ui
ui inuenient Et circa hoc errant illi de quibus
dr pe.iij Venient in nouissimis diebꝫ in decep
cōnem illusores iuxta ꝓprias concupiscencias ā
bulantes et dicentes Vbi ē nunc ꝓmissio aut
aduentus eius.Contra quos dicit Job xix fugi
te a facie gladij.quī ultor adūsitatis ē gladius
Et scitote esse iudiciū Vnde in symbolo dr Jn
venturus ē iudicare viuos et mortuos Jsti aut
qui septeʒ articulos humanitatis distinguūt ṗi
mū articuluʒ in duos.ponentes scʒ sub alio cō
cepcōneʒ xpi.et sub alio eius natiuitatem
Vnc restat cōsiderare de ecclesie sacra
mentis.que tamen omnia comphen
dunt sub quarto articulo.qui ad effec
tū grē pertinet Sed quia speciales de

sacramētis questionē fecistis.de hijs seorsuʒ agē
duʒ est Est igit ṗmo sciendū.ꝙ sicut aug dicit
de ciuit dei Sacramentū ē sacrum secretuʒ.uel
sacre rei signuʒ fuerūt auteʒ in ueteri lege que
daʒ sacramēta.i.sacre rei signa.sicut agnus pas
chalis et alia sacramēta legalia.que quidē solum
signabant grām xpi.non tamen eam causabāt
Vnde apl'us gal' iiij.uocat ea egena et infirma
elementa.egena quidē.quia grām non contine
bant Jnfirma.quia graciā conferre nō poterāt
Sacramēta uero noue legis.continēt et conferūt
grām Jn eis enim ūtus xpi.sub tegimēto rerum
uisibiliū secrecius operat salutem.ut aug dicit
Et ideo sacramentū noue legis.ē inuisibilis gracie
uisibilis forma.cuius et ymagineʒ gerat.et cau
sa existat.sicut ablucō q̄ fit in aqua baptisma
tis.repͥsentat interioreʒ mūdacōneʒ q̄ fit a pec
catis per virtutem baptismi.
Sunt auteʒ sacramēta noue legis septem
scʒ baptismus.confirmacō.eucaristia.pe
nitencia.extrema vnctio.ordo.et matri
moniuʒ.q̄ꝝ ṗma q̄nqꝫ ordinant ad ꝑfeccōnem
vnius hōmis ī seipso Alia uō duo ordinant ad
ꝑfcōnē et mltiplicacōnē tocius eccl'ie.vita enim
spūalis conformat uite corpali Jn uita autem
corpali homo ꝑficit.ṗmo quidē per generacōeʒ
qua nascit in hoc mundo Secūdo ꝑ augmētū
quo ꝑducit ad quātitateʒ et virtutem ꝑfectam
Tercio ꝑ cibuʒ.quo sustentat uita hominis et
ūtus Et hec quidē sufficerent si nūq̄ infirmari
contingeret.ꝭ quia frequent homo infirmat.q̄r
to indiget sanacōne.Sic ē in uita spūali Primo
quidē indiget homo regnacōne.que fit per bap
tismū.ꝭm illud Joh iij.Nisi quis renatus fue

Abb. 9 **Thomas Aquinas: Summa de articulis fidei, 34-zeilige Ausgabe (Kat.-Nr. GM 156). Gutenberg-Museum Mainz**

entfalle Mainz als Ursprungsort, wofür ebenfalls das sehr vage formulierte Kolophon spreche: Humery hätte nach Gutenbergs Tod die Catholicon-Typen eigentlich einer Mainzer Druckerei anbieten müssen, sie dann aber wohl dem überregionalen Konsortium zur Verfügung gestellt. In verschleiernder Absicht nenne die Schlussschrift deshalb auch 1460 als Druckdatum.

Hier offenbaren sich die beiden neuralgischen Punkte in Hellingas Argumentation. Um den Termin 1469 für das Catholicon halten zu können, muss sie nicht nur gegen wahrscheinliche Papier- und Schriftdatierungen argumentieren, sondern für das Kolophon einen Druckfehler oder eine Verschlüsselung annehmen sowie in der Inschrift des Gothaer Exemplars, die als Ankaufsjahr 1465 nennt, eine Fälschung sehen. Neben dem zeitlichen Problem ergibt sich ein organisatorisches. Obwohl Hellinga zu Recht betont, dass bereits die B42-Werkstatt die Aufteilung einer Druckvorlage an verschiedene Pressen handhabte, fragt man sich, warum die Catholicon-Drucker dann nicht dieser bewährten Vorgehensweise folgten. Während normalerweise der Text dividiert, der jeweilige Part abgesetzt und dann der betreffende Anteil über die volle Auflage gedruckt wurde, mussten die Catholicon-Drucker den gemeinsamen Stehsatz – pro Seite etwa 10 Kilogramm[75] – von Offizin zu Offizin, womöglich von Stadt zu Stadt verfrachten. Abgesehen von den enormen Kosten allein für das Typenmaterial und den Risiken des Transports sowie der Gefahr einer ungewollten Auflösung der Druckform – trotz Drahtsicherung – erforderte eine solche Vorgehensweise eine penibel durchdachte Planung und große zeitliche Disziplin aller Beteiligten.

Neue Erkenntnisse hinsichtlich dieser kontroversen Problemstellung erhoffte man sich in den 1990er Jahren durch anders geartete Zugangsweisen. Während die Röntgenfluoreszensanalyse der Druckerschwärze des Catholicon keine zuverlässigen Zuschreibungen erlaubte, lieferte die Untersuchung von Punkturmustern in frühen, großformatigen Inkunabeln bessere Ergebnisse.[76] Um das Papier immer an der gleichen Stelle zu bedrucken, befestigte man es auf dem Rahmen der Presse mit Nadeln oder Stiften. Während die so entstehenden Löcher etwa seit 1470 im Falz platziert und damit nach dem Binden unsichtbar wurden, hinterließen die Stifte vorher für jeden Drucker charakteristische Muster im Papier oder Pergament, so auch bei den drei Catholicon-Ausgaben. Während für die Galliziani-Edition nur Peter Schöffer in Frage kommt, verweist das Punkturmuster der Turm-Krone-Bücher auf den Straßburger Mentelin oder den Augsburger Günther Zainer, wenn man 1469 als Entstehungsjahr annimmt, bei 1472 dagegen auf Eggestein in Straßburg, den anonymen Drucker der »Flores« in Köln oder Ruppel in Basel. Besondere Probleme bieten die Punkturen der Pergament- und Ochsenkopf-Exemplare. Die etwas altmodische Form ihrer Einstiche verhindert die Zuordnung an einen bekannten Drucker im Jahre 1469. Eher passen sie ins Jahr 1460 und führen dann in den engsten Umkreis Gutenbergs.

Ebenfalls betroffen von den ungelösten Problemen des Catholicon sind drei kleinere Drucke in Quartformat, erschienen ohne Angabe von Ort und Jahr: die beiden Ausgaben von Thomas von Aquins »Summa de articulis fidei« zu 34 bzw. 36 Zeilen (Abb. 9, 10; Kat.-Nr. GM 156, 157) sowie der »Tractatus rationis et conscientiae« des Matthaeus de Cracovia (Kat.-Nr. GM 158). Auch sie weisen neben der identischen Schrift die für das Catholicon charakteristische Doppelzeiligkeit auf und wurden, ohne diese zu berücksichtigen, aufgrund des Typenzustands als vor bzw. gleichzeitig mit dem damals noch 1460 datierten Catholicon angesetzt.[77]

Wie bereits erwähnt, kommen Catholicon-Typen – und nun tatsächlich die Typen, wenn wohl in begrenztem Vorrat – ergänzt durch einige Zeichen aus dem 31-zeiligen Ablass, im »Vocabularius ex quo« vor. Das für Lateinschüler gedachte Wörterverzeichnis wurde von Heinrich Bechtermünze begonnen und nach seinem Tod von seinem Bruder Nikolaus zusammen mit Wigand Spieß (Spyesz) von Orthenberg 1467 vollendet. 1469 brachte Nikolaus Bechtermünze eine kaum veränderte zweite Ausgabe heraus. Da beide Bücher in ihrer Schlussschrift Drucker, Jahr und Ort nennen, bestehen an der Urheberschaft keine Zweifel. Für die dritte, 1472 publizierte Edition verwendete die ungenannte Eltviller Offizin die Type des 31-zeiligen Ablasses, auf kleinere Kegel gegossen und zum Teil mit veränderten Neuschnitten ausgestattet,[78] ebenso für die »Summa de articulis fidei« des Thomas von Aquin.[79] Die Typen der 1477 (eventuell 1476) erschienenen vierten Ausgabe des »Vocabularius« stammen höchstwahrscheinlich aus dem Vorrat des Speyerer Druckers Peter Drach. Entweder hatte er sie der Eltviller Werkstatt geliehen oder diese druckte in seinem Auftrag. Ihre letzten überkommenen Arbeiten stammen aus dem Jahr 1480: Die Schützenmeister und Schießgesellen gaben eine Einladung zum Armbrustschießen am 26. Mai 1480 in Auftrag, und ein weiterer Einblattdruck in der Catholicon-Type, der Ablass zum Besten des Kampfes gegen die Türken und der Verteidigung von Rhodos, kam heraus.

Unbestreitbar stehen die Drucke in der Catholicon-Type sowie die Eltviller in einem wie auch immer gearteten Zu-

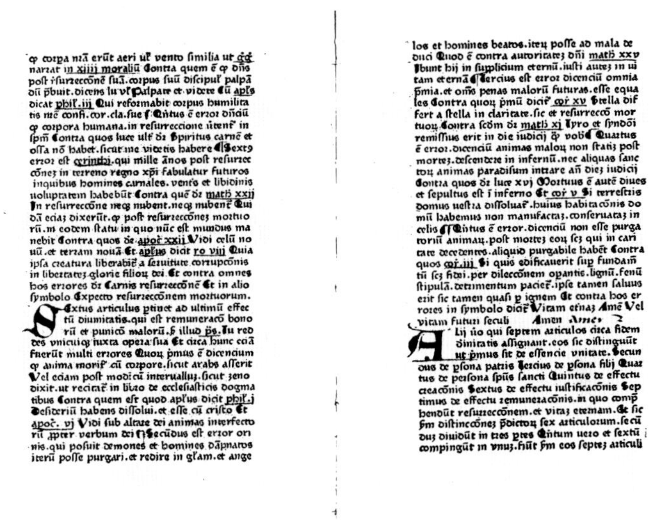

Abb. 10 **Thomas Aquinas: Summa de articulis fidei, 36-zeilige Ausgabe (Kat.-Nr. GM 157). Universitätsbibliothek Freiburg im Breisgau**

sammenhang. Dies bedeutet allerdings nicht, dass alle vom selben Drucker stammen oder in Eltville entstanden. Vielmehr fand offenbar eine Teilung des Typenapparats statt. Als Fixpunkte innerhalb einer Chronologie müssen die Ablassbriefe für Neuhausen (1461/62), der Trinitarier-Ablass (1464) sowie die beiden datierten Ausgaben des »Vocabularius ex quo« (4. November 1467 und 5. Juni 1469) gelten. Aufgrund dieser Daten sowie typographischer Vergleiche und Wasserzeichen konstruierte Needham eine Entwicklungslinie, an deren Anfang der 36-zeilige Thomas von Aquin sowie der auf gleichzeitigem Papier gedruckte Matthaeus de Cracovia (erste Auflage) stehen, beide kurz vor dem Catholicon-Druck von 1460. Es folgen die Ablässe (1461, 1462, 1464), die Vocabularius-Ausgaben von 1467 und 1469, Letztere zusammen mit der zweiten Catholicon-Auflage, dem 34-zeiligen Thomas von Aquin und einem weiteren Druck des Matthaeus de Cracovia. Zwischen diesen

Werken und dem letzten Catholicon (1472) entstand der Eltviller Thomas von Aquin in der nachgebildeten Donat-Kalender-Type.[80] Den Schlusspunkt bilden die beiden Einblattdrucke von 1480. Bis 1460 muss man bei dieser Abfolge von einem einzigen Drucker, nach Needhams Dafürhalten Gutenberg, ausgehen. Dieser erstellte eventuell 1461, 1462 und 1464 die Ablassbriefe, die ganz oder teilweise aber auch schon in Eltville entstanden sein können, ebenso wie die erste Ausgabe des Vocabularius ex quo. Ob Gutenberg an den Eltviller Drucken in irgendeiner Form beteiligt war, entzieht sich unserer Kenntnis, doch muss er zumindest seine Typen dorthin gegegeben haben.

Für Lotte Hellinga stellt sich die Chronologie zwangsläufig anders dar, da sie alle Catholicon-Ausgaben um 1469 entstanden sieht, und damit unvermeidlich in engem zeitlichem Zusammmenhang den Thomas von Aquin sowie den Matthaeus de Cracovia. Zudem diente in ihren Augen der Eltviller Thomas von Aquin als Vorlage für den 36-zeiligen in der Catholicon-Type. Daher entsteht bei ihr folgende Chronologie, bei der die starke Kumulation der Drucktätigkeit um 1469 ins Auge fällt:[81] Ablassbriefe für Neuhausen (1461/62), der Trinitarier-Ablass (1464), die beiden Vocabularius-Ausgaben (1467 und 1469), ebenfalls um 1469 der Eltviller Thomas von Aquin in der nachgebildeten Donat-Kalender-Type, unmittelbar darauf der 36-zeilige sowie der 34-zeilige Thomas von Aquin kurz vor dem Catholicon-Druck, dicht gefolgt von den Quartbändchen des Matthaeus de Cracovia und beendet von den Einblattdrucken 1480.

Diese sehr gegensätzlichen Stellungnahmen der beiden erfahrenen Inkunabelforscher Lotte Hellinga und Paul Needham veranschaulichen nicht nur prägnant die Schwierigkeiten der analytischen Bibliographie, sondern haben auch Auswirkungen auf die Beurteilung von Gutenbergs Schaffen. Durch Hellingas Spätdatierung des Catholicon kommt der 1468 verstorbene Gutenberg als Drucker höchstens für die Ablässe 1461/62/64 in Betracht. Dennoch rekonstruiert sie mit aller Vorsicht einen möglichen Verlauf, der auch Gutenberg berücksichtigt. Danach besaß zunächst dieser die Catholicon-Type, das Ochsenkopfpapier und andere Werkstatteinrichtungen, dank eines Darlehens von Dr. Humery. Widrige Umstände, darunter die Mainzer Stiftsfehde, Alter, Geldmangel sowie politische und soziale Unsicherheit verhinderten jedoch weitgehend die Realisierung von Gutenbergs Plänen, zu denen vielleicht der Druck des Catholicon zählte. Nach seinem Tod ging das Druckzubehör in Humerys Besitz über, für den es zunächst totes Kapital darstellte. Erst als ein Konsortium, das möglicherweise auf sein Betreiben hin zustande kam, den Druck des Catholicon (und dann ja wohl der Quartbändchen des Thomas von Aquin und des Matthaeus de Cracovia) durchführte, wobei es neben dem Typenmaterial die alten Papier- und Pergamentbestände Gutenbergs aufbrauchte und durch neue ergänzte, erhielt Humery sein Geld zurück. Zudem konnten andere Gläubiger, darunter vielleicht Drucker des Konsortiums, befriedigt werden.[82] Hellinga äußert sich nicht zum mutmaßlichen Drucker der frühen Catholicon-Ablassbriefe, ebenso wenig zu der Frage, wie ein Teil der Catholicon-Typen bereits vor Gutenbergs Tod zu den Brüdern Bechtermünze gelangte. Doch stellt die Klärung dieser Punkte kein unüberwindliches Hindernis dar. Gutenberg selbst kann die Ablässe gedruckt und die Typen nach Eltville gegeben haben.

Noch zurückhaltender als Hellinga äußert sich Needham zu Gutenbergs Rolle innerhalb der Catholicon-Werkstatt, doch sieht er in ihm ohne jeden Zweifel den Drucker der ersten Catholicon-Ausgabe 1460 und damit als frühen Erfinder eines typographischen Systems, das für den späteren Gebrauch eine relativ problemlose Aufbewahrung erlaubt. Obwohl diese Erfindung Mainz niemals verließ und höchstens in der Erinnerung einiger Kartenhersteller des 16. Jahrhunderts lebendig blieb, habe sie doch in drei Büchern ihre Spuren hinterlassen und stelle die erste Lösung hinsichtlich des permanenten Bedarfs nach Neuauflagen im Buchdruck dar.[83]

Schlussfolgerungen

Als Gutenberg zwischen 1444 und 1448 nach Mainz zurückkehrte, war er ein erfahrener, nicht ganz unbemittelter Unternehmer, dessen Geschäftsgebaren ein bestimmtes Schema aufwies: Er nutzte technische Verfahren, um die Herstellung handwerklicher Produkte zu optimieren und dann preiswerter und/oder in größerer Menge zu verkaufen. Eine weitere Einkommensmöglichkeit bestand darin, diese Kenntnisse über die neue Produktionsweise gegen Bezahlung weiterzugeben, wie etwa in Straßburg die Edelsteinschleiferei oder die Vervielfältigung von Pilgerspiegeln. Dasselbe Modell lag vermutlich dem Projekt »aventur und kunst« zugrunde, für das Gutenberg von seinen Teilhabern in Straßburg Geheimhaltung verlangte. Dabei könnte es sich – über die Pilgerspiegel-Produktion hinaus – um erste Druckversuche gehandelt haben. Dieses Vorhaben, über dessen Entwicklungsstand sich nur mutmaßen lässt, wurde durch den Tod von Andreas Dritzehn abrupt beendet.[84]

Wie sich jedoch zeigt, muss Gutenberg sein Vorhaben während der nächsten Jahre weiter verfolgt und bei seiner Rückkehr in seine Heimatstadt zur Produktionsreife entwickelt haben. Nun benötigte er über sein eigenes Vermögen hinaus zusätzliches Kapital, weshalb Gelthus ihm einen Kredit vermittelte, vermutlich, um mit dem Einrichten einer Werkstatt beginnen zu können. Seine Vorstellungen hinsichtlich des Buchdrucks hatten sich mittlerweile wohl konkretisiert, er ließ eine Presse und andere notwendige Gerätschaften nach seinen Wünschen herstellen und nach einigen Testläufen Verbesserungen daran vornehmen. Die geeignete Zusammensetzung für das Schriftblei und die Druckerschwärze musste gefunden werden, ebenso einige vertrauenswürdige Helfer, denn zu diesem Zeitpunkt war ihm sicher an einer gewissen Geheimhaltung gelegen. Da es kein ausgebildetes Personal gab, suchte Gutenberg vermutlich Männer mit Grundkenntnissen (Schreiber, Briefdrucker o. ä.) und schulte sie selbst. Zunächst spielte sich dieses ganze Unternehmen sicher noch in kleinem Rahmen ab, einige Probedrucke entstanden, vielleicht schon kleinere Druckwerke wie Donate oder die Sibyllenweissagung.[85] Schrift, Gerätschaften und Vorgehensweise wurden weiter optimiert. Als Fust 1449/50 Gutenberg einen hohen Kredit gewährte, für den die Werkstatteinrichtung als Sicherheit diente, muss das bis dahin bestehende Projekt den Geldgeber überzeugt haben, sonst hätte er sich wohl kaum auf eine derart kostspielige und riskante Unternehmung eingelassen.

Wieder einmal hatte der findige Unternehmer Gutenberg ein Projekt lanciert, dessen Realisierung für Investoren mit spekulativen Tendenzen hohen Gewinn versprach. Fust, überzeugt von der Rentabilität, riskierte nochmals hohe Summen, diesmal allerdings für ein gemeinsames »Werk der Bücher«. Juristisch gesehen handelte es sich dabei um einen Gesellschaftsvertrag, mit Gutenberg als alleinigem technischem und geschäftlichem Leiter. Fust investierte immense Beträge für laufende Kosten, Gutenberg seine Arbeitskraft, sein Know-how und die Werkstatteinrichtung.[86] Es ist ungewiss, ob dieser Gesellschaftsvertrag nur für einen festgelegten Zeitraum oder ein bestimmtes Werk galt, wie sich die Gewinnausschüttung gestaltete, wann, wie und warum sich die Gesellschaft auflöste und inwieweit ein Prozess in dieser Hinsicht endgültige Fakten schuf.[87]

Im Mittelpunkt des Unternehmens stand höchstwahrscheinlich die B42. Die mit der ersten Produktion eines so umfangreichen Werks verbundenen Schwierigkeiten lassen sich gut vorstellen: Gerätschaften, Schriften und Personal mussten vervielfacht werden, der Bedarf an Material – große Mengen an Blei und anderen Metallen für die Schrift, Ingredienzen für die Druckfarbe, Pergament und Papier aus Italien – stieg drastisch an. Trotzdem fühlte sich Gutenberg – zieht man seine Vorgehensweise in Straßburg in Betracht – diesen Herausforderungen vermutlich durchaus gewachsen. Schon dort hatte er wie ein gut organisierter moderner Manager zur Verwirklichung seiner Ideen Spezialisten herangezogen und kritische Situationen mit kühlem Kopf gemeistert.

Über die Druckwerkstatt der B42 sind wir ebenso wenig informiert wie über Gutenbergs mögliche zweite Werkstatt (seine »Urdruckerei«) für Akzidenzdrucke.[88] In wirtschaftlicher Hinsicht hätte es sich wohl kaum rentiert, neben dem kosten- und personalintensiven Bibelprojekt, an dessen schneller Abwicklung ihm gelegen sein musste, eine zusätzliche Offizin lediglich für eine paar kleine Drucke zu unterhalten. Die Rentabilität einer solchen Aufteilung steht in Frage, da sicher auch die Bibelwerkstatt solche kleinen Aufträge, die schnelles Geld brachten, erlaubte.

Weiterhin besteht Ungewissheit über das Publikationsdatum der B42. Neuere Untersuchungen sprechen sich für die erste Hälfte von 1454 aus, wobei Teile, etwa die erste Auflage oder ein Band, schon 1453 zur Verfügung gestanden haben könnten.[89] Ob allerdings mit der Beendigung des Bibelunternehmens generell die Beziehungen zwischen Fust und Gutenberg ein Ende fanden, muss offen bleiben. Selbst wenn neuere Forschungen dafür plädieren, die Werkstatt und dann ja wohl auch die Typenapparate bei Gutenberg zu belassen,[90] bleibt immer noch die Möglichkeit, dass Fust einen Teil der Schriften und Gerätschaften übernahm, sei es durch Kauf oder interne Verrechnung. Ein derartiges Arrangement könnte sogar Teil des Vertrages gewesen sein, ebenso wie eine Abmachung, Fust oder einen Mann seines Vertrauens in die Geheimnisse der Schwarzen Kunst einzuweihen. In Straßburg hatte Gutenberg mit derartigen Kontrakten großen Erfolg gehabt, ja sogar Mitarbeiter wie Keffer, Ruppel oder Jenson könnten Lehrgeld bezahlt haben.

Nach wie vor ungeklärt bleibt das Schicksal der Schriften. Während der Apparat der B42 nach der Trennung entweder an einen der beiden Gesellschafter ging oder unter ihnen aufgeteilt wurde, deuten bei der Donat-Kalender-Type Indizienbeweise auf Gutenberg als Besitzer. Mit ihr wurden zahlreiche Werke gedruckt, darunter das deutschsprachige Sibyllenbuch, der Türkenkalender (ebenfalls deutsch), die 31-zeiligen Ablassbriefe, die Türkenbulle in Deutsch und Latein, ein deutscher Aderlasskalender, der Cisioianus (ein mnemotechnischer Einblattdruck für Kirchenfeste in deutscher Sprache), der Einblattdruck »Oratio Respice Domine«, das »Provinciale omnium ecclesiarum« und mehrere Ausgaben der lateinischen Schulgrammatik des Aelius Donatus.

Schon bei oberflächlicher Betrachtung dieser Liste fällt die literarische Vielfalt ins Auge. Gutenbergs Unternehmungen beinhalteten also mitnichten lediglich den Druck einer Bibel, sondern deckten eine breite Palette vom lateinischen Ablassbrief zum deutschen Versepos, vom Schulbuch zum Einblattdruck ab. Es handelt sich dabei vornehmlich um weniger umfangreiche Werke, die Abnehmer aus den verschiedensten Leserkreisen ansprachen. Für diese Kleindrucke bedurfte es vergleichsweise geringer Investitionen, deren baldige Refinanzierung sich dank kurzer Produktionsdauer und schnellem Absatz abzeichnete – insgesamt also eine nicht zu unterschätzende Einkunftsquelle. So versprachen etwa die Donate einen sicheren, ansehnlichen Gewinn, gehörten sie doch zur stark strapazierten Pflichtlektüre eines jeden Lateinschülers. In noch besserem Kosten-Nutzen-Verhältnis standen die Ablassbriefe. Bei geringen Ausgaben für den Satz gingen ihre Auflagen in die Tausende – bei garantierter Abnahme durch den Auftraggeber.[91]

Durch den Druck unterschiedlicher literarischer Stoffe streute Gutenberg sein unternehmerisches Risiko, wobei er dank des geringen Umfangs und zunächst kleiner Auflagen den Markt ohne allzu großen Verlust erforschen konnte. Umfangreichere Produktionen überforderten allerdings Gutenbergs Kapazitäten und Kapitaldecke. Für derartige Projekte suchte er nach anderen Lösungen, wie der Druck der B42, der B36 und des Catholicons zeigt. Während Gutenberg bei der B42 auf die bewährte Methode einer Gesellschaft zurückgriff, fand bei der B36 offenbar ein klassischer Technologie-Transfer statt, in dessen Rahmen Gutenberg sein Know-how, ausgebildetes Personal und Geräte nach Bamberg vermittelte. Auch hier könnte der Vertrag die Vermittlung der Technik (an Pfister?) sowie die Übernahme von Typen und Gerätschaften beinhaltet haben. Da Gutenberg nicht die gesamte Schrift nach Bamberg gab, hatte er vermutlich noch andere Pläne mit ihr – sei es zur eigenen Verwendung, sei es als marktwertes Betriebskapital. Warum in Bamberg nicht mit der bewährten B42-Type gearbeitet wurde, lässt sich nicht mit Sicherheit sagen. Entweder gefiel dem Geldgeber die Donat-Kalender-Type besser, vielleicht erschien ihre Größe für ein Vorlese-Exemplar geeigneter, vielleicht hatte Gutenberg die B42-Type aber auch verpfändet. Dies muss nicht unbedingt durch Fust geschehen sein,[92] da die Schrift jedem anderen Gläubiger als Sicherheit gedient haben kann. Insgesamt entwickelte sich das B36-Unternehmen für Gutenberg sicher günstig, obwohl wir über die Abwicklung noch weniger wissen als bei der B42. Weder steht der Beginn der Arbeiten in Bamberg fest, noch die Zahlungsmodalitäten. Während sich der eine Forscher für ein Frankfurter Bücher-Konsortium ausspricht, das den Druck gefördert haben soll, glaubt der andere an eine Finanzierung aus der bischöflichen Kasse.[93] Auch ob Gutenberg selbst den Druck in Bamberg leitete, pendelnd zwischen der Arbeit in der Werkstatt und dem geistreichen Leben der gebildeten bischöflichen Hofgesellschaft,[94] oder ob er selbst in Mainz blieb und seinen Gesellen Heinrich Keffer schickte,[95] bleibt letztendlich im Bereich des Spekulativen.

Allerdings kann Gutenberg nicht gleichzeitig in Bamberg den Druck der 1459/60 abgeschlossenen B36 geleitet und in Mainz am Catholicon gearbeitet haben. Teilt man Needhams Datierung, muss Gutenberg in Mainz geblieben sein, um das slug-Verfahren zu entwickeln und den entsprechenden Druck zu betreuen. Ein zusätzliches Einkommen aus dem Technologie-Transfer nach Bamberg wäre ihm zu diesem Zeitpunkt sicher besonders gelegen gekommen, da Entwicklungskosten und Druck des Catholicon Kapital banden. Argumentiert man mit Lotte Hellinga, so kann man Gutenberg getrost einen Aufenthalt in Bamberg gönnen, denn für den Schnitt der Catholicon-Type und den Druck der beiden Neuhauser Ablassbriefe 1461/62 blieb ihm noch ausreichend Zeit. Nach der Mainzer Stiftsfehde befand sich die Catholicon-Schrift entweder bereits in fremdem Besitz oder Gutenberg nahm seinen Druckereibetrieb wieder auf, denn 1464 erschien der Ablassbrief für den Trinitarier-Orden. In diese Catholicon-Werkstatt hatte vermutlich Humery investiert, weshalb er nach Gutenbergs Tod die Einrichtung erhielt. Ob dessen Ernennung zum Hofmann im Januar 1465 den Druck des Vocabularius ex quo in Eltville beeinflusste, wo sich der Hof Erzbischof Adolfs von Nassau befand, bleibt Spekulation. Allerdings wären die Parallelen zum Druck der B36 bezeichnend: In beiden Fällen fördern hohe geistliche Herren die Einrichtung einer Werkstatt, wobei Gutenberg zumindest bei deren Ausstattung, vielleicht sogar beim Druck berät. Wieder geht nicht der gesamte Typenapparat, sondern lediglich ein Schrift-Satz nach Eltville, wieder ist ungewiss, ob Gutenberg selbst die neue Technologie vermittelt oder ob ein anderer Mainzer den Brüdern Bechtermünze Hilfestellung leistet.

Zur Rekonstruktion von Gutenbergs letztem Lebensabschnitt lassen sich also einige Thesen, jedoch kaum harte Fakten formulieren. Einige Beobachtungen verdienen aber eine besondere Erwähnung, da sie eine Interpretation von Gutenbergs Lebenswandel nach dem Prozess mit Fust zulassen. Da ist zunächst das Verschwinden der Donat-Kalender-Type sowie der B42-Type aus den Druckwerken in der zweiten Hälfte der 1450er Jahre, und zwar nicht im Zusammenhang mit dem Fust-Prozess, sondern erst etwas später. Vermutlich behielt Gutenberg beide Typen nach der Trennung von Fust und druckte zunächst auch weiter mit ihnen. Da alle Schriften Gutenbergs nach seinem Tod wieder auftauchen, müssen sich zumindest die Stempel und Gussformen weiterhin in Gutenbergs Besitz befunden haben. Nach dessen Tod gingen sie an Dr. Humery über, der sie veräußerte – vermutlich an Schöffer, denn in seinen Werken taucht nun die Schrift der B 42 auf und vieles weist bei der Galliziani-Ausgabe des Catholicon auf ihn.[96] Die Typen selbst könnte Gutenberg eingeschmolzen haben, da er Material für das Catholicon-Projekt benötigte. Ob es sich dabei um einen traditionellen Druck handelte oder aber um eine neue Erfindung, bleibt ungeklärt. Sicher war gerade die Frühzeit des Inkunabeldrucks eine experimentelle Phase. Auch Fust und Schöffer erprobten eine neue und komplizierte Technik des Mehrfarbendrucks, der jedoch der Erfolg und die Nachahmung durch andere Drucker versagt blieben (Kat.-Nr. GM 170 a+b). Zudem fügt sich Needhams These in die sonstige Vorgehensweise Gutenbergs ein, noch einmal wiederholt sich ein bereits bekanntes Verhaltensmuster: Gutenberg schöpft seine gesamten finanziellen Ressourcen aus und beleiht seine Werkstatteinrichtung, um eine neue Idee zu realisieren. Humery jedenfalls – wie vor ihm schon Fust, die Brüder Dritzehn und vermutlich einige uns unbekannte Geldgeber – scheint Zutrauen in das Unternehmen zu haben und investiert; Gutenberg überzeugt offenbar nicht nur als Erfinder, sondern auch als Geschäftsmann: Alle von ihm hergestellten Bücher – lateinische Bibel, Catholicon, vielleicht auch das Vocabularius – sind erfolgreiche Produktionen und erleben mehrere Auflagen.

In diesem Zusammenhang sollte man sich bewusst machen, dass dem Buchdruck im 15. Jahrhundert nicht das nostalgische Flair anhaftete, das wir heute mit ihm verbinden, sondern die Atmosphäre des absolut Modernen, Fortschrittlichen und geistig Gewagten. Entsprechend fragwürdig ist die Auffassung besonders der älteren Forschung von einem sozial deklassierten Gutenberg (die Familie der Mutter gehörte nicht dem Mainzer Patriziat an), den seine Frustrationen zum eigenbrötlerischen, wirklichkeitsfremden Handwerker machten. Es sei dahingestellt, inwieweit ein solches Außenseitertum der Realität des ausgehenden 15. Jahrhunderts mit seinen sich auflösenden Gesellschaftsformen entsprach, doch entwerfen bestimmte Beobachtungen ein anderes Bild. Zunächst sollte man sich davor hüten, unsere heutige Vorstellung vom mittelalterlichen Handwerker auf die Inkunabeldrucker zu übertragen. Die wenigsten von ihnen hatten eine handwerkliche, die überwiegende Mehrheit dagegen eine universitäre Ausbildung.[97] Damit zählten sie zur geistigen Elite ihrer Zeit, und ihre technisch-innovative Arbeit als Drucker entsprach durchaus der Vorstellung vom Universalgelehrten der aufkommenden Renaissance. Denn ein spätmittelalterlicher Druckherr leistete nicht etwa zwölf Stunden am Tag an der Presse Knochenarbeit, sondern er musste sich mit angewandten chemischen und physikalischen Problemstellungen wie dem Stempelschnitt, dem Schriftguss, dem Pressenbau, Bleilegierungen und Farben beschäftigen und neben kaufmännischen Fähigkeiten über Literaturkenntnisse auf allen klassischen Bildungsgebieten verfügen, außerdem über ästhetisches und künstlerisches Formgefühl – selbst für einen geschulten Intellekt also durchaus eine Herausforderung. Dieselbe Denkart bewog den bekannten Florentiner Goldschmied Bernardo Cennini del Fora, zusammen mit seinem Sohn Domenico und mit seinem Sohn Petrus als Herausgeber und Korrektor den »Commentarius in Vergilium« des Servius Maurus Honoratus zu drucken. Die zwischen 1471 und 1472 erschienene dreibändige Edition kombiniert die Manifestation humanistischen Geistes mit hoher Kunstfertigkeit, wie die Schlussschrift deutlich verkündet: *Florentinis ingeniis nil ardui est* (Für den Geist der Florentiner ist nichts schwer).[98]

Bei der Herstellung so teurer Kulturobjekte wie Bücher trafen einflussreiche Auftraggeber, wohlhabende Bibliophile und bedeutende Intellektuelle aufeinander. Entsprechend lassen sich auch die Editionen des Patriziersohns und Intellektuellen Johannes Gutenberg, der vermutlich in Erfurt studierte, mit den Namen bedeutender Zeitgenossen verbinden. Einer von ihnen war vermutlich Nikolaus von Kues,[99] Kardinal, weit gereister päpstlicher Legat, kirchenpolitischer Reformer, Humanist und Universalgelehrter. Offenbar früh kam er mit Gutenberg und seiner Erfindung in Kontakt, erkannte ihre Möglichkeiten und förderte sie. Gutenberg wiederum nahm dessen Anregungen auf, sei es beim Catholicon oder seiner Haltung in der Türkenfrage. Auf dem betreffenden Reichstag in Frankfurt im Herbst 1454 vertrat der Cusanus-Freund, Humanist und spätere Papst Pius II., Enea Silvio Piccolomini, dieselbe Haltung. Sicher war es kein Zufall, dass dieser dort jenen »wunderbaren Mann« mit den Bibel-Quinternionen traf. Nun warben Drucke – vermutlich aus Gutenbergs Offizin – für den Kreuzzug gegen die Türken, während andere Gutenberg zugeschriebene Werke eher gelehrten Anforderungen entsprechen. Weit entfernt von einem Mauerblümchen-Dasein, verkehrte Gutenberg mit bedeutenden und einflussreichen Persönlichkeiten – Bischöfen, Erzbischöfen, Kardinälen, kaiserlichen Sekretären und späteren Päpsten –, und auch seine Ernennung zum Hofmann zeugt nicht nur von der Gnade eines Landesherrn, sondern von der sozialen Bedeutung des Beförderten. Abgesehen davon hatte Gutenbergs Erfindung dem Kirchenfürsten, dem Humanisten, dem Politiker und dem modernen Gelehrten gleichermaßen viel zu bieten: Schnelle, publikumswirksame Verbreitung von Ideen, fehlerarme Texteditionen, grenzüberschreitende Kommunikation, kurz – ein Medium am Puls der Zeit.

1 Schwenke 1923, S. 39; Scholderer 1927; Audin 1954; Audin 1957; Presser 1960; Hellinga 1992 (I), S. 39, Abb. 6.

2 Needham 1993 (II), S. 29; Partridge 1986, S. 42–44; Franz 1988, S. 26.

3 Hellinga 1997, S. 58; Boghardt 1999, S. 77, vermutet, dass die modernen Zweizugpressen um 1469/70 zum ersten Mal eingesetzt wurden. Im Catholicon erkannte Needham 1982, S. 438, Anm. 37, noch an den Turm-Krone-Exemplaren, dass immer erst die Vorder- und dann die Rückseite eines Blattes bedruckt worden sei, eine Reihenfolge, wie sie beim Druck mit vollen Formen nicht entstehen könne. Einen anschaulichen Beleg für den nur seitenweisen Druck fand Boghardt 1988, Anm. 69, am Dresdner Pergamentexemplar des Catholicon: »Dort sind die Blätter 343 und 346, die zusammen den Bogen 36/4.7 bilden, nur einseitig bedruckt, und zwar beide nur auf der Vorderseite. (Die Rückseiten sind von alter Hand in der Schriftart der Catholicontype ergänzt.) Auf den Bogen bezogen bedeutet dies, daß jede Bogenseite nur zur Hälfte bedruckt ist (Bl. 343ʳ gehört zur Schöndruck-, Bl. 346ʳ zur Widerdruckseite). Ein solcher Fehldruck hätte, wenn bereits formen- bzw. bogenweise gedruckt worden wäre, wohl kaum zustande kommen können.«

4 Schmidt 1927, S. 9f.

5 Schwenke 1903, Vorwort und S. 3.

6 Zur Problematik der Wasserzeichenforschung und ihrer Hilfe bei der Identifizierung von Druckwerken siehe Gerardy 1969; Weiss 1960; Loeber 1971 und Schnitger/Ziesche/Mundry 1983, S. 49–59; Gerardy 1980; Hellinga 1989, S. 56f.

7 Zuletzt Stromer 1999 mit neuester Literatur; eine genauere Beschreibung der Verfahren bei Zahn 1988 und Zahn 1993.

8 Rosenberg u.a. 1998 beschreiben die Problematik anschaulich.

9 Zuletzt Kapr 1993; s.a. Swierk 1972.

10 Klötzer 1996, S. 9.

11 Vgl. Corsten 1979, S. 36.

12 Zur wirtschaftlichen Situation in Mainz zur Zeit Gutenbergs, Zahlungsverkehr und Rentenmarkt siehe zusammenfassend Rothmann 1998, S. 329–361, 423–448.

13 Ausführliche Erörterung der Zyprischen Ablassbriefe bei Geldner 1972 (I), S. 169ff.

14 Geldner 1972 (I), S. 182ff.

15 Zedler 1913, S. 32.

16 Zur Diskussion um den Türkenkalender siehe: Geldner 1972 (I), S. 161–164; Hubay 1969; Simon 1988.

17 Zu der gesamten Problematik der Donat-Kalender-Type: Kapr 1977, S. 31–50; Kapr 1987, S. 136–193; Geldner 1972 (I); Geldner 1973 (I).

18 Ausführliche Erörterung der Zyprischen Ablassbriefe bei Geldner 1972 (I), S. 169ff.

19 Kanzog 1956.

20 Geldner 1972 (I), S. 178.

21 Ruppel 1940 (I), S. 137; Bruckner 1983, S. 99, Anm. 36–38; Geldner 1972 (I), S. 161 und Anm. 38.

22 Corsten 1979; Hoffmann 1983–1987; Hoffmann 1993 (I); aber auch schon Thiel 1939, S. 67–86.

23 Stammler 1912, S. 18ff.

24 Ruppel 1940 (I).

25 Zahn 1988, S. 83.

26 Kapr 1968 und 1969 (I); Geldner 1972 (I) und 1973 (I).

27 Die Veränderungen der Donat-Kalender-Type und die sich daraus ergebende Chronologie bei Zedler 1934; vgl. dazu die zusammenfassende Kritik an dieser Chronologie bei Geldner 1972 (I) und 1973 (I).

28 Kapr 1993, S. 11ff.; dagegen sprach sich Geldner 1972 (I), S. 153 aus; zur relativen Einordnung innerhalb der Donat-Kalender-Type Geldner 1972 (I), S. 158f.; nuklear-physikalische Untersuchungen erkannten hinsichtlich der Elementarstruktur der Druckfarbe eine enge Verwandtschaft zwischen dem Fragment vom Weltgericht und der B42 (Stein 1986).

29 Zur Datierung der Donate in der Donat-Kalender-Type siehe Geldner 1972 (I), S. 160f.

30 Zur Kontinuität zwischen Handschrift und Buchdruck siehe: Juchhoff 1959, Braches 1991 und Schottenloher 1931.

31 Ausführlich zum Text der B42: Weber 1979.

32 Schneider 1954, S. 79–109; Hoffmann 1993 (I), S. 289f.

33 Powitz 1990, S. 122, Nr. 1 und Nr. 5; S. 126, Nr. 21; eventuell S. 127, Nr. 22 und Nr. 23; S. 129, Nr. 36; S. 132, Nr. 48.

34 Zwar muss es in Mainz zahlreiche Schreib- und Mal-Werkstätten gegeben haben (vgl. Braches 1991, S. 84 f.; König 1979; Stromer 1999, S. 174), doch konkrete Belege, etwa über ihre Namen, Mitarbeiter oder den Standort ihrer Werkstätten, fehlen. Dabei wäre gerade bei den Zyprischen Ablassbriefen, die zunächst handschriftlich vervielfältigt wurden, bis sie schließlich in der neuen Technologie schneller produziert wurden, eine direkte Verbindung denkbar.

35 Corsten 1979, S. 36.

36 Zum Fortleben mittelalterlicher Schreibgewohnheiten in Drucken siehe Juchhoff 1935 und Mazal 1981, S. 56.

37 Corsten 1979, S. 41 ff.

38 Corsten 1979, S. 44 ff.

39 Corsten 1979, S. 51 und Anm. 74.

40 Corsten 1979, S. 51 f.; Hoffmann 1983–1987 (1984), S. 529 und Hoffmann 1983–1987 (1986), S. 536.

41 Schnietger/Ziesche/Mundry 1983, S. 61 ff.; Zahn 1988, S. 82 f.; anders Corsten 1979, S. 52 ff., besonders S. 54 und Hoffmann 1983–1987 (1987), S. 53–59.

42 Vgl. Anm. 3 dieses Textes.

43 Zahn 1993, S. 29.

44 Zahn 1988, S. 84

45 Corsten 1979, S. 54 und Anm. 102; anders Hoffmann 1993, S. 283 ff.

46 Hoffmann 1993 (I), S. 282 ff.

47 Hoffmann 1993 (I), S. 296.

48 Corsten 1979, S. 37 ff.; zuletzt diskutiert bei Hoffmann 1993 (I), S. 255 ff., besonders S. 259.

49 Corsten 1979, S. 53; Hoffmann 1993 (I), S. 195 f.

50 Corsten 1979, S. 36; Hoffmann 1983–1987 (1984), S. 535.

51 Zur Illuminierung der B42 siehe König 1979.

52 Zum Druck der B36 siehe Geldner 1972 (I), S. 167 f. Eine umfassende Dokumentation mit neuester und relevanter Literatur: Christie's 1991.

53 Dold 1951; Christie's 1991, S. 32.

54 Zahn 1988, S. 82 f.

55 Geldner 1984, S. 137 ff.

56 Zedler 1934; vgl. dazu die zusammenfassende Kritik an dieser Chronologie bei Geldner 1972 (I) und 1973 (I).

57 Zuletzt in Christie's 1991, S. 58 f. und S. 26.

58 Die Frage der Drucker wird ausführlich diskutiert bei Dresler 1954.

59 Klötzer 1996, S. 12 f.; Geldner 1984.

60 Geldner 1950, S. 108.

61 Für die Zuordnung des »Catholicon« an Gutenberg siehe Geldner 1961; Kapr 1976 und Hoffmann 1979; zu den damit zusammenhängenden Ablassbriefen für Neuhausen siehe Schmidt 1911 und Thienen 1990.

62 Hoffmann 1979, S. 202.

63 Zur Textüberlieferung siehe Powitz 1988.

64 Zusammenfassung des Forschungsstandes bis 1985 mit relevanter Literatur bei Boghardt 1988.

65 Für Beispiele von vermischten Exemplaren siehe Hellinga 1989, S. 54 und Needham 1991, S. 125.

66 Widmann 1973; Hommel 1975; Widmann 1975 (II).

67 Zusammenfassend Boghardt 1988, S. 143 ff.

68 Needham 1988, 1990, 1991, 1992, 1993 (II).

69 Needham 1988; Needham 1991, S. 101; Needham 1993 (II), S. 25.

70 Zedler 1905, S. 56.

71 Gerhardt 1988; Stümpel 1988; ihre Vorschläge diskutiert in Needham 1988, S. 212 ff.

72 Gerhardt 1988, S. 178 ff. mit Anmerkungen; LGB, Bd. 3, Artikel »Stereotypie«, S. 337.

73 Needham 1988, S. 216 f. und Anm. 19.

74 Hellinga 1989, 1990 (I), 1992 (I), 1992 (II), 1993.

75 Needham 1991, S. 122.

76 Rosenberg u. a. 1998; Boghardt 1999; Boghardt 1988, S. 148 ff.

77 Zedler 1905, S. 49; Geldner 1961, S. 96.

78 Geldner 1972 (I), S. 178; Widmann 1970, S. 201; Needham 1992, S. 272.

79 Widman 1970, S. 201 f.

80 Needham 1991, S. 116–120; Needham 1988, S. 223 ff.; Needham 1991, S. 101; Needham 1992, S. 2171 f.

81 Hellinga 1993, S. 399 ff.; Hellinga 1989, S. 79.

82 Hellinga 1989, S. 68 und 82 ff.

83 Needham 1988, S. 226 ff.

84 Zuletzt diskutiert bei Kapr 1993, S. 9 ff. und Needham 1993 (I), S. 19. Ausführliche Diskussion bei Geldner 1972 (I).

85 Geldner 1972 (I) und 1973 (I).

86 Stammler 1912, S. 17–21.

87 Ausführliche Überlegungen zu diesem Thema bei Hoffmann 1993 (I), S. 259–264.

88 Für eine solche autonome Druckerei sprechen sich vor allem Geldner, Kapr und Ruppel aus, während Painter und Hoffmann eine Gemeinschaftsdruckerei favorisieren. In beiden Fällen bleibt jedoch ungeklärt, wie die Trennung bzw. Gemeinschaft im Einzelnen aussah. Die Möglichkeiten reichen von strengster räumlicher und finanzieller Trennung über eine ideelle Teilung bis zu einem völligen Aufgehen der Urdruckerei in der Gemeinschaftsdruckerei.

89 Hoffmann 1993 (I), S. 264 ff.; Corsten 1979, S. 55 ff.; Geldner 1984, S. 136.

90 Corsten 1979; Hoffmann 1983–1987; Hoffmann 1993 (I); aber auch schon Thiel 1939, S. 67–86.

91 Beispiele dafür bei Hoffmann 1993 (I), S. 304.

92 Dresler 1954, S. 619.

93 Klötzer 1996, S. 9; Geldner 1950, S. 108.

94 Dresler 1954, S. 619 f.

95 Geldner 1950.

96 Boghardt 1999; Boghardt 1988, S. 148 ff.

97 Geldner 1971.

98 Geldner 1970, S. 100 f.

99 Kapr 1972; Sprenger 1999 (I).

Cornelia Schneider

Mainzer Drucker – Drucken in Mainz (II)

Herstellungs- und Vertriebsstrukturen

Als um 1454 in Mainz das erste gedruckte Buch erschien, existierten hier, wie in den übrigen europäischen Städten, bereits Herstellungs- und Vertriebsstrukturen für Handschriften und Kleindrucke:[1] In Klöstern und weltlichen Skriptorien entstanden nach Wunsch des Auftraggebers Manuskripte in unterschiedlichster Qualität und Ausstattung, Buchbinder schufen entsprechend ihre Einbände, Pergament- und Papierhändler belieferten die Handwerker mit Materialien, selbst Farbpigmente aus fernen Ländern standen den europäischen Malerwerkstätten zur Verfügung. Briefmaler und Formschneider versorgten die Gläubigen mit Heiligenbildchen, Gebeten und Andachtswerken, die Schüler mit Grammatiken, Abc- und Rechenbüchlein sowie anderen Lernhilfen und die gesamte Bevölkerung mit Kartenspielen, Almanachen, Planetentafeln, Aderlasskalendern und anderen Traktaten. Der Vertrieb dieser Produkte erfolgte auf unterschiedlichen Wegen. Während die Buch- und Akzidenzproduzenten meist einen geografisch begrenzten Markt belieferten, gelangten Papier, Pergament und andere Materialien normalerweise über den Fernhandel zu den Abnehmern. Für Mainz waren in dieser Hinsicht die Frühjahrs- und Herbstmessen im nahe gelegenen Frankfurt von Bedeutung, ein Umschlagplatz für Waren jeglicher Art.[2]

Der Fundus der wenigen Handschriftenhändler bestand vorzugsweise aus gebrauchten Büchern, da die meisten Werkstätten nicht auf Vorrat, sondern auf Bestellung produzierten und deshalb keinen Zwischenhandel benötigten. Dementsprechend fehlte dem organisierten, auf Bücher spezialisierten Vertrieb schlicht die Ware. Zwar bestand in den Universitätsstädten ein höherer und regelmäßigerer Bedarf an schriftlichen Erzeugnissen, doch blieb der Wirkungskreis der hier mit dem wissenschaftlichen Buchhandel befassten »Stationarii« geografisch beschränkt.[3]

Völlig getrennt vom Handschriftenhandel verlief der Vertrieb von Kleinschriften durch Hausierer oder der Direktverkauf bei kirchlichen Festen oder auf Jahrmärkten.

Mit Gutenbergs Erfindung veränderte sich die Situation grundlegend, da sich das Produktions- und Handelsvolumen vervielfachte. Zwar breitete sich der Buchdruck zunächst relativ langsam aus, was dem Markt eine angemessene Reaktionsphase einräumte, doch etwa seit 1480 florierte das Geschäft in größerem Ausmaß. Während logistische Aufgaben wie Pergament-, Papier-, Gießmetall- und Farb-Beschaffung für die Drucker in verkehrsgünstig gelegenen Städten wie Mainz ein eher nachgeordnetes Problem darstellten, bestand die eigentliche Schwierigkeit im hohen Kapitalbedarf. Selbst wenn eine Werkstatteinrichtung bereits existierte, was an sich schon enorme Kosten verursachte, erforderte der Buchdruck als massenweise Herstellungsart hohe Investitionen, die je nach Produktions- und Absatzdauer relativ lange gebunden blieben. Hinzu trat ein erhöhtes finanzielles Wagnis, da – anders als bei Handschriften – weniger auf Bestellung als auf Vorrat produziert wurde. Diese Risiken hatte bereits Gutenberg erkannt, als er sich für die Herstellung der B42 mit dem Kaufmann Fust zusammentat, und später für seine Vorhaben gezielt unternehmerische Lösungen suchte. Wie er und sein Konkurrent Peter Schöffer waren viele seiner Kollegen der Inkunabelzeit gleichzeitig Drucker und Verleger, die nicht nur ihr handwerkliches Metier beherrschten, sondern über ausreichende Kapitaleinlagen sowie einen geeigneten Vertrieb verfügen mussten. Dies trifft aller Wahrscheinlichkeit nach auch auf die übrigen Mainzer Drucker zu, über deren spezifische Vorgehensweise wir allerdings keinerlei Informationen besitzen. Um sich dennoch ein Bild machen zu können, sollte man sich die allgemeine Situation der Drucker-Verleger sowie die damit verbundenen Probleme und deren Lösungsmöglichkeiten vergegenwärtigen.

Vertriebsformen

Da es noch keine spezifischen Vertriebsformen für Bücher gab, nahmen die ersten Drucker zunächst den Handel mit ihren Produkten – in der Regel ungebundene und nicht ausgestattete Bücher – selbst in die Hand. Dabei lag es nahe, der Druckerei einen Laden anzugliedern, wie dies Günther Zainer tat. Eine seiner Bücheranzeigen – wohl für die nähere Umgebung gedacht – verweist ausdrücklich auf das Augsburger Verkaufslokal.[4] Ob in Mainz einer der Inkunabeldrucker einen solchen Laden unterhielt, wissen wir nicht. In einigen Fällen, etwa beim Verkauf von Pilgerbüchlein in der Nähe einer Wallfahrtsstätte oder bei der Arbeit einer Universitätsdruckerei, mag sich die Abgabe ausschließlich über eine der Offizin angeschlossene Geschäftsstelle rentiert haben. Meist fand aber selbst eine kleine Auflage in einer einzigen Stadt nicht genügend Abnehmer, weshalb ein ausgedehnterer Warenumschlag notwendig wurde. Zwangsläufig kam der Drucker dabei in einen Interessenkonflikt mit seinem Beruf, der eine weitgehende Präsenz in seiner Offizin erforderte. Daher bot es sich an, eine oder mehrere andere Personen mit dem Vertrieb zu beauftragen.

Schon Gutenberg und Fust hatten sich innerhalb ihrer Partnerschaft höchstwahrscheinlich auf eine Arbeitsteilung geeinigt, wobei Gutenberg für den technischen Bereich sorgte, und Fust seine bestehenden Wirtschaftsbeziehungen für den Buchhandel nutzte. Hierin war er derart erfolgreich, dass sich für die B42 noch während ihrer ersten Auflage ein Nachdruck lohnte. Möglicherweise machten Gutenberg und Fust dabei von der Subskription Gebrauch: Die Käufer bestellten also verbindlich ein Exemplar der B42, nachdem sie einige Proben von ihr gesehen hatten, und leisteten zudem eine Anzahlung. Die erste nachweisliche Subskription veranstalteten 1476 die beiden Drucker Heinrich Botel und Paul Hurus in Barcelona. Sie ließen rechtsverbindlich versichern, dass jeder, der bei einem bestimmten Notar einen Goldgulden hinterlege, innerhalb von sechs Monaten ein Exemplar der »Fueros y Ordenanzas« des Königreiches Aragón zum Preis von 60 Sueldos erhalte.[5] Doch dürfte eine derartige Vorgehensweise schon früher Anwendung gefunden haben, denn sie erleichterte nicht nur die Kalkulation, sondern durch die Anzahlung auch die Finanzierung des Drucks.

Dem Prinzip Fusts, Bücher wie andere Waren zu behandeln und für sie bereits vorhandene Geschäftsverbindungen und Handelsusancen zu nutzen, folgten die meisten Inkunabeldrucker. Sie überließen ihre Produkte gegen Kauf oder Kommission Händlern, die mit dem Sortiment einiger Drucker, vielleicht auch noch mit anderen Gütern (etwa Papier), umherreisten und in mehreren Städten ein- und verkauften, zu Märkten und Messen zogen und einen festen Kundenstamm bedienten. Um einen solchen »Sortimenter« handelte es sich bei dem Besteller einer um 1490 entstandenen Bücheranzeige, vielleicht den Rostocker Buchführer Thomas Smyt. Da das Angebot des Sortimenters ständig wechselte, konnte er nur sehr allgemein dafür werben (Bücher aus Venedig, Mainz, Köln, Nürnberg, Basel und vielen anderen Städten), ebenso wie sich das Verkaufslokal in jeder Stadt änderte, weshalb er es handschriftlich hinzufügen musste.[6] Während solche Sortimenter auf eigenes Risiko arbeiteten, gab es auch abhängige Verkäufer. In diesem Fall organisierte und bezahlte der Drucker-Verleger selbst den Vertrieb, wobei er allerdings über ein reichhaltiges Angebot verfügen musste, damit sich der Aufwand rentierte. Deshalb nahm Peter Schöffer, einer der ersten großen Buchhändler mit Filialen im In- und Ausland, fremde Drucke in sein Programm auf, wie eine seiner um 1470 geschaffenen Anzeigen zeigt (Abb. 1, Kat.-Nr. GM 167).[7]

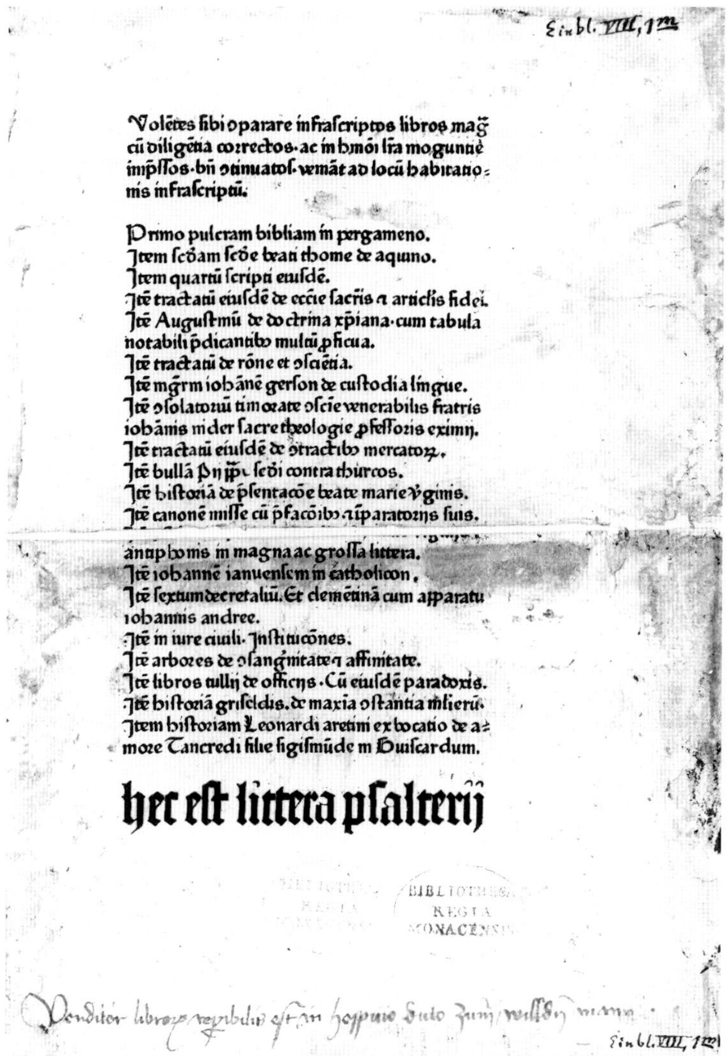
Voletes sibi oparare infrascriptos libros mag cu diligetia correctos. ac in huiōi lra moguntie impssos. bn otinuatos. veniat ad locu habitatio-nis infrascriptu.

Primo pulcram bibliam in pergameno.
Item scdam scde beati thome de aquino.
Item quartu scripti eiusde.
Ite tractatu eiusde de ecclie sacris et articlis fidei.
Ite Augustinu de doctrina xpiana. cum tabula notabili pdicantibus multu pficua.
Ite tractatu de rone et osciētia.
Ite mgrm iohane gerson de custodia lingue.
Ite osolatoriu timorate oscie venerabilis fratris iohanis nider sacre theologie pfessoris eximij.
Ite tractatu eiusde de otractibus mercator.
Ite bulla Pij pp. scdi contra thurcos.
Ite historia de psentacōe beate marie vginis.
Ite canone misse cu pfacōibus et ipparatorijs suis.
antiphonis in magna ac grossa littera.
Ite iohanne ianuensem in catholicon.
Ite sextum decretaliu. Et clemetina cum apparatu iohannis andree.
Ite in iure ciuili. Institucōnes.
Ite arbores de osanguinitate et affinitate.
Ite libros tullij de officijs. Cu eiusde paradoxis.
Ite historia griseldis. de maxia ostantia mlieru.
Item historiam Leonardi aretini ex bocatio de amore Tancredi filie sigismude in Guiscardum.

hec est littera psalterij

Abb. 1 **Peter Schöffer, Bücheranzeige für 19 Bücher (Kat.-Nr. GM 167). Bayerische Staatsbibliothek München**

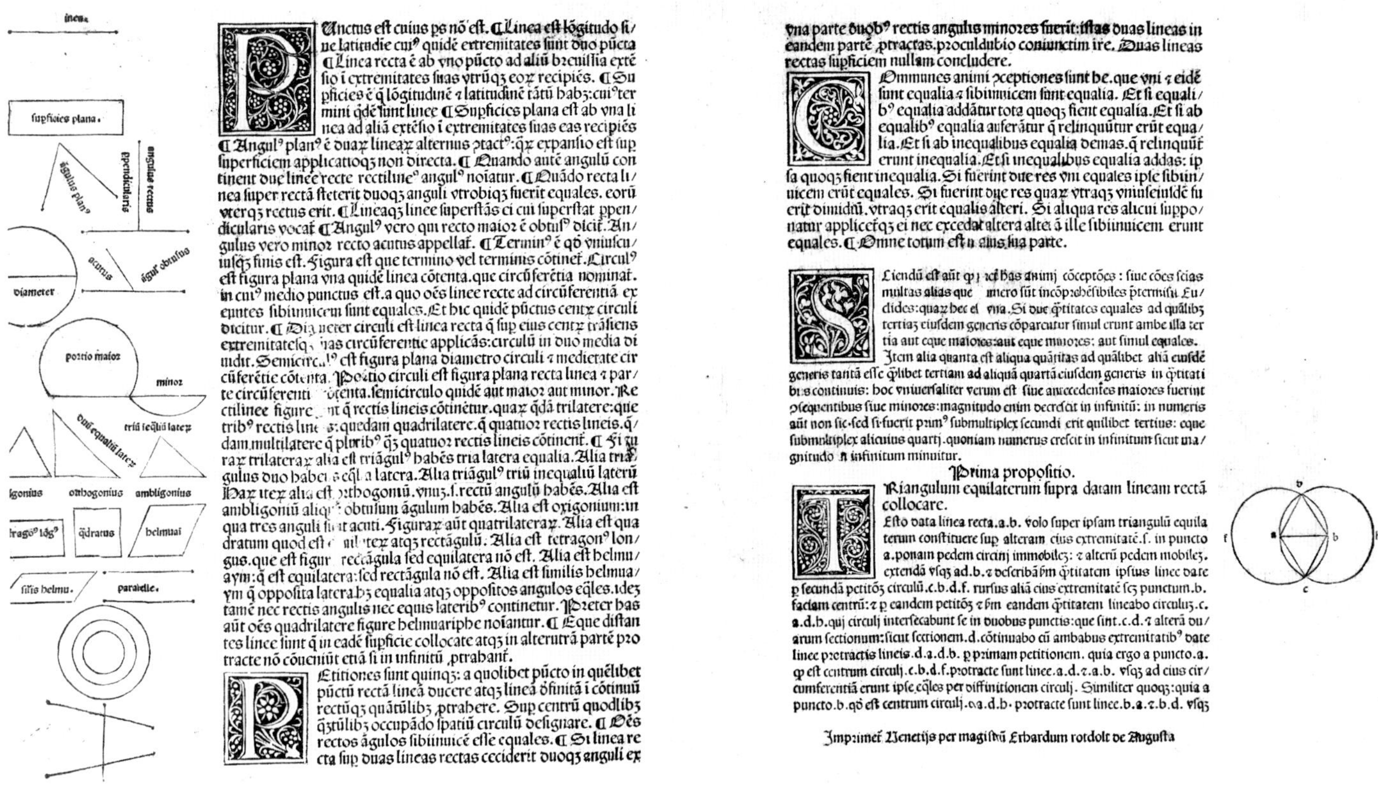

Abb. 2 **Erhard Ratdolt, Voranzeige zu seiner Euklid-Ausgabe, Venedig, vor dem 25. Mai 1482. Bayerische Staatsbibliothek München**

Es entstand der Beruf des Buchführers oder Ausfahrers, der im Auftrag mit einem Wagen umherfuhr (zur Verpackung der meist ungebundenen Bücher benutzte man Fässer, Truhen und Ledersäcke)[8] und in fremden Städten seine Ware an feste Kunden lieferte oder öffentlich feilbot. Dazu machte der Ausfahrer vor allem auf Märkten und Messen,[9] aber genauso in Wirtshäusern oder anderen Lokalen Station, wobei er Bücheranzeigen an öffentlichen Gebäuden anbrachte – wie die Mahnung *Supplico stet cedula*, also »bitte den Zettel hängen lassen«, in einem Prospekt des englischen Druckers William Caxton beweist.[10] Diese frühen Werbemittel konnten über den vorhandenen Bestand informieren, vielleicht sogar mit einer kleinen Inhaltsangabe, um dem Käufer die Wahl zu erleichtern. So beschreibt der Augsburger Drucker Anton Sorg seine meist deutschsprachigen Werke als *Esopum gar kürczweilig zelesen mit fein figuren, Ovidium von der liebe zu erwerben, auch die liebe darwider zu verschmähen* oder *weinbüchlein wie man den machen sol so er geprochen oder zäch worden ist*. Je umfangreicher das Angebot wurde, umso klarer musste es sich dem Käufer präsentieren. Deshalb gliederte der Memminger Albrecht Kunne um 1500 sein Programm nach Sachgruppen: *In theologia, In jure canonico, In legibus, In medicinis, In artibus, In arte oratoria, In astronomia*.[11] Auf baldige Neuerscheinungen wollte Peter Schöffer mit einer Voranzeige (Kat.-Nr. GM 168) für das »Decretum Gratiani« (1472) sowie die »Decretalen« Gregors IX. (1473) ein interessiertes Fachpublikum aufmerksam machen, ebenso Erhard Ratdolt mit der Voranzeige zu seiner Euklid-Ausgabe vom 25. Mai 1482 (Abb. 2). Dabei zählte er auf die optische Aussagekraft seiner Werke, indem er quasi eine Warenprobe anbot und so zum Kauf locken wollte. Noch einen Schritt weiter und damit sehr nahe an moderne Reklame-Strategien ging Gheraert Leeu 1491 mit seiner Anzeige zur »Schönen Melusine« (Abb. 3). Dazu wählte der zwischen 1477 und 1493 in Antwerpen und Gouda tätige Drucker sicher nicht ohne Hintergedanken eine Darstellung aus dem zu bewerbenden Buch, das die Heldin barbusig im Bade zeigt (Kat.-Nr. GM 278). Innerhalb der vielfältigen und immer stärkeren Konkurrenz galt es also aufzufallen, wozu die Warenmarken das Ihre beitrugen. Vor den Inkunabeldruckern hatten bereits andere Handwerker ihre Erzeugnisse signiert, teils aus Produzentenstolz, teils aus Wettbewerbsgründen. Im Buch-

druck führten Fust und Schöffer 1462 mit ihrer 48-zeiligen Bibel das Firmen-Signet ein (Abb. 4, Kat.-Nr. GM 163), während ihre übrigen Mainzer Kollegen gänzlich darauf verzichteten. Daraus mag man schließen, dass sich deren Produkte weniger als die Schöfferschen einer überregionalen Konkurrenz stellen mussten.
Die Buchführer konnten für einen einzigen oder mehrere Drucker reisen und deckten oft nur bestimmte geografische Gebiete ab. Sie schufen sich einen festen Kundenstamm, den sie regelmäßig besuchten, etwa Kirchen, Klöster und Universitäten, Theologen und Bibliophile. Während ähnliche Verlagsprogramme, wie z. B. die von Eggestein in Straßburg und Schöffer in Mainz, besser in geografisch getrennten Regionen angeboten wurden, machten sich unterschiedliche Themen keine Konkurrenz.[12] Feste Buchpreise gab es zunächst nicht, vielmehr einigte man sich auf einer Verhandlungsbasis, wie eine Buchanzeige (vermutlich von Mentelin) verkündete. Zwar nannten die Drucker und Verleger sicher Richtpreise, um zumindest die Unkosten zu decken, aber bestimmte Umstände, etwa der Kauf auf einer Messe oder am Verlagsort, wirkten preismindernd, ebenso schlechte Nachfrage, während in verkehrs- oder vertriebstechnisch schlecht erschlossenen Gegenden die Preise stiegen.[13] Allerdings ging in den letzten beiden Jahrzehnten des 15. Jahrhunderts die Entwicklung hin zum Festpreis. Davon betroffen waren besonders liturgische Werke, deren Preise die auftraggebenden Bischöfe und Domkapitel verordnen konnten.[14]
Nachdem der Buchhandel zunächst in Schwung gekommen war, setzte etwas später eine Sättigung der Nachfrage ein. Der Absatz stagnierte, was wiederum eine Marktbereinigung, verbunden mit einer gewissen Arbeitsteilung, zur Folge hatte. Um 1481 traten die ersten selbstständigen Bücherverkäufer auf, und in den folgenden Jahren stellten sich die Buchführer vom Einzel- und Reisehandel auf den Markt- und Ladenhandel um.[15] In großen Städten ließen sich auf Dauer Kommissionäre nieder, die Bücher verschiedener Drucker und Verleger verkauften, wie etwa Peter Clement in Leipzig[16] oder der Buchhändler Rynmann seit Beginn der neunziger Jahre in Mainz.[17] Auch der Verlag etablierte sich als eigenständige Unternehmensform, in Italien und Frankreich deutlich stärker als in Deutschland. So besaß Johann Rynmann keine Druckerei mehr, sondern gab seit 1491 die Bücher bei bekannten Offizinen – Heinrich Gran in Hagenau, den Otmars und Oeglin in Augsburg, Adam Petri und Jakob von Pforzheim in Basel, Stuchs und Höltzel in Nürnberg oder Liechtenstein in Venedig – in Auftrag. Großunternehmer wie Rynmann betrieben ihr Geschäft in ganz Europa und kamen damit rasch zu Gewinn und Ansehen.[18]
Eine maßgebliche Rolle beim internationalen Buchhandel spielten die Messen in Leipzig und Frankfurt a. M. Schon im 15. Jahrhundert garantierten diese Handelsplätze große Umsätze, wobei sich als Zahlungsziel die nächste Messe einbürgerte. Für die Abrechnung bevorzugte man aus Sicherheitsgründen den bargeldlosen Verkehr in Form eines Tauschs von gleichwertigen Büchern Stück für Stück oder nach Bogenzahl (»Verstechen«). Insgesamt folgte das buchhändlerische Rechnungswesen den italienischen Handelsgepflogenheiten.[19] Weiterhin konnten auf den Messen Papier und Pergament erworben sowie Kontakte zwischen den Autoren, Druckern und Verlegern aus ganz Europa gepflegt werden. Auf der Suche nach einem passenden Partner hatte man hier die Wahl unter zahlreichen Fachleuten, um mit dem geeignetsten ins Geschäft zu kommen. So beauftragte etwa 1496 auf der Frankfurter Fastenmesse der Delfter Heinrich Eckart den Speyerer Drucker, Großbuchhändler und Verleger Peter Drach mit dem Druck des »Missale Cartusiense«,[20] obwohl es den Niederlanden sicher nicht an Offizinen fehlte, die dazu ebenfalls in der Lage gewesen wären.

Abb. 3 **Gheraert Leeu, Anzeige zur »Schönen Melusine«. Deutsches Buchmuseum Leipzig**

Investitionsformen

Wie bereits das Beispiel Gutenbergs zeigte,[21] existierten in der Inkunabelzeit viele unterschiedliche Finanzierungsmöglichkeiten. Grundsätzlich sollte man sich von der Vorstellung lösen, dass Offizine wie heute als permanente Einrichtungen arbeiteten. Vielmehr gingen viele Drucker auch anderen Beschäftigungen nach und benutzten ihre Werkstatt nur temporär. Besonders kleinere Betriebe – so auch die meisten in Mainz – bevorzugten eine projektbezogene Arbeitsweise. Bei einem schulden- und mietfreien Unternehmen bewegten sich die laufenden Kosten im unteren Bereich, da das Personal keine ständige Anstellung erhielt, sondern zeitweise beschäftigt wurde.[22] Derartige Vorgehensweisen rentierten sich besonders, wenn die Aufträge ausreichenden finanziellen Spielraum ermöglichten, oder die Drucker über zusätzliche Einkünfte verfügten. So betrieben etwa viele Kölner nebenberuflich den Weinzapf,[23] auch Sixtus Glockengießer aus Nördlingen unterhielt in Lyon eine Gastwirtschaft.[24] Peter Schöffer engagierte sich im Bergbau, Bergmann von Olpe war Priester, Kaplan und Archidiakon,[25] der Geistliche Heinrich Wirtzburg vermutlich Klosterbruder,[26] Jodocus Pflanzmann Prokurator, Fürsprech und Notar,[27] Hans Folz Wundarzt, Barbier und Schwankdichter,[28] Johann Schall Arzt,[29] Jacob Karweysse Goldschmied,[30] Sebald Feiel Goldschmied und Bergingenieur,[31] Jacob Köbel übte die Tätigkeiten eines Verlegers, Stadtschreibers, Ratswirtes, Schriftstellers, Geometers und Eichmeisters (Visierers) aus, Johannes Koelhoff d. Ä. war Kaufmann (er handelte z. B. mit Wolle) und betrieb zudem Buchhandel und Verlag,[32] Konrad Kachelofen handelte unter anderem mit Papier und besaß eine Weinschenke[33] und der Drucker Johann von Landen arbeitete als Hausverwalter für die Kölner Universität.[34] Andere bemühten sich, im Rahmen ihrer Buchproduktion zusätzliche Geschäftszweige aufzubauen – etwa als Formschneider, Schriftgießer, Buchbinder, Schreiber und Buchführer,[35] im Papier- und Handschriftenhandel[36] oder bei einem naturwissenschaftlichen Sortiment den Verkauf astronomischer Instrumente und Globen.[37]

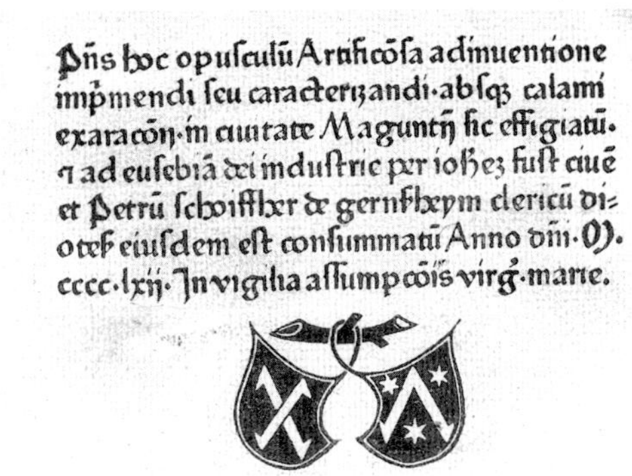

Abb. 4 **Signet von Fust und Schöffer aus der 48-zeiligen Bibel (Kat.-Nr. GM 163). Gutenberg-Museum Mainz**

Eine grundsätzliche Möglichkeit der Risikominimierung bestand in der geschäftlichen Einbeziehung eines Teilhabers – teils für ein bestimmtes Projekt, teils als genereller Geschäftspartner. Schon Gutenberg hatte diese Möglichkeit genutzt, die offenbar spätmittelalterlichen Vorstellungen vom Unternehmertum entsprach, denn viele Inkunabeldrucker, darunter Fust und Schöffer, machten davon Gebrauch.[38]

Ohne größeres unternehmerisches Risiko verlief der Auftragsdruck. Bistümer, Diözesen oder Orden erkannten schnell die Möglichkeit, dank des Buchdrucks ihre Liturgien zu vereinheitlichen, und gaben Breviere, Sakramentare, Graduale, Psalterien und andere kirchliche Standardwerke in Bestellung bzw. erteilten Privilegien.[39] Von dieser Möglichkeit machten auch weltliche Unternehmer Gebrauch,[40] wie etwa im Fall der Schedelschen Weltchronik, wo zwei Auftraggeber sich einen Gewinn erhofften und der Nürnberger Drucker Koberger gegen Entgelt die Materialbeschaffung und den Druck übernahm (vgl. Kat.-Nr. GM 256), oder in der späteren Inkunabelzeit, wenn Verleger von einem bestimmten Werk auf eigene Kosten eine Auflage erstellen ließen. In all diesen Fällen hatte der Besitzer einer Offizin lediglich innerhalb eines bestimmten Zeitrahmens eine Leistung zu erbringen, für die er entlohnt wurde. Eigene Investitionen entfielen. So vereinbarte am 14. März 1478 in Venedig der aus Regensburg stammende Leonhard Wild mit dem Buchhändler und Verleger Nicolaus von Frankfurt den Druck einer lateinischen Bibel, die innerhalb von drei Monaten in einer Auflage von 930 Stück erscheinen sollte. Zum Lohn erhielt Wild pro Quinterne 5 Dukaten, zudem 20 Exemplare.[41] Einen ähnlichen Vertrag schloss der Heidelberger Heinrich Knoblochtzer mit dem Speyerer Verleger Peter Drach.[42] Noch geringere Investitionen musste ein Drucker tätigen, der zwischen 1481 und 1489 und von 1511 bis 1516 für Nicolaus von Frankfurt in Venedig arbeitete. Von Hause aus Verleger, besaß Nicolaus eine Werkstatt, in der Lohndrucker von ihm gewünschte Bücher herstellten.[43] Ähnlich verfuhr das florentinische Dominikanerinnenkloster »Apud Sanctum Jacobum de Riopili«, das der Vikar und Prokurator Fra Domenico di Daniello de Pistoia sowie der Beichtvater Fra Pietro di Salvatore de Pisa führten. Sie engagierten den Mainzer Johannes Petri – er lebte über Jahre in Florenz, ohne je eine permanent arbeitende Druckerei sein Eigen nennen zu können – als technischen Leiter der klostereigenen Offizin, in der Nonnen als Setzerinnen und Druckerinnen fungierten. Eine Reihe von Verträgen veranschaulicht die Zusammenarbeit: Petri erwarb für das Kloster Arbeitsmaterialien, verkaufte den Nonnen aus seinen eigenen Beständen Matrizen einer Antiqua-Type und einigte sich mit ihnen auf eine gemeinsame Nutzung der Werkstatt, wobei Petri zwei Drittel des Gewinns zustanden.[44] Während Petri für uns noch mit seinem Namen fassbar ist, bleibt die Existenz der meisten Drucker und Setzer unbekannt, da sie nie ein eigenes Werk herausbrachten, sondern ihr Leben lang als Gesellen arbeiteten. Dabei standen sie hinsichtlich ihrer Bildung und ihrem handwerklichen Können nicht unbedingt ihren Meistern nach. So hatte jener *magister Andreas alemanus de Ratispone,* der mit Johannes Bonus vertraglich vereinbarte, für ihn täglich vier Seiten im Groß- oder acht Seiten im Kleinformat zu setzen, offenbar eine Universitätsausbildung, so wie viele seiner Kollegen.[45]

In den meisten Fällen jedoch übernahm der Drucker gleichzeitig die Funktion des Verlegers, weshalb er von vornherein eine längere Investitionsspanne einkalkulieren musste. So ließ der Speyerer Großverleger Peter Drach von Johann Sensenschmidt in Bamberg das »Missale Olomucense« drucken und nach seinem Erscheinen am 4. März 1488 nach Leipzig zum Rubrizieren und Einbinden befördern. Da das Auftragsvolumen selbst einem kapitalstarken Großunternehmer wie Drach als zu umfangreich erschien, tat er sich mit Johann Sensenschmidt zusammen.[46] Derartige Handelskonzepte überschritten oft die Möglichkeiten des Einzelnen, weshalb Offizine für bestimmte Vorhaben assoziierten oder potente Geldgeber außerhalb ihrer Berufsgruppe suchten. Letzteres geschah vorzugsweise in Italien, doch auch sonst überall dort, wo sich finanzkräftige Händler, gebildete Bürger, Wissenschaftler und Kirchenmänner – teils aus Idealismus, teils aus spekulativem Gewinnstreben – quasi als Verleger betätigten. Ihre Förderung galt bestimmten Druckern oder Projekten, und sie selbst konnten sich wieder zu Konsortien zusammenschließen. Die Form der Zusammenarbeit war vertraglich, jedoch nicht einheitlich geregelt. So schlossen der bedeutende Mailänder Verleger Philippus de Lavagna, Cola Montanus sowie der Regensburger Christoph Valdarfer eine Übereinkunft, nach der Valdarfer ein halbes Jahr mit zwei Pressen im Auftrag seiner beiden Partner drucken musste. Zunächst sollten die Verleger 25, sodann genügend Exemplare erhalten, um ihre Unkosten zu decken. Den Gewinn teilten sich die Parteien zur Hälfte, wobei Lavagna und Montanus den Drucker auszahlten. Eine solche Vorgehensweise war in Mailand, wo die Verleger die Buchproduktion dominierten, nicht unüblich. Meist zeichnen sie auch im Impressum selbstbewusst für den Druck verantwortlich, obwohl von ihnen lediglich die finanziellen und inhaltlichen Vorgaben kamen, während die eigentliche Durchführung bei den Handwerkern lag.[47] Ähnlich verfuhren die Auftraggeber in Perugia. Die Verträge zwischen Braccio II. dei Baglioni (einem führenden Bürger der Stadt), dem Professor der Rechte Mateo di Baldi degli Ubaldi, zwei Handelsherren sowie den deutschen Druckern Petrus Petri aus Köln und Johann Nicolai aus Bamberg verliefen zwar offenbar zur beiderseitigen Zufriedenheit, denn sie wurden mehrfach verlängert, sahen jedoch lediglich eine Nennung der Verleger vor. Davon abgesehen zeigten sich die Auftraggeber großzügig, bewilligten die Einrichtung einer Druckerei, die Beschaffung des Materials und die Bezahlung von ausreichenden Gehilfen und Korrektoren. Schadensersatz mussten die Drucker für fehlerhafte Exemplare zahlen, außerdem jeder der Beteiligten eine Strafe von 50 Dukaten, falls er ein Buch unter dem Festpreis verkaufte. Der Gewinn halbierte sich zwischen Verlegern und Druckern, Glanz und Ehre fielen aber Braccio dei Baglioni zu, den die Schlussschriften wiederholt als Wegbereiter der Druckkunst in seiner Heimatstadt rühmen. Anders verfuhren die vier Teilhaber des am 28. April 1478 in Neapel erschienenen »Libro della divina dottrina« der Katharina von Siena, von dem jeder der Gesellschafter die ihm zustehenden Exemplare mit einer eigenen typografischen Schlussschrift versah.[48]

Während manche Drucker also relativ viel Freiraum genossen, durften sich andere nicht einmal im Impressum nennen. Zudem garantierten derartige Gesellschaften nicht unbedingt den erhofften Gewinn, wie das Unternehmen zwischen drei genuesischen Rechtsgelehrten (Francesco Marchese, Luca Grimaldi und Francesco Pammoleo) sowie zwei niederländischen Druckern zeigt, von dem zwar die juristischen Unterlagen, aber kein einziges Produkt auf uns gekommen ist. Ebenso wenig praktische Ergebnisse, dafür aber Streitigkeiten und Verhaftungen, zeitigte die Zusammenarbeit Baldassare Corderos mit dem Drucker Antonius Matthias.[49] Deshalb bevorzugten viele, trotz des enormen Risikos, den eigenen Betrieb und entwickelten individuelle Unternehmensstrategien. Viel versprechend erschien der Nachdruck von beim Publikum beliebten Manuskripten und typografischen Werken. Dies konnte relativ problemlos geschehen, da geistiges und publizistisches Eigentum nicht als solches anerkannt und deshalb nur sehr begrenzt geschützt war. Für Hans Schönsperger in Augsburg bildete der Raubdruck von Bestsellern den festen Bestandteil seines unternehmerischen Konzepts, und es gibt kaum einen Inkunabeldrucker, der dieser preiswerten und relativ sicheren Einnahmequelle auf Dauer widerstand. Bis 1500, so lauten einige Berechnungen, bestand über die Hälfte der Buchproduktion aus Nachdrucken.[50]

Eine weitere Möglichkeit war die Spezialisierung bzw. die Konzentration auf einen bestimmten Abnehmerkreis. Während einige Drucker ihr Augenmerk auf volkssprachliche Stoffe richteten, verlegten sich andere auf Illustrationen, Musiknotendruck, humanistische Literatur, griechische und hebräische Typografie, sorgfältige Redaktion oder elegante Ausstattung. Allerdings hatte eine solche Eingleisigkeit ihre Tücken, denn bei Sättigung des Marktes musste man unverzüglich umdisponieren, was nicht immer gelang. Deshalb setzten viele Drucker auf ein differenziertes Programm. Rasche und dabei relativ hohe Einnahmen brachten Formulare und andere Kleinstdrucke, deren Herstellung zwischen die Großproduktion geschaltet werden konnte und das Kapital nicht band. Diese Akzidenzen entstanden unabhängig vom übrigen Verlagsprogramm, und selbst hervorragende Drucker waren sich dafür nicht zu schade, wie die Briefe des Augsburgers Hans Bämler aus dem Jahr 1480 zeigen. Er berichtet darin von Absolutionsformularen, Testimonalen, Confessionalen, Beichtbriefen und Summarien, die er in hoher Auflage (bis zu 11 000) druckte.[51]

Eine weitere Reaktion auf rückläufige Nachfrage bestand darin, die Offizin in eine andere Stadt, vielleicht sogar ein fremdes Land zu verlegen. So begegnen wir Markus Ayrer 1483 in Nürnberg, 1490 in Regensburg, 1492 in Bamberg, 1496 in Ingolstadt und 1506 in Frankfurt a.d. Oder. Während Ayrer den deutschen Sprachraum nicht verließ, reiste sein Mainzer Kollege Johannes Neumeister in Italien und Frankreich, Johann von Paderborn kehrte aus Italien nicht in seine Heimat zurück, sondern ging in die Niederlande, und der Zwickauer Nicolaus Spindeler arbeitete zwischen 1477 und 1506 in vier verschiedenen spanischen Städten.[52] Der wohl wanderlustigste deutsche Inkunabeldrucker, Heinrich von Köln, zog mit seiner ganzen Familie und seinen Gesellen von einer italienischen Stadt zur andern und verknüpfte dies mit einem umfangreichen Buch- und Papierhandel.[53] Sein Kollege Sixtus Reissinger betätigte sich ebenfalls in Italien, wobei ihn das Heimweh derart plagte, dass er angeblich sogar einen Bischofssitz ausschlug und Neapel – trotz bester Voraussetzungen – wieder verließ.[54]

Das Reisen war vor allem in der Frühzeit des Inkunabeldrucks Erfolg versprechend, als sich die neue Technik noch auf dem Vormarsch befand, weshalb die Drucker auf die Protektion der Obrigkeit hoffen konnten und außer Konkurrenz arbeiteten. Allerdings hatten die Wanderdrucker in der Regel recht bald mit einheimischen Rivalen, die über bessere Beziehungen verfügten, zu kämpfen und mussten meist das Feld räumen. Bei fortschreitender Ausbreitung des Buchdrucks wurde ihre Situation immer aussichtsloser, weshalb sich die Wanderschaft als Geschäftsform nicht bewährte.

Da die Archivalien und die Bibliothek aus der Frühzeit der Mainzer Universität fast gänzlich verloren sind, existieren nur noch wenige Quellen, die über den biografischen und unternehmerischen Werdegang und weniger noch über Investitionsgebaren, Herstellungs- und Vertriebsstrukturen der Mainzer Drucker im Detail Auskunft geben könnten. Allerdings lassen sich vor dem hier skizzierten Hintergrund bestimmte Vorgehens- und Arbeitsweisen besser erklären.

Drucken in Mainz

Für die Zeit zwischen 1450 und 1500 lassen sich in Mainz – abgesehen von den zahlreichen, meist unbekannten Druckergesellen – sieben Werkstätten benennen: Die von Gutenberg, Fust und Schöffer, Neumeister, Reuwich, Meydenbach, Friedberg sowie die des namenlosen Druckers der Darmstädter Prognostication. Sie repräsentieren wie in einem Mikrokosmos verschiedene Drucker-Typen der Inkunabelzeit, die aufgrund differierender politischer und wirtschaftlicher Ausgangsbedingungen hinsichtlich ihrer Buchproduktion und -distribution ein breites Spektrum an unternehmerischen Verhaltensmustern entwickelten. Trotz aller Verschiedenartigkeit handelte es sich bei jedem von ihnen um einen Drucker-Verleger, der neben der Herstellung seiner Produkte für deren Verkauf sorgte. Charakteristisch für die Mainzer Situation ist die über 50 Jahre andauernde Dominanz der Offizin Fusts und Schöffers. Während sie den Markt beherrschten, indem sie – begünstigt durch ihre Monopolstellung in der frühesten Inkuna-

	1450	1455	1460	1465	1470	1475	1480	1485	1490	1495	1500
Gutenberg	••••	•••••	••^^^	^^^							
Fust/Schöffer		•••	•••••	•••••	•••••	•••••	•••••	•••••	•••••	•••••	•••
Neumeister						•	•				
Anonym						••••	•••				
Reuwich								•••			
Meydenbach									•••••		
Friedberg									••••	•••••	

belzeit – eine weitverzweigte Firma aufbauten, gelang es den übrigen Druckherren nur sporadisch, ihrer Profession in Mainz nachzugehen, wie die Aufstellung zeigt.

Obwohl diese Übersicht im Detail durch zukünftige Funde noch Korrekturen erfahren mag, zeigt sie doch deutlich die Verteilungskämpfe in der Stadt und reflektiert zudem allgemeinere Tendenzen. Zwei wichtige historische Ereignisse übten direkten Einfluss auf den Mainzer Buchdruck aus: Zum einen die 1462 eskalierende Stiftsfehde, die ganz sicher die beiden vorhandenen Offizine in ihrer Existenz bedrohte, zumindest bei Fust und Schöffer jedoch keine nachhaltigen negativen Folgen zeitigte, zum andern die Gründung der Universität im Jahr 1477, die ihre Spuren zunächst jedoch nur im Verlagsprofil Schöffers hinterließ, vielleicht auch beim anonymen Drucker der Darmstädter Prognostication. Erst im letzten Jahrzehnt, als an der Mainzer Hochschule humanistisches Gedankengut Eingang fand, gelang es Peter Friedberg, diese innovativen Strömungen für sein Unternehmen zu nutzen.

Als prägend für die Bücherproduktion der Stadt erwiesen sich zudem die Erzbischöfe in ihrer Doppelfunktion als weltliche und kirchliche Regenten. Adolf II. von Nassau, Diether von Isenburg und Berthold von Henneberg förderten den Mainzer Buchdruck teils durch direkte finanzielle Unterstützung, teils durch Aufträge, teils durch die Berufung angesehener Gelehrter an die Universität.[55] Allerdings hatte der kirchliche Beistand seinen Preis, denn die Obrigkeit konnte in Mainz direkter Meinungen kontrollieren und Zensur ausüben als in den freien Reichsstädten. So fand im Februar 1479 ein Inquisitionsprozess statt, in dem der Erfurter Professor und Mainzer Domprediger Johann Rucherat von Wesel zum Widerruf seiner gegen den Ablass gerichteten Lehren und zu Klosterhaft verurteilt wurde.[56] Dementsprechend lag die Zensur von Druckwerken nahe. Als erste Maßnahme beauftragte der Mainzer Bischof und Kurfürst Berthold von Henneberg 1485 einen Frankfurter Pfarrer, alle in Frankfurt a.M. verkauften Bücher zu kontrollieren. 1486 übertrug er drei Universitätsprofessoren die Vorzensur für das Erzstift Mainz, eines der ersten Edikte dieser Art. Selbst Papst Innozenz VIII. bestimmte erst Ende 1487 in seiner Bulle »Inter multiplices« die Bischöfe zu Zensurbehörden und verpflichtete die Drucker unter Androhung von Exkommunikation zur Präventivzensur.[57]

Doch auch überregionale Entwicklungen auf dem Büchermarkt machten vor den Mainzer Toren nicht Halt. So entstand – hervorgerufen durch den Buchdruck – ein neuer Konsumentenkreis vor allem für das untere Preissegment. Nicht mehr Qualität, sondern Quantität brachte Gewinn – eine Entwicklung, die der Marktführer Schöffer erst spät nachvollzog. Hier tat sich ein Vakuum auf, in das seine Konkurrenten stießen, vor allem mit illustrierten und/oder volkssprachlichen Büchern sowie bescheideneren Werken der mittleren und unteren Preiskategorie, darunter wissenschaftliche Literatur. Zudem erwuchs Schöffer seit den achtziger Jahren auf überregionaler Ebene Konkurrenz. So unterhielt der Speyerer Drucker-Verleger und Buchhändler Peter Drach eine ständige Vertretung in Mainz, seit Beginn der neunziger Jahre desgleichen die Augsburger Buchhandlung Rynmann. Neben diesen Marktriesen gab es vor Ort einige kleinere Unternehmer, etwa den Universitätsprofessor Florentinus Diel oder den Glöckner des Mainzer Doms Marx zum Lutterberg, die wie viele Kleriker buchhändlerisch tätig waren. Hinzu kamen all jene namenlosen Universitätspedelle, die vermutlich wie ihre Kollegen in anderen deutschen Hochschulen in kleinerem Umfang Bücher für die Studenten und Lehrenden feilboten.[58]

Da beim Branchenführer Schöffer theologische und juristische Werke dominierten, führte die Buchillustration in

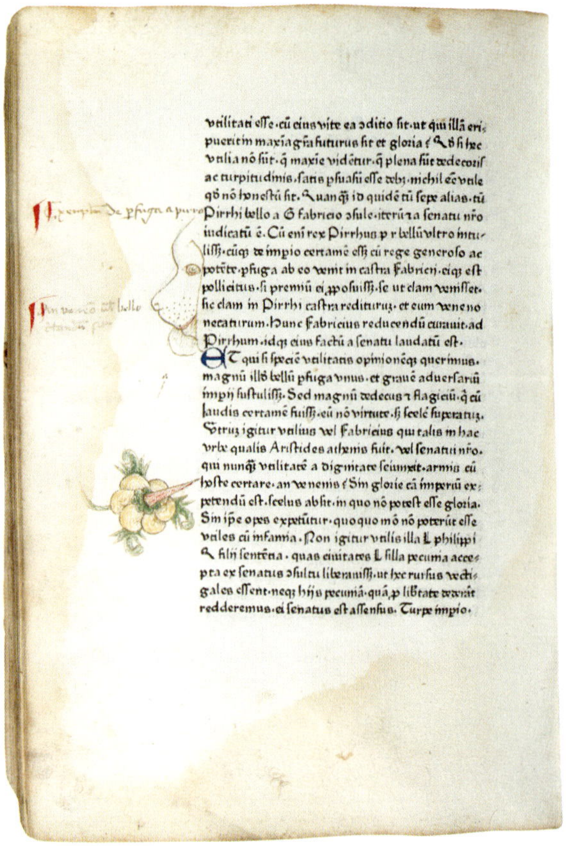

Abb. 5 **Erster Text eines klassischen Autors in der Fust-Schöfferschen Offinzin: Ciceros *De officiis* (1466), mit einzelnen Wörtern in griechischen Buchstaben und von einem Bücherfreund liebevoll ausgestattet. Gutenberg-Museum Mainz**

Mainz ein Außenseiter-Dasein. Erst in den achtziger Jahren hielt der Holzschnitt zögerlich Einzug in die Schöffersche Produktion und stellte deshalb für den kurz in der Stadt weilenden Wanderdrucker Johann Neumeister keine ernsthafte Herausforderung dar. Desgleichen stieß Jakob Meydenbach in diese Lücke, und beide hofften wohl, Schöffers Dominanz auf diese Weise Paroli bieten zu können. Inwieweit dies glückte, bleibt ungewiss, Neumeister jedenfalls verließ nach zwei Jahren wieder die Stadt, und auch Meydenbach, Friedberg und dem Drucker der Darmstädter Prognostication gelang es nicht, sich auf Dauer in Mainz zu etablieren.

Großunternehmer: Fust und Schöffer (1457–1503)

Johann Fust übte vermutlich nie das Druckhandwerk aus, sondern war zunächst Gutenbergs finanzieller Geschäftspartner beim »Werk der Bücher«[59] und betrieb dann bis zu seinem plötzlichen Tod 1466 zusammen mit Peter Schöffer die zweite Mainzer Offizin.

Die Familie Fust stammte ursprünglich aus Frankfurt a. M., doch schon Johanns Großvater starb in Mainz. Vater Nicolaus war dort von 1438 bis 1441 weltlicher Richter und seit 1444 Ratsmitglied, Johanns Bruder Jacob sogar erster Bürgermeister, bis ihn 1462 während der Stiftsfehde angeblich die empörte Masse lynchte, weil sie ihn verdächtigte, die Stadt Adolf II. von Nassau in die Hände gespielt zu haben. Johann, Nicolaus und Jacob gelten als Goldschmiede und Unternehmer, Johann soll sich darüber hinaus der Geschützgießerei gewidmet haben. Geboren wurde Johann Fust um 1400, zusammen mit seiner Frau Margarete hatte er zwei Kinder, Johannes und Christine. Er starb 1466 in Paris, vermutlich an der Pest.[60]

Peter Schöffer, wohl ein Bauernsohn aus Gernsheim, immatrikulierte sich höchstwahrscheinlich 1444 als »Petrus Ginsheym« in Erfurt und wäre demnach etwa 1430 geboren. Seine erneute Erwähnung 1448 als »Petrus Opilionis« spricht für einen Studien-Abschluss. 1449 vollendete er in Paris eine Handschrift, in deren Schlussschrift er sich selbst als Schreiber nennt. Etwa seit 1452 muss er in Mainz als Drucker in der Werkstatt Gutenbergs gearbeitet haben, denn im Prozess 1455 sagte er über diesen Zeitraum für Fust aus und trat 1457 im »Psalterium Moguntinum« (Kat.-Nr. GM 170a) als dessen gleichberechtigter Partner im Impressum auf. Da verschiedene Quellen Schöffer als »Diener«, »Knecht«, aber auch als Zieh- bzw. Adoptivsohn bezeichnen,[61] könnte Schöffer lange vor 1452 mit Fust bekannt gewesen sein. Möglicherweise kam der junge Peter nach Mainz, um hier eine Goldschmiedelehre zu absolvieren, und das Ehepaar Fust nahm ihn in seinen Haushalt auf, da sich der Kindersegen bei den Fusts erst relativ spät einstellte. Nach dem Studium könnten Fusts Beziehungen den unerfahrenen, aber begabten Kalligrafen nach Paris gebracht haben, besonders, da Fust sich offenbar ebenso für die Schreibkunst interessierte.[62] Im Rahmen dieser Förderung vereinbarte Fust mit Gutenberg vielleicht die Ausbildung Schöffers,[63] der daher aus Paris heimkehrte, um sich weiter zu qualifizieren. Schöffers Solidarität gegenüber Fust wäre dann kein egoistischer Verrat am großen Meister gewesen, sondern eine Art Sohnestreue Fust gegenüber. Eine solche, quasi familiäre, Verbindung könnte auch Schöffers steile Karriere vom Diener zum Partner Fusts erklären. Denn von seinem technischen

Know-how abgesehen hatte der junge Mann anscheinend wenig in das Unternehmen einzubringen, und gerade an finanziellen Mitteln dürfte es ihm gemangelt haben. Daher bot sich nach Fusts Tod 1466 die Heirat mit dessen Tochter Christine an. Diese brachte ihr Erbe von Fusts Anteil an der Offizin mit in die Ehe, darunter das Haus zum Humbrecht, das nachweislich seit 1481 Schöffers Offizin beherbergte, aber vermutlich schon zuvor der Druckerei Unterkunft gewährte. Vollständig ging das Fustsche Unternehmen erst 1476 in Schöffers Besitz über, als Christines Bruder Johannes volljährig wurde und auf seinen Anteil zu Gunsten seines Schwagers verzichtete. Ein Jahr später erwarb Schöffer den Nachbarhof »Zum Korb«, um sein Anwesen zu erweitern, 1479 erlangte er das Bürgerrecht von Frankfurt, wo er ebenfalls ein Haus besaß. Spätestens seit 1489 und vermutlich bis zu seinem Tod fungierte er in Mainz als weltlicher Richter.

Peter und Christine hatten vier Söhne, von denen sich der älteste, Gratian, als Drucker in Oestrich im Rheingau etablierte, während der jüngere, Peter, sein besonderes Augenmerk auf Musiknoten richtete und in Mainz, Worms, Straßburg, Basel und Venedig druckte. Vom jüngsten, Ludwig, fehlen jegliche Informationen, außer der Tatsache, dass er 1516 noch lebte. Schöffer starb im Winter 1502/03, danach übernahm der zweitälteste Sohn Johann den Betrieb, den er vermutlich bereits seit 1490 mit geleitet hatte.[64]

In seinen fast 50 Arbeitsjahren gelang es Peter Schöffer, ein Großunternehmen aufzubauen, das neben Druckerei, Verlag und Vertrieb weitere Geschäfte umfasste.[65] So erwarb er noch kurz vor seinem Tod 112 Zentner Wachs, das vermutlich dem Handel diente, und besaß seit 1495 Anteile an einem Bergwerksunternehmen im nassauischen Amt Weilmünster. Während er anfangs seinen Buchverkauf noch über Faktoreien (also mit eigenen Dienern) organisierte, betrieb er spätestens seit den 70er Jahren einen internationalen Buchhandel mit zeitweiligen Niederlassungen in Frankfurt a. M., Paris, Trier und vielleicht Köln. Dabei handelte er nicht nur mit eigenen Drucken, sondern auch Straßburger, Kölner, Löwener, Baseler und Römischen Produkten, teils in ungebundenem, teils in von ihm veranlassten gebundenen Zustand. Er betätigte sich im Exportbuchhandel nach Lübeck, Heidelberg und dem Osten über Nürnberg und nahm eine dominierende Stellung auf der Frankfurter Messe ein. Seit den achtziger Jahren, im wachsenden Wettbewerb mit Anton Koberger, Peter Drach und weiterer internationaler Konkurrenz, hatten Schöffers Ambitionen ihren Zenit überschritten. Dieser Einschnitt lässt sich auch an Hand seiner Buchproduktion nachvollziehen. Nachdem Gutenberg für Fust und Schöffer keine ernst zu nehmende Konkurrenz mehr darstellte, hatten diese genügend Zeit gehabt, ihre Position innerhalb von Mainz, ja ganz Europa, aufzubauen. Dabei agierten sie gewissermaßen in einem wettbewerbsfreien Schutzraum, da sich der Buchdruck nur langsam ausbreitete. Mit Inhalt und Ausstattung ihrer Produkte wandten sich Fust und Schöffer an die traditionellen Handschriftenkäufer, für die Bücher ein kostbares Gut bedeuteten und die daher bereit waren, einen adäquaten Preis zu zahlen (Abb. 5). Anfang der achtziger Jahre hatten diese Verbraucher ihren Bedarf jedoch gestillt, und entsprechend erlitt Schöffers Produktion einen Einbruch, erholte sich aber wieder, wenn auch der vorherige hohe Standard nicht mehr erreicht wurde.

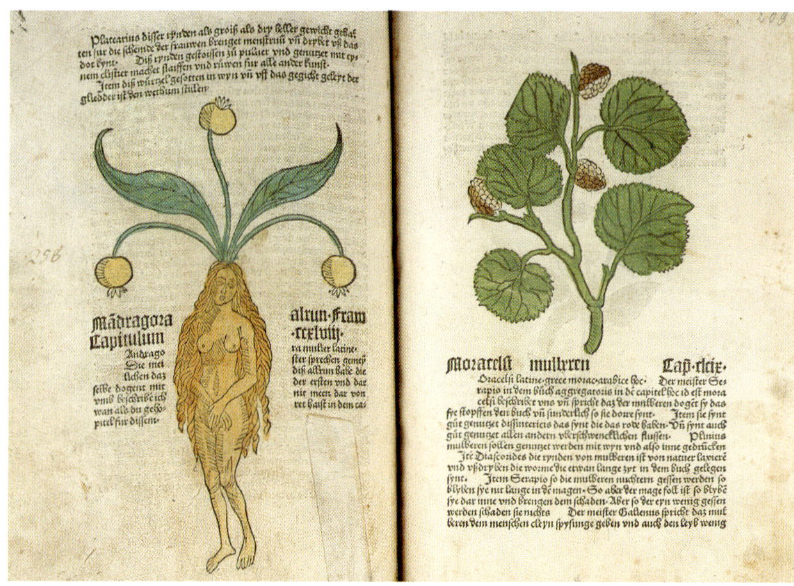

Abb. 6 **Gart der Gesundheit, Mainz: Peter Schöffer 1492 (Kat.-Nr. GM 193). Gutenberg-Museum Mainz**

Auch Schöffers Verlagsprofil erfuhr eine gewisse Ausweitung. Während unter Fust offenbar die von Gutenberg skizzierte Linie mit liturgischen und sonstigen aufwendig ausgestatteten Werken fortgesetzt wurde,[66] wandte sich der jüngere Peter Schöffer nach Fusts Tod vor allem juristischen und theologischen Werken zu. Sowohl inhaltlich als auch gestalterisch achtete er nach wie vor auf einen hohen Qualitätsstandard, wodurch ihm bestimmte Markt-

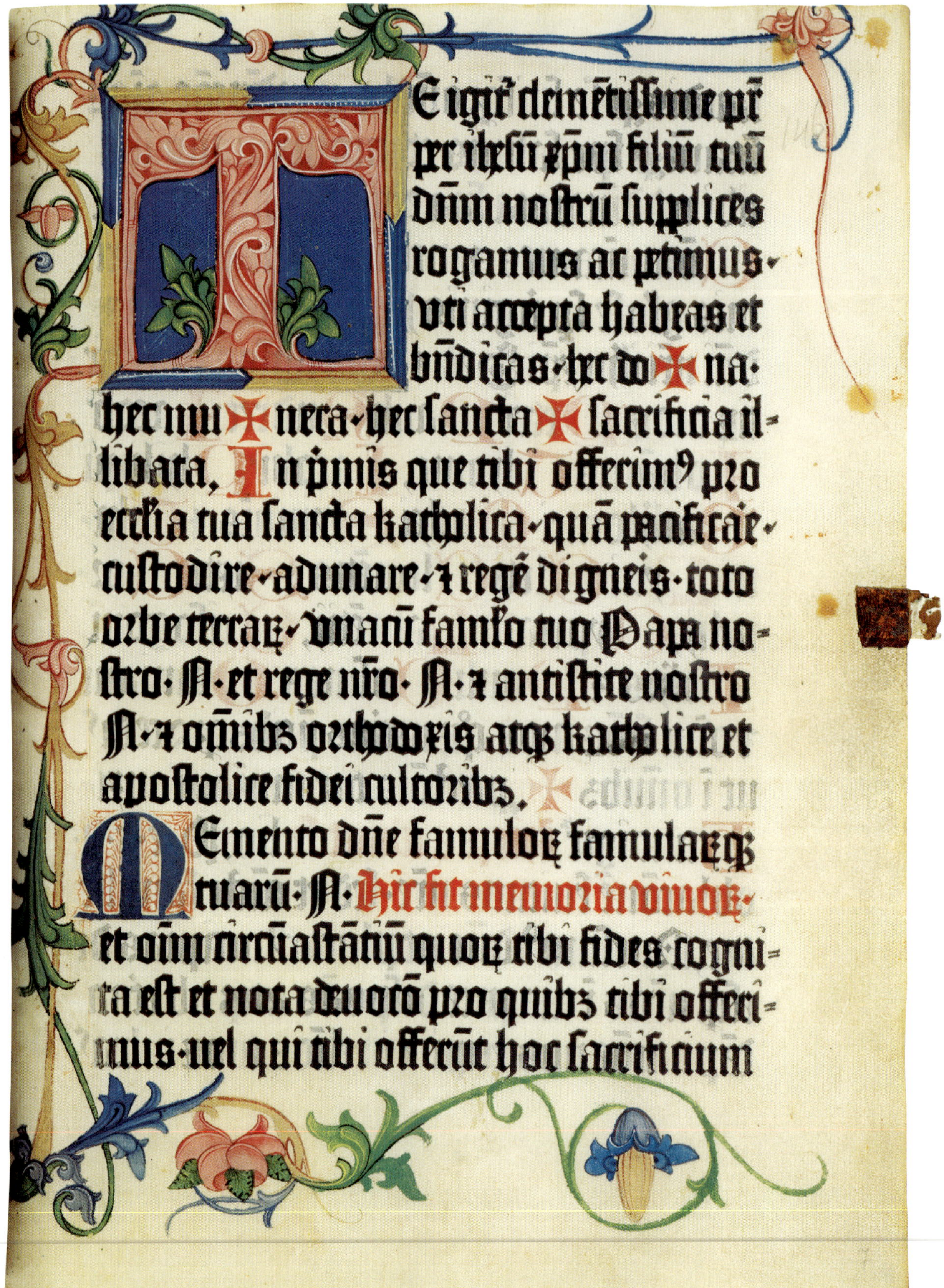

Abb. 7 **Canon missae. Mainz: Fust und Schöffer 1458. Österreichische Nationalbibliothek Wien, Cod. 1790, fol. 146r**

segmente versperrt blieben. Darüber verlor er neuere Entwicklungen, etwa die Buchillustration mittels Holzschnitt oder deutschsprachige Literatur, aus den Augen – ein Versäumnis, das er erst Mitte der achtziger Jahre einzuholen versuchte, ebenfalls auf gehobenem Niveau. Es erschienen inhaltlich und künstlerisch qualitätvolle illustrierte Werke: 1484 der lateinische »Herbarius«, am 28. März 1485 der deutsche »Gart der Gesundheit« (Abb. 6, Kat.-Nr. GM 193) und am 6. März 1492 die niederdeutsche »Sachsenchronik« (Kat.-Nr. GM 195, LM 50).

Nach 25 Jahren – 1458 war das erste Schöffersche Missale (noch zusammen mit Fust), der »Canon missae« (Abb. 7), entstanden – wandte sich Schöffer 1483 erneut und verstärkt der Produktion von Messbüchern zu. In den kommenden 17 Jahren sollten neun dieser opulenten Werke seine Presse verlassen (Abb. 8, vgl. Kat.-Nr. GM 171–173). Viele Diözesen gaben nun Missale und Breviere für ihre Wirkungsbereiche in Auftrag – ein lohnendes, risikoarmes Geschäft, über dessen Verlauf wir hinlänglich informiert sind, denn gleich beim ersten – dem Missale für Breslau (Vratislaviense; Kat.-Nr. GM 171) – gab es Probleme, wie eine Urkunde belegt.[67] Vermutlich im Herbst 1482 hatte der Nürnberger Wilhelm Ruscher im Auftrag der Breslauer Handelsgesellschaft der Brüder Fleischmann 400 Exemplare bei Schöffer geordert, die jedoch nicht termingerecht ausgeliefert werden konnten. Als Grund dafür gab Peter Schöffer die Pest an, die in Mainz grassiere. Zwar sei es ihm gelungen, durch tägliche Arbeit den ganzen Winter hindurch, zwei Schriften *zu snyden, ußzubereyden und anzurichten*, auch habe er bereits eine Abschlagzahlung und der Agent Probe- und Musterblätter erhalten, doch die Seuche verhindere die Anwerbung geeigneten Personals zum vollständigen Ausdruck. Am 24. Juli 1483 erschien schließlich das Werk in Schöffers größerer und kleinerer Missaltype sowie der Kanontype des Mainzer Psalters von 1457, allerdings ohne Angabe über die betreffende Diözese. Tatsächlich hatte Schöffer über die bestellte Anzahl hinaus Exemplare produziert, die er im Mainzer Raum verkaufte und wohl auch als Werbe- und Musterexemplare für kommende Auftraggeber bereithielt. Die hier beschriebenen Vorgänge veranschaulichen die Komplexität des spätmittelalterlichen Handels und die Bedeutung der Frankfurter Messe innerhalb dieses internationalen Geflechts: Eine Breslauer Handelsgesellschaft (ihr gehörten neben den bereits erwähnten Brüdern Fleischmann die Breslauer Kaufleute Blasius Krieg und Hans Kirchberg an), die sich vorwiegend mit Warenhandel befasste, entschließt sich zu einem verlegerischen Geschäft und bedient sich dabei eines Nürnberger Kaufmanns als Mittelsmann. Dieser ist befugt, in ihrem Namen auf der Frankfurter Messe Aufträge zu vergeben, die Sozietät bei Rechtsstreitigkeiten zu vertreten sowie Arbeitsproben entgegenzunehmen und Zahlungen zu vollziehen.

Abb. 8 **Missale Moguntinum. Mainz: Peter Schöffer 1493 (vgl. Kat.-Nr. GM 173)**

Wie die meisten Drucker verdienten auch Fust und Schöffer einen nicht unerheblichen Teil ihres Unterhaltes mit Gebrauchsliteratur und Kleindrucken. Schon früh hatten sie den propagandistischen Aspekt ihres Handwerks genutzt und politische Streitschriften gedruckt, wie ihre Produktion während der Mainzer Stiftsfehde[68] zeigt (Kat.-Nr. GM 184–187). An diesem zunächst auf verbaler Ebene geführten Streit beteiligten sich vier hoch gestellte Persönlichkeiten: Kaiser Friedrich III., Papst Pius II., der abgesetzte Mainzer Erzbischof Diether von Isenburg und der neu eingesetzte Erzbischof Adolf II. von Nassau. Zunächst nutzten Kaiser und Papst das neue Medium informationspolitisch, um Reichsstände, Mainzer Domkapitel, Klerus und Untertanen sowie die kirchlichen und weltlichen Obrigkeiten über ihre Entscheidung für Adolf II. von Nassau zu informieren und den neuen Erzbischof zu legitimieren. Die beiden Kontrahenten Diether von Isenburg und Adolf von Nassau lieferten sich dagegen eine kleine verbale Schlacht, in der sie die Rechtmäßigkeit ihrer eigenen Position und die Unrechtmäßigkeit des Gegners darlegten. Obwohl der Zwist letztendlich auf anderem – gewaltsamem – Wege entschieden wurde, erstaunt doch, wie schnell die gegnerischen Parteien den Wert der neuen Reproduktionstechnik für die Propaganda erkannten. Doch lag der Schwerpunk zunächst weniger auf der politischen »Publicity«, sondern vielmehr auf der raschen und weitläufigen Bekanntgabe obrigkeitlicher Entscheidungen. So brachte Schöffer zahlreiche öffentliche Verlautbarungen heraus, hauptsächlich aus der Kanzlei des Mainzer Erzbischofs in seiner Funktion als Reichserzkanzler (Kat.-Nr. GM 188 a–d). In deren Folge erschienen juristische Landesordnungen, bestellt von dem Landgrafen zu Hessen Wilhelm III. (Abb. 9, Kat.-Nr. GM 189) und vom Graf zu Nassau-Dillenburg Johann V., beide Landesfürsten Kurmainz benachbarter Territorien. Für die juristische Fassung der hessischen Gerichtsordnung zeichneten zwei Fachleute aus der näheren Umgebung verantwortlich: der langjährige Syndikus der Reichsstadt Frankfurt, Dr. Ludwig zum Paradies, sowie der Mainzer Professor Dr. Jacob Koler.[69]

Item welcher vſſerhalb des gerichts zwangs von andern enden einē gewalt bringt· vnd als anwalt zu clagen oder zuantwurtē vermeint Der ſoll vnder eins Furſten geiſtlich oder weltlichen prelaten Granē· Herren Stetten Gerichten· oder ander czweyer oder mere Erber lüthe kondigen Ingeſiegel· oder durch eyns oder mere glaupwirdige Notarien kondige Inſtrument· ſinen gewelt mit beſtymmūge der parthien vnd der ſachen furbringen·

Von beſtandt der geſipten perſonen·

So Jemants von wegen ſiner geſipten perſonen jme biß in den drittē grade verwandt· zu clagen oder zuantworten· oder ichts anders rechtsliche zuhandeln vermeynte· vnd des ſondern gewalts brieffe noch vrkunde nit furbrechte· der mag von deſſelben wegen gewalt furbriṅgē oder ſonſt nach notdorfft verſichern· Solichs ſo er ſiner halb hanteln· durch den ſelben ſteet vnd veſt zuhalten· vnd dem nach zukomen Als ſich gepürt vnd Recht iſt·

Eyn Anwalt geſetzt von wegen ſins herren zuclagen· Soll auch gewalt haben· den ſelben ſinen herren Im gegenrechten zuuer antwurtē wo er aber ſinen herren nit wolt Im gegenrechten verantworten· ſoll er in crafft ſins gewalts clag zuthunde nit zu gelaſſen werden·

Wer in Banne oder Acht iſt· mag fur ſich ſelbſt oder auch fur eyn andern als anwalt nit clagen· Doch ſoll er fur ſich ſelbſt als beclagter zu antworten zugelaſſen werden·

Der man mage an Sundern beuelhe ſiner Frauwen· ſo die in recht geheiſchen wirt· die frauwe verdretten· Alſo das er beſtandt thu vnd ſicherheyt· was durch yen Alſo gehandelt· Das die frauwe das Steet vnd veſt halten werde· wo er aber des nit thette· ſoll er an ſonderlichen gewalt der Frauwen nit zugelaſſen werden· Sonder ſol widder die frauwe procedirt werden· Aber die frauwe mag Iren man in ſachen den man allein berūren nit vertretten· doch jre eltern ob die mit kranckheyt beladen weren· mag ſie wol an Recht vertretten·

Alle Elude die zu offenem kram oder marckt ſtehen· vñ ander die mit eynander alle Irer beder ſchult verſemptlich zubezalen ſchuldig ſin Sollen bede oder jre yedes In ſonderheyt· vmb alle clage vnd ſpruche ſoliche ſchult berūren zu antwort ſteen Vnd deß glichen mag jre jedes Jre beder verſamet ſchult· als volmechtig clage wyſe· mit recht erfordern vnd Inbringen·

a ij

Abb. 9 **Hessische Gerichtsordnung. Mainz: Peter Schöffer 1497 (Kat.-Nr. GM 189). Landeshauptarchiv Koblenz**

All diese kleineren Auftragswerke spiegeln besser und aktueller als die umfangreichen Bücher die historische Situation, in der sie entstanden. Neben Drucken im Zusammenhang mit der Mainzer Stiftsfehde (Kat.-Nr. GM 184–187) sowie solchen für weltliche Behörden betrifft dies vor allem Ablässe und Propagandaschriften gegen die Türken (Kat.-Nr. GM 176–178).[70] Bereits Gutenberg hatte mit seinem Türkenkalender und der Türkenbulle zur Verteidigung Europas gegen die vorrückenden Türken aufgerufen – für die europäische Christenheit eine permanente Gefahr, die erst im 17. Jahrhundert endgültig gebannt war. Den aktuellen Anlass bildete die Eroberung Konstantinopels durch Sultan Mehmet II. am 29. Mai 1453, und besonders Papst Pius II. verfocht bis zu seinem Tod am 15. August 1464 ein geeintes militärisches Vorgehen der europäischen Christenheit gegenüber den Osmanen. Doch die Zeit der Kreuzzüge hatte sich – wie die der Ritter – überlebt; nationale Interessen dominierten, soziale, wirtschaftliche, politische und religiöse Umwälzungen erschütterten Europa, das sich im Aufbruch zur Neuzeit befand. Zwar erteilte die katholische Kirche immer wieder Ablässe zum Wohle des Glaubenskriegs, zwar lebten die Menschen in andauernder Angst vor den anrückenden Heiden, dennoch ging 1526 Ungarn an die Osmanen verloren, die bald darauf 1529 Wien belagerten. Die eifrige Rezeption von Werken, die diese Situation reflektieren, legt Zeugnis für die Brisanz des Themas ab. So sagte der Dominikaner Giovanni Nanni aus Viterbo in einem 1480 in Genua erschienenen und in ganz Europa nachgedruckten Werk die zukünftigen Triumphe der Christen über die Türken voraus, und Berichte wie die des Jerusalemreisenden Bernhard von Breydenbach (Abb. 10, vgl. Kat.-Nr. 216–218, LM 58) oder des Münchners Hans Schiltperger, der 1396 nach der Schlacht bei Nicopolis in türkische Gefangenschaft geraten war, erzielten hohe Auflagen.

Gelegenheitsdrucker: Erhard Reuwich (1486/88)

1483 begleitete Erhard Reuwich, ein aus Utrecht stammender, in Mainz beheimateter Maler, den Domherren Bernhard von Breydenbach auf dessen Wallfahrt ins Heilige Land.[71] Dabei machte er vor Ort zahlreiche Skizzen, deren Umsetzungen im Holzschnitt in Breydenbachs Pilgerbericht als Illustration dienten. Dieser erschien in Mainz am 11. Februar 1486 als lateinische, am 21. Juni 1486 als deutsche und am 24. Mai 1488 als niederländische Ausgabe (Kat.-Nr. GM 216–218, LM 58). Das Kolophon nennt Reuwich ausdrücklich als Drucker, ja das der deutschen Ausgabe betont, er habe alle Bilder des Buchs gemalt *vnd die truckerey yn symen huß volfüret*. Allerdings geschah dies mit den Typen Peter Schöffers und wohl auch mit der Hilfe von dessen Personal, vielleicht sogar dessen Gerätschaften. Denn nichts deutet darauf hin, dass sich Reuwich permanent als Drucker betätigte.
Mit dieser Vorgehensweise – auch wenn sie uns heute erstaunt – steht Reuwich innerhalb der Inkunabeldrucker nicht völlig isoliert. So wissen wir von dem Florentiner Goldschmied Bernardo Cennini, dass er zum Beweis seiner Kunstfertigkeit als einziges Werk den dreibändigen Vergil-Kommentar des Servius Maurus Honoratus druckte.[72]

Desgleichen betrieb der Baseler Bergmann von Olpe seine Offizin wohl nur zu besonderen Gelegenheiten.[73] In allen Fällen standen nicht der finanzielle Gewinn im Vordergrund, sondern bibliofile Ambitionen. So verkehrte der Autor und vermutliche Auftraggeber des Pilgerbuchs, Bernhard von Breydenbach, nicht nur in den Gelehrtenkreisen der Stadt Mainz, sondern er initiierte weitere illustrierte Werke, besonders die beiden bei Schöffer erschienenen Herbarien.[74] Auch Erzbischof Berthold von Henneberg, dem Breydenbach sein Werk widmete, trat mehrfach als kunstliebender Auftraggeber in Erscheinung.[75] Für Reuwich, der als Maler in Mainz eine Werkstatt unterhielt, muss es eine interessante Erfahrung gewesen sein, sein handwerklich-technisches Können an einem neuen Medium zu messen. Eine weitere Rolle mag die Sorge um die adäquate Wiedergabe seiner Zeichnungen gespielt haben.

Obwohl an Reuwichs Druckertätigkeit kaum zu zweifeln ist, muss doch zunächst eine enge Verbindung zur Schöfferschen Offizin bestanden haben. Darauf weisen nicht nur die verwendeten Schriften aus Schöffers Besitz, sondern ebenso die nachfolgenden Ausgaben.[76] Abgesehen von den offensichtlichen Raubdrucken des Augsburgers Sorg 1488 und der Lyoner Offizin von Topié und Heremberck 1488 gingen die Original-Holzschnitte meist an Drucker, die mit Schöffer in Kontakt standen. Kurz bevor in Lyon bei Gaspar Ortuin die wortgetreue französische Übersetzung der »Peregrinatio in terram sanctam« mit den Holzschnitten der Mainzer Erstausgabe am 18. Februar 1489 erschien,[77] brachten Michael Topié und Jacques Heremberck ihren Raubdruck heraus. Nicolas Le Huens »Pérégrination en terre sainte« (Lyon, 28. November 1488) gilt als freie Bearbeitung der »Peregrinatio in terram sanctam«, deren Holzschnitte und sieben Kupferstiche (die ersten im französischen Buchdruck) das Mainzer Vorbild kopieren.[78] Eine lateinische Ausgabe mit Original-Holzschnitten legte der Speyrer Peter Drach[79] am 20. Juli 1490 und nochmals am 24. November 1502 auf, eine spanische Ausgabe von Paul Hurus erschien in Saragossa am 16. Januar 1498.[80]

Bilderdrucker: Jacob Meydenbach (1490–1495)

Jacob Meydenbach (Medinbach, Medenbach) stammte aus einer angesehenen Mainzer Familie, betrieb zwischen 1490 und 1495 vermutlich im Haus zum Saulöffel im Mainzer Stadtviertel »Kirschgarten« eine Offizin und galt als geschickter Formschneider und Schriftgießer.[81] Er besaß keine Druckermarke, nur eine Text- und eine Auszeichnungsschrift sowie die Initialen a und b des Augsburger Druckers Johann Zainer. An seinen wenigen Druckwerken fallen vor allem die großzügig eingesetzten Holzschnitte ins Auge. Dabei deutet die Wiederverwendung der Xylografien im »Totentanz« (um 1492, Kat.-Nr. GM 222, 223) sowie in Johannes Lichtenbergers »Prognosticatio« (die lateinische Ausgabe, Kat.-Nr. GM 220, erschien am 8. Juni 1492, die deutsche am 20. Juli 1492) auf eine Verbindung zu der Heidelberger Offizin Heinrich Knoblochtzers hin.[82]

Meydenbachs Vorgehensweise verdient in mehrfacher Hinsicht unsere Aufmerksamkeit, denn innerhalb von zwei Jahren erschienen bei ihm mindestens drei, vielleicht vier illustrierte Bücher, von denen der »Hortus sanitatis« (23. Juni 1491) 1073 und der Totentanz 41 Holzschnitte enthielten. Dieser enormen finanziellen Anstrengung begegnete Meydenbach auf unterschiedliche Weise. Generell sparte er am Schriftmaterial, indem er sich auf das Notwendigste beschränkte, da seine Interessen eindeutig bei den Illustrationen lagen. Während er für sein erstes Projekt vermutlich wirtschaftliche Unterstützung fand, reduzierte er 1492 die Kosten, indem er bereits vorhandene

Abb. 10 **Bernhard von Breydenbach, Peregrinatio in terram sanctam. Mainz: Erhard Reuwich 1486: »Von der Stadt Rhodos, wie sie von den Türken belagert wurde und doch gewinnen konnte«. (Kat.-Nr. GM 216) Gutenberg-Museum Mainz**

Druckformen bei Knoblochtzer lieh oder kaufte. Seine laufenden Kosten deckte Meydenbach vorzugsweise mit dem Druck von Prognosticationen (vgl. Kat.-Nr. GM 219, 220).

Dennoch erforderte der Druck illustrierter Bücher, noch dazu in diesem Umfang, einen erheblichen Aufwand und technisches Können. Meydenbachs Werkstatt muss daher mit entsprechendem Personal und angemessener Einrichtung ausgestattet gewesen sein.

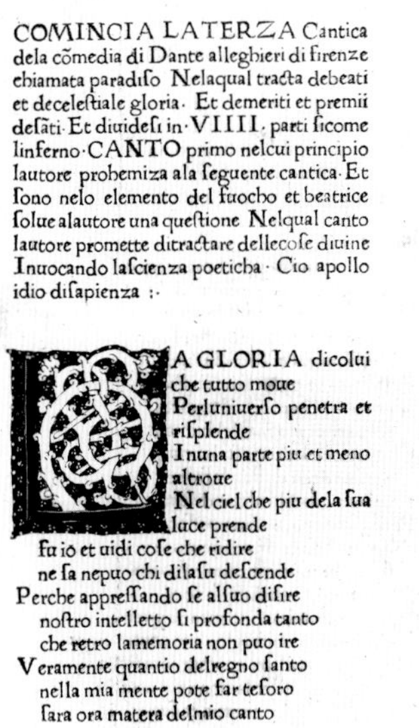
COMINCIA LATERZA Cantica dela cõmedia di Dante alleghieri di firenze chiamata paradiſo Nelaqual tracta de beati et de celeſtiale gloria. Et demeriti et premii deſãti. Et diuideſi in · VIIII · parti ſicome linferno · CANTO primo nelcui principio lautore probemiza ala ſeguente cantica. Et ſono nelo elemento del fuocho et beatrice ſolue alautore una queſtione Nelqual canto lautore promette ditractare dellecoſe diuine Inuocando laſcienza poeticha · Cio apollo idio diſapienza :·

LA GLORIA dicolui
che tutto moue
Perluniuerſo penetra et
riſplende
Inuna parte piu et meno
altroue
Nel ciel che piu dela ſua
luce prende
fu io et uidi coſe che ridire
ne ſa nepuo chi dilaſu deſcende
Perche appreſſando ſe alſuo diſire
noſtro intelletto ſi profonda tanto
che retro lamemoria non puo ire
Veramente quantio delregno ſanto
nella mia mente pote far teſoro
ſara ora matera delmio canto

Abb. 11 **Dante, Göttliche Komödie. Foligno: Johann Neumeister und Evangelista Angelini 1472 (Kat.-Nr. GM 197). Amsterdam, Bibliotheca Philosophica Hermetica**

Der 1491 erschienene lateinische »Ortus sanitatis« (Kat.-Nr. GM 221)[83] war der dritte Druck eines Kräuterbuchs in Mainz innerhalb weniger Jahre.[84] Seinen beiden Vorgängern gegenüber bot Meydenbachs Herbarium einem gelehrten Publikum einen umfangreicheren und moderneren pharmazeutischen Überblick, fiel jedoch hinsichtlich der künstlerischen und naturwissenschaftlichen Qualität seiner Holzschnitte hinter diese zurück. Als Autor vermutet man Peter von Viersen, den langjährigen Ordinarius der medizinischen Fakultät der Mainzer Universität. Gleichzeitig Kleriker, bezog er seine Besoldung als Inhaber der Lektoralpräbende am St. Stephansstift. Obwohl Meydenbach in der Schlussschrift neben Ort und Datum sich selbst nachdrücklich als den Drucker des Werks bezeichnet, der dieses auf eigene Kosten erstellt habe, muss doch der hier ehrenvoll genannte Mainzer Erzbischof Berthold von Henneberg als Förderer des Buchs gelten.[85]

Meydenbachs Produktion veranschaulicht alle Möglichkeiten, die einem Konkurrenten des Marktführers Schöffer zur Verfügung standen: Günstige Zusammenarbeit mit der nahen Hochschule und kirchlichen Förderern, Austauschmöglichkeiten mit anderen Druckern über die nahe Frankfurter Messe, günstige Distribution über mehrere Großhändler vor Ort. Weshalb Meydenbach dennoch nach relativ kurzer Zeit seine Tätigkeit einstellte, bleibt ungeklärt.

Wanderdrucker: Johannes Neumeister (1470–1495)

Johannes Neumeister, der sich in seiner Mainzer Zeit und in Italien »Numeister« schrieb, immatrikulierte sich im Sommersemester 1454 als *Johann Numeister de Treisa* an der Erfurter Universität, etwa seit 1460 erlernte der Kleriker den Buchdruck in Mainz (vielleicht noch bei Gutenberg, vielleicht bei Fust und Schöffer), war Parteigänger Diethers von Isenburg und musste deshalb nach der Stiftsfehde 1462 die Stadt verlassen. Ab 1470 lässt er sich in Foligno nachweisen, wo schon 1463 *Moguntini calligrafi* gearbeitet haben sollen. Demnach wäre Neumeister ohne größere Umwege von Mainz nach Foligno gelangt, vielleicht zusammen mit anderen deutschen Druckern und auf Einladung des päpstlichen Münzmeisters Emiliano de Orfinis, der in den ersten beiden Drucken (Leonardus Brunus Aretinus, »De bello Italico adversus Gothos«, Foligno 1470, Kat.-Nr. GM 196, und Ciceros »Epistolae ad familiares«, ein Nachdruck der 1469 bei Sweynheym und Pannartz erschienenen Edition) als Partner Neumeisters firmierte. Dagegen trat der Kaufmann Evangelista Angelini aus Trevi als Finanzier des dritten Neumeister-Drucks auf, der 1472 herausgebrachten Erstausgabe der »Divina Commedia« Dantes (Abb. 11, Kat.-Nr. GM 197). All diese Werke erschienen ohne Illustrationen, in einer schweren, nicht sehr modern anmutenden Antiqua. Ob noch weitere, heute verschollene Werke in Foligno die Presse Neumeisters verließen, ist unbekannt. Allerdings erwies sich sein Unternehmen trotz der finanziellen Hilfe seiner Partner nicht als erfolgreich, denn er kam wegen Schulden in Haft. Andere Quellen berichten, er habe 1474 den Posten des Direktors der päpstlichen Münze erhalten,[86] während seine Mitarbeiter einem Ruf nach Perugia folgten. Für kurze Zeit kehrte Neumeister dann nach Mainz zurück, wo seine »Meditationes de vita Christi« des Johannes de Turrecremata am 3. September 1479 erschienen (Abb. 12, Kat.-Nr. GM 198, LM 41). In diesem Werk, ebenso wie der am 29. Juni 1480 vollendeten »Agenda Moguntinensis« (Kat.-Nr. GM 199, LM 42), verwendete Neumeister eine Textur-Schrift, als deren Vorbild die der B42 gilt. Aufgrund seiner finanziellen Misere hatte Neumeister seine Antiqua-Typen vermutlich in Italien lassen müssen, und es ist unklar, wie er seine Mainzer Werkstatt finanzierte und wie er zu seiner Schrift gelangte. Noch ungewöhnlicher erscheint der Umstand, dass Neumeister seine beiden Werke illustrierte, was in Mainz zu diesem Zeitpunkt ein Novum darstellte. Dazu wählte er nicht den in den deutschsprachigen Gebieten üblichen Holzschnitt, sondern den Metallschnitt. Als Vorlage dienten die Holzschnitte der 1467 in Rom bei Ulrich Han erschienenen Urausgabe der »Meditationes«. Offenbar hatte Neumeister mit der Illustration eine Lücke in dem ansonsten von Schöffer dominierten Mainzer Markt erkannt und darüber hinaus einen Geldgeber für sein nicht eben billiges Vorhaben gefunden, denn die Herstellung der Metallschnitte bedeutete einen beträchtlichen finanziellen Aufwand. Ob Neumeister die finanziellen Mittel für die Einrichtung einer eigenen Werkstatt zur Verfügung standen, oder ob er in dieser Hinsicht vielleicht ein Arrangement mit Schöffer traf, bleibt dahingestellt. Manches deutet zumindest für die 1480 erschienene »Agenda Moguntinensis« (Kat.-Nr. GM 199) auf einen kirchlichen Auftrag hin. Diesen Schluss lässt jedenfalls der Metallschnitt auf dem letzten Blatt dieses Ritualbuchs der Mainzer Kirche zu, der den heiligen Martin umgeben von den Wappen des Erzbischofs, des Domkapitels und des bischöflichen Kämmerers Bernhard von Breydenbach zeigt.

Freilich scheint Neumeisters Mainzer Aufenthalt nicht die in ihn gesetzten Hoffnungen erfüllt zu haben, denn 1481 finden wir ihn in Albi, wo er keine Konkurrenz durch andere Drucker fürchten musste und vielleicht ebenfalls für kirchliche Förderer arbeitete. Hier brachte er am 17. November 1481 mit denselben Metallschnitten wie in Mainz – allerdings in einer anderen Schrift – erneut die »Meditationes« des Turrecremata (Kat.-Nr. GM 201) heraus und neben einigen kleineren Werken ein »Missale Romanum« (Kat.-Nr. GM 202). Warum Neumeister das abgelegene Albi als Domizil wählte und weshalb er es 1482/83 wieder verließ, ist unklar. Möglicherweise erhielt er einen Auftrag oder ging eine andere sichere, wenn auch befristete Geschäftsverbindung ein, denn seine hier neu geschaffenen Schriften tauchen wieder in Werken auf, die er in Lyon druckte. Dies scheint darauf hinzuweisen, dass er Albi nicht Hals über Kopf verlassen musste. Sein vermutlich erster Lyoner Druck erschien am 3. März 1483. Es handelt sich dabei um die französische Übersetzung des »Belial« des Jacobus de Theramo, in derselben gotischen Type wie die »Meditationes« in Albi gedruckt. Auch die Schrift des »Missale Romanum« taucht wieder in Lyon auf, nämlich 1487 im »Missale Lugdunense« (Kat.-Nr. GM 204). Charles de Bourbon, Kardinal-Erzbischof von Lyon, gab es in Auftrag, die Textüberwachung geschah durch Kaplan Pierre Jaquet. Diesem Hauptwerk Neumeisters, das vermutlich jahrelanger Vorarbeit bedurft hatte, folgten andere Werke für den gottesdienstlichen Gebrauch, etwa 1489 ein lateinisches Psalterium (Kat.-Nr. GM 207), um 1495 das »Breviarium Lausannense« und am 5. August 1495 das Missale für die Diözese Uzès. Dessen Schlussschrift nennt den Piemontesen Michael Topié als Gesellschafter, bei dem Neumeister seit 1498, nun als Geselle, arbeitete. Zuvor hatte er für Gaspard Ortuin (Kat.-Nr. GM 205, 206), eventuell auch für Guillaume Balsarin gedruckt. Über Neumeisters Lebensabend haben wir keine detaillierten Informationen, allerdings führten ihn die Lyoner Steuerlisten als »pauper«, und er starb um 1512 verarmt in Lyon.[87]

Bei Johannes Neumeister handelt es sich um einen typischen Wanderdrucker der frühen Inkunabelzeit. Gebildet und handwerklich versiert, versuchte er, aus seinem technologischen Wissensvorsprung Kapital zu schlagen. Menschen wie er trugen maßgeblich zur Verbreitung der Druck-

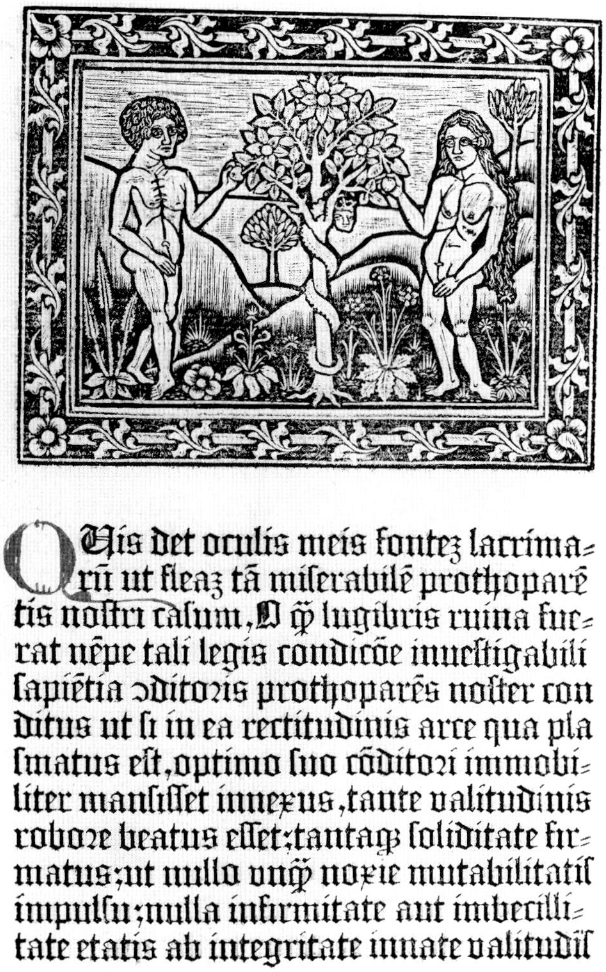
Quis det oculis meis fontez lacrima-
rũ ut fleaz tã miserabilẽ prothoparẽ
tis nostri casum, O q̃ lugibris ruina fue-
rat nẽpe tali legis condicõe inuestigabili
sapiẽtia ɔditoris prothoparẽs noster con
ditus ut si in ea rectitudinis arce qua pla
smatus est, optimo suo cõditori immobi-
liter mansisset innexus, tante valitudinis
robore beatus esset; tantaq; soliditate fir-
matus; ut nullo unq̃ noxie mutabilitatis
impulsu; nulla infirmitate aut imbecilli-
tate etatis ab integritate innate valitudĩs

Abb. 12 **Johannes de Turrecremata, Meditationes. Mainz: Johann Neumeister 1479 (Kat.-Nr. GM 198). Gutenberg-Museum Mainz**

Abb. 13 **Kanonholzschnitt mit Maria und Johannes unter dem Kreuz. Missale Lugdunense, Lyon: Johann Neumeister, 1487 (Kat.-Nr. GM 204). Bibliothèque Municipale de Roanne**

kunst in ganz Europa bei, auch wenn er – wie viele seiner Kollegen – an den wirtschaftlichen Umständen scheiterte. Immer auf der Suche nach einem Auftraggeber, geriet er am Ausgang seines Lebens in einem fremden Land in die Abhängigkeit des Lohndrucks. Ende des Jahrhunderts war Lyon die umsatzstärkste Druckstadt Europas, mit einem enormen Bedarf – und Verschleiß – an qualifizierten Arbeitskräften. Dies mag Neumeister zu seinem Umzug in die Stadt bewogen haben. Da es ihm aber Zeit seines Lebens nicht gelungen war, sich längerfristig als Unternehmer zu etablieren und Rücklagen zu bilden, machten ihn Alter und vielleicht Krankheit zu einem Armen – ein Schicksal, das er mit vielen seiner Berufsgenossen teilte.

Universitätsdrucker: Peter Friedberg (1491–1500)

Über die Person Peter Friedbergs existieren keine zuverlässigen Quellen, er führte kein Signet und wir kennen nicht den Standort seiner Offizin in Mainz, die er – wie man aus seinen firmierten Editionen schließen kann[88] – etwa 1491 gründete. Sein vermutlich letzter Druck (Johann Trithemius, »Oratio de vera conversione mentis ad deum«, Kat.-Nr. GM 235) trägt das Datum 1500. Friedberg bezog seine Schriften wohl über Meydenbach,[89] einen anderen Teil erhielt er von Johann Neumeister und Peter Schöffer.[90] Seine Offizin entstand vermutlich im Umkreis der Mainzer Universität, denn das Verlags-Programm enthält keine deutschen Bücher – allerdings einige wenige Einblattdrucke (Kat.-Nr. GM 225–227) –, dafür kleinere gelehrte Schriften. Unter den Autoren tritt Trithemius (Johann von Trittenheim) am weitaus häufigsten auf, es finden sich jedoch auch andere Humanisten, die in den neunziger Jahren zu Mainz in Beziehung standen. Für Friedbergs Aktivität im Dunstkreis der Universität spricht im übrigen der Ende 1491 gedruckte und von dem Mainzer Magister Peter Hernsheimer berechnete »Almanach praesens in Almo vniversali studio moguntino supputatum« (Abb. 14, Kat.-Nr. GM 225), denn Almanache sowie Neu- und Vollmondtafeln erfreuten sich dort großer Beliebtheit und versprachen dem Drucker sicheren Gewinn.[91]

Wie im Detail die Mainzer Hochschule ihren Bücherbedarf deckte, ist unbekannt. Zwar gab es wohl eine Bibliothek, der Gönner immer wieder Zuwendungen machten,[92] doch befriedigte diese sicher nur zum geringsten Teil den enormen Verbrauch, den die Lehrpläne der Kollegien hervorriefen: *Jeder … höre … seine Vorlesungen, … sorgfältig und ohne jede Unterbrechung, an Hand eines eigenen oder ihm leihweise überlassenen Buches. Es schöpft nämlich Wasser mit dem Sieb, wer ohne Buch lernen will.*[93] Für die Bücherversorgung waren universitätseigene Offizine völlig unüblich,[94] wohingegen der organisierte Buchvertrieb gemeinhin über die Pedelle erfolgte.[95] So gehörte der Ingolstädter Universitätspedell Jerg Wirffel bei mehreren Buchführern zum festen Kundenstamm und erwarb von ihnen Werke, um sie – teils von ihm gebunden – an Studenten und Lehrkräfte weiterzuverkaufen.[96] Darüber hinaus versorgten Drucker-Verleger und Sortimenter vor Ort die Universität, die sich mit Privilegien sowie anderen Vergünstigungen revanchierte, um die Versorgung sicher-

Abb. 14 **Peter Hernsheimer, Almanach für Mainz. Mainz: Peter Friedberg, 1491 (Kat.-Nr. GM 225). Gutenberg-Museum Mainz**

zustellen,[97] wie das Beispiel des Mainzer Professors Florentius Diel zeigt. Er betätigte sich nicht nur als Autor und Textrezensent der Mainzer Ritualien, sondern desgleichen als Buchhändler für den Speyerer Großunternehmer Drach,[98] wobei sicher nicht wenige seiner Studenten zu seiner Klientel zählten.

Da die Hochschulen jedoch nicht nur Textmaterial verbrauchten, sondern es auch produzierten, entstanden in ihrem Umkreis zahllose kleinere, vor allem durch ihre Kurzlebigkeit und Anonymität charakterisierte Druckereien. Möglicherweise ließen einige Professoren durch ihre Schüler oder Famuli kleine Werkstätten einrichten,[99] doch ebenso mögen Wanderdrucker oder einheimische Gesellen ihr Glück versucht und bald entdeckt haben, dass der wissenschaftliche Buchdruck nicht den erhofften Reichtum brachte. In dieser Hinsicht hatten es etablierte Druckereien, wie etwa die Peter Schöffers, leichter. Für ihn bedeutete die Neugründung der Universität lediglich die Erweiterung seiner Produktpalette. Ob er dabei wie seine Kollegen in Leipzig vorging, die für die Professoren Vorlesungsankündigungen druckten und sich im Anschluss daran als Lieferanten für die geeignete Literatur empfahlen, wissen wir nicht.[100]

Zudem profitierten die Offizine insofern von der universitären Infrastruktur, als sie hier einen reichen Fundus an qualifizierten Redaktoren, Korrektoren und Autoren vorfanden. Selbst berühmte Gelehrte wie Heinlin von Stein, Melanchthon, Reuchlin, Erasmus von Rotterdam oder Sebastian Brant stellten sich in den Dienst von Druckern. Für Schöffer arbeitete der Medizin-Professor Johann Wonnecke von Caub (Kat.-Nr. GM 193) und an Breydenbachs Pilgerbuch (Kat.-Nr. GM 216–218, LM 58) legte der seit 1484 an der Mainzer theologischen Fakultät tätige Martin Rath inhaltlich und stilistisch Hand an.[101] Auch die 1492 bei Schöffer erschienene »Sachsenchronik« (Abb. 15, Kat.-Nr. GM 195, LM 50) bedurfte eines bewanderten Redaktors, der die Anordnung der zahllosen Holzschnitte, das Zusammensetzen der Stammbäume sowie die Übereinstimmung von Text und Bild überwachte. Für derartig aufwendige und wissenschaftlich anspruchsvolle Projekte benötigten die Drucker Fachleute, denn Korrektoren verbesserten nicht nur den gedruckten Text, sondern auch die Vorlage. Je nach Anspruch des Auftraggebers konnte dies eine strapaziöse Angelegenheit sein. So schickte der Baseler Drucker Johann Amerbach einen Augustiner-Chorherren auf Reisen, *damit er alle unsere deutschen Bibliotheken durchsuche und den Augustin-Text, der in einzelnen Stücken in diesen Bibliotheken verstreut liegt, zu einer Einheit bringe … Er wandte darauf große Umsicht, und er spürte den Augustin gewissermaßen in allen seinen Gliedern auf: so wurde der Text aus Deutschland, Frankreich und Italien herübergebracht und bei mir zusammengetragen.*[102] Selbstverständlich engagierte sich nicht jeder Drucker derartig für seine Produkte, vielmehr standen die Korrektoren häufig unter enormem Zeitdruck,[103] was ihren Wohnort in der Nähe der Druckerei wünschenswert erscheinen ließ.

Um Peter Friedbergs Engagement innerhalb dieser allgemeinen universitären Strukturen etwas genauer einzugrenzen, muss man sich die Situation an der Mainzer Hochschule im 15. Jahrhundert vergegenwärtigen. Als im Oktober 1477 Erzbischof Diether von Isenburg in Mainz eine Universität mit vier Fakultäten eröffnete, unterlag diese gänzlich kirchlichem Einfluss, da die Professoren ihr Einkommen über Stiftspfründe bestritten und dementsprechend Kleriker sein mussten. Von Beginn an spaltete sich die Lehre der theologischen und artistischen Fakultät: einerseits in die nominalistische »via moderna«, andererseits in die platonisch-realistische »via antiqua«,[104] zu deren frühesten Vertretern der Mediziner Dr. Dietrich Gresemund d. Ä. zählte. Er hatte bezeichnenderweise seine Studien in Italien vollendet, woher er fortschrittliches humanistisches Gedankengut mitbrachte.[105] Doch es war sein Sohn Dietrich Gresemund d. J. (Kat.-Nr. GM 229) und dessen humanistischer Freundeskreis, die maßgeblich Friedbergs Produktion beeinflussten. Jener stellte den Kontakt zu Wimpheling (Kat.-Nr. GM 230) und Johann Trithemius (Kat.-Nr. GM 231–235) her,[106] und die große Anzahl von Schriften, die letzterer bei Friedberg publizierte, lassen auf ein besonderes Vertrauensverhältnis schließen. Trithemius war von 1483 bis 1506 Abt des Benediktinerklosters St. Martin in Sponheim bei Kreuznach, ein Reformtheologe und christlicher Humanist, Polyhistor und Naturwissenschaftler sowie bedeutender Sammler von Handschriften und Drucken für die Sponheimer Bibliothek, die er bald zu einem Zentrum des Frühhumanismus machte. Die meisten seiner Schriften publizierte Trithemius bei Peter Friedberg, darunter 1495 seinen »Catalogum illustrium virorum Germaniae«, die erste deutsche Literaturgeschichte (Kat.-Nr. GM 233). Angesichts dieses dichten

Verhältnisses zwischen Friedberg und den Mainzer Frühhumanisten muss man in der Tat bei dem Drucker eine Hochschulausbildung annehmen. Offenbar aus eigener Anschauung kannte er die Bedürfnisse seiner wissenschaftlichen Klientel, die preiswerte, gut les- und benutzbare Bücher bevorzugte, um sich rasch über neueste humanistische Erkenntnisse zu informieren und auszutauschen. Dies erklärt Friedbergs – auch ihrem äußeren Erscheinungsbild nach – sehr einheitliche Produktion. Im Mittelpunkt der meist bescheidenen Bändchen in handlichem Format stand der aktuelle Inhalt in lateinischer Sprache. Das einzige illustrierte Werk Friedbergs (Abb. 16, Kat.-Nr. GM 228) veranlasste der Arzt Johannes Nell, um damit seinen Patienten ein Mittel gegen die Pest an die Hand zu geben. Es enthält die Vita des Heiligen Rochus, verfasst von dem in Padua wirkenden venezianischen Philosophen und Juristen Franciscus Diedus († 1484), eine »Missa de S. Rocho« sowie Beigaben des Mainzer Humanisten Dietrich Gresemund d. J.[107] So wenig wir im Detail über Peter Friedberg und seine Beziehung zu den Mainzer Humanisten wissen, verdeutlicht sein Wirken doch, wie wichtig gerade für die modernen Gelehrten des ausgehenden 15. Jahrhunderts das gedruckte Buch als Publikationsmedium war, um dem Humanismus zum endgültigen Durchbruch zu verhelfen.

Drucker der Darmstädter Prognostication: anonym (1476–1482)

Der Drucker der Darmstädter Prognostication teilt das Schicksal vieler Inkunabeldrucker, aus deren Typen wir zwar ihr Œuvre rekonstruieren können, nicht aber ihren Namen oder gar die damit verbundene Person. Dies liegt zum einen an der bedauerlichen Nachlässigkeit vieler Wiegendrucker, die ihre Bücher nicht firmierten und datierten, zum andern an der oft schlechten Quellenlage. Der Wirkungsort dieses anonymen Handwerkers ergibt sich aus der Angabe »Maguntie impressum« im »Speculum sacerdotum« des Hermann von Schildiz (vgl. Kat.-Nr. GM 210), der Zeitraum seines Wirkens in Mainz aus den Erscheinungsdaten seiner Werke. Aufgrund der typografischen Nähe seiner Schriften zu Schöffer vermutet man jenen als Ausbilder des Anonymus.[108]
Bei dessen Büchern handelt es sich fast ausschließlich um Quartbände oder Einblattdrucke, sowohl in Latein als auch in Deutsch. Ihr Ratgeber-Charakter legt eine Kundschaft

Abb. 15 **Zusammengesetzter Stammbaum aus der Sachsenchronik. Mainz: Peter Schöffer, 1492. Gutenberg-Museum Mainz**

von gebildeten Laien und Bürgern nahe, während andere Drucke für die kirchliche Obrigkeit oder ein universitäres Umfeld entstanden, aber in jedem Fall den Geldbeutel der Kundschaft nicht allzu stark strapazierten. All diese Eigenschaften lassen einen Zusammenhang zwischen dem Auftreten des anonymen Druckers und der im Oktober 1477 neu gegründeten Mainzer Universität vermuten, doch über vage Annahmen hinaus existieren keinerlei handfeste Belege. Die eher schlichten Bände besitzen weder gedruckte Initialen noch Rubriken, aber immerhin besaß unser anonymer Drucker drei Text- sowie eine Auszeichnungsschrift, die Ähnlichkeit mit der B42-Type aufweist.[109] Ob alle mit diesen Schriften erschienenen Bücher

Petrus ludouicus Maldu
ra In Uitam sancti Rochi
Contra Pestem Epidimie Apud dñm dignissi
mi intercessoris Unacũ eiusdem Officio.

Abb. 16 Der Heilige Rochus zeigt seine Pestbeule, während ein Engel ihn pflegt und ein Hund ihn speist.
Vita S. Rochi, Mainz: Peter Friedberg 1494/95 (Kat.-Nr. GM 228). Gutenberg-Museum Mainz

tatsächlich in Mainz entstanden, lässt sich mit letzter Sicherheit nicht entscheiden.

Zwar treten unsere Informationslücken beim Drucker der Darmstädter Prognostication besonders offenkundig zu Tage, doch wissen wir über die übrigen Inkunabeldrucker nur geringfügig mehr. Obwohl sie alle dazu beitrugen, die Informationsgesellschaft des ausgehenden Mittelalters – und damit deren Weltbild und Leben – drastisch zu verändern, waren sie sich dieser Funktion kaum bewusst. Vielmehr verstanden sie sich – vergleichbar den Informatikern der frühen Computer-Generationen – als Unternehmer, die mit einer relativ neuen Technik versuchten, Wohlstand zu erlangen. Dabei blieb für die heutige Forschung nur ein Segment ihrer Arbeit, nämlich die Drucke, präsent. Diese nehmen deshalb in unserer Wahrnehmung einen hervorragenden Platz ein, wohingegen das restliche Schaffen der Inkunabeldrucker nur indirekte Spuren hinterließ und sich daher kaum noch nachvollziehen lässt. Dieser Aspekt driftete daher im Lauf der Jahrhunderte aus dem Blickwinkel der Forschung, bis die Inkunabeldrucker fast ausschließlich auf ihre handwerklich-technische Tätigkeit reduziert waren. Freilich lässt sich das vielfältige wirtschaftliche, politische und kulturelle Gefüge, innerhalb dessen sie operierten, nur noch ansatzweise rekonstruieren. Doch wird man der Leistung der Inkunabeldrucker eher gerecht, wenn man auch diese Aspekte ihres Schaffens berücksichtigt – wofür die Mainzer Drucker ein gutes Beispiel geben.

1 Zu den Produktions- und Vertriebsstrukturen der Handschriften und Inkunabeln siehe Lange 1949; Lange 1950; zu den schriftlichen Produkten des späten Mittelalters siehe den Beitrag von Isa Fleischmann-Heck.

2 Rothmann 1998, besonders S. 437 ff.

3 Grimm 1967, Sp. 1159, mit weiterer Literatur.

4 Hack 1955, S. 95 f.; Voulliéme 1919, S. 19 ff., Nr. 1.2.

5 Geldner 1970, S. 273.

6 Hack 1955, S. 101, Abb. 8; Hofmeister 1886, S. 35 f.

7 Burger 1907, S. 3 f. und Taf. 3.

8 Presser 1978; Grimm 1967, Sp. 1171.

9 Grimm 1967, Sp. 1168.

10 Hack 1955, S. 97 f.; Burger 1907, S. 10, Taf. 21.

11 Hack 1955, S. 96.

12 Geldner 1958, S. 115.

13 Geldner 1958, S. 117.

14 Geldner 1964 (I), Sp. 22 und Anm. 85 und 86; s. dazu auch den Vertrag zwischen Braccio II. dei Baglioni, dem Professor der Rechte Mateo di Baldi degli Ubaldi, den Handelsherren Bacciolo di Piero de Funagioli und Constantino di messer Andrea sowie den Druckern Petrus Petri aus Köln und Johann Nicolai, S. 217 dieses Katalogs, in dem die Vertragsparteien wohl auch einen Festpreis vereinbarten.

15 Grimm 1967, Sp. 1172.

16 Lange 1950, S. 190.

17 Grimm 1967, Sp. 1499.

18 Lange 1950, S. 190.

19 Grimm 1967, Sp. 1162.

20 Geldner 1970, S. 330.

21 Siehe S. 207 in diesem Katalog.

22 Die nur zeitweise Anstellung von Druckern führte zu Schöffers Problemen mit dem Missale für Breslau, s. S. 223 dieses Katalogs und Zülch/Mori 1920, S. 27 f.; Fuchs 1960, S. 14 f.

23 Heitjan 1971, Sp. 1175 und Anm. 166.

24 Geldner 1970, S. 225.

25 Geldner 1968 (I), S. 128.

26 Geldner 1970, S. 253.

27 Geldner 1968 (I), S. 143.

28 Geldner 1968 (I), S. 170.

29 Geldner 1970, S. 158.

30 Geldner 1968 (I), S. 284.

31 Geldner 1970, S. 361.

32 Geldner 1968 (I), S. 93.

33 Geldner 1968 (I), S. 241.

34 Heitjan 1971, Sp. 1293 ff.

35 Geldner 1968 (I), S. 123 (Lienhart Ysenhut, Formschneider und Schriftgießer), S. 126 (Michael Furter, Buchbinder und Buchführer), S. 137 (Johann Schüssler, Schreiber und Buchbinder), S. 146 (Ambrosius Keller, Buchbinder), S. 255 (Hans Schaur, Formschneider und Ratsschreiber), S. 257 (Benedikt Buchbinder, Formschneider und Buchbinder); Geldner 1970, S. 48 (Johannes Reinhardi, Schriftschneider), S. 66 (Johann von Köln, Buchhändler und Verleger), S. 214 (Johann Siber, Buchhändler).

36 Geldner 1968 (I), S. 63.

37 Dies ist für den Astronomen Regiomontanus (Johannes Müller von Königsberg) belegt, der 1474 in Nürnberg eine Druckoffizin gründete. Hack 1955, S. 97; Burger 1907, Taf. 15; Geldner 1968 (I), S. 170.

38 Geldner 1968 (I), S. 71, 113 ff., 161, 170, 230, 273, 278; Geldner 1970, S. 35, 29 ff., 46, 48–50, 58, 66, 70, 72 ff., 80, 84, 86, 88 ff., 93, 108, 113 ff., 124 und 182, 129, 140, 154, 156, 175, 185, 193, 195, 201, 208, 211, 222 f., 237, 252, 259, 267–269, 271 ff., 273 ff., 280 ff., 283 ff., 287 f., 310, 322, 354.

39 Geldner 1970, S. 29, 33, 35, 43, 51, 53, 55, 80, 88, 93, 97, 112, 135, 150, 161 f., 250, 253, 272, 290 ff., 297, 306 ff., 350; Geldner 1973 (II).

40 Geldner 1970, S. 33, 44, 51, 53, 55, 63 ff., 99, 109, 126 ff., 134, 136 ff., 146 f., 174, 180, 182 f., 189 ff., 211 f., 230, 246 f., 280, 283, 310, 362.

41 Geldner 1970, S. 82.

42 Geldner 1964 (I), Sp. 22 und 139.

43 Geldner 1970, S. 84.

44 Geldner 1970, S. 102.

45 Geldner 1970, S. 151; Geldner 1971; Heitjan 1971, Sp. 1247 ff.

46 Geldner 1964 (I), Sp. 21 und Anm. 82.

47 Geldner 1970, S. 109 f.

48 Geldner 1970, S. 133 f.

49 Geldner 1970, S. 146.

50 Grimm 1967, Sp. 1163 mit weiterer Literatur.

51 Presser 1978.

52 Lange 1949, S. 58.

53 Geldner 1970, S. 121.

54 Geldner 1970, S. 129.

55 Fuchs 1960, S. 36 und Anm. 351; Geldner 1973 (II).

56 Fuchs 1960, S. 36 und Anm. 353.

57 Freund 1971, S. 9 und 13 ff.; Bauch 1907, S. 9; vgl. Heitjan 1971, Sp. 1315.

58 Grimm 1967, Sp. 1499 ff.

59 Vgl. Beitrag Wagner zum Leben Gutenbergs.

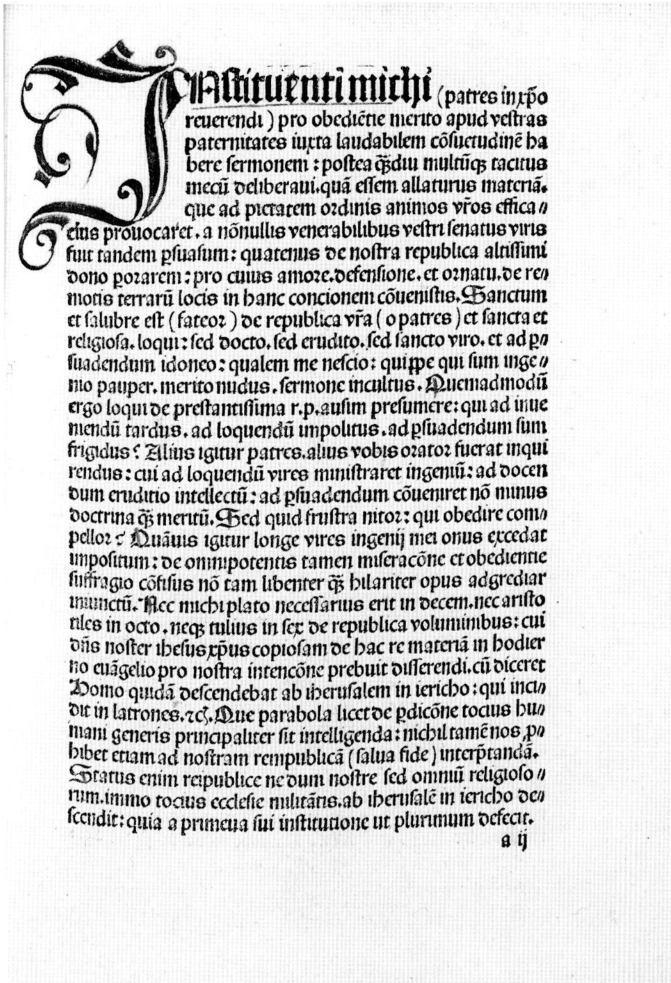

Dissquirenti michi (patres in xpo reuerendi) pro obedientie merito apud vestras paternitates iuxta laudabilem cõsuetudinē habere sermonem: postea q̃diu multūq; tacitus mecū deliberaui. quā essem allaturus materiā. que ad pietatem ordinis animos vr̃os efficacius prouocaret. a nõnullis venerabilibus vestri senatus viris fuit tandem psuasum: quatenus de nostra republica altissimi dono potarem: pro cuius amore. defensione. et ornatu. de remotis terrarū locis in hanc concionem cõuenistis. Sanctum et salubre est (fateor) de republica vr̃a (o patres) et sancta et religiosa. loqui: sed docto. sed erudito. sed sancto viro. et ad psuadendum idoneo: qualem me nescio: quippe qui sum ingenio pauper. merito nudus. sermone incultus. Quemadmodū ergo loqui de prestantissima r.p. ausim presumere: qui ad intuendū tardus. ad loquendū impolitus. ad psuadendum sum frigidus? Alius igitur patres. alius vobis orator fuerat inquirendus: cui ad loquendū vires ministraret ingeniū: ad docendum eruditio intellectū: ad psuadendum cõueniret nõ minus doctrina q̃ meritū. Sed quid frustra nitor: qui obedire compellor? Quāuis igitur longe vires ingenij mei onus excedat impositum: de omnipotentis tamen miseracõne et obedientie suffragio cõfisus nõ tam libenter q̃ hilariter opus adgrediar iniunctū. Nec michi plato necessarius erit in decem. nec aristotiles in octo. neq; tulius in sex de republica voluminibus: cui dñs noster ihesus xp̃us copiosam de hac re materiā in hodierno euāgelio pro nostra intencõne prebuit disserendi. cū diceret Homo quidā descendebat ab iherusalem in ierichō: qui incidit in latrones. etc. Que parabola licet de pdicõne tocius humani generis principaliter sit intelligenda: nichil tamē nos prohibet etiam ad nostram rempublicā (salua fide) interptandā. Status enim republice ne dum nostre sed omniū religiosorum. immo tocius ecclesie militãtis. ab iherusalē in ierichō descendit: quia a primeua sui institutione ut plurimum defecit.

a ij

Abb. 17 **Johann Tritheim. Collatio de republica ecclesiae**
[Mainz: Peter Friedberg, nach dem 1. September 1493]

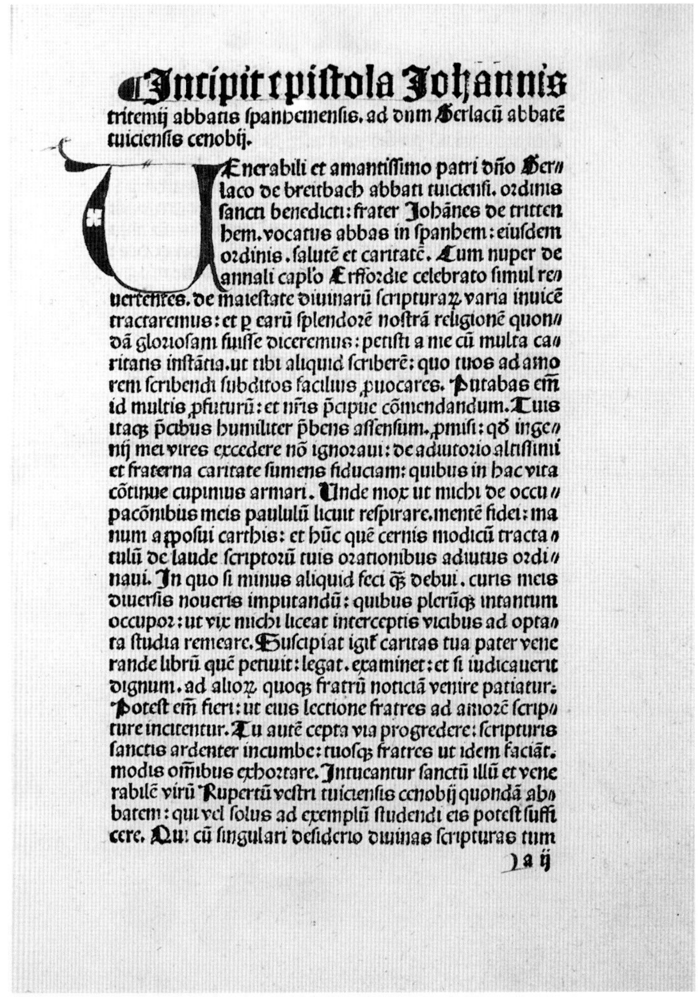

Incipit epistola Johannis tritemij abbatis spanhemensis. ad dnm Gerlacū abbatē tuiciensis cenobij.

Venerabili et amantissimo patri dño Gerlaco de breitbach abbati tuiciensi. ordinis sancti benedicti: frater Johãnes de tritten hem. vocatus abbas in spanhem: eiusdem ordinis. salutē et caritatē. Cum nuper de annali caplo Erffordie celebrato simul reuerteremus. de maiestate diuinarū scripturarū varia inuicē tractaremus: et p carū splendorē nostrā religionē quondā gloriosam fuisse diceremus: petisti a me cū multa caritatis instãtia. ut tibi aliquid scriberē: quo tuos ad amorem scribendi subditos facilius prouocares. Putabas enī id mulcis profuturū: et nr̃is pcipue cõmendandum. Tuis itaq; pcibus humiliter pbens assensum. pmisi: qd ingenij mei vires excedere nõ ignoraui: de adiutorio altissimi et fraterna caritate sumens fiduciam: quibus in hac vita cõtinue cupimus armari. Unde mox ut michi de occupacõnibus meis paululū licuit respirare. mentē fideli manum apposui carthis: et hūc quē cernis modicū tractatulū de laude scriptorū tuis orationibus adiutus ordinaui. In quo si minus aliquid feci q̃ debui. curis meis diuersis noueris imputandū: quibus plerūq; intantum occupor: ut vix michi liceat interceptis vicibus ad optata studia remeare. Suscipiat igit̃ caritas tua pater venerande librū quē petiuit: legat. examinet: et si iudicauerit dignum. ad aliorū quoq; fratrū noticiā venire patiatur. Potest enī fieri: ut eius lectione fratres ad amorē scripture incitentur. Tu autē cepta via progredere: scripturis sanctis ardenter incumbe: tuosq; fratres ut idem faciāt. modis oĩbus exhortare. Intueantur sanctū illū et venerabilē virū Rupertū vestri tuiciensis cenobij quondā abbatem: qui vel solus ad exemplū studendi eis potest sufficere. Qui cū singulari desiderio diuinas scripturas tum

a ij

Abb. 18 **Johann Tritheim. De laude scriptorum**
Mainz: Peter Friedberg 1494

60 Friederichs 1968, besonders Sp. 2, 3, 6 und 7; zu der Frage, ob die Fusts das Goldschmiedehandwerk tatsächlich praktizierten vgl. Beitrag Wagner. Zu Fusts Tod s. Wetter 1851, S. 12f.; weitere biografische Hinweise mit starkem Akzent auf Fusts Geldgier in Ruppel 1961 (I) und Ruppel 1961 (II).

61 Geldner 1974, Sp. 1289ff. Geldner glaubt wegen der erneuten Immatrikulation an eine Studien-Unterbrechung. Siehe dazu Beitrag Wagner, Anm. 22.

62 König 1986, S. 293ff.

63 Vgl. Beitrag Wagner zum Leben Gutenbergs.

64 Geldner 1971, Sp. 377f. Zur Biografie Schöffers s. außerdem Ruppel 1937 (III); Ruppel 1940 (III); Ruppel 1956; Lehmann-Haupt 1950; Geldner 1968 (I), S. 30–38; Voulliéme 1922, S. 106ff.

65 Grimm 1967, Sp. 1499ff.; Strieder 1933; Zülch/Mori 1920, S. 29; Stehlin 1888–1891; Wetter 1851; zu Schöffers Bücheranzeigen s. Velke 1908; Voulliéme 1919, S. 20f., Nr. 4; Burger 1907, S. 3f., Nr. 3; zu den Verleger-Einbänden s. Knaus 1938; Knaus 1944/49; Sack 1973; zur Produktion s. Röll 1990, S. 89ff.; Lehmann-Haupt 1950, S. 85ff.; ISTC 1998; Geldner 1968 (I), S. 30ff.

66 König 1986, S. 294ff.

67 Zülch/Mori 1920, S. 27f.; Fuchs 1960, S. 14f.

68 Zur Stiftsfehde siehe den Beitrag Dobras in diesem Katalog. Zu den Publikationen Heusinger 1962, Repgen 1994 (I) und Repgen 1994 (II).

69 Fuchs 1960, S. 112 und Anm. 1189 und 1190.

70 Hubay 1969; Geldner 1955.

71 Katalog »Die Reise nach Jerusalem« 1992.

72 Geldner 1970, S. 100.

73 Schneider 1994, S. 15 und Anm. 11.

74 Fuchs 1960, S. 36, 85 und 91f.

75 Geldner 1968 (I), S. 42, besonders Anm. 18.

76 Liste bei Fuchs 1960, S. 32; ausführliche Beschreibung bei Davies 1911.

77 Ortuin stand in vielfältiger Beziehung zu Mainzer Druckern, denn er benutzte Typen Johann Neumeisters und verwendete Holzschnitte Schöffers und Reuwichs; Geldner 1970, S. 223.

78 Geldner 1970, S. 226.

79 Geldner 1964 (I), Sp. 21.

80 Geldner 1970, S. 274f.

81 Schneider 1887, S. 3; Helbig 1876, S. 24–34.

82 Voulliéme 1922, S. 113; Geldner 1968 (I), S. 42; zum Werkverzeichnis siehe ISTC 1998.

83 Wenn nicht anders vermerkt, folgen die Ausführungen zu »Ortus sanitatis« Fuchs 1960, S. 96ff.

84 Vgl. Kat.-Nr. GM 193.

85 Geldner 1968 (I), S. 42 und Anm. 18.

86 Voulliéme 1922, S. 112.

87 Geldner 1971, Sp. 376; Geldner 1968 (I), S. 39 f. mit weiterer Literatur; Geldner 1970, S. 98 ff., 225 ff. und 238 mit weiterer Literatur; Geldner 1979; aktuelles Werkverzeichnis ISTC 1998.

88 ISTC 1998; Helbig 1876, S. 34–55 und 209–213; Roth 1887/88.

89 Schneider 1887, S. 3.

90 Voulliéme 1922, S. 112 f.

91 Grimm 1967, Sp. 1500; Schunk 1954.

92 Falk 1907, S. 89.

93 Sack 1986, S. 166 und Anm. 23.

94 Geldner 1968 (I) und 1970 nennt keinen einzigen Inkunabeldrucker, der eine Universitäts-Offizin betrieb.

95 Heitjan 1971, Sp. 1250, 1255 f. und 1261 f.

96 Geldner 1958, S. 115.

97 Sack 1986, S. 167 f. Siehe aber auch die in ihrem Aufsatz angeführten Gegenbeispiele.

98 Geldner 1958, S. 115; Hack 1955, S. 102; Voulliéme 1919, S. 33 ff.; Grimm 1967, Sp. 1501; Diel 1949, S. 361.

99 Geldner 1968 (I), S. 215.

100 Hack 1955, S. 102; Voulliéme 1919, S. 33 ff.

101 Fuchs 1960, S. 89 ff. und S. 47.

102 Widmann 1964, Sp. 779.

103 Widmann 1964, Sp. 785.

104 Herrmann 1907.

105 Bauch 1907, S. 8 f.

106 Bauch 1907, S. 18 f., 20 und 20 ff.

107 Fuchs 1960, S. 113 und Anm. 1196–1199.

108 Voulliéme 1922, S. 111 f.; zu den erschienenen Werken ISTC 1998.

109 Geldner 1968 (I), S. 39.

Ursula Rautenberg

Von Mainz in die Welt:
Buchdruck und Buchhandel in der Inkunabelzeit

Die Bücherschwemme? Von ungelesenen und nutzlosen Büchern

Zur Fastnacht 1494 erscheint in Basel die deutsche Erstausgabe des »Narrenschiffs«. Verfasser ist Sebastian Brant, der als Jurist seit 1483 an der Baseler Universität lehrt und bereits über einigen literarischen Ruhm verfügt. Brant gehört zu einem Kreis humanistisch orientierter Gelehrter um den Theologen Johannes Heynlin von Stein (am Rhein). Heynlins Name ist eng verbunden mit der Einführung des Buchdrucks in Frankreich; als Professor an der Pariser Universität hatte er 1470 zusammen mit seinem Kollegen Guillaume Fichet in der Sorbonne für Ulrich Gering, Michael Friburger und Martin Crantz eine Druckerei eingerichtet. Auch in Basel, wo er sich 1474 niederlässt, gehört ein Drucker-Verleger zu seinem Freundeskreis: der aus Olpe im Sauerland stammende Johann Bergmann. Selbst Theologe und Priester, druckt dieser zwischen 1494 und 1499 die Schriften der Baseler Humanisten, darunter auch die Brants. Bereits Bergmanns erster datierter Druck, das »Narrenschiff«, markiert einen Meilenstein in der Geschichte des illustrierten gedruckten Buches. Den Ruhm der Ausgabe begründen nicht nur die zahlreichen Holzschnitte, die teilweise dem jungen Albrecht Dürer zugeschrieben werden, sondern auch das ausgewogene Verhältnis von Text, Typographie und Buchschmuck. Der Plan muss einer engen Zusammenarbeit zwischen dem Autor, dem Verleger und den Illustratoren entsprungen sein. Das »Narrenschiff«-Projekt entsteht in einem professionellen Umfeld, das nicht nur souverän mit dem inzwischen nicht mehr so neuen Medium umgeht, sondern auch die technischen Vorgaben mechanischer Bild- und Textproduktion in vollendete Buchkunst umzusetzen versteht.

Umso mehr erstaunt, dass Brant sein Werk mit einer harschen Buch-Kritik beginnt. Unter der Überschrift *Von unnutzen buchern* wird ein bebrillter Narr gezeigt, in einem Folianten auf dem Lesepult blätternd (Abb. 1, Kat.-Nr. GM 307). Der erläuternde Text geißelt den Bibliophilen, der sich zwar mit vielen Büchern umgibt, aber nur selten in ihnen liest, wenig von ihnen versteht und auch nur schlecht Latein kann. Brant greift hier einen seit der Antike geläufigen literarischen Topos auf, der sich einerseits gegen eine Demokratisierung des Lesens richtet, andererseits aber auch in der vermeintlichen Bücherflut die Überfülle von Informationen beklagt. Die Bedeutung des frühneuhochdeutschen Adjektivs *unnutz* changiert zwischen »ungenutzt«, »zu nichts zu gebrauchen« und sogar »schädlich«. Es bleibt unklar, ob umstrittene, überflüssige oder veraltete Bücher und Texte gemeint sind. Im Straßburger Nachdruck des Johann Grüninger vom Ende des Jahres 1494, der auch in Brants Text eingreift, findet sich eine weitere Verschärfung: Der Narr, der ein Buch auf dem Boden findet, zögert nicht, es mit dem Fuß beiseite zu stoßen.[1]

Dieser Umgang mit dem Buch wird von Brant und dem Straßburger Bearbeiter satirisch eingekleidet und damit gerügt. Doch ist diese Kritik nur möglich, weil dem Buch einiges von seinem singulären Status abhanden gekommen zu sein scheint, der ihm in Antike und Mittelalter meist fraglos zugebilligt wurde. Als allgegenwärtiges und vielleicht preiswert erstandenes Gebrauchsbuch hat es mit Fußtritten zu rechnen. Dieser Autoritätsverlust ist keine unmittelbare Folge der »Massenproduktion« von gedruckten Büchern. Bereits um 1370 ist in der Handschriftenproduktion eine explosionsartige Steigerung zu verzeichnen, die sich mit der weitgehenden Umstellung auf die neue Technologie um 1470 exponentiell fortsetzt. In dieser Hinsicht ist der Buchdruck ein Kontinuitätsphänomen, das den aus der Handschriftenzeit »aufgestauten Altbedarf«[2] durch rationellere Produktionsmethoden befriedigen kann. Bis zum Jahr 1490 werden europaweit mehr als 200 Orte gezählt, in denen eine Offizin besteht oder zeitweise gearbeitet hat; die Zahl steigt bis zum Ende der Inkunabelzeit auf über 250. Nach neueren Berechnungen liegt die Zahl der Buchausgaben, die die Druckereien ausstoßen, zwischen 26000 und 27000, die Gesamtzahl der Drucke (der Exemplare) wird auf 17 Millionen hochgerechnet.[3] Diese Bücher gilt es auf einem Markt unterzu-

XI

De inutilibus libris.

Inter prȩcipuos pars est mihi reddita stultos
Prima: rego docili vastaque vela manu.
En ego possideo multos/quos raro libellos
Perlego: tum lectos negligo: nec sapio:

Inutilitas librorum.

Qz si quis percurrere omnes scriptores cupiat: opprimetur tum librorum multitudine tum diuersa scribentium varietate: vt haud facile verum possit elicere. Distrahit eni librorum multitudo Et faciendi libros plures non est finis.

Primus in excelsa teneo quod naue rudentes
Stultiuagosque sequor comites per flumina vasta:
Non ratione vacat certa: sensuque latenti:
Congestis etenim stultus confido libellis

Diodorus Siculus .li.i.
Ecclesi. xii.

b iii.

Abb. 1 **Sebastian Brant: Das Narrenschiff. Basel, Bergmann von Olpe 1497 (Kat.-Nr. GM 307)**

bringen, der noch auf eine lesende Elite beschränkt ist, die sich aus Theologen und Gelehrten sowie den gebildeten Laien des Adels und des Bürgertums zusammensetzt. Ein kommerziell geprägter Buchmarkt entwickelt sich, der von der Bedarf deckenden Wirtschaftsweise zur Bedarf weckenden übergeht, dies mit weit reichenden Folgen für den vertreibenden Buchhandel. Bücher sind nun in großer Zahl vorhanden und werden über leistungsfähige Vertriebsnetze auch in entlegenere Gebiete gebracht. Aus einer Mischung von Platzhandel, Messehandel und Wanderhandel entsteht ein flexibles Netzwerk, das eine weit verstreute Kundschaft erreicht.

In dieser Situation schreibt Sebastian Brant das Kapitel über die *unnutzen bucher*, das auch als Reflex auf den neu entstandenen Buchmarkt gesehen werden kann. Das »Narrenschiff« selbst – als im Druck publiziertes Buch – aber profitiert von dem neuen literarischen Markt. Der deutschen Erstausgabe (Kat.-Nr. GM 306) folgen zwei weitere autorisierte Auflagen 1495 und 1499 aus der Offizin Bergmanns. Noch 1494 erscheinen die ersten deutschen Nachdrucke und Bearbeitungen in Nürnberg, Reutlingen und bei Johann Schönsperger in Augsburg. Dieser beschränkt sich nicht auf eine Ausgabe, sondern druckt 1495 und 1498 (Kat.-Nr. GM 310) mit weiteren Auflagen dem Erfolg hinterher. Die lateinische Erstausgabe von 1497 in der Übersetzung des Brant-Schülers Jacob Locher (Kat.-Nr. GM 307), ebenfalls bei Johann Bergmann publiziert, sowie die Nachdrucke (Kat.-Nr. GM 308, 309) öffnen den westeuropäischen Markt. Sie werden zur Grundlage der Übersetzungen ins Französische, Niederländische und Englische. Die Publikationsgeschichte des »Narrenschiffs« zeigt zwar einen nahezu beispiellosen Erfolg im Bereich der zeitgenössischen Literatur und einen frühen »Bestseller«; das ursprüngliche Konzept des buchkünstlerischen Gesamtkunstwerks ist in den nicht autorisierten Ausgaben jedoch nur verzerrt erkennbar. Die Herstellungskosten, die vor allem für den Bildschmuck hoch waren, werden durch schlechte Nachschnitte gering gehalten, das ausgeklügelte Layout gar nicht berücksichtigt und häufig ein kleineres Format gewählt. Über den niedrigeren Preis und das rasche Erscheinen versuchten die Nachdrucker ihren Marktanteil zu sichern.

Von Mainz in die Welt: Die Ausbreitung des Buchdrucks

Zwischen dem Druck der zweiundvierzigzeiligen Bibel und der Publikation des »Narrenschiffs« liegen nur vier Jahrzehnte. Innerhalb dieser für spätmittelalterliche Verhältnisse kurzen Zeitspanne wird die neue Technologie, zunächst ausgehend von Mainz und den dort ausgebildeten Druckern, im deutschen Sprachraum und in Mitteleuropa heimisch.[4] Im Todesjahr Gutenbergs (1468) arbeiten Werkstätten in Bamberg (gegründet 1459/60), Straßburg (1459/60), Köln (1464/66), Basel (1467), Rom (1467) und Augsburg (1468). Bis 1470 kommen noch Venedig, Neapel, Nürnberg und Paris hinzu. Diese Liste der frühesten Druckorte enthält bereits Städte, die in der Inkunabelzeit und im 16. Jahrhundert zu Oberzentren des Buchdrucks aufsteigen werden. Auch ist die so wichtige Verbindung zwischen Italien und dem südlichen Deutschland mit Rom und Venedig hergestellt, und in Paris ist der bescheidene Grundstein einer Universitätsdruckerei gelegt. Für einige der Prototypographen außerhalb von Mainz ist die Verbindung zu Gutenberg und Fust/Schöffer bezeugt. Heinrich Keffer, Gutenbergs Geselle, kommt als Leiter der Bamberger Druckerei in Frage, in der als erstes Nicht-Mainzerisches Druckwerk die sechsunddreißigzeilige Bibel in Gutenbergs Donat-Kalender-Type entsteht. Ulrich Zell aus Hanau, der Erstdrucker Kölns, hat in der Werkstatt Fust/Schöffer gelernt, während Berthold Ruppel in Basel wie Keffer zu Gutenberg gehört. Italiens Erstdrucker Konrad Sweynheim, der zusammen mit dem Kölner Arnold Pannartz nach einem kurzen Zwischenspiel in Subiaco in Rom druckt, stammt aus Mainz; er erhielt seine Ausbildung in der Fust/Schöfferschen Offizin. Der Wanderdrucker Johannes Neumeister, als Drucker zuerst in Italien, dann auch in Frankreich nachweisbar, hat ebenfalls in einer der Mainzer Druckereien gearbeitet. Frankreichs Erstdrucker, Ulrich Gering aus Konstanz, Michael Friburger aus Kolmar und Martin Krantz aus Straßburg, gehören allerdings schon nicht mehr zu der Mainzer Generation.

Nach 1470 gibt es bereits so viele ausgebildete Drucker, dass die personellen Verflechtungen nicht mehr im Einzelnen nachzuzeichnen sind; Verbindungen zwischen den Werkstätten oder Ausbildungsverhältnissen lassen sich meist nur über die Methode des Typenvergleichs herstellen. Das Jahrzehnt zwischen 1470 und 1480 wird entscheidend für die Ausbreitung des Buchdrucks. Während im Jahr 1470 nur in 16 Orten Pressen in Betrieb sind, produzieren 1480 bereits 87 Städte. Die Folgen sind eine erste Absatzkrise und ein Preisverfall: Um die Mitte des Jahrzehnts sinken die Preise deutlich.[5] Die Drucker-Verleger legen vor allem die Texte aus Theologie, Philosophie und Erbauungsliteratur auf, die schon den Handschriftenmarkt dominiert haben und nun in übergroßer Zahl die Lager füllen. Dieser Überproduktion in bestimmten Bereichen stehen noch keine ausgereiften Strukturen auf der Seite des vertreibenden Buchhandels gegenüber. Ebenso bemerkenswert für diese Dekade ist aber die Tatsache, dass sich das Verhältnis von Druckorten im mittelalterlichen Reich gegenüber den ausländischen Regionen zu Ungunsten des deutschen Sprachraums verschiebt. 36 Druckorten im Reich stehen im Jahr 1480 bereits 51 ausländische Druckorte gegenüber, davon allein 31 in Italien, das zehn Jahre zuvor nur vier Druckorte hatte. Vor allem in Oberitalien entsteht eine dominante, exportorientierte Buchhandelsregion, die rasch einen technischen Vorsprung erlangt hat und behauptet (Abb. 2). Spanien (u.a. Valencia und Barcelona 1473), Nord- und Osteuropa (Ofen 1473, Krakau 1473/74) und England (Westminster 1476) kommen mit bescheidenen Anfängen hinzu; auch in Frankreich geht die Entwicklung nur zögernd voran (neun Druckorte 1480). Innerhalb des Reiches sind nun auch die Niederlande mit elf Druckorten 1480 nachdrücklich präsent. Diese immense Steigerungsrate der Druckorte, der die weit ausgreifende geographische Expansion entspricht, wird in den folgenden Dekaden nicht mehr erreicht. 1490 existieren 105 Druckorte in Europa, bis 1500 ist die Entwicklung mit noch 81 produzierenden Druckorten bereits rückläufig. Ein erneuter Aufschwung bleibt bis zur Reformation in Deutschland aus. Gegen Ende der Inkunabelzeit wird der Buchmarkt von weniger als zwanzig sehr leistungsfähigen Produktionsorten mit einem hohen Ausstoß und bedeutenden Offizinen beherrscht, denen viele mittlere und kleine, auch nur zeitweilig arbeitende, Druckerstädte gegenüber stehen. Die Karte der Inkunabeldruckorte zeigt einen Streifen mit hoher Druckortdichte, für den im Norden als Begrenzungspunkte Oxford und

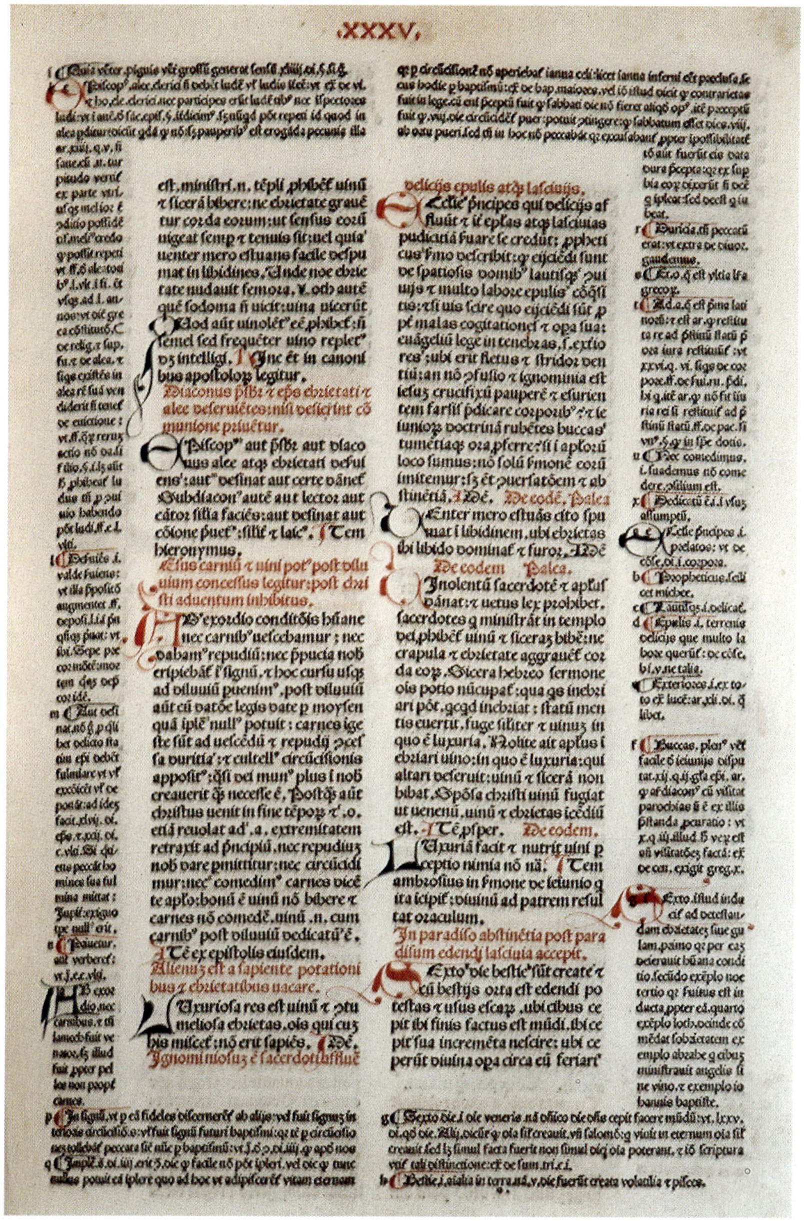
XXXV.

Abb. 2 **Gratianus: Decretum. Venedig: Johann von Köln und Johann Manthen, 1479 o. 1480. Nicolaus-Matz-Bibliothek Michelstadt**

Stockholm, im Süden Reggio di Calabria und Sevilla anzugeben sind. Die Regionen mit der höchsten Dichte liegen aber in West- und Süddeutschland, in Südostfrankreich und in Nord- und Mittelitalien bis Rom.[6]

An welchen Orten haben die Drucker sich nun bevorzugt niedergelassen? Welches sind die günstigen Standortbedingungen für das Druckgewerbe? Zunächst ist festzuhalten, dass nur die Stadt die nötige Infrastruktur für das kapitalintensive und arbeitsteilige Gewerbe des Buchdrucks bietet und diese in möglichst überregional bedeutende Verkehrs- und Handelsnetze eingebunden sein sollte. Die Nähe eines Handelsplatzes erleichtert den Bezug des Papiers, das in sehr großen Mengen für den Auflagendruck benötigt wird und in großen Formaten noch überwiegend aus den oberitalienischen Papiermühlen bezogen wird. Ebenso bieten die Fernhandelsplätze die Möglichkeit, die europaweit und überregional gehandelte Gelehrtenliteratur den Verkehrssystemen und Transportunternehmen zu überlassen, die die Fernhandelskaufleute seit jeher nutzen. Die bedeutenden europäischen Druckorte der Inkunabelzeit sind meist zugleich bevölkerungsreiche, finanzkräftige und kulturell bedeutende Handelsstädte, wie Augsburg und Nürnberg in Süddeutschland, Köln, Straßburg und Basel entlang des Rheins, Antwerpen und Brügge in den Niederlanden, Venedig, Mailand und Florenz in Oberitalien sowie Paris und Lyon in Frankreich. Die Verbindung zwischen diesen Zentren bilden die alten Fernhandelswege und Pilgerstraßen, auf denen auch die Buchdrucker und Buchhändler unterwegs waren (Kat.-Nr. GM 282–286).

Dennoch sind nicht alle Städte, die über günstige Standortvoraussetzungen verfügen, auch zu frühen Druckorten geworden. In Trier wird erst 1547 gedruckt, da Köln als Druckerstadt sich früh und machtvoll etabliert hat, ebenso wie Frankfurt am Main durch die Nähe zu Mainz als Produktionsort erst 1511 über eine Offizin verfügt. Andererseits ist Frankfurt im späten Mittelalter ein bedeutender Messeplatz, sodass bereits Fust und Schöffer dort ein Lager betreiben und ihre Produktion zum Teil auf der Messe umschlagen. Für die Großbuchhändler gehören die Frankfurter Frühjahrs- und Herbstmessen seit der Frühzeit des Buchdrucks zu den wichtigen Terminen, nach der sie ihre Reisetätigkeit und die Produktionszeiten ausrichten. Der Holzschnitt »Die Artikel der Messe« von 1517 (Kat.-Nr. GM 287) zeigt das Buch im breiten Fächer von angebotenen Waren, allerdings in randständiger Position. Dies gibt wohl realistisch die Bedeutung des Buchhandels für die auf der Messe umgeschlagenen Güter wieder. Leitgüter waren Tuche und Textilien, daneben wurden hauptsächlich Gewürze und Wein sowie Pelze, Leder und Metallwaren gehandelt.[7]

Wenn auch die Handels- und Exportbedingungen für die Etablierung von Druckereien wichtig sind, so spielen doch auch andere Faktoren eine Rolle. Bisher nicht genannt wurde der Einfluss kirchlicher Institutionen. Die Mitwirkung des Ortsbischofs oder seiner Behörde ist gerade bei den frühesten Niederlassungsorten wahrscheinlich.[8] Für die Produktion kleinerer Druckwerke, darunter auch die in hoher Stückzahl benötigten Ablassbriefe und Bullen, erweist sich der Buchdruck als schnell und rationell. Die reformorientierte Geistlichkeit erkennt den Nutzen des Buchdrucks aber auch für viel benutzte und langlebige Bücher für die Predigt und den Gottesdienst, da endlich geprüfte und sorgfältig redigierte Texte in identischen Exemplaren jedem Geistlichen in die Hand gegeben werden können. Das unbedeutende Bamberg verdankt seinen Ruhm als erster Druckort außerhalb Mainz' wohl dem Fürstbischof Georg von Schaumburg, auf dessen Initiative vermutlich die 36-zeilige Bibel gedruckt wird. In der Liturgie benötigte Bücher, auch wenn sie nur mit großen technischen Schwierigkeiten und unter hohen Investitionen herzustellen sind, werfen bei einer genau möglichen Auflagenkalkulation hohe Gewinne ab. Schon bald produzieren auf Liturgica spezialisierte Drucker nicht mehr nur für die eigene Diözese, sondern für oft weit entlegene Gebiete. Genannt sei hier Erhard Ratdolt, der nach seiner Rückkehr aus Venedig in Augsburg zahlreiche Missalien produziert (Kat.-Nr. GM 245), wobei er den Mehrfarbendruck technisch im Tondruckverfahren zu vereinfachen sucht. Einen Einblick in den schwunghaften Handel mit Missaldrucken gibt auch das Rechnungsbuch des Peter Drach in Speyer (Kat.-Nr. GM 291). Das in Paris von Wolfgang Hopyl 1514 gedruckte Missale Coloniense (Abb. 3, Kat.-Nr. GM 295) entstand im Auftrag des Kölner Verlegers Franz Birckmann. Wie hoch im Einzelnen der repräsentative Anspruch sein konnte, der an ein Missale gestellt wurde, zeigt das Exemplar, das von den Kölner Fraterherren am Weidenbach koloriert wurde.

Diese enge Zusammenarbeit zwischen Kirche und Druckherren, die allerdings durch Zensurbestrebungen besonders während der reformatorischen Wirren getrübt wird, mag auch dadurch gefördert worden sein, dass eine nicht geringe Zahl der Inkunabeldrucker über akademische Grade verfügt oder Kleriker ist.[9] Die Universitäten hingegen haben die Niederlassung von Druckern in aller Regel nicht unterstützt – eine Ausnahme bildet hier die Sorbonne –, sie haben sie bestenfalls nicht verhindert.[10] Auch spielen die für die Literatur des Mittelalters so wichtigen fürstlichen Residenzen keine Rolle. Ein möglicher Grund mag sein, dass die alten mäzenatischen Strukturen – die

Abb. 3 **Missale Coloniense. Paris: Wolfgang Hopyl für Franz Birckmann, 1514. Hessische Landes- und Hochschulbibliothek Darmstadt**

volkssprachliche literarische Produktion hängt wesentlich von vermögenden Auftraggebern ab, die die Autoren unterstützen und die Manuskripte vervielfältigen – auf dem neuzeitlichen Buchmarkt obsolet werden. Zwischen den Autor als Produzenten und sein Publikum tritt der Verleger, für den der Warencharakter – nicht des literarischen Werkes an sich, sondern seiner Überlieferungsform im gedruckten Buch – im Vordergrund steht.

Die neue Buchwirtschaft: Buchdruck und Buchhandel

Um 1471/72 entstand in Köln in einer nicht genannten Werkstatt die Enzyklopädie »De proprietatibus rerum« des Bartholomäus Anglicus (Kat.-Nr. GM 275). An der Finanzierung und vermutlich auch am Satz dieses wissenschaftlichen Handbuches war mit hoher Wahrscheinlichkeit Englands Prototypograf, der Kaufmann William Caxton, beteiligt. Severin Corsten hat die Gestehungskosten für dieses Buch in einer geschätzten Auflage von 120 Exemplaren errechnet.[11] Bei einem Umfang von 248 Blatt im Folioformat schlug allein das Papier mit 50 bis 60 Gulden zu Buche, ungefähr die Summe, die in Köln für ein kleines Haus zu zahlen war. Für Satz und Druck musste noch einmal die gleiche Summe aufgewendet werden, sodass die Gesamtgestehungskosten bei 100 bis 120 Gulden lagen. Dieser Betrag blieb für mindestens ein Jahr ohne Rückflüsse über den Verkauf, da die Produktionszeit des umfangreichen Werks ein ganzes Kalenderjahr in Anspruch genommen haben wird.

Die verlegerischen und buchhändlerischen Probleme, die diese kapitalintensive Vorratsproduktion des Druckens mit beweglichen Lettern mit sich bringt, verdeutlicht dieses beliebig herausgegriffene Beispiel. Zudem impliziert die neue Technologie, dass »auf einen Schlag« eine hohe Stückzahl gleichartiger Produkte erzielt wird, die einzelnen Exemplare der Auflage. Diese lassen sich nur zum geringeren Teil auf dem lokalen und regionalen Markt unterbringen. Über ausgefeilte Vermarktungs- und Vertriebsstrukturen und oft über weite Strecken müssen die Bücher an den Käufer gebracht werden, ein Vorgang, der finanziell einen langen Atem erfordert. Neben den Anforderungen der Technik ist dies die Hauptschwierigkeit, vor der die frühen Drucker-Verleger stehen. Sie sind nicht nur Drucker und Verleger in Personalunion, sondern müssen sich auch um den Absatz kümmern. Die bedeutenderen Drucker-Verleger nehmen die Vertriebsstrukturen und händlerischen Usancen der Groß- und Fernhandelskaufleute auf. So sind gedruckte Bücher nicht nur im Ladengeschäft bei der Werkstatt zu erwerben, sondern auch bei den auswärtigen Handelsniederlassungen der Druckhäuser, über reisende Buchführer, oder sie werden auf Messen umgeschlagen. Anders als das kleinteilige, auf Bestellung produzierende Handschriftengewerbe, gehören die für einen überregionalen Markt produzierenden Verleger – und das sind alle, die sich am Geschäft mit der lateinischen Gelehrtenliteratur, der Theologie, den Klassikerausgaben und der wissenschaftlichen Fachliteratur beteiligen – zu den Kaufleuten, die mit hohen Risiken arbeiten. Schon früh ist daher die Bildung von Geschäftsgemeinschaften zu beobachten, die zwischen Druckern und Finanziers, meist erfahrenen Kaufleuten, oder auch zwischen Drucker-Verlegern untereinander eingegangen werden. Sie können nur für kurze Zeit, oft nur zur Realisierung bestimmter Projekte, geschlossen werden und dienen der Risikominderung bei den Herstellungskosten, dem gemeinschaftlich organisierten Vertrieb und der Gewinnmaximierung.[12]

Nur in den seltensten Fällen allerdings sind wir gut über die Modalitäten im Einzelnen unterrichtet. Oskar von Hase spricht sogar von einer »Geheimgeschichte, deren Schleier sich selten lüften lässt«,[13] da die Druckvermerke in der Regel nicht über die Finanzierungsverhältnisse Auskunft geben und nur in Glücksfällen Abrechnungen oder Verträge erhalten sind. Für den gut erforschten Nürnberger Verleger und Großbuchhändler Anton Koberger lassen sich in Umrissen die weit verzweigten Strukturen einiger Geschäftsgemeinschaften erschließen. Aus dem Briefwechsel mit Johann Amerbach zeichnen sich die näheren Umstände verschiedener Druckprojekte ab, die er mit Amerbach selbst und den Baseler Druckern um Amerbach – vor allem Johannes Petri und Johannes Froben – abwickelt. Er beteiligt sich an der Finanzierung gemeinschaftlicher Projekte, liefert Papier, beschafft Vorlagen oder kauft den Baselern Auflagen ganz oder teilweise ab. So bietet in einem Brief vom 20. September 1503 (Kat.-Nr. GM 305) Koberger Amerbach an, die Augustinus-Ausgabe (Kat.-Nr. GM 304) ganz oder teilweise zum Vertrieb zu übernehmen.

Koberger unterhält enge Geschäftsbeziehungen auch nach Köln. Severin Corsten vermutet aus guten Gründen, dass Koberger zusammen mit den Kölnern Heinrich Quentell und Bartholomäus von Unkel ein Drucker-, Verleger- und Finanzkonsortium bildet, das die beiden 1478/79 in Köln erschienenen niederdeutschen Bibelausgaben auflegt. Allein der Papierpreis für die großformatigen Bände beläuft sich auf geschätzte 345 Gulden, hinzu kommen die Aufwendungen für die zahlreichen Holzstöcke. Diese hat Koberger für seinen Bibeldruck in Nürnberg 1483 (Kat.-Nr. GM 264) nochmals verwendet; sie sind ihm als Gesellschafter bei der Abrechnung des Geschäfts vermutlich als Teil des Gewinns zugefallen.[14] Der Bibeldruck zeigt darüber hinaus die geschickten Marketing-Strategien der frühen Verleger, die sich einen möglichst weiten Absatzmarkt sichern wollen. In Köln erscheinen zwei Ausgaben in unterschiedlichen niederdeutschen Dialekten, einmal die niederdeutsch-ostfälische Fassung und die westmünsterländische, dem Fränkischen angenäherte Version (Kat.-Nr. GM 262, 263).

Für den Druck der Schedelschen Weltchronik von 1493 in einer lateinischen und deutschen Ausgabe (Kat.-Nr. GM 256, 257) hat sich als einer der seltenen Glücksfälle die Endabrechnung erhalten. Hier war Anton Koberger nur als Lohndrucker ohne unternehmerisches Risiko beteiligt; die beiden Gesellschafter-Parteien wurden von den Verlegern und Kaufleuten Sebald Schreyer und Sebastian Kammermeister und den Illustratoren Michael Wolgemut und Wilhelm Pleydenwurff gebildet. Nach der Abrechnung vom 22. Juni 1509 (Kat.-Nr. GM 258) haben mehr als 50 Kommissionäre in über 30 Orten den Vertrieb übernommen, darunter nur wenige Buchhändler, häufig aber die Fernhandelspartner der Geldgeber Schreyer und Kammermeister. Buchhändler, Verleger und Kaufleute aus dem süddeutschen Raum, aber auch in Paris, Straßburg, Lübeck, Danzig, Krakau, Wien, Venedig, Florenz und Mailand waren am Verkauf der Weltchronik beteiligt, der sich mindestens bis in das Jahr 1509 erstreckte.[15]

Koberger, dessen Hauptabsatzgebiete in Süddeutschland, Sachsen und Niedersachsen, den Niederlanden, Frankreich, der Schweiz und in Oberitalien liegen, vertritt den Typus des international operierenden Großbuchhändlers und Verlegers, der über weit gespannte Beziehungen verfügt. Nur wenige Betriebe am Ende der Inkunabelzeit sind aber von diesem Zuschnitt. Neben den von vermögenden Drucker-Verlegern und Kaufleuten geleiteten Unternehmen stehen mittlere Betriebe mit bescheidenen Einnahmen oder »Habnit-Handwerker«, die sich im Lohndruck verdingen. Auch wenn die Großunternehmer die lokalen Märkte nicht auslassen, sind die kleinen und mittleren Betriebe doch die Hauptlieferanten für die regionalen Buchmärkte und für Ware, die nicht über die überregional bedeutenden Messeplätze umgeschlagen wird. Sie stellen im Auftragsdruck Akzidenzdrucksachen her, sind als Universitäts- und Residenzdrucker tätig oder bedienen den nationalen Markt mit volkssprachlicher Unterhaltungsliteratur, Kalendern, religiösen und medizinischen Traktaten und Lebenshilfeschriften.

Diesem differenzierten Bild auf der Seite der buchhändlerischen Produzenten entspricht eine zunehmende Ausdifferenzierung beim vertreibenden Buchhandel. Die anfängliche Einheit von Druck, Verlag und Vertrieb wird zu Gunsten einer Spezialisierung und Schwerpunktsetzung aufgefächert. Zwar verfügen die Großbuchhändler in aller Regel auch über einen Verlag, aber der Besitz einer Druckerei ist nicht mehr zwingend notwendig. So ist Koberger in seinen letzten Lebensjahren zwischen 1505 und 1513 nur noch als verlegender Buchführer tätig; der für den Englandhandel bedeutende Kölner Franz Birckmann hingegen kauft erst wenige Jahre vor seinem Tod (um 1530) eine Druckerei hinzu. Diesen Großunternehmen stehen Offizinen gegenüber, die Aufträge im Lohndruck übernehmen und daneben oft nur wenige eigene Publikationen verlegen.

Die verlegenden Händler sind häufig auch als Zwischenbuchhändler großen Stils tätig, die die eigene Verlagsproduktion und zugekaufte Ware in ihren Absatzgebieten vertreiben. Das Rechnungsbuch des Peter Drach (Kat.-Nr. GM 291) bietet einen genauen Einblick in die geschäftlichen Abläufe. Auf den Messen wird die Ware getauscht oder gekauft, und auch die Konten werden in halbjährlichem oder jährlichem Turnus ausgeglichen. Neben Venedig, Lyon und Antwerpen gehört Frankfurt zu den Messeplätzen europäischer Geltung, die ständig von Buchführern besucht werden. Um 1490 entsteht der Beruf des niedergelassenen Sortimenters als Einzelhändler, der über

Abb. 4 Der Buchhändler Heinrich Kepner. Hausbuch der Mendelschen Zwölfbrüderstiftung. Nürnberg nach 1426. Stadtbibliothek Nürnberg

das Ladengeschäft und im Reisebuchhandel den Endkunden versorgt.[16] Daneben beteiligen sich Buchbinder am Handel mit gebundenen Büchern; diese bedienen aber nur den engeren lokalen Markt.
Der frühe Buchhandel ist größtenteils Wanderhandel. Die Bücher werden als Zuladung von den reisenden Kaufleuten mitgenommen, über Transportunternehmen versandt oder auch von reisenden Buchführern im Wagen mitgeführt. Verpackt sind die in der Regel ungebundenen Buchblöcke in Fässern, nur selten werden sie in Ballen verschnürt wie das unbedruckte Papier. So gilt die Sorge der Buchhändler der sorgfältigen Verpackung und der Qualität der Fässer, und man war froh, wenn eine Sendung unbeschadet und vollzählig beim Empfänger angekommen war (Abb. 4, Kat.-Nr. GM 289). Die reisenden Händler, die Waren zum Direktverkauf mitführen, machen durch gedruckte Plakate auf ihre Anwesenheit in der Stadt aufmerksam. Diese so genannten Buchführeranzeigen zählen die Bücher auf, die die Händler im Gepäck haben; der Aufenthaltsort in der jeweiligen Stadt – meist handelt es sich um Gasthäuser – wird handschriftlich eingetragen (Kat.-Nr. GM 246, 249, 278).

Zur Ausstellung: Die Drucker, Händler und die Produktionsorte

Am Ende der Inkunabelzeit lässt sich in groben Zügen folgendes Bild der Buchhandelsgeografie skizzieren. Die Zentren des Buchfernhandels im deutschen Sprachraum liegen am Rhein und in Oberdeutschland; hier sind auch die bedeutendsten Druckorte angesiedelt. Von großer Bedeutung ist der Rhein für den Austausch zwischen Norden und Süden. Köln, das das Stapelrecht besaß, ist Umschlagplatz für den Handel mit den Niederlanden und weiter nach England. Über Straßburg und Basel läuft größtenteils der Frankreichhandel, wobei hier neben Paris Lyon als Druckort und internationaler Messeplatz von Bedeutung ist. Auch der Buchhandel mit der iberischen Halbinsel, die in der Inkunabelzeit weitgehend Importmarkt für lateinische Bücher bleibt, wird über Lyon abgewickelt. Augsburg und Nürnberg sind die wichtigsten Umschlagplätze für den Buchhandel mit Ober- und Mittelitalien, aber auch für den Osthandel. Die spätere Buchmetropole Leipzig entwickelt sich erst in der Folge der Reformation und der bibliopolen Zweiteilung zum Zentrum im Norden und Nordosten.
Der Ausstellungsteil »Von Mainz in die Welt« muss sich auf die Dokumentation weniger ausgewählter Druckorte beschränken; dabei stehen die Inkunabel- und Frühdrucke für die charakteristischen Schwerpunkte im Produktionsprofil, während die Archivalien und die Buchhändleranzeigen die buchhändlerischen Organisationsformen im Fall einzelner Drucker-Verleger vorstellen sollen. Die Exponate sind nach Druckorten oder buchhändlerischen Gemeinschaftsprojekten zusammengefasst, wobei die einzelnen Abschnitte nicht der Chronologie der Druckorte folgen, sondern der Topografie. Hinzu kommt eine kleine Abteilung, die sich dem Reisen und dem Buchvertrieb widmet (Kat.-Nr. GM 282–291).
In Köln wird 1464/66 als vierter deutscher Stadt der Buchdruck eingeführt. Bereits Ulrich Zell, Kölns Erstdrucker, setzt auf das wissenschaftliche theologische Buch (Kat.-Nr. GM 260), das neben der ebenfalls überwiegend lateinischen Erbauungsliteratur die Kölner Inkunabelproduktion dominiert. Als Stadt, die die Reliquien der hl. Ursula und der Heiligen Drei Könige in kostbaren Schreinen bewahrt und zeigt, ist das »Heilige Köln« beliebtes Pilgerziel. Dies schlägt sich auch im Buchdruck mit zahlreichen Legendendrucken nieder (Kat.-Nr. GM 265–274); die Produktionstermine dieser meist dünnen Broschüren wurden auf die Zeigungstermine der Reliquien abgestimmt und direkt an die oft von weit her anreisenden Pilger verkauft. An der südlichen Peripherie des niederrheinisch-maasländischen Kulturraums gelegen, ist der kulturelle Einfluss Kölns auf die nördlichen und südlichen Niederlande nicht zu unterschätzen, gestützt auch durch die traditionell engen Handelsverbindungen besonders mit Brügge, Leeuwen und Utrecht. So hat die Kölner Vorherrschaft zunächst die Ausbreitung des Buchdrucks in den Niederlanden behindert. Erst 1473 wird in Utrecht das erste (datierte) Buch gedruckt, 1477 folgen Delft, Deventer und Gouda. Die niederländischen Drucker der ersten Generation sind wohl zum Teil in Köln ausgebildet worden, möglicherweise wanderten auch aus Venedig Drucker in die Niederlande ab.[17]

Stellvertretend für die niederländischen Druckorte wurde Antwerpen gewählt, das auch ein wichtiger Messeplatz war. Der Drucker-Verleger Gheraerd Leeu, zunächst in Gouda tätig, hat originelle volkssprachliche und illustrierte Drucke in seinem Programm und geht in der Gestaltung seiner Bücher und auch in leserlenkenden Hinweisen in den Texten selbst auf die ungewohnte Lesesituation der stillen Lektüre volkssprachlicher Texte ein (Kat.-Nr. GM 279).[18]

William Caxton, Englands Erstdrucker, war zunächst Kaufmann in Brügge. Er hat 1471/72 in Köln in der Werkstatt Johann Veldeners gearbeitet und druckt und verlegt ab 1474 in Brügge (Kat.-Nr. GM 276) und nach seiner Rückkehr 1476 schließlich in Westminster bei London (Kat.-Nr. GM 277). Für Caxton, der die Druckerszene Englands in der Inkunabelzeit prägte, empfahl sich eine weitgehende Beschränkung auf den englischen Markt mit der Produktion volkssprachlicher Literatur und einheimischer Autoren.[19] Die Insel war bereits mit den lateinischen Importen vom Kontinent überschwemmt, die ihren Weg über die alte Handelsroute des Rheins und die flandrische Hafenstadt Antwerpen aus Oberitalien, Deutschland und Frankreich nach England und Schottland fanden. Nach neueren Berechnungen stammen nicht einmal 10% der in britischen Bibliotheken erhaltenen Inkunabeln aus einheimischer Produktion.[20]

Aber auch Frankreich wandelt sich erst gegen Ende des 15. Jahrhunderts vom Import- zum Exportland. Gegenüber der sprunghaften Entwicklung in Italien geht die Ausbreitung des Buchdrucks in Frankreich nur zögernd voran. Die erste Druckerei in der Sorbonne war eigentlich eine Privatdruckerei für die Professoren Heynlin und Fichet (Kat.-Nr. GM 292, 293). Allerdings floriert in Paris, der wichtigsten Universitätsstadt nördlich der Alpen, bereits vor der Eröffnung der Druckerei in der Sorbonne der Handel mit gedruckten Büchern. Schon in den sechziger Jahren beliefern Johannes Fust und Peter Schöffer den Pariser Markt; Fust stirbt während einer Geschäftsreise in Paris im Jahr 1466.[21] In der späteren Inkunabelzeit entwickelt sich Paris zum Produktionsort mit den meisten Offizinen in Frankreich und zur bedeutenden Buchhandelsstadt, die die Druckproduktion von Absatz und Vertrieb her organisiert.[22] Unter den Pariser Buchhändlern ragt Antoine Vérard heraus (Kat.-Nr. GM 294). Nur Lyon kann sich im zentralistischen Frankreich gegenüber Paris behaupten, während die übrigen Druckorte von geringer Bedeutung bleiben.

Im südlichen Deutschland war Augsburg neben Nürnberg der bedeutendste Handels- und Finanzplatz, wobei die Wirtschaftskraft der beiden Reichsstädte, Knotenpunkte im dichten Netz regionaler und europäischer Verkehrs- und Handelswege, sich nicht zuletzt auf das Buchgewerbe und seine Zulieferer stützen konnte. Erstdrucker Augsburgs ist 1468 Günther Zainer (Kat.-Nr. GM 250), ein Schüler Mentelins in Straßburg. Zainer wie Anton Sorg (Kat.-Nr. GM 251), Johann Bämler und Johann Schönsperger stehen für Augsburgs überragende Bedeutung für die unterhaltende, belehrende und religiös-erbauliche Literatur, wobei Schönsperger als geschäftstüchtiger Nachdrucker (Kat.-Nr. GM 310) berüchtigt ist. Die enge Verbindung Augsburgs nach Venedig dokumentiert hier stellvertretend der Drucker Erhard Ratdolt, der als gebürtiger Augsburger zwischen 1476 und 1485 in Venedig druckte, auf Bitten der Augsburger Fürstbischöfe Johann von Werdenberg und Friedrich von Zollern aber nach Augsburg zurückkehrte.[23] Die Ausstellung zeigt seine liturgische (Kat.-Nr. GM 245) und astronomisch-naturwissenschaftliche Produktion (Kat.-Nr. GM 242, 243), wobei der in Venedig in lateinischer, italienischer und deutscher Sprache erschienene Kalender des Regiomontanus (Kat.-Nr. GM 244) ein frühes Titelblatt zeigt.

Nürnberg, wie Augsburg ohne Universität, entwickelt sich nach 1470 rasch zu einem Zentrum von Buchdruck und Buchhandel, dies nicht zuletzt durch den Großunternehmer Anton Koberger. Anders als in Augsburg aber hat der Humanismus in dem Kreis um Konrad Celtis, Willibald Pirckheimer und Hartmann Schedel in die Stadt und ihre Literatur Eingang gefunden. Nicht zuletzt durch Albrecht Dürer und seine Werkstatt macht sich Kobergers Offizin einen Namen mit herausragenden Holzschnittwerken, darunter auch die berühmte Weltchronik Hartmann Schedels (Kat.-Nr. GM 256, 257). Über Koberger und seine zahlreichen Geschäftsverbindungen zu Baseler Drucker-Verlegern (Kat.-Nr. GM 288, 289, 305) entsteht eine enge Verbindung Nürnbergs zu Basel, einem Zentrum des humanistischen Buchdrucks nördlich der Alpen. Neben der günstigen Verkehrslage trugen vor allem die 1460 gegründete Universität und die Baseler Papierfabrikation dazu bei, dass die Stadt schnell zum führenden Buchzentrum wird.

In Straßburg wird früh, vor 1462, durch Johannes Mentelin aus Schlettstadt der Buchdruck eingeführt. Wie Augsburg ist Straßburg Hauptort des unterhaltenden Buchdrucks in deutscher Sprache, verbunden vor allem mit den Druckern Johann Prüß (Kat.-Nr. GM 297), Heinrich Knoblochtzer (Kat.-Nr. GM 298) und Johannes Grüninger. Bereits Mentelin, der überwiegend theologische und philosophische Werke auf den Markt bringt, druckt volkssprachliche Literatur wie Wolframs von Eschenbach »Parzival« (Kat.-Nr. GM 296) und den »Jüngeren Titurel«. Grüningers Terenzausgabe (Kat.-Nr. GM 300) gehört zu den erfolgreichen lateinischen Klassikerausgaben, die er, reich illustriert, ab 1496 im Programm hat.

Die Ausbreitung des Buchdrucks in Italien wird maßgeblich von deutschen Druckern getragen. Italiens Erstdrucker Sweynheym und Pannartz, die zunächst in einem Kloster in der Nähe von Subiaco bei Rom zu drucken begannen, sind 1467 in Rom selbst vertreten, wo während der gesamten Inkunabelzeit deutsche Drucker führend sind. Weitaus bedeutender als Rom ist allerdings Venedig, mit den Brüdern Johann und Wendelin von Speyer, Johannes von Köln und Johannes Manthen (Kat.-Nr. GM 237, 246), dem Franzosen Nicolas Jenson (Kat.-Nr. GM 238) und dem Augsburger Erhard Ratdolt (Kat.-Nr. GM 242–244, 247). Herausragend unter den Venediger Druckern ist der humanistische Gelehrte Aldus Manutius, der ab 1494/95 griechische Klassiker in der Originalsprache, darunter die Aristoteles-Gesamtausgabe (1495–1498) publizierte. In einer zweiten Phase seiner Verlagstätigkeit konzentriert er sich auf lateinische Literatur und humanistische Werke. Die bereits bei den Zeitgenossen berühmten und gefragten »Aldinen«, Klassikerausgaben meist in kleinerem, gut lesbaren Oktav-Format (Kat.-Nr. GM 239, 240), erscheinen bei Aldus. In großen Mengen werden sie nördlich der Alpen u.a. vom Buchführer Wolfgang Lachner in Basel, einem Zentrum des humanistischen Buchdrucks, umgeschlagen. Als typografisches Meisterwerk aus der Offizin des Aldus Manutius gilt die mit Holzschnitten im Renaissance-Stil illustrierte »Hypnerotomachia Poliphili« von 1499 (Kat.-Nr. GM 241). Venedigs Bedeutung als Druckort erwächst nicht nur aus der Größe und Leistungskraft seiner Offizinen und des Buchhandels, sondern auch aus einer Buchkultur hohen ästhetischen Ranges, die sich in Typografie, Buchillustration und künstlerisch herausragender Handkolorierung von Inkunabeldrucken (Kat.-Nr. GM 237, 238) äußert.

1 Vgl. Lohse 1986, S. 223.
2 Neddermeyer 1998, Bd. 1, S. 539 und 540f.
3 Neddermeyer 1998, Bd. 1, S. 122 und 131.
4 Im Rahmen dieses knappen Katalogbeitrages ist es nicht möglich, auch nur annähernd ein umfassendes Bild der Ausbreitung des Buchdrucks in der Inkunabelzeit zu geben. Ich verweise auf die nach wie vor gültigen Standardwerke von Haebler 1924 (I) und Geldner 1968 (I) und 1970.
5 Hoffmann 1996, S. 8.
6 Zahlen nach Neddermeyer 1998, Bd. 1, S. 149, dieser wiederum nach Teichl 1964.
7 Vgl. Rothmann 1998, S. 137f.
8 Dazu Corsten 1983 (I), S. 13–16.
9 Dazu Geldner 1967.
10 Vgl. Corsten 1983 (I), S. 16–19.
11 Corsten 1983 (I), S. 21f.; Corsten 1985.
12 Vgl. auch Rautenberg 1999.
13 Hase 1885, S. 185.
14 Corsten 1981, Sp. 67–71; Corsten 1999, S. 87f.
15 Ediert und kommentiert von Zahn 1991.
16 Vgl. Grimm 1967, Sp. 1164f.
17 Vgl. Corsten 1971, S. 180, 188.
18 Pleij 1987, S. 49ff.
19 Blake 1987, S. 26.
20 Vgl. Barker 1985; Neddermeyer 1998, Bd.1, S. 141.
21 Vgl. Stock 1992, S. 11f.
22 Vgl. Nickel 1996.
23 Zu Augsburg vgl. Künast 1997.

Conradus faber
Conradus faber
Conradus faber
Conradus faber
Conradus faber
Conradus faber
Conradus faber
Conradus faber
Conradus faber
Conradus faber
Conradus faber
Conradus faber
Conradus faber

hec huiꝰ huic
ab hijs. Gnī
explr hec hoc
uū uel relatiu
ab eo. ꝯplr ei
Ea eius ei eā
Gnis neutri
ea ab eis. D
Gnis mascul
quo uel a qui
quos a quis
qua cuiꝰ cui q

Katalog

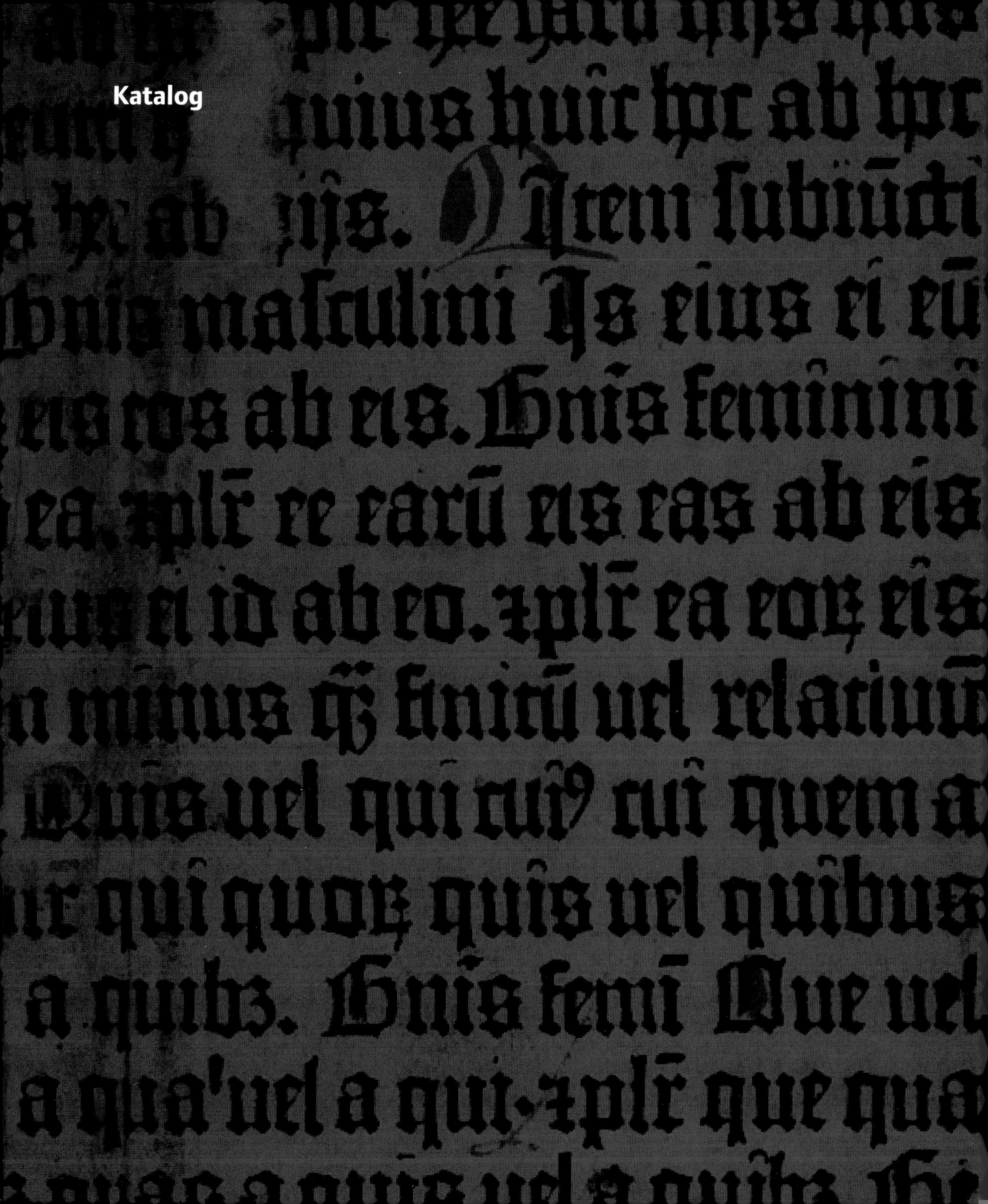

Schrift im Gebrauch
Mittelalterliche Text- und Buchformen

GM 1 (Abb. s. GM 34)

Wachstafel aus dem Lübecker Schulgerätefund 14. Jahrhundert

Holz, Wachs
H. 16 cm, B. 7 cm
Museum für Kunst und Kulturgeschichte der Hansestadt Lübeck, Inv.-Nr. 1582/4

Bereits in der Antike waren Wachstafeln und Griffel gebräuchliche Schreibgeräte, die im Alltag verwendet wurden. In mittelalterlicher Zeit diente die Wachstafel in erster Linie als »Konzeptpapier«, auf ihr wurden Schreibübungen und Notizen gemacht, Briefentwürfe formuliert oder gerechnet. Erst nachdem ein Briefentwurf – wenn nötig mehrmals – korrigiert war, schrieb der Schreiber oder Notar ihn auf Pergament in Reinform ab. Im Schulunterricht übten die Schüler auf Wachstafeln das Alphabet. Die erhaltenen Tafeln bestehen aus kleinen rechteckigen Holzbrettern – meist aus Buchenholz – und einer Wachsschicht, die grün oder schwarz eingefärbt wurde. Wachstafeln und Griffel benutzte man bis in das 15. Jahrhundert, erst die Verbreitung des Papiers schränkte den Gebrauch dieser Schreibutensilien in Schule und Handelskontor allmählich ein. Die Tafeln wurden von einzelnen Handwerkern hergestellt, konnten aber auch Werkstattererzeugnisse sein, wie schriftliche Quellen belegen.[1]
Die hier gezeigte Wachstafel gehört zu dem großen Fund von Schulgeräten, der 1866 in Lübeck entdeckt und ausgegraben wurde (s. Kat.-Nr. GM 34). Auf der einen Seite sind nur einige Zeilen eingeritzt, Bruchstücke in lateinischem Versmaß, während die Rückseite einen Brief enthält.[2]

I. F.-H.

1 Graßmann 1986, S. 223.
2 Warncke 1912, S. 236 f., Nr. 11.

Literatur
Warncke 1912, Nr. 11, Tafel b. – Büll 1968. – Graßmann 1982. – Graßmann 1986.

GM 2

Deckeltafeln eines Wachstafelbuchs und Futteral Niederrhein Erste Hälfte des 14. Jahrhunderts

GM 2a

Deckeltafeln

Buchenholz
H. 14,7 cm, B. 10,2 cm, T. 0,3 cm
Hessisches Landesmuseum Darmstadt, Inv.-Nr. Kg 54:300

GM 2b

Futteral

Leder
H. 12,5 cm, B. 11 cm, T. 6,9 cm
Hessisches Landesmuseum Darmstadt, Inv.-Nr. Kg 54:300

Aus vergangenen Jahrhunderten sind uns nicht nur einzelne Wachstafeln erhalten, sondern auch Notizbücher, die aus mehreren Tafeln bestanden, sogenannte Wachstafelnotizbücher. Diese kleinen Büchlein setzten sich aus zwei oder mehreren »Blättern« zusammen. Die Täfelchen konnten durch einen als Rücken aufgeklebten Pergamentstreifen miteinander befestigt oder mit Hilfe von Draht oder Lederstreifen zusammengebunden werden. Die Tafeln wurden zu diesem Zweck mit Löchern versehen. Mit Scharnieren waren die antiken, einfachen zweiteiligen Klapptafeln (Diptycha) verbunden. Die äußeren Tafeln eines Buches belegte man nicht mit Wachs, sondern schnitzte, wie bei Wachstafelbüchern aus Lübeck, Besitzermarken, Schildformen (Kat.-Nr. GM 34) oder Ornamente hinein. Daneben gibt es Deckeltafeln, die mit prachtvollen Schnitzereien versehen wurden, wie beispielsweise diejenigen des hier gezeigten Darmstädter Wachstafelbuchs: Die hölzernen Außentafeln sind in Rahmen und Mittelfeld gegliedert. Die in Rot und Schwarz bemalten Rahmen schmücken Wellenranken sowie Rautenmuster und Blattranken, während die Mittelfelder mit Flechtbandmustern, Perlbändern, Blattornamenten und Kreismustern verziert sind. Auf den Hintergrundflächen haben sich Reste ehemaliger Vergoldung erhalten.

Die Seitenflächen des Lederetuis, dessen Deckel leider fehlt, bedecken gestempelte, mit Lilien gefüllte Rauten. Die beiden Hauptseiten des Etuis sind mit einem großflächigen Rankenmuster, das von einem Kreuz ausgeht, in Lederschnitt-Technik verziert, der Grund ist ausgehoben. Die Buchstaben und Ziffern in den Eckblumen, die Farbreste aufweisen, wurden vermutlich nachträglich aus dem Leder herausgeschnitten. Sowohl für den Tragriemen als auch für einen Griffel befinden sich Auswölbungen an diesem Etui.

Wachstafelbücher wurden im Mittelalter für den privaten Gebrauch hergestellt, vor allem verwendete man die einzelnen Tafeln, um Notizen, Rechnungen, längere Briefe oder auch literarische Werke aufzuschreiben. Baudi († 1130), Abt der Benediktinerabtei Bourgueil, verfasste viele Gedichte und Prosaschriften, die er auf Wachstafeln, z.T. in Hexametern schrieb. Ein Gedicht handelt von seinem Wachstafelbuch: *Der Breite nach umfaßt eure Seite kaum acht Verse, der Länge nach aber kaum einen Hexameter. Und doch sind in euch in gleicher Weise acht Tafeln, die zwei mal zwei und zehn Seiten geben. Denn die Außenflächen vorne und rückwärts sind ohne Wachs. So geben 8 Tafeln nur 14 Schreibflächen. So enthalten sie zweimal sechs und hundert Gedichte. Auch das bringen die vielfältigen Tafeln zustande. Es lebe jener Künstler, der euch Tafeln zusammengefügt hat! Auch ihr Tafeln, seid vom Glück gesegnet, erfreuet euch eines langen Lebens! Möge grün eure Farbe sein* [grünes Wachs auf den Tafeln], *damit die Augen sich erholen; eure Bänder mögen unzerstörbar zusammenhalten; möge der Schreibstift, den unser Lambert aus Angers eigenhändig verfertigt hat, heil bleiben!*[1]

I. F.-H.

1 Zitiert bei Büll 1968, S. 876.

Literatur

Kohlhaussen 1944/49. – Büll 1968, S. 809, 849.

GM 3

Zwei Griffel
Karolingisch (?)

Bodenfund aus Kloster Lorsch
Bronze
1) L. 11,5 cm, B. 1,2 cm; 2) L. 13,6 cm, B. 1,5 cm
Hessisches Landesmuseum Darmstadt, Inv.-Nr.: 1) Kg 59:54; 2) Kg 59:55

Beide Griffel besitzen an ihren oberen Enden T-förmige Abschlüsse, mit denen die Wachsoberfläche glattgestrichen und der eingeritzte Text »weggewischt« wurde, um neue Notizen eintragen zu können.
I. F.-H.

GM 4 (s. S. 149, Abb. 3)

Katechismus-Tafel des Nikolaus von Kues aus der Lambertikirche in Hildesheim
1451

(Kopie des Originals im Roemer-Museum, Hildesheim, Inv.-Nr. H 32)
Lindenholz, Pergament
H. 155 cm, B. 60 cm
Ev.-luth. Kirchengemeinde St. Lamberti, Hildesheim

Zwischen dem 8. und 21. Juli 1451 besuchte Kardinal Nikolaus von Kues auf seiner Legationsreise durch Deutschland auch Hildesheim und benachbarte Orte. Neben dem Bestreben, die Kirchenreform voranzutreiben, wollte Nikolaus von Kues den Jubiläumsablass, der im Jahr 1450 in Rom verkündet worden war, auch in den deutschen Städten anbieten.
In der Hildesheimer Lambertikirche ließ er eine Schrifttafel aufhängen, auf der das Vaterunser, das Ave Maria, das Glaubensbekenntnis und die Zehn Gebote stehen. Die Texte sind auf Pergament geschrieben, das auf die Lindenholztafel aufgebracht wurde. Wie aus dem einleitenden Text der Tafel hervorgeht, hat Nikolaus von Kues die Gläubigen wegen ihrer Unkenntnis des Vaterunser und des Glaubensbekenntnisses getadelt und deshalb die Anfertigung einer Schrifttafel zur Gedächtnisstütze gefordert. Um die Spracheigentümlichkeiten der Hildesheimer Region nicht unberücksichtigt zu lassen, wurden die lateinischen Vorlagentexte ins Niederdeutsche übertragen.
Ob sich auch in anderen Pfarrkirchen Hildesheims oder in Städten, durch die Nikolaus von Kues in Deutschland reiste, ähnliche Tafeln befunden haben, lässt sich heute nicht mehr nachweisen; unwahrscheinlich ist es nicht, belegen doch Gemälde und Grafiken aus dem 15. und frühen 16. Jahrhundert die Existenz von Schrifttafeln – beispielsweise Ablasstafeln – oder Altartafeln, die Bild und Text vereinigten, in Kirchenräumen. In der Soester Pfarrkirche St. Maria zur Wiese z. B. steht ein Altar von 1473, auf dessen einer Flügel-Außenseite die »Gregorsmesse« dargestellt ist. Unter einem Fenster hat der Maler eine Ablasstafel aus Holz abgebildet, wie sie sich wohl damals in Kirchen befunden haben mag.[1] Zudem bemerkt ein Biberacher Geistlicher im Jahre 1531, der sich an die religiösen Verhältnisse vor der Reformationszeit erinnert, dass man neben den in privaten Räumen aufbewahrten *andöchtigen hayligen brieffe* auch im Kirchengebäude *töffelin in der khürchen uff den alltören* gehabt hat.[2]
I. F.-H.

1 Boockmann 1987, Kat. 324.
2 Schilling 1887, S. 16 u. 177; vgl. auch Beitrag Fleischmann-Heck.

Literatur
Rieckenberg 1983. – Boockmann 1984. – Boockmann 1987. – Meuthen 1989.

GM 5

100-Tage-Ablass vom 2. Mai 1452, in Bruneck ausgestellt von Nikolaus von Kues für die Dreikönigskirche in Sachsenhausen

Pergament, Wachssiegel
Urkunde: H. 23,7 cm, B. 34,5 cm
Siegel: H. 10,7 cm, B. 7 cm, Schnur neu, Siegel teilweise beschädigt
Institut für Stadtgeschichte Frankfurt a. M., Bestand St. Peter und Dreikönig, Nr. 13

Diese Urkunde, ausgestellt von dem Kardinal und päpstlichen Legaten Nikolaus von Kues in Bruneck bei Brixen, gewährte den Gläubigen, die an bestimmten Festtagen die Dreikönigskirche in Sachsenhausen besuchten und die in der Urkunde genannten Bedingungen erfüllten, einen 100 Tage währenden Ablass, das heißt Nikolaus von Kues erließ ihnen im Namen Gottes für 100 Tage ihre Bußleistungen. Ablassurkunden wurden oftmals an den erwähnten Feiertagen ausgehängt, mit Nägeln an die Wand geheftet oder an einer bzw. zwei Schnüren befestigt. Am Ende des Mittelalters waren Ablässe in vielen Gemeinden an den Kirchen zu gewinnen und Ablassbriefe konnte man fast in jeder Kirche kaufen.[1] Pfarreien und Klöster erhielten meist von Bischöfen und Kardinälen die Genehmigung, Ablässe zu verkaufen, um die Unterhalts- und Baukosten ihrer Kirchen zu finanzieren. Die Gläubigen konnten an bestimmten Tagen Ablassbriefe erwerben – handschriftliche, später gedruckte (Kat.-Nr. GM 130, 131) –, auf denen neben dem Text oft das Bild eines Heiligen, beispielsweise als Holzschnitt, abgebildet war. Ein schriftliches Zeugnis über die Verkaufspraxis von Ablässen im späten Mittelalter überlieferte uns ein Zeitgenosse aus Biberach:

Vor dem thor oder thür (der Spitalskirche) *ist gestanden ahn der Khürchweih ain tischlin, ain beckhet* (Becken) *und die Ablas brüef darauff; da hat man den Ablass gelösst.[...] Die Khürch* (St.-Leonhards-Kirche) *hat auch vil Ablass gehabt; hat man Allweg ahn der Khüchweyhe ahm Sambstag darvor in der Khürchen verkhündt und den die brieff an der Khichweyhe uff ain Tischlin in der Khürchen gelegt und ein böckhet darzu. Da hat mann dann den Ablass gelösst.*[2]

I. F.-H.

1 Moeller, 1989, S. 541. Moeller nennt als Beispiel die Stadt Ulm, wo man »an nicht weniger als 27 Stellen Ablaß erwerben« konnte (S. 541, Anm. 10).
2 Schilling 1887, S. 61 u. 71; vgl. auch Beitrag Fleischmann-Heck.

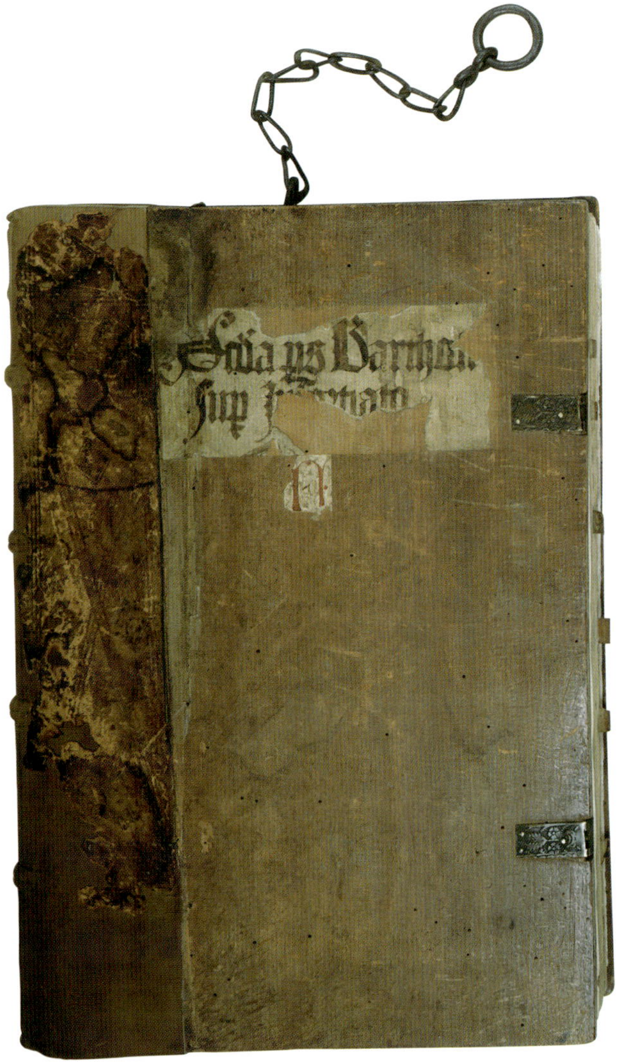

GM 6

Kettenbuch

Bartolus de Saxoferato
Super secunda parte infortiati
Mailand: Pachel u. Scinzenzellen
1484

H. 42 cm, B. 29 cm
Gutenberg-Museum Mainz, StB Ink 2086

Mit der Zunahme der Lesekundigen sowie der Bibliotheken im Mittelalter stieg auch die Zahl derjenigen, die Bücher benutzten, stetig an. Jedes Buch, das eine Bibliothek durch Stiftung, Tausch oder Kauf erwerben konnte, war ein kostbarer Schatz mehr für die Sammlung, der die Bedeutung der Bibliothek erheblich vergrößerte. Um dem Diebstahl von Büchern vorzubeugen, entstanden seit dem 11. Jahrhundert Pultbibliotheken, in denen ein Teil der wertvollen Codices aufbewahrt wurde. Zuvor hatten hauptsächlich Bücherschränke oder Nischen zur Verwahrung von Büchern gedient. Auf langen, schrägen Tischen lagen die Bände und waren mit Ketten an den Pulten befestigt (s. S. 148, Abb. 2). Die Kette war oft am oberen Rand des Rückdeckels eines Buches angebracht. Diese *libri catenati* blieben beweglich, ihre Leser mußten nun aber an den Pulten stehen und konnten die Bücher nicht mehr ohne Mühe entfernen oder ausleihen. Obwohl für eine Pultbibliothek sehr große Räume benötigt wurden, existierten noch bis in das 18. Jahrhundert – z. B. in Oxford – Bibliotheken, in denen sich Lesepulte mit angeketteten Büchern befanden.[1]

I. F.-H.

1 Katalog »Die Kunst des Lesens« 1989, S. 22 f.

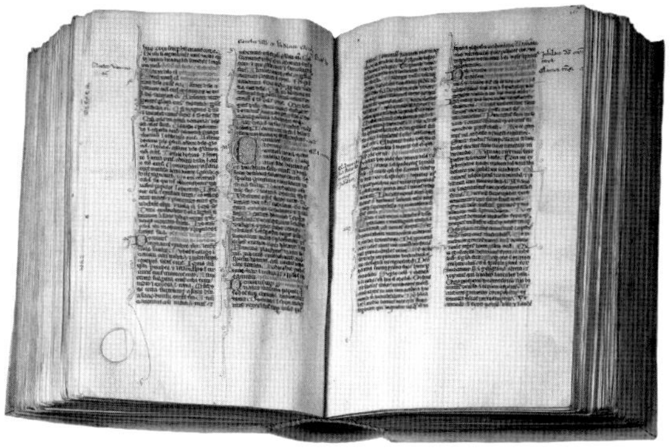

GM 7

Perlschriftbibel

Biblia latina
Nordfrankreich oder Grenzgebiet
Um 1300

Handschrift auf Pergament, 650 Bll. – Pergamenteinband
H. 20 cm, B. 14 cm
Stadtbibliothek Mainz, Hs II 67

Im 13./14. Jahrhundert entwickelte sich als vereinfachte Textura eine Schrift, die zwar klein – daher Perlschrift –, aber gut lesbar war und für die vielfach kopierten und verkauften Taschenexemplare der Bibel verwendet wurde. Da eine große Zahl von diesen Bibeln in Pariser Werkstätten hergestellt wurden, werden sie auch »Pariser Bibeln« genannt. Charakteristisch für diese Art von Taschenbibeln, die um 1200 aufkamen und nach 1220 häufiger wurden, sind das kleine Format, der zweispaltig geschriebene Text und zumeist dünnes Pergament. Die Anfangsbuchstaben sind oftmals als Fleuronnéeinitialen in Rot und Blau gestaltet, wie dies auch für das Exemplar der Stadtbibliothek zutrifft. Perlschriftbibeln gelangten in vielen Fällen durch Mönche oder Laienbrüder, die sich zu Studienzwecken in Paris aufgehalten hatten, in deutsche Bibliotheken. So besaß beispielsweise das Kloster Eberbach eine »Pariser Bibel«, die – vermutlich nicht als einziges Buch – aus Frankreich mitgebracht worden war.[1]

I. F.-H.

1 Palmer 1998, S. 110 ff.; vgl. auch De Hamel 1994, S. 118–123.

Literatur

Ottermann 1993, S. 22, Nr. 4.

GM 8

Ortnit. Wolfdietrich
Elsass
Anfang 15. Jahrhundert

Handschrift auf Papier
III und 226 Bll. – Neuer roter Ledereinband
H. 29 cm, B. 20 cm
Stadt- und Universitätsbibliothek Frankfurt a. M., Ms. Carm. 2

Die Handschrift Ms. Carm. 2 aus dem ehemaligen Frankfurter Karmeliterkloster, die sich im Besitz der Stadt- und Universitätsbibliothek Frankfurt befindet, enthält die beiden Heldenbücher *Ortnit* und *Wolfdietrich.*[1] Sie entstand zu Beginn des 15. Jahrhunderts in einer elsässischen Schreibwerkstatt, die den Notnamen »elsässische Werkstatt von 1418« trägt. Erstmals wurden von Kautzsch 1896 zehn Handschriften des frühen 15. Jahrhunderts zusammengestellt, die er einer Gruppe zuordnete und sie von den Handschriften aus der Lauber-Werkstatt abgrenzte.[2] In Straßburg, der vermuteten Wirkungsstätte dieses Schreibateliers, haben möglicherweise mehrere Schreiber und Maler zwischen 1417 und 1420 eine Reihe von Handschriften mit Federzeichnungen serienmäßig angefertigt, von denen heute noch 14 Exemplare erhalten sind.[3] Es handelt sich bei den Büchern aus der so genannten Werkstatt von 1418 vor allem um Heldenepen, die mit lavierten Federzeichnungen ausgestattet wurden. Durch die Art der Ausführung und den Inhalt der Handschriften sind die Werke aus der »elsässischen Werkstatt von 1418« in die Nähe der Lauber-Werkstatt zu rücken, in der zwischen 1420 und 1470 in Hagenau unter Leitung von Diebold Lauber eine große Anzahl von Federzeichnungshandschriften produziert wurden (s. Kat.-Nr. GM 18, 19, 20). Die Frankfurter Handschrift enthält lediglich eine Federzeichnung über dem Textanfang (Bl. 1^r): Der Ritter Ortnit reitet zum Angriff, seine Lanze eingelegt.

Ortnit und *Wolfdietrich* gehören zu den mittelhochdeutschen Heldenepen, die aus dem Stoffbereich der germanisch-deutschen Heldensagen stammen. Sie hängen untereinander stoffgeschichtlich nicht zusammen und wurden »erst von den Dichtern des 13. Jahrhunderts in eine enge Handlungsfolge gebracht«.[4] Der »Wolfdietrich D« (der Große Wolfdietrich), wie er in der Frankfurter Handschrift erhalten ist, gibt sich als ein Werk Wolframs von Eschenbach aus und entstand vielleicht erst im 14. Jahrhundert. Fast immer ist der *Wolfdietrich* zusammen mit dem *Ortnit* überliefert.[5]

I. F.-H.

1 Powitz/Buck 1974, S. 408–410; dem Wolfdietrich fehlen Verse zwischen Bl. 59/60 und Bl. 200/201.
2 Kautzsch 1896.
3 Kautzsch 1896, S. 287; Zusammenstellung s. Wegener 1927; Fischel 1950; Jänecke 1964, S. 104–112; Stamm 1981, S. 211ff., Anm. 18ff.; vgl. auch: Heusinger 1953; Stamm 1983.
4 Bumke 1990, S. 269.
5 Bumke 1990, S. 271.

Literatur
Powitz/Buck 1974.

GM 9

Beutelbuch

Diurnale Magdeburgense
Leipzig: Markus Brandis
Um 1487/1488

Druck: davor sechs, danach 26 Bll. mit handschriftlichen liturgischen Texten – Papier
H. 15,5 cm, B. 11,5 cm, T. 6,5 cm; Beutel: Leder, etwa 23 cm
Anhaltische Landesbücherei, Dessau, Georg 276
GW 8545

Beutelbücher, die seit dem Ende des Mittelalters gebräuchlich waren, besaßen gegenüber herkömmlichen Büchern zwei entscheidende Vorteile: Einerseits schützten sie durch ihren größeren Einband das Buch besser vor Beschädigungen, andererseits ermöglichten sie das bequeme Tragen eines Buches mit der Hand oder am Gürtel. Die Einbanddecke – meist aus Leder – ist beim Beutelbuch nicht über die Kante des Holzdeckels nach innen eingeschlagen, sondern erheblich länger, sodass man die losen Enden fassen kann. Diese sind häufig mit einem Knopf, Haken oder Knoten, wie bei dem hier besprochenen Dessauer Beutelbuch, zusammengesteckt oder -gebunden. Am Gürtel getragen, hingen Beutelbücher mit »dem Kopf« nach unten; so konnten ihre Besitzer ohne Schwierigkeiten in ihnen lesen. Die Benutzer von Beutelbüchern gehörten größtenteils wohl dem geistlichen Stand an, berücksichtigt man den Inhalt der überlieferten Exemplare, die meist kirchliche Texte enthielten. Darstellungen von Beutelbüchern in spätmittelalterlichen Gemälden zeigen zudem in überwiegender Zahl Geistliche, die diese tragbaren Bücher besaßen und benutzten.[1]

Das ausgestellte Dessauer Beutelbuch gehörte vielleicht Fürstin Margarethe von Anhalt-Dessau († 1530), einer gebildeten Frau, die nach Überlieferungen und Zeugnissen sehr viel las und ein eigenes Gebetbuch besaß. Dies lässt sich jedoch heute nicht mehr zweifelsfrei feststellen, ebenso wenig wie die Autorschaft der handschriftlichen Eintragungen eindeutig zu bestimmen ist.[2]

I. F.-H.

1 Alker/Alker 1966; Alker/Alker 1978; Oppitz 1993; Oppitz 1995; Bruckner 1997, S. 312–317.
2 Haebler 1923, S. 8–13. Über die Zeit der Entstehung des Beutelbuchs ist bis heute nichts bekannt.

Literatur
Haebler 1923, S. 8–13. – Ehlert 1978. – Bruckner 1995, S. 14f.

GM 10 (s. S. 150, Abb. 4)

Faltbuch und Futteral

Kalender Deutschland 1487

Handschrift auf Pergament, 15 Bll., 3-mal gefaltet, letztes Blatt 4-mal gefaltet
Einband: Pergament und Stoffüberzug (Wolle, Leinen [?])
Florgewebe: Köperbindung
Futteral: Kalbsleder, innen: rotes Papier
Faltbuch: H. 11 cm, B. 2,5 cm, T. 2,5 cm
Futteral: H. 12 cm, B. 3 cm, T. 3 cm
Herzog August Bibliothek Wolfenbüttel, Cod. Guelf. 92 Aug. 8°

Einem Taschenkalender ähnlich, besitzen die mittelalterlichen Faltkalender ein sehr kleines Format. Wie bei dem Wolfenbütteler Beispiel messen diese Büchlein oft nicht viel mehr als die Länge eines Mittelfingers und nur einige Zentimeter in Breite und Höhe. Allerdings trifft dies nur auf das geschlossene Buch zu, in aufgefaltetem Zustand erweist es sich als dreimal so groß, da die Blätter dreimal gefaltet sind. Faltbücher hingen ebenfalls kopfabwärts und wurden an einer Schnur getragen oder am Gürtel, sodass man sie ohne Schwierigkeit auffalten und in ihnen lesen konnte.

Blätter und Einbanddecke des Faltkalenders aus der Herzog August Bibliothek sind im Gegensatz zu herkömmlichen Handschriften so zusammengenäht worden, dass jedes einzelne Kalenderblatt ausfaltbar bleibt. Der Einband besteht aus Pergament und einem Stoffüberzug; während die Vorderseite ein mit Blumen gemustertes Gewebe in Rot-, Blau- und Violetttönen bildet, ist die Rückseite mit einem grauen Stoff überzogen. Goldfarbene Metallfäden fassen die Ränder der Rückendeckel ein. Die Innenseiten der Einbände sind ebenfalls mit rotem und blauem Stoff ausgekleidet. Eine Seidenkordel, die am Einband des Faltkalenders befestigt ist, kann durch ein Loch am schmalen Ende des Futterals geführt werden.

Viele der überlieferten Faltbücher, die zwischen dem 13. und 15. Jahrhundert entstanden sind, enthalten Kalender, in denen die Tage zur Vornahme des Aderlasses (so genannte Lasstage) verzeichnet waren. So auch dieser Faltband, der auf zwölf Pergamentseiten die Lasstage jedes Monats feststellt. Es gab günstige und weniger günstige Tage für den Aderlass, deren Bestimmung durch den Lauf des Mondes beeinflusst wurde. Verheerende Epidemien haben im Mittelalter und insbesondere im 14. Jahrhundert die Völker Europas heimgesucht, und deshalb maßen Ärzte dem Aderlass in der Pesttherapie nun vermehrt eine größere Bedeutung zu.[1] Nachdem das Blut von einem Arzt oder Bader mit Hilfe eines *laz-isen* abgenommen war, wurde es in der Blutschau ausgewertet. Die geeigneten Stellen am menschlichen Körper für den Blutentzug illustrierten Lassmännchen in Form von Zeichnungen oder Holzschnitten.[2] Die Käufer und Leser von Almanachen waren sicher neben Ärzten auch Barbiere und Bader, die ebenfalls Diagnosen stellten, Patienten behandelten und den Aderlass vornahmen.[3]

Die handliche Form der Faltkalender verdeutlicht das Bestreben, viel Text in einem sehr kleinen Buch unterzubringen. Geschützt in einem Futteral, konnte das Faltbuch, das fast unsichtbar am Gürtel baumelte, mit auf jede Reise genommen werden.

I. F.-H.

1 Keil 1986.
2 Bergmann/Keil 1982.
3 Hoffmann 1983.

Literatur

Heinemann 1903, Nr. 3878. – Gumbert 1994, S. 113.

GM 11

Zwei Einblattholzschnitte

GM 11 a

Das Jesuskind als Steuermann (Neujahrsgruß) Oberrhein (Basel?), um 1450/65

H. 18,9 cm, B. 12,4 cm
Graphische Sammlung Albertina, Wien, Inv.-Nr. 1930/81

GM 11 b

Christus und die Nonne, ihr Kreuz tragend Deutschland, 15. Jahrhundert

Faksimile eines Holzschnitts aus dem Germanischen Nationalmuseum Nürnberg
H. 37,9 cm, B. 25,5 cm
Gutenberg-Museum Mainz, 18:2°/12a, Bd. 3, Nr. 19

Aus der Zeit um 1400 sind in Europa die ersten Einblattholzschnitte nachweisbar. Sie entstanden im Handdruck- oder im Reiberverfahren; erst in der zweiten Hälfte des 15. Jahrhunderts wurden zum Druck von Holzschnitten Pressen verwendet. Eine wichtige Voraussetzung für die Entstehung des Holztafeldrucks und anderer Drucktechniken – wie des Kupferstichs – bildete die Verbreitung der Papierherstellung. In Deutschland nahm – soweit bekannt – um 1390 die erste Papiermühle ihren Betrieb auf. Vor allem als Andachtsbilder fanden die frühen Einblattdrucke eine breite Verwendung. Ebenso dienten sie als Pilgerblätter, die an Wallfahrtsorten in großen Mengen verkauft wurden. Holzschnitte mit profanen Bildgegenständen wie z. B. Spielkarten oder Kalender, haben sich im Vergleich zu den Beispielen mit religiösen Themen – die oft in Buchdeckeln eingeklebt waren – nur selten bis in unsere Zeit hinein erhalten.

Bei einem Großteil der überlieferten frühen Einblattholzschnitte handelt es sich um Bilddrucke; jedoch wurden auch Blätter mit Bild und Text von zwei verschiedenen Holzstöcken gedruckt oder solche, die mit einem jeweils aus dem gleichen Holzstock geschnittenen Text versehen sind. Diese Holzschnitte fasste man auch zu Büchern zusammen, zu so genannten Blockbüchern (Kat.-Nr. GM 23, 24).

Der erste Holzschnitt (Kat.-Nr. GM 11a) zeigt ein fahrendes Schiff, auf dem links das Jesuskind steht, das Segel raffend. Der Text des Schriftbands lautet: *Zuch uff den segel wir sint am land · und bringen gut ior maniger hand*. Im Schiff sitzen Maria, ein Engel und eine weitere Figur, ein zweiter Engel hilft beim Segelraffen. Der Text unter dem Bild lautet: *Von Alexandria kom ich har gefarn · Und bringe vil gůter ior die will ich nit · sparn Ich will sie gebe umb kleines gelt · rechtu und got liepha ich da mit wolt v'gelt.* Mit der Erwähnung der Ankunft Christi wurde im 15. und 16. Jahrhundert in Glückwünschen und Wunschliedern nicht selten die Ankündigung eines glücklichen neuen Jahres verbunden.

Während der obere Teil des zweiten Holzschnitts (Kat.-Nr. 11b, Faksimile) das Bild der beiden kreuztragenden Figuren von Christus und einer Nonne zeigt, enthält der untere Teil ein Gedicht, das in zwei Kolumnen zu je 36 Zeilen zur »Nachfolge Christi« aufruft. Der linke Text beginnt: *Wer zu mir in mein reich well kömenn · der sol sein kreuz auf sich nemenn · und sol trewlich daß nach mir tragenn · und der weltt pey czeyt wider sagen.*

I. F.-H.

Literatur

GM 11a: Heitz 1899–1942, Bd. 1, Nr. 9. – Schreiber 1926–1930, Bd. 2, Nr. 795. – Illustrated Bartsch, Bd. 163, Nr. 795. GM 11b: Stengel 1913, Nr. 19. – Schreiber 1926–1930, Bd. 2, Nr. 929. – Illustrated Bartsch, Bd. 163, Nr. 929.

GM 12

Kupferstich

Meister mit den Bandrollen
Der fünfte Tag
Niederlande, um 1460/70

H. 24,2 cm, B. 19,1 cm
Staatliche Museen zu Berlin – Preußischer Kulturbesitz, Kupferstichkabinett, Inv.-Nr. 321-1

In der ersten Hälfte des 15. Jahrhunderts entwickelte sich neben dem Holztafeldruck eine weitere Drucktechnik, der Kupferstich. Im Gegensatz zum Holzschnitt, der im Hochdruckverfahren hergestellt wurde, entstanden Kupferstiche im Tiefdruckverfahren: Aus einer Metallplatte werden die Linien der Zeichnung mit dem Grabstichel herausgehoben; anschließend reibt man die Druckerschwärze in die Furchen der Platte ein und säubert die Oberfläche. Jetzt kann der Druck auf angefeuchtetem Papier beginnen.

Die frühesten Kupferstiche sind aus dem Oberrheingebiet und den Niederlanden erhalten. Zwischen 1450 und 1475, möglicherweise in den nördlichen Niederlanden, war der »Meister mit den Bandrollen« tätig, dem der hier gezeigte Kupferstich zugeschrieben wird. Er arbeitete häufig nach Vorlagen anderer Künstler, so beispielsweise nach Stichen des »Meisters E. S.«, des »Meisters mit den Spielkarten« und nach Werken der Maler »Meister von Flémalle« und Dirc Bouts. Seinen Notnamen »Meister mit den Bandrollen« erhielt er aufgrund der Schriftbänder, die viele seiner Stiche aufweisen.

Die Darstellung auf dem Berliner Blatt, das einer Folge von Stichen mit den Schilderungen der Schöpfungstage angehörte, zeigt den fünften Tag, an dem Gott Vögel und Fische erschuf. Gottvater, in der Figur und Haltung des segnenden Christus, steht im Vordergund des Bildes, am Rand eines Sees, in dem Fische schwimmen. Am jenseitigen Ufer bewegen sich einige Tiere: Reiher, Raubvögel, Papageien, eine Eule, ein Strauß, eine Fledermaus. Zwei Schriftbänder am linken und am unteren Rand des Blattes enthalten Minuskel-Legenden in Latein und in niederländischem Dialekt, die sich auf die Bibelverse aus der Schöpfungsgeschichte beziehen.

I. F.-H.

Literatur
L., Bd. 4, S. 1–27 u. S. 29 f., Nr. 2; Hollstein 1955, S. 18.

Das Buch und seine materielle Ausstattung

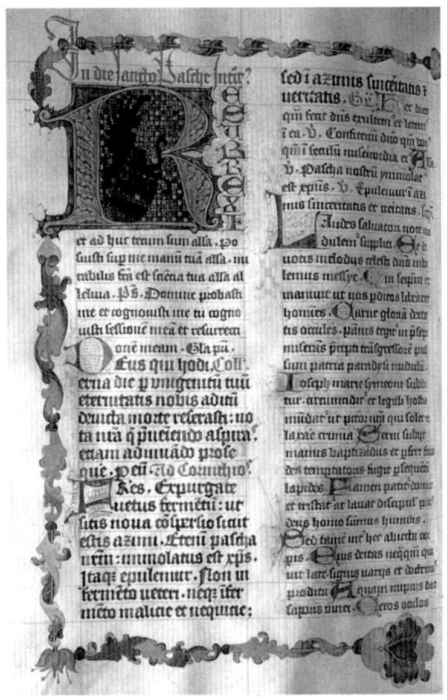

GM 13

Missale Moguntinum
Mainz, 1444

Handschrift auf Pergament, 341 Bll. – Holzdeckelband mit Lederüberzug
H. 38,5 cm, B. 28 cm
Stadtbibliothek Mainz, Hs II 136

Bei einem Missale handelt es sich um ein liturgisches Buch, das bei der Messfeier verwendet wird und auf dem Altar liegt. Dem Sakramentar, in dem die Messgebete erfasst sind, nachfolgend, enthält ein Missale alle Gebete sowie Gesangstexte und Lesungen der Messe, die im Laufe eines Kirchenjahrs vom Priester vorgetragen werden.
Die Handschrift besaß einst als Schmuck eine Vielzahl von Miniaturen, die die großen Anfangsbuchstaben (Initialen) verzierten. Leider ist der überwiegende Teil von ihnen bereits vor langer Zeit mit dem Messer entfernt worden.
Das Missale wurde in der »Textura« geschrieben, einer Schrift, die im 13. Jahrhundert die karolingischen Buchstaben ablöste. Dieser neue Schrifttyp zeichnete sich durch winkelig gebrochene Buchstabenformen aus, die nicht mehr die Rundungen früherer Schriften aufwiesen. Mit der Textura, deren Buchstaben eng miteinander verbunden sind (Textura von lat. texere = weben), ließ sich wesentlich mehr Text auf einer Seite schreiben als mit der karolingischen Minuskel.[1] Nur einige Jahre nach der Entstehung dieses Messbuchs verwendete Gutenberg in Mainz ebenfalls die Textura zum Druck der 42-zeiligen Bibel, der so genannten Gutenberg-Bibel (s. Kat.-Nr. GM 142, 143).
I. F.-H.

1 Bischoff 1986.

Literatur
Halbey 1992.

GM 14

Stundenbuch
Paris
Um 1450

Handschrift auf Pergament, 177 Bll., 10 Miniaturen – Schweinsledereinband
H. 20,2 cm, B. 14,3 cm
Stadtbibliothek Mainz, Hs I 440

Stundenbücher (»livres d'heures«) gehörten im Spätmittelalter zu den am weitesten verbreiteten Büchern. Sie enthielten lateinische oder/und volkssprachliche Texte, vornehmlich Gebete – u. a. für die verschiedenen Tagzeiten –, das Marienoffizium, Psalmen und meist vorangestellt das Kalendarium, das weltliche Bilddarstellungen, wie Monatsbilder, anregte. Neben der hohen Geistlichkeit vergaben seit dem 14. Jahrhundert in größerer Zahl auch Laien Aufträge an Schreiber und Buchmaler, die Stundenbücher prachtvoll mit Miniaturen ausstatteten. Vor allem an den Adelshöfen schätzte man die handlichen, kostbaren Bücher. Bekannt wegen ihrer künstlerisch wertvollen Illuminationen sind die Stundenbücher der Herzöge von Berry. Auftraggeber, Entstehungsort und Datierung des Stundenbuchs, das aus dem Besitz der ehemaligen Mainzer Kartause stammt (s. Kat.-Nr. GM 28–33), sind uns nicht bekannt, jedoch weisen die Miniaturen und die feinen Rankenverzierungen auf eine Pariser Werkstatt des 15. Jahrhunderts hin und lassen eine enge Beziehung zur Werkstatt des Bedford-Meisters annehmen.[1]

Sowohl die Texte als auch die bildlichen Darstellungen sind von üppigem Rankenwerk mit farbigen Blüten und goldenen Blättchen eingefasst. Die Miniatur der aufgeschlagenen Seite zeigt die vier schreibenden Evangelisten mit ihren Symbolen: Johannes mit dem Adler, Matthäus mit dem Engel, Markus mit dem Löwen und Lukas mit dem Stier. Markus und Lukas halten neben dem Federkiel in ihrer linken Hand jeder ein Messer, mit dem das untere Ende des Federkiels immer wieder gespitzt werden musste.
I. F.-H.

1 Ottermann 1990.

Literatur
Thoss 1978. – Ottermann 1990. – Katalog »Blockbücher des Mittelalters« 1991, S. 147, Nr. 8. – Halbey 1992, S. 37 f., Nr. 33.

GM 15

Stundenbuch
Horae beatae virginis Mariae
Jean Bourdichon, Schule von Tours, um 1480–90

Handschrift auf Jungfernpergament
H. 13,2 cm, B. 9 cm
Museum für Angewandte Kunst Frankfurt a. M., Linel-Slg., L.M. 48

Das Kernstück des spätmittelalterlichen Stundenbuchs bilden die Mariengebete und das Totenoffizium. Das Marienoffizium, das oft durch die Wendung *Incipiunt horae beatae Mariae Virginis* eingeleitet wurde – daraus entstanden die Bezeichnungen »Horae«, »Heures« bzw. »Livres d'heures« für diese Buchgattung –, galt insbesondere der Verehrung Mariens.

Im Allgemeinen wurden Stundenbücher mit Illustrationen versehen, die, je nach Wünschen und finanziellen Mitteln des Auftraggebers, bescheiden oder äußerst kostbar sein konnten. Die Hochblüte der Stundenbuchmalerei war im 15. und zu Beginn des 16. Jahrhunderts; die bedeutendsten Ateliers befanden sich vor allem in Nordfrankreich und in Flandern. Der französische Maler und bedeutende Buchilluminator Jean Bourdichon († 1520/1521) illustrierte zwischen 1480 und 1520 zahlreiche Stundenbücher. Bourdichon verbrachte vermutlich sein ganzes Leben in Tours und schuf für die königliche Residenz in Plessis, nahe bei Tours, sowohl großformatige Gemälde als auch dekorative Arbeiten. 1485 wurde er zum Hofmaler ernannt.[1] Die Illustrationen des hier präsentierten Stundenbuchs gehören zu den früheren Werken im Schaffen des Illuminators Jean Bourdichon. Das Buch enthält zwölf Miniaturen und zwei Bildinitialen. Die aufgeschlagene Seite zeigt die Verkündigungsszene: Maria kniet an einem Betpult, auf dem das aufgeschlagene Buch liegt, der Engel mit goldenen Flügeln und einem goldenen Gewand nähert sich von rechts. Zwei vor der hohen Stufe kniende Engel halten ein Textblatt mit dem Anfang des Stundengebets. Die Darstellung des Raums ist dem Chor einer Renaissancekirche nachempfunden.

Die Zeit der prachtvoll ausgestatteten »Livres d'heures« war begrenzt: Im Laufe des späten 15. und frühen 16. Jahrhunderts verdrängte allmählich der Buchdruck das handgeschriebene und mit Miniaturen ausgestattete Stundenbuch und versuchte gleichzeitig, die große Nachfrage nach diesen privaten Andachtsbüchern besser zu stillen.

I. F.-H.

1 Saur 1996, S. 361.

Literatur

Swarzenski/Schilling 1929, S. 132–134. – Katalog »Die Kunst des Lesens« 1989, S. 41, Nr. 8. – Katalog »Erlesen gestiftet« 1991, Nr. 9. – Vgl. auch: Limousin 1954; Avril/Reynaud 1993; Saur, Bd. 13, S. 361 f. (dort ausführliches Literaturverzeichnis).

GM 16

Buchkasten
Mitteleuropa, 15. Jahrhundert

Lederbezogener Holzkasten mit Eisenbeschlägen
H. 21 cm, B. 16 cm, T. 11 cm
Deutsches Ledermuseum Offenbach, Inv.-Nr. 409

In Buchkästen aus Holz oder Metall wurden im Mittelalter insbesondere Bücher aufbewahrt, die keinen Holzdeckeleinband besaßen, sondern nur als Broschur gebunden waren. Seit dem 15. Jahrhundert schützten Buchkästen dann auch kostbare Einbände sowie handliche wertvolle Bücher, wie Brevierhandschriften.

Abweichend von herkömmlichen Buchkästen des Spätmittelalters, besitzt der gezeigte Holzkasten einen gewölbten Deckel, dessen mittlerer Teil sich separat aufklappen lässt. In der Innenseite des Deckels befindet sich eine rechteckige Vertiefung, in die vielleicht eine Wachstafel hineingelegt werden konnte. Den Deckel und die Seitenflächen schmücken Schrift- und Rautenmuster, unregelmäßig lange Strahlen, Ranken-, Blatt- und Blütenmotive in Lederschnitt sowie Punktpunzierung. An den Seiten befinden sich Metallösen, durch die man Tragriemen ziehen konnte. Da der Buchkasten hochkant getragen wurde, ist das Schloss oben angebracht.

I. F.-H.

Literatur

Katalog »Die Kunst des Lesens« 1989, S. 42, Nr. 11.

GM 17 (s. S. 151, Abb. 5)

Speculum humanae salvationis
(Spiegel des menschlichen Heils)
Mitte des 15. Jahrhunderts

Handschrift auf Pergament und Papier, 43 Bll., kolorierte Federzeichnungen – Späterer Einband
H. 29,3 cm, B. 21,5 cm
Stadtbibliothek Mainz, Hs II 10

Neben den prachtvoll ausgestatteten Handschriften, zu denen die Stundenbücher gehören, wurden im Spätmittelalter auch illustrierte Handschriften in unternehmerisch organisierten Schreibwerkstätten hergestellt. Diese »Gebrauchshandschriften« unterschiedlichsten Inhalts – religiöse Erbauungsbücher ebenso wie Heldenepen – entstanden sowohl für den freien Markt als auch im Auftrag. Die Maler der Illustrationen verwendeten meist keine Deckfarben, sondern schufen Federzeichnungen, die sie anschließend lavierten. Der Illustrationsprozess ist anhand dieser nur 43 Blätter umfassenden Handschrift deutlich nachzuvollziehen, da sie unvollendet geblieben ist.[1] Die Zeichner fertigten zunächst in den frei gelassenen Stellen eine Bleistiftskizze an, führten dann die Zeichnung mit der Feder aus und kolorierten das Bild – häufig in Braun-, Gelb-, Rot- und Grüntönen.

Der »Spiegel des menschlichen Heils« war ein im Mittelalter weit verbreitetes Buch, das als Handschrift oder Blockbuch in lateinischer sowie in verschiedenen Volkssprachen erschien. In bis zu 43 Kapiteln werden jeweils einem Ereignis aus dem Neuen Testament drei typologisch entsprechende Geschehnisse aus dem Alten Testament zugewiesen und mit je einem Bild illustriert. Die einzelnen Kapitel beginnen auf den Vorderseiten (recto = r) der Blätter und werden auf den Rückseiten (verso = v) fortgeführt. Deshalb sind auf den abgebildeten Seiten (4^v und 5^r) keine typologisch zusammenhängenden Begebenheiten dargestellt: Die beiden Bilder auf der linken Seite, die dem 4. Kapitel angehören, illustrieren die verschlossene Tempelpforte und den Tempel Salomons, während die Zeichnungen der rechten Seite Ereignisse des 5. Kapitels (Tempelgang Mariä und der goldene Tisch, der von zwei Fischern mit ihrem Netz gehoben und der Sonne im Tempel dargebracht wird) zeigen.

I. F.-H.

1 Es fehlt nicht nur an einigen Stellen die Kolorierung, sondern auf einigen Seiten sind lediglich Bleistiftzeichnungen – Vorzeichnungen – skizziert, auf die Ausführung mit der Feder wurde verzichtet. Ab Blatt 11^v sind keine Zeichnungen mehr in die frei gelassenen Felder eingefügt worden.

Literatur

Katalog »Blockbücher des Mittelalters« 1991 (dort weiterführende Literatur zum Thema »Heilsspiegel«), S. 145 f., Nr. 5. – Halbey 1992, S. 37, Nr. 32.

GM 18

Historienbibel
Aus der Werkstatt Diebold Laubers
Elsass, um 1430

Handschrift auf Papier, 291 Bll. – 97 kolorierte Federzeichnungen
H. 41,1 cm, B. 28,3 cm
Stadtbibliothek Mainz, Hs II 64

Die Werkstatt im elsässischen Hagenau, die Diebold Lauber vermutlich zwischen 1420 und 1470 leitete, gilt als ein tyisches Beispiel für eine spätmittelalterliche städtische Schreibwerkstatt.[1] Aufgrund seiner persönlichen engen Kontakte zu hohen Beamten und wohlhabenden Adelsfamilien, denen er Bücher anbot, verkaufte Diebold Lauber erfolgreich über einen langen Zeitraum hinweg Handschriften. Besonders feste geschäftliche Beziehungen scheint er zum pfalzgräflichen Haus gehabt zu haben. Dies belegen ein Brief und die zahlreichen Lauber-Handschriften in der Palatina zu Heidelberg.[2] Erhalten haben sich mindestens 62 Bücher aus der Lauberwerkstatt, darunter befinden sich epische Dichtungen aus der Zeit vor und auch nach 1250, historische, didaktische und juristische Werke, Sachliteratur und – als größter Teil – religiöse Schriften, darunter 17 Historienbibeln.[3]

Wesentliche Kennzeichen der Codices aus dem Lauberatelier sind neben der verwendeten Bastarda-Schrift die mit der Feder skizzierten Illustrationen.[4] Sowohl für die Schreibarbeiten als auch für die Ausstattung der Bücher mit kolorierten Zeichnungen beschäftigte Lauber viele Schreiber und Maler sowie eine oder mehrere Personen, die für die Planung und Organisation der Arbeiten zuständig waren. Außerdem ist davon auszugehen, dass »die Handschriften wahrscheinlich selten gleichzeitig lagenweise produziert wurden, vielmehr wurde das jeweilige Werkstattexemplar sehr genau und sorgfältig sukzessive von einem oder mehreren zur Verfügung stehenden Mitarbeitern abgeschrieben«.[5]

Die in Laienkreisen besonders geschätzten Historienbibeln enthalten biblische Geschichten in freier Nacherzählung; ein größerer Teil widmet sich dem Alten Testament, ein kleinerer dem Neuen Testament.

Andrea Rapp konnte insgesamt vier Schreiber bestimmen, die an der Mainzer Historienbibel arbeiteten.[6] Die Illustrationen sind meist halbseitig, ohne Umrahmung und Hintergrundzeichnung. Zusammen mit der Bildüberschrift, die als Bildbeischrift dient, sind sie den Kapiteln in der Regel vorangestellt. Die hier abgebildete Illustration (fol. 91^{v}) zeigt Moses und den brennenden Dornbusch.

I. F.-H.

1 Wichtigste Literatur zur Werkstatt Diebold Laubers: Kautzsch 1895, Kautzsch 1926, Fechter 1938, Traband 1982, Stamm 1983, Rapp 1998.
2 Kautzsch 1895, S. 5 ff; Hanauer 1895, S. 423 ff.; Rapp 1998, S. 6 ff.
3 Bloh 1993, Rapp 1998.
4 Liselotte E. Saurma-Jeltsch gebührt vor allem das Verdienst, die Bedeutung der Lauberwerkstatt und der Illustrationen aus kunsthistorischer Sicht erkannt und beschrieben zu haben. In vielen Aufsätzen und in ihrer zum Zeitpunkt der Drucklegung dieses Katalogs noch unveröffentlichten Habilitationsschrift hat sie sich mit dem Thema der illustrierten Handschriften aus städtischen Werkstätten beschäftigt. Wichtigste Literatur: Stamm 1983, Saurma-Jeltsch 1988, Saurma-Jeltsch 1992, Saurma-Jeltsch 1992/1993.
5 Rapp 1998, S. 145 f.; s. auch Bloh 1993, S. 207 ff.
6 Rapp 1998, S. 123 f.

Literatur
Merzdorf 1870. – Falk 1901. – Bloh 1993. – Rapp 1998.

GM 19

Handgeschriebene Bücheranzeige von Diebold Lauber Aus der Werkstatt Diebold Laubers Elsass, um 1450

In: Johannes von Hildesheim: Dreikönigslegende, fol. 2
Handschrift auf Papier
H. 30 cm, B. 22,5 cm
British Library, London, Add. MS 28752

Diebold Lauber, Bücherschreiber und -händler, leitete vermutlich zwischen 1420 und 1470 in Hagenau im Unterelsass eine Schreiberwerkstatt, in der Handschriften nicht nur auf Bestellung, sondern ebenfalls auf Vorrat produziert wurden. Mit Hilfe von Werbeanzeigen, die er in Bücher seines Ateliers klebte, bot Lauber einem interessierten und kaufkräftigen Publikum unterschiedliche Titel an, die bei ihm erhältlich waren.[1] Bücheranzeigen dieser Art waren in der Mitte des 15. Jahrhunderts sicher keine Seltenheit, ein steigender Wettbewerb in der Handschriftenproduktion und schließlich die Konkurrenz durch den Buchdruck erforderten zunehmend Werbemaßnahmen. Solche werbewirksamen Bekundungen fanden sich vor allem im städtischen Milieu mit seinen guten organisatorischen Bedingungen und Vertriebsmöglichkeiten. Die Bücheranzeige auf fol. 2 der *Dreikönigslegende* lautet: *Item welicher hande buecher man gerne hat grosz oder k[l]ein geistlich oder weltlich hübsch gemolt Die findet man alle by diebolt lauber schriber Jn der bûrge zü hagenow.* (»Welcherlei Bücher man gern hat, große oder kleine, geistliche oder weltliche, hübsch illustriert, die findet man alle bei dem Schreiber Diebold Lauber, in der Burg zu Hagenau.«[2]) Mit der Angabe *Jn der bûrge zü hagenow* könnte einerseits gemeint sein, dass der Kontakt zum Handschriftenhändler Lauber über Personen in der Burg in Hagenau herzustellen war. Andererseits könnte die Bezeichnung *bûrge* auch den Ort Hagenau gemeint haben.[3]
Die Bedeutung der Lauber-Werkstatt lässt sich anhand ihrer Position in der Geschichte der spätmittelalterlichen Buchproduktion erklären: Zwischen individueller Anfertigung von Handschriften und dem »anonymen« Buchdruck stellt das Atelier Diebold Laubers beispielhaft eine Art Übergangsform dar, die »als Vorbote des neuen Zeitalters« zu sehen ist.[4]
I. F.-H.

1 Christian von Heusinger betonte in diesem Zusammenhang, dass die Bücheranzeigen Laubers »mehr sind als Bücheranzeigen, nämlich Verlagsanzeigen im modernen Sinne«. Die Handschriftenproduktion in der Werkstatt Diebold Laubers sei als eine »zielgerichtete Verlagsproduktion« zu bestimmen. (Heusinger 1988, S. 148 ff., zur Charakterisierung Laubers als »Verleger« siehe auch Rapp 1998, Kap. 4.2.).
2 Übersetzung von Widmann 1965, S. 16.
3 Rapp 1998, S. 9.
4 Rapp 1998, S. 11.

Literatur
Burger 1907, Abb. 1. – Kautzsch 1895, S. 1 ff. – Hanauer 1895. – Kautzsch 1926, S. 42 ff. – Fechter 1938, S. 121 ff., S. 423 ff. – Widmann 1965, S. 16. – Heusinger 1988. – Katalog »Blockbücher des Mittelalters« 1991, S. 147, Nr. 7. – Rapp 1998, S. 8 ff.

Salomon kunig zu
Iherusalem ein
geschaffter vnd er z
welter Rihter von
gottes gewalt vmb ein sache
die do ist zwuschent der
hellen verweser vff einem
tei[redacted] mit namen Bellial,

Abb. GM 20

GM 20

Jacobus de Theramo
Belial
Aus der Werkstatt Diebold Laubers
Elsass, 15. Jahrhundert

Handschrift auf Papier, 137 Bll. – 33 Federzeichnungen von der Hand Hans Schillings – Einband des 15. Jahrhunderts
H. 30 cm, B. 22 cm
Hessische Landesbibliothek Wiesbaden, Hs 66

Im Jahre 1382 verfasste der italienische Kanoniker und Jurist Jacobus de Theramo die Schrift »Belial«, die zu Beginn des 15. Jahrhunderts in die Volkssprachen übersetzt wurde und vor allem in ihrer deutschen Version große Verbreitung fand. Es handelt sich um ein juristisches Lehrbuch, in dem das kanonisch-rechtliche Prozessverfahren in einem Musterprozess dargelegt wird. Gegen die Erlösung des Menschengeschlechts durch Christus wird von den Teufeln Klage erhoben. Als Anwalt der Teufel tritt Belial auf, zum Anwalt Christi wird Moses ernannt. Beispielhaft werden das Instrumentarium eines kanonischen Prozesses und alle Verfahrensschritte vorgeführt und gleichzeitig das heilsgeschichtliche Geschehen juristisch gerechtfertigt. Die volkssprachlichen Fassungen des »Belial« sind wahrscheinlich für den Gebrauch durch Laien – Notare, Prokuratoren – bestimmt gewesen, dies legen sowohl die Überlieferung als auch die Illustrationen der Handschriften nahe, die die einzelnen Schritte des Prozesses verbildlichen.

Die ungerahmten, kolorierten Zeichnungen des Wiesbadener »Belial« stammen von Hans Schilling, dem Zeichner K der Werkstatt Diebold Laubers.[1] In bewegter Gestik sind die handelnden Personen in den 33 Bildern dargestellt; Belial trägt ein langes Gewand und ist durch seine langen Ohren gekennzeichnet, während die übrigen Teufel nackt erscheinen. Modisch gekleidet sitzt der Richter Salomon mit Zepter und Richterhut auf der Gerichtsbank.

Die hier aufgeschlagene Seite (fol. 15v) zeigt Belial, der um die Ladung der Gegenpartei – den Beklagten Jesus – bittet. In der linken Bildhälfte sitzt auf einem Rasenstück Salomon, links neben ihm zeichnet der Notar an einem Schreibpult die Rede Belials auf. Dieser steht rechts und spricht zu Salomon. Die Bildbeischrift zu dieser Illustration lautet: *hie sprach Bellial got dem herren zůvor den kůnige Salmon vnd den andern Rihtern vmb ein Räüpliche entwerunge die Jmme Jhesus jn der hellen geton hette, der zůspruch wart vor gerihte eigentlich vermercket vnd jngeschriben* etc.

Die Handschriften des »Belial« deuten in Text und Illustrationen auf den neuen Stellenwert der Schriftlichkeit hin, die nun vor allem im Prozessrecht eine wichtige Rolle spielte, und sie verweisen auf den wesentlichen Unterschied zwischen dem römisch-kanonischen Recht und dem germanisch-deutschen Gewohnheitsrecht, der im neuen Schriftlichkeitsprinzip liegt.[2] Jeder Rechtsschritt in einem Prozess wird nun durch einen Notar protokolliert, alles *vermercket vnd jngeschriben,* »der Notar erst verhilft dem Recht durch seine – schriftliche – Amtshandlung zur gültigen Wahrheit«.[3] In den Bildern wird dies durch die Darstellung der Übergabe von Klageschriften sowie von Urteilen und durch die Abbildung des Notars betont. In Deutschland ist die Teilnahme von Notaren an Prozessen bei Endurteilen vor geistlichen Gerichten bezeugt; außerdem sind Notariatsinstrumente über Zeugenverhöre, Vorladungen von Zeugen und die vollständige Protokollierung von Prozessen überliefert (s. Kat.-Nr. GM 140). Mit der Einführung des römisch-kanonischen Rechts im Spätmittelalter kam dem Notariat und insbesondere dem Beruf des Notars eine wichtige Bedeutung zu.

I. F.-H.

1 Kautzsch 1926, S. 44.
2 Ott 1983, S. 110–113; Ott 1984, S. 382f.
3 Ott 1983, S. 112.

Literatur
Kautzsch 1926, S. 44. – Heubach 1927. – Zedler 1931, S. 77. – Traband 1982. – Ott 1983, S. 477–489. – W. Podehl in: Broszinski/Wurzel 1995, S. 100.

GM 21

Goldene Bulle Kaiser Karls IV. 15. Jahrhundert

Handschrift auf Papier – Zwei eingeklebte Holzschnitte
Holzschnitt Hl.Wendelin: H. 29,5 cm, B. 20,5 cm
Stadtbibliothek Mainz, Hs I 462

Seit Anfang des 15. Jahrhunderts breitete sich der Holzschnitt als Bilddruckverfahren in Europa rasch aus. Insbesondere in Deutschland, Österreich, Burgund wurden Holzschnitte als Einblattdrucke hergestellt und verkauft. Gedruckt auf Papier, dienten die Blätter, die häufig neben dem Bild auch einen Text aufweisen, vor allem Laien als Andachtsbilder. In Privaträumen hingen sie an den Wänden oder klebten in Kästen, Truhen oder in den Innendeckeln der Bucheinbände. Aber nicht nur Holzschnitte, sondern auch Kupferstiche und Metallschnitte wurden um die Jahrhundertmitte in Bücher eingeklebt oder eingedruckt, in die Buchdeckel und auch in den für Illustrationen ausgesparten Raum innerhalb der Codices.

In der ausgestellten Handschrift aus der Mainzer Kartause, die die Bulle Kaiser Karls IV. und die »Historia Troiana« enthält, sind in beide Innenseiten der Buchdeckel je ein Holzschnitt geklebt. Den inneren Vorderdeckel ziert eine Darstellung der Kreuzigung Christi, während sich in dem Rückendeckel ein Holzschnitt mit dem Bild des heiligen Wendelin befindet. Der heilige Wendelin lebte zur Zeit des Trierer Bischofs Magnerich (570–596) in den Vogesen als Eremit oder Mönch bzw. Missionar. Seine Grabstätte befindet sich im saarländischen St.Wendel, wo auch die Reliquien des Heiligen im Chor der dortigen Kirche aufbewahrt werden. Wendelin ist ein typischer Volksheiliger, Nothelfer und Schutzherr in vielen Anliegen. Neben Darstellungen, in denen er unbärtig als Mönch mit Wanderstab und Buch gezeigt wird, sind insbesondere Gemälde, Skulpturen und graphische Blätter erhalten, die ihn als Pilger mit Pilgerhut, Stab und Muschel oder als Hirt mit Tieren und einem keulenförmigen Stab darstellen, wie in diesem Blatt.

I. F.-H.

Literatur

Schreiber 1913, Nr. 21. – Schreiber 1920–1930, Nr. 1731x.

GM 22

Deutsches Gebetbüchlein
Oberrhein, um 1430/40

Handschrift auf Papier mit 12 Holzschnitten, 13 Bll.
H. 13,8 cm, B. 10,3 cm
Staatliche Museen zu Berlin – Preußischer Kulturbesitz, Kupferstichkabinett, Cim. 22

Aus der Frühzeit der Holzschneidekunst hat sich dieses äußerst wertvolle Gebetbüchlein erhalten, das sich im Besitz des Berliner Kupferstichkabinetts befindet. Es besteht aus zwölf kolorierten Holzschnitten der Passion Christi, die fast alle auf ihren Rückseiten handgeschriebene Gebetstexte aufweisen. Überwiegend beziehen sich die Texte auf die jeweils folgenden Darstellungen der Passion Christi: Der Einzug Christi in Jerusalem, das Abendmahl, Christus am Ölberg, Christus vor Pilatus, die Dornenkrönung, die Geißelung, Ecce homo, die Kreuztragung, die Kreuzigung, die Grablegung, die Auferstehung und die Pietà.

Das Büchlein diente der Privatandacht von Laien, die im Gebet mit Hilfe der Darstellungen die einzelnen Stationen der Passion Christi nachempfanden und durch ihr »Mit-Leiden« Christus nachfolgten.

Das Bild der Kreuztragung zeigt Christus von rechts nach links schreitend, das schwere Kreuz auf seinen Schultern tragend. Simon, der sich rechts am Stamm befindet, hilft ihm.[1]

Nach Christian von Heusinger handelte es sich bei diesem Berliner Gebetbuch nicht um eine private Gelegenheitsarbeit, vielmehr läßt sich aus der rekonstruierten Herstellungsweise der Holzschnitte folgern, dass der Druck der Holzstöcke »seriell, d. h. auf eine größere oder große Anzahl von Exemplaren hin angelegt [war]«.[2] Neben Holzschnittfolgen mit handschriftlichen Texten, die für einen größeren Abnehmerkreis gedacht waren – wie vielleicht dieses hier gezeigte Gebetbüchlein –, stellte man vermutlich seit der Mitte des 15. Jahrhunderts auch Bücher her, deren Bilder *und* Texte xylografisch gedruckt wurden (so genannte xylografische Blockbücher). Mittels der mechanischen Vervielfältigungsmethode des Holztafeldrucks konnten zahlreiche Ausgaben und mehrere Auflagen von Blockbüchern angefertigt und an ein Publikum von Geistlichen und Laien verkauft werden (s. Kat.-Nr. GM 23, 24).

I. F.-H.

1 Schreiber 1926–1930, Nr. 343a. Dieses Blatt und die übrigen Holzschnitte der Passionsfolge sind keineswegs, wie viele andere Beispiele des Holztafeldrucks, oberflächlich und flüchtig laviert, sondern zeichnen sich durch eine sorgfältige Kolorierung aus.

2 Heusinger 1988, S. 154, Anm. 34a.

Literatur

Lehrs 1908, Nr. 13–24. – Schreiber 1926–1930, Nr. 151a ff. – Cohn 1934, S. 20. – Heusinger 1953, S. 26 ff. – Heusinger 1988. – Katalog »Das Berliner Kupferstichkabinett« 1994, S. 93, Nr. III.4. – Katalog »Die Karlsruher Passion« 1996, Nr. 60.

Die and' anuechtūg ist vertzwifelūg
die ist wid' daz hoffē vnd getruwē
das d' mēschē zu got sol habē wan so d'
sieche lidē vnd schmertzē hat an dem
lib so füget im d' tüfel ein schmertzen
zu dē andern vnd wurffet ym für sin
sünde vñ besund' die sünde die er nit ge
bichtet hat uff daz daz er yn zů u'zwi
felūg bring aber darumb sol nyeman
uerzwifelē an d' genade gottes wenne
er ioch so uil robes totschleg vñ dieps
tals getan als tropffen in dē mer sind
vnd hette das uo' nie geruwet noch
gebichtet vnd hette ouch nun zemal
nit uermasē es zebichtē dan so es an
im nit gebristet so hat er sust genūg
mit worē ruwen wan got uersma
het kein ruwig hertz sond' als dick
der siend' ersüfftzet so ist er behalten

Abb. GM 23

GM 23

Blockbuch

Ars moriendi
Deutschland, 15. Jahrhundert

Ausgabe XII nach Schreiber – 26 kolorierte Holzschnitte (11 Bild- und 15 Textseiten in Deutsch) – Pergamentumschlag des 19. Jahrhunderts
H. 13,7 cm, B. 9,6 cm
Gutenberg-Museum Mainz, GM Ink 1019

Etwa um die Mitte des 15. Jahrhunderts, zur gleichen Zeit, als Johannes Gutenberg in Mainz vermutlich seine ersten Druckversuche unternahm, sind wohl die ersten der uns erhaltenen Blockbücher hergestellt worden.[1] Sie entstanden im Zusammenhang mit den mannigfaltigen Versuchen jener Zeit, Texte und Bilder auf eine preiswertere und schnellere Weise anzufertigen und zu vervielfältigen, als dies bisher geschehen war. Leider sind weder die Datierung noch die Lokalisierung der meisten Blockbücher bis heute gesichert festgestellt. Zentren der Blockbuchherstellung im deutschsprachigen Raum waren möglicherweise Augsburg und Ulm, andere Hinweise führen ins Rheinland, in die Schweiz und nach Thüringen.[2] Neben denjenigen Exemplaren, deren Texte handschriftlich eingefügt oder typografisch gedruckt wurden, sind bei der überwiegenden Zahl der erhaltenen Blockbücher Bilder sowie Texte xylografisch abgerieben. Vorherrschend handelt es sich um religiöse Themen, die Eingang in die Blockbücher gefunden haben; zur profanen Literatur gehören insbesondere Schulgrammatiken (Donate) sowie Kalender, ein *Planetenbuch*, der *Totentanz*.

Im ausgehenden Mittelalter, als wiederholt Wellen von Pestepidemien die Menschen in den Städten und auf dem Land heimsuchten, fand die Gattung der Sterbeliteratur eine enorme Verbreitung sowohl in lateinischen als auch in volkssprachlichen Fassungen. Ebenso bezeugen die Verbildlichungen dieser Stofftraditionen in besonderem Maß die intensive Auseinandersetzung mit der Todesthematik.[3] Zu den wichtigsten Überlieferungsträgern der spätmittelalterlichen Todesvorstellungen gehörte neben dem *Totentanz* die *Ars moriendi,* die Kunst des heilsamen Sterbens. Während der *Totentanz* auf die Gleichrangigkeit aller Menschen im Augenblick des Todes hinweist, möchte die in die Umgebung der geistlichen Seelsorge eingebettete *Ars moriendi* in Form einer praktischen Anleitung Hilfe für die Todesstunde bieten.[4]

Insgesamt sind 13 Ausgaben der *Ars moriendi* als Blockbücher erhalten,[5] die auf verschiedene literarische Vorlagen zurückgriffen. Die Texte der Mainzer Ausgabe (Schreiber XII) sowie der Ausgaben X und XI (nach Schreiber) folgen einer eigenen Überlieferung und gehen auf das »Speculum artis bene moriendi« zurück, das wahrscheinlich im zweiten Viertel des 15. Jahrhunderts entstanden ist.[6] In der *Ars moriendi* werden neben einer Einleitung die fünf besonders großen Versuchungen kurz vor dem Tod und die Abwehr dieser satanischen Anfechtungen in Bild und Text dargestellt. Anfechtungen und Glaubensstärke werden jeweils in einem Bildholzschnitt veranschaulicht, denen je ein Textholzschnitt zugeordnet ist: 1) Zweifel am christlichen Glauben – Ermutigung im Glauben, 2) Verzweiflung – Trost, 3) Ungeduld – Ermahnung zur Geduld, 4) Hoffart – Mahnung zur Demut, 5) die Beschäftigung mit weltlichen Dingen – Mahnung zur Abkehr von weltlichen Dingen. In einem Abschlussbild weichen die Teufel beim Anblick des gekreuzigten Christus vom Bett des Sterbenden.

Der dritte, abgebildete Holzschnitt der Mainzer *Ars moriendi* zeigt den Sterbenden in Verzweiflung über seine begangenen Sünden. Teufel umringen das Bett und mahnen die ungesühnten Missetaten an: Neben Unbarmherzigkeit und Ehebruch auch Raub und Mord. Ein spitzohriges Höllenwesen hält stolz das lange Sündenregister des Sterbenden in die Höhe.

I. F.-H.

1 Katalog »Blockbücher des Mittelalters« 1991; Palmer 1992, S. 311; Baurmeister 1994.
2 Palmer 1992, S. 312.
3 Palmer 1993. Verwiesen sei außerdem auf die von Palmer zusammengestellte ausführliche Bibliographie zum Thema *Ars moriendi* im Anschluss an seinen Aufsatz.
4 Palmer 1993, S. 313 ff.; Schneider 1996, S. 14 ff. Vgl. auch: Rudolf 1957; Laager 1996.
5 Katalog »Blockbücher des Mittelalters« 1991, zu den bildlichen Vorlagen in den verschiedenen Ausgaben der *Ars moriendi* vgl. Zerner 1971, Schneider 1996.
6 Das »Speculum artis bene moriendi« entstand im Umkreis der Wiener Universität und wird Nikolaus von Dinkelsbühl († 1433) zugeschrieben. Rudolf 1951; Palmer 1993, S. 317 ff.

Literatur
Schreiber 1902, S. 257 ff. – Palmer 1995. – Schneider 1996.

GM 24 (s. S. 152, Abb. 6)

Blockbuch

Apokalypse
Deutschland, vor 1463

Ausgabe IV nach Schreiber – 48 Bll., einseitig bedruckt – Fünf ganzseitige und 86 halbseitige kolorierte Holzschnitte – Lateinischer Text – Samteinband
H. 30 cm, B. 21,5 cm
Gutenberg-Museum Mainz, GM Ink 131

Im Gegensatz zum Blockbuch der *Ars moriendi* (Kat.-Nr. GM 23), in der sich Bild und Text auf zwei getrennten Seiten gegenüberstehen, handelt es sich bei der *Apokalypse* um ein Buch mit Bilderzyklen, in die die Texte integriert wurden. Neben der *Apokalypse* zeichnet auch die meisten anderen Blockbücher ein Verweissystem aus, das sie z.T. von mittelalterlichen Handschriften übernommen haben: Die Beischriften, Texttafeln und Schriftbänder verweisen auf die Bilder und/oder die Bilder ihrerseits verweisen auf die Texte.[1] Die mittelalterlichen Blockbücher können »als direkte Fortsetzung von mittelalterlichen Bilderfolgen angesehen werden, in denen der Text meist nur eine untergeordnete Rolle spielte«.[2]

Die schriftlichen Quellen, auf die sich Bilder und Texte der Blockbuch-Apokalypse im Allgemeinen bezogen, sind die Offenbarung des Johannes aus der Bibel (Vulgata), die Heiligenlegenden des Jacobus a Voragine sowie der Apokalypse-Kommentar des Berengaudus aus dem 11./12. Jahrhundert. Mit ihren 92 bzw. 96 Szenen gehören die Blockbücher der Apokalypse zu den umfangreichsten erhaltenen Blockbüchern. Größtenteils sind auf einer Seite zwei querformatige Darstellungen abgebildet, die durch eine Mittellinie voneinander getrennt werden. Die ersten vier Seiten schildern nach der *Legenda Aurea* des Jacobus a Voragine in acht Szenen das Leben des Evangelisten Johannes, sein Martyrium und die Verbannung bis zu seiner Abfahrt nach Patmos. Anschließend folgen 79 Szenen der Apokalypse, unterbrochen von vier Antichristszenen, welche auf dem zweiten Brief des Paulus an die Thessalonicher (2 Thess 2) beruhen. Den Schluss der Blockbuch-Apokalypse bilden fünf Szenen, die von den Wundern und dem Tod des Johannes – wiederum nach der *Legenda Aurea* des Jacobus a Voragine – erzählen.[3]

Für die Blockbücher der Apokalypse sind im Kontrast zu denjenigen der *Ars moriendi* (Kat.-Nr. GM 23) indirekte Vorläuferhandschriften – Apokalypsehandschriften des 13. bis 15. Jahrhunderts – erhalten, die im formalen Aufbau mit den Blockbüchern übereinstimmen.[4] Als einziges Blockbuch des 15. Jahrhunderts besitzt die Mainzer *Apokalypse* einen handschriftlichen Eintrag, der einen Hinweis auf die Datierung bietet. Auf dem letzten leeren Blatt steht in lateinischer Sprache: »Gleichermaßen, im Jahr 1463, am Dienstag nach dem Fest der Reinigung der höchst glorreichen Jungfrau Maria, kam ich in den Dienst von Heinrich Landgraf von Hessen«.[5] Aus dieser Datumsangabe kann man folgern, dass dieses Buch vor 1463 entstanden ist.[6]

Die aufgeschlagenen Seiten der Mainzer *Apokalypse* zeigen die Ausgießung der siebten Schale, die Erdbeben und Hagel auf der Erde bewirkt (links), die Hure Babylon, die an den vielen Wassern sitzt (rechts oben) und die Hure Babylon auf dem siebenköpfigen Tier (rechts unten) nach der Apokalypse des Johannes 16, 17–21 und 17, 3–4.

I. F.-H.

1 Palmer 1992, S. 316; s. auch: Katalog »Blockbücher des Mittelalters« 1991.
2 Baurmeister 1994, S. 156.
3 Purpus/Schneider 1991, S. 59ff.; Purpus 1991 (I), S. 81f.; Purpus 1995, S. 1ff.
4 Purpus 1991 (II), S. 99.
5 Halbey 1991, S. 75.
6 Halbey 1991, S. 75.

Literatur

Halbey 1991. – Purpus 1995.

Stätten der Bildung

Kloster

GM 25

Nachbildung eines mittelalterlichen Lesesteins aus dem 13. Jahrhundert

Glas
Dm. 7,8 × 2,2 cm
Optisches Museum der Ernst-Abbe-Stiftung Jena, Inv.-Nr. 2001

Bereits 2000 Jahre vor Christi Geburt wurden geschliffene und polierte Halbkugeln und plankonvexe Linsen aus Quarz hergestellt, die jedoch nicht als Vergrößerungsgläser, sondern wohl eher als Schmuckstücke – beispielsweise als Knäufe auf Zeptern – dienten. Die vergrößernde Wirkung solcher Linsen blieb jedoch den Menschen nicht verborgen, und so stellten sich vermutlich seit dem 13. Jahrhundert Mönche – angeregt durch die Schriften Alhazens, z. B. den »Schatz der Optik«[1] – überhalbkugelige Plankonvexlinsen her, vorzugsweise aus Quarz oder Beryll.[2] Auf der Seite eines Buches aufliegend, vergrößerten die so genannten Lesesteine einzelne Schriftzeichen und Wörter und erleichterten das Lesen erheblich. Die »Entdeckung« dieser ersten Lesehilfe sorgte in der Gelehrtenwelt des Mittelalters für so großes Aufsehen, dass sogar die Dichter der Zeit, wie beispielsweise Konrad von Würzburg, fasziniert davon berichteten.[3]

I. F.-H.

1 Im 11. Jahrhundert erschien das große optische Werk, der »Schatz der Optik« des arabischen Mathematikers, Mediziners und Astronomen Abu Ali al-Hassan Ibn al-Haitham (965–1039), auch Alhazen genannt. Zum ersten Mal tauchte in diesem Buch der bedeutungsvolle Satz auf, »dass ein gläsernes Kugelsegment dazu dienen könnte, einen Gegenstand vergrößert erscheinen zu lassen« (Rossi 1989, S. 11). Der »Schatz der Optik« wurde 1240 von Erazm Golek Vitello (1230–1280) ins Lateinische übersetzt und fand in der nachfolgenden Zeit interessierte und wissbegierige Leser, vor allem unter Ordensgeistlichen.

2 Aus dem Wort Beryll – *beril* oder *berel* in der Dichtung belegt – entwickelte sich die deutsche Bezeichnung Brille. Vgl. Schmitz 1995, S. 27.

3 Rossi 1989, S. 11 f.; Schmitz 1995, S. 27.

Literatur
Katalog »Da guckste!« 1994, S. 35.

GM 26 (s. S. 153, Abb. 7)

Nachbildung einer mittelalterlichen Nietbrille aus Kloster Wienhausen

Holz, Glas
Optisches Museum Oberkochen

Nicht weit entfernt von Celle, in der Lüneburger Heide, liegt das im Jahre 1221 gegründete Zisterzienserinnen-Stift Wienhausen. Unter dem Chorgestühl im Nonnenchor des Klosters befanden sich, eingehüllt und konserviert im Staub der Jahrhunderte, zahlreiche mittelalterliche Andachtsbilder sowie Alltagsgegenstände, die vor langer Zeit durch die Schlitze der Fußbodenbohlen gerutscht waren. Im Jahre 1953 entdeckte man diesen großen, kulturgeschichtlich bedeutenden Fund und machte ihn der Öffentlichkeit durch Publikationen und eine Ausstellung im Klostermuseum bekannt.[1] Unter den Gegenständen des täglichen Lebens waren auch eine Reihe mittelalterlicher Brillen, sowohl in Lederfassung als auch so genannte Nietbrillen.[2] Bis zu diesem Zeitpunkt hatte man noch keine dieser alten Brillen gefunden. Die Nietbrille hat sich aus dem Einglas entwickelt, das den Lesestein im hohen und späten Mittelalter ablöste. Während das Einglas aus einer hölzernen Fassung für die konvex geschliffene Linse und einem Stiel bestand, mit dem die Lesehilfe vor das Auge gehalten werden konnte, wurden bei der Nietbrille die hölzernen Stielenden von zwei Glasfassungen miteinander vernietet. Die Brille klemmte man sich auf die Nase, dort saß sie allerdings nicht sehr sicher, denn Ohrenbügel für Brillen gab es noch nicht. Die Gläser, die im Wienhausener Kloster geborgen wurden, waren alle für Weitsichtige gedacht, wie auch der größte Teil der spätmittelalterlichen Brillengläser konvex geschliffen war; konkav geschliffene Gläser für Kurzsichtige kamen erst im späten 15. und zu Beginn des 16. Jahrhunderts auf.
Die Entstehungszeit der im Nonnenchor in Wienhausen gefundenen Brillen lässt sich bis heute nicht genau angeben, wahrscheinlich stammen sie aus dem 14. Jahrhundert.[3]

I. F.-H.

1 Appuhn/Heusinger 1965; Appuhn 1980.
2 Appuhn 1958 (I); Appuhn 1980, S. 162 f.; vgl. auch Schmitz 1995, S. 31 ff.
3 Appuhn 1958 (II).

Literatur
Appuhn 1958 (I). – Appuhn 1958 (II). – Appuhn/Heusinger 1965. – Appuhn 1980, S. 162 f.

Abb. GM 27

GM 27

Brevier und Buchbehälter aus dem Zisterzienserkloster Altenryf

GM 27a

Breviarium Cisterciense Anfang 15. Jahrhundert

Handschrift auf Pergament, 374 Bll. – Holzdeckeleinband mit Lederüberzug
H. 13cm, B. 10cm
Kantons- und Universitätsbibliothek, Freiburg/Schweiz, L 64

GM 27b

Buchbehälter Zweite Hälfte des 15. Jahrhunderts

Leder
H. 15,5cm, B. 13cm, T. 8,5cm
Museum für Kunst und Geschichte, Freiburg/Schweiz, Inv.-Nr. 3825

Aus dem Zisterzienserkloster Altenryf im Kanton Freiburg, das 1138 gegründet wurde, stammen das ausgestellte Brevier mit einer Vertiefung im Vorderdeckel für eine Brille und das dazugehörige lederne Tragetui. Das kleinformatige Brevier, das die täglichen Stundengebete enthält, hat sich vielleicht ehemals im Besitz eines Zisterziensermönches befunden, der sich häufig auf Reisen begeben musste und sein persönliches Brevier in dem Etui, dessen Tragriemen leider verloren ist, mitgeführt hat. Um die wertvolle Brille, auf die der Besitzer dieses Buches nicht verzichten konnte, sicher zu verwahren, wurde wahrscheinlich bereits vor 1500 eine Vertiefung in Form einer Brille im Vorderdeckel geschaffen, in der die Lesehilfe vor äußeren Beschädigungen geschützt war.
Der Buchbehälter ist mit Lederschnitt und Punzierungen verziert: Um das Etui herum ist der Spruch »Maria Hilff« eingeschnitten, der Grund ist gepunzt. Die Oberseite des Deckels schmücken drei Wappen: das Zisterzienser-Wappen und zwei weitere.
Brevier, Vertiefung für eine Lesebrille und Futteral sind als ein zusammengehörendes Ensemble für die Kultur- und Lebenswelt des 15. Jahrhunderts bisher wohl einmalig.
I. F.-H.

Literatur
GM 27 a: Leisibach 1976, S. 82–85. – De Hamel 1986, Abb. 198. – Cardini 1991, S. 30. – Olmert 1992, S. 88. – Katalog »Liturgica Friburgensia« 1993, S. 101, Nr. 23. – Tremp 1999, S. 11.
GM 27 b: Tremp 1999, S. 11, Abb. 8. – Andrey 1999, S. 96, Nr. 11.

Dei verbum manibus predicemus – **Buchkultur bei den Kartäusern**

Schon wenige Jahrzehnte nach Gründung des Kartäuserordens legte Guigo, der fünfte Prior der Grande Chartreuse, in den *Consuetudines* von 1127 die Grundlage für die enge Beziehung der Kartäuser zum Buch: *Libros quippe tamquam sempiternum animarum nostrarum cibum cautissime custodiri et studiosissime volumus fieri, ut quia ore non possumus, Dei verbum manibus predicemus.*[1] Im Mittelpunkt stehen dabei nicht der Gebrauch liturgischer Bücher in der Messe oder die für die Tischlesung benötigten Handschriften, sondern das Kopieren von Texten in der Mönchszelle. Als kontemplativer Orden können die Kartäuser nicht wie viele andere Orden in der Öffentlichkeit predigend und lehrend wirken. Daher ist es die vornehmste Aufgabe eines jeden Kartäusers, Gottes Wort mit den Händen, d. h. schreibend, zu verkünden. Bücher sind die ewige Speise der Seele und müssen mit äußerster Sorgfalt behandelt werden.[2] Ausführlich erläutert Guigo in den vorangehenden Kapiteln, mit welchen Utensilien die Zelle des Kartäusermönchs für die Schreibarbeit ausgestattet sein muss, dass ihm sonntags nach der Non zwei Bücher und gleichzeitig das notwendige Schreibmaterial ausgehändigt werden.

Der schreibende Mönch wird in dem Maße zum Verkünder der Wahrheit, wie er Bücher kopiert oder schreibt, und so verwundert es nicht, dass in der Blütezeit des 14./15. Jahrhunderts fast alle 195 Kartausen über überdurchschnittliche Büchersammlungen verfügten.

Großes Augenmerk richtete schon Guigo in den *Consuetudines* auf das Korrigieren von Texten; dieser Aspekt erhielt in den späteren Statuten des 13. und 14. Jahrhunderts ein erheblich verstärktes Gewicht und wirkte sich prägend auf die Buchkultur der Kartäuser aus. Das Herstellen korrekter Ausgaben wurde als so zentrale Aufgabe angesehen, dass für ein Gespräch zwischen den Mönchen über die notwendigen Textemendationen sogar die Schweigepflicht gebrochen wurde.[3]

Oswald, ein Mönch der Grande Chartreuse, schrieb 1437 das *Opus Pacis,* eine philologische Anleitung für die Emendationstätigkeit der Kartäuser. Das Werk, das den »Frieden« zwischen verschiedenen Lesarten herstellen sollte, wurde noch im 16. Jahrhundert benutzt und ist heute in zahlreichen Kartäusersammlungen erhalten.

Das ausdrückliche Bemühen der Kartäuser um den philologisch reinen Text wirkte sich positiv auf die Rezeption der in Kartäuserklöstern entstandenen Handschriften im frühen Buchdruck aus: »Die Besorgung guter handschriftlicher Vorlagen kann nicht die geringste Sorge der Druckunternehmer oder der Herausgeber, insbesondere der schon vom humanistischen Geist berührten, gewesen sein.«[4] Insbesondere auf die reiche Überlieferung an spätmittelalterlicher Theologie, mystisch-asketischer Literatur und Bibelexegese wurde bei der Herausgabe der frühen Drucke gerne und häufig zurückgegriffen. Die Kartäuser, die aufgrund ihrer Ordensregel kaum Kontakt mit den Städten, an deren Rändern sie lebten, hatten, kamen auf diese Weise in Berührung mit den ortsansässigen Druckern. Diese Beziehung ist besonders für Basel nachweisbar, es ist aber auch davon auszugehen, dass in Köln, Mainz und Erfurt ein entsprechender Austausch bestand.[5]

Mit dem Aufkommen des Buchdrucks erfuhren die meisten Kartäuserbibliotheken eine sprunghafte Vergrößerung durch Ankauf der frühen Drucke. Die Kartäuser stellten die Fortführung ihrer Pflege der Buchkultur unter neuen Vorzeichen sicher, indem sie sehr bald eigene Klosterdruckereien einrichteten.[6]

A. O.

1 Consuetudines Guigonis, Cap. 28, 3. Zitiert wird nach der Ausgabe Guiges Ier: Coutumes de Chartreuse. Introduction, Texte Critique, Traduction et Notes. (Sources Chrétiennes 313). Paris 1984.
2 Deutsche Übersetzung der Consuetudines im Anhang zu Posada 1987.
3 Consuetudines Guigonis, Cap. 32, 1.
4 Schreiber 1935, S. 19.
5 U. a. Buzás 1975, S. 59.
6 Finger 1995.

Literatur

Achten 1991. – Buzás 1975. – Finger 1995. – Lehmann 1960. – Posada 1987. – Schmitz 1995. – Schreiber 1935. – Zadnikar 1983.

Die Geschichte der Mainzer Kartause

Nach dem Vorbild ihres Ordensgründers Bruno von Köln[1] siedelten sich die Kartäusermönche besonders im 14. und 15. Jahrhundert vor den Toren der Städte an, um als Eremiten in völliger Abgeschiedenheit Gott zu dienen. Die erste Gründung auf deutschem Boden erfolgte auf Veranlassung des Mainzer Erzbischofs Peter von Aspelt, der die Kartäuser an den Rhein rief. Bei Eltville im Rheingau gründeten die Mönche 1320 ihr Kloster im Peterstal,[2] siedelten aber bereits 1322 nach Mainz um und ließen sich in ruhigerer Lage am Rande der Stadt nahe dem Benediktinerkloster St. Alban am Michaelsberg nieder. Die Inkorporation in den Orden durch Beschluss des Generalkapitels erfolgte 1326. Die Mainzer Kartause bestand mehr als 450 Jahre, erlebte im 15. Jahrhundert eine Blütezeit, musste nach einem Brand im Jahre 1552 wieder aufgebaut werden und erreichte nach den erheblichen Verlusten im Verlauf des Dreißigjährigen Krieges einen erneuten geistigen Höhepunkt unter dem 40-jährigen Priorat von Michael Welcken (1712–1753). 1781 wurde die Kartause auf Veranlassung von Kurfürst Friedrich Karl Josef von Erthal zusammen mit dem Reichklara- und Altmünsterkloster zu Gunsten der Universität aufgehoben.[3] Im Verlauf der Revolutionskriege wurden die kurfürstliche Universität und damit auch ihre Bibliothek 1798 aufgelöst. Der Buchbestand der alten Universitätsbibliothek mit den in sie inkorporierten Klosterbibliotheken ging 1803/05 in den Besitz der Stadt Mainz über und befindet sich heute in der Stadtbibliothek. Innerhalb der Handschriftensammlung stellen die ca. 630 mittelalterlichen Codices aus der Mainzer Kartause die größte Provenienz dar, was diesem Bestand einen besonderen Wert für die buchwissenschaftliche Forschung verleiht: »Es mag viele mittelalterliche Bibliotheken geben, die diese an Wert übertreffen – eine in solcher Zahl der Handschriften uns überkommene mittelalterliche Bibliothek ist nicht häufig zu finden.«[4]

A. O.

1 Gründung des Kartäuserordens durch Niederlassung Brunos von Köln 1084 im Tal »La Chartreuse« bei Grenoble.

2 Gründungsurkunde vom 21. Mai 1320: Stadtarchiv Mainz U 1320.05.21.

3 Zur äußeren Geschichte der Mainzer Kartause vgl. Simmert 1958, S. 1–12 und Stöhlker 1971.

4 Schreiber 1927 (I), S. 3.

Literatur

Schreiber 1927 (I). – Simmert 1958. – Stöhlker 1971.

Dieß Buch ist der Carthuser By Mentz –

Die Bibliothek der Mainzer Kartause

Wenngleich die Existenz einer Bibliothek für die Frühzeit des Kartäuserklosters nicht durch Quellen zu belegen ist, so kann nach Kenntnis der engen Beziehungen des Ordens zum Buch mit einiger Sicherheit davon ausgegangen werden, dass zumindest in der zweiten Hälfte des 14. Jahrhunderts ein eigener Bibliotheksraum innerhalb der Mainzer Kartause existiert hat. In den ersten Jahrzehnten nach Gründung des Klosters wird sich der Buchbestand im Wesentlichen auf liturgische Handschriften sowie Bibelausgaben und -kommentare beschränkt haben, die in der Sakristei aufbewahrt werden konnten. Im Verlauf des 14. Jahrhunderts vermehrte sich der Buchbestand deutlich durch Schenkungen von Wohltätern sowie durch mitgebrachten Buchbesitz bei Eintritt in den Orden. Vor allem waren es die Mönche selber, die durch ihre Schreibtätigkeit die Bibliothek vergrößerten. Spätestens für das 15. Jahrhundert ist das Vorhandensein eines eigenen Bibliotheksraums gesichert dank des zwischen 1466–1470 entstandenen mittelalterlichen Bibliothekskatalogs (= Katalog I),[1] der für die Erforschung der Bibliothek der Mainzer Kartäuser grundlegend war.[2] Zusammen mit dem um 1520 entstandenen zweiten Katalog[3], der den erweiterten Bestand der Kartause aktualisiert und gegenüber Katalog I um ein Autorenregister ergänzt ist, bildet er auch für die moderne Handschriftenbeschreibung eine unentbehrliche Quelle. Katalog I, der mit den Verzeichnissen der Erfurter und Baseler Kartausen zu den größten mittelalterlichen Bibliothekskatalogen gehört, bestätigt mit einem Umfang von etwa 1500 Handschriften und Drucken, was eingangs über die enormen Buchbestände der Kartäuser gesagt wurde. Dem Katalog wurde später eine ausführliche Bibliotheksordnung[4] vorgeheftet, deren Angaben auf Vorschlägen beruhen, die die Trierer Kartäuser ihren Ordensbrüdern zugesandt hatten und die in Mainz zur Grundlage für die eigene Verwaltungspraxis der Bibliothek gemacht wurden. Da vergleichbare Bibliotheksordnungen aus dem Mittelalter selten erhalten sind, stellt die Mainzer Überlieferung eine besonders wichtige Grundlage für die Kenntnis mittelalterlicher Bibliotheksverwaltung dar. Die ausführlichen Anweisungen zur Entnahme von Büchern durch Angehörige des Ordens sowie zur Ausleihe an Benutzer außerhalb der Kartause lassen erkennen, mit welcher Sorgfalt und Konsequenz die Kartäuser dafür eintraten, dass der Buchbestand als das wertvollste Gut des Ordens ordnungsgemäß verwaltet und gesichert wurde.

Dem vom Prior auf Zeit ernannten Bibliothekar wurde die umfassende Verantwortung für die Bücher übertragen, was sowohl ihre Verzeichnung im Katalog und das Anbringen von Besitzvermerken als auch die Sorge für den Zustand der Einbände beinhaltete. Bei der Entnahme von Büchern durften nicht mehr als fünf Mönche gleichzeitig den offenbar relativ kleinen Bibliotheksraum betreten, der im eremitischen Kartäuserorden ausschließlich als Buchmagazin diente, da die Mönche die Bücher in ihren Einzelzellen studierten und abschrieben. An die Stelle des entnommenen Buches hatten sie eine Marke (*signum*), die mit dem Buchstaben ihrer Zelle korrespondierte, einzustellen. Entleihungen nach außen gegen Empfangsbestätigung und Pfand bedurften der Genehmigung des Priors. Eine Benutzungsfrist war nicht vorgesehen, dagegen war die Anzahl der zu entleihenden Bücher im Normalfall auf fünf beschränkt. Die Anlage der zwei mittelalterlichen Kataloge und die Bibliotheksordnung berechtigen zu der Aussage: »Für die Bücherpflege im Kartäuserorden ist die Bibliothek des Michaelsberges bei Mainz eines der glänzendsten Zeugnisse.«[5]

A. O.

1 = Hs I 577, vgl. Kat.-Nr. GM 32
2 Vgl. dazu noch immer Schreiber 1927 (I); vgl. auch Krämer 1989, S. 532–549.
3 = Hs I 576.
4 Hs I 577, fol. a^r–b^r.
5 Schreiber 1927 (I), S. 5.

Literatur
Krämer 1989. – Schreiber 1927 (I).

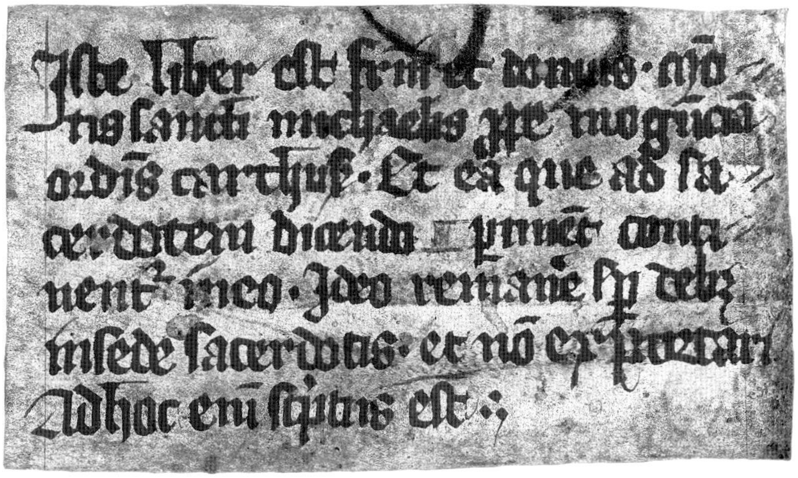

GM 28

Manuale ad usum sacerdotis hebdomadarii in ordine Carthusiensi 14./15. Jahrhundert

Handschrift auf Pergament (am Anfang und Ende einige Papierblätter), 132 Bll. – Holzdeckelband mit 1/1 Schweinslederüberzug – Blindprägung mit Streicheisenlinien und Einzelstempeln (1991 restauriert)
H. 22 cm, B. 15,5 cm
Stadtbibliothek Mainz, Hs I 123

Neben der Bibliothek für die Laienbrüder (Kat.-Nr. GM 29) existierte ein weiterer wichtiger und umfangreicher Sonderbestand, die Chorbibliothek, in der die für den Gottesdienst notwendigen Bücher aufbewahrt wurden.[1] In der Mainzer Kartause zählten dazu nicht nur die Liturgica im engeren Sinne, sondern z.T. auch wichtige Nachschlagewerke.[2] Wie der Bestand der Laienbibliothek, so waren auch die Bände der Chorbibliothek aufgrund ihrer Zweckbestimmung für den gottesdienstlichen Gebrauch nicht in den mittelalterlichen Katalogen verzeichnet.

Bei Hs I 123 mit liturgischen Anweisungen, Gebeten, Messformularen und Antiphonen handelt es sich um eine solche liturgische Handschrift, die für den täglichen Gebrauch des Priesters beim Lesen der Messe bestimmt war.[3]

In einem auf den vorderen Spiegel geklebten Papierschildchen wird diese Zweckbestimmung expressis verbis festgelegt und darüber hinaus untersagt, den Codex aus der Sakristei zu entfernen:

Iste liber est fratrum et domus montis sancti Michaelis prope Moguncіam ordinis Carthusiensis. Et ea que ad sacerdotem dicendo pertinent continentur in eo. Ideo remanere semper debet in sede sacerdotis et non exportari. Ad hoc enim scriptus est.

Während diese ausdrückliche Anweisung im Bestand singulär sein dürfte, stellt der erste Satz ein Beispiel für die in der Mainzer Kartause sehr intensiv praktizierte Kennzeichnung des Besitzes dar. Die Sicherung des Bestands durch Anbringung von Besitzvermerken erfolgte überwiegend im 15. Jahrhundert in zumeist lateinischer Sprache, wobei die Formeln dafür nicht immer so ausführlich wie im vorliegenden Beispiel waren. Besonders bei deutschsprachigen Handschriften begegnet der Besitzeintrag z.B. mit den Worten *Dieß Buch ist der Carthuser By Mentz.*[4]

Die Kennzeichnung der Handschriften erfolgte nicht systematisch am Bestand der gesamten Mainzer Kartause, wurde aber insbesondere bei denjenigen Codices notwendig, die nicht im eigenen Kloster entstanden waren, sondern durch Schenkungen und Käufe in den Bestand gelangt waren und bereits ältere Provenienzeinträge enthielten. Einen weiteren Anlass für die Sicherung des Buchbestands durch Anbringen von Besitzvermerken stellte die Ausleihe von Büchern an Benutzer außerhalb des Klosters dar.

A. O.

1 Sofern es sich um Nachschlagewerke handelte, die ursprünglich für die Hauptbibliothek bestimmt waren, sind sie in den Katalogen aufgeführt und dort später z.T. mit dem Zusatz *in choro* versehen worden. Auch die für die Tischlesung der Kartäuser vorgesehenen Handschriften wurden in der Chorbibliothek aufbewahrt.
2 Schreiber 1927 (I), S. 48f.
3 List / Powitz 1990, S. 218ff.
4 So in Hs I 66, fol. 2ra.

Literatur
Schreiber 1927 (I).

GM 29

Orationes et exercitia, deutsch und lateinisch Drittes Viertel des 14. Jahrhunderts

Handschrift auf Papier, 129 Bll. – Holzdeckelband mit 1/1 Schweinslederüberzug – Blindprägung mit Streicheisenlinien
H. 20,5 cm, B. 15 cm
Stadtbibliothek Mainz, Hs I 221

Die von mehreren Schreibern in Textualis und gotischer Kursive geschriebene Handschrift stammt aus der Laienbibliothek der Mainzer Kartause.[1]
In dieser Bibliothek, die etwa 100 Codices umfasst haben dürfte, befanden sich deutsche Texte, die für die Lektüre der Laienbrüder vorgesehen und vermutlich gesondert innerhalb der Hauptbibliothek aufgestellt waren.[2]
Da im mittelalterlichen Bibliothekskatalog der Kartause (vgl. Kat.-Nr. GM 32) kaum deutschsprachige Handschriften enthalten sind, kann davon ausgegangen werden, dass für die Laienbibliothek ein eigener Katalog existiert hat.
Die als Andachtsbuch zusammengestellte Handschrift überliefert überwiegend deutschsprachige Gebete, geistliche Übungen und Meditationen, von denen hier besonders auf den kurzen Text *Christus und die minnende Seele* eingegangen wird: Fol. 6^r–7^r enthält eine ansonsten unbekannte Überlieferung der Bilderbogen-Mystik,[3] die den Weg der gläubigen Seele zur *unio mystica*, der Vereinigung Gottes mit der Seele, über asketische Übungen weist. Die in der Mainzer Handschrift fehlenden Bilder werden durch kurze deutschsprachige Erläuterungen ersetzt, die den 21 Szenen vorangestellt sind (letzte Erläuterung lateinisch). Einziges Bildelement in der Mainzer Überlieferung ist die schlichte Federzeichnung eines rot eingefassten Minnebaums mit 12 herzförmigen Blättern in Silber. Der Schreiber gibt dem Text eine rubrizierte Überschrift: *Dit ist der mynnen baum. In nomine domini dit ist der baum der dugende.*
Die Handschrift wurde durch Friedrich Eselweck, einem von zwei Brüdern des Johannes Eselweck, der 1429–1432 Prior der Kartause zu Basel war, mit in die Mainzer Kartause gebracht.[4]
A. O.

1 List 1998, S. 261 ff.
2 Schreiber 1927 (I), S. 45 ff.
3 Williams-Krapp 1989.
4 Schreiber 1927 (I), S. 91 f. und Anm. 2.

Literatur
Schreiber 1927 (I). – Williams-Krapp 1989.

GM 30

Bernhard von Gordon
Liber medicinae vocatus Lilium medicinae
Mitte des 14. Jahrhunderts

Handschrift auf Papier, 112 Bll. – Kopertband mit Lang- und Kettenstichheftung – Rückenverstärkung mit zwei Hornplatten
H. 29,6 cm, B. 20,5 cm
Stadtbibliothek Mainz, Hs I 520

Während der Bestand an theologischer Literatur von den Mönchen der Mainzer Kartause bewusst im Hinblick auf Bibelstudium und gottesdienstlichen Gebrauch systematisch und mit den ordensspezifischen Schwerpunkten an mystischer Literatur aufgebaut wurde, so war die Zusammensetzung der vergleichsweise kleinen Gruppe von Handschriften medizinischen und naturwissenschaftlichen Inhalts in den meisten Fällen eher zufällig.[1]
Hs I 520 enthält das Hauptwerk von Bernhard von Gordon, dem führenden Mediziner Montpelliers im 14. Jahrhundert. Die 1303 beendete Schrift *Lilium medicinae,* die Anweisungen für die Behandlung zahlreicher Krankheiten enthielt und die spätmittelalterliche Lepraschau durch die medizinischen Fakultäten beeinflusst hat, ist in Handschriften der Mainzer Kartause dreimal überliefert.[2]
Wegen seines klaren und systematischen Aufbaus[3] war das *Lilium medicinae* im Mittelalter sehr beliebt und wurde schon im 14. Jahrhundert in zahlreiche Sprachen übersetzt.[4] Das Werk stellt eine der frühesten Quellen für die um 1300 entwickelte Brille, den *oculus berillinus,* dar.
Die vorliegende Handschrift Hs I 520 ist in einen Kopertband eingebunden. Dabei handelt es sich um eine mittelalterliche Einbandform, bei der die einzelnen Lagen des Buchblocks direkt in einen flexiblen Pergament- oder Lederumschlag geheftet werden. Die mit Ketten- oder Langstich vorgenommene Heftung ist entsprechend auf dem Buchrücken sichtbar und erzielt zusammen mit den häufig auf dem Rücken angebrachten Verstärkungen aus Holz, Leder, Pergament oder Horn eine über die technische Funktion des Heftens hinausgehende dekorative Wirkung. Es handelt sich bei den lange von der Einbandforschung zu Unrecht vernachlässigten Koperten nicht um minderwertige oder interimistische Einbände – quasi ein Notbehelf gegenüber den Holzdeckelbänden –, sondern um eine autonome Einbandart.
Die Koperte, die in den mittelalterlichen Katalogen als *libri sine asseribus* bezeichnet werden, machten bis zum 16. Jahrhundert je nach Bibliothekstyp 9–20 % aller Einbände aus.[5]
Wegen ihres gehäuften Auftretens seit dem 14. Jahrhundert wurde für sie der Begriff *coopertorium*[6] geprägt, der bereits in den Vokabularien des 15. Jahrhunderts als gängige Bezeichnung auftaucht. Koperteinbände wurden seit dem 14. Jahrhundert kosten- und gewichtssparend vorwiegend für Studienhandschriften und reisebegleitende Lektüre verwendet.[7]
A. O.

1 Schreiber 1927 (I), S. 110.
2 Winau 1966.
3 Jeder der 7 Teile ist gegliedert in die Abschnitte Ursache, Zeichen, Prognose und Heilung.
4 Lauer 1980.
5 Zu diesem erstaunlichen Ergebnis kam Wieland Schmidt, der die Erforschung dieser Einbandform 1960 auf völlig neue Füße stellte und den heute geläufigen Terminus Kopert einführte (Schmidt 1960).
6 = das Umhüllende, das Bedeckende.
7 Eine umfassende Darstellung zu den Koperteinbänden im Handschriftenbestand der Mainzer Stadtbibliothek erscheint im Gutenberg-Jahrbuch 2001.
Er stellt die erweiterte Fassung eines 1998 in Hildesheim gehaltenen Vortrags von Annelen Ottermann dar.

Literatur
Lauer 1980. – Schmidt 1960. – Schreiber 1927 (I). – Winau 1966.

GM 31

Johannes de Garlandia Grammatische Schriften 15. Jahrhundert

Handschrift auf Papier, [1], 227 Bll. – Kopertband mit Kettenstichheftung – Rückenverstärkung mit mehreren Lederschichten – Ausstanzungen mit farbigem Papier unterlegt; Metallknopf mit Stern
H. 20,7 cm, B. 15 cm
Stadtbibliothek Mainz, Hs I 568

Wenngleich die Kartäuser als Eremitenorden nicht als Lehrer an Schulen und Universitäten wirkten, so standen sie doch mit den Universitätsgelehrten der artistischen Fakultät in engem geistigen Kontakt, wie das Vorhandensein von Handschriften und Drucken bedeutender Werke der artistischen Literatur in den Bibliotheken der Kartäuser zeigt.

Die Mainzer Kartäusermönche vervielfältigten die Schriften wichtiger Autoren aus den drei Säulen des Trivium, Grammatik, Rhetorik und Dialektik, mit besonderer Intensität. Rhetorische Studien, Lehrschriften zur Grammatik und Vokabularien sind im heutigen Kartause-Bestand in der Mainzer Stadtbibliothek noch außergewöhnlich reich vertreten.[1] Auffällig ist, dass von 45 Handschriften elf, d.h. ca 25%, so wie dieser Codex in der bei Studienhandschriften des Spätmittelalters so beliebten Einbandform des Koperts gebunden waren.[2] Diese Handschriften können zum einen beim Eintritt von Universitätsgelehrten in den Orden mitgebracht worden sein, sind aber vermutlich auch als Ausdruck der geistigen Beweglichkeit und des allgemeinen Interesses an aktuellen Fragen der Wissenschaften zu werten.[3] Nicht vergessen werden sollte auch der Aspekt, dass die Kartäuser ihre Bücher unter bestimmten Bedingungen an Benutzer außerhalb des Klosters verliehen und durch das Abschreiben entsprechender Texte dem Studenten der Artistenfakultät notwendige Hilfsmittel zur Verfügung stellen konnten.[4]

Bei Hs I 568 handelt es sich um eine typische Studienhandschrift des 15. Jahrhunderts, die eine Vielzahl von Traktaten des Johannes von Garlandia, einem der bedeutendsten Grammatiker des 13. Jahrhunderts, enthält. Seine didaktischen Schriften wurden noch im 15. Jahrhundert zu Unterrichtszwecken eingesetzt und sind dementsprechend stark im Buchdruck der Inkunabelzeit vertreten.

Die Handschrift vereint zunächst sechs Texte von Johannes von Garlandia mit Kommentar von einer Hand sowie anschließend von einer zweiten Hand eine weitere Überlieferung von fünf dieser Texte ohne den entsprechenden Kommentar.[5]

Die Abbildung ist der ersten Schrift, dem *Liber de compositionibus,* entnommen. Bemerkenswert erscheint, dass dieser wie auch die meisten anderen Traktate nach dem Binden von späterer Hand systematisch durchgearbeitet worden ist, sodass die im jeweiligen Textabschnitt behandelten Komposita unterhalb des Schriftspiegels ausgeworfen und dadurch schnell auffindbar sind. Sie werden zusätzlich vor dem Textbeginn der 1. Schrift mit der dazugehörigen Folioangabe in einer Übersicht aufgeführt, was den Studiencharakter der Handschrift unterstreicht.

Auf dem abgebildeten Blatt werden in der linken Spalte die verschiedenen Bedeutungen des Verbs *dicere* und seiner Komposita im Deutschen aufgeführt.

A. O.

1 Zu der Gruppe der *Libri grammatici et rhetorici* zählt der handschriftliche Standortkatalog des 19. Jahrhunderts 45 Handschriften.

2 Vgl. Kat.-Nr. GM 30.

3 Bursill-Hall 1977: »Throughout the Middle Ages, the teaching of grammar was regarded as an extremely important activity …«.

4 Schreiber 1927 (I), S. 110f.

5 Vgl. Bursill-Hall 1981, Nr. 16.

Literatur

Bursill-Hall 1977. – Bursill-Hall 1981. – Schreiber 1927 (I).

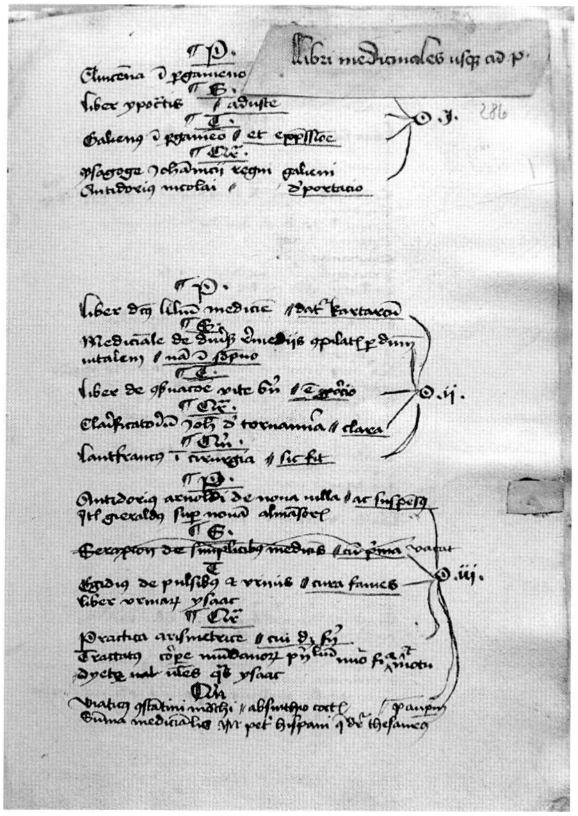

GM 32

Mittelalterlicher Bibliothekskatalog der Mainzer Kartause Mainz, zwischen 1466–1470

Handschrift auf Papier, 302 Bll. – Holzdeckelband mit 1/1 Schweinslederüberzug
H. 22 cm, B. 15,5 cm
Stadtbibliothek Mainz, Hs I 577

In Hs I 577 ist uns der spätmittelalterliche Katalog der Mainzer Kartäuserbibliothek erhalten, der zwischen 1466 bis 1470 als das Werk *eines* Bibliothekars der Kartause entstanden ist.[1]

Der Katalog gliedert sich in zwei Hauptteile:

a) einen alphabetischen Schlagwortkatalog, dem ein Register der hier ausgeworfenen Schlagworte vorausgeschickt ist sowie b) einen Standortkatalog.

Eine Anweisung zum Gebrauch des Katalogs, ein *intellectus registri* (fol. 1^r–2^r), zu Beginn der Handschrift soll die Benutzung der beiden Teile erleichtern.[2]

Wenngleich der ausführliche alphabetische Schlagwortkatalog bereits alle nötigen Informationen zur Identifikation der Bücher bereitstellte, so diente er doch »nach der Absicht seines Verfassers nur als Hilfsmittel zur Auffindung im Standortkatalog«.[3] Dieser allein galt nach mittelalterlicher Kataloglehre als das *verum et principale registrum.* Der Standortkatalog als »die ursprünglichste Katalogform des Mittelalters«[4] stellte für die Bibliothek ein internes Verwaltungsinstrument dar, dessen Hauptzweck es war, die vorhandenen Bücher durch Verzeichnen zu sichern. Nicht die Katalogisierung des Bestands zum leichteren Auffinden, vielmehr die Bestandssicherung war über lange Zeit das Movens der mittelalterlichen Katalogisierungspraxis. Dementsprechend stand nicht die Aufführung des Inhalts sämtlicher Texte im Vordergrund, sondern die eindeutige Beschreibung eines Bandes als Bestand der eigenen Bibliothek. In diesem Bemühen griff der Bibliothekar der Mainzer Kartause in Hs I 577 auf eine sehr verbreitete Methode zurück und vermerkte im Anschluss an den Titel in sogenannten Sicherungsstichworten die Anfangswörter des zweiten beschriebenen Blattes der Handschrift, wodurch ein zweifelsfreies Wiedererkennen des Exemplars garantiert war.[5]

Durch Aufnahme des alphabetischen Schlagwortkatalogs in Teil I von Hs I 577 findet aber auch der uns heute eher vertraute bibliographische Gedanke, die übersichtliche Katalogisierung des Bestands, Eingang. Dies wurde auch angesichts des enormen Umfangs der Kartäuserbibliothek notwendig, da der Bestand ohne Katalog nicht mehr übersichtlich war.

Die Vergabe der Signaturen erfolgte nach dem geläufigen Dreizeichensystem: Buchstabe (A–P) – römische Ziffer – zusätzliche Zählung P., S., T., Qr., Qn. (= Primus, Secundus, Tertius, Quartus, Quintus). Die Signaturen korrespondierten vermutlich mit der Aufstellung der Bücher, die auf entsprechend bezeichneten Pulten lagen bzw. in den darunter befindlichen Fächern standen.

A. O.

1 Schreiber 1927 (I), S. 20ff.
2 Auf die sehr viel später in den Katalog eingeheftete Bibliotheksordnung (fol. a^r–b^r) wurde bereits ausführlich in dem Kapitel »Die Bibliothek der Mainzer Kartause« eingegangen.
3 Schreiber 1927 (II), S. 17.
4 Ebda.
5 List 1998, S. 437–443.

Literatur
List 1998. – Schreiber 1927 (I). – Schreiber 1927 (II).

GM 33

Sammelband aus zwei Teilen (I u. II) Biblia Sacra, Missale Cartusianum, Breviarium Cartusianum 13./15. Jahrhundert

Handschrift auf Pergament, 678 Bll.
I: Frankreich (?) und Deutschland, 13. Jahrhundert
II: Mainz, Kartause St. Michaelsberg (?), um 1400 (1402)
Roter Lederband, Anfang 15. Jahrhundert
H. 16 cm, B. 11,5 cm
Stiftung Staatliches Görres-Gymnasium, Koblenz, Hs B

Provenienz: aus dem Besitz der ehemaligen Mainzer Kartause

Diese umfangreiche Handschrift, die sich wahrscheinlich bis zur Aufhebung der Mainzer Kartause 1781 dort befunden hat, besteht aus zwei Teilen. Teil I (Bl. 5–421) enthält eine so genannte Taschenbibel (»Perlschriftbibel« s. Kat.-Nr. GM 7), Teil II (Bl. 1–4, 422–678) ein Kartäusermissale und Teile eines Kartäuserbreviers. Die Zusammenfassung beider Teile initiierte Johannes von Northeim,[1] der von 1396 bis 1402 Prior der Kartause auf dem Michaelsberg bei Mainz war und den Priestern, die außerhalb des Klosters tätig sein mussten, mit diesem Compendium ein Buch in die Hand geben konnte, das alle für den Gottesdienst benötigten Texte enthielt.

Die Handschrift ist in keinem der beiden spätmittelalterlichen Bibliothekskataloge der Mainzer Kartause (Kat.-Nr. GM 32) aufgeführt.[2] Vermutlich wurde sie in der Chorbibliothek des Klosters aufbewahrt, denn deren Bestände waren in den Katalogen nicht verzeichnet.

Die Handschrift kam wahrscheinlich nach der Aufhebung der Mainzer Kartause in die Bibliothek der Koblenzer Kartause auf dem Beatusberg und wurde während der französischen Besatzung der kurtrierischen Gebiete Eigentum des Johann Adam Türk. Nach dessen Tod ersteigerte Joseph Görres diesen wertvollen Codex im Jahre 1818 für die Koblenzer Gymnasialbibliothek.[3]

I. F.-H.

1 Die Schlussschrift (fol. 677b^v) nennt Johannes von Northeim, der die Handschrift zusammengestellt hat: *per dominum Johannem de Northeim, quondam huius domus videlicet montis sancti Michaelis prope Maguncíam ordinis Carthusiensium priorem aggregatum* (nach Transskription von Meckelnborg, S. 475).

2 Stadtbibliothek Mainz, Hs I 577 und Hs I 576.

3 Meckelnborg 1998, S. 466 f.

Literatur

Falk 1901, S. 121 f. – Schreiber 1927 (I), S. 68–71, 178–180. – Meckelnborg 1998, S. 466–476 (ältere Literatur dort verzeichnet).

GM 34

Vier Wachstafeln und ein Pritschholz aus dem Lübecker Schulgerätefund

GM 34a

Wachstafel
14. Jahrhundert

Holz, Wachs
H. 16,7 cm, B. 8 cm
Museum für Kunst und Kulturgeschichte der Hansestadt Lübeck, Inv.-Nr. 1582-a

GM 34b

Wachstafel
14. Jahrhundert

Holz, Wachs
H. 15 cm, B. 9 cm
Museum für Kunst und Kulturgeschichte der Hansestadt Lübeck, Inv.-Nr. 1582-d

GM 34c

Wachstafel
14. Jahrhundert

Holz, Wachs
H. 16 cm, B. 7 cm
Museum für Kunst und Kulturgeschichte der Hansestadt Lübeck, Inv.-Nr. 1582/2

GM 34d

Wachstafel
14. Jahrhundert

Holz
H. 16,7 cm, B. 8 cm
Museum für Kunst und Kulturgeschichte der Hansestadt Lübeck, Inv.-Nr. 1582/3

GM 34e

Pritschholz
14. Jahrhundert

Holz
H. 45,3 cm, Teller: 4,5 cm, Griff: 3,2–1,8 cm
Museum für Kunst und Kulturgeschichte der Hansestadt Lübeck, o. Nr.

Im Jahre 1866 wurden in Lübeck bei Ausgrabungsarbeiten auf dem Gebiet der alten Stadtschule bei St. Jacobi 22 Wachstafeln aus der Zeit des späten 14. Jahrhunderts gefunden, die seitdem im Museum für Kunst und Kulturgeschichte in Lübeck aufbewahrt werden. Neben den Wachstafeln fand man auch andere Schulutensilien wie Griffel, Tintenfässer, Würfel und Pritschhölzer. Bereits um die Mitte des 13. Jahrhunderts war die Stadtschule St. Jacobi gegründet worden, nachdem sich der Rat gegen das Domkapitel der Travestadt hatte durchsetzen können.
Um den Bedürfnissen des aufstrebenden Bürgertums und insbesondere der Kaufmannschaft nach einer angemessenen Ausbildung der Jugend gerecht zu werden, reifte im Lübecker Rat zu Beginn des 13. Jahrhunderts der Plan, neben der Dom- und Stiftsschule eine städtische Schule zu errichten. Diesem Wunsch widersetzte sich jedoch das Domkapitel, und erst nach jahrelangem Streit entstand endlich um 1262 die neue Schule, allerdings nicht, wie der Rat gewünscht hatte, bei der Marktkirche, sondern im Norden der Stadt, bei St. Jacobi.[1]
Auf den erhaltenen Wachstafeln finden sich Schreibübungen, das bedeutet Buchstabenreihen, sowie Gedichttexte (Kat.-Nr. GM 1) und Briefe, die vielleicht Übungen von Handelsschülern waren. Andere Briefe wiederum beziehen sich auf politsche und kriegerische Ereignisse.
Die ausschließlich in lateinischer Sprache formulierten Texte der ausgestellten Wachstafeln behandeln folgende Themen (die genaue Entzifferung fehlt noch): 1) Bitte um zwei gute Reitpferde; 2) Bitte um Lagerraum für mitgeführte Waren bei einer Handelsreise; 3) Bitte bzw. Zusage einer Sendung von 400 bewaffneten Reitern.[2]
Als Belege für die physische Züchtigung von Schülern können die in Lübeck gefundenen Pritschhölzer angesehen werden. Mit diesen hölzernen Instrumenten haben Lehrer ihre Schüler geschlagen. In zeitgenössischen Schulszenen (s. S. 156, Abb. 8) finden sich häufig Lehrer, die mit einer Rute – einem anderen Züchtigungsinstrument – dargestellt sind.

I. F.-H.

1 Warncke 1912, S. 227 ff.; zum Schulwesen in Norddeutschland im Spätmittelalter vgl. Wriedt 1994.
2 Warncke 1912, S. 236 ff.; Graßmann 1982, S. 216 f.

Literatur
Warncke 1912. – Büll 1958. – Graßmann 1982. – Graßmann 1986.

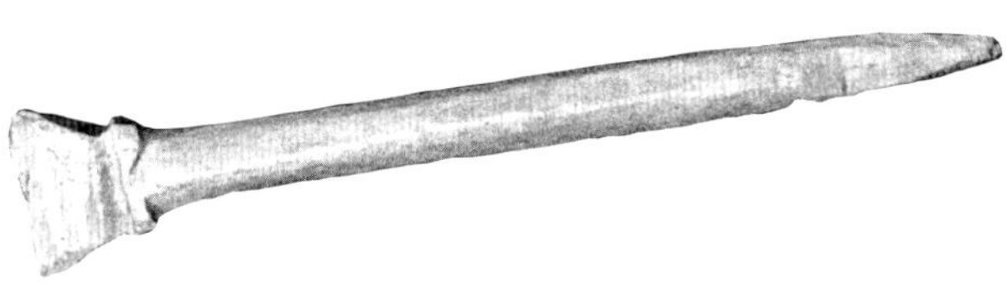

GM 35

Griffel
Um 1300

Bein
L. 6,5 cm, Kopf 1,1 cm
Bereich Archäologie der Hansestadt Lübeck, Inv.-Nr. HL 70/2510

Mit Griffeln aus verschiedensten Materialien, wie Holz, Bein, Bronze oder Silber, schrieben Schüler sowie Kaufleute, Notare oder Dichter auf Wachstafeln erste Schreibübungen, Notizen, Briefe und auch literarische Werke. Den Text ritzte man mit dem spitzen Ende des Griffels in die Wachsschicht ein. Mit dem abgeplatteten, spatel- oder T-förmigen Ende (Kat.-Nr. GM 3) konnte die Oberfläche des Wachses wieder geglättet werden, um neue Vermerke aufzuzeichnen. Viele der erhaltenen mittelalterlichen Griffel aus Holz oder Bein besitzen am oberen Ende Schnitzereien, vor allem Figuren, Fratzen oder auch Drachen.[1]

I. F.-H.

1 Kohlhaussen 1944/49, S. 14 ff., Abb. 7–13; Büll 1968, S. 854–857 mit Abb.; Graßmann 1982, S. 212; Graßmann 1986, S. 225 ff.

GM 36

Druckstock einer Abc-Tafel und Faksimile eines Abdrucks Augsburg (?), 1481

Druckstock: Holz
H. 7 cm, B. 8 cm
Staats- und Stadtbibliothek Augsburg, Graph. 38,5
Faksimile: Gutenberg-Museum Mainz, 18:4°/500, Nr. 18

Aus diesem Druckstock, der aus der Benediktinerabtei St. Ulrich und Afra in Augsburg stammt, wurden das Alphabet und ein Spruch spiegelverkehrt herausgeschnitten, sodass die zu druckenden Partien erhaben stehen blieben. Nach dem Einfärben der Oberfläche konnte eine große Anzahl von Abzügen hergestellt werden, die den Schulanfängern zum Erlernen der Buchstaben dienten. Der Besitz von Holzschnitt-Alphabeten oder Donaten bedeutete sowohl für die Lehrer als auch für die Schüler eine große Erleichterung, war doch das Lesenlernen mit Hilfe von Holztafeln (Kat.-Nr. GM 34), die mit meist schwarz gefärbtem Wachs bestrichen waren, wesentlich schwieriger. Bei hohen Temperaturen oder hoher Luftfeuchtigkeit drohte das Wachs zudem seine Form zu verändern.
Holzschnitte mit dem Alphabet und kurzen, einfachen Lesetexten in Latein oder Deutsch wurden auch auf Holztafeln geklebt und in den Schulzimmern an die Wand gehängt, damit sie alle Schüler sehen konnten. Bei Bedarf nahm der Lehrer das Brett, hielt es einem Schüler zum Vorlesen hin oder gab es ihm in die Hand.
Unter dem Abc steht der Spruch: *One grosse arbait unnd bitter hait. so mag kunst nicht werden sussigkait. Darumb zu lernen bis berait 1481.*
I. F.-H.

Literatur
Mezger 1840, Taf. III. – Schmidbauer 1909, Tafel 8. – Schreiber 1926–1930, Nr. 1997. – Katalog »450 Jahre Staats- und Stadtbibliothek Augsburg« 1987, S. 33, Nr. 74. – Katalog »Blockbücher des Mittelalters« 1991, S. 148, Nr. 10 und S. 169, Nr. 30a.

GM 37

Schulszene

Urs Graf
Jesus und die Schriftgelehrten
Anfang des 16. Jahrhunderts

Holzschnitt
H. 10 cm, B. 8,1 cm
Landesmuseum Mainz, Inv.-Nr. D 0/668

Dieser Holzschnitt von Urs Graf diente in Sebastian Münsters »Cosmographey« (Ausgabe Basel 1598) als Illustration zu einem Textausschnitt über die Kirche »Unserer Frauen« in Eger, die in einer ehemaligen »Judenschul« – Synagoge – eingerichtet worden war. Das Bild zeigt den 12-jährigen Jesus im Tempel, umgeben von gestikulierenden Lehrern. Im Hintergrund verlässt Maria, die ihren Sohn Jesus hergebracht hat, den Raum. An der Wand hängt eine Abc-Tafel (Abecedarium, Kat.-Nr. GM 36) mit den Anfängen des hebräischen Aleph Bet Gimel und – darunter – des lateinischen Alphabets.

Neben den Grundkenntnissen in Lesen und Schreiben erwarben Kinder – vor allem Knaben, Mädchen seltener – ein Basiswissen in Latein. Das Erlernen der lateinischen Sprache gehörte mit zu den wichtigsten Unterrichtszielen, denn Latein galt nicht nur als Gelehrtensprache, sondern auch als tägliche Gebrauchssprache. Davon geben die erhaltenen Briefe auf den Lübecker Wachstafeln (Kat.-Nr. GM 34) offenkundig Zeugnis. Ebenfalls sind die Handelsbücher der Fernkaufleute, Briefe und Urkunden sowie die Amtsbücher der städtischen Kanzleien bis in das 14., zum Teil auch bis in die Mitte des 15. Jahrhunderts in lateinischer Sprache abgefasst worden.[1] In vielen Pfarrschulen war es den Schülern verboten, in der Volkssprache während und außerhalb des Unterrichts zu reden. Zur Überwachung dieser Vorschrift setzte der Lehrer oftmals einen Schüler (*lupus*) als Gehilfen ein, der die Mitschüler, die Deutsch sprachen, zu denunzieren hatte. Wer erwischt wurde, bekam den *asinus*, in der Regel ein hölzernes Eselsbild, so lange umgehängt, bis der nächste überführt wurde.[2] In zahlreichen Schulordnungen des Spätmittelalters ist das Verbot des Deutschsprechens belegt, wie z. B. für die Lateinschule in Bayreuth, 1464: *Sich sol auch der schulmeister seinen schulern gar nichts gemeyn machen, sundern sie in forcht mit der lere haltten, vnd das ir keyner dewtsch wort rede mit keinem gelerten, er konne dann das nicht oder tet das mit lawbe oder mit gedinge. Dorüber sol man haben einen lupum, der dieselben knaben schreibe, vnd sunderlich in yeder lection einen asinum.*[3]

Seit der Mitte des 14. Jahrhunderts treten durch die zunehmende Verwendung der deutschen Sprache und ein anwachsendes Bildungsbedürfnis in der städtischen Bevölkerung neben die Lateinschulen so genannte deutsche Schreibschulen. In diesen neuen Schulen lernten die Schüler vor allem Lesen und Schreiben in deutscher Sprache und das Verfassen von Briefen. Das Berufsleben und der Alltag wurden im Unterricht der »Schreibschulen« weit mehr berücksichtigt als in den Lehrstunden der Lateinschulen. Daneben bot sich nun auch vermehrt die Möglichkeit, von Privatlehrern Unterricht in Lesen, Schreiben oder Rechnen zu erhalten.[4]

I. F.-H.

1 Wriedt 1994, S. 84.
2 Henkel 1988, S. 96.
3 Müller 1885/86, Bd. 1, S. 82.
4 Wriedt 1994, S. 84 ff.; vgl. auch Schiffler/Winkeler 1991, S. 38 ff.

Literatur

Katalog »Basler Buchillustration« 1984, S. 33, Nr. 45. – Katalog »Blockbücher des Mittelalters« 1991, S. 169 f., Nr. 30 b.

GM 38

Hölzerner Druckstock eines Donatus 15. Jahrhundert (?)

Museum van het boek Meermanno-Westreenianum, Den Haag

15 Zeilen eines *Donatus* umfasst dieser hölzerne Druckstock aus dem Rijksmuseum Meermanno-Westreenianum, die seitenverkehrt herausgeschnitten wurden. Der *Donatus* gehörte im Mittelalter zu den meistverbreiteten Schulgrammatiken und wurde vor allem im Anfangsunterricht verwendet. Neben vielen überlieferten Handschriften haben sich auch einige xylografische Donate, meist als Fragment, erhalten. Blockbücher des *Donatus* waren im 15. Jahrhundert sehr beliebt und wurden in hohen Auflagen gedruckt. Xylografische Donate stellte man noch einige Zeit nach Einführung des Buchdrucks mit beweglichen Lettern her; zum Teil entstanden Blockdrucke nach typografisch gedruckten Büchern, zum Teil nach Handschriften oder auch nach xylografischen Werken.[1]

I. F.-H.

1 Katalog »Blockbücher des Mittelalters« 1991, S. 170 ff., Nr. 31 a–c.

Literatur

Haebler 1928, S. 23. – Leidinger 1928, S. 35. – Katalog »Blockbücher des Mittelalters« 1991, S. 148 f., Nr. 11.

GM 39

Donatus, Ars minor Kurfürstliche Prachthandschrift Mittelrhein (?), 2. Drittel des 15. Jahrhunderts

Handschrift auf Pergament, 30 Bll. (fol. 107–136v eines modernen Sammelbandes)
H. 34 cm, B. 26 cm
Vatikanstadt, Biblioteca Apostolica Vaticana, Cod. Pal. Lat. 1811

Die Grammatik des Aelius Donatus (4. Jh. n. Chr.) gehörte wohl zu den am häufigsten verwendeten und zitierten Schulgrammatiken der Spätantike und des Mittelalters. Die *Ars minor* war in erster Linie für die Schulanfänger bestimmt. Sie umfasst die acht Wortarten (nomen, pronomen, verbum, adverbium, participium, coniunctio, praepositio, interiectio) sowie Paradigma-Reihen zu den flektierbaren Wortarten. Nach der Lektion der *Ars minor* sollte der Schüler die Formenlehre des Lateinischen beherrschen.[1] Donathandschriften sind uns in großer Zahl aus mittelalterlicher Zeit erhalten. Zumeist handelt es sich um Gebrauchs- bzw. Sammelhandschriften – oft auf Papier –, in denen die Texte der *Ars minor* oder *Ars maior* ohne Initial- oder Randschmuck enthalten sind (Kat.-Nr. GM 46).

Die ausgestellte Donathandschrift, die sich ehemals in der Bibliotheca Palatina befand, hebt sich dagegen von den üblichen Gebrauchshandschriften durch ihre reiche und qualitätvolle Verzierung ab. Die Titelseite schmückt eine Initiale *P* auf goldenem Grund, die mit blauen Ranken gefüllt ist. Das Wittelsbachisch-Pfälzische Wappen mit weißblauen Rauten und goldenen Löwen ziert das Innere der Initiale. Von dem Anfangsbuchstaben gehen Ranken aus, die den Text der Seite einrahmen. Höchstwahrscheinlich ist die Handschrift im Auftrag des pfälzischen Herrscherhauses zu Beginn des 15. Jahrhunderts angefertigt worden und diente einem Mitglied dieses Hauses als Grammatik im Lateinunterricht.[2]

I. F.-H.

1 Henkel 1988, S. 237.
2 Katalog »Bibliotheca Palatina« 1986, S. 193.

Literatur

Jeudy 1982, S. 410 f. – Katalog »Bibliotheca Palatina« 1986, S. 192 f.

GM 40

Beziehungen der Familie Gensfleisch zum Viktorstift

GM 40a

Siegel des Friele Gensfleisch, 1391

Siegelbild: schreitender Mann mit Stock und Bettelschale
Siegelumschrift: *S FRIE [...] ES DE MAGV̄CIA*
Pergamentpressel: »S. Frilonis d(i)c(t)i Gensfleisch, Canon. St. Victor. Mog. 1391«
Dm. ca. 2,4 cm
Stadtarchiv Mainz, Siegel-Slg. 1

GM 40b

Siegel des Jacob Gensfleisch von Sorgenloch, 1426

Siegelbild: Wappenschild und Helm mit schreitendem Mann, Kreuze als Beizeichen
Siegelumschrift: S. *iacob gensfleysch*
Pergamentpressel: »S. Jacobi Gensfleisch, Canon. St. Viktor. Mog. 1426«
Dm. ca. 3,4 cm
Stadtarchiv Mainz, Siegel-Slg. 4

GM 40c

Siegel des Peter von Sorgenloch, genannt Gensfleisch, 1420

Siegelbild: Wappenschild mit Pilger
Siegelumschrift: S. *petter Geinsfleis*
Pergamentpressel: »S. Peder Gensfleisch Amptman in der Montdad der Probstei zu Sente Victori 1420«
Dm. ca. 2,7 cm
Stadtarchiv Mainz, Siegel-Slg. 3

Verschiedene Mitglieder der Familie Gensfleisch waren Angehörige des Viktorstifts.
Etwa der Onkel Gutenbergs, Friele Gensfleisch (Kat.-Nr. GM 40a), ein Sohn aus der ersten Ehe des Friele Gensfleisch zum Eselweck. Er ist zwischen 1390 und 1406 als Kanoniker in St. Viktor nachzuweisen und war – wie sein Neffe Gutenberg und sein Cousin Jakob aus der Sorgenloch-Linie – Mitglied der St.-Viktor-Bruderschaft.[1]
Jakob Gensfleisch (Kat.-Nr. GM 40b) entstammte der Sorgenloch-Linie und war mit Gutenberg über den Ahnherrn Friele Rafit, gen. Gensfleisch, verwandt. Er studierte bereits 1399 in Heidelberg und ist seit 1426 als Angehöriger des Viktorstiftes nachzuweisen, wo er von 1426–1433 als Kanoniker wirkte und die Pfarreien von Ginsheim und Rosdorf hielt. Von 1433 bis zu seinem Tod 1452 hatte er das Amt des Scholasters inne, das innerhalb der Stiftsstruktur zu den wichtigen Positionen gehörte. Der Scholaster hatte die Obhut über die Domicellare, führte die Aufsicht über das Archiv und den Schriftwechsel des Stiftes und erfüllte noch andere wichtige administrative Aufgaben. Auch Jakob war Mitglied der St.-Viktor-Bruderschaft.[2]
Ein Bruder dieses Jakobs war Peter von Sorgenloch, der in der Verwaltung des Viktorstifts als Amtmann fungierte. Er ist zwischen 1402 und 1438 als »officialis in temporalibus« nachzuweisen, d. h. er war für die Verwaltung der Stiftsbesitzungen (Temporalien) und für die vogteilichen Rechte der Immunität zuständig.[3]
Auch Gutenbergs Stiefonkel mütterlicherseits, Henne Leeheimer, stand wohl in Beziehung zum Stift. Zumindest wird er 1389 urkundlich als Zeuge im Kopialbuch des Klosters erwähnt.[4]
Vielleicht schickte die Familie den Knaben Johannes wegen dieser engen Beziehungen in die Stiftsschule von St. Viktor, wofür es jedoch keine Belege gibt.[5] Doch nahm Gutenberg, als er 1448 nach Mainz zurückkehrte, die alte Familienbindung zum Stift wieder auf und trat, wie seine Verwandten, der St.-Viktor-Bruderschaft bei (vgl. Kat.-Nr. GM 162).
S.W.

1 Schenk zu Schweinsberg 1900, S. 73, Nr. I 22; Hansel 1952, S. 60.
2 Schenk zu Schweinsberg 1900, S. 86, Nr. II 12; Hansel 1952, S. 60.
3 Schenk zu Schweinsberg 1900, S. 86, Nr. II 11; Hansel 1952, S. 143.
4 Schenk zu Schweinsberg 1900, S. 102.
5 Scherf 1999, S. 773

Literatur
Schenk zu Schweinsberg 1900. – Hansel 1952. – Scherf 1999.

GM 41

Petschafte der Erfurter Universität aus dem 14. und 15. Jahrhundert

GM 41a

Petschaft des ältesten Rektoratssiegels der Universität Erfurt Ende des 14. Jahrhunderts

Eisen
Dm. 4,1 cm
Siegelbild: Unter einem schmalen Baldachin steht der Rektor in langem Talar, in der Linken das Universitätszepter haltend, das ihm von einer kleineren Figur (Pedell?) gereicht wird. Zwischen Siegelumschrift und Baldachin jeweils ein Zweig mit zahlreichen Blättern
Siegelumschrift: *S · rectoratus · studii · erfurtens.*
»Haus zum Stockfisch« Stadtmuseum Erfurt, Inv.-Nr. 199

GM 41b

Petschaft eines Rektoratssiegels der Universität Erfurt 15. Jahrhundert

Eisen, mit Silberbelag?
Dm. 4,1 cm
Siegelbild: Wiederholung des Motivs von GM 41a, doch ist das gotische Gesprenge des Baldachins aufwendiger gestaltet, die Figuren sind nicht mehr überstreckt, die seitlichen Zweige in stilisierte Ornamente übergegangen
Siegelumschrift: *S · rectoratus · studii · erfordns.*
»Haus zum Stockfisch« Stadtmuseum Erfurt, Inv.-Nr. 203

GM 41c

Petschaft des ältesten Siegels der philosophischen Fakultät in Erfurt Ende des 14. Jahrhunderts

Eisen
Dm. 4,4 cm
Siegelbild: Dreiteilige gotische Spitzbogenarchitektur, in der eine Madonna steht, das Kind auf dem linken Arm. In der Rechten hält sie eine Lilie
Siegelumschrift: *S · facultatis · arciu · studii · erfordns'.*
»Haus zum Stockfisch« Stadtmuseum Erfurt, Inv.-Nr. 200

GM 41d

Petschaft des ältesten Siegels der theologischen Fakultät in Erfurt Um 1400

Messing
Dm. 2,8 cm
Siegelbild: Unter einem gotischen Baldachin mit seitlichen Anbauten sitzt ein bärtiger Heiliger (hl. Hieronymus?) und hält ein Buch in seiner Rechten
Siegelumschrift: *S · facultatis · theologice · erforden.*
»Haus zum Stockfisch« Stadtmuseum Erfurt, Inv.-Nr. 201

GM 41e

Petschaft des ältesten Siegels der juristischen Fakultät in Erfurt Um 1400

Messing
spitzoval, ca. 7,7 x 4,3 cm
Siegelbild: In einer reichen Baldachinarchitektur sitzt ein Papst (Gregor der Große), die Tiara auf dem Haupt. Er schreibt in ein Buch, das ihm ein kniender Mann entgegenhält. Rechts von dem Heiligenschein des Papstes fliegt eine Taube, Symbol des Heiligen Geistes und Zeichen für die göttliche Inspiration
Siegelumschrift: *sigillum · facultatis · iuridice · studii · errfordens.*
»Haus zum Stockfisch« Stadtmuseum Erfurt, Inv.-Nr. 421

Die Universität von Erfurt gehörte zu den fünf ältesten Hochschulen des Heiligen Römischen Reiches und eröffnete im Mai 1492 ihren Lehrbetrieb. Die Voraussetzungen waren ideal; neben einem gefestigten und blühenden Wirtschaftsleben verfügte die Stadt über eine hervorragende Schultradition. Seit dem 12. Jahrhundert boten Klöster und Stiftsschulen den höheren Unterricht an, der nicht nur dem eigenen Klosternachwuchs (*scholae interiores*), sondern auch anderen Schülern (*scholae exteriores*) offen stand. Bald entwickelte sich unter den verschiedenen Schulen ein Bildungsgeflecht, das es Erfurter Scholaren ermöglichte, Lehrer und Schule am Ende eines Semesters zu wechseln und so eine größere Vielfalt an Lehrmeinungen kennen zu lernen. Mit einer gewissen Berechtigung konnte man daher von einem *studium Erfordense* sprechen, »da die Schüler eben nicht an einer bestimmten Schule und nur dort, sondern in Erfurt schlechthin studierten«,[1] freilich ohne die Möglichkeit, einen akademischen Grad zu erwerben. Und so wanderten mit der Gründung der Prager Universität (1348) viele Schüler und Lehrer ab, um in Prag einen Abschluss zu erlangen. Um dem entgegenzutreten, beschlossen die Erfurter, ein päpstliches Privileg zur Gründung einer Universität zu erbitten. Dies war insofern bemerkenswert, als Universitäten üblicherweise durch die Landesherren – Könige, Grafen oder Bischöfe – gegründet wurden und Erfurt noch nicht einmal Reichsstadt war, sondern dem Mainzer Erzbischof unterstand.[2]

Am 16. September 1379 genehmigte Papst Clemens VII. die Errichtung einer Universität. Doch verhinderte das große Schisma die Anwendung dieses Privilegs. Als 1381 schließlich Clemens' Gegner, Urban VI., in Rom den Papstthron bestieg, beantragten die Erfurter bei diesem erneut eine Genehmigung zur Eröffnung einer Universität. Im Mai 1389 stellte Urban die Gründungsurkunde aus, die der Stadt Erfurt die Lehrerlaubnis für das »studium generale« und für die juristische, medizinische, philosophische und theologische Fakultät erteilte.

Die Hochschule wurde mit zahlreichen Privilegien ausgestattet, die ihre Unabhängigkeit garantieren sollte. Neben der Freiheit der Lehre und der Rektorenwahl waren ihre Mitglieder steuerfrei und unterstanden einer universitätseigenen Gerichtsbarkeit.[3]

Äußeres Zeichen dieser Unabhängigkeit waren die Universitätsinsignien, zu denen neben den Universitätszeptern das Statutenbuch sowie das Matrikelbuch und vor allem die Universitätssiegel gehörten. Sie galten als äußeres Zeichen der »Rechtsfähigkeit«, d. h. der juristischen Unabhängigkeit, denn mit ihnen konnten rechtsverbindlich Dokumente bescheinigt werden. Zwar durfte im Mittelalter jeder ein Siegel führen, doch galt dieses nur für den privaten Geschäftsbereich. Von größerer juristischer Bedeutung waren authentische und wohlbekannte Siegel, die, wie die der Universitäten, kaum angezweifelt wurden. Ihre Siegel boten somit Sicherheit bei Urkunden und Äußerungen rechtlicher Natur, die über den Rahmen der eigenen Belange hinaus gingen.[4]

Von den Erfurter Universitätssiegeln haben sich zwei Ausführungen des Rektoratssiegels und drei der vier Fakultätssiegel als Petschafte (Siegelstempel) erhalten.

S.W.

1 Märker 1993, S. 13.
2 Märker 1993, S. 15f.; Blaha/Metze 1992, S. 7f.
3 Märker 1993, S. 20; Blaha/Metze 1992, S. 8f.
4 Wiegand 1954, S. 27–33.

Literatur
Wiegand 1954. – Müller 1990. – Blaha/Metze 1992. – Märker 1993.

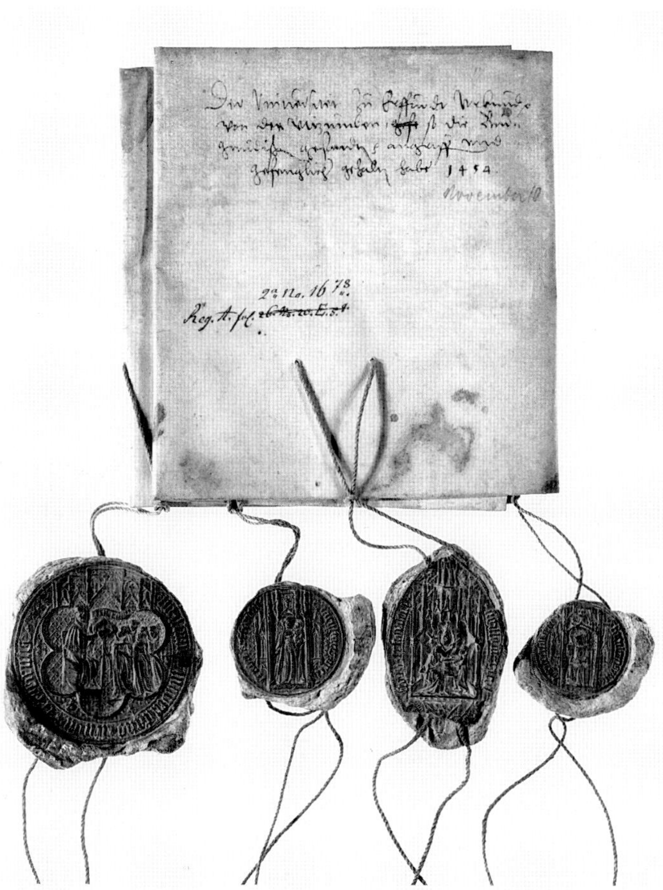

GM 42

Urkunde mit vier Erfurter Universitätssiegeln, 1454

Bekenntnis über die Niederwerfung der Burgundischen Gesandtschaft durch Apel Vitzhum, 6. November 1454
Pergamenturkunde mit vier angehängten Siegeln aus rotem Wachs in naturfarbenen Wachsschüsseln
H. 16,8 cm, B. 15,9 cm
Thüringisches Hauptstaatsarchiv Weimar, Ernestinisches Gesamtarchiv, Urkunden Nr. 28

Die Erfurter Universität verfügte über insgesamt sieben Siegel. Neben den vier Fakultätssiegeln (Philosophie, Jura, Theologie und Medizin), dem Rektoratssiegel und dem kleinen Universitätssiegel hatte das große Universitätssiegel außerordentliche Bedeutung. Es wurde in einer besonders gesicherten Kassette zusammen mit anderen Kleinodien der Universität verwahrt. Diese Kassette hatte fünf verschiedene Schlösser, zu denen der Rektor und die vier Dekane jeweils einen Schlüssel besaßen. Die Benutzung des großen Siegels war also nur in Anwesenheit aller Amtsträger der Universität möglich.[1]

Die hier gezeigte Urkunde weist vier dieser Erfurter Siegel auf. Neben denen der philosophischen, juristischen und theologischen Fakultät interessiert insbesondere das große Universitätssiegel. In das Siegelrund (Dm. 7 cm) ist ein Fünfpass eingestellt, der oben von einer Spitzbogenarchitektur abgeschlossen wird. Im Siegelfeld erkennt man einen dozierenden Lehrer, der auf dem Katheder sitzt. Er ist bartlos und mit einem langen Talar sowie einem kleinen Barett auf dem Kopf ausgestattet. Der Lehrer liest vier Studenten – die stellvertretend für die vier Fakultäten stehen – aus einem Buch vor. Seine Rede wird von einem Spruchband erläutert, dessen Aufschrift leider nicht mehr zu entziffern ist. Die durch eine feine Linie abgetrennte Siegelumschrift lautet: *»sigillum · universitatis · studii · erfordensis.«*

S. W.

1 Wiegand 1954, S. 35.

Literatur
Wiegand 1954. – Müller 1990. – Blaha/Metze 1992. – Märker 1993.

GM 43 (s. S. 119, Abb. 6)

Immatrikulationsvermerk des *Johannes de Altavilla*

Ältere Universitätsmatrikel von Erfurt, 1392–1509

Handschrift auf Pergament – Holzdeckelband (restaurierter Originaleinband)
H. 30 cm, B. 22 cm
Stadtarchiv Erfurt, 1-1/X BXIII-46, Band 1

Das studentische Leben an den mittelalterlichen Universitäten war streng geregelt. Ohne Immatrikulation (Einschreibung) erhielt der Studierwillige keinen Zugang zur Universität. Zunächst stellte sich der zukünftige Student dem Magister einer Burse (Studentenkolleg) vor, in die er aufgenommen werden wollte. Mit ihm begab sich der Neuling zum Rektor des »collegium maius« zur Intitulation. Dabei unterstellte sich der Student der Jurisdiktion des Rektors und schwor unbedingten Gehorsam sowie Satzung und Ordnung der Universität zu befolgen. Zuletzt wurde eine Einschreibungsgebühr erhoben und der neue Universitätsangehörige ins Matrikelbuch eingetragen. Damit war er nun dauerhaftes Mitglied (auf Lebenszeit) der Universität. Außerdem konnte er nun auch an anderen Universitäten studieren, d.h. die erneute Immatrikulation nach dem Wechsel der Hochschule oder nach einer Studienunterbrechung war nicht notwendig. Nur wer eine Prüfung erfolgreich abgeschlossen hatte, wurde ein weiteres Mal in die Matrikel eingetragen.[1]

Die Erfurter Matrikel wurden seit 1392 sorgfältig geführt und die neu eingeschriebenen Studenten vom jeweiligen Rektor – meist mit Vornamen und Herkunftsort – eingetragen. Die Erfurter Universität war die bevorzugte Lehranstalt für Scholaren aus der Diözese Mainz. Hierher, so mutmaßt man, hätte Gutenberg sich zuerst gewandt, um ein Studium zu absolvieren. Tatsächlich lässt sich aber Gutenbergs Name weder als Johann Gensfleisch, Gutenberg oder als Johann aus Mainz im Matrikelbuch entdecken. Im Wintersemester 1417 schrieben sich zwei Mainzer Verwandte Gutenbergs, Frilo und Rulemandus zu der Laden, in Erfurt ein. Ein halbes Jahr später immatrikulierte sich unter dem Rektorat des Johannes Scheubing zum Fest Philippi und Jacobi (Sommersemester 1418) ein *Johannes de Altavilla*. Er begann sein Studium um den ersten Mai herum und zahlte mit 15 Groschen etwas mehr als die Hälfte der vorgeschriebenen Studiengebühren. Derselbe *Johannes de Altavilla* schloss bereits im Wintersemester 1419/20, unter dem Rektor Heinrich de Morle, das Grundstudium mit dem Baccalaureus ab und zahlte nun die restlichen Studiengebühren.

Geldner und Kapr vertreten die Meinung, *Johannes de Altavilla* könnte Johannes Gutenberg gewesen sein. Dass er nicht Mainz, sondern Eltville als seinen Herkunftsort angab, sei auf die enge Beziehung der Familie zu dem Rheingauer Städtchen zurückzuführen.[2] Dieser Auffassung widerspricht Corsten.[3] Tatsächlich kann man keine beweisbare Aussage über ein Studium Gutenbergs in Erfurt treffen, lediglich die zahlreichen Verbindungsstränge zwischen Mainz und Erfurt lassen eine solche Möglichkeit denkbar erscheinen.

S.W.

1 Märker 1993, S. 22.
2 Geldner 1976, S. 73 f.; Kapr 1980, S. 26 f.
3 Corsten 1983 (II), S. 159–162.

Literatur
Geldner 1976. – Kapr 1980. – Rosenfeld 1982. – Corsten 1983 (II). – Märker 1993.

GM 44

Entwurf der ältesten Statuten der Universität Erfurt Erfurt, um 1395

Handschrift auf Papier – In Papierumschlag geheftet – 8 Bll.
H. 30 cm, B. 10,5 cm
Stadtarchiv Erfurt, 0-0/A XLV A-6

Im Unterschied zu den Freiburger Satzungen des Collegium Sapientiae (Kat.-Nr. GM 45), das die Statuten eines Kollegiums schriftlich fixiert, handelt es sich bei diesem Manuskript um einen Entwurf des Statutenbuchs der Universität Erfurt, in dem Rechte und Pflichten der Universitätsangehörigen verzeichnet sind. Die Satzungen der Prager Universität boten dabei für die Gliederung der Universität und die Konzipierung der Statuten eine Orientierungshilfe. Man entschied sich in Erfurt für die Einteilung der Hohen Schule in Fakultäten, und dieses Prinzip war vorbildlich für später gegründete Universitäten wie Rostock und Basel.[1]

Die Satzungen der Universität Erfurt von 1395, die 1412 überarbeitet wurden, legten u. a. die Einteilung in vier Fakultäten fest, bestimmten den Ablauf der Rektorwahl, legten Pflichten, Rechte und Aufgaben der Universitätsmitglieder dar. Beispielsweise war es Professoren, Doktoren, Magistern, Scholaren und anderen Mitgliedern der Erfurter Hochschule untersagt, ein Gewerbe zu betreiben. Verstöße gegen die Statuten wurden mit Geldstrafen oder Abgaben von Naturalien geahndet, aber auch mit dem Verbot, weiterhin Vorlesungen zu besuchen oder akademische Grade zu erwerben. Körperliche Züchtigung wurde an der Alma Mater in Erfurt ebenso wenig angewandt wie die Todesstrafe. Auch gab es in mittelalterlicher Zeit keinen Karzer.[2]

I. F.-H.

1 Kleineidam 1964, S. 206ff.; Märker 1993, S. 21.
2 Märker 1993, S. 21.

Literatur

Weissenborn/Hortzschansky 1881–1899, Bd. 1, S. 5–31. Weissenborn/Hortzschansky 1881–1899, Bd. 2, Teil 2, S. 1–8. – Kleineidam 1964. – Märker 1993.

GM 45 (s. S. 117, Abb. 4 und S. 148, Abb. 2)

Johannes Kerer, Statuta Collegii Sapientiae Satzungen des Collegium Sapientiae zu Freiburg im Breisgau 1497

Faksimile-Ausgabe des Originals im Universitätsarchiv Freiburg (Sign. A 105/8141)
Stadt- und Universitätsbibliothek Frankfurt a. M., HB 22: Dk 613

»Dies sind die Statuten, die von dem ehrwürdigen Vater Johannes [...] im Hinblick auf Ruhe, Frieden und Nutzen der Inwohner des Collegium Sapientiae verfasst und von einer gütigen Universität zu Freiburg gutgeheißen wurden.«

So beginnt das Statutenbuch des Johannes Kerer, das dieser im Jahre 1497 für das »Collegium Sapientiae« niedergeschrieben hat.[1] Ein Jahr zuvor, 1496, hatte Kerer – ehemaliger Professor der Artistenfakultät und Universitätsrektor in Freiburg, seit 1493 Bischof – in seinem Testament verfügt, eine Burse in Freiburg einzurichten, in der 12 mittellose Studenten leben und studieren sollten. In 88 Kapiteln wird das Leben in der Burse bis in Einzelheiten geregelt: Die Statuten behandeln Tagesablauf, religiöses Leben, Kleidung, Tischsitten und Studienverlauf der Stiftlinge sowie Organisation und Verwaltung des Sapienz-Hauses. Das »Collegium Sapientiae« war die dritte Burse, die in Freiburg errichtet wurde. Die Universität hatte zu diesem Zeitpunkt noch kein eigenes Gebäude, und so spielte sich das Studentenleben hauptsächlich in den Bursen ab, wo Alumnen und Professoren arbeiteten und auch zusammen lebten. Für mittelalterliche Studenten bestand zudem Bursenzwang. Im »Collegium Sapientiae« besaß jeder Stiftling ein eigenes kleines Zimmer, für das er verantwortlich war – die Statuten bestimmten beispielsweise, dass die Scholaren ihr Bett machen und die Kammer einmal wöchentlich reinigen mussten. Der Zutritt von Frauen sowie Völlerei und Trinkgelage waren verboten, gleichfalls die Mitnahme von Waffen. Kerer verfügte, dass alle Alumnen eine eigene Tracht anlegen sollten, die aus einem schwarzen Talar und einer von den Schultern hängenden Kapuze bestand. Außerdem wurden sie angehalten, sich nur in lateinischer Sprache zu unterhalten, Deutsch zu sprechen war untersagt.

Großen Wert legte der Stifter Johannes Kerer, der – 1430 geboren – in Heidelberg studiert hatte, auf die Hausbibliothek, die den Stiftlingen zu Studienzwecken zur Verfügung stand. Die Bücher waren angekettet und befanden sich in einem abschließbaren Raum (s. S. 148, Abb. 2).

Ein straffer Tagesablauf ließ den Studenten wenig freie Zeit: Während der Sommermonate begannen die Tage um fünf Uhr und endeten um zehn, im Winter arbeiteten sie von sechs bis neun. Nur je eine Stunde nach Mittag- und Abendessen stand den Stiftlingen zur Erholung zu.

Aus dem späten 15. Jahrhundert haben sich zwei Pergamenthandschriften der Statuten erhalten, von denen eine mit 80 Miniaturen geschmückt ist. Von diesem Manuskript wurde eine Faksimile-Ausgabe hergestellt. Die Bilder dieses Statutenbuchs, das um 1500 möglicherweise in Augsburg entstanden ist, vermitteln in einzigartiger Weise einen lebendigen Eindruck vom Leben und Studium mittelalterlicher Studenten in einem Collegium.

I. F.-H.

1 Grundlegend: Beckmann 1957; Weisbrod 1966.

Literatur

Beckmann 1957. – Weisbrod 1966. – Marx 1997.

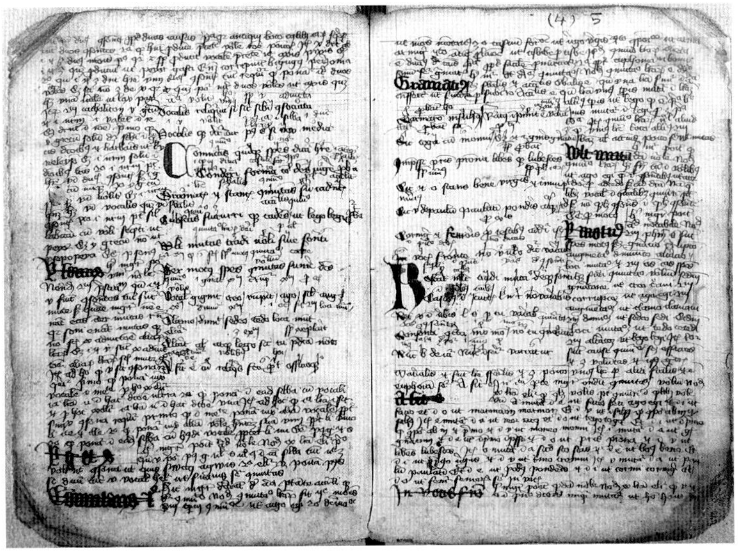

Abb. GM 46a

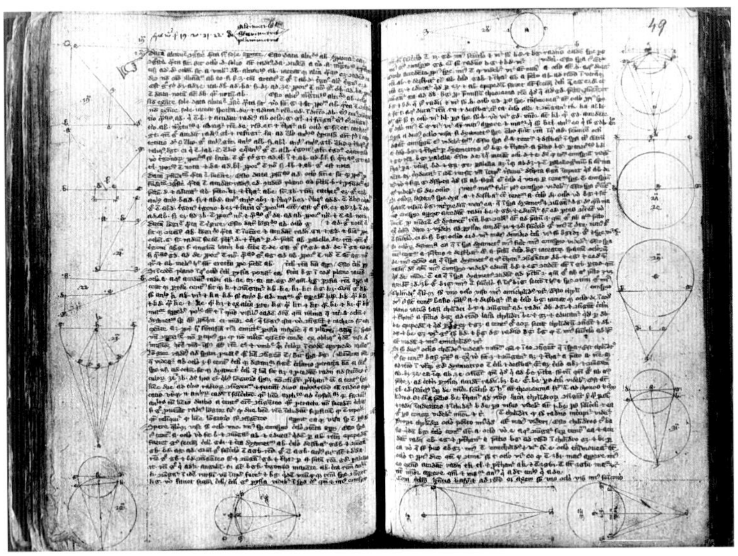

Abb. GM 46b

GM 46

Zwei Handschriften aus der Bibliotheca Amploniana zu Erfurt

GM 46a

Sammelband, darin Donatus und Alexander de Villa Dei, 1436

Handschrift auf Papier, 169 Bll.

4°

Stadt- und Regionalbibliothek Erfurt, CA 4° 31

GM 46b

Sammelband, darin Euklid Zweite Hälfte des 14. Jahrhunderts

Handschrift auf Pergament und Papier, 101 Bll.

4°

Stadt- und Regionalbibliothek Erfurt, CA 4° 387

Ähnlich wie Johannes Kerer in Freiburg (vgl. Kat.-Nr. GM 45), stiftete auch in Erfurt Amplonius Rating de Bercka, ehemaliger Rektor der Universität, eine Burse, das »Collegium Amplonianum«. Mit dieser Stiftung war die Schenkung der umfangreichen Privatbibliothek de Berckas verbunden, die mit 633 Bänden die größte heute noch erhaltene spätmittelalterliche Büchersammlung darstellt.[1]

De Bercka – zwischen 1365 und 1367 geboren – studierte nach dem Schulbesuch an verschiedenen Universitäten und legte 1387 den Magister artium in Prag ab. Im Herbst 1393 promovierte Amplonius in Erfurt zum Doktor der Medizin und wurde im Frühjahr 1394 zum Rektor der dortigen Universität gewählt. Er verblieb nur 9 Monate im Amt. Doch scheint für ihn die Erfurter Zeit von Bedeutung gewesen zu sein. Denn 1412, nachdem er zwischenzeitlich an den Universitäten von Wien und Köln und später als Hofarzt des Kölner Erzbischofs Konrad III. tätig gewesen war, stiftete er der Stadt Erfurt seine Büchersammlung und versprach, auch alle Werke, die er noch zukünftig kaufen sollte, später der »Bibliotheca Amploniana« zu überlassen. 1417–1423 lebte Amplonius als Dekan im Viktorstift zu Mainz, wo er vielleicht mit dem jungen Gutenberg zusammengetroffen sein könnte (vgl. Beitrag Wagner). 1435 starb der Gelehrte in Köln.[2]

De Bercka war ein besessener Büchersammler. Schon während seiner Schulzeit entwickelte er diese starke Neigung für Bücher und die Wissenschaft. Bald bekam er manchen wertvollen Band geschenkt; andere Handschriften kaufte er, wann immer es ihm möglich war. Auch schrieb er während seines Studiums in Prag, Köln, Erfurt und Wien viele Manuskripte selber ab oder ließ später durch Lohnschreiber wichtige Werke kopieren. Seine Sammlertätigkeit wurde von dem Bestreben geleitet, eine möglichst vollständige Bibliothek mit Literatur zu allen Fächern der vier mittelalterlichen Universitätsfakultäten aufzubauen.[3]

Das Studium an einer mittelalterlichen Universität begann an der Artistenfakultät, wo jeder Student mindestens ein bis zwei Jahre Vorlesungen besuchen musste, bevor er das Baccalaureatsexamen, den ersten Abschluss, anstreben konnte. Die »Artes liberales«, die sieben freien Künste, welche die Basis dieses Grundstudiums bildeten, bestanden aus einem Trivium der drei Sprachkünste Grammatik, Rhetorik und Dialektik und dem Quadrivium, den vier mathematischen Fächern Arithmetik, Geometrie, Musik und Astronomie. Zunächst hörten die Studierenden Vorlesungen in der Fächern des Triviums und lernten vor allem die lateinische Grammatik anhand der Werke »Ars minor« und »Ars maior« des Donatus und des »Doctrinale« des Alexander de Villa Dei. Während die »Ars minor« auch in den Lateinschulen einen wichtigen Unterrichtsstoff bildete, war die »Ars maior« für fortgeschrittene Schüler und Studenten bestimmt. Sie wiederholt den Kursus der acht Wortarten, stellt diesem eine Laut- und Verslehre voran und fügt schließlich eine Stilistik hinzu.[4] Vorlesungen über das in Hexametern verfasste »Doctrinale« des Alexander de Villa Dei gehörten ebenfalls zu den vorgegebenen Veranstaltungen eines Studienanfängers. Nach frühestens anderthalb Jahren konnte ein erstes Examen abgelegt werden, mit dem man den untersten akademischen Grad, den Baccalaureus, erwarb.

Anschließend folgte das Studium der Fächer des Quadriviums, das Vorlesungen zu den sechs Büchern des Euklid mit einschloss. Den Werken Euklids kam im Mittelalter eine zentrale Rolle zu. Dies belegen eine große Anzahl von erhaltenen Handschriften, die Übersetzung verschiedener griechischer und arabischer Kommentare sowie die Aufnahme eines Teils seiner Werke in den Lehrplan der Artistenfakultäten. Das Hauptwerk des Euklid, die *Elemente*, gehört zu den am meisten studierten Werken der Weltliteratur. In dem ausgestellten Sammelband der Erfurter »Bibliotheca Amploniana«, der insgesamt 22 Titel umfasst, sind drei Bücher der *Elemente* überliefert, mit einem Kommentar des Campanus von Novara, dessen Textausgabe äußerst beliebt war.

Nach weiteren zwei bis drei Jahren des Quadrivium-Studiums konnte nun ein weiterer akademischer Grad, der Magister, erworben werden, der die Voraussetzung bildete für ein Studium an einer der drei höheren Fakultäten der Theologie, der Rechte oder der Medizin.

I. F.-H. und S.W.

1 DBE, Bd. I, S. 119; Paasch 1997, S. 6f.
2 DBE, Bd. I, S. 119; Lehmann 1928.
3 Kadenbach 1994, S. 16–30.
4 Henkel 1988, S. 237.

Literatur
Oergel 1875. – Weissenborn 1877 und 1880. – Schum 1887, S. 311f. u. 648ff. – Lehmann 1928. – Kadenbach 1994. – DBE, Bd. 1. – Paasch 1997.

Bürger die yczunt nit inlendig sint

Auszug aus Mainz (1420–1430)

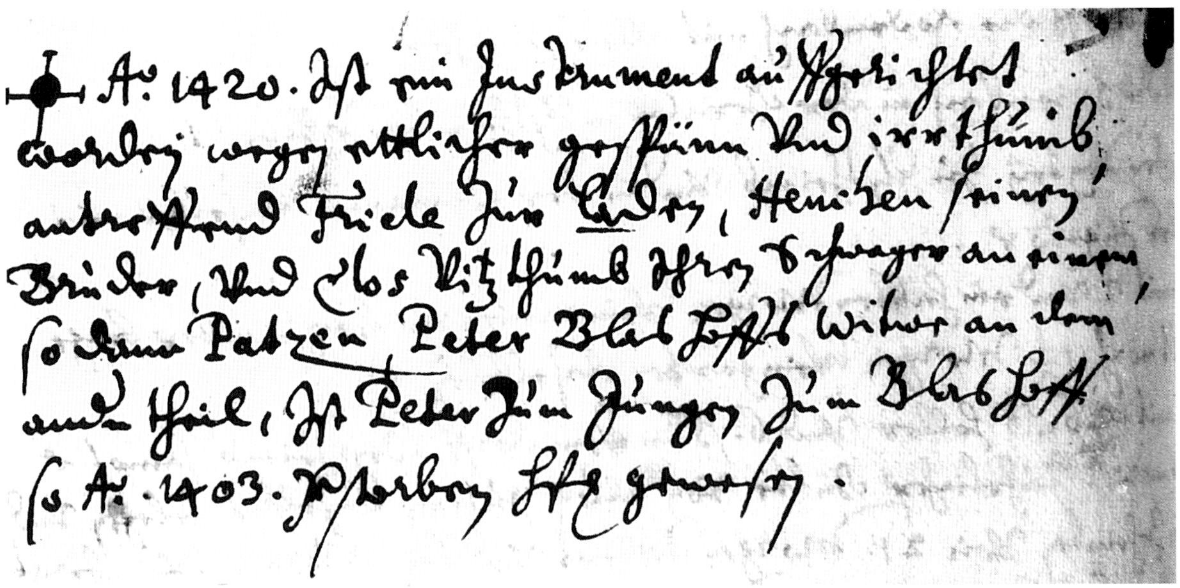

GM 47

Zwei Urkundenabschriften zu Johannes Gutenberg in einer Frankfurter Geschlechter-Chronik

Chronik der in der Gesellschaft Alt-Limpurg vereinigten Adelsgeschlechter der Stadt Frankfurt am Main, insbesondere Beschreibung der Wappen, der Ursprünge und Würden, der Lehensbeziehungen, der Ehen, Stiftungen und Grabdenkmale
1634 zusammengestellt von Johann Maximilian zum Jungen, fortgeführt von Johann Ernst von Glauburg
Handschrift auf Papier, 594 Bll.
2°
Hessisches Staatsarchiv Darmstadt, C1C, Nr. 133

Die wenigen Informationen zu Gutenbergs ersten Lebensjahrzehnten verdanken wir einer Chronik des 17. Jahrhunderts aus dem Besitz derer Zum Jungen, einer alten, einflussreichen Mainzer Familie, die im 15. Jahrhundert nach Frankfurt ausgewandert war. 1634 trug Johann Maximilian zum Jungen aus zahlreichen Urkunden und Abschriften eine Geschichte der Frankfurter Geschlechter zusammen. In dem Buch beschreibt er auch die genealogischen Verbindungen der Familie zum Jungen in Mainz und der mit ihr verwandten Familie der Gensfleisch. Dieser Informationsschatz kam durch Erbgang in den Besitz Johann Ernst von Glauburgs, der die Chronik fortführte.

GM 47a

Auseinandersetzung der Geschwister Gensfleisch (Gutenberg) mit Patze Blashof, 1420

GM 47b

Teilung der Hinterlassenschaft von Else zum Gutenberg,
2. August 1433

Die erste urkundliche Nachricht, die zum Leben Johannes Gutenbergs überliefert ist, entstammt dieser Chronik.[1] Die Notiz bezieht sich auf ein verlorenes amtliches Dokument (*Instrument*) wegen einer Erbstreitigkeit (*ettlicher Gespänn und Irrthumb*) zwischen den Kindern Friele Gensfleischs zur Laden, d.h. zwischen der Tochter aus erster Ehe, Patze, verwitwete Blashof, und den Kindern aus zweiter Ehe, Friele zur Laden, Henchen seinem Bruder (= Johannes) sowie ihrer Schwester Else – vertreten durch ihren Mann Claes Vitzthum. Der genaue Anlass der Auseinandersetzung und der Inhalt des *Instrumentes* bleiben uns verborgen, ebenso wer von den Genannten bei der Niederschrift tatsächlich anwesend war. Sicher ist, dass *Henchen,* also Johannes Gutenberg, zu diesem Zeitpunkt bereits rechtsmündig war, da er ohne Vormund aufgeführt wird.

Von dem Irrtum ausgehend, dass man im Mittelalter die Mündigkeit mit 21 Jahren erreichte, argumentierte Ruppel, Gutenberg hätte 1420 mindestens 21 Jahre alt sein müssen und sei somit auf jeden Fall vor 1400 geboren.[2] Tatsächlich wurde ein Knabe im Mittelalter schon mit 14 oder 15 Jahren mündig und benötigte daher bei Rechtsgeschäften keinen Vormund mehr. Somit ergibt sich, dass Gutenberg auch nach 1400 geboren sein kann, jedoch nicht später als 1405/06.

Die zweite in der Frankfurter Chronik notierte Nachricht über Gutenberg betrifft einen Randeintrag auf der gegenüberliegenden Seite. Wir erfahren hier, dass Gutenbergs Mutter im Verlaufe des Jahres 1433 verstorben war, denn *Sontags nach Vincula Petri* [2. August] *theilen Claus Vitzthumb und Elsge, seine Hfr. mit Frielen und Hennen Gensfleisch, Gebrüdern, all dz Guth, so ihre Schwieger und Mutter selige Elsge verlassen;*[3] doch vermittelt die Notiz leider nichts über Höhe und genaue Verteilung des Besitzes. Ob Gutenberg anlässlich der Erbteilung nach Mainz zurückkehrte, bleibt fraglich, zumal er schon ein dreiviertel Jahr später in Straßburg nachweisbar ist.

S. W.

1 Schorbach 1900, S. 134 f. Dieselbe Notiz bei Johann Ernst von Glauburg, vgl. StA Darmstadt, E 12 105/8.
2 Ruppel 1947 (I), S. 26, widerlegt durch Corsten 1966, S. 70; LMA, Bd. 1, Sp. 470.
3 Schorbach 1900, S. 143 f. Dieselbe Notiz bei Johann Ernst von Glauburg, vgl. StA Darmstadt, E 105/8, Bl. 33.

Literatur
Schorbach 1900. – Ruppel 1947 (I). – Corsten 1966. – LMA, Bd. 1.

GM 48

Zwei Urkundenabschriften über Renten, die Johannes Gutenberg zustanden

Regesten und Urkundenauszüge zur Geschichte des Hauses Gensfleisch zum Sorgenloch, auch Johann Gutenberg gen.
Johann Ernst von Glauburg, um 1730
Handschrift auf Papier
Hessisches Staatsarchiv Darmstadt, E 12 105/9

GM 48a

Übereinkunft der Stadt Mainz mit Else zum Gutenberg über die Minderung einer ihrem Sohn Johannes Gutenberg zustehenden Rente, Januar 1430

GM 48b

Abkommen der Stadt Mainz mit Friele und Henne Gutenberg wegen der Überschreibung einer Rente, Mai 1434

Die Nachricht über eine Rente Gutenbergs entnahm von Glauburg dem Schuldenbuch der Stadt Mainz aus dem Jahr 1429, das sich im 18. Jahrhundert noch im Familienarchiv Zum Jungen befand, heute aber verloren ist.[1]
Der Eintrag notiert ein Abkommen zwischen Else zum Gutenberg und der Stadt Mainz über eine Rente ihres Sohnes Johannes Gutenberg. Dieser bezog aus einem Leibgeding, das ihm Katherine von Delkheim gekauft hatte, jährlich 13 Gulden, zahlbar in wöchentlichen Raten.[2] Nun erklärte sich seine Mutter – wohl mit Gutenbergs Einverständnis – mit der Kürzung dieser Rente um die Hälfte zu Gutenbergs Lebenszeit einverstanden. Der nicht ausgezahlte Anteil sollte später seinen Erben zugute kommen. Da die Mutter die Geldgeschäfte des Sohnes stellvertretend regelte, war dieser wohl nicht mehr in der Stadt und hielt sich auch nicht in der näheren Umgebung auf. Tatsächlich hatte Gutenberg Mainz schon um 1428 im Zuge der Bürgerunruhen verlassen (Kat.-Nr. GM 49).
Die Minderung der Rente ist wahrscheinlich eine Folge der zunehmenden Zahlungsunfähigkeit der Stadt Mainz, die auf diese Weise ihren Stadthaushalt konsolidieren wollte. Und tatsächlich gelang es den Stadtvätern, wie auch in unserem Fall, ihre Gläubiger zu einer Umschreibung der Renten »halb auf Lebenszeit – halb auf Tode« zu überreden. Von solchen Rentenkürzungen waren im übrigen auch andere Familienmitglieder betroffen, etwa Gutenbergs Bruder Friele und dessen Frau Elsechin Hirtz.[3]
Im selben Heft notierte Glauburg eine zweite Vereinbarung, die die Stadt Mainz mit Johannes Gutenberg am 30. Mai 1434 traf. Friele hatte seinem Bruder Johannes eine seiner Renten übertragen. Im Zuge der Umschreibung stimmte Gutenberg einer Senkung der jährlichen Rendite von 14 auf 12 Gulden zu.[4] Aufgrund dieser Kürzung wurde der Versuch unternommen, rechnerisch das Alter Gutenbergs zu ermitteln, indem man das Kürzungsverhältnis proportional zum Altersunterschied der beiden Brüder setzte. Abgesehen von der Problematik, dass diese Rechnungen mit mehreren Unbekannten aufgestellt werden mussten, wurde auch übersehen, dass Rentenminderungen – wie oben ausgeführt – von der Stadt wegen ihrer finanziellen Notlage angestrebt wurden.[5] Und da jede Rentenüberschreibung der Zustimmung des Schuldners, in diesem Falle der Stadt, bedurfte, nutzte diese gewiss die Gelegenheit, ihr Einverständnis von der Einwilligung Gutenbergs zur Kürzung abhängig zu machen.
S. W.

1 Schorbach 1900, S. 137. Dieselbe Nachricht mit abweichendem Wortlaut, vgl. StA Darmstadt, C1C, Nr. 133 und E 12, 105/8.
2 Katherine war die Tochter eines *Cuntze Schwartzen van Delckelnheim* und möglicherweise mit Else verwandt, vgl. Schorbach 1900, S. 137.
3 Seidenberger 1900, S. 39; Tronnier 1936, S. 40.
4 Vgl. StA Darmstadt, E 12, 105/9 und C1C, Nr. 133. Schorbach 1900, S. 146 glaubt, dass die Rente zum Ausgleich, etwa für Anteile aus Immobilien, im Zuge der Erbteilung von 1433 überschrieben worden sei.
5 Corsten 1966, S. 70 f.; Häuser 1968, S. 66.

Literatur
Schorbach 1900. – Seidenberger 1900. – Tronnier 1936. – Corsten 1966. – Häuser 1968. – Geldner 1976.

GM 49 (s. S. 121, Abb. 7)

Sühnevertrag, den Erzbischof Konrad III. zwischen den Geschlechtern und Zünften zu Mainz am 28. März 1430 aushandelte

Die alte Rachtung die Erzbischof Cunradt selber gemacht hat/Anno dom. 1430
Abschrift in einer Mainzer Chronik, drittes Viertel des 15. Jahrhunderts (nach 1452)
Handschrift auf Papier, 350 Bll.
H. 29 cm, B. 20 cm
Stadt- und Universitätsbibliothek Frankfurt a. M., Ms. Germ. Qu. 51

Die Mainzer Chronik behandelt verschiedene geschichtliche Begebenheiten, die sich zwischen 1332 und 1452 in Mainz ereigneten. Sie wurde im 15. Jahrhundert niedergeschrieben und stammt aus dem ehemaligen Besitz des Frankfurter Ratsherren Maximilian zum Jungen (1596–1649). Auch sie kam in den Besitz Johann Ernst von Glauburgs (vgl. Kat.-Nr. GM 47).

Der hier gezeigte Ausschnitt der Mainzer Chronik beinhaltet eine Abschrift des Einigungsvertrages (Rachtung), den der Mainzer Erzbischof Konrad III. 1430 zwischen den seit 1428 verfeindeten Parteien der Zünfte und der Patrizier aushandelte. Das gesiegelte Originaldokument ist heute verloren.

Im Text werden zunächst die strittigen Punkte zwischen den Zünften und Patriziern abgeklärt.[1] Anschließend benennt die Rachtung namentlich jene ausgewanderten oder verbannten Bürger, denen eine freie Rückkehr nach Mainz gestattet wurde. Bedingung für die Rückkehr war eine vertragliche Anerkennung der Rachtung, deren Einhaltung die Genannten für sich und ihre Erben geloben sollten (*offen versigelten briefen [...] dise süne und rachtunge zu halden*). Johannes Gutenberg finden wir als *Henchin zu Gudenberg* zusammen mit den Namen von Hermann Fürstenberg, Hennen Hirzen, Ort, dem Sohn des verstorbenen Rudolf zur Eiche, Heinz Reyse und Peter Gensfleisch – fast alles Verwandte Gutenbergs – aufgeführt.

Da Gutenberg in diesem öffentlichen Dokument als *nit inlendig* verzeichnet ist und ihm eigens freie Rückkehr gestattet wird, war er anscheinend in hohem Maße aktiv in die Mainzer Bürgerunruhen verstrickt und hatte freiwillig oder unfreiwillig ins Exil gehen müssen. Leider wissen wir nicht, ob Gutenberg das Angebot wahrnahm, da es für seine Rückkehr zwischen 1430 und 1434 keine Belege gibt.

Im Manuskript der Mainzer Chronik finden sich außerdem Randglossen, die vermutlich von J. E. von Glauburg stammen. Er vermerkte auf der Seite mit Gutenbergs Nameneintrag, dass Henchin zu Gutenberg aus der Familie der Gensfleisch, der erste und wahre Erfinder der typographischen Kunst, in der Mainzer Franziskanerkirche begraben sei.[2]

S. W.

1 Zu den Bürgerunruhen von 1428 vgl. Beitrag Dobras.
2 Ruppel 1937 (I), S. 36.

Literatur
Schorbach 1900. – Ruppel 1937 (I). – Weimann 1980.

GM 50

Bauer Jr.
»Straßburger Bildnis« des Johannes Gutenberg
Straßburg 1832

Öl auf Leinwand
H. 61 cm, B. 51 cm
Bez.: *Johanes Gutenberg. in. Strasburg. Erfinder der Edlē // Buchdruckerkunst. Ano. MCCCC[CI]*
Gutenberg-Museum Mainz, GA 751

Kein authentisches Bildnis und auch keine zeitgenössische Beschreibung haben uns eine Vorstellung von Gutenbergs Aussehen überliefert.
Fast alle bekannten Darstellungen seiner Person gehen auf Vorlagen des 16. und 17. Jahrhunderts zurück, auch das hier gezeigte so genannte Straßburger Bildnis des Johannes Gutenberg. Es handelt sich dabei um eine Kopie des frühen 19. Jahrhunderts nach einer älteren Bildvorlage, die beim Brand der Straßburger Stadtbibliothek 1870 zerstört wurde. Auf dieselbe Vorlage bezieht sich auch eine kleine Darstellung in der Planvignette des Johann Andreas Silbermann von 1771 (vgl. Kat.-Nr. GM 52 und S. 124, Abb. 10). Obgleich das Porträt bei Silbermann nur sehr summarisch wiedergegeben ist, erkennt man deutlich die charakteristische Bildgestaltung des Straßburger Ölgemäldes.
Das verbrannte Originalbild entstand – ebenso wie der in das Ende des 16. Jahrhunderts zu datierende Kupferstich von Thevet – erst posthum, nämlich frühestens Ende 16. bis 17. Jahrhundert. Die Darstellungsweise richtete sich nach der zeitbedingten Vorstellung vom würdevollen Gelehrten, der durch einen Bart zu kennzeichnen war, und auch die Kleidung spiegelt den modischen Zeitgeschmack wider. Dennoch galten diese Bildnisse lange als authentische Porträts Gutenbergs. Infolgedessen orientierten sich die nachfolgenden Künstlergenerationen meist an diesem tradierten Darstellungstypus des Erfinders und verfestigten mit ihren Illustrationen die bis heute gültige Vorstellung vom »würdigen« Aussehen Johannes Gutenbergs als bärtigen alten Mann.

Literatur
Tronnier 1940. – Painter 1965. – Painter 1967. – Martin 1991.

GM 51

Siegel der Stadt Straßburg

GM 51a (s. S. 123, Abb. 9)

Siegel der Bürgerschaft Straßburgs
ca. 15. Jahrhundert

Siegelbild: Unter einem gotischen Baldachin sitzt eine thronende Mutter Gottes mit Christuskind auf dem linken Arm
Siegelumschrift: *CIVITATIS SIGLUM SECRETUM CIVIUM ARGENTINENS [...]*
Rotes Siegelwachs in Holzkapsel
Dm. 7,8 cm
Gutenberg-Museum Mainz, Dauerleihgabe, Sammlungsnr. 122

GM 51b

Siegel eines Richters aus Straßburg
ca. 15. Jahrhundert

Siegelbild: Halbfigurige Mariendarstellung mit Jesuskind auf dem linken Arm
Siegelumschrift: *iudex timoris?*
Siegelwachs in Holzkapsel
Dm. 4,5 cm
Gutenberg-Museum Mainz, Dauerleihgabe, Sammlungsnr. 146

GM 52 (s. S. 124, Abb. 10)

Plan der Stadt Straßburg im 15. Jahrhundert

Johann Andreas Silbermann (Hrsg.): Local-Geschichte der Stadt Straßburg
Straßburg [Jonas Lorenz] 1771
Stadt- und Universitätsbibliothek Frankfurt a. M., Sf 7/142

Silbermanns Buch beschreibt die Geschichte der Stadt Straßburg, ihre verschiedenen Erweiterungsphasen und die außerhalb gelegenen Domänen anhand mehrerer Karten vom 13. bis zum 15. Jahrhundert.

Gezeigt wird ein Plan, der die Ausdehnung Straßburgs nach der vierten Stadterweiterung zwischen 1404 und 1444 darstellt. Deutlich verweist Silbermann auf Gutenbergs Aufenthalt in jenen Jahren in Straßburg und fügt seiner Planvignette Druckerpresse, einzelne Typen und eine Miniaturkopie des so genannten Straßburger Porträts bei. In einer kleinen Texttafel wird explizit auf Gutenberg und Mentelin als erste Drucker verwiesen.

Auf der linken Seite findet sich, etwas außerhalb der Stadt, das Kloster St. Arbogast. Der Konvent geht auf ein romanisches Bet-Haus zurück, das durch den Straßburger Bischof St. Arbogast in der Einöde gegründet worden war und sich im 13. Jahrhundert zu einem Kloster entwickelt hatte. Die Ansicht lässt deutlich einen befestigten Gebäudekomplex und eine Doppelturmkirche erkennen, denen sich ein zweiter eingefriedeter Bereich mit einzelnen Gebäuden anschließt. Die gesamte Anlage lag unmittelbar am Hauptarm der Ill, dort wo sich im Flusslauf kleine Inseln gebildet hatten.

In Arbogast lebte und arbeitete Gutenberg, bis er gegen Ende seines Straßburger Aufenthaltes vor der Armagnaken-Gefahr in die Stadt flüchtete. Wahrscheinlich hatte er ein Haus innerhalb der Umfriedung des Klosters gefunden, vielleicht hatte er sich aber auch auf einer der drei kleinen Ill-Inseln niedergelassen, wo er ungestört und geschützt vor allzu neugierigen Augen seiner Arbeit nachgehen konnte. Hier findet man heute noch einen Gedenkstein, der berichtet, Gutenberg habe 1440 an dieser Stelle die Druckkunst erfunden.

Mit Sicherheit wissen wir nur, dass Gutenberg in Arbogast Andreas Dritzehn das Steinpolieren beibrachte, eine Technik, bei der er möglicherweise auch die Wasserkraft einsetzte. Ebenso wurde ein Teil der Aachener Pilgerspiegel hier hergestellt, für deren Guss man flüssiges Metall benötigte. Auch hierfür boten die Inseln gute Voraussetzungen, sei es, dass die Feuersicherheit garantiert war, sei es, dass der Unterhalt eines Schmelzofens innerhalb der Stadtmauern Straßburgs nur Münzerhausmitgliedern und zünftigen Goldschmieden und Grobschmieden erlaubt war.[1]

S. W.

1 Alioth 1988, S. 99; vgl. auch Kat.-Nr. GM 55.

Literatur

Montagne-Verte o. J. – Katalog »Gutenberg et les débuts de l'imprimerie« 1968. – Klein 1987. – Alioth 1988.

GM 53

Klage des Schuhmachers Claus Schott gegen Johannes Gutenberg

Auflistung der Prozesse vor dem Straßburger Gericht im Jahr 1436
Abschrift des 16. Jahrhunderts
Handschrift auf Papier
ca. H. 29,7 cm, B. 10,8 cm
Archives municipales de Strasbourg, Frankreich, Série II, 118/16, Fask. 39

Schöpflin und Wencker, zwei Straßburger Archivaren und Gutenbergforschern des 18. Jahrhunderts, ist es zu verdanken, dass heute verlorene Originaldokumente zumindest in Abschriften erhalten blieben. Sie haben aus zahlreichen alten Straßburger Akten und Urkunden Nachrichten zum Leben Gutenbergs auszugsweise kopiert. In ihren Notizen findet man Berichte von einem Prozess, den Ennelin zu der Iserin Thüre 1436 gegen Gutenberg wegen gebrochenen Eheversprechens anstrengte.[1]

Unter den Zeugen der Ennelin erscheint der Straßburger Schuhmacher Claus Schott, dessen Aussage Gutenberg nach den Notizen Wenckers *[...] verworffen und widersprochen* habe, *auss ursach der deponent ein arm notdürfftig mensch und führe ein arm schnöd leben mit luegen und triegen. Darüber sich der Schuhemacher beschwert, dass ihm darum unrecht geschehen [...]*.[2] Deshalb verklagte der Schuhmacher Gutenberg wegen Beleidigung.

Die Richtigkeit der Berichte über den Eheprozess und die Klage des Schuhmachers wurden zunächst stark bezweifelt. Doch der Fund einer Zusammenstellung alter Straßburger Gerichtshändel bestätigte schließlich die Notizen Wenckers und Schöpflins.

In der hier gezeigten Liste ist auf dem ersten Blatt unter der Jahreszahl 1436 Folgendes zu lesen: *Item Claus Schott der Schümacher ist umb//sin clage gegen Johan Gütenberg von Mentz//gewisen für geistlich geriht.*[3] Wencker berichtet ferner, dass Schott zunächst eine Entschädigung von stattlichen 15 Gulden zugesprochen bekam. Eine endgültige Entscheidung wegen der Beleidigungsklage sollte aber erst nach dem Urteil des Eheprozesses erfolgen, dessen Ausgang wir aber nicht kennen.

S. W.

1 Alle Auszüge zum Prozess der Ennelin gegen Gutenberg – sowohl die von Schöpflin als auch die von Wencker – sind bei Schorbach 1900, S. 151f. und Schorbach 1926, S. 14f. zusammengestellt, ebenso in übersichtlicher Kurzform bei Bechtel 1992, S. 579f. Schorbach erläutert außerdem ausführlich die Diskussion um den Prozess.

2 Zit. nach Schorbach 1926, S. 19.

3 Zit. nach Schorbach 1926, S. 20f.

Literatur

Schorbach 1900. – Schorbach 1925. – Schorbach 1926. – Katalog »Gutenberg et les débuts de l'imprimerie« 1968. – Bechtel 1992.

GM 54 (s. S. 127, Abb. 13)

Kriegssteuerlisten der Stadt Straßburg zur Ausrüstung gegen die Armagnaken Straßburg, Ende 1443–Anfang 1444

Diß sunt die Personen die/Hengste und pferd zu halten von gebote wegen/ Cunstoveler

Handschrift auf Papier, Papierumschlag von späterer Hand beschriftet: »1439/1442«

ca. H. 30 cm, B. 11 cm

Archives municipales de Strasbourg, Frankreich, AA 194

Nach dem Ende des Hundertjährigen Krieges und dem Friedensschluss zwischen Frankreich und England zogen zahllose Söldner plündernd durch den Südwesten Europas. Unter ihnen waren die besonders gefürchteten Horden des Grafen Armagnak. Angesichts dieser Gefahr rüstete sich Straßburg zur Verteidigung und zog die Bürger zur Kriegssteuer und zur Wehrpflicht heran, d. h. die Straßburger waren verpflichtet, entsprechend ihrem Vermögen den Unterhalt für Kriegshengste und Pferde zu bezahlen. Wir finden Gutenbergs Name in einer Liste: »Ausrüstung der Stadt Straßburg gegen die Armagnaken« in der Rubrik der »Nachconstofler« eingetragen; sein Beitrag wurde mit einem halben Pferd veranschlagt.

Als Constofler bezeichnete sich in Straßburg die wohlhabende, politische Macht besitzende Führungsschicht. Ursprünglich geht die Benennung aber auf den lateinischen Begriff *con-stabularii* zurück und kennzeichnete die gemeinsamen Benutzer eines Stalls zur Unterbringung und Pflege der Pferde. Daraus entwickelte sich anfänglich der Begriff Constofel als flächendeckende Einteilung, die residual all jene erfasste, die nicht in Zünften organisiert waren. Diese Vorstellung hielt sich sehr lange und diente dem Stadtrat, alle nicht organisierten Handwerker, die freien Händler und die reiche Oberschicht verwalten und regieren zu können. Erst im 15. Jahrhundert, als viele dieser nicht organisierten Handwerker endgültig den Zünften beitraten, lassen sich die Constofler auch sozial »als Patriziat, d. h. als sehr homogene Gruppe jener, die – im Gegensatz zu Gewerbetreibenden und Lohnempfängern – vom Vermögensertrag lebten«,[1] definieren. Die Constofel (Viertel) als Einheit der administrativen Erfassung blieben jedoch bis weit ins 15. Jahrhundert erhalten.

Eine solche amtliche Erfassung liegt auch bei der hier gezeigten Liste vor. Sie verzeichnet – entsprechend der durch den Constoflermeister geschätzten Vermögen – den von jedem Bürger zu leistenden Beitrag für den Kriegsfall. Im selben Heft finden sich auch die »Steuerlisten« der Zunftmitglieder.

Über Gutenbergs Lebensverhältnisse in Straßburg lässt sich aus diesem Eintrag ersehen, dass seine Einkünfte gut, aber nicht sehr groß waren, denn er musste nur den Betrag für ein halbes Pferd entrichten, dies entsprach einem Einkommen zwischen 400 und 800 Straßburger Pfund.[2] Gutenbergs Geschäftspartner wurden wesentlich höher besteuert. So zahlten zum Beispiel Adam Riffe und Jerg Dritzehn jeweils für einen Hengst (entspricht dem Wert von 2½ Pferden, mindestens 2.000 Pfund), und Friedel von Seckingen musste für einen Hengst und ein Pferd

(= 3½ Pferde, mindestens 2.800 Pfund) aufkommen. Dabei sind die drei zuletzt Genannten nicht unter den Constoflern, sondern bei ihrer Zunft eingetragen. Auch hier zeigt sich, dass weder das Vermögen noch der politische Rang (alle drei waren Mitglieder des großen Rates) für den Eintrag in die Steuerliste als Constofler maßgebend waren.
S. W.

1 Alioth 1988, S. 169.
2 Katalog »Gutenberg et les débuts de l'imprimerie« 1968, S. 3.

Literatur
Schorbach 1900. – Martin 1941. – Hatt 1963. – Katalog »Gutenberg et les débuts de l'imprimerie« 1968. – Alioth 1988.

GM 55

Aufgebot der waffenfähigen Mannschaften Straßburgs – Liste der Goldschmiede Straßburg, 22. Januar 1444

Disse noch geschrieben sunt zu/gesellen die nit ganz zunft hant
Handschrift auf Papier, Pergamentumschlag
ca. H. 30 cm, B. 11 cm
Archives municipales de Strasbourg, Frankreich, AA 195 II

Im Verteidigungsfall mussten die Bewohner Straßburgs nicht nur Kriegssteuern entrichten; sie wurden auch zum aktiven Wehrdienst herangezogen. Die Organisation der Verteidigung oblag den Zünften.

Auch Gutenberg musste sich für eine Defensive bereithalten. Sein Name findet sich – gemeinsam mit dem seines Geschäftspartners Andreas Heilmann – in der Liste der Goldschmiedezunft unter den nicht vollberechtigten Zunftmitgliedern.

Dass Gutenberg fast zeitgleich als Nachconstofler und als Halbmitglied einer Zunft geführt wird, war nicht ungewöhnlich, da die Zugehörigkeit zu verschiedenen Berufsverbänden erlaubt war.[1] Angehöriger einer Zunft zu sein, war auch für Constofler von Bedeutung, da die Zünftigkeit attraktive gewerbliche Rechte und außerdem den Zugang zu wichtigen politischen Ämtern garantierte, freilich verbunden mit Pflichten, wie z. B. der Verteidigungsbereitschaft. Üblicherweise erließen die Zünfte strenge Aufnahmebedingungen und legten überhöhte Aufnahmegebühren fest, um ihr Gewerbe zu schützen. Wer sich diese Beiträge nicht leisten konnte, wanderte aus der Stadt ab. Eine reduzierte Bürgerschaft verringerte aber auch die Verteidigungsbereitschaft der Städte. Daher lockerte man in Straßburg mit der heraufziehenden Armagnakengefahr schon ca. 1440 die Bedingungen für die Aufnahme in eine Zunft; vor allem entfiel die erschwerende Voraussetzung, dass ein Bewerber zuvor bei einem Straßburger Meister als Geselle gedient haben musste.[2] Dies war für Gutenberg möglicherweise die Chance – nach den Jahren in Arbogast – als Zunftmitglied nun innerhalb der Stadtmauern sein Gewerbe betreiben zu können.

Trotz seines Aufgebots bei den Wehrpflichtigen scheint Gutenberg allerdings niemals aktiv an den Kämpfen gegen die Armagnaken vom Herbst 1444 teilgenommen zu haben, da er in keinem der erhaltenen Berichte erscheint.[4]
S. W.

1 Andreas Heilmann, der zusammen mit Gutenberg als Halbmitglied der Goldschmiede auftritt, wird im gleichen Band auf fol. 124 als Vollmitglied bei der Zunft zum Spiegel genannt.
2 Schulz 1985, S. 215.
3 Vgl. Beitrag Wagner.
4 Katalog »Gutenberg et les débuts de l'imprimerie« 1968, S. 3.

Literatur
Schorbach 1900. – Katalog »Gutenberg et les débuts de l'imprimerie« 1968. – Schulz 1985. – Alioth 1988.

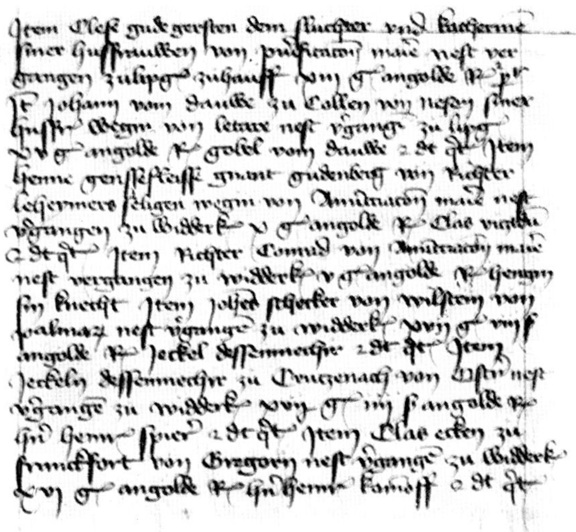

GM 56

Rentenauszahlungen an Gutenberg in einem Rechnungsbuch der Stadt Mainz von 1436

Einnahmen- und Ausgabenbuch der Stadt Mainz 1436/37
Handschrift auf Pergament, 63 Bll.
H. 37 cm, B. 27 cm
Staatsarchiv Würzburg, Rechnungen 40577

Das Rechnungsbuch der Stadt Mainz vermerkt für das Jahr 1436 drei verschiedene Rentenauszahlungen an Gutenberg.

Die erste Auszahlung von 35 Goldgulden wurde am Sonntag nach Ostern 1436 geleistet und von Claes Vitzthum, dem Schwager Gutenbergs, quittiert. Die Buchung ist unter dem Titel *Usgeben der versessener vertedingter gulten diß zukunfftigen Jars* eingetragen. Demnach handelte es sich um rückständige Zinsen, die die Stadt Mainz Gutenberg schuldig geblieben war (... *von aller versessener gülten// wegin XXXV gulden an golde*).[1] Möglicherweise wurden hier Abschlagszahlungen auf jene Zinsen geleistet, die Gutenberg 1434 bei der Stadt Mainz eingefordert hatte. Um seinem Anspruch Nachdruck zu verleihen, hatte er den Mainzer Stadtschreiber Nikolaus von Wörrstadt in Straßburg festnehmen lassen und ihn dann gegen das Versprechen, für die Auszahlung der Renten zu sorgen, wieder entlassen (vgl. Beitrag Wagner).

Eine zweite Buchung registriert die Summe von 10 Goldgulden, die Gutenberg aus einer Wiederkaufsrente seines Stiefonkels mütterlicherseits, des Richters Leeheimer, zustand.[2]

Diese Rente verpfändete Gutenberg 1442 als Sicherheit für einen Kredit an das Thomasstift in Straßburg (vgl. Kat.-Nr. GM 60).

Die dritte Buchung in einer Höhe von 16 Schillingen erfolgte 14-tägig und erscheint insgesamt 23-mal im Rechnungsbuch als *Item zu Gutenberg xvj ß*. Da hier Gutenbergs Vorname nicht genannt wird, könnte auch ein anderer Namensträger oder der damalige Bewohner des Gutenberghofs, gemeint sein.[3]

S. W.

1 Zit. nach Schorbach 1900, S. 147; Tronnier 1936, S. 43.
2 Staatsarchiv Würzburg, Rechnungen 40577, fol. 21v; Schorbach 1900, S. 147 f.
3 Staatsarchiv Würzburg, Rechnungen 40577, fol. 20v; Schorbach 1900, S. 148.

Literatur
Schorbach 1900. – Tronnier 1936.

GM 57

Überlieferte Akten des Dritzehn-Prozesses

GM 57a

Erste Veröffentlichung der Zeugenaussagen aus dem Dritzehn-Prozess

Jo. Daniel Schöpflin: Vindiciae typographicae, mit Anhang: Documenta typographicarum originum ex argentinensibus tabulariis et bibliothecis
Straßburg 1760
H. 23 cm, B. 18,5 cm
Gutenberg-Museum Mainz, 18/38a Nr. 1

GM 57b

Faksimilierte Auszüge der Zeugenaussagen aus dem Dritzehn-Prozess

Léon de Laborde: Débuts de l'imprimerie à Strasbourg
Paris 1840
H. 25,2 cm, B. 16,5 cm
Gutenberg-Museum Mainz, 18: 4°/25

Die Originalunterlagen des so genannten Dritzehnprozesses bestanden aus sechs verschiedenen Dokumenten, den beiden Niederschriften der Zeugenaussagen für Dritzehn und für Gutenberg, der Klage des Lorenz Beilbeck, zwei Zeugenlisten und dem Urteilsspruch, die sich in drei verschiedenen Manuskripten des Großen Rats der Stadt Straßburg befanden.[1]

1740 hatte Wencker das Manuskript mit dem Urteilsspruch in den Protokollen der Straßburger Kontraktstube von 1439 gefunden, und Schöpflin veröffentlichte die Unterlagen 1741, doch wurde das Original 1793 verbrannt. 1745 fanden sich die beiden anderen Handschriften; ein Manuskript mit der Aufschrift: *Dicta testium magni consilii Anno domini M°cccc° tricesimo nono,* den Niederschriften der Verhandlungen vor dem Großen Rat von Straßburg und eine Handschrift mit dem Titel: *Querimonie et testes registrati magni consilii Anno domini M°cccc°xxx nono.* Diese Akten veröffentlichte Schöpflin 1760 in seinen »Vindiciae typographicae«, und zwar in Elsässisch und in lateinischer Übersetzung. Es folgten zahllose weitere Veröffentlichungen, zum Teil mit Nachbildungen einzelner Textpassagen.[2] Léon de Laborde brachte die Texte 1840 dann ein weiteres Mal heraus und fügte seinem Buch »Über die Anfänge der Druckkunst in Straßburg« einige der wichtigsten Zeugenaussagen aus dem Prozess als Faksimile bei.

Als 1870 durch den Brand der Straßburger Bibliothek die Originaldokumente unwiederbringlich verloren gingen, waren Schöpflins Auszüge und Labordes Faksimile wesentliche Beweise für die Existenz dieser Unterlagen.

S. W.

1 Zum Inhalt des Prozesses vgl. Beitrag Wagner.
2 Zur Rezeptionsgeschichte der Dokumente, vgl. Schorbach 1900, S. 162–165.

Literatur

Schöpflin 1760. – Laborde 1840. – Schorbach 1900. – Fuhrmann 1940.

GM 58

Die Straßburger Geschäftspartner Gutenbergs

GM 58a

Siegel des Hugo Dritzehn 1435

Siegelbild: Wappenschild mit drei senkrechten Balken, darunter Rad mit sechs Speichen

Siegelumschrift: *Hugo [...] Dritzehn*

Archives municipales de Strasbourg, Frankreich, Städt. Urk. 4403

GM 58b

Siegel des Andreas Heilmann 1436

Siegelbild: Schild mit breitem Querbalken und drei gespaltenen Muscheln, Reste der Federn einer Helmzier

Siegelumschrift, abgerieben: *s . andree . heilman [...]*

Archives municipales de Strasbourg, Frankreich, AST B IV 49 Lade 1862

GM 58c
Siegel des Claus Heilmann
1441

Siegelbild: Schild mit breitem Querbalken und 3 gespaltenen Muscheln
Siegelumschrift: *sigillum : Claus : heilmani*
Archives municipales de Strasbourg, Frankreich, Städt. Urk. 4767
vom 13. Nov. 1441

GM 58d
Siegel des Adam Riffe
1433

Siegelbild: Wappenschild mit einem diagonal verlaufenden Strom, die Helmzier stellt einen wachsenden Mann dar, der sich mit beiden Händen am Bart reißt
Siegelumschrift: [...]
Archives municipales de Strasbourg, Frankreich, Städt. Urk. 4308

Über Gutenbergs Geldgeber und Mitarbeiter ist nur wenig bekannt. Alle drei Geschäftspartner – Hans Riffe, Andreas Heilmann und Andreas Dritzehn – entstammten alteingesessenen und vermögenden Straßburger Familien, die über Jahre hinweg die wichtigsten Positionen innerhalb der Stadtregierung einnahmen. Etwa Hugo Dritzehn, der Vater von Andreas, Claus und Jörg Dritzehn. Sein Siegel, das gewiss in ähnlicher Weise auch von den Söhnen geführt wurde, nimmt mit der Schildfigur Bezug auf den angestammten Beruf der Familie. Sie waren ursprünglich Wagner und Drechsler. Schon am Ende des 14. Jahrhunderts hatte die Familie den Aufstieg in die führende Gesellschaftsschicht Straßburgs geschafft, z. B. war Hugo mehrfach in das höchste städtische Amt des Ammeisters gewählt worden. Auch seine Söhne, Claus und Jörg, nahmen in den 40er Jahren wichtige Positionen in der Stadtverwaltung ein.[1]

Andreas war vielleicht der jüngste der drei Brüder. Er hatte schon vor dem Aachenspiegelunternehmen von 1438 mit Johannes Gutenberg zusammen gearbeitet und bei ihm das Steinepolieren erlernt. Glaubt man den Aussagen der Zeugen im Prozess, hatte Andreas Dritzehn sein gesamtes Vermögen in die zweite Genossenschaft Gutenbergs, *aventur und kunst,* investiert. Ende 1438 verstarb Andreas Dritzehn unerwartet, nachdem er sich mit der in Straßburg grassierenden Pest infiziert hatte.[2]

Andreas Heilmann wurde durch die Vermittlung seines Bruders Anton, Priester von Jung-St.-Peter, Partner und Mitarbeiter Gutenbergs, zuerst in seiner Genossenschaft zur Produktion von Aachener Pilgerspiegeln, später auch bei *aventur und kunst.* Die Brüder Heilmann, zu denen noch Claus zählt, der später eine Papiermühle besaß, entstammten gleichfalls einer angesehenen Straßburger Familie. Sie waren als Wollhändler tätig und besetzten in allen Generationen wichtige Positionen in der Stadtverwaltung. Ein Teil der Familie hatte im 15. Jahrhundert schließlich den Aufstieg ins Patriziat geschafft.[3]

Hans Riffes Familie gehörte ursprünglich zu den Gewandschneidern, war aber seit der Mitte des 14. Jahrhunderts vor allem mit Handel beschäftigt. Auch ihre Mitglieder besetzten regelmäßig wichtige politische Positionen. Ihr Reichtum zeigt sich in der Festsetzung der Kriegssteuer, da sie sowohl zum Unterhalt der teuren Hengste wie von Pferden verpflichtet waren (vgl. Kat.-Nr. GM 54). Hans, der Partner Gutenbergs, war 1443 Vogt von Kürnberg und Lichtenau. Wahrscheinlich unterhielt er auch als Lohnherr Werkstätten in Straßburg.

Sein Bruder Adam, dessen Siegel wir hier sehen, war 1428 und 1445 Ammeister. Andere Verwandte hatten eine klerikale Laufbahn eingeschlagen, etwa Andreas und Conrad, die beide als Kanoniker im Thomasstift lebten oder Arbogast und Jacob, die in der ersten Hälfte des 15. Jahrhunderts Pröpste im Kloster Arbogast waren. Durch sie könnte Hans Riffe mit dem in Arbogast lebenden Gutenberg bekannt geworden sein.[4]

S. W.

1 Alioth 1988, S. 467, 475 f., 480; NDBA, Bd. 8, S. 699.
2 Köster 1974, S. 87–101.
3 Kindler von Knobloch 1886, S. 114; NDBA, Bd. 16, S. 1479; Alioth 1988, S. 380 f., 464, 474 f., 481.
4 Kindler von Knobloch 1886, S. 265; NDBA, Bd. 31, S. 3216 f.; Alioth 1988, S. 481 f.

Literatur
Kindler von Knobloch 1886. – Köster 1974. – Alioth 1988. – Köster 1983. – NDBA.

GM 59

Aachener Pilgerzeichen

GM 59a (s. S. 126, Abb. 12)

Zweikreisiges Aachener Pilgerzeichen 14. Jahrhundert

Faksimile
Zinn
H. 8,2 cm, B. 5,6 cm
Gutenberg-Museum Mainz, GA 1597

GM 59b

Dreikreisiges Aachener Pilgerzeichen Erste Hälfte des 15. Jahrhunderts

Abguss auf einer Glocke aus Oberroßbach von 1450
H. 10,5 cm, B. 5,7 cm
Museum Wiesbaden, Sammlung Nassauischer Altertümer, Inv.-Nr. 26/9

Im Mittelalter zählte Aachen zu den großen Wallfahrtsorten in Deutschland. Im Zentrum der so genannten Aachener Heiligtumsfahrt stand die Verehrung von vier textilen Reliquien, dem Gewand Mariens, den Windeln und dem Lendentuch Jesu sowie dem Enthauptungstuch von Johannes dem Täufer. Seit der Mitte des 14. Jahrhunderts wurden die vier Reliquien alle sieben Jahre öffentlich gezeigt.[1] Zunächst fanden die Weisung der Heiligtümer noch innerhalb des Aachener Münsters statt. Als der Zustrom der Pilger immer größer wurde (mehrere Zehntausend an einem Tag), errichtete man ein eigenes Schaugerüst an der Außenfassade der Kirche.[2] Bei diesen Fernzeigungen konnten die meisten Wallfahrer die Reliquien nicht mehr deutlich erkennen (s. S. 125, Abb. 11). Dennoch riss der Strom der Pilger nicht ab, glaubten sie doch an eine wundertätige Fernwirkung der Objekte.

Wie an allen mittelalterlichen Wallfahrtsorten konnten die Gläubigen auch in Aachen Pilgerzeichen erwerben, die ihnen als äußeres Zeichen und Andenken der erfolgreich abgeschlossenen Wallfahrt dienten. Und obwohl diese kleinen Devotionalien zu Hunderttausenden verkauft wurden, haben sich nur wenige originale Stücke erhalten. Genaue Kenntnisse über das Aussehen und die stilistische Entwicklung der Aachener Zeichen verdanken wir jedoch der Tradition, diese Andenkenstücke als Schutzsymbole auf Glocken abzugießen.[3]

Schon die ältesten Pilgerzeichen haben ein zentrales Bildfeld in einem Rundrahmen. Darin zeigen zwei stehende Kleriker das auf einer Stange hängende Mariengewand, wie es bei der Aachener Turmzeigung üblich war. Darunter thront die Maria Aquensis. Im 14. Jahrhundert kam ein zweites Bildfeld mit einer Kreuzigungsszene hinzu (vgl. GM 59a).

Mit der Fernzeigung der Aachener Heiligtümer entwickelten sich die so genannten »Aachener Pilgerspiegel«. Diese hielt man während der Heiltumsweisungen hoch, da man glaubte, mit den »Spiegeln« die wundertätige Strahlung der Reliquien aufzufangen und nach Hause tragen zu können. Es handelt sich dabei allerdings nicht um Spiegel im modernen Verständnis, sondern um aus Blei oder Zinn gegossene durchbrochene kleine Platten, die seit der Mitte des 15. Jahrhunderts aus drei ineinander gefügten Kreisen bestanden. Im unteren Kreis die Maria Aquensis, über ihr das von Klerikern gehaltene Mariengewand; der oberste Kreis zeigt einen Christuskopf. Der kleinste mittlere Kreis enthielt den eigentlichen Spiegel (vgl. GM 59b).

Pilgerzeichen gehörten zu den ersten wirklichen Massenartikeln, ihre Produktion war äußerst gewinnbringend und daher auch streng reglementiert und meist auf den Wallfahrtsort beschränkt. Den ungeheuren Bedarf der Aachener Wallfahrer konnten die ortsansässigen Handwerker – vorwiegend Goldschmiede und Stempelschneider – mit den üblichen manuellen Herstellungsmethoden jedoch nicht decken. Während der Wallfahrt war es daher auch Fremden – innerhalb eines begrenzten Zeitraums – erlaubt, Pilgerzeichen zu produzieren und in Aachen zu verkaufen.[4]

Diese Ausnahmeregelung nutzte Gutenberg und gründete seine Gesellschaft zur Produktion von Aachenspiegeln, die für die Wallfahrt von 1439 bestimmt waren. Da der Absatz nur innerhalb einer bestimmten Frist möglich und mit großer Konkurrenz zu rechnen war, handelte es sich um ein finanziell riskantes Unternehmen. Dennoch hatte das Vorhaben Aussicht auf Erfolg, da Gutenberg wahrscheinlich eine von ihm entwickelte, rationellere Herstellungsmethode – eine Art Prägestanzverfahren – einsetzen konnte, die eine rasche und preiswerte Produktion versprach.[5]

S. W.

1 Katalog »Die Aachener Heiligtumsfahrt« 1993, S. 7; Stephany 1972, S. 142.
2 Köster 1972, S. 147.
3 Köster 1959, S. 77–91; Köster 1972, S. 149; Köster 1980, S. 1–28.
4 1466 wurden z. B. in Einsiedeln in 14 Tagen 130 000 Pilgerzeichen verkauft. Vgl. Köster 1972, S. 147. Vgl. auch Schmiedt 1994, S. 23.
5 Schmiedt 1994, S. 23; Köster 1983, S. 30f. und Anm. 30; vgl. Beitrag Wagner.

Literatur

Köster 1959. – Köster 1972. – Katalog »Rhein und Maas. Kunst und Kultur 800 bis 1400« 1972. – Stephany 1972. – Köster 1973. – Köster 1983. – Katalog »Die Aachener Heiligtumsfahrt« 1993. – Schmiedt 1994.

GM 60

Gutenberg nimmt beim St.-Thomas-Stift in Straßburg ein Darlehen auf 17. November 1442

Zeitgenössische Kopie im Salbuch des St.-Thomas-Stifts
Handschrift auf Papier
H. 39 cm, B. 28 cm
Archives municipales de Strasbourg, Frankreich, AST 627

Am 17. November 1442 verkaufte Gutenberg den Straßburger Stiftsherren von St. Thomas eine Rente über 80 Straßburger Pfund, die mit vier Pfund jährlichem Zins belastet war, d. h. Gutenberg nahm einen Kredit zu fünf Prozent Zinsen auf. Der Kontrakt wurde vor einem weltlichen Richter der Stadt Straßburg geschlossen und besiegelt. Das Stift trug eine Abschrift des besagten Vertrags in sein Kopialbuch ein.

Gutenberg galt im Thomasstift gewiss als kreditwürdig und rechtschaffen, hatte man ihn doch schon ein Jahr zuvor als Bürgen für einen Kredit des Edelmannes Johann Karle akzeptiert.[1] Dennoch musste Gutenberg – wie dies bei allen Krediten üblich war – zur Sicherheit eine seiner Mainzer Renten über 10 rheinische Goldgulden verpfänden (vgl. Kat.-Nr. GM 56) und einen Bürgen stellen. Sein Gewährsmann war der Straßburger Martin Brechter, Zunftmitglied bei den Tuchhändlern und Angehöriger einer alten Straßburger Färber- und Weberfamilie, die im 16. Jahrhundert unter den Constoflern und in der 1514 gegründeten Spiegelmacherzunft nachzuweisen ist.[2]

Es ist nicht überliefert, wie sich Gutenberg und Brechter kennen lernten und in welcher Beziehung sie zueinander standen. Vielleicht war auch Brechter an Gutenbergs Unternehmungen beteiligt. Zumindest war sein Vertrauen in Gutenbergs Tätigkeit und Redlichkeit anscheinend so groß, dass er die Bürgschaft übernahm und mit ihr die Verpflichtungen, für die Schulden Gutenbergs einzutreten, sollte dieser zahlungsunfähig werden. Tatsächlich geriet Brechter durch diese Bürgschaft – circa 15 Jahre später – in Schwierigkeiten. Als Gutenberg nach 1457 seine Zinsen nicht mehr zahlte, versuchten die Stiftsherren, Martin Brechter für Gutenbergs Schulden haftbar zu machen (vgl. Kat.-Nr. GM 152, 153 und 159).

S. W.

1 Abschrift des Kreditvertrages mit Johann Karle im selben Band, AST 627, fol. 293r; vgl. auch Beitrag Wagner.
2 Katalog »Gutenberg et les débuts de l'imprimerie« 1968, S. 8; Alioth 1988, S. 383.

Literatur

Schmidt 1860. – Schorbach 1900. – Katalog »Gutenberg et les débuts de l'imprimerie« 1968. – Alioth 1988.

GM 61

Gutenberg zahlt Zinsen an das St.-Thomas-Stift in Straßburg

GM 61a

Rechnungsbuch des St.-Thomas-Stifts für das Jahr 1445/46

Diß ist ein rechenunge der porten von füngihten anno xlv° vntz füngihten anno xlvj°
Handschrift auf Papier
ca. H. 30 cm, B. 22 cm
Archives municipales de Strasbourg, Frankreich, AST 825/17, 1445/46 Porta

GM 61b

Rechnungsbuch des St.-Thomas-Stifts für das Jahr 1456/57

Rechenung Cün Hans portten schaffener von Johannis // anno l. sexto vntz vff Johannis anno l septimo
Handschrift auf Papier
ca. H. 30 cm, B. 22 cm
Archives municipales de Strasbourg, Frankreich, AST 826/13, 1456/57 Porta

Schon früh hatten die Klöster angefangen, durch schriftliche Dokumentation ihre Buchführung zu belegen und auch Urkundentexte in Kopialbüchern zu sammeln.[1]
Die Rechnungseingänge und -ausgänge der Klöster wurden in gesonderten Büchern jahrgangsweise aufgeführt, für die man in St. Thomas dickere, einlagige Hefte mit ca. 20–25 Doppelblättern verwendete; Einnahmen und Ausgaben waren nach den jeweiligen Pfarrsprengeln aufgeteilt.[2]
In den noch erhaltenen Rechnungsbüchern finden wir Gutenbergs Name von 1444 bis 1457 unter der Rubrik Einnahmen mit 4 Pfund verzeichnet. Diese regelmäßigen Einzahlungen belegen, dass Gutenberg – während seines gesamten Straßburger Aufenthalts bis zwei Jahre nach dem Fustprozess – immer in der Lage war, seine Zinsen zu bezahlen.
Innerhalb der Rechnungsbücher ist Gutenberg ab 1444 im Sprengel *Thome* (St. Thomas) und nicht unter der Rubrik Arbogast, die gleichfalls in den Heften existiert, eingetragen. Man darf somit annehmen, dass er spätestens seit 1444 innerhalb der Stadtmauern, im Viertel um die Thomaskirche, lebte. Für Gutenbergs Umzug in die Stadt mögen zwei Gründe sprechen: Erstens war um 1444 die verabredete Genossenschaft »aventur und kunst« abgelaufen und zweitens trieb wahrscheinlich die herannahende Gefahr der Armagnaken Gutenberg hinter die sicheren Stadtmauern.[3]
S. W.

1 Vgl. Beitrag Fleischmann-Heck.
2 Schorbach 1900, S. 188 f.
3 Vgl. Kat.-Nr. GM 54 und GM 55.

Literatur
Schorbach 1900. – Katalog »Gutenberg et les débuts de l'imprimerie« 1968.

Gutenbergs Technik

GM 62

Prägen von Metall

Oberstempel für Hammerprägung zum Münzschlagen, mit der Nachbildung einer Münze
1520
Germanisches Nationalmuseum Nürnberg, Inv.-Nr. Sl St 1924

Die Prägung von Münzen mittels eines Stempels, der das Münzbild als vertieftes Relief aufwies, war schon seit antiker Zeit üblich und in Gutenbergs Umfeld sicher wohlbekannt. Diese Technik kann als Modell für das Abschlagen einer Matrize mittels eines Stempels per Hammerschlag gewertet werden.

E. H.-B.

GM 63 (Abb. rechts)

Das Schlagen von Münzen

Holzschnitt aus: Der Weisskunig
veranlasst von Kaiser Maximilian I., bearbeitet von Marx Treitzsaurwein,
mit Holzschnitten von Leonhardt Beck, Hans Burgkmair d. Ä., Hans Schäufelein
und Hans Springinklee
Wien: bei Johann Kurzböck, 1775
Privatbesitz

Dieses zu Lebzeiten des Kaisers nie vollendete Werk wurde erst im 18. Jahrhundert gedruckt und veröffentlicht. Es zeigt, neben Leben und Taten des Herrschers, Industrie und Handwerk des frühen 16. Jahrhunderts in sehr präzisen Darstellungen. Der Holzschnitt, der das Schlagen von Münzen darstellt, erläutert bildhaft, dass die Technik des Matrizenprägens mittels eines Stempels aus härterem Metall für andere Funktionen bereits eine übliche und gebräuchliche Verfahrensweise darstellte, die für die Herstellung von Matrizen nur noch modifiziert werden musste (vgl. Kat.-Nr. GM 72).

E. H.-B.

GM 64

Blindprägung des Buchbinders

Gutenberg-Museum Mainz, GM 1530 f 1

Wie dieser Einband des 15. Jahrhunderts zeigt, war nicht nur die Ornamentierung durch Einpressen erhitzter Metallstempel in die angefeuchtete Lederoberfläche üblich, die eine dauerhafte Blindprägung hinterließ, sondern auch das Einprägen einzelner Buchstabenstempel. Insofern war die Idee, Worte oder Wortkombinationen aus einzelnen Einheiten zusammenzusetzen, im Bereich der Buchherstellung nicht neu, als die »beweglichen Lettern« für den Druck entwickelt wurden.

E. H.-B.

GM 65

Gravierte Schließen und Metallbeschläge für den Bucheinband

Gutenberg-Museum Mainz

Metallbeschläge, die die Deckel des Einbands schützen sollten, und die Schließen, die den Buchblock zusammenhielten, wurden aus Messingblech geschnitten, getrieben und graviert, z. T. auch gegossen. Obwohl man in den meisten Fällen von »Massenware« sprechen kann, ist dennoch Erfahrung und Präzision im Umgang mit den Bearbeitungstechniken und das kunsthandwerkliche Geschick in der Ausführung sichtbar.

E. H.-B.

GM 66

Gussform für Metall

Metallguss war im Mittelalter eine weit verbreitete Technik. Sehr oft wurde das Sandgussverfahren angewendet, bei der die Gussform (Negativform) bei jedem Guss zerstört wurde, es gab aber auch den Guss in festen Formen, wie z. B. bei in Stein geschnittenen Gussformen für Zierbeschläge aus Zinn- oder Messinglegierungen. Es waren jeweils zwei sich ergänzende Formen nötig, die während des Gusses zusammengefügt wurden und nach Erstarren des Metalls auseinander genommen wurden.

E. H.-B.

Abb. GM 63

GM 67

Schmelzen von Metallen

Georgius Agricola
Vom Bergkwerck. 12 Bücher darinnen alle Empter / Instrument / Bezeuge / und alles zu diesem handel gehörig / mitt schönen figuren vorgebildet / und klärlich beschriben …
Basel: Hieronymus Froben und Niclaus Bischoff, 1557
491 pag. S. – 286 Holzschnittillustrationen, davon 62 von Hans Rudolf Manuel Deutsch
4°
Museum für Angewandte Kunst Frankfurt a. M., Linel-Slg. L.B. 47

Agricolas Werk ist die umfassendste Darstellung des Berg- und Hüttenwesens seiner Zeit. Der Autor bemüht sich stets um möglichst konkrete Angaben in Wort und Bild, so dass man eine genaue Vorstellung von den in der Praxis benutzten Maschinen und Instrumenten sowie den metallurgischen Verfahren gewinnen kann.
Georg Bauer, latinisiert Agricola, 1495–1555, war Stadtphysikus in Joachimsthal im Erzgebirge, einem Zentrum des Silberbergbaus. 1552 übernahm er in Chemnitz die Positionen des Stadtarztes und vorübergehend auch Bürgermeisters.
Sein Buch erschien 1556 auf Lateinisch und ein Jahr später auf Deutsch. In Buch 8 geht er auf die Erzbereitung ein, in Buch 9 auf das Erzschmelzen. Agricolas empirische Forschungen stellen die grundlegende Abhandlung zum Bergbau seiner Zeit dar. Diese Illustrationen sollen den hohen Stand der Metallverhüttung und -bearbeitung andeuten, der im späten Mittelalter bereits erreicht worden war.
E. H.-B.

Literatur
Weber, Bruno: »In absoluti hominis historia persequenda«. Über die Richtigkeit wissenschaftlicher Illustration in einigen Basler und Zürcher Drucken des 16. Jahrhunderts. In: GJb 1986, S. 101–146. – Katalog »Fünf Jahrhunderte Buchillustration« 1987, Nr. 95. – Prescher 1985.

GM 68 (s. S. 163, Abb. 12)

Der Schriftgießer

Holzschnitt aus Hans Sachs: Eygentliche Beschreibung Aller Stände auff Erden
Frankfurt a. M.: Georg Rab für Sigmund Feyerabend, 1564
114 achtzeilige Strophen von Hans Sachs mit ebensovielen Holzschnitten von Jost Amman
4°; Holzschnitt: H. 8 cm, B. 6 cm
Gutenberg-Museum Mainz

Der Reißer (= Zeichner) Jost Amman, 1539 in Zürich geboren, trat 1561 in die Werkstatt von Virgil Solis in Nürnberg ein und übernahm sie nach dem Tod des Meisters 1562. Amman blieb bis zu seinem Tode 1591 in Nürnberg. In den Holzschnitten des Ständebuchs ist er bemüht, die Arbeitsvorgänge möglichst umfassend vorzuführen. Auch die Geräte sind wiedergegeben, wobei der kleine Maßstab häufig genaue Darstellung verhindert. Die flaschenförmige Gestalt des Handgießinstruments im Holzschnitt des Schriftgießers führte zu verschiedenen Interpretationen über die Entwicklung der Gießinstrumente (vgl. Kat.-Nr. GM 81–84).
Die früheste Abbildung eines Schriftgießers ist in einem Holzschnitt überliefert, den der Genter Drucker Joost Lambrecht 1545 verwendete und der Anthony Scoloker 1548 als Druckermarke diente. Die winzige, stark vereinfachte Darstellung lässt jedoch keine Details erkennen.
E. H.-B.

Literatur
Katalog »Fünf Jahrhunderte Buchillustration« 1987, Nr. 101.

DE LETTERGIETER. 339

DE Letters en Schriften waarmeede de Boeken gewoonlyk gedrukt worden, wierden in 't eerſte beginſel der Drukkeryen van hout gemaakt, en dat niet alleen by enkelde Letters, maar ſe beſtonden uit gantſche woorden, naderhandt maakte

Y 2 men

GM 69

Schriftgießerei

Radierung aus Jan Luyken: Spiegel van het menschlyk' Bedriyt
Amsterdam 1694
H. 9 cm, B. 8 cm (Bildfläche)
Gutenberg-Museum Mainz, GM Ausst. 63.71

Der Schriftgießer am Gießofen beim Gießen rechts. Links schleift eine Frau die gegossenen Lettern, indem sie die Grate auf einer Steinplatte durch Hin- und Herreiben auf einem Schleifstein entfernt.

E. H.-B.

GM 70
Stempelschnitt

Kupfertafel aus Pierre-Simon Fournier: Manuel Typographique, Utile aux gens de lettres, tome II.
Paris 1766
H. 16,3 cm, B. 20 cm
Gutenberg-Museum Mainz, 18/1328

Zu sehen sind die Werkzeuge des Stempelschneiders.
E. H.-B.

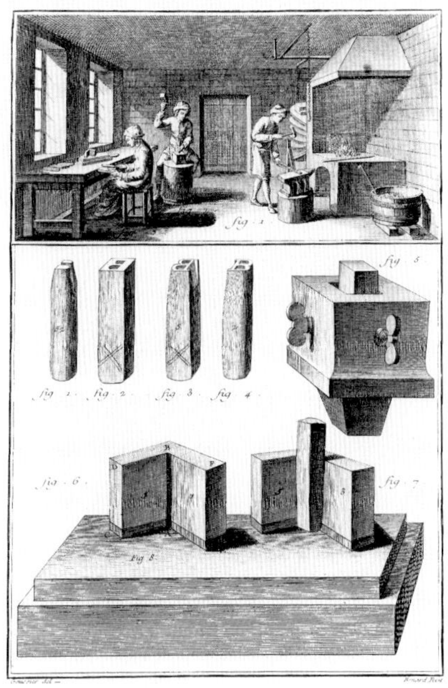

Fonderie en caracteres

GM 71
Stempelschnitt

Kupferstich aus Diderot & d'Alembert: Encyclopédie
Paris, zweite Hälfte des 18. Jahrhunderts
H. 40 cm, B. 20 cm
Gutenberg-Museum Mainz, Inv.-Nr. GM 92.958/2 GS

Unterhalb der Werkstattdarstellung links eine Punze, ein Hilfsstempel zur Herstellung des eigentlichen Stempels, daneben der Stempel in drei Stadien der Bearbeitung. Daneben und darunter Hilfsgeräte (Kluppe), um den Stempel beim Bearbeiten bzw. beim Abschlagen zu halten und zu führen, der Abziehblock diente zum Planschleifen der Stempeloberfläche.
E. H.-B.

GM 72
Abschlagen des Stempels

Radierung aus Christian Gottlob Täubel: Allgemeines theoretisch-practisches Wörterbuch der Buchdruckerkunst und Schriftgießerey, Bd. 3
Wien 1809
Nachdruck der TH Darmstadt, 1986
H. 21,5 cm, B. 17,6 cm
Gutenberg-Museum Mainz

Herstellung der Matrizen durch Abschlagen des Stempels in das weichere Metall.
E. H.-B.

GM 73
Gießen von Schrift

Christian Gottlob Täubel: Allgemeines theoretisch-practisches Wörterbuch der Buchdruckerkunst und Schriftgießerey, Bd. 2
Wien 1805
Radierung (Frontispiz)
H. 19 cm, B. 16,5 cm
Gutenberg-Museum Mainz, Inv.-Nr. Mori 6/85

Der linke Gießer taucht den Gießlöffel in das flüssige Schriftmetall, der rechte schlägt das Gießinstrument mit der Feder zum Festhalten der Matrize auf den Rand des Schmelzofens auf, so dass das Metall in die feinsten Vertiefungen der Matrize eindringt und ein blasenfreier Gusskörper (ohne Lunkern) entsteht. Bei größeren Schriftgraden nennt man das Aufschlagen »Anstoßen«. Vom Gehilfen ganz rechts werden Grate am Letternkörper entfernt.
E. H.-B.

GM 74
Ein Satz Stempel für eine Frakturschrift

19. oder frühes 20. Jahrhundert
Stahl
L. ca. 5,5 cm
Gutenberg-Museum Mainz

GM 75
Schachtel zum Bewahren von Stempeln

Spanholz, mit Papierschild beklebt
Plantin-Moretus-Museum Antwerpen, V.V. 1.5.204 Inv.-Nr. 8852

Die Stempel zum Matrizenschlagen, der kostbarste Besitz des Schriftgießers, wurden traditionell in einer runden oder ovalen Spanschachtel aufbewahrt, von denen sich noch einige in der Druckerei-Schriftgießerei des Verlagshauses Plantin-Moretus (seit 1876 Museum) erhalten haben. Der etwas rätselhafte Gegenstand, den Gutenberg auf den postumen Porträts in den Werken Thevets und Moxons in der linken Hand hält, ist sicherlich – möglicherweise vom Grafiker missverstanden – in der verlorenen Vorlage für beide Bildnisversionen als eine solche Schachtel gemeint gewesen (s. Kat.-Nr. GM 76).

E. H.-B.

Literatur

Painter 1965, S. 73–79.

GM 76
Ältester Porträttypus Gutenbergs

Kupferstich aus Joseph Moxon: Mechanick Exercises on the whole Art of Printing
London 1683/84 (vgl. Kat.-Nr. GM 116)
Gutenberg-Museum Mainz, 18/3574

Die Gutenberg-Darstellung in Moxons Druckerhandbuch geht auf dieselbe Bildquelle zurück, nach der auch der frühere Kupferstich in Thevets »Lebensbeschreibung illustrer Männer« (1584) geschaffen wurde.

E. H.-B.

GM 77
Matrizen

Gutenberg-Museum Mainz

Die Matrize in den Stadien ihrer Herstellung: Kupferrohling, nach dem Abschlag (das Material des Matrizenblocks verformt sich) sowie justierte und oberflächengeglättete Matrize.

E. H.-B.

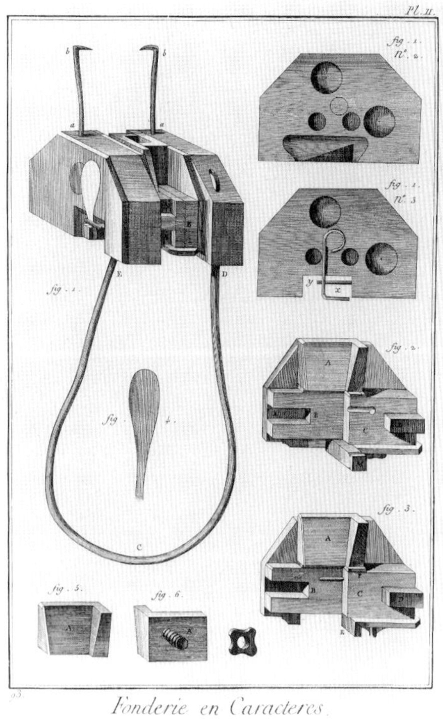

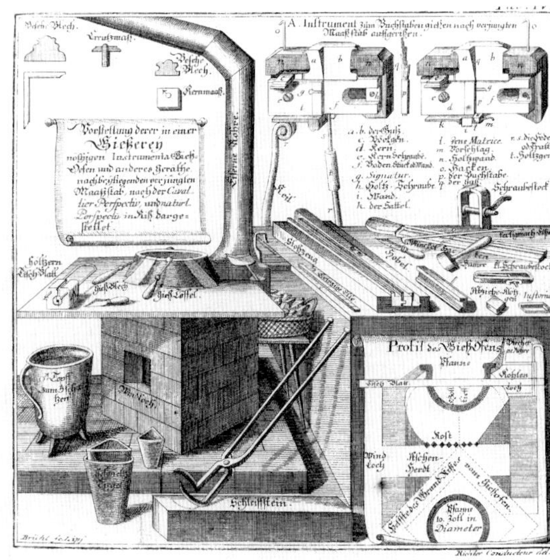

GM 78

Gießinstrument

Kupferstich aus Diderot & d'Alembert: Encyclopédie
Paris, 2. Hälfte des 18. Jahrhunderts (1772)
H. 11 cm, B. 27 cm
a. Gutenberg-Museum Mainz, GM 93.160/3 GS
b. Gutenberg-Museum Mainz, GM 93.160/4 GS

Die beiden Darstellungen rechts unten in diesem Kupferstich zeigen, wie durch die Innenform des Gießgerätes eine Verengung des Gießkanals zum Erzielen einer »Sollbruchstelle« erreicht wird.

E. H.-B.

GM 79

Gießofen

Kupferstich aus Christian Friedrich Geßner/Johann Georg Hager:
Die so nöthig als nützliche Buchdruckerkunst und Schriftgießerey. Thl. I
Leipzig 1740
Einzelblatt
Gutenberg-Museum Mainz, GM 92.1499 GS

Das Schriftmetall wird in einer »Pfanne«, einem runden Metallgefäß, geschmolzen, die in einen gemauerten Windofen eingelassen ist. Dieser wurde in früherer Zeit vorwiegend mit Holzkohle beheizt. In der Pfanne, die etwa einen halben Zentner des Schriftmetalls aufnehmen konnte, sollte die Legierung fortwährend gleichmäßig flüssig gehalten werden, damit sie in kleinen Portionen mit den Gießlöffeln entnommen und zum Guss verwendet werden konnte. An einem Ofen arbeiteten oft mehrere Schriftgießer.

E. H.-B.

Literatur

Wilkes 1990, S. 96 ff.

GM 80

Zwei Gießlöffel

Metall, Holz
Plantin-Moretus-Museum Antwerpen, Inv.-Nrn. 9050 und 9052

Gießlöffel sind in ihrem Volumen der Größe des jeweiligen Gießraumes eines Handgießgerätes angepasst; sie fassen nur wenig mehr, als der Gießraum aufnehmen kann. Das Handgießgerät musste dem gewünschten Schriftgrad entsprechen. Ein übliches Sortiment von Gießlöffeln bestand in späteren Jahrhunderten aus zwölf Stück. Gelegentlich wurden auch Gießinstrumente verwendet, bei denen sich der so genannte Kern (der dem Schriftgrad entsprach) auswechseln ließ. Im Allgemeinen gab es jedoch für jeden Grad ein Instrument.
E. H.-B.

Literatur
Prechtl 1850, S. 518. – Wilkes 1990, S. 94 ff. – Mosley 1991, S. 61–80.

GM 81 (Abb. rechts)

Rekonstruktion der frühesten Gießgeräte

Eugène Duverger
Histoire de l'invention de l'imprimerie par les monuments. Album typographique exécuté à l'occasion du Jubilé Européen de l'imprimerie
Paris 1840
Gutenberg-Museum Mainz, 18:2°/689

Der Pariser Buchdrucker Duverger versuchte, anlässlich des Jubiläumsjahres der Buchdruckerkunst 1840 die frühen Erzeugnisse der Buchdruckerkunst nach technischen Gesichtspunkten zu analysieren. Aufgrund des Erscheinungsbildes der Typografie in den Donaten und in der 42-zeiligen Bibel folgerte er, dass Gutenbergs erstes Gießgerät noch unzulänglich gewesen sein musste. Da die Donate unterschiedliche Schrifthöhen aufwiesen, meinte er, dass der für das Gießen notwendigerweise entstehende Anguss-zapfen noch auf eine gleichmäßige Höhe der Letter hin abgesägt werden musste.
Beim späteren, »verbesserten« Gießgerät wurde durch die Innenform des Gießgeräts eine Art »Sollbruchstelle« eingeführt, dadurch wurde die Endhöhe des Letternkörpers durch das Gießgerät bestimmt und blieb so immer gleich.
E. H.-B.

Literatur
Wilkes 1990, S. 79.

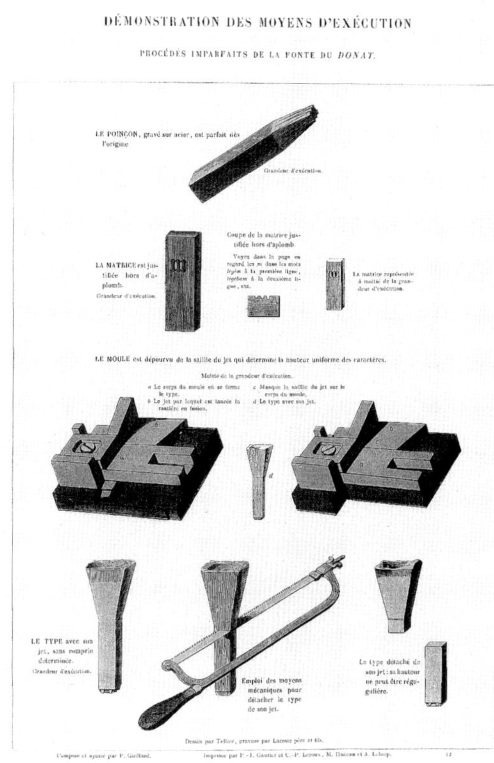

Abb. GM 81

GM 82

Handgießgerät

1784
Metall
Gutenberg-Museum Mainz

Metallhälften eines Handgießgeräts von 1784 (Jahreszahl eingeschlagen), ohne die hölzerne Verkleidung. Eingeschlagen das Monogramm »C. E. S.« und »No. 7.«
E. H.-B.

GM 83
Handgießgerät
18. Jahrhundert
Plantin-Moretus-Museum Antwerpen, V.V. 13.271 Inv.-Nr. 8583

GM 84 (s. S. 162, Abb. 10, 11)
Handgießgerät
1850
Deutsches Museum München, Abteilung Druckgeschichte, Inv.-Nr. 32854.000

Das Handgießgerät aus dem Bestand der 1827 gegründeten Schriftgießerei Zancker in Nürnberg, datiert (Jahreszahl eingeschlagen) 1850. Dieses Gerät ist eines von zweien, die dem Deutschen Museum Anfang des 20. Jahrhunderts übergeben wurden. Es besteht aus Messing und Holz, mit Zangen, der Bügel ist mit Schnur umwickelt, Schrifthöhe 24 mm.
Die meisten noch erhaltenen Gießgeräte sind schwer datierbar, denn die Bauweise war von der Funktion her bedingt weitgehend gleich. Der vorhandene Hinweis auf die Entstehungs- und Gebrauchszeit ist daher recht hilfreich. Das andere, hier nicht gezeigte Gießgerät von Zancker ist datiert 1828. Beide unterscheiden sich nur geringfügig voneinander.
E. H.-B.

GM 85
Lettern
Gutenberg-Museum Mainz

Lettern verschiedener Schriften und Schriftgrade, mit und ohne Angusszapfen, darunter eine Letter, die möglicherweise im frühen 17. Jahrhundert gegossen und bei Ausgrabungen auf Mainzer Gebiet im Bereich des Domes gefunden wurde.
E. H.-B.

Literatur
Pelgen 1996, S. 182–208.

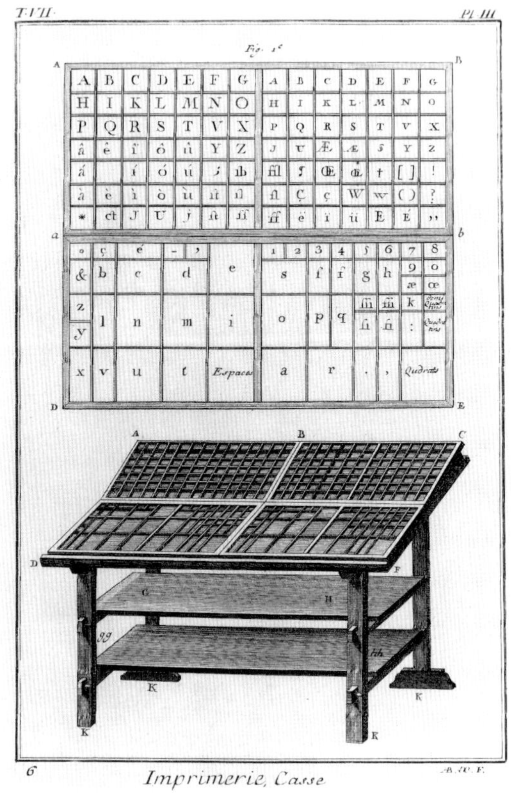

GM 86
Setzkasten
Kupferstich aus Diderot & d'Alembert: Encyclopédie
Paris, zweite Hälfte des 18. Jahrhunderts
H. 40,5 cm, B. 26 cm
Gutenberg-Museum Mainz, GM 92.957/9 GS

Die Aufteilung der Fächer war abhängig von Schriftart (z. B. Fraktur oder Antiqua) und nationalen Unterschieden. Größe und Belegung der Fächer richtete sich nach der anteilig benötigten Menge an Typen. Die Typen, die am häufigsten gebraucht werden, lagen in unmittelbarer Nähe zum Setzer.
E. H.-B.

GM 87

Setzkasten

Radierung (Frontispiz) aus Christian Gottlob Täubel: Allgemeines theoretisch-practisches Wörterbuch der Buchdruckerkunst und Schriftgießerey, Bd. 2
Wien 1805
H. 17 cm, B. 17,5 cm
Gutenberg-Museum Mainz, 18/3800

GM 88

Setzkasten

Gutenberg-Museum Mainz 18:4°/2184

Rekonstruktion eines Setzkastens mit Fächern für einen größeren Typenapparat, wie er in der Frühdruckzeit nötig gewesen wäre. Die Rekonstruktion basierte auf Angaben des Privatforschers Gustav Mori (1872–1950).
Mori richtete sich nach einer aus Linien gesetzten Darstellung eines Schriftkastens des 15. Jahrhunderts, der in einer Probe der ältesten Schriften der französischen Nationaldruckerei (Imprimerie Nationale) von 1821 wiedergegeben war, »welche entsprechend vergrößert die genauen Maße ergab«. Zwei dieser Setzkästen blieben im Gutenberg-Museum Mainz, einer ging an das Deutsche Museum in München (1923).
E. H.-B.

Literatur
Mori 1945, S. 34.

GM 89

Typenapparat der 42-zeiligen Bibel

Schematische Darstellung

Die systematische Anordnung der 290 Figuren macht die vielfachen Varianten einzelner Buchstaben und Ligaturen sowie Abbreviaturen besonders deutlich. Nach der Zusammenstellung von Gottfried Zedler.
E. H.-B.

GM 90

Typenapparat der 36-zeiligen Bibel

Die schematische Darstellung zeigt im Vergleich zur B42 den geringeren Aufwand an Varianten. Nach der Zusammenstellung von Gottfried Zedler.
E. H.-B.

GM 91

Winkelhaken

Holz
Plantin-Moretus-Museum Antwerpen, V.V. 2.1.12

Winkelhaken unterschiedlicher Länge standen dem Setzer zur Verfügung, die später von verstellbaren Konstruktionen abgelöst wurden, von denen wir nicht wissen, seit wann sie in Verwendung kamen. Der Winkelhaken wird mit der Linken gehalten, die Zeilen werden von links nach rechts in normaler Schreib- bzw. Leserichtung, aber »über Kopf« – da die Lettern seitenverkehrt sind – gesetzt.
E. H.-B.

GM 92

Schiff mit ausgebundener Druckform

Holz, Metalllettern, Schnur
Gutenberg-Museum Mainz

Vom Winkelhaken wurden die gesetzten Zeilen auf das Schiff gehoben und dort, war die Druckform für eine Seite vollständig, mit Schnur ausgebunden, so dass der Satz nicht auseinanderfallen konnte. Da die Form geschoben wurde, um zu verhindern, dass Lettern herausfallen konnten, hat das Schiff nur an drei Seiten stützende Begrenzungsleisten.
E. H.-B.

GM 93
Rekonstruktion der Form einer Seite der B42

Gutenberg-Museum Mainz

Diese Satzrekonstruktion aus Einzellettern wurde von der Schriftgießerei Daniel Stempel in Frankfurt a. M. geschaffen. Die Seite wurde fotomechanisch auf Holz übertragen und ausgefräst, anschließend im Sandgussverfahren in Bronze gegossen und zerlegt. Mit den Einzelbuchstaben wurden Bleimatern abgeschlagen. Guss mit Handinstrument. Im Gegensatz zum Original sind nicht alle Varianten des Typenapparates verwendet worden. Dennoch vermittelt diese Rekonstruktion und ihr Abdruck eine Vorstellung von den Druckformen für die so genannte Gutenberg-Bibel.

E. H.-B.

GM 94
Rekonstruktion der Form einer Seite der B36

Gutenberg-Museum Mainz

Wie die vorhergehende Katalognummer wurde auch diese Druckseite 1914 für die erste internationale Ausstellung für Buchgewerbe und Graphik in Leipzig geschaffen (vermutlich von der Schriftgießerei Berthold in Berlin). Die Lettern entsprechen den so genannten Donat-Kalender-Typen aus Gutenbergs Werkstatt, woraus sich die Verbindung zwischen Gutenberg und der vermutlich in Bamberg gedruckten 36-zeiligen Bibel ableitet.

E. H.-B.

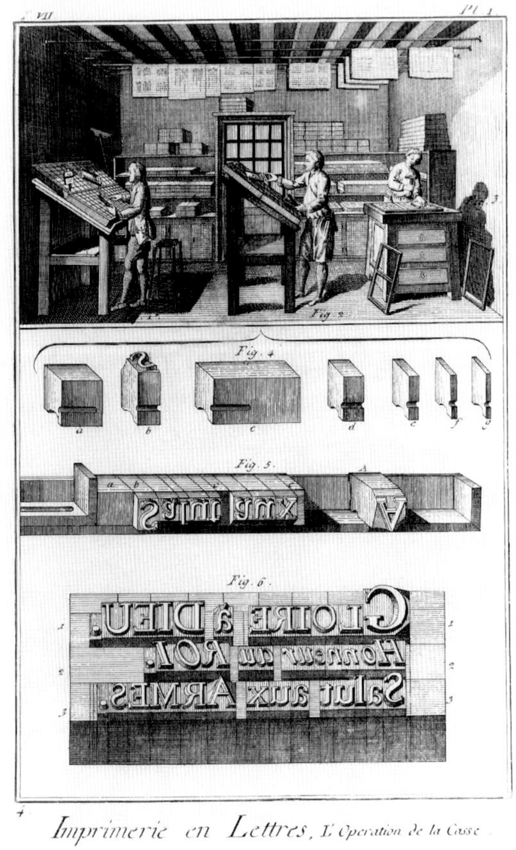

GM 95
Winkelhaken und Satzmaterial

Kupferstich aus Diderot & d'Alembert: Encyclopédie
Paris, zweite Hälfte des 18. Jahrhunderts
H. 41 cm, B. 26 cm
Gutenberg-Museum Mainz, GM 92/957/7 GS

Unterhalb der Werkstattdarstellung einer Setzerei des 18. Jahrhunderts Darstellung von Blindmaterial verschiedener Stärke und von Lettern, darunter ein halb gefüllter Winkelhaken. Der Satz unten mit Kapitälchen.

E. H.-B.

GM 96

Druckerei mit Setzerei

Kupferstich aus Christian Friedrich Geßner und Johann Georg Hager: Die so nöthig als nützliche Buchdruckerkunst und Schriftgießerey. Thl. I (linke Hälfte)
Leipzig 1740
H. 17,5 cm, B. 19,5 cm
Gutenberg-Museum Mainz, 18/608

Die Aufstellung der Satzregale mit schräg gestellten Kästen der gerade benötigten Schriften erfolgte aus raumsparenden und arbeitsökonomischen Gründen in so genannten »Gassen«.

E. H.-B.

GM 97

Form für Farbdruck

Gutenberg-Museum Mainz

Nachbildung einer Form des »Mainzer Psalters« von 1457. Initialen, Lombarden (Satzanfänge) und der Text insgesamt sind gedruckt, während allein die Noten nachträglich per Hand eingetragen wurden.

Fust und Schöffer druckten die ersten und für lange Zeit einzigen Zierbuchstaben in mehrfarbiger Ausführung in den Psalterien der Jahre 1457 und 1459. Sie sind, ebenso wie die Schöffersche Druckermarke, in Metall geschnitten, während in späterer Zeit Initialen durchweg von Holzstöcken gedruckt wurden.

Die Rekonstruktion dieser Form einer Psalterseite geht zurück auf Forschungen von Heinrich Wallau.

E. H.-B.

Literatur

Wallau 1900, S. 261–304.

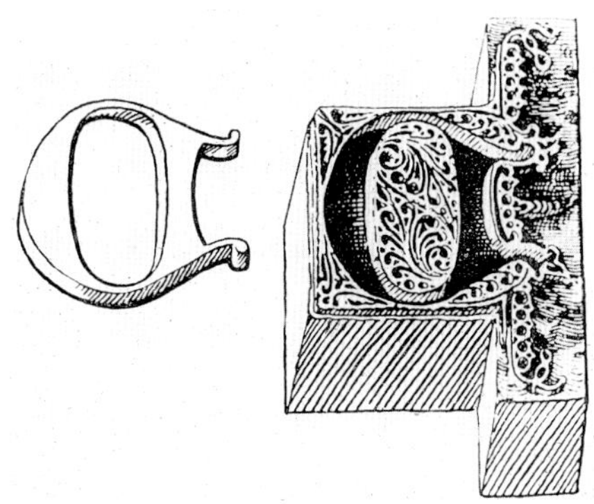

GM 98

Druckformen für Farbdruck

Gutenberg-Museum Mainz

Nachbildungen von Metallschnitten für den Farbdruck der Initialen des Mainzer Psalters. Die ineinanderpassenden Einzelteile werden gesondert voneinander in Blau und Rot eingefärbt, zusammengeführt und wieder in den Satz eingefügt. Anschließend wird die Form in einem Zug gedruckt.

E. H.-B.

GM 99

Mehrfarbig gedruckte Seite

Gutenberg-Museum Mainz

Abdruck der rekonstruierten Form nach einer Seite des Mainzer Psalters auf einem Blatt Pergament. Gustav Mori hatte, in Anlehnung an die rekonstruierte Seite der 42-zeiligen Bibel (Kat.-Nr. GM 93) 1937 den erforderlichen Apparat der kleinen und großen Psaltertype einschließlich der zweifarbigen Initialen durch fotomechanische Übertragung auf Holz, Fräsung, Sandguss in Bronze, Bleimatrizen und Handguss erstellen lassen und damit auch den nur 24 Seiten umfassenden »Canon missae« als Sonderdruck der Schriftgießerei D. Stempel AG herstellen lassen. Vorlage war das Exemplar der heutigen Landesbibliothek Darmstadt, die auch die Probedrucke sowie den Schriftwechsel zwischen D. Stempel und dem Bibliotheksdirektor bewahrt.
E. H.-B.

Literatur
Mori 1941, S. 59–67.

GM 100

Druckvorlage

Fragment einer Handschrift
11. Jahrhundert
Hessische Landes- und Hochschulbibliothek Darmstadt, HS 42 16 (22)

Der Text über den Trojanischen Krieg wurde im 15. Jahrhundert mit Markierungen für den Setzer versehen.
E. H.-B.

GM 101

Inkunabel nach einem Text des 11. Jahrhunderts

Erstdruck eines Werkes über den Trojanischen Krieg
Köln, um 1471/72
Hessische Landes- und Hochschulbibliothek Darmstadt, Inc. II, 124
GW 7986 und 8324

Im 15. Jahrhundert wurde die in Kat.-Nr. GM 100 aufgeführte Handschrift des 11. Jahrhunderts in zwei Kölner Erstdrucken als Druckvorlage benutzt. Die Zusammengehörigkeit beider Texte (Kat.-Nr. GM 100 und 101) wurde von Bibliothekar Dr. Kurt Hans Staub entdeckt.
E. H.-B.

Literatur
Staub 1997, S. 53–62.

GM 102 (Abb. rechts)

Setzer-Abschnitt

Tambaco, Consolatio theologica
Mainz: Peter Schöffer, um 1470
Gutenberg-Museum Mainz, StB Ink a 141

Oft begann man im 15. Jahrhundert den Druck eines Werkes gleichzeitig an mehreren Stellen. Gingen zwei Abschnitte dann nicht Seite in Seite auf, so half man sich durch Zusammendrängen des Satzes mittels der vielen Abkürzungszeichen, zog den Satz auseinander oder half sich durch Verwendung einer größeren Schrift, um so den Anschluss wieder zu finden.
E. H.-B.

GM 103

Stützsatz

Prosper Aquitanus, Epigrammata
Mainz: P. Friedberg 1494
Gutenberg-Museum Mainz, StB Ink 1315

Wenn der Satzspiegel durch den Text auf einer Seite nicht ausgefüllt wurde, wurde bei der Einrichtung der Form häufig Satzmaterial verwendet, das die Höhe der druckenden Form hatte, aber nicht eingefärbt wurde. So wurde das Papier glatt in einer Ebene gehalten und nicht in die Vertiefung gedrückt.
E. H.-B.

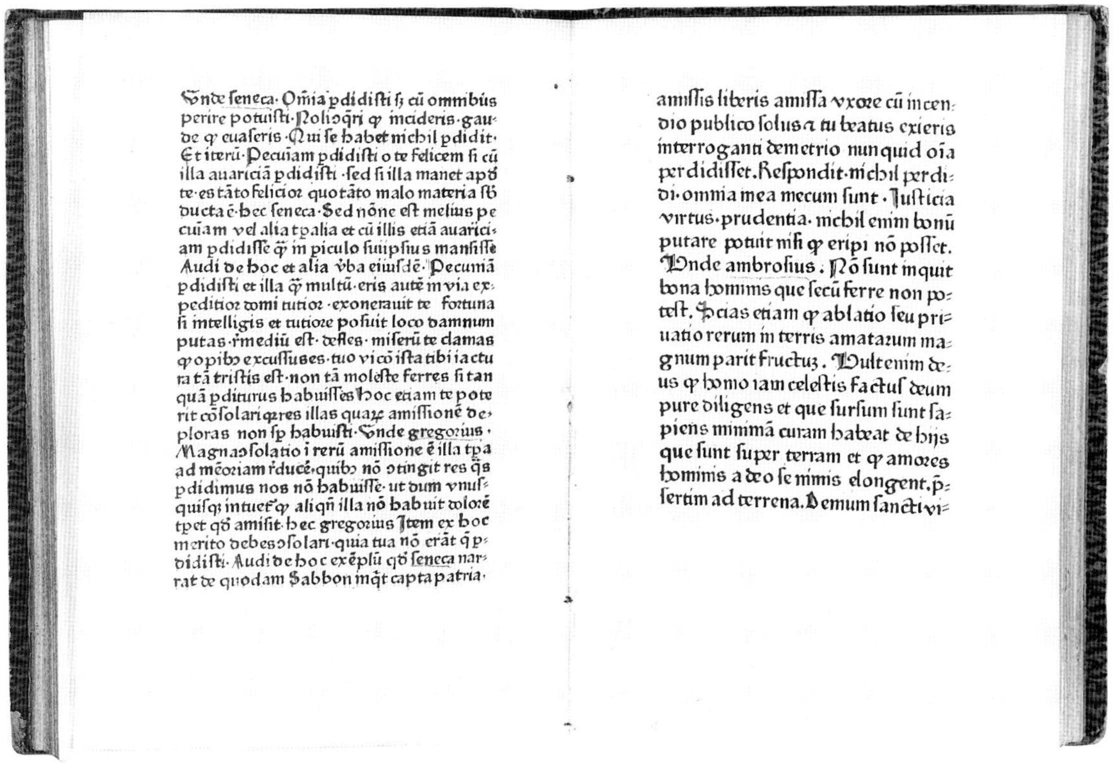

Vnde seneca· Oĩa pdidisti s; cũ omnibus
perire potuisti· Noli dolere q incideris· gau-
de q euaseris· Qui se habet michil pdidit·
Et iterũ· Pecuniam pdidisti o te felicem si cũ
illa auariciã pdidisti· sed si illa manet apd
te· es tãto felicior quo tãto malo materia sb
ducta ẽ· hec seneca· Sed nõne est melius pe
cuniam vel alia tpalia et cũ illis etiã auarici-
am pdidisse q in piculo suipsius mansisse
Audi de hoc et alia vba eiusdẽ· Pecuniã
pdidisti et illa q multũ· eris autẽ in via ex-
peditior domi tutior· exonerauit te fortuna
si intelligis et tutiore posuit loco dampnum
putas· rmediũ est· defles· miserũ te clamas
q opib9 excussus es· tuo vicõ ista tibi iactu
ra tã tristis est· non tã moleste ferres si tan
quã pditurus habuisses hoc etiam te pote
rit cõsolari q res illas quaz amissionẽ de-
ploras non sp habuisti· Vnde gregorius·
Magna ɔsolatio i rerũ amissione ẽ illa tpa
ad mẽoriam rducẽ· quib9 nõ ɔtingit res qs
pdidimus nos nõ habuisse· ut dum vnus-
quisq; intuet q aliqñ illa nõ habuit dolorẽ
tpet qd amisit· hec gregorius Item ex hoc
merito debes ɔsolari· quia tua nõ erãt q p-
didisti· Audi de hoc exẽplũ qd seneca nar-
rat de quodam Sabbon inqt capta patria·

amissis liberis amissa vxore cũ incen-
dio publico solus et tu beatus exieris
interroganti demetrio nunquid oĩa
perdidisset. Respondit· michil perdi-
di· omnia mea mecum sunt· Iusticia
virtus· prudentia· michil enim bonũ
putare potuit nisi q eripi nõ posset.
Vnde ambrosius. Nõ sunt inquit
bona hominis que secũ ferre non po-
test. Scias etiam q ablatio seu pri-
uatio rerum in terris amatarum ma-
gnum parit fructuz. Vult enim de-
us q homo iam celestis factus deum
pure diligens et que sursum sunt sa-
piens minimã curam habeat de hijs
que sunt super terram et q amores
hominis a deo se nimis elongent. p-
sertim ad terrena. Demum sancti vi-

Abb. GM 102

GM 104

Modell einer Papierpresse

Modellbau: Technik und Design, Gabriel Schneck, München
Holz
H. 80 cm
Gutenberg-Museum Mainz

In der Papierpresse, die ebenfalls auf dem Prinzip der Spindel beruhte, entwässerte man schon vor der Zeit des Buchdrucks in Europa die gegautschten, d.h. von der Schöpfform, dem Sieb, auf Filztücher übertragenen Papierbogen. Sie wurden dadurch von ihrem hohen Wassergehalt, der noch über 50% betrug, befreit. Um die Spindel zu drehen, benutzte man wie später bei der Druckerpresse einen Holzprügel oder »Bengel«, der im Gegensatz zur Buchdruckerpresse allerdings mehrfach umgesetzt (neu eingesteckt) werden musste.

E. H.-B.

Literatur

Katalog »Papier« 1986, S. 66f.

GM 105

Modell einer Ölpresse

Modellbau: Technik und Design, Gabriel Schneck, München
Holz
H. 80 cm
Gutenberg-Museum Mainz

Das Prinzip der Buchdruckerpresse ist uralt. Spindelpressen wurden schon seit dem Altertum für das Pressen von Textilien, von Wein, Öl u.a. eingesetzt. Dieses Modell gibt eine Ölpresse wieder, wie sie im 15./16. Jahrhundert gebraucht wurde. Der Druck wurde durch die Drehbewegung der Spindel nach unten ausgeübt.

E. H.-B.

GM 106

Druckermarke des Dirk van der Borne, Deventer

Rutgerus Sycamber
Letania ad omnes sanctos
Deventer: Theodericus de Borne, 1514
Stadtarchiv Soest, NK 3826

Die Druckermarke auf dem Titelblatt greift in ihrer Gesamtanlage die des Jodocus Ascensius Badius auf, erscheint im Einzelnen jedoch eigenständig. Van der Borne war von 1510–1519 im niederländischen Deventer tätig. Außer dem Setzer, dem Gesellen oder Ballenmeister und dem Drucker ist rechts ein Korrektor mit einem Druckbogen zu erkennen. Der Karren der Presse wird mittels einer Kurbel bewegt. Die Darstellungen solcher Druckermarken geben vor allem das Atmosphärische einer Druckwerkstatt wieder, sind also nicht als verbindliche Information auszuwerten.
E. H.-B.

Literatur
Horodisch 1974, S. 188f.

GM 107 (Abb. rechts)

Technische Darstellung einer Druckerpresse

Kupferstich mit italienischer Überschrift »Buchdruckerpresse« aus Vittorio Zonca: Novo teatro di Machine ed Edificii
Padua: Pietro Bertelli, 1607
Museum für Angewandte Kunst Frankfurt a. M., Linel-Sammlung LBZ 505

Dieses Werk über technische Errungenschaften der Zeit geht zum ersten Mal über eine allgemeine Werkstattbeschreibung hinaus. Im Vordergrund sind Einzelteile der Presse gut erkennbar dargeboten, u. a. ein Schließrahmen, Kurbel und Rolle zum Bewegen des Karrens, die Büchse, Druckerballen und der Deckel mit Rähmchen im offenen wie im geschlossenen Zustand.
E. H.-B.

Literatur
Dieterichs 1930, S. 29f.

GM 108

Druckwerkstatt, Druck von Folioformaten

Kupferstich aus Sigmund von Birken: Spiegel der Ehren des Hochlöblichen Kayser- und Königlichen Erzhaus Oesterreich
Nürnberg: Endter, 1668
H. 10 cm, B. 13 cm (Bildformat)
Gutenberg-Museum Mainz, GM 93.124 GS

Dieser schon der Barockzeit angehörige Stich zeigt die Zusammenarbeit zwischen dem Ballenmeister, der gerade beidhändig die Form einfärbt, und dem Pressmeister, beim Abnehmen eines bereits bedruckten Bogens. Im Vordergrund erkennbar rechts ein Stapel mit noch unbedruckten Bogen, links übereinander gelegt die fertigen Bogen. Jeder Bogen wird plan im Deckel befestigt. Die Größe des Tiegels reicht nur für eine halbe Form, d. h. eine Druckseite. Der Tisch mit dem Papier steht an der falschen Seite der Presse, damit er für den Betrachter der Grafik besser sichtbar ist (s. Abb. 33 auf S. 185).
E. H.-B.

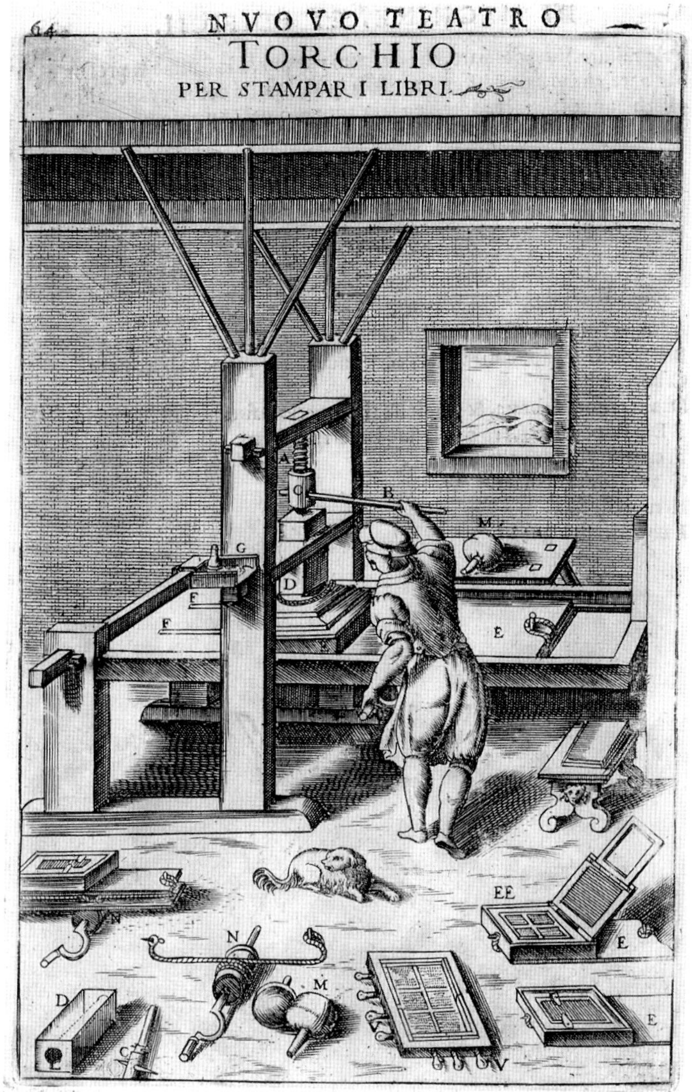

Abb. GM 107

GM 109

Druckerpresse

Kupferstich aus Diderot & d'Alembert: Encyclopédie
Paris, zweite Hälfte des 18. Jahrhunderts
H. 41 cm, B. 25,7 cm
Gutenberg-Museum Mainz, Inv.-Nr. 92.957/12 GS

Die Aufhängung des Tiegels an der Buchse und die Führung der Spindel durch die Buchse, die für den Buchdruck entscheidende Weiterentwicklung der einfachen Spindelpresse.

E. H.-B.

GM 110

Druckerpresse

Kupferstich aus Diderot & d'Alembert: Encyclopédie
Paris, zweite Hälfte des 18. Jahrhunderts
H. 40,5 cm, B. 26 cm
Gutenberg-Museum Mainz, GM 92.957/21 GS

Der Karren mit aufgeklapptem Deckel und Rähmchen.

E. H.-B.

GM 111

»Trinkgelage in einer Druckerei«

Gemälde von Jacques Albert Senave (1758–1829)
Dirk Ippen, München, für Zeitungsmuseum Hamm gemeinnützige Gesellschaft mbH

Dieses Bild im Stil niederländischer Malerei des 17. Jahrhunderts kann aufgrund seiner späten Entstehung nicht als Quelle gewertet werden. Es gibt aber dennoch einen guten Eindruck einer Druckerei, in der eine Anzahl von Druckerpressen batterieartig aufgestellt ist, wie es in größeren Werkstätten der Frühdruckzeit schon vorkam.
Ob dieses Gemälde des frühen 19. Jahrhunderts auf ältere (unbekannte) Vorbilder in der Malerei oder Grafik zurückgeht oder ob der Künstler noch eine ähnliche Druckwerkstatt aus eigener Anschauung erlebte und in Hollands goldenes Zeitalter der Malerei transponierte, ist schwer zu entscheiden.
E. H.-B.

GM 112

Hölzerne Druckerpresse

Rekonstruktion
Gutenberg-Museum Mainz

Rekonstruktion einer so genannten »Gutenberg-Presse«, ausgeführt und gestiftet durch die Frankenthaler Druckmaschinenfabrik anlässlich des 25-jährigen Jubiläums des Gutenberg-Museums 1925. Vorbilder für diesen Nachbau waren nach Angabe Aloys Ruppels der Holzschnitt des Lyoner Totentanzes (1499), die Druckermarken von Badius, eine Zeichnung Dürers von 1511 und der Holzschnitt in Johann Stumpffs »Schweizer Chronik« (gedruckt in Zürich bei Chr. Froschauer) von 1548. Tatsächlich basiert die Presse vor allem auf dem letztgenannten Vorbild, d.h. sie hat keine historisch gesicherten Vorbilder.
E. H.-B.

Literatur
Ruppel 1961, S. 56f. – Janssen 1977, S. 49f.

GM 113 (s. S. 179, Abb. 30)

Hölzerne Druckerpresse

Rekonstruktion einer Presse aus den Niederlanden vom Ende des 16. bzw. Beginn des 17. Jahrhunderts
Privatbesitz (Prof. Dr. Frans Janssen), aufgestellt in der Druckwerkstatt (Handdruckerei) von Gerard Post van der Molen, in Leiden

Aufgrund einer kritischen Analyse des bekannten Text- und Bildquellenmaterials kam Janssen 1977 in seiner Studie über hölzerne Buchdruckerpressen zu dem Schluss, dass es nicht möglich ist, die verlässliche Rekonstruktion einer Presse aus der Zeit vor dem späten 16. Jahrhundert zu schaffen. Unter Verwendung der Zeichnung von Saenredam von 1628 und eines Textes aus dem Schulbuch: »Dialogues françois pour les ieunes enfans/Françoische t'samensprekinghen« (Antwerpen, Chr. Plantijn, 1567), der Christoph Plantin zugeschrieben wird, wurde diese Nachbildung geschaffen. Zu allen dadurch nicht geklärten Aspekten wurden weiterhin Angaben in Joseph Moxons »Mechanick Exercises« (s. Kat.-Nr. GM 116) sowie Diderot & d'Alemberts »Encyclopédie« (s. Kat.-Nr. GM 109), sowie die Maße der beiden ältesten Pressen im Plantin-Moretus-Museum hinzugezogen.
E. H.-B.

Literatur
Janssen 1977, S. 61–66.

GM 114

Nachbau einer Druckerpresse nach einer Zeichnung Leonardos

Besitz: Druckerei Rasch, Bramsche

Im Codex Atlanticus (Mailand, Biblioteca Ambrosiana) finden sich mehrere Zeichnungen Leonardos, die sich mit Buchdruckerpressen befassen. Neben einer Teildarstellung, die vermutlich die früheste realistische Abbildung der wesentlichen Teile einer Buchdruckerpresse darstellt, enthält der Codex auf fol. 358^r zwei Ideenskizzen, die wohl nie realisiert wurden. Zur linken Zeichnung schreibt er: *Eine solche Presse muß zwei Schraubgewinde haben, die eine unten, die andere oben*. Es handelt sich um eine Presse mit Rechts- und Linksgewinde, wodurch der Druck verdoppelt werden konnte. Die rechte Zeichnung zeigt eine ungewöhnliche Konstruktion: Der Druckstock ist fahrbar, wobei das Aus- und Einfahren mit dem Druckvorgang synchronisiert wird. Bei der Bewegung des Presshebels wird gleichzeitig ein Zahnrad auf der Pressspindel um etwa eine viertel bis eine halbe Umdrehung bewegt. Dabei greift es in ein Käfigrad ein. Die Durchmesser dieser Räder verhalten sich etwa wie 1:5. Wird beim Niedergehen der Presse das große Rad um ein Drittel Umdrehung bewegt, so wird das kleine Rad fünf Drittel Umdrehungen machen. Dabei wickelt sich um eine mit dem Käfigrad verbundene, dicht über dem Arbeitstisch befindliche Rolle ein Band. An diesem Band ist der auf Rollen laufende Druckstock befestigt. Öffnet sich die Presse, so läuft der Druckstock auf einer schiefen Ebene bis gegen eine Anschlagleiste. Man kann bequem ein gedrucktes Blatt abnehmen und ein neues auflegen. Beim erneuten Senken der Pressplatte wird der Druckstock wieder nach oben gezogen. Wenn er dort angekommen ist, hat sich die Pressplatte so weit gesenkt, dass der Druck erfolgt. Während des Druckes muss das von der Rolle zum Druckstock führende Band soviel nachgeben, dass das Zahnradgetriebe sich ein Stück weiter bewegen kann.
Das Gewinde am Pressstock ist viergängig, d. h. es laufen vier Gänge parallel.
Eine »Interpretation« dieser Zeichnung wurde als Nachbau 1987 an der Universität Osnabrück geschaffen.
E. H.-B.

Literatur
Tobias 1987, S. 23f.

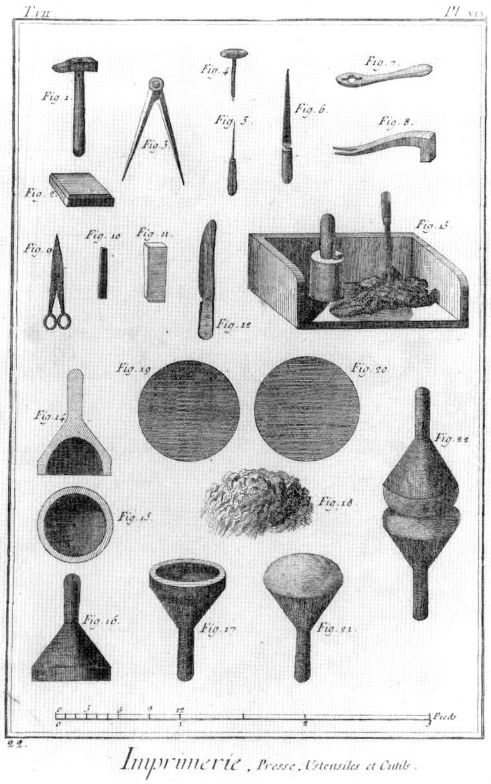

GM 115

Druckerballen

Kupferstich aus Diderot & d'Alembert: Encyclopédie
Paris, zweite Hälfte des 18. Jahrhunderts
H. 40 cm, B. 25 cm
Gutenberg-Museum Mainz, GM 92.957/23 GS

Der Griff war aus Holz gedrechselt, die Füllung aus Rosshaar, der Bezug aus Leder.

E. H.-B.

GM 116 (s. S. 178, Abb. 29)

Ballenmachen

Joseph Moxon
Mechanick Exercises on the whole Art of Printing
London 1683–84
Faksimileausgabe
4°
Gutenberg-Museum Mainz

Der Kupferstich, Tafel 30, ist eine sehr ungewöhnliche Darstellung: Er zeigt die Herstellung eines Druckerballens, in diesem Fall das Aufnageln der Lederdecke. Die Füllung quillt noch sichtbar unter dem gespannten Stück Leder hervor.

E. H.-B.

GM 117

Das Einfärben

Kupferstich aus Johann Samuel Halle: Werkstätte der heutigen Künste oder die neue Kunsthistorie. Bd. 2. Tl. 3: Der Buchdrucker
Brandenburg und Leipzig: Joh. Wendelin Halle und Joh. Samuel Halle, 1762
Gutenberg-Museum Mainz

Der »Ballenmeister« hält in jeder Hand einen Druckerballen. Beide führt er gleichzeitig mit leichtem Druck über die Form. Es war sehr darauf zu achten, dass die Farbe gleichmäßig verteilt wurde und den Satz nicht verschmierte.

E. H.-B.

GM 119 (s. S. 171, Abb. 24)

Papierschöpfen in der Papiermühle

Kolorierter Holzschnitt aus Elias Porzcelius: Curiöser Spiegel
Nürnberg, o. J. (1689)
Museum für Angewandte Kunst Frankfurt a. M., Linel-Slg. LBZ 563

GM 118

Der Papiermacher

Holzschnitt aus Hans Sachs: Eygentliche Beschreibung Aller Stände auf Erden
Frankfurt a. M.: Georg Rat für Sigmund Feyerabend, 1564
H. 8 cm, B. 6 cm (Bildmaße)
Gutenberg-Museum Mainz

Holzschnitt von Jost Amann. Stampfwerk und Papierpresse sind hinter der Bütte zu erkennen.
E. H.-B.

GM 120

Papierbogen der 42-zeiligen Bibel

Gutenberg-Museum Mainz

Dieser unbedruckte Bogen im Folio-Format, einmal gefalzt, mit dem Wasserzeichen Ochsenkopf stammt aus den Beständen für den Druck der B42. Das Relief des Büttenpapiers, das dem Geflecht des Siebes entspricht, mit dem geschöpft wurde, ist deutlich erkennbar. Für die Bibel wurden vier Sorten Papier mit unterschiedlichen Wasserzeichen verwendet.
E. H.-B.

Literatur
Needham 1985, S. 303–374.

GM 121

Pergament-Blatt, bedruckt, aus einer 42-zeiligen Bibel

Ehemals verwendet als Umschlagmakulatur für eine Forstordnung von 1615
H. 30,5 cm, B. 41 cm
Generallandesarchiv Karlsruhe, 65/11987

Dieses Blatt, eines von etwa 20 bekannten Pergamentfragmenten, die aus Gutenberg-Bibeln stammen, trägt Seitenüberschriften und Initialen in Blau und Rot, wie üblich mit der Hand ausgeführt.
Die in römischen Ziffern angegebenen Kapitelnummern sind rot, ebenso die Rubrizierung der Satzanfänge. Der Druck des Textes zeigt, dass der Druck auf Pergament mit derselben Perfektion bewältigt wurde wie der auf Papier. Es handelt sich um den Anfang von Apostelgeschichte 22.
E. H.-B.

GM 122
Schöpfsieb für die Papierherstellung

18./19. Jahrhundert
Holz und Kupferdrähte, zweiteilig
Gutenberg-Museum Mainz

GM 123
Der Pergamenter

Holzschnitt aus Hans Sachs: Eygentliche Beschreibung Aller Stände auf Erden
Frankfurt a. M.: Georg Rat für Sigmund Feyerabend, 1564
H. 8 cm, B. 6 cm (Bildmaße)
Gutenberg-Museum Mainz

Zum Bearbeiten wurde die vorbereitete Tierhaut mittels metallener Klammern und Schnüre in einen Holzrahmen gespannt. Die Schnüre konnten durch Schrauben im Holzrahmen gleichmäßig gespannt werden. Mit einem Schabeisen konnten nun die oberen Hautschichten entfernt werden.
E. H.-B.

GM 124
Pergamentherstellung

Zwei Kupferstiche aus Diderot & d'Alembert: Encyclopédie
Paris, zweite Hälfte des 18. Jahrhunderts
H. 31 cm, B. 22,5 cm
a. Gutenberg-Museum Mainz, GM 95.5a GS
b.Gutenberg-Museum Mainz, GM 95.5d GS

GM 125
Pergamenthaut

Hersteller: Firma Karl Wildbrett, Botingen
Zum Bearbeiten in einen Rahmen gespannt
H. 170 cm, B. 170 cm
Gutenberg-Museum Mainz

GM 126
Schabmesser

Zum Bearbeiten der gespannten Pergamenthaut
Firma Karl Wildbrett, Botingen

GM 127
Streicheisen

Deutsches Ledermuseum Offenbach, Inv.-Nr. 4113

Für die Blindprägung bzw. -pressung der Ledereinbände des späten Mittelalters benutzte der Buchbinder neben vielerlei Stempeln auch und vor allem das so genannte Streicheisen, mit dem meist geradlinige Linien in die Oberfläche des Einbandleders unter Druck bei angefeuchtetem Material gezogen wurden.
E. H.-B.

Literatur
Hanebutt-Benz 1995, S. 279 f.

GM 128
Buchbinderstempel

Messing, mit Holzgriffen
Gutenberg-Museum Mainz

Die Ornamentierung der Einbände wurde im Mittelalter vor allem durch Blindprägung vorgenommen. Das Leder wurde gefeuchtet, der metallene Stempel des Buchbinders erhitzt und die Ornamentierung mit kräftigem Druck in das Leder eingepresst. Die jeweilige Darstellung hob sich sowohl durch ihre Eintiefung wie auch durch eine dunklere Tönung, die die Hitze des Metalls hervorrief, von der Fläche ab. Die einzelnen Motive und die Art ihrer Zusammenstellung zu Mustern lässt auf die Herkunft der Einbände aus einzelnen Werkstätten bzw. Städten oder Regionen schließen. Die Einbände und ihre Ausschmückung mussten keineswegs am Ort des Buchdrucks entstanden sein. Viele wurden dort hergestellt, wohin die Lagen des jeweiligen Buches durch Kauf oder aus anderen Gründen verbracht wurden. Das bedeutet: Druckort und Bindeort sind häufig nicht identisch. Im Allgemeinen waren die Stempel aus Messing. Das Bild wurde von Hand graviert bzw. geschnitten. Der Messingstempel wurde mit einem Holzgriff zur besseren Handhabung versehen.
E. H.-B.

Der Erstdrucker: Johannes Gutenberg

Rückkehr nach Mainz und erste Druckversuche

GM 129

Gutenberg empfängt 150 Gulden Kredit von Arnold Gelthus, Mainz 1448

Vidimus des Mainzer Stadtgerichts
Mainz, 23. August 1503
Pergamenturkunde, Siegel verloren
H. 44 cm, B. 39 cm
Stadtarchiv Mainz, U 1503.08.23 (St 273)

Die am 23. August 1503 von fünf Mainzer Richtern gesiegelte Beglaubigungsurkunde (Vidimus) bestätigt die korrekte Abschrift eines älteren Vertrages, der am 16.Oktober 1448 zwischen Arnold Gelthus zum Echzeller einerseits und Reynhart Brumßern zum Bangarten sowie Henchin Rodenstein andererseits geschlossen wurde.

Gegenstand dieses Abkommens war ein Kredit von 150 Goldgulden zu 5% jährlichem Zins, der als Ewig-Wiederkaufsrente gewährt wurde. Das heißt, Arnold Gelthus verpflichtete sich, auf ewig Reynhart Brumßer, Henchin Rodenstein und beider Erben 7 1/2 Goldgulden jährlichen Zins zu zahlen und erhielt dafür von den beiden 150 Gulden. Allerdings hatte Gelthus die Möglichkeit, sich durch Rückzahlung der 150 Goldgulden von den Zinszahlungen zu befreien. Zur Sicherheit für die Einhaltung der vertraglichen Absprachen verpfändete er seine Einkünfte aus mehreren Mainzer Häusern. Nach der detaillierten Beschreibung aller Punkte dieses Kreditvertrages wurde eine weitere Vereinbarung angefügt, die Arnold Gelthus in diesem Zusammenhang mit Johannes Gutenberg traf: *auch stundt gegenwertigk hiebij Henn Genssefleisch, den man nennet Gutenbergk, und hait verjehen und bekandt fur sich und sein erben, das die vorgeschrieben anderthalb hundert gulden ime zu sine handen worden und in sinen nutzen und frommen komen sind und daz er die obgerurten achtehalben gulden jars da von richten und betzalen, auch die abelosunge in obgerurter massen tun solle und wolle, an desz vorgenanten Arnolts und siner erben kosten und schaden, und hait der vorgnante Henchin Genssefleische geborget für sich und sin erben, diesz bekenttinesz auch veste und stede zuhalten.*[1] Gelthus benötigte diesen Kredit also nicht für sich selbst, sondern trat nur als Mittels- und Gewährsmann für seinen Verwandten Gutenberg auf.

Die vorliegende Urkunde informiert uns nicht darüber, aus welchem Grund Gutenberg eine so hohe Summe Geldes aufnahm. Noch weniger erfahren wir über die Beweggründe des Arnold Gelthus, einen Kredit zu eigenen Lasten aufzunehmen, um diesen dann seinem Verwandten Johannes Gutenberg zu überlassen. Zwar versprach Gutenberg, die Zinsen zu zahlen und auch den Kredit zurückzukaufen, doch verlangte Gelthus keinerlei Sicherheit von ihm, während er selbst erhebliche Vermögenswerte für dieses Darlehen als Pfand einsetzen musste. Da Gutenberg den Kredit nicht selbst aufnahm, wurde gemutmaßt, er sei 1448 nicht kreditfähig und daher auf seinen Verwandten als Gewährsmann angewiesen gewesen.

In Mainz begann Gutenberg, seine Erfindung vermutlich erstmals praktisch umzusetzen und er benötigte ohne Zweifel Geld, um eine Druckerei einzurichten. Es musste ihm zu diesem Zeitpunkt aber auch an größter Geheimhaltung gelegen sein. Einen fremden Kreditgeber hätte er sicher in sein Vorhaben einweihen müssen. Es war gewiss einfacher, einen Verwandten ins Vertrauen zu ziehen, der ein Darlehen aushandeln konnte, ohne den Verwendungszweck näher erläutern zu müssen.

S.W.

1 Schorbach 1900, S. 193.

Literatur
Schorbach 1900. – Ruppel 1947 (I). – Kapr 1987. – Bechtel 1992. – Venzke 1993.

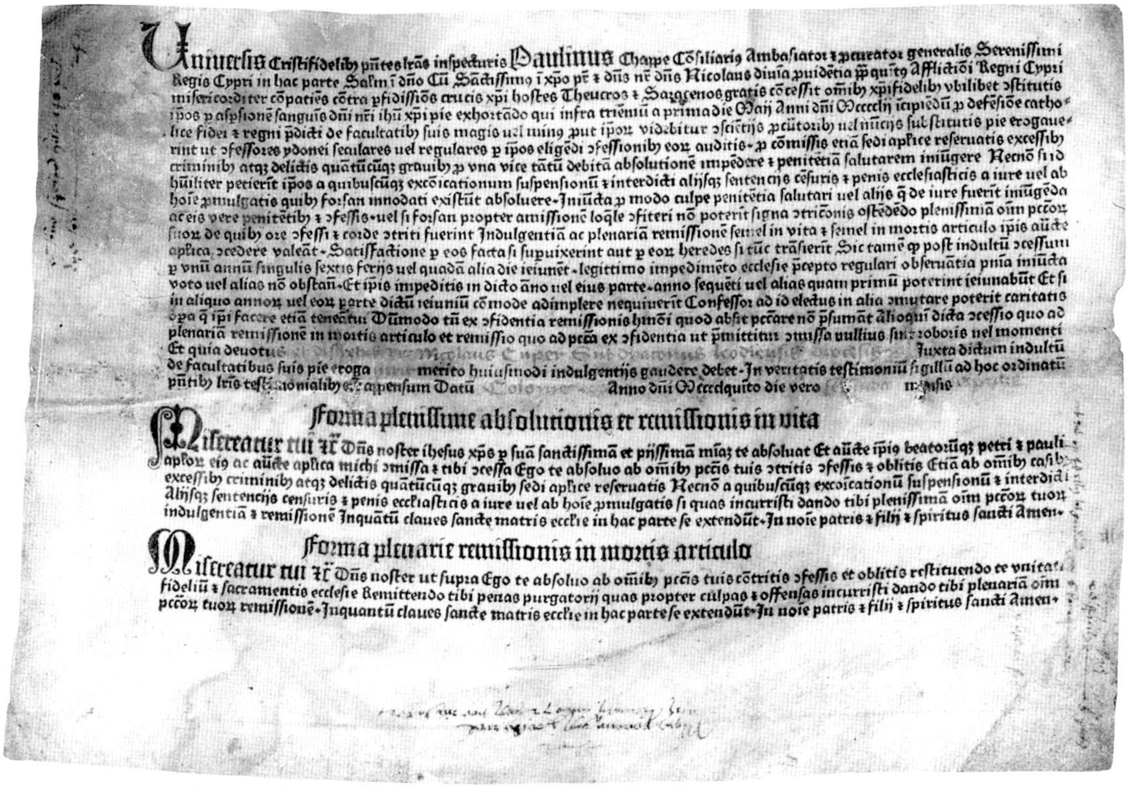
Forma plenissime absolutionis et remissionis in vita

Forma plenarie remissionis in mortis articulo

Abb. GM 131 (S. E. Johannes Graf von Schaesberg)

GM 130 (s. S. 193, Abb. 3)

Paulinus Chappe
Ablassbrief (31-zeilig) zum besten des Kampfes gegen die Türken und der Verteidigung von Zypern [Mainz: Besitzer der Donat-Kalender-Type der 36-zeiligen Bibel (Johannes Gutenberg?), 1454-55]

Einblattdruck – Pergament

2°

Staats- und Stadtbibliothek Augsburg, 2° Ink 274

Niedersächsische Staats- und Universitätsbibliothek Göttingen, 2° Hist. Lit. Libr. I, 751 Inc Rara (12)

Universitätsbibliothek Heidelberg, Q 7574-0-2 oct. Inc.

Gesamthochschulbibliothek Kassel, Landesbibliothek und Murhardsche Bibliothek der Stadt Kassel, Ink A5

Hessisches Staatsarchiv Marburg, Urk AIh

Landeshauptarchiv Schwerin, 1.5-1 geistliche Urkunden, Generalia Nr. 9

HC 11754 = H 11753. – GfT, Nr. 1804. – De Ricci 1911, S. 47–50. – Zedler 1913, S. 55 ff. – Germann 1995, S. 51 ff. – Hubay 1974, Nr. 559. – Broszinski 1986, Nr. 21. – GW 1914, Nr. 482, 483, 484, 485, 486. – GW 6556.

GM 131

Paulinus Chappe
Ablassbrief (30-zeilig) zum besten des Kampfes gegen die Türken und die Verteidigung von Zypern [Mainz: Besitzer der Type der 42-zeiligen Bibel, 1454/55]

Einblattdruck

Universitäts- und Landesbibliothek Düsseldorf, 11 in B. W. 1263 (Ink.)

S. E. Johannes Graf von Schaesberg

HC 11753. – GfT, Nr. 1803. – De Ricci 1911, Nr. 51. – Finger 1994, Nr. 289. – GW 1914, Nr. 487–489. – GW 6555.

Ablassbriefe erhielt der Gläubige als Quittungen für geleistete Buße. Als solche wurden sie in hoher Zahl benötigt, weshalb der Buchdruck hier rasch Anwendung fand. In die vorproduzierten Formulare mussten lediglich individuelle Daten wie Namen oder Datum per Hand eingetragen werden. Als älteste gedruckte Vertreter dieser Gattung gelten der 30- und der 31-zeilige Ablassbrief. Beide gehören außerdem zu den frühesten datierten Druckwerken und werfen hinsichtlich ihrer Produzenten folgenschwere Fragen auf (s. S. 194 f. dieses Katalogs). Vieles spricht dafür, dass der Besitzer der Donat-Kalender-Type Gutenberg war, der somit den 31-zeiligen Ablassbrief herstellte. Als Drucker des 30-zeiligen Ablassformulars kommen am ehesten Fust und Schöffer in Frage. Allerdings kann Schöffer erst nach Gutenbergs Tod einwandfrei als Besitzer der im 30-zeiligen Ablass verwendeten Type der B42 nachgewiesen werden (vgl. Kat.-Nr. GM 149), womit auch andere Möglichkeiten offen bleiben. Insofern veranschaulichen die beiden Ablassbriefe weniger eine eindeutige Trennung zwischen Fust und Gutenberg, als vielmehr unsere schlechte Informationslage hinsichtlich der allerfrühesten Druckerzeugnisse und damit des Werks Gutenbergs.

C. S.

GM 132 (s. S. 195, Abb. 4)

Sibyllenbuch oder Fragment vom Weltgericht [Mainz: Besitzer der Donat-Kalender-Type (Johannes Gutenberg?), um 1452/53]

Fragment
4°
Gutenberg-Museum Mainz, GM Ink 100
De Ricci 1911, Nr. 1

Bei dem Sibyllenbuch-Fragment, auch »Fragment vom Weltgericht« genannt, handelt es sich um ein beidseitig mit Donat-Kalender-Type (s. S. 194 ff.) bedrucktes Papierfragment eines wohl um 1360 in Thüringen verfassten deutschsprachigen Sibyllenbuchs. Aufgrund von Typenvergleichen galt es lange Zeit als um 1445 entstanden und damit als eines der frühesten Druckwerke Gutenbergs. Dagegen wird heute eher eine Entstehungszeit um 1454 favorisiert. Auch nuklearphysikalische Untersuchungen an der Kalifornischen Universität Davis (1984) verweisen die Elementarstruktur der Druckfarbe in die Nähe der um 1452/55 erschienenen B42 Gutenbergs.

C. S.

Literatur
Stillwell 1972, Nr. 2. – McMurtrie 1939, S. 13. – Widmann 1972 (I), S. 11, 13–20, 107, 138, 153–160. – Halbey 1985, S. 50–51. – Kapr 1985. – Fragment vom Weltgericht 1904. – Schwenke 1904. – Schröder 1908.

GM 133

Aderlasskalender für das Jahr 1457 [Mainz: Besitzer der Donat-Kalender-Type (Johannes Gutenberg?), 1456]

Einblattdruck
Bibliothèque Nationale de France, Paris, Rés. V. 725 = Exp. n. 40.
Pellechet 1970, Nr. 3166. – CIBN, Nr. A-265. – De Ricci 1911, Nr. 21. – Stillwell 1972, Nr. 13. – GfT, Nr. 5. – GW 1286. – GW 1914, Nr. 114.

GM 134 (s. S. 196, Abb. 5)

Aelius Donatus Ars minor, 30-zeilig [Mainz: Besitzer der Type der 36-zeiligen Bibel (Johannes Gutenberg?), undatiert]

4°
Gutenberg-Museum Mainz, GM Ink 111
De Ricci 1911, Nr. 16. – GW 8695.

GM 135

Aelius Donatus Ars minor, 30-zeilig [Mainz: Besitzer der Type der 36-zeiligen Bibel (Johannes Gutenberg?), undatiert]

8 Bll.
4°
Badische Landesbibliothek Karlsruhe, Bi 15
GW 8692

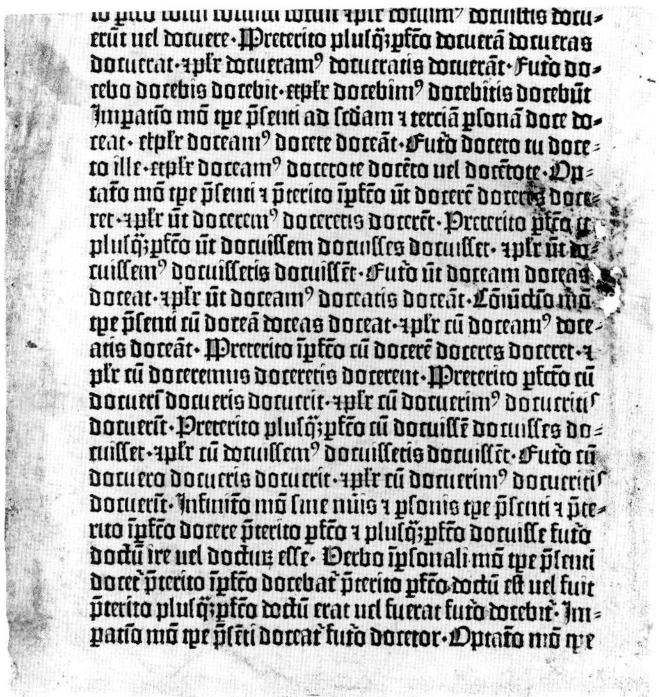

GM 136 a

Aelius Donatus
Ars minor, 28-zeilig
[Mainz: Besitzer der Type der 36-zeiligen Bibel (Johannes Gutenberg?), undatiert]

Fragment von Blatt 9, Pergament
Gutenberg-Museum Mainz, GM Ink 102
HCR, Nr. 160. – De Ricci 1911, Nr. 24. – GW 8689.

GM 136 b (s. S. 197, Abb. 6)

Aelius Donatus
Ars minor, 28-zeilig
[Mainz: Besitzer der Type der 36-zeiligen Bibel (Johannes Gutenberg?), undatiert]

Fragmente von Blatt 10
4°
Staats- und Stadtbibliothek Augsburg, 4° Ink 74
Hubay 1974, Nr. 718. – GW 8690.

GM 137

Aelius Donatus
Ars minor, 27-zeilig
[Mainz: Besitzer der Type der 36-zeiligen Bibel (Johannes Gutenberg?), undatiert]

Blatt 5
4°
Badische Landesbibliothek Karlsruhe, Aus: Pc 256
De Ricci 1911, Nr. 13. – GW 8684.

Die Donat-Kalender-Type erhielt ihren Notnamen aufgrund der zahlreichen Donate und Kalender, die mit ihr gedruckt wurden. Dabei handelte es sich immer um Einblattdrucke oder kleine Büchlein, die bereits als Handschriften reißenden Absatz gefunden hatten. Nun, um ein Vielfaches vermehrt, boten sie ihrem Drucker (bei dem es sich wahrscheinlich um Gutenberg handelte) bei geringem Arbeits- und Materialeinsatz hohe und sichere Gewinnchancen. Die Kalender durften in keinem Haushalt fehlen, denn sie dienten der medizinischen Versorgung. Mit ihrer Hilfe konnte man den astrologisch günstigen Zeitpunkt für kleinere Eingriffe, etwa Aderlass, Abführen oder die Einnahme von Medikamenten, bestimmen. Diesen Verwendungszweck formuliert der Aderlasskalender (Kat.-Nr. GM 133) gleich zu Beginn: *Côiûctioês [et] opposicoês solis et lune ac inîucoês electîe nec nô dies pro medicîs laxatiuis sumendis …* Dagegen bildeten die Donate, lateinische Schulgrammatiken, das Fundament eines jeden Latein-Unterrichts.
Da beide Gattungen hohem Verschleiß unterworfen waren, sind heute nur noch wenige Exemplare erhalten – oft nur als Fragmente, die in Einbänden als Umschläge oder Klebematerial überlebten. So erging es auch dem rubrizierten Aderlasskalender (Kat.-Nr. GM 133), bis ihn der Mainzer Archivar Gotthelf Fischer entdeckte und ihn Ende 1803 der Bibliothèque Nationale schenkte. Die Fragmentierung der Donate macht eine Datierung um so schwieriger, da diese ohnehin nur im Verhältnis zu datierten Drucken in der Donat-Kalender-Type (etwa Ablässe oder Kalender) erfolgen kann. Auch in dieser Hinsicht ist der für das Jahr 1457 datierte Aderlasskalender von großer Hilfe.
C. S.

GM 138

Gutenberg erscheint als Zeuge in einem Notariatsinstrument, ausgestellt von Balthazar Schonemann, Mainz, 3. Juli 1453

Pergamenturkunde in zwei Teile geschnitten
H. 24 cm, B. 29,5 cm; H. 11 cm, B. 29,5 cm
Stadtarchiv Mainz, U 1453.07.03 (St 243a)

Die Urkunde bezeugt, dass Hans Schuchmann aus Seligenstadt freiwillig auf all seine Forderungen gegenüber dem St.-Klara-Kloster in Mainz verzichtet und, dass er sein Vermögen dem Kloster vermacht. Dafür bedingt er sich Wohnung, Versorgung und Pflege im Kloster aus und wünscht, in der Klosterkirche begraben zu werden.
Gutenberg fungiert hier als einer von fünf Zeugen. Während alle anderen Zeugen, wohl zur besseren Identifizierung, mit ihrem Beruf näher bezeichnet werden, waren Gutenbergs Name und Vorname in Mainz anscheinend ausreichend bekannt und bedurften keiner Erläuterung. Auch muss Gutenbergs Leumund 1453 einwandfrei gewesen sein, da er als Zeuge für ein juristisches Dokument fungieren konnte.
Die Urkunde wurde in zwei Teile geschnitten, der obere, größere Teil enthält den rechtlichen Text, der untere Teil zeigt das Notariatszeichen des Balthazar Schonemann, Kleriker des Bistums Würzburg. Wahrscheinlich trennte man im letzten Jahrhundert das Notariatssignet für eine Autographensammlung ab. Es passt mit seiner unregelmäßigen Schnittstelle genau an den oberen Teil.
S.W.

Literatur
Schorbach 1900.

GM 139 (s. S. 132, Abb. 16)

Brief des Enea Silvio Piccolomini an den Kardinal Juan de Carvajal Wiener Neustadt, 12. März 1455

Briefsammlung des Enea Silvio Piccolomini aus den Jahren 1453–1455
Handschrift auf Papier
H. 33,0 cm, B. 24,0 cm
Vatikanstadt, Biblioteca Apostolica Vaticana, Ottob. lat. 347

Enea Silvio Piccolomini (1405–1464), der spätere Papst Pius II. (seit 1458), führte eine reiche und weit verzweigte Korrespondenz mit hochgestellten Persönlichkeiten und zahlreichen Freunden, in der er sich als literarisch versierter und gewandter Briefeschreiber sowie kritischer Beobachter seiner Umwelt zeigte.
Wichtige Auszüge seines umfangreichen Briefwechsels ließ Piccolomini in Abschriften zusammenfassen. Auch der hier gezeigte Codex gehört zu einer solchen Briefsammlung. Er enthält ein Schreiben an den spanischen Kardinal Carvajal, mit dem ihn eine enge persönliche Freundschaft verband. Unter dem Datum 12. März 1455 berichtete Enea Silvio dem Kardinal: »Über jenen zu Frankfurt gesehenen wunderbaren Mann ist mir nichts Falsches geschrieben worden. Vollständige Bibeln habe ich nicht gesehen, vielmehr einige Quinterne mit verschiedenen Büchern, in höchst sauberer und korrekter Schrift ausgeführt (…). Von mehreren Gewährsmännern erfuhr ich, dass 158 Bände fertiggestellt seien; einige versicherten sogar, es handele sich um 180. Über die Zahl bin ich mir nicht ganz sicher; an der Vollendung der Bände zweifle ich nicht, wenn man (diesen) Leuten Glauben schenken kann.«[2] Diesem Brief gingen andere Schreiben voraus, in denen Piccolomini bereits über die Bibelseiten berichtet haben muss und Carvajal den Wunsch äußerte, ein Exemplar solch einer Bibel zu erwerben. Denn Piccolomini antwortete ihm nun: »Hätte ich deinen Wunsch gekannt, dann hätte ich ohne Zweifel einen Band (für dich) gekauft«, doch sehe er keine Chance, noch ein Exemplar zu erwerben, da »noch vor der Vollendung der Bände (für sie schon) Käufer vorgemerkt gewesen« seien.
Aus der kurzen Passage geht eindeutig hervor, dass Piccolomini die Bibelseiten in Frankfurt gesehen haben muss, wo er in seiner Funktion als kaiserlicher Rat Friedrichs III.

den Frankfurter Reichstag vom 5. bis 31. Oktober 1454 besuchte.

Aufgrund dieses Schreibens Piccolominis wissen wir nun, dass im Herbst 1454 zumindest Teile der Bibel bereits fertig gedruckt waren. Ferner belegt der Brief, dass sich Gutenberg und Fust schon im Herbst 1454 erfolgreich um den Verkauf ihres Werkes bemüht hatten. Denn knappe fünf Monate später scheinen alle Exemplare vergeben gewesen zu sein, und Piccolomini zweifelt im März 1455 nicht mehr an der Vollendung des Druckes. Die beiden unterschiedlichen Angaben zur Druckmenge, die Piccolomini wahrscheinlich erst 1455, aufgrund von Nachforschungen, berichtet wurden, entsprechen vermutlich der Auflagenerhöhung, die Fust und Gutenberg noch während des Bibeldrucks vornahmen.[3] Demnach wäre der Druck der B42 noch vor dem Prozess zwischen Fust und Gutenberg abgeschlossen gewesen.[4]

Diese für die Gutenberg- und Bibelforschung sensationelle Nachricht blieb lange unbemerkt. Bis dahin galt der Rubrikationsvermerk des Mainzer Vikars Heinrich Cremer als einziger Anhaltspunkt für eine Datierung des Bibeldrucks. Er vermerkte in seinen beiden Bibelbänden das Ende der Rubrikationsarbeiten mit dem 15. August (2. Band) und 28. August 1456 (1. Band).[5] Davon ausgehend glaubte man, die Bibeln seien ungefähr im Frühjahr 1456 – also nach dem gerichtlichen Streit und der Auflösung der Partnerschaft von Gutenberg und Fust – fertig gedruckt gewesen. Auf dieser Datierung basierte auch die lange gehegte Überzeugung mancher Forscher, dass Fust mit Hilfe des Prozesses von 1455 Gutenberg um die gesamte Auflage der B42 gebracht haben könnte.

S.W.

1 1947 in Spanien erstmals veröffentlicht, dauerte es fast 40 Jahre, bevor der Historiker Erich Meuthen 1982 die Gutenbergforschung auf diese bedeutende Stelle hinwies. Meuthen 1982, S. 108–118. Zur Erstveröffentlichung durch Lino Gômez Canedo, vgl. ebd., S. 108, Anm. 1; Hoffmann 1993 (I), S. 255.

2 Zit. nach Übersetzung Meuthen 1982, S. 110f. und 116f.

3 Geldner 1984, S. 135.

4 Corsten 1979, S. 56; Meuthen 1982, S. 115; Hoffmann 1993 (I), S. 256; Bechtel 1992, S. 359–363; Venzke 1993, S. 189.

5 Die beiden Bibelbände befinden sich heute im Besitz der Bibliothèque Nationale de France, Paris.

Literatur

Corsten 1979. – Kapr 1987. – Meuthen 1982. – Geldner 1984. – Bechtel 1992. – Venzke 1993. – Hoffmann 1993 (I).

GM 140 (s. S. 131, Abb. 15)

Das so genannte Helmaspergersche Notariatsinstrument Mainz, 6. November 1455

Vom Notar Ulrich Helmasperger beglaubigtes Protokoll
über die Eidesleistung Johannes Fusts
Pergamenturkunde
H. 42 cm, B. 28,5 cm
Rückseitige Beschriftung: *Instrumentum eyns gesaczten dages// daz Fust sine rechenschafft // gethane und mit dem eyde beweret hat.*
Niedersächsische Staats- und Universitätsbibliothek Göttingen, Cod. ms. hist. Litt. 123 Cim.

Das so genannte Helmaspergersche Notariatsinstrument stellt zweifellos die bedeutendste urkundliche Nachricht zu Gutenbergs Leben dar.[1] Wie viele andere Quellen, hat auch dieses Dokument eine wechselvolle Geschichte aufzuweisen.

Ursprünglich befand sich die Urkunde in der Sammlung derer Zum Jungen, von wo sie in den Besitz des Johann Ernst von Glauburg gelangte (vgl. Kat.-Nr. GM 47). Schon 1734 war der Text durch Heinrich Christian Senkenberg veröffentlicht worden. Die historische Bedeutung wurde jedoch durch Johann David Köhler, einen Göttinger Universitätsprofessor, in seiner 1741 veröffentlichten »Ehrenrettung Johannes Gutenbergs« richtig gewürdigt. Köhler brachte das Dokument auch in die Göttinger Universitätsbibliothek, wo es lange Jahre unbeachtet aufbewahrt wurde, bis es der Gutenberg-Forscher Karl Dziatzko 1888 wieder entdeckte. Seitdem wurde das Notariatsinstrument vielfach veröffentlicht, transskribiert und in andere Sprachen übersetzt.[2]

Anlass für die Ausfertigung der juristischen Urkunde war ein Schwur, den Johannes Fust am 6. November 1455 im Mainzer Barfüßerkloster unter der Aufsicht eines Notars ablegte, um *sine rechenschafft gethane und mit dem eyde* zu beweisen (vgl. Kat.-Nr. GM 141). Diese Eidesleistung stellte den vorläufigen Abschluss einer gerichtlichen Auseinandersetzung zwischen Johannes Fust und Johannes Gutenberg dar, die im Laufe des Jahres 1455 – wahrscheinlich im Frühsommer – vor dem weltlichen Gericht in ausgetragen worden war. Vom eigentlichen Prozess haben sich keine Unterlagen erhalten, und so stellt das Notariatsinstrument das einzige Zeugnis für dieses Gerichtsverfahren dar.

Die Urkunde wurde von dem Kleriker und Notar Ulrich Helmasperger verfasst. Seine redigierte und signierte Niederschrift stellt keinen direkten Bericht oder eine protokollarisch korrekte Wiedergabe des Prozessverlaufs dar. Sie informiert uns aber über die wichtigsten Zusammenhänge, indem sie die Eidesformel, das im Prozess gesprochene Urteil und eine Zusammenfassung der Klage von Fust sowie der Verteidigung Gutenbergs wiedergibt.

Demnach hatten sich Gutenberg und Fust um 1449/1450 zu einem »gemeinsamen Werk« zusammengetan. Fust lieh Gutenberg zunächst 800 Gulden, für die als Sicherheit (Pfand) die angeschafften Geräte eingesetzt wurden. Mit weiteren 800 Gulden wurde Fust dann Geschäftspartner bei dem als »Werk der Bücher« bezeichneten Unternehmen. Ein Begriff, der, nach heutigem Erkenntnisstand, den Druck der B42 umschrieb.

Gegen Ende des Bibeldrucks kam es, aus nicht bekannter Ursache, zum Zerwürfnis zwischen den beiden Partnern. Daraufhin forderte Fust sein gesamtes investiertes Kapital samt Zins und Zinseszins zurück, insgesamt 2020 Gulden. Diese hohe Summe setzte sich laut Fust aus 1600 Gulden und Zinsen zusammen, da er das Geld selbst als Kredit hatte aufnehmen müssen. Nach Gutenbergs Darstellung hatte Fust ihm zwar 800 Gulden geliehen, mündlich aber auf die Zinsen verzichtet; die zweiten 800 Gulden seien eine Geschäftseinlage Fusts in das »gemeinsame Werk« gewesen. Dem hält Fust entgegen, dass Gutenberg Gelder aus der Gemeinschaft zu seinem eigenen Vorteil verwendet habe (eine detaillierte Erläuterung des genauen Inhaltes vgl. Beitrag Wagner).

Das Gericht verlangte in seinem Urteil von Gutenberg eine Abrechnung über alle als Geschäftseinlage verwendeten Gelder, diese seien vom Gesamtbetrag (1600 Gulden) abzuziehen. Die Restsumme sah das Gericht als Kredit an, den Gutenberg zurückzahlen sollte. Könne Fust außerdem durch Eid beweisen, dass er das Geld selbst gegen Zinsen geliehen hatte, müsse Gutenberg auch diese zahlen. In dem Eid, den das Gericht Fust auferlegte, korrigierte dieser die Höhe der Gesamtsumme auf 1550 Gulden. Dennoch musste Gutenberg Fust eine beträchtliche Summe zurückzahlen. Auch wenn der genaue Ausgang der Streitigkeit zwischen Fust und Gutenberg nicht aus der Helmaspergerschen Niederschrift zu ersehen ist, zeigen doch die folgenden Jahre, dass sich beide unwiederbringlich getrennt hatten und mit jeweils selbstständigen Werkstätten eigene Wege gingen.

S.W.

1 Die Bezeichnung Helmaspergersches Notariatsinstrument geht auf den Notar Ulrich Helmasperger zurück, der die Urkunde ausstellte. Freilich ist diese Benennung irreführend, da es viele von Helmasperger geschriebene Notariatsinstrumente gibt, vgl. z. B. Kat.-Nr. GM 161. Allerdings ist die Bezeichnung für das Protokoll über die Eidesleistung des Johannes Fust in der Gutenberg-Literatur inzwischen zum feststehenden Begriff geworden.

2 Zur Geschichte des Dokuments, vgl. Schorbach 1900, S. 199–201; zur Literatur über das Helmaspergersche Notariatsinstrument bis 1972, vgl. Geldner 1972 (II), S. 91f.

Literatur

Köhler 1741. – Dziatzko 1889. – Schorbach 1900. – Ruppel 1940 (II). – Menn 1941. – Blum 1954. – Juchhoff 1973. – Geldner 1972 (II). – Kapr 1980. – Bechtel 1992. – Venzke 1993. – Hoffmann 1993 (II). – Kind/Rohlfing 1995.

GM 141 (s. S. 131, Abb. 17)

Eidesleistung vor dem Richter

Johann von Schwarzenberg
Bambergische halsgerichts und rechtliche Ordnung/in Peinlichen sachen zu volnfare/allen Stetten, Communen Regimenten/Amptleüten/Vogten Verwesern/Schulteysen Schöffen und Richtern/Dienlich/[...]
Mainz: Johann Schöffer, 1508
H. ca. 29 cm, B. 19 cm
Gutenberg-Museum Mainz, StB Ink a 144b

Die Bambergische Halsgerichtsordnung, die 1507 von Johann Freiherr von Schwarzenberg im Auftrag des Bamberger Fürstbischofs geschrieben wurde, gilt als erstes deutsches Strafgesetzbuch und wurde mit zahlreichen Holzschnitten illustriert.[1]

Die Eidesleistung vor Gericht spielte in der mittelalterlichen Rechtsprechung eine wichtige Rolle. Durch Eid konnte der Wahrheitsgehalt einer Aussage bestätigt werden. Dabei waren je nach Gewichtigkeit des Vorwurfs und der sozialen Stellung des Schwörenden eine unterschiedliche Anzahl an Eideshelfern notwendig.[2]

So wurde auch Johannes Fust im Rechtsstreit mit Gutenberg durch das Gericht auferlegt, den Wahrheitsgehalt seiner gerichtlichen Aussage durch Eid zu beweisen. *Und brengt Johannes Fust by mit dem eyde oder redlicher kuntschafft, das er das obgeschrieben gelt uff gulte ußgenummen und nit von sinem eigen gelde dar geluhen hat so sall im Johann Gutenberg solch gulde auch ußrichten und beczalen nach lude dez zettels.*[3]

Aus diesem Grunde schwor Johannes Fust – die eine Hand auf einer Reliquie, die andere in die Hand des Notars gelegt – am 6. November 1455 zur Mittagszeit im Mainzer Barfüßerkloster seinen Eid.[4] Als Zeugen dienten ihm sein Bruder Jacob Fust sowie Johann Kumhoff, Johann Yseneck, Johannis Bonne, Peter Granß und Peter Ginsheim, bekannt als Peter Schöffer. Johannes Gutenberg, der gleichfalls zu diesem Termin geladen worden war, erschien nicht, er schickte den Geistlichen Heinrich Gunther und zwei seiner Mitarbeiter, Bechtolff von Hanau und Heinrich Keffer, als Zeugen.

S. W.

1 DBE, Bd. 9, S. 231.
2 LMA, Bd. 3, Sp. 1678. Zur rechtlichen Beweiskraft des Eides, vgl. Blum 1954, S. 41.
3 Zit. nach Blum 1954, S. 30.
4 Juchhoff 1973, S. 58; Venzke 1993 S. 176.

Literatur
Blum 1954. – Juchhoff 1973. – LMA, Bd. 3. – DBE, Bd. 9. – Venzke 1993.

GM 142 (s. S. 191, Abb. 2)

Biblia latina, 42-zeilig [Mainz: Johannes Gutenberg, 1452/55]

2°
Gutenberg-Museum Mainz, GM Ink 129 (Shuckburgh-Exemplar)
GW 4201

Der Name dieses Exemplars der Gutenberg-Bibel leitet sich von ihrem ersten bekannten Besitzer, Sir George Shuckburgh sixth Baronet, Shuckburgh, Warwickshire (1751–1804), ab. Später hielt man das Exemplar für verschollen, bis es 1951 wieder entdeckt und nach New York gebracht wurde. 1953 ging es in den Besitz des Glasindustriellen A. A. Houghton Jr. über, der die Bibel 1970 an den New Yorker Antiquar Kraus verkaufte. Von dort gelangten die zwei Bände 1978 an das Gutenberg-Museum.

Das Shuckburgh-Exemplar verfügt über eine elegante kalligraphische Ausstattung mit rot-blauen Buchstabenkörpern auf Lineament, deren Entstehungsort unbekannt ist. Den roten Maroquin-Einband mit Golddruck und Goldschnitt schuf 1789 der Londoner Buchbinder Walther.

C. S.

Literatur
H 3031. – GfT, Nr. 1527. – Schwenke 1923, Nr. 51. – Norman 1961, Nr. 42. – Hubay 1979, Nr. 8. – Mazal 1979, Nr. E 25. – König 1979, S. 117 [Nr. 24]. – Powitz 1990, Nr. 10. – Needham 1985, Nr. P 16.

Epl̄a bt̄i Iohis

impioꝝ hominū. Unū vero hoc non
lateat vos carissimi: q̄a unus dies a-
pud dn̄m sicut mille ān̄i: et mille ān̄i
sicut dies unus. Nō tardat dn̄s pro-
missi: sed patienter agit propter vos:
nolens aliquos perire sed om̄es ad pe-
nitentiā reuerti. Adueniet aūt dies do-
mini ut fur: ī quo celi magno impetu
transient: elementa vero calore soluen-
tur. Cū hec igit̄ oīa dissoluenda sint·
quales oportet vos esse ī sc̄tis ɔuersa-
tionibꝫ et pietatibꝫ expectātes ⁊ ꝓperā-
tes in aduentū diei dn̄i: p quē celi arden-
tes soluent̄ ⁊ elemēta ignis ardore ta-
bescēt: Nouos vero celos et nouā t̄rā
et ꝓmissa ipsius expectamꝰ: in q̄bus
iusticia habitat. Propter qd̄ carissimi
hec expectātes · satagite immaculati
et inuiolati ei inueniri ī pace: et dn̄i nr̄i
lōganimitatē salutē arbitramini: si-
cut ⁊ carissimꝰ frater noster paulꝰ secū-
dū datā sibi sapiētiā scripsit vobis: si-
cut ⁊ ī om̄ibꝫ ep̄lis·loquēs ī eis de his:
ī q̄bꝫ sūt quedā difficilia intellectu·que
indocti ⁊ instabiles deprauāt·sicut ⁊ ce-
teras scripturas·ad suā ipoꝝ ꝑditonē.
Vos igit̄ fr̄es p̄scientes custodite ne insi-
pientiū errore trāsducti excidatis a ꝓpria
firmitate: crescite vero ī gratia ⁊ ī cogni-
tione dn̄i nr̄i et saluatoris ihesu cristi.
Ipi gl̄a et nūc et ī diē eternitatis amē.
Explicit ep̄la bt̄i ap̄li sc̄da. Incipit
argumentū ī ep̄laꝫ bt̄i Johannis
apostoli primam.

Ratione verbi·et q̄ deꝰ ipse
sit caritas manifestat: et
susurrones fratrū nec deū
scire · nec pios fieri posse·
eo usqꝫ dissertat ut esse comprobet ho-
micidas: eo q̄ odiū sit interfectionis
occasio. Explicit argumentū. Incip̄
ep̄la bt̄i Johānis ap̄li prima.

Quod fuit ab inicio·
quod audiuimus·
quod vidimus ocu-
lis nostris·qd̄ ꝑspexi-
mus·⁊ manus nr̄e
ɔtrectauerūt de v̄bo
vite: ⁊ vita manifesta ē: ⁊ vidimꝰ et te-
stamur ⁊ ān̄ūciamus vobis vitā eter-
nam·que erat apud pr̄em·⁊ apparuit
nobis. Quod vidimꝰ et audiuimus
annūciamꝰ vobis: ut ⁊ vos societatē
habeatis vobiscū: ⁊ societas nostra sit
cū pr̄e et cū filio eiꝰ ihesu cristo. Et hec
scribimꝰ vobis: ut gaudeatis ⁊ gaudi-
um v̄rm sit plenū. Et hec ē annūciatō
quā audiuimꝰ ab eo ⁊ annūciamus
vobis: q̄m deus lux est: ⁊ tenebre in eo
nō sunt ulle. Si dixerimꝰ q̄m societa-
tem habemus cū eo et in tenebris ābu-
lamꝰ: mentimur·et veritatē nō facimꝰ.
Si aūt ī luce ābulamꝰ sicut et ip̄e ē in
luce societatē habemꝰ ad inuicē: ⁊ san-
guis ihesu filij eiꝰ mūdat nos ab om̄i
peccato. Si dixerimꝰ q̄m peccatū non
habemꝰ ipi nos seducimꝰ: ⁊ veritas in
nobis nō est. Si cōfiteamur peccata
nr̄a: fidelis ē et iustus ut remittat no-
bis peccata nr̄a: ⁊ emūdet nos ab om̄i
iniquitate. Si dixerimꝰ q̄m non pecca-
uimus: mendacem facimus eum: ⁊
verbum eius non est in nobis. II.
Filioli mei: hec scribo vobis ut nō
peccetis. Sed et si quis peccaue-
rit: aduocatū habemꝰ apud pr̄em ihe-
sum cristū iustū. Et ip̄e ē ꝓpiciatō pro
peccatis nr̄is: nō pro nostris aūt tan-
tum: sed etiā p totius mūdi. Et in hoc
scimus q̄m cognouimꝰ eū: si mādata
eius obseruamꝰ. Qui dicit se nosse eū
et mādata eius nō custodit mendax ē:
et in hoc veritas nō est. Qui aūt seruat
verbū eius: vere ī hoc caritas dei ꝑfecta

Abb. GM 143

GM 143

Biblia latina, 42-zeilig [Mainz: Johannes Gutenberg, 1452/55]

Bd. 2
2°
Gutenberg-Museum Mainz, GM Ink 130 (Solms-Laubach-Exemplar)
GW 4201

Seinen Namen erhielt das Solms-Laubach-Exemplar durch den Vorbesitzer, von dem das Gutenberg-Museum den Band 1925 erwarb und damit endlich über eine Gutenberg-Bibel verfügte. Sie war 1802/03 durch den Reichsdeputationshauptschluss den Grafen Solms zugefallen. Ihr vorheriger Aufbewahrungsort steht nicht fest, obwohl das Zisterzienserkloster Arnsburg in der Wetterau in Frage käme. Der zeitgenössische blindgeprägte Holzdeckel-Einband stammt aus einer anonymen Mainzer Werkstatt, von der noch zahlreiche andere Einbände überliefert sind. Entsprechend muss man für die eher rustikale Illuminierung mit ihrem kräftigen Farbenspiel und dem gedrungenen, wenig delikat ausgeführten Blattwerk ebenfalls eine Entstehung in Mainz annehmen.
C. S.

Literatur
H 3031. – GfT, Nr. 1527. – Schwenke 1923, Nr. 6. – Norman 1961, Nr. 12. – Hubay 1979, Nr. 9. – Mazal 1979, Nr. E 1. – König 1979, S. 117 [Nr. 25]. – Powitz 1990, Nr. 11. – Needham 1985, Nr. P 46.

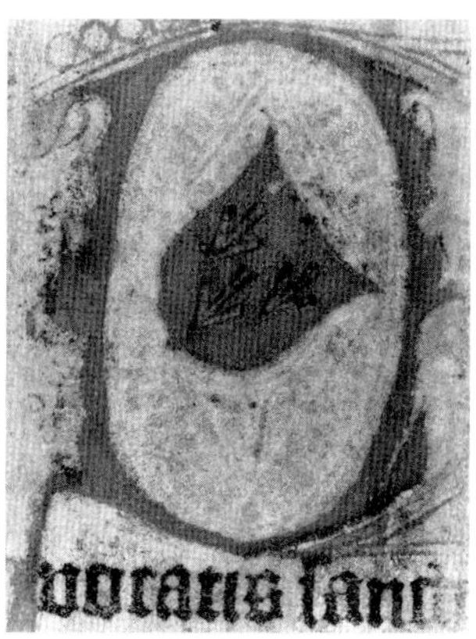
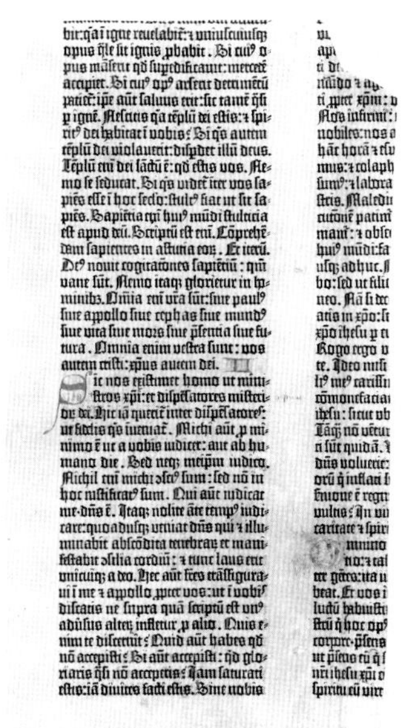

GM 144 a und b

Biblia latina, 42-zeilig [Mainz: Johannes Gutenberg, 1452/55]

Pergament, 2 fragmentierte Blätter
2°
Gutenberg-Museum Mainz, GM Ink 137 und 138
GW 4201

Beide Fragmente stammen aus einem Pergament-Exemplar der B42. Die römischen Zahlen der Kapitelanfänge sind mit roter Farbe eingetragen, die Initialen der Kapitelanfänge abwechselnd rot und blau gemalt. Auch die größeren Initialen sind mit roter und blauer Farbe gestaltet. Obwohl die B42 schon bei ihrem Erscheinen für Aufsehen sorgte, wie wir aus dem Brief Enea Silvio Piccolominis erfahren (Kat.-Nr. GM 139), und heute noch etwa ein Viertel aller Exemplare erhalten ist, erfreute sie sich offenbar nicht jederzeit gleichbleibender Wertschätzung. So konnte etwa ein Band auf dem Dachboden eines Pfarrhauses überleben,[1] während das Exemplar, aus dem unsere Fragmente stammen, Anfang des 18. Jahrhunderts zerlegt wurde, um daraus Rechnungs- oder Aktenumschläge zu machen. So erklären sich das Format und die Knickfalten in den Stücken sowie die Beobachtung, dass die eine Seite des Blattes deutlich verschmutzter und abgegriffener ist als die andere.
C. S.

1 Powitz 1990, Nr. 6.

Literatur
H 3031. – GfT, Nr. 1527. – Schwenke 1923, Nr. 60.

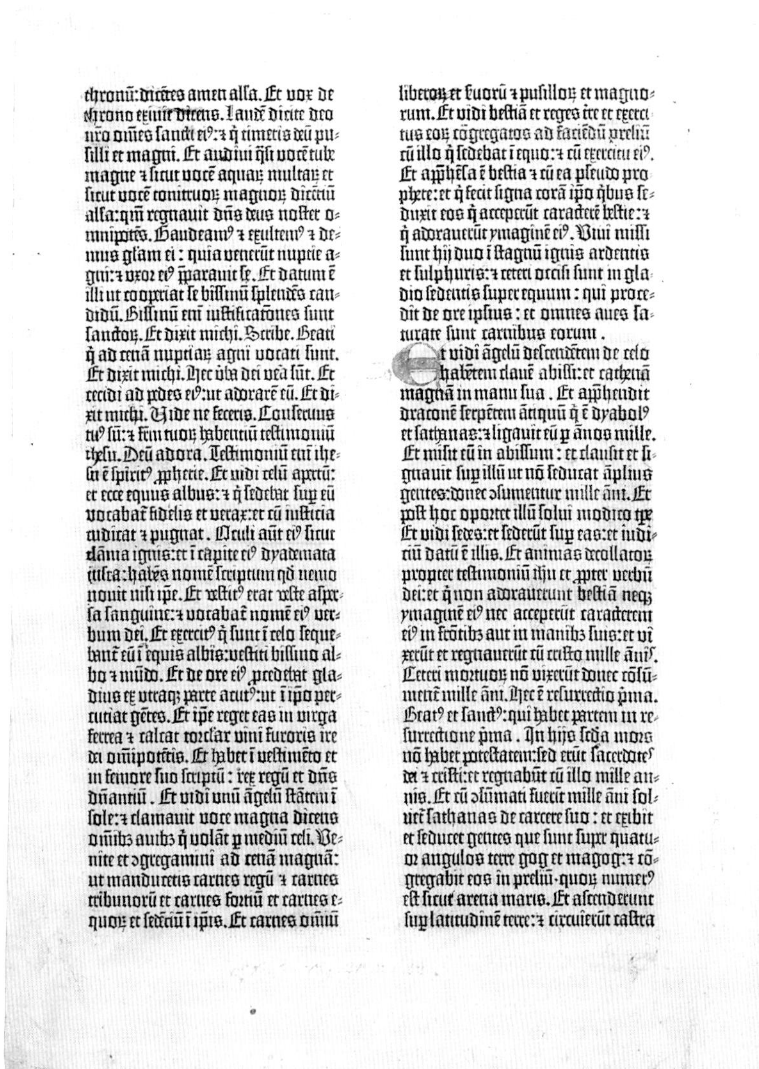

GM 145

Biblia latina, 42-zeilig
[Mainz: Johannes Gutenberg, 1452/55]

1 Blatt
2°
Gutenberg-Museum Mainz, GM Ink 415
GW 4201

Das restaurierte und an beiden Seiten ergänzte Blatt stammt aus dem Neuen Testament, also vermutlich einem zweiten Band, und umfasst die Textstellen Johannes 18,4 bis 20,8. Der Evangelist berichtet darin von der Gefangennahme Christi, der Verleugnung des Petrus, der Szene vor Pilatus, Jesu Verspottung, Kreuzigung, Tod, Grablegung und den ersten Ereignissen seiner Auferstehung am Ostermorgen.

C. S.

Literatur
H 3031. – GfT, Nr. 1527.

GM 146–148

Drucke in der Type der B42

Für die Drucke in der Type der B42 stellen sich die gleichen Probleme wie die in der Donat-Kalender-Type: Keiner von ihnen nennt den Namen des Druckers, nur einige können sicher datiert werden, und viele sind nur als Fragmente erhalten. Hinzu kommt die ungeklärte Frage, wer nach dem Auseinanderbrechen des Gutenberg-Fustschen Unternehmens über die Typen der B42 verfügen konnte. Daher ist für die folgenden Werke völlig offen, wer sie druckte. Auch eine Datierung ist kaum zu leisten.

C. S.

GM 146

Psalterium cum canticis [Mainz: Besitzer der Type der 42-zeiligen Bibel, um 1455]

Nur 1 Blatt, Pergament

2°

Bibliothèque Nationale de France, Paris, Vélins 792

Auf dem Blatt befindet sich der Anfang der *Cantica,* die sich in der Regel an die Psalmen anschließen, weshalb das Fragment höchstwahrscheinlich aus einem liturgischen Psalter stammt. Er umfasste vermutlich 40 Blätter und wurde mit den Typen der B42 gedruckt. Die Setzerpraxis entspricht der in den späten Abschnitten der Gutenberg-Bibel, was eine ihr vorhergehende Herstellung ausschließt. Der Psalter, zu dem das vorliegende Blatt gehörte, muss also entweder in der späten Phase des Bibeldrucks oder danach entstanden sein. In beiden Fällen ergibt sich eine enge Beziehung zu Gutenberg, wobei Letzteres die These stützen würde, dass Gutenberg die Typen der B42 nach dem Fust-Prozess behalten konnte.

C. S.

Literatur

De Ricci 1911, Nr. 35. – Stillwell 1972, Nr. 12. – CIBN, Nr. P-646. – Kanzog 1956 (mit weiterer Literatur).

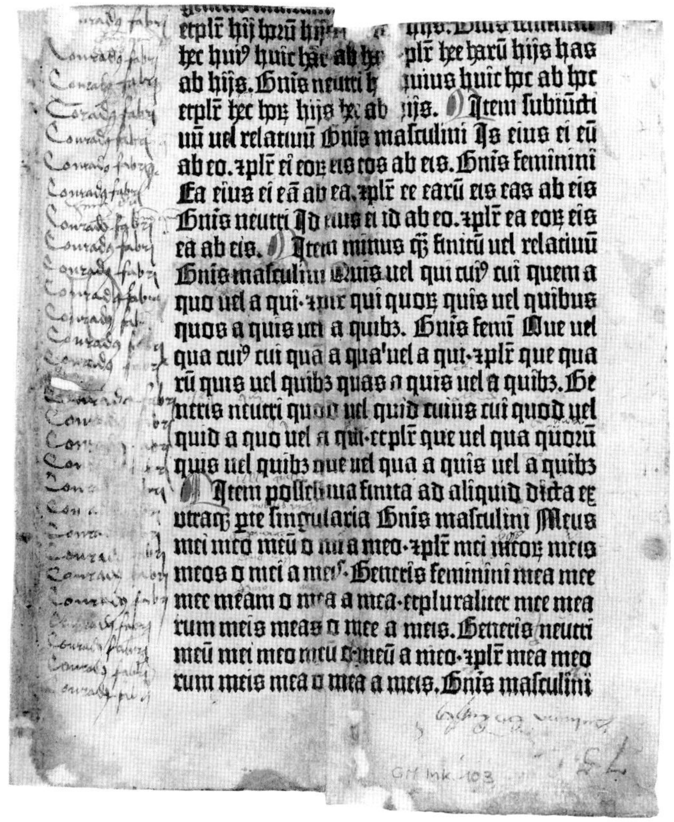
eplr̄ hij hōꝝ hij... hec huiꝰ huic hāc ab hac ... plr̄ hee harū hijs has
ab hijs. Gnis neutri h... huius huic hoc ab hoc
eplr̄ hec hoꝝ hijs hec ab hijs. Item subiūcti
uū uel relatiuū Gnis masculini Is eius ei eū
ab eo. ⁊plr̄ ei eoꝝ eis eos ab eis. Gnis feminini
Ea eius ei eā ab ea. ⁊plr̄ ee earū eis eas ab eis
Gnis neutri Id eius ei id ab eo. ⁊plr̄ ea eoꝝ eis
ea ab eis. Item minus q̄ꝫ finitū uel relatiuū
Gnis masculini Quis uel qui cuiꝰ cui quem a
quo uel a qui. ⁊plr̄ qui quoꝝ quis uel quibus
quos a quis uel a quibꝫ. Gnis femi Que uel
qua cuiꝰ cui quā a qua uel a qui. ⁊plr̄ que qua
rū quis uel quibꝫ quas a quis uel a quibꝫ. Ge
neris neutri quod uel quid cuius cui quod uel
quid a quo uel a qui. eplr̄ que uel qua quorū
quis uel quibꝫ que uel qua a quis uel a quibꝫ
Item possessiua finita ad aliquid dicta ex
utraqꝫ pte singularia Gnis masculini Meus
mei meo meū o mi a meo. ⁊plr̄ mei meoꝝ meis
meos o mei a meis. Generis feminini mea mee
mee meam o mea a mea. eplurali mee mea
rum meis meas o mee a meis. Generis neutri
meū mei meo meū o meū a meo. ⁊plr̄ mea meo
rum meis mea o mea a meis. Gnis masculini

GM 147 a

Aelius Donatus Ars minor, 26-zeilig [Mainz: Besitzer der Type der 42-zeiligen Bibel, undatiert]

Fragment von Blatt 4, Pergament

4°

Gutenberg-Museum Mainz, GM Ink 103

De Ricci 1911, Nr. 44.2. – GW 8700.

GM 147 b und c

Aelius Donatus Ars minor, 26-zeilig [Mainz: Besitzer der Type der 42-zeiligen Bibel, undatiert]

Fragmente, Pergament

4°

Gutenberg-Museum Mainz, GM Ink 113 und 114

De Ricci 1911, Nr. 45. – GW 8703.

GM 148 a

Aelius Donatus
Ars minor, 33-zeilig
[Mainz: Besitzer der Type der 42-zeiligen Bibel, undatiert]

Zwei Fragmente, Pergament

4°

Gutenberg-Museum Mainz, GM Ink 115.1+2

GW 8705

GM 148 b

Aelius Donatus
Ars minor, 33-zeilig
[Mainz: Besitzer der Type der 42-zeiligen Bibel, undatiert]

Fragment der Blätter 4/9

4°

Staats- und Stadtbibliothek Augsburg, 4° Ink 75

De Ricci 1911, Nr. 42. – Hubay 1974, Nr. 719. – GW 8707.

GM 148 c

Aelius Donatus
Ars minor, 33-zeilig
[Mainz: Besitzer der Type der 42-zeiligen Bibel, undatiert]

Zwei Doppelblätter, Pergament

4°

Staatsbibliothek zu Berlin – Preußischer Kulturbesitz, Inc. 1517

De Ricci 1911, Nr. 39. – Voulliéme 1906–1927, Nr. 1517. – GW 8714.

Copia bulle extensionis indulgentiarum plenarie remissionis pro tuitione fidei catholice contra thurcos ad hospitale sancti Johannis hierosolomitani in Rhodis concessarum.

Sixtus episcopus servus servorum dei, Ad futuram rei memoriam. Cunctorum xpifidelium animarũ saluti ut tenemur intenti Non soluz illa eis favorabiliter concedimus. per que pijs opibus salutẽ ipsam et conscientiarũ pacẽ deo propicio valeãt promereri. sed ut hic concessarũ propter occurrẽtia impedimẽta nõ frustrẽtur effectu operam et operam impendimus efficaces. Dudũ siquidẽ dilectorũ filiorum Magistri hospitalis sancti Johãnis Hierosolimitani et Conuẽtus Rhodi hospitalis eiusdẽ querula lamẽtacõne intellecto quod Turcorũ gens postq̃ vniuersam greciã et illi adiacẽtia provincias. ciuitates. insulas. et loca om̃ia. in quibus orthodoxe fidei cultores tẽpale dñium obtinebãt usq; ad loca eiusdẽ hospitalis tẽpali dominio subiecta. partim iam occupauerãt et partim tributaria constituerãt eisdẽ. ad expugnandũ munitissimũ castrũm sancti Petri quod in terra eorundem Thurcorum Magister et Conuẽtus predicti grauissimis laboribz et expensis in illorum oculis lõgissimis retroactis tẽporibus tenẽt. et occupãdũ insulas Rhodi et loca alia dicti hospitalis. om̃es suos diuerterẽt cogitatus. nilq; aliud die noctuq; moliebãtur et iã voto suo potiti fuissent. nisi Magister et fratres ipi manus conserentes cũ illis indefesso aĩo vitã in periculo ponere. et sanguinẽ effundẽ ac tandẽ mortẽ subire nõ dubitassent. Et licz ipi Magister et fratres ac eorũdem locorum incole. virili aĩo. ad resistẽdum eorũdẽ Thurcorum incursibz parati semp existerent. aduersus tñ tam potentes aduersarios et ad tantã rei molẽ pferendã. sicut et aliorum in partibz illis temporale dominiuz obtinẽtium xpianorum ita et eorundẽ Magistri et fratrũ facultates sufficẽ posse nõ confidebãt. sz xpianorum Regum et principũ ac aliorum omniũ sacro baptismatis fonte renatorum auxilia ad id fore noscebãtur plurimũ oportuna. Nos tũc vniuersis xpifidelibz vtriusq; sexus vere penitẽtibz et confessis. qui aliquã ex ecclesijs vrbis p diuersũ orbẽ alibi tñ q̃ in urbe consistentibz. quas ad hoc deputari contigerit. quãdocũq; a p̃mis vespis diei dñice palmarũ tũc proxime future. nũc pterite quadragesime usq; ad diẽ pasce resurrectõis dñi nr̃i ihu xpi immediate post aliã quadragesimã seqñtis ãni futuri Incarnacõis dñice Millesimi quadringẽtesimi octuagesimiprimi inclusiue. semel dũtaxat deuote visitarent. et ad huiõi piũ opus defensionis fidei. put eorum pia deuotio eis dictaret. manus porrigerẽt adiutrices. plenariã oim peccatorum suorum indulgentiã. et oimodã remissionẽ concessimus. certis tũc expssis nr̃is ac Magistri et conuẽtus p̃dictorum in hoc commissarijs. ac illis quos Magister et Cõuentus p̃fati loco eorum uel alicuius ipsorum ducerent surrogãdos. et cuilibz eorum deputãdi et designãdi eccias q̃ deberent propterea visitari. et alia tũc expssa faciẽdi facultatẽ concessimus. Illis vero qui nõ visitarẽt aliquaz ex huiõi designãdis ecclesijs p seipsos legitio impedimẽto detenti. mitterẽt tñ ad aliquã ex eisdẽ ecclesijs de bonis eis a deo collatis suffragia q̃ pia eorum deuotio dictaret. ut confessor ydoneus quẽ quilibz eorum p se duceret eligendũ eius confessione diligẽter audita. pro commissis p eos excessibz et peccatis quibuslibz. nisi talia forẽt propter q̃ sedes aplica esset merito consulenda. eis de absolucõis bñficio puidere. et penitẽtiam salutarẽ iniũgere. et in mortis articulo plenariã oim peccatorum suorum indulgentiã et remissionẽ impendẽ valeret. aplica auctoritate cõcessimus. Et ut confluẽtes ad p̃fatas eccias designãdas pro huiõi indulgẽtia consequẽda. conscientie pacẽ et aie salutẽ deo propicio vberius consequi valerent. cuilibz commissariorum p̃fatorum. et loco eorum forsan surrogandorum et ab aliquo eorum auctoritatẽ habẽtibz. deputãdi auctoritate nr̃a in singulis ecclesijs p̃dcis aliquos confessores p̃sbiteros seclares uel religiosos. etiã mẽdicantiũ ordinũ timorate conscientie de quibz eis videtur. ad eorum nutũ amouibiles. et deputatorum ac amotorum loco alios surrogãdi. totiens quotiẽs eis expedire videtur. qui dicta auctoritate nr̃a confluẽtiũ eorũdẽ confessionibz diligẽter auditis. durãte tpe indulgẽtie memorate. et p octo dies dictã diẽ dñicã palmarũ. tũc proxime future nũc pterite quadragesime p̃dicte immediate p̃cedẽtes in eisdẽ eccijs visitãdis. eisdẽ cõfitẽtibz. a simonie labe in bñficijs et ordinibz vel alias qualitercũq; commissa. in foro conscientie. et in singulis sedi p̃fati nõ reseruatis casibz et peccatis. ac censuris quibz irretiti quomodolibz forẽt de absolucõis bñficio puidere. et penitẽtiã salutarẽ iniũgere. ac alia tũc expssa facere possent. auctatem concessimus. put in eisdẽ lr̃is plenius continetur. Cũ aũt sicut accepimus. dilcũs filius Johãnes de Cardona bauiuus Maioricen. et p̃fati Magistri locũtenẽs vnus ex commissarijs ad psequẽdũ opus indulgẽtie huiõi p alamaniã et illi adiacẽtia loca p Magistrũ et conuentũ p̃dcos deputatus. causante incursu eorunde Thurcorum qui post datũ lrarum nostrarũ p̃dictarũ. ad insulã p̃dictã hostiliter se contulerũt. ipso Johãne ibidẽ tũc existente. sibi commissa statuto in eisdẽ lr̃is tpe exequi nõ potuerit Nos ut xpi fideles loca in quibz idẽ Johãnes de Cardona Cõmissarius deputatus existit. ut pfertur. inhabitantes facultate consequẽdi indulgẽtiã p̃dcãm nõ minori tpis spacio. q̃ reliqui christifideles potiãtur. puidere cupiẽtes. motu proprio nõ ad alicuius nobis sup hoc oblate petitionis instãtiã. sz de nostra mera deliberacõne et ex certa sciẽtia. p̃fatũ Johãnẽ ad psecucõnẽ huiõi. iuxta seriẽ sibi facte commissionis a magro et couẽtu p̃dcis. Cõmissariũ etiã aplica auctate facimus constituimus et deputamus ac volum⁹. et dicta auctate decernimus quod quo ad alamaniã et illi adiacẽtia loca in commissiõe dicti Johãnis inclusa. in quibz lr̃e indulgẽtiarũ huiõi adhuc solẽniter publicate. et ecclesie visitãde deputate nõ fuerũt tẽpus p ipas lr̃as p̃fixũ. ad visitanduz eccias deputãdas. et mittẽdũ pia suffragia ad illas pro consequẽda indulgẽtia et facultate eligẽdi confessorẽ memoratis. q̃d iuxta p̃dcarũ lrarũ continẽtiã in p̃mis vespis dicte diei dñice palmarũ proxime pterite q̃dragesime incepit nõ sumat initiũ et finẽ. iuxta dictarũ lrarũ continentiã sed initiũ assumat quo ad vnãquãq; ecciam quã deputari contingerit infra limites commissionis dicti Johis. a p̃mis vespis diei qua litere nostre p̃dicte fuerint in illa solẽniter publicate. et quo ad illas eccias in quibz publicatio ipsa fiet ante proximũ festũ Natiuitatis virginis Marie. duret per annũ integrũ a die cuiuslibz publicacõnis huiõi. quo vero ad illas eccias in quibz publicatio ipsa fieret die festi Natiuitatis p̃dicte vel postea quãcũq; ante tñ tũc proximum subseqñs festũ natiuitatis virginis marie. anni p̃dicti incarnacõis dñice. Millesimi q̃dringẽtesimo octuagesimiprimi. duret usq; ad ipsũ tũc proximũ subseqñs festũ p̃dictũ natiuitatis virginis marie d. [illegible] ãni incarnacõnis dñice. Millesimi q̃dringẽtesimi octuagesimiprimi inclusiue. et eodẽ die festi natiuitatis decurso penitus et oino exspiret. Et quod illi fideles qui aliqu[illegible] ex eccijs p̃dictis sic in locis inclusis in commissione dicti Johis in quibz hactenus publicacõ lrarum p̃dictarũ facta non extitit. postq̃ fiet publicatio huiõi. visitabũt durãte tpe p̃dicto p̃ntibz lr̃is limitato respectiue. et inibi pia suffragia erogabũt. vel mittẽt ad illas si visitare impediti fuerint. illas indulgẽtiã et facultatẽ eligẽdi confessore consequãtur. quas eos consequi volumus visitãdo. et manus adiutrices porrigẽdo. seu pia suffragia mittẽdo. infra tẽpus in p̃dcis literis p̃fixũ. Et quod durãte huiõi sic ut pfertur p̃ntibz limitato tpe visitacõnis quo ad loca p̃dicta commissionis dicti Johãnis. Ipse Johãnes et deputandi ab eo subcõmissarij et q̃illorum vices gerẽt. Ac confessores quos ipi deputabũt ad audiẽdas confessiones confluentiũ. pro dicta indulgentia consequẽda concessis p easdẽ literas. cõmissarijs et subcõmissarijs ac vices gerentibz eorũndẽ. et confessoribz sic deputatis facultatibz libere vti possint. alias iuxta earũdẽ literarũ continẽtiam atq; formã. Quodq; confessores p̃dicti q̃ in locis commissionis dicti Johãnis deputabũtur. et etiã illi q̃ p alios cõmissarios et subcõmissarios vel vices gerẽtes eorum hactenus deputati sũt. et pro tpe etiã deputabũtur in quibusuis alijs mũdi ptibz vigore p̃dictarũ lrarũ ad effectũ absoluẽdi confluentes. pro consequẽda indulgẽtia memorata. et etiã confessores quos mittẽtes pia suffragia eligere p̃nt. iuxta dictarũ lrarum continentiã. quascũq; psonas symonie labe q̃litercũq; pollutas in foro conscientie a reatu ipso symonie et censuris quas propterea incurrerũt. absoluere et sup irregularitate quã censuris huiõi ex dicta causa incursis ligati. missas et alia diuina officia absq; clauiũ contemptu celebrãdo. seu illis alias se immiscendo contraxissent dispensare. oẽmq; inhabilitatis et infamie maculã inde puenientẽ abolere. Ipseq; Johãnes et alij cõmissarij p̃fati. ac ab eis in hoc specialẽ facultatẽ habẽtes et quilibz eorum cũ eisdẽ symoniacis sup fructibz male pceptis ex eccijs monasterijs / dignitatibz / canonicatibz et p̃bendis ac alijs bñficijs ecciasticis cũ cura et sine cura secularibz et ordinũ quorũuis etiã militiarũ regularibz symoniace acquisitis quos integre restituere tenerẽtur. componere et aliqua illorum porcõne de qua eis videbitur in fructibz ipsis vel eorum valore recepta in p̃missum opus defensionis fidei conuertenda. residuũ eisdẽ symoniacis gratiose remittere. et quod sic quesita symoniace bñficia ecciastica quecũq; et qualiacũq; retinere possint eis concedere libere et licite valeãt. motu. sciẽtia et auctoritate p̃dictis concedimus. Declaramus q̃ quod reiterãtes visitacõnẽ ecciarũ huiõi dicti Johãnis vel alias in cõmissionibz aliorum commissariorum inclusorum cũ porrectiõe manuũ adiutricũ indulgentiã. et visitare impediti mittentes sepius pia suffragia ad aliquã earũdẽ. facultatẽ eligẽdi confessorẽ. p̃dcãs totiẽs quociẽs id egerint consequntur. Et si symoniaci fuerint. ad absolucõnẽ. dispensacõez abolitionẽ cõcessiõz et remissionẽ. p̃dcãs cũ eisdẽ etiã totiẽs q̃tiẽs id egerint possit deueniri. Nõ obstantibz constitucõnibz et ordinacõnibz ac literis apostolicis illis p̃sertim p quas dudum inter alia sub dato. Tercio kl̃. Januarij pontificatus nostri Anno nono voluimus quod nullus cõfessorũ vigore quarũcũq; facultatũ deputatorum uel electorum in certis nobis expssis casibz absoluẽ possz. nisi ex speciali licentia et certa sciẽtia nostra. de qua ita demũ constare censeretur. cũ in signatura nr̃a desup manu nostra scriptuz. aut in literis nostris expssum foret nos ex certa scientia et de speciali gratia id concedere cũ derogacõne nostre contrarie constitucõnis p̃dicte. illius de verbo ad verbũ inserto tenore. nõ autẽ p clausulas id importãtes quibz ex certa sciẽtia de speciali gratia ad p̃misse p̃sertime cause defensionis fidei effectũ. specifice et expsse quo ad huiõi symonie labem et illius occasione puenientes censuras dũtaxat. illis alias in suo robore pmansuris. derogamus. ceterisq; contrarijs quibuscũq;. Et quod difficile esset p̃ntes lr̃as ad singula loca in quibz expediẽs fuerit deferri. motu. sciẽtia. et auctate p̃dictis decernimus. quod illarũ transsumpto manu publici notarij confecto et alicuius p̃lati ecciastici seu causarũ Curie Camerẽ aplice generalis auditoris sigillo munito. eadẽ prorsus ubilibz detur fides q̃ daretur eisdẽ p̃ntibz lr̃is si forent exhibite uel ostense. Nulli ergo oino hoim liceat hãc pagiñã nostre constitucõnis. deputacõnis. volũtatis decreti. concessionis. declaracõis et derogaccis infringẽ vel ei ausu temerario contraire. Si q̃s aũt hoc attemptare p̃sumpserit. indignacõez omipotẽtis dei ac btõrum Petri et Pauli aplorum ei⁹ se nouerit incursurũ. Datũ Rome apud sanctũ Petrũ Anno incarnacõis dñice. Millesimo q̃dringẽtesimo octuagesimo. Quarto. Non. Maij. potificatus nr̃i

Summarium bulle precedentis.

Visitãntes et contribuẽtes totiens quotiẽs consequñtur indulgẽtias. Cõmutacõ votorum oim quiq; principalibz temptis dumtaxat.

Om̃es legitimi impediti. p̃nt sibi eligere confessores totiẽs quotiẽs et mittere suas pias elemosinas et consequi indulgentias.

Sup male acquisitis rebz et symonie labe in foro conscientie contracta. et fructibz inde pceptis dispensandi. abilitãdi. absoluẽdi. concordãdi et c. in pte vel in toto deputatis cõceditur

Inhibetur cõfessoribz sub pena excõicacõnis ne quicq̃ recipiãt quouis quesito colore. uel in alios vsus conuertãt.

Impediẽtes hoc sanctũ opus penã excomuicacõnis incurrũt a qua nisi a sũmis pontificibz absoluentur.

Quod transsumpto literarũ tanta adhiberi debet fides quãta ipsis literis õriginalibz. Hec et plura alia clarius patent in bulla

Abb. GM 149

GM 149

Sixtus IV., Pontifex Maximus
Bulla *(Cunctorum christifidelium)* betreffend die Ausdehnung des Ablasses zum Besten des Kampfes gegen die Türken, Rom, 4. Mai 1480 [Mainz: Peter Schöffer, nach dem 4. Mai 1480]

Einblattdruck
Gutenberg-Museum Mainz, GM Ink 96
HC 5497

Mit der vorliegenden Bulle gewährte Papst Sixtus IV. die Ausdehnung des Ablasses auf volle Vergebung der Sünden, zum Schutz des christlichen Glaubens vor den Türken und zum Besten des Johanniterordens auf Rhodos. Damit versuchte der Heilige Vater, der nach wie vor drohenden Türkengefahr zu begegnen. Die Bulle war am 4. Mai 1480 in Rom verkündet worden und musste so schnell wie möglich publiziert werden. Daher beauftragte man nicht nur Schöffer mit deren Druck, sondern auch Hermann Kaestlin in Augsburg, Arnold TerHoernen in Köln, Friedrich Creussner in Nürnberg sowie Johann Amerbach und Michael Wenssler in Basel.[1] Schöffers Druck zeigte das Papstwappen über dem Text, an dessen Schluss das Ausfertigungsdatum sowie das Wappen der begünstigten Johanniter. Letzteres fehlt beim Exemplar des Gutenberg-Museums.

Druckhistorisch ist die Bulle in zweifacher Hinsicht von Bedeutung. Zum einen zeigt sie die ersten im Mainzer Buchdruck verwendeten Holzschnitte. Ihr Druck erfolgte nicht in einem Durchgang mit dem Text, wie ihre unterschiedliche Position in den verschiedenen Exemplaren beweist.[2] Zum andern benutzte Schöffer für die beiden Überschriften die Type der B42. Da die Type des Psalters von 1457 bei der Auszeichnung der ersten Worte und die Durandus-Type als Textschrift fungierte, muss das unfirmierte Blatt bei Schöffer entstanden sein, dem die Type der B42 zu diesem Zeitpunkt offenbar zur Verfügung stand.

C. S.

1 Fuchs 1960, S. 7.
2 Fuchs 1960, S. 9.

Literatur
Schreiber 1910/11, Nr. 3657. – GW 1914, Nr. 1364. – Fuchs 1960, S. 4, Nr. 1 u. S. 7 ff.

Donat-Kalender-Type in Vollendung: B36

GM 150 (s. S. 199, Abb. 7)

Biblia latina, 36-zeilig
[Bamberg: Drucker der 36-zeiligen Bibel, nicht nach 1461]

2°
Universitätsbibliothek Erlangen-Nürnberg, Band 1 (von 2). Inc. 31
Universitätsbibliothek Greifswald, 2 Bde., BW 210-211 (2° Fa 485)
GW 4202

Obwohl die B36 in der Donat-Kalender-Type gedruckt ist, entstand sie vermutlich nicht in Mainz, sondern in Bamberg (siehe S. 200 ff.). Papierherkunft, Weiterverwendung der Type und andere Indizien sprechen dafür, dass Gutenberg die Schrift dem Bamberger Bischof Georg I. überließ und ihm zudem Fachkräfte für die Einrichtung einer Werkstatt und den Druck zur Verfügung stellte. Wegen der Größe der Schrifttype erreichte die B36 einen deutlich stärkeren Umfang als die B42. Um sie besser handhaben zu können, ließen die unterschiedlichen Besitzer sie nicht nur in zwei, sondern auch in drei Bände binden. Die beiden in der Ausstellung alternativ gezeigten Exemplare aus Erlangen und Greifswald sind beide zweibändig konzipiert und mit einem zeitgenössischen Einband versehen. Ihre Provenienzen lassen sich nicht lückenlos zurückverfolgen, doch scheinen die Illuminierungen der Greifswalder Bibel in den thüringisch-sächsischen Raum zu verweisen, während sich der Erlanger Band vielleicht in Heilbronner Klosterbesitz befand.

C. S.

Literatur
HC 3032. – GfT, Nr. 1502. – De Ricci 1911, Nr. 23.10 und 23.12. – Wilhelmi 1997, Nr. 139, Abb. 1–4. – Christie's 1991.

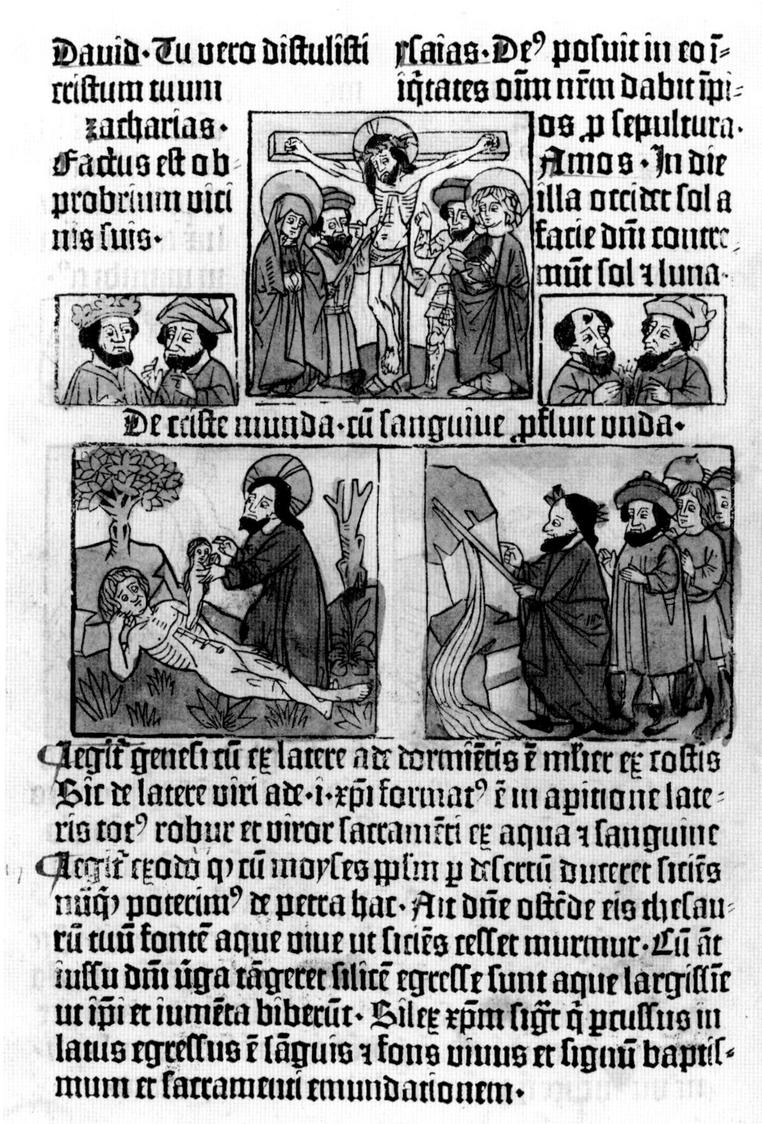
David · Tu vero distulisti
cristum tuum
zacharias ·
Factus est ob
probrium vici
nis suis ·
Ysaias · De⁹ posuit in eo i-
iqtates oīm nrm dabit ipi-
os p sepultura ·
Amos · In die
illa occidet sol a
facie dñi conv-
mūt sol ꝛ luna ·
De criste munda · cū sanguine pfluit unda ·
Legit genesi ii c. q de latere ade dormientis ē mlier ex costis
Sic de latere viri ade · i · xpi format⁹ ē in apicione late-
ris tot⁹ robur et vigor sacramenti ex aqua ꝛ sanguine
Legit exodi q cū moyses pplm p desertū duceret sitiēs
nūq poterim⁹ de petra hac · Ait dñe ostēde eis thesau-
rū tuū fontē aque vive ut sitiēs cesset murmur · Cū āt
iussu dñi vīga tāgeret silicē egresse sunt aque largissīe
ut ipi et iumēta biberūt · Silex xpm sigt q pcussus in
latus egressus ē sāguis ꝛ fons vivus et signū baptis-
mum et sacramenti emundacionem ·

GM 151

Biblia pauperum, deutsch (Armenbibel) [Bamberg: Albrecht Pfister, um 1462]

2°
John Rylands Library, University of Manchester, 9402
GW 4325

Bei der »Armenbibel« handelt es sich nur sehr bedingt um eine Bibel für Arme. Zwar fand die »Biblia pauperum« bereits in Handschriften eine weite Verbreitung, doch war sie weder für finanziell noch geistig Minderbemittelte geeignet. Vielmehr folgt sie einem im Mittelalter gebräuchlichen typologischen System, das Ereignisse des alten Testaments als Verweise auf das Heilsgeschehen im Neuen Testament begriff. Schon in den Handschriften hatte sich dafür ein Illustrationsschema herausgebildet, dessen Ikonographie auch in den Druck Eingang fand.
Der Drucker Albrecht Pfister erlernte sein Handwerk vermutlich während des Drucks der B36 (siehe S. 200 f. und Kat.- Nr. GM 150). Danach verwendete er deren Schrift – also die Donat-Kalender-Type – für seine eigenen Werke, meist volkstümliche Stoffe, die er als erster Drucker mit Holzschnitt-Illustrationen versah.
C. S.

Literatur
H 3176. – Schreiber 1910/11, Nr. 3480. – De Ricci 1911, Nr. 30. – Zedler 1911, Nr. 4.

Letztes Rätsel: Catholicon

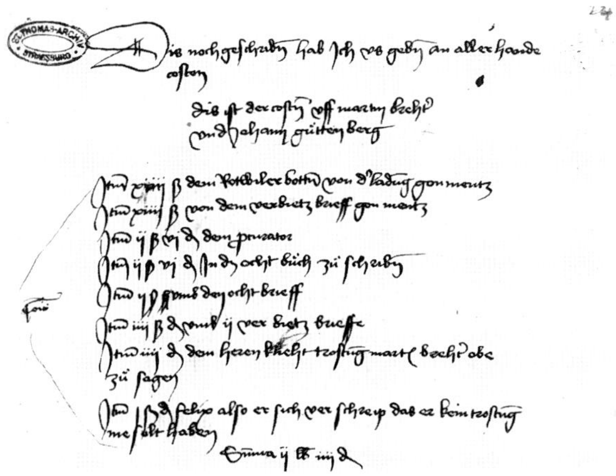

GM 152

Gutenberg bleibt die Zinszahlungen an das Straßburger St.-Thomas-Stift schuldig

GM 152 a

Rechnungsbuch des St.-Thomas-Stifts für das Jahr 1457–1458

Rechenung Cün Hansen des porten//schaffeners von Johannis//anno l. septimo// vntz uff Johannis anno l. octavo
Handschrift auf Papier
ca. H. 30 cm, B. 22 cm
Archives municipales de Strasbourg, Frankreich, AST 826/14 1457/58 Porta

GM 152 b

Rechnungsbuch des St.-Thomas-Stifts für das Jahr 1459–1460

Rechenung Cün Hansen des porten//schaffeners von Johannis//anno lix°
uff Johannis anno lx°
Handschrift auf Papier
ca. H. 30 cm, B. 22 cm
Archives municipales de Strasbourg, Frankreich, AST 826/21 1459/60 Porta

GM 152 c

Rechnungsbuch des St. Thomas-Stifts für das Jahr 1461–1462

Rechenung Cün Hans der porten schaffener von Johannis//anno lx. primo vntz uff Johannis anno lx. secundo
Handschrift auf Papier
ca. H. 30 cm, B. 22 cm
Archives municipales de Strasbourg, Frankreich, AST 826/27 1461/62 Porta

Bis 1457 hatte Gutenberg seine Zinsen für den 1442 aufgenommenen Kredit immer pünktlich beglichen (vgl. Kat.-Nr. GM 60 und 61). Ab Herbst 1458 stellte er diese Zahlungen ein. Ob Johannes Gutenberg zu diesem Zeitpunkt finanziell ruiniert war, oder ob er alle seine Mittel für ein neues Großprojekt – etwa das »Catholicon« – benötigte, lässt sich heute nicht mehr klären.
Das Thomasstift bemühte sich, seine Außenstände einzutreiben. Dies verursachte weitere Kosten, die peinlich genau in den Büchern vermerkt wurden. 1458 beantragte das Stift die Festnahme von Gutenberg sowie die seines Bürgen Martin Brechter und zahlte 2 Schilling dafür: *Item ij ß Martin Brechter und Johan Guttenberg zu arestieren* (vgl. Kat.-Nr. GM 152a). Da beide Schuldner nicht mehr in Straßburg weilten, schickte man 1459/1460 zwei Mahnbriefe nach Mainz: *Item v ß den. Von zweien brieffen zu fertigen Johann Guttenberg* (vgl. Kat.-Nr. GM 152b). Doch alle Bemühungen des Schaffners Cün Hans blieben erfolglos; Gutenberg ignorierte die Mahnungen oder war nicht in der Lage, seine Schulden zu begleichen. Deshalb sah sich das Stift gezwungen, Klage gegen ihn zu erheben (vgl. Kat.-Nr. GM 153).
Im Rechnungsjahr 1461/1462 erstellte der Schaffner des Klosters unter der Überschrift: *dis noch geschriben hab ich us geben an aller hand//costen* eine Liste aller durch Gutenberg verursachten Kosten. Dieser Liste ist zu entnehmen, dass das Kloster Gutenberg 1461 in die Acht erklären ließ: *Dis ist der costen vff Martin Brehter//und Johann Guttenberg//... item ij ß vj d. in das ocht buch zu schriben;//item ij ß vmb den ocht brieff ...*
S. W.

Literatur

Schorbach 1900. – Katalog »Gutenberg et les débuts de l'imprimerie« 1968.

GM 153

Schreiben des St.-Thomas-Stifts in Straßburg an das Hofgericht in Rottweil, 1461

Klage des Thomasstifts gegen Gutenberg wegen säumiger Zinszahlungen
Zeitgenössische Kopie, 1461
Handschrift auf Papier
H. 22,0 cm, B. 14,3 cm
Archives municipales de Strasbourg, Frankreich, AST 1885/23, N° 23

Nachdem Gutenberg trotz aller Mahnungen des Thomasstifts seine Schulden nicht bezahlt hatte, versuchten die Stiftsherren über eine Klage beim kaiserlichen Hofgericht in Rottweil, ihr Geld zu erhalten. Der Originalbrief mit dem Siegel des Klosters ist verloren, doch haben die vorsichtigen Stiftsherren eine Abschrift für ihr Klosterarchiv angefertigt, die hier gezeigt wird.

Gutenberg wurde auf Zahlung der rückständigen Zinsen für den 1442 gewährten Kredit und auf Erstattung der dadurch angefallenen Kosten verklagt. Auch forderte das Stift die Übereignung des vertraglich festgelegten Pfands, nämlich einer Rente Gutenbergs von 10 Goldgulden *(Als wir Johann Guttemberg für üch zu recht geladen haben vmb geuallen vnd versessen zinß mitsampt dem kosten, ouch umb versässung vnsers vnterphands, so er vns noch besag vnsers houptbriefs pflichtig vnd vffzerichten uerbunden ist)*. Ferner teilt das Stift dem Gericht mit, dass es Michael Rosenberg aus Rottweil mit der Klageerhebung gegen Gutenberg beauftragt habe, da man selbst keinen Abgesandten schicken könne.[1]

Man hatte Gutenberg zuvor schon vor das Rottweiler Gericht laden lassen, jedoch ohne Erfolg, da der Erfinder als Untertan des Mainzer Erzbischofs ausschließlich dessen Jurisdiktion unterstand.[2] Dennoch erreichten die Stiftsherren, dass Gutenberg ins Achtbuch eingetragen wurde (Kat.-Nr. GM 152 c). Doch selbst diese juristisch gravierende Maßnahme bewirkte kein Umdenken bei dem Schuldner. Wie die weiteren Eintragungen in den Stiftsbüchern belegen, leistete Gutenberg bis zu seinem Lebensende keine weiteren Zahlungen mehr nach Straßburg (Kat.-Nr. GM 159b).

S.W.

1 Schorbach 1900, S. 216.
2 Schorbach 1900, S. 216 und Anm. 300; Kapr 1987, S. 221.

Literatur
Schorbach 1900. – Katalog »Gutenberg et les débuts de l'imprimerie« 1968. – Kapr 1987.

Handschriftlicher Ablassbrief für das Stift Neuhausen, StA Mainz

GM 154

Ablassbrief zum Besten der Zyriakuskirche zu Neuhausen, latein. Formular für Männer [Mainz: Drucker des Catholicon, vor dem 10. April 1462]

Einblattdruck
Staatsarchiv Ludwigsburg, StAL B 389 U 586
GW 78

1460 zerstörten die Truppen des Mainzer Erzbischofs Diether von Isenburg-Büdingen während dessen Krieg gegen Kurfürst Friedrich I. von der Pfalz die Kirche und das Stift des hl. Zyriakus in Neuhausen bei Worms. Zur Unterstützung des Wiederaufbaus gewährte Papst Pius II. einen Ablass. Mit der Durchführung beauftragte er den Bischof von Worms, Reinhard von Sickingen, und den Wormser Domdekan Rudolf von Rüdesheim. Die entsprechenden Ablassformulare wurden handschriftlich vervielfältigt (Abb. 39), aber auch gedruckt, wobei man bereits unterschiedliche Quittungen für weibliche und männliche Käufer vorsah. Handschriftlich musste der Ablasshändler nur noch den Namen und das Datum eintragen. So wurde das hier gezeigte Exemplar am 10. April 1462 für Frau Anna Vogtin aus Ellwangen ausgestellt und besiegelt.

Den Druckauftrag für die Ablassbriefe vergab man an zwei verschiedene Offizine, denn es existieren – bei annähernd gleichstimmigem Text – Formulare in zwei unterschiedlichen Schriften. Eine davon, die Durandus-Type, lässt sich eindeutig Fust und Schöffer zuordnen (Kat.-Nr. GM 164), während die zweite mit der des 1460 in Mainz erschienen »Catholicon« (Kat.-Nr. GM 155 a – GM 155 d) identisch ist. Wieder spricht viel für Gutenberg als den zweiten, anonymen Drucker.

C. S.

Literatur
GW 1914, Nr. 52. – Thienen 1990, S. 74. – Kapr 1976.

GM 155 a

Johannes Balbus
Catholicon
Mainz: [Drucker des Catholicon] 1460

Pergament
2°
St.-Nikolaus-Hospital (Cusanusstift) Bernkastel-Kues
HC 2254. – GfT, Nr. 1638. – De Ricci 1911, Nr. 90. – GW 3182. – Marx 1907, Nr. 84.

GM 155 b

Johannes Balbus
Catholicon
Mainz: [Drucker des Catholicon] 1460

Papier mit Ochsenkopf – Wasserzeichen
2°
Württembergische Landesbibliothek Stuttgart. Inc. fol. 2254
HC 2254. – GfT, Nr. 1638. – De Ricci 1911, Nr. 90. – GW 3182.

GM 155 c

Johannes Balbus
Catholicon
[Mainz: Drucker des Catholicon, um 1469]

Papier mit Galliziani-Wasserzeichen
2°
Gutenberg-Museum Mainz, GM Ink 33
HC 2254. – GfT, Nr. 1638. – De Ricci 1911, Nr. 90. – GW 3182.

GM 155 d (s. S. 203, Abb. 8)

Johannes Balbus
Catholicon
[Mainz: Drucker des Catholicon, um 1472]

Papier mit Turm-und-Krone-Wasserzeichen
2°
Bibliothek Otto Schäfer, Schweinfurt. OS 423
HC 2254. – GfT, Nr. 1638. – De Ricci 1911, Nr. 90. – GW 3182.

Bei dem »Catholicon« des Johannes Balbus de Janua handelt es sich um eine umfangreiche Abhandlung über die lateinische Sprache. Sie umfasst die Orthographie, die Prosodie (Silbenlehre), die Wörter sowie Satzbau, Fehler und Stil. Beigegeben ist ein etymologisches Wörterbuch. Aufgrund seines umfassenden Inhalts wurde das »Catholicon« zu einem Handbuch der lateinischen Sprache, das vor allem von Theologen geschätzt und zur Bibel-Exegese benutzt wurde. Aufgrund seiner Beliebtheit verhieß eine Edition im Buchdruck dem Drucker sicheren Gewinn. Gerade die Person des Druckers ist aber auch in diesem Fall wieder ungewiss. Den Ausgangspunkt der Diskussionen bildet die an den vier verschiedenen Ausgaben gut zu beobachtende Tatsache, dass der Satz zweizeilig erfolgte und bei allen Ausgaben identisch ist, obwohl die Wasserzeichen für zeitlich unterschiedliche Ausgaben zwischen 1460 und 1472 sprechen. Selbst wenn man Gutenberg mit dem Drucker des »Catholicon« identifiziert, können in keinem Fall alle Ausgaben von ihm gedruckt worden sein, da er 1468 starb. Doch wie kam es dann zu identischen Drucken über seinen Tod hinaus? Obwohl für die Lösung dieses Problems mehrere Erklärungen existieren, vermag keine voll und ganz zu überzeugen. Auch die Frage, ob Gutenberg der Drucker des Catholicon ist, muss daher offen bleiben.

C. S.

GM 156 (s. S. 204, Abb. 9)

Thomas Aquinas
De articulis fidei et ecclesiae sacramentis, 34-zeilige Ausgabe
[Mainz: Drucker des Catholicon, um 1460?, um 1469?]

4°
Gutenberg-Museum Mainz, GM Ink 98
HC 1425. – Michelitsch 1913, Nr. 100. – De Ricci 1911, Nr. 92.

GM 157 (s. S. 205, Abb. 10)

Thomas Aquinas
De articulis fidei et ecclesiae sacramentis, 36-zeilige Ausgabe
[Mainz: Drucker des Catholicon, um 1460?, um 1469?]

4°
Universitätsbibliothek Freiburg im Breisgau, Ink K 7055, aa
HC 562. – De Ricci 1911, Nr. 93. – Sack 1985, Nr. 3388.

GM 158

Matthaeus de Cracovia
Dialogus rationis et conscientiae de frequenti usu Communionis
[Mainz: Drucker des Catholicon, um 1460?, um 1469?]

4°
Gutenberg-Museum Mainz, GM Ink 99
H 5803. – De Ricci 1911, Nr. 91.

Neben dem »Catholicon« kamen in dessen Schrift noch vier weitere Werke heraus, nämlich eine 34- und eine 36-zeilige Ausgabe von Thomas von Aquins »De articulis fidei et ecclesiae sacramentis« (Kat.-Nr. GM 156 und 157) sowie zwei Editionen des »Dialogus rationis« des Matthaeus de Cracovia (Kat.-Nr. GM 158). Auch hier tritt uns dasselbe Phänomen wie beim »Catholicon« entgegen: Während der – wiederum zweizeilige – Satz der jeweiligen Ausgaben identisch erscheint, sind sie auf unterschiedlichen Papieren gedruckt, die eine Entstehung zwischen 1460 und 1469 nahelegen (s. S. 205). Unabhängig von der Lösung dieses Rätsels gehen die Forscher davon aus, dass die kleinen Quartbändchen eine Art Versuchsdruck darstellen, mit denen der Drucker zumindest seine Schrift, vielleicht eine verbesserte Form des Typensatzes ausprobierte, die die Zweizeiligkeit erklären würde.

C. S.

abeganck signatum est – Der ehrsam Meister Gutenberg ist tot

GM 159

Schuldeneinträge Gutenbergs in den Rechnungsbüchern des Straßburger St.-Thomas-Stifts

GM 159 a

Receßbuch des St.-Thomas-Stifts, 1467

Receß aller vstonder zinße von allen joren vncz vff Johannis anno lxvij
Handschrift auf Papier
H. ca. 30 cm, B. 22 cm
Archives municipales de Strasbourg, Frankreich, AST 826/36 1467 Receßbuch

GM 159 b (s. S. 141, Abb. 23)

Rechnungsbuch des St.-Thomas-Stifts 1473/1474

Colligenda procuratoris porte ecclesie sancti Thome Argentinensis a festo Johannis Baptiste inclusiue anni lxx tercij usque eundum festum exclusiue anni lxx quarti
Handschrift auf Papier
H. ca. 30 cm, B. 22 cm
Archives municipales de Strasbourg, Frankreich, AST 827/17 1473/74

Alle Bemühungen des Thomasstifts, bei Gutenberg die ausstehenden Zinsen einzufordern, blieben ohne Ergebnis. In stets gleicher Weise vermerken die Rechnungsbücher der Jahre 1463–1466 *Item Johann Gutenberg und Martin Brechter tenentur iiij lib.den.* und fügen am Rand *vacat* hinzu.[1]
Endlich entschloss sich das Kloster, nunmehr den Bürgen des zahlungsunwilligen Schuldners zur Verantwortung zu ziehen und ihn inhaftieren zu lassen. Im Receßbuch des Jahres 1467 steht unter der Rubrik mit ausstehenden Zinsen folgender Vermerk (Kat.-Nr. GM 159 a): *vacat//Item Johan Gutenberck und Martin Brechter tenentur iiij lib.//Martini de anno lviij° und alle jor so vil uncz Martini//anno lxvj°. Item tenentur vij ß d. pro expensis dummodo arrestatus// fuit Martin Brehter in Hagenouwe.*
Noch lange nach Gutenbergs Tod versuchte das Kloster, Martin Brechter zu belangen, und zahlte 1473/74 nochmals 4 Schillinge, um Brechter erneut festnehmen zu lassen. Anscheinend auch diesmal ohne Erfolg. Schließlich wendeten sich die Stiftsherrn an Brechters Verwandte und schickten einen Notar, der aber nur eine Quittung erhielt: *Item j ß d. Felicj notario pro una quittancia Petri Brehters ex parte Martini Brehters.*
Kurz darauf sahen die Stiftsherren die Vergeblichkeit ihrer Bemühungen ein. Über dem üblichen *vacat,* dem Vermerk der ausstehenden Zinsen, notierte der Schaffner den Tod Gutenbergs und damit die endgültige Abschreibung des Kredites mit den Worten: *abeganck signatum est* (Kat.-Nr. GM 159 b).
S. W.

1 Alle Zitate nach Schorbach 1900, S. 217 f.

Literatur
Schorbach 1900. – Katalog »Gutenberg et les débuts de l'imprimerie« 1968.

GM 160

Der Algesheimer Hof – letzte Wohnstätte Gutenbergs?

Mittelalterliche Bodenfliesen aus dem Algesheimer Hof, 14./15. Jahrhundert
Lilienstab mit Blättern, diagonal gesetzt mit Kreissegmenten
Aus der Grabung von 1978
Hellgrauer und rötlicher Ton
je Fliese ca. H. 11,5 cm, B. 11,5 cm, T. 2 cm
Gutenberg-Museum Mainz, GA 1598/1–8

Ein zeitweiliger Aufenthalt Gutenbergs in Eltville nach 1462 wird allgemein vermutet. Seinen Lebensabend scheint er jedoch seit circa 1465 in seiner Geburtsstadt verbracht zu haben. Bestätigt wird der Mainzer Wohnort durch die Ernennungsurkunde zum Hofmann (s. S. 139, Abb. 20). Darin legte Erzbischof Adolf von Nassau ausdrücklich fest, dass die Gutenberg zugebilligten Lebensmittellieferungen nach Mainz zu erfolgen hatten. Auch wird der Erfinder vom Wachdienst, der Steuer- und anderen Bürgerpflichten der Stadt Mainz befreit.
Die Mainzer Lokaltradition bezeichnet den Algesheimer Hof als letzten Wohnsitz Gutenbergs. Doch wie die meisten Überlieferungen ist auch diese nur durch eine literarische Randnotiz belegt, die sich in einer Kopie der Zimmernschen Chronik von 1550 findet.[1]
Der Algesheimer Hof liegt einen Steinwurf von Gutenbergs Elternhaus entfernt, in der Hinteren Christophsgasse 2–3. Er war im 14. Jahrhundert Sitz der Familie Algesheim und wurde im 15. Jahrhundert durch Zusammenlegung mit den Höfen Bechtermünze und Frauenstein erweitert. 1462 wurde der Hof dem ursprünglichen Besitzer wegen der Beteiligung an der Stiftsfehde entzogen und Ludwig zu Lichtenberg, einem Parteigänger Erzbischof Adolfs, übergeben. Sollte Gutenberg tatsächlich ab 1465

dort gelebt haben, war der Vorbesitzer wohl bereits verstorben oder ihm war das Lehen entzogen worden, und Gutenberg erhielt nicht nur die Nahrung, sondern auch die Wohnung durch den Mainzer Erzbischof.[2]

Zehn Jahre nach Gutenbergs Tod übereignete Erzbischof Diether von Isenburg den Algesheimer Hof, wie auch den Hof zum Gutenberg, seiner neu gegründeten Universität. Der hier entstandene Neubau von 1725 wurde schließlich im Zweiten Weltkrieg zerstört. In seiner Ruine fanden Ende der 1970er Jahre archäologische Grabungen statt, bei denen die ausgestellten mittelalterlichen Bodenfliesen zu Tage kamen. Sie zeigen eine für Mainz und Umgebung seit dem frühen 14. Jahrhundert typische Musterung, den Lilienstab mit Blättern.[3]

S.W.

1 Ruppel 1940 (II), S. 12; Falk 1899 (II), S. 10; Schorbach 1900, Anm. 314.
2 Ruppel 1928, S. 65–68; Zur Geschichte des Hofes vgl. Landgraf 1993, Bd. 3, S. 179.
3 Zur Bestimmung der Kacheln vgl. Landgraf 1993, Bd. 3, S. 348, Nr. J80 und J80x.

Literatur
Falk 1899 (II). – Ruppel 1928. – Ruppel 1940 (II). – Ruppel 1947 (I). – Landgraf 1993.

GM 161

Gutenberg als Zeuge in einem notariellen Akt des St.-Viktor-Stifts, 1457

Notariatsinstrument des Ulrich Helmasperger
Mainz, 21. Juni 1457
Pergamenturkunde
H. 25 cm, B. 18,5 cm
Stadtarchiv Mainz, U 1457.06.21 (St 246)

Die notarielle Niederschrift behandelt ein Abkommen zwischen dem Viktorstift und Johann Sorgenloch, genannt Gensfleisch der Jüngere. Er war der Ehemann von Odilgen Gensfleisch, einer Nichte Gutenbergs (Tochter seines Bruders Friele).[1]

Die Urkunde bezeugt den Verkauf eines Gutes in Bodenheim durch einen gewissen Deylnhenne an Johann Gensfleisch d. J. An diesen Besitz war eine Ewigrente über jährlich 30 Malter Korn zugunsten des Viktorstifts gebunden. Johann Gensfleisch d. J. musste mit dem Kauf der Güter auch die Rente übernehmen und verpflichtete sich im vorliegenden Notariatsinstrument, dies zu tun. Unter den Zeugen wird neben drei Klerikern und einem Laienzeugen auch Johannes Gutenberg genannt. Der Vertrag wurde in der Wohnung des Leonhard Mengoss, Vikar des Viktorstifts und Pfarrer von Eltville, abgeschlossen, der auch das Notariatsinstrument in Auftrag gegeben hatte. Mengoss war vielleicht näher mit Gutenberg bekannt. Er vermerkte jedenfalls in seiner Ausgabe des 1470 gedruckten Confessionale, dass Gutenberg an St. Blasius 1468 (3. Februar) verstorben sei.

Das Notariatsinstrument belegt, dass Gutenberg – auch nach seinem Prozess mit Fust – in der Mainzer Gesellschaft integriert war und als Zeuge auftreten konnte. Ob er für das Viktorstift, wie Schorbach annimmt, benannt wurde oder für den Ehemann seiner Nichte Zeugnis ablegte, lässt sich nicht genau klären.

S.W.

1 Schorbach 1900, S. 212.

Literatur
Schorbach 1900.

GM 162

Vermerk über den Tod Gutenbergs im liber fraternitatis des St.-Viktor-Stifts

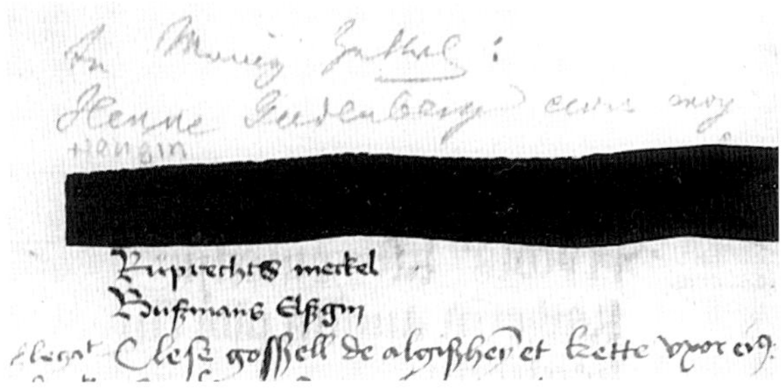

GM 162 a

Bruderschaftsbuch des St.-Viktor-Stifts bei Mainz
Mainz 1384, fortgeführt bis ins 18. Jahrhundert

Handschrift auf Pergament
H. ca. 33 cm, B. 24 cm
Hessisches Staatsarchiv Darmstadt, C1 D 35

GM 162 b (s. S. 141, Abb. 22)

Fragment des handschriftlichen Eintrages vom Tod Gutenbergs

Hengin Gudenberg civis mag
Handschrift auf Pergament
H. 10,7 cm, B. 1,4 cm
Gutenberg-Museum Mainz, GM Ink 960

Die Bruderschaft von St. Viktor in Mainz war eine Begräbnisbruderschaft, d. h. ihre Mitglieder widmeten sich dem gemeinsamen Gebet, dem Totendienst und dem feierlichen Begräbnis ihrer Mitglieder. Im Gegensatz zu anderen Bruderschaften war sie an keine Zunft gebunden. Aufnahme fanden männliche und weibliche Laien, Stiftsherren und Vikare von St. Viktor. Die Bruderschaft wurde vor 1364 gegründet. Im Jahr 1384 erneuerte man die Bruderschaftsregeln und schrieb sie in dem hier ausgestellten *liber fraternitatis* auf den ersten Seiten nieder. Den Regeln und Aufnahmebedingungen folgt das Verzeichnis der lebenden Mitglieder, dem sich eine Liste der verstorbenen Brüder anschließt.[1]

Neben den Aufnahmegebühren für Laien – 1 Gulden und 1 Pfund Wachs – war jedes Mitglied verpflichtet, an vier Messen im Jahr teilzunehmen, um für die lebenden und verstorbenen Brüder zu beten. Starb ein Mitglied, waren ihm drei Messen, nämlich das Wochen-, Monats- und Jahresgedächtnis durch die Priester der Bruderschaft garantiert. Auch wurde der Verstorbene auf Wunsch in feierlicher Prozession begraben, und die Brüder der Gemeinschaft gaben ihm ohne Entlohnung Geleit.[2]

Das berühmteste Mitglied der Bruderschaft war Johannes Gutenberg. Er kam wahrscheinlich durch Vermittlung seiner dem Stift angehörenden Verwandten zur Viktorbruderschaft (Kat.-Nr. GM 40). Ein erster Eintrag seines Namens befand sich in der Liste der lebenden Mitglieder, wo er nach seinem Beitritt zur Bruderschaft registriert worden war. In späterer Zeit wurden solche älteren Einträge – wegen Platzmangels – durch Rasur getilgt. Daher ist der Namenszug heute kaum noch zu erkennen.[3]

In der Rubrik *laycorum mortuorum fraternitatis ecclesie sancti Victoris* – also der Liste der verstorbenen Bruderschaftsmitglieder im Laienstand – wurde schließlich Gutenbergs Tod vom Brudermeister ohne Datumsangabe eingetragen (Kat.-Nr. GM 162 a). Allerdings wurde der Namenszug von dem »übereifrigen« Gutenbergfan Franz Josef Bodmann (1754–1820) ausgeschnitten. Glücklicherweise fand sich das Fragment im Nachlass des Sammlers und wird heute im Gutenberg-Museum verwahrt (Kat.-Nr. GM 162 b). Dieser barbarische Akt von Urkundenbeschädigung führte dazu, dass die Echtheit des Eintrags immer wieder angezweifelt wurde. Der Vergleich von Fragment und Bruderschaftsbuch lässt unschwer erkennen, dass die Schnittkanten beider Stücke übereinstimmen. Auch wurden die in der Literatur geäußerten Zweifel recht einsichtig durch die Arbeiten von Klaus Hansel und Karl Stamm widerlegt.[4]

Da der Eintrag im Bruderschaftsbuch uns das genaue Todesdatum Gutenbergs nicht verrät, muss hier auf andere Quellen zurückgegriffen werden. Etwa die Notiz, die der Kanonikus Mengoss, Mitglied des Viktorstifts, 1470 niederschrieb. Danach starb Gutenberg am 3. Februar 1468. Als zweiter Hinweis gilt der von Konrad Humery am 26. Februar 1468 unterschriebene Revers, indem dieser den Empfang von Druckutensilien aus dem Nachlass des – also inzwischen verstorbenen – Johannes Gutenberg quittierte. Hansel bemühte sich, durch Schriftenvergleich im *liber fraternitatis* Mitglieder der Bruderschaft zu finden, deren Todesdatum vom selben Schreiber und somit im selben Zeitraum wie Gutenbergs Tod eingetragen wurden, und deren Tod durch andere gesicherte Daten nachzuweisen ist. Seine Vergleichsbeispiele führen zunächst zum Ende der 60er Jahre des 15. Jahrhunderts. Folgt man seiner Argumentation weiter, wurden alle diese Einträge von einem Schreiber vorgenommen, der zwischen 1465 und 1467 tätig war. Somit müsste – entgegen den oben aufgeführten Zeitzeugnissen – Gutenberg schon im Verlauf des Jahres 1467 verstorben sein.[5]

S.W.

1 Schorbach 1900, S. 223f.

2 Hansel 1952, S. 31–33.

3 Schorbach 1900, S. 222 schreibt, dass Gutenbergs Name noch zu erkennen gewesen sei. Stamm 1961, S. 187 konnte durch Untersuchungen im Lumineszenzverfahren nachweisen, dass diese Stelle mindestens dreimal überschrieben wurde. Vgl. auch Hansel 1952, S. 34.

4 Insbesondere Gottfried Zedler hatte an der Echtheit des Eintrages Zweifel gehegt, die sowohl durch Hansel 1952, S. 35–38 als auch durch die weiterführenden Argumente von Stamm 1961, S. 183–187, ausgeräumt wurden.

5 Hansel 1952, S. 36f.

Literatur

Schorbach 1900. – Zedler 1940. – Hansel 1952. – Stamm 1961.

Zwischen Wanderschaft und Universität

Großunternehmer: Fust und Schöffer 1457–1502/03

GM 163 (Abb. rechts und s. S. 216, Abb. 4)

Biblia latina, 48-zeilig
Mainz: Johann Fust und Peter Schöffer, 14. August 1462

2°

Gutenberg-Museum Mainz, GM Ink 32

GW 4204

Die erste und einzige lateinische Vollbibel der Druckerei Fust und Schöffer erschien in einer neuen, wahrscheinlich von Schöffer entworfenen Gotico-Antiqua größeren Grades. Etwa 90 Prozent der Exemplare druckte man auf Papier und nur etwa 10 Prozent auf Pergament. Bemerkenswert ist außerdem das Schöffersche Druckerzeichen mit zwei an einem Ast hängenden Schilden. Der linke zeigt ein stilisiertes X, der rechte ein stilisiertes L mit drei Sternen. Es handelt sich dabei um das älteste Druckersignet Europas.

C.S.

Literatur

HC 3050. – GfT, Nr. 1636. – De Ricci 1911, Nr. 79. – Grimm 1962.

Abb. GM 164

GM 164

Guillelmus Duranti
Rationale divinorum officiorum
Mainz: Johann Fust und Peter Schöffer, 6. Oktober 1459

Pergament
2°
Diözesan- und Dombibliothek Köln, Inc. d 204
GW 9101

Guillelmus Duranti (* 1237, † 1296) war Lehrer des kanonischen Rechts und schrieb diese symbolisch-allegorische Darstellung der mittelalterlichen römischen Liturgie zwischen 1286 und 1291. Der Druck von Fust und Schöffer erfolgte in einer gefälligen, vielleicht von Schöffer entworfenen Brotschrift, die hier zum ersten Mal verwendet wurde und deshalb den Namen »Durandus-Type« erhielt. Die hohe Wertschätzung des Werks zeigt sich nicht nur in der Tatsache, dass es zu den ganz frühen Büchern zählte, die im Buchdruck erschienen, sondern auch in seiner Ausstattung und dem aufwendigen Renaissance-Einband. Seine Blindprägungen zeigen den Sündenfall, die eherne Schlange, die Kreuzigung und die Auferstehung. Der Band war, an einer Kette gesichert, in einer Kettenbibliothek einsehbar (vgl. Kat.-Nr. GM 6).

Als Maler dieser feingliedrigen Illuminationen gilt der so genannte »Maler mit den Aststücken« oder »Fust-Meister«.[1] Der letzte Name erklärt sich aus der Vermutung, der Fust-Meister habe im Auftrag von Johann Fust gearbeitet und zahlreiche Drucke aus dessen Werkstatt in dessen Auftrag illuminiert. Erst danach wurden sie – im Gegensatz zu den meisten anderen Inkunabeln – verkauft. Dieser »Verleger-Buchmalerei«[2] entspricht eine vergleichbare Vorgehensweise hinsichtlich der Einbände.[3] Offenbar testeten die Verleger Fust und Schöffer schon früh ihre Möglichkeiten, indem sie versuchten, eigene und fremde Drucke fix und fertig an den Käufer zu bringen. Da diese kompletten Bände nicht auf Bestellung hergestellt wurden, bargen sie ein relativ hohes finanzielles Risiko. Dank des ausgedehnten Handelsnetzes war diese Vorgehensweise aber zumindest hinsichtlich der Einbände bis in die achtziger Jahre des 15. Jahrhunderts erfolgreich.

C. S.

1 König 1986, S. 301 ff. mit älterer Literatur.
2 König 1986, S. 298.
3 Sack 1973 mit älterer Literatur.

Literatur

HCR 6471. – GfT, Nr. 1635. – De Ricci, 1911, Nr. 65. – Lenz 1997, Nr. 127 u. Taf. 1. – Lehmann-Haupt 1950, Nr. 3.

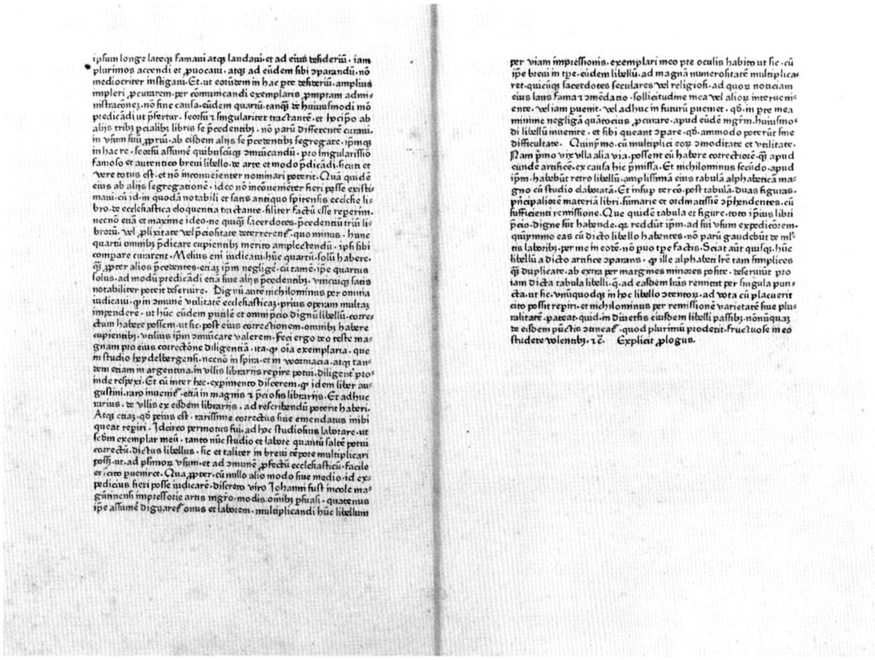

GM 165

Aurelius Augustinus
De arte praedicandi
[Mainz]: Johann Fust [und Peter Schöffer, 1466]

2°

Gutenberg-Museum Mainz, StB Ink a 164

GW 2872. – H 1957. – De Ricci 1911, Nr. 87.

Aurelius Augustinus (* 354, † 430 n. Chr.), einer der vier großen abendländischen Kirchenlehrer, gilt als einer der größten Philosophen des frühen Christentums. Sein nachhaltiger Einfluss auf die Theologie war im ausgehenden Mittelalter immer noch lebendig. Sein viertes Buch aus »De doctrina christiana«, einem Werk der literarischen Hermeneutik, erfreute sich im Mittelalter großer Beliebtheit. Augustinus befasste sich darin mit der Kunst der Predigt und versuchte, antike Schulrhetorik und die christliche Botschaft miteinander zu verbinden. Unter dem Titel »De arte praedicandi« erschien es mehrfach im Druck, so auch bei Fust und Schöffer, wobei das Vorwort lediglich Fust als Drucker nennt. Es handelt sich um sein letztes Druckprojekt , denn er starb 1466 an der Pest.

C. S.

GM 166 a

Johann Brunner
Grammatica rhythmica (cum commento)
Mainz: Johann [Fust und Peter Schöffer], 1466

2°
Bibliothèque Nationale de France, Paris, Rés. X. 522 = exp. 63

Literatur
H 7860. – De Ricci 1911, Nr. 86. – GW 5591. – Lehmann-Haupt 1950, Nr. 23. – Pellechet 1970, Nr. 5295. – CIBN B-864. – Barker 1980.

GM 166 b

Johann Brunner
Grammatica rhythmica (cum commento)
Mainz: Peter Schöffer, um 1470–1473

4°
Staatsbibliothek zu Berlin – Preußischer Kulturbesitz, Inc. 1519

Das kleine Unterrichtswerk für lateinische Grammatik in mnemotechnischen Rhythmen erlebte seit seiner Erstauflage 1466 (Kat.-Nr. GM 166 a) bei Schöffer mehrere, teilweise stark veränderte Auflagen und gilt als erstes in Europa gedrucktes Buch eines lebenden Autors. Bei ihm handelte es sich vermutlich um Johann Brunner aus Rochlitz (nördlich von Chemnitz), einen engagierten Philologen, der als Korrektor bei Schöffer arbeitete. Brunners Begeisterung für die lateinische Sprache äußerte sich in ihrer ganzen Überschwenglichkeit in der »Grammatica rhythmica« und verdeutlicht zudem, welch hohen intellektuellen Standard die frühen Drucker und ihre Mitarbeiter hatten. Dementsprechend pflegte Brunner einen dichten und verschlungenen Sprachstil. Dessen Charakteristik macht ihn als Autor der Verse wahrscheinlich, die Schöffers Ausgaben des Justinian (1468 und 1472, Kat.-Nr. GM 183) und der Decretalen Gregors IX. (1473, Kat.-Nr. GM 182) begleiten. Außerdem muss Brunner als Berater bei den technischen Schwierigkeiten des Typensatzes tätig gewesen sein, die erst seit der Ausgabe von 1468 weitgehend gelöst scheinen (Kat.-Nr. GM 166 b). Der Vergleich mit der früheren Ausgabe (Kat.-Nr. GM 166 a) veranschaulicht die Schwierigkeiten, die bei der Übertragung einer Manuskript-Vorlage in den Buchdruck hinsichtlich des Textes und des Layouts entstehen.
C. S.

Literatur
HC 2766. – Voulliéme 1906–1927, Nr. 1519. – GW 5592. – Lehmann-Haupt 1950, Nr. 28. – Barker 1980.

GM 167 (s. S. 213, Abb. 1)

Peter Schöffer
Bücheranzeige für 19 Bücher
[Mainz: Peter Schöffer, um 1470]

Einblattdruck
Bayerische Staatsbibliothek München, Einbl. VIII, 1 m
GW 1914, Nr. 1296

In dieser Anzeige informiert Schöffer über die Bücher seines Verlags, von denen die meisten in Mainz herauskamen, und nur einige vermutlich bei Zell in Köln. Der handschriftliche Eintrag am unteren Ende *Venditor librorum reperibilis est in hospitio dicto zum Willden mann* zeigt, dass solche Anzeigen von den fahrenden Händlern ausgehängt wurden und der Verkauf in ihren Unterkünften, in diesem Fall dem Nürnberger Gasthaus »Zum wilden Mann«, stattfand. Als Kundschaft kamen offenbar nur gebildete Schichten in Frage, wie die Wahl der lateinischen Sprache zeigt. Tatsächlich lässt Schöffers Unternehmensprofil zu diesem Zeitpunkt keinerlei Hang zur Volkstümlichkeit erkennen.
C. S.

Literatur
GW 1914, Nr. 1296. – Velke 1908, Taf. IV. – Burger 1907, Nr. 3. – Lehmann-Haupt 1950, Nr. 251.

GM 168

Peter Schöffer
Bücheranzeige für »Gratianus« (1472) und »Gregorius IX. Decretales« (1473) [Mainz: Peter Schöffer, um 1473]

Einblattdruck

Universitätsbibliothek München, 2 Inc. lat. 1201:6

GfT, Nr. 1208. – GW 1914, Nr. 1298. – Voulliéme 1919, Nr. 4. – Lehmann-Haupt 1950, Nr. 48.

GM 169

Peter Schöffer
Bücheranzeige für Schöffers 1470er Ausgabe der Epistolae von Hieronymus [Mainz: Peter Schöffer, vor dem 7. September 1470]

Einblattdruck

British Library London, IB 153

HC 5314. – Proctor 1899–1902, Nr. 93. – BMC, Bd. 1, Nr. 26. – BSB-Ink B-918. – GW 1914, Nr. 1297. – Velke 1908, Taf. V. – Burger 1907, Nr. 5.

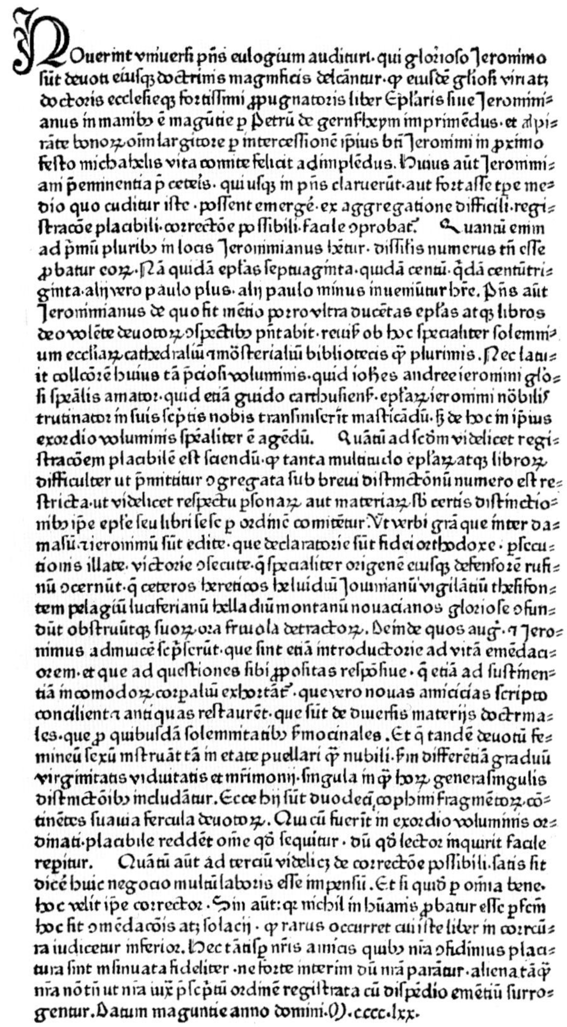

Abb. GM 169

Während Schöffer in dem unter Kat.-Nr. GM 167 gezeigten Plakat eine Übersicht über sein Verlagsprogramm bot, wies er mit anderen Anzeigen auf spezielle Werke hin. Dazu pries er die Qualität der Ausgaben, ihre akkuraten Inhaltsverzeichnisse und die sorgfältige Korrektur. Derartige Aussagen spiegeln, neben dem Werbeeffekt, Schöffers hohen Qualitätsanspruch wider, den er an seine Drucke stellte. Mit solchen Reklameblättern sprach Schöffer gezielt eine bestimmte Käufergruppe an. Als Käufer für die zwei Standardwerke des kanonischen Rechts, den Gratianus und die »Decretales« Gregors IX., kamen etwa wohlhabende Juristen, aber auch Kircheneinrichtungen in Frage. Mit solchen Voranzeigen reagierte Schöffer auf die direkte Konkurrenz, denn er wollte vermeiden, dass potentielle Kunden den Titel, der bei einem anderen Drucker bereits vorhanden war, dort erwarben. Dies wird in der Voranzeige expressis verbis formuliert.

C. S.

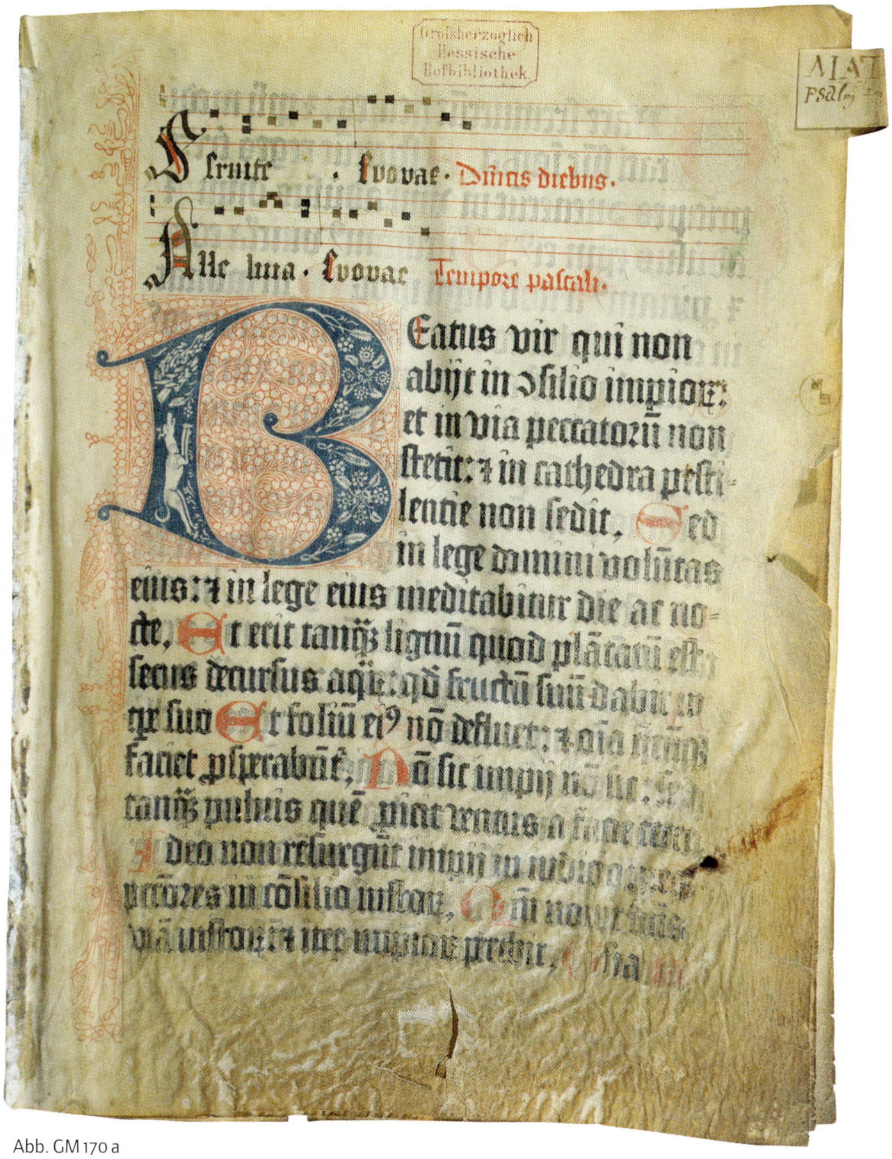

Abb. GM 170 a

GM 170 a

Psalterium
[Mainz]: Johann Fust und Peter Schöffer, 14. August 1457

2°

Hessische Landes- und Hochschulbibliothek Darmstadt, Inc. V/7

H 13479. – GfT, Nr. 1530. – Masson 1954. – Bohatta 1911, Nr. 894. – De Ricci 1911, Nr. 54. – Meyer-Baer 1962, Nr. 241. – Lehmann-Haupt 1950, Nr. 1. – Böhm 1989.

GM 170 b

Psalterium Benedictinum cum canticis et hymnis
[Mainz]: Johann Fust und Peter Schöffer, 29. August 1459

2°

Gutenberg-Museum Mainz, GM Ink 34

H 13480. – Bohatta 1911, Nr. 949. – De Ricci 1911, Nr. 55. – Meyer-Baer 1962, S. 42. – Lehmann-Haupt 1950, Nr. 2. – Böhm 1989.

Seitdem der heilige Benedikt die wöchentliche Lesung aller 150 biblischen Psalmen bestimmt hatte, gab es liturgische Psalter, in denen die Psalmen auf die Wochen- und Festtage verteilt waren. Im Laufe des Mittelalters bildeten die zahlreichen Diözesen hinsichtlich des Textes unterschiedliche Varianten heraus – biblische Cantica, Gebete u.a. traten hinzu –, ebenso für die Ausschmückung des Psalters. Als Fust und Schöffer 1457 ihren ersten gedruckten Psalter herausbrachten (Kat.-Nr. GM 170 a), setzten sie diese Tradition fort. Selbstbewusst nannten sie sich am Ende des Buchs als dessen Drucker und schufen damit die erste Drucker-Schlussschrift des christlichen Abendlandes.
Neben einer allgemeineren Ausgabe publizierten Fust und Schöffer eine erweiterte Psalter-Edition für die Diözese Mainz und zwei Jahre später eine für den benediktinischen Gebrauch, bestimmt für die Bursfelder Kongregation (Kat.-Nr. GM 170 b). Alle drei Auflagen zeichnen sich durch eine drucktechnische Besonderheit aus, da in ihnen die zahlreichen größeren und kleineren Fleuronnée-Initialen nicht mit der Hand gezeichnet, sondern per Metallschnitt gedruckt sind. Dabei nutzte Schöffer, der diese Druckformen vermutlich konzipierte, den kalligraphischen Duktus dieser Filigran-Initialen, da auch bei Metallschnitten die erhabenen Linien drucken. Den kompakten Buchstabenkörper umspielen lineare, oft in Rot und Blau gehaltene Ornamente und füllen ihn aus. Da die aus mehreren Teilen zusammengesetzten Metallschnitt-Initialen vor jedem Druckdurchgang aufgelöst, einzeln eingefärbt und dann wieder zusammengesetzt werden mussten, konnte sich diese Methode der mechanischen Buchausstattung nicht durchsetzen. Zwar nutzte Schöffer sie noch in seinen Missaldrucken (Kat.-Nr. GM 171–173), insgesamt erwies sie sich jedoch als zu umständlich und damit zu teuer.
C. S.

GM 171–173

Während bei Fust und Schöffer in ihrer Anfangszeit einige Werke für den liturgischen Gebrauch erschienen (Kat.-Nr. GM 170 a und b), wandte sich Schöffer erst wieder 1483 dem Missal-Druck zu, den er dann zu einem Schwerpunkt seiner Produktion machte. Dazu verwendete er neben den vorhandenen Psaltertypen von ihm hergestellte neue Schriften und stets denselben Kanon-Holzschnitt. Er stand immer auf der dem Kanon-Beginn gegenüberliegenden Seite und tritt uns zum ersten Mal im »Missale Vratislaviense« entgegen: Im Zentrum Christus am Kreuz, links davon Maria, rechts Johannes.
C. S.

GM 171
Missale Vratislaviense (Breslau)
Mainz: Peter Schöffer, 24. Juli 1483

2°
Gutenberg-Museum Mainz. GM Ink 29
HCR 11333

Mit dem Missale Vratislaviense begann in Schöffers Offizin die Periode der Missal-Drucke. Über die Art der Auftragsvergabe und Schöffers Schwierigkeiten bei der Vorbereitung sind wir relativ gut informiert (vgl. S. 223), aber der Aufwand scheint sich gelohnt zu haben. Noch zwei weitere Male, um 1488 und 1499, erschienen bei Schöffer Auflagen dieses Werks.
C. S.

Literatur
Schreiber 1910/11, Nr. 4777. – Weale 1886, S. 100. – Weale/Bohatta 1928, Nr. 1653. – De Ricci 1911, S. 65. – Tronnier 1908, S. 159 ff.. – Lehmann-Haupt 1950, Nr. 88. – Meyer-Baer 1962, Nr. 203. – Fuchs 1960, S. 4, Nr. 3 und S. 13 ff.

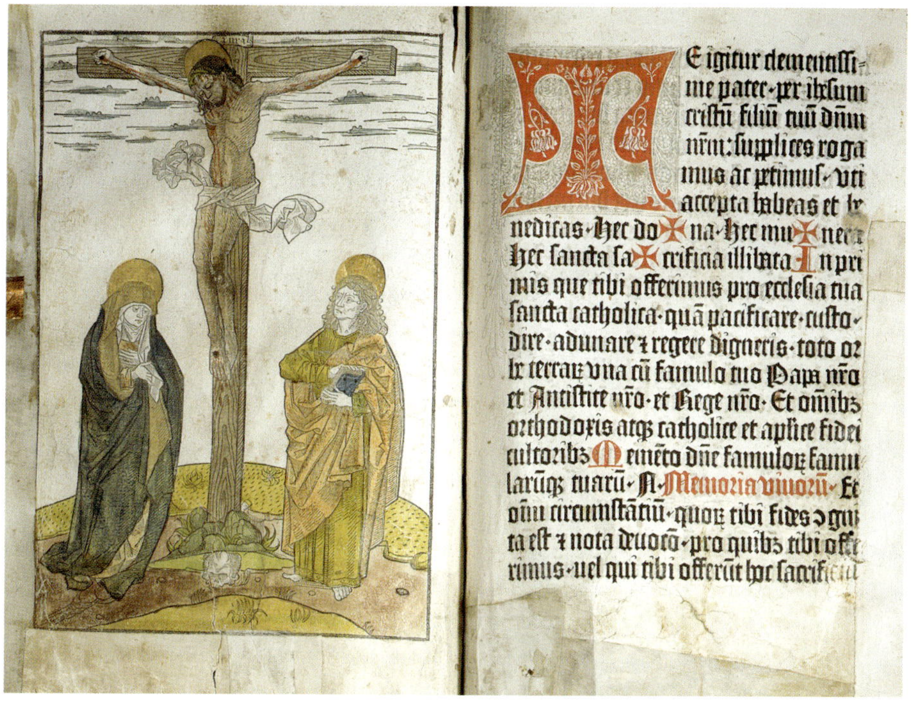

Abb. GM 171

GM 172

Missale Gnesnense et Cracoviense (Gnesen und Krakau) Mainz: Peter Schöffer, 20. April 1492

2°
Staatsbibliothek zu Berlin – Preußischer Kulturbesitz, Inc. 1545,05
HC 4131

Bis auf das Kalendarium stimmt das vorliegende Werk mit dem Missale für die Diözese Krakau überein, das Schöffer 1487 gedruckt hatte und dem eine Auflage im Jahr 1484 vorausging. Die Ausgabe von 1492 erschien in zwei Varianten, wovon eine laut Kolophon der Kirchenordnung von Gnesen und Krakau entspricht. Die andere Schlussschrift versichert, das Missale sei überall zu verwenden.
C. S.

Literatur
Weale/Bohatta 1928, Nr. 407 (B), 408 (A). – Schreiber 1910/11, Nr. 4960. – Schramm 1920–1943, Bd. 14, Nr. 38. – Voulliéme 1906–1927, Nr. 1545,05 (A). – Lehmann-Haupt 1950, Nr. 150. – Fuchs 1960, S. 6, Nr. 17 u. S. 17f.

GM 173 (s. S. 223, Abb. 8)

Missale Moguntinum (Mainz) Mainz: Peter Schöffer, 3. April 1493

2°
Stadt- und Universitätsbibliothek Frankfurt a. M., Inc. fol. 355
HC 11332 = C 4164

Erst relativ spät entstand in einer Mainzer Offizin ein »Missale Moguntinum«. Wie wir aus dem Kolophon erfahren, befahl der Mainzer Erzbischof Berthold II. von Henneberg den Druck, der drei Satzvarianten erkennen lässt.

Bei dem Frankfurter Exemplar wurden, wie vorgesehen, die Initialen mit der Hand rubriziert und die Noten teilweise eingetragen. Im Einband befinden sich, zu Falzen zerschnitten, die Pergamentblätter 76 und 81 des »Missale Misnense« (Meißen), das Peter Schöffer am 27. Juni 1485 herausbrachte. Den Druckauftrag für das »Missale Misnense« erteilte der Meißner Bischof Johannes V. von Weißenbach, der damit auch für die Kosten aufkam und dessen Wappen deshalb unter dem Kolophon erschien. Er wollte damit die längst überfällige Vereinheitlichung und

Verbesserung der unterschiedlichen handschriftlichen Messbücher in seiner Diözese gewährleisten. 30 Exemplare der Auflage ließ er auf Pergament drucken, und von einem solchen ausgewählten rubrizierten Exemplar stammen die Falzen. In unternehmerischer Hinsicht waren solche Bestellungen sehr begehrt, doch ließ die Zahlungsmoral der Kunden – auch wenn sie adeligen Geschlechts und in hoher kirchlicher Position waren – häufig zu wünschen übrig. So erhielt Schöffer seine Auslagen für das teure Pergament erst nach vier Jahren erstattet. So schmerzlich diese Außenstände für ihn gewesen sein mögen, konnte er sie doch angesichts seines Betriebsvolumens kompensieren. Für kleinere Offizine als die seine bedeuteten solche unbezahlten Schulden häufig genug den Bankrott.

C. S.

Literatur

Weale/Bohatta 1928, Nr. 626. – Tronnier 1908, S. 186, Nr. 3. – Meyer-Baer 1962, Nr. 89. – De Ricci 1911, Nr. 68 u. 69. – Schreiber 1910/11, Nr. 4733. – Schramm 1920–1943, Bd. 14, S. 9. – Lehmann-Haupt 1950, Nr. 157. – Fuchs 1960, S. 6, Nr. 21 u. S. 18 sowie S. 5, Nr. 8, S. 18 u. 25.

GM 174

Aurelius Augustinus
De civitate dei
Mainz: Peter Schöffer, 5. September 1473

2°

Gutenberg-Museum Mainz, StB Ink 2075 a

GW 2884. – HC 2057. – Lehmann-Haupt 1950, Nr. 46.

In seinem umfangreichsten Werk rechtfertigte der heilige Kirchenlehrer Augustinus den christlichen Glauben und reagierte damit auf aktuelle Vorwürfe, die in Folge der Eroberung Roms durch die Westgoten 410 n. Chr. aufkamen. Danach war das Christentum für den Untergang des Römischen Staates verantwortlich, da es die alten Götter verdrängt habe. Augustinus argumentierte gegen eine solche Vermischung von göttlichen und weltlichen Gegebenheiten, da er zwischen einem Weltstaat und einem davon getrennten Gottesstaat, der »Civitas dei«, unterschied.

C. S.

Ad laudem beatissime trinitatis · exaltationem
vtilis ecclesie honorificentiam gloriosissimum Jeronimi
Incip lib Jeronimianus sic dictus eo q epl'as
bti Jeronimi ad diuisos et diuersorū ad ipm: s
et felicē eius transitū ex hoc mūdo atq miracla
eius post mortē ipsius meritis diuina vtute pa-
trata contineat. Et ponitur po ep'le damasiane.
Damasus pp Jeronimo de quibusdam qonibs epla j.

Ormientē te et longo iam tpe legētem potius
q scribentē questiunculis ad te missis excitare
disposui: nō quo et legē nō debeas · hoc enim
veluti cotidiano cibo alitur et pinguescat oracō:
s quo lectōnis fructus sit iste si scribas. Ita-
q qm et heri tabellario ad me remisso nullas
iam te ep'las habere dixisti exceptis hijs qs
in heremo aliqn dictaueras · quasq tota aui-
ditate legi atq descripsi: et ultro pollicitus es
te furtiuis noctū opibs aliqs si vellē posse di-
ctare: libenter accipio ab offerente qd rogaē
voluerā etiā si negasses. Neq vero ullā puto
digniorē disputacōis nre confabulacōem fore:
q si de scripturis inter nos sermocinemur: id est
ut ego interrogē tu rndeas. Qua vita michil
in hac luce puto iocundius: quo aie pabulo
oia mella supantur. Quā dulcia inquit pp ha
faucibs meis eloquia tua: super mel ori meo.
Nam cū iccirco ut ait pcipuus orator hoies
a bestijs differamus q loqui possumus: q lau-
de dignus est qui in ea re supat ceteros in q
hoies bestias antecellūt. Accingē igitur et mi-
chi q subiecta sūt dissere fuans utrobiq mo-
deramen: ut nec pposita solucōe desideret: nec
ep'la breuitatē. Fateor eni tibi eos libros qs
michi iā pridē lactātij lectitādos dederas ideo
non libēter lego: quia et plurime eius ep'le us-
q ad mille versuū spacia tendūtur: et raro de
nro dogmate disputāt. Quo fit ut et legenti
fastidiū gnet longitudo: et si qua breuia sunt
scolasticis magis sint apta q nobis: de metris
et regionū situ et phis disputātes. Interrogacō.

Quid sibi vult qd in genesi scriptū est · omis
qui occiderit caim septem vindictas exsoluet.
Si oia fecit deus valde bona · quare interrogacō.
noe de mūdis et immūdis aialibus mandat ·
cum immundū nichil bonū esse possit · et in no-
uo testamēto post visionem que petro fuerat
ostensa dicēti absit dne a me q comune et im-
mundū nunq introiuit in os meū vox de celo
respondeit: qd deus mūdauit tu ne cōe dixeis.
Cur deus loqtur ad abrahā · q interrogacō.
quarta gnatiōe filij isrl de egipto essent reuer-
suri: et postea moyses scripsit · quīta aūt pge-
nie exiert filij israhel de terra egipti. Qd vtiq
nisi exponatur vidē esse ctrariū. Interrogacō.
Cur abraham fidei sue signū in circūcisione
suscepit. Interrogatio.
Cur ysaac vir iustus et deo carus non illi cui
voluit: s cui noluit deceptus errore bndixit.
Jeronimus damaso ppe · Rnsiua ad qōnes
ppositas. Ep'la secūda.

Eatissimo pape damaso
Jeronimus. Postq
ep'lam tue scitatis acce-
pi: ofestim accito notario
ut exciperet impaui. Quo
ad officium pparato qd
erā voce pmpturus ani
michi cogitacōe pingebā. Interim iā et ego
linguam et ille articulū mouebamus: cū subito
hebreus intuenit: deferēs non pauca volumia
que de sinagoga qsi lecturus acceperat. Et ilico.
habes inquit qd postulaueras: meq dubiū et
qd facerē nesciētem ita festinus exterruit: ut
omibs pmissis ad scribēdū trāsuolarē. Qd
quidē usq in pns facio. Verū q heri diacono
ad me misso ut tu putas ep'lam ut ego sentio
comētariū te exspectare dixisti: breuē responsio-
nē ad ea q desideras annectens q singula ma-
gnorū voluminū indigēt disputacōe: duabs
tm questiūculis pmissis: nō q nō potuerim
et ad illas aliqd respondere · sed q ab eloquē-
tissimis viris tertulliano nro sc et nouaciano
latino sermōe sint edite: et si noua voluerimus
differē sit latius disputandū. Certe exspecto
quid placeat: vtrū ne ep'lari breuitate snias
tibi velis digeri: an singlorū libros fieri. Nam
et origenes in quarto pauli ad romanos ep'le
thomo de circūcisione magnifice disputauit · et
de mūdis atq immūdis aialibs i leuitico pla
disseruit: ut si ipe inuenire nil possem · de eius tn
fontibus mutuarē: et ut verius loqr didimi de
spū scō librū in manibs habeo · quē translatū ti-
bi dedicare cupio: ne me estimes tm̄mō dormi-
tare · qui lectionē sine stilo somnū putas. Ante-
latis itaq pbleumatibs que ep'le tue fbieceras
quid michi videatur annexui veniā postulans

Abb. GM 175

GM 175

Hieronymus
Epistolae
Mainz: Peter Schöffer, 7. September 1470

2°
Gutenberg-Museum Mainz, StB Ink a 179
H 8554 (b). – Lehmann-Haupt 1950, Nr. 35.

Die »Epistolae« des Hieronymus, des heiligen Kirchenlehrers aus dem 4. Jahrhundert, enthalten seine für weite Leserkreise bestimmten Briefe. Dank ihrer eleganten Sprache und ihres vielfältigen theologischen, dogmatischen, polemischen und exegetisch-kritischen Inhalts waren sie eine von Theologen gern und viel benutzte Quelle. Für dieses Standardwerk ließ Schöffer eine Voranzeige herstellen (Kat.-Nr. GM 169), in der er dessen Reichhaltigkeit sowie die sorgfältige Inhaltsverzeichnung und Korrektur seines Werks betonte.

C. S.

Literatur
H 8554. – Lehmann-Haupt 1950, Nr. 35.

Fust und Schöffer: Türkengefahr und Ablasswesen

GM 176

Raimundus Peraudi
Ablassbrief zum Besten des Kampfes gegen die Türken
Mainz: Peter Schöffer, vor dem 10. April 1489

Einblattdruck
Staatsarchiv des Kantons Basel-Stadt, Klingental Urk. 2453
GW 1914, Nr. 1138. – Lehmann-Haupt 1950, Nr. 134.

GM 177

Innocentius VIII., Pontifex Maximus
Summaria declaratio bullae indulgentiarum pro tuitione contra Turcos.
Ausgegeben am 11. Dezember 1488
[Mainz: Peter Schöffer, nach dem 11. Dezember 1488]

2°
Staats- und Stadtbibliothek Augsburg, 2 an 2° Ink 701
H 9208. – Hubay 1974, Nr. 1580. – Lehmann-Haupt 1950, Nr. 129.

GM 178

Innocentius VIII., Pontifex Maximus
Articuli abbreviati indulgentiarum iubilei et Cruciatae (Kurzgefasste Artikel des Ablasses der Kreuzzugsbulle)
[Mainz: Peter Schöffer, um 1490]

2°
Staats- und Stadtbibliothek Augsburg, Einbl. vor 1500, No 10
HCR 9206 = H 10123. – Hubay 1974, Nr. 195. – GW 1914, Nr. 363. – GW 2707. – Lehmann-Haupt 1950, Nr. 195.

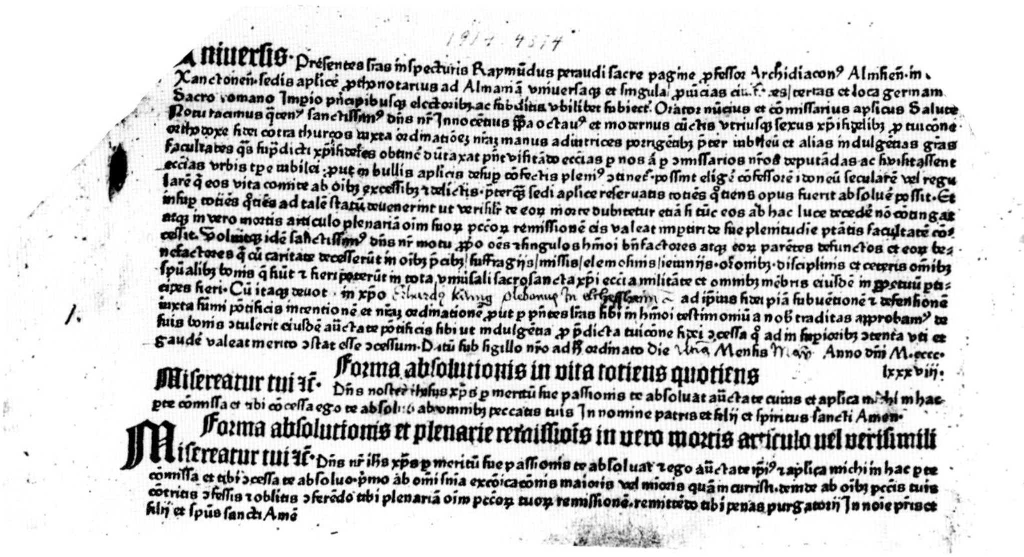

GM 179

Raimundus Peraudi
Ablassbrief zum Besten des Kampfes gegen die Türken
[Mainz: Peter Schöffer, vor dem 31. März 1488]

Einblattdruck
Universitätsbibliothek Freiburg im Breisgau, Ink. 4° N 7268, fa
Sack 1985, Nr. 2707. – Lehmann-Haupt 1950, Nr. 118.

Die Türkenkriege, die sich das christliche Abendland und ein zur Großmacht emporgestiegenes Osmanisches Reich seit dem Ende des 14. Jahrhunderts lieferten, setzten – aus europäischer Sicht übergangslos – die mittelalterlichen Kreuzzüge fort. Vernichtende Niederlagen gegen die Muslime in der ersten Hälfte des 15. Jahrhunderts lösten in Europa eine Türkenfurcht aus. Für den Kampf gegen die »Ungläubigen« benötigte man zusätzliche Finanzmittel, die vor allem die vielen Gläubigen aufbrachten. Ausgehend von einer grundsätzlichen Pflicht des Christen zur Verteidigung seines Glaubens, erhob man von weltlicher Seite eine Türkensteuer, während sich die päpstliche Seite durch die Straffung des Ablasswesens zusätzliche Einkünfte erhoffte. Dieses historische Klima spiegeln die zahlreichen Kleindrucke wieder, bei denen es sich teils um Ablassformulare, teils aber auch um päpstliche Erlasse und Erklärungen zur Durchführung eines bestimmten Ablasses handelt.

C. S.

Fust und Schöffer: Juristische Werke

GM 180

Clemens V., Pontifex Maximus
Constitutiones
[Mainz]: Johann Fust und Peter Schöffer, 25. Juni 1460

2°
Museum van het boek Meermanno-Westreenianum Den Haag, MMW II 594
HC 5410. – De Ricci 1911, Nr. 66. – IDL, Nr. 1321. – GW 7077. – Lehmann-Haupt 1950, Nr. 4.

GM 181

Bonifacius VIII., Pontifex Maximus
Liber sextus Decretalium
Mainz: Johann Fust und Peter Schöffer, 17. Dezember 1465

2°
Stadt- und Universitätsbibliothek Frankfurt a. M., Inc. fol. 104 = Ausst. 125
HC 3586. – Ohly/Sack 1967, Nr. 660. – GW 4848. – Lehmann-Haupt 1950, Nr. 22.

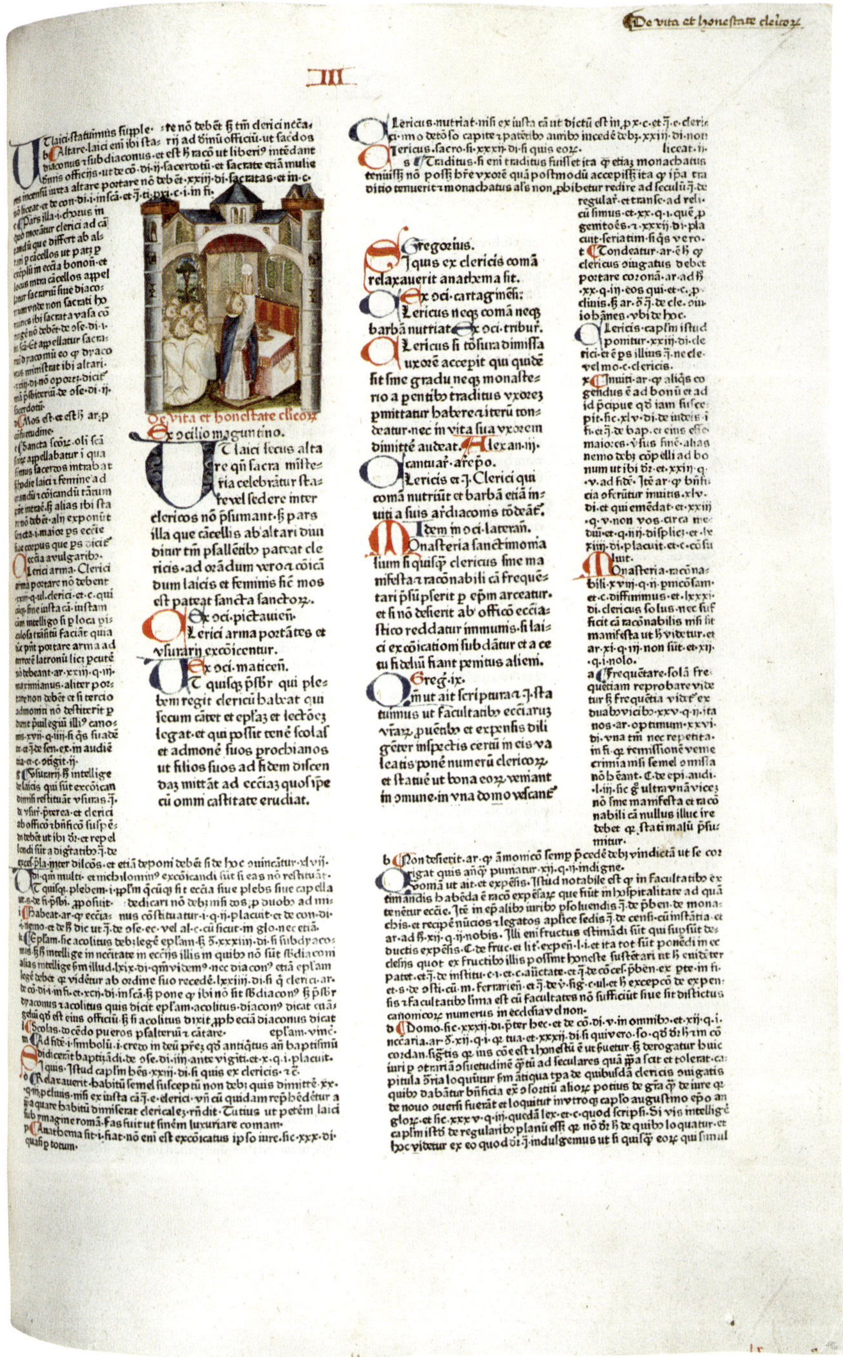

GM 182

Gregorius IX., Pontifex Maximus
Decretales cum glossa
Mainz: Peter Schöffer, 23. November 1473

2°

Gutenberg-Museum Mainz, GM Ink 31

HC 7999. – GW 11451. – Lehmann-Haupt 1950, Nr. 47.

GM 183

Justinianus Institutiones Mainz: Peter Schöffer, 23. Mai 1476

2°
Gutenberg-Museum Mainz, StB Ink a 180 a
HC 9498. – GW 7590. – Lehmann-Haupt 1950, Nr. 56.

Zu den ersten großen Druckwerken der Fust-Schöfferschen Werkstatt zählten die »Constitutiones« Papst Clemens' V. (Kat.-Nr. GM 180). Sie eröffneten eine Reihe von Werken des kanonischen Rechts, die Schöffer erst gegen Ende der siebziger Jahre einstellte. Die repräsentativen Bände mit kirchenjuristischem Inhalt hatten handschriftliche Vorläufer, die noch lange in Konkurrenz zu ihren gedruckten Rivalen standen. Zwar zählten die Bücher zum Repertoire eines jeden Juristen, doch wurden ihre Texte nur selten aktualisiert, weshalb auch ältere Exemplare noch gut zu nutzen waren. Zugrunde lag dem Kirchenrecht eine Sammlung überlieferter Papstschreiben, die kirchliche Rechts- oder Disziplinfragen betrafen. Papst Gregor IX. (Kat.-Nr. GM 182) beauftragte den Kanonisten Raymund von Peñafort mit der Sammlung und Redaktion dieses über Jahrhunderte zusammengekommenen Materials, das als »Decretales Gregorii IX.« in das »Corpus iuris canonici« einging. Durch seine Übersendung an Universitäten wie Bologna oder Paris ließ Gregor die Dekretalensammlung 1234 veröffentlichen und verlieh ihr damit eine gewisse Verbindlichkeit. Bonifacius VIII., ein vor allem in gesetzgeberischer Hinsicht erfolgreicher Papst, fügte 1298 Gregors Dekretalensammlung den »Liber sextus« hinzu (Kat.-Nr. GM 181). Clemens V., 1305 zum Papst gewählt (Kat.-Nr. GM 180), ergänzte sie weiter.

Grundlegend für die zivile Gesetzgebung erwies sich die Sammlung des römischen Rechts, das »Corpus iuris civilis«. Der oströmische Kaiser Justinian stellte ihn im 5. Jahrhundert zusammen. Einen Teil daraus bilden die »Institutiones«, ein Lehrbuch des römischen Rechts in christlicher Interpretation (Kat.-Nr. GM 183).

C. S.

Fust und Schöffer: Politische Streitschriften

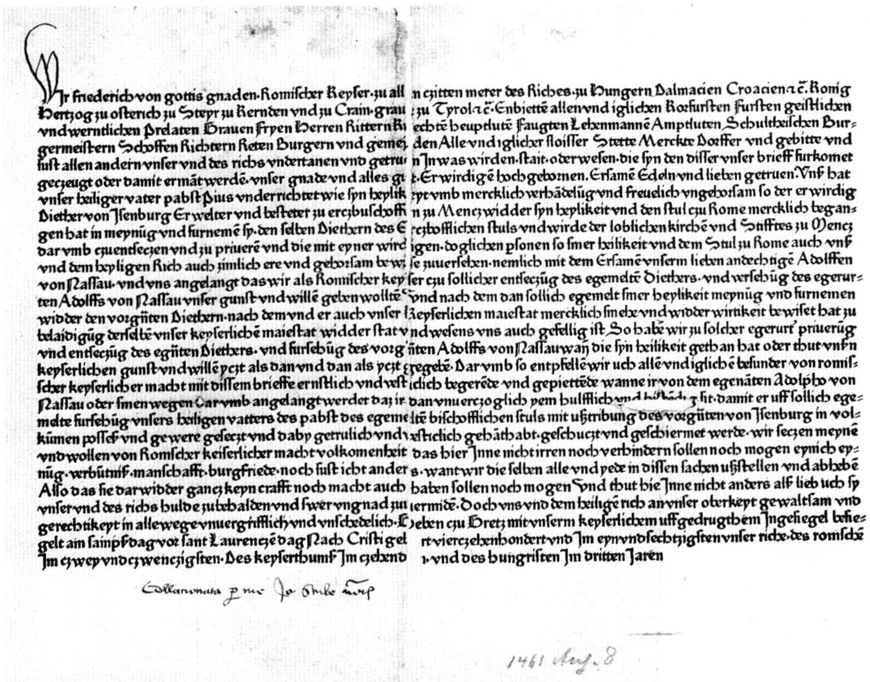

Wir friederich von gottis gnaden·Romischer Keyser·zu all n czitten merer des Riches·zu Hungern Dalmacien Croacien ꝛc. Konig
Hertzog zu osterich zu Steyr zu Kernden vnd zu Crain·grau zu Tyrol ꝛc.·Enbietté allen vnd iglichen Korfursten Fursten geistlichen
vnd werntlichen Prelaten Grauen Fryen Herren Rittern Ki echté heuptlute Faugten Lehenmanné Amptluten Schultheischen Bur=
germeistern Schoffen Richtern Reten Burgern vnd geme den Alle vnd iglicher sloisser Stette Merckte Dorffer vnd gebitte vnd
sust allen andern vnser vnd des richs vndertanen vnd getru n Jn was wirden·stait·oder wesen·die syn den disser vnser brieff furkomet
geczeugt oder damit ermant werdé·vnser gnade vnd alles g t·Erwirdigé hochgebornen. Ersamé Edeln vnd lieben getruen. Vns hat
vnser heiliger vater pabst Pius vnderrichtet wie syn heylik eyt vmb mercklich verhandelung vnd freuelich vngehorsam so der erwirdig
Diether von Isenburg Erwelter vnd bestetet zu erczbuschoff n zu Mencz widder syn heylikeit vnd den stul czu Rome mercklich began=
gen hat in meynung vnd furnemé sy den selben Diethern des E rczbofflichen stuls vnd wirde der loblichen kirché vnd Stifftes zu Mencz
dar vmb czuentseczen vnd zu priueré vnd die mit eyner wird igen·doglichen psonen so siner heilikeit vnd dem Stul zu Rome auch vns
vnd dem heyligen Rich auch zimlich ere vnd gehorsam bew se zuuersehen·nemlich mit dem Ersamé vnserm lieben andechtigé Adolffen
von Nassau·vnd vns angelangt das wir als Romischer key ser czu sollicher entseczung des egemelté Diethers·vnd versehung des egerur=
ten Adolffs von Nassau vnser gunst vnd willé geben wolltén Vnd nach dem dan sollich egemelt siner heylikeit meynung vnd furnemen
widder den vorgnanten Diethern·nach dem vnd er auch vnser Keyserlichen maiestat mercklich smehe vnd widderwirtikeit bewiset hat zu
belaidigung derselbé vnser keyserliché maiestat widder stat v nd wesens vns auch gefellig ist So habé wir zu solcher egerurt priuerung
vnd entseczung des egnanten Diethers·vnd fursehung des vorg nanten Adolffs von Nassau wan die syn heilikeit gethan hat oder thut vnser
keyserlichen gunst vnd willé yeczt als dan vnd dan als yeczt gegebé·Dar vmb so entpfellé wir uch allé vnd igliché besunder von romis=
cher keyserlicher macht mit dissem brieffe ernstlich vnd vest iclich begeréde vnd gepiettéde wanne ir von dem egenanten Adolpho von
Nassau oder sinen wegen darvmb angelangt werdet daz ir dan vnuerczoglich yem hulfflich [illegible] sit·damit er uff sollich ege=
melte fursehung vnsers heiligen vatters des pabst des egeme lté bischofflichen stuls mit usztribung des vorgnanten von Isenburg in vol=
kumen possess vnd gewere geseczt vnd daby getrulich vnd vesticlich gehanthabt·geschuczt vnd geschirmet werde·wir seczen meyné
vnd wollen von Romischer keiserlicher macht volkomenheit das hier Jnne nicht irren noch verhindern sollen noch mogen eynich ey=
nung·verbuntniss·manschafft·burgfriede·noch sust icht ander s·want wir die selben alle vnd yede in dissen sachen uszstellen vnd abhebé
Also das sie dar widder gancz keyn crafft noch macht auch haben sollen noch mogen Vnd thut hie Jnne nicht anders als lieb uch sy
vnser vnd des richs hulde zubehalden vnd swer vngnad zu vermidé·Doch vns vnd dem heilige rich an vnser oberkeyt gewaltsam vnd
gerechtikeyt in allewege vnuergrifflich vnd vnschedelich·Geben czu Gretz mit vnserm keyserlichem uffgedrugthem Jngesiegel besie=
gelt am sampsdag vor sant Laurenczé dag Nach Cristi gel rt vierczehenhondert vnd Jm eyn vnd sechtzigsten vnser riche·des romsché
Jm czwey vnd czwenczigsten·Des keysertthums Jm czehend ·vnd des hungristen Jm dritten Jaren

1461 Aug. 8

GM 184

Friedrich III., Römischer Kaiser
Ausschreiben an alle Stände des Reichs mit der Ankündigung der bevorstehenden Absetzung Diethers von Isenburg und der Einsetzung Adolfs von Nassau als Erzbischof von Mainz. Graz, 8. August 1461
[Mainz: Johann Fust und Peter Schöffer, nach dem 8. August 1461]

Einblattdruck
Hessisches Staatsarchiv Marburg, Best. 2
HC 82. – De Ricci 1911, Nr. 70. – GW 1914, Nr. 1197. – Lehmann-Haupt 1950, Nr. 10. – Repgen 1994 (I).

GM 185

Pius II., Pontifex Maximus
Bulla: In apostolicae sedis specula (betreffend die Absetzung Diethers von Isenburg, Erzbischof von Mainz). Tivoli, 21. August 1461
Mainz: Peter Schöffer, nach dem 21. August 1461

Einblattdruck

Hessisches Staatsarchiv Marburg, Best. 2

HC 2587. – GW 1914, Nr. 599. – De Ricci 1911, Nr. 69. – GW 10342. – Repgen 1994 (I).

GM 186

Diether von Isenburg, Erzbischof von Mainz
Schreiben an Papst Pius II. betreffend den Streit um das Erzbistum Mainz, Höchst, 30. März 1462
[Mainz: Johann Fust und Peter Schöffer, vor dem 14. Oktober 1462]

Einblattdruck mit handschriftlichem Begleitbrief

Stadt- und Universitätsbibliothek Frankfurt a. M., StUB Ausst. 318

De Ricci 1911, Nr. 77. – Ohly/Sack 1967, Nr. 1018. – GW 1914, Nr. 515. – GW 8339. – Lehmann-Haupt 1950, Nr. 17. – Repgen 1994 (I).

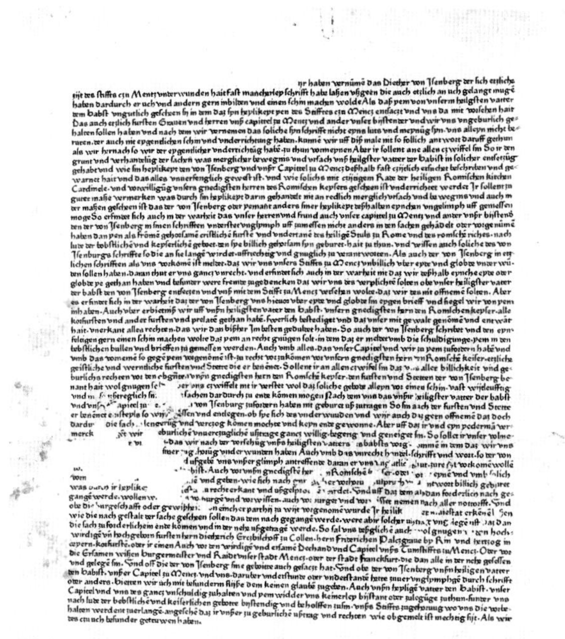

GM 187

Adolf von Nassau, Erzbischof von Mainz
Manifest gegen Diether von Isenburg, Frühjahr 1462
[Mainz: Johann Fust und Peter Schöffer, 1462 (Frühling)]

Einblattdruck

Hessisches Staatsarchiv Marburg, Best. 2

HC 31 = 4331. – De Ricci 1911, Nr. 76. – GW 1914, Nr. 87. – Lehmann-Haupt 1950, Nr. 14. – Repgen 1994 (I).

Aufgrund seiner schnellen und weit gestreuten Vervielfältigungsmöglichkeiten bildete der Buchdruck das ideale Medium für jegliche Form der Propaganda. Dies wurde erstaunlich schnell erkannt und manifestierte sich zum ersten Mal in den Publikationen der Mainzer Stiftsfehde (s. S. 223f.), von denen 36 Exemplare erhalten blieben. Die Auseinandersetzungen wurden zunächst verbal, dann mit Waffengewalt geführt. Mit seinem Mandat vom 7./8. August 1461 billigte Kaiser Friedrich III. die Absetzung des amtierenden Mainzer Erzbischofs, Diether von Isenburg, und teilte dies den Reichsständen mit (Kat.-Nr. GM 184). Damit war der Weg für Diethers Entmachtung frei. Entsprechend erließ Papst Pius II. die Bulle »In apostolicae sedis« (Kat.-Nr. GM 185), während er gleichzeitig Adolf von Nassau zum neuen Erzbischof ernannte und das Mainzer Domkapitel sowie den Stiftsklerus über diese Entscheidung informierte. Da Diether seine Absetzung nicht anerkannte, kam es 1461/62 zum Krieg, doch wurden die Konflikte weiterhin auch auf verbaler Ebene in der Öffentlichkeit ausgetragen, wie die Manifeste der beiden Kontrahenten (Kat.-Nr. GM 186, 187) zeigen.

C. S.

Fust und Schöffer: Drucken für die weltliche Obrigkeit

GM 188 a

Maximilian I.
Electio Maximiliani, deutsch (Erwählung Maximilians zum römischen König) [Mainz: Peter Schöffer, nach dem 23. Februar 1486]

2°

Stadt- und Universitätsbibliothek Frankfurt a. M., StUB Inc. qu. 503 = Ausst. 136

GW 1910, Nr. 220. – Schottenloher 1938, Nr. 4. – Ohly/Sack 1967, Nr. 1912. – Lehmann-Haupt 1950, Nr. 96.

GM 188 b

Maximilian I.
Coronatio Maximiliani [Mainz: Peter Schöffer, nach dem 27. April 1486]

4°

Staats- und Stadtbibliothek Augsburg, 4° Ink 292

H 10926 (II). – Hubay 1974, Nr. 1384 (II). – Lehmann-Haupt 1950, Nr. 99. – GW 1910, Nr. 82.

GM 188 c

Maximilian I.
Mahnung an die Reichsstände, Hilfe gegen die Eidgenossen und die Graubündner zu leisten, Freiburg, 22. April 1499 [Mainz: Peter Schöffer, vor dem 5. Mai 1499]

Einblattdruck

Unter dem Text handschriftlich: *Ad mandatum dominj Regis in consilio.* – Auf der Rückseite handschriftlich: *Den Ersamen vnnsern vnd des heiligen Reichs lieben getrwen Burgermeister vnd Rate der Stat Franckfort. Darunter: hat ein bote von Mentz bracht Sontags vocem jocunditatis* (5. Mai) *Anno etc. xix.* Mit Siegelabdruck.

Stadt- und Universitätsbibliothek Frankfurt a. M., StUB Mappe: Einbl.

GW 1914, Nr. 981. – HCR, Suppl., Nr. 126. – Ohly/Sack 1967, Nr. 1936. – Lehmann-Haupt 1950, Nr. 177.

GM 188 d

Maximilian I.
Aufgebot zum Zuge gegen die Eidgenossen, Überlingen 1. Juli 1499 [Mainz: Peter Schöffer, vor dem 9. Juli 1499]

Einblattdruck

Oben wurde die Anrede handschriftlich in den Text eingefügt: *den Ersamen vnnsern vnd des Reichs lieben getrewen Burgermeister vnd Rat der Stat Franckfort.* Unter dem Text befindet sich der handschriftliche Eintrag: *Ad mandatum dominj Regis in consilio.* Auf der Rückseite steht der Eingangsvermerk: *Presentata dinstag nach Kilian* (9. Juli) *Anno xix* mit Siegel.

Stadt- und Universitätsbibliothek Frankfurt a. M., StUB Mappe: Einbl.

GW 1914, Nr. 983. – HCR, Suppl., Nr. 127. – Ohly/Sack 1967, Nr. 1937. – Lehmann-Haupt 1950, Nr. 180.

Ein nicht unbedeutender Teil von Schöffers Produktion bestand aus amtlichen Verlautbarungen und Verordnungen. Ähnlich wie bei den politischen Streit- und Propaganda-Schriften nutzten hier die Auftraggeber – Kaiser, Fürsten, Kommunen und Verwaltungsbehörden – die rasche Verbreitungsmöglichkeit des Buchdrucks. Für die Mainzer Drucker kam als weitere Klientel die Kanzlei des Mainzer Erzbischofs, der gleichzeitig Erzkanzler des Reichs war, in Frage. Seit Ende der achtziger Jahre erschienen immer mehr kaiserliche Erlasse bei Schöffer, dessen Offizin im 16. Jahrhundert sogar ein Druckprivileg dafür erhielt. Über den Auflagen-Umfang solcher offizieller Druckwerke sind wir durch eine Rechnung Schöffers informiert.[1] Er druckte 1480 für Diether von Isenburg zwei Ausschreiben gegen die Stadt Erfurt, die in 104 bzw. 100 Exemplaren erschienen. Die geringe Auflagenhöhe erklärt sich aus dem beschränkten Adressatenkreis dieser Verlautbarungen. Sie wurden nicht beliebig verteilt, sondern an ausgewählte Empfänger verschickt. Dies bezeugen auch die handschriftlichen Einträge der beiden Veröffentlichungen Maximilians I. (Kat.-Nr. 188c und d), die sich ausdrücklich an den *Ersamen vnnsern vnd des heiligen Reichs lieben getrwen Burgermeister vnd Rate der Stat Franncktfort* richten und von Mainz durch einen Boten überbracht wurden.

Es liegt in der Natur dieser Drucke, dass sie historische Ereignisse behandeln, etwa die Wahl und Krönung Maximilians I. (Kat.-Nr. 188a und d). Am 16. Februar 1486 wurde Maximilian noch zu Lebzeiten seines Vaters, Kaiser Friedrichs III., zum römischen König gewählt und am 9. April gekrönt. Während der Regierungszeit Maximilians schieden die Schweizer Eidgenossen durch den Frieden von Basel (22. September 1499) faktisch aus dem Reichsverband aus. Dagegen hatte sich Maximilian – wenn auch erfolglos – zuvor mit Waffengewalt gewehrt, wovon zwei Einblattdrucke (Kat.-Nr. 188c und d) zeugen.

C. S.

1 Schmidt 1912; Schottenloher 1944/49, S. 139.

GM 189 (s. S. 224, Abb. 9)

Wilhelm III., Landgraf zu Hessen
Ordenung der rechten (Gerichtsordnung)
Mainz: Peter Schöffer, 27. Oktober 1497

2°

Landeshauptarchiv Koblenz, Bibl. Sign. VL 54

GW 1910, Nr. 390. – Lehmann-Haupt 1950, Nr. 171. – Fuchs 1960, S. 6, Nr. 23 u. S. 112.

Herausgeber dieser Hessischen Gerichtsordnung war Landgraf Wilhelm III. der Jüngere. Sein Wappen steht seitenverkehrt auf der Vorderseite des zweiten Blatts. Als juristische Berater dienten ihm der Syndikus der Reichsstadt Frankfurt, Dr. Ludwig zum Paradies, und der Mainzer Rechtsgelehrte und Professor Dr. Jacob Koler.

C. S.

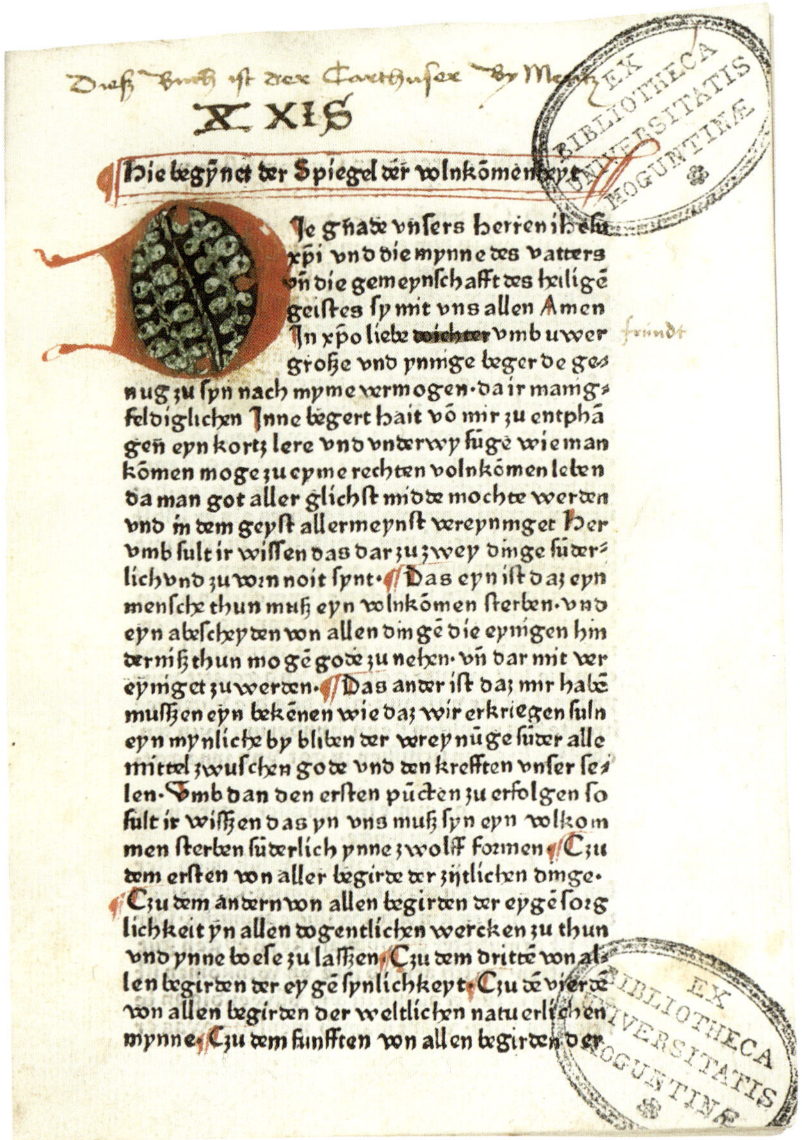

Abb. GM 190

GM 190

Spiegel der volcomenheit
[Mainz: Peter Schöffer, vor dem 10. September 1474]

2°

Gutenberg-Museum Mainz, StB Ink a 54

HC 2941. – Lehmann-Haupt 1950, Nr. 225.

GM 191

Conradus de Zabernia
De psalmodia perficienda et modo legendi in choro
[Mainz: Peter Schöffer, nicht vor 1474]

Zusammengebunden mit: Conradus de Zabernia: *De modo bene cantandi choralem cantum.* [Mainz: Peter Schöffer, nicht vor 1474]. GW 7427

4°

Öffentliche Bibliothek der Universität Basel, Inc 35 (Sammelband)

GW 7432. – Lehmann-Haupt 1950, Nr. 210.

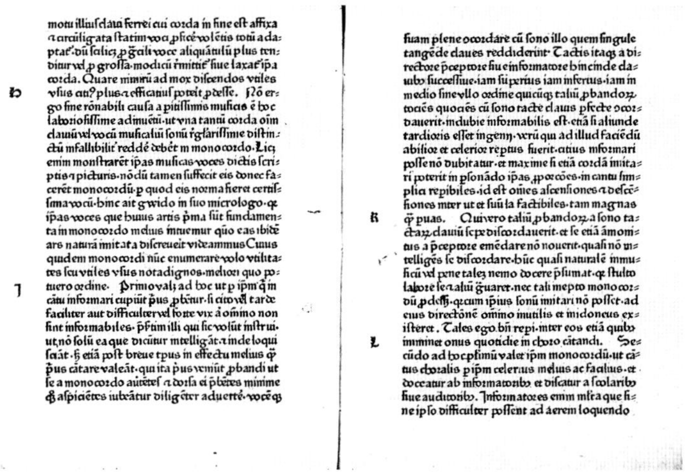

GM 192

Conradus de Zabernia De monochordo [Mainz: Peter Schöffer, um 1475]

4°

Universitätsbibliothek Freiburg im Breisgau, Ink. F 9430

HCR, Nr. 1898. – Lehmann-Haupt 1950, Nr. 208. – Sack 1985, Nr. 1094. – GW 7430.

Seit Mitte der siebziger Jahre tauchten in Schöffers Produktion – wenn auch sehr zögerlich – Veränderungen auf. Inwieweit er damit auf den sich wandelnden Buchmarkt reagierte, muss offen bleiben, denn die wenigen Abweichungen von seinem eigentlichen Programm gleichen eher vorsichtigen Versuchen als revolutionären Neuerungen. So erschien ab und zu ein deutschsprachiges Werk, etwa der »Spiegel der volcomenheit« des Henricus de Herpf (Kat.-Nr. GM 190), das die Volksfrömmigkeit breiterer Kreise ansprach. Mit den musiktheoretischen Werken des Konrad von Zabern (Kat.-Nr. GM 191, 192) ließ Schöffer einen zeitgenössischen Musikreformer zu Wort kommen, der seine wissenschaftlichen Erkenntnisse über die Mauern der Universität hinaustragen wollte. Konrad von Zabern lehrte an den Universitäten Heidelberg, Freiburg im Breisgau, Ingolstadt und Basel, wo er Choralvorlesungen hielt. Zudem bereiste er Stifte und Klöster, um dort vor Ort die chorische Vortragsweise des Choralgesangs zu erneuern.

C.S.

Fust und Schöffer: Naturwissenschaftliche Werke und eine Chronik

GM 193 (s. S. 221, Abb. 6)

Gart der Gesundheit Mainz: Peter Schöffer, 28. März 1485

2°

Gutenberg-Museum Mainz, GM Ink 126

H 8948

Obwohl bereits vor Schöffers »Herbarius« von 1484 und dem »Gart der Gesundheit« illustrierte Kräuterbücher existierten, hatten die beiden Schöfferdrucke für die botanische Illustration grundlegende Bedeutung. Der »Gart der Gesundheit« war das erste gedruckte Kräuterbuch in deutscher Sprache und seine Abbildungen folgten nicht, wie bisher, handschriftlichen Vorlagen. Vielmehr hatte der Künstler einen Gutteil der Holzschnitte nach der Natur gestaltet. In textlicher Hinsicht bilden Schöffers beide Herbarien voneinander unabhängige Kompilationen nach mehreren mittelalterlichen Quellen.[1] Auch bezüglich der Illustration ging man getrennte Wege und verwendete keinen der Holzschnitte des »Herbarius« für den »Gart«, sondern ließ alle 378 Xylographien neu schneiden. Als Herausgeber des »Gart« gilt der Mainzer Domherr Bernhard von Breydenbach (vgl. Kat.-Nr. GM 216–218), als Verfasser der Arzt Johann Wonnecke von Caub, als Hauptillustrator Erhard Reuwich (vgl. Kat.-Nr. GM 216–218).[2] Obwohl Schöffers »Gart« dank seiner vorzüglichen Abbildungen und seines soliden Inhalts in deutscher Sprache zum viel gedruckten Volksbuch wurde, veranstaltete Schöffers Offizin keine weitere Ausgabe. Vermutlich war die Konkurrenz der Nachdrucker wie Grüninger in Straßburg oder Schönsperger in Augsburg zu groß.

C. S.

1 Fuchs 1960, S. 73.

2 Fuchs 1960, S. 86 ff.

Literatur

Klebs 1918, Nr. 1. – Katalog »Early Herbals« 1925. – Schreiber 1910/11, Nr. 4332. – Schramm 1920–1943, Bd. 14, S. 9. – Lehmann-Haupt 1950, Nr. 93. – Fuchs 1960, S. 5, Nr. 7 u. S. 71 ff.

GM 194

Küchenmeisterei
[Mainz: Peter Schöffer, nicht nach dem 23. März 1487]

4°

Staatsbibliothek zu Berlin – Preußischer Kulturbesitz, Inc. 1551

H 9798

Die Küchenmeisterei, ein deutsches Kochbuch des 14./15. Jahrhunderts, gab ursprünglich diätisch-therapeutische Empfehlungen. Ein Publikumserfolg wurde das Werk jedoch erst, als vermutlich ein Berufskoch die Rezepte auf die Bedürfnisse des städtischen Patriziats zuschnitt, das sich weniger für die gesundheitlichen Aspekte der Nahrungsaufnahme, sondern mehr für Prunk- und Schaugerichte begeisterte.

C. S.

Literatur

Klebs 1938, Nr. 577.5. – Sudhoff 1908, Nr. 128. – Küchenmeisterei 1939, Nr. 5. – Lehmann-Haupt 1950, Nr. 229. – Voullième 1906–1927, Nr. 1551.

M·cc·lxviij

In dussem iare wart gekoreen de·xvij·ertzebischopp to meydeborch vnn heyt bischopp Cord van sternbarge vnn was to voren gewesen bischopp ruprechtes kenseseler·he reygerde teyn iare By dusses bischoppes tyden vel eyn iodde vp eyn sunauent in ein pryuad deme wolden de anderen iodden nicht dar vt helpen wente on was leyde dat se ore fyre dar an breken·wente dat was vp orem sabbate Dut ruchte kam vor den bischopp de bot do den iodden by dem halse dat se den sondach ock scholden fyren gelick dem sabathe·dut mosten de iodden don so dat de eyne iodde in den priuate in dem stancke moste twey nacht vnde trey dage sitten·

Cord

M·cc·lxix·

In dussem iare do wart gekoren de xxvij bischop to haluerstad vnn de het bischop hermen ein greue van blanckenborch vnn reygerde eluen iare vnn licht in dem dom begrauen· In dussem suluen iare do delden de twey forsten hertoge albrecht vnn hertoge hans dat lant·hertoge albrecht de beheylt brunßwick Vnn hertoghe hans beheylt lunenborch·hyr worden van twey slechte vnn kam noch wedder to hope so gy hyr na vinden beschreuen·

Hermen

Sassen·

Rolef Anna

Johann

M·cc·lxix·

Roleff hertogen albrechtes sone to sassen nam anna des paltzgreuen dochter by dem ryne·da midde telde he eynen sone de heyt Johann· 5 j

GM 195

GM 195 (s. S. 231, Abb. 15)

Konrad Botho
Chronecken der Sassen, niederdeutsch (Sachsenchronik)
Mainz: Peter Schöffer, 6. März 1492

2°
Gutenberg-Museum Mainz, StB Ink a 167
GW 4963

Die »Sachsenchronik« behandelt die Geschichte Sachsens, ist in einem niedersächsischen Dialekt verfasst und mit einem umfangreichen Bildprogramm ausgestattet, das optisch den Text dominiert. Dem Inhalt entsprechend zeigt es genealogische Beziehungen, heraldische Darstellungen, Wappenbäume, Fahnen mit gebrochenen Stangen, Stammtafeln, biblische und historische Szenen und Personen. Aus Kostengründen wurden die Holzschnitte mehrfach verwendet und lediglich mit den betreffenden Namen und Wappen versehen. Die Städte- und Fürstenbilder sollten also nicht die Wirklichkeit wiedergeben, sondern einen Sachverhalt allgemein illustrieren. Zudem setzte sich die Abbildung auf einer Seite meist aus mehreren Holzschnitten zusammen, wobei die einzelnen Versatzstücke in eine inhaltliche Beziehung gebracht wurden. Auf diese Art sparte man an den Holzschnitten, benötigte jedoch für das korrekte Zusammensetzen einen kenntnisreichen Redaktor, bei dem es sich vermutlich um Botho persönlich handelte.

C. S.

Literatur

HC 4990. – Schreiber 1926–1930, Nr. 3531. – Schramm 1920–1943, Bd. 14, S. 9. – Borchling/Claussen 1931–1957, Nr. 197. – Lehmann-Haupt 1950, Nr. 156. – Fuchs 1960, S. 6, Nr. 16 u. S. 106 ff.

Wanderdrucker: Johann Neumeister 1470–1495

Foligno 1470/72

GM 196

Leonardus Brunus Aretinus
De bello Italico adversus Gothos gesto
Foligno: Johann Neumeister und Aemillianus de Orfinis, 1470

2° und 4°
Museum van het Boek Meermanno-Westreenianum Den Haag, RL II 658, MMW I 36
GW 5600

Die historiographische Schrift des italienischen Humanisten Brunus Aretinus befasst sich mit dem Krieg der Italiener gegen die Goten und adaptiert ein Werk des Procopius. Das Buch druckte Neumeister im Hause des päpstlichen Münzmeisters in Foligno, Emiliano Orfini, der im Kolophon mit seinem Namen firmiert. Insgesamt existieren fünf Varianten der Schlussschrift, in denen Orfini auch Orsinis oder Ursinis genannt wird.

C. S.

Literatur

HC 1558. – GfT, Nr. 1558. – IDL, Nr. 1061. – GW 5600 (+ Accurti, Aliae Editiones S. 96).

GM 197 (s. S. 226, Abb. 11)

Dante Alighieri
La Commedia (Göttliche Komödie)
Foligno: Johann Neumeister und Evangelista Angelini, *adi cinque et sei* [11.] April 1472

2°
Amsterdam, Bibliotheca Philosophica Hermetica
GW 7958

Dantes (1265–1321) »Göttliche Komödie«, eines der Hauptwerke der italienischen Literatur, kam 1472 in Italien gleich in drei verschiedenen Ausgaben heraus (Venedig: Federicus de Comitibus; Mantua: Georgius und Paulus von Butzbach), die auf voneinander unabhängige Manuskripte zurückgriffen. Die Version in Foligno folgte einer Handschrift aus der Mitte des 14. Jahrhunderts, die sich heute in Belluno befindet. Unter den drei Dante-Drucken des Jahres 1472 erschien Neumeisters Edition höchstwahrscheinlich als erste und bildet gleichzeitig sein letztes in Foligno gedrucktes Buch. Es entstand mit der finanziellen Hilfe des Treviser Kaufmanns Evangelista Angelini. 1473 wurde Neumeister in Foligno verhaftet, da er sich weigerte, 50 Exemplare an den Kreditgeber Mariotti de Orfinis auszuhändigen. In der Folge verließ Neumeister Foligno, wo erst in den 40er Jahren des 16. Jahrhunderts wieder gedruckt wurde.

C. S.

Literatur

HC 5938 (var). – HC, Nr. 1879 (var). – IDL, Nr. 1463a. – Sotheby's 1989, Nr. 10. – Casamassima 1972, S. 37 ff.

Mainz 1479/80

GM 198 (s. S. 227, Abb. 12)

Johannes de Turrecremata
Meditationes seu Contemplationes devotissimae
[Mainz]: Johann Neumeister, 3. September 1479

2°
Gutenberg-Museum Mainz, StB Ink 1486
HC 15726

Die Illustrationen, die Neumeister zu den religiösen Betrachtungen des Kardinals und Universaltheologen Johannes de Turrecremata verwendete, stehen in der Tradition des heute zerstörten Freskenzyklus im Kreuzgang der römischen Kirche S. Maria sopra Minerva. Der Kardinal hatte die Fresken Mitte des 15. Jahrhunderts ausführen lassen, und sie beinhalteten wohl auch – in bildlicher Form – seine Kommentare.

C. S.

Literatur

GfT, Nr. 259. – Schreiber 1910/11, Nr. 5395. – Schramm 1920–1943, Bd. 14, S. 9. – Röll 1994, S. 56.

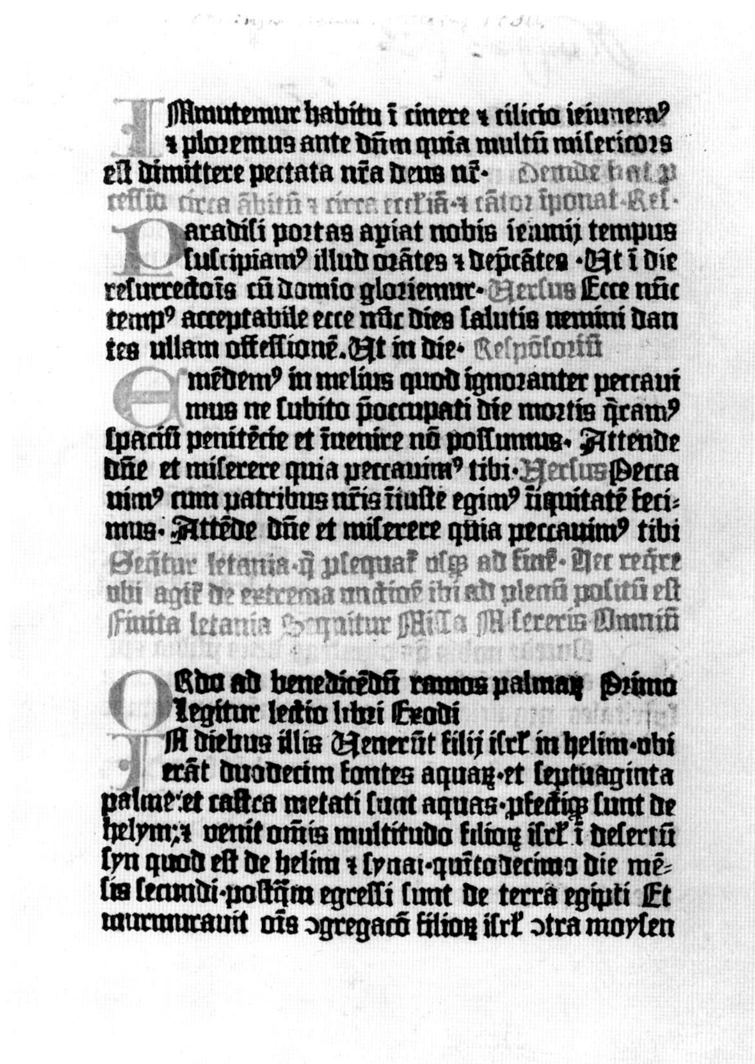

Immutemur habitu i cinere ⁊ cilicio ieiunem⁹
⁊ ploremus ante dñm quia multū misericors
est dimittere peccata nr̄a deus nr̄. Deinde fiat p
cessio circa ābitū ⁊ circa ecclīā ⁊ cātor īponat. Res.
Paradisi portas apiat nobis ieiunij tempus
suscipiam⁹ illud orātes ⁊ depcātes. Ut ī die
resurrectōis cū domīo gloriemur. Versus Ecce nūc
temp⁹ acceptabile ecce nūc dies salutis nemini dan
tes ullam offensionē. Ut in die. Responsoriū
Emēdem⁹ in melius quod ignoranter peccaui
mus ne subito p̄occupati die mortis q̄ram⁹
spaciū penitēcie et īuenire nō possumus. Attende
dn̄e et miserere quia peccauim⁹ tibi. Versus Pecca
uim⁹ cum patribus nr̄is iniuste egim⁹ īiquitatē feci-
mus. Attēde dn̄e et miserere quia peccauim⁹ tibi
Seq̄tur letania q̄ p̄sequat̄ usq̄ ad finē. Nec req̄re
ubi agit̄ de extrema unctiōe ibi ad plenū positū est
Finita letania Sequitur Missa Misereris Omniū

Ordo ad benedicēdū ramos palmaꝝ Primo
legitur lectio libri Exodi
In diebus illis Venerūt filij isrl̄ in helim. ubi
erāt duodecim fontes aquaꝝ. et septuaginta
palme: et castra metati sunt aquas. p̄fectiq̄ sunt de
helym; ⁊ uenit om̄is multitudo filioꝝ isrl̄ ī desertū
syn quod est de helim ⁊ synai. quītodecimo die mē-
sis secundi. postq̄m egressi sunt de terra egipti Et
murmurauit om̄s ꝯgregacō filioꝝ isrl̄ ꝯtra moysen

GM 199

Agenda Moguntinensis, Hrsg. Erzbischof Diether von Isenburg Mainz: [Johann Neumeister], 29. Juni 1480

2°
Gutenberg-Museum Mainz, GM Ink 294
GW 468

Dem Ritualbuch der Mainzer Kirche geht eine Einführungsurkunde Erzbischofs Diether von Isenburg voran, der somit als Auftraggeber anzusehen ist. Dafür spricht auch der Metallschnitt auf dem letzten Blatt, der den thronenden heiligen Martin mit Bettler, umgeben von drei Wappen zeigt. Eines davon gehört dem Erzbischof, die beiden anderen stehen für das Domkapitel sowie den Domherrn Bernhard von Breydenbach (siehe Kat.-Nr. GM 216–218 und LM 42). Die Zuschreibung des prächtig in Schwarz und Rot auf Pergament gedruckten Werks an Neumeister erfolgte aufgrund des Typenvergleichs.
C. S.

Literatur
H 369. – GfT, Nr. 2402 u. 2403. – Schreiber 1910/11, Nr. 3046. – Schramm 1920–1943, Bd. 14, S. 9. – Meyer-Baer 1962, S. 1. – Fuchs 1960, S. 36 f.

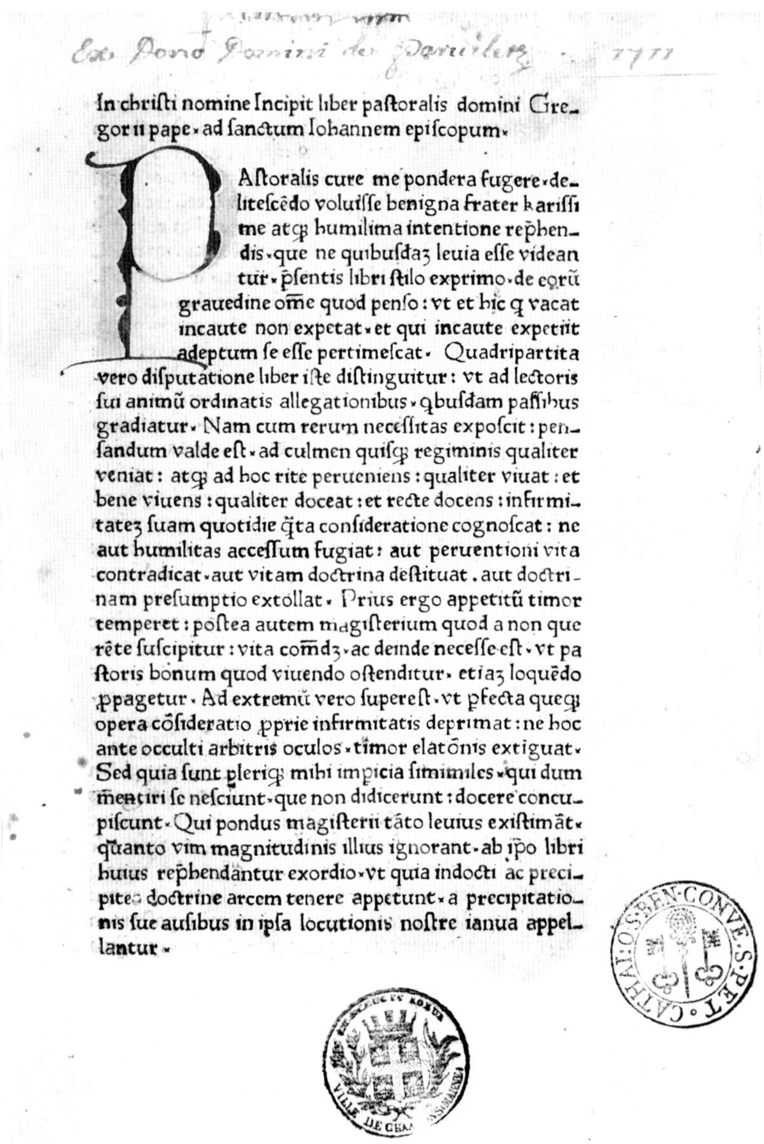
In christi nomine Incipit liber pastoralis domini Gre-
gorii pape · ad sanctum Iohannem episcopum·
Pastoralis cure me pondera fugere · de-
litescēdo voluisse benigna frater karissi
me atq; humilima intentione rephen-
dis · que ne quibusdā leuia esse videan
tur · psentis libri stilo exprimo · de eorū
grauedine omē quod penso : vt et hic q vacat
incaute non expetat · et qui incaute expetiit
adeptum se esse pertimescat · Quadripartita
vero disputatione liber iste distinguitur : vt ad lectoris
sui animū ordinatis allegationibus · quibusdam passibus
gradiatur · Nam cum rerum necessitas exposcit : pen-
sandum valde est · ad culmen quisq; regiminis qualiter
veniat : atq; ad hoc rite perueniens : qualiter viuat : et
bene viuens : qualiter doceat : et recte docens : infirmi-
tatē suam quotidie quāta consideratione cognoscat : ne
aut humilitas accessum fugiat : aut peruentioni vita
contradicat · aut vitam doctrina destituat · aut doctri-
nam presumptio extollat · Prius ergo appetitū timor
temperet : postea autem magisterium quod a non que
rēte suscipitur : vita comdz · ac deinde necesse est · vt pa
storis bonum quod viuendo ostenditur · etiā loquēdo
ppagetur · Ad extremū vero superest · vt pfecta queq;
opera cōsideratio pprie infirmitatis deprimat : ne hoc
ante occulti arbitris oculos · timor elatōnis extiguat ·
Sed quia sunt plerīq; mihi impicia simimiles · qui dum
menciri se nesciunt · que non didicerunt : docere concu-
piscunt · Qui pondus magisterii tāto leuius existimāt ·
quanto vim magnitudinis illius ignorant · ab ipo libri
huius rephendantur exordio · vt quia indocti ac preci-
pites doctrine arcem tenere appetunt · a precipitatio-
nis sue ausibus in ipsa locutionis nostre ianua appel-
lantur ·

GM 200

Gregorius I., Pontifex Maximus
Pastorale, sive Regula pastoralis
[Albi: Johann Neumeister?]

2°
Bibliothèque Municipale Châlons-en-Champagne
GW 11442

Die Schrift Gregors I., des ersten Mönchs auf dem Heiligen Stuhl (590–604), befasst sich mit den verschiedenen Anforderungen des geistlichen Hirtenamts, wie etwa der Lehre und der religiösen Führung, oder der Pflege des rechten Amtsverständnisses. Seit dem 9. Jahrhundert kam dem Werk Vorbildcharakter für das Leben und Wirken der Bischöfe zu.

C. S.

Literatur
H 7980. – Pellechet 1970, Nr. 5387. – Arnoult 1979, Nr. 717. – GW 11442.

GM 201

Johannes de Turrecremata
Meditationes
Albi: [Johann Neumeister], 17. November 1481

4°
Bibliothèque Publique et Universitaire Genève, Bf 832* Rés
HC 5892

Für die »Meditationes« des Johannes de Turrecremata verwendete Neumeister zwar eine andere Schrift, jedoch dieselben Metallschnitte wie in dem Mainzer Exemplar (vgl. Kat.-Nr. GM 198). Beim Metallschnitt handelt es sich um ein Hochdruckverfahren, das mit dem ebenfalls hochdruckenden Buchdruck gut zu kombinieren war. Allerdings hatte diese Technik auf Dauer in der Buchherstellung nur geringen Erfolg. Zwar verwendeten neben Neumeister auch Nürnberger, Leipziger, Speyrer und Straßburger Offizine den Metallschnitt, die Abdrücke der kleinen Metallplatten bilden in den Inkunabeln jedoch eher die Ausnahme. Eine kurze Zeit der Renaissance erlebte die Methode in den ersten zwanzig Jahren des 16. Jahrhunderts, als mit ihr vor allem in den Niederlanden und Frankreich Stundenbücher illustriert wurden.

C. S.

Literatur
Lökkös 1982, Nr. 436. – Claudin 1880, S. 22 ff., 88 u. Taf. IV u. VII.

GM 202

Missale Romanum
Albi: [Johann Neumeister, um 1482]

2°
Bibliothèque Mazarine Paris
HC (+Add) 4181

Neben dem Missale Romanum druckte Neumeister in Albi noch ein »Breviarium Romanum«, was auf einen kirchlichen Auftraggeber schließen lässt, der die liturgischen Werke seiner Diözese vereinheitlichen wollte. Beides sind Werke für den Gottesdienst: das Brevier ist das offizielle liturgische Gebetbuch, das Missale enthält den gesamten liturgischen Zyklus in verbindlicher Form.

C. S.

Literatur
Weale 1886, S. 135. – Weale/Bohatta 1928, Nr. 881. – Meyer-Baer 1962, Nr. 128. – Pellechet/Polain 1970, Nr. 8067 (7999 a-b). – Hillard 1989, Nr. 1395.

Lyon 1482/95

GM 203

Carolus Maneken
Formulae epistolarum
[Lyon: Johann Neumeister?, um 1485]

4°
Bibliothèque Municipale de Lyon, Inc. 560
HC 3847. – Claudin 1971–1976, Bd. 1, Nr. 142. – Pellechet/Polain 1970, Nr. 7588 (7497). – Pellechet 1893, Nr. 405. – Parguez 1991, Nr. 698.

GM 204 (s. S. 228, Abb. 13)

Missale Lugdunense
Lyon: Johann Neumeister, 1487

2°
Bibliothèque Municipale Mediathèque de Roanne, Inc 80
HC 4154. – Weale 1886, S. 90. – Weale/Bohatta 1928, Nr. 546. – Pellechet/Polain 1970, Nr. 8022 (7955). – Arnoult 1979, Nr. 1054. – Claudin 1971–1976, Bd. 3, Nr. 360. – Parguez 1991, Nr. 723.

GM 205

Albertanus Causidicus Brixiensis
De arte loquendi et tacendi
[Lyon: Johann Neumeister für] C.Or.
[Gaspard Ortuin?, um 1488]

2°
Koninklijke Bibliotheek – Nationale Bibliotheek van Nederland Den Haag, 171 F 52:2
C 145 = 149. – Claudin 1971–1976, Bd. 3, Nr. 374. – IDL, Nr. 109. – GW 545.

GM 206

Stella clericorum. Add: Versus in laudem libelli
[Lyon: Johann Neumeister] für C.OR
[Gaspard Ortuin?, um 1488]

4°
Koninklijke Bibliotheek – Nationale Bibliotheek van Nederland Den Haag, 168 G 24
HC 5646. – IDL, Nr. 4219.

GM 207

Psalterium cum hymnis
Lyon: Johann Neumeister, 15. Februar 1489/90

4°
Bibliothèque Municipale de Lyon, Ms 399
Joly 1932. – Parguez 1991, Nr. 858.

Auch in Lyon lag der Schwerpunkt von Neumeisters Arbeit auf dem Druck von liturgischen Werken (vgl. Kat.-Nr. GM 204 und 207), von denen das »Missale Lugdunense« als sein Hauptwerk anzusehen ist. Von Charles de Bourbon, dem Kardinal-Erzbischof von Lyon in Auftrag gegeben, von Kaplan Pierre Jaquet textlich überwacht, erforderte es jahrelange Vorarbeiten. Es folgten weitere Breviere, Missale und Psalterien, doch kann der heutige Betrachter das Profil von Neumeisters Arbeit nur noch ungenau wahrnehmen, da viele der ihm zugeschriebenen Werke nicht firmiert sind. Bei Carolus Manekens »Formulae epistolarum« (Kat.-Nr. GM 203) handelt es sich um einen Nachdruck der Ausgabe von Caesaris (Paris: Petrus Caesaris, 30. September 1478), dessen Kolophon unverändert blieb. Daher lässt sich der Drucker nur über den Typenvergleich finden, und einige Forscher plädieren nicht für Neumeister, sondern für Guillaume Balsarin. Weiter verwischt sich die Spur des Wanderdruckers aufgrund der Tatsache, dass er für andere Drucker und Verleger im Lohnauftrag arbeitete (Kat.-Nr. GM 205, 206) und schließlich überhaupt nicht mehr im Impressum auftaucht.
C. S.

Anonym: Drucker der Darmstädter Prognostication 1476–1482

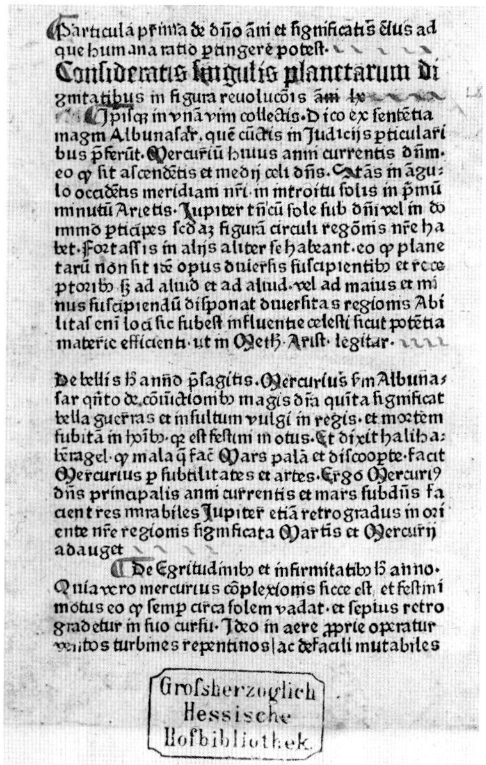
Particula prima de dño ani et significatis eius ad
que humana ratio pringere potest.
Consideratis singulis planetarum di
gnitatibus in figura reuolucois ani
Ipsisque in vnã vim collectis. Dico ex sentẽtia
magni Albunasar. que cũctis in Judicijs particulari
bus pretulerũt. Mercuriũ huius anni currentis dñm.
eo quod sit ascendẽtis et medij celi dñs. Stãs in angu
lo occidẽtis meridiani nri. in introitu solis in pmũ
minutũ Arietis. Jupiter tñ cũ sole sub dñi vel in do
minio pticipes scd az figurã circuli regõnis nre ha
bet. Fortassis in alijs aliter se habeant. eo quod plane
tarũ non sit idẽ opus diuersis suscipientibus et rece
ptoribus sz ad aliud et ad aliud. vel ad maius et mi
nus suscipiendũ disponat diuersitas regionis Abi
litas enĩ loci sic subest influentie celesti sicut potẽtia
materie efficienti. ut in Meth. Arist. legitur.

De bellis h anno psagitis. Mercurius fm Albuna
sar qnto de cõiũctionibus magis dña quita significat
bella guerras et insultum vulgi in regis. et mortem
subitã in hoibus. qz est festini motus. Et dixit haliba
beragel. quod mala q̃ fac Mars palã et discoopte. facit
Mercurius p subtilitates et artes. Ergo Mercuri9
dñs principalis anni currentis et mars subdñs fa
cient res mirabiles Jupiter etiã retrogradus in ori
ente nre regionis significata Martis et Mercurij
adauget
De Egritudinibus et infirmitatibus h anno.
Quia vero mercurius cõplexionis sicce est et festini
motus eo quod semp circa solem vadat. et sepius retro
gradetur in suo cursu. Ideo in aere pprie operatur
ventos turbines repentinos ac de facili mutabiles

GM 208

Prognosticatio pro anno 1482 (»Darmstädter Prognostication« auf das Jahr 1482) [Mainz: Drucker der Darmstädter Prognostication, um 1481/82]

4°
Hessische Landes- und Hochschulbibliothek Darmstadt, Inc. II/97,2

Gemessen an den zahlreichen Almanachen und Practica, die im 15. Jahrhundert in Deutschland entstanden (über 700 sind bekannt, aufgrund ihrer schlechten Überlebens-Chancen ist jedoch mit einem Vielfachen zu rechnen[1]), nehmen sich die uns bekannten zwanzig Kalender und Vorhersagen aus Mainzer Offizinen[2] eher gering aus. Prognostica wie die vorliegende sagen anhand von astronomischen Berechnungen Ereignisse des künftigen Jahres voraus. Dabei handelte es sich im späten Mittelalter durchaus um eine wissenschaftliche Erkenntnisform, die den Menschen als Teil eines Kosmos begriff, mit dem er in Beziehung stand. Das Darmstädter Exemplar, von dem der anonyme Mainzer Drucker seinen Notnamen erhielt, markiert zugleich das Ende von dessen Produktion. Für das gleiche Jahr erstellte er noch einen Einblattdruck mit einer deutschsprachigen Practica,[3] danach tauchen seine Typen, vermischt mit solchen Peter Schöffers, erst wieder in einem Druck von 1502 auf, den der anonyme Mainzer Drucker N. D. von E. herausbrachte.[4]
C. S.

1 Zinner 1941, S. 93–134.
2 Schunk 1954.
3 GW 1914, Nr. 1204. – Ohly/Sack 1967, Nr. 2408.
4 Benzing 1966, S. 139.

Literatur
Benzing 1966, S. 139, Anm. 3, Nr. 1. – Geldner 1968 (I), S. 3 ff.

GM 209

Michael Schrick (Michael Puff) Von den ausgebrannten Wassern [Mainz: Drucker der Darmstädter Prognostication, um 1476]

4°
Württembergische Landesbibliothek Stuttgart, Inc. qt. 14528 b
Klebs 1938, Nr. 895.8

Der Autor Michael Puff von Schrick, einem niederösterreichischen Dorf, wurde um 1400 geboren und war Medizin-Professor an der Wiener Universität. In seinem Büchlein über die »ausgebrannten«, d. h. destillierten Wässer trug er Informationen aus früheren Werken zur Wirkung und Dosierung von Branntwein als Arznei zusammen. Obwohl sich der Branntwein als Genussmittel gegen Ende des 15. Jahrhunderts auszubreiten begann, benutzte man den aus Wein destillierten Alkohol vorzugsweise für medizinische Zwecke. So diente er etwa als Arzneimittel gegen die Pest und wurde in Apotheken verkauft.
C. S.

Literatur
Klebs 1938, Nr. 895.8. – Sudhoff 1908, Nr. 166.

GM 210 – 215

Die Lokalisierung des anonymen Druckers der »Darmstädter Prognostication« verdanken wir dem Eintrag am Ende des »Speculum sacerdotum« des Hermann von Schildiz (Kat.-Nr. GM 210), der seine Entstehung in Mainz nennt: Maguntie impressum. Alle übrigen Werke ließ der anonyme Mainzer Drucker unfirmiert, und seine Produktpalette lässt keine Vorliebe für ein bestimmtes Thema erkennen. In bunter Reihe erschienen Prognostica, theologische Spiegel-Literatur (Kat.-Nr. GM 210), religiös-moralische Leitfäden (Kat.-Nr. GM 214, 215) sowie Rechtsratgeber wie der Sebastian Brant zugeschriebene »Klagespiegel« (Kat.-Nr. GM 212). Offenbar wandte sich der Drucker weniger an die etablierten Buchbesitzer, sondern vor allem an das noch unterversorgte lesekundige und bald auch lesefreudige Bürgertum, wofür auch die Titel in deutscher Sprache sprechen. Allerdings erfolgten die Zuschreibungen an den »Drucker der Darmstädter Prognostication« allesamt über den Typenvergleich, weshalb hinter seinem Namen mehrere Drucker stehen könnten, oder aber ein bereits bekannter wie Peter Schöffer.

C. S.

GM 210

Hermannus Schildiz
Speculum sacerdotum de tribus sacramentis principalibus
Mainz: [Drucker der Darmstädter Prognostication, um 1477/80]

4°

Martinus-Bibliothek. Wissenschaftliche Diözesanbibliothek im Priesterseminar Mainz, Inc. 836 (S)

HC 14519. – GW 1910, Nr. 151.

GM 211

Libellus de celebratione missarum secundum frequentiorem cursum dioecesis maguntinensis [Mainz: Drucker der Darmstädter Prognostication um 1480]

4°

Universitätsbibliothek Heidelberg

H 4834 (verdruckt 3634). – Hessels 1882, S. 108 ff.

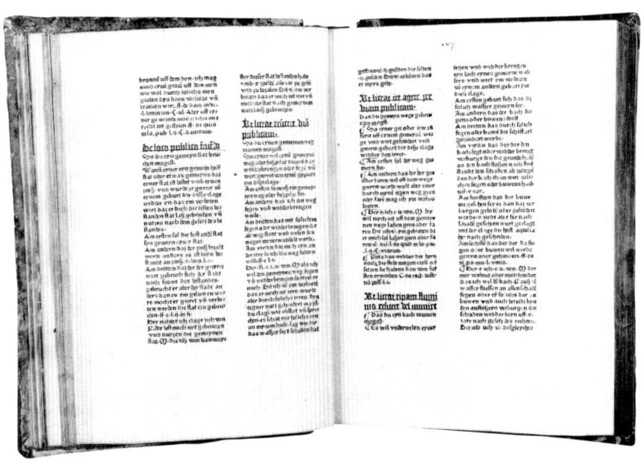

GM 212

Klagen und nützliche Lehre aus gemeinen beschriebenen Rechten der kaiserlichen Gesetze [Mainz: Drucker der Darmstädter Prognostication, um 1480]

2°

Gutenberg-Museum Mainz, StB Ink 1315

HC 3727. – GfT, Nr. 1114. – TFS 1900–1909, Nr. 1900 a.

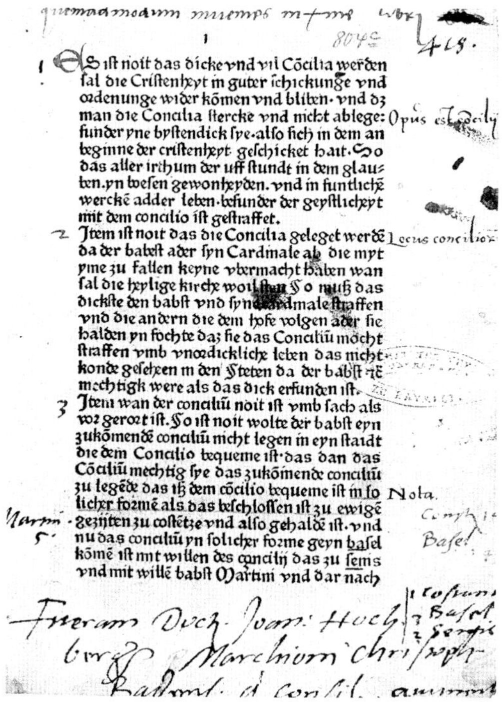

1

Es ist noit das dicke vnd vil Cōcilia werden sal die Cristenheyt in guter schickunge vnd ordenunge wider kōmen vnd bliben. vnd dz man die Concilia stercke vnd nicht ablege: sunder yne bystendick sye. also sich in dem anbeginne der cristenheyt geschicket hait. So das aller irthum der uff stundt in dem glauben. vn wesen gewonheyden. vnd in suntliche wercke adder leben. besunder der geystlicheyt mit dem concilio ist gestraffet.

Item ist noit das die Concilia geleget werde da der babest ader syn Cardinale ab die myt yme zu fallen keyne vbermacht haben wan sal die heylige kirche [illegible] So muß das dickste den babst vnd syn[illegible]dmale straffen vnd die andern die dem hofe volgen ader sie halden yn fochte daz sie das Conciliū mocht straffen vmb vnordickliche leben das nicht konde geschen in den Steten da der babst zu mechtigk were als das dick erfunden ist.

Item wan der conciliū noit ist vmb sach als vor gerort ist. So ist noit wolte der babst eyn zukōmende conciliū nicht legen in eyn staidt die dem Concilio bequeme ist. das dan das Cōciliū mechtig sye das zukōmende conciliū zu legēde das iß dem cōcilio bequeme ist in solicher formē als das beschlossen ist zu ewigē gezijten zu costētze vnd also gehaldē ist. vnd nu das conciliū yn solicher forme geyn basel kōmē ist mit willen des concilij das zu seins vnd mit willē babst Martini vnd dar nach

GM 213

Verteidigung des Konzils zu Basel [Mainz: Drucker der Darmstädter Prognostication, um 1480]

4°
Universitätsbibliothek Bayreuth (Historischer Verein für Oberfranken), 804 c
GW 3696

Der Text des kleinen, 24 Blätter umfassenden und um 1480 produzierten Drucks stammt aus der späteren Zeit des Baseler Konzils, aus dem Jahre 1442. Der anonyme Autor legt dem Papsttum und den Kardinälen eine Fülle kirchlicher Mißstände und Fehlentwicklungen zur Last und empfiehlt das regelmäßig abzuhaltende allgemeine Konzil als unverzichtbares kirchliches Reform- und Kontrollinstrument. Die dazu erforderte Autorität spricht er dem Konzil mit den klassischen Argumenten der konziliaren Theorie zu: Das allgemeine Konzil repräsentiert die Kirche selbst, steht über dem Papst und darf diesen zur Rechenschaft ziehen: es wird in Glaubensdingen und Fragen der christlichen Lebensführung vom Heiligen Geist regiert und ist dementsprechend hinsichtlich dieser Materien unfehlbar. In der zeitgenössischen Schismasituation nimmt der Verfasser für das Baseler Konzil und für den von diesem 1439 gewählten (Gegen-)Papst Felix V. (Herzog Amadeus VIII. von Savoyen) Partei. Er unterbreitet im übrigen auch Vorschläge für eine Reichsreform (Stiftung eines allgemeinen Friedens; Errichtung eines ständigen, ortsfesten Reichsgerichts; jährliche Reichssteuer).

Der Traktat, der auch als Manuskript überliefert ist[1], ist dem Domherrn Heinrich Toke (* um 1390/1395, † 1454) zugeschrieben worden;[2] als gesichert kann die Autorschaft Tokes jedoch nicht gelten.[3] Toke, der an der Erfurter Universität studiert (1411 Magister artium, 1426 Dr. theol.) und gelehrt und in Rostock universitäre Leitungsämter (Dekan der Artistenfakultät 1419/20 und 1422, Rektor 1424) innegehabt hatte, erhielt 1426 ein Kanonikat am Magdeburger Dom und war auch Domherr in Bremen. 1432 bis 1437/38 vertrat er den Magdeburger Erzbischof sowie die Universität Erfurt am Baseler Konzil und nahm 1432, 1433 und 1433/34 an wichtigen Konzilsgesandtschaften nach Böhmen teil.

In der frühen Reformationszeit, in der das allgemeine Konzil – als mögliches Mittel der Kirchenreform wie als Lehr- und potentielle Urteilsinstanz in Glaubensfragen – wieder verstärkt ins Blickfeld der gebildeten Öffentlichkeit rückte, erschien der Traktat erneut im Druck. Ulrich von Hutten gab ihn 1521, zusammen mit einer kleinen reformatorischen Schrift des Bamberger Vikars Konrad Zärtlin, unter dem Titel »Concilia wie man die halten sol [...]« als Flugschrift heraus. Wie Hutten in seinem Vorwort mitteilt, hatte er den Konzilstraktat im Buchbestand Franz von Sickingens *(vnter anderen alten bucheren/jm villycht von seinem vatter seligen verlasszen)* auf der Ebernburg aufgefunden.

Das Bayreuther Exemplar der Inkunabel (804 c) weist Spuren intensiver Lektüre auf – zahlreiche Marginalien von mehreren Händen (wohl aus dem 16. Jahrhundert; z.T. bei einer späteren Bearbeitung des Buchblocks abgeschnitten), viele An- und Unterstreichungen sowie eine alte handschriftliche Absatz- bzw. Sinnabschnitt-Zählung.
T. B.

1 Cod. ms. 1328, fol. 87r–109v der Leipziger Universitätsbibliothek; diese Handschrift lt. Schreibervermerk verfertigt 1460 in Mainz; der Text des Manuskripts ed. bei Loebel 1949, S. 106–149.
2 Clausen 1939, S. 3 u. 52 f. mit Anm. 15; Loebel 1949, S. 5, 10–13, 106, 175.
3 Hölzel 1998, S. 22, 85–87.

Literatur
H 5607. – Benzing 1966. – Kiel 1995, S. 210f. – Hutten [1521]. – Smend 1907. – Zeumer 1913, S. 265f. – Kalkoff 1920, S. 326–331. – Clausen 1939, S. 3, 20–47, 50–53. – Loebel 1949, S. 2f., 5–13, 26–55, 66–73, 106–149, 175. – Sieben 1983, S. 50f. – Kintzinger 1997. – Hölzel 1998, S. 22, 85–87. – Brockmann 1999, S. 164f., 202, 205f., 214, 549.

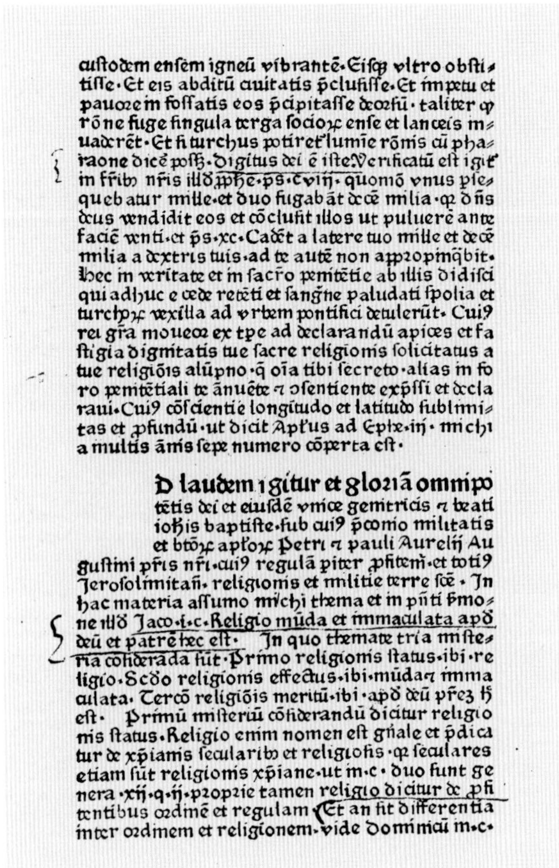

custodem ensem igneū vibrantē. Eisq; vltro obsti-
tisse. Et eis additū ciuitatis ꝑclusisse. Et impetu et
pauore in fossatis eos ꝑcipitasse deorsū. taliter ꝙ
rōne fuge singula terga sociorꝝ ense et lanceis in-
uaderēt. Et si turchus potiret' lumīe rōnis cū pha-
raone dicē possꝫ. Digitus dei ē iste. Verificatū est igit'
in frib; nr̄is illud ꝓphe. ps. cviij. quomō vnus pse-
quebatur mille. et duo fugabāt decē milia. ꝙ dn̄s
deus vendidit eos et cōclusit illos ut puluerē ante
faciē venti. et ps. xc. Cadēt a latere tuo mille et decē
milia a dextris tuis. ad te autē non appropinq̄bit.
Hec in veritate et in sacro penitētie ab illis didisci
qui adhuc e cede recēti et sang̃ne paludati spolia et
turchorꝝ vexilla ad vrbem pontifici detulerūt. Cui9
rei grā moueor ex tpe ad declarandū apices et fa
stigia dignitatis tue sacre religionis solicitatus a
tue religiōis alūpno. q̄ oīa tibi secreto. alias in fo
ro penitētiali te ānuēte ⁊ ꝯsentiente expssi et decla
raui. Cui9 cōscientie longitudo et latitudo sublimi-
tas et ꝓfundū. ut dicit Apl'us ad Ephe. iij. michi
a multis ānis sepe numero cōperta est.

D laudem igitur et gloriā omnipo
tētis dei et eiusdē vnice genitricis ⁊ beati
iohis baptiste. sub cui9 ꝓconio militatis
et btōrꝝ aplorꝝ Petri ⁊ pauli Aurelij Au
gustini pr̄is nr̄i. cui9 regulā piter ꝓfitemī. et toti9
Jerosolimitan̄. religionis et militie terre sc̄e. In
hac materia assumo michi thema et in p̄nti s̄mo-
ne illud Jaco. i. c. Religio mūda et immaculata apd
deū et patrē hec est. In quo themate tria miste-
ria cōsiderada sūt. Primo religionis status. ibi. re
ligio. Scdo religionis effectus. ibi. mūda ⁊ imma
culata. Tercō religiōis meritū. ibi. apd deū prēꝫ h̄
est. Primū misteriū cōsiderandū dicitur religio
nis status. Religio enim nomen est gn̄ale et ꝑdica
tur de xp̄ianis secularib; et religiosis. ꝙ seculares
etiam sūt religionis xp̄iane. ut in. c. duo sunt ge
nera. xij. q. ij. proprie tamen religio dicitur de ꝓfi
tentibus ordinē et regulam. Et an sit differentia
inter ordinem et religionem. vide dominicū in. c.

GM 214

Paulus de Roma
Tractatus in favorem religionis Hierosolimitanae
[Mainz: Drucker der Darmstädter Prognostication, nach August 1480]

4°

Universitäts- und Landesbibliothek Düsseldorf, 5 an O. u. H. G. 372 (Ink.)

H 12492. – GfT, Nr. 1115. – TFS 1900–1909, Nr. 1900b. –X Finger 1994, Nr. 767.

GM 215

Eyn entzundungen der gotlichen liebe
(Incendium divini amoris, deutsch)
[Mainz: Drucker der Darmstädter Prognostication, um 1480]

4°

Stadtbibliothek Mainz, Hs II 261

HC 3260

Ante templum sepulchri domini locatus est lapis iste super quo Christus crucem baiulans requievit

De ingressu in templum dominici sepulcri et processione inibi facta ad loca sacra.

Ie. xij. Julij hora vesperarum in ipsum venerandum dominici sepulcri templum a paganis id est rectoribus ipsius ciuitatis sancte Jerosolime sumus admissi et numerati ostijs per eos apertis. pro qua re vnusquisque nostrum quinque exsoluit ducatos. nec vnquam alias hoc aperitur templum ab eis nisi vel propter aduenientes peregrinos vel fratres mutandos qui ibi pro custodia deputantur. Mox quem nobis intromissis templum clauserunt. Intrauerunt autem nobiscum Gardianus ipse et plures suorum confratrum. Quaprimum autem deuotus quisque christianus vel peregrinus in templum hoc pedem posuerit. plenariam consequitur remissionem.

Est autem hec dispositio templi eiusdem sacratissimi. Ecclesia ipsa rotunda est. et habet per diametrum inter columnas septuaginta tres pedes. absidesque que habent per circuitum a muro exteriori ecclesie decem pedes super sepulcrum domini. quod in medium eiusdem ecclesie est apertura rotunda ita vt tota cripta sancti sepulcri sit sub diuo. Galgathana autem ecclesia adheret isti. et est oblonga loco chori ecclesie sancti sepulcri adiuncta. sed parum demissior. sunt tamen ambe sub vno tecto. Spelunca in qua est sepulcrum domini habet in longitudine octo pedes. in latitudine similiter octo vndique tecta marmore exterius. sed interius est rupes vna sicut fuit tempore sepulture

GM 216 (s. a. S. 225, Abb. 10)

Bernhard von Breydenbach
Peregrinatio in terram sanctam
Mainz: Erhard Reuwich, 11. Februar 1486

2°

Gutenberg-Museum Mainz, StB Ink 2058 a

HC 3956. – GfT, Nr. 1116 u. 1117. – Klebs 1938, Nr. 220.1. – Schreiber 1926–1930, Nr. 3628. – Schramm 1920–1943, Bd. 15, S. 7. – Davies 1911, Nr. I. – Campbell 1987, Nr. 65. – GW 5075. – Fuchs 1960, S. 5, Nr. 9 u. S. 31 ff.

Von den Surianen die sich auch cristen vermeynen.

Auch ist zu wissen daz zu Jherusalem wonet eyn ander nacion ettlicher die sich Surianen heyssen also genant villicht von der statt Sur die vor zyten mechtig ist gewesen. oder von dem land Syria als Syriani. Dise wonen yn orient vnder vil konigen vnd fursten. sarracenisch oder barbarisch. denen sie dienen vnd tribut geben. vnd syn forchtsam menschen vnd erschrocken. vnd dar vmb zu kriegen vnd stritten vntheuglich. vnd bruchen weder bogen noch swert. sunder zu dem buw der erden vnd grober erbeit syn sie geschickt. Sie syn auch des meyer teyls ketzer. falsch. betrogen. lugenhafftig vnd zwyffeltig menschen. geneyget schenck vnd gab zu nemen. zu stelen vnd rauben. das sie fur keyn sund haben. vnd syn verrether der cristen. wan wo sie mogen so tragen sie die heymlikeyten der cristen zu oren den sarracenen. vnder welchen auch sie leben vermischet vnd lernen yr boßheyt.

Item yr hußfrauwen verwarten vnd ynslyessen sie mit grossem vlyß. eben als die sarraceni auch thun. vnd lassen weder wyber noch tochter vff die strassen gan anders dan mit lylachen vmbgeben. vnd yr angesicht bedecket mit eym swartzen tuch. Das halten die jungfrauwen by

GM 217

Bernhard von Breydenbach
Die heyligen reyssen gen Jherusalem
(Peregrinatio in terram sanctam, deutsch)
Mainz: Erhard Reuwich, 21. Juni 1486

2°

Staats- und Stadtbibliothek Augsburg, 2° Ink 662

H 3959. – Klebs 1938, Nr. 220.2. – Davies 1911, Nr. IV. – Campbell 1987, Nr. 65. – Schreiber 1926–1930, Nr. 3630. – Schramm 1920–1943, Bd. 15, S. 7. – Hubay 1974, Nr. 469. – GW 5077. – Breydenbach 1961. – Fuchs 1960, S. 5, Nr. 10 u. S. 31 ff.

GM 218

Bernhard von Breydenbach
Die heylighe beuarden tot dat heylighe grafft in iherusalem (Peregrinatio in terram sanctam, niederländisch)
Mainz: Erhard Reuwich, 24. Mai 1488

2°

Koninklijke Bibliotheek – Nationale Bibliotheek van Nederland Den Haag, 168 B 8

HCR 3963. – Klebs 1938, Nr. 220.4. – Davies 1911, Nr. VII. – IDL, Nr. 1026. – Campbell 1987, Nr. 65. – Schreiber 1926–1930, Nr. 3633. – Schramm 1920–1943, Bd. 15, S. 7. – GW 5081. » Fuchs 1960, S. 5, Nr. 11 u. S. 31ff.

Der Pilgerbericht des Mainzer Domherren Bernhard von Breydenbach, ein umfassendes Handbuch für Palästina-Pilger, ist das Resultat einer neunmonatigen Reise ins Heilige Land, auf der ihn der Maler Erhard Reuwich begleitete. Nach ihrer Rückkehr verwandten beide äußerste Sorgfalt auf die Realisation eines entsprechenden Buchs. Während Reuwich nach seinen vor Ort verfertigten Reiseskizzen Holzschnitte schuf, verfasste Breydenbach den Reisebericht. Zudem beauftragte er den Mainzer Theologen Martin Roth mit der wissenschaftlichen und stilistischen Redaktion, der außerdem die Abhandlungen des Paul Walther von Guglingen über die Völkerschaften und ihre Religionen im Heiligen Land hinzufügte. Die Niederschrift der lateinischen editio princeps (Kat.-Nr. GM 216) entstand 1485, die der deutschen Übersetzung (Kat.-Nr. GM 217) im ersten Viertel von 1486. Die niederländische Fassung (Kat.-Nr. GM 218) erfolgte aufgrund der lateinischen Vorlage in einer holländisch-utrechtischen Sprache mit südniederländischem Einschlag, weshalb Reuwich als Übersetzer in Frage kommt. Ebenso unsicher ist die Art seiner Tätigkeit als Drucker (vgl. S. 224f.). In jedem Fall kommt ihm eine hervorragende Stellung bei der Realisation dieses Druck-Projekts zu, das mit seinen Schilderungen nach der Realität einen der ersten Reiseführer in modernem Sinn hervorbrachte.

C. S.

Literatur

Katalog »Die Reise nach Jerusalem« 1992.

Bilderdrucker: Jacob Meydenbach 1490–1495

GM 219

Johannes Virdung
Prognosticon für Leipzig auf das Jahr 1491, deutsch
[Mainz: Jacob Meydenbach, 1490]

4°

Stadt- und Universitätsbibliothek Frankfurt a. M., Inc. fragm. Mainz III

In Deutschland wurden die ersten astronomischen Vorhersagen um 1470 gedruckt. Neben Einblattdrucken setzten sich dafür kleine Büchlein mit mäßigem Umfang durch. Ihr Erfolg war – anders als etwa bei Almanachen – an die Fähigkeiten und die Überzeugungskraft ihres Autors geknüpft. In dieser Hinsicht war das Umfeld einer Universität von Nutzen, im Falle Virdungs die von Heidelberg, wo er seit 1529 Astronomie und Medizin lehrte.[1] Seinen Ruf begründete Virdung jedoch schon sehr viel früher. Seit 1486 publizierte er in großer Zahl astronomische Vorhersagen, meist in Leipzig, wo er einen Teil seines Studiums verbrachte. Bereits 1493 arbeitete er als Mathematicus und Hofapotheker für den Kurfürsten in Heidelberg. Wie das Beispiel Virdungs zeigt, war die Verknüpfung von Astronomie und Medizin im späten 15., vor allem aber im 16. Jahrhundert gang und gäbe. Wie einflussreich derartige Vorhersagen waren, mag ein Beispiel aus dem 16. Jahrhundert verdeutlichen. Im Februar 1524 fanden überdurchschnittlich viele Planeten-Konjunktionen statt, fast alle in einem wässrigen Zeichen. Schon seit 1517 diskutierte daher die gesamte gelehrte Welt, darunter auch Virdung, eine bevorstehende Sintflut und andere Naturkatastrophen, Kaiser Karl V. forderte führende Astrologen zu Gutachten auf, sogar Luther äußerte sich zu dem Problem. Insgesamt erschienen zu dem Thema mehr als 140 Schriften in deutscher, französischer, italienischer, niederländischer, portugiesischer und spanischer Sprache.[2] Dieses hohe Interesse ihrer Leserschaft an solchen Stoffen bewog die Drucker, in ein solch sicheres Absatzgebiet zu investieren. Auch Meydenbach erkannte diese Möglichkeit und publizierte mehrere derartige Vorhersagen.

C. S.

1 DBE, Bd. 10, S. 214.

2 Zinner 1941, S. 19.

Literatur

Ohly/Sack 1967, Nr. 2978.

Mulier pepulo pendēti supra terram habens stellam in sinistra. indicans cum digito dicens

Unde Sibilla chumea prophetico Capitulū. vij

spiritu loquitur in vaticinio suo. Post hec. i. post modicū tpis egrediet aqla de germāie rupibus. multis associata griffonibus q̄ irruēs ī ortū crisinatis sedentē ī sede pastoris de q̄nto crismate fugabit in septimū. 7 inuet antipatrē vorabit ipm 7 nidū sibi ablatū vēdicabit. et p. x. lustra tenebit 7 nō erit pax ī terra v̄ginali 7 gēs sine capite reḡbit ānis illis. de post adherebit aqle grādi. Figurā hēmus Hester. v. cap̄. dicen̄. Duo eunuche regis q̄ ianitores erāt 7 in pallatō p̄mo limie residebāt voluerūt regē interficere qd̄ mardocheū nō latuit. O Maximiliane isti duo eunuchi sunt ifideles subditi tui q̄ fraude 7 malicie venenū gestātes ꝯ pudicā faciē tuā vt fideles tuos 7 te interficiāt. Studeas istis tpibus te p̄seruare vsq3 ad annū etatis tue. xxiiij. Videb̄ exaltationē nōis tui ab excelso. 7 q2 istis ānis a primis 7 subditis tuis pacieris sinistra plura.

Interfectores armati cum gladijs interficiētes pueros vt tpe herodis.

GM 220

Johannes Lichtenberger
Prognosticatio latina
Mainz: [Jacob Meydenbach], 8. Juni 1492

2°
Stadsbibliotheek Haarlem, SBH 56 B 6:1
H 10082

Johannes von Lichtenberg, der sich zeitweise in der Umgebung Kaiser Friedrichs III. aufhielt, publizierte 1488 bei Heinrich Knoblochtzer in Heidelberg eine viel beachtete »Prognosticatio«, sowohl in deutscher als auch lateinischer Sprache. Für den hohen Anklang, den das Werk bis ins 17. Jahrhundert erlebte, spricht unter anderem Luthers Übertragung ins Deutsche. Im Juli 1492 gab Meydenbach sowohl die deutsche als auch die lateinische Ausgabe als Nachdruck heraus, wobei er Knoblochtzers Holzschnitte verwendete. Dabei handelt es sich nicht um wissenschaftliche Illustrationen, sondern sie bebildern Lichtenbergs Politik- und Religionsprognosen. Astronomischer Anlass für diese Prophezeiungen, die nicht an ein bestimmtes Jahr geknüpft waren, bildeten die Zusammenkunft von Saturn und Jupiter im Skorpion 1484 und eine Sonnenfinsternis 1485.

C. S.

Literatur

GfT, Nr. 1118. – HC 3577. – Klebs 1938, Nr. 606.6. – IDL, Nr. 2948. – Schreiber 1910/11, Nr. 4500. – Schramm 1920–1943, Bd. 15, S. 7. – Fuchs 1960, S. 6, Nr. 18 u. S. 103f.

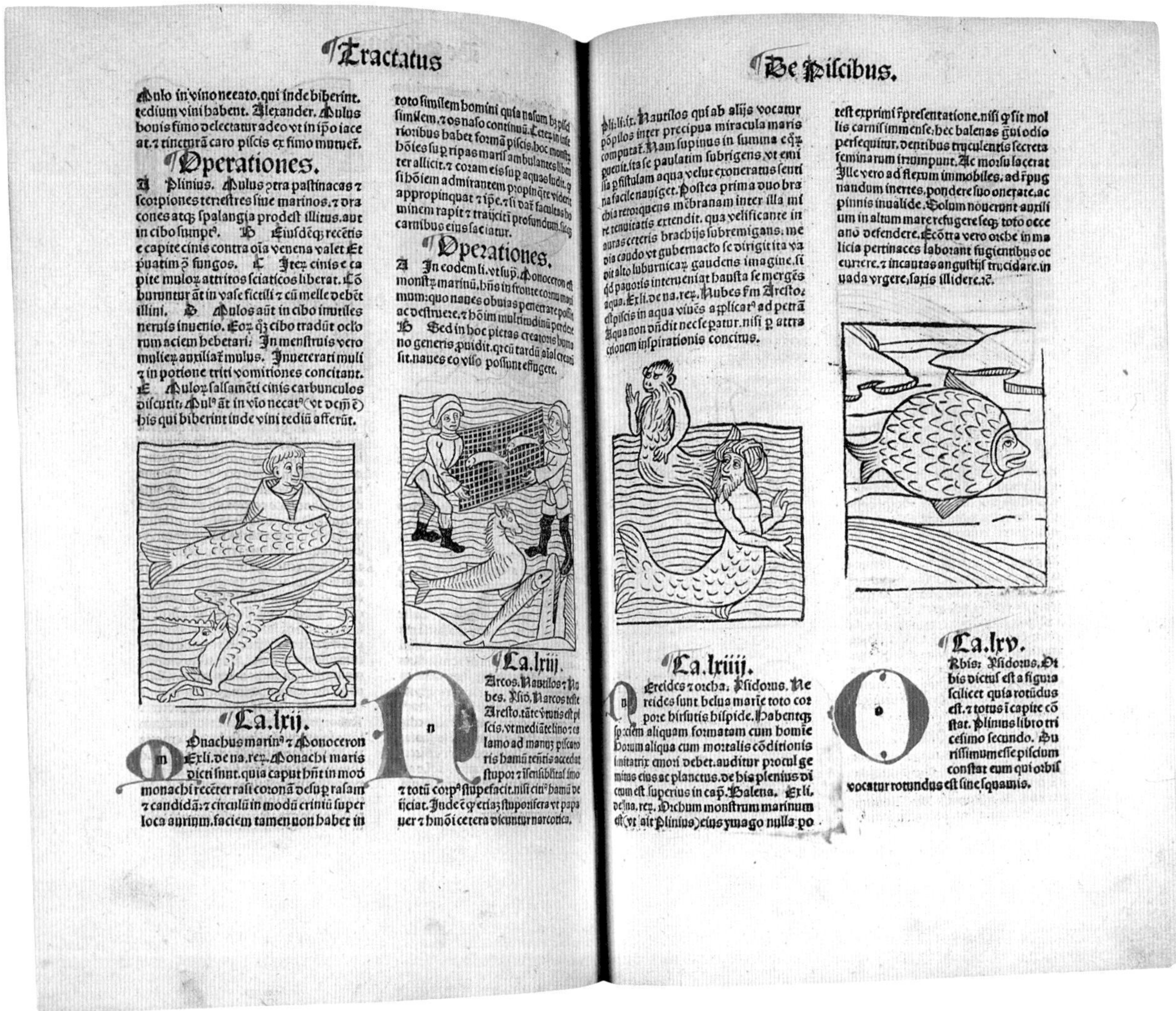

GM 221

Ortus sanitatis
Mainz: Jacob Meydenbach, 23. Juni 1491

2°
Gutenberg-Museum Mainz, StB Ink a 162
HC 8944

Der »Ortus sanitatis«, ein lateinisches Kräuterbuch, ist der erste datierte Druck aus der Offizin Meydenbachs. Für ein gelehrtes Publikum bestimmt, lieferte er eine aktuelle und erschöpfende Zusammenfassung des damaligen pharmazeutischen Wissens. Als Autor kommt Peter von Viersen, der langjährige Ordinarius der Mainzer medizinischen Fakultät, in Frage. Die große Zahl der Illustrationen, die unter anderen Reuwichs Pflanzenbilder (vgl. Kat.-Nr. GM 193) kopieren, wird zwar dem Informationsanspruch des Werks gerecht, jedoch verfügen die Abbildungen nicht über herausragende wissenschaftliche oder künstlerische Qualität. C. S.

Literatur
Klebs 1938, Nr. 509.1. – Klebs 1918, Nr. 1. – Schreiber 1910/11, Nr. 4247. – Schramm 1920–1943, Bd. 15, S. 7. – Fuchs 1960, S. 5, Nr. 15 u. S. 96ff.

h

Er wirdt her wirdt von byngẽ. An diszẽ reyen mustu nu spryngen. Vyl boszheit hastu begangẽ Myt falscher speysz vnd myt wyn langẽ. Du hast gehalten lude allerley Die myt fluchen vnd schweren hattẽ eyn gros geschrey. Des bystu eyn orsach gewesen Bidt got das dyn sele mog genesen.

Der dot

j

Ch han vff vyl folkes gewartet. das eynn duppelt das ander kartet. Jch sucht zytlichs gut Glych als der reuber thut. wid got vnd wider recht An dem herrẽ vñ auch an dem knecht. Solt ich aber nu nit sterben Jch getruwet mich bessern vnd guade erwerben.

Der wyrdt

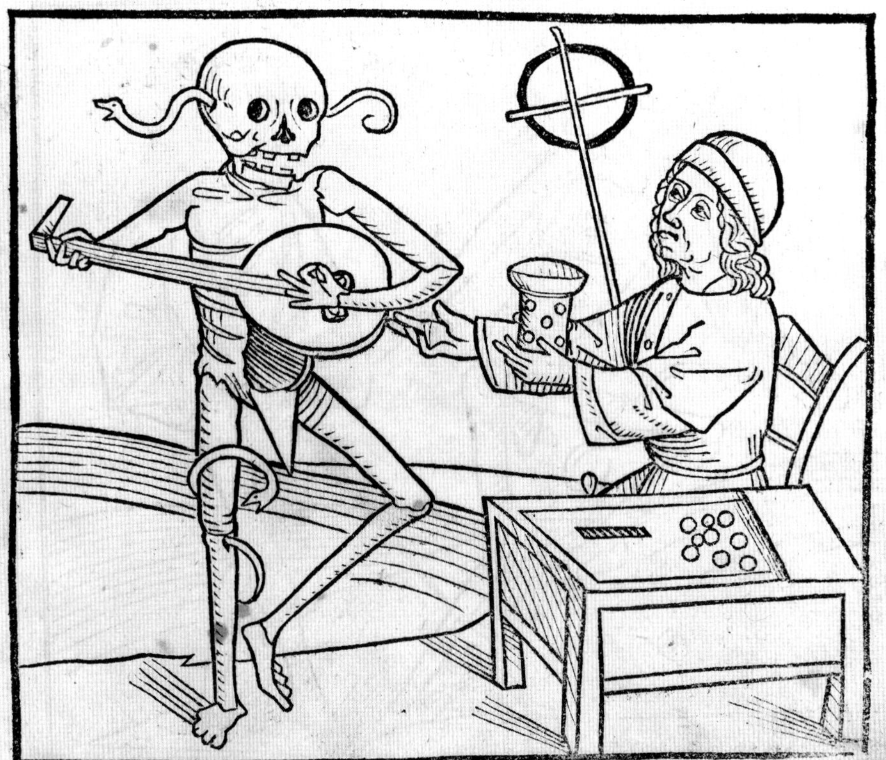

D ij

GM 222

Doten dantz (Totentanz)
[Mainz: Jacob Meydenbach, 1491/95]

2°

Staatliche Museen zu Berlin – Preußischer Kulturbesitz, Kupferstichkabinett,
Buch Sign. 1017

HC 3733. – Schreiber 1910/11, Nr. 5373. – Voulliéme 1906–1927, Nr. 1570. – Fuchs 1960, S. 6, Nr. 20 u. S. 103 f.

GM 223

Totentanz
[Mainz: Jacob Meydenbach?, um 1495]

2°
Universitätsbibliothek Heidelberg, C 7074 qu. Inc.
HCR, Nr. 764. – Schreiber 1910/11, Nr. 5372.

Der Totentanz, ein seit der Mitte des 15. Jahrhunderts auf Friedhofsmauern, Beinhäusern, Kapellen, Altären, in Blockbüchern, Bilderbögen und Einblattdrucken gängiges Bildmotiv, ermahnt in nachdrücklicher Form die Gläubigen zu einem christlich-bußfertigen Leben, indem er die menschliche Vergänglichkeit vor Augen führt: Auf Musikinstrumenten spielend, die knochigen Gliedmaßen drastisch verrenkt, fordern Skelette Vertreter aller Stände zum Totentanz auf. Ob Papst, Handwerksmann, Bürgerin, Jungfrau oder Wirt, keiner von ihnen scheint von dem Spektakel begeistert zu sein. Einige leisten Widerstand, andere zeigen Überraschung, Bedauern oder Zerknirschung. Doch erinnern die Bilder nicht nur an die sichere Verdammnis, sondern haben auch sozial-satirischen Charakter.
Zur Illustration seiner Totentanz-Ausgabe verwendete Meydenbach Holzschnitte, die sich zuvor im Besitz des Heidelberger Druckers Knoblochtzer befanden, doch druckte Meydenbach dessen Buch nicht direkt nach, sondern veränderte die Reihenfolge der Abbildungen. Die derben, karikierenden Holzschnitte halten mit ihrem Spott nicht zurück, doch der Schlussvers betont die Ernsthaftigkeit des Themas: *Merckent unnd gedenckent ir menschen gemeyn/Hier lygent gebeyn gross unnd cleyn.*
C. S.

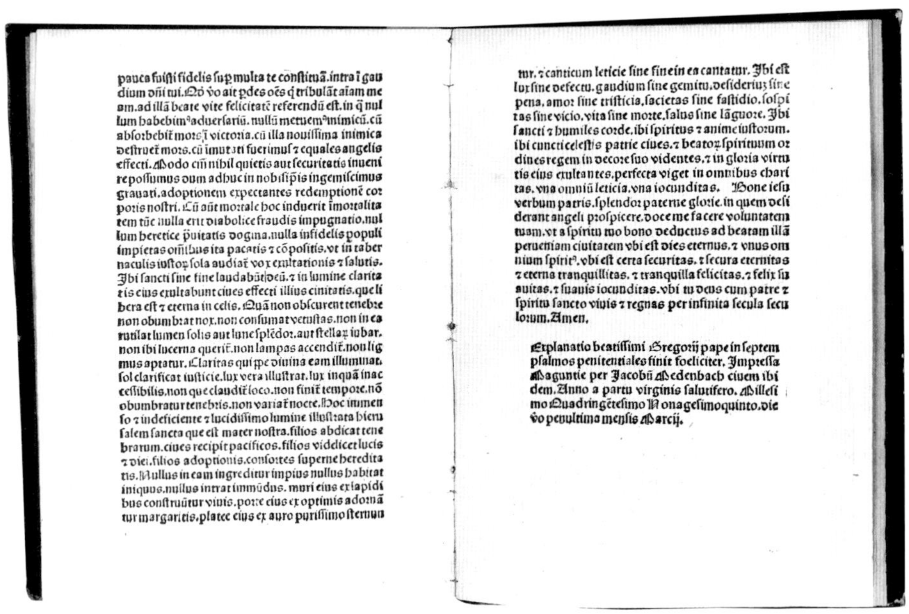
tur. et canticum leticie sine fine in ea cantatur. Ibi est
lux sine defectu. gaudium sine gemitu. desiderium sine
pena. amor sine tristicia. facietas sine fastidio. sospi
tas sine vicio. vita sine morte. salus sine languore. Ibi
sancti et humiles corde. ibi spiritus et anime iustorum.
ibi cuncti celestis patrie cives. et beatorum spirituum or
dines regem in decore suo videntes. et in gloria virtu
tis eius exultantes. perfecta viget in omnibus chari
tas. una omnium leticia. una iocunditas. Bone iesu
verbum patris. splendor paterne glorie. in quem desi
derant angeli prospicere. doce me facere voluntatem
tuam. ut a spiritu tuo bono deductus ad beatam illam
perveniam civitatem ubi est dies eternus. et unus om
nium spiritus. ubi est certa securitas. et secura eternitas
et eterna tranquillitas. et tranquilla felicitas. et felix su
avitas. et suavis iocunditas. ubi tu deus cum patre et
spiritu sancto vivis et regnas per infinita secula secu
lorum. Amen.

Explanatio beatissimi Gregorij pape in septem
psalmos penitentiales finit foeliciter. Impressa
Maguntie per Jacobum Medenbach civem ibi
dem. Anno a partu virginis salutifero. Millesi
mo Quadringentesimo Nonagesimoquinto. die
vero penultima mensis Marcij.

GM 224

Gregorius I. Pont.Max
Expositio in septem psalmos poenitentiales
Mainz: Jacob Meydenbach, 30. März 1495

4°
Gutenberg-Museum Mainz, StB Ink a70
GW 11417. – HC 7941.

Das vorliegende Werk – der letzte datierte Druck aus Meydenbachs Offizin – weist den frühchristlichen Papst Gregor den Großen als Begründer des Schemas der 7 Hauptsünden aus. Diese Form der Bußlehre und -praxis fand im späten Mittelalter in vielfältiger Form Verbreitung, etwa als illustrierte Einblattholzschnitte oder Blockbücher. Obwohl man von dem Bilderdrucker Meydenbach gerade für dieses Thema eine illustrierte Ausgabe erwartet hätte, edierte er vielmehr den Quelltext.
C. S.

Literatur
HC 7941. – GW 11417.

GM 225 (s. S. 229, Abb. 14)

Peter Hernsheimer
Almanach für Mainz, 1492 (lateinisch)
[Mainz: Peter Friedberg, um 1491]

Einblattdruck, beschnitten
Gutenberg-Museum Mainz, GM Ink 140
GW 1914, Nr. 687

Peter Hernsheimer, der sich in dieser Schrift als medizinischer Lizenziat aus Oppenheim zu erkennen gibt, wurde am 10. Oktober 1493 von Dr. med. Albert von Minsingen in Mainz zum Doktor der Medizin promoviert und damit Mitglied der Fakultät.[1] Sein Almanach folgt dem gängigen Muster mit Zeitangaben über Mondphasen (*Cõiunctiones et oppositiones*) sowie nach Monaten geordneten Aderlass-Ratschlägen (*Januarius, Februarius* usw.). Derartige Almanache setzten also ein gewisses Maß an astrologischen bzw. astronomischen sowie medizinischen Kenntnissen voraus, wie sie bei Wundärzten und Professoren anzutreffen waren. Daher liegt ihre Entstehung im Umkreis einer Universität nahe, besonders, da es sich um Massenware handelte, die – Ablassbriefen vergleichbar – dank hoher Auflage und geringem Aufwand dem Drucker und dem Autor gleichermaßen einen ansehnlichen Gewinn versprach.

Da solche Almanache eine zeitlich begrenzte Verwendungsdauer hatten, wurden sie am Ende eines Jahres fortgeworfen. Entsprechend wenige haben die Zeiten überdauert. Das Exemplar des Gutenberg-Museums überlebte in einem Einband. Darauf deutet der stark beschnittene obere und rechte Rand.

C. S.

1 Fuchs 1960, S. 12.

Literatur
Heitz/Haebler 1905, Nr. 75. – Fuchs 1960, S. 12. – Sudhoff 1908, Nr. 379. – Zinner 1941, Nr. 471. – Schunk 1954, S. 31, Nr. XVI.

GM 226

Sechs Dinge zieren den Adel
[Mainz: Peter Friedberg , um 1493?]

Einblattdruck
Stadt- und Universitätsbibliothek Frankfurt a. M., Ausst. 340

Der Einblattdruck steht in der Tradition spätmittelalterlicher Sittenbilder. Anders als die Satire, von der sie nicht immer eindeutig zu scheiden sind, betonen sie den moralischen Aspekt ihrer Kritik im Sinne frühhumanistischer Pädagogik. So fordert das Frankfurter Blatt von der weltlichen Obrigkeit die Erfüllung ihrer Pflichten, indem es an die Tugenden Gottesfurcht, Demut, Barmherzigkeit, Mildtätigkeit, Wahrheit und Liebe zur Gerechtigkeit erinnert.

C. S.

Literatur
Ohly/Sack 1967, Nr. 2541.

GM 227

Bürgermeister und Rat der Stadt Worms Einladung zu einem Armbrust- und Büchsenschießen auf den 15. bzw. 19. September, 28. März 1493 [Mainz: Peter Friedberg, nach dem 28. März 1493]

Einblattdruck
Stadt- und Universitätsbibliothek Frankfurt a. M., Ausst. 329
GW 1914, Nr. 1547

Schützenbriefe bildeten im Mittelalter einen Teil des offiziellen städtischen Amtsschrifttums. Mit ihnen lud man die Schützen befreundeter Gemeinden zum städtischen Freischießen ein. Im vorliegenden Fall war der Adressat Frankfurt, wie der handschriftliche Eintrag in der ersten Zeile zeigt. Während die Teilnehmer ursprünglich den Umgang mit der Waffe für den Ernstfall trainierten, gewann der sportliche Aspekt der Schützenfeste gegen Ende des Mittelalters zunehmend an Bedeutung. Von dieser Entwicklung profitierten auch die Drucker, denn zu den aufkommenden Regelwerken und normierten Vorgehensweisen gehörte unter anderem das Verschicken eines standardisierten Einladungstextes.

C. S.

Literatur

Ohly/Sack 1967, Nr. 3050. – Freys 1912, Nr. XXVII.

GM 228 (s. S. 232, Abb. 16)

Franciscus Diedus Vita S. Rochi. Mit Beigaben von Theodoricus Gresemundus d. J. Addenda: Missa de S. Rocho [Mainz: Peter Friedberg , um 1494/95]

4°
Gutenberg-Museum Mainz, StB Ink a 49
GW 8332

Das Büchlein – das einzige uns bekannte illustrierte Werk aus Friedbergs Offizin – enthält die Vita des Pestheiligen St. Rochus, die gleich zu Beginn des Textes fälschlicherweise Petrus Ludovicus Maldura zugeschrieben wird, obwohl er in der Original-Ausgabe (GW 8331) lediglich ein Nachwort publizierte. Auf dem Titelholzschnitt sehen wir den hl. Rochus mit Nimbus, Pilgerhut und Pilgerstab, denn er befindet sich auf der Rückreise seiner Wallfahrt nach Rom, wo er Pestkranke pflegte und sich schließlich selbst infizierte. Daraufhin schickte der Himmel einen Engel, um ihn zu heilen, während ein Hund ihn mit Brot sättigte. Entsprechend zeigt der Holzschnitt einen knienden Engel und einen Hund, indessen offenbart der hl. Rochus dem Betrachter die offene Pestbeule an seinem Oberschenkel.

C. S.

Literatur

HC 10546. – Klebs 1938, Nr. 335.6. – Schreiber 1910/11, Nr. 4559. – Schramm 1920–1943, Bd. 15, S. 7. – Fuchs 1960, S. 6, Nr. 22 u. S. 113f.

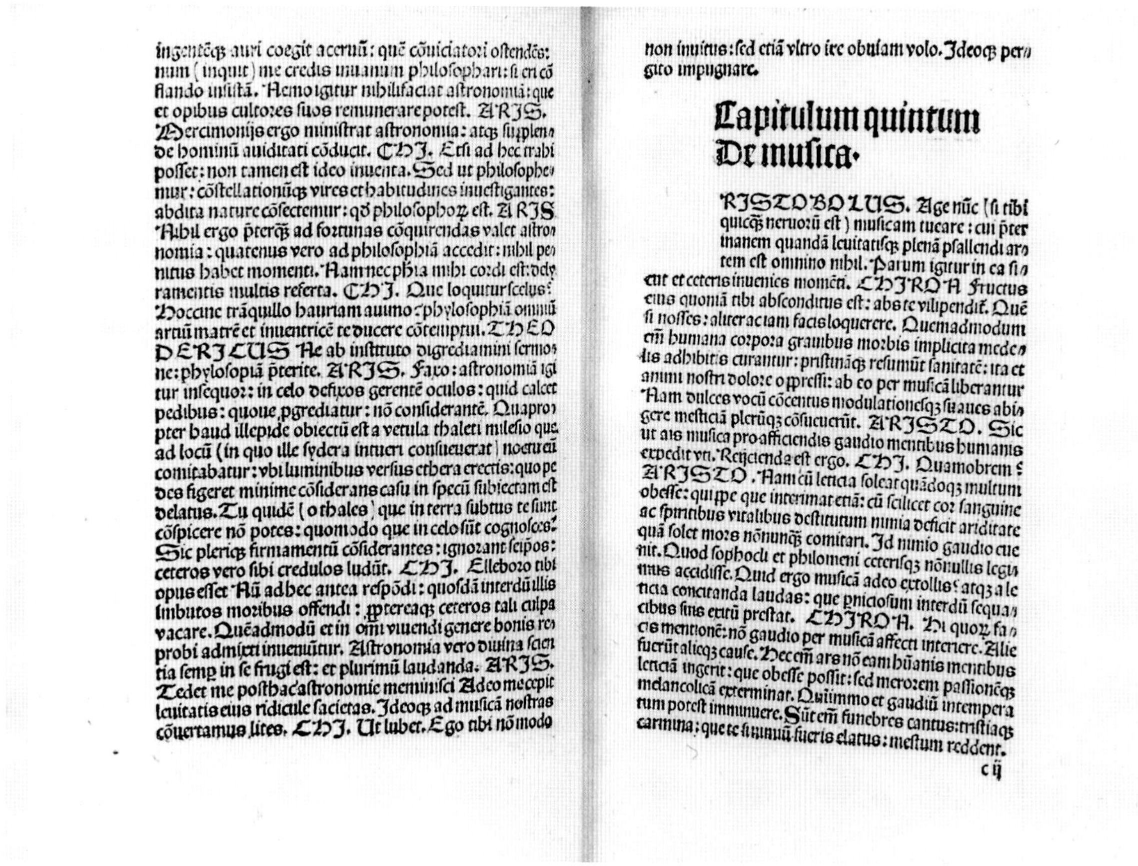

Capitulum quintum De musica

GM 229

Theodoricus Gresemundus
Lucubratiunculae
Mainz: Peter Friedberg 1494

4°
Gutenberg-Museum Mainz, StB Ink 2655
GW 11511

Dietrich Gresemund (Theodoricus Gresemundus), um 1477 in Speyer geboren, war Sohn des Mainzer Frühhumanisten und Arztes Dietrich Gresemund d. Ä. aus Meschede. Als vierzehnjähriger Student an der Mainzer Universität suchte der jüngere Gresemund 1493 Kontakt zu dem bedeutenden Humanisten Jacob Wimpheling, der nachhaltigen Einfluss auf Gresemund und den gesamten Mainzer Humanismus ausübte. In diesem Jahr entstand auch das vorliegende Werk, das in Form eines Traums Streitgespräche über Bildung und die sieben Künste, Philosophie und Politik wiedergibt.

C. S.

Literatur
HC 8047. – Fleischer 1967. – Bauch 1907, S. 20 ff.

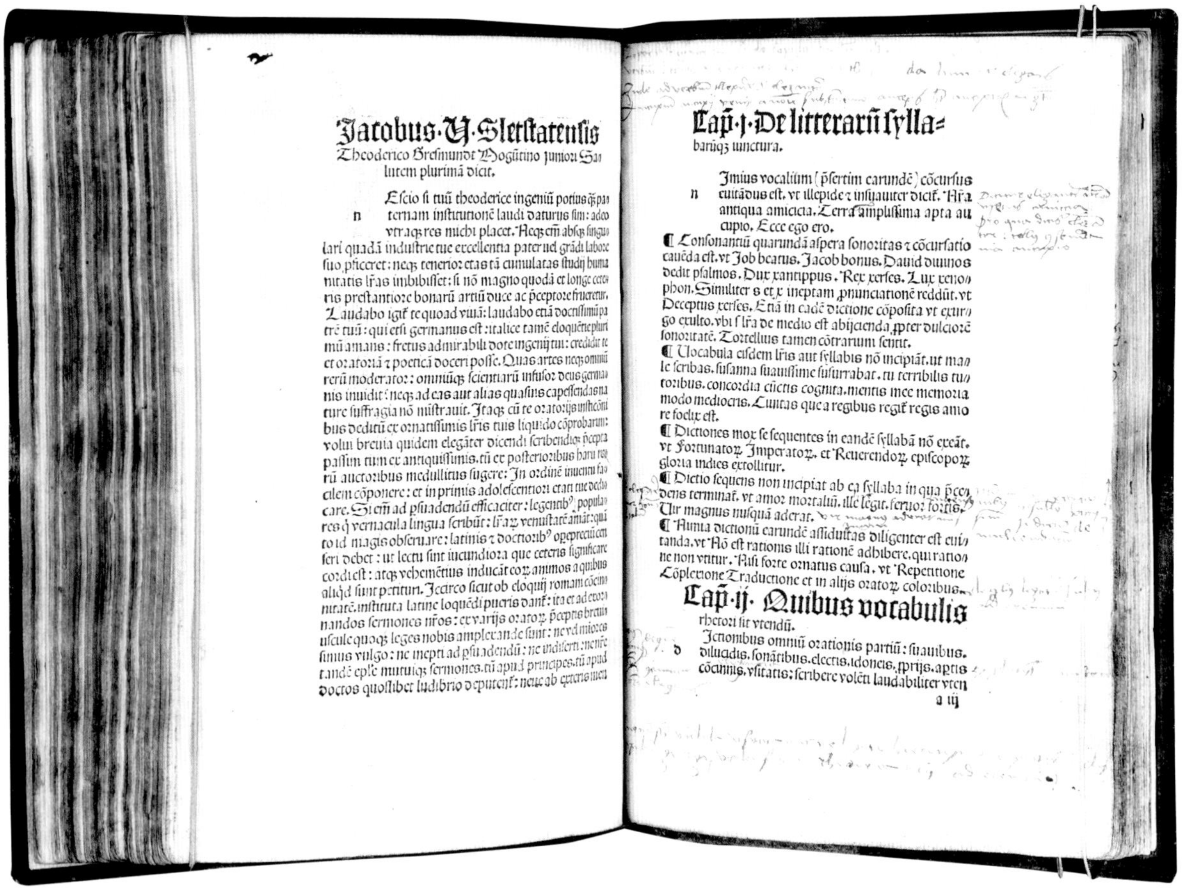

GM 230

Jacobus Wimpheling
Elegantiarum medulla oratoriaque praecepta [Mainz: Peter Friedberg, nach dem 16. Oktober 1493]

4°

Gutenberg-Museum Mainz, StB Ink 802

H 16165

Der 1450 in Schlettstadt geborene Wimpheling hatte in Freiburg, Erfurt und Heidelberg studiert. Als humanistischer Lehrer der Artistenfakultät erwies er sich erfolgreich und pflegte mit dem kurpfälzischen Hof enge Verbindungen. Von 1484 bis 1498 lebte er in Speyer, danach nahm er ein Theologiestudium in Heidelberg auf, wo er auch wieder lehrte. 1515 kehrte er in seine Heimatstadt zurück und starb 1528. Als humanistischer Pädagoge, Autor und Editor war er mit dem Buchdruck aufgewachsen, dessen Möglichkeiten er kannte und wahrnahm. Sein Büchlein »Elegantiarum medulla« zählt zu seinen frühen Unterrichtsbüchern für Poesie und Rhetorik, mit denen er den Schul- und Universitätsunterricht reformieren wollte. Seiner Ansicht nach ging mit dem Erwerb der lateinischen Sprache sowohl sprachliche als auch moralische Bildung einher, deren Ziel der umfassend gebildete, politisch integre und christlich verantwortungsvolle Mensch war.

C. S.

GM 231 (s. S. 234, Abb. 17)

Johann Tritheim
Collatio de republica ecclesiae
[Mainz: Peter Friedberg, nach dem 1. September 1493]

4°
Gutenberg-Museum Mainz, GM Ink 17
HC 15629

GM 232 (s. S. 234, Abb. 18)

Johann Tritheim
De laude scriptorum
Mainz: Peter Friedberg 1494

4°
Gutenberg-Museum Mainz, GM Ink 21
H 15617

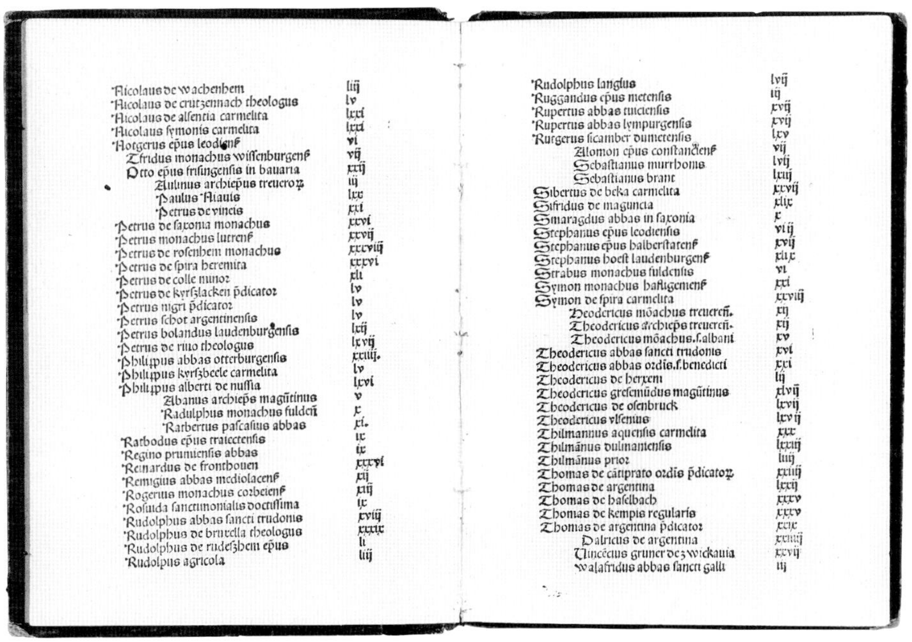

Nicolaus de wachenhem	liij
Nicolaus de crutzennach theologus	lv
Nicolaus de alsentia carmelita	lxxi
Nicolaus symonis carmelita	lxxi
Notgerus epus leodiens	vi
Tfridus monachus wissenburgens	vij
Otto epus frisingensis in bauaria	xxij
Aulinus archiepus treuerorum	iij
Paulus Niauis	lxx
Petrus de vineis	xxi
Petrus de saxonia monachus	xxvi
Petrus monachus lutrens	xxvij
Petrus de rosenhem monachus	xxxviij
Petrus de spira heremita	xxxvi
Petrus de colle minor	xli
Petrus de kyrszlacken pdicator	lv
Petrus nigri pdicator	lv
Petrus schot argentinensis	lv
Petrus bolandus laudenburgensis	lxij
Petrus de riuo theologus	lxvij
Philippus abbas otterburgensis	xxiiij.
Philippus kyrszbecle carmelita	lv
Philippus alberti de nussia	lxvi
Abanus archieps maguntinus	v
Radulphus monachus fulden	x
Rarbertus pascasius abbas	xi.
Ratbodus epus traiectensis	ix
Regino prumiensis abbas	ix
Reinardus de frontbouen	xxxvi
Remigius abbas mediolacens	xij
Rogerius monachus corbeiens	xiij
Rosuida sanctimonialis doctissima	ix
Rudolphus abbas sancti trudonis	xviij
Rudolphus de brucella theologus	xxxix
Rudolphus de rudeszhem epus	li
Rudolpus agricola	liij

Rudolphus langius	lvij
Ruggandus epus metensis	iij
Rupertus abbas tuiciensis	xvij
Rupertus abbas lympurgensis	xvij
Rutgerus sicamber dunietensis	lxv
Alomon epus constanciens	vij
Sebastianus murrhonis	lvij
Sebastianus brant	lxiij
Sibertus de beka carmelita	xxvij
Sifridus de maguncia	xlix
Smaragdus abbas in saxonia	x
Stephanus epus leodiensis	vi ij
Stephanus epus halberstatens	xvij
Stephanus hoest laudenburgens	xlix
Strabus monachus fuldensis	vi
Symon monachus hafligemens	xxi
Symon de spira carmelita	xxviij
Heodericus mōachus treueren.	xij
Theodericus archieps treueren.	xij
Theodericus mōachus.s.albani	xv
Theodericus abbas sancti trudonis	xvi
Theodericus abbas ordis.s.benedicti	xxi
Theodericus de herxem	liij
Theodericus gresemūdus magūtinus	xlvij
Theodericus de osenbruck	lxvij
Theodericus vlsenius	lxv ij
Thilmannus aquensis carmelita	xxx
Thilmānus dulmaniensis	lxxiij
Thilmānus prior	liiij
Thomas de cātiprato ordis pdicatorum	xxiiij
Thomas de argentina	lxxij
Thomas de haselbach	xxxv
Thomas de kempis regularis	xxxv
Thomas de argentina pdicator	xxix
Dalricus de argentina	xxiiij
Vincēcius gruner de zwickauia	xxvij
walafridus abbas sancti galli	iij

GM 233

Johann Tritheim
Catalogus illustrium virorum
[Mainz: Peter Friedberg, nach dem 14. August 1495]

4°
Gutenberg-Museum Mainz, StB Ink a 77
H 15615. – Klebs 1938, Nr. 991.1

GM 234

Johann Tritheim
De triplici regione claustralium et spirituali exercitio monachorum. Addenda: Compendium quotidiani spiritualis exercitii
Mainz: Peter Friedberg, 6. August 1498

4°
Gutenberg-Museum Mainz, StB Ink a 80 b
HC 15618

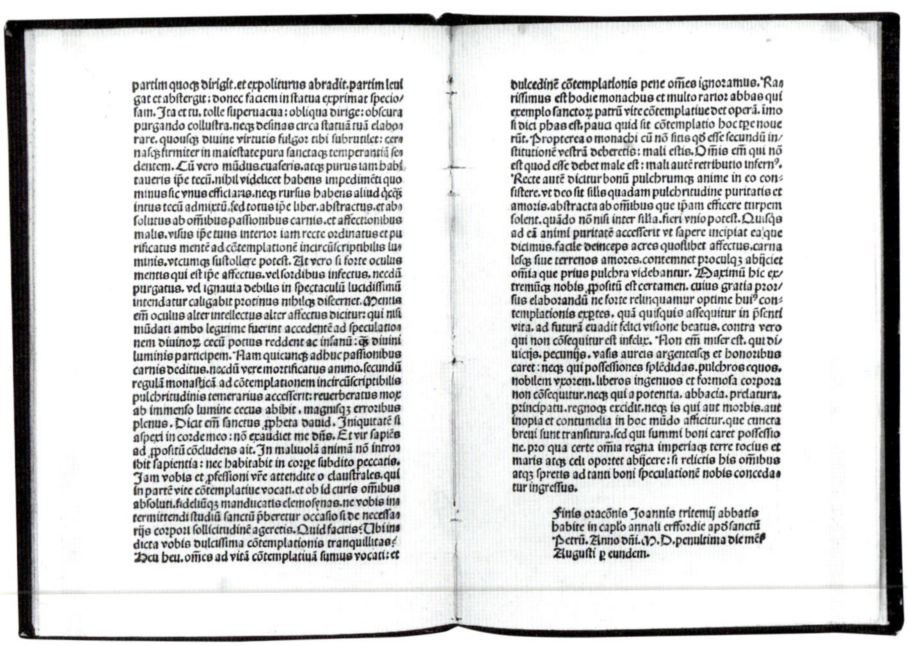

Abb. GM 235

GM 235

Johann Tritheim
Oratio de vera conversione mentis ad deum
[Mainz: Peter Friedberg, nach dem 20. November 1500]

4°
Gutenberg-Museum Mainz, StB Ink a 72
HC 15638

Johann von Tritheim, latinisiert Trithemius, war Abt von St. Martin in Sponheim, als sich 1493 der junge Humanist Dietrich Gresemund der Jüngere um seine Bekanntschaft bemühte und ihm ein Jahr später sein jugendliches Meisterwerk »Lucubratiunculae« (vgl. Kat.-Nr. GM 229 und S. 230 dieses Katalogs) widmete. Etwa seit dieser Zeit ließ Trithemius seine Schriften vorzugsweise in Mainz bei Peter Friedberg erscheinen und verlieh damit dem Mainzer Humanismus nachdrückliches Gewicht. Die hier gezeigten Werke sind schlichte Bändchen, deren sorgfältige Typographie ins Auge fällt. Besonders deutlich wird dies in Trithemius' erster deutscher Literaturgeschichte, dem »Catalogus illustrium virorum« (Kat.-Nr. GM 233), dessen Register vom Inhaltsverzeichnis zum wissenschaftlichen Hilfsmittel avancierte. Dagegen verdankt sich die gefällige Ausstattung der Bücher nicht dem Drucker, sondern den Besitzern, die ihre Wertschätzung gegenüber dem Autor mit einer farbigen Gestaltung Ausdruck verliehen. Es handelt sich dabei um eine professionelle Rubrizierung in traditionellem Stil, ausgeführt von den zahlreichen Schreibwerkstätten, die trotz des Buchdrucks nach wie vor existierten.

C. S.

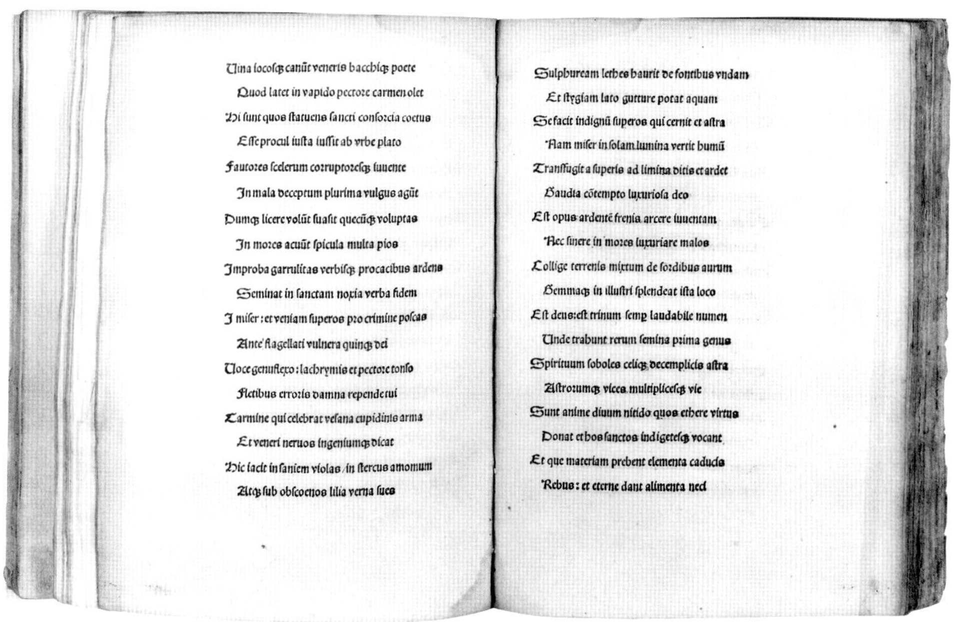
Vina iocosq; canũt veneris bacchiq; poete
Quod latet in vapido pectore carmen olet
Hi sunt quos statuens sancti consorcia coetus
Esse procul iusta iussit ab vrbe plato
Fautores scelerum corruptoresq; iuuente
In mala deceptum plurima vulgus agũt
Dumq; licere volũt suasit quecũq; voluptas
In mores acuũt spicula multa pios
Improba garrulitas verbisq; procacibus ardens
Seminat in sanctam noxia verba fidem
I miser: et veniam superos pro crimine poscas
Ante flagellati vulnera quinq; dei
Voce genuflexo: lachrymis et pectore tonso
Fletibus erroris damna rependetui
Carmine qui celebrat vesana cupidinis arma
Et veneri neruos ingeniumq; dicat
Hic iacit in saniem violas / in stercus amomum
Atq; sub obscoenos lilia verna sues

Sulphuream lethes haurit de fontibus vndam
Et stygiam lato gutture potat aquam
Se facit indignũ superos qui cernit et astra
Nam miser in solam lumina vertit humũ
Transfugit a superis ad limina ditis et ardet
Gaudia cõtempto luxuriosa deo
Est opus ardentẽ frenis arcere iuuentam
Nec sinere in mores luxuriare malos
Collige terrenis mixtum de sordibus aurum
Gemmaq; in illustri splendeat ista loco
Est deus: est trinum semp laudabile numen
Unde trahunt rerum semina prima genus
Spirituum soboles celiq; decemplicis astra
Astrorumq; vices multiplicesq; vie
Sunt anime diuum nitido quos ethere virtus
Donat et hos sanctos indigetesq; vocant
Et que materiam prebent elementa caducis
Rebus: et eterne dant alimenta nec

GM 236

Giovanni Baptista Mantuanus
Contra poetas impudice loquentes
[Mainz: Peter Friedberg, um 1495]

4°
Gutenberg-Museum Mainz, StB Ink 2147
HCR, Nr. 55. – GfT, Nr. 1214. – GW 3309.

Von Mainz in die Welt:
Buchdruck und Buchhandel in der Inkunabelzeit

Danken möchte ich an dieser Stelle besonders Dr. Kurt Hans Staub (Darmstadt) für fachkundige und (wie immer) uneigennützige Hilfestellung.
U. R.

Venedig

GM 237
Gratianus
Decretum
Venedig: Johann von Köln und Johann Manthen, 3. Januar 1479 oder 1480

2°
Nicolaus-Matz-Bibliothek Michelstadt, A1
GW 11360

Die Verordnungssammlung kirchlicher Rechtspraxis des Bologneser Juristen Gratianus erschien in der 1474 gegründeten Offizin von Johannes Manthen und Johann von Köln, die sich auf den Druck juristischer Texte spezialisiert hatte. In der Folgezeit wurde die Sammlung kanonischen Rechts zur Grundlage für die Entwicklung des Corpus Iuris Canonici. Obgleich als Rechtssammlung ein Buch des Alltagsgebrauchs, ist der Text mit farbigen – gelegentlich ornamentierten – Initialen und Fleuronnée sowie einer farbigen Federzeichnung ausgestattet.[1]
T. G.

1 Vgl. Staub 1984, S. 45.

Liber quartus. De sponsali
bus ꝛ matrimoniis. Ex conci
lio triburiensi
E francia
quidā no
bilē mlierē
d saxonia
lege saxo
nū duxit i
uxorē. ue
rū qz non
hisdē utūt legib' saxōes ꝛ frāci
gene: causat' ē: qꝛ eā nō sua. i. n
frācoꝝ lege dspōsauerat: dimis
saqꝫ illa aliaꝫ sīduxit: diffiniuit

Abb. GM 238

GM 238

Papst Gregor IX.
Decretales. Mit der Glosse des Bernardus Parmensis. Hrsg. Alexander de Nevo und Petrus Albignanus Trecius. Korr. Franciscus Colucia
Venedig: Nicolas Jenson, 1. März 1475

2°
Hessische Landes- und Hochschulbibliothek Darmstadt, Inc. VI, 9
GW 11454

Die 1234 vollendete Textsammlung Papst Gregors IX. zum kanonischen Recht galt und gilt noch immer neben den »Decretales« des Gratian (Kat.-Nr. GM 237) als wichtigste Quelle zur kirchlichen Gesetzgebung. Der kostbare und überaus qualitätvoll ausgestattete Ganzpergamentdruck der »Decretales« ging neben einer ganzen Reihe weiterer Rechtsbücher aus der venezianischen Offizin des Nikolaus Jenson hervor. Jenson, der seine Druckerei 1475 in eine Handelsgesellschaft umwandelte, ist vor allem für die erstklassige Gestaltung seiner Erzeugnisse berühmt.[1] Seine Ausgaben der verschiedenen Teile des Corpus iuris gehören zu den angesehensten und kunstvollsten Drucken juristischen und kanonistischen Inhalts.

Obgleich kein Besitzvermerk eingetragen, vermutet man als Auftraggeber – denn nur als Auftragswerk kann dieser sorgfältig ausgeführte und illuminierte Pergamentdruck entstanden sein – den Kölner Kanoniker Heinrich Steinweg. Aus Privatbesitz gelangte das Werk im Jahre 1805 in die Hofbibliothek Darmstadt.

Die päpstlichen Erlasse bedurften mit der Zeit einer ausführlichen Kommentierung. So wird der eigentliche Dekretalentext Gregors IX. von den in einer kleineren Type gedruckten Glossen der Herausgeber Alexander de Nevo und Petrus Albignanus Trecius umschlossen.

Die Eingangsseiten zu Buch 1 und 5 sind mit Rahmenleisten, Initialen und einer Miniatur versehen, weitere Schmuckelemente und Initialen in Gold und Fleuronnée finden sich im gesamten Druck. Der Anfang des vierten Buches fehlt.[2] Die Miniaturen sowie der übrige Buchschmuck werden der Paduaner Werkstatt des Antonio Maria da Villafora zugesprochen, die auf die Ausstattung von Rechtstexten spezialisiert war.

T. G.

1 Vgl. Lowry 1991, S. 76.
2 Vgl. Katalog »Bücher als Kunstwerke« 1982, S. 98.

Literatur

Geldner 1970. – Armstrong, Lilian: The Impact of printing on Miniaturists in Venice after 1469. In: Hindman, Sandra (Hrsg.): Printing the Written Word. The Social History of Books, circa 1450–1520. Ithaca, London 1991, S. 174–202. – La miniatura a Ferrara dal tempo di cosmè tura all 'eredità di Ercole de' Roberti. Hrsg.: Federica Toniolo. Ferrara 1998, Nr. 57.

GM 239

Aristophanes
Comoediae novem.
I-VII hrsg. von Marcus Musurus
Venedig: Aldus Manutius, [15. Juli] 1498

2°
Universitätsbibliothek Erlangen, Inc. 1804
GW 2333

Aldus Manutius, die herausragende Persönlichkeit der venezianischen Frühdrucker, machte sich in den ersten Jahren seiner verlegerischen Tätigkeit um die Publikation griechischer Klassiker verdient. Seine Leistungen um die Vermittlung griechisch-antiker Literatur anhand von gedruckten Texten in Originalsprache kann nicht hoch genug eingeschätzt werden. Aldus Manutius ließ hierfür eigens eine am Handschriftenduktus orientierte griechische Type schneiden.[1]

Die gedruckte Erstausgabe der Komödien des Aristophanes – die einzige Wiegendruckedition des Dichters[2] – enthält neun der elf vollständig erhaltenen Komödien. Wie das Vorwort des Aldus Manutius bekundet, lag die Bedeutung der Schriften des Aristophanes nicht allein in den Texten als literarische Quellen, sondern in erster Linie als Quellen des Griechischen überhaupt.[3] Der Herausgeber des Druckes Marcus Masurus war einer der angesehensten Gräzisten Venedigs und mehrfach von Aldus Manutius mit der philologischen Bearbeitung und Edition griechischer Texte betraut.[4] Die ausgestellte Seite zeigt den Text der lateinischen Vorrede des Herausgebers und den Beginn des eigentlichen Textes in griechischen Typen.

T. G.

1 Vgl. Davies 1995, S. 14.
2 Vgl. Kind / Rohlfing 1995, S. 28.
3 Vgl. Davies 1995, S. 26.
4 Vgl. Kind / Rohlfing 1995, S. 28.

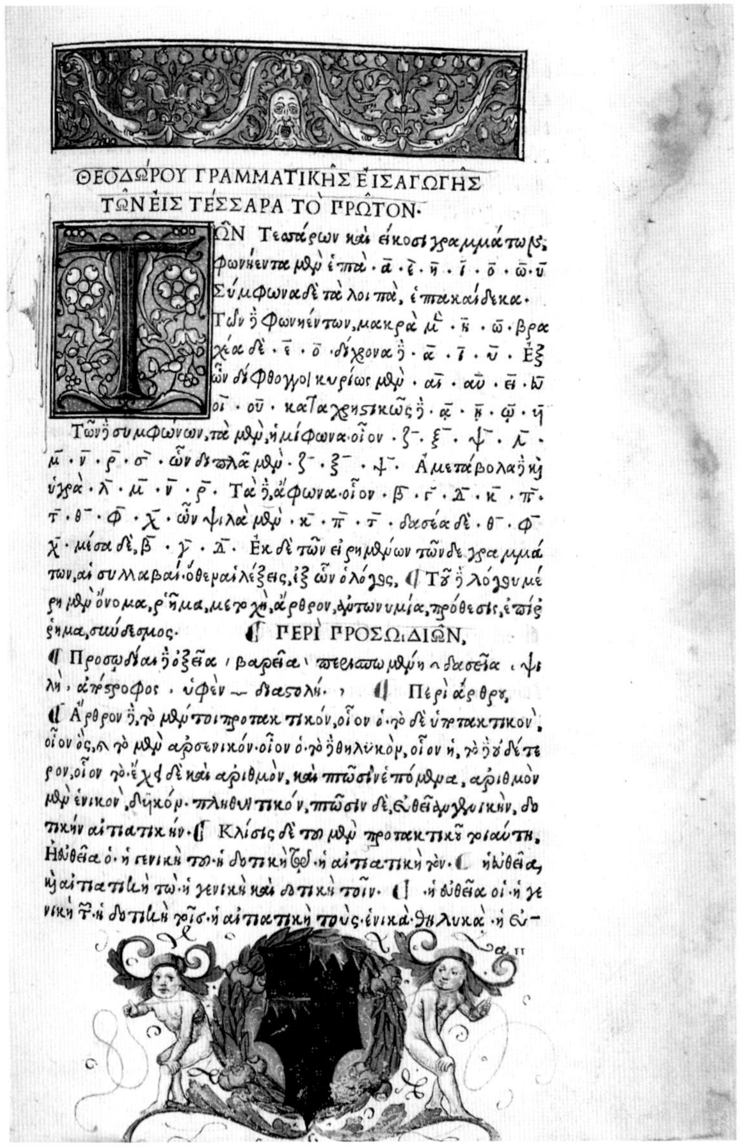
ΘΕΟΔΩΡΟΥ ΓΡΑΜΜΑΤΙΚΗΣ ΕΙΣΑΓΩΓΗΣ ΤΩΝ ΕΙΣ ΤΕΣΣΑΡΑ ΤΟ ΠΡΩΤΟΝ.

ΠΕΡΙ ΠΡΟΣΩΔΙΩΝ.

GM 240

Apollonius Dyscolus
De constructione. An: Gaza, Theodorus: Introductio grammaticae etc.
Venedig: Aldus Manutius, 25. Dezember 1495

2°

Universitätsbibliothek Erlangen, Inc. 1722

GW 10562

Das Werk des griechischen Grammatikers Apollonius Dyscolus »De constructione« ist die erste systematische, auf eingehender Analyse des Satzes verfaßte Syntax. Von Priscian auf die lateinische Sprache übertragen, wurde das Werk für die Folgezeit maßgeblich.

Die ausgestellte Doppelseite enthält die lateinische Vorrede und den Beginn des griechischen Textes. Die Holzschnittbordüre des oberen Seitenrandes zeigt eine stilisierte Darstellung des berühmten und oft nachgeahmten Druckersignets des Aldus Manutius, das einen um einen Anker gewundenen Delphin zeigt: Vier Delphine, von denen jeweils zwei einander dialogisch zugeordnet sind, bilden mit ihren Körpern einen Rankenverlauf um eine mittig angeordenete Blattmaske vor ornamentalem Grund. T. G.

Literatur

Scholderer 1932.

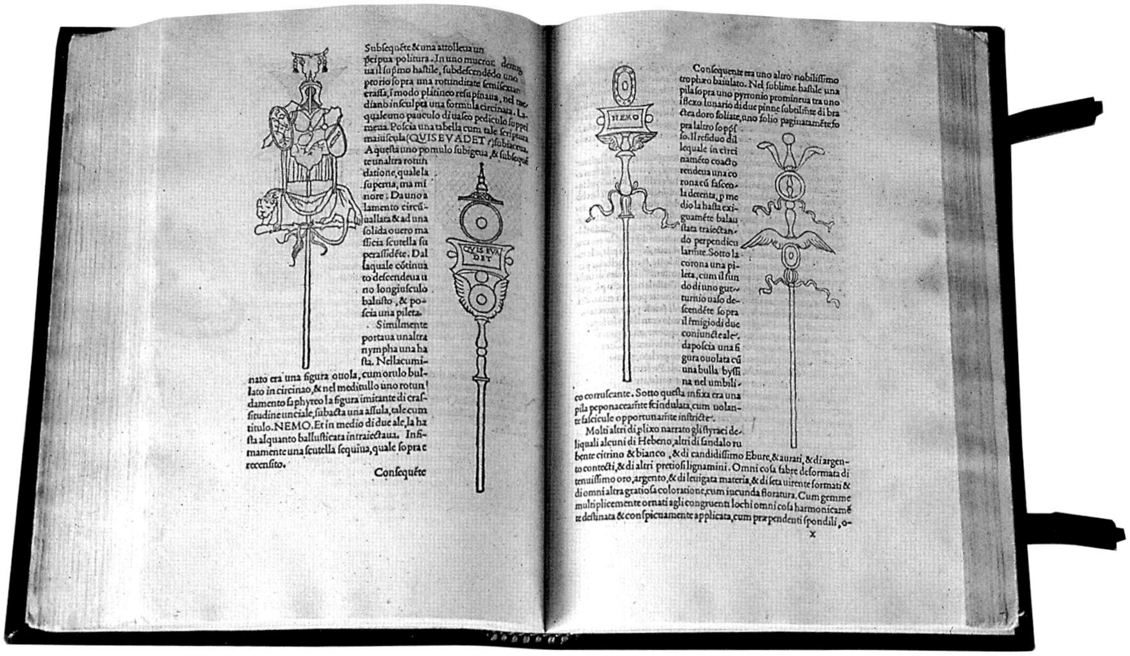

GM 241

Franciscus Columna
Hypnerotomachia Poliphili.
Mit Beigaben von Leonardus Crassus, Joh. Bapt. Scytha, Andreas Maro u. a.
Venedig: Aldus Manutius, Dezember 1499

2°

Nicolaus-Matz-Bibliothek Michelstadt, C 383

GW 7223

Der zweiteilige Liebesroman, als dessen Verfasser sich der Dominikanermönch Franciscus Columna in einem Akrostichon der Kapitelinitialen zu erkennen gibt,[1] stellt einen Höhepunkt des venezianischen Buchdrucks dar. Der in latinisiertem Italienisch geschriebene Text schildert voller ideenreicher Anspielungen und Verweise auf die Antike einen Traum des Verfassers. Auf der Suche nach seiner Geliebten Polia durchwandert Poliphilos – von wechselnden Personifikationen geleitet – eine utopische Kunst- und Architekturszenerie, die mit wissenschaftlicher Genauigkeit beschrieben wird. Die Erzählung wird durch griechische und lateinische Inschriften sowie phantasievoll gedeutete Hieroglyphik des Horapollo bereichert.

Aldus Manutius, der sich um den Druck griechischer Texte in Originalsprache und kleinformatige Drucke im Oktavformat verdient machte, erzielte mit dem kunstvoll arrangierten Gefüge von Text, Holzschnitten und Holzschnittinitialen der »Hypnerotomachia Poliphili« einen unübertroffenen Inkunabelerfolg. Der Künstler der bemerkenswerten Holzschnitte ist neueren Forschungen zufolge im Umkreis des Benedetto Bordon zu suchen.[2]

Um nicht die häufig präsentierte Ansicht des zum unteren Seitenrand hin trichterförmig auslaufenden Textes zu geben, sei hier eine andere, in der Kunstfertigkeit des Satzes gleichwertige Seitenansicht vorgeführt.

T. G.

1 Vgl. Katalog »Fünf Jahrhunderte Buchillustration« 1987, S. 58.

2 Vgl. Zorzi, Marino: Buchkunst in Venedig. In: Romanelli, Giandomenico (Hrsg.): Venedig. Kunst und Architektur. Zwei Bände. Köln 1997, S. 310–315, hier S. 315.

Literatur

Davies 1995.

GM 242

Claudius Ptolemaeus
Quadripartium.
Centiloquium cum commento Hali
Venedig: Erhard Ratdolt, 15. Januar 1484

4°
Stadtbibliothek Mainz, Ink. 646
HC *13543

Der Sammelband, bei dem es sich trotz des Einbandes aus dem 19. Jahrhundert wohl um ein altes Ensemble handelt, stammt aus der Bibliothek des Mainzer Jesuitenkollegs. Er enthält drei Drucke des Augsburgers Erhard Ratdolt aus dessen Venediger Zeit und repräsentiert sein astronomisch-naturwissenschaftliches Verlagsprogramm. Neben dem Ptolemäus-Druck enthält der Band eine Schrift des Abraham ibn Ezra (»De nativitatibus«, 24. Dezember 1485; GW 113) und astronomische Tafeln Alfons' X. (»Tabulae astronomicae«, 4. Juli 1483; GW 1257). Die aufgeschlagene Seite aus Claudius Ptolemäus' »Quadripartium«, das die Grundlagen der Astrologie erläutert, steht als Beispiel für die naturwissenschaftliche Illustration in den Drucken Ratdolts.

U. R.

GM 243

Pomponius Mela
[De chorographia] De orbis situ
Venedig: Erhard Ratdolt, 1482

4°
Stadtbibliothek Mainz, Ink 116
HC 11019

Der Sammelband im Ottheinrich-Einband stammt aus dem Heidelberger Jesuitenkolleg. Wie auch der vorherige Band enthält er Drucke aus Ratdolts Venediger Offizin: Johannes' de Sacro Bosco »Sphaera mundi« (7. Juni 1482; H 14114) und die Kosmographie des römischen Geographen Pomponius Mela. Ausgestellt ist die Erdkarte mit den Pomponius' bekannten Erdteilen Europa, Asien und Afrika.

U. R.

GM 244

Johannes Regiomontanus
Calendarium, dt.
Venedig: Bernhard Maler und Erhard Ratdolt, 1478

2°
Germanisches Nationalmuseum Nürnberg, Inc. 5111
H 13786

Der bedeutende Astronom und Mathematiker des 15. Jahrhunderts Johannes Regiomontanus hatte mit seinen Kalendern aus eigener Offizin die Vorlagen für die ersten Druckwerke der Venediger Offizin von Erhard Ratdolt, Bernhard Maler und Peter Löslein bereitgestellt. In veränderter Ausstattung gaben sie 1476 eine lateinische und italienische Doppelausgabe sowie zwei Jahre später – bereits ohne die Mitarbeit Lösleins – die hier ausgestellte deutsche Ausgabe heraus. Regiomontans deutscher Kalender enthält für die Jahre 1475–1531 u. a. die Tagesdauer, Sonnenauf- und -untergänge, Neu- und Vollmonde. In seinen späteren Nachdrucken in Venedig und Augsburg hat Ratdolt den Kalender mit Schriften über die vier Elemente, die neun Sphären und die Eigenschaften der Sternzeichen angereichert und dem Zeitgeschmack angepasst.[1]

Die Paralleldrucke gehören zu den frühesten gedruckten Büchern mit einem Titelblatt, das Verfasser, Titel, Drucker, Druckort und -jahr eingebettet in eine ausführliche gereimte Titelei enthält. Das Titelblatt ist gerahmt von Holzschnittleisten, die die Renaissance-Ornamentik der Buchmalerei in den Holzschnitt übertragen.

U. R.

1 Vgl. Zinner, Ernst: Geschichte und Bibliographie der astronomischen Literatur in Deutschland zur Zeit der Renaissance. 2. Aufl. Stuttgart 1964, S. 13f.

GM 245

Missale Pataviense
Augsburg: Erhard Ratdolt, 21. Januar 1494

2°
Bibliothek Otto Schäfer Schweinfurt, OS 256
HC *11349

1484 kehrte der gebürtige Augsburger Erhard Ratdolt aus Venedig in seine Heimatstadt zurück. Bereits in der Venediger Offizin hatte Ratdolt mit der Technik des Mehrfarbenholzschnitts gearbeitet, hier vor allem bei den astronomischen Diagrammen. Das vorliegende Missale für die Diözese Passau enthält mehrere blattgroße Holzschnitte mit Heiligendarstellungen sowie das Kanonbild – der Kanonteil wurde auf Pergament gedruckt – in dieser Illustrationstechnik. Neben der schwarzen Strichplatte wurden für die einzelnen Farben Tonplatten angefertigt; der Farbdruck erfolgte in mehreren Druckgängen. Der seriell erzeugte farbige Bildschmuck ist als weiterer Schritt des gedruckten Buches auf dem Weg zum Fertigprodukt zu sehen und sollte die arbeitsaufwendige nachträgliche Handkolorierung ersparen. Da je Farbe ein Druckgang nötig war, ist auch dieses Verfahren wenig ökonomisch und hat sich nicht durchsetzen können.
Als Künstler hatte Ratdolt Hans Burgkmair gewinnen können, der hier seine ersten Arbeiten im Mehrfarbenholzschnitt vorlegt.
U. R.

Literatur
Katalog »Fünf Jahrhunderte Buchillustration« 1987, Nr. 50.

GM 246

Buchführeranzeige [Venedig: Johann von Köln und Johann Manthen, um 1476]

H. 39 cm, B. 30 cm
Österreichische Nationalbibliothek Wien, Inc. 23. A. 16

Zu den aufschlussreichen Dokumenten für den frühen Buchhandel gehören die sog. Buchführeranzeigen. Es handelt sich in der Regel um einseitig bedruckte Einzelblätter, mit denen der reisende Buchhändler (»Buchführer«) an seinem jeweiligen Aufenthaltsort auf seine Handelsware aufmerksam machte. Da es sich um Werbematerial handelte, das seinen Zweck mit der Abreise des Händlers und dem Verkauf der Bücher erfüllt hatte, haben sich diese Zettel nur selten erhalten, oft nur in einem Exemplar. Auch bei der ausgestellten Anzeige handelt es sich um ein Unicum; es wurde erst 1961 bekannt gemacht, nachdem das Blatt 1946 in der Österreichischen Nationalbibliothek aus dem hinteren Deckel einer Inkunabel ausgelöst worden war. Die Anzeige wurde mit den Typen der Venediger Drucker-Verleger Johann von Köln und Johannes Manthen wohl um 1476 gedruckt. Es handelt sich um eine Sammelanzeige, die insgesamt 29 lateinische Titel aufführt. Soweit sich diese nach den nur stichwortartigen bibliographischen Hinweisen auf dem Blatt identifizieren lassen, wirbt die Anzeige für Bücher, die überwiegend von deutschen, in Venedig ansässigen Druckern produziert worden waren. Dies mag als Indiz dafür gelten, dass die deutschen Drucker in Venedig, die sich auch häufig zu Geschäftsgemeinschaften zusammenschlossen, Vertrieb und Verkauf gemeinschaftlich organisierten.
U. R.

Literatur
Borsa 1961.

GM 247

Libri venales Venetiis impressi [Venedig: Erhard Ratdolt, um 1484]

H. 24,9 cm, B. 17,4 cm
Deutsches Buch- und Schriftmuseum Leipzig, Bö-V. Ink. 132
GW 5677

Zwei Bücheranzeigen haben sich erhalten, die aus der Offizin Ratdolt stammen: eine Einzelanzeige für eine Euclid-Ausgabe des Jahres 1482 und die vorliegende Sammelanzeige für 45 Venediger Drucke. Die ausgestellte Sammelanzeige, die als werbendes Blatt von den reisenden Buchhändlern mitgeführt wurde, enthält, in thematischer Ordnung und mit rot gedruckten Überschriften, 45 Titel. Wie auch bei der Bücheranzeige der Venediger Drucker Johann von Köln und Johannes Manthen (Kat.-Nr. GM 246) handelt es sich um eine Verbundanzeige für die Verlagsproduktion mehrerer Venediger Drucker. Aus Ratdolts eigenem Programm nennt die Anzeige die ausgestellte Kosmographie des Pomponius Mela (Kat.-Nr. GM 243) und das »Quadripartium« des Ptolemaeus (Kat.-Nr. GM 242).
U. R.

Literatur
Burger 1907, Nr. 27. – Pollard / Ehrman 1965, Nr. 34.

GM 248

Erhard Ratdolt Index characterum diversarum manerierum impressioni paratarum [Typenprobe] Augsburg: Erhart Ratdolt, 1. April 1486

H. 34,2 cm, B. 22 cm
München, Bayerische Staatsbibliothek, Einbl. VIII, 6
BSB-Ink R-14

Von Erhard Ratdolt ist neben Buchhändleranzeigen auch das älteste bekannte Schriftmusterblatt erhalten, das den potentiellen Käufern Aufschluss über das Druckbild der Verlagswerke gibt. Es zeigt Proben 14 verschiedener Typensätze: eine Rotunda in zehn, eine Antiqua in drei Graden und eine griechische Schrift. Das Musterblatt nennt bereits Augsburg als Druckort *(In imperiali nunc urbe Auguste vindelicorum laudatissime impressioni dedit …),* wurde von Ratdolt aber vermutlich noch in Venedig gedruckt.[1]
U. R.

1 So u. a. Geissler 1966, S. 110.

Literatur
Wehmer 1936.

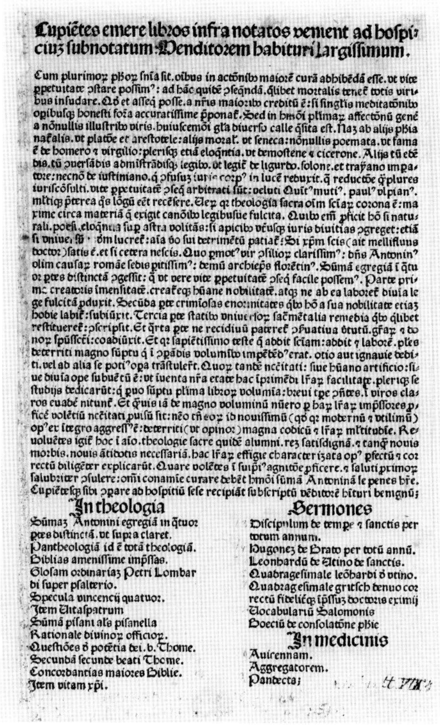
Cupiētes emere libros infra notatos veniant ad hospicium subnotatum: Venditorem habituri largissimum.

Cum plurimorum phorum sniā sit. oībus in actōnibus maiorē curā adhibēdā esse. vt vite ppetuitate ostare possim⁹: ad hāc quidē oseqndā. qlibet mortalis tenet totis viribus insudare. Qd et asseq posse. a nris maioribus creditū ē: si singlis meditatōnibus opibusqz honesti fora accuratissime pponat. Sed in hmōi plimarum affectōnū genē a nōnullis illustribus viris. huiuscemōi glā diuerso calle qsita est. Naz ab alijs phia natalis. vt platōe et arestotele: alijs moral. vt seneca: nōnullis poemata. vt fama ē de homero et virgilio: plerisqz etiā eloqntia. vt demostene et cicerone. Alijs tū ebēdis. tū oversādis admistrādisqz legibus. vt legit de ligurdo. solone. et trayano imperatore: necnō de iustiniano. q ofusuz iuris corp⁹ in lucē reduxit. q reductōe qplures iuriscōsulti. vite ppetuitatē oseq arbitrati sūt: veluti Quīt⁹ muti⁹. paul⁹ vlpian⁹. mltiqz pterea qs lōgū eēt recēsere. Verum qz theologia sacra oīm sciarum corona ē: maxime circa materiā q exigit canōibus legibusue fulcita. Quibus em pficit hō si naturali. poesi. eloqntia sup astra volitās: si apicibus vtiusqz iuris diuitias ogreget: etiā si vniuersū mūdum lucret: aīa vo sui detrimētū patiat: Si xpm scis (ait mellifluus doctor) satis ē. et si cetera nescis. Quo pmot⁹ vir osilior clarissim⁹: dns Antonin⁹ olim causarum romāe sedis ptissim⁹: demū archieps florētin⁹. Sūmā egregiā i qtuor ptes distinctā ogessit: q vt vere vite ppetuitatē oseq facile possem⁹. Parte prima: creatoris imensitatē. creatureqz hūane nobilitatē. atqz ne ab ea laboret diuia lege fulcitā pduxit. Secūda pte crimiosas enormitates qbus hō a sua nobilitate etiaz hodie labit: subiūxit. Tercia pte statibus vniuersor sacmētalia remedia qbus qlibet restitueret: oscripsit. Et qrta pte ne recidiuū pateret ofuatiua btutū. grarum et donorum spūsscti: coadiūxit. Et qz sapiētissimo teste q addit sciam: addit et laborē. plēs deterriti magno sūptu q i opādis volumibus impēdēd⁹ erat. otio aut ignauie dediti. vel ad alia se poti⁹ opa trāstulert. Quorum tandē nccitati: siue hūano artificio: siue diuia ope subuētū ē: vt iuenta nra etate hac iprimēdi lrarum facilitate. pleriqz se studijs dedicarūt: q pvo sūptu plīma librorum volumia: breui tpe ofites. i viros claros euadē nitunt. Et qūis iā de magno voluminū nūero p hanc lrarum impssores pficē volētiū nccitati puisū sit: nēo tn eorum id nouissimū (qd qz modernū et vtilimū) op⁹ ex itegro aggress⁹ ē: deterriti (vt opinor) magna codicū et lrarum mltitudie. Reuoluētes igit hoc i aīo. theologie sacre quidē alumni. rez satisdignā. et tanq nouis morbis. nouis ātidotis necessariā. hac lrarum effigie characterizata op⁹ pfectū et correctū diligēter explicarūt. Quare volētes i suipi⁹ agnitōe pficere. et saluti primorum salubriter osulere: omi conamie curare debēt hmōi sūmā Antoninā le penes hre. Cupiētesqz sibi opare ad hospitiū sese recipiāt subscriptū vēditorē hituri benignū;

In theologia

Sūmaz Antonini egregiā in qtuor ptes distinctā. vt supra claret.
Pantheologiā id ē totā theologiā.
Biblias amenissime impssas.
Glosam ordinariaz Petri Lombardi super psalterio.
Specula vincencij quatuor.
Item Vitaspatrum
Sūmā pisani als pisanella
Rationale diuinorum officiorum.
Questiōes d potētia dei. b. Thome.
Secundā secunde beati Thome.
Concordantias maiores Biblie.
Item vitam xpi.

Sermones

Discipulum de tempe et sanctis per totum annum.
Hugonez de Prato per totū annū.
Leonbardū de Vtino de sanctis.
Quadragesimale leōhardi d vtino.
Quadragesimale gritsch denuo correctū fideliterqz ipsiuz doctoris eximij
Vocabulariū Salomonis
Boeciū de consolatōne phie

In medicinis

Auicennam.
Aggregatorem.
Pandectas;

Abb. GM 249

GM 249

Cupientes emere libros infra notatos …
[Bücheranzeige]
[Nürnberg: Anton Koberger, um 1480]

H. 29 cm, B. 16,6 cm
Bayerische Staatsbibliothek München, Einbl. VIII, 4
BSB-Ink K-36

Anton Koberger war einer der ersten Drucker, der es verstand, die wirtschaftlichen Möglichkeiten des Buchdrucks auszuschöpfen. Neben seiner Nürnberger Presse betrieb er einen auf ganz Europa ausgerichteten Buchhandel.[1] Zu Werbezwecken druckte Koberger um 1479/80 eine Sammelanzeige in lateinischer Sprache mit 22 verschiedenen Titeln, in der er das neu erschienene vierbändige Werk der »Summa theologica« des Antoninus ankündigte. Auf weitere Drucke wurde empfehlend hingewiesen, darunter auch auf solche, die Koberger vermutlich im Lohndruck in anderen Offizinen drucken ließ. Preise werden nicht angegeben. Bei den angebotenen Büchern handelt es sich ausschließlich um wissenschaftliche Titel in lateinischer Sprache, darunter das Hauptwerk des antiken Philosophen Boethius »De consolatione philosophiae« (Kat.-Nr. GM 253).
T. G.

1 Vgl. Hase 1885, Kapitel 3.

Literatur
Burger 1907, Nr. 22.

Augsburg

GM 250

Jacobus de Voragine
Leben der Heiligen, Sommerteil
Augsburg: Günther Zainer, 1472

2°
Stadtbibliothek Mainz, StB Ink. 381
HC 9968

Der Augsburger Erstdrucker Günther Zainer erlernte das Druckerhandwerk in Straßburg bei Johannes Mentelin und führte gemeinsam mit seinem Bruder Johann 1467 den Buchdruck in Augsburg ein.[1] Sein Verlagsprogramm, das vornehmlich deutschsprachige holzschnittillustrierte Bücher umfasste, war für die gesamte Augsburger Inkunabelproduktion maßgeblich.[2] Die 1471–72 erschienene zweibändige Ausgabe des »Heiligenleben« – eine deutsche Übersetzung der »Legenda aurea« des Jacobus de Voragine – ist Zainers erster mit Holzschnitten illustrierter Druck und zugleich die erste illustrierte Augsburger Inkunabel.[3] Anders als im vorab gedruckten Winterteil, bei dem die Holzschnitte nachträglich in einem zweiten Arbeitsgang eingefügt werden mussten, wurden die 103 Holzschnitte des Sommerteils gemeinsam mit dem Text abgedruckt. Zainers »Heiligenleben« wirkte über die Grenzen Augsburgs hinweg auf die Inkunabelillustration und avancierte zum Prototyp des illustrierten Erbauungsbuchs der Frühdruckzeit.[4]
T. G.

1 Vgl. Künast 1997, S. 86.
2 Vgl. Geldner 1968 (I), S. 90.
3 Vgl. Schmid 1958, S. 283.
4 Vgl. Schmid 1958, S. 282.

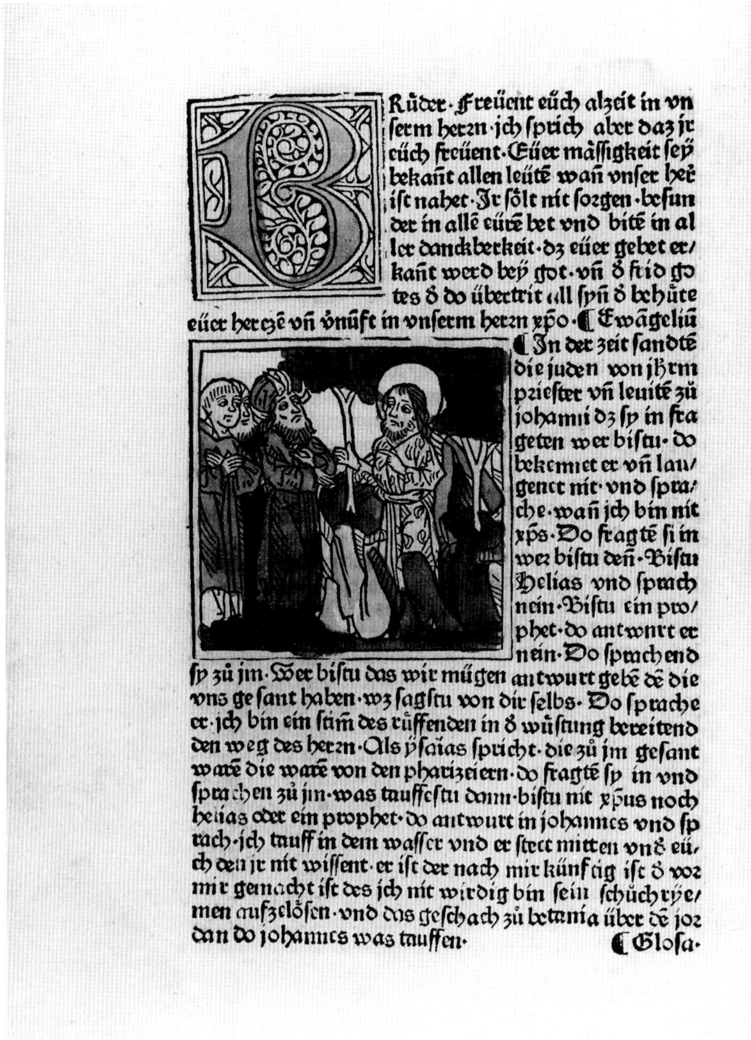

Rüder· Freüent eüch alzeit in vn
serm herrn· ich sprich aber daz ir
eüch freüent· Eüer mässigkeit sey
bekañt allen leütē wañ vnser herr
ist nahet· Jr sölt nit sorgen· besun
der in allē eürē bet vnd bitē in al
ler danckberkeit· dz eüer gebet er/
kañt werd bey got· vñ d frid go
tes d do übertrit all syñ d behüte
eüer herczē vñ vnūft in vnserm herrn xp̄o· ¶ Ewāgeliū
¶ Jn der zeit sandtē
die juden von ihrm
priester vñ leuitē zü
johanni dz sy in fra
geten wer bistu· Do
bekennet er vñ lau/
genet nit· vnd spra/
che· wañ ich bin nit
xp̄s· Do fragtē si in
wer bistu deñ· Bistu
Helias vnd sprach
nein· Bistu ein pro/
phet· do antwurt er
nein· Do sprachend
sy zü im· Wer bistu das wir mügen antwurt gebē dē die
vns gesant haben· wz sagstu von dir selbs· Do sprache
er· ich bin ein stim̄ des rüffenden in d wüstung bereitend
den weg des herrn· Als ysaias spricht· die zü im gesant
warē die warē von den pharizeiern· do fragtē sy in vnd
sprachen zü im· was tauffestu denn· bistu nit xp̄us noch
helias oder ein prophet· do antwurt in johannes vnd sp
rach· ich tauff in dem wasser vnd er steet mitten vnd eü/
ch den ir nit wissent· er ist der nach mir künftig ist d vor
mir gemacht ist des ich nit wirdig bin sein schüchrye/
men aufzelösen· vnd das geschach zü betania über dē jor
dan do johannes was tauffen· ¶ Glosa·

GM 251

Hyenach volgent die heyligen teutschen ewangeli ... [Evangelienbuch]
Augsburg: [Anton Sorg] 1493

2°
Universitätsbibliothek Erlangen, Inc. 64
C 2325

Anton Sorg, aus dessen Offizin mehr als einhundert illustrierte Bücher hervorgingen, gehörte zu den produktivsten Augsburger Druckern des 15. Jahrhunderts.[1] Bevor er sich dem Buchdruck zuwandte, war Sorg als Brief- und Kartenmaler tätig und kam damit aus einem dem Buchdruck nahestehenden Gewerbe.[2] Seine späteren Drucke, die die Wende in der Augsburger Buchillustration nach 1480 widerspiegeln, beinhalten weniger qualitätvolle, als »Massenware« produzierte Holzschnittillustrationen.[3] Das umfassende Evangelienbuch, das neben einer Einleitung des Messtextes und den Episteln die Evangelien in der Reihenfolge des Kirchenjahres enthält, ist mit zahlreichen Holzschnittinitialen und 60 Illustrationen – darunter zehn Wiederholungen – ausgestattet. Die Holzschnitte, die stark vom Kontur dominiert werden und nur wenige stereotype Binnenschraffuren aufweisen, leben vornehmlich durch die nachträgliche Kolorierung.

T. G.

1 Vgl. Künast, Hans-Jörg: Dokumentation: Augsburger Buchdrucker und Verleger. In: Gier, Helmut/Janota, Johannes (Hrsg.): Augsburger Buchdruck und Verlagswesen von den Anfängen bis zur Gegenwart. Wiesbaden 1997, S. 1205–1340, hier S. 1208. – Vgl. Schmid 1958, S. 296.
2 Vgl. Geldner 1968 (I), S. 139.
3 Vgl. Schmid 1958, S. 296.

Wie die Künigin Ernreich noch ein sach ann den hochberümbten Held Tewrdannckh die Er thun solt werben liess/vnnd die bottschafft dem Ernhold beuolhen ward.

113

Liess die Künigin samlen ein Rat
Darein Sy auch zukhomen gebot
Des Edlen Helden Erenhold/
Der Jm in trewen het geuolgt

GM 252

[Kaiser Maximilian I.]
Theuerdank. Hrsg. von Melchior Pfinzing
Augsburg: Johann Schönsperger d. Ä., 1517

2°
Universitätsbibliothek Erlangen, H61/Rar III, 150
VD 16 M 1649

Der Theuerdank, ein allegorisches Versepos in Reimpaarversen, schildert im Gewande eines Rittergedichts die Brautwerbung des Kaisers Maximilian I. um Maria von Burgund und die Brautreise mit ihren Abenteuern. Vom Kaiser unter Mitarbeit der Augsburger Humanisten Johannes Stabius und Konrad Peutinger verfasst, lag die Endredaktion des Textes bei Melchior Pfinzing, Propst von St. Alban zu Mainz und St. Sebald in Nürnberg.[1]
Johann Schönsperger, als Nachdrucker gängiger deutschsprachiger Texte verrufen und seit 1508 zum kaiserlichen Diener und Buchdrucker auf Lebenszeit bestellt, verwendete in der Erstausgabe des Theuerdank eine eigens für den kaiserlichen Auftraggeber entworfene Type in Anlehnung an Kanzlei- und Urkundenschriften.[2] Von den 118 Holzschnitten stammen die qualitätvollsten von der Hand des Hans Burgkmair, die übrigen Illustrationen sind Arbeiten des Hans Leonhard Schäuffelein und des Leonhard Beck.[3]
Von wenigen Exemplaren abgesehen, wurde der Theuerdank bis zum Tode des Kaisers unter Verschluss gehalten; die übrigen Exemplare wurden erst 1526 durch Erzherzog Ferdinand, einen Enkel des Kaisers, einem ausgewählten Personenkreis zum Geschenk übergeben.
T. G.

1 Vgl. Engels, Heinz: Der Theuerdank als autobiographische Dichtung. In: Theuerdank 1968, S. 5–12, hier S. 10.
2 Vgl. Geck, Elisabeth: Der Theuerdank als typographisches Kunstwerk. In: Theuerdank 1968, S. 23–27, hier S. 23.
3 Vgl. Musper, H. Th.: Die Holzschnitte im Theuerdank. In: Theuerdank 1968, S. 13–21, hier S. 13.

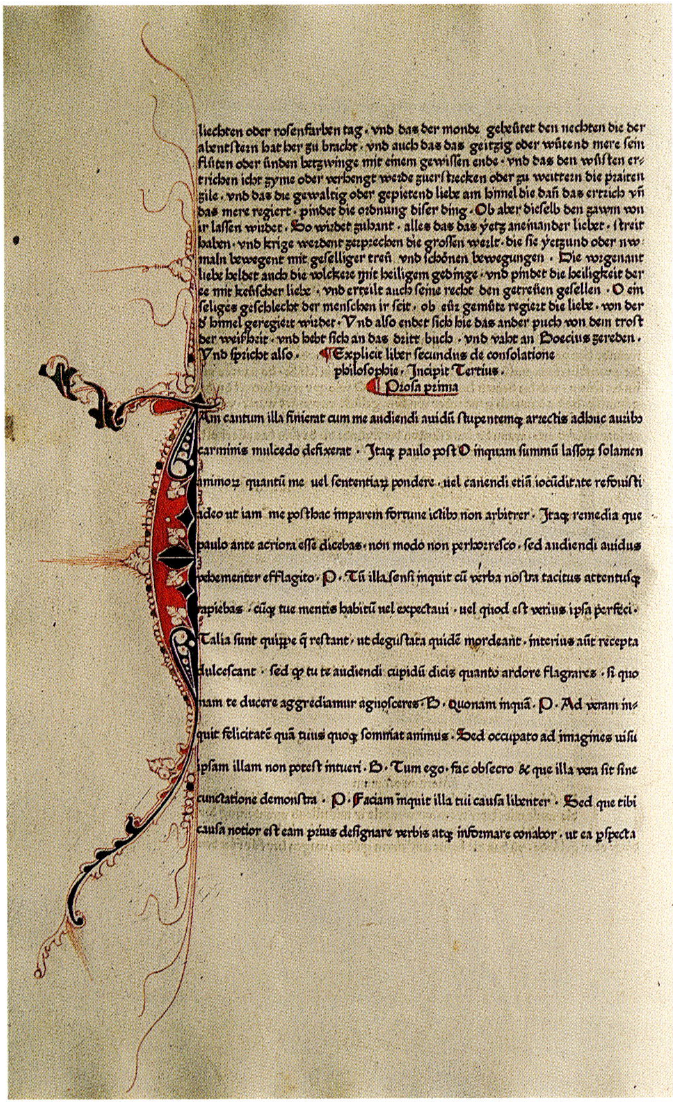
liechten oder rosenfarben tag · vnd das der monde gelesitet den nechten die der
abentstern hat her zu bracht · vnd auch das das geitzig oder wütend mere sein
flüten oder ünden betzwinge mit einem gewissen ende · vnd das den wüsten er=
trichen icht zyme oder verhengt werde zuerstrecken oder zu weittern die praiten
zile · vnd das die gewaltig oder gepietend liebe am himel die dañ das ertrich vñ
das mere regiert · pindet die ordnung diser ding · Ob aber dieselb den zawm von
ir lassen wirdet · So wirdet zuhant · alles das das yetz aneinander liebet · streit
haben · vnd krige werdent zeprechen die grossen welt · die sie yetzund oder nw=
maln bewegent mit geselliger trew vnd schönen bewegungen · Die vorgenant
liebe heldet auch die volckere mit heiligem gedinge · vnd pindet die heiligkeit der
ee mit keüscher liebe · vnd erteilt auch seine recht den getrewen gesellen · O ein
seliges geschlecht der menschen ir seit · ob eür gemüte regiert die liebe · von der
d' himel geregiert wirdet · Vnd also endet sich hie das ander puch von dem trost
der weisheit · vnd hebt sich an das dritt buch · vnd vaht an Boecius zereden ·
Vnd spricht also · ¶ Explicit liber secundus de consolatione
philosophie · Incipit Tertius ·
¶ Prosa prima
Iam cantum illa finierat cum me audiendi auidū stupentemq; arrectis adhuc auribꝫ
carminis mulcedo defixerat · Itaq; paulo post O inquam summū lassoꝝ solamen
animoꝝ quantū me uel sententiaꝝ pondere · uel canendi etiā iocūditate refouisti
adeo ut iam me posthac imparem fortune ictibꝫ non arbitrer · Itaq; remedia que
paulo ante acriora esse dicebas · non modo non perhorresco · sed audiendi auidus
vehementer efflagito · P · Tū illa sensi inquit cū verba nostra tacitus attentusq;
rapiebas · cūq; tue mentis habitū uel expectaui · uel quod est verius ipsa perfeci ·
Talia sunt quippe q̄ restant · ut degustata quidē mordeant · interius aūt recepta
dulcescant · sed q; tu te audiendi cupidū dicis quanto ardore flagrares · si quo
nam te ducere aggrediamur agnosceres · B · Quonam inquā · P · Ad veram in=
quit felicitatē quā tuus quoq; sommiat animus · Sed occupato ad imagines uisu
ipsam illam non potest intueri · B · Tum ego · fac obsecro & que illa vera sit sine
cunctatione demonstra · P · Faciam inquit illa tui causa libenter · Sed que tibi
causa notior est eam prius designare verbis atq; informare conabor · ut ea pspecta

GM 253

Boethius
De consolatione philosophiae, lat. u. dt., übers. von Peter von Kastel. Mit Kommentar des Pseudo-Thomas de Aquino
Nürnberg: Anton Koberger, 24. Juli 1473

2°
Nicolaus-Matz-Bibliothek Michelstadt, A 18
GW 4573

Der erste für Anton Koberger gesicherte Druck ist das im Jahre 1473 erschienene Hauptwerk »De consolatione philosophiae« des spätantiken Philosophen Boethius. Koberger, der überwiegend theologische und philosophische Werke in lateinischer Sprache druckte, gab hier dem lateinischen Text eine deutsche Übersetzung und den Kommentar des Pseudo-Thomas von Aquin bei.
Der jeweilige Buchbeginn wird durch rot-blau geteilte Initialen mit ornamentiertem Binnengrund und Fleuronnée in ganzer Länge der Kolumne angezeigt, darüber hinaus finden sich zu Anfang in einzelnen Abschnitten rote und blaue Rubrizierungen.
T. G.

GM 254

Johannes Balbus
Catholicon
Nürnberg: Anton Koberger, 21. August 1486

2°
Universitätsbibliothek Erlangen, Inc. 1920
GW 3192

Das »Catholicon« des Dominikanermönchs Johannes Balbus – ein lateinisches Wörterbuch mit vorangestellter Grammatik – wurde seit seiner Niederschrift im Jahre 1286 wiederholt kopiert und fand auch in mehreren Inkunabelausgaben Verbreitung. Nach der Mainzer Erstausgabe von 1460 wagte auch der erfolgreiche Drucker-Verleger Anton Koberger in Nürnberg 1483 eine Edition des umfangreichen Werkes. 1486 folgte eine zweite Ausgabe, die mit vorliegendem Exemplar vertreten ist (s. a. Kat.-Nr. GM 255).
T. G.

GM 255

Nürnberger Einband für Anton Koberger auf: Johannes Balbus Catholicon Nürnberg: Anton Koberger, 21. August 1486

2°
Nicolaus-Matz-Bibliothek Michelstadt, A 17
GW 3192

Einer der wenigen Inkunabeldrucker, der Handel mit gebundenen Büchern betrieb, war – neben der Offizin Schöffer – Anton Koberger in Nürnberg.[1] Üblicherweise wurden die Bücher als ungebundene Exemplare vertrieben, das Einbinden erfolgte individuell im Auftrag des Käufers. Das vorliegende Exemplar des 1486 bei Koberger in Nürnberg gedruckten »Catholicon« (Kat.-Nr. GM 254) zeigt einen Verlegereinband der Kobergerschen Offizin. Der Bucheinband, der nicht nur als äußere Hülle, sondern gleichermaßen als ästhetischer Bestandteil der Buchgestaltung verstanden werden will, zeigt auf dem Vordeckel den in goldenen Lettern gedruckten Titel.
Kobergers Handel mit gebundenen Büchern geht auch aus der Endabrechnung über den Druck der Schedelschen Weltchronik hervor (Kat.-Nr. GM 258).
T. G.

1 Vgl. Hase 1885, S. 141 f.

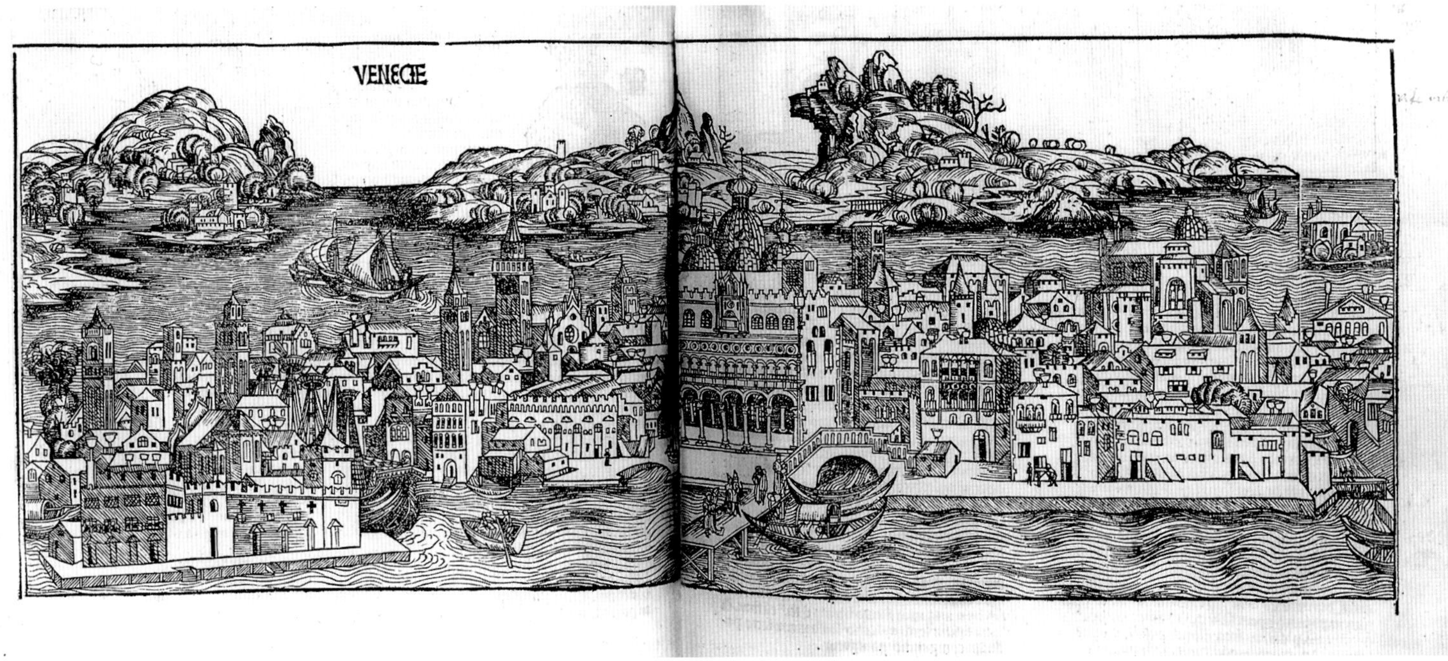

GM 256

Hartmann Schedel
Liber Chronicarum
Nürnberg: Anton Koberger für Sebald Schreyer und Sebastian Kammermeister, 12. Juli 1493

2°
Hessische Landes- und Hochschulbibliothek Darmstadt, Inc. VI, 13
HC *14508

Anton Koberger, einer der bedeutendsten Drucker-Verleger der Inkunabelzeit, schuf mit der deutsch-lateinischen Parallelausgabe der Weltchronik des Nürnberger Stadtphysikus und Gelehrten Hartmann Schedel einen der epochemachenden Frühdrucke. Nur sechs Monate nach Erscheinen des lateinischen Erstdrucks in Folio gab Koberger die deutsche Ausgabe unter dem Titel »Das Buch der Chroniken und Geschichten« (Kat.-Nr. GM 257) heraus. Das Unternehmen wurde von einem Konsortium wohlhabender Nürnberger Patrizier initiiert und finanziert, Koberger trat hier nur als Lohndrucker auf. Die in sieben Weltalter gegliederte Chronik schildert in sechs Büchern biblische und historische Begebenheiten von der Schöpfung bis zum Jahre 1492 in nahtloser Aneinanderreihung, das siebte Buch beinhaltet eine visionäre Ankündigung auf das apokalyptische Weltende. Denkwürdige und bedeutende Ereignisse werden ebenso behandelt wie die berühmtesten Städte und Länder, die Schauplätze dieser Ereignisse sind. Damit steht Schedel mit seiner Historiographie in der Tradition eines literarischen Typus, die in die Antike zurückreicht. Die Quellenfrage scheint noch immer nicht gänzlich geklärt, vermutlich handelt es sich jedoch um eine ergänzte Bearbeitung des 1482 erschienenen »Supplementum Chronicarum« des Italieners Jacobus Philippus Foresta da Bergamo.[1]

Der geschlossene Gesamteindruck ist Ergebnis eines wohldurchdachten Gestaltungsprinzips. Bestimmend für das Layout einer Doppelseite sind Größe und Form der Holzschnitte, die eine freie Anordnung von Schrift und Illustrationen zur Folge haben. Kapitel- und Zwischenüberschriften in zwei verschiedenen Typen gliedern den Textablauf. An den zum Teil doppelblattgroßen 1809 Holzschnittillustrationen von 645 Stöcken der Nürnberger Werkstatt des Michael Wolgemut und des Wilhelm Pleydenwurff war möglicherweise auch der junge Albrecht Dürer, der in jener Werkstatt seine Lehrzeit absolvierte, mit Vorzeichnungen beteiligt.[2]

Mit einer Voranzeige (Burger 1907, Nr. 30) weist Koberger auf die bevorstehende Veröffentlichung der Schedelschen Weltchronik hin. Der reiche Bildschmuck, darunter die

Bildnisse berühmter Männer und die großformatigen Stadtansichten, werden dabei als besonderer Vorzug des Buches betont: [...] *cum imaginibus illustrium virorum et urbium impensis magnificorum civium Nurmbergae nuper impressus* [...].
Der doppelblattgroße Holzschnitt Venedigs – eine Kopie des Mittelstücks der Vorlage Reuwichs aus der »Peregrinatio«[3] – zeigt einen Blick auf die Lagunenstadt von San Giorgio Maggiore aus gesehen: In der Bildmitte ist die Piazza San Marco mit Dogenpalast, Campanile und den dahinter aufragenden Kuppeln von San Marco dargestellt.
T. G.

1 Vgl. Katalog »Fünf Jahrhunderte Buchillustration« 1987, Nr. 45.
2 Vgl. Panofsky, Erwin: Das Leben und die Kunst Albrecht Dürers. 4. Aufl. Hamburg 1995, S. 32.
3 Vgl. Rücker 1988, S. 197.

GM 257

Hartmann Schedel
Liber Chronicarum, dt.
Nürnberg: Anton Koberger, 23. Dezember 1493

2°
Universitätsbibliothek Erlangen, Inc. 133ª (Cim J 1)
HC *14510

Die von dem Nürnberger Losungsschreiber Georg Alt besorgte deutsche Übersetzung der Schedelschen Weltchronik – dem größten Buchunternehmen der Dürer-Zeit – erschien nur sechs Monate nach dem lateinischen Erstdruck (Kat.-Nr. GM 256) in der Offizin Anton Kobergers. Mit der zweifachen Verwendung der Holzschnitte in der deutschen und lateinischen Ausgabe erweiterte sich der potentielle Abnehmerkreis und damit der finanzielle Gewinn des Unternehmens.
Von der in einer italienischen Rotunda gedruckten lateinischen Ausgabe unterscheidet sich die deutsche Fassung in der Wahl einer anderen Type, die der drucktechnischen Differenzierung zwischen lateinischen und deutschen Texten Rechnung trägt.
Der mit Gold- und Blindstempeln verzierte Einband aus Kalbsleder über Pappe mit Holzkern des ausgestellten Erlanger Exemplars lässt sich aufgrund der beiden Supralibros, die Kurfürst Johann Georg von Brandenburg (1525–1598) sowie sein Wappen zeigen, auf die zweite Hälfte des 16. Jahrhunderts datieren.
T. G.

GM 258

Endabrechnung der Schedelschen Weltchronik [Nürnberg 1509]

Stadtarchiv Nürnberg, B 14/1, Lib. Litt. 25, Bl. 30–33

Die Enstehungsgeschichte keines anderen Buches der Frühdruckzeit ist derart gut belegt wie die der Schedelschen Weltchronik.[1] Neben den handschriftlichen Druckvorlagen für die deutsche und die lateinische Ausgabe haben sich fünf Vertragstexte erhalten, die die Zusammenarbeit zwischen den Finanziers Sebald Schreyer und Sebastian Kammermeister, dem Lohndrucker Anton Koberger und der Werkstatt der Illustratoren Wilhelm Pleydenwurff und Michael Wolgemut dokumentieren.
Aufschluss über buchhändlerische Gepflogenheiten und Verlagsstrukturen gibt der Eintrag der Endabrechnung aus dem Jahre 1509. Dort werden mehr als 50 Kommissionäre genannt, die den Vertrieb der Weltchronik in über 30 europäischen Orten besorgten. Hierzu zählen neben den Buchhändlern auch Großkaufleute und im Dienste der Finanziers stehende Fernhändler, die nur nebenher Bücher verkauften. Die Vertriebswege richteten sich demzufolge vorwiegend nach den bewährten Fernhandelsnetzen Nürnbergs. Von großem Interesse ist die Druckabrechnung, da sie den Durchschnittspreis des Zwischenhandels von gebundenen und ungebundenen, kolorierten und unkolorierten Exemplaren übermittelt. Für ungebundene, nicht kolorierte Drucke wird ein Stückpreis von etwa 2 Gulden veranschlagt; gebundene, kolorierte Exemplare kosteten rund 5,4 Gulden. Die Kosten für einen Einband betrugen mindestens einen Gulden.[2] Insgesamt sind etwa 1134 Exemplare Gegenstand der Abrechnung, wobei die Auflagenhöhe der deutschen Ausgabe auf 30 bis 50 Prozent der lateinischen Ausgabe geschätzt wird.[3]
T. G.

1 Vgl. Zahn 1991, S. 177.
2 Vgl. Zahn 1991, S. 207 f.
3 Vgl. Zahn 1991, S. 211.

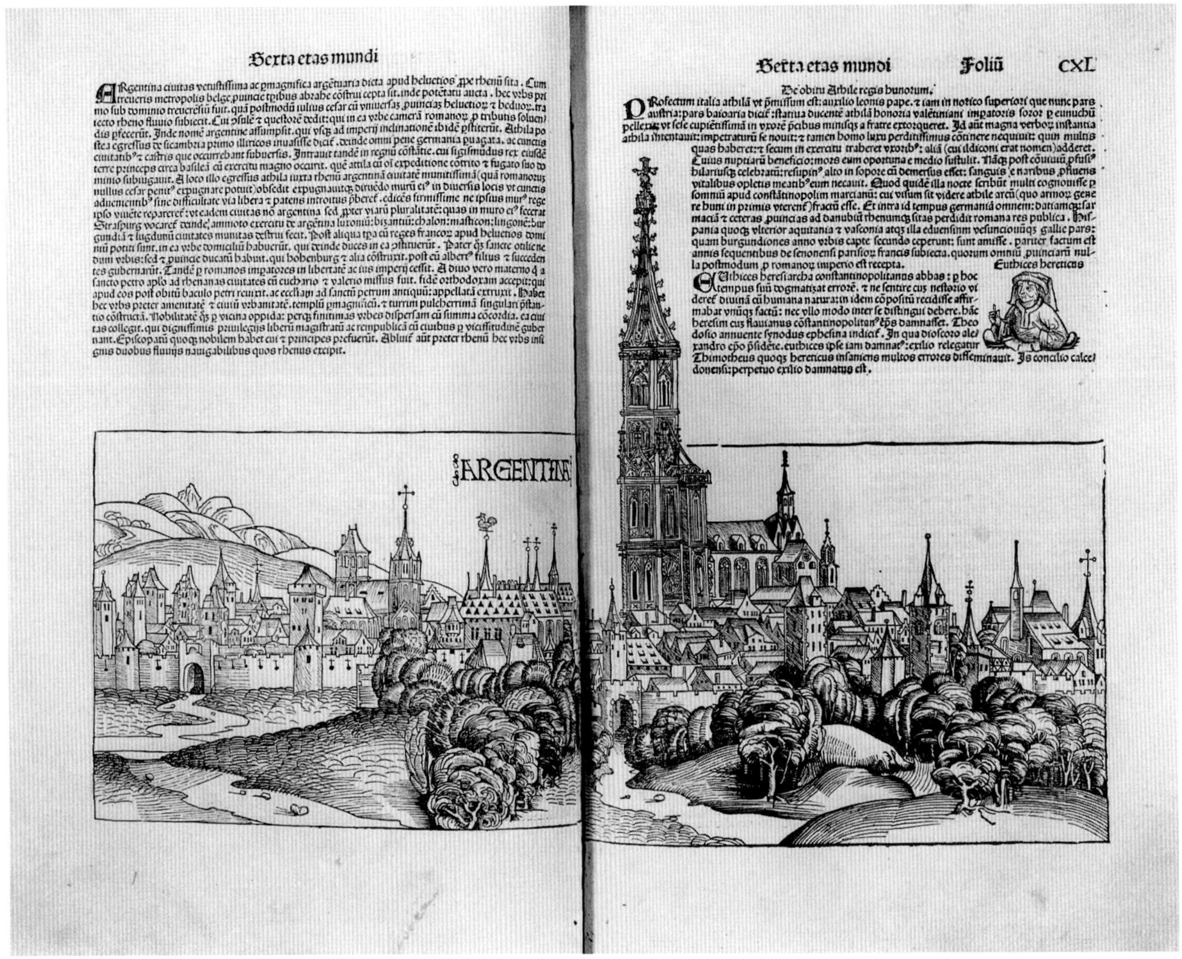

GM 259

Hartmann Schedel
Liber Chronicarum
Augsburg: Johann Schönsperger, 1. Februar 1497

2°

Hessische Landes- und Hochschulbibliothek Darmstadt, Inc. IV, 112

HC 14509

In der Augsburger Offizin des Johann Schönsperger erschien am 1. Februar 1497 ein Nachdruck der bei Koberger publizierten lateinischen Erstausgabe der Schedelschen Weltchronik. Bereits im Vorjahr hatte Schönsperger eine deutsche Ausgabe der Chronik vorgelegt. Die Augsburger »Taschenausgabe« des »Liber chronicarum« veranschaulicht exemplarisch die Arbeitsweise Schönspergers, der sich auf den Druck von illustrierten, gängigen Texten meist in deutscher Sprache spezialisiert hatte. Um dem Wunsch nach einer verbilligten Ausgabe nachzukommen und die Produktionskosten zu senken, wählte Schönsperger im Unterschied zur Nürnberger Vorlage in Superregalfolio das erheblich kleinere Quartformat. Anstelle des komplizierten, ausgeklügelten Satzes der Nürnberger Originalausgabe, der eine enge Verbindung von Text und illustrierenden Holzschnitten ermöglicht, bevorzugte Schönsperger den in der Produktion wesentlich einfacheren und damit billigeren zweispaltigen Satz.[1] Die entsprechend verkleinerten Holzschnitte, die ihre Motivik der Nürnberger Vorlage entlehnen, sind den Kolumnen angepasst; die großen Stadtansichten reichen über beide Kolumnen oder gar über die Satzspiegelbreite hinaus und beeinträchtigen so das Seitenlayout.[2]

T. G.

1 Vgl. Rücker 1988, S. 124.

2 Vgl. Rücker 1988, S. 125.

Literatur

Künast 1994. – Pelgen 1994.

Köln

GM 260

Thomas von Aquin
Summae theologicae prima pars
[Köln: Ulrich Zell, um 1473]

2°
Nicolaus-Matz-Bibliothek Michelstadt, A13
H 1439

Thomas von Aquin hielt sich als Schüler des Albertus Magnus, der ein Studium generale der Dominikaner in Köln errichten sollte, zwischen 1248 und 1252 dort auf. Sein Hauptwerk, die »Summae theologicae«, wurde von Kölns Erstdrucker Ulrich Zell um 1473 aufgelegt. Dieser Druck des einflussreichsten theologischen Lehrgebäudes des Mittelalters steht stellvertretend für das Profil der Kölner Inkunabelproduktion, die vom wissenschaftlich-theologischen Buch in lateinischer Sprache bestimmt wird.

T. G.

GM 261

Werner Rolewinck
Fasciculus temporum
Köln: Arnold Ther Hoernen, 1474

2°
Hessische Landes- und Hochschulbibliothek Darmstadt, Inc. IV, 104
H *6918

Die Kölner Offizin des Arnold Ther Hoernen, die theologische, klassische und humanistische Schriften publizierte, druckte vor allem die Werke des Kölner Kartäusers Werner Rolewinck (1425–1502), der in seiner Zusammenarbeit mit Ther Hoernen ganz gezielt die Möglichkeiten des Buchdrucks zur Verbreitung seiner Schriften nutzte.[1] Sein um 1470 verfasster »Fasciculus temporum« – die erste große gedruckte Weltchronik – gibt einen knappen synoptischen Abriss der Weltgeschichte. Die typographische Gestaltung, das Layout und die Holzschnittillustrationen der Erstausgabe machten das Werk zu einer nützlichen Enzyklopädie für historische Begebenheiten, Personen und Daten. Mit rund dreißig Inkunabelausgaben blieb das Werk bis ins 16. Jahrhundert ein wichtiges Nachschlagewerk.

T. G.

1 Vgl. Marks 1977, S. 49.

GM 262

Biblia, mit Glossen zu einzelnen Büchern nach den Postillen des Nikolaus de Lyra, niederdeutsch / niedersächsisch Köln: [Bartholomäus von Unckel, um 1478]

2°
Universitäts- und Stadtbibliothek Köln, AD^{bl} 594 (Bd. 2)
GW 4307

Die Zwillings-Edition der Kölner Bibel von 1478/79 stellt unter den achtzehn deutschen vorlutherischen Bibeldrucken vor allem wegen ihrer Übertragung des Vulgatatextes ins Niederdeutsche eine Besonderheit dar; die beiden Ausgaben unterscheiden sich nur in ihrem niederrheinischen und niedersächsischen Dialekt.
Erscheinungsjahr, Verleger, Übersetzer und Drucker werden im Druck selbst nicht genannt; allein der Druckort Köln ist der Vorrede zu entnehmen. Corsten hat Bartholomäus von Unckel als Lohndrucker der Kölner Bibeln erschlossen.[1] Zur Finanzierung und zum Vertrieb fand sich vermutlich ein – dem der Schedelschen Weltchronik vergleichbares – Konsortium zusammen, dem die Kölner Johann Helman und Arnold Salmonster sowie Anton Koberger angehörten.
Eine Besonderheit stellen die Kölner Bibeln auch in typographischer Hinsicht dar, da im Druckverlauf neue Typenformen hinzukamen und andere weggelassen wurden. Ohne die erste illustrierte Bibel zu sein, machten die Vielgestaltigkeit der Typenformen und vor allem der Bildschmuck die Kölner Bibel zum Ausgangspunkt einer buchkünstlerischen Entwicklung, die lange Zeit in den Bildprogrammen späterer Bibelausgaben nachwirkte (vgl. Kat.-Nr. GM 264).[2] Es handelt sich um eine echte Bilderbibel, in der die narrativen Holzschnittillustrationen gleichberechtigt neben dem Text stehen.
T. G.

1 Zur umstrittenen Zuschreibung und zum Folgenden vgl. Corsten 1981, Sp. 65–67.
2 Vgl. Kunze 1975, Bd. 1, S. 309.

GM 263

Biblia, mit Glossen zu einzelnen Büchern nach den Postillen des Nikolaus de Lyra, niederdeutsch / niederrheinisch Köln: [Bartholomäus von Unckel, um 1478]

2°
Universitäts- und Stadtbibliothek Köln, GB IV 7617 (Bd. 2)
GW 4308

Die beiden anonym erschienenen Kölner Bilderbibeln, die in zwei im Dialekt abweichenden Ausgaben vorliegen, unterscheiden sich auch teilweise in ihrem Bildschmuck.[1] So sind der vorliegenden niederrheinischen Fassung – im Gegensatz zur niedersächsischen Ausgabe – Bilder zur Apokalypse des Johannes beigegeben, zudem bestehen Unterschiede in den Holzschnittleisten etlicher Buchanfänge.[2]
T. G.

1 Vgl. Corsten 1981, Sp. 50.
2 Vgl. Corsten 1981, Sp. 51 f.

GM 264

Biblia, dt.
Nürnberg: Anton Koberger, 17. Februar 1483

2°
Hessische Landes- und Hochschulbibliothek Darmstadt, Inc. VI, 30 (Bd. 1)
GW 4303

Unter den achtzehn vorlutherischen Bibelausgaben zeichnet sich Kobergers deutsche zweibändige Bibel von 1483 vor allem wegen der gründlichen Redigierung aus. Auf Grundlage der Vulgata und Zainers Augsburger Bibelausgabe von 1477 wurden fehlerhafte Textstellen korrigiert.[1] Die 109 Holzschnitte, die von den Stöcken der beiden niederdeutschen Kölner Bibeln (Kat.-Nr. GM 262, 263) von 1479/80 gedruckt wurden, erfuhren erst mit Kobergers Bibelausgabe ihre weit reichende Geltung.[2] Dessen finanzkräftige Offizin und seine weit reichenden Geschäftsbeziehungen erlaubten es ihm, eine weit höhere Auflage als die beiden Kölner Bibelausgaben zu wagen; die geschätzte Exemplarzahl liegt bei 1000 bis 1500 Exemplaren.[3]
U. R.

1 Vgl. Biblia deutsch. Luthers Bibelübersetzung und ihre Tradition. Bearb.: Heimo Reinitzer. Zeughaushalle der Herzog-August-Bibliothek Wolfenbüttel, 7.5.–13.11.1983. Staats- und Universitätsbibliothek Hamburg, 21.11.1983–25.2.1984. Hamburg 1983, S. 69.
2 Vgl. Kunze 1975, Bd. 1, S. 314.
3 Vgl. Eichenberger/Wendland 1977, S. 92.

Mit seinen reichen Reliquienschätzen galt das »Heilige Köln« im Mittelalter als Rom nördlich der Alpen und zog zahlreiche Pilgerscharen an. Die Legenden der in Köln verehrten Heiligen, darunter besonders die Stadtpatrone, die Heiligen Drei Könige und die Märtyrerjungfrau Ursula mit ihren elftausend Gefährtinnen, können bereits in handschriftlicher Zeit auf eine reiche Überlieferung verweisen. Erst recht nimmt sich der Kölner Buchdruck der Heiligenviten an (Kat.-Nr. GM 265–274). So erscheinen die altbekannten, umfassenden lateinischen Legenden neben deutschen Prosaübersetzungen, aber auch lateinische Kurzfassungen von nur wenigen Seiten oder die beliebten gereimten volkssprachlichen »Passien«. Gerade letztere zielen mit dem Holzschnitt der Heiligen auf dem Titelblatt und textlichen Beigaben wie Gebeten und Mirakeln auf die Pilger ab, die sich besonders zahlreich zu den Zeigungsterminen der Heiltümer in der Stadt aufhielten. Die Produktionstermine der meist zwischen vier und zwölf Blatt starken, preiswerten Broschüren wurden von den Kölner Drucker-Verlegern auf diese Termine ausgerichtet. Auch die im späten Mittelalter ausgesprochen beliebten sog. »Vier Hauptjungfrauen« (Barbara, Dorothea, Katharina, Margareta) erscheinen in dichter Auflagenfolge. Die weite Verbreitung dieser Pfennigprodukte, die sich anhand der erhaltenen zeitgenössischen Provenienzen nachweisen lässt, zeigt den Erfolg der Geschäftsidee.

Ausgestellt sind eine Reihe dieser flugschriftartigen Heftchen, die u.a. bei Johann Koelhoff d.J., Heinrich von Neuss und Hermann Bungart in seriellem Verbund in gleicher oder sehr ähnlicher Aufmachung publiziert wurden. Darunter sind nicht nur die leicht fasslichen volkssprachlichen Texte, sondern auch lateinische Kurzfassungen der Ursula-Legende, die in der Offizin Quentel Erben gedruckt wurden.

U. R.

Literatur

Rautenberg 1996. – Voullième 1903.

Abb. GM 265

GM 265

Sankt Barbaren Passie [Köln: Johann Koelhoff d.J., vor Jahreswechsel 1498/99]

4°
Hessische Landes- und Hochschulbibliothek Darmstadt, Inc. II, 291/1
GW 3334

GM 266

Sankt Barbaren Passie [Köln: Johann Koelhoff d.J., Ende 1499]

4°
Universitäts- und Stadtbibliothek Köln, AD^bl 250
GW 3335

GM 267

Sankt Dorotheen Passie Köln: [Heinrich von Neuß] 1513

4°
Universitäts- und Stadtbibliothek Köln, AD^bl 248
VD 16 D 2426

GM 268

Sankt Katharinen Passie [Köln: Johann Koelhoff d. J., vor Jahreswechsel 1498/99]

4°
Landes- und Hochschulbibliothek Darmstadt, Inc. II, 291, 3
Voulliéme 1903, Nr. 893

GM 269

Sankt Katharinen Passie [Köln: Heinrich von Neuß, um 1513]

4°
Universitäts- und Stadtbibliothek Köln, AD[bl] 189b
VD 16 S 5876

GM 270

Sankt Margareten Passie Köln: Heinrich von Neuß, 1514

4°
Universitäts- und Stadtbibliothek Köln, AD[bl] 257
VD 16 S 5879

GM 271

Historia nova undecim milium virginum [Köln: Hermann Bungart, 1503]

4°
Universitäts- und Stadtbibliothek Köln, RhT 1121
H *12457

GM 272

Historia nova undecim milium virginum Köln: Quentel Erben, 30. Juni 1503

4°
Universitäts- und Stadtbibliothek Köln, RhG 3170
VD 16 P 888

GM 273

Historie von Sankt Ursula [Köln: Quentel Erben, nach dem 30. Juni 1503]

4°
Universitäts- und Stadtbibliothek Köln, RhG 3171
VD 16 H 3949

GM 274

Sankt Columben Passie Köln: [Hermann Gutschaiff, um 1513]

4°
Universitäts- und Stadtbibliothek Köln, AD[bl] 256
VD 16 S 5874

William Caxton: Köln – Brügge – Westminster

GM 275

Bartholomaeus Anglicus De proprietatibus rerum [Köln: Drucker der Flores S. Augustini, um 1472]

2°
Hessische Landes- und Hochschulbibliothek Darmstadt, Inc. V, 46
GW 3403

Die vermutlich um 1240/50 entstandene medizinisch-naturwissenschaftliche Enzyklopädie »De proprietatibus rerum« des Franziskaners Bartholomäus Anglicus war ein weit verbreiteter Lehrtext und wichtiges Nachschlagewerk dieser Fachgebiete. Finanzier und möglicherweise auch Mitarbeiter der unfirmierten und undatierten Ausgabe war vermutlich der englische Erstdrucker William Caxton, der in Köln das Druckerhandwerk erlernte.[1] Der Zeitpunkt der Drucklegung, der um 1471/72 angenommen wird, fiel in eine Blütezeit der medizinischen Fakultät der Kölner Universität und ließ damit auf gute Absatzchancen hoffen.

Das vorliegende Exemplar stammt aus dem Dominikanerkloster Wimpfen, wo es auch gebunden worden ist.

T. G.

1 Vgl. Quarg 1998, S. 96. – Vgl. Blake 1976, S. 24 f.

Literatur

Corsten 1985.

GM 276

Raoul le Fèvre
Le grand recueil des histoires des Troyes
Brügge: William Caxton, 1477

2°
John Rylands University Library Manchester, 15687
H 7042

Im Jahre 1469 übertrug William Caxton – der Erstdrucker Englands – im Auftrag der Herzogin Margarete von Burgund die »Recueil des histoires des Troyes« des Raoul le Fèvre ins Englische. Der Erstdruck des Manuskripts von 1474, der in Brügge aufgelegt wurde, ist Caxtons erster Druck und zugleich das erste gedruckte Buch in englischer Sprache.[1]

Caxtons Verlagsprogramm, das sich überwiegend aus englischer Literatur und Übersetzungen ins Englische zusammensetzte, war damit stark auf den englischen Markt ausgerichtet. Sein Verdienst liegt vor allem in der Normierung der englischen Sprache, deren verschiedene Dialekte sich nachgerade durch seine Drucke zu einer einheitlichen Sprache ausbildeten.

T. G.

1 Vgl. Blake 1976, S. 20.

GM 277

Christine de Pisan
Faits d'armes et de chevalerie
[Westminster:] William Caxton, [1489]

2°
John Rylands University Library Manchester, 10810
H 4988

Von den etwa 90 in der Offizin Caxtons gedruckten Inkunabeln erschienen rund 70 in englischer Sprache, deren Übersetzung Caxton teils selbst besorgte.[1] Wie die Mehrzahl der Caxton-Drucke ist die Inkunabel – obgleich sich der Stoff durchaus für eine Bebilderung eignet – nicht mit Holzschnittillustrationen ausgestattet.

Im Kolophon schreibt Caxton ausführlich über den Anlass der Übersetzung und die Drucklegung des Werks der französischen Autorin Christine de Pisan. Diese kompilierte die Abhandlung über die Kriegskunst 1408/09 u.a. aus Vegetius' »De re militaria« und Honoré Bonets »Arbre de batailles«. Das Manuskript hatte König Heinrich VII. Caxton am 23. Januar 1489 mit der Bitte um Übersetzung und Drucklegung übergeben: ... *desired and wylled me to translate this said boke and reduce it in to our english and natural tonge and to put it in emprynte*.... Offensichtlich verliefen Druck und Übersetzung parallel, sodass der Abschluss der Übersetzung am 8. Juli 1489 nur wenige Tage vor der Beendigung des Drucks am 14. Juli 1489 erfolgte.

U. R.

1 Vgl. Blake 1976, S. 169f.

Antwerpen

GM 278

Een schoene ghenuechlicke ... hystorie ...
[Bücheranzeige zu Jean d'Arras »Historie van Melusijne«]
[Antwerpen: Gerard Leeu, um 9. Februar 1491]

H. 23,2 cm, B. 16,7 cm
Deutsches Buch- und Schriftmuseum, Leipzig, Bö-V Ink. 134
GW Einbl. 838

Der Drucker-Verleger Gerard Leeu siedelte nach Anfängen in seiner kleinen Geburtsstadt Gouda 1484 in die Messestadt Antwerpen über. Leeu, der zu den bedeutenden und produktiven niederländischen Druckern gehört, widmete sich besonders der volkssprachlichen Unterhaltungsliteratur. Bei der ausgestellten Bücheranzeige handelt es sich um die erste bekannte in niederländischer Sprache. Die illustrierte Einzelanzeige wirbt für den Druck der »Melusine«, der am 9. Februar 1491 (C 3022) fertiggestellt wurde. Von dieser Ausgabe hat sich leider nur ein Exemplar, zudem fragmentarisch, erhalten. Der typographische Text unterhalb des Holzschnitts wirbt für die Geschichte der Melusine, weist aber auch nachdrücklich auf die zahlreichen Illustrationen hin, von denen das Blatt selbst eine Probe gibt.

U. R.

Literatur
Burger 1907, Nr. 29. – Pollard/Ehrman 1965, Nr. 38.

Die vijftiende fabule is vanden man ende vanden leeuwe die ons leert. Datmen niet ghelouen en sal aen dat ghene dat aen die wande ghemalen staet mer aen die daet ende aen die warachticheyt Ghelijck alsmen sien mach bij deser navolghender fabulen.

Het was een man ende een leeuwe die te samen hadden eenen kijf eñ waren twijstende wie van hem beyden die stercste mochte sijn. Eñ die man seyde dat hi die stercste was Eñ om dat te bat te betuyghen soe thoende hi den leeuwe eene maellerye inder welcker die man den leeuwe verwonnen hadde. Te weten die maellerye van Sampson die stercke Eñ die leeuwe seyde tot hē. Hadt tsake gheweest dat die leeuwe hadde connen verwen ofte malen hij soude hebben ghemaelt dat die leeuwe den man verwonnen hadde Mer ick sal bewijsen warachtighe ghetuyghenisse inder waerheyt alsoe wesende Eñ mettien soe nam hem die leeuwe eñ werp hē ter neder makende den man zijnre onderdanich eñ adt hē Eñ sprack tot hem aldus Du man ofte mensche nv op dese tijt suldy die waerheyt bekennen wye van ons beyden die stercste is. want hier en sijn gheen ghetuychnisse van verwen. mer hier is twerck der waerheyt ghebleken eñ ghescheit Dese fabule bewijst ons dat die waerheyt te bouen gaet die ghe verwede loghenen

Die sestiende fabule is vandē Camele eñ van die vloo die ons leert Dat die ghene die noch machte noch crachte en heeft en sal hem seluen niet verheffen Ghelijck als ghij sien moghet bij deser fabulen

GM 279

Aesopus
Vita et Fabulae,
niederländisch nach Julien Macho
Antwerpen: Gerard Leeu, 12. Oktober 1485

2°

Hessische Landes- und Hochschulbibliothek Darmstadt, Inc. III, 12

GW 374

Gerard Leeu, einer der produktivsten Inkunabeldrucker der Niederlande, veröffentlichte rund 100 Bücher in niederländischer Sprache, davon 56 Erstausgaben.[1] Eine Besonderheit seiner Drucke ist der nicht zuletzt unter Werbeaspekten verfasste Prolog, in dem Leeu seine Bücher anpreist und dem intendierten Leser Anweisungen für die Lektüre gibt.[2]

Grundlage aller Fabelsammlungen bilden die dem Sklaven Aesop zugeschriebenen kurzen, pointierten Erzählungen, in denen Tiere verschiedene menschliche Verhaltensweisen und Eigenschaften verkörpern. Die Handlungen, in denen anthropomorphisierte Tiere als vernunftbegabte Wesen auftreten, zeigen eine unmittelbar überzeugende allegorische Bedeutung auf und spitzen sich in einer moralischen oder belehrenden Sentenz zu.

Die zahlreichen Inkunabelausgaben der Fabeln des Aesop dokumentieren die Beliebtheit, derer sich der Erzählstoff erfreute. Bereits die erste gedruckte Ausgabe, die bei Johann Zainer um 1476 in Ulm erschien, wurde zu einem Hauptwerk der Inkunabelillustration. Gerard Leeu, der neben dem regionalen Markt auch den englischen und nordfranzösischen Markt belieferte,[3] stattete seine niederländische Ausgabe ebenfalls mit einer Vielzahl an Holzschnitten aus.

T. G.

1 Vgl. Vermeulen 1986, S. 78.
2 Vgl. Vermeulen 1986, S. 96.
3 Vgl. Corsten 1995, S. 431.

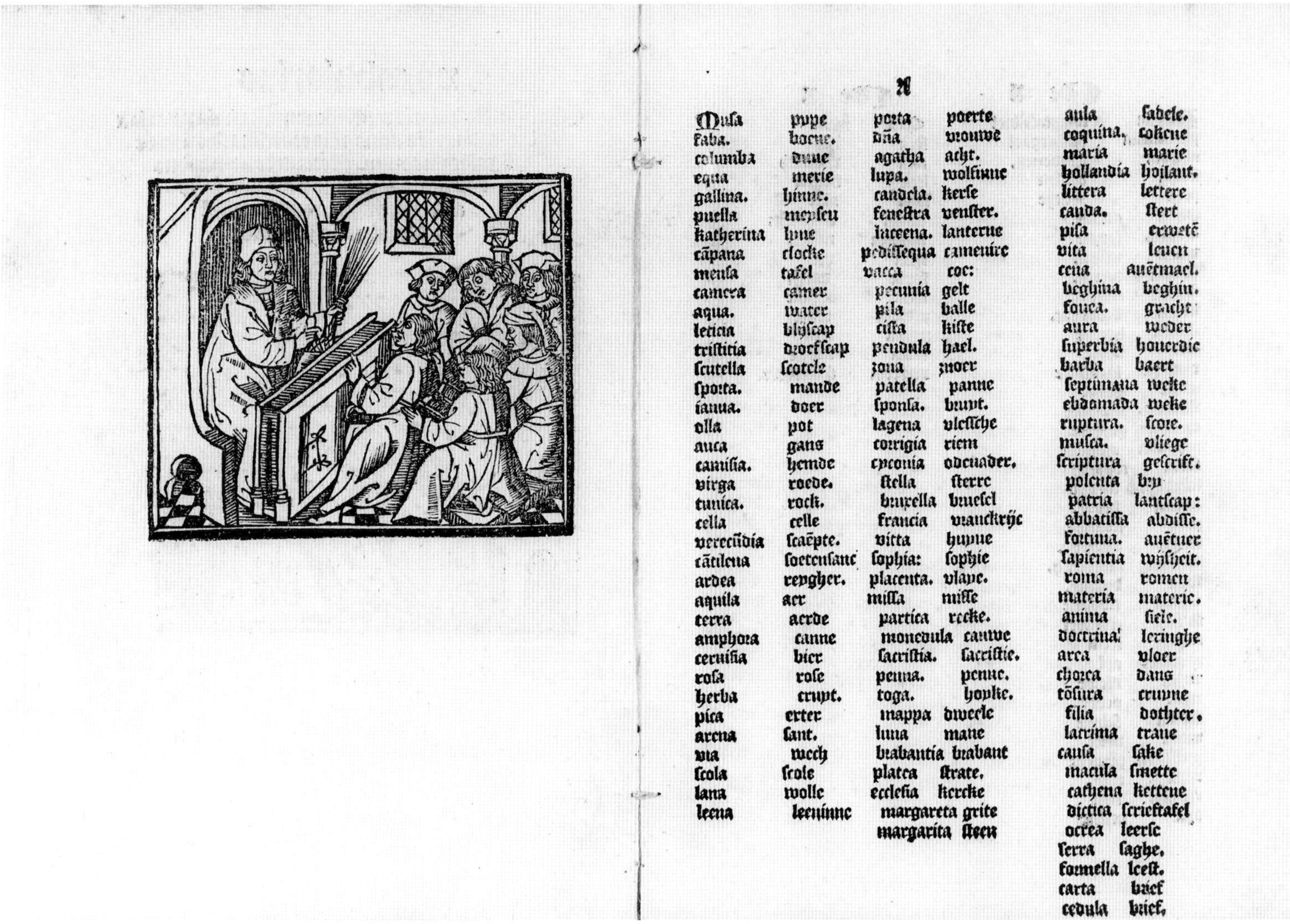

A

Musa	pype	porta	poerte	aula	sadele.
faba.	bone.	dña	vrouwe	coquina.	cokene
columba	duue	agatha	acht.	maria	marie
equa	merie	lupa.	wolfinne	hollandia	hollant.
gallina.	hinne.	candela.	kerse	littera	lettere
puella	meysen	fenestra	venster.	cauda.	stert
katherina	tyne	lucerna.	lanterne	pisa	erwetē
cāpana	clocke	pedissequa	camenere	vita	leuen
mensa	tafel	vacca	coe:	cena	auētmael.
camera	camer	pecunia	gelt	beghina	beghin.
aqua.	water	pila	balle	fouea.	gracht
leticia	blijscap	cista	kiste	aura	weder
tristitia	droefscap	pendula	hael.	superbia	houerdie
scutella	scotele	zona	znoer	barba	baert
sporta.	mande	patella	panne	septimana	weke
ianua.	doer	sponsa.	bruyt.	ebdomada	weke
olla	pot	lagena	vlessche	ruptura.	score.
auca	gans	corrigia	riem	musca.	vliege
camisia.	hemde	ciconia	odevader.	scriptura	gescrift.
virga	roede.	stella	sterre	polenta	bry
tunica.	rock.	bruxella	bruesel	patria	lantscap:
cella	celle	francia	vranckrijc	abbatissa	abdisse.
verecūdia	scaēpte.	vitta	huyve	fortuna.	auētuer
cātilena	soetensanc	sophia:	sophie	sapientia	wijsheit.
ardea	reygher.	placenta.	vlaye.	roma	romen
aquila	aer	missa	misse	materia	materie.
terra	aerde	pertica	recke.	anima	siele.
amphora	canne	monedula	cauwe	doctrina	leringhe
ceruisia	bier	sacristia.	sacristie.	area	vloer
rosa	rose	penna.	penne.	chorea	dans
herba	cruyt.	toga.	hoyke.	tōsura	cruyne
pica	exter	mappa	dwecle	filia	dochter.
arena	sant.	luna	mane	lacrima	trane
via	wech	brabantia	brabant	causa	sake
scola	scole	platea	strate.	macula	smette
lana	wolle	ecclesia	kercke	cathena	ketene
leena	leeuinne	margareta	grite	dictica	scriefstafel
		margarita	steen	ocrea	leerse
				serra	saghe.
				formella	leest.
				carta	brief
				cedula	brief.

Abb. GM 280

GM 280

Vocabula iuvenibus multum necessaria [Antwerpen: Govaert Bac, nach 1499 und vor 1502]

4°

Universitätsbibliothek Erlangen, Inc. 956a [5]

GM 281

Figura sive forma exempla pro scolarium novellorum exercitatione et facili instructione Antwerpen: Govaert Bac, 1505

4°

Universitätsbibliothek Erlangen, Inc. 956a [13]

Bei den beiden dünnen Broschüren des Druckers Govaert Bac (tätig 1493–1508) handelt es sich um erschwingliche Schulbücher für den Lateinunterricht. Das niederländisch-lateinische Vokabular (Kat.-Nr. GM 280) ist bisher bibliographisch nicht verzeichnet; bei dem Erlanger Exemplar handelt es sich um das einzige bisher bekannte.[1] Jede Seite des Drucks ist in sechs Spalten aufgeteilt, wobei jeweils den lateinischen Lemmata die niederländische Übersetzung gegenübergestellt wird. Der Setzer hatte offenbar große Probleme mit dem Randausgleich der Kolumnen, sodass diese am linken Rand stark »flattern«.
Von etwas besserer Druckqualität ist die Grammatik (Kat.-Nr. GM 281), in der schwarzer und roter Druck wechseln.

Neben den wichtigsten Grundlagen der lateinischen Grammatik enthält das Heft lateinische Beispielsätze mit niederländischen Interlinear-Übersetzungen. Auf dem Titelblatt, der Titelblattrückseite und der inneren letzten Seite ist jeweils der gleiche Holzstock mit einer Unterrichtsszene verwendet: Der Lehrer im gotischen Gestühl hält eine Rute in der linken Hand, während seine rechte in einer Gestik der Rede verharrt. Die Schüler hören zu, haben aber eigene Bücher auf den Knien.
U. R.

1 Für die Datierung des Drucks und weitere Hinweise danke ich Gerard van Thienen, Koninklijke Bibliotheek, Den Haag.

Fernreisen: Karten und Reisebüchlein

GM 282
Erhard Etzlaub
Romweg-Karte
[Nürnberg: Georg Glockendon? um 1500?]

H. 39,5–39,8 cm, B. 28,8–29,1 cm
Germanisches Nationalmuseum Nürnberg, La 142/Kapsel 1142

GM 283
Erhard Etzlaub
Gebrauchsanweisung zur Straßenkarte von 1501
[Nürnberg: Hieronymus Höltzel für] Jörg Glockendon [ca. um 1504]

H. 28 cm, B. 21,8 cm
Bibliothek Otto Schäfer Schweinfurt, OS-C-1a

Der Nürnberger Kartograph, Kompassmacher und Arzt Erhard Etzlaub zeichnete und berechnete die vorliegende Romweg-Karte (Kat.-Nr. GM 282), die vor allem für Pilger gedacht war. Höchstwahrscheinlich wurde sie vom Nürnberger Formschneider Georg Glockendon vom Holzstock gedruckt und in seiner Werkstatt koloriert. Die nach Süden, auf das Reiseziel Rom ausgerichtete Karte umfasst Mitteleuropa, wobei die Heimatstadt des Kartographen und Druckers im Zentrum der Karte liegt. Die wichtigsten Nord-Süd-Verbindungen werden in gestrichelten Linien dargestellt, auf der rechten und linken Randleiste sind die Breitengrade und die Dauer des längsten Tages verzeichnet, am unteren Rand finden sich eine Meilenskala und Erklärungen zum Gebrauch des Kompasses. Die Karte stellt die geographischen Gegebenheiten zwar grob, aber einigermaßen zuverlässig dar.
Möglicherweise zusammen mit den Karten wurden typographisch gedruckte einblättrige Anweisungen (Kat.-Nr. GM 283) zum Gebrauch der Signaturen und Farben verkauft. Hier gezeigt wird eine lateinische Übersetzung der deutschen Gebrauchsanweisung zu Etzlaubs »Landstraßen-Karte« von 1501, einer Verfeinerung der Romweg-Karten, die umfassender das Straßennetz von Mitteleuropa verzeichnet und zusätzliche geographische Details enthält.
U. R.

Literatur
Miedema 1996.

GM 284

Sebastian Brant
Beschreibung etlicher gelegenheyt
Teutsches lands
Straßburg: Crafft Myller, 1543

2°
Universitäts- und Landesbibliothek Halle, AB 66506 (2)
VD 16 B 7048

Neben den Straßenkarten sind auch die Itinerarien oder Routenbücher Hilfsmittel für den Reisenden. In seiner Zeit als Straßburger Syndikus war Sebastian Brant Vorsteher der städtischen Boten und hatte so eine gute Kenntnis der von Straßburg ausgehenden Wege und Straßen. Angereichert mit eigenen Kenntnissen bilden die Routenlisten der Boten die Grundlage seiner Itinerarsammlung, die erst nach seinem Tod von Caspar Hedio ins Deutsche übersetzt und – in Hedios Weltchronik eingefügt – in Straßburg 1543 erstmals gedruckt wurde.
Die in einzelne Etappen gegliederten 33 Routen zeigen Straßburg in einem dichten Straßennetz, das die Stadt mit Zielen im gesamten Mitteleuropa verbindet. Die Distanz zwischen den Stationen wird in Meilen genannt.
U. R.

Literatur
Krüger, Herbert: Die Straßburger Itinerarsammlung Sebastian Brants aus dem ersten Viertel des 16. Jahrhunderts. In: Archiv für deutsche Postgeschichte 1966, H. 2, S. 2–31.

GM 285

[Charles Estienne]
La Guide des chemins de France,
reveue & augmentée pour la troisième fois
Paris: Jean Ruelle, 1556

12°
Universitätsbibliothek Erlangen, Kr. 1724

Das Routenbüchlein Estiennes beschreibt das fränzösische Straßennetz in 28 Regionen. Auffällig ist das handliche, »taschenbuchartige« Format des Führers. Der Erfolg des Buches lässt sich an drei Auflagen in den Jahren 1552/53 sowie über 20 Nachdrucken – darunter auch die vorliegende Ausgabe – in den folgenden Jahrzehnten ablesen.[1]
U.R.

1 Krüger 1974, S. 7.

GM 286

Jörg Gail
Ein neuwes nützliches Raißbüchlin
der fürnemsten Land vnnd Stett
Augsburg: Valentin Othmar [1563]

8°
Württembergische Landesbibliothek Stuttgart, R 16 Gai 1
VD 16 G 74

Als der Augsburger Schulmeister und Notar Jörg Gail (1520/28–1584) sein »Raißbüchlein« verfasste, konnte er bereits auf eine ganze Reihe gedruckter Itinerarien zurückgreifen, darunter auch die beiden ausgestellten Exponate GM 284 und GM 285. Wie bei dem französischen Druck des »Guide des chemins de France« handelt es sich bei dem deutschen Reisebüchlein um ein sehr handliches Kleinformat mit einem Satzspiegel von ca. 80 : 52 mm. Am Rand ist die Art der einzelnen Etappen durch die Kürzel S (Stadt), M (Markt), K (Kloster) und D (Dorf) näher charakterisiert. Auf 272 Seiten beschreibt Gail ein dichtes mitteleuropäisches Routennetz zwischen Spanien und Moskau, Sizilien und Stockholm mit etwa 2400 einzelnen Etappen. Dabei widmet Gail dem Wegenetz um die beiden oberdeutschen Handelsmetropolen Augsburg und Nürnberg besonderes Augenmerk. Für die Stadt Nürnberg werden mehrere Routen zu den Messeplätzen Frankfurt und Leipzig ausgewiesen.[1]
Eine Karte als wichtiges topographisches Hilfsmittel kennt die Ausgabe Gails ebenso wie die seiner Vorläufer nicht. Nach den Routenbeschreibungen und den Meilenangaben lässt sich aber das Wegenetz detailliert rekonstruieren.[2] Diese Karte wurde als Grundlage für die Ausstellungssektion zum Buchhandel der Inkunabel- und Frühdruckzeit

gewählt, weil sie – anders als Etzlaubs Pilgerkarte und Brants Itinerarsammlung nach Botenwegen – das Straßennetz zeigt, das die Belange des Handelsreisenden aufnimmt, darunter auch die der reisenden Buchhändler und ihrer Fuhrunternehmer.

Die aufgeschlagene Doppelseite (37 f.) zeigt die Nürnberger Straße über Kitzingen, Würzburg, Lengfeld und Aschaffenburg durch den Spessart nach Frankfurt am Main; es handelt sich dabei um die älteste Route zum rheinischen Messeplatz, die schon für das 14. Jahrhundert zweifelsfrei belegt ist. Die seit 1520 durch Straßenzwang festgelegte Messeroute führte dagegen u.a. über Neustadt a.d. Aisch, Kitzingen, Würzburg, Tauberbischofsheim und Miltenberg.

U. R.

1 Krüger 1974.
2 Vgl. die Karten bei Krüger 1974.

Messen und Handel

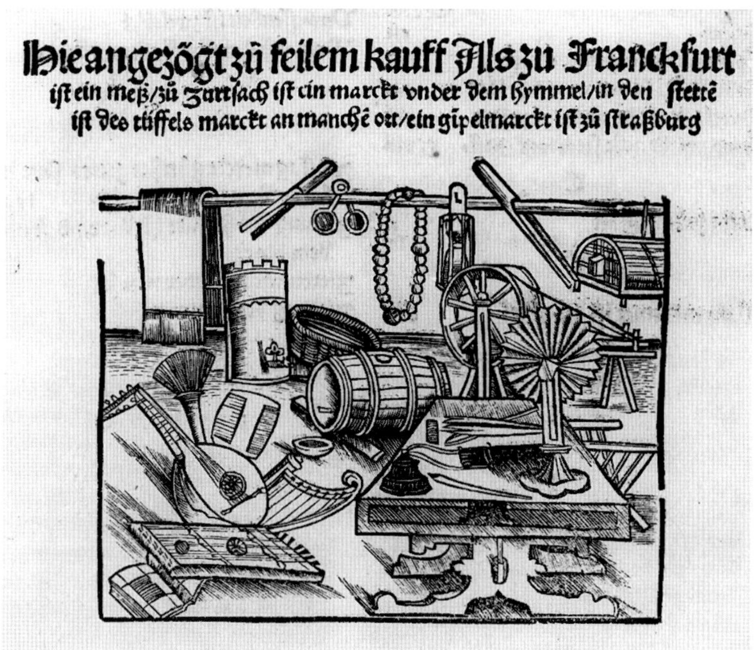

GM 287

Johannes Geiler von Kaysersberg
Die Brösamlin
Straßburg: Johannes Grüninger, 1517

2°
Universitätsbibliothek Erlangen, H61 / Rar III, 95
VD16 G 717

Die Ausgabe mit volkstümlichen Predigten des Straßburgers Johannes Geiler von Kaysersberg enthält den Holzschnitt des Künstlers »F. H.«. Die Illustration zeigt in bunter Mischung die auf der Frankfurter Messe und an anderen Orten angebotenen Waren, darunter auch – in der linken unteren Ecke – ein Buch. Auf den Messen und Märkten wurden neben Papier zum Beschreiben und Bedrucken auch bedruckte Rohbogen und gebundene Bücher gehandelt. Für die überregional bedeutenden Messen, darunter auch die Frankfurter Frühjahrs- und Herbstmesse, war das Buch zunächst allerdings nur ein eher marginales Handelsgut unter den vielen umgeschlagenen Artikeln.

U. R.

GM 288

Anton Koberger an Johannes Amerbach Brief vom 21. August 1502

Öffentliche Bibliothek Basel, G II 29, 264

Anton Koberger fragt im vorliegenden Brief an seinen Baseler Geschäftspartner Johannes Amerbach nach seinem Vetter, der vier Wochen zuvor in buchhändlerischen Angelegenheiten zu Amerbach aufgebrochen war. Er habe weder von seinem Vetter noch von Amerbach selbst seither eine Nachricht erhalten und bittet umgehend um Antwort durch den Boten, mit dem dieser Brief an Amerbach gehe: *ich hab mein vetern zw euch gesantt ist Sambstag vergangen 4 wochen Das er hie außgeritten ist vnd wefall jm er solt von stund an schreyben mitt Eygen botten anttwort auf mein wefelch So jch im gethon hab ist mir jn der czeit kein schrifft von im worden Des mich nicht wenig wefremde ....*[1] Das Stocken der Korrespondenz kann gut dadurch bedingt sein, dass Briefe auf dem Postweg verloren gingen oder sich stark verzögerten.

U. R.

1 Hase 1885, S. LXVI, Nr. 55; Hartmann 1942, Nr. 165.

GM 289

Anton Koberger an Johannes Amerbach Brief vom 26. Oktober 1498

Öffentliche Bibliothek Basel, G II 29, 232

Während unbedrucktes Papier in der Produktionseinheit des Ballens verschickt wurde, transportierte man bedrucktes Papier – die ungebundenen Buchblöcke wie auch gebundene Bücher – in Fässern. Diese Verpackungseinheit war für die verschiedensten Waren gebräuchlich, da man Fässer nahezu wasserdicht machen konnte. Zudem musste man sie nicht – wie Kisten – aufheben und tragen, sondern konnte sie über kürzere Strecken, etwa vom Wagen ins Lager, rollen.

Dennoch häufen sich im Briefwechsel zwischen Koberger und Amerbach die Klagen über Transportschäden. Man sparte beim Holz für die Fässer oder hielt es nicht genügend feucht, sodass Ritzen entstanden, in die Feuchtigkeit eindrang. Oft kamen die Buchblöcke durchnässt, stockfleckig oder schimmelig beim Empfänger an.

So bittet Koberger im vorliegenden Brief nachdrücklich um bessere Fässer als die, die für die empfangene Sendung verwendet wurden: wenn es geregnet hätte, wäre großer Schaden entstanden; er habe Amerbach bereits auf der letzten Frankfurter Messe gebeten, nur »gute und starke« Fässer zu verwenden: *Item lieber meister Hans als ich zw franckfurt mit euch redt Das nott thett Das jr machen liest gutte starcke faß Bitt jch euch jr wollet das also thon wansolt jeczund naß wetter gewest sein es wer warlich grosser schad geschehen wan die faß sind zw dün von holcz vnd thun sich die tawben von ein ander vnd gatt das wasser dar czwischen ein ...*[1]

U. R.

1 Hase 1885, S. XVI, Nr. 14; Hartmann 1942, Nr. 82.

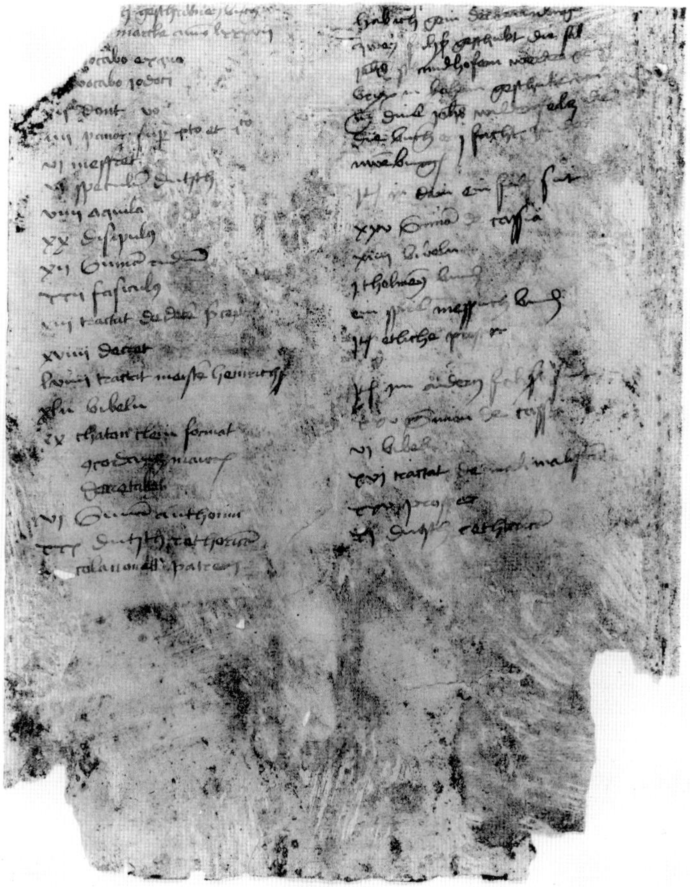

Abb. GM 291

GM 290

Henricus Institoris und Jacobus Sprenger Malleus maleficarum [Speyer: Peter Drach, vor 15. April 1487]

2°

Hessische Landes- und Hochschulbibliothek, Darmstadt, Inc. IV, 242
HC *9238

GM 291

Peter Drach Rechnungsbuch [Speyer, zwischen 1480 und 1503]

6°

Studienbibliothek Dillingen, Fragmente

Der Speyerer Großbuchhändler Peter Drach führte ein Rechnungsbuch, das leider nur fragmentarisch für die Jahre von 1480 und 1503 erhalten ist. Es handelt sich um Listen von Büchern, die den für Drach tätigen Buchführern in Kommission geliefert oder verkauft wurden. Stückzahlen, Frachtsendungen, Verkäufe und Schulden sind dokumentiert. Das Rechnungsbuch stellt somit eine einzigartige Quelle zur Frühgeschichte des Handels mit gedruckten Büchern dar. Drach vertrieb eigene Verlagswerke ebenso wie von anderen Offizinen gekaufte oder eingetauschte Drucke. Sein Handelsraum reichte bis weit nach Böhmen und Mähren.[1]

Das ausgestellte Blatt ([9]v) hält den Versand eines Bücherfasses im Jahr 1487 fest, in dem sich 16 Exemplare einer »Hexenhammer«-Ausgabe befanden.[2] Das Fass ging an den Buchführer Johannes Schmidhofer in Neunburg vorm Wald (Oberpfalz). Das Blatt hält weiter den Verkauf von *Lviiij Tractat meister Heinrichß* auf einem Ostermarkt des gleichen Jahres fest.

Das – 1486/87 erstmalig von Drach gedruckte und hier ausgestellte (Kat.-Nr. GM 290) – Werk der dominikanischen Inquisitoren Heinrich Institoris und Jakob Sprenger wurde als Standardwerk über Hexerei zum Bestseller. Bis Ende des 15. Jahrhunderts erschienen sechs Ausgaben, von denen Drach die ersten drei drucken ließ. Über den Verkauf größerer Mengen gibt wiederum das Drachsche Rechnungsbuch mit rund einem Dutzend Einträgen wohl zu den verschiedenen Auflagen Aufschluss.[3]

U. R.

1 Vgl. Geldner 1964 (I).
2 Geldner 1964 (I) Sp. 146 f.
3 Schnyder, André (Hrsg.): Heinrich Institoris, Malleus Maleficarum. Bd. 2: Kommentar zur Wiedergabe des Erstdrucks von 1487 (Hain 9238), (Litterae 116). Göppingen 1993, S. 432 f.

GM 292

Gasparinus Barzizius
Epistolae. Hrsg. Johannes de Lapide
Mit Beigabe von Guillermus Fichetus
Paris: Ulrich Gering, Martin Crantz und Michael Friburger [1470]

4°
Öffentliche Bibliothek Basel, Inc. 700
GW 3675

Die »Epistolae« des Gasparino Barzizza, Professor der Grammatik, Rhetorik und Moralphilosophie in Pavia, Padua und Mailand, beinhalten eine Sammlung von Musterbriefen eines reinen, ciceronianisch-urbanen Briefstiles. Diese Briefsammlung ist das erste Druckwerk, das aus der Offizin an der Sorbonne hervorging, die von den drei deutschen Druckern Ulrich Gering, Martin Crantz und Michael Friburger betrieben wurde.[1] Zugleich handelt es sich um das erste in Frankreich gedruckte Buch überhaupt. Die »Epistolae« des Gasparinus, der sich um die Reinhaltung und Pflege der lateinischen Sprache in Italien verdient gemacht hatte, sollten den Studenten der Pariser Universität als Sprachmodell zur Stilistik dienen. Wie die späteren Erzeugnisse der Offizin gehört auch dieser erste Druck dem humanistischen Schrifttum an und dokumentiert die enge Verbindung von Buchdruck und Universität in Paris.[2] Die Auswahl der Texte und die Herausgebertätigkeit lag vornehmlich in den Händen der Professoren Johannes de Lapide und Guillaume Fichet. Am Ende der gelungenen Erstausgabe der »Epistolae Gasparini« präsentieren die Drucker in einem lateinischen Gedicht den ersten Druck der Offizin: *Wie die Sonne überallhin ihr Licht verbreitet, so nimm Du, Paris, die Hauptstadt des Königreichs und Nährerin der Musen, diese fast göttliche Kunst des Schreibens, die Deutschland erfand, als Belohnung hin. Sieh da, die ersten Bücher, die dieser Fleiß auf französischem Boden in Deinen eigenen Häusern verfertigte! Die Meister Michael, Ulrich und Martin haben dies gedruckt und stellen noch andere her.*[3]

Nach dem Besitzeintrag des Priors der Baseler Kartause, Jakob Louber, stammt das vorliegende Exemplar ebenso wie Kat.-Nr. GM 293 aus der Bücherschenkung des Johannes Heynlin von Stein an die Kartause, in die er nach seiner Rückkehr aus Paris eingetreten war.

T. G.

1 Vgl. Stock 1992, S. 53.
2 Vgl. Stock 1992, S. 53.
3 Zitiert nach Stock 1992, S. 56.

GM 293

Guillermus Fichetus
Rhetorica
Mit Beigabe von Robertus Gaguinus
[Paris: Ulrich Gering, Martin Crantz und Michael Friburger, 1471]

4°
Öffentliche Bibliothek Basel, Inc. 704
GW 9870

Im Jahre 1471 ließ der französische Theologe und Humanist Guillaume Fichet, Professor und Rektor der Pariser Universität, seine »Rhetorica« in der »universitätseigenen« Offizin drucken.[1] Die Einrichtung der unter der Obhut der Sorbonne stehenden Druckerei, in der die Deutschen Ulrich Gering, Michael Friburger und Martin Crantz als Drucker gegen feste Besoldung arbeiteten, wurde durch Johannes Heynlin und Guillaume Fichet – Autor des vorliegenden Druckes – veranlasst.[2] Sowohl Heynlin, der mit den Herausgebertätigkeiten betraut war, als auch der die finanziellen Angelegenheiten regelnde Fichet nutzten die Offizin zur Verbreitung ihrer eigenen Schriften.

In der Einleitungsepistel der nach didaktischen Kriterien ausgerichteten »Rhetorica« singt Fichet ein Lob auf den Buchdruck. Das vorliegende Exemplar gelangte als Schenkung Heynlins an die Baseler Kartause (vgl. Kat.-Nr. GM 292).

T. G.

1 Vgl. Stock 1992, S. 59 und 66 f.
2 Vgl. Corsten 1987, S. 86.

GM 294

Le roman nommé Ogier le Danois
Paris: Antoine Vérard [um 1498]

2°

Universitäts- und Stadtbibliothek Köln, AD[s] 731

BMC VIII, 92. – C 4476

Zusammen mit »Malagis« und »Reinolt von Montalban« bildet »Ogier le Dannoys« eine Dreiergruppe stofflich eng zusammenhängender, mündlich tradierter Dichtungen über karolingische Sagenstoffe, deren Originalfassung sich lediglich bruchstückhaft erhalten hat. Bei dem um 1498 in der Offizin Antoine Vérards erschienenen Druck handelt es sich um die zweite Edition des Prosaromans. Der Doppelroman, der Leben und heiligmäßiges Ende des dänischen Königssohns Ogier schildert, gliedert sich in zwei Teile, die jeweils mit Pro- und Epilog ausgestattet sind. Vérards zumeist aufwendig illustrierte, überwiegend französische Druck-Erzeugnisse, in denen Traditionen des handschriftlichen Layouts mit den neuen Errungenschaften des Buchdrucks kombiniert wurden, reflektieren die im 15. Jahrhundert nebeneinander bestehenden Möglichkeiten der Buchgestaltung.[1]

Jedes der 57 Kapitel, deren Text mit drei verschiedenen Typen gedruckt wurde, ist mit einem Holzschnitt illustriert.[2]

T. G.

1 Vgl. Winn 1997, S. 9.

2 Vgl. Winn 1997, S. 372 u. 374.

GM 295 (s. S. 239, Abb. 3)

Missale Coloniense
Paris: Wolfgang Hopyl für Franz Birckmann (Köln), 1514

2°

Hessische Landes- und Hochschulbibliothek Darmstadt, W 5594/2

Das Kölner Messbuch wurde 1514 in der auf den Missaldruck spezialisierten Pariser Offizin Franz Hopyl für den bedeutenden Kölner Großbuchhändler und Verleger Franz Birckmann im Lohndruck hergestellt. Bei dem vorliegenden Exemplar handelt es sich um einen Druck auf Pergament, während aus der Auflage auch reine Papierexemplare bekannt sind oder solche, die nur den viel benutzten Kanonteil auf Pergament haben. Mit deckenden Farben und Gold wurde das Missale in der Kölner Werkstatt der Fraterherren am Weidenbach verschwenderisch koloriert. Das aufgeschlagene Kanonbild und die »te-igitur«-Seite zeigen, dass die Buchmaler kaum Rücksicht auf die durch die Holzschnitte vorgegebenen Linien nahmen, sondern dem Druck über die Ausmalung die Anmutung einer illustrierten Handschrift verleihen wollten. Bei dem äußerst kostspieligen Exemplar handelt es sich um eine großzügige Stiftung des Kölner Patriziers Johann Questenberg und seiner Frau für die Pfarrkirche St. Kolumba.

U. R.

Literatur

Rautenberg, Ursula: Medienkonkurrenz und Medienmischung – Zur Gleichzeitigkeit von Handschrift und Druck im ersten Viertel des 16. Jahrhunderts in Köln. In: Grubmüller, Klaus (Hrsg.): Die Gleichzeitigkeit von Handschrift und Buchdruck im 15. und 16. Jahrhundert. Wiesbaden 2001 (im Druck).

GM 296

Wolfram von Eschenbach
Parzival
[Straßburg: Johannes Mentelin], 1477

2°
Universitäts- und Stadtbibliothek Köln, AD[bl] 311
H *6684

Der Straßburger Erstdrucker Johannes Mentelin wagte 1477 die Drucklegung zweier umfangreicher Werke der mittelhochdeutschen Literatur: den »Parzival« des Wolfram von Eschenbach und den »Jüngeren Titurel«, der im späten Mittelalter Wolfram zugeschrieben wurde. Diese beiden Erstdrucke in einer reinen Antiqua waren zugleich die letzten Erzeugnisse der Offizin; Mentelin starb 1478. Die Ritterepik nimmt sich im wissenschaftlich-theologisch geprägten Verlagsprogramm Mentelins seltsam aus. Möglicherweise knüpft er an die Straßburger Tradition serieller Produktion volkssprachlicher Unterhaltungsliteratur an, die mit dem Namen der Schreibstube und Werkstatt des Diebold Lauber verbunden ist. Obwohl halbe Spalten für eine großzügige nachträgliche Miniaturisierung im Seitenlayout frei gehalten wurden, ist keines der erhaltenen Exemplare illuminiert. Anders als der ansprechende, mit zahlreichen Holzschnitten geschmückte Druck des »Heldenbuchs« bei Johannes Prüß um 1480 lassen Typenwahl und geplante Miniaturisierung auf Kunden unter humanistisch gebildeten Gelehrten schließen.[1]
Das vorliegende druckfrische Exemplar wurde zusammen mit dem »Titurel« 1815 laut eigenhändigem Vermerk (vgl. AD[bl] 308) von August Wilhelm Schlegel in Mailand aus einer gräflichen Privatbibliothek für 400 mailändische Lire gekauft.
U. R.

1 Vgl. Becker 1977, S. 243–259.

GM 297

Heldenbuch.
Daran: Großer und Kleiner Rosengarten
[Straßburg: Johann Prüss, um 1480]

2°
Bibliothek Otto Schäfer Schweinfurt, OS 1230
HC 8419

Das »Heldenbuch« erschien um 1480 in der Straßburger Offizin des Johann Prüss, der nach Anzahl und Vielseitigkeit seiner Drucke zu den bedeutendsten Straßburger Drucker-Verlegern zählte.[1] Bis zum Ende des 16. Jahrhunderts erschienen noch fünf weitere Raubdrucke, darunter als zweite Ausgabe ein Nachdruck des Johann Schönsperger in Augsburg. Die einzelnen, inhaltlich nicht zusammenhängenden Sagen – »Ortnit«, »Wolfdietrich« und der »Rosengarten« – werden im Vorwort des anonymen Herausgebers zu einem geschlossenen Zyklus verknüpft. Für eine solche Sammlung volkssprachlicher Unterhaltungsliteratur war die Illustration zwingend gefordert: die Ausgabe enthält 230 Holzschnitte von 163 Stöcken.
T. G.

1 Vgl. Geldner 1968 (I), S. 76.

GM 298

Francesco Petrarca
Historia Griseldis, dt.
[Straßburg: Heinrich Knoblochtzer], 1478

Bibliothek Otto Schäfer Schweinfurt, OS 913-2
H 12819

Heinrich Knoblochtzer, aus dessen Straßburger Offizin überwiegend deutschsprachige illustrierte Drucke hervorgingen, veröffentlichte 1478 eine deutsche Fassung der Griseldis-Bearbeitung des Francesco Petrarca. Als Druckvorlage für Text und Holzschnitte benutzte Knoblochtzer Johann Zainers dritte Ausgabe von 1474/75. Der Inhalt des humanistisch-moralischen Exempels geht auf die letzte Novelle des »Decamerone« von Bocaccio zurück, die durch Petrarca in eine lateinische Fassung übertragen wurde; die deutsche Übersetzung besorgte Heinrich Steinhöwel. Der Novellenstoff aus dem Umkreis der Dulderinnen-Legende war im ausgehenden Mittelalter außerordentlich beliebt und in zahlreichen Bearbeitungen und Übersetzungen verbreitet. Der Buchdruck trägt nicht weniger zu diesem Erfolg bei; hier sind besonders die illustrierten Ausgaben zu nennen, zu denen auch die vorliegende gehört.[1]

T. G.

1 Vgl. Bertelsmeier-Kierst, Christa: »Griseldis« –Von der Renaissancenovelle zum Ehe-Exempel. In: Rautenberg, Ursula (Hrsg.): Von der Sachehe zur Liebesheirat. Eine Literaturausstellung. Bibliothek Otto Schäfer Schweinfurt, 18.4. bis 31.10.1993, S. 60–72.

GM 299

Guido de Columna
Historia destructionis Troiae.
Daran: Repertorium vocabulorum exquisitorum oratoria poesis historiarum Magistri Conradi Turicen. de anno 1273
Straßburg: [Drucker des Jordanus (= Georg Husner)], 9. Oktober 1486

2°
Universitätsbibliothek Erlangen, Inc. 1552
GW 7230

Der sizilianische Jurist Guido de Columna vollendete 1287 seine »Historia destructionis Troiae«, eine lateinische Prosabearbeitung des altfranzösischen »Roman de Troye« des Benoît Sainte-Maure, der Grundlage zahlreicher volkssprachlicher Versionen des trojanischen Sagenstoffes war. Der Goldschmied Georg Husner, der in eine Druckerei einheiratete und sich fortan dem Buchdruck zuwandte, druckte vor allem theologische, homiletische und kanonistische Schriften, daneben aber auch Erbauungs- und Unterhaltungsliteratur wie die Troja-Erzählung.[1]

T. G.

1 Vgl. Geldner 1968 (I), S. 65 f.

GM 300

Publius Terentius Afer
Comoediae
Straßburg: Johannes Grüninger, 1. November 1496

2°
Stadtbibliothek Mainz, Ink. 999
H *15431

Bei dem im Jahre 1496 in der Offizin Johannes Grüningers publizierten Druck handelt es sich um die zweite im Druck erschienene illustrierte Gesamtausgabe der Komödien des römischen Dichters Terenz, in den Gelehrtenkreisen des 15. Jahrhunderts einer der meistgelesenen antiken Autoren. Die Gesamtausgabe enthält die im 2. Jahrhundert v. Chr. verfassten Lustspiele Andria (Das Mädchen von Andros), Hecyra (Die Schwiegermutter), Heautontimorumenos (Der Selbstquäler), Eunuchus und Phormio. Gegenstand der Handlung sind zumeist höchst komplizierte Intrigengeflechte und Liebeshändel. Der um ein »Directorium vocabulorum«, Interlinearglossen und Kommentare von Aelius Donatus, Guido Juvenalis und Jodocus Badius Ascensius erweiterte Text in Antiquatypen wird von dem in gotischer Bastarda kleineren Formats gesetzten Kommentar gerahmt.

Der für Grüninger wiederholt tätige Terenz-Meister konnte bereits auf eine reiche ikonographische Tradition zurückgreifen, wurden doch schon Handschriften und frühere gedruckte Ausgaben mit Illustrationen versehen. Die Besonderheit der Straßburger Illustrationen liegt in der von Grüninger wiederholt angewandten und perfektionierten Montagetechnik der Holzstöcke:[1] 88 kombinierbare Einzelstöcke illustrieren insgesamt 745 Szenen! Dieses Verfahren ermöglicht zwar durchaus reizvolle Variationen, in ihrer Gesamtheit zeigen sich die Holzschnitte jedoch von einem stereotypen Charakter geprägt.
T. G.

1 Vgl. Katalog »Fünf Jahrhunderte Buchillustration« 1987, S. 54. – Vgl. Seelig 1995, S. 114.

Der Ander Teyl
heit dem herren schaden bringen sol/vnnd setzt fürbaß wie die selben gestrafft
sollen werden/seind sie frey vnd haben dar zů zů verlieren.
¶ Item im rechten steet geschriben das nyemandt durch den andern sol zů bö
sem wesen gezogen werden.
ff.de transac. im peratores ¶ Item es sol auch durch eins andern thate der anndern gerechtigkeit nit ge-
schedigt werden.
ff.de noxa.actio. electio. §.sed ab sente.et.§.seqn. ¶ Item es sol auch des andern boßheit oder argerlist dem andern nit schaden
ff.ad senatuscon sul.trebel.quidā §.si qs filium ¶ Item es sol auch die that eins andern nyeman schaden zůfügen.

Hie nach volgēt die Titel des Andern Teyls.

De accusationibus:inquisitionibus:et
quotiens crimina in modum exceptionum opponuntur.
¶ Von dem verclagen/vmb die übelthat erfarn/vnd wie offt die missethat/
oder übelthat in exception weyß opponiert vñ fürgeworffen mögē werden.

GM 301
Sebastian Brant
Der Richterlich Clagspiegel
Straßburg: Mathis Hupfuff, 1516
8°
Universitätsbibliothek Erlangen, Inc. 1913a
VD 16 B 7085

Sebastian Brant, der seine literarische Tätigkeit als Korrektor und Editor der Baseler Buchdrucker begann, propagierte und popularisierte das römische Recht, von dem er sich eine geistig-soziale Erneuerung des Rechtszustandes im Reich erhoffte. Durch Editionen des »Decretum Gratiani« und der »Decretales« Gregors IX. machte er Quellen des römischen Rechts zugänglich. Um diese auch ungelehrten Richtern und Schöffen nahe zu bringen, gab er zwei volkstümliche Sammlungen, darunter den 1516 bei Mathis Hupfuff gedruckten »Richterlichen Clagspiegel« heraus, ein zivil- und strafrechtliches Werk eines anonymen Stadtschreibers aus Schwäbisch Hall. Erst mit dieser Edition des schon früher im Druck erschienenen Werkes begann eine neue Wirksamkeit des Buches, in dem römisches Recht auf deutsche Verhältnisse und Bedürfnisse zugeschnitten wurde.
Die ausgestellte Seite veranschaulicht das sorgsam gestaltete, planvolle Layout des Druckes mit übersichtlicher Gliederung der Textseite durch Holzschnittinitialen, Kolumnentitel, Zwischenüberschriften und Randglossen.
T. G.

Basel

GM 302

Franciscus Philelphus
Epistolae
Basel: Johannes Amerbach [um 1488]

4°
Universitätsbibliothek Erlangen, Inc. 1422
H *12929

Der gelehrte Drucker Johannes Amerbach ließ sich nach einem Studium an der Sorbonne bei Heynlin von Stein und einem Aufenthalt in Venedig 1477 in Basel nieder. In enger Verbindung zu den Baseler Humanisten stehend, verpflichtete er sich in seinem Verlagsprogramm der Klassikeredition und den humanistischen Schriften. Für diese wie für den Druck der Kirchenväter besaß er verschiedene Antiqua-Schriften.[1] Die Ausgabe der Briefe des Franciscus Philelphus ist in einer reinen Antiqua gesetzt.
U. R.

1 Vgl. Geldner 1968 (I), S. 118 f.

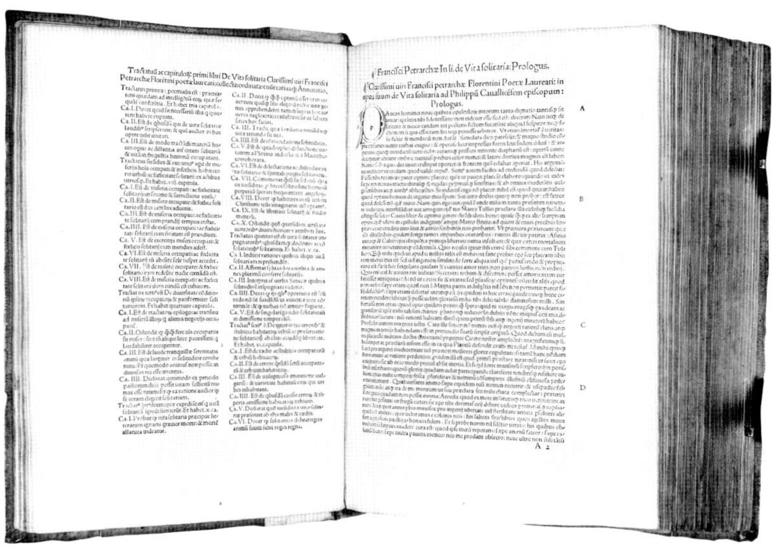

GM 303

Francesco Petrarca
Opera Latina. Hrsg. von Sebastian Brant
Basel: Johannes Amerbach, 1496

2°
Stadtbibliothek Mainz, Ink. 1475
H *12749

Die Rezeption des aretinischen Gelehrten und Humanisten Petrarca wurde besonders im oberrheinischen Humanismus im Kreis um Sebastian Brant und Jakob Wimpheling gepflegt. 1496 veröffentlichte der bedeutende Basler Drucker Johannes Amerbach, dessen Verlagsprogramm überwiegend lateinisch-humanistische Literatur umfasste, unter Mitarbeit Sebastian Brants die »Gesamtausgabe« von Petrarcas »Opera latina«. Enthalten sind die Schriften »Secretum« – eine nicht für die Öffentlichkeit bestimmte Selbstdarstellung Petrarcas –, die Bußpsalmen »De vita solitaria« und »De otio religioso«, eine Lobpreisung des klösterlichen Bibelstudiums.
Der einspaltig gesetzte Text wird durch rote Initialen gegliedert. Die in der Texttype gedruckten Minuskeln, die unter den nachträglich von Hand in roter Tinte eingefügten Initialen erscheinen, dienten der Anweisung des Rubrikators.
T. G.

GM 304
Aurelius Augustinus
Opera latina. Hrsg. von Augustin Dodo. Band 7
Basel: Johannes Amerbach, Johannes Petri und Johannes Froben, 1505–17

2°
Gutenberg-Museum Mainz, Ink. 142
VD 16 A 4147

Das ehrgeizige Unternehmen der editio princeps einer Augustinus-Gesamtausgabe (Kat.-Nr. GM 304) in neun Bänden des Baseler Verleger- und Druckerkonsortiums Amerbach, Froben und Petri erstreckte sich über zwölf Jahre. Noch während der Planungsphase der Baseler bietet Anton Koberger, der bereits früher Teile von Auflagen der Baseler übernommen hatte, in einem Brief vom September 1503 an, die Ausgabe ganz oder teilweise zu übernehmen.[1] Nach den Schriften des Augustinus bestand große Nachfrage, sodass die Ausgabe zustande kam. Der Vertrieb lag in den Händen Kobergers.[2]
U. R.

1 Hase 1885, S. XCI, Nr. 75; Hartmann 1942, Nr. 202.
2 Vgl. Hase 1885, S. 192 f.

GM 305
Anton Koberger an Johannes Amerbach
Brief vom 20. September 1503

Öffentliche Bibliothek Basel, G II 29, 274 a

Das »Narrenschiff«

GM 306
Sebastian Brant
Das Narrenschiff
Basel: Johann Bergmann, [11. Februar] 1494

4°
Universitäts- und Stadtbibliothek Köln, AD[bl] 244
GW 5041

Zur Fasnacht des Jahres 1494 erschien am 11. Februar in der Offizin des Drucker-Verlegers Johann Bergmann von Olpe der Erstdruck des »Narrenschiffs« von Sebastian Brant, zugleich Bergmanns erster datierter Druck. Brants Moralsatire stellt einen der größten Bucherfolge der Inkunabelzeit dar. Seine Kritik am Moral- und Verhaltenskodex der Zeit entwickelt der Verfasser auf der textlichen Grundlage einer Vielfalt von Redensarten und Sentenzen sowohl biblischer als auch klassisch-antiker Autoren. Der große Erfolg des Druckes ist nicht allein auf die qualitätvollen Holzschnitte zurückzuführen, die größtenteils dem jungen Albrecht Dürer zugeschrieben werden,[1] vielmehr beruht der nachhaltige Erfolg auf dem ausgefeilten Verhältnis von Text, Typographie und Buchschmuck.

Gemeinsam wollen Text und Bild eine Lehre vermitteln. In gereimter Rede werden menschliche »Narrheiten« von Wucherern, Schlemmern, Geizhälsen, Egoisten, Leichtgläubigen, Neidern und eine große Anzahl weiterer Torheiten in Selbstanklage vorgebracht.
Das konsequent angewandte Kompositionsschema der Text-Bild-Einheiten der dreiteilig strukturierten Doppelseiten mit (meist dreizeiligem) Motto, Holzschnitt, Kapitelüberschrift und des in Reimpaaren verfassten Textes verleiht dem Druck einen geschlossenen Gesamteindruck, obgleich die Kapitel in keinem inhaltlichen Zusammenhang stehen. Die unter der Illustration befindlichen Eingangszeilen verklammern sowohl formal als auch inhaltlich den Bild- mit dem Textteil, da sie oftmals einen Merkvers zum Thema und zum jeweiligen Holzschnitt bilden. Eine zusätzliche optische Verbindung von Text und Illustration bewirken die aus einem begrenzten Formenrepertoire kombinierten Randleisten zu beiden Seiten des Holzschnitts.
Außergewöhnlich ist die Kombination dreier Bastarda- und Antiquatypen, die auf einen bewussten Stil- und Ge-

staltungswillen der Offizin schließen lässt.[2] Jede Verszeile beginnt mit einer Minuskel, und das so entstandene vertikale Band von Versalien bildet mit der benachbarten Zierleiste eine optische Einheit.

Die Illustrationen des Narrenschiffs stehen ganz in der Tradition humanistischer Buchillustration des deutschen Sprachgebietes und werden als Lehr- und Lesebilder eingesetzt. Der Hauptakzent liegt auf der Didaktik, weniger auf der künstlerischen Ausführung. Höchste Ansprüche wurden dennoch an den illustrierenden Künstler gestellt, der die spitzfindigen Argumentationen zu verbildlichen hatte. Im Zentrum der Illustrationen steht der Narr als Personifikation eines Lasters und dient so der dialektischen Veranschaulichung abstrakter menschlicher Eigenschaften. Die Thematik der graphischen Darstellungen steht vielfach in direktem motivischen Bezug zum Motto, eine konsequent durchgehaltene Gesetzmäßigkeit der Text-Bild-Relation wurde jedoch nicht verwirklicht.[3] In der Regel ist die Bildseite für sich allein verständlich, teilweise erschließt sich jedoch der volle Sinn erst durch die Kenntnis der gesamten Textstelle. Die Holzschnitte fassen die Aussage des Textes zusammen, können diesen jedoch auch zuspitzen oder verschärfen, indem sie die sprachliche Formulierung an Drastik und Sinnfälligkeit übertreffen.

T. G.

1 Vgl. Winkler 1951, S. 102 ff.
2 Vgl. Tiemann 1978, S. 107.
3 Vgl. Raupp 1985, S. 148.

GM 307

Sebastian Brant
Das Narrenschiff, lat. von Jacobus Locher Philomusus. Mit Beigaben des Thomas Beccadelli
Basel: Johann Bergmann von Olpe, [1. August] 1497

4°
Stadtbibliothek Mainz, Ink. 447
GW 5061

Drei Jahre nach der deutschen Erstausgabe erschien die von dem Brant-Schüler Jacob Locher besorgte Übersetzung des Narrenschiffs unter dem Titel »Stultifera navis«. Die große Nachfrage machte noch im selben Jahr eine mit vorliegendem Exemplar vertretene Neuauflage erforderlich,[1] nicht zuletzt, um den verlegerischen Erfolg gegenüber den nicht autorisierten Nachdrucken zu sichern. Die lateinische Fassung des so erfolgreichen Druckwerks wurde Grundlage für Übersetzungen ins Französische, Niederländische und Englische. Darüber hinaus sprach sie den Käuferkreis der Gelehrten an und trug zu dem fortschreitenden Erfolg des Werkes bei.[2]

Die lateinische Ausgabe enthält – von wenigen Ausnahmen abgesehen – die größtenteils dem jungen Dürer zugeschriebenen Holzschnitte der Originalausgabe. Vier Holzschnitte hingegen wurden erstmals der Auflage von 1494 und der hier vorliegenden Fassung beigegeben.[3]

T. G.

1 Vgl. Katalog »Das Narren Schyff« 1994, S. 194.
2 Vgl. Katalog »Das Narren Schyff« 1994, S. 193.
3 Vgl. Katalog »Fünf Jahrhunderte Buchillustration« 1987, S. 55.

GM 308

Sebastian Brant
Das Narrenschiff,
lat. von Jacobus Locher Philomusus
Basel: Johann Bergmann von Olpe, [1. März] 1497
[recte: Nürnberg: Georg Stuchs, nach 1. März 1497]

8°
Universitäts- und Stadtbibliothek Köln, AD[bl] 136
GW 5055

Bei der nicht autorisierten Nürnberger Ausgabe der lateinischen Fassung des Narrenschiffs, die 1497 in der Nürnberger Offizin des Georg Stuchs publiziert wurde, handelt es sich um einen meist seitengetreuen Nachdruck der ersten lateinischen Baseler Ausgabe Johann Bergmanns von Olpe von 1497. Sogar Druckort, Erscheinungsdatum und Druckersignet wurden als authentisch fingiert, um den beispiellosen Erfolg des Narrenschiffs auszunutzen.[1] Stuchs, der gelegentlich auch im Lohndruck für Anton Koberger arbeitete, besaß eine der bedeutenderen Nürnberger Offizinen neben dem dominanten Koberger.

T. G.

1 Vgl. Katalog »Das Narren Schyff« 1994, S. 194.

GM 309

Sebastian Brant
Das Narrenschiff,
lat. von Jacobus Locher Philomusus
Straßburg: Johann Grüninger, [1. Juni] 1497

4°
Universitätsbibliothek Erlangen, Inc. 607
GW 5057

Die zahlreichen nicht autorisierten Nachdrucke sowohl der deutschen als auch der lateinischen Fassung des Narrenschiffs dokumentieren den überaus großen verlegerischen Erfolg des Druckwerks, an dem Drucker verschiedener Städte zu partizipieren suchten. So erschien der Straßburger Druck der lateinischen Ausgabe nur vier Wochen nach der lateinischen Erstausgabe Bergmanns von Olpe (Kat.-Nr. GM 307) und derjenigen aus der Nürnberger Offizin des Johannes Stuchs (Kat.-Nr. GM 308). Obgleich es sich bei der Straßburger Edition des Narrenschiffs – mit Holzschnitten aus Grüningers Nachdruck der deutschen Ausgabe des Narrenschiffs von 1497 ausgestattet – um einen wortgetreuen Nachdruck der lateinischen Baseler Erstausgabe handelt,[1] wird die Zerstörung des ausgefeilten Layouts der autorisierten Baseler Drucke evident.

T. G.

1 Vgl. Geeraedts 1980, S. 300.

GM 310

Sebastian Brant
Das neue Narrenschiff
Augsburg: Johann Schönsperger, [28. Mai] 1498

4°
Universitätsbibliothek Erlangen, Inc. 608
GW 5052

Die Nachdrucke der 1494 in der Baseler Offizin Johann Bergmanns von Olpe publizierten Erstausgabe des Narrenschiffs von Sebastian Brant setzen mit fünf nicht autorisierten Nachdrucken bereits noch im selben Jahr ein.[1] Einer dieser Raubdrucke erschien bei Johann Schönsperger in Augsburg. Unter den deutschen Druckern des 15. Jahrhunderts gilt Schönsperger als ein ausgemachter Vertreter von Massenproduktion und als gewissenloser Nachdrucker.[2] Der typographischen Gestaltung seiner Drucke maß er nur wenig Bedeutung bei, ging es ihm doch vornehmlich um eine möglichst kostengünstige Herstellung der Drucke, die zu einem niedrigeren Preis als die Originalausgaben abgesetzt werden sollten. So ist auch der typographisch singuläre Charakter des Baseler Erstdrucks, auf den im Wesentlichen der große Erfolg des Buches zurückzuführen ist, hier gänzlich verloren: An Stelle der Typenkombination dreier Bastarda- und Antiquatypen verwendet Schönsperger lediglich eine Type für seinen zweispaltigen Satz. Durch die in die Kolumnen integrierten quadratischen Holzschnitte, die über die Spaltenbreite hinausragen, entsteht der unharmonische Seiteneindruck.

T. G.

1 Vgl. Manger, Klaus: Das »Narrenschiff«. Entstehung, Wirkung und Deutung. (Erträge der Forschung Band 186). Darmstadt 1983, S. 80.
2 Vgl. Geldner 1968 (I), S. 146.

Kurt Flasch

Der Buchdruck als geschichtliche Schwelle

Kontinuität und Innovation
Dargestellt anhand der Frühdrucke von Stadtbibliothek und Gutenberg-Museum Mainz

Nicht nur die Bibel

Die 42-zeilige Gutenberg-Bibel ist kulturgeschichtlich und ästhetisch ein so herausragendes Produkt, dass ihrem Ruhm fast nichts mehr hinzuzufügen ist. Mit ihr erreichte das gedruckte Buch die Qualität der sorgfältigsten Handschriften; es stellte sich ihnen konkurrierend zur Seite. Aber um die geschichtliche Schwelle zu erfassen, die Gutenbergs heilige Kunst (so nannte Nikolaus von Kues den Buchdruck) überschritten hat, empfiehlt es sich, einige andere frühe Erzeugnisse der Druckerpresse genauer zu betrachten, nicht, um die Bedeutung der Gutenberg-Bibel zu verringern, sondern um ihr geschichtliches Umfeld und damit die Wirkungsgeschichte Gutenbergs auszuleuchten.
Gutenberg hat nicht nur Bibeln gedruckt. Dazu hatte er gute Gründe, die sich verdeutlichen muss, wer die weltgeschichtliche Bedeutung seiner Erfindung erfassen möchte. Diese hat in fast alle Lebensgebiete verändernd eingegriffen; sie hat vorhandene geschichtliche Tendenzen verstärkt. Indem sie die Quantitäten verändert hat, veränderte sie auch die Qualitäten. Sie hat die Form der Mitteilung verändert, und da das menschliche Leben wesentlich aus Mitteilungen besteht, hat sie das menschliche Leben, also nicht nur das Bibellesen und nicht nur die Theologie, verändert. Dies wird deutlicher, wenn wir auch ihre Produkte beachten, die weniger spektakulär waren als die Gutenberg-Bibel. Die weniger repräsentativen Druckwerke waren vielen Lesern zugänglich, die sich ein handgeschriebenes Buch mit seinen hohen Kosten für Pergament und Schreibarbeit niemals hätten leisten können und die auch niemals ein so herausgehobenes Produkt wie die Gutenberg-Bibel zu Gesicht bekamen.
Dies will ich verdeutlichen durch einen Gang durch die Sammlung der Frühdrucke, die heute im Gutenberg-Museum aufbewahrt werden, aber fast alle dem Besitz der Mainzer Stadtbibliothek entstammen. Ich stelle mir vor, die heute in einem großen Tresorraum aufbewahrten Schätze der Mainzer Inkunabelsammlung seien öffentlich ausgestellt und nach Lebenssituationen geordnet. Ich würde Lebenssituationen, die der Buchdruck verändert hat, zusammenstellen: Schule und Apotheke, Frauen und arme Kleriker, Krankheit und Tod, die Türkengefahr und die Reiselust, die Betrachtung der Pflanzen und die Bekämpfung der Juden, die private Frömmigkeit und die Technik. Ich stelle mir vor, ich ginge mit einem Freund, den die Lebensbedeutung von Gutenbergs Erfindung interessiert, von Vitrine zu Vitrine, bliebe hier und da an ausgewählten Beispielen stehen und erklärte ihm, was wir sehen.
Die Bestände der Mainzer Stadtbibliothek setzen sich vorwiegend zusammen aus den Bibliotheken der alten Mainzer Universitätsbibliothek und der Mainzer Klöster, die nach 1800 im Laufe der Säkularisation aufgehoben worden sind. Wir finden hier die Bücher der Mainzer Jesuiten, die im 16. Jahrhundert zusammen mit den Jesuitenkollegien von Köln und München die Gegenreformation getragen hatten; in ihre Buchbestände waren Teile der alten Heidelberger Universitätsbibliothek gelangt, sofern diese nicht durch Tilly als Beutekunst nach Rom an die Vatikanische Bibliothek verschenkt worden waren. Hier finden sich die Bücher des alten Mainzer Karmelitenklosters, vor allem aber die der Kartause, die in den Reformbestrebungen der deutschen Kirche im 15. Jahrhundert eine hervorragende Rolle gespielt und mit Nikolaus von Kues in Verbindung gestanden hat. Die Bemühungen um eine Reform der Wissenschaften und des Lebens gingen im 15. Jahrhundert eher von den Kartäuserklöstern aus als von den Universitäten; und dies zeigen auch die Handschriften und frühen Drucke aus der Mainzer Kartause.[1]
Allerdings bedeutet diese Herkunft der meisten Mainzer Handschriften und frühen Drucke auch ihre Grenze: Ihren

Sitz im Leben hatten sie bei Latein lesenden Klerikern; sie beziehen sich auf deren Bildungsstand und deren Lebensinteressen. Dies heißt keineswegs, es handle sich nur oder auch nur überwiegend um gottesdienstliche Bücher. Die Lebensaufgaben der Kleriker und Mönche des 15. und 16. Jahrhunderts betrafen nicht nur das Bibellesen und den Gottesdienst; sie umfassten die Schule und das öffentliche Leben, die Medizin und die Naturkunde, die Seelsorge und die Klassikerlektüre, die Bekämpfung der Hexen und die Biologie. Aber: Sie beruhten noch im Wesentlichen auf lateinischen Texten. Deutschsprachige Frühdrucke sind in Mainz daher selten; andere Volkssprachen, die kulturell damals wichtig waren, vor allem Italienisch und Französisch, sind so gut wie nicht vertreten. Bibliotheken gelehrter Laien und Fürstenbibliotheken ergäben ein anderes Bild, allerdings würden sie das Ergebnis insofern nicht ändern, als von der großen deutschsprachigen mittelalterlichen Dichtung einzig Wolframs Parzival vor 1500 einen Drucker gefunden hat, nämlich 1477 in Straßburg.[2] Die objektiven Zahlenverhältnisse liegen auch in den größten Bibliotheken ungünstig für die Volkssprachen, selbst in Italien, obwohl der Mainzer Drucker Neumeister die »Divina Commedia« schon in Foligno 1472 gedruckt hat und das »Decameron« vor 1500 mehrfach erschienen ist. Im 15. und im 16. Jahrhundert überwiegt die Zahl der lateinischen Druckwerke in allen Bibliotheken. Am Übergewicht der lateinischen Bildung und am geringen Anteil der volkssprachlichen Texte hat die Druckkunst zunächst nichts geändert; die entscheidende Verschiebung zugunsten der deutschsprachigen Literatur trat in Deutschland erst im 18. Jahrhundert ein.[3]

Die Druckkunst hat historisch einen markanten Einschnitt bedeutet, aber Dramatisierungen möchte ich vermeiden: Die neue Technik setzte Entwicklungen fort, die vor ihr existiert haben; es gab schon vor Gutenberg die Entsakralisierung des Buches und die manufakturartige Organisation von Schreibwerkstätten mit vielen Schreibern; es gab schon vor Gutenberg ein wachsendes Lesepublikum und eine zunehmende Verschriftlichung der Wissenschaften und der Verwaltungen. Es gab schon die technische Vervielfältigung eines einmal geschriebenen Textes und einer einmal hergestellten Zeichnung durch den so genannten Blockdruck. Das Bedürfnis nach mehr Büchern bestand also, bevor Gutenberg seine Erfindung mit beweglichen Lettern gemacht hat. Bei den hohen Kosten der ersten Drucke waren die Verleger motiviert, berühmte Texte der Antike oder des Mittelalters zu drucken: Dies waren eingeführte Titel; sie wurden in Gottesdienst, privater Frömmigkeit, Schule, Anwaltsbüro und Spital gebraucht. Es bestanden gute ökonomische Gründe, eine neue Druckerei mit den altbekannten Buchtiteln und nicht mit gewagten Neuerscheinungen zu beschäftigen. Wer die Bibel oder Cicero, Seneca oder Augustinus druckte, konnte mit befriedigendem Absatz rechnen, weil er diese Texte billiger anbieten konnte als der Buchhändler, der handgeschriebene Texte verkaufte. Der Buchdruck hat weder die Kommerzialisierung des Buchwesens geschaffen noch zunächst die Inhalte der Bücher verändert; er hat das Anwachsen des Lesebedürfnisses vorausgesetzt und vermehrt, nicht erzeugt. Dies zeigt sich allein schon daran, dass die ersten Buchdrucke in den Regionen geschaffen wurden, in denen im 15. Jahrhundert auch die Handschriftenherstellung am lebhaftesten war.

Die Zeit des Frühdrucks stand unter dem Gebot der Kontinuität, und doch hat die Erfindung Gutenbergs insgesamt in spezifischen Zeitrhythmen und auf längere Sicht einen ungeheuren Wandel bewirkt. Um Gutenbergs geschichtliche Stellung zu sehen, sind beide Seiten deutlich herauszuarbeiten, Innovation und Kontinuität. Aber es gibt zudem spezielle Gründe, das Moment der Beharrung im frühen Buchdruck zu betonen. Ich nenne deren zwei: Erstens: Geht es um die geschichtliche Bewertung Gutenbergs, ist oft die Rede von der Epochenschwelle zwischen Mittelalter und Neuzeit. Ich halte dies für einen Nachteil. Diese Verknüpfung bringt vermeidbare Verwirrung zustande. Spezialisten wie Laien setzen sie voraus als etwas Bekanntes, fast Selbstverständliches. Aber dadurch greift ein schematisierendes Vorverständnis in die genaue Beschreibung der faktischen Verhältnisse ein. Dagegen schlage ich vor, die geschichtliche Rolle Gutenbergs zunächst einmal abzulösen von dem generellen Problem Mittelalter–Neuzeit. Aber diese Gewohnheit hat sich eingeschliffen, und es bedarf großer Anstrengung, ihr zu widerstehen. Wir sind von der Schule her gewissermaßen programmiert, in Gutenberg den Mann der Neuzeit zu sehen; dadurch werden die »modernen« Züge des späten Mittelalters regelmäßig unterbewertet und die »mittelalterlichen« Seiten des frühen Buchdrucks übergangen. Wir stehen hier vor einer Quelle von Missverständnissen, die sich selbst bei Autoren finden, die in den Einzelheiten mustergültig genau sein können. In diesem Zusammenhang erinnere ich noch einmal an die Gutenberg-Bibel: Sie bringt den lateinischen Text in der Übersetzung aus der Zeit um 400, die sog. Vulgata, und das zu einem Zeitpunkt, da italienische Gelehrte längst wussten und aussprachen, man müsse auf den hebräischen oder den griechischen Text zurückgehen. Gutenberg ignorierte diese umstürzende intellektuelle Neuerung. Vermutlich haben seine Mainzer theologischen Berater noch nichts von ihr gewusst. Aber selbst wenn sie ihn darauf aufmerksam gemacht hätten, hätte er die Vulgata wählen müssen. Denn nur, weil er einen Text bot, der im Mittelalter unendlich oft abgeschrieben worden war und immer noch gebraucht wurde, lohnte sich der enorme technische, ökonomische und gestalterische Aufwand. Die Kontinuität des Inhalts war hier die Bedingung der Innovation. Der neue Wissensstand hätte gefordert, philologisch-kritisch auf die Urtexte zurückzugehen und revidierte Übersetzungen zu fordern. Dies ist auch geschehen, aber erst 60 bzw. 70 Jahre nach Gutenbergs Bibel. Um den innovativen Charakter des Buchdrucks zu erfassen, sind die ersten Jahrzehnte des 16. Jahrhunderts mit zu beachten.

Ein zweites Argument ergibt sich aus der Vorgeschichte des Gutenberg-Bildes. Schon im 15. Jahrhundert hat man seine Erfindung als Zeichen einer neuen Zeit und als Symbol des Fortschritts gedeutet. Später haben sich sowohl die Stadt Mainz wie die deutsche Nation auf Gutenberg gestützt, um ihr kulturelles Prestige zu fördern: Die Druckkunst, das war – wie die Artillerie, sagte Hegel – das Zeichen des Fortschritts. Die bürgerliche Welt des 19. Jahrhunderts brauchte Gutenberg, um die kulturelle Überlegenheit des Bürgertums über Adel und Klerus zu beweisen. Dieser Eifer hat die Gutenberg-Forschung beflügelt, aber er hat sie auch in eine einseitige Fortschrittsperspektive gebracht. Die großen Gutenberg-Feiern zum Jubiläumsjahr 1900 standen in diesem Zeichen des Fortschrittsbewusstseins; zum Jahr 2000 kann diese Siegesmelodie nicht einfach wiederholt werden. Damit will ich nicht sagen, die Erfindung der beweglichen Lettern aus Metall sei kein Fortschritt gewesen; in technischer Hinsicht war sie es zweifellos. Aber technischer Fortschritt ist nicht immer auch kultureller und humaner Fortschritt. Dies sehen wir am Ende des Jahrhunderts deutlicher; dadurch wird auch unsere Betrachtung der Zeit der Frühdrucke differenzierter. Frühere protestantische Theologen sahen die Druckkunst als die gottgewollte Vorbereitung der Reformation; auch das war nur eine Variante des Fortschrittsglaubens.

Ich plädiere für eine differenziertere Betrachtung und möchte mit einem Beispiel für die Ambivalenz des Buchdrucks beginnen:

Die Stadt Trient war im 15. und 16. Jahrhundert ein kulturelles Zentrum von einiger Bedeutung. Sie gehörte noch zum Reichsgebiet, und sie vermittelte zwischen dem Imperium und Italien. Von dort führte der Weg nach Venedig, nach Padua und Bologna, dann nach Florenz und Rom. Nicht zufällig fand dort die wichtigste Kirchenversammlung der frühen Neuzeit statt. Sie war auch ein früher Ort des Buchdrucks. Aber, wie der amerikanische Historiker chinesischer Herkunft Ronnie Po-chia Hsia gezeigt hat, diente der erste Druck, der 1475 in Trient entstanden ist, dazu, ein kurz vorher geschehenes Verbrechen zu rechtfertigen, dem sämtliche Juden von Trient zum Opfer gefallen waren.[4] Der erste Trientiner Buchdruck diente der Verbreitung der Legende vom jüdischen Ritualmord an einem Jungen, der dann als der heilige Simon verehrt wurde, bis ihn Papst Paul VI. aus dem Heiligenkalender strich. Der Buchdruck konnte dem Kommerz oder der Rechtfertigung von Gewalttaten dienen; er konnte den Aberglauben ebenso verbreiten wie die Wissenschaft; er konnte verhindern, dass man zwischen beiden unterschied. Er war nicht eo ipso ein kultureller Fortschritt; in dieser Hinsicht muss sich eine heutige Betrachtung vom Jubelton des Jahres 1900 unterscheiden.

Lesen, Schreiben, Sprachen

Wer Gutenbergs Bibel lesen wollte, musste vorher mindestens zweierlei gelernt haben: Er musste lesen können, und er musste lateinische Sätze verstehen. In aller Regel wird er noch mehr gelernt haben. Er wird die Grundbegriffe der Religion erlernt haben, die ihm sagten, es handle sich hier um das Wort Gottes; er wird auch gewusst haben, wer bei welcher Gelegenheit befugt oder verpflichtet war, dieses Buch zu benutzen. Die Bibel stand um 1450 in einem konkreten sozialen, kirchenrechtlichen und liturgischen Umfeld, das wir versuchen müssen mitzudenken. Ihrem Leser wird gesagt worden sein, wo Rom oder Korinth lagen, also die Städte, an die Paulus seine Briefe gerichtet hatte. Eine lateinische Bibel zu lesen, erforderte bestimmte Kompetenzen. Gutenberg hat seine Arbeit nicht mit dem

Prachtwerk der Bibel begonnen; die ersten Druckwerke hatten mit dem Schulunterricht, konkret: mit dem Erlernen des Lateinischen, zu tun, oder es handelte sich um alltagspraktische Dinge wie Kalender oder Drucksachen des kirchlichen Alltags, etwa um Ablassbriefe. Eine lateinische Grammatik, einen Kalender oder Ablassbrief hatte es auch vor Gutenberg gegeben. Jetzt wurden sie in großer Zahl und schneller hergestellt; sie wurden billiger und leichter erreichbar. Dies kam der vorhandenen Tendenz zur Schriftlichkeit, zu geordneter Verwaltung, auch der Sündenstrafen, und zu strengerer Regelung des Alltags entgegen. Die Druckerpresse hat nicht nur die höhere Bildung, sondern bereits das Lesen zum Zweck alltäglicher Information quantitativ und qualitativ verändert. Sie stellte das gesamte Schulwesen, auch das elementare, vor neue Bedingungen; der Unterricht in den Lateinschulen sah jetzt anders aus als zuvor; der Buchdruck veränderte die Universitäten, ihre Lehre und ihre Forschungen; alle Arten des Lernens waren betroffen. Dies will ich an einer ersten Lebenssituation zeigen: Lesen, Schreiben und Rechnen waren zur Zeit Gutenbergs längst aus der Rolle herausgetreten, nur der Bibellektüre oder dem Gottesdienst zu dienen. Kaufleute und Ärzte, Juristen und Lehrer brauchten eine Ausbildung, die nicht aus der Bibel allein zu haben war. Der Buchdruck hat die Verselbstständigung der weltlichen Bildung nicht geschaffen; sie hatte sich im Laufe des Mittelalters, besonders seit dem 12. Jahrhundert, entwickelt.[5] Aber er hat sie verstärkt und verbreitert. Der frühe Buchdruck galt nicht nur der Bibellektüre, der Kirchenverwaltung und dem Gottesdienst; er prägte alles Lernen vom 15. Jahrhundert bis in die Gegenwart.

Situation I: Lehren und Lernen

Der Buchdruck veränderte zunächst einmal die Institutionen des Lernens, also Schule und Universität. Er löste das Lernen stärker ab vom mündlichen Unterricht; das Diktieren des Lehrbuches des einzelnen Professors blieb zwar lange in Mode, aber es nahm ab oder es diente der Ergänzung gedruckter Bücher. Der Student konnte sich ein Textbuch billiger als in der Handschriftenzeit kaufen. Wer etwas studieren wollte, war weniger auf mündlichen Unterricht angewiesen. Ein einsamer Leser konnte aus einer gedruckten Grammatik eine fremde Sprache lernen, die in seiner Stadt niemand sprach. Der Buchdruck verbilligte und verbreitete überregional aber auch das institutionsbezogene Buch, also das Schulbuch oder das Lehrbuch der Universitäten. Er dokumentierte – nebenbei gesagt – dadurch auch die lokale Entwicklung der Wissenschaften und die Zugehörigkeit bestimmter Fakultäten zu den Hauptrichtungen des spätmittelalterlichen Wissens (Nominalisten, Realisten, Skotisten, Thomisten usw.). Die Mainzer Sammlung enthält dafür folgende Beispiele: Eine Inkunabel enthält die Physik, wie sie an der Universität Ingolstadt gelehrt wurde;[6] ein anderer Frühdruck bietet die Naturphilosophie des Bartholomaeus von Usingen, wie sie dem Unterricht an der Universität Erfurt zugrunde lag.[7] Diese spätmittelalterlichen Professoren haben heute meist noch einen schlechten Ruf, aber sie dachten an ihre Studenten, und sie bemühten sich, anschaulich zu sein, und so fügten sie dem Druck eine Skizze ein, die der Einübung des Gedankens der Relativität von Oben und Unten dient (Abb. 1). Andere Frühdrucke der Mainzer Sammlung bringen die Logik der alten Universität in Mainz nach der Lehrart des Professors Florentius Diel.[8] In diesen Fällen bewahrte der Buchdruck lokale Wissenschaftstraditionen. Der Student konnte etwas schwarz auf weiß

Abb. 1 **Relativität von oben und unten. Bartholomaeus von Usingen, Parvulus philosophie naturalis, Leipzig 1499, fol. 48v**

nach Hause tragen. Diese Drucke dienten auch der Werbung für die einzelnen Universitäten. Doch damit sind wir schon bei der höheren Bildung. Der Buchdruck wirkte aber noch mehr in die Breite, indem er das Erlernen des Lateinischen veränderte.

1. Lateinische Grammatiken

Das Lateinische zu erlernen, war für alle, die nicht von Adel waren, die Vorbedingung des sozialen Aufstiegs. Wer Lateinisch lernen wollte, brauchte eine Grammatik. Die ersten gedruckten Grammatiken waren die alten, vor allem die des spätantiken Autors Donat, der auch im ganzen Mittelalter als Schulgrammatik gedient hatte. Sie heißt »kleinere Wissenschaft«, ars minor, weil es sich um ein Buch geringen Umfangs handelt und weil die höheren Elemente der Grammatik nach Priscian gelehrt wurden. Der Buchdruck konnte nicht sofort als inhaltliche Neuerung des Schulwesens auftreten; zunächst bequemte er sich dem vorhandenen Lehr- und Schulwesen an und brachte etwa 260 Ausgaben des Donat vor dem Jahr 1500. Er vervielfältigte die alten Grammatiken; sie waren ein sicherer Absatzmarkt. Daher finden sich in Mainz mehrere Ausgaben des Donat, mehr als zehn Exemplare. Es sind unansehnliche typische Schulbücher, oft mit starken Anzeichen des Verschleißes. Eine ausführlichere mittelalterliche Grammatik des Lateinischen enthält das so genannte »Doctrinale« des Alexander de Villa Dei, das in der Frühdruckzeit ähnlich verbreitet war. Nun waren aber Schulgrammatiken ein Lieblingsgebiet pädagogischer Reformer, und die Zeit von 1450 bis 1520 war eine Blütezeit pädagogischer Neuerungen. So kam es denn zu schöner gedruckten Grammatiken.[9] Vor allem entstanden eine Reihe neuer Grammatiken, wie z. B. der »Modus latinitatis« von Udalricus Ebrardi, von dem es etwa 25 Frühdruckausgaben gibt;

Abb. 2 **Initiale A. Prachtausgabe eines Wörterbuchs. Vocabularius ex quo, Straßburg um 1480 (Mainz Ink 747)**

in Mainz mindestens sechs verschiedene.[10] Es handelt sich um ein deutsch-lateinisches Handbuch ganzer Redeteile; die Verleger wetteiferten bei der Ausstattung.[11] Die Italiener legten humanistisch inspirierte lateinische Sprachlehren vor, die auch in Deutschland früh, schon 1470 in Köln, und dann öfter gedruckt worden sind.[12] Innerhalb weniger Jahrzehnte schwoll die didaktische Reformliteratur an; es gab zum Beispiel einen Kurzkurs im Lateinischen, genannt das »Exercitium puerorum grammaticale«.[13] Er versprach rasches Erlernen: Latein in zehn Tagen. Es gab Grammatikbücher, die dem Lehrer auch die deutschen Ausdrücke für die lateinischen Fachtermini vorschlugen.[14]

2. Wörterbücher

Zum Erlernen des Lateinischen brauchte man neben der Grammatik auch Wörterbücher. Mit ihnen entstand ein lebhafter Handel; zuerst druckte man die alten Wörterbücher, aber auch hier traten bald neben die alten die neuen, die von der humanistischen Gelehrsamkeit profitierten. Den Vorreiter machte das »Catholicon« des Johannes Balbus, das 1460 schon in Mainz gedruckt wurde.[15] Es handelt sich um das Lexikon eines genuesischen Dominikaners des 13. Jahrhunderts; es handelt von Orthographie, Akzentsetzung, Etymologie und Syntax; es kombiniert eine Grammatik mit einem Wörterbuch, bezogen immer auf die Lektüre der Vulgata. Das war ein umfangreiches Buch, aber es wurde gebraucht; wir haben 24 Ausgaben aus der Frühdruckzeit (GW 4282–3205). Gedruckt wurde der alte »Papias« in ansehnlichen Ausgaben,[16] ebenso der »Vocabularius ex quo«, der im Unterschied zum »Catholicon« auch eine Reihe deutscher Wortentsprechungen angibt und schon 1467 in Eltville gedruckt worden ist (Abb. 2). Daneben traten deutsch-lateinische Wörterbücher, meist ohne Bilder;[17] das lateinisch-deutsche Wörterbuch des Wenceslaus Brack erreichte zehn Auflagen (GW 4984–4993). Aber es stand auch das neue Wörterbuch des italienischen Humanisten und Grammatikers Guarini zur Verfügung, repräsentativ ediert.[18] Als deutsche Gelehrte den neuen humanistischen Forschungsweg einschlugen, druckten sie ihre lateinischen Wörterbücher in Deutschland; in Mainz finden sich fünf verschiedene Ausgaben des »Vocabularius Breviloquus« des Johannes Reuchlin.

3. Die humanistische Bewegung. Die neue Latinität

Die Herstellung der ersten Drucke war relativ teuer; die Auflagenzahl war gering; sie schwankte zwischen 200 und 1000 Exemplaren; die Verleger mussten vorsichtig kalkulieren und brachten zunächst einmal das Altbewährte. Aber der Buchdruck öffnete sich früh der humanistischen Bewegung mit ihrer Forderung nach einem gereinigten Latein; er wurde das ideale Medium des Humanismus. Einerseits und zeitlich zuerst diente er dem gewöhnlichen Schulbetrieb, aber er förderte auch das neue Stilideal. Die neue Latinität entsprach einer anderen Kultur als derjenigen der spätscholastischen Universitäten; sie war die Sprache der Literaten und der Höfe. Ihr Muster war Cicero; seine Werke treffen wir unter den Frühdrucken häufig an; sein »De officiis« wurde schon 1466 in Mainz gedruckt (GM 39). Die Frommen unter den Förderern des neuen, des ciceronianischen Latein, beriefen sich auch darauf, dass Augustinus diesen Stil geschätzt und selbst geschrieben hatte. Gefordert war eine neue Eleganz; dazu brauchte es eine neue Rhetorik. Der Kampf um die Reinigung der Latinität hatte in Italien schon im 14. Jahrhundert eingesetzt; sein Sieg stand, als die ersten Bücher gedruckt wurden, international bevor. Viele Universitäten allerdings, insbesondere die Kölner »Dunkelmänner«, sprachen noch das Küchenlatein des späten Mittelalters. Wer darüber hinauskommen wollte, brauchte neue Stillehren.

Die humanistische Latinität diente nicht nur einer formalen Erneuerung; sie brachte neue pädagogische Inhalte mit sich; sie stellte ein neues Erziehungsprogramm und Lebenskonzept dar. Sie entsprang den »modernen« Debatten über neue pädagogische und ethische Ideale; sie blickte neu auf die klassische Vergangenheit als Folie für die Kritik der Gegenwart. Was so harmlos begann als der Druck von Grammatiken, Wörterbüchern und Stillehren, erwies sich bald als einschneidende inhaltliche Neuerung; hier zeigte sich der Buchdruck als treibendes Element einer neuen Zeit.

Petrarca war vorangegangen, nicht als italienischer Lyriker, sondern als humanistischer Schriftsteller; von ihm findet sich eine ganze Reihe von lateinischen Texten bei den Frühdrucken der Mainzer Sammlung,[19] darunter auch die Schrift »De vera sapientia«,[20] die in Wahrheit von Nikolaus von Kues stammt, aber unter dem Namen des Petrarca gedruckt wurde. Auch Boccaccio wurde in Mainz gelesen, nicht als Erzähler des »Decameron«, wohl aber als

Historiker und frauenfreundlicher Moralist,[21] auch als der erste Autor einer Mythologie der antiken Gottheiten.[22] Petrarca und Boccaccio waren die ersten Meister des neuen lateinischen Stils; ihr Ansehen war so groß, dass es schon in den siebziger Jahren zu einer Reihe von Drucken kam. Nach ihnen wurden vor allem Lorenzo Valla und Enea Silvio Piccolomini, der Papst Pius II., zu Lehrern einer neuen Latinität und eines neuen Selbstbegriffs der Menschen. Die »Elegantiae« Vallas findet man in Mainz in einem Sammelband, der die Pflege der neuen Latinität zum Ziel hat.[23] Neben Lorenzo Vallas »Elegantiae« steht Diomedes; andere italienische Humanisten wie Agostino Dati wurden gedruckt und gelesen.[24] Deutsche Leser studierten die Rhetorik des Enea Silvio; um 1520 gab es bereits eine Reihe deutscher Rhetorikbücher, die zugleich Vorlagen für Formulare bei Gerichtssachen boten.[25]

Das neue Latein war zunächst eine Frage des Wortschatzes. Mittelalterliche Fehlentwicklungen sollten beseitigt werden. Dazu brauchten reformfreudige Schulmänner die neuen Wörterbücher z. B. von Nicolò Perotti[26] oder den »Thesaurus latinus« des Robert Estienne. Aber die pädagogische Reformdiskussion führte über die bloßen Vokabelfragen hinaus; Pädagogen des 15. Jahrhunderts waren oft zugleich die Beförderer eines neuen Bildungsideals. Indem sie die antiken Texte auslegten, erzwangen sie inhaltliche Debatten, z. B. über Mädchenerziehung, den Wert der antiken Klassiker oder über das Glück.[27]

Doch wiederum zeigt sich der Traditionalismus der Frühdruckzeit: Der Buchdruck machte gleichzeitig alte Pädagogikkonzeptionen erneut zugänglich. Selbst ein Mainzer Erzbischof des 9. Jahrhunderts kam wieder als Erziehungslehrer zur Geltung: Hrabanus Maurus mit seinem Buch über Klerikererziehung, »De institutione clericorum« (Ink 2394). Aber daneben stand unübersehbar die neue Pädagogik. Dadurch ergab sich eine Vielzahl der Stimmen zum Thema Erziehung. Wer die gedruckten Pädagogikbücher las, musste erkennen: Die Tradition war nicht einstimmig.

Als Repräsentanten der neuen Pädagogik finden sich in der Mainzer Sammlung insbesondere Francesco Filelfo und Heinrich Bebel.[28] Italienische Humanisten wie Leonardo Bruni, der Kanzler der Florentinischen Republik, oder Filippo Beroaldo kamen mit Erziehungstheorien zu Wort, aber auch deutsche Humanisten wie Jakob Wimpfeling.[29]

Pädagogische Probleme, aber auch literarische, künstlerische und philosophische Streitfragen, wurden damals oft in Briefen abgehandelt. Die Briefsammlungen der Humanisten waren daher ein wichtiges Objekt des Frühdrucks und wurden ein wesentliches Element des kulturellen Wandels. Der erste Druck, der in Frankreich überhaupt stattfand, und zwar in Paris 1470, galt den Briefen des Gasparinus Barzitius, die auch in Mainz in zwei verschiedenen Ausgaben des Jahres 1486 vorhanden sind.[30] Wichtige Briefwechsel bestanden oft aus kleinen Traktaten, so die Briefsammlung des Angelo Poliziano,[31] in dem eine ganze Reihe befreundeter Humanisten zu Wort kommt, ferner die des Filelfo,[32] und insbesondere des Marsilio Ficino.[33] Stilbildend wirkten auch die Briefe Pius' II.[34]

4. Die drei »heiligen Sprachen«

Der Buchdruck trug die humanistische Ausweitung der Bildung auf die drei heiligen Sprachen: Das Interesse an den biblischen Ursprachen hat lange vor der Reformation eingesetzt; es war eine Folge des christlichen Humanismus. Papst Nikolaus V. (1447–1455), ein gebildeter Humanist, der als Hauslehrer im Renaissance-Florenz begonnen hatte, verfolgte das Programm, alle griechischen Autoren übersetzen zu lassen. Er förderte Lorenzo Valla, der die Ilias übersetzte, aber auch Herodot und Thukydides. Dieses päpstliche und humanistische Bildungskonzept bedeutete die Abkehr von der Spätscholastik, die für Sprachen kein philologisches Interesse zeigte. Es war schwer, Lehrer des Griechischen oder des Hebräischen zu finden. Das gedruckte Buch konnte einem sprachbegabten Menschen wie Erasmus den direkten Unterricht ersetzen. Ein wichtiges Buch war daher die erste griechische Grammatik; sie ist in Mainz vorhanden, allerdings in einer späteren Ausgabe: Manuel Chrysoloras, Erotemata, Straßburg 1516.[35] Der Erstdruck war bereits 1475 in Vicenza erschienen. Zwölf Jahre später gab es genug Leser, die ein griechisches Werk im Original lesen konnten, und es begannen die Frühdrucke griechischer Klassiker in der Originalsprache. Italien ging voran: 1488 erschien Homer in Florenz, 1498 Aristoteles in Venedig.

Zu Beginn des 16. Jahrhunderts gab es mehrere gedruckte Anleitungen zum Studium der hebräischen Sprache. Der aus Ingelheim stammende Kosmograph Sebastian Münster druckte seine »Epitome hebraicae grammaticae« in Basel 1520. Das Mainzer Exemplar trägt auf dem Titelblatt eine für die Kämpfe der Reformationszeit charakteristische Eintragung: Eine fromme Hand vermerkte, dieses Buch sei zu studieren erlaubt, obwohl der Verfasser ein verurteilter Häretiker sei (*Quamvis sint Münsteri authoris damnati*) (Abb. 3).

Wer das Alte Testament in der Ursprache lesen konnte, fand einen eigenen Zugang zur jüdischen Welt und zum geschichtlichen Charakter der Offenbarung; er trat in Konflikt mit den geschichtsfremden Aufstellungen der spätscholastischen Schulwissenschaft. Neben den etwa 100 Vulgataausgaben der Zeit vor 1500 traten immerhin drei hebräische Ausgaben des Alten Testaments, übrigens alle drei in Italien gedruckt. Die berühmteste Persönlichkeit in diesem Streit um den Wert des Hebräischen wurde Johannes Reuchlin; das bedeutendste wissenschaftliche Bibelwerk wurde die vielsprachige Bibel des Kardinals Ximenes, die so genannte Komplutenser Polyglotte.

5. Mathematik – Musik – Geographie

Der Buchdruck hat nicht nur die philologischen Fächer und das geschichtliche Wissen über die Antike gefördert. Er hat sich der Zeitgeschichte angenommen; er hielt durch Schilderungen und Aktenpublikationen die Erinnerung an die Konzilien von Konstanz und Basel fest. Er hat die berühmten Weltchroniken hervorgebracht, insbesondere die von Hartmann Schedel und von Werner Rolewinck, dessen »Fasciculus temporum« lateinisch oder deutsch in Mainz 18mal vorhanden ist. Durch die Rückwendung zu Archimedes stellten die Humanisten die Physik vor eine neue Situation. Plinius der Ältere mit seiner Enzyklopädie des antiken Naturwissens (»Historia naturalis«) war auch im Mittelalter bekannt und benutzt worden, aber fand nun mit 17 Ausgaben eine erhebliche Verbreitung, allerdings stärker in Italien als in Deutschland; Mainz besitzt immerhin die venezianische Ausgabe von 1497 (Ink 904). Der Frühdruck förderte ebenso die Mathematik. Er reproduzierte die klassischen Fachbücher wie die »Elemente der Geometrie« des Euklid (in der Übersetzung des beginnenden 12. Jahrhunderts in Venedig 1482 gedruckt; das Buch fehlt in Mainz, aber auf irgendeinem Wege ist das Mainzer Exemplar in die Bibliothek des Frankfurter Dominikanerklosters und dann in die dortige Stadtbibliothek geraten[36] oder die mathematischen Schriften des Boethius, die noch auf antiken Grundlagen beruhten und das ganze Mittelalter über studiert worden waren; er stellte aber auch schon volkssprachliche Bücher für den Kaufmann in deutscher Sprache zur Verfügung: So standen sich noch vor der Jahrhundertwende charakteristisch gegenüber:

Boethius, De institutione arithmetica, Augsburg 1488[37]
und Johannes Widmann, Behende und hübsche Rechnung auff allen Kaufmanschafft (sic!), Leipzig 1489.[38]

Auf der einen Seite die lateinisch gehaltene Zahlenmetaphysik im Sinne der Pythagoreer, auf der anderen Seite die deutschsprachige Rechenhilfe für den Kaufmann.

Abb. 3 **Hebräische Grammatik. Erlaubtes Buch eines Ketzers. Sebastian Münster, Epitome hebraicae grammaticae, Basel 1520, Titelblatt (Mainz Ink 583)**

Es gab auch Bücher für den elementaren Unterricht in Musik, so von Nicolaus Faber, Rudimenta musicae, Augsburg 1516, mit einem schönen Holzschnitt auf der Titelseite.

Ein Feld unschuldiger und erlaubter Neugierde waren Reisen und die Geographie. Daneben stand ernsthaftes Forscherinteresse, das damit beginnen musste, sich erst einmal den Schatz antiker geographischer Kenntnisse anzueignen; so wurde Ptolomaeus schon früh gedruckt (Ink 646 und 1062), ebenso Strabo (Ink 2288). Ein weit verbreitetes Bild des Humanismus sieht in ihm nur Grammatik, Rhetorik und schöne Literatur. Dann übersieht man, dass z.B. Nikolaus V. darauf drang, auch Historiker (Thukydides[39]) und Physiker (Archimedes) in guten Übersetzungen zu bekommen. Der Buchdruck trat damit auch in den Dienst einer Erneuerung des Naturwissens und der Historie; er reproduzierte allerdings auch die volkstümlichen alten Naturbücher, den »Physiologus«[40] oder den »Lucidarius« des Honorius Augustodunensis, unter dem man heute einen Mönch aus Regensburg zu verstehen hat (Abb. 4a und 4b).

Daneben gab es Reiseerzählungen und Reiseführer: Hans Schiltberger, Reise in die Heidenschaft, Augsburg 1477[41] und vor allem das berühmte Werk des Bernhard von Breydenbach, des Mainzer Domherren, der seine Reise ins Heilige Land beschrieb und mit Holzschnitten die Städte wiedergeben ließ, die er und sein Künstler, Erhard Reuwich, der ihn begleitete, gesehen hatten: Peregrinatio in terram sanctam, Mainz 1486,[42] auch deutsch, Speyer 1502.[43]

Aber es war nicht allein die Neugierde, die geographische Interessen wachrief; es war ebenso die Angst vor den Türken. Konstantinopel war 1453 gefallen. Die Nachricht erschütterte die lateinische Welt, zumal die Türken 1480 nach Otranto übersetzten und auf dem Balkan weiter vordrangen. Der Frühdruck bediente das Interesse an diesem fremdartigen und bedrohlichen Volk; er hatte schon in den fünfziger Jahren mit Ablassbriefen den Türkenkrieg zu finanzieren geholfen. Um 1470 erschien gedruckt die »Epistola ad Turcorum imperatorem« des 1464 verstorbenen Papstes Pius II., der in einem offenen Brief den Sultan aufgefordert hatte, er solle sich nicht vor »ein bisschen Wasser« fürchten, also sich taufen lassen, dann werde er mit Recht der Herr des Mittelmeeres (Ink 124 und 209).

¶ Der meyster. Der jünger.

Js bůch heysset Lucidarius. das spricht zů teütsch also vil alß ein erleuchter. An disem bůch findet man manige grosse ler die anderen bůcheren verborgē seind das vnderweiset vnß diß bůch. Jn der geschrifft so vindē wir auch den syn diß bůchs dz es genannt wirdt Auro gemma. das bezeychnet vnnß wie gůt das bůch sey. vnnd darumb was man in anderen bůcheren dunckels vnd vnverständliches geschriben vindet. das erkleret vnß meyster Lucidarius gar ordenlichen daruon ein mensch weißheyt enpfahen mag. denn was man in der geschrifft weit můß czesamen sůchen. das vindet man hier jnn mit wenig worten schon begriffen. ¶ Got der ye was vnd ymmer ist on end der sey dises bůchs ein anfang. Amen. ¶ Der meyster vnnd der junger redent mit einander ō diß bůch schreibet der ist der frager. der heylig geyst ist der lerer der sol vnß czů ende bringen das wir die rechte warheyt befinden gancz vmb alle die ding die in den bůcheren verborgen seind. des helff vnß die ewige weißheyt die on alle arbeyt die welt hat geeret vnd vnß die ewigen weißheyt leret.
a ij

Abb. 4a+b **Mittelalterliche Naturlehre im Frühdruck. Honorius Augustodunensis, Lucidarius, deutsch, Straßburg 1499 (Mainz Ink 215b und 2478)**

Verbreitet war die Schrift des Dominikaners Georg von Ungarn, De moribus, conditionibus et nequitia Turcorum, Urach um 1481.[44] Es gab eine Reihe von Traktaten über und gegen die Türken; eine Schrift kündigte den künftigen Triumph der Christen über diese Feinde und alle Sarazenen an: De futuris Christianorum triumphis in Turcos et saracenos, Augsburg 1499.[45]

Es gab noch ein anderes zeitgenössisches Ereignis, das geographische Interessen wachrief. Das war die Reise des Kolumbus nach Westen. Sofort im Jahr nach der Entdeckung Amerikas erschien in Rom der Brief des Kolumbus über seine Entdeckungen: Christophorus Columbus, Epistola de insulis nuper inventis, Rom 1493.[46]

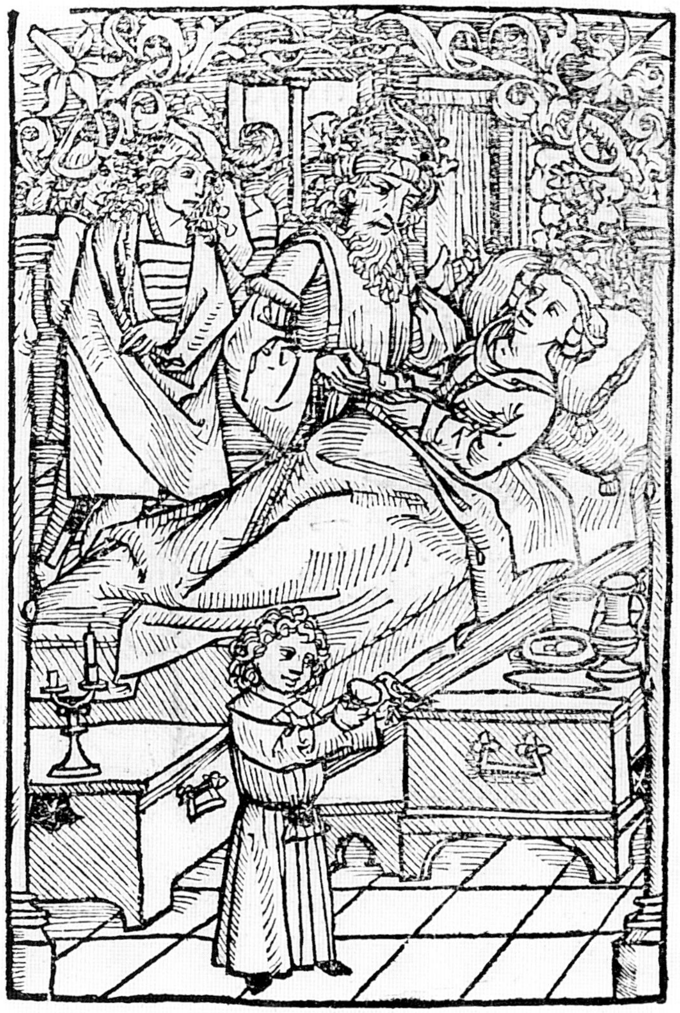

Abb. 4b

6. Textbücher der Universität

Eine mittelalterliche Universität umfasste in der Regel vier Fakultäten: Die der artes, die ihren Namen von den sieben freien Künsten bekommen hatte, aber den philosophischen Grundlagenunterricht für die drei höheren Fakultäten erbrachte. Hier ging es um logische und metaphysische Grundbegriffe, die normalerweise mit der Erklärung des Aristoteles verbunden waren. Die höheren Fakultäten waren die Medizin, die Jurisprudenz und die Theologie. Alle hatten ihre klassischen Textbücher, die wir in jeder Sammlung von Frühdrucken wieder finden. Von dem für Juristen fundamentalen Text, dem »Decretum« des Gratian, der aus dem 12. Jahrhundert stammt, zähle ich in Mainz 15 Exemplare, die vor dem Jahr 1500 gedruckt sind; weitere Ausgaben verzeichnet Hain 7881–7919. Kirchenrecht war im 15. Jahrhundert eine Art Modefach. Ähnlich häufig wie Gratian sind die anderen mittelalterlichen Textbücher des Kirchenrechts vertreten, also die »Decretales« des Papstes Gregor IX., der »Liber sextus« von Bonifatius VIII. und die »Constitutiones« von Clemens V. Viele Zeitgenossen klagten, wer es heute zu etwas bringen wolle, müsse Kirchenrechtler sein. Und darauf richteten sich die ersten Verleger ein. Die »Constitutiones« des Papstes Clemens V. waren schon 1460 bei Schöffer in Mainz erschienen; die Mainzer Sammlung enthält zwar nicht diese Erstausgabe, aber immerhin vier weitere Ausgaben, die alle vor 1482 gedruckt worden sind. Auch das »Corpus iuris civilis« wurde außerordentlich oft gedruckt (GW 7580–7777).

Beim Textbuch der Universität wiederholte sich der charakteristische Ablauf: Zuerst hielt der Buchdruck sich an die anerkannten Autoritäten des Mittelalters. Er brachte Aristoteles (Gesamtausgaben in Venedig, viele Einzelschriften in Leipzig, Köln und Paris), die griechischen und arabischen Ärzte, Galen und Avicenna (zehn lateinische Ausgaben vor 1500), und er vervielfältigte immer wieder das wichtigste theologische Lehrbuch, die Sentenzen des Petrus Lombardus, die auch aus dem 12. Jahrhundert stammten (H 10183–10200). Jeder mittelalterliche Theologieprofessor musste die Sentenzen des Petrus Lombardus kommentieren; die Frühdrucke bringen daher oft dessen Text zusammen mit einem der mittelalterlichen Kommentare dazu.[47] Von diesem klassischen Buch gab es nicht nur billige Studienausgaben. Beim hohen Ansehen der Theologie und beim Reichtum des hohen Klerus und der Klöster konnten diese Ausgaben repräsentativ gestaltet werden; es gab aufwendige Ausgaben mit schönen Initialen (Abb. 5).

Aber der Druck veränderte die kulturelle Situation, selbst dann, wenn er nur die alten Texte reproduzierte. Ein schönes Beispiel dafür bieten die Ink 1026 und Ink a 18: Der erstgenannte Band, gedruckt in Köln 1487, bringt die alte Sammlung philosophischer Lehrsprüche, die sogenannten »Auctoritates Aristotelis«, in großem Format. Neben diesem ausgesprochen repräsentativen Werk für wohlhabende Bibliotheken gab es aus Paris seit 1490 eine kleine Taschenbuchausgabe desselben Textes. Das Format ist geradezu winzig. Es veränderte die Situation des Studiums, wenn man diese wichtige Textsammlung in die Tasche stecken, sie zum Spaziergang oder zu einer Disputation bequem mitnehmen konnte. Die Verbreitung kleinformatiger Universitätsbücher diente oft gleichzeitig der Werbung für bestimmte Universitäten; sie wurde auch zum Instrument regionaler Kulturpolitik, wie z. B. die Ink 327 beweist. Sie enthält das Dialektikhandbuch des berühmten Luthergegners Johannes Eck, Elementarius Dialecticae, Augsburg 1517, und am Ende des Buches steht eine Erklärung des Herzogs Wilhelm, wie er beabsichtige, das Niveau seiner Universität Ingolstadt zu heben.

Der Buchdruck stellte die neuen humanistischen Übersetzungen der wichtigsten griechischen Lehrtexte neben die alten. Sie konkurrierten mit den mittelalterlichen Versionen und veränderten das Bild des Aristoteles: Jetzt stand der Aristoteles der Sarazenen und scholastischen »Barbaren« neben dem humanistischen Aristoteles des Leonardo Bruni.[48] Gleichzeitig trat die erste lateinische Übersetzung des vollständigen Platon auf den Markt: Florenz 1484 und Venedig 1491. Ein wacher Philosophiestudent konnte jetzt nicht nur leichter seinen Aristoteles »lernen«, er stand auch vor der Frage, ob er Platon oder Aristoteles vorziehen sollte. Diese Frage entzündete lebhafte Debatten. Ob die Mainzer Universität an ihnen teilgenommen hat, lässt sich schwer sagen. Es sieht nicht danach aus; sie blieb vermutlich bei ihrem Schularistotelismus. Die Mainzer Sammlung enthält keinen Platon aus der Zeit der Frühdrucke.

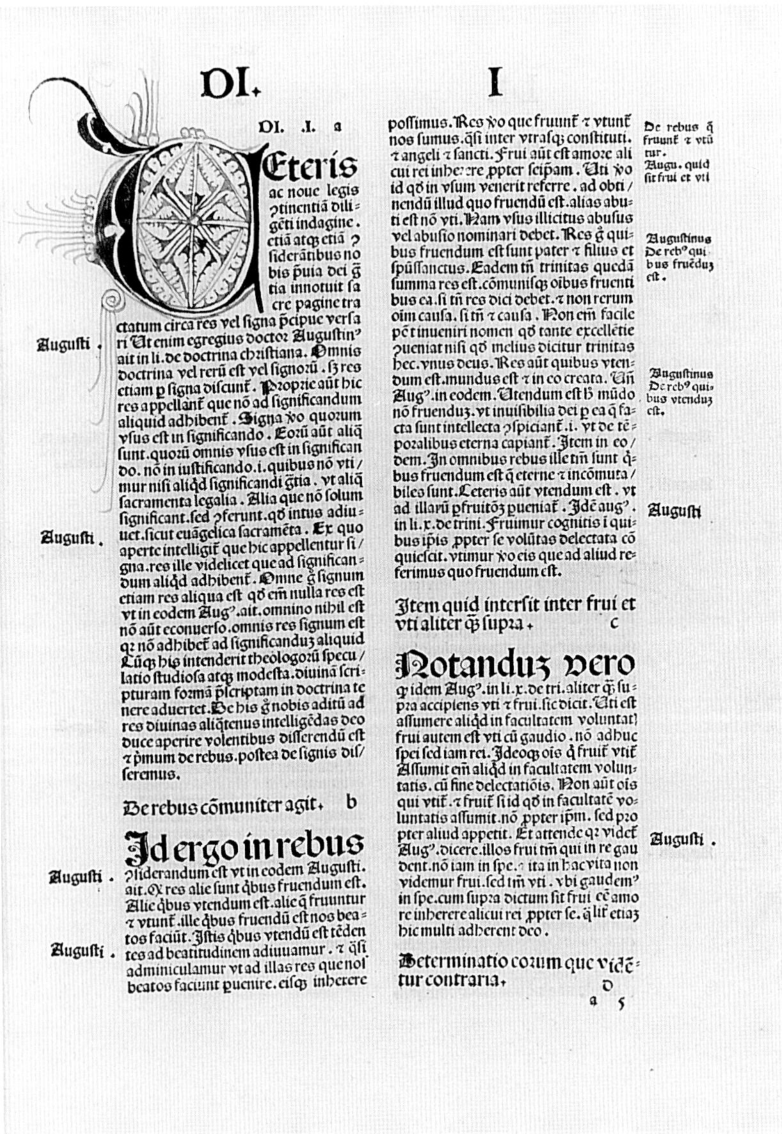

Abb. 5 **Theologisches Lehrbuch des 12. Jahrhunderts. Prachtausgabe. Petrus Lombardus, Liber sententiarum una cum conclusionibus Henrici Gorichem, Basel 1487 (Mainz Ink 1676)**

Situation II: Der Autor auf dem Markt – Die Propaganda

Der Buchdruck ermöglichte eine neue Art von der mündlichen Mitteilung abgelöster Information. Dies zeigte schon die Betrachtung des neuen Lernens. Aber die Wirkung reichte weit über die Unterrichtssituation hinaus. Er ermöglichte eine neue Selbstständigkeit des Autors, zugleich schuf er die religiöse und die politische Propaganda.

Der Buchdruck verselbstständigte den Autor; er trennte sein Wort ab von der mündlichen oder handschriftlichen Mitteilung, auf der Kanzel, in der Schule oder Universität. Das Buch löste sich weiter als bisher von den Institutionen; es erreichte nun viele einsame Leser, und es wurde Lebensausdruck und Waffe des einzelnen Autors. Der Buchdruck ermöglichte den humanistischen Literaten als öffentliche Macht. Der Autor wurde Publizist. Nun gab es auch im Mittelalter Streitschriften und öffentliche Debatten; Petrarca hatte Päpsten und Kaisern imponiert. Aber der Buchdruck steigerte die öffentliche Rolle der Autoren; zugleich zog er sie hinein in den Markt. Dieses Schicksal teilten die berühmten Schriftsteller mit den Malern. Ein Autor wie Erasmus errang – ähnlich wie Tizian – eine fast fürstliche Rolle. Einflussreiche Autoren wurden Enea Silvio und Lorenzo Valla; Martin Luther verband die Wucht seiner deutschen Sprache mit den Möglichkeiten des neuen Mediums. Die geschichtliche Bedeutung dieser Kombination ist schwer zu übertreiben; es ist nur daran zu erinnern, dass auch Luther noch bestimmte Werke in lateinischer Sprache schrieb und dass es neben ihm andere deutsche Autoren von Bedeutung gab; genannt seien nur

Ulrich von Hutten und Sebastian Brant. In dieser Situation bekamen Briefe und autobiographische Berichte eine erhöhte Bedeutung. Die »Epistolae« des Enea Silvio gingen über ganz Europa; vor allem der darin enthaltene Bericht über den Fall von Konstantinopel 1453.[49] Gelesen wurde seine kulturgeographische Beschreibung Deutschlands: seine Germania.[50] Wie verbreitet die Gattung der Humanistenbriefe war, zeigt folgende Tatsache: In der Mainzer Sammlung von Frühdrucken sind die »Epistolae« des Francesco Filelfo in der Ausgabe von Brescia 1485 nicht weniger als neunmal vorhanden. Von den spracherzieherischen Schriften des Lorenzo Valla war schon die Rede;[51] aber auch seine ethischen Dialoge über die Lust fanden nördlich der Alpen Verbreitung; sie enthielten die erste objektive Würdigung Epikurs und brachten eine philosophische Neubewertung des Vergnügens.[52]

Erasmus von Rotterdam hat nördlich der Alpen die wissenschaftlich-philologische, kulturpolitische und pädagogische Rolle Vallas fortgeführt; seine »Colloquia« wurden das Vorbild einer erneuerten Latinität;[53] sein Lob der Torheit brachte in lächelnder Form eine Kritik der Missstände der Zeit;[54] sein Buch über die Fürstenerziehung enthielt seine christlich-humanistische Ethik des politischen Lebens.[55]

Er veröffentlichte seine pazifistische Überzeugung in der Form einer gedruckten Flugschrift: Klage des Friedens. Das Mainzer Exemplar[56] der »Querela pacis« des Erasmus zeigt heftig durchgestrichene Stellen dort, wo Erasmus gegen kriegstreibende Theologen wettert.

Unter den deutschen Humanisten ragte Sebastian Brant hervor, dessen »Narrenschiff« bis heute lebendig geblieben ist.[57] Aber Brant war nicht nur Dichter; er war viel gelesener Jurist; sein lateinisches Werk ist unter den Frühdrucken reich vertreten, aber auch sein deutscher »Richterlicher Klagspiegel« gehört zu den wichtigen Büchern der Zeit.[58]

Die humanistischen Literaten haben nicht nur philologische Kleinarbeit geleistet; sie haben nicht nur an der Verbesserung des lateinischen Stils gearbeitet. Sie haben das antike Ideal des Rhetors erneuert, der die öffentlichen Angelegenheiten in eine für alle zugängliche sprachliche Form brachte. Oft waren sie Pädagogen, aber nicht selten auch Juristen und Ärzte. Sie fochten für eine Neubewertung der Dichtung und der Rhetorik; aber sie verbanden damit Konzepte der Lebenserneuerung und der politischen wie religiösen Reform. Aus dieser Zielsetzung ergab sich ihre Nähe zur neuen Buchkunst. Dass ihre Bücher oft lateinisch geschrieben waren, erbrachte den Vorteil, dass italienische und französische Autoren auch in Deutschland gelesen wurden. So enthält die Mainzer Sammlung eine Reihe von Werken des Bologneser Humanisten Philippus Beroaldus, etwa seine Abhandlung über das Glück,[59] ferner seine Reden über den Redner,[60] über Tugend und Laster,[61] darüber hinaus seine Reden über Sprichwörter,[62] schließlich seine Reden über Politik, Erdbeben und Pest. Beroaldus hatte Novellen aus Boccaccio ins Lateinische übersetzt; dank seiner Übersetzung konnte man zwei Erzählungen aus dem »Decameron« auch in Mainzer Klöstern lesen. Dank der humanistischen Traktate, die der Buchdruck rasch über Europa verbreitete, kam es zu neuen Diskussionen über die Lesestoffe der Schulen; daraus wurde eine Debatte über den Erziehungswert der Dichtung: Baptista Mantuanus, Contra poetas impudice loquentes, Mainz 1495.[63]

Aus der Diskussion des Erziehungsprogramms und aus der Beschäftigung mit antiken Philosophen ergaben sich öffentliche Erörterungen über eine neue Ethik. Die monastische Ethik verlor ihren Vorrang; die Laien suchten eine eigene ethische Orientierung. Das hatte es auch im Mittelalter gegeben; aber die humanistische Bewegung und das neue Medium gaben dieser Suche eine neue Dringlichkeit, eine neue Quantität und Qualität. Die heftigen Konflikte der Reformationszeit haben das Bedürfnis nach einer vernunftbegründeten, aus der antiken Philosophie genährten Ethik zusätzlich gefördert: Der Streit der Religionsparteien, die sich alle auf die Bibel beriefen und dabei Familien, Fakultäten, Konvente und Städte zerrissen, steigerte das Verlangen nach überkonfessionellen, vernünftigen Lebensregeln. Dies macht begreiflich, dass antike Texte zur Lebensführung auch in volkssprachlicher Übersetzung gefragt waren.[64]

Der Buchdruck veränderte das Lesen und damit das private und öffentliche Leben. Jetzt waren Informationen nicht mehr gebunden an die Person eines Sprechers – eines Reisenden, eines Boten, eines Predigers –, der Nachrichten in die Städte brachte. Die aufregenden Neuigkeiten der Zeit – das Vordringen der Türken, die Entdeckung Amerikas, die Kriege in Oberitalien, der rasche Wechsel der römischen Päpste, die Kaiserwahl Maximilians und Karls V., das Auftreten Luthers – erfuhr man jetzt nicht mehr nur aus handschriftlichen Briefen, die nur in kleiner Anzahl herstellbar waren und in der Regel ein Unikat blieben. Jetzt entstanden die gedruckte politische Flugschrift und die Zeitung. Die Stadtbevölkerung hatte nach der Katastrophe der Großen Pest von 1348 nur sehr langsam wieder die frühere Zahl erreicht; die Zeit um 1450 war in den repräsentativen Regionen – Toskana, Lombardei, Veneto, Rheintal, Ile de France und Südengland – erstmals wieder eine Zeit des ökonomischen und demographischen Booms. Die Zahl derer, die lesen konnten, nahm im 14. und 15. Jahrhundert ständig zu. So entstand eine neue, wirksamere Form politischer und religiöser Propaganda. Erste gedruckte Flugblätter informierten bzw. desinformierten zu Tagesthemen.

Ein Humanist und Kirchenpolitiker wie Enea Silvio, der Papst Pius II., profitierte zu Lebzeiten weder als Schriftsteller noch als Politiker vom Buchdruck, den er in Frankfurt kennen gelernt hatte; später, in Passau 1490/93, wurde die Bulle gedruckt, mit der er die Vereinbarung des Königs Matthias mit dem Kaiser bestätigt hatte.[65] Als Papst, aufgeschreckt durch den Fall Konstantinopels und entsetzt über das zögerliche Verhalten der christlichen Fürsten, die seine Kreuzzugsidee kaum unterstützten, hatte Pius II., wie schon gesagt, einen offenen Brief an den Sultan geschrieben, den der Türkenherrscher in der Art siegreicher Feldherrn nie beantwortet hat, aber dank des Buchdrucks konnte man in Mainz wenige Jahre später den diplomatischen Schritt des Papstes genau verfolgen, denn sein Schreiben war in Köln 1470 gedruckt.[66]

Fürsten, welche die Zustimmung neutraler Partner, manchmal auch ihrer Untertanen, erreichen wollten, bedienten sich der Druckkunst. Der vermutlich älteste Fall politischer Propaganda mittels der Presse bezieht sich auf Mainz. Adolf von Nassau bestritt seinem Rivalen Diether von Isenburg das einträgliche Erzbistum mit Waffengewalt; Diether ließ 1462 eine Erklärung an die Reichsstände drucken, die seinen Rechtsanspruch verteidigte. Er war rechtmäßig gewählt worden, nur als er sich weigerte, die von Rom geforderten Geldsummen zu bezahlen, setzte der Papst ihn zugunsten Adolfs ab.[67]

Gutenbergs Erfindung war nie nur ein Mittel kirchlicher oder weltlicher Kultur; mit den Ablassbriefen diente sie von Anfang an der kirchlichen Finanzverwaltung, die in Deutschland, wie Nikolaus von Kues 1433 kritisiert hatte, besonders rücksichtslos zugriff. Sie war (auch) ein Machtinstrument, das dem Machterhalt und der Machtsteigerung diente. Zur Kriegsvorbereitung und Nachkriegspropaganda, aber auch zur Bindung der Untertanen an die Obrigkeit leistete sie treffliche Dienste, und sie leistet sie bis in die Gegenwart. Alle großen Konflikte der Frühdruckzeit haben zu gedruckten Streitschriften oder Flugblättern geführt. Der Bericht über die Königswahl Maximilians erschien in 15 Ausgaben. Wenn der niedere Klerus – der tatsächlich sehr arm war – auf sein Elend aufmerksam machen wollte, bediente er sich des Buchdrucks, besonders in seiner »Epistola de miseria curatorum«.[68] Die Wirren der Reformationszeit ließen diesen Zweig des Buchdrucks kräftig wachsen; 1520 ließ Luther seine deutschen Aufrufe und Streitschriften drucken.[69] 1525 folgte dann der öffentliche Bruch mit den aufständischen Bauern.[70]

Für die Reformationsgeschichte bilden diese Drucke eine hervorragende und vielgenutzte Quelle. Die Mainzer Sammlung enthält die Erstdrucke der Augsburger Disputation Luthers mit Johannes Eck vom Jahr 1519,[71] ferner die gedruckte Verurteilung Luthers durch die Universität Paris zusammen mit der Antwort Melanchthons, gedruckt zu Wittenberg 1521.[72] Vorhanden sind deutsche Streitschriften von Ulrich von Hutten und Franz von Sickingen.[73]

Situation III: Der Kranke, der Arzt, das gedruckte Buch

Es gab auch im Mittelalter eine von der Theologie ziemlich unabhängige medizinische Wissenschaft. Einige Reste der antiken medizinischen Kenntnisse hatten überlebt, und seit dem 12. Jahrhundert gab es einen breiten Zustrom griechisch-arabischer Medizin. Seitdem galt die »Klostermedizin« als überholt. Die »neue« Medizin – das waren der griechische Arzt Galen und die arabischen Ärzte Avicenna und Averroes. Seit dem 13. Jahrhundert studierte jeder sorgfältige und gut ausgebildete christliche Arzt ihre Bücher. Diese Situation hat sich im 15. Jahrhundert nicht grundlegend geändert. In Italien ging die empirische medizinische Forschung weiter. An der Universität Bologna gab es medizinischen Unterricht auch an Leichen; die Fakultät hatte die Sezierung gegen kirchlichen Widerstand schon im 14. Jahrhundert durchgesetzt. Die Professoren der großen medizinischen Lehrstätten – Padua, Bologna, Montpellier – waren keine bloßen Büchergelehrten, auch wenn sie die Chirurgie den Praktikern überließen. Sie wollten sich an der Erfahrung orientieren und die großen

Texte der griechischen und arabischen Medizin auf dem neuesten Stand erklären. Ein großes zusammenfassendes Werk schrieb der Medizinprofessor Savonarola von Ferrara, der Vater des 1498 in Florenz verbrannten Predigers.[74]

Der Buchdruck verbreitete solche wichtigen Neuerscheinungen, die lateinisch geschrieben waren, rasch über ganz Europa. Neue Theorien kamen dadurch schneller in Umlauf und waren härterer Überprüfung ausgesetzt. Auch die Bibliotheken der Mediziner wurden umfangreicher; dadurch war es leichter, die konkurrierenden Theorien über eine einzelne Krankheit zu vergleichen. Medizinische und pharmazeutische Techniken verbreiteten sich rascher dank gedruckter Beschreibungen. Das 14. und 15. Jahrhundert waren eine Zeit erheblicher theoretischer Neugierde und empirischer Forschung, und diese Tendenz hat der Buchdruck gefördert, auch wenn an vielen Universitäten noch ein verbaler Formalismus herrschte und in vielen gedruckten Büchern tradierter Aberglaube der medizinischen Fachleute überwog. Aber der Kreis der Leser weitete sich aus; die Neigung, überkommene Ansichten zu überprüfen, wuchs, zumal wenn die Leser zugleich Patienten waren.

Was bewirkte der Buchdruck für den Arzt? Ich nenne kurz die wichtigsten Aspekte:

1. Der Buchdruck machte die tradierten mittelalterlichen Medizinbücher allgemein verfügbar: Dies war z.B. der volkstümliche »Hortus sanitatis«,[75] aber es war auch der gelehrte Text der arabischen Ärzte mit dem lateinischen Kommentar.[76]

Diese Hauptwerke der älteren Medizin waren sehr umfangreiche Schriften. Der Buchdruck brachte sie nun auch in ökonomisch benachteiligte Gegenden, die sich ein handgeschriebenes Exemplar nicht hatten leisten können. Einzelne Ärzte und eine Reihe von Stadtverwaltungen legten sich eine medizinische Bibliothek an; der Arzt konnte jetzt divergierende Theorien der Autoritäten untereinander und mit seiner Erfahrung am Krankenbett vergleichen. Hinzu kam eine technische Neuerung: Der Buchdruck stellte dem Arzt die Klassiker im Taschenbuchformat zur Verfügung, z.B. den Galen,[77] zusammengefasst von S. Champier.

Ein bemerkenswertes, nicht sehr verbreitetes Taschenbuch – es fehlt in Frankfurt wie in Freiburg – enthält Ink 562. Es ist der »Amicus medicorum« von Ganivetus, ein medizinisches Nachschlagewerk im Oktavformat. Es ist zugleich ein astrologisches Handbuch für den Arzt. Darüber werden wir uns nicht wundern. In Antike, Mittelalter und Renaissance waren Medizin und Astrologie immer eng verknüpft.[78]

2. Der Buchdruck verbreitete traditionelle Vorurteile und Aberglaube; aber er machte auch die neue medizinische Wissenschaft rascher und erleichterte deren Überprüfung. Ich nannte schon das zusammenfassende Werk von Savonarolas Vater; es gab den neuesten Stand der medizinischen Wissenschaft zu Gutenbergs Zeit aus der Feder des angesehenen Professors von Ferrara, dessen Einnahmen ihm den Bau eines stattliches Wohnhauses erlaubten, das heute noch zu besichtigen ist. Die Folgejahrzehnte brachten in Italien einen erheblichen medizinischen Fortschritt. Maler wie Leonardo waren zugleich Naturforscher, und seine anatomischen Studien wirkten auf die universitäre Medizin zurück. Dies kam vor allem in dem anatomischen Atlas des Vesal zum Ausdruck, dessen feine Zeichnungen des menschlichen Körpers der Buchdruck inzwischen wiederzugeben verstand.

3. Fragen der Gesundheit und Krankheit interessierten auch den Laien, daher entstand früh ein Markt mit deutschsprachiger medizinischer Literatur. Rezepte für das Destillieren wurden gedruckt.[79] Vorschläge zur Urinuntersuchung waren gefragt.[80] Mit Paracelsus erreichte die deutschsprachige medizinische Literatur einen Höhepunkt.

4. Die Medizin blieb lange eine traditionsorientierte Disziplin. Ihr Wissen war lange nur die Reprise der griechischen und arabischen Medizin. Doch ist diese traditionalistische Haltung nicht übertrieben darzustellen. Es gab immer ein Interesse an effizienter Heilung, und es gab eine Reihe von Krankheiten, die in den antiken und arabischen Büchern gar nicht vorkamen; sie forderten den medizinischen Fachverstand heraus. Die wichtigste »neue« Krankheit war die Pest, die in Europa seit dem 7. Jahrhundert nicht mehr aufgetreten war und die nach 1348 regelmäßig bis ins 18. Jahrhundert wiederkehrte. Die Pest war eine umfassende Katastrophe, die das gesamte politische und ökonomische Leben bedrohte; sie trat massierter und unübersehbarer auf als Aids; daher wandten sich nicht nur einzelne Kranke, sondern die Regierungen an die Ärzte um Rat. So war seit dem 14. Jahrhundert eine umfangreiche Pestliteratur neu entstanden, aber die Diskussionen gingen weiter, da das Wesen der Ansteckung nicht erkannt wurde. Der Buchdruck verbreitete die Neuer-

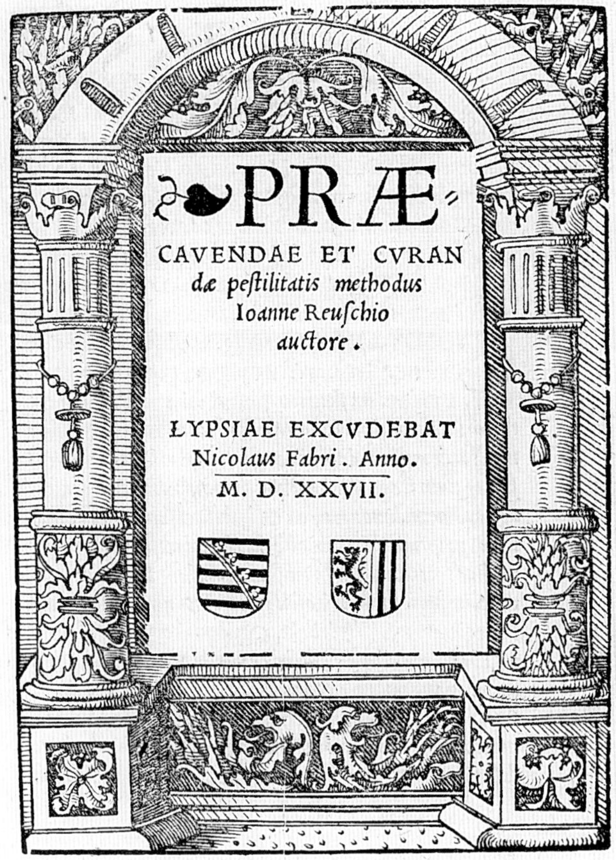
PRÆ
CAVENDAE ET CVRAN
dæ peſtilitatis methodus
Ioanne Reuſchio
auctore.

LYPSIAE EXCVDEBAT
Nicolaus Fabri. Anno.
M. D. XXVII.

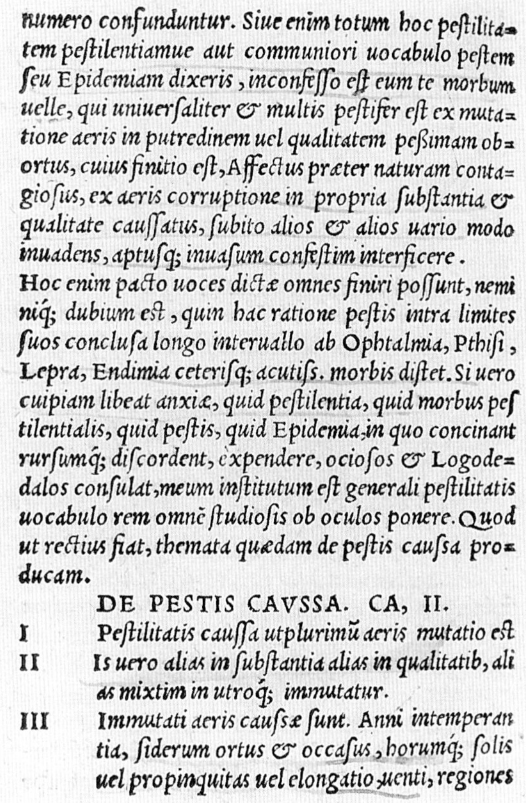
numero confunduntur. Siue enim totum hoc peſtilitatem peſtilentiamue aut communiori uocabulo peſtem ſeu Epidemiam dixeris, inconfeſſo eſt eum te morbum uelle, qui uniuerſaliter & multis peſtifer eſt ex mutatione aeris in putredinem uel qualitatem peßimam oboortus, cuius finitio eſt, Affectus præter naturam contagioſus, ex aeris corruptione in propria ſubſtantia & qualitate cauſſatus, ſubito alios & alios uario modo inuadens, aptuſq; inuaſum confeſtim interficere.
Hoc enim pacto uoces dictæ omnes finiri poſſunt, nemini q; dubium eſt, quin hac ratione peſtis intra limites ſuos concluſa longo interuallo ab Ophtalmia, Pthiſi, Lepra, Endimia ceteriſq; acutiſs. morbis diſtet. Si uero cuipiam libeat anxiæ, quid peſtilentia, quid morbus peſtilentialis, quid peſtis, quid Epidemia, in quo concinant rurſumq; diſcordent, expendere, ocioſos & Logodedalos conſulat, meum inſtitutum eſt generali peſtilitatis uocabulo rem omnẽ ſtudioſis ob oculos ponere. Quod ut rectius fiat, themata quædam de peſtis cauſſa producam.

DE PESTIS CAVSSA. CA, II.

I Peſtilitatis cauſſa utplurimũ aeris mutatio eſt

II Is uero alias in ſubſtantia alias in qualitatib, alias mixtim in utroq; immutatur.

III Immutati aeris cauſæ ſunt. Anni intemperantia, ſiderum ortus & occaſus, horumq; ſolis uel propinquitas uel elongatio, uenti, regiones

Abb. 6a–c **Zeitgenössische Medizin. Vorsorge gegen Pest. Johannes Reusch, Praecavendae et curandae pestilitatis methodus, Leipzig 1527**

scheinungen zum Thema, z.B. enthält Ink 1092 das Buch von Johannes Reusch über die Pest. Es handelt sich um ein winziges Bändchen mit hübschem Titelblatt, das seine Ansichten über die Ursachen der Pest so selbstsicher vorträgt, dass es im Nachhinein fast erheiternd zu lesen ist. Reusch sieht die Hauptursachen der Pest in Luftqualitäten und in den Einflüssen der Himmelskörper (Abb. 6).[81]
Eine andere medizinische Neuheit der Frühdruckzeit war die Franzosenkrankheit; auch sie zwang die Mediziner zur Originalität und gab den Buchdruckern Arbeit: Ink 1411 m Nr. 6 enthält ein deutschsprachiges Rezept gegen die Syphilis.
5. Die Erfahrung des Sterbens hat damals wie heute den Buchmarkt belebt. Der Arzt wurde gefragt, wie lange ein Schwerkranker wohl noch leben werde, und es gab Bücher, die ihm halfen, den Todeszeitpunkt zu bestimmen.[82] Da die Ärzte den Todeszeitpunkt selten genau bestimmen, noch seltener hinausschieben und nie verhindern konnten, blieben Kranke wie Ärzte mit dem Sterben konfrontiert, öfter und sichtbarer als heute, und sie suchten Rat. Nun gab es in Mittelalter und Antike eine je andere Kunst des Sterbens, eine »ars moriendi«. Diese Literaturgattung, die religiösen Trost, aber auch psychologische Hilfe und juristischen Rat bot, war ein beliebtes Objekt des frühen Buchhandels. Meist warnten diese Bücher davor, die Bekehrung nicht länger hinauszuschieben und eine Lebensbeichte abzulegen. Aber auch Reflexionen antiker Philosophen über das Sterben wurden wieder beachtet.[83]

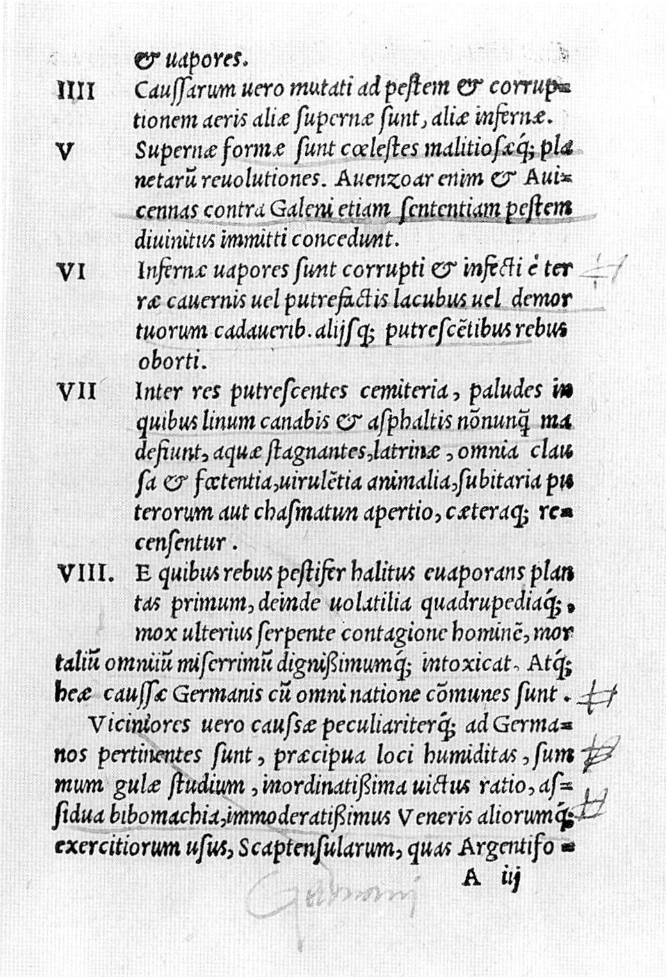

& uapores.
IIII Cauſſarum uero mutati ad peſtem & corrup-
tionem aeris aliæ ſupernæ ſunt, aliæ infernæ.
V Supernæ formæ ſunt cœleſtes malitioſæq; pla
netarũ reuolutiones. Auenzoar enim & Aui-
cennas contra Galeni etiam ſententiam peſtem
diuinitus immitti concedunt.
VI Infernæ uapores ſunt corrupti & infecti è ter
ræ cauernis uel putrefactis lacubus uel demor
tuorum cadauerib. aliiſq; putreſcẽtibus rebus
oborti.
VII Inter res putreſcentes cemiteria, paludes in
quibus linum canabis & aſphaltis nõnunq̃ ma
defiunt, aquæ ſtagnantes, latrinæ, omnia clau
ſa & fœtentia, uirulẽtia animalia, ſubitaria pu
terorum aut chaſmatum apertio, cæteraq; re-
cenſentur.
VIII. E quibus rebus peſtifer halitus euaporans plan
tas primum, deinde uolatilia quadrupediaq; ,
mox ulterius ſerpente contagione hominẽ, mor
taliũ omniũ miſerrimũ digniſsimumq; intoxicat. Atq;
heæ cauſſæ Germanis cũ omni natione cõmunes ſunt.
Viciniores uero cauſsæ peculiariterq; ad Germa-
nos pertinentes ſunt, præcipua loci humiditas, ſum
mum gulæ ſtudium, inordinatiſsima uictus ratio, aſ-
ſidua bibomachia, immoderatiſsimus Veneris aliorumq;
exercitiorum uſus, Scaptenſularum, quas Argentifo-
A iij

Situation IV: Mann und Frau im frühen Buchdruck

Die Frau zwischen Maria und Hexe

Das 15. Jahrhundert entwickelte verschiedene Sichten der Frau und des Verhältnisses von Mann und Frau. Die insbesondere im späten Mittelalter anwachsende Marienfrömmigkeit förderte die Idealisierung der Frau, sofern sie Jungfrau blieb; die gleichzeitig zunehmende Hexenfurcht dämonisierte sie. Daneben gab es immer eine relativ nüchterne medizinische Sicht der Geschlechter. Die Ärzte betrachteten auch die Sexualität ohne Scheu und ohne Zensur; bei ihnen machte sich der griechisch-arabische Einfluss geltend. In der Bewertung der Frau waren sie untereinander nicht einig. Es überwog die Sicht des Aristoteles, nach der die Frau sich zum Mann verhält wie die Materie zur Form; doch gab es seit Avicenna auch Ärzte, die der Frau eine aktivere Rolle zuschrieben. Humanisten wie Boccaccio versuchten – zuweilen mit Hilfe des Plutarch – eine Höherbewertung der Frau und eine neue Pädagogik für die Mädchen. Der Buchdruck spiegelte diese Tendenzen und verstärkte sie.

Es gibt zahlreiche Ausgaben von Marienpredigten und Handbüchern der Lehre von Maria. Man nannte diese Literaturgattung »Mariale«. Der frühe Buchdruck zeigt geradezu eine Schwemme dieser Titel. Oft wurden sie fälschlich berühmten Autoren des Mittelalters zugeschrieben, z. B. Anselm und Albert. Es handelt sich durchweg um unansehnliche dicke Bücher für den Predigtbedarf. Hier macht sich die Herkunft der Mainzer Inkunabelsammlung aus spätmittelalterlichen Klöstern besonders bemerkbar.[84]

Auch andere weibliche Heilige spielten in der Frömmigkeit des späten Mittelalters eine große Rolle, besonders die heilige Anna, die auch in der Biographie Luthers vorkommt. Anna-Legenden wurden daher früh gedruckt.[85] Diese Art Literatur sollte auch Ungelehrte und Frauen erreichen; daher erschien sie auch auf Deutsch. Auch die heilige Brigitta von Schweden wurde vielfach verehrt; ein Basler Druck von 1492 brachte ihre Gebete auf Deutsch.[86]

Die Frühdrucke dokumentieren die Zerrissenheit des Bildes der Frau im Spätmittelalter. Sie reproduzierten nebeneinander widerstreitende Motive:

1. Die patristische oder pseudo-patristische Warnung vor der Frau als einer Quelle der Versuchung. Also die alte Mönchsmoral.[87]

2. Das volkssprachliche mittelalterliche Ehebuch, das sich einer positiveren Wertung der Frau näherte.[88]

3. Die nüchterne medizinische Beschreibung.[89]

Ein Bestseller des späten Mittelalters war das gynäkologische Werk, das Albert zugeschrieben wurde: De secretis mulierum.[90]

4. Poetisches Marienlob.

Dabei konnten auch irdische Frauen ein wenig gewinnen. Nicht zufällig haben sich Humanisten dieser Literatur gewidmet, zum Beispiel Sebastian Brant und Jakob Wimpfeling.[91]

5. Antike Schriftsteller, die eine Höherbewertung der Frau versucht hatten, indem sie das Leben großer Frauen des Altertums beschrieben. Vor allem ist Plutarch mit seinem Lob der Tugend berühmter Frauen zu nennen.[92]

6. Humanistische Schriftsteller, die an Plutarch anknüpften und sein Werk für die spätere Zeit fortsetzten. Boccaccio ist mit seinem Buch über berühmte Frauen mehrfach vertreten.[93]

Bekanntlich gab es im Mittelalter schriftstellernde Frauen. Sie wurden auch in der Frühdruckzeit reproduziert. Hier macht sich allerdings bemerkbar, wie gering der Anteil volkssprachlicher Literatur in den Mainzer Bibliotheken war. Es fehlen die wichtigen italienischen und französischen Autorinnen. Faber Stapulensis, der berühmte französische Humanist, der auch als Herausgeber der Werke des Nikolaus von Kues (Paris 1514) wirkte, gab Werke von Schriftstellerinnen des Mittelalters heraus, Paris 1513. Er hob allerdings hervor, dass sie Jungfrauen waren. Schon das Titelblatt der Ink 564 und 2058[94] suggeriert ihre Gleichberechtigung neben drei männlichen religiösen Schriftstellern: Faber Stapulensis, Liber trium virorum et trium spiritualium virginum (Hildegard, Elisabeth von Schönau, Mechtild), Paris 1513. Auch in Deutschland waren es die Humanisten, die sich der Werke mittelalterlicher Autorinnen annahmen. So edierte Conrad Celtis die Werke der Hrotsvita von Gandersheim.[95] Aber es gab auch Frauen der hohen Aristokratie, die etwas für die Frauenbildung taten. So sorgte Zedena, Herzogin von Sachsen, für die deutsche Übersetzung von Mechtild von Hackeborn, Das buch geistlicher gnaden, Leipzig 1503.[96] Dieser Text erschien gleichzeitig lateinisch in Leipzig; dem Mainzer Exemplar dieser lateinischen Ausgabe[97] ist ein lateinisch-deutsches Psalterium beigebunden, das sprachgeschichtlich von Interesse ist und das zeigt: Deutschsprachige Bücher für Frauen, das waren um 1500 wie um 1300 in erster Linie Gebetbücher. Aristokratinnen arbeiteten als Autorinnen, so Argula von Grumbach, Sendbrief, Straßburg 1523,[98] oder als Übersetzerin: Elisabeth von Nassau-Saarbrücken übersetzte Loher und Maller: Hystory von Keiser Karolus, Straßburg 1514.[99]

Weder die Marienverehrung noch der Reformeifer einiger Humanisten haben die Stellung der Frau in Spätmittelalter und Reformationszeit wesentlich verbessert. Insbesondere in Deutschland wütete die Hexenfurcht, und der frühe Buchdruck spiegelt diesen zwiespältigen Zustand. Die Bücher gegen die Hexen hatten vorwiegend deutsche Verfasser und deutsche Druckorte. Der Buchdruck stellte die wichtigste Anleitung zur Hexenjagd in schönen Ausgaben sofort zur Verfügung, den Hexenhammer, den »Malleus maleficarum«, Speyer 1485. Dieses Buch war verfasst von den Inquisitoren Heinrich Institoris (Krämer) und Jakob Sprenger. Obwohl theoretisch Zaubern und Verhexen auch bei Männern vorkommen sollte, handelte das Buch fast ausschließlich von Frauen. Es war in Mainz mindestens dreimal vorhanden, zweimal in Prachtausgaben (Abb. 7).

In Italien wurde es nie, in Deutschland in neun Auflagen gedruckt (H 9238–9246), einmal auch im Taschenformat.[100] Der Buchdruck machte es möglich, dass Inquisitoren ihr Handbuch bequem mit auf die Reise nehmen konnten. Allen Exemplaren ist die Bulle Papst Innocenz' VIII. »Sum-

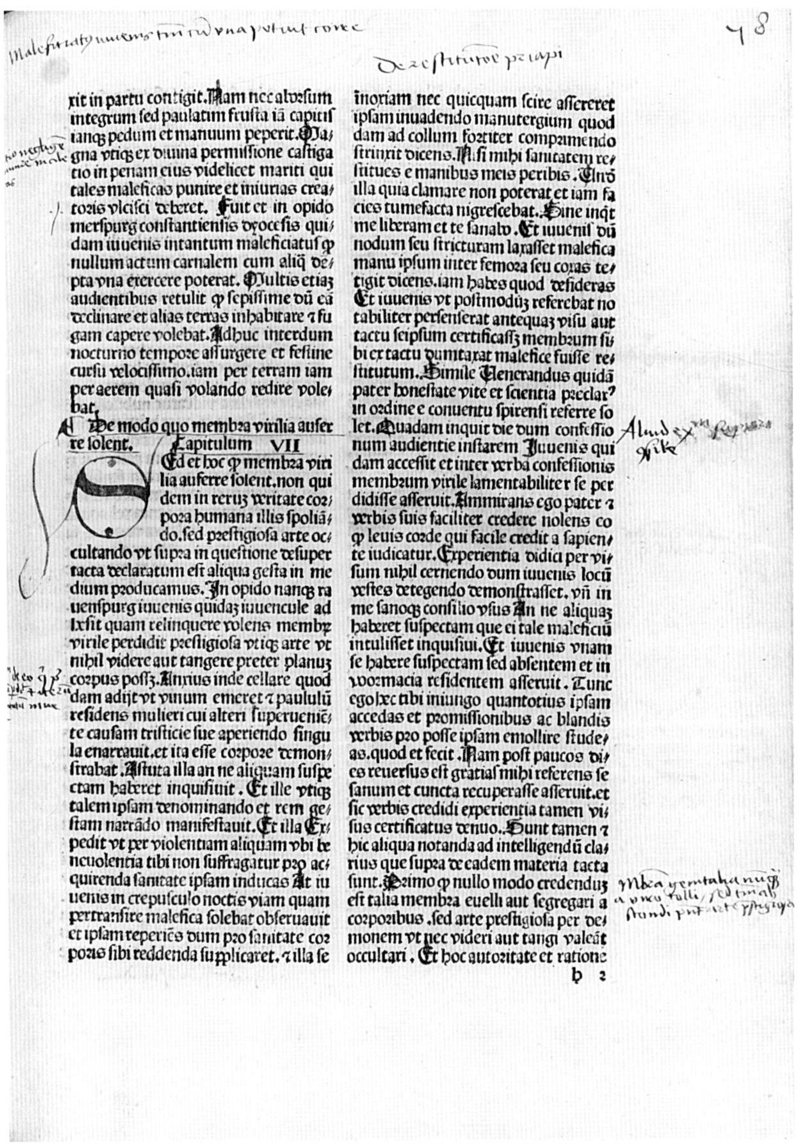

Abb. 7 **Hexenglaube und Kastrationsangst. Heinrich Institoris/Jakob Sprenger, Malleus maleficarum, Straßburg 1487 (Mainz Ink 1317)**

mis desiderantis« vorangestellt: Kein Leser solle glauben, die Schilderungen der Gefährlichkeit der Hexen sei Privatansicht von Krämer und Sprenger; der Papst bestand darauf, es handle sich um die Lehre der Kirche.

Andere Bücher veranschaulichten das Wirken der Hexen; sie zeigten in beachtlichen Holzschnitten ihre Luftreisen und ihre Verbindung zu Teufeln (Abb. 8).[101]

Diese Bücher verbinden sexuelle Phobie, scharf ausgesprochene Kastrationsangst von Männern mit betonter Kirchlichkeit. Sie zeigen, ein wie zweideutiger Fortschritt Gutenbergs Erfindung war. Sie hat die Hexenangst, den Judenhass und die Türkenfurcht, das tägliche Leben und die Kultur der Zeit um 1500 ebenso wiedergegeben wie die Angst vor Frauen. Gleichzeitig verbreitete sie humanistische Traktate und die Poesie des Marienlobs.

Was brachte die Reformation zusammen mit dem Buchdruck den Frauen? Die Aschaffenburger Hofbibliothek enthält in ihrer reichen Sammlung reformationsgeschichtlicher Texte auch ein Buch mit der Signatur 762, das die Antwort auf diese Frage gibt:

Schenck, Jakob: Auslegung des spruchs S. Pauls zu den Colossern am dritten Capitel: Ir Weiber seid unterthan Ewren Mennern. Wittenberg 1540.

Mit diesem Ausblick beende ich meinen Rundgang durch die von mir nach Lebenssituationen geordnete Mainzer Inkunabelsammlung. Er hat an wenigen Beispielen gezeigt, wie Gutenbergs Erfindung alle Lebensbereiche berührt hat. Der frühe Buchdruck musste in den ersten Jahrzehnten an vorhandene Tendenzen anknüpfen; aber nach einiger Zeit der kaufmännischen Vorsicht und der traditionalistischen Orientierung hat er das gesamte menschliche Leben erneuert.

Ulricus. Quid tibi dignissime princeps videtur Sigismũdus. Ex non Ulricus Quo ꝑ asseris motiuo Sigismũdus. Dicit enĩ in decreto in. c. episcopi. xxvi. q. v. vbi inq̄t textus Quisq̄s ergo credit posse fieri aliquã creaturã aut in meli⁹ aut in deterius immutari aut trãsformari posse in aliquã spẽm aut similitudinẽ nisi ab ipso creatore q̄ omnia fecit. hec text⁹ Conradus Canoni nanq̄ aduersari nõ intendo. sed q̄ apud historiographos me legisse memini recitare cur[illegible]bo. Quid igitur apud Virgilium dicitur qui in bucolicis egloga octaua recenset q̄ cã

Abb. 8 **Hexen im Frühdruck. Ulrich Molitoris, De mulieribus laniis, Köln 1500 (Mainz Ink a 116)**

1 Vgl. Flasch, Kurt: Nikolaus von Kues. Geschichte einer Entwicklung. Frankfurt/M. 1998, S. 224.

2 Maßgebend für die Erfassung der Bestände an Frühdrucken sind: Hain, Ludwig: Repertorium bibliographicum, in quo libri omnes ab arte typographica inventa usque ad annum MD. Typis expressis ordine alphabetico vel simpliciter enumerantur vel adcuratis recensentur. 2 Bde. in vier Teilen. Stuttgart 1826–1838, abgekürzt: H; Copinger, Walter Arthur: Supplement to Hain's Repertorium bibliographicum. 2 Bde. in je 2 Teilen. London 1895–1902, abgekürzt: HC; Reichling, Dietrich: Appendices ad Hainii-Copingeri Repertorium. 6 Bde. und 1 Supplementband. München 1905–1914, abgekürzt: HCR und ḢCR, Suppl.; Gesamtkatalog der Wiegendrucke. Leipzig 1925 ff., abgekürzt: GW. Als einführende Lektüre empfiehlt sich: Geldner, Ferdinand: Inkunabelkunde. Wiesbaden 1978, S. 198–234. Weiterführend sind: Febvre, Lucien/Martin, Henri-Jean: L'apparition du livre. Paris 1958; Bingham Stillwell, Margaret: The Awakening Interest in Science during the First Century of Printing. New York 1970; Eisenstein, Elizabeth L.: The printing press as an agent of change. Cambridge 1979; Giesecke 1998.

3 Wichtige Kataloge der großen Bibliotheken: Augsburg: Hubay, Ilona: Incunabula der Staats- und Stadtbibliothek Augsburg. Wiesbaden 1974; Berlin: Voullième, Ernst: Die Inkunabeln der Königlichen Bibliothek und der anderen Berliner Sammlungen. Ein Inventar. 3 Teile und Nachtrag. Leipzig 1906–1927; Schmitt, Anneliese: Die Inkunabeln der deutschen Staatsbibliothek zu Berlin. Berlin 1966; Bonn: Voullième, Ernst: Die Incunabeln der Königlichen Universitäts-Bibliothek zu Bonn. Leipzig 1894; Dresden: Deckert, Helmut: Katalog der Inkunabeln der Sächsischen Landesbibliothek zu Dresden. Leipzig 1957; Düsseldorf: Finger, Heinz: Inkunabelkatalog der Universitäts- und Landesbibliothek Düsseldorf. Wiesbaden 1994;

Frankfurt: Ohly, Kurt/Sack, Vera: Inkunabelkatalog der Stadt- und Universitätsbibliothek und anderer Sammlungen in Frankfurt am Main. Frankfurt/M. 1967;
Freiburg: Sack, Vera: Die Inkunabeln der Universitätsbibliothek und anderer öffentlicher Sammlungen in Freiburg im Breisgau und Umgebung. 3 Bde. Wiesbaden 1985;
Leipzig: Günther, Otto: Die Wiegendrucke der Leipziger Sammlungen und der Herzoglichen Bibliothek in Altenburg (ZfB. Beiheft 35). Leipzig 1909/10;
London: Catalogue of Books printed in the XVth Century, now in the British Museum. 10 Bde. London 1962 ff.
München: Bayerische Staatsbibliothek München, Inkunabelkatalog. München 1988 ff.
Oxford: Rhodes, Dennis Everard: A Catalogue of Incunabula in all the libraries of Oxford outside the Bodleian. Oxford 1982;
Paderborn: Hartig, Matthias und andere: Paderborner Inkunabelkatalog. Wiesbaden 1993;
Schweiz: Kaufmann, Hans/Nabholz, Peter: Verzeichnis schweizerischer Inkunabeln und Frühdrucke. Zürich 1968 ff.
Würzburg: Hubay, Ilona: Incunabula der Universitätsbibliothek Würzburg. Wiesbaden 1966
Von kleineren Bibliotheken, die ich besucht habe, nenne ich nur diejenigen, deren gedruckte Kataloge zugänglich sind, besonders:
Aschaffenburg: Benzing, Josef: Die Frühdrucke der Hofbibliothek Aschaffenburg bis zum Jahre 1550. Aschaffenburg 1968.
Köln: Lenz, Rudolf Ferdinand: Inkunabelkatalog der Erzbischöflichen Diözesan- und Dombibliothek Köln. Köln 1997;
Wiesbaden: Zedler, Gottfried: Die Inkunabeln Nassauischer Bibliotheken. Wiesbaden 1900.
Für die Mainzer Sammlung existiert kein gedruckter Katalog. Notdürftigen Ersatz bietet eine maschinengeschriebene Zusammenstellung von C. Nissen, Die Inkunabeln der Mainzer Stadtbibliothek und des Gutenberg-Museums (1958).

4 Hsia, Ronnie Po-chia: Trient 1475. Geschichte eines Ritualmordprozesses. Frankfurt/M. 1997.

5 Vgl. dazu Flasch, Kurt: Das philosophische Denken im Mittelalter. Von Augustin zu Machiavelli. Zweite erweiterte Ausgabe. Stuttgart 2000.

6 Es ist die Mainzer Inkunabel mit der Signatur Ink 1246. Ich gebe die Signaturen der Mainzer Sammlung folgendermaßen wieder: Ink bedeutet: Inkunabel der Stadtbibliothek, GM bedeutet: Gutenberg-Museum. In Fällen, in denen Zweifel an der Identität des Textes oder der Edition aufkommen könnten, füge ich die Nummer bei Hain hinzu oder im Gesamtkatalog der Wiegendrucke.

7 Ink 2095.

8 So die Ink 1042 und 2209.

9 Beispiele der Mainzer Sammlung sind die Frühdrucke Ink 111 und 1245 (schöner Straßburger Druck von 1488).

10 Ink 111, Ink 1245, ferner Ink 680 und 1856.

11 Die schönere Ausgabe ist Ink 1274 = H 6335.

12 Ink 2103.

13 Ink 490 und 802.

14 Ink 150.

15 GM 33.

16 GM 73.

17 Ink 874, Vocabularius. Basel 1481. – Ink 623 enthält ein deutsch-lateinisches Wörterbuch, o. J.

18 Ink 2023, Ink 1142, Ink 1879, Ink 1629, Ink 2203.

19 Ink 731, 749, 1276, 1475, 1099, 2004.

20 Ink 1983.

21 Ink 715, 733, 735.

22 Ink 558.

23 Ink 873.

24 Agostino Dati, Elegantiae, in Ink 797, 2103, 2086h und 180.

25 Fruck, Ludwig: Rhetoric un Teutsch Formular in allen Gerichts Handeln, Frankfurt 1530 (Ink 930); Geissler, Heinrich: Formulare und tütsch Rethoric, Straßburg 1519 (Ink 2292 m).

26 »Cornucopiae« des Nicolò Perotti (Ink 1417).

27 Copia latinitatis. Straßburg 1486 (Ink 283). – Perger, Bernhard: Grammatica nova (Ink 1856 und 150 und 680 und 2587). – Albertanus Causidicus, Tractatus de arte loquendi (Ink 1848). – Baptista Mantuanus: Contra poetas impudice loquentes (Ink 269 und 633 und 1713 und 2147). – Dati, Agostino: Elegantiolae (Ink 2103 = Ink 797 = Ink 2086 h = Ink 180 = Ink 178 = Ink 608 = Ink 2105). – Dati, Agostino: De vita beata (Ink 777). – Exercitium puerorum grammaticale (Ink 490 und 201 und 802 und 1417). – Grammatica (Ink 490 und 1856 und 1118 und 150 und 496). – Johannes de Garlandia: Verba deponentalia (Ink 2086 a und 492 und 496). – Synthen, Johannes: Composita verborum (Ink 492). – Perger, Bernhard: Grammatica nova (Ink 1856 und 150 und 2587 und 680). – Brassicanus, Johannes Alexander: Grammaticae Institutiones. Straßburg 1509 (Ink 1415).

28 Philelphus, Franciscus: De educatione liberorum (Ink 268); Ink 2574 und 2576: Bebel, Heinrich: De institutione puerorum. Straßburg 1513, beigebunden Apologia (für seine Reform der Lateinstudien, die er auf der ersten Seite der Apologia erläutert). Von ihm Stilbücher: Ink 269, vgl. Ink 174.

29 Bruni, Leonardo: De studiis et litteris. Köln um 1470. In Mainz nicht vorhanden, aber in Aschaffenburg, Benzing 1968, Nr. 41. Andere Reformer waren: Wimpfeling, Jakob: De proba institutione puerorum in trivialibus. Speyer 1514. – Wimpfeling, Jakob: Elegantiae maiores. Pforzheim 1511 (Ink 300). – Beroaldus, Philippus: Declamatio an orator sit philosopho et medico anteponendus. Leipzig, nach 1500 (Ink 328, auch Ink 2422, Bologna 1497). – Sammelbände mit Schriften von Philippus Beroaldus (Ink 457 und Ink 944; beachte auch Ink 2422, Bologna 1499 (darin bes. die oratio Proverbiorum) und GM Ink 53 De felicitate). – Ink a 102: libellus quo septem sapientium sententiae discutuntur. Bologna 1498. – Philelphus, Franciscus: De educatione. Paris 1507 (Ink 268).

30 Ink 148 (Druck aus Deventer), Ink 194 (Druck aus Straßburg).

31 Venedig 1498 = Ink 126.

32 Ink 797 und 2416.

33 Gedruckt in Venedig 1495, Ink 409.

34 Sie sind vertreten in den Mainzer Frühdrucken Ink 557, 1100, 2131.

35 Ink 324.

36 Ohly/Sack 1967, S. 203, Nr. 1106.

37 Ink 806.

38 Ink 39.

39 Ink 1054.

40 Ink 453, 473, 1848.

41 Ink 322.

42 Ink 2058.

43 Ink 383.

44 Ink 282.

45 Ink 622.

46 Nicht in Mainz, siehe GW 7173.

47 Ink 1541.

48 Ink 1602.

49 Ink 557.

50 Ink 627 und 1233. Vgl. Weinig, Paul: Aeneam sucipite, Pium recipite. Studien zur Rezeption eines humanistischen Schriftstellers im Deutschland des 15. Jahrhunderts. (Bamberger Schriften zur Renaissanceforschung 23.) Bamberg 1997.

51 Ink 728 und 783.

52 Valla, Lorenzo: De voluptate. Basel 1519 (Ink 2416).

53 Erasmus: Colloquia. Basel 1519, mit vielen Holzschnitten (Ink I b 56).

54 Erasmus: Moriae Encomium (Ink a 130 und Ink 811).

55 Erasmus: Institutio principis christiani. Basel 1519, schönes Titelblatt (Ink 1396).

56 Ink 2577.

57 Ink 503 und 2086 q: Stultifera Navis.

58 Juristische Werke von Sebastian Brant finden sich in Ink 793 und 803, vgl. Ink 957, Ink 1226, Ink 1315 und Ink 366. Richterlicher Klagspiegel: Ink 1864 und 447.

59 Bes. GM 53: De felicitate (schöner Druck).

60 Ink 2422 und 328.

61 Declamatio de vitiositate (Ink 2422).

62 Oratio proverbiorum (Ink 2422 und GM 54).

63 Ink 2147 und 950.
64 In GM 82.
65 GM Ink 120 = H 4381.
66 Epistola ad Turcorum imperatorem (Ink 124 und 209).
67 Diether von Isenburg an die Reichsstände 1462 (GM Ink 91).
68 Ink 589–590.
69 Luther, Martin: An den christlichen Adel. Straßburg 1520 (Ink 2424 Nr. 13). – Ders.: Von der Freyhait aines Christenmenschen. Straßburg 1520 (Ink 2414 Nr. 5).
70 Luther, Martin: Wider die Rotten der Bauern (Ink a 104), derselbe Text lateinisch in Ink 1525, mit der Erwiderung von Johannes Cochlaeus.
71 Ink 2129 und Ink 1549.
72 Ink 1975.
73 Hutten, Ulrich von: Ein Klag über den Lutherischen Brandt zu Mentz. Zürich 1521 (Ink a 112), mit schönem Titelblatt. – Sickingen, Franz von: Sendbrief 1522 (GM Ink 82 Nr. 4). – Die frühe Geschichte des Zeitungswesens dokumentiert Ink b 3: Neue Zeitung, deutsch, 3 Bll.
74 Ink. 1521 und 1524.
75 GM 126, vgl. Ink a 162 und 162 a.
76 Insbesondere GM 78 und Ink 2375.
77 Ink 1374.
78 Vgl. dort (= Ink 562) p. 188 die astrologischen »Häuser«.
79 De arte destillandi (Ink 369).
80 Ink 1388 (Titelbild). Vgl. Ink a 168.
81 Vgl. Ink 1411 Nr. 2 und Ink 1248 Nr. 1.
82 Bernardus de Gordonio: Practica secundum Lilium medicinae (Ink 1731), beachte dort bes. fol. 178 v die Kunst, den Todeszeitpunkt zu bestimmen.
83 Xenocrates: De morte, übersetzt von Ficino. Augsburg 1515 (Ink 1552).
84 Ink 235: Mariale = Ink 2613. – Albertus Magnus: Mariale (Ink 525 und 833 und 1906 und 2340 und 833 und 1944). – Bernardinus de Bustis: Mariale (Ink 1178 und 1496). – Corona Mariae (Ink 1155 und 1323 und 1819 und 1169 und 2209). – Nicolaus Cisterciensis: Imago BMV (Ink 997). – Pelbartus de Themeswar: Stellarium coronae Mariae (Ink 2267 und 1157 und 1173 und 1454 und 1732). – Auch der Streit über Mariens unbefleckte Empfängnis beschäftigte den Frühdruck: Wirt, Wigand: Dialogus apologeticus (Ink a 39).
85 Ink 15, 439, 926, 1362.
86 Brigitta von Schweden: Gebete, deutsch. Basel 1492 u. ö (Ink 265).
87 Ps. Augustin: De fuga mulierum (Ink a 57).
88 Eyb, Albrecht von: Ehebüchlein, deutsch. Nürnberg 1472 (Ink 232).
89 Ink 2375.
90 Ink 283.
91 Brant, Sebastian: Carmina in laudem Mariae (Ink 1360). – Wimpfeling, Jakob: De triplici candore Mariae (dem Mainzer Erzbischof Berthold von Henneberg gewidmet). Speyer 1493 (Ink 2086 y und Ink a 48).
92 Ink 605 und 814 enthalten Plutarch: Liber de illustrium mulierum virtutibus. Straßburg 1506.
93 Vgl. Jacobus Philippus de Bergamo: De mulieribus. Suplementum chronicarum. Brescia 1485 (Ink 1803). – Boccaccio: De claris mulieribus. Straßburg 1474 (Ink 715 und 733 und 735).
94 In Ink 564 ist beigebunden: Valla, Lorenzo: Annotationes. 1505.
95 Celtis, Conrad (Hrsg.): Hrotsvita. Nürnberg 1501 (Ink 1022).
96 Ink 634.
97 Ink 1545.
98 Ink 275.
99 Ink 351.
100 Ink 109.
101 In dieser Hinsicht ragen hervor: Molitoris, Ulrich: De mulieribus laniis. Köln 1500 (Ink a 116). – Plantsch, Martin: De sagis maleficis. Heilbronn 1507 (Ink 959).

Landesmuseum Mainz

Künstler – Kunstwerk – Auftraggeber

Mainz im späten Mittelalter

Andrea Arens/Uwe Gast

Künstler – Kunstwerk – Auftraggeber

Mainz im späten Mittelalter

Johannes Gutenbergs Erfindung des Buchdrucks mit beweglichen Lettern ist eine jener epochalen Neuerungen, nach denen man Zeitalter bemisst. Sie spielt daher in der Diskussion über den Beginn der Neuzeit eine nicht minder wichtige Rolle als die Entdeckung Amerikas durch Christoph Kolumbus im Jahr 1492. Für die Situation im 15. Jahrhundert ist es bezeichnend, dass eine technische Innovation und eine Entdeckungsfahrt historisch gesehen das Ende des Mittelalters markieren und nicht politische bzw. kirchenpolitische Ereignisse und Entscheidungen: Das Königtum war geschwächt, das Reich in Auflösung begriffen, die Kirche in der Krise. Demgegenüber stand der Aufstieg des Bürgertums in wachsenden, sich zu Produktions- und Handelszentren entwickelnden Städten wie Augsburg, Frankfurt a. M., Köln, Nürnberg, Straßburg u. a. Hier, aber auch an Fürstenhöfen wie in Heidelberg, fand schließlich auch jenes Gedanken- und Formengut Eingang, das sich in Italien durch die Beschäftigung mit antiker Literatur und Kunst bereits im frühen 15. Jahrhundert herausgebildet hatte.

Vor diesem Hintergrund ist die Geschichte der Stadt Mainz im 15. Jahrhundert zu sehen, deren Rolle als Kunstzentrum in der Ausstellung nachgezeichnet werden soll. Das Bild, das dabei entsteht, ist notwendigerweise fragmentarisch. Infolge von Kriegen und Belagerungen, aber auch infolge barocker Neuausstattungen und schließlich der Säkularisation sind nicht nur unschätzbar viele Kunstwerke, sondern auch Schriftquellen zerstört worden oder verloren gegangen, sodass sich künstlerische Entwicklungen und Zusammenhänge nur noch schwer erschließen lassen. In ganz besonderem Maß betrifft dies Werke der Goldschmiedekunst, die nicht in die Ausstellung aufgenommen wurden. Denn keines der wenigen erhaltenen Stücke lässt sich sicher nach Mainz lokalisieren. Der offenbar totale Verlust von Mainzer Goldschmiedearbeiten des 15. Jahrhunderts mag mit deren Materialwert zusammenhängen: Buntmetalle wurden bei Bedarf eingeschmolzen und neu verarbeitet, Perlen und Edelsteine dienten als Zahlungsmittel. Die Ausstellung konzentriert sich deshalb vorrangig auf Skulptur und Malerei, wobei sich bei einem Großteil der gezeigten Werke die Anbindung an Mainz entweder mit ihrer Entstehung, Aufstellung oder Verwendung in der erzbischöflichen Metropole oder aber mit einer entsprechenden Herkunft ihrer Auftraggeber begründen lässt.

Die Werkstatt der Mainzer Kreuzszeptermadonnen, die an der Wende vom 14. zum 15. Jahrhundert in Mainz und Umgebung tätig war, setzte in Steinbildwerken die idealisierenden Formen um, die in ganz Europa prägend für den Internationalen Stil um 1400 waren. Das Grabmal des 1390 verstorbenen Erzbischofs Adolf I. von Nassau im Mainzer Dom gehört zu den frühesten Werken ihres Meisters. Nur wenig später entstand die Madonna des Mainzer Karmeliterklosters – eine ikonografisch außergewöhnliche Skulptur, die Vorbild für eine ganze Reihe von Madonnenfiguren der Werkstatt war. Künstlerisch verwandt, doch ungleich »höfischer« in ihrer Erscheinung, sind die Skulpturen, die wohl unter der Leitung Madern Gertheners entstanden, des einflussreichsten Baumeisters des frühen 15. Jahrhunderts im Mittelrheingebiet. Der als sein Werk gesicherte Entwurf für den Turm der ehem. Stiftskirche St. Bartholomäus in Frankfurt a. M., des so genannten Doms, ist eine seiner eindrucksvollsten Leistungen. Auch das Memorienportal des Mainzer Doms wird Madern Gerthener bzw. Bildhauern seiner Werkstatt zugeschrieben.

Nicht nur aus Stein, sondern auch aus Ton wurden im Mittelrheingebiet bedeutende plastische Werke geschaffen. Die Arbeiten zweier Tonbildner, die etwa zwischen 1410 und 1440 tätig waren, treten hier besonders hervor. Die in Quellen nicht fassbaren Künstler werden nach ihren Hauptwerken »Meister der Hallgartener Madonna« bzw. »Meister der Lorcher Kreuztragung« genannt. Der eine ist in der Ausstellung durch die Figur der hl. Katharina aus Bingen vertreten, der andere durch die ausdrucksstarke Büste des Joseph von Arimathia im Besitz des Hessischen Landesmuseums Darmstadt. Aus Ton wurden darüber hinaus kunstvolle Model für die Herstellung von Backwaren u. ä. gefertigt.

Um 1400 waren in Mainz mehrere Maler ansässig, aus deren Werkstätten Tafelbilder, Glas- und Buchmalereien

LM 64 **Christus unter den Schriftgelehrten**

hervorgingen. Als Werke des Internationalen Stils weisen auch sie charakteristische Merkmale der Kunst dieser Zeit auf. Eine Ausnahme bildet jedoch das Werk des Meisters des Obersteiner Altars. Entgegen der herrschenden Kunstströmung schlug er einen drastisch-realistischen Erzählton in seinen Bildern an. In den um 1430/35 entstandenen Chorbüchern des Mainzer Karmeliterklosters finden sich Miniaturen verschiedener Buchmaler, von denen einige noch den Stil der Zeit um 1400 vertreten, während andere bereits mit modernerem Formengut vertraut gewesen sein müssen. Der Initial- und Rankenschmuck der Chorbücher wurde offenbar über Musterbücher verbreitet und findet sich auch in illuminierten Frühdrucken wieder, so z. B. in einzelnen Exemplaren der Gutenberg-Bibel. Ein weiteres wichtiges Medium war die Wandmalerei. Kirchen und Klöster, aber auch profane Gebäude wie das Mainzer Kaufhaus am Brand wurden mit Wandgemälden ausgestattet. Aber nur selten sind diese Gemälde in so unverfälschtem Zustand überliefert wie im Turmgewölbe der Pfarrkirche zu Eltville. Sie sind, wie auch der Zyklus aus der alten Kirche in Bingen-Dietersheim, vermutlich von Mainzer Künstlern ausgeführt worden.

Die Stiftsfehde 1461/62, die durch den Kampf der beiden Kontrahenten Diether von Isenburg-Büdingen und Adolf II. von Nassau um das Amt des Mainzer Erzbischofs ausgelöst wurde, ist eine Zäsur in der Geschichte der Stadt. Als Sieger aus dem blutigen Streit ging Adolf II. hervor. Er nahm den Bürgern die Stadtrechte und festigte die Macht des Erzbischofs und des Domkapitels. Erst nach einer Phase der Konsolidierung, in die auch die Gründung der Universität durch den Nachfolger Erzbischof Adolfs II. – seinen Rivalen Diether – fällt (1477), scheinen wieder Kunstwerke von Rang entstanden zu sein. Auffallend ist, dass offenbar verstärkt nicht in Mainz ansässige Künstler mit Aufträgen betraut wurden. Dies gilt für den Bildhauer Hans von Düren, als dessen Hauptwerk das Sakramentshaus der Stadtkirche in Friedberg anzusehen ist und der in Mainz am Ägidienchörlein des Kapitelsaales des Doms tätig war, ebenso wie für den Kupferstecher WB. Dieser vielleicht mit Wolfgang Beurer zu identifizierende Künstler, von dem eine Zeichnung aus dem Besitz Albrecht Dürers ins Danziger Nationalmuseum gelangt ist, schuf für eine nicht bekannte Mainzer Kirche die Altartafeln mit dem Sebastianszyklus des Bischöflichen Dom- und Diözesanmuseums Mainz. Er war auch als Buchmaler tätig und illuminierte ein heute in der British Library in London befindliches Stundenbuch.

Auch nach der Erfindung des Buchdrucks, der zu neuen Formen der Buchausstattung z. B. mit Metall- und Holzschnitten führte, wurden Bücher auf traditionelle Weise hergestellt. Das Missale des Scholasters Adolf von Breithardt, das 1481 entstanden ist, oder das 1482/1484 zu datierende Brevier des Administrators Adalbert von Sachsen sind Handschriften, die mit Buchmalerei geschmückt sind. Diese wohl in Mainz angefertigten und auch heute noch in Mainzer Bibliotheken aufbewahrten Bücher weisen Verbindungen zu etwas älteren Werken wie dem nach Aschaffenburg gelangten Pontifikale Adolfs II. von Nassau auf, das seinerseits ins Umfeld des so genannten Mittelalterlichen Hausbuchs führt. Inwiefern hier allerdings von Mainzer Buchmalerei gesprochen werden darf, ist ein noch nicht geklärtes Problem der Forschung.

Von 1484 bis 1504 bekleidete Berthold II. von Henneberg das Amt des Erzbischofs von Mainz. Der vor allem um die Reichspolitik bemühte Kirchenfürst, unter dem die Stadt 1486 mediatisiert wurde, kümmerte sich gleichermaßen um die Stabilisierung der Verhältnisse im Erzstift. Zahlreiche Baumaßnahmen sind während seines Pontifikats belegt, u. a. wurde in seinem Auftrag die Amtskellerei in Amorbach fertig gestellt und mit Fenstern des Mainzer Glasmalers Erhart ausgestattet. Aus Hennebergs Besitz stammt auch ein illuminiertes Exemplar des Schöfferschen »Decretum Gratiani« von 1472, dessen Miniaturen engste Verbindungen zu den oben erwähnten Handschriften aufweisen. Zur Zeit Berholds von Henneberg waren in Mainz zwei Bildhauer tätig, denen jeweils eine größere Zahl an Werken zugeschrieben wird. Der nach dem Grabmal des Administrators Adalbert von Sachsen benannte »Adalbertmeister« schuf zwischen ca. 1480 und 1500 für verschiedene Mainzer Kirchen monumentale Steinskulpturen. Sein bedeutendstes Werk ist die um 1495 entstandene, aus der ehem. Liebfrauenkirche in den Dom gelangte Grablegungsgruppe, eine Stiftung Emichos von Breithardt. Die Figuren zeichnen sich durch eine großzügig-ruhige, naturnah-realistische Gestaltung aus, die z. B. auch für die Madonna aus der Liebfrauenstraße kennzeichnend ist. Holzbildwerke, die in der ersten Hälfte des 15. Jahrhunderts in keinem bedeutenden Exemplar für Mainz erhalten sind, können am Ende des Jahrhunderts in einer größeren Zahl dem so genannten Brustlatzmeister und seiner Werkstatt zugeschrieben werden. Namengebend wurde der schildförmige Gewandausschnitt, den ein Großteil seiner weiblichen Heiligenfiguren aufweist. Die Skulpturen folgen einem einheitlichen Gestaltungsprinzip; die qualitätvollsten Vertreter sind die Schutzmantelmadonna in Finthen, der Evangelist Markus in Erbach oder die Muttergottes in Eltville.

Ob es in Mainz Tafelmaler-Werkstätten von vergleichbarer Leistungskraft am Ende des hier vorgestellten, ca. 100 Jahre umfassenden Zeitraums gab, ist nicht bekannt. Es fällt aber auf, dass zwei große Aufträge – ein Zyklus mit Darstellungen aus dem Leben Mariens und ein Retabel für die Stiftskirche St. Stephan – nicht an Mainzer Werkstätten gingen. Das Marienleben, das für die Kirche des Liebfrauenstifts bestimmt gewesen sein dürfte, wird einer Speyerer Werkstatt aus dem Umfeld des »Mittelalterlichen Hausbuchs« zugeschrieben, und das Retabel für St. Stephan stammt von der Hand des in Frankfurt a. M. tätigen Malers und Visierers Martin Caldenbach, gen. Hess, der mit Albrecht Dürer bekannt gewesen und künstlerisch von diesem beeinflusst worden ist.

Wolfgang Schmid

Zwischen Amtsmemoria und Landesherrschaft

Die Grabdenkmäler der Mainzer Erzbischöfe in der zweiten Hälfte des 15. Jahrhunderts

Abb. 1 **Grabdenkmal Erzbischof Diethers von Isenburg († 1482). Mainz, Dom**

Der Mainzer Dom beherbergt ein einzigartiges Ensemble von insgesamt 22 Grabdenkmälern, die an eine ganze Reihe namhafter Erzbischöfe des Mittelalters und der frühen Neuzeit erinnern. Sie standen der nach Rom größten Kirchenprovinz des Abendlandes vor und spielten in der Reichs- und Kirchenpolitik ihrer Zeit eine bedeutende Rolle. Die Serie der Monumente beginnt mit der berühmten, die Stellung des Mainzer Kirchenfürsten als Königsmacher hervorhebenden Tumbenplatte des Siegfried von Eppstein († 1249) und endet mit dem an der Wand schwebenden Marmormonument des Friedrich Karl von Ostein († 1763). Für die in den verschiedenen Epochen der Kunstgeschichte immer wieder modifizierte Denkmalreihe ist ein spezifischer Kontinuitätsstrang charakteristisch: Vom Grabmal des Matthias von Bucheck († 1328) bis zu jenem des Damian Hartard von der Leyen († 1678) werden die Mainzer Erzbischöfe als lebensgroße Standfiguren in vollem Ornat unter einem Baldachin dargestellt. Mochten die Kölner Erzbischöfe gewaltige Marmortumben und ihre Trierer Amtskollegen hoch aufragende Grabaltäre errichten, in Mainz wurde über fast 350 Jahre hinweg ein einheitliches Formular als verbindlich angesehen.[1]

Innerhalb dieser sich über fünf Jahrhunderte erstreckenden, scheinbar geschlossenen Reihe von Monumenten gibt es jedoch Brüche und Lücken, wenn etwa Monumente nicht erhalten sind oder Erzbischöfe außerhalb von Mainz begraben wurden. Auf der anderen Seite lassen sich einige der Denkmäler zu Gruppen zusammenfassen. Eine solche soll im Mittelpunkt dieses Beitrags stehen, der die fünf Grabdenkmäler behandelt, die an Diether von Isenburg († 1482), Adalbert von Sachsen († 1484), Berthold von Henneberg († 1504), Jakob von Liebenstein († 1508) und Uriel von Gemmingen († 1514) erinnern. Diese Monumente bewegen sich durchaus im Rahmen der Mainzer Tradition, bilden aber chronologisch und topografisch – Aufstellung an den dem Mittelschiff zugewandten Seiten der fünf Pfeiler im Westen des Domes – sowie unter typologischen und stilistischen Gesichtspunkten eine Einheit. Deutlich wird allein schon aufgrund der Größe die Zäsur gegenüber den Grabmälern des Johann von Nassau († 1419) und des Konrad von Dhaun († 1434).[2] Sein Nachfolger Dietrich Schenk von Erbach († 1459) wurde in der Aschaffenburger Stiftskirche begraben,[3] dessen Nachfolger Adolf von Nassau erhielt 1475 in der Zisterzienserabtei Eberbach ein aufwendiges Grabmal.[4] Mit dem Isenburg-Monument von 1482 setzt somit eine neue Entwicklung ein. Den nächsten Einschnitt markiert das postum errichtete Grabmal für Kardinal Albrecht von Brandenburg († 1545), das topografisch, stilistisch und durch seine farbige Teilfassung einen neuen Traditionsstrang begründete.

Unsere Gruppe von fünf Grabmälern bringt im Rahmen der Gesamtentwicklung zwar keine grundlegende Innovation mit sich, sondern lediglich die konsequente Weiterentwicklung und aufwendige Stilisierung eines traditionellen Modells, die im ersten Teil kurz skizziert werden soll. Im zweiten ist zusammenfassend nach der jeweiligen Rolle von Amtsmemoria, von ständischer Repräsentation, aber auch von individueller Frömmigkeit und von persönlicher Memoria zu fragen, und im dritten sollen die verfassungsgeschichtlichen und kirchenpolitischen Rahmenbedingungen herausgestellt werden, denen dieses Denkmalensemble zwar nicht seine Entstehung, aber doch seine anspruchsvolle Form verdankt.

Die Grabmonumente von Diether von Isenburg bis zu Uriel von Gemmingen

Das Grabmal des Diether von Isenburg ist – wie die anderen auch – aus Sandstein und Eifeltuff angefertigt; Spuren einer farbigen Fassung sind nicht nachzuweisen (Abb. 1).[5] Es ist mit 395 × 180 cm in etwa so breit wie das vom Typ her als Vorbild dienende Nassaugrabmal von 1419 (300 × 176 cm), aber deutlich höher. Die Breite der Pfeiler im Mittelschiff bildet das Standardmaß, das, ebenso wie der Typus, auch für die folgenden Monumente verbindlich bleibt: Das Grab zeigt ein Bild Isenburgs mit durchaus individuellen Zügen, er trägt die liturgischen Gewänder eines Erzbischofs, hält den Bischofsstab im Arm und liest in einem aufgeschlagenen Buch. Die Figur steht auf einem Sockel und wird von einem prachtvollen spätgotischen Baldachin aus zwei ineinander verschränkten Eselsrücken bekrönt. Die seitlichen Teile entwickeln aus einer Substruktion Nischen mit Baldachinen, in denen Figuren der Bistumspatrone Martin und Bonifatius sowie der zwei Jungfrauen Katharina und Barbara eingestellt sind. Ein Vergleich zwischen früheren und späteren Bischofsgräbern macht deutlich, dass sich das Isenburg-Monument in einer Zwitterstellung zwischen dem Typus der Tumba und dem des Wanddenkmals befindet: Die Höhe sprengt deutlich die Proportionen der Grabplatte, ermöglicht so die Entfaltung der anspruchsvollen Rahmenarchitektur, beibehalten werden charakteristische Eigenheiten der Tumba wie die Anbringung der Wappen an den vier Ecken oder das umlaufende Inschriftenband, das Isenburg als Gründer bzw. Erbauer von Martinsburg und Universität in Mainz bezeichnet *(Moguntinam arcem struxerat atque scolam)*.

Nach Diethers Tod wählte das Domkapitel den damals erst 18-jährigen Adalbert von Sachsen zu seinem Nachfolger (Abb. 2).[6] Er starb bereits 1484, noch als Administrator, ohne die Weihen erhalten zu haben. Folgerichtig ist er an seinem Grabmal im Gewand eines Domherrn mit einer prächtigen Mantelschließe, die den hl. Martin zeigt, und einem Vortragekreuz dargestellt. Trotz der Jugend und der historischen Bedeutungslosigkeit des Verstorbenen wurde ein aufwendiges Monument errichtet. Es orientiert sich am Isenburg-Grab, ist mit 400 × 181 cm aber etwas höher. Wir erkennen wiederum eine Standfigur unter einem Baldachin, der mit den seitlichen Architekturteilen organisch verbunden ist, in welche vier Heiligenfiguren (ursprünglich Maria, Maria Magdalena, Martin und Christophorus) eingestellt sind. Die Rahmenleiste entfällt im unteren Bereich, hier wird stattdessen für die Heraldik eine elegante Lösung entwickelt: Zwei Engel in Diakonsgewändern präsentieren drei Wappenschilde.

Zwei Jahrzehnte später entstand das Grabmonument für den mit Abstand bedeutendsten der fünf hier zu untersuchenden Kirchenfürsten, für Berthold von Henneberg († 1504), der die treibende Kraft der Reichsreformbewegung unter König Maximilian war (Abb. 3).[7] Sie führte u. a. zur Errichtung des Reichskammergerichts und zur Proklamation eines Ewigen Landfriedens. Das Henneberg-Monument ist über einen Meter höher als das seines Vorgängers (515 × 190 cm). Es steht in seiner Konzeption ganz im Banne der Tradition, steigert jedoch den künstlerischen Aufwand beträchtlich: Erhalten bleibt die Idee der stehenden Bischofsfigur, jetzt mit Krummstab und Kreuzstab ausgerüstet. Sie befindet sich unter einem Baldachin, in dessen Nischen wiederum vier Heilige stehen (Martin, Petrus, Bonifatius und Jakobus d. Ä.). Das eindrucksvolle Porträt des greisen Kirchenfürsten, Schwung und Rhythmus von Körperhaltung und Kleidung, die kaskadenartig über den Sockel herabfällt, die feingliedrige Architektur des Baldachins, die in ihrem floralen Wachstum den Ge-

Abb. 2 **Grabdenkmal Adalberts von Sachsen († 1484). Mainz, Dom**

samtrahmen zu sprengen droht, und nicht zuletzt auch die neue Idee einer Inschriftentafel am Fußende machen den besonderen Reiz des Grabmals aus: Unter einem Wasserschlag, auf dem die beiden nackten, das Amtswappen präsentierenden Engel kauern, ist eine rechteckige Platte angebracht. Jeder vor dem Grabmal stehende (und des Lateinischen mächtige) Betrachter kann bequem die in einer Kapitalis geschriebene Botschaft lesen, dass Berthold unter den Kurfürsten seiner Zeit an Klugheit, Einsicht und Ansehen *(prudentia, consilio, authoritate)* den ersten Rang einnahm, dass er als Wächter von Religion und Friede galt und dass ihm das dankbare Gemeinwesen – die Deutung dieser Formulierung ist strittig – dieses Monument errichtet habe *(hoc illi saxum grata res publica fieri curavit)*.

Abb. 3 **Grabdenkmal Erzbischof Bertholds von Henneberg († 1504). Mainz, Dom**

Abb. 4 **Grabdenkmal Erzbischof Jakobs von Liebenstein († 1508). Mainz, Dom**

Bertholds Nachfolger erreichten weder die lange Regierungszeit noch seine reichs- und kirchenpolitische Bedeutung. Da nur jeder zweite Pfeiler im Mittelschiff des Domes zur Aufstellung eines Grabmonuments geeignet war – die anderen besitzen vorgeblendete Halbsäulen, die man nicht abarbeiten wollte –, waren mit diesen beiden Monumenten auch sämtliche prominenten, zum Mittelschiff gelegenen Plätze im Westen des Domes besetzt; die Nachfolger mussten sich für ihre Grabdenkmäler andere Standorte suchen. Nach nur vierjähriger Amtszeit starb Jakob von Liebenstein im Jahre 1508 (Abb. 4).[8] Der Trend zu immer höheren Monumenten (535 × 175 cm) und zur artifiziellen Weiterentwicklung von Einzelelementen lässt sich an seinem Grab ebenso beobachten wie die ungebrochene Wirkmächtigkeit der Tradition; hinzu kommt die Auseinandersetzung mit dem Formengut der Renaissance. Dies zeigt am deutlichsten die Inschriftentafel, die nach antikem Vorbild *(tabula ansata)* gestaltet ist und von zwei Putten gehalten wird. Wie bei den anderen Monumenten auch ist die noch weitgehend der Spätgotik verpflichtete Architektur mit viel Mühe und Sorgfalt gestaltet. Kompliziert aufgebaute Eselsrücken mit ihren Fialen wachsen über den rechteckigen Rahmen des Denkmals hinaus. Die vier Heiligenfiguren (nach innen gewandt die Bischöfe Mauritius und Bonifatius, nach außen die Ritterheiligen Martin und Georg) sind jetzt nicht mehr unter-, sondern nebeneinander angeordnet. Auch die Figur des Erzbischofs, der Bischofsstab und Kreuzstab in der einen und ein Buch in der anderen Hand hält, lässt Einflüsse der Renaissance erkennen. Besondere Mühe hat der Bildhauer auf die Gestaltung des Bischofsstabes verwandt: Unter der Krümme erkennt man einen Schaft mit kleinen Heiligenstatuetten unter Baldachinen. Darunter ist das Kopfstück des Ziervelums *(pannisellus)* angebracht, dessen Fahne in einem Bogen nach hinten weg fällt, dann den Stab bei der Hand umschließt und schließlich nochmals nach hinten wegflattert. Der Bildhauer ist – wie bei den anderen Denkmälern auch – nicht bekannt, die Zuschreibung an Hans Backoffen wurde kürzlich in Frage gestellt.[9] In jedem Fall dürfte das Monument postum errichtet worden sein, nach der Inschrift setzten es »die Nachkommen dem Wohlverdienten« *(Posteri bene merenti posvervnt)*.

Ähnliches gilt auch für das nächste Denkmal, das an den nur sechs Jahre später verstorbenen Uriel von Gemmingen erinnert (475 × 187 cm; Abb. 5).[10] Dieses besitzt nicht nur eine im Sinne der Renaissance gestaltete Schrifttafel mit Angaben zur Person, sondern noch eine zweite Inschrift in einer darunter liegenden Hohlkehle, derzufolge der Nachfolger, Kardinal Albrecht, das Monument hatte errichten lassen *(Albertus marchio Brandenburgensis, archiepiscopus Moguntinus, sucessor mortuo posuit)*. Daraus kann man zunächst einmal folgern, dass die Herstellung, vielleicht auch die Konzeption dieses außergewöhnlichen Denkmals auf den bedeutendsten Mäzen der Dürerzeit in Deutschland zurückgeht. Es ist fast gänzlich im Stil der Renaissance durchgestaltet, nur das Gesprenge des Baldachins, das einem Rundbogen vorgeblendet ist, orientiert sich an gotischen Formen. Ob sich in den Nischen an den Pilastern ursprünglich Heiligenfiguren befanden, wissen wir nicht; Platz wäre für sechs, nicht nur für vier.

Erstaunlich ist jedoch die Konzeption der Mittelszene: Der Erzbischof ist nicht als Standbild dargestellt, sondern als kniende Figur. Seinen liturgischen Ornat hat er teilweise vor sich abgelegt, Kreuzstab, Handschuhe und Ringe liegen auf einem Kissen. Begleitet wird er von den Bistumspatronen Martin und Bonifatius. Sie sind sozusagen aus den Nischen herabgestiegen und empfehlen als lebensgroße heilige Bischöfe ihren Nachfolger im Amt, der vor einem noch an gotische Vorbilder erinnernden Christus am Kreuz kniet. Dieser wird von fünf Engeln umgeben, die sein Blut auffangen. Die Darstellung Gemmingens in »ewiger Anbetung« stellt einen deutlichen Bruch mit der Mainzer Tradition dar, genauer, ein Ausscheren für die Dauer einer Generation.[11] Eine Erklärung ist jedoch schwierig. Wir verfügen weder über Anhaltspunkte aus der Biografie des Stifters noch lässt sich eine Aussage wagen, ob dieses Modell der Darstellung des Verstorbenen gegenüber der Liegefigur auf einer Tumba oder der einer Standfigur an einem Wanddenkmal besondere Frömmigkeit oder besonderes Repräsentationsbedürfnis assoziieren sollte oder nicht.

Einige, wenn auch dürftige Anhaltspunkte zur Erklärung dieser Phänomene vermag die Tatsache beizutragen, dass wir den gleichen Grabmaltyp als ebenso singuläres Beispiel auch im Trierer Dom finden: 1525 wurde hier das Grabmal des Erzbischofs Richard von Greiffenklau († 1531) errichtet, das diesen ebenfalls in »ewiger Anbetung« und mit den Bistumspatronen Helena und Petrus unter dem Kreuz zeigt (Abb. 6).[12] Das konsequent im Stil der Renaissance konzipierte Monument ist nicht nur wegen seiner

Abb. 5 **Grabdenkmal Erzbischof Uriels von Gemmingen († 1514). Mainz, Dom**

Größe hervorzuheben – es orientiert sich an der Breite der Kreuzpfeiler von 180 cm, ist mit 687 cm aber zwei Meter höher als das Gemmingen-Grabmal –, sondern auch wegen seiner Funktion: Das Trierer Monument diente als Grabaltar, an dem regelmäßig die Messe gelesen wurde. Diese Idee wurde in der Trierer Grabmalkunst des Manierismus und Barock immer wieder aufgegriffen; es entstanden große und aufwendige Grabmonumente, die sich deutlich von jenen in Mainz unterschieden.

Der Nachfolger Gemmingens, Albrecht von Brandenburg († 1545), regierte das Erzbistum über drei Jahrzehnte hinweg.[13] Sein postum von dem Mainzer Bildhauer Dietrich Schro errichtetes Grabmonument lässt gegenüber denjenigen seiner Vorgänger eine deutliche Zäsur erkennen:

Abb. 6 **Grabdenkmal Erzbischof Richards von Greiffenklau († 1531). Trier, Dom**

Zunächst durch seinen Aufstellungsort am südöstlichen Vierungspfeiler im nördlichen Seitenschiff, vielleicht nicht ganz so prominent, dafür aber vom Haupteingang des Domes, vom Marktportal her gut zu sehen. Die Konzeption bewegt sich im Rahmen der Konvention, wird aber im Sinne der Renaissance neu formuliert: Die Konsole, auf der das Bild des Kardinals steht, ist in der Art eines antiken Opferaltars mit einem gefesselten Faun gestaltet. Eine Farbfassung ermöglicht die bessere Identifizierung der einzelnen Wappen, die anstelle der Heiligenfiguren an den Pilastern angebracht sind. Die anderen Teile des Grabmals sind in Weiß und Gold gefasst. Bekrönt wird das Monument von einer Figur des auferstehenden Christus, die eine heilsgeschichtliche Gesamtdeutung des Grabdenkmals ermöglicht.

Zur Bedeutung der Grabbilder

Der kurze Blick auf das Brandenburg-Monument lässt die enge Zusammengehörigkeit der Grabdenkmäler seiner fünf Vorgänger noch einmal deutlich hervortreten. Für eine Interpretation ihrer Aussagen sind zwei charakteristische Komponenten von Belang, zum einen die stufenweise Verwandlung der Tumbenplatte zum Wandgrabmal sowie das Streben nach immer größeren Ausmaßen und mehr Prachtentfaltung. Auf der anderen Seite lässt sich – von einer Ausnahme abgesehen – der hohe Stellenwert der Tradition beobachten: Ein Bischofsgrabmal bestand in Mainz über Jahrhunderte hinweg aus einer monumentalen Standfigur des Verstorbenen, die unter einem Baldachin und auf einer Konsole stehend platziert und die von einer Rahmenarchitektur mit Heiligen eingerahmt war. Weiter stellen ein Band oder eine Tafel mit einer Inschrift sowie Wappen feste Bestandteile des Grabmals dar. Da die Monumente der Kölner und der Trierer Erzbischöfe gänzlich anders und zudem recht unterschiedlich gestaltet waren, dürfte die skizzierte Uniformität als wichtige Botschaft zu verstehen sein.

Hierbei ist zunächst die Aussage des Bischofsbildes von Relevanz: Sämtliche Grabdenkmäler zeigen ein lebensgroßes Bild des Verstorbenen in voller liturgischer Gewandung, wobei dem Pallium eine besondere Bedeutung zukam. Die Erzbischöfe unterscheiden sich eigentlich nur durch ihre individuell gestalteten Gesichter, die durchweg Porträtcharakter aufweisen, sowie durch die Wappen. Gezeigt wird somit das Bild des lebenden und stehenden Erzbischofs, wie er liturgische Handlungen vornimmt oder zumindest vornehmen könnte.[14] Keine Berücksichtigung findet dagegen seine Rolle als Reichsfürst und Kirchenpolitiker, als Kriegsherr und Reichsreformer. Die Grabmäler zeigen uns also ein ganz spezifisches Bischofsbild, das zudem aufwendig in Szene gesetzt wird: Die Figuren stehen auf Sockeln, sie befinden sich unter einer prächtigen Bekrönung und sie werden durch eine mit nicht minder großem Aufwand gearbeitete Rahmenarchitektur umschlossen. Eine ähnliche Präsentation findet man sonst eher bei Heiligenbildern, etwa in Altarschreinen oder Portalgewänden, und es stellt sich die Frage, ob denn jeder Besucher der Kirche zwischen dem Bild eines Heiligen, dem eines bischöflichen Heiligen (St. Martin), dem eines heiligen Bischofs (Tumbagrab des hl. Bonifatius von 1357) und dem eines verstorbenen Erzbischofs unterscheiden konnte. Die in lateinischer Sprache abgefassten, bei den ersten zwei Monumenten von unten kaum zu lesenden Inschriften dürften eine Deutung nicht gerade erleichtert haben. Aber diese Indifferenz war gewollt, die Bischöfe sollten als Inhaber eines Amts präsentiert werden, dessen Bedeutung durch seine religiöse Überhöhung hervorgehoben wurde. Wenn man diese Überlegungen mit denjenigen über den Seriencharakter der Monumente verbindet, dann lässt sich eine weitere Aussage formulieren: Die lange Reihe der Grabdenkmäler sollte eine weit in die Vergangenheit zurückreichende und weitgehend ununterbrochene Kontinuität von bischöflicher Herrschaft signalisieren; ihre Bedeutung für die politische und kirchenpolitische Legitimation des Bischofsamtes war kaum zu überschätzen.[15] Hier ergänzten die Grabmäler die bis zu den heiligen Bistumsgründern zurückreichenden Bischofslisten oder die Bistumschroniken mit ihren Gründungslegenden. Als Vergleichsbeispiel lässt sich die aus den 1330er Jahren stammende, 55 Bilder von Amtsinhabern umfassende Reihe der Erzbischöfe an den Chorschranken des Kölner Domes anführen, die mit dem hl. Maternus beginnt und zunächst bis zu Walram von Jülich († 1349) reichte, dann aber bis zu Philipp von Daun-Oberstein

(† 1515) fortgeführt wurde.[16] Für das 16. Jahrhundert kann auf die gedruckten Genealogien und auf das gewaltige Grabmal Kaiser Maximilians I. in Innsbruck verwiesen werden, das von überlebensgroßen bronzenen Standbildern der Vorfahren umstanden wird.[17]

Neben der Amtsmemoria ist der Aspekt der ständischen Repräsentation von Bedeutung: Die fünf Kirchenfürsten sind nicht nur Erzbischöfe, sondern auch Angehörige des Adels. Außer der liturgischen Gewandung, die den geistlichen Stand charakterisiert, sind hier vor allem Inschriften und Wappen von Bedeutung.[18] Freilich war der Gebrauch, der von diesen Medien gemacht wurde, bescheiden: Die meisten Bischöfe kamen mit vier Wappen aus, die ihre vornehme Herkunft verdeutlichten. Neben der Zahl war auch die Gestaltung der Wappenschilde zurückhaltend, die im 15. Jahrhundert durchaus schon verbreiteten Elemente wie Helm, Helmdecke und Kleinod fehlen, lediglich zweimal (Sachsen, Henneberg) wird mit Wappenhaltern experimentiert. Erst beim Grabmal des Kardinals Albrecht gewinnt die Heraldik einen neuen Stellenwert, auch die Inschrift wird hier zur Nennung seiner zahlreichen Ämter und Besitzungen benutzt.

Ein dritter Faktor ist der der individuellen Frömmigkeit. Doch eine Antwort auf die Frage, inwieweit Erzbischöfe ihre Grabmonumente zur Visualisierung persönlicher Glaubensbilder genutzt haben, fällt eher negativ aus: Im Gegensatz zu Stifterbildern an Flügelaltären und Glasfenstern ließ der strenge Kanon der Gattung Mainzer Bischofsgrab hierfür kaum Spielräume. Allenfalls die Heiligen in der Rahmung könnten als persönliches Programm gedeutet werden, was in einigen Fällen (Maria Magdalena, Christophorus) auch zutreffen mag. Andererseits überwiegen bei den Heiligen die Bistumspatrone (Bonifatius, Martin), und genau diese Tatsache macht deutlich, dass es hier eher um die Verbildlichung von Amtsmemoria als um persönliche Frömmigkeit ging. Diese Deutung wird zudem durch die Tatsache unterstrichen, dass von keinem unserer fünf Kirchenfürsten ein Testament bekannt ist, aus dem sich die Stellung des Grabmals im Rahmen eines Gesamtplans der Jenseitsfürsorge herausarbeiten ließe.[19] Vielleicht aus diesem Grund wurden die fünf Monumente auch nicht zu Lebzeiten, sondern erst unter den Nachfolgern errichtet.

Auch die Inschriften der Bischofsgräber eignen sich nur bedingt als Quellen zur individuellen Frömmigkeit oder über die persönliche Memoria des Verstorbenen. Sie sind durchweg kurz und erstaunlich nüchtern formuliert. In keinem Fall wird ein Heiliger angerufen, selbst auf eine Aufforderung zur Fürbitte, etwa ein *ora pro nobis*, wird verzichtet. Die hier fehlende religiöse Komponente darf uns freilich nicht – wie zuletzt Hans Körner[20] – dazu verleiten, hieraus einen vorrangig profanen Denkmalcharakter der Bischofsgräber abzuleiten. Ihre memoriale Funktion ergibt sich nämlich allein schon durch ihre Platzierung innerhalb des Kirchenraumes. Dort waren sie keineswegs an einem unbedeutenden Platz, sondern im Mittelschiff der Kathedralkirche platziert. Auch wenn der Aufstellungsort der Denkmäler des 13., 14. und frühen 15. Jahrhunderts nicht immer der ursprüngliche ist, lässt sich für unsere fünf Monumente doch festhalten, dass sie das Mittelschiff wie eine Prozessionsstraße durch die Kathedralkirche flankierten. Dies verweist auch auf ihre Einbindung in die Liturgie: Die Bischofsgräber standen nicht nur am jeweiligen Todestag des Verstorbenen im Mittelpunkt der Feier zu seinem Jahrgedächtnis, sondern sie waren auch durch ihren hervorgehobenen Standort im Mittelschiff bei den Messfeiern im Chorbereich präsent.[21]

Zur Beantwortung der Frage nach individueller Memoria und ihrem Zusammenhang mit der Liturgie müssen wir auch die in der Forschung noch weitgehend vernachlässigte Tatsache berücksichtigen, dass an die Erzbischöfe im Dom nicht nur Grabdenkmäler an den Pfeilern, sondern auch Grabplatten am Ort ihres Begräbnisses erinnerten. Vor dem Isenburg-Grab war eine Platte aus rotem Sandstein mit dem Amtswappen des Verstorbenen eingelassen (243 × 126 cm; jetzt im Kreuzgang). Eine Inschrift nennt Todestag, Namen und Amt Isenburgs, *cuius anima requiescat in pace*. Auch die weitgehend identisch aufgebaute Grabplatte Adalberts ist erhalten, sie lag ursprünglich ebenfalls vor dem Isenburg-Grabmal. *Viuit in deo* schließt die Inschrift. Eine besonders aufwendige Grabplatte war für Henneberg angefertigt worden: Sie besteht aus rotem Marmor, misst 205 × 108 cm und befand sich ursprünglich vor dem Christophorusaltar im Ostchor. In flachem Relief ist der Erzbischof in vollem Ornat mit Buch und Krummstab, aber ohne Kreuzstab dargestellt. Nicht erhalten ist die Grabplatte Liebensteins, die sich vor dem Ostchor befand. Verloren ist auch die Grabplatte Gemmingens in der Memorie. Auch sie zeigte ein Amtswappen und trug eine Inschrift auf eingelegten Metallstreifen. Für Kardinal

Albrecht wurde noch zu Lebzeiten eine aufwendig aus Bronze gegossene Inschriftenplatte angefertigt. Eine Grabplatte aus rotem Marmor wurde außerdem in der Mitte des Westchors aufgestellt. Es lässt sich somit festhalten, dass wir in allen sechs Fällen zwischen Grabdenkmälern und Grabplatten unterscheiden müssen.[22] Die einen wurden an einem repräsentativen Ort aufgestellt, die anderen am tatsächlichen Begräbnisplatz; nur einmal sind beide identisch. Auch ihre Gestaltung und ihre Funktionen waren unterschiedlich, der Aufwand der Grabplatten war deutlich geringer, sie dienten eher der persönlichen Memoria, während die repräsentativen Wandgräber eher Aufgaben der Amtsmemoria erfüllten.

Stadtherrschaft und Landesherrschaft

Neben dem hohen Stellenwert der Tradition lässt sich bei den Grabdenkmälern der Mainzer Erzbischöfe das Bestreben erkennen, immer höhere, immer aufwendigere und immer modernere Monumente zu errichten. Es bestand ein fruchtbares Konkurrenzverhältnis zu den Grabmälern der Vorgänger im Amt, zu denen des Klerus der Diözese, namentlich der Kanoniker der Domkirche, zu den Grablegen der benachbarten Erzbischöfe (Trier) und denen der Bischöfe der zwölf Mainzer Suffragane (u.a. Augsburg, Straßburg, Würzburg), nicht zuletzt auch zu den Monumenten in den Grabkapellen der benachbarten weltlichen Residenzen (Simmern, Saarbrücken, Wiesbaden, Idstein).
Es stellt sich die Frage, ob bei dieser Entwicklung nicht auch politische Faktoren eine Rolle gespielt haben, weniger der Reichs- und Kirchenpolitik, sondern vielmehr der Stadt- und Landesherrschaft.[23] Die Mainzer Stiftsfehde von 1461/62 verursachte in allen Bereichen des politischen, wirtschaftlichen, kirchlichen und kulturellen Lebens einen folgenschweren Einschnitt: 1459 wurde Diether von Isenburg zum Erzbischof gewählt. Aufgrund der hohen Servitienforderungen der Kurie, gegen die er sich zur Wehr setzte, kam es 1461 zu seiner Exkommunikation und Absetzung; als Nachfolger wurde Adolf II. von Nassau eingesetzt. Beide Erzbischöfe suchten Verbündete und investierten hierfür beträchtliche Summen, die gewaltige Schulden verursachten. 1462 gewann Diether zwar die Schlacht bei Seckenheim, aber Adolf gelang es, im Handstreich Mainz zu erobern. Die Stadt wurde geplündert und z.T. niedergebrannt, viele Familien vertrieben, vor allem aber verlor Mainz seinen Status als Freie Stadt, seine Freiheiten und Privilegien sowie das Recht der Selbstverwaltung. 1475 starb Adolf und wurde im Kloster Eberbach begraben. In der Zisterzienserabtei in der Nähe seiner Residenz Eltville lag bereits Gerlach von Nassau († 1371), ein weiterer Mainzer Erzbischof aus seiner Familie; hier ließ er sich vor dem Hochaltar ein ungewöhnlich aufwendiges Monument errichten, das ihn – abweichend von der Mainzer Tradition und fast vergleichbar mit dem kurz zuvor fertiggestellten Grabmal des Trierer Erzbischofs Jakob von Sierck († 1456)[24] – als Liegefigur und mit einem Kreuzstab zeigt. Das Mainzer Kapitel wählte daraufhin ein zweites Mal Diether zum Erzbischof. 1476 revoltierten die Bürger von Mainz, mussten aber bereits nach drei Tagen dem Stadtherrn die Tore öffnen und ihm die Stadtschlüssel überreichen. Isenburg konnte 1477 die lange geplante Gründung der Universität verwirklichen und errichtete in den Jahren 1478 bis 1480 die Martinsburg als landesherrliche Stadtresidenz. Ohne dass die nur knapp skizzierten Ereignisse, die zur Folge hatten, dass die Stadt Mainz zielgerichtet in das Kurfürstentum integriert wurde, näher ausgeführt werden können, sei die These formuliert, dass es einen Zusammenhang zwischen dem Sieg im Kampf um die Stadtherrschaft im Jahre 1462 auf der einen und dem nach einer langen Unterbrechung planmäßig angelegten Ensemble von fünf Bischofsmonumenten in den Jahren ab 1482 auf der anderen Seite gegeben haben könnte.
Ein konkreter Beweis ist schwer zu erbringen, allerdings lassen sich eine Reihe von Indizien anführen, die diese These zumindest plausibel machen: Zunächst einmal die Inschrift am Isenburg-Grabmal, die die Leistung des Erzbischofs als Erbauer der Martinsburg und als Gründer der Universität hervorhebt. Weiter lässt sich anführen, dass ein Konnex zwischen Grabmalskunst und Reichs- bzw. Territorialpolitik in Mainz auf eine lange Tradition zurückblicken kann: Bereits auf den Grabdenkmälern des Siegfried von Eppstein († 1249) und des Peter von Aspelt († 1320) wird deren Rolle als Königsmacher hervorgehoben.[25] Bei unseren fünf Grabmälern hebt lediglich beim Henneberg-Monument eine Inschrift dessen Bedeutung für die Reichspolitik hervor.
Drittens ist ein Vergleich mit Köln und Trier erhellend: Die Kölner Erzbischöfe verloren ihre Stadtherrschaft über das »heilige Köln« de facto bereits 1288, nach der Schlacht bei

Worringen, de jure dann 1475. Im 16. Jahrhundert waren die Erzbischöfe Adolf und Anton von Schauenburg († 1556 bzw. 1558) die Letzten, für die monumentale Grablegen im Dom errichtet wurden; ihre Nachfolger erhielten nur noch einfache Grabplatten. Die Schauenburger waren auch die letzten Kölner Oberhirten, die ihr Recht auf einen freien Einritt in der Reichsstadt noch durchsetzen konnten.[26] Während Köln durch den Verlust der Stadtherrschaft und Bruch der Kontinuität im Bereich der Grabmalskunst somit ein negatives Beispiel darstellt, lässt sich für Trier das Gegenteil aufzeigen: Hier gelang es den Erzbischöfen 1580 nach einem Urteil des Reichskammergerichts, den jahrhundertelangen Streit um die Reichsunmittelbarkeit der Stadt zu ihren Gunsten zu entscheiden. Neben der zielgerichteten Eingliederung der Stadt in ihr Territorium ist unter Jakob von Eltz († 1581) und Johann von Schönenburg († 1599) eine aufwendige Kunst- und Stiftungspolitik zu beobachten, die sich vor allem auf den Dom konzentrierte und mit dem Namen des Bildhauers Hans Ruprecht Hoffmann verbunden ist. Zu ihr gehört nicht zuletzt auch der 1595 auf dem Hauptmarkt errichtete Petrusbrunnen, der den Bürgern der Stadt die bischöfliche Stadtherrschaft, die von den Kardinaltugenden geleitete Stadtregierung sowie ein Bekenntnis zur Gegenreformation vor Augen führte.[27] Durchaus ähnliche Botschaften vermittelte der prächtige Renaissancebrunnen, den Albrecht von Brandenburg 1526 auf dem Mainzer Marktplatz errichten ließ und auf dem Inschriften die Urheberschaft des fürsorglichen Stadtherrn für die Nachwelt festhielten.[28]

Wappen an den Stadttoren, feierliche Einritte, öffentliche Huldigungen, Übergabe der Stadtschlüssel und nicht zuletzt auch Brunnen sind Elemente eines Zeichensystems, welches im späten Mittelalter und in der frühen Neuzeit die Stadt- und Landesherrschaft verbildlichte, sie einer nur teilweise alphabetisierten Bevölkerung vor Augen führte. Auch den Grabdenkmälern kam dabei eine wichtige Rolle zu, zeigten sie doch nicht nur das hohe Alter und die Kontinuität des Bischofsamtes, sondern brachten durch ihre Aufstellung innerhalb des Kirchenraumes und durch ihre Architektur seinen hohen Rang und seine religiöse Komponente zum Ausdruck.

Die Untersuchung entstand im Rahmen des Grabmalprojekts im Trierer Sonderforschungsbereich 235 (Zwischen Maas und Rhein). Für Rat und Hilfe sei gedankt: Stefan Heinz, Sylvie Tritz und Eva Waldmann sowie Rüdiger Fuchs (Mainz), Gudrun Sporbeck (Köln) und Verena Kessel (Bonn).

1 Arens 1958; Arens 1975; Arens 1982 (I); Kniffler 1978; Kessel 1994; Kessel 1998.
2 Arens 1982 (I), S. 96–101.
3 LMA, Bd. 3, Sp. 1029 (Alois Gerlich).
4 Beeh 1970; Kessel 1994, S. 20 f.; Monsees 1997, S. 208–210, Nr. 246.
5 Arens 1958, S. 110 f., Nr. 195; Kniffler 1978, S. 109–115; Arens 1982 (I), S. 102 f.
6 Arens 1958, S. 116 f., Nr. 209; Kniffler 1978, S. 116–121; Arens 1982 (I), S. 103.
7 Arens 1958, S. 144 f., Nr. 278; Kniffler 1978, S. 121–125; Arens 1982 (I), S. 106 f.; Goeltzer 1991, S. 21–27; Beyer 1998, S. 177–179; Roll 1998.
8 Arens 1958, S. 152, Nr. 291; Kniffler 1978, S. 126–128; Arens 1982 (I), S. 108–111; Goeltzer 1991, S. 27–31; Beyer 1998, S. 180–183.
9 Goeltzer 1989/90; Goeltzer 1991.
10 Arens 1958, S. 161, Nr. 309; Kniffler 1978, S. 128–132; Arens 1982 (I), S. 111–113; Goeltzer 1989/90, S. 60–65; Beyer 1998, S. 183–185.
11 Der Begriff der »ewigen Anbetung« wird in der Kunstgeschichte und der Liturgiewissenschaft recht unterschiedlich verstanden und ist inhaltlich bisher noch wenig geklärt. Vgl. Bruhns 1940; Arens 1972; RDK, Bd. 6, Sp. 567–600 (Max Denzler). – Als Vergleichsbeispiel sei außerdem auf das Grabmal des Erzbischofs Dietrich von Moers († 1463) im Kölner Dom verwiesen, das diesen mit dem hl. Petrus vor Maria kniend zeigt.
12 Ronig 1980, S. 252 f.
13 Arens 1958, S. 198 f., Nr. 399; Arens 1982 (I), S. 115–117; Lühmann-Schmid 1975, S. 48 f. Zu Albrecht von Brandenburg als Mäzen vgl. Katalog »Albrecht von Brandenburg« 1990; Jürgensmeier 1991; Tacke 1992.
14 Kessel 1994, S. 14 f.; Beyer 1998, S. 180 f.
15 Nilgen 1985; Sauer 1993.
16 Haussherr 1977; Kessel 1997, S. 17.
17 Schmid 1984.
18 Hülsen-Esch/Oexle 1998.
19 Miller 1985.
20 Körner 1997, S. 171–181.
21 Kohlschein/Wünsche 1998; Andermann 1990. Eine einschlägige Untersuchung für Mainz fehlt; vgl. Kessel 1994, S. 32–35.
22 Nachweise bei Arens 1958, S. 111 f., Nr. 196, S. 118, Nr. 210, S. 145–147, Nr. 279, S. 153, Nr. 292, S. 162, Nr. 310, S. 199–202, Nr. 400 f.
23 Brück 1972; Demandt 1977; Jürgensmeier 1989, S. 148–173; Jürgensmeier 1992; Schulz 1993; Härter 1996; Rödel 1998.
24 Siehe oben Anm. 4; Schommers 1990.
25 Brush 1990; Kessel 1997; Hehl 1999, S. 851–857.
26 Militzer 1984; Schmid 1999.
27 Schmid 1995; Schmid 1999.
28 Arens 1958, S. 544–546, Nr. 1144; Lühmann-Schmid 1974; Lühmann-Schmid 1975, S. 65–68.

Eduard Sebald

Zentrum und Umland – Zur Architektur der Stadt Mainz und des unteren Erzstifts im 15. Jahrhundert

Eine Übersicht über Bauten, Baumeister und Auftraggeber in Mainz und Umgebung im 15. Jahrhundert ist bisher ein Desiderat.[1] Die hier zusammengestellten Daten vornehmlich größerer Bauprojekte können daher nur ein knappes Resümee des Forschungsstands geben und auf Lücken aufmerksam machen. Dies gilt umso mehr, als die seit dem Frühmittelalter vielfältig belegbaren engen Verbindungen der Stadt Mainz mit ihrem Umland, dem unteren Erzstift, eine gemeinsame Untersuchung beider nahe legen. Als unteres Erzstift werden die Ämter rechts des Rheins bis Lorch u.a. mit Eltville, Rauenthal, Eberbach und Rüdesheim, links des Rheins mit Bingen und südlich von Mainz bis Laubenheim bezeichnet, denen erzbischöfliche Verwalter vorstanden. Die nördlich und östlich gelegenen Gebiete entsprechen dem alten Rheingau, der, da das Mainzer Territorium im Westen faktisch direkt an pfälzische Besitzungen stieß, das natürliche Hinterland der Stadt bildete.

Auch im 15. Jahrhundert war der romanische Martinsdom die vornehmste Bauaufgabe im Erzstift. Verschiedene Baumaßnahmen sind dokumentiert, Erhaltungsarbeiten, aber auch Erweiterungen bzw. Um- und Neubauten. Am Beginn des Jahrhunderts – zwischen 1400 und 1410 – entstand der heutige Kreuzgang anstelle eines romanischen Vorgängers.[2] Die Datierung folgt u.a. aus den Wappenschlusssteinen Erzbischof Johanns II. von Nassau und verschiedener Domherren der Zeit. Die Analyse des Bauvorgangs wird durch spätere Rekonstruktionen erschwert: So wurde die Anlage 1841–1845 stark erneuert, nachdem Mainz 1793 beschossen worden war und Dom und Kreuzgang brannten. Da sie 1927 nochmals überarbeitet wurde, muss davon ausgegangen werden, dass u.a. das Maßwerk weitgehend ausgetauscht ist.

Der Domkreuzgang, dessen Größe durch den romanischen vorgegeben war, unterscheidet sich durch zwei Besonderheiten von vergleichbaren Anlagen: Er besitzt drei Flügel und zwei Geschosse. Das Fehlen des vierten Flügels erklärt sich durch die zur Bauzeit bereits bestehenden gotischen Südseitenkapellen. Das an Kreuzgängen eher seltene Obergeschoss war von Beginn an als Aufbewahrungsort der bedeutenden Bibliothek geplant. Die schematisierten Maßwerkfiguren im Couronnement der Fenster – u.a. gestapelte Dreipässe – stehen mit jenen der wenig älteren Nikolauskapelle in Zusammenhang und weisen ins 14. Jahrhundert zurück, sprechen folglich gegen die Zuschreibung an Madern Gerthener, den Konzeptor des Memorienportals (s. S. 502 und Kat.-Nr. LM 9).

Die Nikolauskapelle ist ausweislich der Wappenschlusssteine eine Stiftung des Domherrn Nikolaus de Lapide und seiner Mutter und datiert in die Zeit zwischen 1382 und 1400.[3] Auch sie wurde in den 40er Jahren des 19. Jahrhunderts stark überarbeitet. Der von der Memorie zugängliche Raum ist mit dem Kreuzgang, mit dem er offenbar im Verband steht, durch große Maßwerkfenster verbunden. Bemerkenswert ist die doppelläufige Treppe zwischen Memorie und Kapelle, die die Verbindung zur Bibliothek herstellt. In ihr spiegelt sich die gemeinsame Planung. Möglicherweise ist sie ein Hinweis auf eine anfängliche Nutzung als Schule, worauf auch das Patrozinium der Kapelle deuten würde. Möglicherweise diente sie aber auch als Begräbnisort.

Wie Kreuzgang und Nikolauskapelle ist der gesamte Stiftsbereich mit Stiftsgebäuden und Bibliothek bisher wenig erforscht. Den Kapitelsprotokollen zufolge tagte das Domkapitel ab dem 15. Jahrhundert in den am Kreuzgang anliegenden Kapitelsälen.[4] Deren zweischiffiger Pfeilerkeller reicht ins 11. und 13. Jahrhundert zurück. Die Entstehungszeit des ehemals zweischiffigen großen Kapitelsaals, der wohl ursprünglich als Refektorium diente, muss derzeit offen bleiben: Die Form der Dienste legt eine Datierung ins 14. Jahrhundert nahe. Im Trakt am Ostflügel des Kreuzgangs sind hingegen romanische Fenster erhalten, sodass eine Nutzung älteren Mauerwerks mit Umbauten ab dem 14. Jahrhundert plausibel ist.

Kurz nach dem Kreuzgang entstand um 1410/20 das spätgotische Portal der romanischen Memorie, dem ehemaligen Kapitelsaal, der nun als Begräbnisort genutzt wurde. Es wurde in der Werkstatt des Frankfurter Stadtbaumeisters Madern Gerthener skulptiert. Stifter war wahrscheinlich ein Mainzer Domherr (s. Kat.-Nr. LM 9). Ob sich in dem

Portaleinbau Bestrebungen des Domkapitels niederschlagen, eine im Wettstreit mit den Bischöfen repräsentative Grablege zu schaffen, muss offen bleiben.
Vermutlich nach Abschluss der Arbeiten im Bereich Kreuzgang/Stiftsgebäude wurde 1417/18 die Nassauer Unterkapelle mit zugehörigem Altar im Osten des Mittelschiffs errichtet.[5] Die als Grablege der Nassauer Erzbischöfe dienende längsrechteckige Gruft ging aus einer Stiftung Erzbischof Johanns II. hervor. Im Inneren trennen zehn oktogonale Pfeiler ein zentrales Oval vom umlaufenden Umgang. Darüber stand im Mittelschiff ein Baldachinaltar mit bekrönender Martinsfigur – das 1683 abgetragene so genannte *Martinschörlein*. Die Anlage wurde als Heiliges Grab gedeutet und war in die Osterliturgie eingebunden. Die Gräber der beiden Nassauer Bischöfe standen demnach in der Nähe des Grabes Christi und wurden somit erhöht. Das Vorbild der Gedenkkapelle im Mittelschiff des Prager Veitsdoms von Peter Parler (um 1375) weist möglicherweise auf eine Ausführung durch die Werkstatt Madern Gertheners.
Erst 1473 sind wieder Baumaßnahmen überliefert: Dem Ostturm und den beiden Querhausflankentürmen war 1361 ein Geschoss mit schlanken Maßwerkfenstern und bekrönenden Wimpergen aufgesetzt worden, nun sollte am Vierungsoktogon ein neuer Glockenstuhl folgen.[6] Die Stabilität der neuen Steinschichten, in denen der Glockenstuhl verankert werden sollte, war aber umstritten. Die eingeholten Gutachten bestätigten die Auffassung des ausführenden Zimmermanns Henne More, der die statische Sicherheit angezweifelt hatte. Der verantwortliche Architekt, Dombaumeister Nikolaus Eseler d. Ä., verlor sein Amt, das er seit 1463 innehatte, und musste die Stadt verlassen. Das Verdikt traf einen prominenten Vertreter seiner Zunft, der an verschiedenen Bauten vornehmlich Süddeutschlands tätig war, u. a. an der Michaelskirche in Schwäbisch-Hall (1438–1442) und an der Georgskirche in Nördlingen (1439–1461), dort vornehmlich am Chor. An der Georgskirche in Dinkelsbühl (1448–1499) und am Westchor der Jakobskirche in Rothenburg o. d. T. (1453–1471), seinen Hauptwerken, arbeitete er mit seinem Sohn Nikolaus d. J. zusammen (vgl. Kat.-Nr. LM 14), der zwischen 1492 und 1509 ebenfalls Mainzer Dombaumeister werden sollte.[7]
Den Mainzer Verhandlungsprotokollen ist zu entnehmen, dass der Turm innen umgestaltet worden war. Die bereits aufgeführte Mauer musste wieder abgetragen bzw. ersetzt werden. Der Plan mit Glockenstuhl und Helm wurde offenbar nicht mehr realisiert: Kurz darauf wurde das Hauptgeläut des Westturms erweitert. Außerdem ist auf der Federzeichnung von Jan de Beyer aus dem Jahr 1753 der Turm mit dem Geschoss von 1361 und der 1572 aufgesetzten hölzernen Laterne mit Zwiebelhaube abgebildet (Abb. 1). Weder die Turmobergeschosse noch die Laterne sind erhalten.

Abb. 1 **Mainzer Dom von Osten. Jan de Beyer, 1753. Landesmuseum Mainz, Graphische Sammlung**

Wahrscheinlich zwischen 1482 und 1494 wurden der westliche Vierungsturm und die beiden Flankentürme des Westchors aufgestockt, wie die heute verlorene Jahreszahl 1482 am Chorbogen des Westturms und die Ergänzung des Hauptgeläuts 1491 belegen.[8] Jede Seite des Turmoktogons weist je zwei hohe dreibahnige Fenster mit Fischblasenfiguren auf. Die zugehörigen hohen schlanken Helme des Vierungsturms und der Flankentürme brannten 1767 nach Blitzschlag ab. Initiator des spätgotischen Ausbaus soll der Domkapitular und *magister fabricae* Johann von Hattstein gewesen sein, Architekt war Nikolaus Queck, der Nachfolger Eselers im Dombaumeisteramt, die Helme führte Zimmermeister Johannes Mor (= Henne More) auf.
1486 wurde das so genannte Ägidien-Chörlein anstelle einer romanischen Apsis an die Memorie angebaut.[9] Der Polygonchor, der unmittelbar an den noch vorhandenen romanischen Triumphbogen anstößt, besitzt einen Schluss mit fünf Teilen des Achtecks, zweibahnige Fenster mit Schneußformen im Couronnement und ein achtstrahliges Sterngewölbe. Ausführender war Hans von Düren, dem

auch zwei der Assistenzfigürchen am Denkmal Adalberts von Sachsen zugeschrieben werden.

1489 wurde die kleine Kapitelstube, der so genannte Hennebergbau, an den Kapitelsaal angesetzt.[10] Der zweigeschossige turmartige Bruchsteinbau ist in beiden Geschossen mit Netzgewölben ausgestattet. Im oberen Geschoss ist auf vier Konsolsteinen das Wappen des Mainzer Domkapitels aufgemalt.

Vor 1498 wurde an der Domnordseite die Marienkapelle zwischen dem Marktportal und dem Nordarm des Westquerhauses eingesetzt, die beiden Joche dabei mit Fischblasenmaßwerk vergittert.[11]

Ebenfalls unter Erzbischof Berthold von Henneberg wurde schließlich die alte Sakristei bis 1501 erweitert.[12] 1497 erfolgte ein diesbezüglicher Beschluss des Kapitels auf Antrag des Fabrikmeisters und Domherrn Johann von Hattstein. Die Ausführung oblag Baumeister Nikolaus (Eseler d. J.?).

An der Baugeschichte des Doms im 15. Jahrhundert fällt auf, dass nahezu alle Baumaßnahmen in die Episkopate Johanns II. von Nassau (1397–1419) und Bertholds von Henneberg (1484–1504) fallen. Größte Bauaufgabe war der Aus- und Umbau des Kreuzgangs. Im Hinblick auf die konservativen Formen ist die Baumaßnahme stilistisch wohl eher dem ausgehenden 14. Jahrhundert zuzurechnen. Im Unterschied dazu erweist sich das zeitgleiche Memorienportal als innovative Neuerung. Größtes Projekt des letzten Viertels des 15. Jahrhunderts war die Aufstockung des Westturms.

Ähnlich ist das Bild der Kloster-, Stifts- und Pfarrkirchen der Stadt: Während sich die rege Bautätigkeit des 14. Jahrhunderts in mehr als zehn z. T. monumentalen Sakralbauten niederschlug, wurden, mit Ausnahme zweier nicht mehr erhaltener Bauten, Ende des 15. Jahrhunderts wenige Kirchen ausgebaut. Prominentestes erhaltenes Bauwerk ist die ehemalige Stiftskirche St. Stephan: An der doppelchörigen Hallenkirche der Zeit zwischen 1290 und 1338 wurde ein Kreuzgang errichtet und der Turm erhöht.[13] Der Kreuzgang – zu Recht als »herausragendes Werk der Spätgotik in Mainz«[14] charakterisiert – wurde nach der Stiftsfehde von 1462 begonnen und, der Inschrift eines verlorenen Schlusssteins zufolge, 1499 vollendet. Die Daten spiegeln sich im Aufriss der vier annähernd gleich langen sechsjochigen Flügel: Nur die beiden Südjoche und das Nordjoch des Ostflügels besitzen Kreuzgewölbe, die restlichen Joche des West- und Ostflügels haben Netzgewölbe, den Südflügel überwölben sternförmige Rippenfigurationen, den Nordflügel Netzgewölbe mit Bogenrippen und hängenden Schlusssteinen (rekonstruiert). Dreibahnige Fenster mit Fischblasenmaßwerk grenzen das *claustrum* gegen den Innenhof ab. Baumeister war der an einem Schlussstein genannte Steinmetz Valentinus, dessen Grabstein neben dem Querhausportal erhalten blieb. Ob er mit jenem *Magister Valentinus lapicida de Friedberg* identisch ist, der für die Einwölbung des Chors der Klosterkirche St. Alban (s. u.) nachgewiesen ist, muss offen bleiben. Verschiedene Wappenschlusssteine belegen die Annahme von bürgerlichen Stiftungen zur Finanzierung des Kreuzgangs.

Zur gleichen Zeit – 1495 – wurde der Turm aufgestockt: Ergänzt wurden ein Geschoss mit hohen Schallfenstern, ein niedriges Zwischengeschoss mit Glockenstube und die oberen Geschosse des Treppenturms, darüber eine nicht mehr erhaltene Haube mit Laterne, wie u. a. auf der Stadtvedute von Matthäus Merian (um 1633) abgebildet. Über dem Westchor ist an der nördlichen Ecke des Gesimses mit Bogenfries das Fragment einer Inschrift mit der Jahreszahl *149(5)* erhalten, auf der anderen Seite die Buchstaben *EH* mit (Stifter-?)Wappen. Offen bleibt die Frage, ob Valentinus auch den Turm errichtet hat.[15]

Unter den noch bestehenden Kirchen sind auch an der Pfarrkirche St. Quintin Bau- und Restaurierungsmaßnahmen belegt.[16] Für 1425–1435 ist eine Restaurierung überliefert. Im Turm an der Südwestecke wurde 1489 unter Erzbischof Berthold von Henneberg, dessen Wappen erhalten ist, über dem Glockengeschoss mit Fenstern mit Fischblasenmaßwerk die Wohnung des Türmers eingerichtet.

Den Überblick über die Sakralarchitektur runden Bauprojekte an nicht mehr erhaltenen Bauten ab. Am Beginn des Jahrhunderts stehen die drei in der Ausstellung gezeigten Schlusssteine, die aus dem Kreuzgang der Liebfrauenkirche stammen und auf Um- oder Ausbauten des Quadrums rückschließen lassen (s. Kat.-Nr. LM 12). 1404 befahl Erzbischof Johann II. von Nassau, den Gottesdienst am Jakobskloster wieder aufzunehmen. Zusammen mit dem Albanskloster und dem Viktorstift war es 1329 während des Bistumsstreits von der Mainzer Bürgerschaft zerstört, diese daraufhin zur Wiedergutmachung verurteilt worden. Zwischen 1404 und 1413 wurde u. a. ein neuer Kreuzgang errichtet, 1458 die Kirche – ein Saalbau mit eingerücktem Chor – begonnen und 1461 geweiht.[17] Ins erste Drittel des 15. Jahrhunderts datiert die beschädigte Skulptur eines Erzengels Michael (Kat.-Nr. LM 6), die in der kath. Pfarrkirche in Mainz-Laubenheim aufbewahrt wird.[18] Aus welcher Kirche sie stammt, ist unbekannt. Offenbar war sie Teil eines Gewölbes, wie die Rippen an der Rückseite vermuten lassen. Die hohe Qualität spricht für eine Entstehung im Umfeld einer Mainzer Werkstatt, z. B. in der des Meisters der Karmelitermadonna. Um 1440/50 wurden die Stiftsgebäude des Kollegiatstifts St. Nicomedis, dessen Anfänge ins 7. Jahrhundert zurückreichen, errichtet bzw. erneuert.[19] Der Wiederaufbau des Albansklosters begann vermutlich bereits um 1402/05 mit dem Neubau eines Chors, d. h. zeitgleich mit dem Jakobskloster.[20] 1486 ordnete Erzbischof Berthold von Henneberg eine Kollekte zur Wiederherstellung der Kirche an. Der Chor wurde 1491–1494 von Meister *Valentin von Friedberg* eingewölbt. Schließlich wurde um 1490/1500 das am Ende des 9. Jahrhunderts von den Erzbischöfen Luitbert und Hatto I. gegründete Klerikerstift St. Mauritius wiederum von Berthold von Henneberg erneuert.[21]

Wie am Dom zeichnet sich an verschiedenen Mainzer Kirchen im ausgehenden 15. Jahrhundert eine starke Zunahme der Bautätigkeit ab. Es wurden keine Neubauten in Angriff genommen, sondern zerstörte Bauwerke wieder errichtet oder fehlende Bauteile ergänzt. Hauptwerke der Zeit waren der Kreuzgang von St. Stephan und das Chorgewölbe von St. Alban. Während der Kreuzgang auf bürgerlichen Stiftungen beruht, lässt sich an St. Alban und anderen Bauten die Einflussnahme Erzbischof Bertholds von Henneberg festmachen. Dass sich in der reichen Bautätigkeit jenes Bischofs, der 1486 immerhin die Mediatisierung der Stadt Mainz vollendete, ein gesteigertes Repräsentationsbedürfnis widerspiegelt, kann vermutet werden.

Im Vergleich zur Sakral- ist der Bestand an Profanarchitektur durch Kriegsverluste, Umbauten oder Abrisse stark reduziert. Der wichtigste städtische Bau, die Stadtmauer, wurde um 1190/1200 errichtet und entspricht in großen Teilen der römischen Mauer bzw. gründet auf römischen Fundamenten.[22] Ab der Mitte des 13. Jahrhunderts, 1375 und 1432 wurde sie verstärkt und erhöht sowie mit breiten Zinnen und Schartenschlitzen ausgestattet. An der Landseite entstand bis 1462 ein zweiter Mauerring, Gautor und Münstertor wurden dabei zu aufwendigen Doppeltoren ausgebaut. Die Baulast ging nach dem Verlust der Stadtfreiheit 1462 möglicherweise an den Landesherrn über: Einer Nachricht der Jakobsberger Chronik ist zu entnehmen, dass Erzbischof Diether II. von Isenburg 1475 die *Dydenpforte* und den Turm der *Filzbachpforte* errichten ließ.[23]

Erhalten blieben verschiedene Mauerabschnitte – u. a. am Kästrich, an der Hinteren Bleiche mit charakteristischem Fischgrätmauerwerk *(opus spicatum)* des 12./13. Jahrhunderts und an der Rheinstraße der größte zusammenhängende Abschnitt in voller Höhe. Von der Vielzahl der Mauer- und Tortürme stehen noch drei: Der mittelalterliche Alexanderturm hat römische Fundamente, der Eingang entstand um 1500; der um 1240 erbaute Eisenturm wurde in der ersten Hälfte des 15. Jahrhunderts auf sechs Geschosse erhöht; der ebenfalls sechsgeschossige Holzturm entstand im Wesentlichen im frühen 15. Jahrhundert. Markant ist das steile Dach mit den vier Ecktürmen. In den Fenstern des Geschosses über dem Torbogen sind an der Stadtseite die Büsten eines Königs- und eines Bürgerpaares eingelassen.

Die nach dem Patron des Erzstifts und der Stadt benannte Martinsburg wurde ab 1478 von Erzbischof Diether II. von Isenburg als Wasserburg angelegt.[24] Nach einem Brand, dem das vermutliche Fachwerkobergeschoss zum Opfer fiel, wurde das Geschoss nach 1481 in Stein rekonstruiert. Einer zweiten Zerstörung folgte nach 1552 erneut der Wiederaufbau durch Kurfürst Daniel Brendel von Homburg. Der an der Nordostecke der Stadt stehende Vorgängerbau des späteren kurfürstlichen Schlosses, der im 17. Jahrhundert in die Anlage einbezogen wurde, wurde zwischen 1800 und 1809 abgetragen. Erhalten blieben im Erdgeschoss des heutigen Schlosses ein Fenster mit den Wappen der beiden Erbauer und östlich davon ein Gewölbe. Die Burg und ihr Standort am Rande der Stadt reflektieren die Geschichte des Erzstifts und der Stadt Mainz. 1462 beendete Adolf II. von Nassau mit seiner Eroberung die weitgehende Unabhängigkeit der Stadt gegenüber den Erzbischöfen. Diether II., sein Konkurrent und Nachfolger, errichtete die Burg als landesherrliche Zwingburg gegen die städtische Bevölkerung, zugleich als angemessene Residenz- und Verwaltungszentrale des Erzbistums, die sich bisher außerhalb der Stadt in Eltville befand. Zudem war die Anlage als Eckbefestigung Bestandteil der Stadtmauer. Der Wehrcharakter des Wohnschlosses wird in der Nähe zum Rhein und dem breiten stadtseitigen Wassergraben sichtbar. Zudem war die hufeisenförmige Anlage über unregelmäßigem Grundriss durch Rundtürme und Mauern mit Wehrgang zusätzlich gegen die Stadt gesichert. Das Wohngebäude stand an der der Stadt abgewandten Seite. Dem Vorbild regelmäßiger Kastelltypen verpflichtet, besaß es einen dreizonigen Aufriss mit Quadergeschoss unten, wehrhaften Ecktürmen mit Zinnenkranz, Schießscharten und Tourellen an den Ecken. Baumeister war Johann Mor (Morhenne). Ein Zimmermann gleichen Namens ist zwischen 1473 und 1494 bei Bauarbeiten an den beiden Vierungstürmen des Domes nachgewiesen. Sollten beide identisch sein, so wäre Henne Mor, ähnlich Nikolaus Eseler d. Ä., der 1461 für Erzbischof Diether den Schlossbau in Höchst begann, sowohl an Sakral- als auch Profanbauten der Erzbischöfe tätig gewesen. Der Konflikt von 1473, in den auch Nikolaus Queck involviert war, der Nachfolger Eselers, wäre folglich auch im Spannungsfeld dieser Konkurrenzsituation zu beurteilen.

Das Heiliggeist-Hospital, das älteste erhaltene Bürgerspital in Deutschland, ist ein wichtiges Zeugnis mittelalterlichen Hospitalbaus und war, neben dem verschwundenen Rathaus des 13. Jahrhunderts und dem ebenfalls abgetragenen Kaufhaus von 1317, eines der wenigen nachweisbaren öffentlichen Gebäude des Mittelalters in Mainz.[25] Ein 1145 gegründeter Vorgänger stand in Domnähe und gehörte als soziale Einrichtung zum Domstift. 1236 wurde das Hospital ans Rheinufer verlegt und 1244 städtischer Verwaltung unterstellt. Nach der Niederwerfung der Stadt 1462 ging es wieder ans Domkapitel zurück. Der ehemals an der rheinseitigen Stadtmauer stehende Putzbau hat zwei Geschosse. Im Erdgeschoss lag der Krankensaal, eine Pfeilerhalle von sieben Schiffen zu vier Jochen. Bald nach 1462 wurden vier spätromanische Schiffe zugunsten einer zweischiffigen, zweigeschossigen Halle mit reichen Netzgewölben abgetragen. Der Umbau war durch einen Funktionswechsel bedingt: Fortan diente der Bau als Altersheim für Frauen, Kranke wurden nicht mehr aufgenommen.

Wohnbauten des 15. Jahrhunderts sind nur in spärlichen Resten erhalten. Der viergeschossige Wohnturm des ehemaligen Königsteiner und späteren Älteren Dalberger Hofs (Ballplatz 1) ist neben dem aufwendig rekonstruierten »Haus zum Stein« (Weintorstraße 1) aus dem Ende des 12. Jahrhunderts ein überregional bedeutender Vertreter dieser selten erhaltenen Gattung. Der ins 14. Jahrhundert zurückreichende Turm gelangte durch eine Schenkung Adolfs II. von Nassau nach 1462 in den Besitz seines Schwagers und erzbischöflichen Stadthauptmanns Eberhard von Eppstein-Königstein. In das nicht mit den Geschossen darüber korrespondierende Erdgeschoss wurde eine kreuzrippengewölbte Kapelle eingebaut. Der 1466 den Aposteln Simon und Juda geweihte Raum steht möglicherweise mit dem Sieg Adolfs über die Stadt am 28. Oktober 1462, dem Patronatstag der beiden Apostel, in Verbindung. Bemerkenswert sind darüber hinaus die einzigen in situ erhaltenen Reste gotischer Verglasung in Mainz. Der Ausbau des Königsteiner Hofs als wehrhaftes Zeichen steht faktisch am Beginn der Entwicklung zum Mainzer Adelshof. Die sozialhistorische Ursache dieser Entwicklung lag in der Ausweisung von mehreren hundert Bürgern nach 1462. Das Ergebnis sollte die Dominanz des Adels in Mainz, die in den verschiedenen, mit Adligen besetzten geistlichen Kommunitäten der Stadt begründet lag, allmählich verstärken.

Verschiedene Massivbauten gewähren einen begrenzten Einblick in die Wohnkultur der Mainzer Oberschicht im späten 15. Jahrhundert. Bedeutende Reste des »Sponheimer Hofs« aus der Zeit um 1500 sind im dreigeschossigen Wohnhaus Himmelsgasse 1 erhalten. Über dem gratgewölbten zweischiffigen Keller mit Rundpfeilern erhebt sich an der Hofseite eine heute vermauerte Arkade. Der Wohnsaal im ersten Geschoss wurde durch zwei- und dreifach gekuppelte Fenster belichtet. Im Haus »Zum Robenheimer«, Teil des Hofkomplexes Augustinergässchen 6, sind die gotischen Umfassungsmauern mit steilen Giebeln und Spitzbogenfenstern an der Giebelseite erhalten. Über dem tonnengewölbten Keller ruhen die mittelalterlichen Balkenlagen des Erd- und ersten Obergeschosses auf Konsolen und Streichbalken. Vom »Haus zum Korb« (Am Brand 6) ist nur die schmale Front mit Torbogen, Treppengiebel und Eckturm überkommen. Im ältesten Druckhaus von Mainz befand sich die Druckwerkstatt Peter Schöffers. 1476 wurde es mit dem angrenzenden Hof »Zum Humbrecht«, dem Druckhaus Gutenbergs, vereinigt. Schließlich sind im Erdgeschoss des Hinterhauses Augustinerstraße 23/25 zwei Räume des spätgotischen Patrizierhauses »Zur Eiche« erhalten, u. a. eine Bretterdecke mit profilierten Leisten und Blendmaßwerkbahnen. Die wenigen Reste lassen vermuten, dass an den Bauten das Erdgeschoss mit Torfahrt und Arkaden zum Hof in der Regel wirtschaftlichen Zwecken vorbehalten war und dass sich darüber die Wohnräume, u.a. mit dem Wohnsaal, befanden. Der Dachraum wurde zu Speicherzwecken genutzt.

Zuletzt ein Blick auf Fachwerkbauten aus der Zeit um 1500: Das heute zweigeschossige Haus Heiliggrabgasse 12 besitzt über dem massiven Erdgeschoss ein Fachwerkobergeschoss mit geblatteten, gekreuzten Schwertungen an den Bund- und Eckständern. Das Fachwerkobergeschoss des Leininger Hofs (Kappelhofgasse 2/4/Weintorstraße 6) ist mit dem Eckerker weitgehend rekonstruiert. Vor allem an der Giebelseite des dreigeschossigen Hauses »Zum Aschaffenburg« (Kirschgarten 26/28) ist die o.g. Konstruktionsweise, eine spätgotische Vorform der so genannten Wilde-Mann-Figur, dekorativ gesteigert.[26]

Bisher wenig in die Überlegungen einbezogen wurde das untere Erzstift mit den o.g. rechts- und linksrheinischen Gebieten. Die Bindung des Rheingaus, zu dem bis ins 16. Jahrhundert auch die Ämter Bingen und Gau-Algesheim gehörten, an den Mainzer Erzstuhl reichen über die 983 erfolgte Schenkung u.a. der Bannhoheit über Bingen durch Kaiser Otto II. an Erzbischof Willigis hinaus ins Frühmittelalter. Ab dem 13. Jahrhundert bis um 1462 verstärkten sich Tendenzen zur Selbstständigkeit der örtlichen Verwaltungen und führten im Weistum von 1324 zu einer mit stadtähnlichen Freiheiten ausgestatteten rechtlichen Sonderstellung. Erst unter Erzbischof Berthold von Henneberg setzte wieder eine rückläufige Bewegung ein.

In der zweiten Hälfte des 15. und Anfang des 16. Jahrhunderts ist im Rheingau eine für ländliche Regionen ungewöhnlich reiche Bautätigkeit an Sakralbauten überliefert. Die Bauten gehen sicherlich auf den Reichtum der Weinbauregion und das gewachsene Selbstbewusstsein seiner Bewohner zurück, doch zeichnet sich auch ein Engagement des Mainzer Klerus ab. Hintergrund war sicherlich der Umstand, dass viele geistliche Kommunitäten der Stadt Besitzungen im Rheingau hielten, andererseits sich die Mitglieder der Mainzer Kapitel meist aus Rheingauer Adelsfamilien rekrutierten.

Für die Entwicklung des Rheingaus im Spätmittelalter von zentraler Bedeutung war die Tatsache, dass die Erzbischöfe, aufgrund der unsicheren Lage in der Stadt Mainz, die Talburg Eltville seit dem Stiftsschisma von 1328–1337, verstärkt ab 1353 bis zum Bau der Martinsburg, bevorzugt als Residenz nutzten. Neben dem Ausbau der Burg (s.u.) widmeten sie sich auch dem Bau der Pfarrkirche St. Peter und Paul (Abb. 2).[27] Mitte des 14. Jahrhunderts war mit ihrem Bau begonnen worden, gefördert durch Erzbischof Gerlach von Nassau, wie sein Wappen am Schlussstein des Chores belegt. Die zunächst flach gedeckte, zweischiffige Hallenkirche wurde bis um 1400 eingewölbt. Auch hier legt u.a. das Mainzer Wappen in Kombination mit jenem von Nassau zumindest eine Beteiligung an der Finanzierung des Mittelschiffs nahe. Der Ausbau des Turmes wurde von Erzbischof Konrad III. von Dhaun gefördert, wie sein Wappen am Westportal dokumentiert. Obwohl die Finanzierung der Türme traditionell den Gemeinden vorbehalten war, lässt das Wappen Bertholds von Henneberg an der Südseite auf weitere Stiftungen am Ende des 15. Jahrhunderts rückschließen. Der Eltviller Turm, dessen Aufriss unter Konrad III. festgelegt wurde, steht mit Detailformen wie dem Kielbogenportal und flankierenden Fialpfeilern in enger Verbindung mit dem Frankfurter Domturm und den Portalen Madern Gertheners. Die Nähe zum Frankfurter Baumeister zeigt das Anspruchsniveau des Auftraggebers. Konrad war, bevor er zum Mainzer Erzbischof gewählt wurde, Propst des Bartholomäusstifts in Frankfurt a. M. und stand somit in direktem Kontakt mit dem Frankfurter Turmprojekt. Insofern ist von einem direkten Einfluss der Frankfurter Werkstatt auszugehen. Ob der Turm von Meister Wilhelm ausgeführt wurde, jenem Schüler Gertheners, der am Chor der Pfarrkirche in Kiedrich nachgewiesen ist, muss offen bleiben.

Abb. 2 **Turm der Pfarrkirche St. Peter und Paul in Eltville**

Bauträgerin der Pfarrkirche St. Dionysius und Valentinus in Kiedrich waren die Gemeinde und der ortsansässige Adel, u.a. die Familie von Scharfenstein mit Schlusssteinwappen im Langhaus.[28] Der Neubau war durch die im 14. Jahrhundert zunehmende Wallfahrt zu den Reliquien des hl. Valentinus notwendig geworden. Im zweiten Viertel des 14. Jahrhunderts wurde mit einer dreischiffigen Hallenkirche mit Westturm begonnen, die um 1380 vollendet war. Offenbar kurz vor 1427, als man eine Michaelskapelle im ersten Turmgeschoss einrichtete, wurde das Westportal eingesetzt. Aufriss und Einzelformen stehen unter dem Einfluss der Werkstatt Madern Gertheners. Nach der Schenkung einer weiteren Valentinsreliquie 1454 wurde ein neuer Chor begonnen, der ebenfalls der Architektur Gertheners verpflichtet ist. Der Plan stammt von Meister Wilhelm, der 1476 als verstorben genannt wird. Um 1460/70 arbeitete Hans Flücke aus Ingelheim unter ihm, der an der Ingelheimer Burgkirche nachweisbar ist und Werkmeister am Dom zu Frankfurt a. M. werden sollte. 1481 wurde der Chor durch einen bayerischen Meister der Schule Hans Stethaimers eingewölbt und zugleich das Langhaus zur Emporenhalle aufgestockt. 1493 war der Bau vollendet.

Die zugehörige Michaelskapelle auf dem Kirchhof wurde um 1434/1445 (Weihe) errichtet. Typologisch gehört sie zur Gruppe der Kapellenkarner, die als Beinhaus und Friedhofskapelle genutzt werden. In Kiedrich tritt die Funktion der Heiltumskapelle für Wallfahrer hinzu, ablesbar an der als dekorative Schaufassade angelegten Außenkanzel, von der den Gläubigen die Valentinsreliquien gewiesen wurden.

In der feingliedrigen Architektur sind fränkische Einflüsse – im Motiv des Chörleins – mit Einflüssen der Bauten Madern Gertheners vereinigt. Umstritten ist die Zuschreibung an Nikolaus Eseler d. Ä., dessen Geburtsjahr um 1420 angesetzt wird, oder seinen Vater Peter. Die bisher bekannten Daten sprechen eher für den Vater, der 1438 als Dombaumeister in Mainz bezeugt ist. Bauherrin war wiederum die Gemeinde, deren Wappen an der Außenkanzel angebracht ist. Das Wappen des Mainzer Erzbischofs Dietrich von Erbach an gleicher Stelle und das Wappen der Familie Lindau – vermutlich zu beziehen auf einen Mainzer Domherren der Familie – lassen darüber hinaus Mainzer Stiftungen vermuten.

Ab der zweiten Hälfte des 15. Jahrhunderts entstanden mehrere Pfarrkirchen: St. Antonius in Rauenthal war unter Nutzung älterer Teile 1464 fertig gestellt und wurde 1492 vom Meister des Kiedricher Chorgewölbes eingewölbt; St. Markus in Erbach wurde in der zweiten Hälfte des 15. Jahrhunderts begonnen und Anfang des 16. Jahrhunderts eingewölbt, u. a. das südliche Seitenschiff 1506; die dreischiffige, ursprünglich flach gedeckte Halle der Kirche zur Kreuzauffindung in Geisenheim wurde gegen Ende des 15. Jahrhunderts genutzt, der Chor datiert zwischen 1513 und 1518; St. Martin in Oestrich erhielt um 1508 eine fast quadratische dreischiffige Halle, in die der romanische Turm an der Seite einbezogen ist; der Saalbau der Kirche zur Kreuzerhöhung in Assmannshausen entstand im späten 15. Jahrhundert.[29] Andere Bauten wurden vollendet oder umgebaut, z. B. die Pfarrkirche St. Jakob in Rüdesheim, die um 1390/1400 datiert und 1489 eingewölbt wurde, oder St. Martin in Lorch, deren nördliches Seitenschiff auf eine Stiftung von 1398 zurückgeht und deren romanische Westteile 1480 zur Vorhalle umgebaut wurden. Der Chor der Kirche Mariä Himmelfahrt zu Hallgarten entstand im 15. Jahrhundert; die Kirche St. Sebastian und Laurentius in Martinsthal wurde zu Beginn des 15. Jahrhunderts als schlichter Saalbau errichtet und erhielt um 1512 ein Sterngewölbe.[30]

An vielen der o. g. Bauten trugen Mitglieder des Mainzer Klerus zumindest teilweise die Baulast: Die Geisenheimer Kirche war seit 1146 dem Mainzer Domkapitel inkorporiert, den Neubau des Schiffs finanzierte die Gemeinde, den des Chors das Domstift; die Kirche in Oestrich war seit 1254 dem Kapitel des Mainzer Viktorstifts übertragen und wurde 1494–1501 inkorporiert; am Bau der Kirche in Winkel war das Mainzer Viktorstift als Zehntherr beteiligt, ebenso an den Kirchen in Hallgarten und Assmannshausen, an letzterer der Propst von St. Viktor, der wie die Grafen von Sponheim Zehntherr und zum Bau und Unterhalt verpflichtet war. St. Jakob in Rüdesheim ging dagegen aus einer Stiftung Johann Brömsers von Rüdesheim hervor, eines Mainzer Vizedoms.

Das linksrheinische Bingen gehörte seit 983 den Mainzer Erzbischöfen und ging 1424 bzw. 1438 im Tausch an das Domkapitel über. Das 1006 erstmals erwähnte Martinsstift ist wie die Martinskirche vermutlich eine Gründung des Erzbischofs Willigis.[31] 1165 und 1403 wurde der frühromanische Bau durch Brände zerstört. Erhalten blieben nur die Hallenkrypta des 11. Jahrhunderts und ein Teil der Doppelturmfassade der Zeit nach 1165. Hochaltar und Chor der nach 1403 begonnenen Kirche wurden 1416 geweiht. Erster Bauherr soll Erzbischof Johann II. von Nassau gewesen sein. Der Bau war 1435 nicht vollendet, da Erzbischof Dietrich von Erbach im gleichen Jahr Indulgenzen zum Wiederaufbau der Kirche bewilligte. Möglicherweise war er um 1450 vollendet, wie die Erwähnung des Meisters Peter Arnolt von Bingen vermuten lässt, der ab 1449 den Bau der Westteile der nahen Burgkirche in Ober-Ingelheim leitete. Anfang des 16. Jahrhunderts wurde die Stiftskirche für eine Pfarrgemeinde geöffnet, daraufhin 1510/11 der Barbarabau anstelle des nördlichen Seitenschiffs als zweischiffige Pfarrkirche angefügt. In der kunsthistorischen Diskussion der spätgotischen Martinskirche wurden bisher die in den Seitenschiffen aufsteigenden und über den Dächern außen anliegenden Strebepfeiler als Indiz dafür gewertet, dass der Bau ursprünglich einschiffig angelegt war. Nur wenig ältere Beispiele, wie die Martinskirche im nahe gelegenen Oberwesel, belegen dagegen, dass außen anliegende Strebepfeiler durchaus auch an dreischiffigen Anlagen vorkamen. Die Bingener Martinskirche kann demnach ebenfalls von Beginn an als dreischiffige Basilika ohne Querhaus geplant worden sein. Wie auch der zweizonige Aufriss und das Maßwerk der Chorfenster nahe legten, könnte sie somit in die Entwicklung der zeitgenössischen Architektur am Mittelrhein eingebettet werden und würde sich in eine Reihe dreischiffiger Basiliken ohne Querhäuser einordnen, die in Mainz und Umgebung im 14. Jahrhundert errichtet wurden. Im Hinblick auf die im 15. Jahrhundert verstärkt vorkommenden Kirchen mit Wandpfeilern wäre die Martinskirche somit ein wichtiges Bindeglied zwischen der Blüte des Mainzer Kirchenbaus im 14. Jahrhundert und den Rheingauer Bauten des 15. Jahrhunderts.

In die neugotische Pfarrkirche St. Cosmas und Damian in Gau-Algesheim sind Westturm und Chor der spätgotischen Vorgängerin integriert.[32] Am Chor findet sich das Steinmetzzeichen Johanns von Diepach, der 1406 an der Burgkirche in Ober-Ingelheim nachgewiesen ist, ein Beleg für Bauarbeiten im 15. Jahrhundert. Johann war 1415–1420 am Langhaus der Kirche St. Rufus in Gau-Odernheim tätig, das, seit 1315 mainzisch, 1407 an Kurpfalz verpfändet wurde.

Wie in Mainz sind an den Kirchen des Rheingaus verschiedene Typen vertreten: u. a. Anlagen mit zweischiffigen Langhäusern, dreischiffige Basiliken, Saalbauten und kurze dreischiffige Hallen mit Chor und Westturm. Die zweischiffigen Langhäuser in Lorch und Rüdesheim sowie in Eltville entstanden im 14. Jahrhundert und haben sowohl einen basilikalen als auch Hallenquerschnitt. Zusammen mit der Basilika St. Martin in Bingen stehen sie in der Nachfolge der Mainzer Kirchen des 14. Jahrhunderts. Aber auch die Form der kurzen dreischiffigen Hallenkirche kann von Mainzer Vorbildern, wie der Pfarrkirche St. Quintin, abgeleitet werden. Als Besonderheit ist die Emporenhalle in Kiedrich anzusehen, deren nächster Verwandter die Stiftskirche in St. Goar ist.

Zuletzt ein eher summarischer Überblick über die Profanarchitektur des 15. Jahrhunderts. Ummauerungen sind in geringen Resten u. a. in Eltville, das 1332 Stadtrechte erhielt, und Rüdesheim erhalten. Der Rüdesheimer Adlerturm datiert in die zweite Hälfte des 15. Jahrhunderts.[33] Der Rundturm an der Rheinseite ist mit Zwingervorbau und auskragendem Obergeschoss mit Zinnen und Schlüsselscharten bewehrt und zugleich auf repräsentative Wirkung ausgelegt.

Wegen der strategischen Bedeutung des Rheingaus errichteten die Mainzer Bischöfe schon früh Burgen, die ältesten am Rhein. Im 13. Jahrhundert entstand die Hangburg Ehrenfels, die als Zollburg mit der gegenüberliegenden Burg Klopp in Bingen den Güterverkehr auf dem Rhein kontrollierte. Zu Beginn des 15. Jahrhunderts wurden an der Talburg Eltville unter Erzbischof Johann II. von Nassau umfangreiche Verstärkungen der Befestigungen vorgenommen – vornehmlich die Anlage eines Wehrgangs an der Rheinseite. Unter Konrad III. von Dhaun und Berthold von Henneberg wurde der Wohnturm im Sinne höfischer Repräsentation umgestaltet.

Schloss Vollrads war Sitz des ältesten Rheingauer Adelsgeschlechts. Der fünfgeschossige Wohnturm aus dem ersten Drittel des 14. Jahrhunderts wurde in der zweiten Hälfte des 15. Jahrhunderts verändert, wie der Eingang mit der Jahreszahl 1471 belegt. Gleichzeitig wurde ein zweiter, heute nicht mehr erhaltener Turm angefügt, der 1506 als *nuwen thorn* erwähnt wird. Auch die Burg in Hattenheim mit ihrem viergeschossigen Wohnturm des 14. oder 15. Jahrhunderts gehört zur Gruppe der Rheingauer Turmburgen.[34] Wie der Umbau des Wohnturms am Königsteiner Hof in Mainz deutet die Errichtung des zweiten Turms von Schloss Vollrads um 1471 auf ein längeres Festhalten an älteren Baugewohnheiten im Rheingau, doch legt die geringe Zahl erhaltener Beispiele eine vorsichtige Bewertung nahe.

In der Gruppe der öffentlichen Gebäude sind mehrere Rathäuser aus dem frühen 16. Jahrhundert erhalten. Das Rathaus in Mittelheim entstand 1504. Der Putzbau mit offener Halle im Erdgeschoss besitzt ein steiles Dach mit Schildgiebeln. Das Rathaus in Rüdesheim-Eibingen ist 1506 datiert. Der Putzbau mit Staffelgiebel, Zinnenkranz an der Traufseite und Ecktürmchen wurde Ende des 19. Jahrhunderts zum Wohnhaus umgebaut. Beide Bauten sind Zeugnisse des Reichtums der Region.[35]

Die enge Verbindung des Rheingauer Adels mit Bischofsstadt und Domkapitel dokumentiert sich in verschiedenen bezeugten oder erhaltenen Hofanlagen meist des 15./16. Jahrhunderts. Bemerkenswert sind u. a. in Lorch der erzbischöfliche Saalhof (Marktplatz 1) mit karolingischen Mauerresten und der Zehnthof, eine turmartige viergeschossige Wohnhausruine aus der zweiten Hälfte des 15. Jahrhunderts; in Rüdesheim die Ruine des erzbischöflichen Saalhofs vom Ende des 15. Jahrhunderts und der Brömserhof (Obergasse 6–10), im Kern ebenfalls aus dem 15. Jahrhundert mit hofseitigem Fachwerkturm (um 1500) und späteren Erweiterungen; Anfang des 16. Jahrhunderts entstand der Greiffenclausche Hof in Hattenheim; aus der Mitte des 16. Jahrhunderts stammen schließlich die beiden Stockheimer Höfe in Eltville und Geisenheim. Es handelt sich jeweils um großvolumige Putzbauten mit steilem Schildgiebel bzw. steil abgewalmtem Giebel und Eckerkertürmchen.[36]

Die wenigen Fachwerkhäuser des 16. Jahrhunderts sind meist Winzergehöfte, Fischer- und Schifferhäuser. Eine Ausnahme bildet der dreigeschossige Klunkhardshof (Klunkardshof 1) in Rüdesheim, Sitz der gleichnamigen Rüdesheimer Familie, aus der ersten Hälfte des 16. Jahrhunderts. Die ältesten Fachwerkhäuser mit massivem Erdgeschoss und gekreuzten Schwertungen im Obergeschoss stehen in Erbach (Eberbacher Str. 2, Ende des 15. Jahrhunderts; Rheingaustr. 38, um 1500), Hattenheim (Hauptstr. 36, 1521) und Lorch (Bleichstr. 2, Ende des 15. Jahrhunderts).[37]

Die vielfältigen Beziehungen des Rheingaus zu den Mainzer Erzbischöfen und der Stadt Mainz manifestieren sich im 15. Jahrhundert auch in der Architektur. Parallele Entwicklungen in Mainz und im Umland können beobachtet werden: Zu Beginn des 15. Jahrhunderts werden Projekte des 14. Jahrhunderts vollendet bzw. Bauten begonnen, die noch der Baukunst des 14. Jahrhunderts zuzurechnen sind. Nach einer längeren Unterbrechung um die Mitte des 15. Jahrhunderts werden in der zweiten Jahrhunderthälfte verstärkt neue Projekte in Angriff genommen, im Unterschied zur Stadt in der Regel komplette Neubauten. Während in der Sakralarchitektur des 14. Jahrhunderts Mainzer Einflüsse prägend waren, treten, wie in Mainz, zu Beginn des 15. Jahrhunderts Frankfurter Einflüsse auf. Gegen Ende des 15. Jahrhunderts werden auch Vorbilder anderer Kunstlandschaften rezipiert. Die skizzierten Gemeinsamkeiten begründen die Annahme einer eng verzahnten Geschichte und Kunstgeschichte von Stadt und Umland. Die These sollte anhand weiterer Untersuchungen verifiziert werden. Dabei wären nicht nur andere Epochen zu untersuchen, sondern vor allem andere Kunstgattungen, wie z. B. die Grabplastik. Fest steht, dass die wirtschaftliche und kulturelle Blüte der Stadt Mainz im 14. Jahrhundert nach den Stiftsschismen 1328–1337 und 1346–1353 beendet war, spätestens nach der in Mainz besonders wütenden Pest von 1349–1351. Die bis ins 15. Jahrhundert andauernden Auseinandersetzungen der Bürgerschaft mit den Erzbischöfen waren u. a. durch die hohen Entschädigungsleistungen verursacht, zu denen die Stadt nach 1329 verurteilt wurde und die die Kommune in finanzielle Bedrängnis brachten. Bauprojekte konnten nur noch von den Erzbischöfen und dem Klerus unterstützt werden. Abgesehen von den offenbar langwierigen Wiederaufbauten des Albans- und Jakobsklosters, zu denen die Stadt verurteilt worden war, waren an sämtlichen Projekten der ersten Hälfte des 15. Jahrhunderts die Erzbischöfe und Domherren beteiligt: am Domkreuzgang und am Memorienportal, am Bau der Martinskirche in Bingen und am Turm der Eltviller Pfarrkirche. Insofern wurde durch die Krise der Stadt ihre schon vorher hervorgehobene Stellung als Auftraggeber von Kunstwerken noch gesteigert. Charakteristisch für die Entwicklung ist das Engagement Madern Gertheners und seiner Werkstatt in Mainz: Offensichtlich wurde ein moderner Baumeister aus Frankfurt a. M. herangezogen, weil entsprechende Meister in Mainz nicht zur Verfügung standen. Es ist daher kein Zufall, dass am Turm der Pfarrkirche in Eltville, der Stadt, in der die erzbischöfliche Residenz stand, ein Meister aus der unmittelbaren Nachfolge Gertheners tätig wurde. In beiden Fällen waren Mainzer Erzbischöfe, die das Frankfurter Domprojekt aus eigener Anschauung kannten, die treibenden Kräfte. Ob die Frankfurter Einflüsse am Westturm und am wenig jüngeren Kapellenkarner der Valentinskirche im nahen Kiedrich, des bedeutendsten Neubauprojekts der Zeit, mit Mainz direkt in Verbindung stehen, ist nicht bekannt. Im Vergleich zur gleichzeitigen, eher konservativen Stiftskirche in Bingen zeigt sich aber deutlich, von welch allgemeiner Bedeutung die Anwesenheit der Mainzer Erzbischöfe im Rheingau war.

Erst nach 1462 und nach der Konsolidierung der bischöflichen Macht wurden Neubauten mehr oder minder gleichzeitig in Mainz und im Rheingau in Angriff genommen, wobei viele Bauten oder deren Vollendung in die Zeit um 1500 datieren. Im Unterschied zum 14. und zur ersten Hälfte des 15. Jahrhunderts lag der Schwerpunkt jetzt eindeutig auf dem Rheingau mit verschiedenen Neubauten. Dies lag wohl primär daran, dass nach der Blüte im 14. Jahrhundert in Mainz nur Ergänzungen bzw. Ausbauten notwendig waren bzw. durch Zerstörung verursachte Neubauten. Zum anderen erholte sich die Stadt nur allmählich von den Ereignissen des Jahres 1462. Da die Erzbischöfe u. a. durch den Bau der Martinsburg und durch Um- und Anbauten am Dom gebunden waren, waren die Träger der Entwicklung im Rheingau vorrangig die örtlichen Gemeinden und der ortsansässige Adel. Letzterer war über die Kapitel mit Mainz verbunden. Vor diesem Hintergrund erklärt sich auch die teils überraschende Qualität der einzelnen Pfarrkirchen, an denen, wie in Rauenthal, auch überregional bedeutende Baumeister tätig wurden.

1 Zur Entwicklung in Mainz: Wegner 1997, S. 21–30; Glatz 1999, S. 1061, 1080–1085. Zum Rheingau: Herchenröder 1965, S. 11–16.

2 Kautzsch/Neeb 1919, Textbd., S. 21, 397–409; Arens 1969, S. 90; Schuchert/Jung 1975, S. 85; Arens 1982 (I), S. 11, 148–150; Wegner 1997, S. 84; Glatz 1999, S. 1070 f.

3 Kautzsch/Neeb 1919, Textbd., S. 393–395; Schuchert/Jung 1975, S. 23, 89; Arens 1982 (I), S. 151; Wegner 1997, S. 84.

4 Kautzsch/Neeb 1919, Textbd., S. 409–416; Arens 1969, S. 92; Arens 1982 (I), S. 160; Wegner 1997, S. 84.

5 Kautzsch/Neeb 1919, Textbd., S. 161 f.; Imiela 1975, S. 102; Kessel 1994, S. 24; Wegner 1997, S. 76; Winterfeld 1998, S. 52.

6 Kautzsch/Neeb 1919, Textbd., S. 22, 52, 82; Schuchert/Jung 1975, S. 78; Arens 1982 (I), S. 30; Wegner 1997, S. 76; Glatz 1999, S. 1064 f.

7 Zu Nikolaus Eseler d. Ä. und seiner Sippe: Albert 1922, S. 121–179; Zülch 1935, S. 112–115; Lergen 1940, S. 5–37; Jung 1963, S. 418–420; Schmid 1977, S. 30–44; Helmberger 1984, S. 106–138.

8 Kautzsch/Neeb 1919, Textbd., S. 22, 79–82; Gottron 1952, S. 276 f.; Schuchert/Jung 1975, S. 18, 86; Arens 1982 (I), S. 7, 14, 58; Wegner 1997, S. 76; Winterfeld 1998, S. 53.

9 Kautzsch/Neeb 1919, Textbd., S. 22, 373; Schuchert/Jung 1975, S. 22, 86; Arens 1982 (I), S. 67; Wegner 1997, S. 82.

10 Kautzsch/Neeb 1919, Textbd., S. 414; Arens 1982 (I), S. 161; Wegner 1997, S. 84.

11 Kautzsch/Neeb 1919, Textbd., S. 23, 144; Kautzsch 1925, S. 5–16; Schuchert/Jung 1975, S. 86; Arens 1982 (I), S. 14, 71; Wegner 1997, S. 76.

12 Kautzsch/Neeb 1919, Textbd., S. 340–348; Veit 1921; Arens 1982 (I), S. 68.

13 Arens 1969, S. 115 f., 119; Mayer 1985, S. 36–43; Coester 1990, S. 410; Wegner 1997, S. 118; Glatz 1999, S. 1077.

14 Wegner 1997, S. 118.

15 Dom- und Diözesanarchiv Mainz, Akz. 8–93 (Nachlass Arens), Nr. 15, 17.

16 Arens 1969, S. 106; Wegner 1997, S. 22, 112; Glatz 1999, S. 1076.

17 Arens 1961, S. 319–332; Wegner 1997, S. 27.

18 Krienke 1997, S. 116.

19 Dom- und Diözesanarchiv Mainz, Akz. 8–93 (Nachlass Arens), Nr. 51.

20 Arens 1961, S. 14–18; Arens 1969, S. 119; Wegner 1997, S. 27.

21 Dom- und Diözesanarchiv Mainz, Akz. 8–93 (Nachlass Arens), Nr. 51 und Nr. 55.

22 Diepenbach 1928/29, S. 23–27; Wegner 1997, S. 27 f., 64 – 68; Glatz 1999, S. 1080 f.; Dobras, Wolfgang: Mainz, St. Alban. In: Jürgensmeier, Friedhelm (Bearb.): Die Männer- und Frauenklöster der Benediktiner in Rheinland-Pfalz und Saarland. (Germania Benedictina 9). St. Ottilien 1999, S. 445–469, hier S. 461.

23 Dom- und Diözesanarchiv Mainz, Akz. 8–93 (Nachlass Arens), Nr. 62; Jakobsberger Chronik 13/217.

24 Arens 1982 (I), S. 102 f.; Zahler 1988, S. 15 f.; Falck 1993, S. 75–77; Schütte 1994, S. 106–108; Frank 1992–1996, S. 66–86, bes. S. 75; Wegner 1997, S. 30, 164; Glatz 1999, S. 1082.

25 Arens 1969, S. 98 f.; Wegner 1997, S. 288; Glatz 1999, S. 1081.

26 Zu Wohnbauten u. a.: Neeb 1905, u. a. S. 13 f.; Arens 1969, S. 154; Stephan 1974, S. 25 f., 31–34, 44 f.; Wegner 1997, S. 27, 29, 122, 124, 128, 142–146, 210, 212, 228, 246; Glatz 1999, S. 1083 f.

27 Kratz 1962, Bd. 1, S. 23, 26; Fischer 1962, S. 70–72; Jung 1963, S. 421; Herchenröder 1965, S. 129–135; Kiesow 1988, S. 194–196.

28 Fischer 1962, S. 65–69, 72–96; Jung 1963, S. 421; Herchenröder 1965, S. 218–224, 232–234; Kiesow 1988, S. 44, 46 f., 224–226; Einsingbach 1989, S. 4–12; Staab 1991, S. 58–66; Staab 1993 (I), S. 14–23; Staab 1993 (II), S. 53–58; Germund 1997, S. 87 f., 157–159.

29 Zu Rauenthal: Fischer 1962, S. 160–162; Jung 1963, S. 421; Herchenröder 1965, S. 306–308; Wels 1988, S. 26–28. Zu Erbach: Herchenröder 1965, S. 147–150; Wels 1988, S. 47–49. Zu Geisenheim: Herchenröder 1965, S. 170–172. Zu Oestrich: Herchenröder 1965, S. 290–293. Zu Winkel: Herchenröder 1965, S. 358–360. Zu Assmannshausen: Herchenröder 1965, S. 56 f.

30 Zu Rüdesheim: Herchenröder 1965, S. 328–330. Zu Lorch: Herchenröder 1965, S. 247–250. Zu Martinsthal: Herchenröder 1965, S. 264. Zu Hallgarten: Herchenröder 1965, S. 184.

31 Rauch 1934, S. 47–53; Kuntze 1964, S. 1–4; Emmerling 1974, S. 12–16; Otto 1989, S. 175 f., 185 f.

32 Rauch 1934, S. 279 f.

33 Herchenröder 1965, S. 311 f.

34 Zur Burg Eltville: Herchenröder 1965, S. 116–119; Gerlich 1988, S. 63 f.; Herrmann 1995, S. 118–125. Zu Schloss Vollrads: Herchenröder 1965, S. 365; Herrmann 1995, S. 227–229. Zur Burg Hattenheim: Herchenröder 1965, S. 189 f.; Herrmann 1995, S. 146–148.

35 Zu Rüdesheim-Eibingen: Herchenröder 1965, S. 339. Zu Mittelheim: Herchenröder 1965, S. 268.

36 Zu Lorch: Herchenröder 1965, S. 241 f. Zu Rüdesheim: Herchenröder 1965, S. 320–324. Zu Hattenheim: Herchenröder 1965, S. 191. Zu Eltville: Herchenröder 1965, S. 122. Zu Geisenheim: Herchenröder 1965, S. 162 f.

37 Zu Rüdesheim: Herchenröder 1965, S. 324 f. Zu Erbach: Herchenröder 1965, S. 145, 147, 324. Zu Hattenheim: Herchenröder 1965, S. 193. Zu Lorch: Herchenröder 1965, S. 246.

Katalog

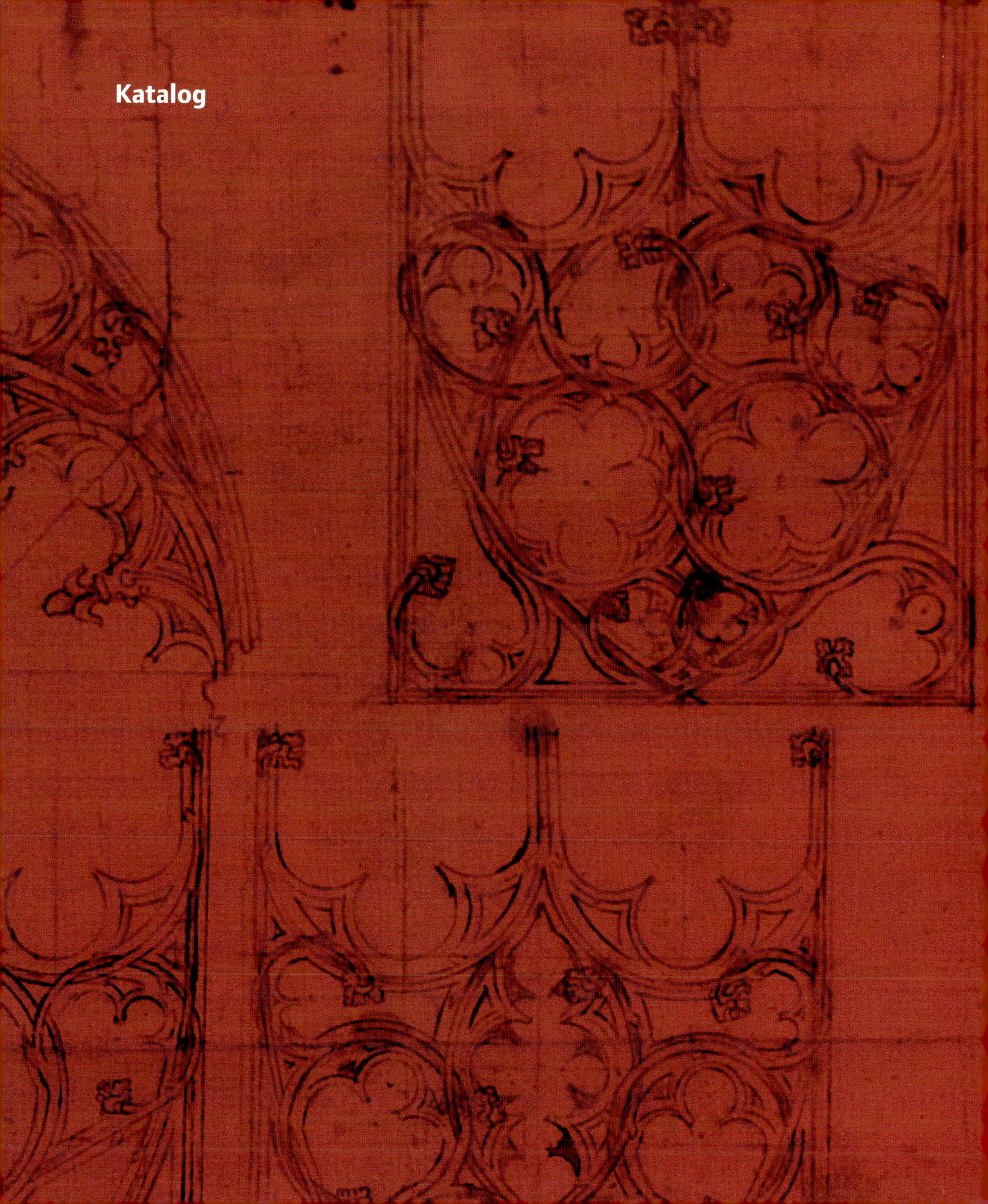

Andrea Arens

Die Werkstatt der Mainzer Kreuzszeptermadonnen

Eine Gruppe Kreuzszeptermadonnen, die sicher in Mainz oder nächster Umgebung entstand,[1] ist als Arbeit eines namentlich nicht bekannten Meisters und seiner Werkstatt zusammenzufassen, die an der Wende vom 14. zum 15. Jahrhundert tätig war. Zwei dieser Marienbildnisse sind im Besitz des Landesmuseums Mainz – das eine stammt aus dem Karmeliterkloster (Kat.-Nr. LM 1), das andere aus der Korbgasse 5 in Mainz (Kat.-Nr. LM 2). Weitere Skulpturen dieses Typs sind die Madonna über dem Eingang des 1854 erbauten Pfarrhauses in Marienborn[2] und die Madonna aus der Betzelsgasse 21 in Mainz (Kat.-Nr. LM 3). Trotz fehlender Attribute kann möglicherweise auch die Madonna der katholischen Pfarrkirche St. Johann Baptist in Bruchhausen (Kreis Neuwied) in den Kreis dieser Madonnen gerechnet werden. Die Ähnlichkeit der Skulptur mit den genannten Kreuzszeptermadonnen, besonders mit der Marienborner Madonna, spricht auf jeden Fall für eine Werkstattzugehörigkeit.[3]

Abb. 1 **Grabdenkmal Erzbischof Kunos II. von Falkenstein († 1388). Koblenz, St. Kastor**

Die Sandsteinfiguren zeichnen sich, neben der ungewöhnlich reichen Symbolik in der Darstellung,[4] durch die außerordentlich differenzierte und virtuose Steinbearbeitung aus: Ondulierende Säume fallen wie Kaskaden herab und Haarlocken oder Laubwerk scheinen weich wie aus Ton modelliert.

Die qualitätvollste der genannten Skulpturen ist die Madonna des Karmeliterklosters, deren Kind mit der rechten Hand in den Schleier der Mutter greift und in der linken ein Schriftband und eine Taube hält. Stilgeschichtlich wird sie in der Forschung einhellig auch als die älteste Kreuzszeptermadonna um bzw. kurz vor 1400 datiert. Die etwas kleinere Korbgassenmadonna unterscheidet sich von der Karmelitermadonna durch die gedrungenere Gestalt, die einfachere Gewandbildung mit deutlicher hervortretenden Schüsselfalten und die Haargestaltung Mariens mit feinen, kräuseligen Strähnen, die weit über die Schultern fallen. Der auffälligste Unterschied zu allen anderen Madonnen dieser Gruppe ist aber das nur hier zu sehende seltene Motiv des auf ein langes Schriftband schreibenden Christuskindes.[5]

Eine weitere Reduzierung der Qualität ist bei den Madonnen in Marienborn und Bruchhausen festzustellen, deren Kinder eine Taube in der linken Hand halten und – ähnlich wie bei der Figur im Karmeliterkloster – mit der rechten in den Schleier bzw. in die Haarlocken der Mutter greifen. Die Ausgestaltung der Haarlocken und – bei der Marienborner Skulptur – die Komposition des Kreuzszepters sind vereinfacht. Ebenso ist die Motivbildung in der Gewandung nicht so differenziert, und die Mantelsäume zeigen z. T. schneckenähnliche Ausbildungen, die stilistisch für eine etwas spätere Entstehung sprechen.

Trotz aller Gemeinsamkeiten unterscheidet sich die Madonna aus der Betzelsgasse von den anderen Skulpturen dieser Gruppe. Besonders das schmale Gesicht, die schlanke Mund- und Kinnpartie und die fast »barock« wirkende Gewandgestaltung zeigen, dass sie eine spätere »Kopie« des Urbildes ist, die vielleicht von einem Mitarbeiter der Werkstatt der Kreuzszeptermadonnen gefertigt wurde.[6]

Eng mit den Kreuzszeptermadonnen verwandt und schon früh in den gleichen Werkstattzusammenhang geordnet, ist eine bärtige Heiligenfigur des Liebieghauses in Frankfurt a. M., die laut Überlieferung aus dem Rheingau stammt.[7] Die Sandsteinfigur ist in einem Stück mit dem polygonalen Sockel gearbeitet, den ein Blütendekor ziert. Der Heilige hat einen gedrungenen Kopf mit in Falten gelegter Stirn und tiefem Haaransatz. Das gescheitelte Haar fällt in welligen Strähnen auf die Schultern und der lange, dichte Bart mit Korkenzieherlocken verdeckt die untere Gesichtspartie. Das Gewand des Heiligen ähnelt mit den z. T. schwungvoll gebildeten Säumen und der Form der Schüsselfalten den Madonnen in Marienborn und Bruchhausen. Pendant zur Figur des Liebieghauses, und vermutlich aus dem gleichen Kontext stammend, ist die Skulptur eines Apostels im Hessischen Landesmuseum Darmstadt.[8]

Die stilistischen Unterschiede zwischen den genannten Figuren werden in der Forschung mit dem zeitlichen Abstand ihrer Entstehung erklärt. Die Datierungsspanne liegt dabei zwischen 1390/1400 für die Karmeliterkloster-Madonna und bis um 1420 für die Marienborner Figur.[9] Da jegliche Quellen für eine feste Datierung der Skulpturen fehlen, können sie allein durch stilkritische Überlegungen und die relative Chronologie innerhalb anderer, dem Meister bzw. seiner Werkstatt zugeschriebener Werke zeitlich eingeordnet werden.

Eng verwandt mit den vorgestellten Steinbildwerken sind das Grabmonument Erzbischof Kunos II. von Falkenstein in St. Kastor in Koblenz, das Grabdenkmal Erzbischof Adolfs I. von Nassau im Mainzer Dom, das Martinsrelief über dem Eingang des Kapitelsaals im Domkreuzgang, die ebenfalls dort befindlichen Schlusssteine mit der Anbetung der Könige (Kat.-Nr. LM 4, 5) und das Tympanonrelief der Kirche St. Dionysius und Valentin in Kiedrich – Werke also, die aufgrund ihrer Funktion und Aufstellung einen Anhaltspunkt für eine Datierung bieten, auch wenn ihre Entstehungszeit nicht durch Dokumente verbindlich gesichert ist. Trotz fehlender Daten zur Entstehung des Grabmals des Trierer Erzbischofs Kuno II. von Falkenstein in St. Kastor in Koblenz (Abb. 1) ist zu vermuten, dass der kunstsinnige Kuno seine Grablege noch selbst in Auftrag gab und gleichzeitig den ungewöhnlichen Ort seiner Bestattung festlegte, bzw. sein Großneffe und Nachfolger im Amt, Werner von Falkenstein, das als Kombination aus Tumba- und Nischengrab konzipierte Monument nach dem Tod Kunos 1388 anfertigen ließ.[10]

Die Tumbenplatte, die getrennt von der Grabarchitektur gearbeitet ist, zeichnet sich durch eine genaue Detailschilderung aus. Nuanciert ausgearbeitet ist das rundliche Gesicht des Verstorbenen mit den kleinen Augen, dem Mund mit schmaler Oberlippe und der deutlich ausgebildeten *Ateria temporalis* an der linken Schläfe. Zwar sind individuelle Züge und Gemeinsamkeiten mit anderen Darstellungen des Erzbischofs zu beobachten, die eine Porträtähnlichkeit denkbar machen,[11] einzelne Motive entstammen jedoch dem Formenrepertoire, das auch bei weiteren der Werkstatt zugeschriebenen Skulpturen wieder zu finden ist, so z.B. die leicht geschwollenen Augenlider, der weiche Übergang zur Stirn ohne Ausbildung eines Brauengrates, die fast schon ornamental wirkende Haarlockenpracht und das fleischige Gesicht.

Ungewöhnlich ist die Gestaltung der Krümme des Bischofsstabes als Weinstock mit Trauben, dem Symbol der Eucharistie. Die Krümme zeigt in kleinteiliger Ausarbeitung einzelne Trauben, das bewegte Blattwerk und den knorrigen Weinstock. Die Vielzahl der Formen lässt das Auge des Betrachters hin und her springen und gleicht in dem vibrierenden Charakter den Kreuzszeptern der gleichnamigen Madonnen.[12]

Die am engsten mit dem Falkenstein-Grab verwandte Steinmetzarbeit ist die Tumbaplatte Adolfs I. von Nassau im Mainzer Dom (Abb. 2). Auch hier spricht nichts gegen eine Entstehung um oder kurz nach 1390, dem Todesjahr

Abb. 2 **Grabdenkmal Erzbischof Adolfs I. von Nassau († 1390). Mainz, Dom**

des Mainzer Erzbischofs. Vermutlich ließ sein Nachfolger im Amt, Konrad II. von Weinsberg, das Grabmal für Adolf I. fertigen.[13] Gleich dem Koblenzer Grabmal ist auch hier – wie meist auf mittelalterlichen Tumbenplatten – eine Ambivalenz zwischen der lebendig stehenden und gleichzeitig auf dem Totenkissen ruhenden Gestalt des Erzbischofs zu sehen. Beide Bischöfe haben die Hände zum Gebet gefaltet und halten den Bischofsstab im rechten Arm. Trotz der zeitlichen Nähe zum Falkenstein-Grab und der ebenso bedeutenden Person des Dargestellten erreicht die Figur Adolfs I. von Nassau nicht die künstlerische Qualität des Koblenzer Werks. Ob die Unterschiede in den Gesichtern der Erzbischöfe, die die typischen, oben beschriebenen Werkstattcharakteristika besitzen, als Formulierung einer Porträtähnlichkeit interpretiert werden können, ist nicht mit Sicherheit zu sagen. Das Mainzer Grabmal ist insgesamt einfacher gestaltet, weniger differenziert in der Ausbildung der Gewandfalten, des Gesichtes und der Haarlocken. Die rahmende Architektur ist vergleichsweise einfach und entwickelt sich nicht so tief in den Raum.[14] Die beiden Löwen, auf denen Adolf I. steht, sind kaum mit Löwe und Hund des Falkenstein-Grabes zu vergleichen, da die Gesichter der Mainzer Löwen heute weitgehend zerstört sind und Körperbau und Mähnen imposanter angelegt sind. Von besonderer Raffinesse sind die beiden weihrauchschwenkenden Engel, die in Schulterhöhe des Mainzer Erzbischofs auf Konsolen knien. Ihre pausbackigen Köpfe mit den krausen Haarlocken und den mandelförmigen, leicht geschwollenen Augenlidern, zeigen größte Ähnlichkeit mit den Christuskindern bei der Karmeliterkloster-Madonna oder der Madonna aus Marienborn. Reiche, phantasievoll angelegte Gewandfalten und schlanke, große Flügel verleihen den »Kinderengeln« eine würdevolle Erscheinung.

Die Krümme des Bischofsstabes Adolfs I. von Nassau ist mit dem mantelteilenden hl. Martin zu Pferd geschmückt, dem Patron des Domes und der Stadt Mainz, ein Motiv, das auch bei einem weiteren, der Werkstatt zugeschriebenen Kunstwerk dargestellt ist. Es handelt sich um das Relief mit der fast vollplastisch gearbeiteten Figur des seinen Mantel teilenden Patrons der Stadt, das, begrenzt von einem laubumrankten rechteckigen Rahmen, über dem Eingang zur Kapitelstube im Südflügel des Domkreuzganges angebracht ist. Der jugendliche Martin sitzt auf einem mächtigen Ross und wendet sich dem Bettler zu. Die schlanke Figur des Heiligen ist in der vornehmen Tracht des frühen 15. Jahrhunderts gekleidet, die aber weitgehend durch den stoffreichen Mantel verdeckt wird. Mächtige Haarlocken rahmen das Gesicht, dessen feine Züge von den kräftigen Wangen und dem wachen Blick der Augen dominiert werden. Das Kaltblut, auf dem Martin reitet, hat auffällig kurze Beine, eine üppige Mähne und trägt ein mit Rosetten und Nieten besetztes Pferdegeschirr. Der wesentlich kleiner als Martin dargestellte Bettler mit langem, lockigem Bart steht dicht hinter dem Pferd, sodass sich die Figurengruppe sehr geschlossen in dem Rahmenfeld befindet.

Die weiche, schwungvolle Gewandfaltenbehandlung, die der fast tänzerisch leicht wirkenden Bewegung des hl. Martin entspricht, zeigt eine stilistische Differenz zu den beschriebenen Erzbischofsgrabmälern, die wohl durch eine spätere Entstehungszeit erklärt werden kann. Es wird angenommen, dass das Martinsrelief mit der Neugestaltung des romanischen Kreuzgangs über dem Eingang der Kapitelstube angebracht wurde.[15] Der gotische Umbau ist kurz nach dem Regierungsantritt Erzbischof Johanns II. von Nassau (1397–1419) begonnen worden. Nach Ausweis der Wappenschlusssteine in den Gewölben des Erdgeschosses entstand der Südflügel, an den sich die Kapitelstube anschließt, zwischen 1400 und 1410.[16]

Ebenfalls im Südflügel des Kreuzgangs, in unmittelbarer Nähe zum Martinsrelief, befinden sich Gewölbeschlusssteine, die eine Anbetung der Könige zeigen (Kat.-Nr. LM 4, 5). Die besonders schöne Madonna mit dem Kind zeigt Ähnlichkeit mit den Kreuzszeptermadonnen, aber sie ist in der Anlage der Gewandfalten, der Haarbildung und in der Ausschmückung der Details ruhiger und nicht so verspielt. Die fast vollplastisch gearbeitete Figur der Gottesmutter thront vor einem Vierpass, der das Rund des Schlusssteins füllt. Ihr weiter Mantel bildet lange Faltenbahnen, deren tiefe, plastische Ausarbeitung reizvolle Licht-Schatten-Effekte erzeugt. Der Mantel ist auch schützend um das Christuskind gelegt, das lebhaft auf dem rechten Bein der Mutter steht und dem Betrachter zuzuwinken scheint. Der Lockenkopf und der Körperbau des Knaben, aber auch die Gesichtszüge Mariens mit der hohen, laubgeschmückten Krone sind ohne die Kenntnis der Kreuzszeptermadonnen nicht denkbar. Eine zurückgenommene, weniger kleinteilige Ausbildung der Motive läßt sich ebenso bei dem erhaltenen König feststellen, der

Abb. 3 **Westportal-Tympanon der Kirche St. Dionysius und Valentin in Kiedrich. Um 1415–1425**

einzeln im Rund eines Schlusssteins vor dem Vierpass kniet. Sein Gewand ist plastisch und in weiche Schwünge fallend ausgearbeitet, zeigt aber nicht die phantasievolle Ausschmückung, die bei den Werken des Meisters der Kreuzszeptermadonnen so auffällig ist. Die Körperauffassung der Schlussstein-Figuren kann stilistisch mit den Steinbildwerken des Mainzer Memorienportals (Kat.-Nr. LM 9) in Verbindung gebracht werden, das wohl unter der Leitung des Frankfurter Baumeisters Madern Gerthener entstand. Künstlerisch betrachtet können die Schlusssteine des Domkreuzgangs mit der Anbetung der Könige als ein Verbindungsglied zwischen der älteren Werkstatt des Meisters der Kreuzszeptermadonnen und der jüngeren Werkstatt, die das Memorienportal des Mainzer Doms schuf, bezeichnet werden.[17]

Im ersten Viertel des 15. Jahrhunderts entstand das Tympanonrelief über dem Hauptportal der Kirche St. Dionysius und Valentin in Kiedrich (Abb. 3), ein weiteres Werk des Meisters der Kreuzszeptermadonnen und seiner Werkstatt. Aufgrund einiger bekannter Baudaten ist die Entstehungszeit des Portaltympanons näher einzugrenzen. Chor und Langhaus des romanischen Vorgängerbaus wurden gegen Ende des 14. Jahrhunderts durch einen gotischen Neubau ersetzt. Mehrere Altarstiftungen sprechen für die Fertigstellung dieses Bauabschnittes in den 80er und 90er Jahren.[18] Der Westturm scheint um 1410 begonnen worden zu sein. Hier ist ein Abschluss vor 1427 anzunehmen, da in diesem Jahr die Fundierung des Michaelaltars in der Kapelle über dem Hauptportal bezeugt ist.[19] Damit läßt sich die Entstehung des Tympanons auf die Zeit um 1415–1425 eingrenzen.

Das auch hier sehr plastisch gearbeitete Relief zeigt in der Spitze die Halbfigur Gottvaters mit zum Gebet erhobenen Händen. Er wird von zwei, auf Portativ (Tragorgel) und Laute musizierenden Engeln flankiert. Links darunter ist die Verkündigungsszene zu sehen, die mit Gottvater durch das auf Maria niederschwebende Christuskind und den Hl. Geist in Gestalt einer Taube verbunden ist.[20] Rechts neben der Verkündigung – getrennt durch eine Engelsbüste auf Wolken – sitzt Maria als Himmelskönigin, zusammen mit Gottvater,[21] dem Weltenherrscher, auf der Thronbank.

Die gleichen, eigentümlichen Figuren- bzw. Gesichtstypen, die bei den bereits besprochenen Arbeiten der Werkstatt zu beobachten sind, finden sich auch hier wieder: Die beiden Marienfiguren, besonders die Darstellung der Himmelskönigin, entsprechen der Gestalt der Kreuzszeptermadonnen. Die musizierenden Engel in Kiedrich sind aufs Engste verwandt mit den Engeln am Grabmal Adolfs I. von Nassau oder den Christuskindern der Kreuzszeptermadonnen. Die Figur Gottvaters ist mit dem Typus des Heiligen im Liebieghaus zu vergleichen; sein gescheiteltes, lockiges Haar, das bis weit über die Schultern fällt, entspricht aber auch dem der Korbgassenmadonna. Die Gestaltung der Gewänder im Kiedricher Tympanon ist geprägt durch schwungvolle, weich fließende Falten, die teilweise schneckenähnliche Säume zeigen – wie dies auch bei den jüngeren Kreuzszeptermadonnen oder dem Heiligen des Liebieghauses zu sehen ist.

In enger Verbindung zum Kiedricher Tympanon und besonders zu der dort dargestellten Figur des Verkündigungsengels steht die vollplastisch gearbeitete Skulptur des Erzengels Michael in Mainz-Laubenheim (Kat.-Nr. LM 6). Die Herkunft der Laubenheimer Skulptur ist unbekannt. Sie zeigt jedoch so viele Übereinstimmungen in Gesichtsbildung, Haargestaltung und Detailausschmückung mit den vorgestellten Skulpturen, dass eine Entstehung in der gleichen Werkstatt außer Frage steht. Die qualitätvolle Skulptur ist in der präzisen Steinbearbeitung und der Ausgewogenheit der einzelnen Motive so hervorragend gearbeitet, dass die Ausführung durch den Meister selbst anzunehmen ist. Das bei aller Kleinteiligkeit der Schmuckformen, wie z. B. der Mantelschließe, der Saumbildung, der Drachenkopfgestaltung, klar angelegte Gewandfaltensystem lässt eine gleichzeitige Entstehung mit dem Martinsrelief oder dem Kiedricher Tympanon vermuten.

Die vorgestellten Skulpturen des Meisters der Kreuzszeptermadonnen und seiner Werkstatt unterscheiden sich deutlich von zeitgleichen Arbeiten wie dem Tympanon am Südportal der Frankfurter Liebfrauenkirche oder dem Mainzer Memorienportal, die in der Forschung bisher dem Frankfurter Baumeister Madern Gerthener und seiner Werkstatt zugeschrieben wurden.[22] Im Unterschied zu diesen Steinmetzarbeiten sind die Figuren des hier vorgestellten Meisters und seiner Werkstatt weniger elegant, oft unproportional und zeigen nicht so feine, grazile Gesichtsbildungen. Zudem weisen die Arbeiten des Meisters der Kreuzszeptermadonnen eine größere Liebe zum Detail auf, die sich oft bis ins Ornamentale steigert. Die stilistischen Unterschiede innerhalb des Œuvre – vom kleinteilig, differenzierten Faltenstil mit Hauptmotiven, die sich in zahlreichen flachen Wiederholungen vervielfältigen, bis hin zu ruhigeren, weitläufigeren Faltenstrukturen – sind wohl mit dem zeitlichen Abstand zu erklären, in dem die Werke entstanden sind.

Die Werkstatt der Kreuzszeptermadonnen scheint vorwiegend den in der Maingegend gebrochenen roten und gelben Sandstein verwendet zu haben.[23] Die Kunstwerke, die aus dem geographisch eng begrenzten Gebiet um Mainz stammen, zeigen einen Einfluss durch die Werkstatt Madern Gertheners, besonders während Gertheners Tätigkeit in Mainz im frühen 15. Jahrhundert. Ebenso sind Vorbilder in Werken des niederrheinischen Kunstkreises, wie z. B. der Kölner Friesentormadonna[24] oder der Madonna Castagnola der Sammlung Thyssen-Bornemisza, zu erkennen. Der Vergleich mit den Tumbafiguren am Grabmal des Kölner Erzbischofs Friedrich von Saarwerden († 1414) im Dom zu Köln[25] macht deutlich, dass auch hier wechselseitige Beziehungen nicht auszuschließen sind. Sowohl beim Saarwerdener Grabmal als auch beim Grab Kunos von Falkenstein sind künstlerische Einflüsse aus Frankreich zu beobachten.[26] Hier war in der zweiten Hälfte des 14. Jahrhunderts der Bildhauer und Maler André Beauneveu tätig, der nachweislich seit 1386 umfangreich für den Duc de Berry in Bourges arbeitete. Beauneveu war einer der bedeutendsten Künstler seiner Zeit und der Einfluss seiner Werke ist bis zu den Kunstmetropolen am Rhein zu spüren. Das seltene Motiv der Gottesmutter mit dem schreibenden Christuskind ist in einem um 1380/90 datierten Stundenbuch für Jean, Duc de Berry, erhalten – einer Handschrift, die im Umkreis des André Beauneveu und Jacquemart de Hesdin entstand. Auch andere vor 1400 gearbeitete Kunstwerke mit diesem Motiv stammen aus dem französisch-flämischen Raum.[27] Weiterhin von Bedeutung für die Übermittlung von Kunsteinflüssen ist ein Dokument, das einen Steinmetz namens *Claux de Mayence* nennt, der zwischen 1380 und 1384 an der »Grand Vis« des Palastes des Duc de Berry in Bourges tätig war.[28]

Künstlerische Anregungen und Einflüsse, aus denen der Meister der Kreuzszeptermadonnen schöpfte, sind deutlich erkennbar. Die individuelle und z. T. sehr eigenwillige Umsetzung, verbunden mit der phantasievollen Gestaltung der Details, die in einer virtuosen Steinmetzarbeit ausgeführt sind, geben den Werken jedoch eine Unverkennbarkeit, wie sie kaum bei einer anderen Werkgruppe des Mittelrheingebietes zu finden ist. Der bedeutende Steinmetzbetrieb war an der Wende vom 14. zum 15. Jahrhundert in Mainz und Umgebung tätig und seine charakteristischen Arbeiten lassen sich hier für ca. 30 Jahre nachweisen.

1 Die Madonnen werden auch als Weinstrauchmadonnen bezeichnet; vgl. Beck/Bredekamp 1975, S. 56–62. Fritz V. Arens differenziert in der Benennung zwischen Kreuzszeptermadonna, als Darstellung der Gottesmutter mit laubumranktem Kreuzszepter – das bei der Korbgassenmadonna aus Weinlaub gebildet ist –, und dem Begriff Weinreben-Madonna, die auch einen Madonnentyp mit Weintraube in der Hand bezeichnet. Vgl. Arens 1980, S. 85.

2 Ob die Madonna (roter Sandstein, H. 120 cm) ursprünglich aus Marienborn stammt oder erst später, vielleicht mit dem Bau des Pfarrhauses von St. Stephan 1854, dorthin kam, ist nicht bekannt. Vgl. Arens 1980, S. 85.

3 Die rechte Hand und das Szepter der Bruchhausener Gottesmutter (Sandstein, H. 87 cm, B. 34 cm, T. 22 cm) sind in Holz modern ergänzt. Ebenso sind Reparaturen an der Krone, an den Flügeln der Taube und den Fingern des Kindes festzustellen. Die Farbfassung wurde zu Beginn des 20. Jahrhunderts erneuert. Laut der Pfarrchronik aus dem Jahr 1907 handelt es sich bei dieser Madonna um das frühere Gnaden- und Wallfahrtsbild der Kirche, das 1745 gegen eine »wundertätige«, um 1330 entstandene Marienfigur ausgetauscht wurde. Bis dahin soll die Sandstein-Madonna 300 Jahre lang in Bruchhausen verehrt worden sein. Diese Informationen verdanke ich Herrn Pfarrer i. R. Elmar Wiegelmann, Bruchhausen, der so freundlich war, die Pfarrakten zur hier besprochenen Madonna durchzusehen. Abb. s. Hasse 1977, S. 115, Abb. 19.

4 Vgl. Thomas 1932, S. 201–217; Beeh 1962, S. 110–119; Arens 1980, S. 91–93.

5 Etwas abgewandelt ist dieses Motiv bei der sicher später entstandenen Madonna aus Heuchelheim (um 1420–1430) zu sehen (Hessisches Landesmuseum Darmstadt, Inv.-Nr. Pl 12:03). Die Steinmetzarbeit könnte von der Korbgassenmadonna beeinflusst worden sein. Vgl. Woelk 1999, S. 222–227, Nr. 37.

6 In diesem Zusammenhang ist das Fragment einer Marienstatuette zu nennen, die im Besitz des Hessischen Landesmuseums Darmstadt ist (Inv.-Nr. Pl 28:14; H. 39 cm, B. 16,5 cm, T. 10 cm). Moritz Woelk vermutet, dass die recht handwerklich gearbeitete Tonfigur eine »verkleinerte Wiederholung einer großformatigen Figur in der Art der um 1395 bis um 1405 entstandenen Mainzer Kreuzszeptermadonnen« sein könnte. Vgl. Woelk 1999, S. 167 f., Nr. 25. Da jedoch die Provenienz der Tonfigur unbekannt ist und die Attribute der Plastik sowie der Kopf Mariens verloren sind, kann die Einordnung nur Hypothese bleiben.

7 Vgl. Zimmermann-Deißler 1915, S. 121; Maek-Gérard 1985, S. 156–158, Nr. 70.

8 Vgl. Woelk 1999, S. 164–166, Nr. 24.

9 Vgl. Zimmermann-Deißler 1924, S. 16–25; Katalog »Kunst um 1400 am Mittelrhein« 1975, S. 131 f., Nr. 30 (Wolfgang Beeh) und S. 132, Nr. 31 (Wolfgang Beeh); Hasse 1977, S. 116–118. Rudolf Busch und Peter Metz halten die stilistischen Unterschiede für so groß, dass sie eine Herstellung der Madonnenskulpturen in verschiedenen Werkstätten annehmen. Vgl. Busch 1924, S. 8; Metz 1924, S. 13.

10 Katalog »Die Parler und der Schöne Stil 1350–1400« 1978, Bd. 1, S. 249–251 (Barbara Bott).

11 Zur Frage Typ oder Porträt s. Ronig 1978, S. 211–214.

12 Die in ihrer ganzen Anlage einfach gestalteten drei Figuren in den Nischen der rahmenden Baldachinarchitektur werden nicht in den stilistischen Vergleich einbezogen, da die Köpfe moderne Ergänzungen sind.

13 Arens 1958, S. 51 f., Nr. 56; Kessel 1994, S. 22 f., 29 f.

14 Dies kann selbstverständlich mit der ursprünglichen Aufstellung der Tumbenplatte im Mittelschiff des Domes zusammenhängen. Der genaue Aufbau des Grabmals ist nicht bekannt.

15 Auffällig ist jedoch die ungewöhnliche, unorganisch wirkende Anbringung des Reliefs mit rechteckiger Rahmung in dem spitzbogigen Wandfeld über der Tür. Erst eine genauere Untersuchung des Mauerwerks könnte klären, ob das Relief vielleicht – ähnlich anderen Werken des Domkreuzganges – nachträglich an diesen Ort versetzt wurde.

16 Vgl. Arens 1958, S. 59–61, Nr. 68.

17 Vgl. Zimmermann-Deißler 1924, S. 33–48, bes. S. 37 f.

18 Vgl. Fischer 1962, S. 66–68; Staab 1991, S. 59–64.

19 Staab 1993 (II), S. 54.

20 Nach überliefertem Vorbild modern ergänzt. Vgl. Zimmermann-Deißler 1924, S. 22.

21 Dem Typus entsprechend handelt es sich hier um Gottvater. Dies ist pikonografisch ungewöhnlich, da man in diesem Zusammenhang meist Christus darstellt, der etwas jüngere Gesichtszüge aufweist.

22 Vgl. Ehresmann 1968 (II); Beck/Bredekamp 1975, S. 49–56.

23 Zimmermann-Deißler hält es aber für möglich, dass die aus Holz geschnitzte thronende Madonna aus Ockenheim vom Meister der Karmelitermadonna gearbeitet wurde. Vgl. Zimmermann-Deißler 1915, S. 121, und Zimmermann-Deißler 1924, S. 24 f.

24 Schnütgen-Museum, Köln, Inv.-Nr. A 40.

25 Den Meister des Memorienportals identifiziert Zimmermann-Deißler mit dem Meister der sitzenden Figuren an der Tumba des Erzbischofs Friedrich von Saarwerden im Kölner Dom. Vgl. Zimmermann-Deißler 1924, S. 37 f.

26 Vgl. Paatz 1967, S. 35.

27 Vgl. Parkhurst 1941, S. 292–303; Beeh 1962, S. 112.

28 Vgl. Troescher 1953/54, Bd. 1, S. 21, Nr. 119. Paatz 1967, S. 35.

LM 1

Karmeliterkloster-Madonna
Mittelrhein (Mainz?), um 1395

Roter Sandstein, rot-braune Farbfassung
H. 151 cm
Landesmuseum Mainz, Inv.-Nr. PL 224

Zustand: Teile der Krone und des Kreuzstabes sind in Gips ergänzt.

Provenienz: Das Mainzer Karmeliterkloster wurde 1802 säkularisiert und beherbergte seit dieser Zeit verschiedene öffentliche Institutionen. Die Kreuzszepter-Madonna, die zuvor im Treppenhaus des Klosters gestanden hatte,[1] kam 1894 in die Sammlung des Altertumsmuseums der Stadt.[2] 1924 gab die Stadt Mainz die baufällig gewordene Klosteranlage an das Bistum zurück. Karmelitermönche zogen wieder ein, und am 15. Dezember desselben Jahres weihte man das renovierte Kloster. Seit diesem Jahr steht die Karmeliterkloster-Madonna als Dauerleihgabe in der Kirche.[3]

Die Skulptur der Gottesmutter mit Kind zeichnet sich aus durch die meisterhafte Qualität der Steinmetzarbeit. Das harmonische Spiel von Licht und Schatten – besonders in der klar organisierten Gewandfaltenbildung – verleiht der Figur Plastizität und Lebendigkeit. Die minuziöse Wiedergabe der Details, z. B. der reiche florale Schmuck der hohen Krone Mariens, die minuziöse Ausarbeitung des laubumrankten Kreuzszepters mit den zahlreichen, das Blut Christi auffangenden Engeln oder der blumengeschmückte Kranz auf dem Lockenköpfchen des Kindes, scheinen ein besonderes Charakteristikum der Arbeiten des Meisters zu sein. Der weiche Fluss der Gewandfalten, deren Hauptmotive sich in kleiner werdenden Variationen wiederholen, entspricht dem Stil der Zeitenwende vom 14. zum 15. Jahrhundert. Das Grabmal Kunos II. von Falkenstein († 1388) in St. Kastor in Koblenz steht der Karmelitermadonna künstlerisch sehr nahe, sodass eine Entstehungszeit der Mainzer Figur um 1395 angenommen werden kann.

Aufgrund der hohen Qualität dieser Figur gab Eva Zimmermann-Deißler 1924 dem unbekannten Künstler den Notnamen »Meister der Karmelitermadonna«,[4] was die wichtige Rolle dieser Skulptur im Œuvre des Meisters bzw. seiner Werkstatt deutlich macht.

Vielleicht handelte es sich einst bei der Karmelitermadonna um ein besonders verehrtes Gnadenbild, oder sie ist – wie die anderen Kreuzszeptermadonnen (siehe S. 486) – nach einem heute verlorenen Urtyp kopiert worden.

Eine aus der Sammlung J. Marx in Köln stammende Madonna, die als Trierer Arbeit des frühen 15. Jahrhunderts eingeordnet wird,[5] zeigt ebenfalls eine Verwandtschaft zur Karmelitermadonna, was zum einen sicher der Bedeutung des Urbildes Rechnung trägt, aber auch auf die künstlerische Ausstrahlung der Werkstatt der Kreuzszeptermadonnen zurückgeführt werden kann.

A. A.

1 Vgl. Neeb 1925/26 (II) S. 92.
2 Vgl. Lindenschmit 1894, S. 394.
3 Vgl. Metz 1924, S. 13–16.
4 Vgl. Zimmermann-Deißler 1924, S. 16–25; Thieme/Becker, Bd. 37, S. 213.
5 Vgl. Katalog »Kunst um 1400 am Mittelrhein« 1975, S. 133, Nr. 34 (Wolfgang Beeh), Abb. 107.

Literatur
Lindenschmit 1894, S. 394. – Metz 1924, S. 13–16. – Arens 1980, S. 85–96 (mit weiteren Literaturangaben). – Arens 1997, S. 94–96.

LM 2

Madonna vom Haus Korbgasse 5 in Mainz Mittelrhein (Mainz?), um 1405

Roter Sandstein, Spuren alter Farbfassung
H. 110 cm, B. 52 cm, T. 23 cm
Landesmuseum Mainz, Inv.-Nr. S 3097

Zustand: Die Figur ist an einigen Stellen leicht bestoßen, unterhalb des Kreuzszepters ist der Zipfel des Mantels abgebrochen, Fehlstellen an der Krone Mariens wurden ergänzt, Kopf und Hals des Kindes sind bis zum Rumpf verloren. Das originale Kruzifix ist eine Dauerleihgabe des Museums Wiesbaden.

Provenienz: Haus Korbgasse 5 in Mainz

Die Skulptur stammt vom Haus Korbgasse 5 in Mainz und kam in der zweiten Hälfte des 19. Jahrhunderts in die Sammlung des Altertumsmuseums der Stadt. Vermutlich restaurierte man zu diesem Anlaß die Originalfigur und ließ eine Steingusskopie als Ersatz für den bisherigen Standort an der Hausfassade herstellen. Der beauftragte Steinmetz fertigte jedoch nicht nur eine, sondern wahrscheinlich drei Kopien von der Korbgassenmadonna an und verkaufte die übrigen. Die Pfarrgemeinde in Amberg in der Oberpfalz erwarb 1875 eine »Statue aus Steinmasse für das Kirchenportal«, und im Pfarrgarten der Kirche zu Münster bei Dieburg ist eine weitere Kopie der Korbgassenmadonna seit dem späten 19. Jahrhundert bezeugt.[1] Das Kruzifix der Korbgassenmadonna, das möglicherweise bei dem Kopierverfahren ausbrach, gelangte in die Sammlung Demmin und wurde später an das Museum Wiesbaden verkauft. Seit 1976 ist das Fragment als Dauerleihgabe im Landesmuseum Mainz an der Korbgassenmadonna montiert.[2]

Auch die Madonna vom Haus Korbgasse 5 zeigt den ungewöhnlichen, vermutlich nur in Mainz besonders verehrten Typ der Kreuzszeptermadonna. Die Gottesmutter trägt auf ihrem linken Arm das Christuskind und in der rechten Hand ein laubumranktes Kruzifix, das in der Form einer Monstranz gleicht. Anders jedoch als bei der wohl aus der gleichen Werkstatt stammenden Karmelitermadonna, greift das Christuskind nicht mit der rechten Hand in den Schleier der Mutter, sondern schreibt auf das lange Schriftband, das Mutter und Kind umspielt. Dieses Motiv ist ikonografisch nicht eindeutig zu interpretieren. August Feigel hat es aufgrund der überlieferten »monatlichen Bruderschaftsandacht zu Ehren des allerheiligsten Sakramentes« der Diözese Mainz so gedeutet, dass das Jesuskind mit einem Kreuznagel und dem Blut Christi die Namen der Mitglieder der Bruderschaft niederschreibt.[3] Denkbar ist jedoch auch die Deutung, dass das Kind in Kenntnis seines Erlösungstodes die Passion auf das Band schreibt.[4] Beides ist nur zu verstehen im Zusammenhang mit dem Kruzifix, das Maria in der Rechten hält. Der tote Christus ist hier an ein Kreuz aus dem knorrigen Holz des Rebstocks geschlagen. Dieses ist botanisch durch die Gestalt des Laubes und die Trauben zu identifizieren. Fünf Engel fangen in kleinen Kelchen das Blut Christi auf. Es ist eine bildliche Darstellung der Eucharistie, in welcher der Messwein in das Blut Christi gewandelt wird. Maria ist nicht nur die Mutter des Jesuskindes, sondern durch die prächtige Krone und den Ring an ihrem rechten Zeigefinger als Himmelskönigin und Braut Christi dargestellt. Sie verbindet Anfang und Ende der Erlösungsgeschichte mit dem Kind und dem Kruzifix, die sie dem Betrachter präsentiert.

A. A.

1 Die Madonna der Pfarrkirche in Amberg befindet sich heute im dortigen Städtischen Museum. Die Figur aus Münster bei Dieburg ist seit 1903 im Besitz des Hessischen Landesmuseums Darmstadt. Beide Skulpturen galten lange als Steingussarbeiten des frühen 15. Jahrhunderts. Vgl. Katalog »Kunst um 1400 am Mittelrhein« 1975, S. 132, Nr. 33 (Wolfgang Beeh); Katalog »Die Parler und der Schöne Stil 1350–1400« 1978, Bd. 1, S. 254 (Wolfgang Beeh).
2 Vgl. Arens 1980, S. 91.
3 Vgl. Feigel 1934, S. 80f.
4 Vgl. Thomas 1932, S. 213f.

Literatur
Arens 1980, S. 85–96 (mit weiteren Literaturangaben). – Arens 1997, S. 94–97.

LM 3

Madonna aus der Betzelsgasse 21 in Mainz Mittelrhein (Mainz?), um 1400

Gelber Sandstein mit Spuren von Fassung
H. 104 cm, B. 34 cm, T. 22,5 cm; Sockel: H. 16,5 cm
Schnütgen-Museum, Köln, Inv.-Nr. K 256

Zustand: Der rechte Arm Mariens ist unterhalb der Schulter abgebrochen und mit dem, was die Hand hielt, vollständig verloren, so auch der Kopf des Christuskindes. Der Kopf Mariens war abgebrochen, kleinere Ausbrüche begleiten die Bruchkante. Weitere Fehlstellen an der Krone, v. a. oberhalb der Stirn Mariens, an ihrer Nasenspitze, am Gewandsaum des quer gerafften Mantels und an dessen Faltengrat, der zu den Füßen des Christuskindes hinaufführt, an der Saumkante unterhalb des Fußes Mariens und an dem Vogel (?), den das Christuskind oberhalb des Spruchbandes mit seiner Linken fasst. Das Faltengehänge unter der verlorenen Hand Mariens, die ursprünglich das Kreuzszepter hielt, hat sich getrennt erhalten, es passt zu der langen, vertikalen Bruchstelle zwischen Hüfte und Knie auf der Seite der Marienfigur. Verschiedene Reste älterer Fassung sind inselhaft erhalten. Getrennt gearbeiteter Sockel mit Blendmaßwerk.

Provenienz: Erworben 1938 vom Kunsthaus Malmedé, Köln, mit der Herkunftsangabe Betzelsgasse, in der Literatur schon 1924 mit der Provenienz Betzelsgasse als Verkauf an den Kunsthandel nach Wiesbaden erwähnt.

Gegenüber der Karmelitermadonna wirkt die um die Hälfte kleinere Figur aus der Betzelsgasse gedrungener und auch weniger fein ausgearbeitet, so etwa die Haarlocken, die sich parallel zum Kopfschleier an Wange und Hals schmiegen, oder das insgesamt flacher und biederer wirkende Gesicht. Andererseits stimmen einzelne Faltenpartien wie z. B. das lange Schriftband, das sich um eine kurze Faltenkaskade des Windeltuches unter den Füßen des Jesuskindes herumschlingt, sehr genau mit der Karmelitermadonna überein. Das trifft auch auf das Motiv des Vogels zu, den das Kind zusammen mit dem Schriftband hält, und der nicht bei allen Werken der eng vergleichbaren Gruppe erscheint. Die Madonna aus der Betzelsgasse darf als Nachfolgewerk angesehen werden, das eben durch seine offensichtliche Anlehnung an die Karmelitermadonna deren Bedeutung als Vorbild betont. Neben der Übereinstimmung in der Gewandorganisation mit dem quer vor dem Leib gerafften Mantel, der die Figur ursprünglich auf beiden Seiten durch reiche, fein ausgearbeitete Faltenkaskaden verbreiterte, ist es vor allem der Griff des Kindes in das Schleiertuch Mariens mit der rechten Hand und die mit der Linken zusammen mit einem Vogel gehaltene Schriftrolle, die dem Vorbild nicht nur im Faltenstil, sondern auch im Motivischen genau entsprechen. Deshalb ist es legitim, auch bei dieser Madonna, ähnlich wie bei Kat.-Nr. LM 1 und LM 2, in ihrer rechten Hand ein von Weinlaub umranktes Kreuzszepter zu ergänzen. Die Faltenkaskaden rechts und links verliehen dem Gewicht, was die Madonna ursprünglich auf beiden Armen trug. Zweimal trägt sie Christus, einmal als Kind, das sich ihr lebhaft und liebevoll zuwendet, und einmal als den Gekreuzigten im Weinlaub, dessen Blut die Engel auffangen.
Die ehemals gleichgewichtige Komposition, die durch das abgebrochene, aber erhaltene Faltengehänge auf der linken Seite rekonstruierbar ist, spiegelt auch bei der Madonna aus der Betzelsgasse die doppelte Aussage des Bildes, in dem die Muttergottes gleichsam zur Prophetin des Leidens Christi wird.
H. W.-A.

Literatur
Busch 1924, S. 7. – Katalog »Alte Kunst am Mittelrhein« 1927, S. 13 und S. 40, Nr. 106 (Peter Metz). – Katalog »Die Parler und der Schöne Stil 1350–1400« 1978, Bd. 1, S. 254 (Wolfgang Beeh). – Arens 1980, S. 91, Abb. 46.

LM 4

Schlussstein mit König aus einer Anbetungsszene Mainz, um 1410

Grau-gelber Sandstein, Spuren alter Fassung
Dm. 67 cm, T. 29 cm
Bischöfliches Dom- und Diözesanmuseum Mainz, Inv.-Nr. PS 140

Zustand: Der runde Schlusssteinrahmen ist abgemeißelt, das Vierpassprofil stark beschädigt, die rechte Hand des Königs wurde wieder angeklebt, die linke Hand und die Nase des Königs in Gips sind ergänzt.

Provenienz: Südflügel des Mainzer Domkreuzgangs, Joch fünf.

LM 5

Schlussstein mit Madonna aus einer Anbetungsszene Mainz, um 1410

Grau-gelber Sandstein, Spuren alter Fassung
Dm. 76 cm, T. 34 cm
Bischöfliches Dom- und Diözesanmuseum Mainz, Inv.-Nr. PS 141

Zustand: Die Bleiverankerungen sind an zwei Gewölberippenansätzen erhalten, am oberen Rand ist das Profil des Vierpasses wie auch der obere Teil der Krone Mariens verloren, der Kopf der Madonna ist wieder angesetzt, die Nasen von Mutter und Kind sind abgebrochen und z. T. ergänzt.

Provenienz: Südflügel des Mainzer Domkreuzgangs, Joch vier.

Auf vier Gewölbeschlusssteine verteilt war im Südflügel des Mainzer Domkreuzgangs eine Anbetung der Könige zu sehen, die heute komplett durch Kopien ersetzt ist. Zwei Schlusssteine mit Königen (Joch sechs und sieben) fehlten bereits 1919.[1] Die Schlusssteine aus Joch vier und fünf befinden sich seit der Zerstörung des Kreuzgangs im Zweiten Weltkrieg bzw. der anschließenden Restaurierung im Bischöflichen Dom- und Diözesanmuseum Mainz.[2] Trotz des Sturzes aus dem Gewölbe ist besonders der Schlussstein mit der Gottesmutter und dem Kind sehr gut erhalten. Die von den Farbfassungen befreiten Steine zeigen bei näherer Betrachtung ein Hochrelief, das sich durch die außergewöhnliche Feinheit in der Gestaltung der Gesichter, Hände und modischen Elemente der Gewandung auszeichnet – erzählerische Details, die der Betrachter am Originalstandort vermutlich kaum erkennen konnte. Sowohl die Gottesmutter mit dem lebhaft auf ihrem Schoß stehenden Kind als auch der kniende König befinden sich vor einem Vierpass, der den Hintergrund des Schlusssteins gliedert. Maria thront frontal zum Betrachter und präsentiert ihr Kind, um das sie schützend ihren Mantel legt. Das eng anliegende, gegürtete Kleid zeigt eine feine Fältelung, und der lange, weite Mantel umspielt die Beine mit weichen Faltenbrüchen, die z.T. tiefe Täler und Mulden bilden und sich bis über den hohen, profilierten Rand des Schlusssteins erstrecken. Der Schlussstein mit dem König ist stärker beschädigt. Aber schon vor den Zerstörungen des Zweiten Weltkrieges waren Teile dieses Steins ausgebrochen, was ein vor 1944 aufgenommenes Foto zeigt. Bereits hier war die Gabe des Königs, vermutlich ein Pokal,[3] verloren, wie auch die Krone, die sicher neben ihm lag. Das ausdrucksstarke Gesicht mit den hohen Wangenknochen und dem fein ausgearbeiteten langen Bart ist aber noch gut erhalten.

Die deutlich erkennbaren charakteristischen Merkmale des so genannten Internationalen Stils an beiden Relieffiguren und die Bauzeit des Mainzer Domkreuzgangs sprechen für eine Datierung der Schlusssteine um 1410.

Im Kreuzgang von St. Stephan in Mainz befindet sich ein Schlussstein mit kniendem König, der eine Schatulle mit gemünztem Gold präsentiert. Er wurde zu unbekannter Zeit aus seinem ursprünglichen Zusammenhang gerissen. Aufgrund der Gewandfaltenbildung und der Körpergestaltung muss dieser Reliefstein im frühen 15. Jahrhundert entstanden sein.[4] Da der Kreuzgang von St. Stephan erst in der zweiten Hälfte des 15. Jahrhunderts errichtet wurde, kann der Reliefstein hier nicht seinen ursprünglichen Aufstellungsort haben. Für die spätere Anbringung spricht auch die Zusammenstellung mit einer Madonna des späten 15. Jahrhunderts und das Fehlen der anderen Könige, die auch nicht harmonisch im Architekturgefüge einzubringen wären.[5] Das Wappen auf dem Gewölbestein mit König zeigt einen Sparren, im Giebel mit einem Ring belegt und einen darunter befindlichen auffliegenden Adler. Der Stifter lässt sich dementsprechend als Mitglied des Mainzer Patriziergeschlechts der Gostenhofer identifizieren. Die vermögende Familie, die auch Stiftungen in der Mainzer St. Quintinskirche durch ihr Wappen kennzeichnete, ist bis 1446 in Mainz aktenkundig und verließ die Stadt bereits vor der Stiftsfehde, um nach Frankfurt a. M. überzusiedeln[6] (s. Kat.-Nr. StA 16).

Eine weitere Darstellung der Anbetung der Könige auf drei Rundsteinen aus dem frühen 15. Jahrhundert stammt laut Überlieferung aus der ehemaligen Liebfrauenkirche in Mainz (Kat.-Nr. LM 12). Aufgrund der Baugeschichte der 1311 geweihten Kirche stammen die Rundsteine, die nicht eindeutig als Gewölbeschlusssteine zu identifizieren sind, vermutlich nicht aus der Kirche selbst, sondern befanden sich eher im dortigen Kreuzgang. Stilistische Gemeinsamkeiten mit den Gewölbesteinen im Domkreuzgang lassen sich durch die zeitliche und räumliche Nähe erklären, in der die Steinmetzarbeiten entstanden. Künstlerisch sind jedoch zwei Werkstätten zu unterscheiden: Die Anbetung der Könige aus Liebfrauen entstand wohl im Umkreis Madern Gertheners, die aus dem Dom steht dem Meister der Kreuzszeptermadonnen näher.

A. A.

1 Sie wurden durch Schlusssteine mit gotischem Laubwerk ersetzt. Vgl. Kautzsch/Neeb 1919, Textbd., S. 405.
2 Vgl. Schuchert 1946, S. 31.
3 Ein undefinierbarer Rest des Gegenstandes ist auf dem Vierpassbogen erhalten.
4 Dieser König diente als Vorlage für den neuen Schlussstein in Joch sechs des Domkreuzgangs.
5 Es ist ein Wechsel in der Gestaltung der Gewölbe im Ostflügel des Kreuzgangs von St. Stephan zu beobachten.
6 Vgl. Franck 1867, S. 242, Nr. 126, Taf. VIII.

Literatur
Kautzsch/Neeb 1919, Textbd., S. 405.

Abb. LM 6
Erzengel Michael

LM 6

Erzengel Michael
Mittelrhein (Mainz?), um 1410

Roter Sandstein, Reste alter Fassung
H. 110 cm, B. 54 cm, T. 30 cm
Kath. Kirchengemeinde Mariä Heimsuchung, Mainz-Laubenheim

Zustand: Der Stein ist an vielen Stellen bestoßen, die rechte Hand des Erzengels und die Lanze sind verloren, die Flügel sind bis auf das untere Drittel abgebrochen.

Provenienz: Die Figur des Erzengels Michael befand sich seit Generationen im Besitz der Familie Koch in Mainz-Laubenheim. 1975 kam die Skulptur als Leihgabe in das Bischöfliche Dom- und Diözesanmuseum Mainz. Anlässlich des Abschlusses der Renovierungsarbeiten der kath. Kirche Mariä Heimsuchung 1979 schenkten die Eheleute Karl und Ella Koch der Gemeinde die Steinskulptur, die heute das Innere der Kirche schmückt.[1]

Die Skulptur zeigt den Erzengel in der imposanten Darstellung als Drachentöter. Michael ist gekleidet im liturgischen Ornat mit Albe, Dalmatika, Pluviale und Stola. Der Kopf mit dem dichten, lockigen Haar wird von einem Diadem geschmückt. Entgegen der Kampfhandlung blickt der Erzengel ruhig nach vorne zum Betrachter und stieß einst mit mächtiger Geste die Lanze in den Leib des unter ihm liegenden Tieres. Der Drache, dessen Oberkörper aus drei ineinander übergehenden Bestienköpfen gearbeitet ist, beißt in die Spitze des Schildes, den Michael in der linken Hand hält, ohne jedoch durch diesen Angriff den Erzengel wirklich zu bedrohen. Der Schutzschild, in einer typisch spätmittelalterlichen Form, ist mit dem plastisch vortretenden Kopf eines Löwen geschmückt, der Symbol für Stärke und Unbesiegbarkeit ist.

Die Herkunft der außergewöhnlichen Laubenheimer Skulptur ist unbekannt. Da sie aus Sandstein gearbeitet ist, kann man annehmen, dass sie ursprünglich in einem architektonischen Zusammenhang gestanden hat. Festzustellen ist, dass die feine Qualität der Steinmetzarbeit nicht die witterungsbedingten Schäden zeigt, die z. B. bei Portalfiguren oft zu beobachten sind.[2] Ebenso ist festzuhalten, dass der Typus des Erzengels Michael als Drachentöter für sich steht und nicht in einem größeren szenischen Zusammenhang zu suchen ist. Dem Himmelswächter Michael ist die Kapelle über dem Eingangsbereich vieler Kirchen geweiht,[3] und als Geleiter der Seelen der Verstorbenen ist er auch Patron der Friedhofskirchen, wie z. B. bei der bereits 1124 erwähnten und bis zu ihrer Zerstörung im Dreißigjährigen Krieg am Leichhof neben dem Mainzer Dom befindlichen Michaelskapelle.[4] Der Laubenheimer Erzengel könnte aber auch aus der nahe gelegenen Mainzer Kartause stammen.[5] Seit frühmittelalterlicher Zeit wird der Himmelsfürst und göttliche Bote auf Bergen verehrt, und so ist auch der Michaelsberg, vor den Toren der Stadt Mainz, und das dort befindliche Kloster der Kartäuser diesem Heiligen geweiht. Die besondere Michaelsverehrung des im frühen 14. Jahrhundert gegründeten und schnell aufblühenden Klosters kommt auch durch die 1418 von Johannes von Seligenstadt geschriebene Handschrift *Sermones capitulares totius anni pro usu fratrum Carthusianorum* zum Ausdruck, die eine spezielle Predigt zum Fest des Erzengels Michael enthält.[6] Eine Stiftung des Ritters Eberhard Strumpel von Schwabenheim für die Instandsetzung der Mönchswohnungen und der Galilaea (=Kreuzgang) aus dem Jahr 1410 passt zeitlich mit der stilistischen Datierung der Laubenheimer Michaelsfigur zusammen. Überliefert ist die mittelalterliche Ausstattung der Kartause jedoch nicht. Nach der blindwütigen Zerstörung des Klosters 1552 durch Albrecht Alcibiades wurde es wieder aufgebaut und im 17. und 18. Jahrhundert barock ausgestattet. Die Mainzer Kartause existierte jedoch nur bis 1781, denn in diesem Jahr hob Erzbischof Friedrich Karl Josef von Erthal das Kloster zu Gunsten der Universität Mainz auf, verkaufte die Gebäude auf Abbruch und versteigerte zahlreiche Ausstattungsstücke.
A. A.

1 Die Angaben konnten den Akten der kath. Kirchengemeinde Mariä Heimsuchung entnommen werden bzw. wurden mir freundlicherweise von Herrn Prof. Dr. Franz Staab, Landau, mitgeteilt, der in den 70er Jahren den Vorgang mit betreute.
2 Die vorhandenen witterungsbedingten Schäden der Figur scheinen von einer späteren, liegenden Aufbewahrung ohne Wetterschutz zu stammen.
3 So z. B. in St. Valentin in Kiedrich; s. S. 489.
4 Vgl. Arens 1961, S. 441 f.
5 Zur Mainzer Kartause vgl. Simmert 1958 und Arens 1959.
6 *Sermo in festo Michahelis archangelo*, Stadtbibliothek Mainz, Hs. I 193, fol. 39^{v}–42^{r}.

Literatur
Krienke 1997, S. 116.

LM 7

Apostel
Mittelrhein (Mainz?), um 1410

Roter Sandstein, Spuren alter Fassung auf Kreidegrund
H. 63,5 cm, B. 22 cm, T. 15 cm
Städtische Galerie Liebieghaus, Museum alter Plastik,
Frankfurt a. M., Inv.-Nr. 586

Zustand: Die linke Hand und die Spitze des Stabes sind verloren. Die Oberfläche des Steins zeigt Witterungsschäden und unregelmäßig verteilt kleine, kraterförmige Ausbrüche.

Provenienz: Die Figur wurde laut Inventar 1916 von J. Rosenbaum in Frankfurt a. M. erworben. Jedoch führt Wilhelm Pinder die angeblich aus Eltville im Rheingau stammende Skulptur bereits 1914 als Besitz der Städtischen Skulpturensammlung Frankfurt auf.[1]

Die vollplastisch gearbeitete Skulptur ist in einem Stück mit dem polygonalen, rosettengeschmückten Sockel gearbeitet. Dargestellt ist ein bärtiger Mann, der in Tunika und weiten Mantel gekleidet ist. Nur der rechte, unbeschuhte Fuß schaut unter dem Gewand hervor. Ein langer, in fein ausgearbeiteten Korkenzieherlocken gestalteter Bart und schulterlanges Haar prägen den breiten Kopf. Markant sind weiterhin die hohen Wangenknochen und die etwas müde blickenden Augen. Sie sind, wie die ausgearbeiteten Tränensäcke und die in Falten gezogene flache Stirn, Zeichen des fortgeschrittenen Alters des Mannes. Die rechte Hand hält, verhüllt durch den hochgerafften Mantel, einen Stab, dessen Spitze abgebrochen ist. Die genaue Identifizierung des Heiligen ist aufgrund der nicht vollständig erhaltenen Attribute nicht möglich. Die antikisierende Gewandung und der Stab sprechen für die Darstellung eines Apostels. Trifft dies zu, könnte sich in der verlorenen linken Hand einst ein Buch – die Heilige Schrift – als Attribut aller Apostel befunden haben. Eine Benennung als hl. Jakobus schlägt Michael Maek-Gérard vor. Jedoch fehlen der Pilgerhut oder die Jakobsmuschel, die im Spätmittelalter zu den Attributen dieses Apostels gehören. Vielleicht ist der Heilige als Andreas anzusprechen, der stets ohne Hut und als alter Mann dargestellt wird. Neben dem Andreaskreuz, dem Attribut seines Martyriums, trägt Andreas auch den Kreuzstab, als Zeichen seines Todes für Christus. Dies würde auch erklären, warum der Heilige den Stab nicht mit bloßer Hand hält.

In der Forschung wurde der künstlerische Zusammenhang der Sandsteinfigur des Liebieghauses mit der Skulptur eines Apostels im Hessischen Landesmuseum Darmstadt früh erkannt.[2] Beide Skulpturen stimmen in Material, Größe und Stil so deutlich überein, dass die Vermutung einer gleichzeitigen Entstehung in einer Werkstatt und die gemeinsame Aufstellung in einem Programm – vielleicht in einem Portal – allgemein vertreten wird.[3] Die stilistische Einordnung in das Werk des Meisters der Kreuzszeptermadonnen hat Eva Zimmermann-Deißler bereits 1924 vorgestellt.[4] Besonders deutlich ist der Vergleich der Skulptur des Liebieghauses mit der Darstellung Gottvaters im Portaltympanon der Kirche St. Valentin in Kiedrich. Nicht nur der Kopftypus zeigt zahlreiche Übereinstimmungen, sondern auch die Gewandfaltenbildung und die Gestaltung der Füße sind eng miteinander verwandt.
A. A.

1 Vgl. Maek-Gérard 1985, S. 159, Nr. 70.
2 Inv.-Nr. Pl 10:10. H. 63,5 cm, B. 20 cm, T. 17,5 cm. Vgl. Woelk 1999, S. 164–166, Nr. 24.
3 Vgl. Maek-Gérard 1985, S. 159, Nr. 70.
4 Vgl. Zimmermann-Deißler 1924, S. 20 f.

Literatur
Maek-Gérard 1985, S. 159–161, Nr. 70 (mit weiteren Literaturangaben).

Eduard Sebald

Überlegungen zu Madern Gerthener

Unter den namentlich bekannten Baumeistern des 15. Jahrhunderts in Mainz und dem unteren Erzstift ist der Frankfurter Stadtbaumeister Madern Gerthener der prominenteste. Während das Œuvre anderer in Mainz tätiger Architekten – z. B. Nikolaus Eselers d. Ä. und seines Sohnes Nikolaus d. J. (Kat.-Nr. LM 14) – urkundlich gesichert und erforscht ist, fehlt zu Gerthener, dem führenden Baumeister des ersten Drittels des 15. Jahrhunderts, bislang eine umfassende Untersuchung. Die offenen Fragen können hier nur skizziert werden.

Madern Gerthener, der um 1360 als Sohn des *Henne steinmetz* in Frankfurt a. M. geboren wurde und ebendort um die Jahreswende 1430/31 angesehen und vermögend starb, ist ab 1395 in Frankfurter Rechenbüchern als *madern steinmetze* nachweisbar. Zwar ist sein Anstellungsvertrag nicht erhalten, doch war er als Werkmeister der Stadt u. a. für die Stadtmauer und die Brücken zuständig. Dokumentiert ist dies u. a. in einer Rachtung von 1399, in der er sich für Gewölbe verbürgt, die er *an der brucken zu Franckenfurd gemacht hat.* 1411 ist er an der Verstärkung der Stadtmauer zwischen Main und Bockenheimer Tor tätig. 1427 ergeht an ihn eine Zahlung für *zwein adelern an Eschenheimer porten,* zweifelsfrei der doppelköpfige Reichsadler und der einköpfige Adler des Stadtwappens von Frankfurt, die am Eschenheimer Turm an der Feld- bzw. Stadtseite über den Torbögen sitzen. Von den o. g. Wehr- und Verkehrsbauten blieb nur der im Jahr 1400 begonnene Eschenheimer Turm unverändert. Nach der Errichtung der Vorpforte 1409 und nach einer längeren Unterbrechung wegen Geldmangels lieferte Gerthener 1427 die beiden Wappenreliefs. Die Daten werden durch mehrere dendrochronologisch ermittelte Jahreszahlen aus den Jahren 1408 und 1426 ergänzt, die an den Keilstufen der Balkentreppen ermittelt wurden.[1] Aus der Tatsache, dass für 1400 nur ein Zimmermann namentlich überliefert ist, wurde geschlossen, der Entwurf stamme von Gerthener als zuständigem Werkmeister. Folglich wurde der Baumeisterkopf mit Sackmütze im Scheitel des Torbogens als Selbstporträt identifiziert.[2] Der These steht der große Zeitabstand zwischen Baubeginn und Vollendung entgegen. Außerdem belegen die überlieferten Namen von Mitarbeitern, Parlieren etc., dass die Werkstatt Gertheners sehr groß gewesen sein muss. Die Zuschreibung an ihn ist folglich nicht zwingend, zumal sich am Turm keine spezifischen Architekturformen finden, die mit dem Frankfurter Baumeister in Verbindung gebracht werden können. Gerthener und seine Werkstatt haben den Turm wohl eher vollendet.[3]

Darüber hinaus wurden ihm verschiedene Profanbauten bzw. Baumaßnahmen an städtischen Bauten zugewiesen, u. a. die Torhalle des Nürnberger Hofs. Die eleganten Maßwerkfigurationen und figürlichen Schlusssteine des Gewölbes der Torhalle sprechen für den Stadtbaumeister und seine Werkstatt.[4] Dagegen beruht die Annahme einer Beteiligung am Ausbau zweier Häuser zum Römer in den Jahren nach 1405 und am Bau des Waagehauses, des heutigen Leinwandhauses, um 1397/99 lediglich auf dem Umstand, dass die Baumaßnahmen in seine Amtszeit fallen.[5]

Aus einer weiteren Nachricht – der Zahlung von 50 Gulden, die König Ruprecht 1407 an Gerthener veranlasste – wurde auf Baumaßnahmen außerhalb Frankfurts geschlossen. Ihm wurden der Ruprechtsbau des Heidelberger Schlosses und die Sakristei des Speyerer Doms, die ebenfalls auf Ruprecht zurückgeht, hypothetisch zugeschrieben. Nur das Erdgeschoss des Heidelberger Baus reicht ins 15. Jahrhundert zurück, die beiden oberen Geschosse wurden dagegen im 16. Jahrhundert umgebaut. Ein Engelsrelief und ein Wappenadler lassen eine Beteiligung Gertheners am Bau zumindest annehmen (s. u.), doch fehlt eine exakte Bauanalyse. In der Speyerer Sakristei, deren Grundstein erst 1409 gelegt wurde, fehlen darüber hinaus Elemente, wie das Fenstermaßwerk, die eine Zuschreibung rechtfertigen könnten.[6]

Zeitgleich mit den Profanbauten ist Gerthener auch an Sakralbauten urkundlich nachweisbar: Ab 1409 stand er der Hütte der Frankfurter Bartholomäuskirche vor, dem so genannten Dom. Bauträger vornehmlich für den Westturm waren Stift und Stadt gleichermaßen. Bis 1411 wurden die drei mittleren Querhausjoche eingewölbt, für dessen Schlussstein mit Stadtadler, der jenen des Eschenheimer Turms ähnelt, er 1409 entlohnt wurde. Ab 1415 wurde der Westturm vermutlich nach seinem Entwurf mit zwei Portalen errichtet. Neben anderen Plänen blieb ein Turmaufriss – der so genannte Riss A (Abb. 1) – erhalten, der wohl, u. a. wegen der verwendeten Papiersorte, eine Planbearbeitung der Zeit um 1420 ist, aber kein eigenhändiger Plan Gertheners. Da der Plan bis zur Einstellung der Arbeiten 1514 bindend blieb, war auch das Formrepertoire der wichtigsten Bauaufgabe in der Stadt Frankfurt noch weit ins 15. Jahrhundert hinein stilprägend.[7]

Zwischen 1414/15 und 1430 errichtete der Frankfurter Baumeister den Westchor der Katharinenkirche in Oppenheim als weiträumigen Saalraum. Da bereits Teile eines vorangegangenen Plans ausgeführt waren, wurde ihm die Bauleitung offenbar erst 1416/17 nach einem Planwechsel übertragen. Nach seinem Tod wurde der Chor vermutlich nach einem Plan Nikolaus Eselers d. Ä. eingewölbt und 1439 geweiht. In der Zeit um 1420 entstand auch das Westportal, wobei die wahrscheinlich bereits 1407 von Heinrich von Bretheim skulptierten Verkündigungsreliefs in die Maßwerkkreise eingesetzt wurden.[8]

Neben den urkundlich nachweisbaren Sakralbauten wurden Gerthener und seiner Werkstatt verschiedene Kirchen bzw. Umbauten und Erweiterungen von Kirchen in und außerhalb Frankfurts a. M. zugeschrieben: in Frankfurt der 1434 geweihte Chor der Leonhardskirche, die Südwand der Liebfrauenkirche mit dem Dreikönigsportal, der Chor der Karmeliterkirche und die Peterskirche. Der steile Chor von St. Leonhard wurde zwischen 1425 und 1434 errichtet. Die vierbahnigen Fenster mit Maßwerkbrücken, die Schneuße im Couronnement und das Sternengewölbe mit Dreistrahl- und Gabelrippen und segelartigen Pflugscharkappen legen eine Zuschreibung nahe.[9] Für den Umbau der Liebfrauenkirche erließ der Mainzer Erzbischof Johann II. von Nassau 1415 einen Ablass. Um 1420 soll die Südfassade als Schaufassade entstanden sein. Die bisherige Zuschreibung des Baus und des Südportals mit dem Dreikönigstympanon an Gerthener und seine Werkstatt ist wenig überzeugend: Sie beruht auf einer Stiftung des 1431 datierten Testaments Adelheids, der Frau Gertheners, zugunsten des Baus der Liebfrauenkirche.[10] Für den Chor der Karmeliterkirche kann seine Mitwirkung ebenfalls nur vermutet werden, als gesichert gilt hingegen die Beteiligung seiner Werkstatt.[11] Möglicherweise gilt dies auch für die 1417–1419 errichtete Peterskirche, die 1895 abgetragen wurde. Die in einer Zeichnung überlieferte Form des Gewölbes spricht für Gerthener, doch ist dies nicht verifizierbar.[12]

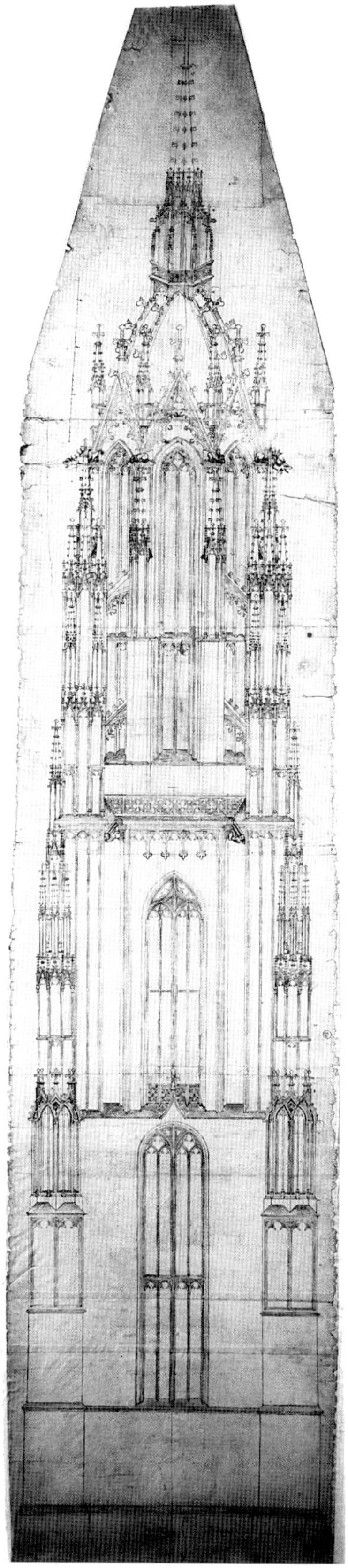

Abb. 1 **Risszeichnung A für den Turm des Frankfurter Doms. Madern Gerthener, um 1410/15. Historisches Museum, Frankfurt a. M.**

Außerhalb Frankfurts wurden ihm vornehmlich das Memorienportal des Mainzer Doms (Abb. 2) und der dortige Kreuzgang zugewiesen. Aufriss und Einzelmotive des Mainzer Portals stehen in direktem Zusammenhang mit den Frankfurter Domportalen und einer in Wien aufbewahrten Zeichnung und belegen unzweideutig die Ausführung durch die Werkstatt Gertheners. Obwohl das Wappen über der domseitigen Portalhälfte wahrscheinlich den Kanoniker Heinrich von Gerhartstein als Stifter des Memorienportals ausweist, kam der Auftrag an Gerthener vermutlich über die Stellung der Mainzer Erzbischöfe als geistliche Herren des Frankfurter Bartholomäusstifts zustande (Kat.-Nr. LM 9). Für eine Zuweisung des um 1410[13] vollendeten, in den Formen eher konservativen Mainzer

Abb. 2 **Memorienportal des Mainzer Doms. Um 1410/20**

Domkreuzgangs fehlen hingegen architektonische Kriterien, zumal der Kreuzgang im 19. und 20. Jahrhundert erneuert wurde.

Die wichtige Stellung Gertheners und seiner Hütte in der Entwicklung der Architektur des 15. Jahrhunderts wurde bereits gewürdigt, sie soll nur im Hinblick auf die Genese des ihm zugeschriebenen skulpturalen Œuvre beleuchtet werden. Verschiedene Inventionen heben Gerthener von anderen Baumeistern der Zeit ab: Hinzuweisen ist hier vornehmlich auf die fialenflankierten Portale in Frankfurt a. M. und Mainz mit ihrer Kombination aus seitlichen Fialpfeilern, bekrönendem Rundbogen mit Kielbogenwimperg und Maßwerkvorhang. Singulär ist auch das »Rutenwerk« im Gewände des Nordportals am Frankfurter Domturm, das auch dem Memorienportal und dem Wiener Riss (Kat.-Nr. LM 10) eigen ist. Die Maßwerkform setzt sich aus ineinander verwobenen vegetabilen Stäben des Couronnements zusammen und verweist auf das Maßwerk des späten 15. Jahrhunderts. Die Gewölbe des Nordportals und der Torhalle des Nürnberger Hofs gehören darüber hinaus zu den ersten Maßwerk- bzw. Bogenrippengewölben für Kleinraumwölbungen in Deutschland.

Auf die zentrale Vorbildfunktion der Parlerarchitektur vor allem Prags wurde bereits früher hingewiesen. Doppelte Springrautengewölbe wie an der Torhalle des Nürnberger Hofs kommen beispielsweise am Altstädter Brückenturm in Prag vor. Die Rippenfiguration des Chorgewölbes der Leonhardskirche geht auf das Südvorhallengewölbe des Prager Veitsdoms zurück. Grundsätzlich sind die trichterförmig genischten Portalvorhallen des Frankfurter Domturms ohne das Vorbild der Südvorhalle kaum denkbar.[14]

Aber auch andere Parlerbauten und -zentren waren maßgebend, z. B. in Ulm der Münsterturm, in Wien die Kirche St. Maria am Gestade. Eine besondere Stellung nehmen die Kirchen Nürnbergs ein. Das Brautportal von St. Sebald (um 1360) diente sicherlich als Anregung für die Portale in Frankfurt a. M. und Mainz: Es endet in einem Rundbogen, der von einem Spitzbogen wimpergartig überfangen wird; die Binnenfläche und die Zwickel des den Wimperg umfangenden Rechteckrahmens sind in Maßwerk aufgelöst; am Rundbogen hängt ein Maßwerkvorhang. Auch die Westrose der Lorenzkirche (um 1353–1362) mit Vorhang und skulptural gefüllten Maßwerkkreisen in den Ecken des rahmenden Quadrats sowie der Michaelschor der

Frauenkirche (1350/52–1358), dessen Triumphbogen wiederum von einem Maßwerkvorhang nobilitiert ist, deuten auf ein intensives Studium der Nürnberger Bauten.[15]

Neben den o.g. Parlerbauten waren möglicherweise auch Bauwerke der näheren Umgebung stilprägend. So hat das Südportal des Frankfurter Doms ebenfalls einen Kielbogen und im Rechteckrahmen Maßwerkkreise mit Reliefs, eine Form, die am Südportal der Liebfrauenkirche wiederkehrt. Maßwerkvorhänge besitzen auch Austattungsstücke mehrerer älterer Kirchen, z.B. der Goldaltar und der Lettner der Liebfrauenkirche in Oberwesel (beide um 1340/50) und das Hochgrab des Mainzer Erzbischofs Gerlach von Nassau († 1371) in Kloster Eberbach. Inwieweit von einem Einfluss der »Kleinarchitektur« ausgegangen werden kann, müsste überprüft werden.

Ungleich schwieriger ist die Bestimmung des skulpturalen Œuvre Madern Gertheners. Die gesicherten Werke – die beiden Wappenreliefs des Eschenheimer Turms und der Schlussstein im Querhaus des Frankfurter Doms – sind als dekorative Bauplastiken untergeordneter Art nicht geeignet, eine Zuschreibung so qualitätvoller Werke wie der Skulpturen des Memorienportals und des Tympanons des Südportals der Frankfurter Liebfrauenkirche an Gerthener und seine Werkstatt zu begründen.[16] Man ist auf formkritische Analysen in Kombination mit den Erkenntnissen zur Architektur angewiesen.

Dies gilt besonders für das um 1420 entstandene Portal der Liebfrauenkirche. Es hat ein flaches Gewände, dessen Postamente und Baldachine vermuten lassen, dass auf jeder Seite eine Figur eingestellt war oder werden sollte. Das Tympanon ruht auf einem Sturz mit Konsolen, an denen musizierende Engel mit Laute und Portativ reliefiert sind. Es wird von einem Maßwerkvorhang u.a. mit Drei- und Vierpässen in sphärischen Drei- und Vierecken eingefasst, der das Gewände zugleich verschattet. Das Feld darüber ist rechteckig gerahmt. Blendmaßwerk mit geschweiften Kleeblattbögen und Maßwerkkreisen füllt die Zwickel. In den Kreisen sind die Reliefs der Propheten Jesaias und Jeremias mit Spruchbändern eingelassen. Markant sind die Gewandfülle mit reichen Faltenkaskaden und die länglichen Gesichter mit gesträhnten Haaren und z.T. zweigeteilten Bärten. Am Tympanon sind drei zeitlich getrennte Ereignisse in malerischer Kulisse simultan vereinigt: im Scheitel die Verkündigung an die Hirten, im Mittelgrund die drei aus verschiedenen Richtungen anreisenden Könige mit großem Gefolge, im Vordergrund die Anbetung der drei Weisen. Der junge König im Zentrum trägt eine Houppelande mit weiten gezaddelten Ärmeln, der zweite König einen Tabard mit gezaddelten Säumen – festliche Kleidungsstücke, deren Vorlagen aus Burgund kamen. Charakteristisch für die Gewandbehandlung ist der Kontrast von fließenden Linien der stehenden Könige und der gesteigerten Stoffmassen des Mariengewandes, das in seinen unteren Partien reich übereinander geschichtet ist. Daneben stehen eher naturalistische Tendenzen, vor allem die zeitgenössische Kleidung der Könige und die Darstellung der Landschaft. Diese ist aus geschichteten Felsformationen zweidimensional »aufgetürmt« und mit Gesträuch und Getier ausstaffiert. Auffallend sind beispielsweise die Eidechsen direkt über dem Sturz.

Stilistisch wurde das Portal bisher uneinheitlich bewertet.[17] Die Zuschreibung an Gerthener und seine Werkstatt kann allerdings nicht mehr bezweifelt werden. Entscheidend ist die aus der Bauanalyse gesicherte Neudatierung des Portals in Oppenheim in die Zeit um 1420, d.h. exakt in jene Zeit, in der auch das Frankfurter Portal entstand. Auch wenn in Oppenheim ältere Verkündigungsreliefs benutzt wurden, so spiegelt sich im Rechteckrahmen mit Maßwerkfüllung und in den Reliefs der Maßwerkkreise die enge Verbindung beider Portale. Zusammen mit dem Maßwerkvorhang belegen sie die Nähe zu Gerthener. Hinzuweisen ist aber auch auf den engen Zusammenhang mit dem Südportal des Frankfurter Doms: Es hat gleichfalls einen Rechteckrahmen mit Blendmaßwerk, in dessen Maßwerkkreisen Reliefs zweier Propheten mit Spruchbändern eingelassen sind. Wie das Frankfurter Portal gehören auch das Brautportal der Sebaldskirche und die Westrose der Lorenzkirche in Nürnberg, die ebenso prägend waren, zur Architektur der Parler.

Aus dem südwestdeutschen Parlerkreis wurden auch Thema und erzählerische Darstellungsweise des Reliefs abgeleitet.[18] Das Motiv der aus drei verschiedenen Richtungen anreisenden Herrscher war um 1400 weit verbreitet, wie u.a. im *Liber Trium Regium* des Johannes von Hildesheim (zwischen 1364 und 1375). Der malerische Reliefstil wurde von der niederländisch-burgundischen Skulptur abgeleitet, freilich ohne konkrete Vorbilder zu benennen. Die Kostüme sollen ebenfalls auf die burgundische Hofkunst deuten, doch war die Mode in Deutschland um 1420 längst über andere Bildmedien verbreitet. Nahe liegend ist hier eher ein Vergleich mit Nürnberger Parlerfiguren, vornehmlich jenen des Schönen Brunnens (1385 bis 1392). Gesichtstypen, Bart- und Haarbehandlung wie auch die Kopfbedeckungen finden sich in den Gruppen der Könige und Fürsten wieder. Zu betonen ist, dass das Frankfurter Relief u.a. in seiner artifiziellen Verfeinerung z.B. der Gewänder über die Nürnberger Vorlagen hinausgeht. Gerade in der aufwendigen Gewandbehandlung z.B. der Propheten wurde die Nähe zu Mainzer Werken festgestellt, wie dem Grabmal des Erzbischofs Konrad III. von Dhaun, das aber wahrscheinlich nicht von Gerthener und seiner Werkstatt stammt. An den Figuren der Memorienpforte sind Verbindungen mit der Tonplastik des Mainzer Raums aus der Zeit um 1400 ablesbar (Kat.-Nr. LM 23). Ob die naturalistischen Motive eine engere Verbindung mit Mainz anzeigen, was umstritten ist, oder auf gemeinsame Vorbilder zurückgehen, z.B. aus Burgund, muss einer weiteren Untersuchung vorbehalten bleiben. Ebenfalls konkretisiert werden sollte die mehrfach geäußerte Vermutung der Nähe zur zeitgenössischen Malerei.

Neben den in der Ausstellung präsentierten Werken (Kat.-Nr. LM 9, 12, 13) wurden Gerthener und seiner Werkstatt bisher mehrere kleinere Arbeiten in Frankfurt und Umgebung zugewiesen, u.a. die Grabdenkmäler für Sifrid zum Paradies († 1386) in der Frankfurter Nikolaikirche und für Wernher Wisze von Limpurg († 1395) in der Karmeliterkirche[19] sowie das Sakramentshaus der heutigen Erlöserkirche in Frankfurt-Oberrad.[20] In der oberen Hälfte des Grabmals Sifrids, dem ältesten Andachtsepitaph Frankfurts, wird ein Schmerzensmann von Engeln begleitet, die die *Arma Christi* tragen. Darunter kniet der Verstorbene. Die Engel wurden mit den Konsolengeln des Tympanons der Liebfrauenkirche verglichen. Am Epitaph Wernhers ist der Architekturrahmen mit Kielbogen und Maßwerkvorhang ähnlich.

Zum Œuvre Gertheners werden auch ein Engelsrelief und ein Reichsadler (vor 1410) am Heidelberger Ruprechtsbau gezählt. Die beiden Engel mit einem Kranz aus Laubwerk und fünf Rosen sowie einem Zirkel in der Mitte wurden mit den musizierenden Engeln der Frankfurter Konsolsteine verglichen. Das Adlerrelief mit zwei Schilden in den Fängen – links der pfälzische Löwe, rechts die bayerischen Rauten – gleicht jenen des Eschenheimer Turms.[21] In das Umfeld der Werkstatt gehört auch das Grabmal der Anna von Dalberg in der Oppenheimer Katharinenkirche.[22]

Schließlich werden noch zwei Grabmäler im Mainzer Dom als Werke Gertheners und seiner Werkstatt angesehen: das des Erzbischofs Johann II. von Nassau († 1419) und das seines Nachfolgers Konrad III. von Dhaun († 1434). Das Epitaph Johanns war in die Anlage der so genannten Nassauer Unterkapelle einbezogen, die der Erzbischof als Grablege der beiden Erzbischöfe aus dem Geschlecht Nassau im Mittelschiff des Doms 1417/18 errichten ließ. Über der Gruft mit ovalem Umgang stand ein 1683 abgetragener Baldachinaltar, das so genannte Martinschörlein, seitlich eingefasst von den Grabsteinen der Brüder an den Mittelschiffpfeilern. Dass das Grabdenkmal von Johann von Beginn an aufrecht am sechsten nördlichen Pfeiler stand, ist am fehlenden Kissen ablesbar. In der reichen Gewandung des Toten spiegelt sich die soziale Stellung des Erzbischofs. Verschiedene Assistenzfiguren können mit Figuren des Memorienportals verglichen werden und bestätigen die Zuschreibung an die Werkstatt Gertheners.[23] Die Nassauer Unterkapelle wurde vom Vorbild der Prager Gedenkkapelle Peter Parlers (um 1375) abgeleitet.[24] Ob das Vorbild eine Beteiligung Gertheners und seiner Werkstatt an der Grablege anzeigt, muss offen bleiben.

Anders verhält es sich mit dem Grabmal für Konrad von Dhaun, dessen Zuschreibung umstritten ist. Trotz der vornehmlich in Körperhaltung und Gewandbehandlung belegbaren Gemeinsamkeiten mit den Medaillons des Frankfurter Dreikönigstympanons spricht die starke innere Bewegtheit des Toten gegen die Zuweisung an Gerthener.[25] Ob die Grabplatte von Nikolaus Eseler d.Ä. skulptiert wurde,[26] muss überprüft werden.

Nach wie vor trifft die Feststellung zu, dass »die Gesamtheit der Formgebung Madern Gertheners noch nicht geklärt«[27] ist. Auffallend ist die Heterogenität des ihm zugeschriebenen Werks: Während an seinen Bauten direkte Einflüsse der Parlerarchitektur verarbeitet und wegweisend weiterentwickelt wurden, finden sich an den ihm zugewiesenen Portalen sowohl Einflüsse der Parlerskulptur als auch von Skulpturen aus dem Umkreis der Stadt Mainz, dem um 1400 überragenden Zentrum, an dem verschiedene Bildhauerwerkstätten angenommen werden können. Zumindest am Mainzer Memorienportal zeichnen sich Berührungen mit der Tonplastik der Zeit ab. Auch die ihm zugewiesenen kleineren Arbeiten unterscheiden sich durchaus und lassen verschiedene Bildhauer vermuten. Grundsätzlich gilt hier zu bedenken, dass, abgesehen vom

Schlussstein des Frankfurter Doms und von den beiden Wappen des Eschenheimer Turms, bisher keinerlei Belege der These vorgelegt wurden, Gerthener sei auch als Bildhauer tätig gewesen. Entgegen dem noch von der älteren Kunstgeschichte geprägten Bild des Baumeisters/Bildhauers in einer Person ist also davon auszugehen, dass Gerthener selbst eher kein Bildhauer war. Die beteiligten Bildhauer waren demnach in seiner offenbar großen Werkstatt beschäftigt. Dies würde auch die Unterschiede zwischen Dreikönigstympanon, Memorienportal und den kleineren Arbeiten begründen.[28] Ob die einzelnen Bildhauer an den jeweiligen Baustellen angeworben wurden, zu den dortigen Hütten gehörten oder aus Frankfurt a. M. kamen, muss derzeit offen bleiben.

Gerade für Gerthener trifft zu, was für viele Baumeister des 15. Jahrhunderts gilt, vielleicht auch für die Architektur des Jahrhunderts an sich – dass in den Städten eher weniger Neubauten begonnen wurden, vielmehr meist ältere Bauten um- oder ausgebaut wurden (s. S. 482 f.). Dies setzt eine gewisse Flexibilität des Planes voraus, da man sich Bestehendem anpassen musste. Daraus resultiert aber auch eine gewisse Mobilität der Werkleute, da die Baumeister-Unternehmer nicht an einen Bau gebunden, sondern an mehreren Bauten gleichzeitig beschäftigt waren. Gerthener war gleichzeitig Werkmeister der Stadt Frankfurt a. M., Baumeister des Frankfurter Doms, leitete den Bau des Westchors der Oppenheimer Katharinenkirche und war am Mainzer Dom tätig. Da auch Aufträge zu Profanbauten übernommen wurden, ergibt sich ein schwer überschaubares Œuvre. Auch im Hinblick darauf, dass die Quellenlage schlecht ist, andererseits die Werkstatt groß gewesen sein muss, empfiehlt sich eine weniger auf die Einzelperson abzielende Diskussion des Werks.

1 Freundlicher Hinweis von Heinz Schomann, Denkmalamt der Stadt Frankfurt a. M.

2 Fischer 1962, S. 51 f.; Ringshausen 1968, S. 37–66, bes. S. 41, 57 f.; Bauer 1987, S. 69 f.; Haberland 1992, S. 25–34, bes. S. 28.

3 Metternich 1984, S. 31.

4 Fischer 1962, S. 53 f.; Ringshausen 1968, S. 5; Nussbaum 1985, S. 352, Anm. 451; Haberland 1992, S. 35 f.

5 Zuletzt: Kiesow 1988, S. 200; Haberland 1992, S. 17 f., 24.

6 Zu Heidelberg: Oechelhaeuser 1913, S. 372, 403–410; Hartlaub 1950, S. 1–9; Fischer 1962, S. 27, 56–58; Haberland 1992, S. 67–69. Zum Dom zu Speyer: Fischer 1962, S. 58–60; Kubach/Haas 1972, Bd. 1, S. 814; Haberland 1992, S. 71 f.

7 Schoenberger 1927, S. 160; Feulner 1940, S. 17 f.; Fischer 1962, S. 17–22; Ringshausen 1968, S. 169 ff.; Beck/Bredekamp 1975, S. 49; Katalog »Kunst um 1400 am Mittelrhein« 1975, S. 127, Nr. 23 (Horst Bredekamp); Katalog »Die Parler und der Schöne Stil 1350–1400« 1978, Bd. 1, S. 233 (Gerhard Ringshausen); Metternich 1984, S. 32 f.; Nussbaum 1985, S. 201–204; Kiesow 1988, S. 44, 198 f.; Haberland 1992, S. 39–49; Germund 1997, S. 149–157; Nussbaum/Lepsky 1999, S. 247, 258.

8 Schütz 1982, S. 283–311, bes. S. 294 f., 299, 310; Metternich 1984, S. 31 f.; Helmberger 1984, S. 172. Siehe auch: Fischer 1962, S. 28–33; Ringshausen 1968, S. 190–236; Bauer 1987, S. 71–73; Haberland 1992, S. 72–78.

9 Fischer 1962, S. 33–41, bes. S. 41; Schütz 1982, S. 306–308; Metternich 1984, S. 31; Kiesow 1988, S. 46, 201 f.; Haberland 1992, S. 59–62; Germund 1997, S. 77–84; Nussbaum/Lepsky 1999, S. 247.

10 Als erster Edler 1938, S. 30, der die Architektur dem Meister Jörg Östreicher zurechnet. Fischer 1962, S. 54–56; Ringshausen 1968, S. 29; Metternich 1984, S. 31; Haberland 1992, S. 52–55.

11 Metternich 1982, S. 45. Siehe auch: Fischer 1962, S. 52; Haberland 1992, S. 57 f.

12 Fischer 1962, S. 52 f.; Haberland 1992, S. 63; Nussbaum/Lepsky 1999, S. 249.

13 Zuletzt: Haberland 1992, S. 79–81.

14 Ringshausen 1968, S. 27 f., 149, 236; Beck/Bredekamp 1975, S. 50; Katalog »Die Parler und der Schöne Stil 1350–1400« 1978, Bd. 1, S. 232 (Gerhard Ringshausen); Nussbaum 1982, S. 252–254; Schütz 1982, S. 288, 310 f.; Metternich 1984, S. 45; Nussbaum 1985, S. 201–204; Haberland 1992, S. 45 f.; Nussbaum/Lepsky 1999, S. 247–249.

15 Binding 1989, S. 324–327.

16 Feulner 1940, S. 10; Ehresmann 1968 (II), S. 301; Beck/Bredekamp 1975, S. 49.

17 Feulner 1940, S. 1–9; Bott 1957, S. 107, 112 f.; Fischer 1962, S. 26 f.; Ehresmann 1968 (II), S. 304–306; Beck/Bredekamp 1975, S. 54 f.; Katalog »Kunst um 1400 am Mittelrhein« 1975, S. 173, Nr. 104 (Wolfgang Beeh); Kiesow 1988, S. 200; Haberland 1992, S. 52–55.

18 Pinder 1914/1929, Bd. 1, S. 145; Paatz 1956, S. 22.

19 Feulner 1940, S. 12 f.; Bott 1957, S. 120–123, 126 f.; Fischer 1962, S. 27; Ehresmann 1968 (II), S. 307; Bauer 1992, S. 319; Haberland 1992, S. 64.

20 Bott 1957, S. 124 f.; Fischer 1962, S. 27; Haberland 1992, S. 64.

21 Hartlaub 1950; Bott 1957, S. 117; Fischer 1962, S. 27; Ehresmann 1968 (II), S. 302; Haberland 1992, S. 64.

22 Beck/Bredekamp 1975, S. 107 f., Anm. 101; Haberland 1992, S. 86.

23 Kautzsch/Neeb 1919, Textbd., S. 246–248; Wallrath 1943, S. 73; Bott 1957, S. 131; Arens 1975, S. 117 f.; Beck/Bredekamp 1975, S. 46 f.; Imiela 1975, S. 102 f.; Jung 1975, S. 139; Kerber 1975, S. 411–413; Schuchert/Jung 1975, S. 33; Arens 1982 (I), S. 96; Kessel 1994, S. 24; Wegner 1997, S. 76; Kessel 1998, S. 61; Glatz 1999, S. 1089.

24 Arens 1982 (I), S. 74 f.

25 Kautzsch/Neeb 1919, Textbd., S. 248–250; Feulner, 1940, S. 18, 20; Wallrath 1943, S. 73; Bott 1957, S. 133; Arens 1975, S. 118; Beck/Bredekamp 1975, S. 47; Jung 1975, S. 139; Kerber 1975, S. 414–416; Schuchert/Jung 1975, S. 31; Arens 1982 (I), S. 99; Haberland 1992, S. 85 f.; Kessel 1998, S. 62; Glatz 1999, S. 1090.

26 Paatz 1956, S. 57; Paatz 1957, S. 135; Arens 1975, S. 118; Beck/Bredekamp 1975, S. 107, Anm. 83; Arens 1982 (I), S. 99.

27 Beck/Bredekamp 1975, S. 55.

28 Paatz 1967, S. 35 f.; Ehresmann 1968 (I), S. 410, Nr. 23; Ehresmann 1968 (II), S. 301–308; Katalog »Kunst um 1400 am Mittelrhein« 1975, S. 173, Nr. 104 (Wolfgang Beeh).

LM 8

Beurkundung Madern Gertheners Frankfurt, 24. Oktober 1415

Pergament; Text in Deutsch
H. 16 cm (mit Umbug), B. 29 cm; Pressel mit Siegel Gertheners
(Dm. 22 mm, unregelmäßig abgebrochen)
Institut für Stadtgeschichte Frankfurt a. M., Dienstbriefe Nr. 1544

Mit der Urkunde von 1415 beurkundet der *erbern meister Madern gnant gertener der Stede franckenfurd Wergmeister* den Verzicht des *Conzchin Swertfeger bussenmeister zu disser ziit zu Cruczenach* auf alle Ansprüche gegenüber Rat und Stadt Frankfurt.[1] Das Siegel Gertheners zeigt den nach rechts gewandten, aufsteigenden Adler der Stadt Frankfurt im Sechspassmedaillon mit einem schräg darüber gelegten, nach rechts aufsteigenden Balken mit drei Hämmern bzw. Spitzflächen, einem alten Steinmetzzeichen. Die Umschrift in gotischer Minuskel lautet *matern(us) gerte(ner) (l)api(cida).*

Die Bezeichnung *wergmeister* entspricht der neuzeitlichen Vorstellung eines Architekten/Baumeisters. »Baumeister« (lat. *magister fabricae*) waren im Mittelalter in der Regel Finanzverwalter, die den Baubetrieb organisierten. Zwar ist ein Vertrag mit der Stadt nicht erhalten, doch ist Gerthener in den Frankfurter Rechenbüchern ab 1395 als fest besoldeter *madern steinmetze* nachweisbar.

Dem Vertrag seines Nachfolgers Leonhard Murer von 1431 ist zu entnehmen, dass *steinhauen, muern und was darczu gehorit* zu den Obliegenheiten des städtischen Werkmeisters gehörten. Gerthener war nachweislich an der Stadtmauer und an mehreren Brücken Frankfurts tätig (s. S. 502).

Verträge mit Werkmeistern wurden auf eine bestimmte Zeit geschlossen, meist über 5 Jahre. Sie verpflichteten sich darin u. a., die ihnen anvertrauten Bauten nach bestem Wissen zu errichten. Es wurde ihnen untersagt, zur selben Zeit mehrere Bauten zu übernehmen, ein Verbot, das durch Ausnahmegenehmigungen der Bauherren leicht außer Kraft gesetzt werden konnte. So ist erklärbar, dass Gerthener 1409 die Leitung des Baus der Frankfurter Bartholomäuskirche, des so genannten Doms, übertragen wurde und dass er gleichzeitig in Mainz und Oppenheim (s. S. 503 f.) tätig werden konnte. Wie an den mehrfach überlieferten Namen seiner Gesellen und Parliere abzulesen, setzt dies eine große Hütte voraus und an den betreffenden Bauten *pharalyerer,* die den Meister vor Ort in Abwesenheit vertraten.

Werkmeister erhielten neben ihrem Grundgehalt einen Wochen- und Tageslohn, der bezahlt wurde, wenn sie auf der jeweiligen Baustelle arbeiteten. Hinzu kamen Leistungen in Naturalien. Zusätzlich wurden auch Arbeiten, die nicht mit der Leitung des Baus in Zusammenhang standen, entlohnt. Da sie von anderen Baustellen ebenfalls Gehälter bezogen, waren Werkmeister meist vermögende und geachtete Persönlichkeiten. Gerthener starb als vermögender und auch außerhalb Frankfurts bekannter Mann, was sich u. a. im Nachlass seiner Frau Adelheid von 1431 dokumentiert. Das gewachsene Renommee lässt sich an den jährlichen Zuwendungen ablesen: Wurde er 1395 zunächst mit *5 Pfund 5 Engels für 10 Achtel Korn,* d. h. in Naturalien, bezahlt, so erhielt er 1428 allein für das Amt des Stadtwerkmeisters 40 Gulden. Die ausgestellte Urkunde ist somit Ausdruck des Ansehens und der Stellung Gertheners in Frankfurt a. M.

E. S.

1 Zitate nach Zülch 1935 und Haberland 1992.

Literatur

Zülch 1935, S. 48–53. – Fischer 1962, S. 16 f. – Ringshausen 1968. – Beck/Bredekamp 1975, S. 49. – Katalog »Die Parler und der Schöne Stil 1350–1400« 1978, Bd. 3, S. 62 f. (Barbara Schock-Werner). – Bauer 1987, S. 72 f. – Haberland 1992, S. 13 f.

LM 9

Memorienportal
Werkstatt Madern Gertheners
Um 1410/20

Architektur aus Rotsandstein, Skulpturen in Gelbsandstein, z.T. in Gips ergänzt
Hohe Domkirche Mainz

In die nach 1200 errichtete spätromanische Memorie des Mainzer Doms, die im Winkel zwischen südlichem Seitenschiff, Westquerhaus und Kreuzgang steht, führt ein reiches spätgotisches Figurenportal mit zwei Schauseiten zum Dominneren und zur Memorie. Beide Seiten werden von zierlichen Fialpfeilern flankiert. Das Spitzbogenportal der Domseite hat ein reich gekehltes Gewände bzw. Archivolten, in dem sich Figuren paarweise gegenüberstehen. Der Bogenlauf wird von einem Maßwerkwimperg in Form eines Eselsrückens bekrönt, dessen Binnenfläche mit Mehrpassformen und aufgelegtem Wappenschild ausgesetzt ist. Die Memorienseite hat eine gerade Laibung, sodass die Figuren auf Blattkapitellen der an den Fialpfeilern eingestellten Dienste stehen. Die Pfeiler leiten über zum abschließenden Rundbogen, der wiederum einen Kielbogenwimperg trägt und seinerseits hochrechteckig gerahmt wird. Am Rundbogen verschattet ein vegetabiler Maßwerkvorhang, der in einem Hängeknauf mit Blume endet, den breiten Zwischenraum. Das Zentrum der Binnenfläche ist mit zwei ineinander greifenden Maßwerkkreisen aus vier rotierenden Fischblasen verstabt. Wichtig ist, dass die Stäbe vegetabil ineinander verwoben sind.

Die Höhe der Figuren der Domseite nimmt nach oben ab: Die unteren Figuren sind 80–81,5 cm hoch, das nächste Paar ist ca. 60 cm hoch, die oberen sind nochmals kleiner. Im Gewände steht rechts der hl. Martin, der Hauptpatron des Doms, ihm gegenüber der hl. Stephanus, der Nebenpatron. Über den Baldachinen der Gewändefiguren folgen die hll. Margarethe, Katharina und Dorothea (rechts), Elisabeth, Barbara und Agnes (links). Martin ist idealisiert gezeigt und mit vornehmer Kleidung als hochgestellte Person charakterisiert. Im Kontrast dazu kniet vor ihm der verkrüppelte Bettler mit Krücken. Der hl. Stephanus ist mit gerunzelter Stirn und leicht geöffnetem Mund dargestellt. Dalmatik und Albe fallen in schlichten Röhrenfalten. In der naturalistisch wiedergegebenen Linken liegt ein teigiger Stein. Die sechs weiblichen Heiligenfiguren variieren einen anmutigen Typ mit langen gesträhnten Haaren und sanften Bewegungen.

Die Figuren der Memorienseite haben eine durchschnittliche Höhe von 80 cm. Offenbar im Zuge der Restaurierung 1837/38 wurden sie ausgebessert und viele Einzelheiten ergänzt.[1] Dargestellt sind links die hll. Katharina und Barbara, rechts Alban und Georg. Katharina und Alban unterscheiden sich stilistisch von den übrigen Figuren. Zu beachten ist allerdings, dass, wie an der Georgsfigur, größere Ergänzungen vorgenommen wurden.[2] Georg schließt sich in Körperhaltung und Gesichtstyp den beiden männlichen Heiligen der Domseite an. Barbaras Haare sind ähnlich teigig modelliert wie der Stein Stephanus'. Vergleichbar ist auch der wulstige Kragen.

In der stilgeschichtlichen Diskussion wurde auf die Ähnlichkeit der Architektur vor allem der Memorienseite mit den Portalen des Frankfurter Domturms hingewiesen, folglich das gesamte Portal Madern Gerthener zugeschrieben.[3] Von besonderer Bedeutung ist das ineinander verwobene Stabwerk des Vorhangs, das als »Rutenwerk« bezeichnet wird und als Invention Gertheners gilt. Hinzuweisen ist auch auf einen in Wien aufbewahrten Riss mit Maßwerkfigurationen, der dem engeren Umkreis Gertheners zugerechnet wird (s. Kat.-Nr. LM 10): Darauf ist das Couronnement der Memorienseite exakt wiedergegeben. Die Formen und Motive wie der Vorhang stehen in der Nachfolge verschiedener Parlerbauten u. a. in Prag und Nürnberg, haben aber auch Vorbilder aus der Gegend um Mainz (s. S. 504 f.).

Die stilistische Beurteilung der Skulpturen dagegen ist strittig. Eine ähnliche Idealisierung und Gewandbehandlung mit lang fließenden, ungebrochenen Gewandfalten ist mittelrheinischen Tonplastiken der Zeit eigen, einer Kunstgattung, die um 1400 in der Region um Mainz eine Blüte erlebte.[4] Vergleichbar mit den Figuren des Memorienportals sind u. a. die Gesichtstypen und die Gewandbehandlung der hll. Katharina und Barbara der Martinskirche in Bingen und der Madonnen in Hallgarten und aus Kloster Eberbach, die um 1415 datieren. Aus diesen Quellen erklären sich möglicherweise auch die etwas plumpen teigigen Details wie der Stein des hl. Stephanus, die Haare und der Kragen Barbaras. Andere Elemente der Mainzer Skulpturen kehren u. a. an einer zeitgleichen Steinskulptur des Museums Wiesbaden wieder: Die Sitzfigur eines hl. Bernhard, wahrscheinlich aus Kloster Eberbach, besitzt eine ähnliche Mischung realistischer Details – hier die Charakterisierung des Greisenkopfes – und kostbarer Gewänder. Da u. a. die hochmodische Kleidung, die idealisierende Darstellungsweise und die Gewandbehandlung nur bedingt von der Parlerskulptur abgeleitet werden können, andererseits der Hinweis auf burgundische Vorlagen nicht exakt verifizierbar ist, sind diese Einschränkungen Hinweis darauf, dass in der Werkstatt Gertheners wahrscheinlich verschiedene Bildhauer vermutlich aus dem Gebiet um Mainz tätig waren.[5]

Ebenfalls strittig ist die Datierung. Bisher wenig beachtet blieb der Umstand, dass der Einbau des Portals mit dem Bau des Kreuzgangs in engem funktionalem Zusammenhang steht. Die Memorie diente zunächst als Kapitelsaal der Domherren, was u.a. die ursprünglich umlaufende Steinbank indiziert. Aus dem allgemeinen Brauch, höhere Persönlichkeiten in Kapitelsälen beizusetzen, entwickelte sich in Mainz ein Funktionswechsel zur alleinigen Nutzung des Raums als Begräbnisstätte der Domherren, was u.a. der Name und eine große Anzahl nur schriftlich überlieferter Totenschilde dokumentieren. Dies setzt freilich voraus, dass das Kapitel an anderer Stelle tagen konnte. Mit dem Kreuzgang wurden die heute als Museum genutzten ehemaligen Stiftsgebäude errichtet, in denen das Domkapitel ab dem 15. Jahrhundert tagte. Die durch die Schlusssteinwappen fixierte Datierung des Kreuzgangs auf die Zeit von 1400–1410 ist folglich ein Terminus post quem für die Datierung des Memorienportals. Es ist somit möglich, dass schon kurz nach 1410 diese spezielle Nutzung der Memorie im Vordergrund stand und durch ein neues Portal betont wurde. Daraus folgt, dass Kreuzgang und Portal von den gleichen Auftraggebern – Erzbischof und Domkapitel – getragen wurden. Hierzu liefert das domseitige Wappen im Kielbogenwimperg einen Hinweis: Es zeigt ein Schildchen im großen Schild, das die Familie von Gerhartstein führte. Als Stifter des Portals käme der Mainzer Domherr Heinrich von Gerhartstein in Frage.[6] Darüber hinaus sind Verbindungen der Mainzer Erzbischöfe mit Frankfurt und dem Frankfurter Dom seit 1407 nachweisbar: Damals hatte Johann II. von Nassau als geistlicher Herr des Frankfurter Bartholomäusstifts im Streit zwischen dem Stift und der Stadt Frankfurt um die Steuerprivilegien des Stifts für die Bürgerschaft entschieden und im Gegenzug größere Schulden erlassen bekommen. Johanns Grabplatte im Mainzer Dom wird traditionell Gerthener und seiner Werkstatt zugeschrieben. Sein Nachfolger Konrad III. von Dhaun war bis zu seiner Wahl zum Erzbischof 1419 Dompropst im Bartholomäusstift.

E. S.

1 Kautzsch/Neeb 1919, Textbd., S. 378f.; Schuchert/Jung 1975, S. 89.

2 Möglicherweise sind die Köpfe erneuert; so Kautzsch/Neeb 1919, Textbd., S. 379.

3 Feulner 1940, S. 16f.; Fischer 1962, S. 22–26; Ehresmann 1968 (II), S. 302–304; Arens 1975, S. 131f.; Beck/Bredekamp 1975, S. 51f.; Schuchert/Jung 1975, S. 23, 67; Arens 1982 (I), S. 99; Nussbaum 1982, S. 251; Nussbaum 1985, S. 201–204; Haberland 1992, S. 80–85; Wegner 1997, S. 78; Winterfeld 1998, S. 44; Glatz 1999, S. 1090; Woelk 1999, S. 159. – Bott 1957, S. 131–134, lehnt die Zuschreibung an Madern Gerthener ab.

4 Kautzsch 1925, Bd. 1, S. 21f.; Ehresmann 1968 (II), S. 303; Kerber 1975, S. 410; Schuchert/Jung 1975, S. 67.

5 Ehresmann 1968 (II), S. 302–304; Katalog »Kunst um 1400 am Mittelrhein« 1975, S. 173, Nr. 104 (Wolfgang Beeh).

6 Arens 1975, S. 132.

Literatur

Kautzsch/Neeb 1919, Textbd., S. 377–380. – Kautzsch 1925, Bd. 1, S. 21f. – Feulner 1940, S. 16f. – Bott 1957, S. 132–137. – Fischer 1962, S. 22–26. – Ehresmann 1968 (II), S. 302–304. – Meckenstock 1972/73. – Arens 1975, S. 131f. – Beck/Bredekamp 1975, S. 51–53. – Jung 1975, S. 159. – Katalog »Kunst um 1400 am Mittelrhein« 1975, S. 128, Nr. 24 (Wolfgang Beeh). – Schuchert/Jung 1975, S. 23, 67. – Katalog »Die Parler und der Schöne Stil 1350–1400« 1978, Bd. 1, S. 232 (Gerhard Ringshausen). – Arens 1982 (I), S. 66, 99. – Nussbaum 1985, S. 204. – Binding 1989, S. 324–327. – Haberland 1992, S. 80–85. – Wegner 1997, S. 78. – Winterfeld 1998, S. 44. – Glatz 1999, S. 1090. – Woelk 1999, S. 159.

LM 10

Riss mit Maßwerkentwürfen
Werkstatt Madern Gertheners
Um 1415–1420

Papier; braune Tusche über Blindrillen
H. 58,8 cm, B. 41,2 cm
Akademie der Bildenden Künste, Kupferstichkabinett, Wien, Riss Nr. 10931

Auf dem Blatt sind elf Maßwerkentwürfe für Lanzettbahnen mit bekrönendem Couronnement variiert. In den drei oberen Reihen werden je drei Spitzbogenlanzetten erster Ordnung von Rechteckrahmen umgrenzt. In der unteren Reihe steht eine weitere rechteckig gerahmte Bahn neben einem auf dem Kopf stehenden Entwurf für einen Rundbogen mit eingehangenem Maßwerkvorhang. Die Lanzetten sind in je zwei Bahnen untergliedert, die in genasten Rundbögen enden. Die Rundbögen tragen Couronnements, in denen Pass- und Schneußformen kombiniert werden: Zwei – oben links und in der Mitte der zweiten Reihe – zeigen Kreise mit rotierenden Fischblasen, in den restlichen sind Drei- und Vierpässe in Kreisen gestapelt. In die Zwickel der Couronnements und Rechteckrahmen sind fischblasenartige Motive eingepasst. Vornehmlich an den Rahmen fehlt jeweils der äußere Schenkel, der Kleeblattbogen der Spitze läuft jeweils in einer Blume aus. Als weitere Besonderheit sind die Stäbe der verschiedenen Maßwerkfiguren miteinander verwoben. Der Rundbogen mit Maßwerkvorhang hat zwei durchdrungene Kreise mit integrierten rotierenden Vierfachschneußen im Zentrum und kleinere Kreise mit Pässen in den Zwickeln. An diesem »Couronnement« hängen zwei Rundbögen mit genasten Bogenpässen. Die Bögen enden in einem Hängeknauf mit Blume. Wieder sind die Stäbe ineinander verwoben.
Die Nähe des Risses zu Werken Madern Gertheners ist seit längerem bekannt. Der Rundbogen mit Maßwerkvorhang stimmt mit jenem der Innenseite des Memorienportals des Mainzer Doms überein. Die Entwürfe für Lanzettbahnen sind den Maßwerkblenden im Gewände des Nordportals des Frankfurter Domturms eng verwandt. Als kritische Form erweisen sich die ineinander verwobenen Stäbe. Die vegetabile Weiterentwicklung traditionellen Maßwerks, eine als »Rutenwerk« charakterisierte Zierform, ist eine Invention Gertheners. Vorstufen der Maßwerkfigurationen wurden im Prager Parlerkreis gesucht. Der Vorhang hängt von Nürnberger Parlerbauten ab, wie dem Brautportal von St. Sebald, vermutlich auch von Werken der näheren Umgebung, wie dem Hochgrab des Mainzer Erzbischofs Gerlach von Nassau in Kloster Eberbach.[1]
Die enge Verbindung des Rutenwerks mit dem des Frankfurter Portals, das wohl kurz nach 1415 entstand, legt eine Datierung in den o. g. Zeitraum nahe. Da auch der Vorhang des Mainzer Memorienportals abgebildet ist, ist mit dem Wiener Blatt der Werkstattzusammenhang des Rutenwerks und des Mainzer Portals belegt. Wofür die Entwürfe der Lanzettbahnen bestimmt waren, muss offen bleiben: Am wahrscheinlichsten ist die Annahme, dass sie für den in Bau befindlichen Frankfurter Domkreuzgang bestimmt waren.[2] Trifft es zu, dass der Entwurf Architekturteile aus Frankfurt und Mainz zeigt, spricht dies eher für eine Kopie in der Werkstatt als für die Annahme eines Originalentwurfs Gertheners. Zu erinnern ist hier an den berühmten Riss A des Domturms, wahrscheinlich ebenfalls keine eigenhändige Zeichnung Gertheners (s. S. 503, Abb. 1). Ob die ähnliche Konstruktionsweise, die dem in Frankfurt a. M. aufbewahrten Grundriss des Domturms eigen ist, einen Hinweis auf den Entstehungsort Frankfurt bietet,[3] muss offen bleiben.
E. S.

1 Fischer 1962, S. 24 f.; Katalog »Die Parler und der Schöne Stil 1350–1400« 1978, Bd. 1, S. 232 (Gerhard Ringshausen); Binding 1989, S. 324–327; Haberland 1992, S. 45.
2 Fischer 1962, S. 24 f.; Katalog »Die Parler und der Schöne Stil 1350–1400« 1978, Bd. 1, S. 232 (Gerhard Ringshausen).
3 Katalog »Die Parler und der Schöne Stil 1350–1400« 1978, Bd. 1, S. 232 (Gerhard Ringshausen).

Literatur
Fischer 1962, S. 24–26. – Ringshausen 1968, S. 167 f. – Koepf 1969, Nr. 239. – Katalog »Die Parler und der Schöne Stil 1350–1400« 1978, Bd. 1, S. 232 (Gerhard Ringshausen). – Binding 1989, S. 324–327. – Haberland 1992, S. 45, 85.

LM 11

Riss eines Heiligen Grabes und eines Sakramentshauses Um 1440 (?)

Feder- und Pinselzeichnung auf Papier; Feder in Schwarz, Lavierungen in Blau, Braun (teils grünlich und rötlich) und Grau
H. 53,5 cm, B. 22,6 cm
Staatliche Museen zu Berlin – Preußischer Kulturbesitz, Kupferstichkabinett, Inv.-Nr. KdZ 776

Zustand: Allseitig Beschneidungen, kleinere Risse, Anstückung rechts oben.

Abgebildet sind ein Heiliges Grab und ein Sakramentshaus. Die Figurengruppe des Heiligen Grabes ist mit dem Sarkophag, in dem der tote Christus gebettet liegt, in eine flache Nische mit hochrechteckigem Architekturrahmen eingestellt. Die Nische wird von schlanken Fialpfeilern flankiert und von einem Spitzbogen mit eingehangenem Maßwerkvorhang aus Dreipassbögen überfangen. Die Binnenfläche des bekrönenden wimpergartigen Kielbogens ist mit sphärischen Dreiecken und darin einbeschriebenen Drei- und Vierpässen ausgesetzt. Zu Seiten und oberhalb des Kielbogens ist das Wandfeld mit drei Lanzettbahnen ausgestabt, die in genasten Kleeblattbögen enden.

Im Zentrum des Heiligen Grabes liegt der perspektivisch wenig verkürzte Leichnam Christi mit gekreuzten Händen in der Kufe. Links und rechts halten Engel das Leichentuch. Vor dem Sarkophag liegen bzw. hocken drei Grabwächter in zeitgenössischen Rüstungen. Die Trauernden stehen hinter und »erhöht« über dem Sarkophag. Die vier Marien sind in antikisierende Gewänder gehüllt. In den Außenbahnen des Feldes über dem Kielbogen stehen die Statuen des hl. Martin (links) und eines Bischofs, möglicherweise des hl. Bonifatius, der 746/47 zum Bischof von Mainz geweiht worden war.[1]

Rechts neben dem Heiligen Grab steht ein polygonales, monstranzähnliches Sakramentshaus. Das auf Fuß und Korb ruhende Gehäuse, in dem Reliquiare, Altargerät und Hostien aufbewahrt werden, ist mit sphärischen Vierecken mit Vierpässen unter Maßwerkbrücken, mit Lanzettbahnen und Couronnements sowie bekrönenden Kielbogenwimpergen durchfenstert. Den helmartigen Maßwerkbaldachin zieren Fischblasen.

Verschiedene Merkmale legen eine Datierung um 1440 nahe: Das verwendete Papier hat ein leicht beschnittenes Wasserzeichen in Form eines Ankers, wahrscheinlich mit angesetztem Kreuz.[2] Vergleichbare Wasserzeichen finden sich in der Zeit um 1440/50, doch ist der Befund nicht ganz eindeutig, da eine exakte Übereinstimmung des Motivs nicht vorliegt und bisher nur kleinere Papierformate bearbeitet wurden.[3] An der Zeichentechnik fallen primär die geritzten Konstruktionslinien und zahlreiche Zirkelschläge auf. Personen und Gegenstände sind in der ansonsten wenig schraffierten Zeichnung überwiegend mit Parallelschraffuren erfasst. Die wenigen Kreuzschraffuren, z.B. in den verschatteten Partien der Gewandfalten, deuten möglicherweise auf eine Datierung in die Zeit um 1440. Auffallend sind darüber hinaus die Qualitätsunterschiede der Ausführung: Während die Figuren in hervorragender Weise mit sicherem Strich wiedergegeben sind, wurden Architekturdetails, wie das Maßwerk, weniger sorgfältig gezeichnet. Die Konsolen, auf denen beide Figuren über der Nische stehen, wurden ausradiert. Rasuren an den Füßen der Marien lassen ebenfalls auf Veränderungen oder Ausbesserungen schließen.

Die Berliner Zeichnung, ein frühes Beispiel der seit der Wende vom 14. zum 15. Jahrhundert an Bedeutung gewinnenden Zeichenkunst, wurde bisher dem Umfeld Gertheners zugerechnet. Hierfür sprachen vornehmlich die Übereinstimmungen des Nischenrahmens des Grabes mit jenen des Nordportals am Frankfurter Domturm und des Memorienportals im Mainzer Dom.[4] Ähnlich sind u.a. der von Fialen getragene Bogen mit bekrönendem Kielbogen und Maßwerkvorhang. Darüber hinaus werden die Memorienseite des Mainzer Portals (s. S. 504, Abb. 2) und das Tympanon der Frankfurter Liebfrauenkirche, das der Werkstatt Gertheners zugerechnet wird, rechteckig eingefasst. Rechteckig gerahmte Lanzettbahnen weist auch der in Wien aufbewahrte Riss auf, ebenfalls aus dem Umfeld Gertheners (s. Kat.-Nr. LM 10). Schließlich sind am Mainzer Memorienportal vergleichbare Figuren eingestellt, u.a. der hl. Martin in ähnlich geschwungener Haltung und mit einem ähnlich frei gestalteten Bettler. Anmutige Körperbewegungen, fließende Gewänder mit Schüsselfalten und aufgerollten Gewandsäumen sowie verwandte Gesichtstypen finden sich darüber hinaus sowohl an den Frauen des Hl. Grabes als auch an Figuren der Memorie, u.a. der hl. Elisabeth.[5] Die Neudatierung nach dem Tod des Frankfurter Meisters spricht, bei gleichzeitiger Nähe zu den o.g. Werken Gertheners, für eine Entstehung in einer Bildhauerwerkstatt wohl in unmittelbarer Nachfolge Gertheners und seiner Werkstatt. Der Herstellungsort bleibt unklar.

Gleiches gilt auch für die Funktion des Blattes. Auf den ikonografischen Zusammenhang des toten Leibes Christi mit dem Sakramentshaus, in dem die Hostien aufbewahrt wurden, wurde bereits hingewiesen.[6] Die Verbindung eines Heiligen Grabes mit einem Sakramentshaus, das in der Regel auf der Nordseite des Chors stand, spricht dafür, dass es als Vorlage für die Werkstatt diente. Denkbar ist aber auch eine Aufgabe als Schaubild für die Auftraggeber.[7]

E. S.

1 Wallrath 1943, S. 87, Anm. 6.
2 Der Abstand der Binddrähte liegt zwischen ca. 41 und 43 mm.
3 Freundliche Hinweise von Stephanie Buck, Berlin, und Uwe Gast, Mainz. – Zum Wasserzeichen s. Piccard 1978, Abt. 2, Nr. 618.
4 Wallrath 1943, S. 77, 82; Fischer 1962, S. 24; Beck / Bredekamp 1975, S. 52; Haberland 1992, S. 82; Dückers 1994, S. 93. – Ringshausen 1968, S. 13, zweifelt an einer Mitarbeit.
5 Wallrath 1943, S. 84; Kerber 1975, S. 407.
6 Wallrath 1943, S. 88; Dückers 1994, S. 93.
7 Wallrath 1943, S. 85, 87; Dückers 1994, S. 93.

Literatur
Friedländer/Bock 1921, S. 90, Nr. 776. – Wallrath 1943. – Winkler 1947, S. 6. – Katalog »Europäische Kunst um 1400« 1962, S. 261 f., Nr. 268 (Erwin Mitsch). – Fischer 1962, S. 23 f. – Beck/Bredekamp 1975, S. 52. – Kerber 1975, S. 405 f. – Haberland 1992, S. 85. – Dückers 1994, S. 93.

LM 12

Drei Schlusssteine mit Reliefs der Anbetung der Könige Mainz, um 1400

Roter Sandstein; der Stein der Muttergottes mit dem Kind ohne Hintergrund
Dm. je 49,5 cm; T. 9,5 cm (kniender König), 12,5 cm (Muttergottesfragment), 12 cm (stehender König)
Hessisches Landesmuseum Darmstadt, Inv.-Nr. Pl 01:73–75

Die Anbetungsszene war ursprünglich auf vier Schlusssteine verteilt, der vierte Stein mit dem jungen Kaspar ist verloren. Alle Rundsteine waren mit krautigem gebuckeltem Blattwerk belegt, dessen Blätter mit den Spitzen zur Mitte wiesen und die das im Zentrum skulptierte Relief rahmten. Das Blattwerk am Stein mit Maria und dem Kind ist abgeschlagen. Die bekrönte Muttergottes ist stehend dargestellt und hält das Kind in beiden Händen. Der Typ der stehenden Maria in der Anbetungsszene knüpft an Vorlagen des 14. Jahrhunderts an, u.a. an die Gruppe am Südportal des Frankfurter Doms.[1] Der Maria zunächst kniende Balthasar hat die Krone auf einem Blatt am Rand abgelegt. Der mit langem Gewand und einem an der Schulter geknöpften Umhang Bekleidete hebt den Deckel des Kugelpokals an, den er als Geschenk präsentiert. Am dritten Stein hält Melchior einen Hornpokal in der Linken. Der sanft geschwungene Körper ist in einen langen geknöpften Mantel gehüllt, dessen Ärmel in Zaddeln auslaufen, die die trichterförmig plissierten Manschetten des Untergewandes sichtbar lassen.

Die Reliefs stammen, einem Eintrag im Museumsinventar zufolge, aus der 1803–1807 abgebrochenen Liebfrauenkirche in Mainz. Die Stiftskirche wurde 1311 geweiht und war bald darauf vollendet.[2] Sie besaß einen Kreuzgang, der für die Zeit um 1400 gesichert ist, wie eine ältere Nachricht belegt, derzufolge Kaiser Sigismund (1410–1437) im Kreuzgang als einer der Könige dargestellt war.[3] Die Datierung der Schlusssteine legt eine Lokalisierung in den ebenfalls nicht mehr erhaltenen Kreuzgang nahe. Für diese Lokalisierung sprechen auch die etwa zeitgleichen Schlusssteine gleichen Themas des Kreuzgangs im Mainzer Dom.[4]

Seit langem werden die Darmstädter Steine mit dem Tympanon des Dreikönigsportals der Frankfurter Liebfrauenkirche verglichen, d.h. Madern Gerthener und seiner Werk-

statt zugeschrieben.[5] Gewandbehandlung und Körperformen – z. B. das Gewand Melchiors mit den langen Ärmeln, seine Körperhaltung und der schmale Gesichtstyp mit zweigeteiltem Bart – wirken im Vergleich zum Frankfurter Werk eher konventionell und wurden auf Anregungen der Parler-Skulptur zurückgeführt. Diese stilistische Stellung untermauert nicht nur die frühe Datierung der Reliefsteine, sie zeigt auch eine der Quellen auf, aus denen sich das Formrepertoire der Werkstatt Gertheners entwickelte. Die Kleidung Melchiors soll westlich-burgundische Einflüsse anzeigen. Doch entspricht sie der Mode der Zeit und kann auch über andere Bildträger übermittelt worden sein, d. h. sie entzieht sich einer exakten Herleitung. Wichtiger erscheint hingegen die Ableitung des Blattwerks von regionalen Vorlagen wie den Konsolen der Zisterzienserabtei Eberbach: Sie belegen die Verbindungen zu mittelrheinisch-mainzischen Traditionen. Auch der Herkunftsort der Schlusssteine spricht eher für eine Einbettung in die Kunst der Bischofsstadt und ihres Umfelds.[6]
E. S.

1 Woelk 1999, S. 158.
2 Dengel 1986, S. 8.
3 Dom- und Diözesanarchiv Mainz, Akz. 8–93 (Nachlass Arens), Nr. 28.
4 Katalog »Die Parler und der Schöne Stil 1350–1400« 1978, Bd. 1, S. 252 (Herbert Beck/Wolfgang Beeh); Woelk 1999, S. 157, diskutiert als Alternative zu der auch von ihm unterstützten These die Möglichkeit einer Einbindung der Reliefs in ein Portalprogramm.
5 Bott 1957, S. 118 f.; Ehresmann 1968 (II), S. 304; Katalog »Die Parler und der Schöne Stil 1350–1400« 1978, Bd. 1, S. 252 (Herbert Beck/Wolfgang Beeh); Haberland 1992, S. 82; Woelk 1999, S. 162.
6 Katalog »Die Parler und der Schöne Stil 1350–1400« 1978, Bd. 1, S. 252 (Herbert Beck/Wolfgang Beeh); Haberland 1992, S. 88; Woelk 1999, S. 161 f., lehnt zu Recht eine Ableitung von der in Mainz ansässigen Werkstatt des Meisters der Karmelitermadonna ab.

Literatur

Au 1955. – Bott 1957, S. 118 f., Nr. 28. – Fischer 1962, S. 27. – Ehresmann 1968 (II), S. 304. – Ringshausen 1968, S. 9 und S. 48, Anm. 7. – Katalog »Die Parler und der Schöne Stil 1350–1400« 1978, Bd. 1, S. 252 (Herbert Beck/Wolfgang Beeh). – Dengel 1986, S. 8. – Haberland 1992, S. 88. – Woelk 1999, S. 157–163, Nr. 23.

LM 13

Relief mit Wappenhalterin
Mainz (?), um 1420

Gelber Sandstein
H. 63cm, B. 44,5cm, T. 9,5cm
Landesmuseum Mainz, Inv.-Nr. S 3123

Zustand: Nase ergänzt, Kopf angeklebt, Unterarme abgebrochen.

In die hochrechteckige, unten abgeschrägte Platte mit erhabenem Stabrahmen ist das Hochrelief eines zierlichen jungen Mädchens skulptiert, das zwei Wappen hält. Gekleidet ist es in ein in der Taille gegürtetes, weich fließendes bodenlanges Gewand mit wulstigem Kragen und zum Boden herabreichenden gezaddelten Ärmeln. Auf dem ovalen Kopf mit feinem Antlitz sitzt ein zum Gewand passender turbanähnlicher Kopfschmuck mit breiten Bändern. Die modischen Details der vornehmen Kleidung weisen sie als Angehörige eines höheren Stands aus.[1]

Die Wappen werden auf Tartschenschildern präsentiert, deren oberer Rand eingerollt war (am linken Wappen abgebrochen) und die in den Rahmen ragen. Auf dem linken Wappen ist ein Winkeleisen mit zwei Hämmern und einem Steinmetzzeichen(?) abgebildet, auf dem rechten ein Winkeleisen mit drei Hämmern. Ob es sich um das Wappen und Steinmetzzeichen Gertheners handelt, ist umstritten. Winkeleisen und Hammer deuten sicherlich auf einen Handwerker als Auftraggeber.[2]

Herkunfts- und Aufstellungsort wie auch Funktion der Platte sind unbekannt. Möglicherweise war sie in die Mauer einer Kapelle oder Grabstätte eingelassen oder an einem Türsturz.[3] Die Wappenhalterin in kostbarer zeitgenössischer Tracht spricht eher für eine profane Nutzung.

Das feine Gesicht und die Gewandbehandlung der Mainzer Figur wurden mit jenen des jugendlichen Königs und auch Marias des Dreikönigstympanons der Liebfrauenkirche in Frankfurt verglichen, das Relief des Mainzer Landesmuseums somit dem engeren Umkreis der Werkstatt Madern Gertheners zugewiesen.[4] Vergleichbar ist darüber hinaus der wulstige Kragen, den auch die Barbarafigur des Mainzer Memorienportals besitzt (s. Kat.-Nr. LM 9), dem zweiten Hauptwerk der Werkstatt Gertheners. Auch die eher teigigen Formen von Turban und Zaddeln sprechen für eine Entstehung im Umfeld des Memorienportals und lassen eine Lokalisierung nach Mainz vermuten.

E. S.

1 Arens 1997, S. 132.
2 Für die Deutung als Wappen und Steinmetzzeichen Gertheners: Bott 1957, S. 115; Fischer 1962, S. 27f. Dagegen: Ringshausen 1968, S. 36. Für die Deutung als Zeichen eines Handwerkers: Arens 1997, S. 134.
3 Arens 1997, S. 134.
4 U. a. Bott 1957, S. 115f.; Fischer 1962, S. 27f.; Ehresmann 1968 (II), S. 302; Haberland 1992, S. 88; Arens 1997, S. 135; Woelk 1999, S. 159.

Literatur
Feigel 1911, S. 159. – Bott 1957, S. 115f., 130. – Fischer 1962, S. 27f. – Ehresmann 1968 (II), S. 302. – Ringshausen 1968, S. 36. – Haberland 1992, S. 86, 88. – Arens 1997, S. 132–135. – Woelk 1999, S. 159.

LM 14

Doppelporträt Nikolaus Eselers d. Ä. und seines Sohnes Nikolaus d. J. Kopie zweier mittelalterlicher Originale Mitte des 17. Jahrhunderts

Öl auf Holz, H. 42 cm, B. 82 cm
Pfarrkirchenstiftung St. Georg, Dinkelsbühl

Das Ölgemälde mit den Porträts der beiden Eseler hängt in der Südhälfte des Chorumgangs der Georgskirche, dem Hauptwerk Nikolaus Eselers d. Ä., das der Sohn, nach dem Tod des Vaters 1482, vollendete (Weihe 1499). Beide standen auch in Mainzer Diensten und waren an verschiedenen Baumaßnahmen am Dom beteiligt.

Die hinter einer Brüstung stehenden Baumeister sind als Brustbilder in Dreiviertelansicht wiedergegeben. Beide tragen als Zeichen ihres Standes und Berufs Hüte, hochgeschnürte Gewänder und pelzbesetzte Mäntel. Nikolaus d. Ä. auf der rechten Seite trägt einen kegelförmigen Hut, der des Jüngeren hat eine breite Krempe. Der Ältere hält einen Zirkel in der Rechten, die Linke liegt auf einem Handschuh oder einem gefalteten Papier auf der Brüstung. Nikolaus d. J. hält den Zirkel schräger und stützt ihn auf die Brüstungskante. Eine Inschrift auf der Brüstung besagt: *Diße bede wahrn die werckhleuth welche daß lobwürdig Hoch und weitbereumt Gottshauß* ZU S: GEORGEN *in deß H: Reichs Statt Dinckhelspil erbauet. wurde in An(n)o MCCCCxliiii. Afftermontags nach mit fasten der erst Stain gelegt. und volgents uf* MATTHAEI XCVIII *der baw volendt;* neben den Köpfen die Bezeichnungen: *Nicolaus Öller der Ölter* und *Nicolaus Öller der Jünger.*[1]

Das Dinkelsbühler Doppelbild zählt zu einem im 15. und 16. Jahrhundert nördlich der Alpen eher seltenen Bildtyp: dem Baumeisterporträt. Ähnlich den meist skulptierten Bildnissen von Baumeistern, die aus einem Fenster schauen bzw. lehnen, wie jenes von Anton Pilgram im Wiener Stephansdom aus dem Jahr 1513, stehen die bevorzugt als Brustbild Porträtierten in der Regel vor einem wenig differenzierten Hintergrund, die Hände liegen meist auf einer Brüstung. Ihre Kleidung belegt die Standeszugehörigkeit, der Zirkel ist ihr Berufsattribut.[2]

Baumeisterbildnisse dienten dem Gedenken der Meister in den von ihnen errichteten Räumen. Das Dinkelsbühler Doppelbildnis, Kopie vermutlich mittelalterlicher Originale, entstand wahrscheinlich aus der nachträglichen Zusammenfügung zweier Einzelporträts. Insofern erklärt sich, warum die Büste Nikolaus d. J. kleiner ist als jene des Vaters. Das barocke Ölbild ist auf die Rückseite einer älteren Holztafel aufgemalt. An dieser offenbar zweitverwendeten Tafel ist auf der heutigen Rückseite ein Gemäldefragment mit der Jahreszahl 1617 bezeichnet. Das Datum des ersten Gemäldes und der heutige Rahmen mit dünnem Knorpelwerk legen eine Entstehungszeit der Kopie um die Mitte des 17. Jahrhunderts nahe. Die Originale, die der Kopie zugrunde liegen, entstanden wahrscheinlich um 1480 bzw. um 1499, zur Fertigstellung der Georgskirche.[3]

E. S.

1 Gebessler 1962, S. 27; Helmberger 1984, S. 112 f.; Severin 1992, S. 39 f. und S. 188, Nr. 101.
2 Severin 1992, S. 38–40.
3 Helmberger 1984, S. 112 f.; Severin 1992, S. 39 f. und S. 188, Nr. 101.

Literatur
Albert 1922, S. 131. – Mader 1931, S. 64. – Buchner 1953, S. 74, 78 ff. – Paatz 1957, S. 132–136. – Gebessler 1962, S. 27. – Gerstenberg 1966, S. 198 f., 211, 228. – Helmberger 1984, S. 112. – Severin 1992, S. 39 f. und S. 188, Nr. 101.

Uwe Gast

Mainzer Malerei um 1400
Quellen – Werke – Forschungsprobleme

Wer mit der Kunstgeschichte des Mittelalters etwas vertraut ist, weiß um die Probleme, auf welche die Forschung zur Malerei der Gotik nicht eben selten stößt: Der zu bearbeitende Denkmälerbestand – ein Bruchteil der im Mittelalter vorhandenen Werke –[1] ist so lückenhaft, dass sich künstlerische Zusammenhänge kaum erschließen wollen, und die nicht minder lückenhaften Quellen geben die Namen von Auftraggebern und Malern erhaltener Werke nicht preis. Jene für ihre Einordnung maßgeblichen Fragen nach Entstehungsort und -zeit können deshalb nur mit den Mitteln der Stilkritik entschieden werden. Je schmaler die dazu notwendige Basis lokalisierter und datierter Malereien aber ist, desto unsicherer und folglich anfechtbarer sind die Ergebnisse, zu denen man, davon ausgehend, gelangt. Dies gilt zwangsläufig auch für die folgenden, z.T. thesenhaften Ausführungen, die von der Mainzer Malerei der Zeit um 1400 handeln, der Epoche des Internationalen Stils.[2]

Seitdem die Kunstgeschichte die Malerei um 1400 am Mittelrhein als Forschungsgegenstand entdeckt hat, seit den grundlegenden Publikationen von Henry Thode und Friedrich Back,[3] geht man davon aus, dass Mainz neben oder sogar noch vor Frankfurt a. M. das führende Kunstzentrum der Region zu dieser Zeit gewesen ist.[4] Was Frankfurt a. M. betrifft, so lassen die Quellen auf ein leistungsfähiges Zentrum schließen;[5] die Zahl der am Ort überlieferten Denkmäler der Malerei ist indessen gering und bleibt auf das um 1420 entstandene Retabel aus der ehem. Peterskirche, einige Wandgemälde im Dom aus den späten 1420er Jahren und schließlich die Chorverglasung von St. Leonhard aus der Zeit um 1430/35 (Chorweihe 1434) beschränkt.[6] In Mainz stellt sich die Situation nicht wesentlich anders dar, denn Quellen- und Werküberlieferung stehen auch hier in keinem rechten Verhältnis zueinander: Mit der Existenz mehrerer, nebeneinander tätiger Werkstätten darf zwar gerechnet werden (s. u.), Bestände größeren Umfangs lassen sich aber nur für die Wandmalerei verzeichnen (Kat.-Nr. LM 20, 21), ferner für die Buchmalerei, wobei namentlich jene sechs um 1430/1435 entstandenen Chorbücher aus dem Karmeliterkloster hervorzuheben sind (Kat.-Nr. LM 29–31); in situ befindliche Tafel- und Glasmalereien gibt es – von der Kreuzigung in St. Stephan einmal abgesehen – hingegen nicht mehr.[7]

Nun erschöpft sich weder die Frankfurter noch die Mainzer Malerei des Internationalen Stils um 1400 in Werken, die von ortsansässigen Auftraggebern zum ortsgebundenen Gebrauch bestellt worden sind. Im Umland von Frankfurt a. M. und Mainz, so z. B. in Schotten und in Idar-Oberstein, finden sich ebenfalls Werke, die in einem der beiden Zentren entstanden sein dürften. Ferner sind aus Siefersheim, Friedberg und Ortenberg Altarretabel in das Hessische Landesmuseum Darmstadt gelangt. Die Forschung hat sich bisher allerdings nur beiläufig darum bemüht, diesen Werken über das Etikett »Mittelrhein« hinaus eine konkrete Provenienz zuzuweisen, und im jüngsten Überblick zur Malerei um 1400 am Mittelrhein, in der Dissertation von Julia Zipelius, ging es vorrangig um »verbindende Stilmerkmale«[8] und gerade nicht um den jeweiligen Beitrag, der von den Zentren Mainz und Frankfurt a. M. ausgegangen ist.

Im Rahmen dieser Einführung können die Probleme der Lokalisierung einzelner Werkstätten nicht in der gewünschten Ausführlichkeit behandelt werden. Dazu bedarf es auch umfassender historischer Untersuchungen zu den betreffenden Werken, die hier nicht geleistet, kaum angerissen werden können. Es soll lediglich diskutiert werden, wie die wenigen ausgestellten Stücke – das Statutenbuch des Mainzer Domkapitels (Kat.-Nr. LM 15), die Tafel mit den hll. Katharina und Christophorus (Kat.-Nr. LM 16), die Tafel mit der Handwaschung des Pilatus und der Abführung Christi (Kat.-Nr. LM 17) sowie die beiden Grisaillescheiben mit Szenen aus dem Leben Christi (Kat.-Nr. LM 18, 19) – im Kontext der Malerei um 1400 am Mittelrhein anzusiedeln sind und was dabei für ihre Entstehung in Mainz spricht.

Quellen zur Mainzer Malerei um 1400

Aus den Quellen ist wenig über die Mainzer Malerei um 1400 in Erfahrung zu bringen. Außer einigen Namen von Malern, die z. B. in Nekrologien und Urbaren Erwähnung

Abb. 1 **Kreuzigung Christi vom Schottener Altar. Um 1380–1390. Schotten, Stadtkirche**

finden, ist kaum etwas bekannt, da gerade die wichtigsten Quellen, die Rechnungsbücher der einzelnen Stifts-, Pfarr- und Klosterkirchen, ausnahmslos verloren sind.

Bis zu der Neuordnung der Zünfte unter dem Erzbischof Adolf II. von Nassau gehörten die Maler, von denen einige mit Namen bekannt sind, zur Sattlerzunft.[9] Ihre Trinkstube, das Haus zum Bart, lag »unter den Sattlern« in der Nähe des ehem. Dominikanerklosters,[10] und in eben dieser Straße »unter den Sattlern« scheinen sich bereits im 14. Jahrhundert verschiedene Malerwerkstätten befunden zu haben.[11] Außer den Malern Magister Christoforus (erwähnt 1418), Cunzchin von Straßburg (erwähnt 1429 und 1433) und Wigand Schit (erwähnt 1418), deren Namen Friedrich Back mitgeteilt hat,[12] finden im Urbar des Heiliggeist-Spitals aus den Jahren 1401/1405 folgende Maler Erwähnung: Henne Glatz (†), Henne Ku(e)ne, Christofel, Heintze, Fritzichin, Merkel und Ebirhart Bart (†), ferner der Glaser Hen(n)e Eßigmeng(er).[13] Diese »Fülle« an mehr oder minder zufällig bekannten Namen, mit denen sich keine Werke verbinden lassen, mag etwas von der künstlerischen Leistungskraft der Stadt widerspiegeln, auch wenn es sich bei den Genannten nicht ausnahmslos um Tafelmaler gehandelt haben dürfte.

Neben diesen zünftig organisierten Malern hat es in Mainz möglicherweise eine Werkstatt gegeben, die in einem Kloster, und zwar in dem zwischen 1271 und 1285 gegründeten, doch erst zu Beginn des 15. Jahrhunderts weitgehend vollendeten Karmeliterkloster angesiedelt war.[14] Dieser – hypothetischen – »Werkstatt des Mainzer Karmeliterklosters«, auf die weiter unten zu sprechen kommen sein wird, wird eine große Zahl an Werken zugeschrieben, was allerdings nicht ganz unproblematisch ist.

So spärlich die Quellen zu in Mainz ansässigen Malern fließen, so vage bleibt die Erwähnung von Kunstwerken bei Geschichtsforschern bzw. Inschriftensammlern wie Georg Helwich, Jakob Christoph Bourdon u. a., deren Aufzeichnungen Fritz V. Arens im Wesentlichen erfasst und ausgewertet haben dürfte.[15] Sie lassen jedoch erahnen, was unwiederbringlich verloren ist. So befand sich im Dom im Südquerhaus ein Wandgemälde mit der Darstellung des Jüngsten Gerichtes, das der Dekan Johann Wais von Fauerbach († 1428) gestiftet hatte,[16] und auch im Kreuzgang des Domes gab es Wandgemälde aus der Zeit um 1400, die ebenfalls alle verloren sind.[17]

Werke der Mainzer Malerei des ausgehenden 14. Jahrhunderts

Das älteste ausgestellte, im späten 14. Jahrhundert entstandene Werk ist eine bisher unpublizierte Miniatur im Statutenbuch des Mainzer Domkapitels (Kat.-Nr. LM 15), einer ansonsten schlichten Gebrauchshandschrift, die u. a. Abschriften wichtiger Urkunden aus den Jahren von 1190 bis 1393 sowie eine Reihe von Eidesformeln enthält. Was diese Miniatur, die in lebhaft bunten Farben eine dreifigurige Kreuzigungsgruppe zeigt, trotz ihrer bescheidenen künstlerischen Qualität zu einem nicht unbedeutenden Zeugnis macht, ist zum einen ihre kaum anfechtbare Herkunft aus einer Mainzer Werkstatt und ihre relativ exakte Datierung (bald nach 1393), zum anderen die Tatsache, dass sie motivisch und stilistisch eine Mittlerrolle zwischen zwei weiteren Kreuzigungsbildern einnimmt: der Kreuzigung auf der Rückseite des linken Flügels des Retabels in Schotten und der Kreuzigung in St. Stephan in Mainz.

Das heute noch an seinem wohl angestammten Aufstellungsort, in der ehem. Wallfahrtskirche Unserer Lieben Frau in Schotten (Vogelsbergkr.) erhaltene Flügelretabel zeigt in geöffnetem Zustand im Schrein, in dem eine schmale Nische für eine Marienfigur ausgespart ist, und auf den Flügeln 16 Szenen aus dem Leben Mariens und der Kindheit Christi, in geschlossenem Zustand acht Szenen aus der Passion Christi,[18] darunter die Darstellung Christi am Kreuz zwischen den Trauernden Maria und Johannes Ev. (Abb. 1). Christus ist mit drei Nägeln an das T-förmige Kreuz geheftet, das sich vor einem roten, gemusterten Grund erhebt. Links steht Maria mit leicht geneigtem Haupt und zusammengelegten Händen, rechts Johannes Ev., in Schrittstellung, mit vorgebeugtem Oberkörper und vor der Brust verschränkten und in sein Gewand verwickelten Armen.

Die Kreuzigungsminiatur weist mit dieser Darstellung einige bemerkenswerte motivische Übereinstimmungen

Abb. 2 und 3 (siehe rechts) **Kreuzigung Christi und hll. Katharina und Christophorus. Um 1390–1400. Mainz, St. Stephan, und Ballrechten-Dottingen, Pfarrkirche St. Erasmus**

Abb. 3

auf: zunächst in der Figur Christi, die sich wie in Schotten durch einen relativ lang gezogenen Oberkörper und leicht auseinander stehende Beine auszeichnet, wobei das rechte Bein Christi etwas angewinkelt ist, was der Figur eine unruhige Kontur verleiht; dann in den Figuren von Maria und Johannes Ev., die denen in Schotten nahezu spiegelbildlich entsprechen; schließlich in der Gestaltung des bühnenartigen Grundes, dessen »Horizont« ebenfalls durch die Silhouetten verschiedener Pflanzen belebt ist.

Obwohl die stilistische Verwandtschaft der Miniatur mit dem Kreuzigungsbild des Schottener Altars weniger deutlich ausgeprägt ist, stellt sich dennoch die Frage, wie die motivischen Zusammenhänge zu erklären sind. Die Antwort könnte in der Entstehung beider Werke an einem gemeinsamen Ort liegen: in Mainz. Bisher hat sich die Forschung zur Lokalisierung jener Werkstatt, in welcher der Schottener Altar in den Jahren zwischen ca. 1380 und 1390 entstanden ist, auffallend zurückhaltend geäußert.[19] Denkbar ist, dass sich der Maler, der Kenntnisse von den seinerzeit modernsten Werken der »franko-flämischen« Kunst besessen haben muss,[20] im späten 14. Jahrhundert in Mainz niedergelassen und auf solche »Kleinmeister« wie den Maler der Miniatur Einfluss ausgeübt hat.

Abb. 4 **Christus vor Kaiphas. Um 1400–1410. Idar-Oberstein, Felsenkirche**

Jenes andere Werk, mit dem das Kreuzigungsbild im Statutenbuch des Mainzer Domkapitels (Kat.-Nr. LM 15) in Verbindung steht, ist die von jeher hoch geschätzte Tafel in St. Stephan in Mainz (Abb. 2),[21] die das Mittelstück eines Retabels bildet, das um 1900 aus nicht zusammengehörigen Teilen zusammengesetzt wurde. In der Mitte eines Wiesenstreifens erhebt sich aus aufgeworfenem Gestein das Kreuz mit der zarten, lang gestreckten Figur Christi. Links unter dem Kreuz befinden sich, zu einer Gruppe vereint, Maria und Johannes Ev. Maria, die ihr Haupt von dem Gekreuzigten abwendet, wird in ihrer Trauer von dem hinter ihr stehenden Jünger gestützt, der zu Christus emporblickt. Rechts erscheinen der Hauptmann, der in Christus Gottes Sohn erkannt hat *(Vere filius dei erat iste* [Mt 27, 54]*)*, und zwei seiner Begleiter, von denen der hintere eine Lanze mit einem Wimpel hält, der am rechten Bildrand unvermittelt abbricht. In den Goldgrund, der fast die gesamte Bildfläche einnimmt, sind außer Ranken Engel punziert, die in Gefäßen das den Wunden Christi entströmende Blut auffangen.

Das kompositionell so geschlossen wirkende Bild lässt nicht vermuten, dass es ein Fragment sein könnte. Und doch wissen wir heute, dass es nur das Kernstück einer vormals größeren Tafel ist, das auf der linken und rechten Seite durch Darstellungen von Heiligen zu ergänzen ist. Erhalten ist jener Teil, der sich rechts nahtlos an die Gruppe um den Hauptmann anschloss: eine Tafel mit den hll. Katharina und Christophorus, die sich heute in Ballrechten-Dottingen in Südbaden befindet (Kat.-Nr. LM 16, Abb. 3). Es lässt sich eine Tafel rekonstruieren, die eine Breite von ca. 220–225 cm aufwies und ikonografisch zu einem Typ von Kreuzigungsdarstellungen gehörte, die Ursula Binder-Hagelstange als »repräsentative Breitbilder« – Darstellungen der Kreuzigung Christi, zu der sich Heilige »ohne notwendigen inhaltlichen Bezug« gesellen – bezeichnet hat.[22] Binder-Hagelstange hielt sie für eine Erfindung der Kölner Malerei des 14. Jahrhunderts.[23] Die große Zahl der in Köln überlieferten Beispiele könnte in der Tat dafür sprechen, doch gab es vermutlich auch in Mainz bereits im frühen 14. Jahrhundert Werke, die den Bildtyp der Kreuzigung mit Heiligen vertraten.[24]

Über die Funktion, Herkunft und Geschichte der Kreuzigung in St. Stephan in Mainz und das dazugehörige Fragment in Ballrechten-Dottingen ist nichts oder so gut wie nichts bekannt. Wir wissen weder, ob das zu rekonstruierende »Breitbild«, das ebenso eine Altartafel wie ein Andachts- oder Votivbild gewesen sein könnte, zur mittelalterlichen Ausstattung von St. Stephan gehörte, noch wissen wir, wann und aus welchen Gründen es zersägt worden ist.[25] An seiner Entstehung *in* Mainz und seiner ursprünglichen Bestimmung *für* eine Mainzer Kirche wird man indessen nicht zweifeln müssen. Ein Blick auf die Miniatur des Statutenbuchs mag dies bekräftigen: Dort findet sich nicht nur in verwandter Weise die quasi landschaftliche Szenerie, sondern auch einzelne Figurentypen – namentlich auf die Figur des Johannes Ev. sei hingewiesen – scheinen miteinander verwandt zu sein.

In welchem zeitlichen Verhältnis die beiden Werke zueinander stehen, ist nicht ohne weiteres zu entscheiden. Die Miniatur steht stilistisch zwar zwischen der Kreuzigung des Schottener Altars und der Kreuzigung in St. Stephan, aber sie muss deshalb nicht zwangsläufig älter als das Mainzer Tafelbild sein, das erstmals von Alfred Stange »in die letzten Jahre des 14. Jahrhunderts« datiert worden ist, und zwar mit dem Hinweis auf die Schottener Kreuzigungsdarstellung und auf das Wandgemälde am Grabmal des Trierer Erzbischofs Kuno II. von Falkenstein († 1388) in St. Kastor in Koblenz.[26] Gerade die Zusammenhänge mit dem Wandgemälde sind, wie Gertrude Oldemeyer gezeigt hat,[27] im Hinblick auf die Figur Christi so bestechend, dass für die Mainzer Kreuzigung und das Fragment in Ballrechten-Dottingen am ehesten eine Entstehung zwischen 1390 und 1400 in Frage kommt. Dies lässt sich auch an den jüngst von Theo Jülich untersuchten Fragmenten eines Retabels in St. Martin in Oberwesel überprüfen,[28] die, um 1380/90 entstanden, unserer Tafel um wenige Jahre vorausgehen und zusammen mit dem Schottener Altar das künstlerische Milieu repräsentieren dürften, in dem der *Meister der Mainzer Kreuzigung* wurzelt. Können wir Stange in der Datierung der Kreuzigungstafel in St. Stephan demnach folgen, so leuchtet allerdings nicht ein, dass er sie mit dem Meister des Obersteiner Altars in Verbindung gebracht hat.[29] Von dessen Werken, auf die nun zu sprechen kommen sein wird, unterscheidet sie sich in so vielen motivischen, stilistischen und maltechnischen Details, dass eine Zuschreibung an diesen Meister nicht zu vertreten, der Maler der Kreuzigungstafel vielmehr als eigenständiger Künstler anzusehen ist.[30]

Werke der Mainzer Malerei des frühen 15. Jahrhunderts

Mit seinem 1928/29 erschienenen Aufsatz »Ein Mainzer Maler des frühen XV. Jahrhunderts« kommt Friedrich Back einmal mehr das Verdienst zu, einen wichtigen Beitrag zur Kenntnis der Malerei um 1400 am Mittelrhein geleistet zu haben.[31] Back stellte in diesem Aufsatz drei Werke zu einer Gruppe zusammen, die kurz zuvor – im Jahr 1927 – auf der Ausstellung »Alte Kunst am Mittelrhein« in Darmstadt zu sehen gewesen waren und dort zum Umfeld des Schottener Altars gerechnet worden sind:[32] das Retabel in der Felsenkirche in Idar-Oberstein an der Nahe (Abb. 4), eine Kreuzigungstafel in Darmstadt,[33] schließlich eine Tafel mit der Darstellung der Handwaschung des Pilatus und der Abführung Christi in der damaligen Gemäldegalerie der Stadt Mainz, heute im Landesmuseum Mainz (Kat.-Nr. LM 17). An der Zusammengehörigkeit dieser drei Werke ist seither nicht mehr gezweifelt worden; ihr anonymer Schöpfer wird nach dem Hauptwerk der Gruppe »Meister des Obersteiner Altars« genannt.[34]

Ob dieses Retabel – eine dreiteilige Altartafel, die in der Mitte eine vielfigurige Kreuzigung zeigt und auf den Flügeln die Verhöre Christi vor Kaiphas, Herodes und Pilatus (Abb. 4) sowie die Annagelung Christi an das Kreuz –[35] in der Felsenkirche in Idar-Oberstein an seinem ursprünglichen Aufstellungsort steht, ist fraglich. Der bestehende Bau stammt aus den Jahren 1482–1484, hatte jedoch einen – an anderer Stelle gelegenen? – Vorgängerbau, aus dem es übernommen worden sein könnte.[36] Den männlichen Stifter im Diakonsgewand, der auf der Mitteltafel dargestellt ist, meint man mit dem Mainzer Domherren Eberhard III. vom Stein-Oberstein († 1419) identifizieren zu können, was nicht nur aufgrund der unsicheren Provenienz des Retabels problematisch ist, sondern dann wohl auch seine Entstehung nach 1410 voraussetzt.[37] Der Obersteiner Altar wird jedoch in aller Regel ins ausgehende 14. Jahrhundert, spätestens ins erste Jahrzehnt des 15. Jahrhunderts datiert.[38] Das Werk selbst zeichnet sich durch dramatische Kompositionen und überaus drastische Schilderungen aus. Zurückhaltung ist dem Maler fremd. Er spitzt die dargestellten Geschehnisse – es sind ausnahmslos Szenen aus der Passion Christi – zu und er überzeichnet die Figuren, die diese Szenen bevölkern, sozusagen im Guten wie im

Schlechten: Den um Christus Trauernden steht ihr Schmerz nicht weniger ins Gesicht geschrieben als seinen Peinigern die nachgerade teuflische Lust, mit der sie zu Werke gehen. Es fällt nicht schwer, diesen höchst eigenwilligen Stil wieder zu erkennen, und eben deshalb ist die Zusammenstellung des Œuvre des Meisters des Obersteiner Altars durch Friedrich Back unwidersprochen akzeptiert worden. Zu ihm gehört auch die Tafel im Landesmuseum Mainz (Kat.-Nr. LM 17), deren Provenienz – sie wurde 1914 aus Mainzer Privatbesitz erworben – auf die Herkunft aus einer Kirche in Mainz schließen lässt. Die Tafel ist auf beiden Seiten bemalt. Auf der Vorderseite ist die Handwaschung des Pilatus und die darauf folgende Abführung Christi durch eine Horde von Schergen dargestellt, eine Szene, die auch als »Verspottung Christi« bezeichnet wird; die Rückseite zeigt die Vertreibung eines Heiligen aus einer Stadt, wohl die Vertreibung des hl. Stephanus. Die Zusammenhänge mit dem Obersteiner Altar liegen auf der Hand. Es sei nur auf die Darstellung »Christus vor Kaiphas« hingewiesen (Abb. 4), in der sich ein identischer Aufbau des bühnenartigen Bildraumes findet, die gleiche gebeugte Gestalt Christi mit den über Kreuz gefesselten Händen, z.T. das gleiche Personal an Schergen, und – dies ist nun entscheidend – auch im maltechnischen Aufbau sind beide Werke so eng miteinander verwandt, dass es sich nur um Arbeiten ein und desselben Malers handeln kann.[39]

Es gibt eine weitere Tafel, die dem Meister des Obersteiner Altars zugeschrieben werden darf: eine Darstellung der Fußwaschung Christi in Nürnberg (Abb. 5).[40] Auch hier deuten die Angaben zur Erwerbungsgeschichte auf eine Herkunft aus Mainz. Nun weist diese Tafel, deren Rückseite parkettiert ist, über die stilistischen und maltechnischen Übereinstimmungen mit dem Gemälde des Landesmuseums Mainz hinaus auch nahezu dieselben Abmessungen wie dieses auf, sodass beide Tafeln möglicherweise als Fragmente eines ansonsten verlorenen Altarretabels anzusehen sind. Dieses Retabel könnte als Mitteltafel eine vielfigurige Kreuzigung wie der Obersteiner Altar besessen haben. Auf den Flügeln dürften jeweils zwei Szenen aus der Passion Christi dargestellt gewesen sein, wobei die Tafel mit der Fußwaschung Christi, mit der im Johannes-Evangelium die Passionsgeschichte im engeren Sinn beginnt, wohl ein Teil des linken Flügels und die Tafel mit der Handwaschung des Pilatus und der Abführung Christi eher ein Teil des rechten Flügels gewesen ist. Der allein erhaltenen Darstellung der Vertreibung des hl. Stephanus nach zu schließen, stellten die Flügelaußenseiten Szenen aus dessen Leben dar – das hier gewissermaßen nach Mainz verlegt worden ist, da das Stadttor, durch das der Heilige gestoßen wird, das Mainzer Stadtwappen trägt. Das Retabel dürfte demnach, wie bereits angedeutet, in einer Mainzer Kirche aufgestellt gewesen sein. Außer der ehem. Stiftskirche St. Stephan kommt dafür in erster Linie der Dom in Frage, aber auch jede andere Mainzer Kirche, in welcher der Heilige besonders verehrt wurde.

Abb. 5 **Fußwaschung Christi. Um 1410–1420. Germanisches Nationalmuseum, Nürnberg**

Wie der Maler der Kreuzigungsminiatur im Statutenbuch des Mainzer Domkapitels und der Maler der Kreuzigungstafel in St. Stephan mit dem Fragment in Ballrechten-Dottingen scheint der Meister des Obersteiner Altars in Mainz ansässig gewesen zu sein. Die erhaltenen Werke stammen wohl aus dem ersten Viertel des 15. Jahrhunderts, wobei der Obersteiner Altar mit einer mutmaßlichen Entstehung um 1400–1410 als ältestes Werk der Gruppe anzusehen ist; die Tafeln in Darmstadt, Nürnberg und Mainz dürften alle in dem darauf folgenden Dezennium, um 1410–1420 entstanden sein. Der höchst expressive, »wirklichkeitsnahe« Stil des Malers, der sich in diesen Werken manifestiert, unterscheidet ihn von der Masse seiner Zeitgenossen, die auf eine Harmonie der Formen, Farben und des Ausdrucks setzen und damit der schönheitlich-idealisierenden Hauptströmung des Internationalen Stils um 1400 verpflichtet sind. Jene expressiv-realistische Nebenströmung, welcher die Forschung längst ihr Augenmerk zugewandt hat,[41] spielte gleichwohl eine gewichtige Rolle und scheint sich am Mittelrhein, in Mainz zumal, früh, d.h.

noch im 14. Jahrhundert etabliert zu haben.[42] Das heißt jedoch nicht, dass der Meister des Obersteiner Altars in einer lokalen Tradition wurzelt. Die von Friedrich Back und Alfred Stange konstatierte Verwandtschaft seiner Werke mit dem Schottener Altar ist m. E. nicht so eng, dass ein – wie auch immer gearteter – Zusammenhang vorauszusetzen ist, und in der jüngeren Forschung hat man sich dazu denn auch eher skeptisch geäußert.[43] Julia Zipelius hat mit Hinweisen auf die franko-flämische und böhmische, die oberrheinische und westfälische Malerei das Feld weit genug abgesteckt, wo die Quellen der Kunst des Meisters zu suchen sein könnten;[44] dies aber ist eine noch ausstehende Aufgabe für zukünftige Forschungen.

Zwei abschließend zu betrachtende Glasgemälde (Kat.-Nr. LM 18, 19), die aus Schloss Mespelbrunn nach Darmstadt gelangt sind, stehen in enger Verbindung mit einer Gruppe von Werken der Wand- und Buchmalerei, die für das Mainzer Karmeliterkloster angefertigt worden sind und die nach Ansicht einiger Autoren sogar in einer dort anzusiedelnden Werkstatt entstanden sind. In der Tat gibt es einen quellenmäßigen Beleg für die Tätigkeit eines dem Karmeliterorden angehörigen Malers. Der bereits erwähnte Mainzer Geistliche Georg Helwich überliefert 1612 in seinem *Syntagma monumentorum et epitaphiorum* folgende Aufschrift (*subscriptio*) auf dem – nicht erhaltenen – Hochaltar der Kirche St. Alban in Gabsheim (Kr. Alzey-Worms): *Haec pictura completa est anno Dni M.CCCC.XXXVI. ipso die Annu(n)ciationis Virginis gloriosae, per manus fratris Nicolai Sublin, ordinis Beatae Mariae de monte Carmeli.*[45]

Was den Verlust dieses im Jahr 1436 vollendeten Altargemäldes des Karmeliterbruders Nikolaus Sublin so schmerzlich macht, ist vor allem die damit verlorene Kenntnis der künstlerischen Handschrift des Malers, die es wohl nicht nur ermöglicht hätte, seine fragliche Identität mit einem der an der Herstellung der sechs Karmeliter-Chorbücher (Kat.-Nr. LM 29–31) offenbar beteiligten Illuminatoren zu klären, nämlich seine Identität mit jenem *fr(ater) nycola(us)*,[46] der am Ende des Widmungstextes in Band B der Chorbücher genannt wird, sondern die auch – wichtiger noch – überhaupt etwas Licht in jene Gruppe von Werken hätte bringen können, die unter dem Namen »Werkstatt des Mainzer Karmeliterklosters« firmieren.

Bei den beiden Glasgemälden – Grisaillescheiben, die einzelne in Silbergelb ausgeführte Partien aufweisen – dürfte es sich um die Reste eines größeren Zyklus handeln, der das Leben Christi zum Gegenstand hatte. Dargestellt sind die Taufe Christi und die Himmelfahrt Christi. Die um etwa ein Drittel der ursprünglichen Größe beschnittene Darstellung der Taufe (Kat.-Nr. LM 18) zeigt in der Bildmitte Christus mit betend erhobenen Händen, links Johannes d. T., rechts einen Engel mit dem Gewand Christi über seiner linken Schulter. Den Hintergrund bilden fleischige Blattranken, die oben rechts eine Wolke aussparen, aus welcher der Hl. Geist in Gestalt einer Taube herabstößt. Die besser erhaltene Darstellung der Himmelfahrt Christi (Kat.-Nr. LM 19) zeigt Maria und die zwölf Apostel um einen Berg versammelt, von dem Christus vor ihren Augen in den Himmel aufgefahren ist und, von zwei musizierenden Engeln begleitet, in einem Wolkenkranz verschwindet.

Der ursprüngliche Standort jenes Leben-Christi-Zyklus, zu dem die Scheiben einmal gehört haben dürften, ist nicht bekannt. Sie waren aber sicherlich nicht in einem monumentalen Glasfenster untergebracht. Ihr miniaturhaft kleines, auf Nahsicht berechnetes Format spricht für einen gleichsam intimeren Anbringungsort, etwa einen Klosterkreuzgang, wo man sie sich in eine Blankverglasung eingelassen vorstellen könnte. Verschiedene Mainzer Bauten kämen dafür in Frage, doch lässt sich die Provenienz der Scheiben über Schloss Mespelbrunn hinaus nicht weiter zurückverfolgen. Indessen lassen sich Argumente dafür beibringen, dass die Scheiben in einer Mainzer Werkstatt entstanden sind.

Schon Suzanne Beeh-Lustenberger hat darauf hingewiesen, dass die beiden Grisaillescheiben stilistisch eng mit den 1961 aufgedeckten, gut erhaltenen Wandmalereien in der Turmvorhalle der Pfarrkirche St. Peter und Paul in Eltville verwandt sind.[47] Diese laut Max Herchenröder um 1400, jedenfalls sicher im ersten Viertel des 15. Jahrhunderts entstandenen Wandgemälde stellen das Weltgericht und Engel mit den Leidenswerkzeugen Christi dar (S. 485,

Abb. 6 **Himmelfahrt Christi. Karmeliter-Chorbuch F, pag. 356. Um 1430/35. Bischöfliches Dom- und Diözesanmuseum Mainz**

Abb. 2). Sie bilden zweifellos eine wesentliche Voraussetzung für den Stil der beiden Grisaillescheiben in Darmstadt, ja man kommt eigentlich kaum umhin, für Wand- und Glasgemälde eine Werkstatt verantwortlich machen zu wollen, so sehr gleichen sich hier und dort einzelne Typen, so z.B. die Figuren Christi und Johannes d.T. Die Verwandtschaft der Scheiben mit den Wandgemälden in Eltville dürfte Beeh-Lustenberger letztlich auch bewogen haben, jene noch ins erste Viertel des 15. Jahrhunderts zu datieren. Es gibt jedoch gewisse Anzeichen, dass die Glasgemälde etwas später, m.E. erst gegen 1430/35 entstanden sind. Dazu gehören zum einen die fleischigen Blattranken im Hintergrund der Taufe-Christi-Darstellung, die sich in ähnlich grober Ausführung im Graduale (Band F) der 1430 und 1432 datierten Karmeliter-Chorbücher wiederfinden, dazu gehört zum anderen die Himmelfahrt-Darstellung, die in motivischen Details eng mit der abgebildeten Darstellung der Himmelfahrt Christi des Graduales zusammenhängt (pag. 356) (Abb. 6),[48] etwa in der Figur des Apostels hinter dem Auffahrtsberg, der mit betend erhobenen Händen und in den Nacken gelegtem Haupt das Geschehen verfolgt, wobei sein Gesicht in nachgerade abenteuerlicher perspektivischer Verkürzung wiedergegeben ist. Diese Beziehungen scheinen mir für die hier vertretene späte Datierung der Glasgemälde und übrigens auch für ihre Entstehung im Umfeld des Karmeliter-Graduales zu sprechen. Schwer erklärlich bleiben dabei die Zusammenhänge mit den Wandmalereien in Eltville, die sicherlich von einer Mainzer Werkstatt ausgeführt worden sind.[49] Die beiden Glasgemälde – nur mit Einschränkungen auch die Miniaturen des Graduales – muten wie Derivate dieser Werkstatt an.

Auf die aufgrund ihrer überaus ruinösen Erhaltung nur mehr schwer zu beurteilenden Wandgemälde, die sich in der Kirche und in der ehem. Sakristei des Mainzer Karmeliterklosters befinden bzw. befunden haben,[50] soll hier nicht näher eingegangen werden (vgl. Beitrag Glatz). Sie bildeten den Ausgangspunkt für die Konstruktion einer Klosterwerkstatt, mit der auch heute noch stilistisch und qualitativ sehr verschiedenartige Werke in Verbindung gebracht werden,[51] so die in sich wenig homogenen Chorbücher und – als Werk aus dem Umfeld – der so genannte Utrechter Altar. Gewissen Zusammenhängen, die von den Wandgemälden aus allerdings nur noch über Bildkompositionen und -motive zu knüpfen sind, kann man sich nicht ganz verschließen, und die Betätigung zumindest eines Karmeliterbruders als Maler ist gesichert. Dennoch: Es gibt im Grunde keine sichere Basis für die umfangreiche künstlerische Produktion, die man der »Werkstatt des Mainzer Karmeliterklosters« zuschreiben möchte. Warum sollten die im frühen 15. Jahrhundert entstandenen Wandmalereien des Klosters Werke »von ›hauseigenen‹ Künstlern« sein, wie Joachim Glatz schreibt?[52] Ebenso gut könnte eine nicht-klösterliche, in Mainz ansässige Werkstatt diese und andere Malereien – etwa in Eltville – ausgeführt haben. Wenn man aber an ihrer Entstehung im Karmeliterkloster festhalten will, wie lässt sich dann die künstlerische Ausstattung der Chorbücher mit dieser Werkstatt vereinen? Einige ihrer Initialminiaturen (vgl. Kat.-Nr. LM 29) sind von so erlesener Qualität, bringen so bahnbrechend Neues, dass sich jeder Gedanke an einen Zusammenhang mit den Wandmalereien von selbst verbietet; lediglich das Graduale scheint an sie anzuknüpfen. Die beiden Illuminatoren, die Elgin Vaassen hier am Werk sieht,[53] sind stark lokalen Traditionen verpflichtet und dürften deshalb wohl einer Mainzer Werkstatt entstammen, während es für die Miniaturen der anderen Bände in Mainz, soweit ich sehe, keine Voraussetzungen gibt.

Am Schluss dieses notwendigerweise unvollständigen Überblicks über die Mainzer Malerei des frühen 15. Jahrhunderts stehen viele Fragen, und manches Werk wurde nicht erwähnt. Unberücksichtigt blieben z.B. nicht nur Werke der Wandmalerei, die in mehr oder minder gutem Zustand erhalten sind, unberücksichtigt blieben auch Retabel wie der Siefersheimer Altar oder der Ortenberger Altar, deren Entstehung in Mainz diskutiert wird, aber doch eher fraglich ist. Es sollte sich gleichwohl abgezeichnet haben, dass Mainz im ausgehenden 14. und im frühen 15. Jahrhundert ein produktives Kunstzentrum war, das mehrere Malerwerkstätten mit z.T. unterschiedlichen stilistischen Ausrichtungen beschäftigen konnte.

1 Wie hoch die Verlustrate mittelalterlicher Werke ist, lässt sich nicht sicher bestimmen. Gert von der Ostens oft zitierte Schätzung, dass rund 98 Prozent der Werke des ursprünglich vorhandenen Bestandes mittelalterlicher Kunst in Deutschland verloren sind, mag auf einzelne Regionen und Orte zutreffen, doch im Ganzen ist diese Zahl offenbar zu hoch gegriffen. Vgl. Osten 1974, S. 26, und die kritischen Bemerkungen bei Schmid 1985, S. 14–17, bes. S. 16, sowie Schmid 1994, S. 22f.

2 Zum Terminus »Internationaler Stil« und zu seinen Synonymen »Weicher Stil«, »Schöner Stil« und »Höfischer Stil« sowie zur Diskussion der zeitlichen Grenzen der Epoche, die um 1370/80 und um 1420/30 anzusetzen sind, vgl. Schmidt 1990, S. 34–37, 39f.

3 Thode 1900; Back 1910, S. 38–77.
4 Stange 1936, S. 106; Stange 1938, S. 119; Glatz 1981, S. 97; Zipelius 1992/93, zusammenfassend S. 105f.; Hess 1999, bes. S. 51–53.
5 Zu den Quellen s. Zülch 1935, passim.
6 Auf Literatur zu den erwähnten Werken sei verzichtet. Zusammenfassend Hess 1999, S. 52–56, der die Situation in Frankfurt a. M. aber zu negativ einschätzt.
7 Was die Tafelmalerei betrifft, so ist noch das Hochaltarretabel in der Karmeliterkirche zu nennen, das unter den Reliefs aus dem Jahr 1517 Malereien aus dem späten 14. Jahrhundert trägt, die allerdings schlecht erhalten sind und sich nur anhand von Fotografien beurteilen lassen. Vgl. Zipelius 1992/93, S. 69f. (mit weiteren Literaturangaben).
8 Zipelius 1992/93, S. 99.
9 Back 1910, S. 8.
10 Falck 1973, Nr. x 31 und Nr. 27.
11 Gast 1998, S. 116, Anm. 498.
12 Back 1910, S. 9; Back 1932, S. 82. Vgl. auch Schrohe 1912, S. 93, Nr. 6 und Nr. 7.
13 Mayer/Steffens 1992, S. 173f., Nr. 31, S. 176, Nr. 35, S. 189f., Nr. 62, S. 223, Nr. 129, S. 231, Nr. 149, sowie S. 206, Nr. 92. Der Glaser Henne Eßigmenger wird auch 1412 noch erwähnt; s. Steffens 1991, S. 101.
14 Zur Niederlassung s. Falck 1973, S. 21f. Zur Werkstatt s. Back 1910, S. 10.
15 Zu den Genannten s. Arens 1958, S. [18]f., [21]f.
16 Kautzsch/Neeb 1919, Textbd., S. 333–335; Arens 1958, S. 76f., Nr. 109f.
17 Kautzsch/Neeb 1919, Textbd., S. 491–493; Arens 1958, S. 53, Nr. 58, S. 66, Nr. 83, S. 68, Nr. 89.
18 Literaturauswahl: Stange 1970, S. 93, Nr. 407 (mit weiteren Literaturangaben); Häring 1976; Katalog »Die Parler und der Schöne Stil 1350–1400« 1978, Bd. 1, S. 259f. (Suzanne Beeh-Lustenberger); Zipelius 1992/93, S. 60–63; Gast 1998, bes. S. 76–78; Jülich 1999, bes. S. 273f.
19 Allein Back 1932, S. 82, sprach sich für eine Lokalisierung der Werkstatt nach Mainz aus. – Im übrigen liegen auch die Entstehungsumstände des Retabels gänzlich im Dunkeln. Vielleicht bilden der Streit um das Erbe Trimberg und die sich daran anschließenden Vorgänge, die zur Einnahme der Stadt Schotten im Jahr 1382 führten (s. dazu Kellner 1962), den Hintergrund, vor dem die Stiftung des Retabels zu sehen ist.
20 Häring 1976, S. 54–71, zusammenfassend S. 71f.
21 Literaturauswahl: Stange 1970, S. 94, Nr. 416 (mit weiteren Literaturangaben); Glatz 1990, S. 47f.; Zipelius 1992/93, S. 85–87; Gast/Strittmatter 1994; Benedum 1997; Jülich 1999, S. 274f.
22 Binder-Hagelstange 1937, S. 5f.
23 Binder-Hagelstange 1937, S. 28.
24 Gast 1998, S. 23.
25 In der Literatur wird die Kreuzigungstafel zum ersten Mal bei Falk 1868–1887, S. 303f., erwähnt. Die Tafel befand sich damals in der Sakristei. Bereits rund 100 Jahre zuvor, 1780/81, wird ebendort eine Tafel erwähnt, *darstellend Christum Crucifixum;* Adjuncta ad Protocollum et Relationem Archiepiscopalis Visitationis Ecclesiae Collegiatae insignis ad S[tum] Stephanum de 1780 in 1781, fol. 56[v] (Dom- und Diözesanarchiv Mainz, K 45/I.66e). Sollte diese Tafel mit der hier besprochenen Kreuzigung identisch sein, spräche viel für die Kirche St. Stephan als ihren ursprünglichen Aufstellungsort.
26 Stange 1938, S. 126. – Back 1910, S. 55, datierte die Kreuzigung »nicht vor 1420«. Auch Zipelius 1992/93, S. 86f., neigt einer Datierung ins fortgeschrittene 15. Jahrhundert zu.
27 Oldemeyer 1965, S. 142f. Zum Zusammenhang mit dem Koblenzer Wandgemälde vgl. außerdem Gast/Strittmatter 1994, S. 45f., 48, sowie Gast 1998, S. 88.
28 Jülich 1999.
29 Stange 1938, S. 126.
30 Vgl. Gast/Strittmatter 1994, bes. S. 47f. Bereits Oldemeyer 1965, S. 141f., 146, hat Stanges Zuschreibung abgelehnt, ferner Glatz 1981, S. 100 (vgl. dagegen Glatz 1990, S. 49), Zipelius 1992/93, S. 86, sowie Benedum 1997, S. 44, und schließlich Jülich 1999, S. 273.
31 Back 1928/29.
32 Katalog »Alte Kunst am Mittelrhein« 1927, S. 65, Nr. 267–269.
33 Hessisches Landesmuseum Darmstadt, Inv.-Nr. GK 3. Da die Tafel im Folgenden nicht besprochen wird, sei auf die jüngere Literatur verwiesen: Beeh 1990, S. 34, Nr. 4; Zipelius 1992/93, S. 81; Gast/Strittmatter 1994, S. 46f.; Katalog »Vom Jenseits ins Diesseits« 1995, S. 35–37, Nr. 7; Schwaerzel 1998, S. 44, Anhang S. 97–109; Jülich 1999, S. 274.
34 Thieme/Becker, Bd. 37, S. 251. Gelegentlich findet sich auch der Name »Meister der Mainzer Verspottung«, so bei Stange 1970, S. 94 zu Nr. 413–416.
35 Literaturauswahl: Stange 1970, S. 94, Nr. 413; Katalog »Kunst um 1400 am Mittelrhein« 1975, S. 124, Nr. 15 (Wolfgang Beeh); Katalog »Die Parler und der Schöne Stil 1350–1400« 1978, Bd. 1, S. 261 (Suzanne Beeh-Lustenberger); Zipelius 1992/93, bes. S. 79–81; Gast/Strittmatter 1994, S. 46–48; Lüdke 1996, S. 71, 104; Schwaerzel 1998.
36 Dazu zuletzt Schwaerzel 1998, S. 11f., 18f.
37 Die Identifizierung des dargestellten Stifters mit Eberhard III. vom Stein-Oberstein geht auf Back 1928/29, S. 105, zurück. Zu diesem Mainzer Domherr, der 1410 noch Subdiakon war, s. Hollmann 1990, S. 454f.
38 Vgl. die verschiedenen Datierungsvorschläge der in Anm. 35 genannten Autoren.
39 Zu technologischem Aufbau und Maltechnik der Werke des Meisters des Obersteiner Altars s. Schwaerzel 1998, welche die bereits vom Autor geäußerten Vermutungen bestätigen konnte; vgl. Gast/Strittmatter 1994, S. 46.
40 Germanisches Nationalmuseum, Nürnberg, Inv.-Nr. Gm 115. Literaturauswahl: Stange 1970, S. 99, Nr. 435 (dort der Werkstatt des Peterskirchen-Altars zugeordnet); Gast/Strittmatter 1994, S. 46–48; Schwaerzel 1998, S. 46, Anhang S. 121–127.
41 Schmidt 1995 (mit weiteren Literaturangaben).
42 Zipelius 1992/93, S. 74f.
43 Vgl. Back 1928/29, S. 106, und Stange 1938, S. 124. Zurückhaltend bis kritisch äußerten sich Häring 1976, S. 124f., und Zipelius 1992/93, S. 84.
44 Zipelius 1992/93, S. 82–85.
45 Georg Helwich, Syntagma monumentorum et epitaphiorum (1609ff.), pag. 64 (Mainz, Martinus-Bibliothek, Hs 225). Vgl. Roth 1883/84, Sp. 75, der diese Quelle zuerst – mit leicht abweichender Lesung – publiziert hat.
46 Die Forschung hat auf die Möglichkeit der Identität des Fraters Nikolaus mit Nikolaus Sublin wiederholt hingewiesen; in jüngerer Zeit Zipelius 1992/93, S. 95, Anm. 194, und S. 96, Anm. 196.
47 Beeh-Lustenberger 1967/1973, Textbd., S. 120. Zu Eltville immer noch grundlegend Herchenröder 1965, S. 135 mit Abb. 681–686. Hess 1999, S. 51, hat auf Erzbischof Johann II. von Nassau († 1419) als möglichen Stifter hingewiesen.
48 Beeh-Lustenberger 1967/1973, Textbd., S. 120, hat zwar ebenfalls auf diese Miniatur im Graduale der Karmeliter-Chorbücher (Bischöfliches Dom- und Diözesanmuseum Mainz, Inv.-Nr. B 331 f) hingewiesen, aber offenbar keine Konsequenzen für eine späte Datierung der beiden Scheiben in Erwägung gezogen.
49 Glatz 1981, S. 98.
50 Glatz 1981, S. 261–266 (mit weiteren Literaturangaben).
51 Glatz 1981, S. 97–100; Zipelius 1992/93, S. 92–95, 96f.
52 Glatz 1981, S. 98.
53 Vaassen 1973, Sp. 1151f.

LM 15

Statutenbuch des Mainzer Domkapitels Mainz, 14.–17. Jahrhundert

Pergament, 94 Bll. – Einband: Leder auf Holz
Blattgröße: H. 35,5 cm, B. 25,5 cm; Einband: H. 38 cm, B. 26,5 cm
Staatsarchiv Würzburg, Mainzer Bücher verschiedenen Inhalts 94

Zustand: Von Benutzerspuren abgesehen, ist die Handschrift gut erhalten; fol. 1 und fol. 2 sind zum Falz hin mehrfach geknickt; der Einband ist am Rücken beschädigt.

Provenienz: Domkapitelsbibliothek und -archiv Mainz

Das im ausgehenden 14. Jahrhundert angelegte, mit zahlreichen Nachträgen des 15.–17. Jahrhunderts versehene Statutenbuch stammt aus dem Besitz des Mainzer Domkapitels und ist mit der Flucht der Kurmainzer Archive im Jahr 1792 wohl über Umwege zunächst nach Aschaffenburg und von dort aus – spätestens im Jahr 1824 – nach Würzburg gelangt.[1] Es enthält u. a. Auszüge aus den vier Evangelien, eine Sammlung von Abschriften wichtiger, die Belange des Kapitels betreffender Urkunden aus den Jahren von 1190 bis 1393 und nicht zuletzt die Formeln für die jeweiligen Eide, die z. B. bei der Aufnahme in das Kapitel oder beim Antritt einer Prälatur zu leisten waren.[2]
Eine statutenmäßig fixierte Bedingung für die Aufnahme in das Mainzer Domkapitel war seit dem frühen 14. Jahrhundert die Ritterbürtigkeit des Kandidaten.[3] Vier von dessen Ahnen mussten von adeliger Geburt und ritterlichem Stand sein, was nicht nur zu schwören, sondern auch durch eine Ahnenprobe zu belegen war. Die Eidesformel, die für den Schwur gebraucht wurde, das *Juramentu(m) Eccl(es)ie maioris Moguntí(n)e,* dessen zweiter Teil sich auf die ritterliche Abstammung des Kandidaten bezieht *(Item juro, q[uod] de quatuor avis mee parentele militaris sum …),*[4] ist am Anfang des Statutenbuches aufgeführt (fol. 3r). Ihr steht auf dem vorangehenden Blatt eine ganzseitige Kreuzigungs-Miniatur gegenüber (fol. 2v), deren Anbringung an eben dieser Stelle mit einer seit dem 4. Jahrhundert gebräuchlichen Form der Eidesleistung zu erklären ist: dem Schwur mit Berührung der Evangelien.[5] Während der Aufzuschwörende die hier mit den Worten *Juro super hec dei sancta Ew(a)ngelia …* beginnende Eidesformel sprach, hatte er seine linke Hand auf das – daher vermutlich etwas abgegriffene – Kreuzigungsbild zu legen. Die mit Deckfarben gemalte, lebhaft bunte Miniatur zeigt vor einem roten, mit Ornamenten übersäten und von einem blauen Wolkenband gesäumten Grund Christus am Kreuz, zu dessen Seiten Maria und Johannes Ev. stehen. Als Standfläche dient den beiden Trauernden, die in blaue und grüne Gewänder gehüllt sind, ein grüner, von hellem Gestein durchsetzter Bodenstreifen; einige Gräser, die darauf wachsen, zeichnen sich als Silhouetten vor dem Bildgrund ab. Das Kreuz, an das Christus mit drei Nägeln geheftet ist, ragt monumental aus dem Gestein empor, hoch über die Köpfe von Maria und Johannes Ev. hinaus und reicht mit dem Querbalken nah an den oberen Bildrand heran. Die Figur des Gekreuzigten selbst ist jedoch relativ schmächtig; sein kraftlos zur Seite gefallenes Haupt und die leicht gebeugten Knie betonen das Leiden am Kreuz, was außerdem durch das den Wunden entströmende Blut auf drastische Weise veranschaulicht wird.
Trotz ihrer eher bescheidenen künstlerischen Qualität ist die noch unpublizierte Miniatur ein wichtiges Zeugnis für die Malerei der Zeit um 1400 am Mittelrhein, denn Ort und Zeitpunkt ihrer Entstehung lassen sich im Unterschied zu anderen Werken, in deren unmittelbare Umgebung sie gehört – zu nennen sind das Retabel in der Stadtkirche in Schotten (s. S. 521, Abb. 1), die Kreuzigung in St. Stephan in Mainz (s. S. 522, Abb. 2) und das dazugehörige Fragment in Ballrechten-Dottingen (Kat.-Nr. LM 16, Abb. 3 auf S. 523) –, wohl annähernd exakt bestimmen. Als Gebrauchshandschrift dürfte das Statutenbuch kaum woanders als in

Mainz angelegt und illuminiert worden sein, und dies sicher bald nach 1393, jenem Jahr, aus dem die jüngste der in Abschrift vorliegenden Urkunden stammt. Bei dem Maler der Kreuzigungs-Miniatur wird es sich demnach um einen der Mainzer Kleinmeister handeln, die in den Quellen erwähnt werden, deren Werke jedoch unbekannt sind.
U. G.

1 Zur Geschichte der verschiedenen Mainzer Archive s. Wann 1964, hier bes. S. 116 f.
2 Zusammenfassend Rauch 1975, S. 164 mit Anm. 9.
3 Hollmann 1990, S. 14–17.
4 Vollständig zitiert bei Veit 1912 (II), S. 331.
5 RDK, Bd. 4, Sp. 926–931 (Richard Baumann), hier Sp. 927 f.

LM 16 (s. S. 523, Abb. 3)

Hl. Katharina, hl. Christophorus
Mainz, um 1390–1400

Mischtechnik auf Nadelholz (?)
H. 81,5 cm, B. 67–68 cm, Brettstärke ca. 1,5 cm
Pfarrkirche St. Erasmus, Ballrechten-Dottingen

Zustand: Die konkav verworfene, aus zwei Brettern bestehende Tafel ist links beschnitten, rechts sowie oben und unten ist allenfalls mit kleineren Abarbeitungen zu rechnen; bei einer in den 1940er Jahren erfolgten »Reinigung« wurde der Goldgrund von einer Bronze-Übermalung befreit, deren Reste teilweise noch sichtbar sind; im Zuge dieser Reinigung sind offenbar größere Partien des Gemäldes überarbeitet und Fehlstellen ausgebessert bzw. vermutlich ergänzt worden.

Provenienz: Ursprünglicher Standort unbekannt; die Tafel wurde im 19. Jahrhundert von Joseph Maria von Radowitz (1797–1853) erworben und befand sich bis zu ihrer 1988 erfolgten Schenkung an die Pfarrkirche St. Erasmus in Ballrechten-Dottingen in Privatbesitz.

Das erst vor wenigen Jahren bekannt gewordene Tafelbildfragment stellt mit Katharina und Christophorus zwei der meistverehrten Heiligen des Mittelalters dar.

Die hl. Katharina war der Legende zufolge eine gelehrte, aus Zypern stammende Königstochter, die in Alexandria den römischen Kaiser Maxentius der Abgötterei überführte und von diesem zur Strafe enthauptet wurde, nachdem ihre Hinrichtung durch das Rad auf wundersame Weise vereitelt worden war. Die Darstellung der Heiligen im Bild nimmt auf die Legende Bezug: Als Tochter eines Königs ist Katharina in äußerst kostbare, von Gold durchwirkte und mit Hermelin besetzte Gewänder gekleidet, und über dem langen offenen Haar, das als Hinweis auf ihre Jungfräulichkeit zu verstehen ist, trägt sie eine Krone; in ihrer Rechten hält sie ein kleines, mit Messern bewehrtes Rad, mit ihrer Linken greift sie an den Saum ihres Mantels, rafft diesen ein wenig hoch und zur Seite und legt so Griff und Spitze des ansonsten verborgenen Schwertes frei.

In der rechten Bildhälfte mit der gleichsam szenischen Darstellung des hl. Christophorus ist der Wiesengrund, auf dem die hl. Katharina steht, durch eine auf wenige Elemente reduzierte »Flusslandschaft« ersetzt. Zwischen zwei mit Blumen und kleinen Bäumen bewachsenen Felsformationen strömt ein reißendes Wasser, das der Heilige mit weit ausgreifendem Schritt, auf einen blühenden Stab gestützt, mit dem Christuskind auf den Schultern durchwatet. In Christus – so erzählt die Legende – hatte der Riese Reprobus seinen wahren Herrn erkannt, als er ein Kind über einen Fluss trug, das ihm immer schwerer wurde, sodass er unter der Last zusammenzubrechen drohte. Am Ufer gab sich das Kind dem Riesen zu erkennen, taufte ihn auf den Namen Christophorus und prophezeite ihm, dass sein in die Erde gepflanzter Stab zum Beweis blühen und Früchte tragen würde.

Die Ausrichtung beider Heiliger nach links, das abrupte Abbrechen der in den Goldgrund punzierten Figuren und Ornamente am linken Bildrand und nicht zuletzt der eben dort sichtbare Rest eines Wimpels sind unzweideutige Anzeichen dafür, dass sich die Tafel nach links fortgesetzt hat. Es muss nicht spekuliert werden, wie der fehlende Rest ausgesehen haben könnte, denn mit der Kreuzigung in St. Stephan in Mainz (s. S. 522, Abb. 2) ist ein weiterer Teil, und zwar das Kernstück der ursprünglich etwa 220 bis 225 cm breiten Tafel erhalten, die zu einem unbekannten Zeitpunkt in offenbar mehrere Teile zersägt wurde, bevor Joseph Maria von Radowitz den heute in Ballrechten-Dottingen befindlichen Teil erwarb. Wie sich aus den erhaltenen Fragmenten erschließen lässt, stellte diese Tafel Christus am Kreuz zwischen Maria und Johannes Ev. auf der linken Seite und dem Hauptmann samt zwei Begleitern auf der rechten Seite dar, wo außerdem die Heiligen Katharina und Christophorus erschienen; auf dem verlorenen oder noch unbekannten Teil, der links zu ergänzen ist, dürften ebenfalls zwei Heilige dargestellt gewesen sein. Für den ikonografischen Typ der Kreuzigung mit

Heiligen, dem diese Tafel angehörte, gibt es im Rheinland verschiedene Beispiele.[1]

Lokalisierung und Datierung der Tafel in Ballrechten-Dottingen in den Kontext der Tafelmalerei um 1400 am Mittelrhein ergeben sich zwingend aus der Einordnung der Kreuzigungstafel in St. Stephan, die – wenngleich ihre Mainzer Provenienz in der Literatur nur bis 1883 zurückzuverfolgen ist –[2] wohl als Werk eines in Mainz ansässigen Malers angesehen werden darf. Dafür spricht zum einen ihre stilistische Nähe zur Kreuzigungsminiatur im Statutenbuch des Mainzer Domkapitels (Kat.-Nr. LM 15), zum anderen ihre Verwandtschaft mit den Werken des Meisters des Obersteiner Altars (Kat.-Nr. LM 17), mit dessen Œuvre sie jedoch nicht in direkter Verbindung steht.[3] Dessen Neigung zur Emotionalisierung, ja Dramatisierung der Bildinhalte teilt der *Meister der Mainzer Kreuzigung* – auch wenn seine Maria-Johannes-Gruppe nicht frei von Pathos ist – nur bedingt.

U. G.

1 Siehe hierzu i. Allg. Binder-Hagelstange 1937. Vgl. ferner Gast / Strittmatter 1994, S. 44–46, und Gast 1998, S. 23.

2 Bei Falk 1868–1887, S. 303 f., wird die Tafel erstmals erwähnt. – Das Wappen in der rechten oberen Bildecke der Tafel in Ballrechten-Dottingen lässt sich nicht zweifelsfrei identifizieren; vgl. Gast / Strittmatter 1994, S. 44.

3 Vgl. z. B. Zipelius 1992/93, S. 86; Gast / Strittmatter 1994, S. 43, 46–48; Benedum 1997, S. 44.

Literatur
Gast / Strittmatter 1994.

LM 17 **Handwaschung des Pilatus und Abführung Christi**

LM 17

Meister des Obersteiner Altars
Handwaschung des Pilatus und Abführung Christi/Vertreibung des hl. Stephanus
Mainz, um 1410–1420

Mischtechnik auf Nadelholz (Tanne?)
H. 70 cm, B. 93 cm, Brettstärke 1,6–2,2 cm
Landesmuseum Mainz, Inv.-Nr. 816

Zustand: Die Tafel ist konvex verworfen, der Bildträger weist verschiedene ältere Risse auf. Während sich die Vorderseite der Tafel in relativ gutem Zustand befindet, ist ihre Rückseite stark übergangen worden. Sie wies bei ihrem Erwerb 1914 offenbar große Fehlstellen auf, die geschlossen werden mussten. 1950 und abermals 1953/54 wurde die Tafel restauriert.

Provenienz: Ursprünglicher Standort unbekannt; die Tafel wurde 1914 aus Privatbesitz (Mainz-Finthen) für die Gemäldegalerie erworben.

Der Meister des Obersteiner Altars – nach der ausgestellten Tafel gelegentlich auch Meister der Mainzer Verspottung genannt – ist zweifellos einer der eigenwilligsten Maler der Zeit um 1400 am Mittelrhein. Durch die Expressivität seiner künstlerischen Ausdrucksweise unterscheidet er sich grundlegend von jenen Zeitgenossen, die, wie z. B. der Meister des Ortenberger Altars, der schönheitlich-idealisierenden Hauptströmung der Kunst des Internationalen Stils um 1400 verpflichtet sind.

Die Tafel ist beidseitig bemalt. Auf der Vorderseite, die durch Goldgrund ausgezeichnet ist, ist eine Szene aus der Passion Christi dargestellt, jener Moment, in dem Christus unmittelbar nach dem Verhör durch Pilatus von dessen Schergen abgeführt wird (Mt 27, 27), während sich der thronende Pilatus über einer Schüssel, die ihm ein höfisch gewandeter Page reicht, seine Hände »in Unschuld wäscht« (Mt 27, 24). Genau genommen sind also zwei zeitlich voneinander zu trennende Ereignisse auf diesem Bild zu sehen, was aber nicht ungewöhnlich ist, sondern eine im Mittelalter übliche Form der Bilderzählung darstellt. Die gelegentlich verwendete Bezeichnung als »Verspottung Christi« trifft den ikonografischen Gegenstand nicht; diese zweite Verspottung steht in inhaltlichem Zusammenhang mit der Dornenkrönung Christi.[1] Die schlechter erhaltene Rückseite der Tafel zeigt die Vertreibung eines Heiligen aus einer Stadt, wohl die Vertreibung des hl. Stephanus. An dem Stadttor, durch das er gestoßen wird, ist das Wappen der Stadt Mainz angebracht, was die Forschung von jeher dazu bewogen hat, Entstehung und Aufstellung der Tafel, die Teil eines größeren Altarretabels gewesen sein dürfte, in Mainz zu vermuten.

Eine 1907 im Mainzer Kunsthandel befindliche, nach Nürnberg gelangte Tafel,[2] welche die Fußwaschung Christi darstellt (Jo 13) (s. S. 526, Abb. 5), wurde vor wenigen Jahren dem Meister des Obersteiner Altars als weiteres Werk zugeschrieben, was sich durch technologische Untersuchungen bekräftigen ließ.[3] Aufgrund ihrer Provenienz und ihrer nahezu identischen Abmessungen (H. 73 cm, B. 96 cm) sowie ihrer engen maltechnischen und stilistischen Übereinstimmungen mit der Mainzer Tafel liegt es nahe anzunehmen, dass beide Tafeln einem Zusammenhang entstammen. Es könnte sich dabei um ein Altarretabel gehandelt haben, das in der Mitte eine vielfigurige Kreuzigung zeigte, auf den Flügeln Passionsszenen, außen Szenen aus der Legende des hl. Stephanus. Dieses Werk dürfte in den Jahren zwischen 1410 und 1420 in einer Mainzer Kirche aufgestellt worden sein.

U. G.

1 LCI, Bd. 4, Sp. 443–446 (Katja Laske), hier Sp. 443.
2 Germanisches Nationalmuseum, Nürnberg, Inv.-Nr. Gm 115.
3 Gast/Strittmatter 1994, S. 46 f., und Schwaerzel 1998, S. 46, Anhang S. 121–127.

Literatur

Neeb 1915, S. 105–107. – Katalog »Alte Kunst am Mittelrhein« 1927, S. 65, Nr. 269. – Back 1928/29, S. 107 f. – Stange 1938, S. 125. – Stange 1970, S. 94, Nr. 415 (mit weiteren Literaturangaben). – Schwartz 1988. – Zipelius 1992/93, S. 81. – Gast/Strittmatter 1994, S. 46–48. – Schwaerzel 1998, S. 44 f., Anhang S. 110–120.

LM 18

Taufe Christi
Mainz (?), um 1430/35

Schwarz-Braunlotmalerei, unter Verwendung von Silbergelb, auf Blankglas
H. 17 cm, B. 17 cm
Hessisches Landesmuseum Darmstadt, Inv.-Nr. Kg 31:17

LM 19

Himmelfahrt Christi
Mainz (?), um 1430/35

Schwarz-Braunlotmalerei, unter Verwendung von Silbergelb, auf Blankglas
H. 28 cm, B. 17 cm
Hessisches Landesmuseum Darmstadt, Inv.-Nr. Kg 31:16

Zustand: Beide Scheiben weisen mehrere Sprünge auf; Kg 31:17 ist unten um mehr als ein Drittel beschnitten und zeigt zahlreiche Kratzspuren.

Provenienz: Ursprünglicher Standort unbekannt; 1931 aus dem Besitz der Grafen von Ingelheim in Schloss Mespelbrunn bei Aschaffenburg erworben.

Mit der Taufe im Jordan und der Himmelfahrt stellen die beiden Grisaillescheiben, die einzelne in Silbergelb ausgeführte Partien aufweisen,[1] zwei Szenen aus dem Leben Christi dar, die in der mittelalterlichen Kunst in aller Regel im Kontext erzählender Bilderzyklen begegnen. Dies allein schließt natürlich nicht aus, dass es sich hier auch um zwei miteinander verwandte Einzelstücke handeln könnte. Doch nicht nur die gemeinsame Herkunft beider Scheiben aus Schloss Mespelbrunn und ihre ehemals wohl weitgehend identischen Abmessungen sprechen für einen unmittelbaren Zusammenhang, sondern auch ihre – trotz gewisser Abweichungen deutlichen – Übereinstimmungen in der glasmalerischen Zeichentechnik und im Figurenstil. Man wird deshalb davon ausgehen dürfen, dass die Scheiben Reste eines Zyklus sind, der das Leben Christi zum Gegenstand hatte.

In Ikonographie und Komposition folgen die Darstellungen allgemein geläufigen Bildtypen ihrer Entstehungszeit. Auffällig ist gleichwohl die enge, in der Literatur schon häufiger konstatierte Verwandtschaft der Himmelfahrt-Darstellung mit zwei Bildern gleichen Themas, die beide für das Karmeliterkloster in Mainz geschaffen worden sind, zum einen ein heute verlorenes Wandbild in der ehem. Sakristei der Klosterkirche,[2] zum anderen eine Initial-Miniatur in Band F der so genannten Karmeliter-Chorbücher (s. S. 527, Abb. 6).[3] In der klammerartigen Verteilung der Zeugen der Himmelfahrt Christi um die Stätte seiner Auffahrt steht das Glasgemälde dem wohl im ersten Viertel des 15. Jahrhunderts entstandenen Wandbild näher als der Miniatur, die Maria und die zwölf Apostel in einer ringförmigen Anordnung wiedergibt. Allerdings haben Glasgemälde und Miniatur ein signifikantes Detail gemeinsam, das in dem Wandbild offenbar weniger deutlich ausgeprägt war: die Figur des Apostels in der Bildmitte, dessen in den Nacken gelegtes Haupt in äußerster perspektivischer Verkürzung erscheint. Da beide Grisaillescheiben zudem enge stilistische Übereinstimmungen mit dem Ranken- und Bilderschmuck der sechs Chorbücher erkennen lassen, Übereinstimmungen, die sich nicht zuletzt in zeichentechnischen Eigenheiten wie der Anwendung feiner, dichter, meist parallel laufender Strichlagen äußern, scheint ihre Herkunft aus deren künstlerischem Umfeld, mithin ihre Entstehung in Mainz in den Jahren um 1430/35 durchaus wahrscheinlich zu sein.[4]

Der ursprüngliche Standort der Scheiben, d. h. der Standort jenes Leben-Christi-Zyklus, zu dem sie vermutlich gehört haben, ist nicht bekannt. Aufgrund ihres kleinen, auf Nahsicht berechneten Formats, das sie der Gattung der Kabinettscheiben zuweist,[5] dürfte es aber eher ausgeschlossen sein, dass sie in ein monumentales Glasfenster eingelassen waren. Es könnte sich stattdessen um die Reste einer Kreuzgang-Verglasung handeln,[6] die man sich wohl als Blankverglasung mit eingefügten szenischen Darstellungen vorzustellen hat. Eine derartige, wenn auch deutlich jüngere Verglasung mit Grisaillescheiben von ähnlich kleinen Abmessungen gab es, um nur ein Beispiel – aber eines der prominentesten Beispiele überhaupt – zu nennen, im Kreuzgang des Benediktinerklosters St. Egidien in Nürnberg.[7] Doch wie die mittelalterlichen Verglasungen der Kreuzgänge der Mainzer Stifts- und Klosterkirchen gestaltet waren, ist anscheinend in keinem Fall überliefert. Es bleibt daher ungewiss, ob die beiden wohl in Mainz entstandenen Scheiben auch aus einem Mainzer Sakralbau stammen.

U. G.

1 Mit Silbergelb wurden vor allem die Nimben der heiligen Personen, aber auch Haare, Gewänder, einzelne Gewandpartien u. a. m. hervorgehoben. Die unterschiedliche farbliche Wirkung des Silbergelbs bei beiden Scheiben rührt offenbar daher, dass es dort, wo es kräftiger wirkt, beidseitig aufgetragen wurde.

2 Neeb 1925/26 (I), S. 50 mit Taf. VI, Abb. 2. Auf die Verwandtschaft des Wandgemäldes mit der Grisaillescheibe in Darmstadt wiesen Glatz 1981, S. 99, 265, und Zipelius 1992/93, S. 93, Anm. 187, hin.

3 Bischöfliches Dom- und Diözesanmuseum Mainz, Inv.-Nr. B 331f. – Beeh-Lustenberger 1967/1973, Textbd., S. 120. Siehe abermals Glatz 1981, S. 99, 265, und Zipelius 1992/93, S. 93.

4 Die von Beeh-Lustenberger 1967/1973, Textbd., S. 120, betonte stilistische Verwandtschaft der Scheiben mit den Wandmalereien in St. Peter und Paul in Eltville, die mich 1998 noch zu einer Datierung in die Zeit um 1400 verleitet hat, scheint mir heute aus o. g. Gründen weniger stichhaltig zu sein; vgl. Gast 1998, S. 115f., Anm. 496.

5 Dazu i. Allg.: Hess 1995; The Dictionary of Art Bd. 27, S. 255–258 (Timothy B. Husband).

6 Freundlicher Hinweis von Hartmut Scholz, Freiburg i. Br.

7 Hierzu zuletzt Scholz 1991, bes. S. 43–47, 133f.

Literatur

Feulner/Röttger 1927, S. 103, Nr. 3. – Beeh-Lustenberger 1967/1973, Textbd., S. 119f., Nr. 168f. (mit weiteren Literaturangaben). – Glatz 1981, S. 99, 265.

Joachim Glatz

Mainzer Wandmalerei des 15. Jahrhunderts

Wandmalerei ist eine der ältesten Kunstgattungen überhaupt. Überliefert sind in unserer Region die Inhalte der Wandbilder der »Aula Regia« in der karolingischen Königspfalz in Ingelheim, ebenso das umfangreiche Programm einer – geplanten – Ausmalung des Mainzer Domes aus der Zeit Erzbischof Aribos (1021–1031). Auch wenn die Entwicklung der gotischen Sakralarchitektur zur Reduzierung von Wandflächen führte und die großen Fenster zu Bildträgern wurden, behauptete sich die Wandmalerei noch bis in das späte 15. Jahrhundert, wobei ihre vielfältigen Funktionen und Möglichkeiten hervorzuheben sind. Allerdings ist die Überlieferung gerade in Mainz außerordentlich problematisch. Viele Wandbilder sind nur durch schriftliche Quellen, Fotos oder Kopien bekannt. Die erhaltenen Wandbilder sind häufig stark restauriert oder gar verfälscht. Trotz der wenigen Beispiele kann die einstige Bedeutung spätgotischer Wandmalerei aber noch erahnt werden.

Nahezu authentisch erhalten ist neben einem gemalten Leuchterengel aus der Gruft Erzbischof Johanns II. von Nassau († 1419) unter dem Mittelschiff des Domes (heute im Bischöflichen Dom- und Diözesanmuseum Mainz) (Abb. 1) die 1961 entdeckte Weltgerichtsdarstellung mit Engeln über dem östlichen Turmportal der kath. Pfarrkirche St. Peter und Paul in Eltville (Abb. 2). Die engen stilistischen und formalen Bezüge zur spätgotischen Malerei in Mainz werden ergänzend bestätigt durch die historischen Zusammenhänge: Der Bau des Turmes – wohl mit Ausstattung der unteren Geschosse – wurde 1402 durch einen Ablass Erzbischof Johanns II. von Nassau gefördert. Das in den 1920er Jahren aufgefundene Bild war aufgrund der Umstände besonders geschützt. Die 1405/10 entstandenen Eltviller Malereien wurden bereits am Ende des 15. Jahrhunderts durch ein damals eingebautes Sterngewölbe verdeckt und auf diese Weise in ihrer ursprünglichen Form und Farbigkeit bewahrt.

Abb. 1 **Leuchterengel aus der Gruft Erzbischof Johanns II. von Nassau († 1419). Bischöfliches Dom- und Diözesanmuseum Mainz**

In Mainz selbst befindet sich das eindrucksvollste Zeugnis von Wandmalereien dieser Zeit in der Karmeliterkirche (eine alte Ansicht des Baues zeigt Kat.-Nr. LM 22). Unmittelbar nach Vollendung der Gewölbe im Jahre 1404 (Inschrift an einem Schlussstein im Langhaus) entstand das bemerkenswerte Programm am Chorgewölbe: Um das Antlitz Christi sind Engel mit Leidenswerkzeugen sowie Propheten in Karmelitertracht angeordnet. Allerdings wurden die Darstellungen 1924 nach originalgroßen Kopien bzw. Pausen neu gemalt.

In stark restauriertem Zustand sind Malereien in der Andachtskapelle, der früheren Sakristei der Karmeliterkirche, nördlich des Chores, erhalten. Sie zeigen die Himmelfahrt des Propheten Elias und das Pfingstwunder. Nur durch Kopien bekannt sind zwei zugehörige Wandbilder, Himmelfahrt Christi und Hl. Sippe. Wie bei den Gewölbemalereien im Chor lassen sich enge Bezüge zur gleichzeitigen Buch- und Tafelmalerei herstellen. Zugleich wird deutlich, dass das Mainzer Karmeliterkloster im Mittelalter eine größere Malerwerkstatt unterhielt, die auch außerhalb der Stadt tätig war. Namentlich fassbar ist ein Frater Nikolaus Sublin. In diesen Umkreis gehören unter anderem das Weltgericht im ehemaligen Chorturm der ev. Kirche in Jugenheim (Kr. Mainz-Bingen) und ein Passionszyklus aus der alten Kirche in Bingen-Dietersheim (heute im Landesmuseum Mainz) (Kat.-Nr. LM 21) aus der Zeit um 1420/30.

An einem Mittelschiffspfeiler der Karmeliterkirche befand sich ein – nur durch eine originalgroße Kopie bekanntes –

Wandbild aus späterer Zeit, das Maria mit Kind zeigte. Es wurde im Jahre 1470 von Clas Koch von Ortenberg gestiftet (Inschrift). Er selbst war zusammen mit zwei Mönchen zu Füßen der Gottesmutter dargestellt.

Namentlich nicht bekannt ist der kniende Stifter, der in der Gruft von St. Christoph dargestellt war. Sein Schriftband enthält ein Bittgebet. Außer dieser Figur waren eine Pietà – Maria mit dem toten Christus auf dem Schoß –, ein hl. Christophorus und die Kreuztragung Christi zu sehen (Kat.-Nr. StA 73). Die um 1400 entstandenen Malereien wurden wegen starker Durchfeuchtung 1981/82 abgenommen und befinden sich im Bischöflichen Dom- und Diözesanmuseum Mainz.

In der früheren Sakristei, einer ursprünglich nach dem Chor und zum südlichen Seitenschiff hin offenen Kapelle der Pfarrkirche St. Emmeran konnten nach schweren Kriegsschäden Wandmalereien freigelegt, dokumentiert und zum Teil geborgen werden. Aus der Zeit um 1400, d. h. nach der Einwölbung dieses Raumes 1380/90, stammen zwei Szenen aus der Legende des hl. Christophorus. Genau nach der Vorgabe der »Legenda Aurea« ist zu sehen, wie der Teufel, dem Christophorus als mächtigstem Herrn dienen wollte, vor dem Kreuz flieht. Die zweite Szene zeigt Christophorus vor einem König. Beide Wandbilder befinden sich heute im Landesmuseum Mainz. Die Darstellung der Christophoruslegende in St. Emmeran, der offenbar Szenen aus der Passion Christi gegenübergestellt waren, erklärt sich wohl dadurch, dass die Malereien wahrscheinlich ebenso wie das Gewölbe von Johann Guldenbock, Pfarrer von St. Christoph, gestiftet worden waren.

Das Bischöfliche Dom- und Diözesanmuseum Mainz bewahrt ein Wandbild mit der Darstellung der hl. Katharina von der Ostwand derselben Kapelle (Kat.-Nr. LM 20). Die qualitätvolle, sehr lebendige Malerei entstand um 1420. Katharina mit Krone präsentiert die Symbole ihres Martyriums, Rad und Schwert.

Weitere Wandmalereien des 15. Jahrhunderts – z. B. Heilige – gab es in der Reichklara-Kirche, gemalte Epitaphien im Domkreuzgang und Wappenfriese in den Klosterkirchen der Augustiner, Dominikaner und Karmeliter. Bezüge zur Mainzer Wandmalerei weisen neben den erwähnten Darstellungen in Eltville und Jugenheim vor allem die nach dem Krieg entdeckten und in das Landesmuseum Mainz übertragenen Passionsszenen aus der alten Kirche in Bingen-Dietersheim auf (Kat.-Nr. LM 21). Die ausdrucks-

Abb. 2 **Engel mit Leidenswerkzeugen Christi. Um 1405/10. Eltville, Pfarrkirche St. Peter und Paul**

starken Darstellungen überzeugen durch malerische Qualität und Raumwirkung. Zur Zeit der Entstehung sind Mainzer Besitzungen in Dietersheim nachgewiesen.

Eine Hauptaufgabe der Wandmalerei war es, Kirchen und Kapellen in Verbindung mit einer farbigen Fassung der Architektur zu schmücken, die Räume zu dekorieren. Zugleich wurden Inhalte des Glaubens, so das Leben Jesu und die Legenden der Heiligen vermittelt, wobei das Chorprogramm der Karmeliterkirche darüber hinaus ein Beispiel für eine wohl durchdachte theologische Konzeption ist. Die didaktische Funktion der Wandbilder wurde sicher ergänzt durch Erläuterungen im Rahmen von Predigten u.a.

Im 15. Jahrhundert werden zusammenhängende, erzählende Zyklen selten, häufiger sind einzelne Szenen und Heiligendarstellungen, z.T. mit Stifterbildnissen. Wandbilder erfüllen jetzt auch andere Aufgaben und ersetzen gelegentlich – aus Kostengründen – Werke anderer Gattungen wie Tafelmalerei oder Plastik. Dies wird besonders deutlich an zahlreichen – meist nur durch schriftliche Quellen überlieferten – gemalten Grabmälern, etwa im Domkreuzgang.

Im profanen Bereich spielte Wandmalerei ebenfalls eine recht große Rolle, wenngleich die Zeugnisse noch seltener sind. Repräsentativen, offiziellen Charakter hatten die gemalten Darstellungen des Mainzer Wappens auf den Stadttoren, wie sie beispielsweise auf der Stadtansicht des Kirch-Brombacher Altars (Odenwaldkr.) aus dem frühen 16. Jahrhundert oder auf der Stephanus-Tafel im Landesmuseum Mainz (um 1420) zu erkennen sind. Vom Mainzer Kaufhaus auf dem Brand ist das Bild zweier Lastträger durch eine Zeichnung überliefert, die Ludwig Lindenschmit 1812 während des Abbruchs anfertigte. Das Wandbild befand sich an der Außenseite des Gebäudes und war wohl Teil einer umfangreicheren Bilderfolge, welche die Funktionen dieses Kauf- und Lagerhauses illustrierte. Es ist davon auszugehen, dass es im 15. Jahrhundert ebenfalls Ausmalungen und Wandbilder in Mainzer Bürger- und Patrizierhäusern gab, wie dies mehrere Beispiele für das 14. Jahrhundert belegen.

Literaturauswahl

Arens 1961. – Katalog »Mittelalterliche Wandmalerei in Mainz« 1978. – Glatz 1981. – Zipelius 1992/93. – Hess 1999.

LM 20

Hl. Katharina
Mainz, um 1420

Wandmalereifragment aus St. Emmeran in Mainz
Kalksecco-Malerei mit Kasein, auf Hartfaserplatte übertragen
H. 104 cm, B. 63 cm
Bischöfliches Dom- und Diözesanmuseum Mainz, Inv.-Nr. M 5561

In der kriegszerstörten Pfarrkirche St. Emmeran traten in der Sakristei, einer ursprünglich zum Chor hin offenen Kapelle am Ostende des südlichen Seitenschiffs, an verschiedenen Stellen Wandmalereien zutage. Mehrere Wandbilder konnten aus dem 1380/90 eingewölbten Raum geborgen werden, darunter eine Darstellung der hl. Katharina (Restaurator Leonardo Guida).

Die Heilige ist in Dreiviertelansicht wiedergegeben. Über einem hellblauen Untergewand trägt sie einen weißen Mantel. In der linken Hand hält sie ein Rad, durch dessen Nabe sie mit der rechten Hand ein Schwert schiebt. Katharina wurde während ihres Martyriums zunächst gerädert und dann enthauptet. Auf dem Kopf, der von lockigen blonden Haaren gerahmt wird, trägt sie eine große goldene Krone. Dahinter wird ein blauer Nimbus sichtbar.

Bemerkenswert sind die Qualität der Zeichnung und die sichere Strichführung. Dies zeigt sich vor allem in der Darstellung des Faltenwurfs am Obergewand, die an grafische Werke erinnert. Stilistisch gehört das Bild in die Zeit um 1420.

J. G.

Literatur

Arens 1961, S. 216. – Katalog »Mittelalterliche Wandmalerei in Mainz« 1978, S. 24 f. – Glatz 1981, S. 259 f.

LM 21

Scherge aus einer Kreuztragung
Mainz, um 1420/30

Wandmalereifragment aus der alten Kirche in Bingen-Dietersheim
Kalksecco-Malerei mit Kasein, auf Hartfaserplatte übertragen
H. 236 cm, B. 115 cm
Landesmuseum Mainz, Inv.-Nr. 1647

Das Fragment – etwa die Hälfte des ursprünglichen Bildformates – zeigt vor dunklem rotbraunem Hintergrund einen Schergen und Christus, der das Kreuz trägt. Die Gestalt Christi ist jedoch nur umrisshaft zu erkennen. Die Szene wird gerahmt von einer Rundbogenarchitektur. Möglicherweise ist damit das Stadttor von Jerusalem gemeint.

Die gut erhaltene kleine Gestalt des Schergen steht am linken Bildrand, den Blick aufwärts gerichtet zu Christus. In der linken Hand hält er einen Hammer, die rechte umfasst einen Strick, mit dem er Christus hinter sich her zieht. Er ist bekleidet mit einem kurzen, nur bis zu den Oberschenkeln reichenden, grün-weißen Gewand, das vorne geknöpft ist. Die Beine sind durch Beinschienen geschützt; auf dem Kopf trägt er einen helmartigen Judenhut mit Knauf.

Das Wandmalereifragment gehört zu einem Passionszyklus aus der alten Kirche in Bingen-Dietersheim, der nach Kriegsschäden 1945 entdeckt, 1950 abgenommen (Restaurator Stiewi, Aachen) und in das Landesmuseum Mainz verbracht wurde.

Erhalten sind insgesamt zwölf Szenen bzw. Fragmente einer offenbar recht umfangreichen Passionsfolge, darunter seltene Darstellungen wie der Selbstmord des Judas. Die Kreuztragung mit dem Schergen befand sich an der rechten Seite der östlichen Chorwand gegenüber einer Darstellung Christi in der Kelter.

Die Malereien aus Bingen-Dietersheim lassen sich stilistisch in Beziehung setzen zu der Mainzer Verspottung im Landesmuseum Mainz (Kat.-Nr. LM 17) oder dem mittelrheinischen Altar in Utrecht.[1] Man kann davon ausgehen, dass es sich bei den in die Zeit um 1420/30 zu datierenden Malereien um Werke eines Mainzer Künstlers handelt. Bezüge zu Mainz lassen sich auch historisch belegen: Domstift und Liebfrauen hatten in dieser Zeit Besitzungen in Dietersheim.

J. G.

1 Utrecht, Museum Catharijneconvent. Vgl. Zipelius 1992/93.

Literatur
Katalog »Mittelalterliche Wandmalerei in Mainz« 1978, S. 62–65. – Glatz 1978/79. – Glatz 1981, S. 180–183.

LM 22

Wilhelm Ohaus (1828–1884)
Karmeliterkirche, 1880

Aquarell
H. 27,9 cm, B. 20,5 cm
Bez. auf dem Untersatzkarton »Carmeliterkloster jetzt Kaufhaus 1880.«
Landesmuseum Mainz, Graphische Sammlung, Inv.-Nr. GS 1932/15

Als Ohaus die Karmeliterkirche aquarellierte, war sie profaniert und diente als Warenlager, was der Künstler mit der Figurengruppe im Vordergrund und den beschädigten Glasfenstern betonte. Seinen Standort wählte er so, dass er den zweifellos malerischsten Blick auf die Westfassade der gotischen Kirche und das barocke Kloster, die hier einen Hof bilden, festhalten konnte. In Farbgebung und lockerem, fleckenartigem Auftrag ist er nicht mehr als Romantiker zu bezeichnen, und auch thematisch sparte er nicht die Zeichen der Zeit aus. Als Chronist hat er in zahlreichen Aquarellen die architektonischen Wandlungen, aber auch die alten Bauten des Mainzer Stadtbildes überliefert. Die Gegenwart bricht bei ihm mitunter als Alltagsszene, wie in diesem Aquarell, in die idyllischen Winkel der Altstadt ein. Auch seine Palette ist die des Realismus, denn er bevorzugte Mischtöne wie grün, braun und grau. Sicher hatte er Kenntnis von der zeitgenössischen französischen Malerei, denn 1854/55 und nochmals 1862–1868 hielt er sich in Frankreich und Spanien auf. Seine Ausbildung als Architekt mag die thematische Wahl seiner Bilder erklären. Von 1856 bis 1862 übte er seinen Beruf bei der Hessischen Ludwigsbahn aus. Nach 1868 war er als freier Maler und Zeichenlehrer am Mainzer Gymnasium tätig. In seine Spätzeit fallen die Illustrationen zu Conrad Kraus' Buch »Das Eckhaus an der Albanskirche« (1879).
N. Su.

Bodo Buczynski / Moritz Woelk

Beispiele der Tonplastik des 15. Jahrhunderts am Mittelrhein

In der Zeit um 1400 erfreute sich Ton als Material für die Herstellung figürlicher Plastiken im deutschsprachigen Raum einer besonderen Beliebtheit. Zentren der Tonplastik in ihrer Blüte zwischen 1390 und 1450 waren Franken, Bayern, Schwaben und der Mittelrhein. Bevor einige Beispiele des Mittelrheingebietes vorgestellt werden, soll kurz auf die technischen Besonderheiten der Tonplastik eingegangen werden.

Neben den in Hafnerwerkstätten hergestellten Gefäßen reicht die Skala der aus gebranntem Ton hergestellten Produkte von kleinen reliefförmigen Andachtsbildern und Heiligenfigürchen über Schmuckformen der Architektur bis hin zu künstlerisch anspruchsvollen großfigürlichen Bildwerken. Oftmals erhielten sie aufwendige Farbfassungen und standen gleichwertig neben den aus Holz oder Stein skulptierten Figuren. Unbekannt ist, ob Ton bereits im frühen 15. Jahrhundert auch zur Herstellung von Modellen größerer Figuren und Architekturelemente diente, als Teil des künstlerischen Entwurfsprozesses oder zur Präsentation für einen Auftraggeber. In den Brennöfen, deren gelungene Bestückung eine Kunst für sich darstellte, standen manchmal die verschiedensten Tonarbeiten nebeneinander, sodass schon einmal von einem glasierten Gefäß etwas Glasur auf eine figürliche Plastik tropfen konnte, die für eine Bemalung erst nach dem Brand vorgesehen war. Ein solches Beispiel im Depot der Berliner Skulpturensammlung belegt, dass Hafner, Kachelmacher und Tonbildner offenbar zusammenarbeiteten und dieselben Öfen nutzten.

Ton ist eines der billigsten Materialien und bietet vielfältige Möglichkeiten der Verarbeitung. Ähnlich wie »Holz« ist auch »Ton« eine Sammelbezeichnung für ein breites Spektrum an Werkstoffen, von stark verunreinigtem Ziegellehm bis zum reinen Kaolin. Als Ton bezeichnet man in der Natur vorkommende Mineralgemenge, die durch Verwitterungsprozesse aus feldspathaltigem Gestein entstehen. Die Entnahme von Ton erfolgt sowohl aus natürlichen Lagerstätten, wie Flussläufen oder Tälern, als auch aus Gruben, in denen er im Tagebau gewonnen wird. Der Tonbildner ist zur Herstellung seiner Arbeiten auf die Nähe von Tonlagerstätten angewiesen, da ein Transport der frisch gestochenen Erde über weite Strecken aufgrund des hohen Wassergehaltes des Materials extrem aufwendig wäre. Kaolin, eine weiche und feine Tonerde, wie sie für einige der im Folgenden vorgestellten Hauptwerke der mittelrheinischen Tonplastik verwendet wurde, findet sich heute noch bei Geisenheim im Rheingau; in Aulhausen (bei Bingen) sind Töpfereien seit dem 12. Jahrhundert nachweisbar.[1] Das in feuchtem Zustand geförderte Rohmaterial wird gewässert und eingesumpft. Dieser wässrige Tonschlick muss von groben Verunreinigungen, wie Wurzelwerk und Steinbrocken, getrennt und durch ein Sieb gerieben werden. Durch Zusätze und einen Gärungsprozess verbessert sich die Formbarkeit des Materials. Entsprechend seiner Verwendung, z. B. für Ziegelsteine, Töpferwaren, modellierte Plastiken oder Ausformungen aus Modeln, lässt sich der Ton darüber hinaus in seinem Charakter verändern. Zu unterscheiden sind dabei magere und fette Tone. Die mageren enthalten nicht-osmotische Anteile, die entweder schon natürlich vorhanden sind oder später als Magermittel zugesetzt werden, wie Scherbenmehl oder fein gemahlener Quarz. Im Gegensatz zum fetten Ton sind sie weniger leicht formbar, erfahren jedoch beim Trocknen und Brennen einen geringeren Schwund und neigen deshalb weniger zu Rissbildungen. Zum Modellieren eignet sich am besten ein fetter Ton, der besonders plastisch ist.

Nach dem Modellieren wird der Ton zunächst an der Luft getrocknet. Dabei verkleinert sich sein Volumen und der Ton wird fester. Einige Arbeitsschritte, wie bestimmte Bearbeitungen der Oberfläche oder das Applizieren separat geformter Teile, wurden bevorzugt in diesem lederharten Zustand ausgeführt. Durch das Brennen, d. h. Ausglühen, verändert sich die chemische Struktur des Tonmaterials. Hierbei gewinnt es seine witterungsbeständige Härte. Für die Formgebung figürlicher Plastiken kommen hauptsächlich drei Verfahren in Frage, die auch miteinander kombiniert wurden: zum einen das Modellieren eines massiven Tonklumpens, der bei größeren Werkstücken vor dem Brennen mit einer Drahtschlinge ausgehöhlt werden musste, um ein Reißen zu vermeiden, zum anderen das als Hohlkerntechnik bezeichnete freie Aufmodellieren nur der

Wandungen, schließlich die Abformung aus einem Model. Am Mittelrhein entstanden in den drei Jahrzehnten zwischen etwa 1410 und 1440 besonders qualitätvolle figürliche Bildwerke aus Ton, von denen sich eine, verglichen mit anderen Regionen, ungewöhnlich große Zahl bis heute erhalten hat, sodass hier auch Rückschlüsse auf die Arbeitsweise der Werkstätten möglich werden. Im Wesentlichen werden diese Plastiken in der Forschung zwei Meistern zugeordnet: demjenigen der Lorcher Kreuztragung und demjenigen der Madonna von Hallgarten. Einem dritten Atelier wird in der Regel das Altarretabel in Karden an der Mosel zugewiesen. Alle drei scheinen untereinander in Verbindung zu stehen, und manche Werke wurden bezeichnenderweise schon jeder der drei Gruppen zugerechnet. Die Aufteilung der überlieferten Hauptwerke auf nur zwei Meister oder Werkstätten und deren »Umkreis« hat gegenüber der tatsächlich denkbaren Vielzahl von Werkstätten sicherlich Modellcharakter. Dennoch bleibt dieses Modell insofern sinnvoll, als es erlaubt, das stilgeschichtlich ältere künstlerische Konzept der Hallgartener Werkgruppe von dem moderneren des Meisters der Lorcher Kreuztragung abzugrenzen. Es ist dabei durchaus wahrscheinlich, dass die späten Werke der »Hallgartener Gruppe« zeitparallel mit denen der »Lorcher« entstanden sind.[2]

Das namengebende Werk des Meisters der Madonna von Hallgarten ist die um 1415 zu datierende Muttergottesstatue in der kath. Pfarrkirche Mariä Himmelfahrt in Hallgarten (Abb. 1), unterhalb des Zisterzienserklosters Eberbach. In sanft geschwungener Haltung steht sie auf einer nach unten gekehrten, mit einem Gesicht gefüllten Mondsichel, in Anspielung auf die Apokalyptische Frau (Apk 12), die typologisch auf Maria gedeutet wurde. Mit dem linken Arm trägt sie das Kind hoch neben der Brust; es hält in seiner Rechten eine Traube, die ebenso wie das Gefäß in der Hand Mariens eine spätere Ergänzung aus Holz ist und sich daraus erklären dürfte, dass die Madonna seit langem als Patronin der Weinbauern verehrt wird. Durch eine Andeutung des rechten Knies erhält die Marienfigur eine leichte Ponderation. Gegeneinander oder ineinander laufende Bogenformen, von der Mondsichel über die Falten des Kleides bis zu dem vom Kopf über den linken Arm der Maria herabgeführten Schleier, sind mit einem besonderen Sinn für ornamentale Wirkungen zueinander gesetzt. Der schönlinige, ungebrochene Fluss der die Figur

Abb. 1 **Muttergottes in Hallgarten (links) und Muttergottes aus Kloster Eberbach (rechts). Mittelrhein, um 1415. Hallgarten, Pfarrkirche Mariä Himmelfahrt und Paris, Musée du Louvre**

umhüllenden Gewandstoffe und die Stilisierung von Gesicht und Haar der Muttergottes entsprechen einem zeittypischen Schönheitsideal, doch die besondere Art, wie hier die hinterschnitten gearbeitete Manteldraperie den durch die Gürtung des Kleides betonten Leib plastisch hervortreten lässt, ist ein Charakteristikum der mittelrheinischen Tonplastik, und dort besonders des Meisters der Madonna von Hallgarten. Die – Wolfgang Beeh zufolge – möglicherweise auf ein älteres Gnadenbild zurückzuführende Wahl eines Madonnentyps, bei dem der Mantel nicht diagonal vor dem Leib geführt wird, sondern sich öffnet, kommt dieser sinnlichen Gestaltungsweise entgegen. Sie prägt aber auch andere dem Hallgartener Meister zugeschriebene Werke, so die Figuren der hll. Katharina (Kat.-Nr. LM 23) und Barbara in Bingen und drei aus dersel-

Abb. 2 **Rückseite der Muttergottes in Hallgarten (links) und der Muttergottes aus Kloster Eberbach (rechts). Wie Abb. 1**

ben Bingener Kirche stammende kleinere Figuren, einen Propheten und zwei Engel, im Hessischen Landesmuseum Darmstadt. Im Unterschied zu vielen anderen Madonnen des so genannten Internationalen Stils setzt der Meister der Madonna von Hallgarten die Gewandstoffe reichlich, aber nicht überbordend ein, sodass es immer ein Gleichgewicht zwischen der Körperlichkeit der Figur und den sie verhüllenden Gewandmotiven gibt. Das volle runde Gesicht der Madonna mit weit auseinander stehenden Augen und spitzem Kinn sowie auch die Kombination ornamentaler Stilisierung und sinnlicher Vergegenwärtigung finden eine Parallele in den heiligen Frauen des Altarretabels aus Ortenberg in der Wetterau, einem Tafelgemälde im Hessischen Landesmuseum Darmstadt; auch Verwandtschaften mit dem Grabdenkmal der Anna von Dalberg in der Oppenheimer Katharinenkirche wurden in der Literatur zu Recht hervorgehoben. Die Werke des Hallgartener Meisters sind somit recht gut mit anderen Werken der Region, zu denen auch das Memorienportal des Mainzer Domes zählt, in Beziehung zu setzen.

Plastisch gerundete Formen und weich fallende Gewandstoffe mit größeren glatten Flächen ließen sich in Ton besonders leicht herstellen. Auf seine Weise entsprach der Ton dem Zeitstil auf ähnliche Weise wie der sehr feinkörnige Stein, der für die Schönen Madonnen östlicher Herkunft typisch ist, oder der Alabaster, wie er etwa in den Niederlanden vom Meister des Rimini-Altares verwendet wurde. Feinheiten der Oberflächengestaltung wurden bei Holzbildwerken oft erst im Zuge der farbigen Fassung erzielt, beispielsweise durch einen glättenden Kreidegrund, aus dem Details, wie etwa Haare, herausgeschnitten werden konnten. Der Ton erlaubte dies bereits an der Trägersubstanz einer Figur mit höchster Präzision, weshalb die Bemalung sich – wie im Fall der Darmstädter Figuren des Meisters der Madonna von Hallgarten oder auch der Lorcher Kreuztragung in Berlin – auf eine vergleichsweise dünne Schicht beschränken konnte. Außerdem bietet Ton die Möglichkeit, mit Abformungen zu arbeiten und dadurch entweder Details oder auch ganze Figuren in zeitsparender Weise und in genauer Form zu wiederholen.

Die Madonna von Hallgarten hat eine kleinere »Schwester«, eine heute im Louvre aufbewahrte Madonna (Abb. 1), von der Wilhelm Vöge 1908 anlässlich der Publikation einer weiteren, damals für die Berliner Museen erworbenen und im Zweiten Weltkrieg verschollenen Madonna aus Dromersheim bei Bingen erkannte, dass die Louvre-Madonna nicht – wie zuvor vermutet – aus dem Elsass, sondern vom Mittelrhein stammt, und zwar nach der durch den Kunsthandel überlieferten Angabe eines Vorbesitzers aus Kloster Eberbach. Bis auf wenige Details, etwa in der Arm- und Kopfhaltung des Kindes, stimmen die beiden Figuren miteinander überein. Für die Pariser Figur ist seit einer 1991 vorgenommenen technologischen Untersuchung durch Marta Rembiesa-Darowska gesichert, dass es sich um die Abformung aus einem Model handelt; nur die hinterschnitten gearbeiteten Teile wurden, teilweise frei modelliert, vor dem Brennen an die Figur angesetzt.

Eine für diesen Beitrag vorgenommene technologische Untersuchung der Hallgartener Madonna kann nun erweisen, dass es sich bei ihr nicht um eine Abformung, sondern um eine in der Hohltechnik modellierte Figur handelt. Der Tonbildner fertigte sie vor sich liegend in einer Wandstärke von 2,5 bis 4 cm auf einer horizontalen Unterlage. An der Rückseite (Abb. 2) hat sich deutlich die Holzmaserung der Brettunterlage abgezeichnet. Im Rückenbereich befindet sich eine rechteckige Öffnung, die einer Befestigungsvorrichtung diente. Teilweise sind auch vorgefertigte Gewandmotive und Körperteile an die liegende Figur anmodelliert worden. Um ein Einstürzen der verschiedenen Teile zu verhindern, befinden sich im Inneren der Figur Tonstützen. Zur weiteren Ausarbeitung stellte der Meister die Figur mit Hilfe einer Stützkonstruktion senkrecht und modellierte sie fertig. Das kleine Jesuskind ist separat zunächst aus einem massiven Tonklumpen gearbeitet und anschließend von innen ausgehöhlt worden. In der Rückseite befindet sich eine kleine Öffnung, die für den Brand nötig war und gleichzeitig zur Befestigung am Oberkörper der Maria diente. Das heutige farbige Erscheinungsbild ist bestimmt durch eine um 1930 erneuerte Fassung. Lediglich im Inkarnat der Maria kann aufgrund einer Freilegung die Qualität der einstigen Originalfassung erahnt werden.

Dass es sich bei der Eberbacher Madonna in Paris um eine Abformung von der bereits gebrannten Figur in Hallgarten handelt, kann aus den Maßen geschlossen werden. Wegen der bei der Pariser Figur abgebrochenen Kronenzacken ist dabei nicht ein Vergleich der Gesamthöhe entscheidend, sondern das Maß vom Boden bis zum Stirnansatz. Es beträgt in Hallgarten 103,5 cm, in Paris 95 cm. Der Maßunterschied erklärt sich durch den bei dem verwendeten fetten Ton, einem weißen Kaolin, beim Brand zu erwartenden Schwund von 5 bis 8 Prozent.

Der Tonbildner fertigte von der Hallgartener Figur eine Hauptform mit mehreren Teilformen an, um aus diesen die Wiederholung zu erstellen. So bildete die gesamte Vorderseite der Figur ohne das Kind und den Mantelwurf über dem rechten Arm eine Form. Eine weitere erstellte er für das Kind mit Marias linker Hand und dem Mantelzipfel. Auch die Krone, deren Zacken heute fehlen, wurde im Ganzen aus einer Form entnommen. Im Unterschied zur Hallgartener Madonna ist die Rückseite der Eberbacherin offen (Abb. 2). Dies erklärt sich durch das Eindrücken des lederharten Tons in die Form. Noch vor dem Brand wurden das Kind und der Faltenwurf des Mantels angefügt. Dabei waren leichte Veränderungen im noch formbaren Ton möglich; so hebt in Paris das Kind den rechten Arm zum Segensgestus und hat den Kopf dem Betrachter zugewandt. Noch bzw. wieder im 19. und 20. Jahrhundert wurden Kopien der Hallgartener Madonna angefertigt, zunächst aus Holz und dann auch in gebranntem Ton. Die Untersuchungen der Pariser Figur ergaben, dass es sich um ein mittelalterliches Werk handelt.[3]

Vielleicht durch Zufall der Überlieferung sind es hauptsächlich stehende Einzelfiguren oder solchen zugeordnete kleinere Begleitfiguren, die man dem Meister der Madonna von Hallgarten zuschreiben kann. Neben der schon erwähnten Madonna aus Dromersheim, ehemals in Berlin, zählen dazu die beiden Statuen der hll. Katharina und Barbara in Bingen (Kat.-Nr. LM 23) und, ebenfalls aus Bingen stammend, zwei kleinere Engel und ein Prophet im Hessischen Landesmuseum Darmstadt. Bei diesen handelt es sich durchweg um in der Hohltechnik frei aufmodellierte Figuren; wie auch bei der Hallgartener Madonna wurden dabei einzelne Teile, wie etwa die Köpfe, separat gefertigt und vor dem Brand an der Figur befestigt. In einem Fall, bei den schneckenförmigen Haarlocken der Darmstädter Engel, wurden dazu auch Model verwendet.[4]

Im Unterschied dazu handelt es sich bei den Werken, die dem Meister der Lorcher Kreuztragung zugeschrieben werden, überwiegend um mehrschichtig angelegte, erzählerische Reliefs oder Figurengruppen, in denen es zu vielfältiger Interaktion kommt. Die meisten erhaltenen Werke dieses Meisters sind Passionsdarstellungen gewidmet und verbinden damit den typenhaft stilisierten, aber dennoch differenzierten Ausdruck von Emotionen. Ein Unterschied zum Meister der Madonna von Hallgarten besteht in den weniger puppenhaft wirkenden, natürlicheren Körperhaltungen seiner auf den Ausdruck von Affekten angelegten Figuren. Sowohl im Ganzen der Figurenkompositionen als auch in der Durchbildung der Einzelfiguren zeichnet sich der Meister der Lorcher Kreuztragung durch fein nuancierte Übergänge, vermittelnde Formen und eine besonders weiche Oberflächengestaltung aus.

Die für ihn namengebende Gruppe (Abb. 3) aus ursprünglich wohl 21 in drei Reihen z. T. dicht hintereinander stehenden Figuren, zu denen außerdem noch eine Stifterfigur gehörte, die ebenso wie der kreuztragende Christus

Abb. 3 **Lorcher Kreuztragung. Mittelrhein, um 1430/35. Staatliche Museen zu Berlin – Preußischer Kulturbesitz, Skulpturensammlung**

und die zwei Schächer nach dem Zweiten Weltkrieg verloren ging, gelangte von der Martinskirche in Lorch am Rhein über Privatsammlungen in die Skulpturensammlung der Staatlichen Museen zu Berlin, Preußischer Kulturbesitz. Sie wird dort in einer Rekonstruktion der ursprünglichen Aufstellung präsentiert, welche die am Mittelrhein innovative Komposition erfahrbar werden lässt. Der langsam nach rechts schreitende Figurenzug wird an bestimmten Punkten dadurch akzentuiert, dass sich von anderen Figuren nicht verdeckte Motive besonders hervorheben. An der Spitze waren es die nackten Schächer; darauf folgte, durch das Kreuz alle anderen nach vorne und hinten auf Distanz haltend, Christus, dem Betrachter zugewandt. Am hinteren Ende des langen Kreuzbalkens begegnen sich zwei Bewegungsrichtungen. Simon von Kyrene, beim Tragen des Kreuzes helfend, ist nach vorne gewandt, ein Soldat in aggressiver Haltung und ein ihn mäßigend haltender Begleiter lenken, in der Figurenfolge eine Zäsur bildend, den Blick zurück auf die den Zug abschließende Gruppe der still trauernden Frauen. Diese wird angeführt von Maria, der Mutter Jesu, die von einer der in der Passionsgeschichte erwähnten Marien und von Johannes Ev. gestützt wird, und abgeschlossen durch das Schweißtuch der Veronika, das dem das Geschehen kontemplierenden Betrachter noch einmal das Antlitz des Erlösers vor Augen führt. Anders als die Werke des Meisters der Madonna von Hallgarten ist diese Figurenkomposition nicht allein aus dem mittelrheinischen Kontext zu verstehen, sondern setzt Anregungen aus Burgund oder Paris voraus.

Einige der Werkstücke, aus denen sich das Relief zusammensetzt, umfassen mehrere Figuren, andere nur eine. Die bereits publizierte technologische Untersuchung konnte zeigen, dass die Werkstücke, ähnlich wie die Hallgartener Madonna, zunächst auf einem Brett liegend modelliert wurden, wie an den Abdrücken der Holzmaserung, z.B. auf der Rückseite des die trauernden Frauen umfassenden Stückes, zu erkennen ist. Für die weitere Bearbeitung wurden die Figuren aufgestellt, Spuren der dazu erforderlichen Stütze sind noch zu erkennen. Manche Teile wurden separat modelliert und danach mit den Figuren verbunden. Dazu zählen Köpfe, Hände, manche Gewandpartien oder die frei stehenden Beine und Standflächen der männlichen Figuren. Die Gesichter der Figuren wurden zunächst aus Modeln abgeformt und dann durch Nachmodellieren und durch die verschiedenen Kopfbedeckungen variiert. Ebenfalls aus Modeln wurden einige Teile der Kostüme geformt, so beispielsweise die aus 5,4 × 5,4 cm großen und etwa 4 mm dicken Stücken zusammengesetzten Kettenhemden der Soldaten. Die Werkstatt verfügte offenbar über einen Vorrat solcher Model, die es erlaubten, schnell Detailformen mit großer Feinheit herzustellen. So hat Sofie Bauer beobachtet, dass ein und dieselbe Mantelschließe an drei Werken der Werkstatt nachzuweisen ist, nämlich am Tondoerffer-Epitaph in der Nürnberger Lorenzkirche, an einem Retabel mit dem Tod Mariens in Kronberg im Taunus und an einem kleinen Verkündigungsaltärchen im Kölner Diözesanmuseum. Auch für Maßwerkrahmungen und andere Zierformen konnten solche Wiederholungen nachgewiesen werden.[5]

Wo die Werkstätten ihren Sitz hatten, kann nur gemutmaßt werden. Die heute bekannten ursprünglichen Standorte von Werken des Meisters der Madonna von Hallgarten, des Meisters der Lorcher Kreuztragung und ihres unmittelbaren Umkreises sind, abgesehen vom Tondoerffer-Epitaph, rund um den Rheingau verteilt: Bingen, Lorch am Rhein, Dernbach im Westerwald, Kronberg im Taunus und Karden an der Mosel.

Eine ursprüngliche Bestimmung für Mainz ist für zwei Werke der Tonplastik aus der Mitte des 15. Jahrhunderts gesichert, beide befinden sich im Dom. Nur kurz erwähnt sei hier das größere der beiden, ein figurenreiches Ölbergrelief, das sich noch in seinem gotischen Gehäuse befindet, einem ursprünglich mit beweglichen Flügeln versehenen Steintabernakel. Im 17. Jahrhundert wurde es durch einen Aufsatz zum Epitaph des Domherrn Wennemar von Bodelschwingh umgestaltet.[6] Das Relief ist aus mindestens 12 Teilen zusammengesetzt; darüber hinaus stellten Rudolf Kautzsch und Ernst Neeb im Dominventar umfangreiche Ergänzungen fest, darunter zahlreiche der Köpfe. Einer stilgeschichtlichen Beurteilung dieses der Nachfolge des Meisters der Lorcher Kreuztragung zugeordneten und um 1440–1460 datierten Reliefs müsste eine technologische Untersuchung vorausgehen, die den exakten Umfang der Ergänzungen feststellt.

Von hoher Qualität ist das zweite Mainzer Beispiel, die Umrahmung des Epitaphs des Mainzer Domherrn und Propstes an St. Martin in Bingen, Theoderich von Knebel († 1457), an der Westwand des Nordquerhauses (Abb. 4). Seit dem Versatz eines Treppenturms vom damals abgebrochenen Lettner des 13. Jahrhunderts an die barocke Chorbühne 1682 ist nur noch ein Teil der Rahmung zu sehen, die sich auf einem steinernen Sockel erhebt, der mit Lanzettbögen und einer umlaufenden Inschrift versehen ist. Bis in das 19. Jahrhundert war auch noch ein Kruzifixus erhalten und zu dessen Füßen kniend der Domherr; Kautzsch und Neeb vermuteten anhand von Befestigungsspuren, dass es sich dabei um ein Relief aus gebranntem Ton gehandelt haben dürfte. Zum Bildfeld schließt die Rahmung mit einem Rundstab, um den sich von innen kommend die Stengel der Ranke winden, die sich dann auf der Stirnseite des Rahmens ausbreiten. Schwungvoll bewegte fünflappige Blätter drehen sich mit dem Wuchs der Ranke und werden durch kleinere Blüten und Früchte bereichert. Oben und unten sind auf der senkrechten Rahmenleiste zwei heute erloschene Wappenfelder angebracht. Die 17 cm hohen und 14 cm breiten Teile der Rahmung sind aus Modeln abgeformt; nach der Entnahme aus der Form hat der Tonbildner die vegetabilen Formen mit einem scharfen Werkzeug hinterschnitten und so ihre Plastizität gesteigert; dabei konnten auch die Blätter noch etwas gedreht werden. In ihrem lockeren Duktus unterscheidet sich die Ranke deutlich von den strengen Maßwerkformen des Sockels, weshalb es unwahrscheinlich ist, dass dem Sockel und der darauf stehenden Rahmung, auch wenn sie zeitgleich entstanden, ein einheitlicher Entwurf zugrunde lag. Der Auftrag scheint an zwei jeweils auf ihre Technik spezialisierte Meister gegangen zu

Abb. 4 **Blattranke vom Epitaph Theoderichs von Knebel († 1457). Mainz, Dom**

sein. An den im Mainzer Dom so einprägsamen Grabdenkmälern der Erzbischöfe finden sich für einen vegetabilen Fries dieser Art keine Vorbilder. Allerdings gab es mit Laubwerk geschmückte Friese am Lettner des 13. Jahrhunderts, die als Anregung in Frage kämen; Fragmente davon haben sich im Bischöflichen Dom- und Diözesanmuseum Mainz erhalten. Eine motivisch ähnliche Laubstabranke umfasst die auch mit Wappen versehene Darstellung des hl. Martin auf einem Metallschnitt in der »Agenda Moguntinensis« von 1480 (Kat.-Nr. LM 42).[7] Aus dem Gebiet der Tonplastik und in größerer stilistischer Nähe könnte man auf die ebenfalls durch weiträumig gesetzte, große Blätter geprägten Ranken am Altarretabel in Karden an der Mosel sowie am Epitaph des Prinzen Heinrich von Sachsen († 1437) in der evangelischen Stadtkirche in Weikersheim an der Tauber verweisen, die beide dem Umkreis der Werkstatt des Meisters der Madonna von Hallgarten zuzurechnen sind. Auch für diese Ranken wurden Modeln verwendet.[8]

Die vielfältige Verwendung von Modeln in der Tonplastik des frühen 15. Jahrhunderts am Mittelrhein lässt noch nicht auf eine Bildvervielfältigung schließen, wie sie seit der Mitte des 15. Jahrhunderts durch die Druckgrafik und die dann tatsächlich auch auf größere Stückzahlen zielende Herstellung von Devotionalien aus gebranntem Ton gegeben ist. Auch in anderen künstlerischen Techniken hat man schon früh eine Rationalisierung durch die Verwendung von Schablonen gesucht, beispielsweise schon in der Freskomalerei des 13. Jahrhunderts.[9] Der Einzigartigkeit der aus diesem intelligenten Schaffensprozess hervorgegangenen Werke tut dies keinen Abbruch.

1 Dietz 1995.

2 Literaturauswahl zur Tonplastik am Mittelrhein: Vöge 1908; Back 1910; Rauch 1910; Rauch 1914; Klingelschmitt 1916; Katalog »Alte Kunst am Mittelrhein« 1927; Wilm 1929; Schädler 1954; Ehresmann 1968 (I); Bloch 1973; Katalog »Kunst um 1400 am Mittelrhein« 1975; Bauer 1988; Hermes 1995–1997. Für eine detaillierte Forschungsübersicht s. Woelk 1999, S. 190 ff.

3 Zu herzlichem Dank für ihre bereitwillige Unterstützung sind wir den Herren Wolfgang Riedel und Diakon Weser in Hallgarten verpflichtet. Die Hallgartener Madonna besteht aus weißgebranntem Ton. H. mit Krone: 113,5 cm; H. bis Stirnansatz: 103,5 cm, B. 41,5 cm, T. 27 cm. Ergänzungen: rechte Hand und Gefäß in Holz, hintere Kronenzacken in Gips, Weintraube mit rechter Hand des Kindes sowie linker Unterarm des Kindes. – Literaturauswahl zu den Madonnen in Hallgarten und Paris, ergänzend zu der in Anm. 2 aufgeführten: Hattemer 1939; Katalog »Sculptures allemandes« 1991, S. 64; Rembiesa-Darowska 1993.
Zwei Kopien der Hallgartener Figur aus Holz fertigte im späten 19. Jahrhundert der Bildhauer Kaspar Weis im Auftrag des Frankfurter Stadtpfarrers Ernst Franz August Münzenberger, eine davon befindet sich in der St. Leonhardskirche in Frankfurt a. M. Hierzu s. Roßkopf 1998, S. 138 ff. Zu Münzenberger vgl. Weerth 1993. Eine Tonabformung nahm 1927 anlässlich der Ausstellung »Alte Kunst am Mittelrhein« im Darmstädter Landesmuseum der Bildhauer Adam Winter vor. Ein solches Exemplar befindet sich in der Skulpturensammlung der Staatlichen Museen zu Berlin, Preußischer Kulturbesitz. H. mit abgebrochener Krone: 101 cm; bis zum Stirnansatz: 98,5 cm, B. 39 cm, T. 25 cm. Es trägt die vor dem Brennen in den Ton eingeritzte Beschriftung »Nachbildung der berühmten Schröter-Muttergottes aus Hallgarten im Rheingau. Ausformung der 1927 von der original genommenen Form im Jahre 1928. Adam Winter, akademischer Bildhauer, Werkstätten für Holz, Stein und Keramik in Gerolsheim am Rhein«.

4 Zu den Figuren in Darmstadt s. Woelk 1999, S. 188 ff., Nr. 30 f.

5 Zur Lorcher Kreuztragung s. ergänzend zu der in Anm. 2 genannten Literatur: Krohm 1991; Buczynski 1993.

6 Kautzsch/Neeb 1919, Textbd., S. 288 f., Tafelbd., Taf. 57a; Metz 1927, S. 61; Arens 1958, S. 284 f., Nr. 547.

7 Den freundlichen Hinweis auf die Inkunabel verdanken wir Herrn Dr. Peter Schmidt, Frankfurt a. M.

8 Das hochrechteckige gerahmte Feld, soweit noch freiliegend, misst 214 × 90 cm. Zu der Terracottarahmung s. Kautzsch/Neeb 1919, Textbd., S. 250 f., Tafelbd., Taf. 48b; Metz 1927, S. 61, Abb. 37; Arens 1958, S. 96, Nr. 153. Zu den Blattfriesen des 13. Jahrhunderts s. Peschlow-Kondermann 1972, S. 64, Abb. 145 f.; vgl. dort auch zum späteren Einbau des den Rahmen heute beschneidenden Treppenturms S. 67 f., Abb. 155. Zum Kardener Retabel und dem Epitaph in Weikersheim vgl. Hermes 1995–1997, bes. S. 221 f., Abb. 1, 12, 28.

9 Vgl. Zanardi 1999.

LM 23

Meister der Madonna von Hallgarten
Hl. Katharina
Mittelrhein, um 1410–1420

Fetter, rötlich gelber gebrannter Ton
H. 127 cm, B. 45 cm, T. 27 cm
Bingen

Heute in einem neugotischen Retabel aufgestellt, gehörte die Statue der hl. Katharina, wie aus ihrer geschwungenen, leicht zu ihrer Rechten hin gewandten Haltung ersichtlich ist, ursprünglich zu einem Retabel, in dem sie zusammen mit der ebenfalls noch in Bingen erhaltenen Figur der hl. Barbara eine Mittelgruppe flankierte. Drei weitere, kleinere Figuren, das Fragment eines Propheten und zwei schwebende Engel, ebenfalls aus gebranntem Ton und etwa zeitgleich in derselben Werkstatt entstanden, gelangten in das Hessische Landesmuseum Darmstadt. Ob alle fünf Figuren aus einem Retabel stammen oder ob sie möglicherweise zu zwei unmittelbar nacheinander hergestellten Retabeln gehörten, weiß man nicht. Dass Katharina und Barbara eine Kreuzigung flankierten, wie vorgeschlagen wurde, ist eher unwahrscheinlich, da diese beiden Heiligen üblicherweise Maria mit dem Kind zugeordnet wurden.

Stilistisch und technisch sind die symmetrisch aufeinander bezogenen Figuren der im Einführungstext beschriebenen Madonna aus Hallgarten eng verwandt. Während bei Barbara der Mantel auf ähnliche Weise geöffnet ist wie bei der Hallgartener Madonna, ist der der Katharina diagonal vor dem Körper herumgeführt. Der obere Saum dieser Manteldraperie verbindet kompositionell ihre linke, auf das Schwert gestützte Hand mit der rechten, die ein aufgeschlagenes Buch hält; der untere Saum führt in einem zum oberen parallelen Bogen vom linken Fuß zu einer prachtvollen Faltenkaskade, die von der rechten Hand aus herabfällt. Diese durch tiefe Unterschneidungen aufgelockerte Gewandfülle ist kombiniert mit anderen Motiven, die die Körperlichkeit der Heiligen betonen und ihr Standmotiv klären: die Andeutung des linken Beines, die betonte Gürtung des Kleides sowie der um die Schultern und den linken Arm sich spannende Mantelstoff. Naturalistische Elemente finden sich in modischen Details, während die Körperhaltung in ihrem betonten S-Schwung mit leicht abgewinkeltem Kopf eher artifiziell wirkt.

Rad und Schwert, die auf Katharinas Martyrium bezogenen Attribute, sind moderne Ergänzungen, wohl entsprechend dem verlorenen Original. Beide Figuren wurden in der Hohltechnikweise liegend auf einem Brett dreiviertelrund aus einem fetten gelblich rötlichen Ton modelliert. Ihre Rückseiten sind flach, lediglich im oberen Drittel, im Schulterbereich und am Kopf, wurden sie vollplastisch ausgeführt. Um vom Inneren her beim Modellieren einen nötigen Gegendruck erzeugen zu können, ermöglichten Öffnungen in Rückenhöhe den Zugang während der Arbeit.[1] Exponierte Bereiche wie Arme und große Faltenstege, aber auch der Turm der hl. Barbara sind massiv modelliert. Die Köpfe beider Figuren schuf der Tonbildner separat und höhlte sie vor dem Aufsetzen auf den Körper mit einer Drahtschlinge aus. Deutlich sind die Ansätze im Inneren der Figuren erkennbar. Die gewellten Haarlocken wurden vorgefertigt, in 4 mm breiten Streifen appliziert und anschließend mit dem Modellierwerkzeug nachgearbeitet. Die reich gestaltete Krone der hl. Katharina ist in einem Arbeitsvorgang vollrund mit umlaufenden Zacken modelliert. Die in Gips ergänzte Krone Barbaras ist eine jüngere Abformung der Krone Katharinas. Mit dem sehr dichten und fetten Ton gelang es, eine äußerst glatte Oberfläche zu erzielen, die für den Fassungsaufbau wichtig war. Der Gürtel der hl. Katharina ist mit kleinen Rosetten, die Metallknöpfe imitieren, bestückt, am herabhängenden Teil des Gürtelbandes motivisch variiert. Diese Knöpfe sind aus einem Model entnommen und appliziert. Die Seiten des Buches wurden in den lederharten Ton eingeschnitten. Nach Hubert Wilm zeigten beide Figuren 1927 eine entfremdende neuere Bemalung. Das heutige farbige Erscheinungsbild gibt wahrscheinlich in großen Teilen eine originale Fassung wieder.

B. Bu./M. W.

1 An der Rückseite jeder der Figuren befindet sich im Schulterbereich ein Loch. Vor dem Brennen wurde dieses bei der hl. Katharina zu einem rechteckigen Loch von 8 × 12 cm und bei der hl. Barbara zu einer runden Öffnung von 13 cm Durchmesser verkleinert. Die Wandstärke des Tons beträgt 2,5 bis 4 cm.

Literatur
Wilm 1929, S. 65. – Rauch 1934, S. 76 f., 91, Abb. 54, 67 f. – Ehresmann 1968 (I), S. 280 ff. – Katalog »Kunst um 1400 am Mittelrhein« 1975, S. 154 (Wolfgang Beeh). – Woelk 1999, S. 188.

LM 24

Meister der Lorcher Kreuztragung
Kopf eines Joseph von Arimathia
Mittelrhein, um 1430

Fetter, rötlich gelber gebrannter Ton
H. 27 cm, B. 29 cm, T. 20 cm
Hessisches Landesmuseum Darmstadt, Inv.-Nr. Pl 27:04

Provenienz: Erworben 1927 von der Kunsthandlung David Reiling, Mainz.

Die Büste eines bärtigen älteren Mannes gehörte zu einer vermutlich etwa 120 cm großen Figur des Joseph von Arimathia in einer Figurengruppe der Beweinung Christi. Der Mann trägt einen kapuzenförmigen Schulterüberwurf, eine Gugel, und blickte seitlich auf den toten Christus herab. Seit dem Erwerb gilt der Kopf unumstritten als ein spätes Werk des Meisters der Lorcher Kreuztragung, der im Einführungstext vorgestellt wurde. Ein motivisch ver-

wandtes, stilistisch etwas früheres und im Format deutlich kleineres Werk ist die Beweinungsgruppe aus Dernbach im Diözesanmuseum Limburg.
Die Kombination ornamental stilisierender und naturalistischer Elemente ist typisch für die Plastik des frühen 15. Jahrhunderts. Für den Lorcher Meister charakteristisch ist es, dass sich die an der Natur beobachteten Elemente nicht auf das Eintragen stoffbeschreibender Details beschränken, wie etwa die von den Schläfen ausgehenden Adern, der Ansatz der feinen Haare oder die Hautfalten auf der Stirn. Das Naturstudium prägt vielmehr auch die prägnante Erfassung des Schädels als plastische Form: Mundpartie, Nase, Wangenknochen und Augenbrauen bilden einen festen Zusammenhang mit Stirn und Schädelkalotte. Das Gesicht ist derart in das Ganze des Kopfes eingebunden, dass sich Einzelmotive, wie z. B. die Augen oder Teile der Frisur, nicht isolieren. Zu den stilisierenden Elementen, in welchen der Kopf noch dem Internationalen Stil um 1400 verpflichtet ist, zählt der gleichmäßig ausgebreitete Bart, dessen gewellte Strähnen in einem Kreis außerordentlich feiner Haarspitzen enden, die durch Schneckenlöckchen rhythmisiert werden. Auch die verhaltene Neigung des zierlichen Kopfes und die stark abfallende, gerundete Schulterlinie entsprechen diesem zeittypischen Ideal.
Auch dieser Kopf ist in der Hohlkerntechnik aufgebaut. Deutlich ist im Inneren der Modelliervorgang durch Abdrücke der Finger und die Zuhilfenahme einer Modellierschlinge nachzuvollziehen. Am linken Ohr sind die Bearbeitungsspuren eines kleinen Flacheisens verblieben. Das wellige Barthaar ist in seiner Grundform vorgeformt. Die einzelnen Strähnen erhielten mit einem Zahnkamm ihre endgültige Form. Unterschiedlich beurteilt wird das Zustandekommen des heutigen, an eine nachmittelalterliche Büste erinnernden unteren Abschlusses. In jedem Fall muss irgendwann die Ganzfigur beschädigt worden sein. Um die Büste zu erhalten, wurden danach die Reste der Figur abgearbeitet, was aus den Spuren am unteren Rand hervorgeht. Während im Darmstädter Bestandskatalog diese Abarbeitung auf Versatzmörtel bezogen wurde, mit denen die separat gebrannte Büste auf den Körper der Figur aufgesetzt worden sei, spricht ein Vergleich mit den großen, in einem Stück gebrannten Tonfiguren des Hallgartener Meisters doch dafür, dass die Figur bereits vor dem Brennen im Ganzen modelliert wurde. Somit wäre die Büstenform erst bei der Abarbeitung nach einer Beschädigung zustande gekommen.
B. Bu./M. W.

Literatur
Back 1926/27, S. 188. – Wilm 1929, S. 62. – Schädler 1954, S. 87 f. – Katalog »Kunst um 1400 am Mittelrhein« 1975, S. 160, Nr. 86 (Wolfgang Beeh). – Woelk 1999, S. 202 ff. (mit weiteren Literaturangaben).

LM 25

Verzückung der hl. Maria Magdalena Mittelrhein, um 1460

Heller Ton
Dm. 14 cm, T. 1,1 cm
Landesmuseum Mainz, Inv.-Nr. 07/20

Zustand: Die rechte Hälfte des Models ist weggebrochen.

Provenienz: Im ehemaligen Hahner Hof in Mainz gefunden und dem Museum von Herrn Dubois de Luchet am 11. Juni 1907 geschenkt.[1]

Das Motiv des Models ist nach der Vorlage eines Kupferstichs des Meisters E. S. entstanden (L. 169).[2] Zu sehen ist die im Spätmittelalter beliebte Szene der Verzückung der hl. Maria Magdalena. Die Heilige, deren Name in gotischen Minuskeln auf dem Nimbus zu lesen ist, befand sich im Zentrum des ursprünglich runden Models. Ihr unbekleideter Körper wird nur durch ihr langes Haar verhüllt. Engel heben Magdalena empor, die nach den Ausführungen der »Legenda aurea« des Jacobus de Voragine zu den täglichen Gebetsstunden von Engeln in die Lüfte getragen wurde, um den Gesang der himmlischen Heerscharen zu hören. Gespeist durch diese göttliche Kost bedurfte sie keinerlei irdischer Nahrung.[3]

Die zarten Himmelswesen sind in lange, stoffreiche Gewänder gehüllt oder nur mit einem Mantel bekleidet, unter dem ihr gefiederter Körper sichtbar ist. Der Hintergrund des flachen Reliefs ist mit Blumen, Gräsern, laublosem Buschwerk und Vögeln gegliedert, die die Wildnis charakterisieren, in der Magdalena mehr als 30 Jahre als Eremitin gelebt haben soll. Abgeschlossen wird die Szenerie durch einen einfachen Rahmen mit Profil- und Punktlinie.

Die Stichvorlage des Meisters E. S. diente nicht nur als Anregung für den Modelschneider, sondern wurde bis ins Detail kopiert. Unterschiede z. B. in der Physiognomie der Gesichter von Magdalena und den Engeln, in Körperbewegung oder -proportionen, sind als persönliche Handschrift des Künstlers oder mit der Umsetzung in ein dreidimensionales Medium zu erklären und zeigen keine eigenständige Weiterentwicklung der Bildvorlage. Der in minutiöser Zeichnung ausgearbeitete Model, der in seiner Qualität dem Siegelschnitt vergleichbar ist, wurde vermutlich für die Produktion von feinen Backwaren hergestellt. Mittels der Tonmodel wurden aber ebenso Schmuckformen auf Glocken oder Spanschachteln appliziert. Die mitunter viele Jahrzehnte im Gebrauch befindlichen Model sind seit dem 16. Jahrhundert auch oft auf den nun reich verzierten Tonwaren vermögender Haushalte zu finden.

Das Landesmuseum Mainz besitzt mit dem Model der Verzückung der hl. Maria Magdalena ein schönes Beispiel für die Produktionspraxis einer im 15. Jahrhundert anscheinend besonders im Mittelrheingebiet gepflegten Kunstgattung,[4] die sicher in vielen Fällen Stichvorlagen – auch aus weiter entfernten Kunstregionen – als Vorlage für Bildmotive nutzte und so beliebte Motive und Darstellungsformen als »Massenware« herstellte.

A. A.

1 Vgl. Lindenschmit 1910, S. 72.
2 Vgl. Staatliche Museen zu Berlin – Preußischer Kulturbesitz, Kupferstichkabinett, Inv.-Nr. 393-1. Die Modelabformung gibt die Szene, im Vergleich zur Stichvorlage, spiegelbildlich wieder.
3 Benz 1925, Bd. 1, Sp. 622 f.
4 In dem 1971 von Fritz V. Arens aufgestellten »Verzeichnis der Model in mittelrheinischen Museen« stellte der Autor fest, dass »die Verbreitung der gotischen Tonmodel ziemlich eng auf das Mittelrheingebiet begrenzt ist. Schon in Museen wie Würzburg, Stuttgart, Heidelberg sind keine mehr anzutreffen; ein Zeichen, daß sie hier bei Bodenfunden sehr selten sind oder überhaupt nicht vorkommen.« Zitat Arens 1971, S. 110.

Literatur
Arens 1971, S. 124, Nr. 52 (mit weiteren Literaturangaben).

LM 26

Drei singende Engel
Mittelrhein, um 1470–1480

Brauner Ton
H. 10,5 cm, B. 13,5 cm, T. 3 cm
Landesmuseum Mainz, Inv.-Nr. 0/1294

Zustand: Die untere linke Ecke des Models ist verloren, am oberen Rand befindet sich in der Mitte ein kleines Loch.

Provenienz: Laut Aufschrift auf der Rückseite wurde das Tontäfelchen im Weisenauer Feld bei Mainz gefunden.

Dargestellt sind drei Engel in kindlicher Gestalt, die auf einem Wolkenband schweben. Gemeinsam halten sie eine Schriftrolle, von der sie singen. Der mittlere Engel weist dabei mit dem Finger auf die entsprechende Textstelle. Die Kleidung der Engel mit den in knittrigen Faltenbäuschen nach oben wirbelnden Säumen spricht für eine Entstehungszeit des Reliefs um 1470–1480.

Singende Engel sind in der mittelalterlichen Kunst kein eigenständiges Bildmotiv, sondern zumeist »Staffagen«, z. B. bei der Darstellung der Geburt Christi oder der Krönung Mariens. Die tiefe Ausarbeitung des Tonreliefs mit vielen Unterschneidungen erweckt den Eindruck, dass es sich hier um ein Element eines mehrteiligen Kunstwerks gehandelt haben könnte. Mittels des vor dem Trocknen des Tons angebrachten Lochs im Täfelchen konnte es montiert werden. Das Applizieren eines Motivs bei unterschiedlichen Kunstwerken kann bei verschiedenen Tonbildwerken beobachtet werden. So wiederholen sich z. B. im Maßwerkfries des Kardener Retabels die Formen, die auch am Weikersheimer Epitaph zu sehen sind und wahrscheinlich mittels Model hergestellt wurden.[1] Ein und derselbe Model wurde auch für die Ausformung der Mantelschließe des Erzengels im Hausaltärchen mit der Darstellung der Marienverkündigung (Dom- und Diözesanmuseum Köln) wie auch für die Mantelschließe eines Apostels im Kronberger Altar verwendet.[2]

A. A.

1 Vgl. Hermes 1995–1997, S. 227.
2 Vgl. Katalog »Kunst um 1400 am Mittelrhein« 1975, S. 161, Nr. 88 (Sofie Bauer).

Literatur
Arens 1971, S. 125, Nr. 59 (mit weiteren Literaturangaben).

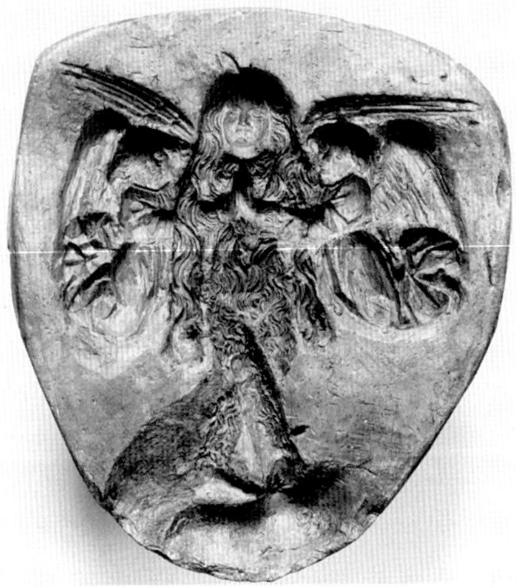

LM 27

Verzückung der hl. Maria Magdalena Mittelrhein, um 1470–1480

Brauner Ton
H. 15,8cm, B. 13,5cm, T. 3cm
Landesmuseum Mainz, Inv.-Nr. 0/1239

Herkunft unbekannt

Der schildförmige, nach hinten gewölbte Model zeigt Maria Magdalena, die von zwei Engeln emporgetragen wird. Magdalena hat ihre Hände zum Gebet erhoben und steht in einer eleganten Haltung mit übereinander gekreuzten Beinen frontal zum Betrachter. Dargestellt ist Magdalena als Büßerin und Eremitin, ein Typus, der im 13. Jahrhundert unter dem Einfluss der Schriften des hl. Franz von Assisi entstand. Der Legende entsprechend lebte Magdalena nach dem Tode Christi als Eremitin in einer Höhle und verzichtete als Buße auf jeglichen Luxus und Kleidung.[1] Der Model zeigt die im 15. Jahrhundert in der deutschen Kunst häufig dargestellte Szene, wie die Heilige, deren Körper von einem dichten Haarkleid bedeckt ist, zu den sieben Gebetsstunden von Engeln erhoben wird.
Die genaue Verwendung des qualitätvollen Models ist unklar. Das tiefe Relief und der ungestaltete Grund ohne Abschlusskante unterscheiden es – ebenso wie das Tontäfelchen mit den drei singenden Engeln (Kat.-Nr. LM 26) – von anderen, vermutlich zumeist als Backform dienenden Modeln.[2]
A. A.

1 Vgl. Benz 1925, Bd. 1, Sp. 622f.
2 Vgl. Arens 1971, S. 106–131.

Literatur
Arens 1971, S. 125, Nr. 59 (mit weiteren Literaturangaben).

LM 28

Das Urteil des Paris[1] Mittelrhein, um 1500

Heller Ton
Dm. 16,5cm, T. 1,5cm
Landesmuseum Mainz, Inv.-Nr. 72/269

Zustand: Der in zwei Teile gebrochene Model wurde geklebt, ca. ein Viertel des Models ist verloren.

Provenienz: Gefunden am Brand in Mainz, dem Museum 1972 von Herrn Gustav Hoppe geschenkt.

Der runde Tonmodel zeigt in flach gearbeitetem Relief eine Szene aus der griechischen Mythologie. Dargestellt sind zwei Männer und drei junge Damen in einer weiträumigen Landschaft mit einer Stadtarchitektur im Hintergrund. Die Figuren werden durch Inschriften in gotischen Minuskeln über ihren Köpfen benannt. Der junge Ritter, der vor einem Brunnen mit gotischem Zierwerk liegt, ist Paris *(pari[s])*.[2] Er scheint zu schlafen, da sein Körper entspannt mit übereinander gekreuzten Beinen und mit zum

Kopf geführtem rechten Arm dargestellt ist. Paris ist mit einer spätmittelalterlichen Rüstung und einem umhangförmigen Mantel bekleidet. Helm und Hellebarde liegen dicht neben ihm. Ein Mann in Gelehrtentracht weist mit einem Stab auf ihn und hält in seiner linken Hand einen übergroßen Apfel. Als Zeichen der Wertschätzung dieses Apfels trägt er ihn nicht mit bloßer Hand, sondern rafft dazu sein mit Pelz umsäumtes Obergewand hoch. Der Gelehrte ist der Götterbote Merkur *(mercvrivs)*, der folgende, auf dem neben ihm emporflatternden Band zu lesende Worte spricht: *stant vf nenn wylche dv wilt.* Gemeint ist die Wahl einer der drei, nur mit einem dünnen Tuch und modischem Kopfputz bekleideten Frauen. Diese sind Venus *(venvs)*, Juno *(ivni)* und Pallas Athenae *(pallas)*. Nach der griechischen Mythologie, die Eingang in die römische Göttervorstellung fand, warf die Göttin der Zwietracht auf dem Hochzeitsfest des Peleus und der Thetis einen goldenen Apfel mit der Aufschrift »Die Schönste« unter die Gäste. Die drei Göttinnen Juno,[3] Athene und Venus[4] beanspruchten den Apfel für sich und verlangten eine Entscheidung durch den Göttervater Zeus. Dieser hütete sich klugerweise davor und übertrug die Aufgabe dem trojanischen Königssohn Paris, der als der schönste Mann auf Erden galt. Merkur[5] begleitete die drei Göttinnen auf den Berg Ida, wo Paris das Vieh weidete. Durch Versprechen versuchte jede der Göttinnen das Urteil des Paris für sich zu entscheiden. Juno versprach ihm Macht und Weltherrschaft, und so ist auf ihrem Schriftband zu lesen: *ich hon richdv[m] vnd gevalt der [w]erlt.* Athene verhieß ihm Sieg in jeder Schlacht. Auf ihrem Schriftband steht: *ich geben segen vnd glve[k] in stride.* Venus versprach ihm die Liebe der schönsten aller Frauen und sagt: *ich hon ghevalt ober al [f]rvven.* Paris entschied sich für Venus und so entbrannte Helena, die Frau des Königs von Sparta, Menelaos, in Liebe zu Paris. Helena folgte Paris nach Troja und löste damit den trojanischen Krieg aus.

Dem Modelschneider stand möglicherweise eine deutschsprachige Ausgabe der Heroiden des Ovid oder Texte des Hygin zur Verfügung. Wahrscheinlicher ist jedoch, dass er nach einer zeitgenössischen Stichvorlage das Motiv und den Text kopierte. Dass Kupferstiche als Vorlage für die Herstellung von Modeln dienten, ist eine sicher oft vorauszusetzende Arbeitspraxis, die z. B. bei dem Model mit der Verzückung der hl. Maria Magdalena (Kat.-Nr. LM 25) belegbar ist. Nähere Aufschlüsse über die Herkunft der Bildvorlage könnte eine sprachwissenschaftliche Untersuchung des Textes auf dem Model mit dem Urteil des Paris geben.

Der stilistische Vergleich mit dem 1510 datierten Speckstein »Simson und Delila«[6] des Frankfurter Stempelschneiders Hartmann Kistener (nachweisbar seit 1477 bis um 1530), der im Auftrag des Großkaufmanns und Patriziers Claus Stalburg (1496–1524) 41 Kuchelsteine[7] fertigte, zeigt, dass der Model mit dem Urteil des Paris noch stärker von der spätmittelalterlichen Formvorstellung geprägt ist und dementsprechend sicher kaum nach 1500 entstanden sein kann.

Sein Auffindungsort im mittelalterlichen Stadtkern, genannt »am Brand«, wo sich auch das spätgotische Kaufhaus befand, zeugt von der Benutzung des Models in Mainz. Es ist anzunehmen, dass in Mainz z. B. Backwaren mit dem Model gefertigt wurden, die – dem Thema entsprechend – vielleicht zu Hochzeitsanlässen verteilt wurden. Hergestellt wurde der Model vermutlich in Worms, denn dort wurden 1993 und 1994 bei archäologischen Ausgrabungen in dem Gebiet Speyerer Straße/Schönauer Straße zwei weitere Modelfragmente im Abfall einer Bildbäckerei gefunden, die aus dem gleichen Formstein gedrückt wurden wie das Mainzer Stück.[8]

A. A.

1 Die richtige Deutung des dargestellten Motivs ist Herrn Dr. Rüdiger Fuchs, Mainz, zu verdanken, dem es gelang, die schwer lesbare Inschrift des Models zu identifizieren. Ihm sei an dieser Stelle herzlich für seine Hilfe gedankt.

2 Die Kleinarchitektur in der Landschaft ist aufgrund der Beschädigung des Models nur z.T. erhalten. Die Identifizierung als Brunnen kann mit dem als Wellen dargestellten Wasser in der Schale und mit dem als Wasserstrahl erkennbaren »Wellenband« begründet werden, das in die Schale fällt.

3 Römische Benennung der Göttin Hera.

4 Römische Benennung der Göttin Aphrodite.

5 Römische Benennung des Gottes Hermes.

6 Historisches Museum Frankfurt a. M., Inv.-Nr. Lgb. S. 10.

7 So genannt in der Inventarliste des Frankfurter Patriziers Claus Stalburg. Von den Kuchelsteinen wurden Tonmodel gefertigt, die wohl meist zur Ausformung von Backwaren dienten. Vgl. Arens 1971, S. 107.

8 Grabungsdokumentation Archäologische Denkmalpflege, Amt Mainz, FM 93-43, unpubliziert. Den Hinweis auf die beiden Modelfragmente verdanke ich Herrn Dr. Rüdiger Fuchs und Frau Dr. Beate Schmid, Mainz, denen ich hierfür herzlich danken möchte.

Literatur

Esser 1974, S. 268, Taf. 24d.

Judith König

Die Chorbücher des Mainzer Karmeliterklosters

Das Bischöfliche Dom- und Diözesanmuseum Mainz besitzt sechs große, zum Teil reich illuminierte Chorbücher aus dem 15. Jahrhundert, die aus dem Mainzer Karmeliterkloster stammen und im Zuge der Säkularisation in den Domschatz kamen. Schon aufgrund ihrer Datierung 1430 bzw. 1432 wurden sie wiederholt zum Vergleich mit anderen Kunstwerken herangezogen, doch fehlt es bis heute an einer Untersuchung zu diesen Handschriften, über deren Aufbau und Gliederung sowie deren Bestand an ornamentalen und figürlichen Initialen in der Literatur kaum ein Überblick zu gewinnen ist.[1] Deshalb soll im Folgenden der Schwerpunkt auf der Beschreibung der Chorbücher liegen.

Es handelt sich bei den Handschriften um ein fünfbändiges Antiphonar (Band A–E) und ein Graduale (Band F). Das Antiphonar enthält die Gesänge der Stundengebete, die täglich zu den acht festgesetzten Stunden von den Mönchen gemeinsam gesungen wurden, im Graduale stehen die Gesänge der Mönche zu den Messen.[2] Die Mönche versammelten sich zum Singen halbkreisförmig um ein Pult, auf dem das Buch lag, wie dies auch auf einer Bildinitiale im Graduale dargestellt ist (pag. 485). Damit sie die Schrift trotz des großen Abstandes gut lesen konnten, sind die Minuskeln bis zu 1,5 cm groß (ohne Ober- und Unterlängen). Zur leichteren Orientierung sind alle Satzanfänge durch einzeilige, die Notenlinien unterbrechende Initialen hervorgehoben, die zusätzlich in Schriftart und Farbe alternieren: Für das 15. Jahrhundert übliche Großbuchstaben, die mit parallelen schwarzen Tintenstrichen geschriebenen Kadellen, wechseln sich mit bauchig-gerundeten, blau-roten Lombarden ab. Darüber hinaus sind die Textanfänge der wichtigsten Kirchenfeste durch mehrzeilige Bildinitialen mit Rankenausläufern ausgezeichnet. Mindestens zehn davon sind herausgeschnitten worden,[3] sodass heute nur noch 19 große Initialen die Bücher schmücken: 14 Initialen haben bildliche Darstellungen, fünf Initialen weisen einen ornamentalen Schachbrettmustergrund auf. Allein neun Bildinitialen enthält das Graduale: Sie zeigen die Verkündigung an Maria (pag. 1), die Geburt Christi (pag. 38), die Anbetung der Könige (pag. 60), die Auferstehung Christi (pag. 311), die Himmelfahrt Christi (pag. 356) (s. S. 527, Abb. 6), die Ausgießung des Hl. Geistes (pag. 363), die Hl. Dreifaltigkeit (pag. 379), einen Propheten (pag. 386) und schließlich singende Mönche (pag. 485). Im Antiphonar gab es zwei Verkündigungsdarstellungen: Die eine befand sich in Band A (fol. 1^{r}) (Kat.-Nr. LM 31),[4] die andere befindet sich in Band E (fol. 428^{v}). Ferner enthält das Antiphonar Darstellungen der Auferstehung Christi (Band B, fol. 242^{v}), der Ausgießung des Hl. Geistes (Band C, fol. 64^{v}) und des Evangelisten Johannes auf Patmos (Band C, fol. 2^{r}) (Kat.-Nr. LM 29). Von den Initialen mit Schachbrettmustergrund befinden sich eine in Band D (fol. 4^{r}) und vier in Band E (fol. 278^{r}, 297^{v}, 312^{r} und 385^{v}) (Kat.-Nr. LM 30).

Wie in vielen Handschriften aus der ersten Hälfte des 15. Jahrhunderts spielt sich bei den Bildinitialen die dargestellte Szene innerhalb der umschlossenen Fläche(n) einer lombardischen Initiale ab, die von einem meist gerahmten und dem Quadrat angenäherten Bildfeld umgeben ist. Die so erweckte Illusion eines kleinen Tafelgemäldes wird dadurch wieder zerstört, dass die Initiale den Rahmen überschneidet und die zwischen Initiale und Bildrahmen entstehenden Zwickel meist andersfarbig, mit Ranken oder auch Goldgrund, ausgemalt sind. Die Initialen erstrecken sich am linken Textrand bei den entsprechenden Kapitelanfängen über zwei bis vier Notensysteme. Sie laufen nach links in kleinen Ranken oder Blattbüscheln aus, die sich um große Ranken schlingen, welche den Schriftspiegel auf bis zu vier Seiten umlaufen. Diese drehen sich entweder um einen goldenen Stab oder wachsen wellenförmig oder gerade um den Text herum.

Das ohne Begründung in der Literatur stets als letzter Band (F) dem Antiphonar zugeordnete Graduale entpuppt sich bei genauerer Untersuchung als eigenständige, von einer anderen, künstlerisch schwächer einzustufenden Gruppe von Schreibern und Malern ausgeführte Handschrift, die hier nur kurz beschrieben werden soll.[5] Ihre neun Bildinitialen stammen von zwei Malern, die sich an den traditionellen Bildtypen der dargestellten Szenen orientieren. Ihre körperlosen Figuren haben teilweise grob gearbeitete Gesichter und stehen in problematischer Beziehung zu dem sie umgebenden Raum, der flächig und mehrschichtig aufgefasst ist. Die zahlreichen Ranken im

Graduale sind liebevoll mit Tieren, meist aus den Reineke-Fuchs-Fabeln, bevölkert, welche durch spätere Beschneidungen der Blätter stark beschädigt sind. Überhaupt ist der Erhaltungszustand des Buches durch Gebrauchsspuren wie Flecken, Abreibungen, abgegriffene Blätter und Korrekturen sowohl des Textes als auch der Musik schlechter als der des Antiphonars. Über die Stifter dieser Handschrift, die am Fuß der ersten Seite abgebildet sind, lässt sich nichts mehr in Erfahrung bringen. Ein in bürgerlichen Gewändern kniendes Ehepaar mit Wappen wird umrahmt von einem Spruchband mit einem Vers aus dem 53. Psalm: *(V)oluntarie sacrificabo tibi. ps(almo) Liii^o. Confitebor nomine tuo do(min)e q(uonia)m bo(num est)* (Ps 53, 8).

Die Bildinitialen des Antiphonars sind aufwendiger und mit größerem handwerklichen Können gestaltet. Hier gibt es Innenraumdarstellungen mit gotischen Gewölben, weite, hügelige Landschaften, funkelnde Soldatenrüstungen und stoffreich inszenierte Gewänder. Vier verschiedene Maler, die teilweise in mehreren Bänden tätig waren, haben die Bild- und die großen Schachbrettmustergrund-Initialen gemalt. Von einer Hand stammen die Auferstehung Christi in Band B (fol. 242^v) und die Verkündigung an Maria in Band E (fol. 428^v). Von einer weiteren Hand stammen die beiden Bildinitialen in Buch C (fol. 2^r, 64^v). Ein dritter Maler hat die Verkündigung an Maria auf dem Einzelblatt (Kat.-Nr. LM 31) und zwei der Initialen mit Schachbrettmustergrund in Buch E gemalt (fol. 278^r, 312^r). Von einem vierten Maler schließlich stammen die beiden anderen großen Schachbrettmustergrund-Initialen in Buch E (fol. 279^v, 385^v) sowie diverse kleinere Initialen ähnlicher Art in Buch A. Sowohl die den Initialen entspringenden Ranken eben dieses Malers als auch seine Gestaltung der Schachbrettmuster sind identisch mit jenen aus dem berühmten Göttinger Musterbuch,[6] einer Anleitung zum Malen von Ranken und Hintergründen.

Gisela Höhle, die in ihrer Dissertation das Göttinger Musterbuch untersucht hat, kommt zu dem Schluss, dass die in den Musterbüchern beschriebenen Ranken erstmals in den Mainzer Karmeliter-Chorbüchern verwendet wurden und ihre vollendete Form zum größten Teil Späteres übertrifft.[7] Der daraus resultierenden Frage, ob vielleicht der Maler des Musterbuches identisch ist mit einem der Maler des Antiphonars, geht Höhle aber nicht nach. Erhärtet wird die Idee einer gemeinsamen Autorschaft durch die Forschungen von Robert Fuchs und Doris Oltrogge. In ihren »Untersuchungen rheinischer Buchmalerei des 15. Jahrhunderts« haben sie nachgewiesen, dass bei der Maltechnik und der chemischen Zusammensetzung der verwendeten Farben weitgehende Übereinstimmung herrscht. Aus motivischen Gründen lokalisieren Fuchs und Oltrogge das Göttinger Musterbuch nach Mainz.[8]

Für die Herstellungsweise der einzelnen Bände des Antiphonars ergeben die oben geschilderten Parallelarbeiten der Maler, dass die zeitgleich illuminierten Bände A, B und E auch etwa zur gleichen Zeit geschrieben worden sein müssen. Dies lässt sich auch inhaltlich nachvollziehen: Die beiden Hauptbestandteile eines Antiphonars, Temporale und Sanctorale, beginnen in den Bänden A bzw. E und werden in den darauf folgenden Bänden weitergeführt.

Band A und E scheinen also gemeinsam begonnen worden zu sein, vielleicht sogar in der ursprünglichen Planung als ein Band, da Band A mit fol. 277 endet und Band E mit fol. 278 beginnt. Darauf folgten dann die restlichen drei Bände.

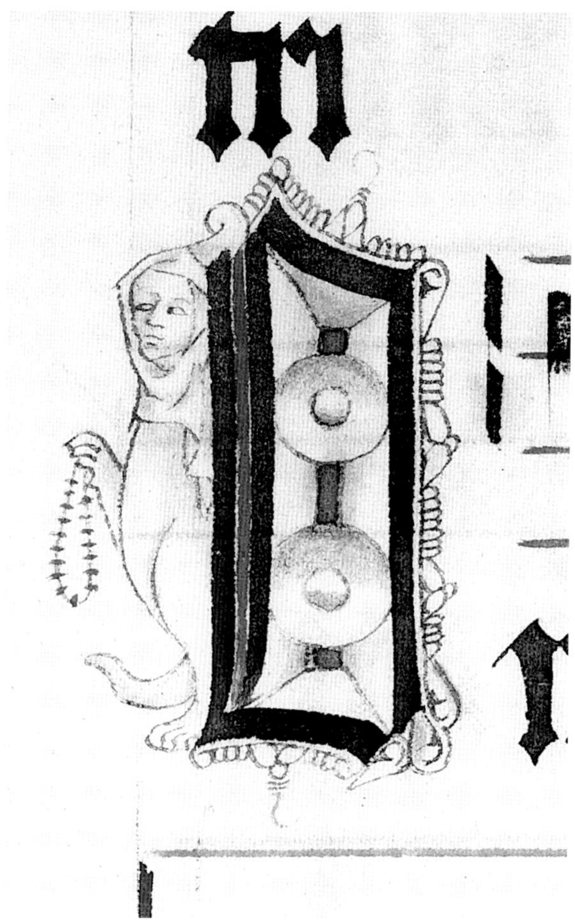

Abb. 1 **Initiale I. Karmeliter-Chorbuch E, fol. 320^v. Um 1430/35. Bischöfliches Dom- und Diözesanmuseum Mainz**

Dieses Schema lässt sich auch stilistisch erhärten: Band A und E stammen von ein und demselben Schreiber, wie auch die Bände B, C und D von einer (anderen) Hand stammen. Auch beim Buchschmuck ergibt sich das gleiche Bild: Initialen mit Schachbrettmustergrund finden sich nur in den Bänden A und E,[9] Fleuronnéestil bei den einzeiligen Initialen, der durch seine abstrakten Formen als Lineament bezeichnet werden kann, nur in den Bänden B, C und D. Für eine zeitliche Einordnung des Antiphonars kann daraus geschlossen werden, dass die fünf Bände sehr wahrscheinlich in einem Zuge angefertigt worden sind, wobei an einen Zeitraum von mehreren Jahren zu denken ist. Zwei nahezu identische Widmungen in den Bänden A und B datieren diese in die Jahre 1430 und 1432, was pro Band ca. ein Jahr Herstellungsdauer bedeutet, geht man davon aus, dass Band E zeitlich dazwischen liegt.

Der Widmungstext gibt Aufschluss über den Stifter des Antiphonars: *Hunc librum fecit ac comparauit religiosus uir frater Johannes fabri alias dictus carnificis de maguntia ordinis beate marie dei genitricis de monte carmeli p(ro)priis suis exspens(is). Et desiderat exinde habere memoriam sui.* (Der geistliche Bruder Johannes Fabri, sonst auch genannt Metzger, aus Mainz, vom Orden der Brüder der seligen Gottesmutter Maria vom Berge Carmel hat die Bücher hergestellt und auf eigene Kosten anfertigen lassen. Und er wünscht daher, dass man seiner gedenken möge.) Die Widmung fährt fort, dass auch der Eltern Johannes Fabris, seinem Stiefvater und anderer Personen – so z. B. des Webermeisters Heinrich Kirschenhach – gedacht werden soll, die alle namentlich erwähnt sind.

Die hier zum Ausdruck gebrachte Sorge um das eigene Seelenheil und das der Familie steht bei den meisten Stiftungen jener Zeit im Vordergrund, und der Wunsch, ein Kunstwerk zu fördern, war wohl eher »indirekt und unbewußt«.[10] Dass in diesem Fall nun gerade eine liturgische Handschrift gestiftet wurde, hängt sicher damit zusammen, dass der Stifter als zukünftiger Mitbenutzer eine besonders enge Beziehung zu solchen Büchern hatte und um ihre wichtige Stellung innerhalb der Klostergemeinschaft wusste. Der Anlass der Stiftung könnte der Eintritt Johannes Fabris in das Mainzer Karmeliterkloster gewesen sein. Es war durchaus üblich, zu diesem Anlass Bücher mitzubringen und diese dem Kloster entweder sofort zu schenken oder nach dem Ableben zu vermachen.[11] Auch wenn andere Beispiele bekannt sind, wo in einem solchen Fall mehrere Bücher geschenkt wurden,[12] so fällt das hier besprochene fünfbändige Antiphonar insofern aus dem Rahmen, als sein Wert überaus hoch anzusiedeln ist, was erhaltene Rechnungen für annähernd vergleichbare Werke nahe legen.[13] Und selbst wenn man annimmt, dass die Bücher im Kloster für »Gotteslohn« angefertigt worden sind, so bleiben die hohen Materialkosten, die allein für das Pergament etwa ein Viertel der Gesamtsumme betragen haben dürften.[14]

Der Stifter der Bücher musste also aus wohlhabendem Hause stammen. Schon Fritz V. Arens hat auf die führende Stellung der Familie Fabri hingewiesen.[15] Der in der Widmung genannte Webermeister Heinrich Kirschenhach war zugleich Ratsherr und Baumeister der Stadt Mainz und bekleidete damit zwei hohe städtische Ämter.[16] Andere Familienmitglieder stammten aus alteingesessenen Mainzer zünftigen Familien, denen sich auch zwei der vier Wappen zuordnen lassen, die die Widmung einrahmen: das Wappen mit einem Adler mit Hammer auf der Brust dem Vater Johannes Fabris, dem Schmiedemeister Anshelm Fabri, und das Wappen mit einem Ochsen dem Metzger Fritz Haseney, dem Stiefvater des Stifters. Die vier Wappen, zu denen noch eines mit einem Hirsch und eines mit einem silbernen Barren, umgeben von drei goldenen Kleeblättern, gehören, finden sich auch auf den Buchschließen und -beschlägen wieder. Die beiden Wappen der Familien Fabri und Haseney sind bei der Widmung oben positioniert und kommen auch bei den Beschlägen am häufigsten und an exponierter Stelle vor, was ihre Nähe zum Stifter unterstreicht.

Jüngere Forschungen bestätigen, dass im 15. Jahrhundert die Mitglieder aus den Zunftfamilien bei den Bettelorden überwogen.[17] Demzufolge überrascht es nicht, dass auch ein Großteil der Stiftungen aus diesen Kreisen stammt, besonders jenen der städtischen Handwerker.[18] Dabei scheinen sich engere Kontakte zwischen bestimmten Zünften und bestimmten Bettelorden entwickelt zu haben, die je nach Stadt unterschiedlich waren. So hatten beispielsweise die Mainzer Augustiner-Eremiten enge Bindungen zur Bäckerzunft,[19] während das Trierer Karmeliterkloster auffallend viele Personen aus den Metzger- und Schuhmacherhandwerken zu seinen Stiftern zählte.[20]

In Mainz scheint eine Bindung zwischen dem Kloster und der Metzgerzunft auch geografisch nahe liegend: Der Stiefvater Johannes Fabris, der Metzger Fritz Haseney, wohnte

»unter den Untermetzgern«, womit wahrscheinlich die Niederscharn, die heutige Löhrstraße, gemeint ist, die unmittelbar an das Karmeliterkloster anschließt.[21]
Johannes Fabri stieg rund 17 Jahre nach seiner Stiftung zum Prior des Klosters auf. Mit dieser Position hatte er eine der höchsten gesellschaftlichen Stufen erreicht, die ein Bürgerlicher seiner Zeit innehaben konnte. Er stand dem Kloster sieben Jahre vor, von 1447 bis 1454,[22] und hatte damit eines der längsten Priorate in der Geschichte des Mainzer Karmeliterklosters des 15. Jahrhunderts inne.

1 Back 1910, S. 10, 50 und S. 93, Anm. 110; Güse 1943, passim; Arens 1958–1960; Vaassen 1973, Sp. 1147–1154 (mit weiterer Literatur); Boyce 1987; Zipelius 1992/93, S. 96 f. – Die Autorin arbeitet an einer Dissertation über die besprochenen Handschriften.

2 Die Stundengebete beginnen mit dem Mitternachtsgebet (Matutin), auf das das Morgengebet (Laudes) folgt. Die nächsten vier Gebete sind nach den Stunden des Tages benannt, an denen sie gebetet werden (Prim, Terz, Sext, Non), worauf das Abendgebet (Vesper) und das Nachtgebet (Komplet) folgen.

3 Darauf lassen Farbabdrücke auf den Nachbarblättern und fehlende Textanfänge schließen.

4 Das Blatt wird heute in der Bayerischen Staatsbibliothek München [Clm 29316(144)] aufbewahrt.

5 Lediglich die Dreifaltigkeitsdarstellung in Form eines thronenden, dreigesichtigen Christus (Tricephalus) ist ikonographisch ungewöhnlich.

6 Niedersächsische Staats- und Universitätsbibliothek Göttingen, 8° Uff. 51 Cim.

7 Höhle 1984, S. 10, 33 und S. 208.

8 Fuchs/Oltrogge 1991, S. 71.

9 Die Schachbrettmustergrund-Initiale in Buch D stammt von anderer Hand.

10 Irsigler/Schmid 1992, S. 20 ff.

11 Schreiber 1927 hat dies am Beispiel der Mainzer Kartause ausführlich dargestellt. Vgl. außerdem Wattenbach 1896, S. 577–588.

12 Gumbert 1974, S. 128–130.

13 Eberlein 1995, S. 254–282. Nach Knaus 1973, Sp. 1091, wurden 1514 für ein illuminiertes Buch mit 176 Pergamentblättern, 43 × 29 cm groß, 22 Goldgulden berechnet; Knaus schätzte dies auf 20.000 DM, was heute einem Wert von rund 45.000 DM entspräche.

14 Eberlein 1995, S. 259.

15 Arens 1958–1960, S. 345.

16 Stadtarchiv Mainz, Urkunde vom 2. März 1432.

17 Neidiger 1981, S. 179; Schmidt 1986, S. 229; ferner Hecker 1981, S. 174 f.

18 Neidiger 1981, S. 170 f.

19 Hecker 1981, S. 116.

20 Schmidt 1986, S. 229.

21 Falck 1975, S. 270 und S. 278.

22 50 Jahre Karmeliter 1974, S. 65 (Reihe der Prioren).

LM 29

Antiphonar (Band C)
Mainz, um 1430/35

Pergament, 324 Bll. – Alter Einband
H. 65 cm, B. 45 cm
Bischöfliches Dom- und Diözesanmuseum Mainz, Inv.-Nr. B 333 c

Provenienz: Karmeliterkloster Mainz

Band C des Mainzer Karmeliter-Antiphonars ist die umfangreichste und größte Handschrift der Gruppe. Sie enthält den dritten Teil des Temporale mit den Kirchenfesten vom zweiten Sonntag nach Ostern bis Fronleichnam und den zweiten Teil des Sanctorale mit den Heiligenfesten vom Fest Johannes' des Täufers bis zu dessen Enthauptung.
Die Johannes-auf-Patmos-Szene (fol. 2r) zählt zu den beliebtesten Einzelbildern aus der Vita des Evangelisten Johannes, der laut Überlieferung während der Christenverfolgung von Kaiser Domitian auf die Gefangeneninsel Patmos verbannt worden war, wo er die Apokalypse empfangen und niedergeschrieben haben soll. Meistens wird in der bildenden Kunst jener Moment dargestellt, in dem der Satan Johannes in Versuchung führt, um ihm währenddessen sein Tintenfass zu stehlen und so das ganze Unterfangen zu vereiteln. Der Maler dieser Bildinitiale gestaltet die Szene jedoch anders: Johannes befindet sich in einer paradiesischen, gebirgigen Landschaft, in der sich paarweise Bären, Hirsche, Löwen und zahlreiche Kaninchen friedlich nebeneinander tummeln. Statt die Apokalypse auf dem kleinen, dekorativen Schreibpult neben sich in ein Buch zu schreiben, sehen wir Johannes wie in spätantiken Autorenbildern mit einer schmalen Schriftrolle quer über seinem Schoß, auf die er den Beginn seines Evangeliums geschrieben hat: *In princ(ipio era)t verbum e(t verbum) erat ap(ud) deum et deu(s erat verbum)* (Jo 1, 1). Den Kopf hat er einem kleinen schwarzen Adler zugeneigt, der mit gespreizten Flügeln auf dem Schreibpult sitzt.
Der Maler mischt die gängigen Darstellungsformen des Apokalyptikers Johannes auf der Insel Patmos (Landschaft mit Tieren) und die des Evangelisten Johannes, der sein Evangelium niederschreibt (Pult, Adler, Evangelientext). Dazu benutzt er auch Versatzstücke, die eigentlich in nochmals andere Zusammenhänge gehören, so die Schriftrolle oder das Pult, das mit seinen zwei Arbeitsflächen eigentlich ein Kopistenpult ist. Ferner lässt er Johannes mit dem Federkiel in der rechten Hand das »t« von »et« am Ende der ersten Textzeile schreiben, obwohl die zweite Zeile schon vollständig dasteht. Solche dem heutigen Betrachter unrealistisch, ja »falsch« anmutende Details kümmerten den Zeitgenossen wahrscheinlich wenig. Wichtig ist vielmehr, dass die Geschichte, die in diesem Bild erzählt werden soll, für den Betrachter »lesbar« war. Dazu bedient sich der Maler bekannter Elemente, komponiert sie in seinem Sinne neu und verschmilzt alles zu einem harmonischen Ganzen.
Auch stilistisch bedient er sich – beispielsweise bei der Darstellung der Landschaft – verschiedener Mittel: ein frühes Meisterstück der Luftperspektive sind die von den ersten warmen Sonnenstrahlen des Tages in zartes, milchiges Licht getauchten Berge, die zum Horizont hin immer mehr in der diesigen Luft verschwinden. Um das jähe Abfallen der Hochebene im Bildmittelgrund zu charakterisieren, wählt der Maler dagegen die stilisierte Form des »Spaltengrunds«, aus der man bereits über 100 Jahre zuvor Landschaften geformt hatte. Die Tiere hat er, entsprechend ihrer geringeren Bedeutung im Bild, verkleinert. Allerdings charakterisiert er sie in ihrem Äußeren und in ihren lebendigen Bewegungen so realistisch, wie es nur das neu erwachte Interesse an der Naturbeobachtung ermöglichte. Ihre homogene, nahezu bukolische Wirkung verdankt die Initiale nicht zuletzt der geschickten, auf nur wenige warme Töne beschränkten Farbgebung, die der Maler auch in der Ranke weiterführt und so ein harmonisches Verhältnis zwischen Text und Schmuckelementen schafft.
J. K.

LM 30 **Karmeliter-Chorbuch E. Fol. 278r**

LM 30

Antiphonar (Band E)
Mainz, um 1432

Pergament, 252 Bll. – Alter Einband
H. 58 cm, B. 41 cm
Bischöfliches Dom- und Diözesanmuseum Mainz, Inv.-Nr. B 333 e

Provenienz: Karmeliterkloster Mainz

Neben den großen Bildinitialen (Abb. S. 561) machen kleine, einzeilige Initialen (s. S. 557, Abb. 1) den eigentlichen »Reichtum« der Mainzer Karmeliter-Chorbücher aus. Über 5000 solcher Großbuchstaben an den Satzanfängen sind mit großer Sorgfalt geschrieben, gezeichnet und gemalt worden. Im Unterschied zu vielen anderen liturgischen Handschriften, wo diese Flut von Anfangsbuchstaben eher nachlässig und monoton gleichförmig ausgeführt wurde, ist hier mit großer Fabulierfreude jede Initiale anders gestaltet: Die Kadellen sind mit farbig lavierten Figuren bevölkert, während die roten oder blauen Lombarden von teilweise aufwendigem Fleuronnée in der jeweils anderen Farbe umsponnen sind. Um wichtigere Texte hervorzuheben, wurden einige der einzeiligen Initialen sogar ganz oder teilweise mit Deckfarben, Gold und Rankenausläufern gemalt.

Allgemein war die Anfertigung solcher Initialen die Aufgabe des Rubrikators, der jedoch oft mit dem Schreiber identisch war. Dies könnte auch bei den Mainzer Karmeliter-Chorbüchern der Fall gewesen sein, da Initialbuchstaben und Schrift in derselben Tintenfarbe und derselben Federbreite ausgeführt sind.[1] Zur Verzierung der Kadellen wurde eine hellere, bräunlichere Tinte verwendet, sodass der tiefschwarze Buchstabe weiterhin ins Auge springt und gut lesbar bleibt.

Die abgebildete Initiale aus Band E (fol. 320^{v}) (s. S. 557, Abb. 1) gehört keineswegs zu den phantasievollsten, bei denen sich ganze Prügelszenen zwischen Waldmenschen und wilden Tieren abspielen, trutzige Burganlagen emporwachsen oder modisch gekleidete Zwitterwesen aus Mensch und Tier von Lanzen durchbohrt werden. Sie steht vielmehr repräsentativ für eine kleinere Gruppe von Initialen, in denen verschiedene Gestaltungsmuster vereint sind, und die deshalb den Rückschluss erlauben, dass der Zeichner wahrscheinlich auch ein Maler war. Denn das Motiv der knopfähnlichen Elemente im Binnenfeld des Buchstabens taucht in gleicher Art auch in der prächtigen, in Gold und Deckfarben gemalten Schachbrettmustergrund-Initiale auf, mit der die Handschrift auf fol. 278^{r} beginnt.[2] Hier wie dort wird durch gegensätzliche Verschattung von Innenkreis und Außenring ein plastischer Eindruck hervorgerufen. Auch die umgebende Fläche wird in beiden Fällen in gleicher Weise räumlich charakterisiert, indem Fluchtlinien, die von den vier Ecken des Binnenfeldes in die Tiefe laufen, den Steg, auf dem die Knöpfe sitzen, vom Betrachter wegrücken. Dieser Eindruck wird verstärkt durch rot-bräunliche Verschattungen der tiefer liegenden Bereiche neben dem Steg und an der Decke dieser kleinen Nische, in die das Licht von oben einfällt.

Die malerische Behandlung des Motivs bei der kleinen, einzeiligen Initiale geht sicherlich über die zeichnerischen Aufgaben eines Schreibers hinaus; ebenso die Zeichnung des einen Rosenkranz haltenden Mischwesens aus Tierkörper und Menschenkopf (Bucephalos), das durch farbig lavierte Verschattungen ebenfalls plastisch dargestellt ist. Wohl aber gehört der Fleuronnéebesatz, der hier auf einer konturbegleitenden Linie den Buchstaben an drei Seiten umgibt, zum Metier des Schreibers: Zwischen engen Arkadenbögen sitzen mehr oder weniger stilisierte, zurückgebogene Halbpalmetten, die bisweilen von einer aus zwei bis drei kurzen Parallelfäden stilisierten Fibrille mit Faden überragt werden. Da aber Mischwesen, Fleuronnée und Knopfmotiv mit derselben Tinte gezeichnet sind und an den Übergängen zum Beispiel von Klaue zu Arkadenbögen wie aus einem Guss erscheinen, müssen sie von der gleichen Hand stammen. Da selbst bei komplexeren Figurengruppen keine Vorzeichnungen erkennbar sind, scheint hier ein erfahrener Zeichner bzw. Maler am Werk gewesen zu sein.

Betrachtet man nun umgekehrt die Deckfarbenarbeiten des Malers, wie beispielsweise die Initiale mit Ranken auf fol. 278^{r} oder die Verkündigung auf dem Einzelblatt (Kat.-Nr. LM 31), so entdeckt man an zahlreichen Stellen, hauptsächlich über den Goldpunkten, eben jene Fleuronnée-Fibrillen des Zeichners. Bei der Verkündigung ist die Initiale darüber hinaus mit Fleuronnée zum Quadrat ergänzt. Der Maler hat also jeweils nach der Fertigstellung der Seiten den Pinsel weggelegt, nochmals zur Feder gegriffen und seine nach allgemeinem Verständnis höherwertige Malerei mit Gezeichnetem vollendet.

J. K.

1 Auch ein Schriftvergleich legt nahe, dass der Schreiber der Bücher A und E diese auch rubriziert und mit kurzen Kommentaren versehen hat.

2 Ihre Wurzeln haben solche Knöpfe in Böhmen, wo sie sich in zahlreichen Handschriften finden, z. B. in dem *Liber viaticus* des Johann von Neumarkt oder in der Wenzelsbibel.

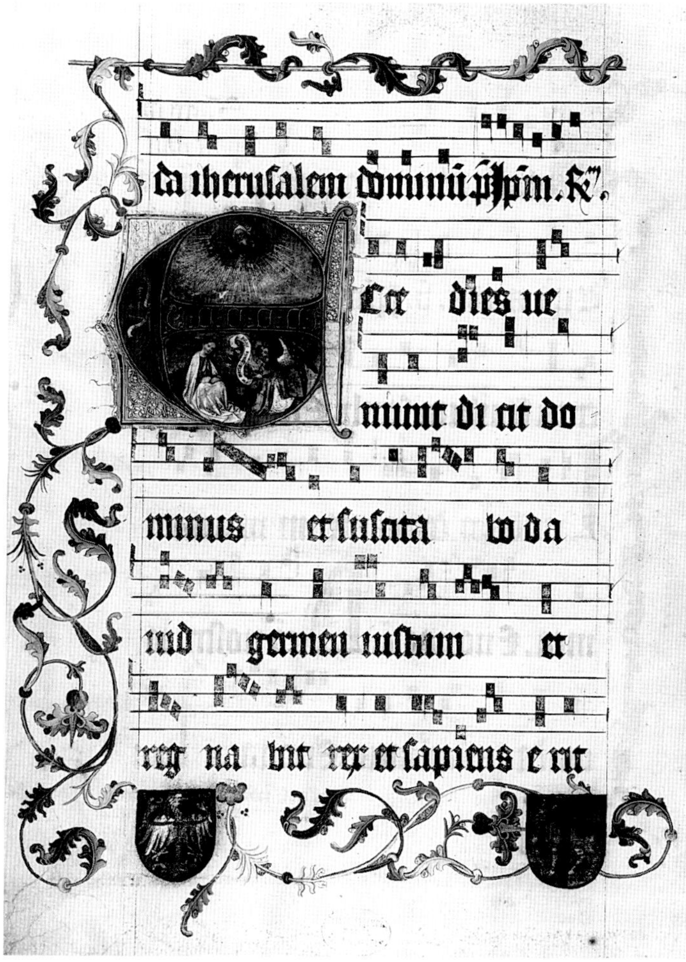

LM 31

Antiphonarblatt mit Verkündigung an Maria Mainz, 1430

Deckfarben auf Pergament
H. 52 cm, B. 36 cm
Bayerische Staatsbibliothek München, Clm 29316(144 [alt: Clm 29164(13]

Provenienz: Kunstsammlungen Schloss Miltenberg

Das Einzelblatt aus der Bayerischen Staatsbibliothek München gehört an den Anfang von Band A der Karmeliter-Chorbücher, der die Gesänge vom ersten Adventssonntag bis Aschermittwoch enthält. In einem kurzen Aufsatz ist Fritz V. Arens der Provenienz des Blattes nachgegangen und hat anhand der umseitigen Widmung den Personenkreis der Stifter näher untersucht. Im Zuge der Säkularisation gelangten die Karmeliter-Chorbücher in die Hände von Franz J. Bodmann, dem Leiter und Konservator der Mainzer städtischen Bibliothek, der mit nachgerade manischer Sammelwut Tausende von Urkunden und anderes Quellenmaterial zusammentrug und dabei auch nicht davor zurückschreckte, Blätter aus Handschriften herauszureißen.[1] Sein Nachlass ging in die Kunstsammlungen Schloss Miltenberg über, die wiederum 1904 in München versteigert wurden.

Die hier abgebildete Verkündigungsinitiale befindet sich auf der Rückseite des Blattes. Dem traditionellen Bildtypus entsprechend nähert sich der Engel kniefällig Maria, die mit gefalteten Händen und gesenktem Blick seiner Verkündigung lauscht. Als Zeichen ihrer Weisheit und Schriftkenntnis liegt ein Buch auf ihrem Schoß. Ihr stoffreiches, am Boden in knittrigen Falten auslaufendes Gewand ist hier bewusst »inszeniert« und gleicht darin der Verkündigungsmaria Jan van Eycks auf dem Genter Altar, der zwei Jahre später entstand.

Die zwei Wappenschilde am unteren Blattrand zeigen einen Adler mit Hammer auf der Brust und einen Ochsen und beziehen sich auf den Widmungstext auf der Vorderseite des Blattes. Die beiden anderen Stifterwappen mit Hirsch und Sparren befanden sich auf dem darauf folgenden Blatt, das vor dem Auseinanderschneiden mit diesem zusammen ein Folio bildete. Dieses ist 1827 in Mainz ausgestellt gewesen und in einem Ausstellungsbericht ausführlich beschrieben worden.[2] Unter dem Text sind dort vier kniende Figuren dargestellt: links zwei Karmelitermönche in weißem Ordensmantel, von denen einer ein Spruchband mit den Worten *Sit liber iste via, dux mihi virgo maria* in der Hand hält, rechts zwei weltliche Personen, vielleicht die Eltern des Stifters, mit Rosenkränzen in den Händen und einem Spruchband mit der Fortsetzung: *atque suos omnes conducat progenitores*. Dieses Blatt ist bislang verschollen und mit ihm auch das Bildnis der Stifter.
J. K.

1 Auch zahlreiche Urkundenfälschungen gehen auf sein Konto. Zum Folgenden siehe Darapsky 1959.
2 Müller 1832, S. 60.

Literatur
Arens 1958–1960.

Friedhelm Jürgensmeier

Diether von Isenburg-Büdingen und Adolf II. von Nassau

Es hatte auf dem Westfälischen Friedenskongress schwieriger Verhandlungen bedurft, bis Kurmainz, wie 1648 im *Instrumentum pacis Osnabrugense* Art. IV, §7 reichsverfassungsrechtlich festgeschrieben, seine Rechtsansprüche auf die 1461/1463 verpfändete und lange Zeit dem kurpfälzischen Territorium eingegliederte Bergstraße mit den Ämtern und Städten Starkenburg, Heppenheim, Bensheim und Mörlenbach, mehreren strategisch wichtigen Burgen und der Vogtei über das seit 1232 dem Erzstift inkorporierte Kloster Lorsch anerkannt bekam. Verbunden war damit die Pflicht bzw. das von Kurfürst Erzbischof Johann Philipp von Schönborn (1647–1673) beanspruchte Recht, die Ablösesumme von 100 000 fl. zu zahlen. Als das 1650 verwirklicht war und das wertvolle Gebiet wieder unangefochten zum Mainzer Territorium gehörte, war zum letzten Mal wenigstens ein Teil jenes großen durch Verpfändung und Zerstörung entstandenen Verlustes wieder ausgeglichen, den das Mainzer Erzstift infolge des schweren Waffenganges erlitten hatte, der im Dezember 1461 von den rivalisierenden Erzbischöfen Diether von Isenburg-Büdingen und Adolf II. von Nassau eröffnet worden war. Die bis zum Friedensschluss 1463 mit jeweils teuer erkaufter großer Waffengefolgschaft hart ausgetragene Fehde hatte das Erzstift in ein solches Chaos gestürzt, dass es Jahrzehnte dauerte, bis es sich davon wieder erholen konnte. Das Erzstift war vielfach verwüstet, wirtschaftlich nachhaltig ruiniert, territorial aus der in Konkurrenz zu Hessen und Kurpfalz bisher führenden Position verdrängt und durch Strafmaßnahmen und politische Umwälzungen in der Stadt Mainz wertvoller Teile seiner bürgerlichen Oberschicht beraubt. Der Ausbruch der Fehde kam damals überraschend, doch nicht ohne Vorgeschichte. Diese setzte spätestens mit der Mainzer Bischofswahl von 1459 ein, als sich am 6. Mai Diether von Isenburg und Adolf von Nassau um die Nachfolge des am 6. Mai in Aschaffenburg gestorbenen Erzbischofs Dietrich Schenk von Erbach (1434–1459) bewarben. Der mit den aus gleichnamiger Familie stammenden Mainzer Erzbischöfen Gerlach (1346–1371), Adolf I. (1381–1390) und Johann II. (1397–1419) verwandte Nassauer, um 1423 geborene Sohn des Grafen Johann von Nassau-Wiesbaden-Idstein und der Landgräfin Margarethe von Baden, einer Tante des Trierer Erzbischofs Kurfürst Johann von Baden (1456–1503), galt, wie 1456 sein Vetter Johann in Trier, als Favorit Kaiser Friedrichs III. von Habsburg. Der etwa elf Jahre ältere Diether, Sohn des 1442 in den Reichsgrafenstand erhobenen Diethers I., Herr der wetterauischen Isenburg zu Büdingen sowie der Herrschaft Falkenstein-Münzenberg, Landvogt und oberster Amtmann in Hessen, und der Elisabeth von Solms-Braunfels, hatte als Mainzer Domkustos, Domherr in Trier und Köln sowie Stiftspropst von St. Viktor in Weisenau seine Hausmacht im Kernbereich des Erzbistums und galt als Parteigänger des in Opposition zum Kaiser stehenden Kurfürsten Friedrichs I. des Siegreichen von der Pfalz. Die politische Position der beiden sehr fähigen und an verschiedenen Universitäten gut ausgebildeten Prätendenten zeichnete bereits die Spannung vor, die 1459 über der Wiederbesetzung des mit der Kurwürde und dem Erzkanzleramt verbundenen Mainzer Erzstuhls lag. In beiden waren, wenn auch noch nicht so offen und schroff wie zwei Jahre später, die großen reichs-, territorial- und kirchengeschichtlichen Gegensätze der Zeit repräsentiert. Die Wahl selbst lief reibungsloser als befürchtet. Um Turbulenzen und Schismen zu vermeiden, wie sie mehrfach durch päpstliches Einwirken auf Mainzer Bischofswahlen im 14. Jahrhundert eingetreten waren, aber auch, um die bestehenden politischen Parteiungen im Domkapitel zu neutralisieren, entschieden sich die wahlberechtigten Domherren für eine Wahl *per modum compromissi*, d. h. eine Wahl durch ein aus ihren Reihen durch Losentscheid bestimmtes Siebenergremium. Dabei galt die Abmachung, jenen als Erzbischof anzuerkennen, der die Mehrheit der Siebenerstimmen erhielt. Die Wahl am 18. Juni fiel mit vier gegen drei zugunsten von Diether von Isenburg aus. Anders als 1456 in Trier, als der bei der dortigen Bischofswahl ebenfalls kandidierende Isenburg einem dem Hause Habsburg nahe stehenden und vom Kaiser geförderten Johann von Baden unterlag, hatte sich jetzt die kaiserkritische Richtung durchgesetzt. Um nicht sogleich offene Differenzen entstehen zu lassen, übertrug der neue Erzbischof seinem Kontrahenten Adolf von Nassau das von diesem seit 1451 innegehabte Amt des Provisors in Erfurt auf Lebenszeit und ernannte ihn zum obersten mainzischen Amtmann in Thüringen. Auch bestätigte er dessen Bruder Johann als Vizedom im Rheingau. Schwerer wird es ihm gefallen sein, aufgrund der eingegangenen Wahlkapitulation, aber auch aus politischen Überlegungen heraus, dem 1458 gegen den Pfalzgrafen Kurfürst Friedrich I. geschlossenen Bündnis beizutreten. Mit dem Beitritt und der damit gegebenen antipfälzischen Akzentsetzung knüpfte er an die politische Haltung seiner erzbischöflichen Vorgänger an, gedachte aber wohl auch, mit dieser prokaiserlichen Geste leichter die päpstliche Konfirmation seiner Wahl zu erreichen. Papst war seit 1458 Pius II. († 1464). Als der bedeutende Humanist Enea Silvio Piccolomini war er 1442 von Friedrich III. auf dem Frankfurter Reichstag zum Dichter gekrönt worden. Auch hatte er 1450 die Heirat und 1452 die Kaiserkrönung des Habsburgers mit vorbereitet. Solche persönliche Bindung blieb nicht ohne Auswirkung auf die Reichspolitik des Papstes, die zumeist eng mit der des Kaisers abgestimmt war. Obwohl selbst früher konziliaristisch eingestellt – er gehörte 1439 in Basel zu den Wählern des Gegenpapstes Felix V. und wurde 1440 dessen Sekretär –, war jetzt sein kirchenpolitisches Ziel, die Suprematie des Papstes zu stärken und zu konsolidieren. Außenpolitisch drängte ihn die Idee eines europäischen Kreuzzuges gegen die Türken, die 1453 mit der Eroberung Konstantinopels die letzte zentrale christliche Bastion des oströmisch-byzantinischen Reiches eingenommen hatten. Zur Verwirklichung dieses Zieles hatte er 1459 einen Fürstenkonvent in Mantua einberufen und die Ausschreibung einer Türkensteuer veranlasst. Vom gewählten Mainzer Erzbischof verlangte er, zur Verleihung der Wahlbestätigung persönlich nach Mantua zu kommen. Auch sollte er die Zusage geben, auf die Einberufung von Mainzer Provinzialsynoden zu verzichten und als Erzkanzler des Reiches Kurfürstentage nur noch mit kaiserlicher Erlaubnis auszuschreiben. Auf keine dieser Forderungen ging Diether ein. Auf Vermittlung erhielt er dennoch am 4. Januar 1460 die päpstliche Konfirmation und das Pallium als Zeichen der erzbischöflichen Würde. Dass dabei, wie bereits 1420 angekündigt, die fälligen Servitien verdoppelt und mit den Taxen und Gebühren auf über 20 000 fl. erhöht wurden, ließ den schon latenten Konflikt offen ausbrechen und 1461 in der Amtsenthebung des Mainzer Erzbischofs eskalieren. Dem war vorausgegangen, dass Diether von Isenburg gemeinsam mit seinem Domkapitel und den antipfälzischen Grafen von Nassau, Veldenz und Leiningen Friedrich I. die Fehde angesagt hatte, die Koalition am 4. Juli 1460 in der Schlacht bei Pfeddersheim gegen den mit Hessen verbündeten Kurpfälzer eine schwere Niederlage hatte hinnehmen müssen, die Mainzer vom Sieger mit drastischen Satisfaktionen belegt wurden und sich vor die Forderung gestellt sahen, mit dem pfälzischen Kurfürsten ein auf Angleichung der Politik ausgerichtetes Bündnis einzugehen.

Diese Umstände bewirkten bei Erzbischof Diether eine radikale politische Wende. Er schloss mit Friedrich von der Pfalz Frieden, ging mit diesem Führer der gegen den Kaiser gerichteten Fürstenopposition das verlangte zwanzigjährige Bündnis ein und sah sich bald an der Spitze der mit der kaiserlichen und päpstlichen Politik unzufriedenen Reichsfürsten gestellt. Erbittert über die unerwartete Verdoppelung der Mainzer Servitien und Konfirmationsgebühren und verärgert über die Belegung mit der Exkommunikation wegen seines Nichterscheinens in Mantua und seiner Weigerung, von der römischen Kurie aufgrund der Mainzer Servitienverpflichtungen in Anspruch genommene Kredite zu begleichen, appellierte er im Februar 1461 gegen solches Vorgehen der päpstlichen Kurie an ein künftiges Konzil, obwohl Papst Pius II. 1459 eine solche Appellation ausdrücklich verboten hatte. Zahlreiche Fürsten schlossen sich der Appellation an und auch der von den rheinischen Kurfürsten an den Kaiser gerichteten ultimativen Forderung, zur Verwirklichung einer verlangten Reichsreform nach Frankfurt zu kommen. Das formierte die Abwehrreaktion der Universalmächte. Vom Kaiser zu Maßnahmen gegen den seit dem 23. Februar 1461 gebannten und exkommunizierten Diether gedrängt, ließ der Papst beim Mainzer Domkapitel über die Wahl eines neuen Erzbischofs sondieren. Fast gleichzeitig verhandelten in Köln mit Adolf von Nassau verwandte oder verbündete Vertreter der Grafen von Nassau, Baden, Hessen und Württemberg mit päpstlichen Legaten über die Absetzung Diethers und die Wahl oder Ernennung Adolfs zum neuen Erzbischof. Die Absetzung Diethers durch Papst Pius II. erfolgte am 21. August 1461 bei fast gleichzeitiger Provision Adolfs II. zum neuen Erzbischof. Als die päpstlichen Bullen am 26. September 1461 dem Mainzer Domkapitel und Diether von Isenburg vorgetragen und ausgehändigt wurden, legte der abgesetzte Erzbischof sogleich Protest ein. Unter dem Eindruck des energischen

Vorgehens von Papst und Kaiser entschied sich allerdings die Mehrheit des Domkapitels für die Anerkennung Adolfs II., der im Oktober feierlich inthronisiert werden konnte. Diether, der die Stadt Mainz hinter sich wusste, nahm die Absetzung nicht hin. Die Spaltung war da. Da es sich bald abzeichnete, dass in einem Waffengang die Entscheidung gesucht würde, brachten beide erzbischöflichen Gegner über riesige Verpfändungen familiärer und erzstiftischer Einkünfte und Besitzungen, darunter die zu Anfang erwähnte Bergstraße, namhafte und potente Verbündete hinter sich. Auch wurde erstmals über Einblattdrucke die Erfindung von Johannes Gutenberg propagandistisch eingesetzt. Ab Dezember 1461 sprachen die Waffen. Zur ersten offenen Feldschlacht kam es am 30. Juni 1462 bei Seckenheim. Sie endete mit einer schweren Niederlage der Verbündeten Adolfs II. Die Entscheidung über den endgültigen Sieg war damit noch nicht gefallen. Das geschah erst am 28. Oktober 1462, als es den Verbündeten Adolfs II. gelang, nach überraschendem Angriff und erbitterten Straßenkämpfen mit Hunderten von Toten Mainz zu erobern. Für die Stadt bedeutete die Niederlage eine Katastrophe. Es hatte die vielen Toten gegeben, eine Vielzahl von Häusern war zerstört, Plünderungen enormen Ausmaßes hatten große Schäden angerichtet, nach einem Strafgericht durch den siegreichen Erzbischof Adolf II. mussten rund 800 männliche Bürger die Stadt verlassen. Noch härter traf es die Stadt, dass sie ihre seit 1244 gehaltenen Freiheiten und Privilegien verlor. Sie erhielt vom Erzbischof eine neue Verfassung. Statt des bisher frei gewählten Rates führte ein vom Erzbischof ernannter Vizedom die Regierung. Der Fall von Mainz entschied die Stiftsfehde zugunsten Adolfs. Zwar gab es noch Kampfhandlungen bis zu den Oppenheimer Waffenstillstandsverträgen am 18. April. Als besonders schwierig erwies sich dabei Friedrich I. von der Pfalz, der seine bisher erzielten territorialen und finanziellen Gewinne auf keinen Fall verlieren wollte. Doch auf mehrfache Vermittlungen, darunter auch von päpstlicher und kaiserlicher Seite, kam nach sehr komplizierten Vertragsverhandlungen am 5. Oktober 1463 der Zeilsheimer Frieden zwischen Adolf von Nassau und Diether von Isenburg, der mit einem kleinen Territorium aus Stiftsgebiet zu eigenem Besitz auf Lebenszeit entschädigt wurde, zustande. Weil Diether am 24. Oktober 1463 seinen Anspruch auf den Heiligen Stuhl von Mainz aufgab und verzichtete, löste ihn Papst Pius II. von der Exkommunikation und dem Bann, gefolgt vom Kaiser, der ihn aus der Reichsacht löste.

Der jetzt von allen anerkannte Erzbischof Adolf II. musste auf die Verleihung des Palliums bis 1465 warten. Da inzwischen auch die strittige Frage der Servitienzahlungen und Taxen beigelegt war, erteilte ihm der Papst gleichzeitig die Erlaubnis, sich zum Bischof konsekrieren zu lassen. Die Bischofsweihe empfing er am 26. Januar 1466. Die enormen aus der Stiftsfehde erwachsenen finanziellen und wirtschaftlichen Nöte erschwerten es, den Wiederaufbau der Stadt Mainz und des Erzstifts zügig voranzubringen. Diese Hemmnisse und Belastungen ließen in Erzbischof Adolf II. die Überlegung aufkommen, einen Koadjutor zu bestellen und diesen mit der weltlichen Regierung des Erzstifts zu betrauen, ein Plan, der an vielfachem Widerstand scheiterte. Reichspolitisch wurde seine Reise 1470 zum Kaiser nach Kärnten wichtig. Der Erzbischof nahm offiziell die kaiserliche Belehnung mit den Mainzer Temporalien und den Regalien entgegen. Fast noch entscheidender war, dass der Erzkanzler von Kaiser Friedrich III. mit der Leitung der Kanzlei beauftragt wurde und diese Funktion auch annahm. Es war eine Entscheidung mit großer politischer Langzeitwirkung. Eine eher unmittelbare Folge war, dass der Kaiser über die Aktivitäten seines Kanzlers über seine Erbländer hinaus wieder reichsbezogen präsent war. Gestorben ist Erzbischof Adolf II. am 6. September 1475 in der erzbischöflichen Residenz in Eltville. Beigesetzt wurde er im heimatlichen Zisterzienserkloster Eberbach.

Bereits vor dem Tod Adolfs II. zeichnete sich ab, dass im Domkapitel die Tendenz herrschte, Diether von Isenburg ein zweites Mal zum Erzbischof zu wählen. Damit war vor allem das Bestreben verbunden, das diesem überlassene Stiftsgebiet wieder ins Mainzer Territorium einzugliedern. Obwohl Kaiser Friedrich III. auf jeden Fall die Wiederwahl seines politischen Gegners verhindern wollte und diesbezüglich auch um eine päpstliche Intervention ersucht hatte, gab ihm das Domkapitel noch vor Eintreffen eines päpstlichen Verbots am 6. November 1475 seine Stimme. Es führte zu lange anhaltender Verstimmung mit Kaiser Friedrich III., dass Papst Sixtus IV. (1471–1484) die Wahl am 5. April 1476 bestätigte. Die kaiserliche Belehnung hat Erzbischof Diether von Isenburg nicht erhalten können.

Seine wesentlichen Aktivitäten konzentrierte er dennoch auf den Wiederaufbau des Erzstifts und insbesondere der Stadt Mainz, die ab 1476 endgültig erzbischöflich war. Um Letzteres auch nach außen zu demonstrieren, forcierte der erzbischöfliche Stadtherr den Bau der Martinsburg. Der 1480 fertig gestellte und im folgenden Jahr abgebrannte Fachwerkbau wurde umgehend durch eine massive Steinburganlage ersetzt. Sie wurde zur zentralen Residenz der Kurfürst-Erzbischöfe. Zu den herausragenden Leistungen Diethers in seinem zweiten Pontifikat gehört 1477 die Gründung der am 24. November 1476 urkundlich von Papst Sixtus IV. bestätigten Universität in Mainz, deren feierliche Eröffnung am 1. Oktober 1477 erfolgen konnte. Die Professoren der zunächst drei und dann vier Fakultäten zählenden Universität, nämlich Philosophie, Theologie, Jurisprudenz und Medizin, wurden aus 22 Kanonikaten in 14 Kanonikerstiften dotiert. Vermehrte bildungsbezogene Bedürfnisse jener frühhumanistischen Epoche und Prestigedenken waren Gründungsmotive für diese neben Erfurt zweite Universität im Erzstift, aber auch die politischen Spannungen im thüringischen Raum mit seinen starken Absetzbewegungen von Mainz. Um solchen Bestrebungen entgegenzuwirken und um kursächsische territoriale Begierlichkeiten zu neutralisieren, ließ Diether 1480 Adalbert, Sohn des Kurfürsten von Sachsen, zu seinem Koadjutor mit dem Recht der Nachfolge wählen. Trotz erheblicher Vorbehalte hat Rom diese auf Sicherheit der mainzischen Gebiete ausgerichtete Postulation am 12. Januar 1481 bestätigt. Im folgenden Jahr war Erzbischof Diether tot. Er starb am 6. Mai 1482 in Aschaffenburg und wurde im Mainzer Dom beigesetzt. Sein mit neuen künstlerischen Stilelementen durchsetztes Epitaph befindet sich immer noch an der ursprünglichen Stelle.

Literaturauswahl

Menzel 1868. – Menzel 1870. – Köster 1947. – Kirnberger 1950. – Walbrach 1957. – Brück 1972. – Brosius 1975. – Brosius 1976. – Angermeier 1984. – Ringel 1986. – Jürgensmeier 1989. – Hollmann 1990. – Gatz 1996. – Christ/May 1997.

LM 32

Urkunde mit Siegel Adolfs II. von Nassau Mainz, 9. Mai 1468

Pergament – Siegel des Ausstellers an Pergamentpressel anhängend
Urkunde: H. 15,8 cm, B. 33,7 cm; Siegel: Dm. 5,2 cm, T. 1 cm
Hessisches Hauptstaatsarchiv Wiesbaden, Abt. 131, U 193

Mit dieser in Deutsch verfassten Urkunde belehnte der Mainzer Erzbischof Adolf II. von Nassau seinen Bruder, den Grafen Johann von Nassau(-Idstein), mit dem obersten Erbschenkenamt des Mainzer Erzstifts. Dies war verbunden mit jährlich 60 Gulden vom Zoll zu Lahnstein, zahlbar am St. Martinstag, sowie mit allen anderen zum Amt gehörenden Rechten.

Die am 9. Mai 1468 ausgestellte Urkunde ist mit dem Sekretsiegel Adolfs II. von Nassau versehen. Das Siegel zeigt im Vierpass das Brustbild des Mainzer Erzbischofs in seiner Pontifikalkleidung mit Pallium und reich verzierter Mitra sowie mit dem Kreuzstab in der rechten und der Heiligen Schrift in der linken Hand. Die Zwickel des profilierten und mit Punzen bereicherten Vierpasses sind mit Blüten gefüllt. Die Umschrift des Siegels lautet: *sigullum : adolfi archiepi · maguntinensis.* Rechts und links des Erzbischofs sind die Wappen mit dem Mainzer Rad und dem Nassauer Löwen platziert. Sie sind so angeordnet, dass sie den Vierpass und die Umschrift durchbrechen. Die Ge-

staltung des Siegels steht in der Tradition der erzbischöflichen Siegelkunst und entspricht, bis auf stilistische und geringe motivische Unterschiede, dem Typus, der bereits von den Vorgängern im Amt als offizielle Darstellung genutzt wurde. Zu nennen sind hier Siegel Adolfs I. von Nassau (1381–1390), Konrads III. von Dhaun (1419–1434) oder Dietrichs I. Schenk von Erbach (1434–1459).[1]
Im Ausstellungskontext ist besonders das Siegel der Urkunde interessant, da sich hier der höchste Würdenträger der Diözese Mainz in seinem Amt und als Person darstellt. Die öffentliche und repräsentative Funktion des Siegels entspricht der eines mittelalterlichen Grabmonumentes, und so sind auch in beiden Kunstgattungen ähnliche Traditionen und Typologien festzustellen.
A. A.

1 Zu den Siegeln der Erzbischöfe von Mainz s. Posse 1914, S. 51, Nr. 75 mit Taf. 10,1; S. 53, Nr. 93 mit Taf. 11,8; S. 54, Nr. 98 mit Taf. 11,13; S. 54, Nr. 104 mit Taf. 12,2.

LM 33

Pontifikale Erzbischof Adolfs II. von Nassau Mainz, um 1470 (nach 1466)

Pergamenthandschrift, 162 Bll. – Moderner Einband mit gemustertem Goldschnitt
H. 38,4 cm, B. 27,8 cm
Hofbibliothek Aschaffenburg, Ms 12

21 Zeilen in 2 Kolumnen, schwarze Textura mit roten Rubriken, teilweise Noten für Gesänge und alte Foliierung. 41 Zierseiten, fast durchweg mit ausstrahlenden Ranken, durchsetzt mit Figuren aus den Kupferstichen des Spielkartenmeisters und des Meisters E. S. Die einzelnen Kapitel durch große Zierbuchstaben von 6 bis 8 Zeilen Höhe hervorgehoben, davon vier historisiert; die 27 wichtigsten Texte mit Miniaturen derselben Höhe, dazu meist ein weiterer Zierbuchstabe; das Anfangsblatt mit vierseitiger, besonders reicher Bordüre. Die letzten Blätter mit nachgetragenen Texten zweier Schreiber.

Provenienz: Für den Mainzer Erzbischof Adolf II. von Nassau (1461–1475) angefertigt, über die Mainzer Dombibliothek nach Aschaffenburg gelangt.

Jeder Bischof brauchte ein Pontifikale, das ihm die wesentlichen Texte für die von ihm selbst auszuführende Liturgie an die Hand gab; das hier vorliegende Exemplar folgt der Fassung des Karmeliters Daniel a Wichterich († 1364). Von ungewöhnlicher Brillanz ist das aufgeschlagene Bild; es wird aber übertroffen von der dreiseitigen Bordüre auf fol. 13 mit der Einsegnung eines Hochzeitspaares (s. Abb.). Die kirchliche Zeremonie, die nicht ganz dem Ritus konform in einem Innenraum und nicht an der Kirchentür vollzogen wird, konterkariert im Randschmuck ein Liebespaar aus Lautenspieler und junger Frau. Entlehnt sind die Figuren einem Kupferstich des Meisters E. S.[1] Das ist nicht das einzige Motiv aus dem Werk des oberrheinischen Kupferstechers in diesem Buch; datierte Blätter geben den entscheidenden Anhaltspunkt für die zeitliche Einordnung: Der Mainzer Erzbischof, der sich auf fol. 1 durch acht Ahnenschilde verewigen ließ, hat dieses Buch nicht zu Beginn seiner Amtszeit 1461, sondern wohl erst nach 1466 anfertigen lassen. Einzigartig ist die Malerei auf fol. 13; auch die übrigen Miniaturen und Ranken erweisen sich erstaunlich qualitätvoll. Anders als Vaassen 1973 angenommen hat, könnten sie alle von einer zweiten Hand sein, die weniger kristallin arbeitet und damit dem Hausbuch näher steht als fol. 13.
E. K.

1 L. Bd. 2, Nr. 203. Vgl. Appuhn 1989, Abb. 229.

Literatur

Vaassen 1973, bes. Sp. 1209–1212, 1303–1312, 1345. – Hofmann/Thurn 1978, S. 37 f. – Hess 1994, bes. S. 22–24.

LM 34

Heinrich Dors[en] Epitaphienbuch, 1632

Zeichnung des Grabsteins Adolfs II. von Nassau
Papier, schwarze Tuschfederzeichnung, mit hellgrauer Wasserfarbe getönt – Umschrift in brauner Tinte – Das eingeklebte Originalblatt geht in der Breite über zwei Buchseiten und ist in der Mitte gefaltet
H. 34 cm, B. 17 cm
Hessisches Hauptstaatsarchiv Wiesbaden, Abt. 130 II, A 22, fol. 44^{v}, 45^{r} (Herzoglich Nassauisches Hausarchiv)

Die Zeichnung des Grabsteins Adolfs II. von Nassau gehört zu den ca. 100 beschriebenen und mit Zeichnung versehenen Blättern, die Heinrich Dors anfertigte und 1632 als Epitaphienbuch des Hauses Nassau zusammenstellte. Dors erfasste in sehr genauen Zeichnungen 68 Grabmäler, sechs Glas- und drei Wandmalereien, die er genealogisch ordnete.[1]

Der Vergleich mit der erhaltenen Grabplatte Adolfs II. von Nassau zeigt, z.B. in der Gewandfaltenbildung, den Schmuckformen oder dem architektonischen Zierrat, wie detailgenau die Zeichnung das Steinbildwerk wiedergibt. Es ist auch zu erkennen, dass der Kreuzstab des Erzbischofs einst ein Kruzifix trug, das heute verloren ist. Auffällig ist jedoch eine gewisse Dramaturgie in der Wiedergabe des Verstorbenen: Der Körper ist in der Zeichnung leicht nach links gewendet und der Kopf neigt sich deutlich zur Schulter. Man ist versucht, dies als »Interpretation« des Künstlers zu deuten. Aber die Darstellung ist erst richtig zu verstehen, wenn man berücksichtigt, dass Dors den als Hochrelief gearbeiteten Grabstein noch in der ursprünglichen Aufstellung sah. Das Monument befand sich bis 1707 im Boden vor dem Hochaltar der Abteikirche in Eberbach im Rheingau. Dors stand links neben dem Grabmal, als er es zeichnete und gibt es dementsprechend in einer perspektivischen Verkürzung wieder. Anlässlich der Höherlegung des Kirchenbodens wurde die Gruft Adolfs II. geöffnet und der Grabstein in das im Chor der Kirche befindliche Nischengrab des 1371 verstorbenen Mainzer Erzbischofs Gerlach von Nassau integriert. Dazu montierte man beide Grabplatten hochkant an der Wand.

Adolf II. von Nassau († 1475) ließ sich nicht seinem Amt entsprechend im Dom der Stadt Mainz bestatten, sondern wählte hierzu die Zisterzienserabteikirche Eberbach. Anders als auf den Grabmälern seiner Amtsvorgänger ist Adolf II. nicht lebend dargestellt, sondern tot: Die Augen sind geschlossenen, die Wangen eingefallen und der Mund ist geöffnet. Auch ist sehr naturalistisch wiedergegeben, wie der Verstorbene auf dem Totenkissen ruht: Das Gewand der breit gelagerten Gestalt fällt schwer auf die Liegefläche und die lange Albe umspielt mit zahlreichen gebrochenen Gewandfalten den Fußbereich. Die Hände des Erzbischofs sind kraftlos über dem Körper gekreuzt und der Kreuzstab scheint dem Verstorbenen aus der Hand zu gleiten. Die Darstellung eines liegenden Toten auf der Grabplatte Adolfs II. von Nassau ist die erste ihrer Art am Mittelrhein.[2]

Bisher ist es nicht gelungen, das Grabmal Adolfs II. von Nassau überzeugend in das Werk eines Künstlers einzuordnen. Walter Paatz sieht in dem Grabmal ein Hauptwerk des Adalbertmeisters.[3] Die Einordnung in das recht gut datierbare Œuvre des Adalbertmeisters fällt jedoch schwer. Qualität und Ausdrucksstärke des Eberbacher

Monumentes scheinen die Werke des Adalbertmeisters erst in den 90er Jahren des 15. Jahrhunderts erreicht zu haben. Der ungewöhnliche Aufstellungsort des erzbischöflichen Grabmals lässt jedoch vermuten, dass Adolf II. noch selbst seine Grablege in Auftrag gab und Eberbach als Bestattungsort bestimmte. Auch der allgemein dem Adalbertmeister zugeschriebene Grabstein des Bernhard von Breydenbach (vgl. S. 623), der inhaltlich vergleichbar ist, zeigt mehr Unterschiede als Gemeinsamkeiten.
A. A.

1 Hauck/Laufer 1983.
2 Schaum-Benedum 1968, S. 123–125, 157.
3 Paatz 1967, S. 49.

Literatur
Hauck/Laufer 1983, S. 136 f., Nr. 23 N.

LM 35

Siegelstempel des Kanzlers der Universität Mainz Um 1477

Bronze, mit Handhabe
Dm. 6 cm
Germanisches Nationalmuseum, Nürnberg, SiSt 131

Zustand: Der Siegelstempel weist kaum Benutzungsspuren auf.

Provenienz: Der Universitäts-Siegelstempel befand sich vermutlich bis zum Ende des 18. Jahrhunderts in Mainz. In der zweiten Hälfte des 19. Jahrhunderts erwarb der Berliner Heraldiker und Sammler Friedrich Warnecke den Stempel aus dem Münchner Antiquariat Julius Böhler. Nach dem Tod Warneckes kam seine Sammlung in das Germanische Nationalmuseum nach Nürnberg.[1]

Anders als die häufig gebrauchten Siegel des Rektorats und der Fakultäten der Universität Mainz ist das so genannte Kanzlersiegel besonders groß und prachtvoll ausgearbeitet.[1] Es zeigt im Zentrum den hl. Martin in bischöflichem Ornat, der dem rechts neben ihm knienden Bettler ein Gewand reicht. Die Figurengruppe befindet sich in einer gotischen Architektur mit filigran gestaltetem, dreigliedrigem Baldachin, der von fein gearbeitetem Stabwerk getragen wird. Aus dem Stabwerk erwachsen Fialen, und es ist mit vegetabilen Gebilden auf kleinen Konsolen bereichert. Die Architektur wird von einem wappenhaltenden Engel getragen. Die Wappen zeigen heraldisch rechts das Emblem des Domkapitels und links das des Erzbischofs Diether von Isenburg, der die Mainzer Universität mit päpstlicher Erlaubnis 1477 fundierte. Dies wurde als ein Indiz für die Herstellung des Stempels in den Gründungsjahren der Mainzer Universität gedeutet[2] – eine Datierung, die durch die stilistischen Eigenheiten des Siegels unterstützt wird. Die in hohem Relief gearbeitete Szene wird durch ein bewegtes Schriftband gerahmt, auf dem in gotischer Majuskel zu lesen ist: *S*(igillum): *ALME UNIV*(ersi) *T*(atis) – *ST*(u)*DII MAGV*(n)*TIN*(i). Die Darstellung des Dompatrons und die Anordnung der Wappen von Domkapitel und Erzbischof sprechen dafür, dass das Siegel vom Kanzler der Universität geführt wurde.[3] Erster Kanzler der Universität wurde der Propst von Liebfrauen in Mainz, Georg Pfintzing, durch dessen Vermittlung die Wahl Diethers von Isenburg zum Oberhaupt der Mainzer Erzdiözese vom Papst bestätigt wurde und der die Genehmigung der Universitätsgründung in Rom erwirkte. Nach dem Tod Pfintzings 1478 fiel das Amt des Universitätskanzlers an den Mainzer Domkustos.[4]
A. A.

1 Vgl. Diepenbach 1946, S. 69.
2 Vgl. Arens 1982 (II), S. 35.
3 Vgl. Mathy 1977, S. 22.
4 Vgl. Diepenbach 1946, S. 70 f.

Literatur
Diepenbach 1928, S. 81 f. – Diepenbach 1930, S. 242 f. – Diepenbach 1946, S. 69–71. – Mathy 1977, S. 203, Taf. 5 (oben). – Arens 1982 (II), S. 34 f.

LM 36

Franz Graf von Kesselstatt (1753–1841) Die Martinsburg von Süden

Gouache
Bez. r. u.: »Gemahlt von Franz Graf von Kesselstatt.«; unter dem Bild: »Die Martinsburg/Das von dem Erzbischof und Kurfürsten von Maynz Dither von Isenburg/1481 in Maynz erbaute Residenz Schloß. – abgerissen 1806.«
Blattgröße: H. 19,2 cm, B. 22,7 cm; Bild: H. 13,5 cm, B. 17,2 cm
Landesmuseum Mainz, Graphische Sammlung, Inv.-Nr. GS 0/2085

Franz Graf von Kesselstatt, Domkapitular, Kunstsammler und zeichnender Dilettant, hat uns in zahlreichen kleinformatigen und meist ausführlich beschrifteten Gouachen Mainzer Gebäude in ihrem Zustand zwischen dem Ende des Kurstaates und dem Ende der napoleonischen Herrschaft überliefert. Sie entstanden allerdings nicht immer auf der Basis eigener Anschauung, sondern oft als verkleinerte Kopien nach Werken seiner Lehrer Johann Caspar Schneider und Johann Jakob Hoch. Beide sollen seine Gouachen auch farbig ausgeführt und mit Staffage versehen haben. Dass er seine Veduten als kolorierte Radierungen und Lithografien vertrieb, lässt auf ein gesteigertes Interesse des Publikums an Geschichte und Architektur des alten Mainz schließen. Perspektivische, auch in dieser Gouache festzustellende Mängel überwand Kesselstatt nie, doch sind seine Veduten von dokumentarischem Wert. Da er auf drei Blättern das Abbruchsdatum der Martinsburg, 1806, vermerkte, sind sie wohl kurz danach entstanden. Die Steine der Burg wurden auf Anordnung Napoleons zum Bau des Freihafens verwendet.

Kesselstatt hat drei Ansichten der Martinsburg angefertigt. Die Ansicht von Nordwesten schneidet rechts den Ostflügel des Schlosses an und gibt den Blick auf die vor der Burg gelegenen Wirtschaftsgebäude. Sie ist retrospektiv und sollte den Betrachter in die kurfürstliche Zeit zurückversetzen, denn sie zeigt die Ausfahrt des Kurfürsten in einer Kutsche. Auf der Vedute von Süden schiebt sich links das Deutschhaus ins Bild, dahinter sind die südliche Schmalseite des Schlosses und die vorspringende Martinsburg zu sehen. Die größere Vedute von Südwesten vereint Kanzleigebäude, Schloss und Martinsburg, deren Dachzone mit den großen Zwerchhäusern nicht korrekt wiedergegeben ist.

N. Su.

Eberhard König

Buchmalerei in Mainz zur Zeit von Gutenberg, Fust und Schöffer

Gutenbergs Erfindung und die Tatsache, dass seit den 1450er Jahren von Mainz aus vor allem lateinische Bücher in großer Zahl in alle Welt gingen, hat den Eindruck geschaffen, der alte Sitz des mächtigsten deutschen Erzbischofs habe zu jener Zeit einen hohen Rang als Stadt des Buchs und auch der Buchmalerei besessen. In eigenartigem Gegensatz dazu steht der erhaltene Bestand: Die Stadtbibliothek ist geplündert; viele Handschriften dort wurden ihres Schmuckes beraubt; kein Buchmaler von Rang lässt sich für Mainz namentlich ermitteln; die Archive bringen keinen nennenswerten Aufschluss. Alle kunsthistorischen Versuche, eine Mainzer Schule der spätgotischen Buchmalerei zu etablieren, beruhen somit auf Mutmaßungen.

Abb. 1 **Würzburger Riesenbibel. Fol. 363^{v}. Um 1466/1478. Universitätsbibliothek Würzburg**

Es mag an der literarischen Form von Schlussworten armenischer Schreiber liegen; vielleicht ist es aber doch ein echter Einblick in die Situation, dass sich der nach Mainz verschlagene Schreiber Sargis, der dann in Deutschland Yacob hieß, 1391 wortreich über den Zustand des Schreiberwesens in Mainz beklagt. Nicht einmal Pergament fände man in dieser für den armen Armenier vermaledeiten Stadt.[1]

Mein eigener Verdacht, dass es mit der Mainzer Buchkunst in den Jahren, da Gutenberg an die Realisierung seiner Erfindung ging, nicht weit her war, verstärkt sich noch angesichts der einzigen sicher in der Stadt illuminierten 42-zeiligen Bibel: Bekanntermaßen handelt es sich dabei um das seiner Initialen weitgehend beraubte Papier-Exemplar der Pariser Nationalbibliothek, das für die Datierung des Drucks früher das Hauptkriterium bot, weil ein Heinrich Albch, genannt Cremer, 1456 in beiden Bänden Schlussschriften hinterlassen hat.[2]

Cremer war für diese Aufgabe keineswegs etwa deshalb qualifiziert, weil er ein gestandener Buchhersteller gewesen wäre, ein Buchmaler oder Buchbinder. Vielmehr war er geistlichen Standes, Vikar an der Stiftskirche St. Stephan in Mainz. Überdies gibt er an, er habe das Buch rubriziert, illuminiert und gebunden. Damit ging zumindest die erste Gutenbergbibel, von der wir wissen, wie sie gebrauchsfertig gemacht wurde, nicht aus einer arbeitsteiligen Werkstatt hervor, sondern wurde gleichsam in Heimarbeit von jemandem bearbeitet, der offenbar nur gelegentlich an Buchherstellung beteiligt war und dabei immerhin so komplizierte Verfahren wie den Auftrag von Silber beherrschte.

Die Ausgangspunkte für die kriminalistische Rekonstruktion dessen, was in Mainz auf dem Gebiet der Buchmalerei von 1450 an geschaffen wurde, sind durchweg problematischer Natur: Die wenigen bekannten Beispiele von Handschriften aus dem Besitz führender Prälaten am erzbischöflichen Hof mögen in der Stadt selbst entstanden sein, stammen vielleicht aber auch aus anderen Stationen der Tätigkeit dieser Herrschaften. In der Bischofsstadt wurden mehr Bücher gedruckt, als dort illuminiert wurden. Herausragende Exemplare gedruckter Bücher aus der Offizin von Fust und Schöffer sind auf Anhieb als charakteristische Werke französischer, flämischer oder italienischer Buchmaler zu erkennen.[3] Deshalb ist grundsätzlich Vorsicht geboten, wenn man ein Mainzer Buch einem Mainzer Buchmaler zuschreiben möchte.

Gutenbergs Erfindung hatte eine gewisse Sogwirkung; deshalb hat man die später in der Mainzer Dombibliothek aufgetauchte Washingtoner Riesenbibel nach Mainz lokalisiert. Das geschah in der Hoffnung, ausgerechnet aus den Jahren, da man die Gutenbergbibel druckte, eine handgeschriebene Bibel aus derselben Stadt vorweisen zu können.[4] So eindrucksvoll sich dieser vollständig erhaltene Kodex, der 1452/53 in mehreren Etappen vom Schreiber datiert wurde, heute in der Library of Congress neben einer Gutenbergbibel ausmacht, so wenig trägt das Werk dazu bei, einen Begriff von der Mainzer Buchmalerei aus Gutenbergs Zeiten zu geben, weil weder Schrift noch Malerei an den Mittelrhein gehören.

Einen noch entschiedeneren Rang nahm in der bisherigen Forschung eine handgeschriebene Bibel, die nur mit dem zweiten Band erhalten ist, ein: Nach ihrem heutigen Aufbewahrungsort, der Universitätsbibliothek Würzburg (Mp. th. f. m. 11), nennt man sie die Würzburger Riesenbibel

(Abb. 1). Diese Prachthandschrift entstand zwischen 1466 und 1478 für den Mainzer Domscholaster Volpert von Ders, der das Buch der Mainzer Dombibliothek überließ. Selbstverständlich ist man mit Elgin Vaassen (1973) versucht, dieses überaus reiche Manuskript zum Ausgangspunkt einer Mainzer Buchmalerei jener Zeit zu machen. Doch schon die Tatsache, dass die Würzburger Riesenbibel in Format, Schrift und Zeilenzahl der in Bamberg gedruckten zweiten lateinischen Bibel, also der 36-zeiligen Bibel, entspricht, lässt nur schwer eine sichere Mainzer Provenienz des Werks erklären.[5]

Anders als bei der stilistisch völlig einzigartigen Washingtoner Bibel lassen sich um den Kodex in Würzburg einige stilverwandte Handschriften und Drucke gruppieren. Das stilistische Geflecht schließt allerdings herausragende Handschriften ein, die mit größter Sicherheit weder in Mainz noch auch im Umfeld des Erzbischofs, sondern in Heidelberg für den Hof der Pfalzgrafen illuminiert wurden. Sogar das schönste Werk dieses Stils, den man am liebsten in Mainz verorten würde, der Vergil von 1473/74 aus der Palatina (Vatikanische Bibliothek, Cod. pal. lat. 1632), stammt aus Heidelberg.[6]

Erschwerend kommt bei der Ermittlung von Mainzer Arbeiten noch hinzu, dass die freie Reichsstadt Frankfurt mit ihrer Messe ganz zweifelsfrei eine wesentliche Rolle gespielt hat, jedoch kein einziges sicher dort entstandenes Werk bekannt wäre.

Den reichsten Bestand an Mainzer Buchmalerei dürften die Inkunabeln enthalten. Ihn zu ermitteln, verlangt freilich eine schwierige Abwägung: Am ehesten leuchtet es ein, dass ein Druck aus Mainz, der anschließend in Mainzer Besitz gelangte, die Stadt nie verlassen hätte und somit Mainzer Buchmalerei enthielte. Das Pergament-Exemplar der 42-zeiligen Bibel in der Pariser Nationalbibliothek gehört zu den klarsten Beispielen: Es stammt aus dem Mainzer Benediktinerkloster St. Jakob, einem führenden Haus der Bursfelder Kongregation. Sein Dekor stimmt wesentlich mit der Göttinger Gutenbergbibel überein; beide verwenden Laubwerk, das in zwei weitgehend miteinander übereinstimmenden Maltraktaten, dem Göttinger und dem Berliner Musterbuch (Abb. 2), erläutert und veranschaulicht wird.[7] Zwar lässt sich eine reiche Folge von Handschriften um die beiden Musterbücher und die beiden Gutenbergbibeln ordnen, einige davon mit markanten Hinweisen auf Mainz, z. B. einzelne Blätter in den von Judith König erforschten Karmeliter-Chorbüchern aus den 1430er Jahren (Kat.-Nr. LM 29–31) sowie das Missale für St. Gangolph in Mainz (Stadtbibliothek, Hs II 136), 1444 wohl als erzbischöfliche Stiftung entstanden.[8] So dicht die Hinweise auf Mainz auch sind, an weit entferntem Ort, freilich in engem kirchlichem Bezug zum Erzbistum, taucht derselbe Dekor 1452 auf: Im Sommersemester schmückt derartiges Laubwerk den ersten illuminierten Eintrag in der Erfurter Universitätsmatrikel. Die Immatrikulation fand ungewöhnlicherweise bei den Benediktinern auf dem Erfurter Petersberg statt, sie erfasste drei Prinzen aus dem Hause der badischen Markgrafen, deren ältester der Mainzer Kanoniker Johannes von Baden war. Da das Erfurter Peterskloster eine führende Rolle innerhalb der Bursfelder Kongregation spielte, erweist sich Laubwerk in der Art des Berliner und des Göttinger Musterbuchs eher als ein Merkzeichen für Bursfelder als für Mainzer Buchmalerei.

Damit sind die Grenzen für die Bestimmung von Mainzer Buchmalerei im Zeitalter Gutenbergs und Schöffers sehr

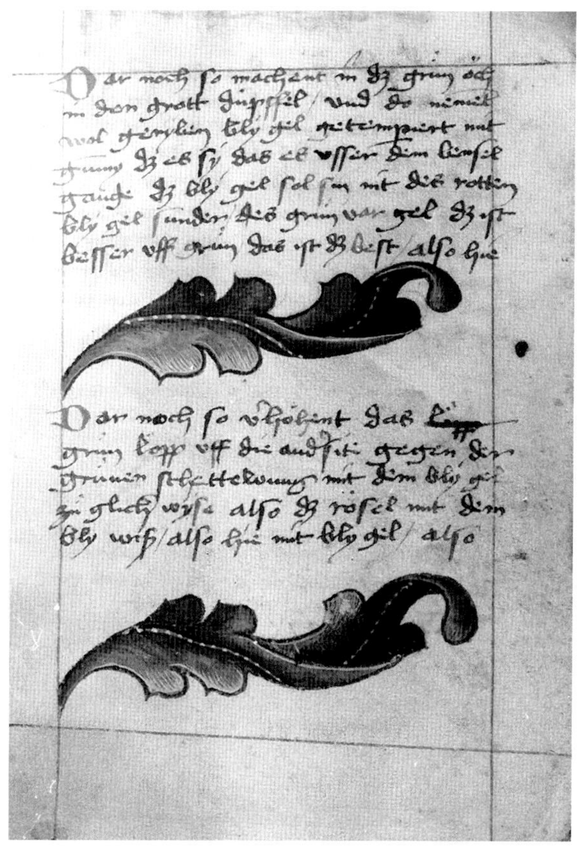

Abb. 2 **Berliner Musterbuch. Fol. 1. Um 1440/50. Staatliche Museen zu Berlin – Preußischer Kulturbesitz, Kupferstichkabinett**

weit gesteckt: Die in Mainz praktizierte Buchkunst mag, wie im Falle des Laubwerks, auf Traktaten fußen, die innerhalb einer Ordenskongregation weit außerhalb der Stadt verbreitet waren und keineswegs zwingend aus Mainz stammen. Mainzer Buchmalerei für den Hof des Erzbischofs wie für die dortigen Drucker kann kaum von Illuminationen für den Pfalzgrafen in Heidelberg unterschieden werden. Sobald sie weltlich geprägt ist, mag sie Frankfurter Kunst sein. Wo sie, wie bei Heinrich Albch, genannt Cremer, für Mainz dokumentarisch bewiesen ist, erweist sie sich als dürftig, und wenn auch nur aus dem Grund, dass sie gnadenlos geplündert wurde.

Mit ihren kompakten Formen und den gedämpften Farben bildet das in Handschriften und Inkunabeln nach den Musterbüchern gestaltete Laubwerk ein Phänomen, das wenig mit der übrigen Mainzer Buchmalerei oder dem, was man dafür hält, zu tun hat. In der Würzburger Riesenbibel beispielsweise herrscht ein bewundernswert lebendiges Kolorit, das den Ranken funkelnde Brillanz gibt (Abb. 1). Dazu passen die schlanken Blattformen, gern spitzig auslaufend. Doch lassen sich zwei gegensätzliche Gruppen erkennen, die auf ein weiteres Grundproblem der kunstgeschichtlichen Rekonstruktion führen: Elgin Vaassen hat 1973 versucht, eine Werkstatt zu ermitteln, die für die ganze Ausstattung der Bibel zuständig war. Im krassen Gegensatz zum Konzept der Werkstatt definiert die Autorin die von ihr erkannten Hände als »Meister I bis IV«.[9] Diese Unterscheidung ist nicht nur deshalb problematisch, weil spätgotische Werkstätten in der Regel nur von einem Meister geprägt waren. Schwieriger noch ist die ungeheure Vermehrung von Malern und Meistern durch die Tendenz der Autorin, in vielen weiteren Büchern ähnlich zu differenzieren, ohne dann einen Meister des einen Buchs in einem zweiten eines anderen Buchs wieder zu erkennen.

Im losen stilistischen Gefüge der Würzburger Riesenbibel treten zwei Tendenzen gegeneinander auf, die man, wären sie nicht in einem Buch vereint, sogar gegensätzlichen Regionen zuweisen möchte. Wieder bleibt uns das Paradox nicht erspart: Die am ehesten historisch mit Mainz verknüpfte Stiltendenz (Abb. 1) scheint nicht rheinischen, sondern österreichischen Ursprungs zu sein. Sie vertritt jedoch ein Buchmaler, der als Einziger in Mainz eine geradezu exklusive Verbindung mit dem frühen Buchdruck einging:[10] Er taucht zum ersten Mal bei der Illuminierung der Gutenbergbibel auf; von diesem Druck illuminiert er zwei Exemplare, die Bibel in Burgos und das Alte Testament der Pierpont Morgan Library in New York. In beiden Frühdrucken trägt er an vielen Stellen dieselben Ranken zu denselben Textstellen ein, arbeitet also mit einer dem Druck ähnlichen Arbeitsdisziplin, verwendet dazu aber keine Schablonen.

Indem er an mehreren Stellen Fusts Emblem der gekreuzten Knotenstöcke verwendet, das auch im Signet des Druckhauses wiederkehrt,[11] beweist der Buchmaler eine spektakuläre Nähe zu dem Verleger, der erst Gutenberg und dann Schöffer finanzierte. Die Kunst des deshalb als Fust-Meister zu bezeichnenden Künstlers wird somit zu einem Vertriebsphänomen; denn zumindest in der Zusammenarbeit mit Peter Schöffer hat sich Fust bis zu seinem Tode, der ihn auf einer Vertriebsreise in Paris ereilte, um den europaweiten Verkauf gekümmert.[12] Fust scheint deshalb der eigentliche Motor für die frühen gedruckten Initialen gewesen zu sein, die den Psalterien von 1457 und 1459 ihr Gepräge geben. Beim nächsten großen Buchdruck aus Mainz kommt dann wieder der Fust-Meister zum Zuge; denn für den »Durandus« von 1459 hat schon die Offizin so gut wie alle Exemplare mit Buchschmuck versehen: Dabei übernahm der vielleicht sogar exklusiv für Fust arbeitende Buchmaler alle Bände, die nicht schon mit gedruckten Initialen verziert waren. Diesmal benutzte er Schablonen für die Zeichnung, die er dann in wechselndem Kolorit ausfüllte, sodass eine regelrechte Vorzugsausgabe entstand. Zum luxuriösen Konzept gehört, dass der »Durandus« mit Ausnahme des erhaltenen Korrektur-Exemplars nur auf Pergament gedruckt wurde.

Freilich scheint diese Ausschließlichkeit auch wieder Probleme geschaffen zu haben, weil damit alle Exemplare des teuren Buchs so eindeutig festgelegt waren, dass ihre europaweite Akzeptanz in Frage gestellt war. So hat man beispielsweise im Exemplar der New Yorker Public Library Teile des vom Druckhaus gelieferten Schmucks entfernt und durch landesübliche italienische Buchmalerei ersetzt. Fust und Schöffer haben wohl deshalb bei allen späteren Drucken von solcher Verlegerbuchmalerei Abstand genommen, sodass schon bei der 48-zeiligen Bibel von 1462 eine erstaunliche Vielfalt zu beobachten ist.[13] Kaum ein Druckwerk scheint schon von Anfang an so weit verbreitet gewesen zu sein; denn die Mehrzahl der bekannten Exemplare zeigt Malerei und Kalligrafie aus Italien, Frankreich, Flandern und sogar England. Nur der Fust-Meister vertritt Buchmalerei aus Mainz; er gestaltet aber nur einige wenige Exemplare, variiert dabei die Ranken, sodass an Arbeit nach Schablonen nicht mehr zu denken ist.[14]

Bis zum Tode von Fust im Jahre 1466 blieb der Maler in Kontakt mit der Offizin; bis dahin prägt der Stil des Fust-Meisters das, was man mit einiger Sicherheit als mainzische Buchmalerei im Umfeld der Erstdrucker ansprechen kann. Vielleicht hat die große Routine, mit der der Fust-Meister gearbeitet hat, dazu geführt, seinen von der Grundkonzeption her genialen Ranken etwas Schematisches zu geben. Der krausere Stil der Würzburger Riesenbibel, den Vaassen den Meistern I – III zuschreibt,[15] ist für die gesamte Mainzer Buchmalerei erheblich charakteristischer.

Figürliche Buchmalerei spielt bei den Inkunabeln der 1450er und 1460er Jahre keine besondere Rolle; bemerkenswerte Handschriften mit Bildern von Mensch und Tier sind aus diesen Jahren nicht erhalten. Die einst lebhaft geführte Diskussion um Gutenberg und den Meister der Spielkarten muss hier nicht neu entfacht werden, zumal die wichtigsten Zeugnisse für Motivübernahmen aus den frühen Kupferstichen, wie man heute weiß, nicht aus Mainz, sondern eher aus Erfurt stammen.[16]

Neue Aufgaben stellten sich beim Buchdruck ab 1470: Peter Schöffer gab in jenem Jahr die Briefe des Kirchenvaters Hieronymus in zwei monumentalen Bänden heraus.[17] Dabei ließ er Platz für eine riesige Initiale am Textanfang, die nicht selten mit einem richtigen Figurenbild gefüllt wurde. Ausstattung auf Kosten des Verlegers und die Möglichkeit, ein Exemplar des Drucks nach eigenem Geschmack illuminieren zu lassen, stehen bei diesem Unternehmen in einem ausgeklügelten Verhältnis: Schöffer war offenbar darauf vorbereitet, Exemplare ohne jede Handarbeit ebenso wie sofort gebrauchsfertige Bücher zu liefern. Er teilte die Gesamtauflage vermutlich in einzelne Tranchen, die er per Hand in unterschiedliche Fertigungsstufen bringen ließ: Wenige Exemplare blieben ganz leer; die meisten sind durchgehend mit kleinen Initialen versehen. Nur ein Teil von diesen erhielt größere kalligrafisch gestaltete Initialen für die wichtigeren »Incipits«; davon ist wiederum nur eine kleinere Anzahl bis auf die Seite mit der großen Initiale vollständig ausgestaltet. Sichtlich wollte man gerade diese Bildgelegenheit für besondere Ansprüche offen halten, sodass nur die wenigsten Exemplare schon mit diesem einen großen Zierbuchstaben versehen waren, als sie die Druckerei verließen.

Wegen dieses Buchprojekts mit dem Platz für ein großes Bild ist das Jahr 1470 von herausragender Bedeutung in der Geschichte der spätgotischen Mainzer Buchmalerei. Von da an finden sich in Schöffers Drucken vermehrt hervorragende figürliche Malereien. Sie stehen in engstem Zusammenhang mit epochaler Kunst: dem so genannten Hausbuch der Waldburg-Wolfegg[18] und den Kaltnadel-Blättern des Meisters des Amsterdamer Kabinetts.[19] Das schönste Beispiel gehörte zu der Sammlung Doheny in Camarillo (Abb. 3) und befindet sich inzwischen in Privatbesitz: Hier erlebt man die genrehafte Fantasie eines raffinierten Künstlers, der den Hieronymus im Gehäus eingezwängt mit emsigen Mitbrüdern zeigt.

Eine noch erheblich größere Herausforderung für die Buchmalerei im Umfeld der Druckkunst stellte die Illustration der Exemplare des »Decretum Gratiani« dar, das Schöffer 1472 in einem gewaltigen Band herausgab. Gern vergisst man, dass gerade juristische Texte zu den wichtigsten Vorgaben für Illustratoren gehörten. Seit dem späten 13. Jahrhundert hat man am Kopf einzelner Abschnitte in unterschiedlichsten Gesetzbüchern Platz für einspaltige Bilder gelassen, weil die Veranschaulichung eines Rechtsvorgangs wegen der dabei nötigen präzisen Gesten wichtig war.

Nachdem der Mainzer Buchdruck von den Bibeln an eher bilderfeindlich vorgegangen war, indem er nur Zierinitialen vorgesehen hatte, sorgte Schöffer nun offenbar sogar selbst dafür, dass wenigstens einige seiner Exemplare mit Gold und Farben illustriert wurden. Eine köstliche Folge von kleinen Szenen aus dem Rechtsleben bergen deshalb die herausragenden Beispiele. Hierzu gehört das Exemplar des späteren Erzbischofs Berthold von Henneberg, heute in München (Kat.-Nr. LM 55). Weitere Bände in Wolfenbüttel, Würzburg und im Antiquariatshandel beweisen, welche Rolle die Illustration des Gratian spielte.[20]

Abb. 3 **Hl. Hieronymus im Gehäus. Hieronymus-Briefe, Mainz: Peter Schöffer, 1470. Exemplar ehem. Sammlung Doheny. Fol. 5. Privatbesitz**

Das künstlerisch eindrucksvollste Werk der spätgotischen Mainzer Buchmalerei ist das Pontifikale des Erzbischofs Adolf II. von Nassau in Aschaffenburg (Kat.-Nr. LM 33). Spätestens von diesem um 1470 entstandenen Werk an entlehnen Mainzer Buchmaler ihre Bordürenmotive den Kupferstichen des wohl in Straßburg tätigen Meisters E. S. Prägend wird nun der Stil, den man entweder nach den genialen Zeichnungen im Hausbuch der Waldburg-Wolfegg oder nach Kaltnadelradierungen nennt, die vor allem im Amsterdamer Kabinett erhalten sind. Doch was man lange Zeit für das Werk eines einzelnen Künstlers hielt, den man sogar mit Erhard Reuwich, Breydenbachs Begleiter auf der Reise nach Jerusalem, identifizierte, ist infolge späterer Forschung auseinander gefallen; selbst im Hausbuch unterscheidet manch ein Forscher mehrere Hände; umso vielfältiger sind die Attributionen im Bereich von Buch- und Tafelmalerei.[21] Man wird sich bis auf weiteres damit begnügen müssen, von »Malern aus dem Umfeld des Hausbuchs« zu sprechen. Irritierend bleibt angesichts der vielen erhaltenen Arbeiten die Tatsache, dass einzelne Blätter wie fol. 13 des Pontifikale von einem Künstler gestaltet wurden, der sonst nicht sicher nachweisbar ist.

Während bei diesem Werk der Auftraggeber und der Bezug zu den Schöfferschen Inkunabeln keinen Zweifel an der Herkunft aus Mainz aufkommen lässt, wird in einem anderen liturgischen Buch für Persönlichkeiten aus dem Mainzer Umfeld die Abgrenzung zu einem weiteren Zentrum der spätgotischen Kunst geradezu anschaulich: Es geht um Köln; die Erzbischofsstadt am Niederrhein hatte im Randschmuck ein ganz eigenständiges Repertoire entwickelt. In Mainzer Inkunabeln treten charakteristische Kölner Formen selten auf, allerdings in einigen der schönsten Exemplare der 48-zeiligen Bibel von 1462, beispielsweise im Neuen Testament der Darmstädter Bibliothek. Ein kurzer Blick auf das als persönliches Gebetbuch benutzte kleinformatige Missale der Margarethe von Simmern in Berlin beweist: Geschrieben wurde der Kodex in Köln, wie seine gedrückte Textura zeigt; erste Initial-Malereien in Gold und Farbe verraten den kölnischen Formenschatz. Die knappen Ranken der ersten Arbeitsphase wurden jedoch von einem der besten Maler aus dem Umfeld des Hausbuchs brillant durch Vollbordüren mit herrlichen kleinen Grotesken ergänzt.[22]

Albert Boeckler hat die faszinierende Qualität des Kreuzigungsbildes im Mainzer Missale für den Domscholaster Adolf von Breithardt erkannt (Kat.-Nr. LM 37). Seine Gegenüberstellung mit einem entsprechenden Einzelblatt aus einem kölnischen Missale, das heute im Wallraf-Richartz-Museum aufbewahrt wird, lässt die Abgrenzung von Mainz und Köln anschaulich werden:[23] Während rheinabwärts die altniederländische Malerei in der Nachfolge Rogiers van der Weyden prägend wirkt, sodass die Figuren gelängt und kantig erscheinen, bleibt der Maler aus dem Umfeld des Hausbuchs, der in Mainz für Adolf von Breithardt arbeitete, bei eher rundlicher Form, mit expressiven Gesichtern sowie aufflatternden, hart konturierten Draperien. Der zeichnerische Aspekt verbindet überzeugend mit Grafik und Zeichnung, sodass die Kulmination des Stils im Hausbuch und in den Kaltnadelradierungen des Amsterdamer Kabinetts angesichts einer solchen Buchmalerei nur allzu deutlich wird.

Auf den ersten Blick wirkt das Brevier für den Administrator des Erzbistums, das um 1482/84 entstanden sein muss (Kat.-Nr. LM 38), dem Aschaffenburger Pontifikale eng verwandt: In beiden Kodizes wird im Grunde nicht zwischen Miniaturen und historisierten Initialen unterschieden. Eine üppige Präsentation der Wappen des Auftraggebers zusammen mit dem Radwappen der Mainzer Erzdiözese findet sich gleichermaßen. Hier erscheint sogar der Auftraggeber im Gebet. Doch fällt die Qualität des späteren Werks deutlich ab: Die Miniaturen sind nur noch ausnahmsweise gerahmt; Blattgold wird nicht mehr in gleich präziser Weise aufgetragen. Die Ranken erhalten etwas Fahriges, das sich auch in den stärker summarisch gemalten Bildern auswirkt.

Mit Werken dieser Art klingt die spannende Phase aus, in der die alte Erzbischofsstadt Mainz den Buchdruck und dann schließlich doch auch vorzügliche Buchmalerei hervorgebracht hat. Für die folgenden Jahrzehnte war dann das Verhalten des Erzbischofs Albrecht von Brandenburg charakteristisch: Als überaus emsiger Mäzen übertraf er seine Mainzer Vorgänger der zurückliegenden Generationen erheblich. Er ließ aber seine Bücher keineswegs in seinem wichtigsten Amtssitz und auch keinesfalls am Mittelrhein illuminieren. Für solche Aufgaben wandte er sich entweder an Simon Bening, den großen Brügger Meister,[24] oder wenigstens doch an Nürnberger Künstler in Albrecht Dürers Umfeld, beispielsweise an Nikolaus Glockendon,[25] als habe Mainz in Sachen Buchmalerei wieder das Niveau erreicht, über das etwa hundert Jahre früher der dorthin verschlagene Armenier Sargis-Yakob so bitter geklagt hatte.

1 St. Florian, Augustiner-Chorherrenstift, CSF, XI, 464; vgl. Brentjes 1994/95, S. 359.

2 Vgl. zuletzt König 1995, Nr. 34.

3 Am deutlichsten wird das bei der 48-zeiligen Bibel; vgl. König 1993 (II).

4 Nach Mainz lokalisierten die Bibel vor allem Miner 1952 und Lehmann-Haupt 1966.

5 Schneider 1954 hat nur Textbeispiele aus dem ersten Bibelband verfolgt, weshalb ihm der Zusammenhang des Bamberger Drucks mit der Würzburger Handschrift entgehen musste.

6 Die ausführlichste Beschreibung bei Vaassen 1973, Sp. 1400–1406.

7 Niedersächsische Staats- und Universitätsbibliothek Göttingen, Cod. Uffenbach 51 Cim.; Staatliche Museen zu Berlin – Preußischer Kulturbesitz, Kupferstichkabinett, Ms. 78 A 22. Vgl. Lehmann-Haupt 1972, insbes. 2. Aufl. 1978, sowie Oltrogge/Michon/Fuchs 1989.

8 Lehmann-Haupt 1972, S. 84.

9 Vaassen 1973, Sp. 1411–1426.

10 König 1995 resümiert den Verlauf der Forschungen von Goldschmidt 1941 an; s. auch König 1983 (I) und 1983 (II).

11 Durch dieses Zeichen wird nicht der eigentliche Sinn des Namens ins Bild übersetzt, denn dann hätte Fust die Faust wählen müssen; vielmehr geht es darum, dem Namen eine lateinische Endung zu verpassen und das dadurch erzielte Ergebnis »fustis« zu veranschaulichen; das führt zum Knotenstock, der auch sonst in der Heraldik zumindest seit dem Herzog Ludwig von Orléans (ermordet 1407) verbreitet war.

12 Zur Rolle Fusts vgl. König 1986.

13 Vgl. König 1993 (II).

14 Es handelt sich um die Pergamentexemplare der Pierpont Morgan Library in New York, der Scheide Library in Princeton und der Universitätsbibliothek in Cambridge, England, sowie um eine nur mit dem zweiten Band erhaltene Bibel auf Papier in der Universitätsbibliothek Gießen.

15 Die Unterscheidung der Hände scheint mir nicht ganz einsichtig; richtig ist aber die Isolierung des Malers, der für die Markus-Initiale auf fol. 300v verantwortlich war.

16 Ausgelöst wurde die Diskussion von Hellmuth Lehmann-Haupt (am besten zu verfolgen in seinem Buch von 1966); seine wichtigsten Zeugen fallen aus; denn die damals noch als Giant Bible of Mainz bezeichnete Washingtoner Riesenbibel kam erst 1566 nach Mainz, und die 42-zeilige Bibel der Sammlung Scheide, Princeton, wurde von der so genannten Meisenwerkstatt in Erfurt illuminiert (vgl. König 1978).

17 Vgl. vor allem Hellinga 1991 und 1994.

18 Vgl. zuletzt Waldburg Wolfegg 1997 (I) sowie 1997 (II).

19 Die Grafiken standen im Zentrum der Frankfurter Ausstellung 1985, die vorher in Amsterdam gezeigt wurde; vgl. Katalog »Vom Leben im späten Mittelalter« 1985.

20 Zur Rolle des Gratian s. insbesondere Will 1959; das letzte Exemplar von Schöffers Ausgabe 1472 tauchte auf in Katalog XL von Heribert Tenschert: Fünfzig Unica, Ramsen 1998, Nr. 1.

21 Den besten Einblick in die Vielfalt der Denkmöglichkeiten gibt Hess 1994.

22 Anzelewsky 1958.

23 Boeckler 1959, S. 70 f.

24 Zum Mäzenatentum des Kardinals vgl. Katalog »Albrecht von Brandenburg« 1990.

25 Zuletzt erschien das Faksimile des Gebetbuchs in Modena; vgl. dazu Cermann u. a. 1998.

I·N·R·I
XLI
Te igitur cle
mentissime
pater p ihm
xpm filium
tuu dnm
nrm suppli
ces rogamus ac petimus
uti accepta habeas. et bene
dicas hec do✠na hec
✠munera hec scā ✠ sacri
ficia illibata. In primis q
tibi offerimus pro ecclesia
tua scā catholica quā paci
ficare custodire. adunare et

LM 37

Missale des Mainzer Scholasters Adolf von Breithardt Mainz, 1481

Pergamenthandschrift, 161 Bll. – Moderner Einband mit Goldprägung
H. 25cm, B. 17,5cm
Martinus-Bibliothek, Mainz, Hs 7

Bis auf den 14-zeiligen Kanon (fol. 44–77) zweispaltig zu 29 Zeilen; schwarze Textura mit roten Rubriken. Die Messen alt foliiert. Große Initialen in Gold und Farben mit Ranken; zum Kanon ein ganzseitiges Bild mit Prachtinitiale zum »Te igitur«.

Provenienz: Für den Mainzer Scholaster Adolf von Breithardt († 1491) geschaffen, der das Buch der Stiftskirche St. Maria ad Gradus überließ; später durch das Legat von Caspar Hertel († 1869) an das Priesterseminar gelangt.

Messbücher gaben Gelegenheit wenigstens für eine große Miniatur; sie hat man zuweilen Tafelmalern überlassen. Im Umfeld des »Hausbuchmeisters« spielt die Trennung der Arbeitsbereiche aber keine Rolle, weil Bücher und Tafeln, Glasgemälde und Grafik ohnehin von ein und derselben Gruppe von Künstlern entworfen und ausgeführt wurden. Charakteristisch für die Rolle der Zeichnung sogar noch in kostbar mit mehreren Farbschichten ausgemalten Miniaturen ist das Kreuzigungsbild (fol. 53^{v}), das den einzigen figürlichen Schmuck dieses karg ausgestatteten Missales darstellt.

Für den Randschmuck Mainzer und allgemein mittelrheinischer Bücher der Spätgotik ist die Kombination aus dichtem Federwerk sowie eingestreuten Blättern und Blüten ebenso charakteristisch wie der Einsatz von kugelförmig wirkenden Punkten aus Blattgold; diese verbreiteten sich allerdings auch im mainzisch dominierten Erfurt und von dort aus bis nach Sachsen.

E. K.

Literatur
Vaassen 1973, Sp. 1367–1370 (mit weiteren Literaturangaben).

LM 38

Brevier Adalberts von Sachsen
Mainz, 1482–1484

Pergamenthandschrift, 443 Bll. – Alter Kalbledereinband auf Holzdeckeln
H. 27,5 cm, B. 19,5 cm
Universitätsbibliothek Mainz, 4° Ms 33
(als Leihgabe in der Stadtbibliothek Mainz)

33 Zeilen in 2 Kolumnen; schwarze Textura mit goldenen und roten Rubriken. 50 Zierseiten, meist mit Rankenwerk, oft durchsetzt mit Figuren aus den Kupferstichen des Spielkartenmeisters und des Meisters E.S.; 29 große Initialen in Gold und Farben, davon 23 figürlich oder historisiert, dazu 19 Miniaturen, meist anstelle von Zierbuchstaben.

Provenienz: Angefertigt für Adalbert von Sachsen, Administrator des Erzbistums (1482–1484), der in einem Eintrag im vorderen Buchdeckel auch als Markgraf von Meißen und Herzog von Sachsen bezeichnet wird. Über die Dombibliothek in die Herzogliche Bibliothek von Gotha gelangt (alte Sign: Cod. membr. II, 23). 1949 vom großherzoglichen Haus für die Universitätsbibliothek Mainz erworben, heute das wichtigste Buch der alten Dombibliothek in Mainzer Besitz.

Die Ranken laufen glatter; sie verlieren ihre Plastizität. Die Figürchen folgen, indem sie eher zu Kürzeln erstarren. Dabei setzt der Maler aus dem Umfeld des Hausbuchs auf Vielfalt, die er aus unterschiedlichen Quellen speist. Weiterhin sind Motive aus Kupferstichen überall präsent; sie bevölkern die Bordüren mit raffiniert bewegten Tieren. Nachdem die Buchmaler im Umfeld der Schöfferschen Offizin die zahlreichen Genreszenen in juristischen Texten ausgeführt hatten, kommen nun auch Personengruppen aus solchen Bereichen vor. Ohne Rücksicht auf die Größenverhältnisse stehen schmucke Männer wie kleine Modepuppen neben dem sehr viel größer dargestellten, hier abgebildeten Auftraggeber auf fol. 11.

Besonders irritierend ist die Miniatur auf dieser zu einer Art Frontispiz aufgewerteten Seite. Elgin Vaassen meint, einen Kanoniker erkennen zu können, der von einem Engel aufgesucht wird; das aber wäre eine geradezu unerhörte Ikonografie. Eher wird es sich um eine leicht missverständliche Darstellung aus der biblischen Geschichte handeln: Man denkt zunächst an Elias mit dem Engel in der Wüste, wie ihn Dieric Bouts am Löwener Abendmahlsaltar zeigt, oder an Manoah vor Samsons Geburt. Im Zusammenhang des ersten Advents aber wird der gut gekleidete Mann entweder Marias Vater Joachim oder den im Spätmittelalter zunehmend respektabel gewordenen Ziehvater Joseph bei einer der nächtlichen Ermahnungen meinen. Beide Themen aus der Marienlegende sucht man allerdings in anderen Brevieren an dieser Stelle ebenso vergeblich wie die genannten Episoden aus dem Alten Testament.

E. K.

Literatur

Arens 1966. – Vaassen 1973, Sp. 1373–1379 (mit weiteren Literaturangaben).

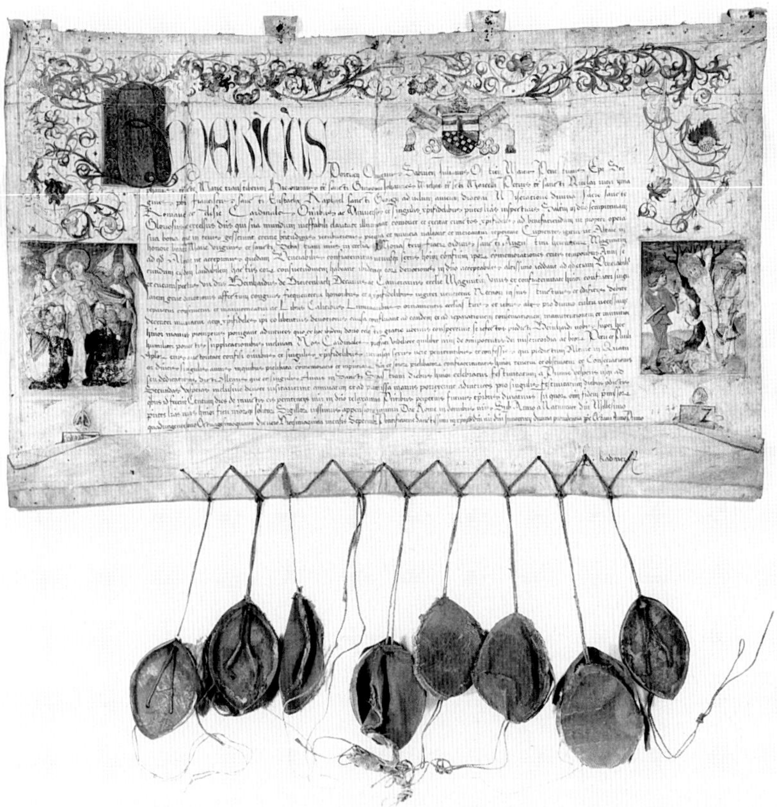

LM 39

Ablassurkunde der Mainzer Sebastiansbruderschaft Rom, 25. September 1484 Mainz, um 1484/85

Pergamenturkunde
H. ca. 50 cm, B. 82,5 cm
Bischöfliches Dom- und Diözesanmuseum Mainz, Inv.-Nr. G 496

Zustand: Das Pergament ist stark verschmutzt, teilweise abgerieben und oben in der Mitte eingerissen; die Tinte ist verblasst; auch Rankenmalereien und Miniaturen sind verblasst, Deckfarben und Blattgold zeigen Ausbrüche; die Siegel sind ausnahmslos verloren.

Provenienz: Augustiner-Klosterkirche in Mainz, wo die Bruderschaft einen Sebastiansaltar besaß; mit der Verlegung der Bruderschaft um 1811 gelangte die Urkunde nach St. Stephan, von dort an ihren heutigen Aufbewahrungsort.

In der am 25. September 1484 in Rom auf Bitten des Domdekans und Kämmerers Bernhard von Breydenbach ausgestellten, für vier Jahre gültigen Urkunde gewähren mehrere Kardinäle zugunsten der Sebastiansbruderschaft in Mainz einen 100-tägigen Ablass all denen, die am Altar der Jungfrau Maria und des hl. Sebastian in der Kirche des dortigen Augustinerklosters zu festgesetzten Zeiten an den Messen teilnehmen.

Ähnlich dem Schöfferschen Druck des »Decretum Gratiani«, das Platz für die Anbringung von Initial- und Bildschmuck aussparte (Kat.-Nr. LM 55), waren Urkundenformulare so gestaltet, dass sie »weiterverarbeitet« werden konnten. Der 22-zeilige Text der vorliegenden Urkunde ist von einem ca. 13 cm breiten Rand eingefasst, den ihr Besteller Bernhard von Breydenbach – sein Wappen erscheint jeweils unter den beiden gerahmten Miniaturen,[1] während über dem Text das Wappen von Papst Innozenz VIII. erscheint – in Mainz opulent ausgestalten ließ.

Von der prachtvollen, auf Goldgrund gesetzten R-Initiale (Rodericus), die am Textanfang steht, gehen Ranken aus, die sich – immer neu verzweigend und ineinander verschlingend – um den Rand des Urkundentextes schlängeln. Links und rechts fassen ihn zwei Miniaturen ein: Darstellungen der Schutzmantelmaria und des Martyriums des hl. Sebastian (vgl. hierzu Kat.-Nr. LM 61, 46). Sowohl Initial- und Ranken- als auch Bildschmuck stehen jenen Handschriften und illuminierten Frühdrucken nahe, die von Elgin Vaassen unter dem Begriff »Werkstatt der Mainzer Riesenbibel« subsummiert worden sind. Ein Vergleich mit dem Breithardt-Missale (Kat.-Nr. LM 37) und dem Brevier Adalberts von Sachsen (Kat.-Nr. LM 38) zeigt die Nähe zu ersterem, während das Adalbert-Brevier stilistisch etwas abzuweichen scheint.

Zu welchem Zweck die bereits im frühen 15. Jahrhundert existierende Sebastiansbruderschaft sich im Namen Bernhards von Breydenbach die Ablassurkunde ausstellen ließ, ist offenbar nicht bekannt. Man ist versucht, an einen Zusammenhang mit der Entstehung des Sebastians-Zyklus zu denken (Kat.-Nr. LM 46), dessen Herkunft noch nicht geklärt ist.

U. G.

1 Als Mainzer Domdekan, zu dem Bernhard von Breydenbach 1484 ernannt wurde, stand ihm die Mitra, die über seinem Wappen erscheint, zu.

Literatur
Falk 1868–1887, S. 310 f. – Fuchs 1960, S. 22 f. – Vaassen 1973, Sp. 1216 f., 1363 f. (mit weiteren Literaturangaben).

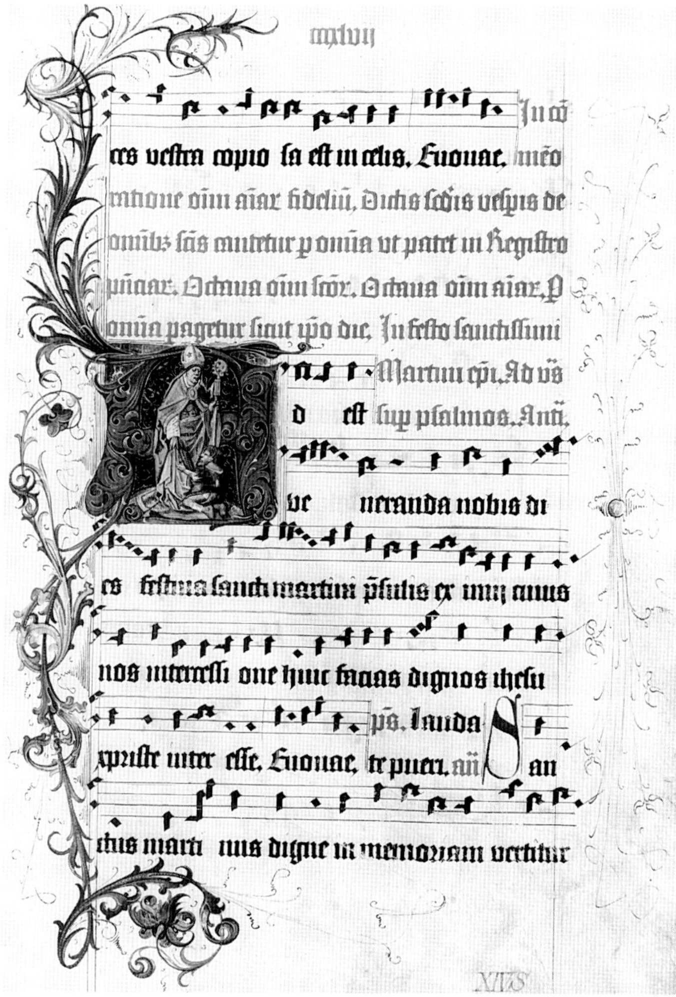

LM 40

Antiphonarblatt
Mainz (?), um 1485

Pergament
H. 38 cm, B. 26,5 cm
Landesmuseum Mainz, Graphische Sammlung, Inv.-Nr. 70/108

Provenienz: unbekannt

Das 1970 im Kunsthandel erworbene Doppelblatt stammt aus einem Antiphonar, einem liturgischen Buch für den Chordienst, das die Noten und Gesänge des Stundengebets enthält, vor allem Antiphonen und Responsorien. In der nicht bekannten, möglicherweise verlorenen Handschrift, zu der es gehörte, bildete es der alten römischen Zählung zufolge fol. 347 und fol. 350, war also Teil einer Lage und umschloss die fehlenden Blätter fol. 348 und fol. 349. In der ersten Zeile oben laufen Text und Noten von fol. 346^{v} aus. Daran schließen sich acht Zeilen in roter Schrift an, die den Beginn eines neuen Abschnitts markieren (hier: *[...] In festo sanctissimi Martini ep[iscop]i*).
Im Vergleich mit den anderen Seiten ist fol. 347^{r} überaus prächtig geschmückt. Es enthält eine große, über zwei Noten- und Textzeilen sich erstreckende, tiefblaue Initiale A auf Goldgrund und mit schwarzer, von Goldfleuronné überzogener Füllung. Aus ihr sprießen vielfarbige Ranken, die am linken Rand des Blattes entlanglaufen, an den Ecken umschlagen und ober- und unterhalb des Textes auslaufen.
Die Initiale ist mit einer figürlichen Darstellung gefüllt: einer Darstellung des hl. Martin, der, im bischöflichen Ornat auf einem grünen Hügel stehend, einem Bettler ein Stück Tuch reicht. Beide Figuren sind mit viel Liebe für das Detail ausgeführt. Ihr Maler bemühte sich um Plastizität in den Gesichtern wie in den Gewändern, indem er Weißhöhungen einsetzte. Die Qualität dieser Miniatur erschließt sich im Vergleich mit einer Initiale im Adalbert-Brevier, die ebenfalls den hl. Martin als Bischof zeigt;[1] sie ist nicht weniger sorgfältig gearbeitet, aber doch von einem Maler ausgeführt worden, der größte Schwierigkeiten in der Darstellung seiner Figuren hatte.
Mit Hinweis u. a. auf das »Decretum Gratiani« in München (Kat.-Nr. LM 55), das Breithardt-Missale (Kat.-Nr. LM 37) und das Adalbert-Brevier (Kat.-Nr. LM 38) hat Elgin Vaassen das Blatt der »Werkstatt der Mainzer Riesenbibel« zugeordnet und um 1485 datiert.
U. G.

1 Vaassen 1972/73, Taf. 16, Abb. 16 b.

Literatur
Vaassen 1972/73. – Katalog »Mittelalterliche Buchmalereien« 1979, S. 6 (mit Farbabb. S. 13).

Peter Schmidt

Zur Produktion und Verwendung von Druckgrafik in Mainz im 15. Jahrhundert

Am Beginn der neuen Vervielfältigungsmedien, die im 15. Jahrhundert ein neues Zeitalter des Informationsaustausches einleiten sollten, stand nicht der gedruckte Text, sondern das gedruckte Bild. Schon ein halbes Jahrhundert vor Gutenbergs Durchbruch beim Druck mit beweglichen Lettern wurden Bilder mittels druckgrafischer Techniken massenhaft reproduziert. Dies setzte um die Wende vom 14. zum 15. Jahrhundert mit dem Holzschnitt ein, gefolgt vom Kupferstich in den 1430er Jahren und schließlich nach der Jahrhundertmitte vom Metallschnitt und vom Teigdruck.

Viele Faktoren wirkten zusammen, bis schon lange vorher geübte Techniken des Reliefschnitts, wie sie Bildschnitzer, Metallhandwerker oder Stempelschneider praktizierten, schließlich zur massenhaften Herstellung von Papierabzügen benutzt wurden. Ein neues Bildbedürfnis, Veränderungen in der privaten Frömmigkeitspraxis sowie im Bildgebrauch der Klöster und in der Handschriftenproduktion gehören ebenso dazu wie wirtschaftliche Entwicklungen (z. B. das Fallen des Papierpreises).

Das spätmittelalterliche Bild wird damit mobiler, es wird auch preiswerter, privater Bildbesitz wird für neue Schichten erschlossen. Doch wird es auch – hier im Wortsinne und keineswegs abwertend gemeint – gleichförmige Massenware. Das Aufkommen der Druckgrafik hat deshalb nicht nur Auswirkungen auf die Bildbenutzung, sondern auch auf den überregionalen Austausch von künstlerischem Formengut. Es ist ganz charakteristisch, dass etwa Spielkarten, die in den 1430er Jahren zu den ersten Produkten im Medium des Kupferstichs gehören und die man zunächst in einschlägiger praktischer Verwendung vermuten würde, auch als Musterblätter in ganz Europa kursieren und kopiert werden.[1]

Genau diese Phänomene sind es aber auch, welche die Einordnung der erhaltenen druckgrafischen Blätter so schwierig machen. Das betrifft vor allem die Frühzeit vor dem Aufkommen der großen Künstlernamen wie Martin Schongauer und Albrecht Dürer, in der Namen, Monogramme, Daten und Hinweise auf Entstehungsorte fehlen. Wir müssen davon ausgehen, dass es sich beim größten Teil der Druckgrafik bis in die 1460er Jahre, in nicht geringem Umfang aber auch darüber hinaus, um Kopien handelt, deren Urbilder wir größtenteils nicht mehr kennen. Frühe Druckgrafik ist Bildreproduktion. Die Blätter wie auch die Druckstöcke waren leicht transportabel und wurden nachweislich fässerweise durch ganz Europa gehandelt.[2] Bezeichnend für die internationale Mobilität ist ein Fall wie jenes Kupferstich-Kartenspiel, das einer spanischen Vorlage folgt, in Süddeutschland entstanden ist, aber für den italienischen Markt bestimmt war.[3]

Dies alles gilt es auch zu bedenken, wenn man nach Mainzer Druckgrafik des 15. Jahrhunderts fragt. Ältere Forschungen haben Grafiken in derselben Weise wie z. B. Gemälde allzu leichtfertig nach vermeintlichen Lokalstilen einzelnen Städten, Regionen bzw. »Kunstlandschaften« zugewiesen. Gerade bei Bilddrucken wird dies jedoch durch deren Kopiencharakter und Mobilität zu einem höchst problematischen Unterfangen. Hinzu kommt, dass die Grafiken, die durch die rabiate Sammlerpraxis des 19. Jahrhunderts größtenteils aus ihren originalen Gebrauchszusammenhängen gerissen wurden, meist nicht einmal mehr ihren ursprünglichen Verwendungsort, wenn schon nicht den Produktionsort preisgeben.

Beispielhaft sei diese Problematik an einem Zyklus von Metallschnitten aufgezeigt, der zu den frühesten und bemerkenswertesten Bilddrucken gehört, die für Mainz in Anspruch genommen wurden. Die 20-teilige Folge, die nach dem Namen ihres »Wiederentdeckers« als Stöger-Passion bekannt ist (Schreiber 1926–1930, Nr. 2222 ff.),[4] wurde in schon gebrauchtem Zustand von einem Drucker erworben, der mit ihr Gebetbücher illustrierte. Von diesen sind noch Fragmente sieben verschiedener Ausgaben mit z.T. leicht veränderter Type erhalten; die jüngste davon besitzt italienischen Text und gilt als ältester Druck südlich der Alpen.[5] Die erste Ausgabe mit deutschem Text gehört, wohl kurz nach 1460 entstanden, neben Albrecht Pfisters Bamberger Drucken zu den ersten illustrierten Inkunabeln.

Die These, der Drucker könnte ein Mainzer gewesen sein, kam erstmals mit der Erkenntnis Konrad Haeblers ins

Spiel, dass die Type an Gutenbergs Formen orientiert ist. Ferdinand Geldner schlug deshalb den wandernden Drucker Johannes Neumeister als Produzenten dieser Passionsbüchlein vor, was jedoch reine Spekulation ist.[6] Unabhängig von den typografischen Untersuchungen werden die Metallschnitt-Illustrationen von kunsthistorischer Seite seit einem Jahrhundert immer wieder als »oberrheinisch« klassifiziert, ohne dass diese festgefahrene Meinung aber kritisch überprüft worden wäre.[7] Den Oberrhein dehnte man dabei auch großzügig bis nach Mainz, um die typenkundlich begründete These zu stützen.[8] Mit weiteren fragwürdigen Argumenten wurde schließlich sogar die Herkunft des Zyklus aus der Schöffer-Offizin konstruiert.[9]

Die Lokalisierung der Metallschnitte an den »Oberrhein« – was unpräzise genug ist – leitete man von den Vorbildern aus dem Umkreis des Meisters der Spielkarten, eines Kupferstechers aus jener Region, ab. Zur Stützung dieser These wurde zudem die Schriftsprache der mit diesem Zyklus verbundenen deutschsprachigen Texte an den Oberrhein lokalisiert.[10] Das aber stellt sich bei kritischer Prüfung nicht nur als unbegründet, sondern als falsch heraus. Die Metallschnitte hatten nämlich, bevor sie der Drucker erwarb, zur halbmechanischen Fertigung von Gebetbüchlein des gleichen Typs mit handschriftlichem Text gedient.[11] Tatsächlich erweist nun die Analyse der Schriftsprache diese älteren handschriftlichen Texte als zweifellos mittelbairisch.[12] Dies gilt auch für die deutschen Texte aller typografischen Ausgaben wie auch für die Texte einer Kopie des Zyklus, sodass wir damit letztlich sogar den seltenen Beleg haben, dass sich diese Metallschnittfolge von Anbeginn und über einen längeren Zeitraum hinweg in Bayern befunden haben muss, bevor sie nach Italien ging.[13] Die Vorbilder aus dem Kreis des Meisters der Spielkarten taugen als Lokalisierungsargument am wenigsten: Sie waren dank ihrer Mobilität in ganz Deutschland verfügbar.

Das Beispiel der Stöger-Passion – ihm ließen sich zahlreiche ähnlich begründete Fälle an die Seite stellen – soll hier exemplarisch für die Schwierigkeit stehen, die Holz- und Metallschnitte der Frühzeit bestimmten Entstehungsorten zuzuweisen, vor allem aber zur Vorsicht mahnen, was methodisch ungenügend reflektierte Lokalisierungsversuche betrifft. Die Suche nach anderen Druckgrafiken der Frühzeit, die mit triftigeren Gründen für Mainz in Anspruch genommen werden können, ist jedoch nur von beschränktem Erfolg gekrönt.[14] Das mag nicht zuletzt mit der Erhaltungssituation zusammenhängen – etwa mit den Buchbeständen des 15. Jahrhunderts, die in anderen Städten wichtige Überlieferungsträger von Druckgrafiken sind, in Mainz aber außergewöhnlich stark dezimiert wurden (s. u.). Dass es Produzenten von Holz- und Metallschnitten gegeben haben muss, ist in einer großen Stadt wie Mainz nicht nur eine Sache von historischer Wahrscheinlichkeit, sondern erhellt wenigstens schlaglichtartig aus den wenigen publizierten archivalischen Belegen. So werden in Frankfurter Urkunden von 1428 und 1440 zwei *Drucker* aus Mainz erwähnt, Peter Schwarz und Henne Cruse, bei denen es sich um Holzschnittproduzenten gehandelt haben dürfte.[15] Doch was diese beiden Mainzer und ihre Berufskollegen gedruckt haben, ist unbekannt bzw. nicht zuzuweisen. Besser dokumentiert sind dagegen die mittelrheinischen Erzeugnisse von Vervielfältigungstechniken, die sich anderer Materialien als des Papiers bedienten: Als solche sind die Pressungen aus Stein- und Tonmodeln des 15. Jahrhunderts den Holzschnitten an die Seite zu stellen, auch wenn sie andere Verwendungsarten und Bildfunktionen bedienten.[16] In diesen Zusammenhang gehören auch die Weichmetallreliefs, die in Steinmodeln gegossen wurden und vor allem als Pilgerzeichen verkauft wurden.[17] Bei Gutenbergs frühem Straßburger Versuch mit einer Vervielfältigungstechnik, der Herstellung von »Spiegeln« für die Aachener Heiltumsweisung, handelte es sich vermutlich um die Produktion solcher Metallgüsse.

Ein aussichtsreicher, doch noch nicht konsequent beschrittener Weg, Lokalisierungskriterien für die ohne Spuren ihrer Herkunft in alle Welt verstreuten Druckgrafiken zu gewinnen, ist die Analyse der Schriftsprache von Texten auf Holzschnitten. Sie bietet sicherere Anhaltspunkte als der methodisch sehr problematische Stilvergleich von Grafiken mit Werken anderer Medien wie etwa der Malerei, zumal das Vergleichsmaterial aus diesem Bereich seinerseits oft mit Lokalisierungsproblemen behaftet ist. So weist etwa, um nur ein Beispiel zu erwähnen, der heute in Oberlin (Ohio) aufbewahrte Holzschnitt der »Hand Gottes« – formal bescheiden, doch mit ausführlichem xylografischem Text – sprachgeografisch ins Rheinfränkische, wobei bestimmte Eigenheiten Mainz denkbar erscheinen lassen.[18] Weitere Blätter wären so zu überprüfen, was aber noch Forschung der Zukunft ist.

Abb. 1 **Hl. Florinus, vom Abt der Abtei Schönau angebetet. Um 1455/60. Hessische Landesbibliothek Wiesbaden**

Ein anderer Holzschnitt lässt sich über den Auftraggeber mit dem Mittelrhein, vielleicht auch mit Mainz in Verbindung bringen. Das Blatt klebte ursprünglich im Vorderdeckel einer 1459 datierten Handschrift aus der Benediktinerabtei Schönau (Taunus), die sich heute in Wiesbaden befindet (Abb. 1).[19] Für Schönau wurde auch die Grafik hergestellt, wie das Schriftband mit dem Namen des Klosters beweist. Die Darstellung zeigt den Patron des Klosters, den hl. Florinus, der vom Abt des Konvents angebetet wird. Der Holzstock war von einer wenig geübten Kraft geschnitten worden, wie die unsichere und simple Linienführung sowie einige seitenverkehrte Buchstaben des Textes verraten. Falls wir als Urheber keinen dilettierenden Mönch vermuten wollen, käme als Herstellungsort auch Mainz in Frage. Dorthin unterhielt das Kloster, obwohl zum Erzbistum Trier gehörig, enge Beziehungen. Der vermutlich dargestellte Abt Adrian Brielis, ein profilierter Theologe, hatte sein Amt in Schönau aufgegeben, um sich als Mönch von St. Jakob zu Mainz ganz seinen theologischen Studien zu widmen. Er arbeitete dabei auch als Korrektor und gelehrter Berater für den Drucker Peter Schöffer.[20] Schöffer wiederum hatte dem ehemaligen Kloster seines Korrektors einen seiner Drucke mit persönlicher Widmung geschenkt.[21] Nicht nur dies verbindet den ehemaligen Abt von Schönau mit der Druckerkunst; Brielis' neue Wirkungsstätte St. Jakob gehörte der Bursfelder Kongregation an, die eine wichtige Rolle für die Anfänge des Mainzer Buchdruckes spielte.[22]

So sehr man auch – mit bisweilen fragwürdigen Argumenten – versuchte, Mainz als *Produktionsort* früher Druckgrafik zu erweisen, so wenig fragte man doch nach Mainz als *Verwendungsort*.[23] Tatsächlich aber stehen für die *Benutzung* häufig bessere Quellen zur Verfügung als für die *Herstellung*. Doch im Unterschied zu anderen Städten wie z. B. Nürnberg lassen sich in Mainz kaum mehr originale Provenienzen des 15. Jahrhunderts ermitteln. Dies hat vielleicht mehr mit der problematischen Überlieferung in dieser Stadt als mit geringer Produktion zu tun. Die mittelalterlichen Bestände der Mainzer Bibliotheken wurden nicht zuletzt durch die Plünderungen im Dreißigjährigen Krieg und durch die französische Besetzung in außergewöhnlichem Maße dezimiert und zerstreut.[24] Reicher Grafikbesitz von Klöstern des 15. Jahrhunderts, der in anderen Städten oft noch in deren Handschriftenbeständen erkennbar oder zumindest rekonstruierbar ist,[25] ist in Mainz nicht einmal mehr zu erahnen. Hier ist man auf Spurensuche angewiesen.

Dabei lässt sich beispielsweise noch nachweisen, dass vier der ältesten erhaltenen Metallschnitte aus Mainzer Bibliotheken stammen. Sie waren zu Beginn des vorigen Jahrhunderts von dem französischen Kommissar Maugérard in Mainz aufgefunden und nach Paris gesandt worden, wo sie sich noch heute befinden.[26] Unter ihnen ist das früheste datierte Blatt in dieser Technik ein heute in Paris aufbewahrter »hl. Bernhardin« mit der Jahreszahl 1454. Die drei anderen Blätter sind ihm stilistisch eng verwandt und kaum später entstanden.[27] Diese Gruppe markiert den Beginn der Technik des Metallschnitts. Für ihren Entstehungsort gibt es jedoch keinerlei Indizien. Die traditionelle Lokalisierung an den Oberrhein entbehrt, ähnlich wie im Fall der Stöger-Passion, methodisch solider Grundlage.[28] Wenn auch der Auffindungsort Mainz nur für die Verwendung, nicht aber für die Produktion der Bilddrucke einen überzeugenden Hinweis geben kann, so bleibt doch dieser Überlieferungsschwerpunkt auffällig.[29]

Die Benutzung weiterer Druckgrafiken in Mainz und Umgebung lässt sich aufgrund von Beschreibungen des 19. Jahrhunderts rekonstruieren. So erwähnte der Geschichtsforscher Niklas Kindlinger im Jahr 1819 einen Metallschnitt des Kalvarienbergs, aufgeklebt auf ein Pergamentblatt, das aus einer Handschrift des Zisterzienserinnenklosters Dalheim bei Mainz stammte. Aufgrund seiner genauen Angaben lässt es sich noch identifizieren:

Es befindet sich heute im Germanischen Nationalmuseum in Nürnberg. Der um 1460 entstandene Metallschnitt (Schreiber 1926–1930, Nr. 2343) (Abb. 2) war vom Schreiber bzw. der Schreiberin des Buches an den Beginn eines Johannesevangeliums geklebt worden.[30] Außerdem beschrieb Kindlinger fünf Holzschnitte, einen Metallschnitt und einen Kupferstich, die aus Handschriften des zur Diözese Mainz gehörigen Fraterherrenstifts Marienthal im Rheingau stammten, zu deren Schmuck sie im 15. Jahrhundert eingeklebt worden waren. Darunter befand sich das Blatt eines Kalvarienbergs, das er für einen »Steinabdruck« hielt, das aber nach seiner Beschreibung der Punziertechnik ein Metallschnitt gewesen sein muss.[31] Im Unterschied zu diesem Druck lässt sich einer der Holzschnitte aus Marienthal aufgrund der Beschreibung Kindlingers mit einem heute noch erhaltenen Blatt identifizieren – mit einer um 1460/70 entstandenen »Enthauptung Johannes des Täufers« im Berliner Kupferstichkabinett (Schreiber 1926–1930, Nr. 1516).[32] Aus ihrem Fundort darf jedoch auch hier kein Rückschluss auf den Entstehungsort gezogen werden. Ebenso wenig ist ein Zusammenhang mit der Buchdruckerei von Marienthal – einer der ersten Klosterwerkstätten – anzunehmen.[33]

Zwei weitere Metallschnitte, die allerdings erst dem letzten Viertel des 15. Jahrhunderts angehören, haben sich eingeklebt in eine Inkunabel aus altem Mainzer Besitz erhalten.[34] Ebenfalls zum Schmuck einer Inkunabel, die sich schon im 15. Jahrhundert wahrscheinlich in Mainz befand, wurde der Teigdruck einer hl. Katharina verwendet (Schreiber 1926–1930, Nr. 2837 m).[35] Kein Indiz aber weist bei dieser eigenartigsten aller Bilddrucktechniken, bei der durch das Prägen einer aus Lacken, Metallfolien und Farbsubstanzen geschichteten Masse mit einer Metallschnittplatte ein reliefiertes Bild erzeugt wird, auf die Produktion am Mittelrhein. Die Erzeugnisse dieser sehr kurzlebigen, von etwa 1460 bis zum Ende des Jahrhunderts praktizierten Vervielfältigungstechnik wurden in Mainz vermutlich nur importiert.[36] Ein weiterer Teigdruck ist in einer Handschrift der Mainzer Kartause nachgewiesen, deren Bestände von allen Klosterbibliotheken der Stadt noch am besten erhalten sind. Diese Verkündigungsdarstellung war im Hinblick auf den letzten Text des Buches, ein Gebet zu Maria, das auch die Unbefleckte Empfängnis thematisiert, auf den hinteren Deckelspiegel geklebt worden. Der Papierrand der Verkündigungsdar-

Abb. 2 **Kalvarienberg. Um 1460. Germanisches Nationalmuseum, Nürnberg**

stellung wurde von einer Hand des 15. Jahrhunderts u. a. mit dem Beginn des Ave Maria und der Benennung von Maria und Gabriel beschriftet und war gewiss noch zu dieser Zeit, vielleicht beim Binden der Handschrift, eingefügt worden.[37]

Ein anderer Kodex der Kartause enthält die qualitätvollsten Einzelholzschnitte, die in Mainzer Besitz des 15. Jahrhunderts nachweisbar sind. Auf Vorder- und Rückdeckel kleben die souverän entworfenen und so sauber wie differenziert geschnittenen Drucke einer Kreuzigung und eines hl. Wendelin (Schreiber 1926–1930, Nr. 949c und 1731x).[38] An diesem Beispiel aber werden exemplarisch die Fragen deutlich, die solche glücklicherweise im originalen Kontext überlieferten Grafiken aufwerfen: Der Band ist zwar alter Besitz der Mainzer Kartause, jedoch von zwei Basler Schreibern signiert. Wenn die Handschrift, deren

Inhalt nicht in unmittelbarer Beziehung zu den Grafiken steht,[39] im 15. Jahrhundert von Basel nach Mainz kam (vermutlich durch die engen Beziehungen der Kartausen der beiden Städte),[40] lässt sich nicht mit Sicherheit sagen, wann und wo die Holzschnitte in die Deckel geklebt wurden: in Basel oder Mainz? Der Stil der Holzschnitte hilft hier nicht weiter: Die Kreuzigung etwa gehört zu einer Kopienreihe von sieben fast identischen Wiederholungen (Schreiber 1926–1930, Nr. 949 bis *949 f.), deren noch rekonstruierbare Provenienzen des 15. Jahrhunderts weit gestreut sind.

Nachdem die Lokalisierung früher Druckgrafik nach Mainz vor allem von Unsicherheiten geprägt ist, gelangen wir erst mit den illustrierten Buchdrucken auf festeres Terrain. Auffällig ist jedoch, dass die Praxis der Bebilderung von Inkunabeln mit Holzschnitten in Mainz relativ spät einsetzt. Nach den ersten Versuchen mit der Kombination von Bild- und Buchdruck, die mit der Stöger-Passion (s. o.) und den Büchern Albrecht Pfisters in Bamberg kurz nach 1460 verbunden sind und zunächst kaum Nachfolge fanden, nahm die Produktion illustrierter Bücher ab etwa 1470, ausgehend von Augsburg, sprunghaft zu. Ausgerechnet Mainz, von wo der Buchdruck mit beweglichen Lettern seinen Ausgang nahm, hinkte dieser Entwicklung erstaunlicherweise hinterher. Erst 1483 erschien dort mit Peter Schöffers Missale für Breslau eine Inkunabel mit figürlichem Holzschnitt.[41] Dieses Kreuzigungsbild behielt Schöffer in seinen in den folgenden Jahren gedruckten Missalien bei. Motivisch ist es stark von zeitgenössischen Kupferstichen beeinflusst; in der strengen Systematisierung der grafischen Mittel, mit denen bei auffälligem Fehlen von Kreuzlagen allein durch Parallelschraffuren erstaunlich kontrastreiche plastische Qualitäten erzielt werden, fällt es unter den Holzschnitten jener Zeit auf. Innerhalb von Mainz aber bleibt es ein isoliertes Werk.[42]

Die erste Mainzer Inkunabel, die eine größere Zahl von Bildern besitzt, ist Schöffers »Gart der Gesundheit« von 1485 (s. u.).[43] Die Frage, wieso man sich am Geburtsort der Buchdruckerkunst so lange mit Holzschnitt-Illustrationen zurückhielt – selbst noch zu einer Zeit, als andernorts der Erfolg des gedruckten Buches mit gedruckten Bildern unübersehbar war – ist nur mit Vermutungen zu beantworten. Man kann keineswegs behaupten, dass Gutenbergs Nachfolger, Fust und Schöffer, keinen Wert auf anspruchsvolle Buchausstattung gelegt hätten. Im Gegenteil: Sie betrachteten das Buch nicht als fertig, sobald es aus der Presse kam, sondern trugen Sorge um nachfolgende Schritte wie die Rubrikation, das Anbringen von Initialen und Auszeichnungsbuchstaben, gegebenenfalls auch von gemalten Rankendekorationen und figürlichem Buchschmuck, schließlich die Bindung. Gerade Peter Schöffer hatte eine komplexe Organisation dieser manuellen Fertigungsschritte entwickelt. Die Mechanisierung der Dekoration versuchten Fust und Schöffer allein mit gedruckten Initialen, von denen der zweifarbige Druck in den Psalterien von 1457 und 1459 den hohen Anspruch besonders deutlich macht (vgl. Kat.-Nr. GM 170 a u. b). Sonst aber setzte die Mainzer Offizin auf Handarbeit. In seinen juristischen Büchern und den Hieronymus-Briefen sparte Schöffer beim Druck von vornherein Platz für gemalte Bilder aus, die etwa beim »Decretum Gratiani« (Kat.-Nr. LM 55) sehr umfangreich ausfielen. Dies pries er in einer Werbeanzeige explizit als Vorzug an.[44] Bei der manuellen Vollendung dieser Drucke arbeitete Schöffer mit Mainzer Buchmalern und -bindern zusammen und vertrieb einen Teil der so vollendeten Bücher selbst.[45]

Möglicherweise ließ dieses Fertigungssystem, das einen hohen Anspruch an eine großzügige farbige Dekoration und die Bevorzugung eines stark an traditionellen illuminierten Handschriften orientierten Erscheinungsbildes voraussetzt, Peter Schöffer gegenüber umfangreicher mechanischer Illustration durch Holzschnitte zögern.[46] In Anspruch und Ästhetik unterscheidet sich dieses Fust-Schöffersche Illustrationskonzept grundlegend etwa von den Augsburger Inkunabeln der 1470er Jahre mit ihren vielteiligen, doch formal bescheidenen Bilderfolgen.

Es ist bezeichnend, dass die ersten illustrierten Mainzer Inkunabeln nicht vom Druckhaus Schöffer und zudem in ungewöhnlicher Technik produziert wurden. Im Jahr 1479 stattete Johannes Neumeister seinen Druck der »Meditationes« des Johannes Turrecremata mit 34 Metallschnitten aus (Kat.-Nr. LM 41). Im Jahr darauf erschien dann seine »Agenda Moguntinensis«, die ein ganzseitiges Bild des hl. Martin in derselben Technik enthält (Kat.-Nr. LM 42). Damit schloss sich Neumeister an den frühen und seither nicht mehr wiederholten Versuch der schon erwähnten Stöger-Passion an, Metallschnitte zur Buchillustration einzusetzen. Sie hatten den Vorteil längerer Lebensdauer der Druckstöcke, doch den Nachteil aufwendigerer Herstellung. In der Technik unterscheiden sich die Illustrationen der Neumeister-Drucke jedoch grundlegend von den zeitgenössischen wie auch älteren Metallschnitten, die als Einzelblätter in größerer Zahl erhalten sind. Der Mainzer Metallschneider verwendete keine Punzen, die – in verschiedener Größe und Dichte eingeschlagen – bei den meisten anderen Metallschnitten der Zeit zur Strukturierung der Flächen und zur Erzeugung von Hell-Dunkel-Werten eingesetzt wurden. An der Bildseite der »Agenda Moguntinensis« wird besonders deutlich, dass er ungewöhnlich viel Metall aushob und in holzschnittartiger Manier starke Konturlinien stehen ließ. Eine andere Eigenart, die besonders in den »Meditationes« sichtbar wird, ist seine Technik, die hellen Flächen durch feine Schraffuren von differenzierter, an Kupferstiche erinnernder Struktur zu schattieren.

Nicht nur dies demonstriert den experimentellen Charakter der Neumeister-Illustrationen und macht sie zu einer außergewöhnlichen Erscheinung unter den Metallschnitten der Zeit. Singulär in der Geschichte dieser druckgrafischen Technik ist auch die Anwendung des Zweifarbendrucks für die Wappen auf der Bildseite der »Agenda«. Der Druck in Schwarz und Rot war für den Typentext seit längerer Zeit gängig; im figürlichen Bilddruck ist er ein Novum. Die Anregung kam vermutlich von den zweifarbigen Metallschnitt-Initialen der Fust-Schöfferschen Psalterien von 1457 und 1459, deren Drucktechnik Neumeister auch in den Anfangsbuchstaben seiner »Agenda« aufnahm. Die Druckstöcke dafür dürften vom Metallschneider des Martinsbildes stammen. Ob diese Neuerungen auf die Anregung des Domherrn und erzbischöflichen Kämmerers Bernhard von Breydenbach zurückgehen, der als Auftraggeber später eine wichtige Rolle für die Geschichte der Mainzer Buchillustration spielen sollte (s.u.) und dessen Wappenschild neben dem des Bischofs Diether von Isenburg auch auf dem Metallschnitt der »Agenda« zu sehen ist, muss dahingestellt bleiben.

So ungewöhnlich die Illustrationen der Neumeister-Drucke im Hinblick auf die druckgrafische Technik sind, so unoriginell sind sie doch in künstlerischer Hinsicht. Die Bilder der »Meditationes« von 1479 sind, bis auf wenige Ausnahmen, Kopien der Holzschnitte der römischen Ausgabe von 1467.[47] Hinzugefügt wurde eine von einer getrennten Platte gedruckte Laubstabbordüre, deren Ornament wohl anderen grafischen Vorlagen entnommen ist. In älteren Einblatt-Holz- und Metallschnitten war auch das Prinzip der austauschbaren Rahmen- und Binnenholzstöcke schon länger erprobt.[48] Auch die Darstellung des hl. Martin im Druck der »Agenda« wurde aus verschiedenen Vorlagen kompiliert. Die in sich unstimmige Komposition der thronenden Figur wird schon an der merkwürdig schwebenden Körperhaltung und Ausrichtung des Heiligen, die nicht mit der Form des Thrones zusammenpasst, deutlich. Eine der Quellen, aus denen der Metallschneider schöpfte, waren die Kupferstiche des oberrheinischen Meisters E.S. Ihnen entnahm er nicht nur ein Detail wie den abgebrochenen Ast, der beziehungslos links unten ins Eck gestellt ist, sondern auch das auffällige Gewandmotiv des mächtigen Schwunges des Mantelsaums vom linken Arm über das Knie des Heiligen.

Damit sind diese Metallschnitte ganz typisch für die Druckgrafik der Zeit, die zum großen Teil aus den reich gefüllten Vorlagenbüchern ihrer Produzenten lebt. Bemerkenswert an den Grafiken der Neumeisterdrucke aber bleibt ihre ungewöhnliche Machart, die abseits der handwerklichen Tradition dieser grafischen Technik steht. Im Unterschied zu Köln, wo in den folgenden Jahrzehnten zahlreiche Inkunabeln mit Metallschnitt-Illustrationen erscheinen, bleibt diese Praxis in Mainz eine Episode, die mit dem Namen Neumeister verbunden ist.[49]

Überhaupt dauerte es mehrere Jahre, bis in dieser Stadt wieder ein Buch mit umfangreichen Illustrationen erschien. Und auch diesmal kam die Initiative, die zum ersten wirklich bahnbrechenden illustrierten Mainzer Druck führen sollte, nicht etwa vom Druckhaus Schöffer selbst. Der Ruhm der 1486 erschienenen »Peregrinationes in Terram Sanctam« gründet sich vor allem auf die Holzschnitte der großformatigen Landschafts- und Städteansichten und des aufwendigen Titelbildes. Der Druck erfolgte zwar mit der Type und in der Werkstatt Peter Schöffers, doch handelte es sich um eine Auftragsarbeit. Als Drucker wird im Kolophon offiziell der Illustrator Erhard Reuwich bezeichnet, was aber wohl nur seine Verantwortung für das Projekt bezeichnet oder eine rechtliche Formel ist.[50] Verfasser dieser Beschreibung einer Reise ins Heilige Land und Auftraggeber des Druckes (Kat.-Nr. LM 58) war Bernhard von Breydenbach, der neben der Domherrenwürde zahlreiche wichtige geistliche und weltliche Ämter in Mainz bekleidete.[51] Neuartig an den Illustrationen dieses Werkes ist, dass sie nicht – wie die Handschriften und älteren Drucke solcher Pilgerberichte, die zu jener Zeit eine eigene Literaturgattung bilden – in erster Linie aus der Darstellungstradition schöpfen, sondern den Anspruch erheben, die Städte, Landschaften, Gebäude und Trachten der Bewohner nach eigener Beobachtung wiederzugeben.

Breydenbach begründet sein Vorgehen im Prolog so: *Daz aber sollich myne reyß nit allein mir sunder auch anderen menschen mochte nůtz werden (...) hab ich besunder flyß angewendet vff der fart, alle ding so nőt weren zů wissen vnderscheydlichen zů erforschen vnd erfaren, auch eyn gůten maler zů mir genomen, der die namhafftige stett vff wasser vnd land ab entwűrffe, vnd furnemlichen die heyligen stett vmb Ierusalem eygentlichen ab malet.* Die Pilgerreise, die in erster Linie seinem eigenen Seelenheil dienen sollte, wollte Breydenbach durch die Beschreibung in Wort und Bild auch anderen nutzbar machen. Der Maler, den er zusammen mit seinen anderen Begleitern – dem Grafen Johann zu Solms-Lich und Philipp von Bicken, deren Wappen auch auf dem Titelholzschnitt zu sehen sind – mit auf die Fahrt nahm, um die Städte und heiligen Orte zu zeichnen, war Erhard Reuwich aus Utrecht.

Über diesen Künstler ist außer seiner Tätigkeit für Breydenbach nichts bekannt; alle Versuche, ihm andere erhaltene Werke – wie etwa Glasgemälde – zuzuschreiben oder ihn gar mit dem »Hausbuchmeister« zu identifizieren, gründen auf unhaltbare Spekulation.[52] Doch bleibt festzuhalten, dass die Holzschnitte des Breydenbachschen Reisebuchs, die einen Meilenstein in der Geschichte der Buchillustration darstellen, nicht aus der künstlerischen Tradition von Mainz kommen, sondern aus den Niederlanden. Da wir nicht wissen, wie es zu dem Kontakt zwischen Breydenbach und Reuwich kam, muss es dahingestellt bleiben, ob sich der Domherr vielleicht mangels geeigneter Mainzer Kräfte, denen er sein innovatives Illustrationsprojekt zutraute, an ein anderes Kunstzentrum wandte.

Es gab damals schon einschlägige Vorläufer gedruckter und mit Holzschnitten bebilderter Reiseberichte. Manches davon wurde auch in Breydenbachs Konzept übernommen: So sind etwa die Darstellungen fremder Volksstämme und der Alphabete ihrer Schriften schon Teil der 1481 in Basel erschienenen Ausgabe von Jean de Mandevilles Reisen durch das Gelobte Land.[53] Neu an Reuwichs Holzschnitten ist aber nicht nur die präzise, vor Ort festgehaltene Darstellung etwa der Gebäude von Jerusalem, sondern das ganze Konzept topografischer Wiedergabe. Der Panoramablick, den Reuwich an die Stelle der ausschnitthaften und typisierten Landschaft der älteren Tradition setzte, sprengte dann auch das Buchformat. Die großen Veduten mussten von mehreren Holzstöcken auf mehrere Blätter gedruckt werden, die zusammengeklebt und als Falttafeln in das Buch eingefügt wurden.

Dennoch haben wir es nicht mit rein nach der Natur festgehaltenen Aufnahmen zu tun. Zwar macht die Ansicht von Venedig deutlich, dass der Künstler Ausschnitte der Gebäudefronten gezeichnet haben muss; solch topografisch präzise beobachtete Versatzstücke wurden jedoch in ein auf erhöhten Blickwinkel hin konstruiertes Überschaubild mit Fantasieelementen (etwa dem Gebirge des Hintergrundes) eingebunden. Heterogen ist diesbezüglich vor allem die aus drei Druckbögen zusammengeklebte Gesamtansicht von Jerusalem. Sie kombiniert eine Stadtansicht, der in der Gesamtschau wie auch in den einzelnen Hauptgebäuden genaue Studien nach der Natur zugrunde liegen,[54] mit einer abstrakten Überblickslandschaft im Stil damaliger gedruckter Landkarten.

Der im Vorwort des Buches erwähnte Anspruch der Schilderung des Vorgefundenen darf also weder für den Text noch für die Bilder wörtlich genommen werden: Wie die Reisebeschreibung keinesfalls als persönlicher Erfahrungsbericht im heutigen Verständnis zu lesen, sondern aus verschiedenen literarischen Vorlagen und eigenen Beschreibungen Breydenbachs komponiert ist,[55] schöpfen auch die Bilder aus verschiedenen Quellen. Der Rahmen, in dem die Holzschnitte zu interpretieren sind, ist ein schwankendes Mischungsverhältnis aus topografisch präzisem Naturstudium, Typik und Erfindung. Das ändert nichts daran, dass Reuwichs Illustrationen eine bahnbrechende Leistung druckgrafischer Verarbeitung von Raum und Landschaft sind. Den ganzen Erfindungsreichtum und die Fähigkeit des Entwerfers wie auch des Formschneiders zur grafischen Umsetzung zeigt das Titelbild des Buches mit seiner Architekturillusion einer reich ornamentierten Arkade, innerhalb derer die Wappen der Reiseteilnehmer Breydenbach, Solms und Bicken in so überbordend detailreich wie raffiniert gestalteter Rankenzier präsentiert werden. Doch auch in den kleineren Holzschnitten, etwa denen der Volksstämme des Heiligen Landes, liegen Meisterwerke differenzierter Gewand- und Körperdarstellung vor.

Im Zusammenhang mit Breydenbachs Reisebuch ist der kurz vorher (1485) bei Schöffer erschienene »Gart der Gesundheit« zu erwähnen.[56] Es handelt sich dabei nicht nur um das erste gedruckte Kräuterbuch in deutscher Sprache, sondern auch um einen Meilenstein der naturkundlichen Illustration. Die botanischen Holzschnitte mögen uns heute sehr schlicht erscheinen; ihr im Prolog deutlich gemachter – wenn auch nur teilweise eingelöster – Anspruch, sie entgegen der damals weitgehend üblichen Praxis nicht aus der handschriftlichen Überlieferung zu kopieren, sondern nach der Natur zu zeichnen, macht sie zu einem Novum in der bebilderten medizinischen und naturwissenschaftlichen Literatur.[57]

Auch hier war Breydenbach beteiligt, der medizinisch interessiert war und dem Frankfurter Stadtarzt Johannes Wonnecke aus Kaub den Auftrag zur Kompilation des Pflanzenbuches gegeben hatte. Die Vorrede des Buches spricht von einer Reise ins Heilige Land, die die Gelegenheit gab, auch die Kräuter ferner Länder von einem Maler naturgetreu zeichnen zu lassen. Damit kann nur Erhard Reuwich auf seiner Pilgerfahrt mit Breydenbach gemeint sein.[58]

Dem Werk mit seinen 381 Pflanzenholzschnitten ist eine Eingangsillustration vorangestellt, die zur Legitimation des Werkes eine Gruppe von Gelehrten in der Diskussion zeigt, einige mit Büchern und Pflanzen in den Händen, teils in zeitgenössischer einheimischer Kleidung, teils in orientalisierenden Gewändern. Letztlich ist die Grundidee ihrer Präsentation in einem scheinarchitektonischen Bogen die gleiche wie in den »Peregrinationes«, doch entbehrt sie beim »Gart« der Raffinesse, die das Titelbild des Reisebuches auszeichnet. Deutliche Unterschiede offenbart auch die grafische Gestaltung der Gewänder; die ruhige, geradlinige Manier des Kräuterbuch-Titelholzschnittes mit den lang durchgezogenen, meist parallel zu den Falten laufenden Schraffuren kontrastiert grundlegend mit dem unruhigen, durch kurze Strichlagen charakterisierten Duktus in den Illustrationen des Reisebuches.

Diesen Unterschieden im Detail steht jedoch eine ähnliche Rahmenkonzeption gegenüber und die hohe kompositorische Qualität, die das Titelbild des Kräuterbuches mit den »Peregrinationes« verbindet. Weil es zudem wahrscheinlich ist, dass Erhard Reuwich mit Zeichnungen für einen Teil der Illustrationen des »Gart« befasst war, liegt es nahe, ihm auch den Rohentwurf für dessen Titelholzschnitt zuzuschreiben. Die Umsetzung aber – wohl die Ausarbeitung und Übertragung auf den Holzstock durch den »Reißer« – muss in anderer Hand gelegen haben.[59]

Die Qualität von Reuwichs Holzschnitten wurde in Mainz im 15. Jahrhundert nie mehr erreicht. Dafür mögen beispielhaft die Illustrationen des 1491 bei Jacob Meydenbach gedruckten »Ortus sanitatis« stehen, eines von einem anderen Kompilator, doch aus den gleichen Quellen wie Schöffers Herbarien zusammengestellten Kräuterbuchs.[60] Sie kopieren in plumper Form das Titelbild und in schwankender Qualität viele Pflanzendarstellungen des »Gart der Gesundheit« von 1485. Die Raffinesse der Vorlage war von diesen Holzschneidern nicht wiederholbar.

Ein außergewöhnliches Werk ist Meydenbachs Druck aber in Bezug auf die Zahl der Illustrationen: Mit seinen 1073 Holzschnitten geht er über den Umfang der Schöffer-Herbarien weit hinaus und leitet die Reihe der riesigen Illustrationsprogramme ein, die in den 1490er Jahren eine neue Größenordnung in der Holzschnittproduktion eröffnen sollten. Übertroffen wird Meydenbachs »Ortus sanitatis« darin gleich 1492 von einem Werk, das aber nicht allein wegen der Zahl der Bilder beachtenswert ist: die 1492 bei Peter Schöffer erschienene »Cronecken der Sassen« (Kat.-Nr. LM 50). Sie ist keineswegs die erste gedruckte Chronik mit Holzschnitt-Illustrationen; vorangegangen waren ihr so bedeutende Werke wie Thomas Lirers 1486 in Ulm erschienene Schwäbische Chronik oder die »Chronica Hungariae« des Johannes von Thurocz, die 1488 in Augsburg entstanden war.[61] In der Dominanz der Bilder sowie in der drucktechnischen Bewältigung der Illustrationsfülle ist sie jedoch eine neuartige Leistung.[62]

Hervorzuheben ist, dass Schöffer die Chronik nicht für den einheimischen Markt produzierte. Das geht nicht nur aus dem Text hervor, der die niedersächsische Geschichte behandelt und wahrscheinlich von einem Braunschweiger Autor stammt, sondern auch aus der mittelniederdeutschen Schriftsprache. Es wurde deshalb schon mit guten Gründen vermutet, dass es sich um eine Arbeit für einen Braunschweiger Auftraggeber handelt.[63] Für die Illustrationspraxis der Schöfferschen Offizin würde das einmal mehr den Schluss nahelegen, dass Anregung und Auftrag aller umfangreich illustrierten Drucke von auswärts kamen.

Die ungewöhnliche Menge von Holzschnitten war arbeitstechnisch nur durch ein ausgefeiltes »Baukastensystem« von vielfach wiederholten und miteinander kombinierbaren Holzschnitten zu bewältigen. Die Figuren- und Architekturdarstellungen wirken routiniert und sicher, doch auch etwas schematisch: Die Typen erscheinen oft wie unmittelbar aus dem Musterbuch entnommen, wobei aber das Bemühen um Variation in den Kostümdetails – etwa durch reiche Abwandlung des Kopfputzes – auffällt. Die reiche Motivsammlung, über die der Entwerfer verfügt haben muss,[64] verleitete immer wieder zu Assoziationen mit zeitgenössischer Grafik und Malerei; so erklärt sich die Vielzahl von rein motivkritisch begründeten Versuchen, ihn mit anderen zeitgenössischen Künstlern bzw. Werkgruppen zu identifizieren, wovon noch die Rede sein wird. Bei aller Typisierung aber sind die Gesichter sehr markant gezeichnet und durch kurz gestrichelte Binnenkonturen reliefiert. Souverän und flott gemacht, doch bisweilen ebenso gleichförmig wirkt die grafische Behandlung der Gewänder und der Helligkeitsabstufungen, wenngleich dahinter die Beschäftigung mit der Tradition des Schöfferschen Missalholzschnitts und Reuwichs grafischer Kunst erkennbar ist. Dessen neuartige Konzeption von Landschaft sowie vom Verhältnis von Figur und Raum konnte der Meister der Sachsenchronik jedoch nicht nachvollziehen. Doch darf angesichts der zu bewältigenden Menge von Holzschnitten eine flüchtigere und arbeitsteilige Ausführung kaum verwundern, was Qualitätsschwankungen innerhalb des Buches erklärt.

Der Künstler, der für den größten Teil der Illustrationen verantwortlich ist, lässt sich in keiner anderen Holzschnittgruppe der Zeit wiedererkennen. Über seine Person ist ebenso wenig bekannt wie über weitere Werke. Die in einigen Holzschnitten der Sachsenchronik erkennbaren Buchstaben »h« und »hr« helfen hier nicht weiter, unabhängig von der Frage, ob sie das Monogramm des Entwerfers, des Formschneiders oder überhaupt irgend etwas bedeuten.[65] Nicht immer konnte man sich jedoch mit der Feststellung zufrieden geben, dass sich diese Holzschnitte der Zuordnung zu anderen Mainzer Werken entziehen. Die Kunstwissenschaft – immer auf der Suche nach Künstlernamen und -persönlichkeiten – versuchte, die Illustrationen der Sachsenchronik in das Werk des »Meisters WB« einzureihen.[66] Dieses Monogramm tragen zwei von vier zusammengehörigen Kupferstichen (vgl. Kat.-Nr. LM 47). Bei diesen bemerkenswerten Büsten von zwei Frauen und zwei Männern handelt es sich nicht um Porträts konkreter Personen, sondern um mit betont markanten Gesichtszügen charakterisierte Bildnistypen. Manches erscheint ungeschickt – etwa die räumliche Dispositon in den zu engen Fensterbögen oder die Augenpartien – und aus unterschiedlichem Vorlagenmaterial kompiliert. Beeindruckend aber sind die plastische Modellierung der Gesichter und die wirkungsvollen Hell-Dunkel-Effekte, die mit sehr unorthodoxer, doch wirkungsvoller grafischer Technik erzielt wurden: Schongauers Systematisierung der Linienführung, die unter den Zeitgenossen so viele Anhänger fand, hat der Meister WB souverän ignoriert, dabei aber zu einer – wenn auch ungeordnet wirkenden – Differenzierung der Strichstärke und -dichte gefunden.

Was den Entstehungsort betrifft, geben die Blätter selbst und ihre Provenienzen keinen Aufschluss – auch wenn sie das verlockende, doch allenfalls spekulativ aufzulösende Monogramm tragen.[67] So wurden sie im Laufe der Forschungsgeschichte zum Ausgangspunkt einer beispiellosen Zuschreibungslawine. Ernst Buchner stellte die vier Stiche 1927 ins Zentrum eines riesigen Œuvre, in dem er vor allem mittelrheinische Tafel- und Glasmalerei versammelte, für die bis dahin feste Zuweisungen an konkrete Künstler und Werkstätten fehlten.[68] Da in dieser Gruppe die Tafeln des Sebastianszyklus im Bischöflichen Dom- und Diözesanmuseum Mainz (Kat.-Nr. LM 46) eine zentrale Rolle spielten, war der Meister WB – der nun als der Urheber dieses großen Werkkomplexes galt – zum Mainzer erklärt worden. Prüft man die Argumentation Buchners und seiner Nachfolger genauer, wird aber bald deutlich, dass ihre Zuschreibungskriterien auf kaum mehr denn groben Motiv-Vergleichen basieren. Das gilt auch für die Zuweisung von Handzeichnungen und einem weiteren Kupferstich an den Stecher WB;[69] sie beruht auf methodisch höchst problematischen Argumenten (etwa auf bloßer Motiv- statt Stilkritik, auf dem Vergleich unvergleichbarer Medien und Techniken), sodass man die Subsumierung dieser tatsächlich sehr heterogenen Werkgruppe unter einer einzigen Künstlerpersönlichkeit eher als (wenngleich geistvolles) Konstrukt denn als historischen Befund bezeichnen muss.

Das betrifft auch die Zuweisung der Holzschnitte der Sachsenchronik zu diesem Œuvre. Gewisse Ähnlichkeiten mit Figurentypen auf den Tafelgemälden der Sebastianslegende im Bischöflichen Dom- und Diözesanmuseum Mainz, die konstatiert wurden, sind kaum mehr als nur motivische Entsprechungen. Solche aber bezeichnen austauschbares Formengut, das nicht zur Zuweisung an eine gemeinsame Künstlerhand ausreicht. Spricht man im Zusammenhang von Druckgrafik über den Meister WB, sollte man sich deshalb zunächst allein auf die vier Kupferstiche beschränken, die auch tatsächlich mit diesem Monogramm verbunden sind. Was ihre Zuweisung nach Mainz betrifft, lief diese jedoch allein über den Umweg der problematischen Zuschreibungen von Tafelgemälden. So verlockend die These ist, bleibt festzuhalten, dass – auf dem Boden der Tatsachen bleibend – Mainz als Entstehungsort genauso viel oder wenig in Frage kommt wie andere süddeutsche Städte. Von der grafischen Technik her bleiben die Kupferstiche völlig isoliert.

Ähnlich liegt der Fall beim Meister des Amsterdamer Kabinetts, dessen Kaltnadelradierungen zu den ungewöhnlichsten und qualitätvollsten Werken der Druckgrafik jener Zeit gehören. Die Argumente für die Tätigkeit dieses Künstlers sind zwischen Heidelberg und Mainz hin- und hergeschoben worden. Die Spannweite reicht dabei von der unhaltbaren Identifizierung mit Erhard Reuwich bis zur Einordnung als pfälzischer Hofkünstler.[70] Sind Beziehungen zur Mainzer Buchmalerei der 1470er Jahre mit guten Argumenten ebenso wahrscheinlich gemacht worden wie zur Heidelberger Hofkunst, so existiert doch noch kein Schlüssel zu einer endgültigen Entscheidung, ob die Radierungen des Meisters des Amsterdamer Kabinetts Teil der Geschichte der Mainzer Druckgrafik sind.[71]

Das wirft die Frage auf, ob neben der Hochdrucktechnik (der zumindest durch die illustrierten Inkunabeln eindeutig belegten Holzschnittproduktion) überhaupt eine Mainzer Tradition grafischer Tiefdrucktechnik nachweisbar ist. Hierzu gehört neben der ungewöhnlichen Kaltnadelradierung, für die zu jener Zeit allein der Meister des Amsterdamer Kabinetts steht, vor allem der Kupferstich. Tatsächlich wurden schon die ältesten bekannten Stiche, vom »Meister der Spielkarten« wohl ab den 1430er Jahren produziert, mit Mainz in Verbindung gebracht. Hellmut Lehmann-Haupt hatte versucht, die Initiative zur Entwicklung der Kupferstichtechnik auf Johannes Gutenberg zurückzuführen. Wenn diese These aufgrund ihrer unhaltbaren Beweisführung heute auch nicht mehr ernsthaft diskutiert wird, so verdient doch eines der Hauptargumente noch Beachtung – aber wiederum nicht in Bezug auf die *Produktion,* sondern auf die *Verwendung* von Druckgrafik in Mainz: Kupferstiche des Meisters der Spielkarten wurden in den Rankenbordüren von illuminierten Exemplaren der 42-zeiligen Bibel rezipiert. Diese Stiche der 1430er bis 1440er Jahre gehörten offenbar zur Mustersammlung von Mainzer Buchmalern.[72] Für die *Herstellung* von Kupferstichen in Mainz existiert dagegen kein stichhaltiger Beleg – weder für diese frühe Zeit noch für das ausgehende 15. Jahrhundert. Das muss keineswegs bedeuten, dass es derlei nicht gab, allein: es ist nicht nachzuweisen.

Eindeutig belegt ist nur eine Verbindung zwischen Mainz und dem Kupferstich, der aber sicher nicht von einem Mainzer Künstler stammt: Ein sehr qualitätvoller Kupferstich zeigt einen Engel mit den ornamental raffiniert dekorierten Wappen des Mainzer Domkapitels und des Erzbischofs Diether von Isenburg. Dieser Kirchenfürst war nicht nur als Auftraggeber der druckgrafisch ausgestatteten »Agenda Moguntinensis« 1480 in Erscheinung getreten (Kat.-Nr. LM 42), sondern hatte sich der Druckkunst auch vielfach als Medium für politische Publikationen bedient.[73] Der Stich, der dem Monogrammisten AG zugeschrieben wird, ist integraler Teil des nach dem 18. März 1482 von Georg Reyser in Würzburg gedruckten Mainzer Missales.[74] Reyser hatte schon im Jahr zuvor in seinem Würzburger Messbuch mit der technisch aufwendigen Kombination von Typentext und Kupferstich, also von Hoch- und Tiefdruckverfahren, erfolgreich experimentiert.[75] Der Wirkungsort des stark an Martin Schongauer orientierten Stechers AG ergibt sich am ehesten aus seiner längeren Zusammenarbeit mit diesem Würzburger Drucker. Sein Stich mit dem Wappen Diethers von Isenburg belegt jedoch das Bewusstsein dieses Mainzer Bischofs, der nach seiner Absetzung schließlich 1475 zum zweiten Mal das Amt übernommen hatte,[76] für Repräsentation mit Hilfe der grafischen Vervielfältigungsmedien.

Die Geschichte der Mainzer Druckgrafik des 15. Jahrhunderts lässt sich heute nicht mehr durchgängig und bruchlos erzählen. Vor allem das frühe Material ist schwer zu bestimmen, die Basis verlässlicher Informationen ist schwach. Das liegt zum einen in den Verlusten von Quellenmaterial und historischen Kontexten begründet, zum anderen in der Mobilität und im Reproduktionscharakter des Mediums, die die räumliche und zeitliche Einordnung des Materials erschweren. Gerade in Mainz ist die Lage aufgrund der schlechten Überlieferungssituation besonders problematisch. Jeder Versuch, hier zu neuen historischen Erkenntnissen zu kommen, muss zunächst vom Eingeständnis dieser Unsicherheiten ausgehen. Doch auch die Reihe der nachweislich mainzischen Werke im Zusammenhang illustrierter Drucke wirft so manche Fragen auf: Sie beginnt mit einem technischen Außenseiter (dem Metallschneider der Neumeister-Drucke), erreicht ihren qualitativen Höhepunkt ausgerechnet mit einem nicht aus Mainz stammenden Künstler (Erhard Reuwich) und findet zu neuen quantitativen Größenordnungen aufgrund eines ebenfalls auswärtigen Auftrags (»Cronecken der Sassen«). Wichtige Meisterleistungen unter den illustrierten Inkunabeln gehen eher auf das Engagement von Personen wie Bernhard von Breydenbach als auf das der Mainzer Drucker selbst zurück. Auch gestaltet es sich schwierig, Mainzer Künstler als Urheber der Buchholzschnitte konkret zu benennen. Die auf der bisweilen so zwanghaften wie ungenügend reflektierten Suche nach Namen und Zusammenhängen errichteten Kartenhäuser der Zuschreibung bieten dabei kein geeignetes Fundament. Doch Lokalisierungsfragen sind und bleiben Verständnisfragen, die grundlegend die Einordnung der Werke in ein historisches Bezugssystem betreffen. Umso wichtiger ist es, sich von neuem Klarheit über Methodik und Ziel solcher Fragen zu verschaffen. Die letzten Worte über Mainzer Druckgrafik des 15. Jahrhunderts sind deshalb gewiss noch nicht gesprochen.

1 Vgl. dazu etwa Koreny 1974 (I) und Buren / Edmunds 1974.

2 Zusammenfassend mit weiterer Literatur zum Thema Druckgrafik und Mobilität von Bildern und Bilderfindungen vgl. Schmidt 1998. Zum Reproduktionscharakter vgl. Koreny 1968.

3 Vgl. Koreny 1974 (II) und Koreny 1977.

4 Holz- und Metallschnitte werden im Folgenden als »Schreiber 1926–1930« zitiert nach der Katalognummer im Handbuch von Wilhelm L. Schreiber, die Buchholzschnitte nach Albert Schramm. Für Kupferstiche gilt die gängige Abkürzung »L.« mit der Nummer des Kritischen Katalogs von Max Lehrs.

5 Den Text edierte der Namengeber Stöger 1833. Die Fragmente der verschiedenen Druckausgaben sind aufgelistet bei Haebler 1927, S. 38f. Field 1986, S. 205, gibt eine erweiterte Übersicht. Haeblers These, dass der Drucker des deutschen Passionsbüchleins über Bayern und Wien nach Italien gewandert wäre (Haebler 1927, S. 36), wurde kontrovers diskutiert; s. zusammenfassend den kritischen Forschungsbericht von Geldner 1979.

6 Geldner 1979, S. 35. Einigkeit besteht mittlerweile nur darüber, dass es ein in Bayern und Italien tätiger Wanderdrucker gewesen sein muss, der sein Wissen in Mainz erworben hatte.

7 Diese Einordnung geht letztlich zurück auf Schreiber 1926, S. 18–21.

8 Nach der Definition des Oberrheins »zwischen Basel und Mainz« durch Schreiber 1926, S. 15; die Ausdehnung bis Mainz wurde unkritisch aufgenommen von Geldner 1979, S. 36, sowie Fleischmann 1998, S. 132.

9 So der Vergleich der floralen Hintergrundfüllung der Stöger-Metallschnitte mit der Initialornamentik der Mainzer Psalter von 1457 und 1459 durch Fleischmann 1998, S. 133f., die jedoch nicht berücksichtigte, dass es sich dabei vielmehr um eine in der gesamten süddeutschen Buchmalerei gängige Ornamentform handelt, die mit den Psalter-Initialen nichts zu tun hat.

10 Schriftsprache ist der heute gebräuchliche korrekte sprachwissenschaftliche Begriff für die »Mundart« eines geschriebenen Textes, also die regionale Varietät der Sprache. Zu den traditionellen Lokalisierungen, die sich darauf stützen, s. Schreiber 1926, S. 18, und Katalog »Die Kunst der Graphik« 1963, S. 40.

11 Zu den Handschriftenfragmenten s. Schmidt 1998, S. 81f.

12 Vgl. die Analyse der Schriftsprache bei Schmidt 1998, S. 82; ausführlich dazu Schmidt 2000.

13 Die Kopie des Zyklus in Chicago (Schreiber 1926–1930, Nr. 2233) (vgl. Field 1986) bildete ursprünglich ebenfalls ein Gebetbüchlein mit handschriftlichem mittelbairischem Text. Ein weiteres Argument für Bayern ist die Schriftsprache des auf den Meridian von Wien berechneten Aderlasskalenders für 1462, der die gleiche Type wie Druckausgaben der Stöger-Passion aufweist (GW 1287); vgl. dazu Haebler 1927, S. 30.

14 Selbst in dem mit spekulativen Lokalisierungen sonst sehr großzügigen Handbuch von Schreiber taucht Mainz als Herstellungsort nur äußerst selten – und dann unbegründet – auf; auch unter den neueren Bestands- und Ausstellungskatalogen zum Holz- und Metallschnitt des 15. Jahrhunderts verzeichnet der umfangreichste und umsichtigste – der Katalog »Fifteenth Century Woodcuts and Metalcuts« 1965 – unter seinen 365 Nummern kein einziges Mal den Herstellungsort Mainz, nur zweimal »Mittelrhein« mit Fragezeichen.

15 Zülch / Mori 1920, S. 3, 12. Zu den Berufsbezeichnungen in der Frühzeit des Holzschnitts vgl. etwa die Nürnberger Liste bei Kiepe 1984, S. 129f.

16 Vgl. den Überblick von Arens 1971.

17 Vgl. zusammenfassend und mit weiterer Literatur zu diesem Phänomen Köster 1984.

18 Oberlin (Ohio), Allen Memorial Art Museum (Schreiber 1926–1930, Nr. 1783).

19 Hessische Landesbibliothek Wiesbaden, Hs. 9. Der Holzschnitt wurde herausgelöst und wird heute getrennt aufbewahrt. Vgl. Zedler 1931, S. 25f.; Abb. bei Heitz 1899–1942, Bd. 38, Nr. 35, sowie bei Crone 1995, S. 43.

20 Falk 1899 (I); Hellinga 1990 (II), S. 142; König 1993 (I), S. 134.

21 Falk 1899 (I), S. 236.

22 Vgl. Hellinga 1990 (II), S. 142.

23 So zuletzt Fleischmann 1998, die den Verwendungsorten und ursprünglichen Provenienzen keinerlei Aufmerksamkeit schenkte.

24 Vgl. exemplarisch die Studie von Falk 1897.

25 Vgl. etwa für Nürnberg Weinberger 1925; für die reichen Bestände des Klosters Tegernsee etwa Heitz 1899–1942, Bd. 10, 15 und Bd. 21. Zum Phänomen i. Allg. vgl. Schmidt 2000.

26 Nähere Angaben über die Herkunft sind jedoch nicht bekannt; vgl. Schreiber 1900, S. 58, und Schreiber 1926, S. 16. Zur Tätigkeit von Dom Jean-Baptiste Maugérard, der als »Commissaire du Gouvernement pour la recherche des sciences et des arts« zwischen 1802 und 1805 die neuen französischen Rheinprovinzen bereiste und u. a. in Mainz wertvolle Bücher konfiszierte s. Traube / Ehwald 1906, S. 316 und S. 322.

27 Hl. Bernhardin (Schreiber 1926–1930, Nr. 2567), hl. Katharina (Schreiber 1926–1930, Nr. 2569), hl. Christophorus (Schreiber 1926–1930, Nr. 2580) und hl. Georg (Schreiber 1926–1930, Nr. 2633); Abb. u. a. bei Bouchot 1903, pl. 45, Nr. 86, pl. 72, Nr. 134, pl. 49, Nr. 94, pl. 55, Nr. 102. Zu dieser Gruppe vgl. Hind 1935, Bd. 1, S. 185–187 (mit Abb.). Schreiber 1926–1930, Nr. 2567 ist auch abgebildet bei Fleischmann 1998, Abb. 8, dort aber auf S. 129 ohne Beachtung der Mainzer Provenienz behandelt.

28 Seit der Einordnung durch Schreiber – zuletzt Schreiber 1926, S. 15f. – wird diese Lokalisierung bis heute ungeprüft wiederholt.

29 Weitere Metallschnitte der 1450er und 1460er Jahre wurden in Drucken von Fust und Schöffer, der 42-zeiligen Bibel (H 3031, GW 4201) und dem »Canon missae« von 1458 (Proctor 58) aufgefunden. Doch ist es in diesen Fällen fraglich, ob die Ausstattung in Mainz geschah: Die Kreuzigung Schreiber 1926–1930, Nr. 2333 (London, British Museum) und der Ölberg Schreiber 1926–1930, Nr. 2241 (Manchester, John Rylands Library) wurden aus einem Exemplar der 42-zeiligen Bibel gelöst. Vgl. Dodgson 1903, S. 176f. (B 7), und Hind 1935, Bd. 1, S. 188. Die Tatsache, dass andere Exemplare von Schreiber 1926–1930, Nr. 2333 in originalen Verwendungszusammenhängen des 15. Jahrhunderts in Riga und Schlesien nachweisbar sind, macht einen engeren Zusammenhang mit Mainz nicht wahrscheinlich. Das Kreuzigungsblatt Schreiber 1926–1930, Nr. 2339 im »Canon missae« von 1458 ist mindestens zwei Jahrzehnte später eingenäht worden und eine niederrheinische oder niederländische Arbeit (bei Schramm 1920–1943, Bd. 14, Nr. 1, und Illustrated Bartsch Bd. 82, S. 42, Nr. 1480/35, fälschlich als integrale Buchillustration aufgeführt).

30 Nürnberg, Germanisches Nationalmuseum, Inv.-Nr. H 1820. Abb. bei Fleischmann 1998, Abb. 28 (ohne die Frage nach der Provenienz auch nur zu stellen). Von Schreiber 1926, S. 26f., dem Meister der Aachener Madonna zugeschrieben; tatsächlich aber muss der Entstehungsort bislang als ungeklärt gelten. Das Blatt beschreibt Kindlinger 1819, S. 33–39; er bezeichnet es aus Unkenntnis als Holzschnitt.

31 Kindlinger 1819, S. 24f.

32 Staatliche Museen zu Berlin – Preußischer Kulturbesitz, Kupferstichkabinett. Abb. bei Kristeller 1915, Taf. LXXX, Nr. 160. Aus der gleichen Marienthaler Handschrift stammt der Ölberg-Holzschnitt Schreiber 1926–1930, Nr. 193, der sich in den 1920erJahren noch in einer Wiener Privatsammlung befand, dessen heutiger Aufbewahrungsort aber unbekannt ist.

33 Vgl. Falk 1892. In dem Kloster wurden keine illustrierten Bücher produziert.

34 Kreuztragung (Schreiber 1926–1930, Nr. 2304a) und Pietà (Schreiber 1926–1930, Nr. 2471a), zusammen auf ein Blatt gedruckt, in einer Basler Inkunabel von ca. 1490 (H 2827); Gutenberg-Museum, StB Ink. 2493. Vgl. Heitz 1899–1942, Bd. 38, Nr. 22 und Nr. 23.

35 Heitz 1899–1942, Bd. 38, Nr. 24. Das bei Drach in Speyer gedruckte Buch (H *9334), (Gutenberg-Museum, StB Ink. 2300), befand sich im 17. Jahrhundert im Besitz des Mainzer Domdekans Johann von Heppenheim.

36 Einen Überblick zu Technik und Geschichte des Teigdrucks geben Coombs / Farrell / Field 1986; eine Zusammenfassung bei Fleischmann 1998. Der Überlieferungsschwerpunkt der Teigdrucke liegt eindeutig im bayerischen und schwäbischen Raum, was für die Frage nach der Produktionsregion nur bedingt aussagekräftig, aber doch ein Indiz ist.

37 Bei Schreiber nicht aufgeführt. Der Teigdruck wurde aus dem Rückdeckel der 1454 datierten geistlichen Sammelhandschrift Hs I 322 der Stadtbibliothek Mainz gelöst und befindet sich heute im Gutenberg-Museum. Vgl. dazu Tronnier 1926, S. 177–179 mit Taf. 7.

38 Stadtbibliothek Mainz, Hs I 462. Heitz 1899–1942, Bd. 38, Nr. 20f.; Katalog »Blockbücher des Mittelalters« 1990, S. 150, Nr. 13 mit Abb. III. 5.

39 Der 1452 und 1455 datierte Band enthält den Text der Goldenen Bulle Karls IV., die *Historia Troiana* des Guido de Columnis, eine *Historia Gotfridi* und einen *Liber somniorum*.

40 Schreiber 1927, S. 65 und S. 94 zu Hs I 462 (dort als Hs 630) und S. 84–95 zu den Beziehungen zwischen den Kartausen von Basel und Mainz, die sich auch im Bücheraustausch äußerten.

41 HC 11333; Schramm 1920–1943, Bd. 14, Nr. 38. Vorausgegangen waren nur zwei Drucke mit einem kleinen Wappenholzschnitt und bescheidenen Mondscheiben; vgl. Fuchs 1960, S. 4.

42 Vgl. zum Kanonholzschnitt Fuchs 1960, S. 19–24 (mit älterer Literatur). Seine Einordnung in die Mainzer Buchmalerei durch den Vergleich mit der Kreuzigungsminiatur im Reisemissale des Adolf von Breithardt (Kat.-Nr. LM 37) ist jedoch keineswegs zwingend, da diese wie auch der Holzschnitt motivisch auf dem Boden ähnlichen grafischen Vorlagenmaterials stehen. Dazu gehören z. B. die Kreuzigungen des niederländischen Meisters FVB (L. Bd. 7, S. 124, Nr. 7) oder der Kanon-Kupferstich in Georg Reysers Würzburger Missale von 1481 (L. Bd. 6, S. 124, Nr. 31). Vom Einfluss des »Hausbuchmeisters«, den Fuchs 1960, S. 121, vermutet, ist keine Spur zu erkennen. Vielmehr steht ihm unter den zeitgenössischen Holzschnitten in der Verfeinerung der Technik die Eingangsillustration der 1484 bei Koberger in Nürnberg gedruckten Reformation der Stadt Nürnberg am nächsten (HC 13716; Schramm 1920–1943, Bd. 17, Nr. 46). – Die Beliebtheit von Schöffers Kanonholzschnitt belegt die umfangreiche Rezeption, z. B. im Missale Moguntinensis, Basel: Michael Wenssler 1486 (C 4162; Schramm 1920–1943, Bd. 21, Nr. 8) oder im Missale Magdeburgense, Magdeburg: Simon Koch 1486 (HC 11322; Schramm 1920–1943, Bd. 12, Nr. 376).

43 H 8948; Schramm 1920–1943, Bd. 14, Nr. 189–569.

44 Abb. der Bücheranzeige bei Lehmann-Haupt 1950, S. 94.

45 Vgl. dazu König 1993 (I), Hellinga 1994 und Hellinga 1995/96.

46 Zu diesem hohen buchkünstlerischen Anspruch der Fust-Schöfferschen Drucke vgl. etwa König 1986.

47 Gedruckt durch Ulrich Han (H 15722). Vgl. Zirnbauer 1968, S. 35–39 (mit einer Konkordanz der Bilder der Ausgaben von 1467 und 1479).

48 Laubstabbordüren dieser Art waren v. a. in der Buchmalerei und in Tonreliefs üblich. Die Vermittlung erfolgte in diesem Fall aber wohl durch ältere Grafiken. Bordüren mit einem ähnlichen Rankenstab besitzen ein etwa zehn Jahre älterer Metallschnitt der hl. Katharina in der Staatlichen Graphischen Sammlung München (Schreiber 1926–1930, Nr. 2553) sowie – in gröberer Ausführung und von einem gesonderten getrennten Stock gedruckt – zwei Holzschnitte der hl. Barbara und Katharina in London, British Museum (Schreiber 1926–1930, Nr. 1249 und Nr. 1321). Eine Rankenstabbordüre der Jahrhundertmitte umgibt etwa den Holzschnitt Schreiber 1926–1930, Nr. 962a II (Bayerische Staatsbibliothek München, Clm 18311). Näher an der Form der Mainzer Metallschnitte, doch auf jeden Fall jünger als diese, sind die Holzschnittbordüren einer Pietà (Schreiber 1926–1930, Nr. 0) und eines Schmerzensmannes (Schreiber 1926–1930, Nr. *886c), die sich heute in Washington befinden; vgl. Katalog »Fifteenth Century Woodcuts and Metalcuts« 1965, Nr. 77 und Nr. 126.

49 Der jüngere Peter Schöffer benutzte zwischen 1514 und 1518 noch einmal Metallschnitt-Illustrationen für seine Drucke des »Hortulus animae«; Oldenbourg 1973, S. 95–99.

50 Vgl. dazu Fuchs 1960, S. 48f.

51 Die Kompilation des Textes erfolgte in Zusammenarbeit mit dem Theologen Martin Rad (Roth). Zur Biographie Breydenbachs s. Fuchs 1960, S. 35–44.

52 Das bezeichnendste Beispiel sind die Versuche, die bemalten Glasscheiben der kurmainzischen Amtskellerei in Amorbach als Werk Reuwichs zu erweisen. Grund für die Zuschreibung dieser keineswegs einheitlichen Glasgemälde, die mit den Holzschnitten der »Peregrinationes« nicht vergleichbar sind, war allein die Verlockung der Vornamensgleichheit mit dem urkundlich gesicherten *Meinster Erhart von Meintze*, der sie 1486 einsetzte. Eine Zusammenfassung der Forschungsgeschichte bei Hess 1994, S. 58–65, 150–153, 177.

53 Basel: Bernhard Richel (ca. 1481) (C 3833; Schramm 1920–1943, Bd. 21, Nr. 398–552), teilweise kopiert in der Ausgabe Straßburg: Johann Prüss 1483 (Schramm 1920–1943, Bd. 20, Nr. 1030–1148).

54 Nach Haussherr 1987/88, S. 61, »handelt es sich um die älteste topographisch genaue Vedute Jerusalems«.

55 Vgl. die Analyse des Textes bei Davies 1911, S. IX–XI. Zu den Konventionen, denen Breydenbachs Text folgt, s. Zrenner 1981, S. 60f., und Hippler 1987, S. 146f.

56 H 8948; Schramm 1920–1943, Bd. 14, Nr. 189–569.

57 Nissen 1951, S. 29. Dies unbeschadet der Tatsache, dass ein Teil der Holzschnitte tatsächlich noch älteren Bildvorlagen statt der Natur folgt; vgl. Keil 1986, S. 55–68.

58 Zur komplizierten Entstehungsgeschichte vgl. Fuchs 1960, S. 81–96, sowie Keil 1986.

59 Fuchs 1960, S. 63, übergeht die Unterschiede in der grafischen Umsetzung und nimmt uneingeschränkt Reuwich als Urheber an.

60 HC 8944; Schramm 1920–1943, Bd. 15, Nr. 26–1098.

61 HC 10117*; Schramm 1920–1943, Bd. 6, Nr. 128–149; H 15516 (= HC 15518).

62 Aufgrund der vielen Wiederholungen und Kombinationsholzstöcke wurde noch keine verlässliche Zählung der Holzschnitte durchgeführt; 1255 Abdrücke zählte Pollard 1907, Nr. 33.

63 Diese These diskutiert, zusammen mit der Verfasserfrage zwischen Konrad und Hermen Bote, Flood 1987, S. 179–194.

64 Diese Sammlung dürfte man sich in der Art jenes nürnbergischen Musterbuchblattes aus dem letzten Viertel des 15. Jahrhunderts vorzustellen haben, das 19 gezeichnete Frauenbüsten mit verschiedenen Kopfbedeckungen enthält; das Blatt, heute in der Staatlichen Graphischen Sammlung zu München, diente vermutlich als Typenvorrat für eine Malerwerkstatt. Vgl. dazu Falk 1994, S. 23f., Nr. 42 mit Abb. 37.

65 Das »h« etwa auf den Holzschnitten Schramm 1920–1943, Bd. 14, Nr. 578, 843, 917, 924, 905–908, das »hr« auf 629 und 967.

66 So z. B. Fuchs 1960, S. 11f., oder Shestack 1971, S. 86f., beide mit den schon von Buchner 1927, S. 271–275, genannten unzulänglichen Argumenten. Andere, auf ebenso unzureichend begründeten Stilvergleichen beruhende Versuche, dem Holzschneider weitere Werke zuzuweisen, sind etwa die Zuschreibung an den Holzschneider des Ulmer Aesop von 1476/77 durch Hind 1935, Bd. 1, S. 352, oder die Konstruktion einer Beziehung zum »Hausbuchmeister« und zum Heidelberger Totentanz durch Baer 1925, S. 269–275. Die Zuschreibung Anzelewskys 1985, S. 51f., an *Anton Peurer* beruht allein auf der groben motivischen – keineswegs aber stilistischen – Ähnlichkeit mit einer von Dürer so bezeichneten Zeichnung.

67 Die Gleichsetzung mit einem *Wolfgang Peurer* nach einer von Dürer beschrifteten Zeichnung (Kat.-Nr. LM 48), wie von Anzelewsky 1985, S. 35–37, vorgeschlagen, ist aufgrund der fraglichen Vergleichbarkeit der grafischen Mittel von Stichen und Handzeichnung problematisch.

68 Buchner 1927, S. 229–275.

69 Shestack 1971 und Anzelewsky 1985.

70 Vgl. zum Forschungsstand Hess 1994, S. 35–37 (Reuwich), S. 116 (Heidelberg). Dass die Zuschreibung der Tafeln des »Mainzer Marienlebens« an den Meister des Amsterdamer Kabinetts unwahrscheinlich und deshalb auch kein Argument für die Lokalisierung des Stechers in die Bischofsstadt ist, legte Hess 1994, S. 159–161, überzeugend dar.

71 Vgl. zu dieser Frage zuletzt König 1997, S. 215–219. Alle Versuche, den Meister mit Mainzer Buchillustrationen in Verbindung zu bringen – vom Breydenbachschen Reisebuch bis zur Sachsenchronik (u. a. Baer 1925) – sind unbelegbare Konstrukte. Zu den verschiedenen Identifizierungsversuchen s. den Forschungsbericht von Hutchison 1985.

72 Lehmann-Haupt 1962 und 1966. Zusammenfassung der Gegenargumente bei König 1979, S. 72–74, zuletzt König 1997, S. 201. Zur Verwendung dieser Stiche durch Buchmaler vgl. Buren/Edmunds 1974.

73 Mit seinem Namen verbindet sich eine Zahl von Einblattdrucken zwischen 1462 und 1480, die die Mainzer Bistumsfehde (GW 8338, GW 8339) und den Streit um die Reichsunmittelbarkeit von Erfurt betreffen (GW 8340, GW 8341), sowie ein Ablassbrief (GW 8342). Möglicherweise wurde für ihn auch ein Exemplar der 42-zeiligen Bibel rubriziert; vgl. Hubay 1982, S. 157–165.

74 H 11331; Schramm 1920–1943, Bd. 16, Nr. 873 (dort Verwechslung der Abb.); L. Bd. 6, S. 129, Nr. 34; Illustrated Bartsch Bd. 9, 2, S. 228f., Nr. 033.

75 H 11309; Schramm 1920–1943, Bd. 16, Nr. 870; L. Bd. 6, S. 124, Nr. 31; Illustrated Bartsch Bd. 83, S. 196, Nr. 1481/994.

76 Zu seinem bewegten Leben vgl. Menzel 1868.

LM 41

Johannes de Turrecremata
Meditationes
Mainz: Johannes Neumeister, 1479

Papier – brauner Ledereinband auf Holzdeckel, Streicheisenlinien und Einzelstempel
Buchblock: H. 27,7 cm, B. 21 cm; Einband: H. 29 cm, B. 22 cm
Stadt- und Universitätsbibliothek Frankfurt a. M., Inc. fol. 116 Nr. 2
HC 15726; Schramm 1920–1943, Bd. 14, Nr. 3–36

Zustand: Rücken erneuert

Diese Inkunabel markiert den – vergleichsweise späten – Beginn der Buchillustration in Mainz, und dies in ungewöhnlicher Technik (vgl. auch Kat.-Nr. LM 42). 34 Metallschnitte bebildern den Text, der zu den zahlreichen Prosaschriften des 15. Jahrhunderts gehört, die zur Betrachtung der Heilsgeschichte mit dem Leben Christi im Mittelpunkt anleiten wollen. Sein Verfasser, der Dominikaner Johannes de Turrecremata († 1468), war ein einflussreicher Theologe und Kirchenpolitiker der römischen Kurie und spielte durch seine Beteiligung an der Berufung der ersten deutschen Drucker nach Italien auch für die Buchgeschichte eine wichtige Rolle.

Seine »Meditationes« wurden erstmals 1467 in Rom von dem Deutschen Ulrich Han gedruckt. Diese Ausgabe war, wie schon die älteren Handschriften, bebildert. Die Einleitung des Buches verweist darauf, dass die Bilder den Wandgemälden im Kreuzgang von Santa Maria sopra Minerva in Rom folgen. Doch spricht wenig dafür, dass noch die von einem deutschen Holzschneider gefertigten Illustrationen der Erstausgabe von 1467 diesen heute verlorenen Fresken folgen; vielmehr beruhen sie auf süddeutschem Formengut mit italienischen Elementen.

Neumeisters Druck von 1479 kopiert in Text und Bild diese römische Ausgabe. Die Metallschnitte illustrieren die Anfänge der einzelnen Kapitel mit der Darstellung aus der Heilsgeschichte, die im Mittelpunkt der jeweiligen Meditation steht. Sie folgen sehr genau den Kompositionen der Holzschnitte von 1467. Lediglich einige Szenen lösen sich von dem Vorbild; auch Einzelmotive, die nicht verstanden wurden (z. B. die italienische Muschelkonche im Bild des zwölfjährigen Jesus im Tempel), ersetzte der Metallschneider selbstständig. Hinzugefügt wurden die Bordüren mit Laubstabornament, das der Illustration der »Agenda Moguntinensis« entspricht (Kat.-Nr. LM 42). Alle Abdrücke stammen von ein und derselben Platte, die für jede Seite neu mit einer anderen Platte mit figürlicher Darstellung kombiniert wurde. Das erforderte eine exakte Positionierung der beiden Druckstöcke, für die Abstandhalter eingesetzt wurden, deren unbeabsichtigte Druckspuren stellenweise sichtbar sind. Die optimale Höhenanpassung von Bleisatz, Metallschnittbordüre und Binnendarstellung gelang nicht immer perfekt, sodass der Druck der Bilder mehrfach etwas mager ausfiel.

Mit dem Einsatz von Metallschnitten nahm Johannes Neumeister eine Technik auf, die in der so genannten Stöger-Passion schon um etwa 1460 – wenn auch in einem einfacheren Verfahren – für eine der ersten illustrierten Inkunabeln verwendet worden war, sich aber nicht dauerhaft gegen die einfachere Holzschnitt-Illustration durchsetzen konnte. Die Technik des Metallschneiders, dem sich außer der Illustration von Neumeisters »Agenda Moguntinensis« keine anderen erhaltenen Werke zuweisen lassen, ist sehr ungewöhnlich. Er verwendet keine Punzen, die bei den meisten anderen Metallschnitten der Zeit zur Strukturierung der Flächen eingesetzt werden. Vielmehr lässt er in holzschnittartiger Manier starke Konturlinien stehen und hebt um sie herum sehr viel mehr Metall aus als üblich; die so entstehenden hellen Flächen sind durch feine Schraffuren von differenzierter, an Kupferstiche erinnernder Struktur schattiert, was diese Illustrationen zu einer singulären Erscheinung unter den Metallschnitten der Zeit macht und ihren experimentellen Charakter verdeutlicht. Das ausgestellte Frankfurter Exemplar ist Teil eines Sammelbestandes von drei Inkunabeln, der im späten 15. oder frühen 16. Jahrhundert Besitz eines nicht weiter bekannten Mönches Conrad Ranstat war und sich im 17. Jahrhundert in Mühlhausen in Thüringen befand.

P. S.

Literatur

Ohly/Sack 1967, S. 527, Nr. 2856. – Zirnbauer 1968, S. 35–39. – Wehmer 1971, Nr. 45. – Kunze 1975, Textbd., S. 201f. – Illustrated Bartsch Bd. 82, S. 178–184, Nr. 1479/11–44. – Röll 1994, S. 54–56.

LM 42

Agenda Moguntinensis
Mainz: Johannes Neumeister (?), 1480

Pergament – Einband: Halbleder auf Holzdeckel, Rollenprägung, ehemals eine Schließe
Buchblock: H. 29,4 cm, B. 19,7 cm; Einband: H. 30,3 cm, B. 20,5 cm
Stadt- und Universitätsbibliothek Frankfurt a. M., Inc. fol. 122
H 369; GW 468; Schramm 1920–1943, Bd. 14, Nr. 37

Provenienz: Bartholomäus-Stift Frankfurt a. M.

Der Drucker dieser Agenda, eines Handbuches für die liturgischen Riten, lässt sich nur nach der Type bestimmen. Sie entspricht im Wesentlichen der Johannes Neumeisters, auch wenn der starke Abnutzungsgrad die Zuweisung schwierig macht und einige abweichende Buchstabenformen bis heute ungeklärte Fragen aufwerfen. Die letzte Seite der Inkunabel, auf der die Vollendung im Jahr 1480 unter Erzbischof Diether von Isenburg genannt ist, trägt auch den Abdruck eines Metallschnittes, der für die Geschichte der Mainzer Druckgrafik und Buchillustration von großer Bedeutung ist. Die Darstellung bezieht sich auf den Bestimmungsort der Agenda und ihren Auftraggeber: Über dem hl. Martin als Patron des Bistums sind in den oberen Ecken die Wappen des Domkapitels und des Erzbischofs Diether zu sehen. Unter der Stufe des Thrones ist der Wappenschild Bernhards von Breydenbach angebracht. Vermutlich stand der Domherr, der als Auftraggeber einiger der wichtigsten illustrierten Inkunabeln eine bedeutende Rolle für die Geschichte des Mainzer Buchdrucks spielte (Kat.-Nr. LM 58), in seiner Eigenschaft als Kämmerer Diethers von Isenburg und Träger weiterer wichtiger Ämter des Bistums auch mit dem Druckauftrag dieses liturgischen Buches in Verbindung.

Erstmalig in der Geschichte der Grafik wurde hier der Zweifarbendruck, der beim Text angewandt ist, auch auf einen figürlichen Metallschnitt übertragen: Zur Differenzierung der Wappen sind einzelne Felder mit einer zweiten Metallplatte in Rot gedruckt. Dieses Verfahren wurde auch bei den Initialen D und O der Agenda angewandt, deren Wappenfüllung das Mainzer Rad in Rotdruck enthält. Sie wurden nach dem Vorbild der Mainzer Psalterdrucke von 1457 und 1459 nicht mit Holz-, sondern ebenfalls mit Metallschnitten gedruckt, die den feinen Fleuronéeschmuck erst ermöglichten.

Der Metallschnitt des hl. Martin stammt vom gleichen Künstler, der im Jahr zuvor die Illustrationen zu Neumeisters Druck der »Meditationes« des Johannes Turrecremata geschaffen hatte (Kat.-Nr. LM 41). Die technische Ausführung zeigt dieselben für Metallschnitte der Zeit ungewöhnlichen Züge: das Fehlen von punzierten Flächen und die »holzschnittartige« Technik, ungewöhnlich viel Metall auszuheben und im Bereich der Gewänder nur schmale und etwas zittrige Faltenlinien stehen zu lassen. Das Laubstab-Ornament, das die Darstellung des hl. Martin in der Agenda umschließt, ist mit dem in der Bordüre der Turrecremata-Illustrationen identisch. Dieses Motiv, das vor allem in der Buchmalerei und in Tonreliefs Verwendung fand, wurde vermutlich durch ältere Druckgrafiken vermittelt, die es ihrerseits aufgenommen hatten. Ein Versatzstück aus der Mustersammlung des Metallschneiders ist auch der links unten etwas unmotiviert zwischen Wappen und Bordüre gestellte Ast, der Blätter der gleichen Form wie der Laubstab der Bordüre trägt, in der Gesamtform aber eine Anregung aus einem Kupferstich des Meisters E. S. aufnimmt (L. 310).[1]

Ungewöhnlich ist die Ikonografie des hl. Martin auf dem Metallschnitt der Agenda: Hier wurde nicht die übliche Darstellung als reitender oder stehender Edelmann gewählt, sondern die des thronenden Bischofs. Dieser repräsentative Typus könnte in Mainz auf die Tradition der bischöflichen Siegel verweisen. Dem Heiligen wurde dennoch die Figur des bettelnden Krüppels zugesellt, die aus den genannten Standardtypen stammt. Überhaupt erweist es sich, dass die Darstellung aus verschiedenen Versatzstücken besteht. Selbst die Figur des Thronenden ist in sich nicht stimmig: Die Körperhaltung passt nicht mit der Form des Thrones zusammen, sodass der Heilige eher zu schweben als zu sitzen scheint; auch besitzt die Ausrichtung des Körpers nach links im Zusammenspiel mit der symmetrischen Anlage des Thrones keine Logik. Die unterschiedlichen Vorlagen, aus denen die Darstellung zusammengesetzt wurde, sind nicht mehr genau zu bestimmen. Ein auffälliges Gewandmotiv wie der mächtige Schwung des Mantelsaums, der vom linken Arm des Bischofs fällt und dann mehrfach geknickt wieder nach oben über das Knie läuft, ist charakteristisch für die Gewandbildungen des Meisters E. S.[2] Insgesamt wurde hier also ein aus heterogenem Vorlagenmaterial zusammengefügter Entwurf umgesetzt, ohne dabei auf die technische Tradition des Metallschnitts Rücksicht zu nehmen. Das macht die Werke dieses Meisters zu einem interessanten Phänomen in der Druckgrafik der Zeit.

P. S.

1 Appuhn 1989, Abb. 211.

2 Es findet sich etwa auf seinem Stich der »großen Madonna von Einsiedeln« aus dem Jahr 1466 (L. 81; Appuhn 1989, Abb. 78). Die Zeitgenossen empfanden dieses Motiv offenbar als eine besonders geglückte Formel zur Strukturierung der Stoffmassen einer sitzenden Figur, wie auch die Rezeption des Stiches in der Skulptur beweist; vgl. dazu Hessig 1935, S. 85 f.

Literatur

Kelchner 1885. – Falk 1888 (II), S. 534, Nr. 1. – Presser 1958. – Fuchs 1960, S. 36 f. – Meyer-Baer 1962, S. 1 f. – Ohly/Sack 1967, S. 5, Nr. 22. – Geldner 1968 (I), S. 39. – Reifenberg 1968. – Wehmer 1971, Nr. 46. – Kunze 1975, Textbd., S. 202. – Illustrated Bartsch Bd. 82, S. 240, Nr. 1480/35. – Katalog »Die Reise nach Jerusalem« 1992, S. 12.

Katja Augustin

Der Bildhauer Hans von Düren

Angelehnt an den nordöstlichen Vierungspfeiler der Stadtkirche Unserer Lieben Frau in Friedberg steht ein 14 Meter hohes Sakramentshaus (Abb. 1) – ein Hauptwerk der spätmittelalterlichen Bildhauerkunst am Mittelrhein, das den erhaltenen Pfarr-Rechnungen zufolge von Hans von Düren in den Jahren von 1482 bis 1484 geschaffen wurde.[1]

Sein sechseckiges Tabernakelgehäuse wird getragen von einer zierlichen, reich profilierten Mittelstütze, deren Fuß in der Form eines mit Maßwerk verzierten Sechspasses gestaltet ist. Nach oben erweitert sich die Stütze kelchartig bis zur Breite des Gehäusebodens. Nur zwei der äußeren Eckpfeiler wurden bis auf Bodenniveau herabgeführt. Die übrigen sind als Hängepfosten ausgebildet, zwischen denen je ein reich mit Nasen besetzter Spitzbogen eingespannt ist. Feines Laubwerk füllt die Kehle unterhalb des mit Gitterwerk geschlossenen Tabernakelschreins. Gewundene Säulen an den Ecken des Gehäuses tragen Konsolen und Baldachine, die wie am Sakramentshaus von St. Columba in Köln zur Aufnahme von Figuren bestimmt waren.[2]

Das Tabernakel wird bekrönt von einer Vielzahl sich überschneidender und einander durchdringender Wimperge, die in ihrer Gesamtheit eine prächtige Krone bilden. Aus dieser erwächst feines Stabwerk, das mehrfach in sich gestuft und vielfach durch Schwibbögen und Wimperge verknüpft in einer schlanken, feingliedrigen Fiale endet, bekrönt von einer doppelten Kreuzblume.

Nur die tragenden Teile des Sakramentshauses sind aus Sandstein gefertigt, die architektonischen Zierglieder bestehen aus Eifeltuff. Auch die zwei Statuetten einer Verkündigungsgruppe, die an den beiden bis auf Bodenniveau herabgeführten Eckpfosten aufgestellt waren,[3] wurden aus Tuff gearbeitet. Die beiden Figürchen der Maria (Abb. 2) und des Verkündigungsengels (Kat.-Nr. LM 45) stammen ebenfalls von der Hand des Hans von Düren. Sie waren bereits ursprünglich Teil der Gesamtkomposition, wie die Verwendung des gleichen Steinmaterials und vor allem die für Sakramentshäuser dieses Typs ungewöhnliche Verlängerung der beiden Eckpfosten belegen.[4]

Der Verkündigungsengel trägt ein langes, in der Taille gegürtetes Gewand, das oberhalb des Gürtels vom weiten Überwurf mit kräftig gebrochenen Falten und Wülsten geprägt ist. Weit ausschreitend scheint er auf Maria zuzueilen und wendet dabei doch seinen Oberkörper nach hinten zum Betrachter. Rechtes Knie und Oberschenkel zeichnen sich deutlich durch das Gewand ab, das hier in großflächigen Diagonalfalten drapiert ist. Parallel zur großen Diagonalfalte hält der Engel ein langes Spruchband vor seiner Brust. Sein schwerer Kopf mit den vollen Gesichtszügen ist leicht in den Nacken gelegt, sein Blick ist nach oben gerichtet. Das kräftige, schulterlange Haar wird von einem Diadem gehalten.

Die Marienfigur, die 1955 gestohlen wurde, trug ein schlichtes, mit wenigen Vertikalfalten gegliedertes Kleid. Der nur lose um ihre Schultern gelegte offene Umhang wurde rechts von großflächigen Diagonalfalten bestimmt. Sie hatte das Buch in ihrer linken Hand, mit der sie den Mantel gerafft hielt, sinken lassen. In großzügiger Draperie ergoss sich hier der weich fallende Stoff und verlieh ihrer ansonsten ganz in sich gekehrten Erscheinung Präsenz. Die Jungfrau hielt den Blick gesenkt, die Rechte ruhte an ihrem Herzen. Ihr offenes Haar fiel in sanften Wellen bis weit auf den Rücken hinab.

Mehr noch als das Sakramentshaus selbst wurden diese beiden Statuetten zu Schlüsselobjekten der Forschung zu Hans von Düren. Kennzeichnend für dessen Arbeiten ist neben der bevorzugten Verwendung von Tuffstein eine lebensnahe, nuancierte Behandlung der Oberflächen. Gerade die Darstellung der Epidermis, die zart und durch feinste Riefelungen naturalistisch ausgeformten Frisuren, vor allem aber die feine und vielfältig unterschiedene Strukturierung der Gewänder, deren kleinteilige Scharrierungen die Textur der Stoffe zu imitieren scheinen, sind an mittelrheinischen Skulpturen des letzten Drittels des 15. Jahrhunderts äußerst selten. Durch stilistische Vergleiche konnte der Hand des Meisters ein kleiner Kreis von Steinbildwerken zugeschrieben werden.[5]

Hierzu zählen an erster Stelle zwei Figuren am Grabdenkmal des Administrators Adalbert von Sachsen im Mainzer Dom (s. S. 467, Abb. 2). Dessen Nachfolger im Amt, Erzbischof Berthold von Henneberg (1484–1504), wird das Grabdenkmal vermutlich bald nach dem überraschenden Tod des Administrators am 1. Mai 1484 in Auftrag gegeben haben.[6] Die monumentale Figur Adalberts wird flankiert von zwei kleinen Figurenpaaren, von denen das untere, das die hll. Katharina und Barbara darstellt, eine Ergänzung des 19. Jahrhunderts ist.[7] Das obere Figurenpaar, eine Madonna mit dem Kind und ein hl. Martin, zu dessen Füßen ein Bettler kauert, zeigt sowohl im Aufbau als auch in der Ausarbeitung so gravierende Unterschiede zur Figur des Administrators, dass in ihm bereits früh die Arbeit eines anderen, nicht mit dem so genannten Adalbertmeister identischen Bildhauers vermutet wurde.[8] Beide Statuetten sind 62 cm hoch und aus Eifeltuff gearbeitet, ebenso die kleinen Baldachine, die Konsolen des Rahmenwerks, der große Baldachin und die Mantelschließe mit der Darstellung des berittenen hl. Martin an der Figur des Administrators.[9] Während diese eine für die Zeit ungewohnte Monumentalität und Ruhe ausstrahlt, leben die beiden oberen Seitenfiguren von der Feinheit und Eleganz ihrer Haltung. Sie gewinnen ihre Körperlichkeit aus der Bewegung heraus, die – vergleichbar den Friedberger Statuetten – maßgeblich vom Fluss der Gewänder getragen wird. Die nuancierte Ausformung der Oberflächen, die lebensnahe Modellierung der weichen Haut des Christusknaben, insbesondere aber die detaillierte Charakterisierung der Gewebetexturen und des Haares verweisen überzeugend auf den Meister der Friedberger Verkündigungsgruppe.[10] Geht man von einer zügigen Beauftragung des Grabdenkmals aus, so dürften die beiden Statuetten noch 1484 oder bald darauf, d. h. in der direkten Nachfolge der Arbeiten am Friedberger Sakramentshaus entstanden sein.

Tatsächlich lässt sich die Tätigkeit des Hans von Düren in Mainz an anderer Stelle direkt nachweisen: Am 1486 begonnenen Ägidienchörlein der Memorie des Mainzer Domes hinterließ er sein Steinmetzzeichen, das sich auch an zwei Stellen des Friedberger Sakramentshauses findet.[11]

Ein weiteres Bindeglied nach Mainz und zur Kunst des Adalbertmeisters bildet ein 1911 bei Abbrucharbeiten auf dem Gebiet des Mainzer Karmeliterklosters gefundenes Skulpturenfragment aus Tuffstein. Das Bruchstück zeigt Kopf und Oberkörper eines älteren Mannes mit schulterlangem Haar und Vollbart. Dieses in der Literatur stets als Kopf des Nikodemus bezeichnete Fragment befindet sich heute im Landesmuseum Mainz (Kat.-Nr. LM 43). Wie bei den sanften Wellen des Madonnenhaares der Figur am Adalbert-Grabdenkmal ist auch hier die Haartracht mit der typischen Binnenzeichnung der einzelnen Strähnen

Abb. 1 **Sakramentshaus. Hans von Düren, 1482–1484. Friedberg, Stadtkirche**

Abb. 2 **Maria der Verkündigung. Hans von Düren, 1482–1484. Ehem. Friedberg, Stadtkirche**

differenziert ausgebildet, ebenso Scharrierungen und »Punzierungen«, die an der Kopfbedeckung Stofflichkeit vermitteln. Obschon ein Vergleich der Büste mit den jugendlichen Figuren der übrigen Bildwerke des Hans von Düren schwer fällt, sprechen doch die angeführten Kennzeichen für dessen Urheberschaft. Allerdings wirkt der Kopf deutlich altertümlicher und ist auch grafischer gearbeitet, was eine Datierung in die frühen 70er Jahre des 15. Jahrhunderts begründet erscheinen lässt.[12] Die Büste im Landesmuseum steht motivisch mit ihrer Gewandung und in der Haar- und Barttracht dem Nikodemus der Grablegung im Mainzer Dom sehr nahe, die um 1495 entstand und dem Adalbertmeister zugeschrieben wird.

Neben diesen Werken wurden in der älteren Forschung weitere Skulpturen mit Hans von Düren in Verbindung gebracht,[13] deren Zuschreibung aus heutiger Sicht problematisch erscheint.

Zeitlich vor der Errichtung des Friedberger Sakramentshauses ist das Steinretabel des Magdalenenaltars der Weißfrauenkirche in Frankfurt a. M. anzusetzen. Einträgen im Rechnungsbuch der Testamentsvollstrecker des Frankfurter Patriziers Jakob gen. Jeckel von Schwanau zufolge wurde die 1476 durchgeführte Restaurierung und insbesondere die Erweiterung des Retabels des Magdalenenaltars an einen *selbin meyster Hansin* verdingt.[14] Der Altar wurde im 16. Jahrhundert zerstört. Seine Überreste, darunter Fragmente dreier Engelsfiguren aus Tuffstein, wurden als Baumaterial bei der Fundamentierung eines Anbaus im Klosterhof verwendet.[15] Zahlreiche Ähnlichkeiten und stilistische Übereinstimmungen gerade mit dem Engel des Friedberger Sakramentshauses sowie die Nennung des *meyster Hansin* im Rechnungsbuch veranlassten Otto Schmitt, in den Figurenfragmenten Arbeiten des Hans von Düren zu erkennen.[16] Erst in jüngster Zeit wurde diese Auffassung durch quellenkritische Untersuchungen in Zweifel gezogen. Hanns Hubach verweist mit Recht darauf, dass sich der Vermerk *selbin meyster Hansin* im Rechnungsbuch nur auf einen zuvor genauer bezeichneten Meister Hans beziehen konnte. Unmittelbar vor den Eintragungen zum Altarretabel der Weißfrauenkirche wird tatsächlich ein *Hansin bildehawer zu Worms* mit der Ausführung eines Retabels für den St. Bernhardsaltar der neu erbauten Kapelle des Hainer Hofes betraut.[17] Ihn identifiziert Hubach mit dem Bildhauer Hans Bilger aus Worms.[18]

Ein etwa um 1464 aus Tuffstein geschaffener Baldachin vom Steinernen Haus in Frankfurt a. M. wurde ebenfalls als Arbeit des Hans von Düren angesprochen.[19] Die elegante und bei einer Höhe von ca. vier Metern ausnehmend fragile Arbeit wurde 1872 wegen Baufälligkeit von der Ecke des Steinernen Hauses abgeschlagen. Nur wenige Bruchstücke gelangten in das Historische Museum der Stadt Frankfurt, wo sie inzwischen ebenso wie die Überreste des Magdalenenaltar-Retabels der Weißfrauenkirche als vermisst gelten müssen.[20] Otto Schmitt, der die Fragmente noch in Augenschein nehmen konnte, entdeckte an zwei ein Spruchband haltenden Engelsfigürchen des Baldachins, trotz seines hohen Zerstörungsgrades, neben einigen Übereinstimmungen in den Motiven der Drapierung der Gewandfalten Reste der feinen Scharrierung der Oberflächen, die ihn auch hier zu einer Zuschreibung an Hans von Düren veranlassten[21] – eine Einschätzung, die sich aufgrund des Verlustes der Originale heute einer seriösen Beurteilung entzieht.

Sämtliche bislang vorgestellten Werke zeichnen sich durch ihr kleines Format aus. Aber auch Grabmonumente mit lebensgroßen Figuren wurden mit Hans von Düren in Verbindung gebracht.[22] Hier sind an erster Stelle das Denkmal des Engelbrecht von Eppstein († 1494) in der evangelischen Pfarrkirche zu Eppstein und das seiner Mutter, der Gräfin Walburg von Diez († 1493), in der Stiftskirche zu Diez zu nennen.[23] Beide Arbeiten wurden offensichtlich gleichzeitig oder unmittelbar aufeinander folgend von der Hand desselben Bildhauers gefertigt, wie die zahlreichen stilistischen und motivischen Übereinstimmungen zeigen. Mutter und Sohn tragen eine bodenlange Schaube, die vor der Brust gefalteten Hände halten einen Rosenkranz. Beide stehen nach rechts gewandt, ihr rechtes Knie zeichnet sich deutlich durch den schweren Stoff ab. Auch die zumeist in großflächigen Vertikal- und Diagonalfalten gelegte Draperie der Schaube findet sich in nahezu gleichen Motiven an beiden Bildwerken wieder. Ungewöhnlich und im Zusammenhang mit Hans von Düren von Bedeutung ist, dass bei beiden Grabdenkmalen die Figuren sowie Sockel und Baldachine aus Tuffstein gearbeitet und nur die rahmenden und Inschriften tragenden Seitenteile – vermutlich zur Stabilisierung – aus Sandstein gefertigt wurden. Ebenso auffallend wie diese Materialkombination ist auch der Aufbau der Grabdenkmäler: Beide Rahmenstücke schließen auf einer Ebene mit der Wand ab. Wie beim Denkmal des Adalbert von Sachsen im Mainzer Dom treten auch hier Sockel und Baldachin kräftig hervor und geben den beinahe vollplastisch vom Hintergrund sich lösenden, lebensgroßen Figuren reichlich Raum. Beide Grabdenkmäler waren stark beschädigt.[24] Sie wurden 1916 vom selben Bildhauer restauriert und offenbar großflächig ergänzt.[25] Ohne restauratorische Voruntersuchungen ist eine Unterscheidung von Alt und Neu sowie eine Beurteilung der Oberflächenstruktur nicht möglich, zumal das Eppsteiner Grabdenkmal mit dicken Farbschichten überzogen ist.

Dennoch sind an beiden Bildwerken Ähnlichkeiten mit den Friedberger und Mainzer Statuetten zu beobachten. Am Bildnis des 14-jährigen Engelbrecht erinnern vor allem die Zeichnung des runden, vollen Gesichts, die deutliche Ausprägung des »Kopfnickers« wie überhaupt die lebensnahe Darstellung der bloßen Hautpartien und der weiche Fluss des Haares an die genannten Werke. Die Ähnlichkeit der Gesichtszüge von Mutter und Sohn zeigt porträthaften Charakter. Allerdings erscheint besonders am Grabdenkmal der Gräfin Walburg vieles nicht nur im Maßstab vergrößert, sondern insgesamt vergröbert. Die ansonsten bei Hans von Düren anzutreffende erlesene Behandlung der Oberflächen weicht an beiden Grabdenkmälern einer eher groben, summarisch gearbeiteten Scharrierung, wie sie sonst nur noch die Schaube des »Nikodemus« im Landesmuseum Mainz zeigt. Beide Grabdenkmäler und das hier nicht näher besprochene Denkmal der Margarete von Rodemacher in der Kirche des Mainzer Karmeliterklosters[26] wurden in der älteren Forschung wiederholt sowohl Hans von Düren als auch dem Adalbertmeister zugeschrieben, ohne dass stichhaltige Argumente zugunsten des einen oder anderen Meisters angeführt werden konnten.[27]

In der Gesamtschau der vorgestellten Skulpturen zeigen sämtliche Hans von Düren zugeschriebenen Werke eine differenzierte Bearbeitung der Steinoberflächen. Die Gesichter und allgemein die nackte Haut sind füllig und weich, geradezu lebensecht modelliert. Dem Gesichtsausdruck fehlt dabei jegliche Härte, und sogar das nicht mehr junge Antlitz des so genannten Nikodemus ist faltenlos. Auch die durch Scharrierungen und Musterungen imitierten Texturen der Stoffe und der Haartracht zeigen eine Kostbarkeit der Ausarbeitung, die dem meist kleinen Format der Skulpturen entspricht. Die Statuetten sind im Vergleich zu den Werken des Adalbertmeisters zierlich und feingliedrig. Ihre Körperlichkeit entwickelt sich aus der Bewegung heraus, die maßgeblich vom Fluss der Gewänder getragen wird. Ähnlich den Figuren des Adalbertmeisters ist auch bei Hans von Düren die Gewandung meist großflächig gegliedert, allerdings scheint sie hier regelmäßig geöffnet, was Wolf Goeltzer als »Zweischaligkeit« der Gewänder bezeichnet hat.[28] Sämtliche in das Œuvre des Hans von Düren einzuordnende Bildwerke wurden aus Tuffstein gefertigt, ein Material, das mit seinen günstigen Verarbeitungseigenschaften der Arbeitsweise des Meisters entgegenkam. In frisch gebrochenem Zustand lässt sich Tuff beinahe wie Holz schneiden, er härtet erst an der Luft aus.[29]

Außer dem Namen des Hans von Düren – *Johann von düern* bzw. *Johann von Düren Steinhauwer* –[30] sind nur wenige Details seiner Biografie bekannt. So bleibt bis heute Spekulation, ob in dem Zusatz von *düern* oder *Düren* eine Herkunftsbezeichnung oder bereits der Übergang zum Familiennamen zu sehen ist.[31] Eintragungen in den Friedberger Pfarr-Rechnungen sowie im Frankfurter Bürgerbuch weisen darauf hin, dass Hans von Düren zumindest zwischen 1475 und 1484 in Frankfurt ansässig war.[32] Dort bewarb er sich 1481 – allerdings vergebens – um die Nachfolge des Michel Eseler im Amt des Stadtwerkmannes.[33]

Obwohl nur wenige seiner Arbeiten überliefert sind, wird man in Hans von Düren einen zu seiner Zeit bekannten, gut beschäftigten Meister vermuten dürfen. Die spärlichen Quellen geben keine Auskunft zur Größe seiner Werkstatt. Den einzigen Anhalt liefern auch hier die Friedberger Pfarr-Rechnungen, in denen wiederholt ein *Famulus Martinus* genannt wird.[34] *Famulus* bedeutet Diener, Knecht und bezeichnet hier den ausgelernten Handwerksgesellen im Gegensatz zum Lehrling, der in den Quellen als »Lehrknecht« oder »Lehrknabe« erscheint.[35] Ob Hans von Düren nur diesen einen Gesellen Martin hatte oder ob dieser lediglich als Einziger mit den in den Pfarr-Rechnungen erwähnten Botendiensten betraut wurde, bleibt offen. Dass Hans von Düren zur Bewältigung größerer Aufträge seine Werkstatt an den Ort der späteren Aufstellung verlegte, wird ebenfalls durch Eintragungen in den Friedberger Pfarr-Rechnungen deutlich.[36]

Die bruchstückhafte Kenntnis des Lebensweges des Hans von Düren und die wenigen sicher von seiner Hand stammenden Werke lassen eine seriöse Aussage zu den künstlerischen Wurzeln des Meisters kaum zu. Sein im Vergleich mit dem Adalbertmeister altertümlich wirkender Stil scheint Anleihen bei den mittelrheinischen Tonplastiken zu nehmen. Die für Hans von Düren typische differenzierte Gestaltung der Oberflächen mag hier ihre Vorbilder gefunden haben. Bedeutender war vermutlich der Einfluss der Skulpturen des Nicolaus Gerhaert von Leyden, an die einiges in der bildnerischen Gesamtkonzeption, in der Formensprache und im Ausdruck der Bildwerke des Hans von Düren erinnert.[37] Insbesondere die seinen Werken eigene Sinnlichkeit, die Beweglichkeit der Figuren und deren Oberflächengestaltung sind hier bereits vorgezeichnet.[38] Im direkten regionalen Umfeld, in Mainz selbst, kann eine gewisse Beziehung zwischen den Bildwerken des so genannten Isenburg-Meisters und den Arbeiten des Hans von Düren hergestellt werden. So sah Wilhelm Pinder im Isenburg-Meister den Wegbereiter des Hans von Düren.[39] Gisela Kniffler schloss hingegen auf eine verwandte Schulung beider Künstler,[40] eine Überlegung, die durch das parallele Auftreten ähnlicher Zierformen am Grabdenkmal des Erzbischofs Diether von Isenburg († 1482) im Mainzer Dom (s. S. 466, Abb. 1) und am Friedberger Sakramentshaus gestützt wird.

Mehrfach wurde bereits auf eine enge Verbindung des Hans von Düren mit dem Adalbertmeister hingewiesen. Das Verhältnis der beiden Meister zueinander bleibt aber weiter ungeklärt. So verschieden ihre Skulpturen auch sind, gemeinsam ist ihnen doch ihre hohe Qualität. Sie verbietet es, in Hans von Düren lediglich einen Gehilfen des Adalbertmeisters zu sehen, der in einem Abhängigkeitsverhältnis zu diesem stand und nach dessen Entwürfen arbeitete.[41] Die beiden Statuettenpaare in Mainz und Friedberg und nicht zuletzt das Sakramentshaus selbst belegen das bildhauerische Können des Hans von Düren. Sie zeigen ihn als eine in vielerlei Hinsicht dem Adalbertmeister entgegengesetzte Künstlerpersönlichkeit und dienten diesem vielleicht sogar als Quelle der Inspiration. Die für seine Arbeiten eher untypischen, differenziert ausgestalteten Oberflächen der Grablegung im Mainzer Dom lassen zumindest diesen Schluss zu.[42] Wie es tatsächlich zur Zusammenarbeit beider Meister am Grabdenkmal des Adalbert von Sachsen kam, ob z. B. Zeitnot das Hinzuziehen eines zweiten Künstlers erforderte, wird sich in Ermangelung schriftlicher Quellen nicht klären lassen. Sie waren Zeitgenossen, wobei Hans von Düren – seinem noch mehr der Jahrhundertmitte verbundenen Stil nach – als der ältere Meister anzusprechen ist.[43]

Neben dem urkundlich für Hans von Düren gesicherten Sakramentshaus der Friedberger Stadtkirche mit den beiden Statuetten der Verkündigungsgruppe erweist sich das Grabdenkmal des Adalbert von Sachsen als weiteres Schlüsselwerk für das Verständnis seiner Arbeiten. Das Vorhandensein des gleichen Steinmetzzeichens am Ägidienchörlein des Mainzer Domes und am Friedberger Sakramentshaus verstärkt und bestätigt die damit bereits hergestellte Verbindung des Hans von Düren nach Mainz. Als Knotenpunkt und gleichsam als Gelenk im Wirkungsbereich des Meisters erscheint Frankfurt a. M. Hier wird er mehrfach urkundlich erwähnt. Hier wohnte er zumindest zeitweilig. Allerdings findet sich in Frankfurt bislang kein Werk, das ihm überzeugend zugeschrieben werden könnte. Das von Otto Schmitt zusammengestellte Œuvre des Hans von Düren hat, wie aufgezeigt wurde, nicht in vollem Umfang Bestand. In den wenigen »gesicherten« Werken zeigt sich der Meister jedoch als selbstständiger, voll ausgereifter Künstler. Seine von hoher Ausdruckskraft und Lebensnähe geprägten Arbeiten weisen ihn als einen der bedeutendsten mittelrheinischen Bildhauer des ausgehenden 15. Jahrhunderts aus.

1 Stadtarchiv Friedberg, Depositum, Konvolut 1, Nr. 6, fol. 60^{r}–63^{r}. Vgl. Schmitt 1925, S. 39–41.

2 Wesenberg 1937, S. 50.

3 Die Statuette der Maria wurde 1955 entwendet. An ihrer Stelle steht heute eine dem Original nachempfundene Neuschöpfung des Friedberger Künstlers Walter Schubert. Die Statuette des Engels wurde am Sakramentshaus durch einen Abguss ersetzt.

4 Auch die Sakramentshäuser in St. Martin in Lorch (Anfang 15. Jahrhundert), im Limburger Dom (datiert 1496) und in der Stiftskirche in Münstermaifeld (um 1500) zeigen Hängezapfen mit dazwischen eingespanntem Maßwerk. Bei keinem dieser Sakramentshäuser wird jedoch ein Eckpfeiler bis auf Fußbodenniveau herabgeführt. Vgl. Wesenberg 1937, S. 47–50.

5 Schmitt 1925, S. 15–36.

6 Kautzsch 1925, Bd. 2, S. XIV.

7 Offenbar im Zuge der Restaurierung der Wanddenkmäler des Domes 1833 wurden die hier ursprünglich aufgestellten Statuetten der hl. Maria Magdalena und

des hl. Christophorus durch die Figürchen der beiden heiligen Jungfrauen ersetzt. Vgl. Duchhardt-Bösken 1975, S. 453.

8 Kautzsch/Neeb 1919, Textbd., S. 256, vermuten, dass die beiden Statuetten ursprünglich nicht zum Grabdenkmal des Administrators gehörten, sondern dort erst nachträglich aufgestellt wurden. Die durch Schmitt 1925, S. 25ff., erfolgte Zuschreibung beider Statuetten in das Œuvre des Hans von Düren ist in der Forschung weitgehend unstrittig. Vgl. Kautzsch 1925, Bd. 1, S. 26; Pinder 1914/1929, Bd. 2, S. 392; Kniffler 1978, S. 119ff.; Goeltzer 1991, S. 10.

9 Kniffler 1978, S. 120.

10 Schmitt 1922, S. 44; Schmitt 1925, S. 25f.; Pinder 1914/1929, Bd. 2, S. 392; Kniffler 1978, S. 119ff.

11 Ebenso wie am Friedberger Sakramentshaus sind auch am Ägidienchörlein die tragenden Teile aus Sandstein, die Zierelemente jedoch aus Tuff gefertigt; vgl. Götz 1959, S. 176. Zum Steinmetzzeichen in der Memorie s. Kautzsch/Neeb 1919, Textbd., S. 510.

12 Schmitt 1925, S. 18.

13 Schmitt 1925.

14 Schmitt 1925, S. 17ff.

15 Historisches Museum der Stadt Frankfurt, Inv.-Nr. X 25699. Eine letzte Revision nach dem Zweiten Weltkrieg verzeichnete unter der gleichen Nummer lediglich einen Flügel. Die Fragmente sind heute im Bestand des Museums nicht mehr auffindbar. Zu den Fundumständen vgl. Schmitt 1925, S. 17.

16 Schmitt 1925, S. 16ff.

17 Hubach 1994, S. 60.

18 Hubach 1994, S. 52ff.

19 Schmitt 1925, S. 32f.

20 Jung/Hülsen 1914, S. 57–59. Die Fragmente gelangten in zwei kleinen Kisten in das Historische Museum der Stadt Frankfurt (Inv.-Nr. 6825/26). Vgl. auch Hubach 1994, S. 63 mit Anm. 104.

21 Schmitt 1925, S. 32f.

22 Schmitt 1925, S. 34ff.

23 Klingelschmitt 1918, S. 28f., schreibt beide Werke dem Adalbertmeister zu, den er als »Magister lapicida Valentin de Moguntia« identifiziert. So auch Goeltzer 1991, S. 10. Schmitt 1925, S. 35, beansprucht das Grabdenkmal des Engelbrecht in Eppstein für Hans von Düren, ohne näher auf das der Walburg in der Diezer Stiftskirche einzugehen, das aber aus dem Œuvre des Magisters Valentinus zu streichen sei (S. 14).

24 Am Eppsteiner Grabdenkmal fehlten Sockel, Nase, ein Teil der unteren Gewandpartie und der linke Wappenschild; vgl. Schmitt 1925, Taf. 8.

25 Beide Grabdenkmäler tragen im Sockel die Inschrift: »Renov. 1916. LEONHARD«.

26 Schmitt 1925, S. 35f., schreibt dieses Grabdenkmal ebenfalls Hans von Düren zu. Hier löst sich die Gestalt der in einen weiten Mantel gehüllten Gräfin weniger stark vom Hintergrund. Sie wendet sich nach rechts dem Altar und dem von ihr gestifteten Sakramentshaus zu, das heute verschwunden ist. Ihr Gesicht ist zerstört. Sie trägt – wie die Maria der großen Grablegungsgruppe im Dom – ein tief in die Stirn gezogenes Kopftuch und eine Rise. Auch die Gesamtdisposition der Figur sowie die Drapierung des Gewandes erinnern an die Frauengestalten – insbesondere an die Maria – der Grablegung. Die Verwendung des härteren Sandsteins und das Fehlen der für Hans von Düren typischen feinen Oberflächenstrukturen sprechen eher gegen eine Arbeit von seiner Hand.

27 Klingelschmitt 1918, S. 24; Schmitt 1925, S. 35f.; Goeltzer 1991, S. 10–14.

28 Goeltzer 1991, S. 15.

29 Goeltzer 1991, S. 9, Anm. 45.

30 In den Friedberger Pfarr-Rechnungen wird er mit *meister Johann von düern,* als *meister hanns* und *meister Johann* bezeichnet; vgl. Schmitt 1925, S. 39ff.
Im Frankfurter Bürgerbuch erscheint er am 27. August 1479 als *Johan von Düren Steinhauer;* vgl. Zülch 1935, S. 208.

31 Schmitt 1922, S. 45; Schmitt 1925, S. 23; Braun 1954, S. 66.

32 Schmitt 1925, S. 40.

33 Zülch 1935, S. 208.

34 Schmitt 1925, S. 40.

35 Binding 1993, S. 295.

36 Schmitt 1925, S. 39ff.

37 Schmitt 1925, S. 32; Kautzsch 1925, Bd. 1, S. 23.

38 Schmitt 1925, S. 32; Kniffler 1978, S. 120f.

39 Pinder 1914/1929, Bd. 2, S. 392.

40 Kniffler 1978, S. 121.

41 Schmitt 1925, S. 15.

42 Zum Verhältnis des Adalbertmeisters zu Hans von Düren vgl. Schmitt 1925, S. 26f., und Arens 1997, S. 139.

43 Schmitt 1925, S. 15, 26f.

LM 43

Hans von Düren (?)
Büste eines bärtigen Mannes
Mittelrhein (Mainz?), um 1470

Hellgrauer Tuffstein
H. 35,5 cm, B. 32 cm, T. 13 cm
Landesmuseum Mainz, Inv.-Nr. S 3130

Zustand: Auf der Rückseite bossiert, unten grob geglättet. Vielfach bestoßen und berieben. Die Nasenspitze fehlt, ebenso fehlen die Spitzen der mittleren Bartsträhnen. Ein Teil der Wangenpartie unterhalb des linken Auges ist verloren. Die ausgebrochene Hutkalotte wurde links wieder befestigt, ebenso die linke Schulter. Einige Ergänzungen in Gips, insbesondere im rückwärtigen Bereich. Großflächige Reste weißer Grundierung. Darüber an der Bordüre des Mantelkragens und an der Kopfbedeckung Spuren roter Farbe sowie Reste dunkelroter Farbe an den Lippen und schwarzer Farbe in den Augen.

Provenienz: 1911 bei Abbrucharbeiten auf dem Gebiet des Mainzer Karmeliterklosters im Mauerwerk gefunden. Zusammen mit dem Kopf kamen laut Ernst Neeb Reste eines »spätgotischen Baldachins oder Sakramentshäuschens« aus Tuffstein zu Tage.

Das Figurenfragment zeigt die Büste eines älteren Mannes. Sein nach links gewandtes Gesicht wird geprägt von einem Vollbart und gerahmt von langem Haupthaar, das unter einer Kopfbedeckung mit kurzer, an den Seiten hochgeschlagener Krempe hervorquillt. Über dem Untergewand mit rundem Halsausschnitt trägt der Mann eine über der Brust geöffnete Schaube aus dickem Stoff mit breitem Kragen. Sein Gesicht wurde offenbar für eine Ansicht im Profil geformt, denn nur von der Seite ist die differenzierte Modellierung der Wangenpartie und die sensible Durchbildung des Mundes zu erkennen. Die sanft gewellten Strähnen des Haupt- und Barthaars zeigen eine zarte, wenn auch etwas gleichförmige Scharrierung, die in der Ausarbeitung an die Haartracht der Marienfigur des Friedberger Sakramentshauses erinnert (s. S. 602, Abb. 2). Die feinen Strukturen von Hutkrempe und -band lassen an punzierte Goldschmiedearbeiten denken. Dagegen wirkt die Textur des Übergewandes mit seiner beinahe grob geratenen Linienstruktur ungegliedert. Vor allem stilistische Kriterien führten zur Zuschreibung der Büste an Hans von Düren, obwohl der Kopf deutlich altertümlicher wirkt und grafischer gearbeitet ist – weniger plastisch und naturalistisch als andere Arbeiten des Meisters. Daher ist zu vermuten, dass es sich hier um eine ältere, etwa um 1470 entstandene Arbeit handelt.

Die Büste wird in der Literatur als Fragment einer Nikodemusfigur aus einer Grablegungsgruppe angesprochen.[1] Tatsächlich weist sie Ähnlichkeiten in Haar- und Barttracht sowie in der Kleidung mit dem Nikodemus einer großen Grablegungsgruppe im Mainzer Dom auf, die um 1495 entstanden ist und dem Adalbertmeister zugeschrieben wird (s. S. 622, Abb. 3). Der Blick des Bärtigen im Landesmuseum ist jedoch leicht nach oben gerichtet und nicht nach unten, wie es von Nikodemus, der den Leib Christi in das Grab bettet, zu erwarten wäre. Daher muss diese Identifikation in Frage gestellt werden, zumal sein Gesichtsausdruck eher Gelassenheit als Trauer ausstrahlt. Ob das Fragment einem größeren Zusammenhang, möglicherweise einer Figurengruppe, entstammt, ist ungewiss. Für eine Fertigung als Einzelfigur oder Büste spricht die relativ glatte Abarbeitung am unteren Rand und auf der Rückseite.[2] In diesem Falle wäre z. B. an die Darstellung eines Propheten zu denken.

In unmittelbarer Nähe des Kopfes wurde neben dem Fragment eines Baldachins eine rechteckige Sandsteinplatte gefunden, die außer dem Namen ROENKEN oder KOENKEN ein Steinmetzzeichen und die Jahreszahl 1471 trug. Die ältere Forschungsmeinung von Ernst Neeb, der in dieser Inschrift die Signatur des Meisters zu erkennen glaubte, wurde durch Andrea Arens überzeugend widerlegt.

K. A.

1 Zuletzt von Arens 1997, S. 36.

2 Die Glättungen könnten auch nachträglich, etwa zur Erleichterung der Präsentation ausgeführt worden sein.

Literatur

Neeb 1912, S. 56. – Schmitt 1925, bes. S. 29 ff. – Arens 1997, S. 136–141 (mit weiteren Literaturangaben).

LM 44

Rudolf Opfermann (?) Aufrisszeichnung vom Sockel des Sakramentshauses der Stadtkirche zu Friedberg 1896

Pergamentpapier, aufgezogen auf Zeichenkarton, aquarelliert
H. 138,5 cm, B. 81 cm, M. 1:2
Stadtarchiv Friedberg, Depositum Stadtkirche, Rolle 17,
Inv.-Nr. 200 (Verzeichnis Kratz)

Provenienz: Nach Abschluss der Wiederherstellungsarbeiten an der Stadtkirche wurden 1901 sämtliche Pläne etc. in der Friedberger Augustinerschule gelagert. Vermutlich 1907 gelangte die Zeichnung zusammen mit einem Großteil der Bauunterlagen in die Bestände des Stadtarchivs.

Das 14 Meter hohe Sakramentshaus im Chor der evangelischen Stadtkirche Unserer Lieben Frau in Friedberg (s. S. 601, Abb. 1) lehnt an den nordöstlichen Pfeiler der Vierung an. Hans von Düren fertigte es den Friedberger Pfarr-Rechnungen zufolge in den Jahren 1482–1484.[1] Der sechseckige Tabernakelschrein wird von einer zierlichen Mittelstütze aus Sandstein getragen, deren Fuß in der Form eines mit Maßwerk verzierten Sechspasses gestaltet ist. Sie erweitert sich nach oben hin kelchartig. Daneben halten sechs schmalere, ebenfalls reich profilierte Stäbe und zum Chor hin zwei kräftiger ausgebildete Pfeiler aus Tuffstein den gesamten Aufbau. Hierüber erhebt sich der mit Gitterwerk geschlossene Tabernakelschrein über sechseckigem Grundriss.[2] Konsolen an den Ecken des Gehäuses waren zur Aufnahme von Figuren bestimmt, die jedoch nie ausgeführt wurden.[3] Das Tabernakelgehäuse wird bekrönt von einer Vielzahl sich überschneidender und durchdringender Wimperge, aus denen ein feines Stabwerk erwächst, das mehrfach in sich gestuft und vielfach durch Bögen und Wimperge verknüpft bis unter das Gewölbe reicht. Es endet in einer schlanken Fiale, bekrönt von einer doppelten Kreuzblume. Nur Mittelstütze und tragende Teile bestehen aus Sandstein, die reichen architektonischen Zierglieder sind sämtlich aus Eifeltuff gearbeitet. Im Sockelbereich waren an den beiden Außenpfeilern zwei ebenfalls aus Tuff gefertigte Statuetten angebracht: die Jungfrau Maria (s. S. 602, Abb. 2) und der Engel einer Verkündigungsszene (Kat.-Nr. LM 45).[4] Wie die beiden Statuetten zeigen auch die feinen Profile und fragilen floralen Zierelemente des Sakramentshauses die für die Arbeiten des Hans von Düren typische sorgfältige Oberflächengestaltung mit feinsten Scharrierungen.

Aus Anlass einer in den Jahren 1896 bis 1901 durchgeführten, umfangreichen Wiederherstellung der Stadtkirche wurde die vorliegende Zeichnung entweder von dem Bauleiter Rudolf Opfermann oder, was wahrscheinlicher ist, von den Architekten Hugo Eisenhardt oder Paul Meißner als Teil einer Serie von insgesamt zehn Blättern mit Grund- und Aufrissen bzw. Ansichten angefertigt.[5] Wie historische Fotografien und Zeichnungen beweisen, spiegeln diese Pläne nicht den damaligen Erhaltungszustand des Kunstwerkes wider, das seinerzeit ein ruinöses Bild bot, nachdem Putzteile und Steine auf die fragile Arbeit herabgestürzt waren.[6] Im Zuge der Baumaßnahmen wurde das Sakramentshaus vollständig abgebaut. 1901 erfolgte der provisorische Wiederaufbau aus Geldmangel unter Verwendung von Holz und Gipsplomben, deren Armierungsdrähte bald korrodierten. Bereits Ende der 50er Jahre musste das Sakramentshaus erneut restauriert werden.[7] Beide Restaurierungsmaßnahmen entsprechen zwar nicht den heute gültigen Standards, doch kann für die rekonstruierten Teile ein hoher Grad an Glaubwürdigkeit beansprucht werden, da die Dokumentation für damalige Verhältnisse vorbildlich durchgeführt wurde. Nur wenige Details, insbesondere im oberen Bereich, wurden frei ergänzt.

K. A.

1 Stadtarchiv Friedberg, Depositum, Konvolut 1, Nr. 6, fol. 60ʳ–63ʳ. In Auszügen abgedruckt bei Schmitt 1925, S. 39 ff.
2 Innen an der Decke des Tabernakelgehäuses finden sich Spuren einer blauen Fassung.
3 Konsolen und Pfeiler zeigen keine Befestigungsspuren (freundliche Auskunft von Ernst Götz, München).
4 Die Statuette der Maria wurde 1955 entwendet. Heute befindet sich an ihrer Stelle eine Madonna des Friedberger Künstlers Walter Schubert. Die Engelsfigur wurde ebenfalls abgenommen und am Sakramentshaus durch einen Abguss ersetzt.
5 Zur Wiederherstellung von Kirche und Sakramentshaus s. Augustin 1995, bes. S. 98 f.
6 Darmstadt, Zentralarchiv der Ev. Kirche in Hessen und Nassau, Akten der Bauleitung zur Wiederherstellung der Friedberger Stadtkirche 1896–1901, Bd. III, F. 7. Die 1889 angefertigte zeichnerische Dokumentation des tatsächlich vorgefundenen Bestandes gilt als vermisst; vgl. das Schreiben des Kirchenvorstandes an das Kreisbauamt Friedberg vom 22. 7. 1889 im Hessischen Staatsarchiv Darmstadt, G 15 Friedberg Abt. K/Nr. 916.
7 Die Ergänzungen wurden von Wilhelm Haarberg, Marburg, ausgeführt (freundliche Auskunft von Ernst Götz, München).

Literatur

Schmitt 1925, bes. S. 21–25. – Augustin 1995, S. 98 f.

LM 45

Hans von Düren
Verkündigungsengel
Friedberg (Hessen), 1482–1484

Hellgrauer Tuffstein
H. 41 cm, B. 15 cm, T. 14,5 cm
Evangelische Kirchengemeinde Friedberg

Zustand: Vielfach bestoßen und berieben. Nasenspitze, Spitze des rechten Fußes sowie obere Volute des Spruchbandes fehlen. Tiefe Einritzungen an der linken Wange, auf dem Spruchband und am Gewand in Höhe des rechten Unterschenkels. Spuren einer hellen Grundierung an Gewand, Haartracht und Flügeln.

Die Engelsfigur ist Teil einer Verkündigung an Maria. Sie stammt vom Sakramentshaus der Friedberger Stadtkirche, das Hans von Düren in den Jahren 1482–1484 schuf.[1] Ihr Gegenüber, die Statuette der Jungfrau Maria (s. S. 602, Abb. 2), wurde 1955 aus der Kirche entwendet.[2] Beide Figürchen standen ursprünglich auf Konsolen an zwei Pfeilern unterhalb des Tabernakelschreines.

Der Erzengel Gabriel zeigt sich hier in Gestalt eines geflügelten Jünglings in langem, weitem, in der Taille gegürtetem Gewand, dessen klare Strukturen in der oberen Partie geprägt sind von einem weiten Überwurf in kräftig gebrochenen, natürlich wirkenden Falten, Knicken und Wülsten. Unterhalb der Taille sind wenige große Vertikal- und Diagonalfalten bestimmend. Er hat volles, gewelltes Haar, das gebändigt wird von einem über der Stirn zu einem Dreieck verbreiterten Diadem. Die einzelnen Strähnen sind deutlich geschieden und zusätzlich durch feine, differenziert ausgebildete Rillen gegliedert. Die Haarspitzen laufen in bewegten Locken aus. Gabriel eilt schnellen Schritts auf Maria zu, sein rechtes Bein schreitet schwungvoll aus. Den Oberkörper wendet er nach hinten dem Betrachter zu, dem er das Spruchband präsentiert, das er demonstrativ vor sich ausgerollt trägt.

Am Beispiel der Engelsfigur – und der Verkündigungsmaria – erarbeitete Otto Schmitt die für das Werk des Hans von Düren charakteristischen Kennzeichen: Neben der bevorzugten Verwendung von Tuffstein stellte er insbesondere die äußerst feine Behandlung der Oberflächen heraus. So zeigen die Gewänder kammstrichartige, teilweise über Kreuz liegende Scharrierungen. Diese sorgfältige Bearbeitung zeigt sich auch an Haar und Flügeln des Engels. Auch die vollen Gesichter und die nuancierte Ausformung der Epidermis können als typisch für die Arbeiten des Hans von Düren gelten.

K. A.

1 Vgl. Kat.-Nr. LM 44.
2 Ebd., Anm. 4.

Literatur

Schmitt 1925, bes. S. 23 ff. (mit weiteren Literaturangaben).

Bodo Brinkmann

Der Meister WB – Wolfgang Beurer?

Vier außergewöhnliche Kupferstiche brachten die Wissenschaft auf die Spur dieses Künstlers, der gegen Ende des 15. Jahrhunderts am Mittelrhein tätig war. Die Blätter sind paarweise als Pendants aufeinander bezogen und stellen jeweils die knappe Büste eines Mannes bzw. einer Frau dar, die durch eine fensterartige Öffnung gesehen ist (Kat.-Nr. LM 47). Bei beiden Paaren ist jeweils einer der Stiche mit den Buchstaben »WB« bezeichnet, zwischen denen sich ein von einem spiegelverkehrten »S« durchschlungener Kreuzstab befindet, der vielleicht als Drucker- oder Verlegermarke anzusehen ist.

Höchst charakteristisch behandelt der Künstler bei den vier Halbfiguren der beiden Serien die jeweilige Physiognomie. Große, hervortretende Augen mit weit geöffneten Pupillen sind ein besonders auffälliges Merkmal. Durch ein leises Neigen oder keckes Vorrecken der Köpfe verleiht ihr Schöpfer diesen Gestalten in erstaunlichem Maße Leben und Ausdruck. Nachdem Max Lehrs 1922 das gestochene Werk zusammengestellt hatte, konnte Ernst Buchner 1927 dem Kupferstecher WB durch umfassende Stilvergleiche eine Anzahl von Tafelbildern zuweisen: ein Bildnispaar im Städelschen Kunstinstitut in Frankfurt a. M. und das 1487 datierte Bildnis eines Mannes in der Thyssen-Sammlung in Madrid, die acht Tafeln einer Legende des hl. Sebastian im Bischöflichen Dom- und Diözesanmuseum Mainz (Kat.-Nr. LM 46) sowie eine Darbringung im Tempel in der Aschaffenburger Galerie und eine zugehörige Geburt Christi in Privatbesitz. Ferner erkannte Buchner in ihm den Entwerfer von Glasmalereien im Chor der Marienkirche in Hanau und einer Reihe von Holzschnitten zu Konrad Botes »Chronecken der Sassen«, die Peter Schöffer 1492 in Mainz gedruckt hat (Kat.-Nr. LM 50). Schließlich machte Buchner auch den Anfang mit der Zuweisung eines zeichnerischen Œuvre, das später von anderen Forschern noch wesentlich erweitert wurde. Umstritten blieben dabei die 188 ungemein fantasievollen Federzeichnungen in einer Handschrift der »Historia« vom Herzog Herpin in der Berliner Staatsbibliothek. Zuletzt ist vor einigen Jahren Fedja Anzelewsky für die strikte Trennung zwischen Meister WB und dem Herpin-Meister eingetreten.

Stattdessen machte Anzelewsky auf die Zeichnung eines galoppierenden Reiters im Danziger Nationalmuseum aufmerksam (Kat.-Nr. LM 48), die mit den Malereien des Meisters WB stilistisch so eng verwandt ist, dass man diesen für den Zeichner des Blattes halten darf. Bemerkenswerterweise befand sich die Danziger Zeichnung einst im Besitz Albrecht Dürers. Denn von der unverwechselbaren Hand des Nürnbergers stammt eine Beschriftung am unteren Rand, die einen »Wolfgang Peurer« als Urheber und das Jahr 1484 als Entstehungsjahr des Blattes angibt. Da »B« und »P« in dem von Dürer gesprochenen bajuwarischen Dialekt gleich lauten und orthografisch austauschbar sind, kann der fragliche Künstler selber seinen Namen durchaus »Beurer« geschrieben und ihn infolgedessen zu dem Monogramm »WB« zusammengezogen haben.

Kein Geringerer als Albrecht Dürer ist also unser Gewährsmann bei der Identifizierung Wolfgang Beurers. Dürer scheint in gewissem Umfang Zeugnisse der von ihm bewunderten Meister gesammelt zu haben, wie einige Zeichnungen Martin Schongauers belegen, die er auf ähnliche Weise beschriftet hat. Dass der große Nürnberger Wolfgang Beurer schätzte, unterstreicht dessen Bedeutung; denkbar ist, dass sie sich persönlich gekannt haben. Anzelewsky zufolge hat Beurer nämlich auch ein Liebespaar auf der Rückseite eines Blattes im Berliner Kupferstichkabinett gezeichnet, dessen Vorderseite von dem Bamberger Maler Lorenz Katzheimer mit Figurenstudien versehen worden ist. War Beurer also zeitweise in einer fränkischen Werkstatt tätig, ist er möglicherweise dort ausgebildet worden, bevor er abwanderte?

Bislang sind leider keine Archivalien zur Biografie Wolfgang Beurers bekannt geworden, welche diese Vermutung entweder bestätigen oder widerlegen könnten. Sein gleichermaßen expressiver wie realistischer Stil verrät einen großen Individualisten, der entsprechend schwer einzuschätzen ist. Beurers ausgeprägter Sinn für feuriges Kolorit, der besonders in seinen Glasgemälden und Buchmalereien (Kat.-Nr. LM 49) zum Tragen kommt, hat Parallelen in der fränkischen Malerei. Andererseits belegen Motivübernahmen und Landschaftsgestaltung, dass er mit dem

Werk des am Mittelrhein tätigen »Hausbuchmeisters« bestens vertraut war.

Mit Gewissheit ist derzeit also nur festzuhalten, dass Wolfgang Beurer ungefähr zwischen 1480 und 1500 am Mittelrhein tätig gewesen sein muss: Die Verglasung der Marienkirche in Hanau, die Sebastianslegende, die sich wohl immer in Mainz befunden hat, und das hier erstmals ausgestellte Stundenbuch für den liturgischen Gebrauch von Worms verweisen jedenfalls auf diese Region.

Literatur

Lehrs 1922, S. 9–11. – Buchner 1927, S. 229–275. – Thieme/Becker, Bd. 37, S. 452f. – Shestack 1971. – Katalog »Livelier than Life« 1985, S. 213–216. – Anzelewsky 1985.

LM 46 **Die Leiche des hl. Sebastian wird in die Kloake geworfen**

Anklage des hl. Sebastian bei den Kaisern Diokletian und Maximianus

LM 46

Meister WB (Wolfgang Beurer?) Acht Tafeln mit Szenen aus dem Leben des hl. Sebastian Mittelrhein, um 1490

Mischtechnik auf Holz
H. je 192 cm (je zwei Tafeln übereinander), B. je 79 cm
Bischöfliches Dom- und Diözesanmuseum Mainz,
Inv.-Nr. M 498 a–h

Provenienz: Ursprünglicher Standort unbekannt; um 1835 vom Bistum Mainz angekauft und im Bischöflichen Palais aufbewahrt; im Zweiten Weltkrieg nach Darmstadt ausgelagert; seit 1955 im Bischöflichen Dom- und Diözesanmuseum Mainz.

Der – aufgrund seines Martyriums als Heiliger verehrte – römische Soldat Sebastian, der heimlich dem christlichen Glauben angehört, wird auf besonderen Befehl des Kaisers Diokletian zum Anführer einer Kohorte ernannt. Als zwei seiner Soldaten, die Brüder Marcus und Marcellianus, wegen ihres Bekenntnisses zum Christentum hingerichtet werden sollen, besucht Sebastian die beiden im Kerker und spricht ihnen Mut zum Martyrium zu. Dies hört zufällig die stumme Zoe, die sich darauf gleichfalls zum christlichen Glauben bekehren lässt und den Heiligen um Heilung bittet, die ihr auch gewährt wird. Als der kranke Stadtpräfekt Tranquillinus von diesem Wunder hört, bittet er Sebastian ebenfalls um Heilung. Unter der Bedingung, dass er alle Götzenbilder der Stadt zerstören lässt, erklärt sich der Heilige hierzu bereit. Auf Wunsch seines Sohnes Tiburtius hält Tranquillinus jedoch ein besonders geschätztes Bild zurück; erst nach langer Diskussion erfüllt der Präfekt den Wunsch Sebastians, der daraufhin dessen Heilung vollzieht. Dies führt zu zahlreichen Bekehrungen, aber auch vielen Martyrien, darunter der Zoe, des Tranquillinus und des Tiburtius. Auch Sebastian wird bei Diokletian und dessen Mitkaiser Maximianus angeklagt (Abb. S. 612) und zum Tod durch Pfeil und Bogen verurteilt. Fälschlich für tot gehalten, wird er von der hl. Irene gesund gepflegt und tritt – mit durchlöchertem Mantel – den beiden Herrschern auf der Treppe ihres Palastes entgegen, um sie ihrerseits der Verbrechen gegen die Christen anzuklagen. Auf Befehl der Kaiser wird er daraufhin mit Keulen erschlagen und sein Leichnam in eine Kloake geworfen (Abb. S. 611). Sebastian erscheint im Traum der hl. Lucina, die auf seine Bitte hin den Leichnam birgt und in einem Sarkophag bestatten lässt.

Die in den Quellen sehr breit ausgeführte Legende, die hier im Hinblick auf den Inhalt der ausgestellten acht Tafeln vereinfacht zusammengefasst wurde, basiert im Wesentlichen auf der so genannten »Acta Ambrosiana«, die im Allgemeinen in die Mitte des 5. Jahrhunderts datiert wird. Trotz dieses vergleichsweise frühen Zeugnisses ist die historische Person des Sebastian nur wenig fassbar. Dies tat seiner breiten Verehrung im Mittelalter natürlich keinen Abbruch. Zusammen mit anderen Märtyrern wurde er in die Reihe der vierzehn Nothelfer aufgenommen und als Beschützer vor der Pest verehrt. Hierdurch erklärt sich seine besondere Verehrung im 14. und 15. Jahrhundert, als diese Krankheit in immer wiederkehrenden Epidemien zahllose Menschen dahinraffte. Prototyp einer solchen Pestdarstellung – die Krankheit kam unerwartet und gleichsam schnell wie ein Pfeil – ist der nahezu nackte, an einen Baum gefesselte Jüngling Sebastian, der mit Pfeilen regelrecht gespickt ist.

Auch im vorliegenden Altarretabel, von dem sich nur noch die gemalten Flügel erhalten haben, muss diese zentrale Darstellung ehemals, wahrscheinlich im heute verlorenen Mittelteil, vorhanden gewesen sein; ob in ebenfalls gemalter oder aber in plastischer Form ist unbekannt. Auch ob alle Flügelgemälde erhalten sind und in welcher Art und Weise sie ehemals angeordnet waren, ist unklar. So fehlen weitere zentrale Themen wie z. B. die Pflege der hl. Irene oder der Traum der hl. Lucina. Die jetzige Anordnung orientiert sich an der Chronologie der Ereignisse, die sich entsprechend der Leserichtung von links oben nach rechts unten fortsetzten. Hierbei bleibt allerdings die Verteilung der Tafeln mit den vergoldeten oberen Ornamentleisten, deren Zusammengehörigkeit man erwarten sollte, unbefriedigend. Anordnungen wiederum, die sich an einer Zusammenstellung dieser ornamentierten Tafeln orientieren – als obere, abschließende Reihe oder als ehemalige, später abgesägte Flügelinnenseiten –, scheitern an der inhaltlichen Inkongruenz.

Die acht Tafeln bilden eines der Hauptwerke jenes Meisters, den die ältere Forschung nach eben diesen Arbeiten noch mit dem Notnamen »Meister der Mainzer Sebastianslegende« benannt hat. Auf stilistischem Weg konnten diesem Maler eine Reihe weiterer Gemälde zugeschrieben werden. Da der Künstler aufgrund seines Kolorits und seiner drastischen, fast expressiv zu nennenden Figuren mit ausgeprägter Mimik zu den innovativsten Meistern der frühen Dürerzeit gehört, fehlte es nicht an Versuchen, ihn zu identifizieren. Hierbei wurde aufgrund von stilistischen Gemeinsamkeiten von einer Reihe von Grafiken ausgegangen, die mit den Buchstaben »WB« monogrammiert sind (Kat.-Nr. LM 47). Hinzu kommt, für die Identifizierung besonders wichtig, eine Zeichnung aus dem Besitz Albrecht Dürers im Nationalmuseum Danzig, die einen galoppierenden Reiter zeigt und den Vermerk trägt *Dz hat wofgang* [sic!] *pewrer gemacht/Im 1484 Ior* (Kat.-Nr. LM 48). Der Künstlername wurde als »Wolfgang Beurer« gelesen und mit dem Monogrammisten WB gleichgesetzt. Bahnbrechend für die Sicherung dieser Identifizierung dürfte daher Bodo Brinkmanns jüngst publizierte Entdeckung eines in London aufbewahrten Stundenbuchs sein (Kat.-Nr. LM 49), dessen Kalenderminiaturen in Motiven, Stil und Kolorit so enge Bezüge zu den Tafelbildern einerseits, aber auch zu den monogrammierten Stichen andererseits aufweisen, dass der Autor zu Recht von einem »missing link« zwischen diesen Œuvreteilen spricht. Da das Stundenbuch eindeutig für ein Kloster oder eine Kirche in Worms bestimmt war, ist auch Brinkmanns These, die ausführende Werkstatt dorthin zu lokalisieren, zumindest diskussionswürdig, da die Sebastianslegende – natürlich auch aufgrund ihrer Provenienz – stets als mittelrheinisch erkannt wurde.

Die Tafeln befinden sich seit 1955 in der Obhut des Bischöflichen Dom- und Diözesanmuseums Mainz. Mit Ausnahme einer Auslagerung im Zweiten Weltkrieg im Bunker des Hessischen Landesmuseums Darmstadt befanden sie sich seit dem 19. Jahrhundert im Bischöflichen Palais, für das sie wahrscheinlich 1835 zum Preis von 64 Gulden angekauft wurden. Der ursprüngliche Aufstellungsort hingegen ist unbekannt. Die des öfteren – allerdings ohne nähere Belege – vorgeschlagene Sebastianskapelle am Höfchen, die 1793 abbrannte, könnte allenfalls eine Zwischenstation für das Retabel gewesen sein, da sie erst 1666 errichtet wurde. Wahrscheinlicher ist eine Herkunft aus der auch ansonsten für hochrangige mittelalterliche Kunstwerke bekannten Mainzer Augustinerkirche, deren Vorgängerbau nachweislich eine Sebastianskapelle besaß. Dies muss jedoch ebenso hypothetisch bleiben wie der Vorschlag einer Herkunft aus St. Stephan in Mainz, wo im Barock ein Sebastiansaltar, der vielleicht einen mittelalterlichen Vorläufer besaß, belegt ist. Ohne nähere Hinweise zur Provenienz lässt sich dies nicht mehr genauer klären.
W. W.

Literatur
Buchner 1927, bes. S. 245 ff. – Stange 1955, S. 111. – Stange 1970, S. 112, Nr. 504 (mit weiteren Literaturangaben). – Shestack 1971. – Anzelewsky 1985, bes. S. 37 ff. – Brinkmann 1995, bes. S. 152 f.

LM 47

Meister WB (Wolfgang Beurer?)
Alter Mann
Mittelrhein, um 1485/90

Kupferstich (Unikat)
H. 13,7 cm, B. 9,0 cm
Hamburger Kunsthalle, Kupferstichkabinett, Inv.-Nr. 3722

Den Kopf nachdenklich zur Seite geneigt, die hohe Stirn in unzählige Falten gelegt, die Lippen zum dünnen Strich zusammengepresst, so starrt der ältliche Mann auf diesem Kupferstich sorgenvoll aus den Augenwinkeln ins Leere. Sein Haupt scheint viel zu schwer für die schmalen, abfallenden Schultern des schmächtigen Körpers. Das Alter hat beträchtliche Spuren in seinem Gesicht hinterlassen, Krähenfüße und Tränensäcke rahmen seine Augen, faltige Haut hängt ihm von den Wangenknochen und um das Kinn, einige spärliche Locken quellen unter seiner Haube hervor. Vor allem aber hat eine tiefe Melancholie von ihm Besitz ergriffen, dass es dem Betrachter unmittelbar nahe geht. Dabei steigert der Künstler die Intensität dieses Gefühls noch durch die äußerst knappe Raumangabe. Vor der Ecke eines schmucklosen Zimmers mit nackten Wänden tritt der Dargestellte uns entgegen, hinter einer Bogenöffnung, die sich lediglich aus der Brüstung unten und den Zwickelstücken in den oberen Ecken erschließt.
Die Direktheit der Beobachtung könnte die Vermutung nahe legen, dass der Mann nach dem Leben gezeichnet ist und dass es sich um ein Porträt handelt. Gegen die letztere Annahme spricht allerdings das zugehörige Pendant des Stiches, das in gleicher Umgebung und Rahmung eine Frau zeigt, die erstens wesentlich jünger ist und zweitens erheblich gleichmütiger dreinschaut.[1] Weiterhin muss man bedenken, dass der Künstler noch ein anderes Paar im gleichen Format gestochen hat.[2] Allerdings fällt bei der zweiten Serie, die allgemein etwas früher datiert wird, der Altersunterschied zwischen den beiden Figuren nicht so extrem aus, ihr Kostüm ist reicher und wird detaillierter geschildert, und ein Seitenfenster mit Landschaftsausblick nimmt auf beiden Drucken dem engen Raum etwas von seiner Strenge. Daher wirkt die zweite Serie versöhnlicher und milder gestimmt.
Insgesamt ist es deshalb wohl wahrscheinlicher, dass die Stiche keine wirklichen Individuen porträtieren, sondern bestimmte Charaktere idealtypisch darstellen sollen. Dabei dürfte ein Zusammenhang mit der weit verbreiteten Ikonografie des »ungleichen Liebespaares« bestehen.[3] Unser alter Mann und seine jüngere Begleiterin sollen möglicherweise eine solche zum Scheitern verurteilte Mesalliance versinnbildlichen, während das eher gleichaltrige Paar der anderen Serie das positive Gegenbild der »Normalität« vertritt. Allerdings vermeidet der Künstler dabei die lauten Töne, die bei den oft geradezu burlesken Darstellungen ungleicher Liebespaare sonst so gern angeschlagen werden.
Technisch bemerkenswert ist die ungemein differenzierte Handhabung des Grabstichels, der mal zarte Strichlagen, dann wieder kräftige Schraffuren und Konturlinien erzeugt, die für ein malerisches Helldunkel sorgen. Der Künstler scheint dabei von den Kaltnadelarbeiten des »Hausbuchmeisters« angeregt worden zu sein.
B. B.

1 L. 2. Unikat (Staatliche Museen zu Berlin – Preußischer Kulturbesitz, Kupferstichkabinett). Vgl. Katalog »Livelier than Life« 1985, S. 214–216, Nr. 114.
2 L. 3. Drei Exemplare (Paris, Bibliothèque Nationale; ebd., Musée du Louvre; Basel, Kunstmuseum, Kupferstichkabinett). L. 4. Unikat (Hamburger Kunsthalle, Kupferstichkabinett). Vgl. Katalog »Livelier than Life« 1985, S. 214–216, Nr. 115 f.
3 Vgl. Stewart 1978.

Literatur
Lehrs 1922, S. 12, Nr. 1. – Shestack 1971, S. 51–54. – Katalog »Livelier than Life« 1985, S. 214–216, Nr. 113.

LM 48

Wolfgang Beurer
Galoppierender Reiter
Mittelrhein, 1484

Federzeichnung, mit Deckweiß gehöht
H. 18,9 cm, B. 17,6 cm
Nationalmuseum Danzig, Inv.-Nr. MNG/SD/634/R

Dz hat wofgang [sic!] *pewrer gemacht/Im 1484 Ior* (Dies hat Wolfgang Beurer im Jahr 1484 gemacht): So lauten die Zeilen, die Albrecht Dürer in seiner markanten Handschrift am unteren Rand des Blattes angebracht hat. Es spricht für die Qualität der Zeichnung, dass versucht worden ist, sie dem großen Nürnberger – seiner eigenen gegenteiligen Aussage zum Trotz – zuzuschreiben.[1] Sie ist aber mit Dürers Zeichenstil so schwer zu vereinen, dass es sinnvoller scheint, den Meister beim Wort zu nehmen und Wolfgang Peurer für den Schöpfer des Blattes zu halten. Da »Peurer« und »Beurer« in dem von Dürer gesprochenen bajuwarischen Dialekt gleich lauten, könnte das Monogramm »WB« also mit Wolfgang Beurer aufzulösen, der Meister WB mithin der Urheber der Danziger Zeichnung sein.

Natürlich muss diese philologische Argumentation sich auch mit dem stilistischen Befund decken. Das scheint aber der Fall zu sein: Die schwungvolle Bewegtheit, mit welcher der Reiter die Peitsche schwingt und sich gegen die Laufrichtung seines Pferdes wendet, passt gut zu dem aufgeregten Durcheinander der Gestalten auf den Tafeln der Sebastians-Legende (Kat.-Nr. LM 46). Gerne gibt der Künstler Köpfe in scharfem Profil, und auch die Pferde gestaltet er in der Sebastians-Legende ganz ähnlich.

Die Danziger Zeichnung steht offensichtlich in engem Zusammenhang mit einem Kupferstich, dem in nur vier Exemplaren erhaltenen »Großen Postreiter«, der gleichfalls Dürer zugeschrieben worden ist.[2] Die Tatsache, dass die Stichelführung sich erheblich von anderen Arbeiten Dürers unterscheidet, versuchte man mit der Vermutung zu erklären, es handele sich bei dem »Postreiter« um den allerersten Versuch des jungen Dürer in dem grafischen Medium. Nachdem jedoch die Autorschaft Beurers für das Danziger Blatt erkannt worden ist, liegt es viel näher, ihm auch den Kupferstich zuzuweisen. Tatsächlich steht der »Postreiter« in der Stichweise den mit »WB« monogrammierten Kupferstichen nahe. Zeichnung und Stich fallen spiegelbildlich aus; außerdem hat Beurer auf dem Danziger Blatt die Stellung der linken Vorderhand des Pferdes korrigiert. Demnach wird er das Blatt als Vorstudie für den Kupferstich angefertigt haben.

B. B.

1 Wenn man mit Friedrich Winkler (s. Literatur) die Zeichnung Dürer selbst geben will, kann man freilich das Wort »gemacht« auf die Invention beziehen, also eine Bilderfindung Beurers annehmen, die Dürer kopiert hätte.

2 Exemplare in Dresden, Melbourne, Paris und Wien. Vgl. Strauss 1979, S. 22 f., Nr. 1 (mit Referat der Literaturmeinungen).

Literatur

Winkler 1936–1939, Bd. 1, S. 13 f., Nr. 9. – Strauss 1974, Bd. 1, S. 478 f., Nr. App. 1. – Katalog »Zeichnungen alter Meister« 1981, S. 152, Nr. 69. – Anzelewsky 1985, S. 36–41.

Stundenbuch mit Brevierelementen. Fol. 9v

LM 49

Meister WB (Wolfgang Beurer?) Stundenbuch mit Brevierelementen für den Gebrauch von Worms Mittelrhein, um 1480/85

Pergament, 334 Bll.
H. 19,5 cm, B. 14,2 cm
British Library, London, Egerton MS 1146

In vielerlei Hinsicht ungewöhnlich ist dieser wenig bekannte Kodex aus dem reichen Bestand der British Library. Sein Inhalt lässt sich keiner fest umrissenen Gattung liturgischer Handschriften zuordnen, kombiniert er doch eine Folge unterschiedlicher Stundengebete, so genannter Offizien, mit wesentlichen Elementen eines Breviers. Bestimmen lässt sich hingegen der Ort, für den die Texte eingerichtet worden sind: Das Totenoffizium folgt dem Gebrauch von Worms, und auch der Kalender zählt fast lückenlos die Feste und Gedenktage der dort verehrten Heiligen auf.

Außerordentlich prächtig und qualitätvoll ist das Buch dann von zwei Buchmalern ausgestattet worden. Den Kalender begleiten zwölf rechteckige Bildfelder, welche nicht den üblichen Monatsarbeiten gewidmet sind, sondern sich auf ein einziges Thema beschränken, dieses aber in größtmöglicher Vielfalt durchspielen. Dargestellt sind verschiedene Formen der Jagd, von der Hochwild- und Niederwildjagd über die Sauhatz bis hin zur Fuchs- und Bärenjagd. Die Jäger treten allein oder in Gruppen auf, sie sind beritten oder zu Fuß unterwegs, werden von einer Hundemeute begleitet oder nur von einem einzelnen angeleinten Spürhund. Dabei setzen sie von Fall zu Fall Armbrust, Schwert, Lanze und Fangnetz ein. Mal jagen sie vor den Toren der Stadt, mal in völliger Wildnis.

Bis zum Oktober spiegeln die Landschaften der Szenen den Wandel der Jahreszeit allerdings kaum wider (Abb. S. 616). Das ändert sich radikal für die beiden letzten Monate, deren Illustrationen mit kahlen Wäldern und schneebedeckten Hügeln überzeugende Winterlandschaften vorführen (Abb. S. 617), die zu den frühesten Zeugnissen dieser Gattung in der altdeutschen Malerei zählen. Der wahre Ruhmestitel der November- und Dezemberlandschaft sind jedoch die farbensprühenden Winterhimmel, in denen leuchtendes Rot und tiefstes Dunkelblau aufeinander prallen. Maltechnisch ungewöhnlich ist der großflächige Auftrag von Muschelgold und Silberpigment, wirkungsvoll der Farbwechsel in den Wolkenumrissen: Abwechselnd konturiert der Buchmaler mit Silber auf hellblauem und mit Gold und Rot auf silbernem Grund. Muschelgold glänzt auch als Widerschein der tief stehenden Sonne von den fernen Berghängen.

Stundenbuch mit Brevierelementen. Fol. 13v

Dieser Maler ist kein anderer als Wolfgang Beurer. Die Landschaftselemente, die ungestümen Bewegungen und exaltierten Posen der Figuren in den Jagdszenen kehren auf den Tafeln der Sebastians-Legende wieder (Kat.-Nr. LM 46). Die Kopftypik erlaubt den Vergleich mit den Figurenpaaren der Kupferstiche (Kat.-Nr. LM 47), und die galoppierenden Pferde sind genauso proportioniert wie das Ross auf der Danziger Zeichnung mit seinem gewaltigen Bug (Kat.-Nr. LM 48).

Blättert man nach dem Kalender weiter, so stößt man im Text zwar nur noch auf eine einzige historisierte Initiale mit der Auferstehung Christi (fol. 202r), wird aber durch den Randdekor reichlich entschädigt. Fast auf jeder Seite sind die Blattränder mit großzügigen Naturstudien oder verspielten Drolerien geschmückt, aus denen sich mitunter sogar kleine Genreszenen entwickeln: Ein Mann müht sich mit dem Schleppen langer Äste ab (fol. 275r); nackte Kinder spielen und buddeln im Sand (fol. 276r, 279r); wilde Leute tummeln sich auf kleinen Inseln (fol. 277r, 278r); eine Katze buckelt und faucht einen Hund an (fol. 281r); der Tod, ein grausiger Knochenmann, fällt wie eine Furie über einen am Boden liegenden Jüngling her (fol. 258v). Die Figuren in diesen Szenen erlauben den Vergleich mit den Kalenderbildern und den Schluss, dass Wolfgang Beurer auch die Drolerien übernommen hat. Von ihm stammen auch exotische Motive wie etwa Drachenvögel, die an Fantasiegewächsen knabbern (fol. 273r); denn das prächtige Gefieder dieser Chimären leuchtet in der gleichen Kombination aus funkelndem Orange, Dunkelblau und Gold wie die Winterhimmel der November- und Dezemberlandschaft.

Mangels Vergleichsmöglichkeit fällt die Zuschreibung der ungewöhnlichen Naturstudien schwerer. An den nahsichtig wiedergegebenen Tieren und Pflanzen erstaunen die ungewöhnliche Auswahl, die Frische der Beobachtung und die Plastizität der Darstellung. Da springen Kastanien und Bucheckern auf (fol. 84r, 291r); Brombeeren, Holunder und Rettich sind zu finden (fol. 53r, 86r, 243r); frisches Birkengrün und Rohrkolben (fol. 174v, 175r, 217r) rahmen den Text, reifen Kornähren werden grüne zur Seite gestellt (fol. 184v). Neben Vögeln aller Art bevölkern Frösche und Mäuse die Seiten (fol. 256v, 267v).

Gewiss von einer zweiten Hand rühren hingegen einige weitere Genreszenen her, bei denen es weniger turbulent zugeht, ja die bisweilen den Charakter von kleinen Stillleben annehmen: Muscheln liegen in einem Flussbett; ein Mann schneidet Trauben; hölzerne Lockenten treiben einen Bach hinab (fol. 250v, 258r, 258v). Diese zweite Hand hat wohl auch die Auferstehungs-Initiale gemalt. Stilistisch gehört sie in den Umkreis des »Hausbuchmeisters«.

In mehrfacher Hinsicht erweitert die Illuminierung des Londoner Stundenbuchs somit unsere Kenntnis vom Schaffen Wolfgang Beurers. Sie dokumentiert erstmals, dass der vielseitige Künstler auch als Buchmaler tätig war. Weiterhin zeugt die Ausstattung der Handschrift von seiner Erfindungsgabe und seinem koloristischen Talent, das in den beiden Winterlandschaften einen besonderen Höhepunkt erreicht. Die Zusammenarbeit mit einem zweiten Buchmaler belegt den Kontakt zum Umkreis des »Hausbuchmeisters«. Schließlich ist es interessant, dass der Kodex für Worms bestimmt war, eine Stadt, über deren spätmittelalterliche Kunstproduktion wegen der im Pfälzischen Erbfolgekrieg erlittenen Verheerungen nur wenig bekannt ist. Freilich lässt sich deswegen auch nicht mit letzter Sicherheit entscheiden, ob die Werkstatt, die den Londoner Kodex illuminiert hat, in Worms ansässig war oder ob das Stück importiert worden ist.

B. B.

Literatur

Catalogue of Additions 1864, S. 385. – Backhouse 1985. – Brinkmann 1995.

LM 50 (s. a. GM 195)

Konrad Bote (?)
Cronecken der Sassen
Mainz: Peter Schöffer, 1492

Papier – Brauner Ledereinband auf Holz, Streicheisen- und Einzelstempelverzierung
Buchblock: H. 29,5 cm, B. 22 cm; Einband: H. 31 cm, B. 22,5 cm
Martinus-Bibliothek, Mainz, Inc. 133
HC 4990 – GW 4963 – Schramm Bd. 14, Nr. 570–1060

Zustand: Rücken erneuert, ehemals 2 Schließen

Das Buch behandelt die niedersächsische Geschichte, die in der für diese Textgattung üblichen heils- und welthistorischen Einbindung mit der Schöpfung beginnt, über Sündenfall und Sintflut, Gründung Roms, Geburt Christi und Karl den Großen schließlich bis zu den Ereignissen des Jahres 1489 in Norddeutschland führt. Der Text wurde vermutlich in Braunschweig verfasst, auch wenn bis heute umstritten ist, ob Konrad oder Hermen Bote als Autor anzusehen ist. Neben dem Inhalt weist auch die mittelniederdeutsche Schriftsprache darauf hin, dass Peter Schöffer diesen Druck nicht für den heimischen Markt, sondern möglicherweise für einen Braunschweiger Auftraggeber produzierte.

Wenn es sich auch nicht um die erste mit Holzschnitten illustrierte Chronik der Inkunabelzeit handelt, so wurde hier doch in der Dominanz und im Umfang der Bildausstattung eine neue Größendimension erreicht. Nach der Zählung von Pollard enthält das Buch 1255 Abdrücke von einzelnen Holzstöcken, die genealogischen Diagramme nicht eingerechnet.[1] Die Bildauswahl entspricht dabei dem annalistischen, d. h. nach Jahren gegliederten Aufbau des Textes, der aber immer wieder in detaillierte Schilderungen einzelner Ereignisse und lange Fürstengenealogien abschweift. Der größte Teil der Illustrationen zeigt Städtegründungen, Schlachten, Herrscherdarstellungen und Stammtafeln. Diese Menge war arbeitstechnisch nur durch ein ausgefeiltes »Baukastensystem« von vielfach wiederholten und miteinander kombinierbaren Holzschnitten zu bewältigen. So wurde in den genealogischen Tafeln die Zone der Stammeltern aus einer Anzahl von Bausteinen unterschiedlich charakterisierter männlicher und weiblicher Halbfiguren zusammengestellt; ihre konkrete Bezeichnung erfolgte durch Namenszüge in Typentext, darunter dann die – ebenfalls vielfach wieder verwendbaren – zugehörigen Wappenbausteine, gefolgt von Kreisdiagrammen mit den Namen der Nachfahren. Dieser Aufbau folgt einem in älteren Chroniken und Stammtafeln vorgeprägten Typus; ein in der Gestaltung der halbfigurigen Fürstenpaare sehr ähnliches Beispiel aus der Mitte des 15. Jahrhunderts befand sich im Heidelberger Schloss.[2]

Die Figuren- und Architekturdarstellungen sind routiniert entworfen und ausgeführt, bisweilen aber etwas schematisch. Die Typen erscheinen oft wie unmittelbar aus dem Musterbuch entnommen, wobei aber das Bemühen um Variation in den Kostümdetails auffällt. Charakteristisch sind die markant gezeichneten Gesichter, die ihre ungewöhnlichen Reliefs durch kurz gestrichelte Binnenkonturen erhalten. Die Art und Weise, Helligkeitsabstufungen zu erzeugen, lässt die Beschäftigung mit der Tradition des

Schöfferschen Missalholzschnitts von 1483 (Kat.-Nr. GM 171) und Erhard Reuwichs Illustrationen erkennen (Kat.-Nr. LM 58, GM 216), dessen Kompositionskunst und neuartige grafische Umsetzung der Meister der »Sachsenchronik« aber nicht nachvollziehen konnte. Innerhalb des Buches sind Qualitätsschwankungen der Holzschnitte zu beobachten, die durch die arbeitsteilige Ausführung eines so umfangreichen Auftrags zu erklären sein dürften. Offenkundig wurden auch einige fremde Vorlagen verwendet, die stilistisch mit den anderen Entwürfen nichts zu tun haben.[3]

Der unbekannte Künstler, der für den größten Teil der Illustrationen verantwortlich ist, lässt sich in keiner anderen Holzschnittgruppe der Zeit wieder erkennen. Die herkömmliche Identifizierung mit dem Meister WB beruht auf einem gewagten Konstrukt, das sich letztlich allein auf wenige Figurenvergleiche stützt. Diese aber bezeichnen allenfalls den damals in Mainz verfügbaren Motivschatz, den sich der kompilierende Entwerfer der Chronik-Illustrationen aneignen konnte.

P. S.

1 Pollard 1907, Nr. 33.

2 Hubach 1995, S. 26. Den Hinweis verdanke ich Hanns Hubach, Heidelberg.

3 Am deutlichsten bei den Holzschnitten der Parthamena mit ihren Mägden sowie Jupiters unter den Göttinnen und Göttern; vgl. Schramm 1920–1943, Bd. 14, Nr. 592 und Nr. 600.

Literatur

Schaer 1880. – Baer 1903, S. 161–172, LXVI, Nr. 340. – Geisberg 1939, S. 117 f. – Fuchs 1960, S. 106–112 (mit weiterführender Literatur). – Shestack 1971, S. 86 f. – Sandfuchs 1978. – Stackmann 1980, S. 294. – Anzelewsky 1985, S. 51 f. – Cordes 1985, S. 550. – Flood 1987. – Worm 1987.

Andrea Arens

Der Adalbertmeister und seine Werkstatt

Das Grabmal des Adalbert von Sachsen (S. 467, Abb. 2) steht in der Reihe der Erzbischofsdenkmäler im Mainzer Dom, da Adalbert 1480 auf Betreiben des Erzbischofs Diether von Isenburg zu seinem Koadjutor mit dem Recht der Nachfolge ernannt wurde. Als Diether 1482 starb, nahm das Domkapitel den 18-jährigen Adalbert als Administrator an, und Papst Sixtus bestätigte dies. Bereits zwei Jahre später, am 1. Mai 1484, starb Adalbert, ohne die volle erzbischöfliche Würde und Gewalt erlangt zu haben, da ihm diese aufgrund seiner Jugend noch nicht offiziell zustand. Der plötzliche Tod des jungen Administrators lässt vermuten, dass der Auftrag für sein Grabmal erst nach 1484, wahrscheinlich von seinem Nachfolger im Amt, von Erzbischof Berthold von Henneberg (1484–1504) erteilt wurde. Das Steindenkmal, für die Aufstellung am Langhauspfeiler konzipiert, zeigt den jungen Mann, seinem Amt entsprechend, in Albe, Dalmatik und Chormantel gekleidet. Die prächtige Schließe, die den Mantel zusammenhält, ist mit dem Relief des hl. Martin zu Pferd verziert. Adalbert trägt Buch und Kreuzstab, da ihm die Insignien der Erzbischofswürde – Mitra, Pallium und Krummstab – noch nicht zustanden. Durch die weitgehend vertikale und sparsam gegliederte Gewandfaltendrapierung der frontal stehenden Figur und das regungslos nach vorne blickende Gesicht mit der streng symmetrischen Frisur, die von einem Birett bedeckt ist, erhält das Grabmal eine Monumentalität und Ruhe, die neuartig ist. Das faltenlose Gesicht mit der großen Nase, einem schmallippigen Mund und breitem Kinn scheint porträtähnliche Züge zu haben, da eine gewisse Vergleichbarkeit des markanten Gesichtes mit der Darstellung des Administrators im Adalbert-Brevier beobachtet werden kann (Kat.-Nr. LM 38). Das Grabmal erreicht seine Monumentalität aber auch durch den Raum, den der Bildhauer der zentralen Figur innerhalb der rahmenden Architektur gibt. Die Architekturrahmung selbst entspricht dem Aufbau des Grabmals Diethers von Isenburg († 1482)[1] (S. 466, Abb. 1) oder Johanns von Nassau († 1419), bei denen der Erzbischof von einem Baldachin[2] bekrönt und von zwei bzw. drei übereinander angebrachten Gewändestatuetten gerahmt ist. Die Seitenfigürchen beim Adalbertgrab zeigten ursprünglich Maria mit dem Kind und Maria Magdalena auf der rechten Seite und den hl. Martin als Bischof und den hl. Christophorus auf der linken Seite (Kat.-Nr. LM 54). Die beiden unten stehenden Heiligen wurden wohl 1833 bei der Restaurierung der Wanddenkmäler des Doms durch die Figuren der hll. Barbara und Katharina ersetzt.[3] Die oberen Statuetten zeigen in ihrer stilistischen Ausarbeitung so deutliche Unterschiede zur Hauptfigur des Grabmals, dass man hier die Hand eines anderen Steinbildhauers vermutet. Eine Zuweisung in das Œuvre des Hans von Düren, der sein Steinmetzzeichen im Ägidienchörlein der Mainzer Memorie hinterlassen hat und damit nachweislich 1486 hier tätig war, ist überzeugend (s. S. 601).[4]

Abb. 1 **Madonna der Palästinafahrer aus der ehem. Liebfrauenkirche. 1484. Mainz, Dom, Kreuzgang**

Das Grabmal des Adalbert von Sachsen wurde namengebend für einen Meister, der mit seiner Werkstatt im späten 15. Jahrhundert in Mainz tätig war und dem verschiedene, zeitlich gut fassbare Steinbildwerke zugeschrieben werden, bei denen der beschriebene Charakter der Adalbertskulptur und die eigentümliche Motivbildung in den Gewandfalten ebenfalls zu beobachten sind.

Hierzu zählt die durch die Inschrift in das Jahr 1484 datierte Madonna der Palästinafahrer (Abb. 1). Das Relief stammt aus der Mainzer Liebfrauenkirche und wurde nach dem Abbruch der Kirche in den Ostflügel des Domkreuzgangs eingemauert.[5] Es zeigt die Halbfigur der Strahlenkranzmadonna auf der Mondsichel. Die großzügig angelegten Gewandfalten und der Kopftypus Mariens entsprechen anderen Frauengestalten, die dem Adalbertmeister zugeschrieben werden. Zahlreiche Beschädigungen und die moderne Farbfassung haben die Qualität der Steinmetzarbeit beeinträchtigt. Die Präzision der Formen, wie sie das Adalbert-Grabmal zeigt, hat das Relief der Palästina-Madonna aber wohl nie besessen. Es ist deshalb zu fragen, ob es sich hier um eine frühe Arbeit des Meisters handelt oder ob das Relief von einem Mitarbeiter der Werkstatt ausgeführt wurde. Nach Auskunft der an der unteren Rahmenleiste angebrachten Wappen und der Inschrift unter dem Relief wurde das Denkmal 1484 vom Domdekan Bernhard von Breydenbach und dem Ritter Philipp von Bicken gestiftet.[6] Dies geschah aus Dankbarkeit für die glückliche Heimkehr von der Pilgerfahrt nach Jerusalem, an der neben den oben genannten Stiftern des Madonnenreliefs auch Johann zu Solms-Lich und Erhard Reuwich teilgenommen hatten. Reuwich fertigte später im Auftrag Breydenbachs Holzschnitte mit topografisch genauen Darstellungen zahlreicher Stadtansichten für die 1486 erschienene Reisebeschreibung »Peregrinationes in Terram Sanctam« (Kat.-Nr. LM 58).[7]

Auch das Denkmal der Brüder Arnold und Hermann Strohut in der Südost-Ecke des Kreuzgangs von St. Stephan in Mainz gibt Auskunft über Entstehungsjahr und Stifter (Abb. 2).[8] Die Inschrift auf der Steintafel unterhalb des Reliefs lautet übersetzt: »Der ehrwürdige Herr Arnold Strohut, Doktor des Kirchenrechts, und der ehrbare Herr Hermann, sein Bruder, Kanoniker dieser Kirche, ließen dies Kreuz machen im Jahre 1485«.[9] Das Relief selbst zeigt Christus am Kreuz mit Maria und Johannes Ev. Sie werden begleitet von den Patronen der Kirche, dem hl. Ste-

Abb. 2 **Strohut-Epitaph. 1485. Mainz, St. Stephan, Kreuzgang**

phanus mit Stein und Märtyrerpalme und der hl. Maria Magdalena mit dem Salbgefäß. Unterhalb des Kreuzes sind, etwas kleiner als die anderen Figuren, die beiden knienden Stifter dargestellt, die zu Christus beten.

Die Verbindung zum Adalbert-Grabmal lässt sich vor allem über die Gestaltung der Gewandfalten und die Figurenkomposition ziehen. Auch hier wirken die Stoffe schwer, Faltenbrüche sind grafisch aus um- und einknickenden Röhrenfalten konstruiert. Die Figuren zeigen in Körperproportion und Physiognomie viel Naturnähe, jedoch sind auch anatomische Unstimmigkeiten am vom Gewand verhüllten Körper zu beobachten. Der Ausdruck der Gesichter ist geprägt von Ernsthaftigkeit und verhaltener Trauer. Die Frisuren sind aus grob angelegten, in flachen Wellen fallenden Haarsträhnen gebildet. Marias Haupt ist durch Kopf- und Kinntuch weitgehend verdeckt. Magdalena trägt einen modischen, turbanähnlichen Kopfputz, unter

Abb. 3 **Grablegungsgruppe aus der ehem. Liebfrauenkirche. Um 1495. Mainz, Dom**

dem ihr offenes Haar lang auf den Rücken fällt. Variationsreich wie die Kopftypen ist auch die Komposition der Gewandfalten: Von dem nur durch wenige Vertikalfalten strukturierten Diakonsgewand[10] des Stephanus bis zu dem im Knitterfaltenstil reich bewegten Kleid der Magdalena zeigen die Gewänder unterschiedliche Ausprägungen.

Die verschiedenen Figurentypen des Reliefs ermöglichen den Vergleich mit anderen, dem Meister und seiner Werkstatt zugeschriebenen Steinbildwerken. Sowohl die Gestalt der trauernden Maria als auch die des Johannes Ev. sind aufs Engste verwandt mit den gleichnamigen Figuren der Grablegungsgruppe im Mainzer Dom (Abb. 3). Hier wie da trägt Maria ein schulterlanges Tuch aus festem Stoff, das im Scheitel eine Knickfalte zeigt und weit über die Stirn gezogen ist. Kinn und Hals werden ebenfalls von einem Tuch umhüllt. Das stoffreiche Gewand verdeckt den Körper vollständig, und beide Darstellungen zeigen Marias Hände zum Gebet über der Brust gefaltet. Auch die Johannesfiguren tragen beide eine Pagenfrisur, deren Haarsträhnen in sanften Locken enden. Ihre ebenmäßigen Gesichter unterscheiden sich nur in der Blickrichtung.

Zu den weiteren Figuren der Grablegungsgruppe gehören zwei Frauen, die neben Maria und Johannes Ev. stehen. Die eine, im Matthäus-Evangelium ebenfalls als Maria benannte Frau[11] neben Johannes, hält ein Salbgefäß und ist ähnlich verhüllt wie die Gottesmutter. Die zweite lässt sich aufgrund des Salbgefäßes, des offenen Haars und des locker drapierten Tuchs als Maria Magdalena identifizieren. Die beschriebenen Skulpturen sind als Halbfiguren gearbeitet, da sie sich hinter dem aufgebahrten Christus befinden – ein technisches Detail, das die Aufstellung der Grablegung vor einer Wand oder in einer Nische verlangt. Joseph von Arimathia und Nikodemus sind als lebensgroße Skulpturen vollplastisch ausgearbeitet. Sie haben den toten Christus mit dem Leichentuch auf den Sarkophag gelegt. Die Front des Sarkophags ist in plastischem Relief ausgearbeitet und zeigt drei ruhende Grabwächter in Rüstung und mit Waffen des späten 15. Jahrhunderts. Die ausgewogene Komposition der Grablegung ist in drei Tiefenebenen gegliedert, der jeweils drei Figuren bzw. Figurengruppen entsprechen.[12]

1828 wurde die Grablegung aus der um 1806 abgebrochenen Mainzer Liebfrauenkirche vom Domdekan Franz Werner in den Mainzer Dom überführt.[13] Der Aufstellungsort der Figurengruppe in der Liebfrauenkirche ist nicht überliefert. Jedoch bezeugt ein 1498 in Basel bei Johann Bergmann von Olpe gedrucktes Epigramm, dass die Grablegungsgruppe für den als Vorkirche zum Dom dienenden Sakralbau geschaffen wurde. Das von Sebastian Brant verfasste Epigramm (Sebastian Brant, Carmina) nennt den 1495 verstorbenen Emicho von Breithardt als Stifter der monumentalen Figurengruppe.[14] Damit lässt sich die Entstehungszeit des Kunstwerks recht genau auf die Jahre um 1495 eingrenzen.

Neben der Grablegung aus der Liebfrauenkirche gab es in Mainz eine weitere, sicher aus dem gleichen Werkstattzusammenhang stammende Grablegungsgruppe. Von dieser ist nur noch die Christusfigur erhalten, die heute im Landesmuseum Mainz aufbewahrt wird (Kat.-Nr. LM 51). Sie ist im Vergleich zur Dom-Gruppe weniger naturalistisch und nicht so ausgewogen gestaltet. Auch sind ihre Maße kleiner, und die Christusfigur hat eine schmalere Liegefläche. Jedoch zeigen sich viele Übereinstimmungen in der Gestaltung und Motivbildung der beiden Figuren. So ist z. B. die Armhaltung fast identisch, ebenso die Draperie des Lendentuchs, das von der Hüfte um das linke Bein geschlungen ist und in einem Faltenbausch auf dem Leichentuch endet. Selbst die Faltenbildung ist in ihrer Grobstruktur vergleichbar. Das Fragment der Grablegung des Landesmuseums ist keine 1:1-Kopie des Steinbildwerks aus der Liebfrauenkirche, denn hier ist, anders als bei der Breithardt-Stiftung, der Moment dargestellt, in dem Nikodemus und Joseph den Leichnam niederlegen. Die Hände der beiden heute verlorenen Personen drücken sich deutlich durch das Leichentuch durch. Es ist möglich, dass die Figur des Landesmuseums eine frühe Arbeit des Adalbertmeisters ist. Ebenso ist es aber auch denkbar, dass diese Grablegungsgruppe nach dem Vorbild in der Mainzer Liebfrauenkirche von einem Mitarbeiter der Werkstatt geschaffen wurde. Ob die Grablegung des Landesmuseums ursprünglich die gleiche Figurenkomposition zeigte wie die der Breithardt-Stiftung, ist heute nicht mehr zu sagen. Schon der Vergleich mit anderen Grablegungsgruppen, wie z. B. der in St. Nikolaus in Alzey (um 1430) oder in St. Martin in Münstermaifeld (um 1500), zeigt, wie unterschiedlich Personenzahl und -anordnung bei einer Grablegung sein konnten.

Bernhard von Breydenbach († 1497), der schon die Palästina-Madonna in Auftrag gab – oder vielleicht seine Familie –, ließ wohl auch die Breydenbach-Grabplatte vom Adalbertmeister anfertigen. Ursprünglich befand sich das Breydenbach-Denkmal über dem Grab des Verstorbenen, im Boden der Marienkapelle im Mainzer Dom (Nordseite).[15] Das Relief der Platte ist flach gestaltet und ragt nicht über die Randleiste heraus. Da keine Abriebspuren festzustellen sind, wie andere »begehbare« Grabplatten sie aufweisen, wurde das Breydenbach-Denkmal vermutlich von Beginn an mit Holzbohlen oder Ähnlichem zugedeckt. 1812 hob man den Grabstein und versetzte ihn 1835 an die Wand des nördlichen Domquerhauses. Der wahrscheinlich bei der Hebung beschädigte Rahmen wurde bei der Wiederaufstellung in einfacher und veränderter Form erneuert. Die für das Grabmal überlieferten Ahnenwappen[16] sind heute verloren und die Kreuzblumen der drei Kielbögen des gotischen Baldachins wurden beschnitten. Allgemein entspricht der Aufbau des Grabmals dem gängigen Typus mit der Person des Verstorbenen in der Mitte und einer spätgotischen Maßwerkbekrönung auf schmalen Diensten, wie er in ähnlicher Weise z. B. beim Grabmal des 1498 verstorbenen Gerhard von Ehrenberg oder, etwas reicher ausgeschmückt, beim Grabmal des Konrad Rau von Holzhausen († 1464) im Mainzer Domkreuzgang zu finden ist. Ungewöhnlich ist jedoch die Darstellung des Dekans als tatsächlich liegende Figur auf dem Totenkissen. Der Körper ist lang ausgestreckt mit über dem Leib gekreuzten Armen. Das Gewand fällt schwer auf Körper und Liegefläche. Der wie nass wirkende Faltenwurf zeigt eine grafische Motivbildung aus gebrochenen Röhrenfalten, die vielfach eingedrückt sind und so Gabelungen bilden. Das Gesicht ohne Altersspuren hat einen leicht geöffneten Mund und die Augen scheinen ins Jenseits zu blicken. Der Mainzer Domherr Bernhard von Breydenbach ist mit den Insignien seines Standes und Amtes ausgestattet: Auf seiner Brust liegt der Kelch, und er trägt als besonderes Privileg die Mitra auf dem Haupt. Weiterhin ist er mit einem wohl als Pluviale zu identifizierenden Mantel und den Pontifikalschuhen bekleidet.[17]

Dem Meister der Adalbert-Figur sind auch die lebensgroßen Sandsteinfiguren der hl. Maria Magdalena (Abb. 4) und des hl. Stephanus am Tabernakel von St. Stephan

Abb. 4 **Hl. Maria Magdalena. 1500. Mainz, St. Stephan**

in Mainz zuzuschreiben. Beide Figuren stehen rahmend neben dem Wandtabernakel auf Konsolen. Diese zeigen kunstvoll gemeißeltes Blattwerk und eine fein profilierte, polygonale Plinthe. Der jugendliche Stephanus, gekleidet im Diakonsgewand, blickt den Betrachter ruhig an. Seine rechte Hand ist zu einer Faust geschlossen, in der er ein heute verlorenes Attribut hielt.[18] In der Linken trägt er eine mit Buchschließen und Nägeln besetzte Handschrift. Um die Heilige Schrift nicht zu berühren, hat Stephanus sein Obergewand, die Dalmatik, hoch gerafft. Der offene Saum der linken Dalmatikseite fällt dadurch in einem großen Schwung nach vorne, und über dem Körper des Heiligen bilden sich Knickfalten. Die eigentümliche Falte, die dabei sein rechtes Knie umspielt, scheint eine gewisse Vergleichbarkeit zu der an gleicher Stelle konstruierten, sehr unorganisch wirkenden Gewandfalte beim Adalbert-Grabmal zu zeigen. Der Kopftypus des Stephanus ist als eine Variante des Johannes Ev. der Grablegungsgruppe bzw. des Strohut-Epitaphs zu erkennen. Monumental in ihrer Wirkung, wie die Figur des hl. Stephanus, ist auch die der hl. Maria Magdalena. Ihr langes Kleid, das beiderseits vom Umhang umspielt wird, ist durch eine ruhige vertikale Faltengliederung gekennzeichnet. Ein langes, dünnes, rechts geknotetes Band hält den Umhang über der Brust zusammen. Faltenbrüche sind fast ausschließlich im Ärmelbereich zu finden, da Magdalena mit den Armen den hoch gerafften Mantel festhält. Als Figurenpendant zu Stephanus hält sie mit der flach ausgestreckten linken Hand das Salbgefäß und in der erhobenen Rechten den Deckel. Auffällig sind die glatten, fleischigen Hände, an denen weder Adern noch Knochen herausgebildet sind – eine Handform, die allen Figuren des Adalbertmeisters und seiner Werkstatt eigen ist. Das ovale, ebenmäßige Gesicht Magdalenas ist wohlproportioniert und wirkt natürlich. Unter der kostbaren, sehr modischen »Hörnerhaube«, verziert mit Perlband, Rosette und umwickelten Schmuckbändern, fällt das lange Haar in ganz leicht gewellten, breiten Strähnen auf den Rücken. Modische und kostbare Details sind auch der schräg um die Hüfte gelegte Gürtel, die Borte des Halsausschnitts und die darunter befestigte Brosche.

Es ist sicher anzunehmen, dass nicht nur die qualitätvollen Skulpturen, sondern auch die feine Steinmetzarbeit der Tabernakelarchitektur in St. Stephan vom Adalbertmeister geschaffen wurden. Der Tabernakel ist von einem reich profilierten, rechteckigen, gotischen Rahmen mit Blattwerkranke und Maßwerkbekrönung, in Form eines krabbenbesetzten Kielbogens mit Fischblasenornament, gebildet.[19] Auf der schrägen Sohlbank des Tabernakels ist die Inschrift *ANNO IVBILEI MCCCCC* eingemeißelt. Das Kunstwerk wurde also in dem durch Papst Alexander VI. Borgia ausgerufenen Heiligen Jahr angefertigt. Im Zusammenhang mit dem Diebstahl der Kopfreliquie der hl. Anna aus der Kirche St. Stephan in Mainz, die durch Georg Christian Joannis überliefert ist, der die Quellen hierzu in dem Buch »Rerum Moguntiacarum« 1722 aufführt, wird der Dekan von St. Stephan, Johann Fust,[20] als Stifter des Tabernakels genannt. Weiterhin erfahren wir hier, dass die am 29. November 1500 aus dem Hochaltar gestohlene Kopfreliquie von einem »Steinmetzen-Knecht« namens Leonhard aus einem Dorf bei Kornelimünster entwendet wurde, der am Wandtabernakel hinter dem Hochaltar mitarbeitete.[21]

Mit der Figur der hl. Maria Magdalena in St. Stephan ist in Proportion, Gewandgestaltung und Physiognomie eine ähnlich große Skulptur aufs Engste verwandt, die als Hausmadonna in der Liebfrauenstraße in Mainz aufgestellt war und heute im Landesmuseum Mainz aufbewahrt wird (Kat.-Nr. LM 53). Die Liebfrauenstraßen-Madonna trägt Kleid und Umhang, die im Zuschnitt der Gewandung der Magdalena gleichen. Maria rafft den Mantel auf der linken Seite hoch und hält ihn mit ihrem Arm fest. Dadurch kommt eine Bewegung in den Mantelsaum, der mit der Mantelgestaltung bei Magdalena vergleichbar ist. Die Ponderation beider Figuren ist erkennbar an dem sich durch das Gewand drückenden linken Spielbein, einem kaum wahrnehmbaren Hüftschwung und dem leicht zur rechten Seite geneigten Kopf. Gesicht und Haargestaltung sind ähnlich, aber bei der Liebfrauenstraßen-Madonna – vielleicht bedingt durch Witterungseinflüsse – nicht so klar und scharflinig. Der Gesichtstyp beider Frauen ist auch in der Palästina-Madonna wiederzufinden. Gemeinsamkeiten in Körperproportion und Bewegung haben ebenso die beiden Christuskinder, wenn auch der Kopf des Kindes bei der Madonna im Landesmuseum Mainz heute fehlt.

Im Besitz des Landesmuseums Mainz befindet sich ein weiteres Steinbildwerk, das wohl ebenfalls in der Werkstatt des Adalbertmeisters entstanden ist. Es handelt sich um das Relief mit der Darstellung der hl. Katharina

(Kat.-Nr. LM 52). Wie beim Relief der Palästina-Madonna ist auch die hl. Katharina als Brustbild dargestellt. Die Heilige blickt frontal zum Betrachter und präsentiert ihm das Schwert und das zerbrochene Rad als Attribute ihres Martyriums. Gesichtstyp und Gewandstil entsprechen den genannten Frauengestalten des Adalbertmeisters. Ebenso findet sich ein modisches Detail wieder, das bei der hl. Magdalena wie bei der Madonna der Liebfrauenstraße auffällt. Es handelt sich um das Band, mit dem der Umhang am Hals zusammengehalten und auf einer Seite geknotet wird. In allen Fällen wird dieses Band von der einen zur anderen Seite geführt und kreuzt sich dabei über der Brust. Insgesamt erreicht das Relief mit der hl. Katharina nicht die Qualität der Tabernakelfiguren von St. Stephan oder der Figuren der Grablegung im Mainzer Dom. Es kommt dem Stil der Palästina-Madonna am nächsten, sodass eine ungefähr gleichzeitige Entstehungszeit vermutet werden kann.

Ein weiteres Werk, dessen Entstehung aufgrund des gut datierten Aufstellungsortes zwischen 1498/99 und 1501 anzunehmen ist, wird ebenfalls dem Adalbertmeister zugeschrieben.[22] Es handelt sich um das sehr qualitätvolle, fast vollplastisch gearbeitete Relief des hl. Martin auf dem Pferd über dem Eingang der Schatzkammer der Sakristei des Mainzer Doms. Im Unterschied zu den bisher vorgestellten Werken sind die Figuren hier nicht lebensgroß, sondern – bedingt durch den Aufstellungsort – deutlich kleiner. Die Skulpturengruppe steht auf einer rechteckigen, flachen Konsole, die wie eine Erdscholle gebildet ist. Überfangen wird das Relief von einem aus reichem Blattwerk gestalteten, frei vor der Wand befindlichen Bogen. Dieser überspannt die gesamte Breite der Schatzkammer und ruht auf zwei reich profilierten Diensten. Das Relief zeigt den jugendlichen Martin, der auf einem schlanken, mit prächtigem Geschirr gesattelten Pferd reitet, das in der Bewegung innezuhalten scheint. Martin ist mit einem spätmittelalterlichen Brustpanzer bekleidet, über dem der weite umhangförmige Mantel die Figur umhüllt. Der Heilige ist im Begriff den Mantel zu teilen und hält dazu das Schwert in der rechten und ein Stück des Umhangs in der erhobenen linken Hand. Vor dem Reiter steht der Bettler mit zum Gebet erhobenen Händen. Der bartlose Mann stützt sein versehrtes rechtes Bein auf einen Stock und lehnt sich auf eine Krücke. Er ist mit einem knielangen, in der Hüfte gebundenen Gewand bekleidet und hat eine Tasche quer über die Schulter gehängt. Wie Martin blickt er nicht zum Geschehen, sondern richtet seinen erhobenen Kopf in Richtung Betrachter. Die Szene ist in ihrer Komposition äußerst repräsentativ und würdevoll. Auffällig ist der starre Körper des Pferdes mit der in gleichmäßige Wellen gelegten Mähne, ebenso der von horizontalen und vertikalen Linien bestimmte Aufbau der Figur des Bettlers. Echte Bewegung ist weder durch die Aktion der Figuren noch durch Gewandfalten gegeben, da auch diese grafisch und konstruiert wirken. Vielleicht ist es gerade dies, was dem Relief Ruhe und Monumentalität verleiht, Eigenschaften, die die Skulpturen des Adalbertmeisters auszeichnen. Auch die Naturnähe in der Physiognomie der Gesichter und der anatomischen Wiedergabe der Körper, die – bis auf das seltsam verkürzte Bein des hl. Martin und die merkwürdig verschobene Hüfte des Bettlers – recht überzeugend ist, findet sich ähnlich in Werken des Adalbertmeisters und seiner Werkstatt. Darüber hinaus können auch Ähnlichkeiten in der Gewandfaltenbehandlung und in den Gesichtstypen zu Figuren des Adalbertmeisters festgestellt werden, wie z. B. zum Kopf des Johannes Ev. der Grablegungsgruppe oder des Bernhard von Breydenbach. Der Vergleich mit dem Breydenbach-Grabstein zeigt auch eine Übereinstimmung in der Auffassung der Gewandfaltenbildung.

Die frühgotische Sakristei wurde nach Auskunft der Domkapitelsprotokolle von 1496 und 1497 erweitert und man errichtete eine Schatzkammer darin, die von einer Bronzetür verschlossen wurde.[23] Im unteren Teil der Tür nannte eine Inschrift Erzbischof Berthold von Henneberg als Auftraggeber und das Jahr 1501 als Zeitpunkt der Fertigstellung der Schatzkammer.[24] Die Tatsache, dass der Steinmetz Nikolaus Queck, der 1481 als Mainzer Domwerkmeister auf Lebenszeit und 1484 zum Domsteinmetz ernannt wurde,[25] in den Domkapitelsprotokollen als Erbauer der »Bischofssakristei« genannt wird, veranlasste Adam Gottron zu der Überlegung, er könne auch der Schöpfer des Martinsreliefs gewesen sein.[26] Jedoch hatten bereits Rudolf Kautzsch und Ernst Neeb einen Meister Ludwig als Erbauer der Sakristei ermittelt, der 1501 und 1502 in den Domkapitelsprotokollen genannt wird und für seine geleistete Arbeit an dem »Sindener« (von den Autoren mit Sakristei gleichgesetzt) bezahlt wurde.[27] Rückschlüsse auf den Meister des Martinsreliefs ziehen Kautzsch und Neeb nicht.

Der umfangreiche Bestand an Kunstwerken, den Franz Th. Klingelschmitt in seiner ausführlichen Untersuchung 1918 als Arbeiten des Meisters des Adalbert-Grabmals zusammenfasste, legte zwar ein erstes Fundament, verwirrt aber gleichzeitig durch viele unhaltbare Zuschreibungen.[28] Seine Identifizierung des Meisters mit dem in Urkunden genannten *Magister Valentinus lapicida de Moguntia* geht auf die Vermutung zurück, dass der »bedeutende« Mainzer Steinmetz, dessen Tätigkeit am Kreuzgang und am oberen Turmgeschoss von St. Stephan nachzuweisen ist, ebenso die qualitätvollen skulpturalen Werke des späten 15. Jahrhunderts in der erzbischöflichen Metropole gefertigt haben muss;[29] eine namentliche Benennung, die sicher als nicht haltbar bewertet werden muss. Die Gleichsetzung des leitenden Baumeisters oder eines nur für architektonische Werke fassbaren Steinmetzen mit dem Schöpfer figürlichen Schmucks ist äußerst vage, da Quellen, die dies bezeugen, nicht existieren. Es ist kaum vorstellbar, dass Baumeister, die oft für mehrere große Baustellen gleichzeitig verantwortlich waren, die Zeit aufbrachten, auch als Steinmetze tätig zu sein. Wohl ist es denkbar, dass Entwürfe für bildhauerische Arbeiten von ihnen angefertigt wurden, aber auch dies ist im 15. Jahrhundert für keinen in Mainz tätigen Baumeister urkundlich gesichert.

In der Forschung sehr kritisch beurteilt wird die These von Ernstotto Graf zu Solms-Laubach, der die Steinbildwerke des Adalbertmeisters dem Œuvre des so genannten Hausbuchmeisters zuordnet, den er mit Erhard Reuwich identifiziert.[30] Sein ausführlicher Vergleich der Kunstwerke zeigt in der Tat eine Beziehung zwischen den genannten Objekten, die jedoch nicht zu dem Schluss führen kann, alles einem Künstler zuzuschreiben, der gleich einem Universalgenie Schöpfer zahlloser qualitätsvollster Werke unterschiedlichster Kunstgattungen des späten 15. Jahrhunderts im Mittelrheingebiet war. Die Übereinstimmungen und Gemeinsamkeiten sind lediglich als Zeugnis der Verflechtung unterschiedlicher Werkstätten und Meister innerhalb einer definierten Region und eines begrenzten Zeitraums zu werten. Der niederländische Charakter in den Skulpturen des Adalbertmeisters, den Solms-Laubach in seiner Argumentation für die Autorschaft Erhard Reuwichs darlegt, sieht auch Walter Paatz, der diese Stilmerkmale so interpretiert, dass der Adalbertmeister höchstwahrscheinlich ein eingewanderter Nordniederländer aus der Schule von Utrecht war[31] – eine Überlegung, die weiterer eingehender Untersuchungen bedarf, bevor sie bewertet werden kann.

Die kunsthistorische Einordnung des so genannten Adalbertmeisters erweist sich als schwierig, da insgesamt wichtige Grundlagen zur Erforschung der Skulptur des späten 15. Jahrhunderts im hier behandelten Gebiet fehlen – Grundlagen, die aufgrund des schlecht erhaltenen Denkmäler- und Quellenbestandes vielleicht auch nur schwer zu erarbeiten sind.

Die hier vorgestellten, gut datierten Steinbildwerke, die allgemein dem Adalbertmeister und seiner Werkstatt zugeschrieben werden, ermöglichen die Erstellung eines zeitlichen Gerüstes für das Wirken des Meisters und seiner Werkstatt in Mainz. Weitere Werke wie z. B. die Grabmäler der Margarethe von Rodemacher († 1490) in der Karmeliterkirche in Mainz, der Walburg von Eppstein († 1493) in der Diezer Stiftskirche oder des Engelbrecht von Eppstein († 1494) in der Stadtkirche in Eppstein wurden nicht in die Überlegung mit einbezogen, da diese Werke in der Literatur sowohl Hans von Düren als auch dem Adalbertmeister zugeschrieben werden, ohne wirklich überzeugende Argumente für einen der beiden Künstler aufführen zu können.[32]

Ohne den nicht zweifelsfreien namentlichen Benennungen und den damit verbundenen biografischen Rückschlüssen zu folgen, kann festgehalten werden, dass der Meister, der das Grabmal des Administrators Adalbert von Sachsen schuf, ca. von der Mitte der 80er Jahre des 15. Jahrhunderts bis in die ersten Jahre des 16. Jahrhunderts im Auftrag höchster kirchlicher Würdenträger in Mainz tätig war. Der vom Meister und seiner Werkstatt verarbeitete Werkstoff scheint ausnahmslos Sandstein gewesen zu sein. Hieraus wurden monumentale, zumeist lebensgroße Skulpturen, aber auch feinste Blatt- und Maßwerkformen für architektonische Gefüge hergestellt, die zu den besten Steinmetzarbeiten ihrer Zeit in Mainz gehören.

1 Der Meister des Isenburg-Grabmals schuf im Auftrag Bertholds von Henneberg nach 1484 das Denkmal für Bischof Philipp von Henneberg im Bamberger Dom. Vgl. Arens 1958, S. 111, Nr. 195.

2 Der Baldachin des Adalbert-Grabmals ist weitgehend erneuert. Vgl. Kautzsch/Neeb 1919, Textbd., S. 254.

3 Vgl. Duchhardt-Bösken 1975, S. 453.

4 Vgl. Schmitt 1925. Zum Bau des Ägidienchörleins vgl. Veit 1912 (I), S. 162 f., und Kautzsch/Neeb 1919, Textbd., S. 380–382, zum Steinmetzzeichen S. 150, Nr. 295.

5 Vgl. Kautzsch/Neeb 1919, Textbd., S. 464.

6 Die Inschrifttype, eine Renaissance-Kapitalschrift, ist hier vermutlich erstmals in Deutschland benutzt worden und wurde mit großer Wahrscheinlichkeit von Bernhard von Breydenbach und Philipp von Bicken aus Italien importiert. Vgl. Arens 1958, S. 115, Nr. 206.

7 Vgl. Katalog »Die Reise nach Jerusalem« 1992.

8 Das Strohut-Epitaph lässt sich bis in die Mitte des 19. Jahrhunderts im Kreuzgang von St. Stephan nachweisen. Vgl. Kugler 1854, S. 348; Klein 1866, S. 27f. Die Tatsache, dass die zum Epitaph gehörige Inschriftentafel unterhalb der Kreuzigung nicht in der Achse zur Reliefrahmung angebracht ist, wirft die Frage auf, ob es sich hier um den ursprünglichen Aufstellungsort handelt. Die dem Mittelschrein eines Retabels entsprechende Rahmenform des Epitaphs gibt Anlass zu der Vermutung, dass möglicherweise Flügel die Hauptszene flankierten (alte Fotos zeigen noch die hierzu notwendigen Angeln). Die jetzige Aufstellung ließe ein Öffnen der Flügel jedoch nur begrenzt zu, da sie an das Gewölbe bzw. die Ostwand des Kreuzgangs stoßen würden. Das Epitaph wird bereits in einer Beschreibung von 1854 als beschädigt beschrieben. Vgl. Kugler 1854, S. 348.

9 Die Schrifttype zeigt große Ähnlichkeit mit der Inschrift des Adalbert-Grabmals. Vgl. Arens 1958, S. 478f., Nr. 955.

10 Hier bestehend aus Amikt (Schultertuch), Albe (Untergewand), Dalmatik (Mantel) und einem über dem linken Arm zu tragenden Manipel (Stoffband).

11 Mt 27, 57–60.

12 Zur Grablegung im Mainzer Dom vgl. Spanner 1958.

13 Vgl. Falk 1902, S. 287; Duchhardt-Bösken 1975, S. 459. Über den Verbleib der Grablegungsgruppe im Zeitraum zwischen 1806 und 1828 ist nichts bekannt.

14 Vgl. Falk 1902, S. 287f. Emicho war ein Bruder des Adolf von Breithardt (zu Adolf von Breithardt s. Kat.-Nr. LM 37).

15 1582 wurde an der gleichen Stelle Erzbischof Daniel Brendel von Homburg beigesetzt. Aus diesem Anlass soll das Breydenbach-Grab untersucht worden sein. Die Platte, die das Grab ursprünglich deckte, wurde für das erzbischöfliche Grab wieder verwendet und mit Brettern und Steinen zugedeckt. Vgl. Kautzsch/Neeb 1919, Textbd., S. 256; Arens 1958, S. 129, Nr. 243; Duchhardt-Bösken 1975, S. 447.

16 Es handelte sich um die Wappen der Breydenbach, Erfurtshausen, Isenburg-Wied und Isenburg-Büdingen. Vgl. Arens 1958, S. 129, Nr. 243.

17 Der Mainzer Domdekan und Protonotar Bernhard von Breydenbach, der die Priesterweihe hatte, war infuliert; ihm standen die niedersten Pontificalia, bestehend aus Mitra, Pluviale und Pontifikalschuhen, zu. Das Gewand ist bisher als Totenhemd gedeutet worden. Vgl. Klingelschmitt 1918, S. 30f.; Kautzsch/Neeb 1919, Textbd., S. 256; Arens 1958, S. 129, Nr. 243.

18 Eine vor 1918 angefertigte Fotografie zeigt eine Märtyrerpalme in der rechten Hand des hl. Stephanus. Vgl. Klingelschmitt 1918, Taf. 4.

19 Der 1640 von Jakob Polius publizierte Stich mit der Darstellung des Tabernakels von St. Stephan gibt das Kunstwerk sehr ungenau wieder. Weder die Figuren in ihrer Bewegung und in der Präsentation der Attribute noch das Maßwerk sind in der tatsächlichen Form des Ensembles dargestellt. Der Stich ist wohl eine Wiedergabe des Tabernakels mit seinen Figuren aus der Erinnerung des Künstlers, die mit barocken Stilelementen ausgeschmückt wurde. Vgl. Polius 1640, S. 256. Links unten am Tabernakel befindet sich ein Wappen (Ast mit Blattwerk). Dieses ist getrennt von der aus rotem Sandstein gearbeiteten Tabernakelrahmung gefertigt und möglicherweise aus Ton geformt. Das heute verlorene Wappen auf der rechten Seite des Tabernakels ist auf einem vor 1918 angefertigten Foto noch zu sehen. Vgl. Klingelschmitt 1918, Taf. 6. Beide Wappen waren auch auf einem im Zweiten Weltkrieg zerstörten Schlussstein mit Engel und der Jahreszahl 1499 im Kreuzgang von St. Stephan angebracht. Vgl. Klingelschmitt 1918, Taf. 26.

20 Johann Fust, Sohn des berühmten Frühdruckers, stiftete auch einen Teil des im 15. Jahrhundert erbauten Kreuzganges von St. Stephan. Er verstarb am 19. Februar 1501. Vgl. Arens 1958, S. 509, Nr. 1037, und S. 511, Nr. 1043.

21 Vgl. Joannis 1722–1727, Bd. 2, S. 572–576; Glatz 1990, S. 32.

22 Rudolf Kautzsch und Ernst Neeb sehen das Relief in engem Zusammenhang mit dem Meister des Breydenbach-Grabmals. Vgl. Kautzsch/Neeb 1919, Textbd., S. 347, Tafelbd., Taf. 67a. Otto Schmitt hält dieses Werk für das letzte des Adalbertmeisters. Vgl. Schmitt 1925, S. 38, Anm. 42.

23 Laut der Domkapitelsprotokolle des Jahres 1499 wurde die Bronzetür in Nürnberg angefertigt. Die Bronzetür ist heute leider verloren. Vgl. Arens 1975, S. 130.

24 Überliefert wurde diese Inschrift durch die Aufzeichnungen der Jesuiten Daniel Papebroch und Gotfried Henschenius, die im Jahre 1660 die Stadt Mainz besuchten und die Reliquien des Domschatzes besichtigten. Vgl. Arens 1944/45, S. 41 und S. 52; Arens 1958, S. 141, Nr. 269.

25 Vgl. Veit 1912 (I), S. 162 und S. 170.

26 Vgl. Gottron 1951, S. 43.

27 Vgl. Kautzsch/Neeb 1919, Textbd., S. 341.

28 Vgl. Klingelschmitt 1918.

29 Vgl. Klingelschmitt 1947, S. 227–233.

30 Vgl. Solms-Laubach 1935/36, S. 13–96; Solms-Laubach 1956, S. 187–192. Die Identifizierung des so genannten Hausbuchmeisters mit Erhard Reuwich wird seit mehr als 100 Jahren immer wieder in der Forschung diskutiert. Vgl. Hess 1994, S. 35–37.

31 Vgl. Paatz 1967, S. 48f.

32 Vgl. Klingelschmitt 1918, S. 24; Schmitt 1925, S. 35; Goeltzer 1991, S. 10–14.

LM 51

Adalbertmeister (Werkstatt?) Christus einer Grablegungsgruppe Mainz (?), um 1480–1490

Grauer Sandstein, Spuren alter Farbfassung
H. 30 cm, B. 179 cm, T. 44 cm
Landesmuseum Mainz, Inv.-Nr. S 3149

Zustand: Der Stein zeigt an vielen Stellen Ausbrüche.

Provenienz: Alter Museumsbestand. Der ursprüngliche Aufstellungsort ist unbekannt. Zuletzt soll das Fragment im Mainzer Rochusspital gewesen sein.

Das Steinbildwerk zeigt den toten Christus einer Grablegungsgruppe. Die groben Bearbeitungsspuren an den Seiten des Bildwerks machen deutlich, dass die Figur ursprünglich in einen Sarkophag eingelassen war. Dargestellt war der Moment, in dem Joseph von Arimathia und Nikodemus den Leichnam niederlegen. Die Hände der beiden drücken sich unter dem Tuch deutlich hervor, mit dem sie Christus getragen haben. Auf dem Haupt Christi lastet eine mächtige Dornenkrone. Sein Gesicht mit gebrochenen Augen und leicht geöffnetem Mund ist zur linken Seite geneigt. Der linke Arm mit den eingeschlagenen Fingern liegt locker neben dem Körper, die rechte Hand auf dem Lendentuch. Das Fragment lässt sich sehr gut mit dem Christus der Grablegungsgruppe vergleichen, die in der St.-Magnus-Kapelle am Bassenheimer Altar des Mainzer Doms (Nordseite) aufgestellt ist. Die Ausarbeitung von Brustkorb, Gesicht und Haaren ist sehr ähnlich und auch die Draperie des Lendentuchs stimmt überein. Ähnlich ist auch die Monumentalität und die Gestaltung des Körpers nach der Natur. Diese Übereinstimmungen sprechen für die Einordnung der Christusfigur des Landesmuseums in das Werk des Adalbertmeisters. Da die Wiedergabe der Körperlichkeit und die Ausarbeitung der Motive hier jedoch weniger naturalistisch und ausdrucksstark ist als bei der Grablegung im Dom, ist zu vermuten, dass es sich um eine frühe Steinmetzarbeit handeln könnte, die zeitlich vielleicht in der Nähe der 1484 datierten Palästina-Madonna im Mainzer Domkreuzgang anzusiedeln ist.

Die Christusfigur des Landesmuseums wird erstmals 1920/21 als Besitz des Museums der Stadt Mainz mit einer Abbildung in der »Mainzer Zeitschrift« vorgestellt, ohne jedoch Angaben zum Erwerb des Steinbildwerks zu machen.[1] Otto Schmitt berichtet 1925, dass das Fragment aus dem Rochusspital in Mainz stammt. Da das Rochusspital eine barocke Neugründung des Jahres 1721 ist, kann die Grablegungsgruppe dort nicht ihre ursprüngliche Aufstellung gehabt haben. Schmitt vermutet, sie könne aus der Mainzer Kartause oder dem Mauritiuskloster stammen, ohne eine nähere Begründung dafür zu geben.[2]

Es ist nicht bekannt, ob die Christusfigur einst zusammen mit der vollständigen Grablegungsgruppe, vielleicht in der Kirche des Rochusspitals, verehrt wurde und möglicherweise nach der Zerstörung der Kirche durch den Brand im Jahre 1878 ins Museum kam oder ob das Fragment als Baumaterial in einer Mauer des Spitals eingesetzt war und bei späteren baulichen Veränderungen gefunden wurde. Für die Nutzung des Steins als Baumaterial könnte sprechen, dass das Fragment an zahlreichen Stellen bestoßen ist und von dem restlichen Figurenprogramm, bestehend aus mindestens vier weiteren lebensgroßen Skulpturen, nichts erhalten geblieben ist.

A. A.

1 Vgl. MZ 15/16 (1920/21), S. 61.
2 Vgl. Schmitt 1925, S. 31.

Literatur
Schmitt 1925, S. 30f. – Arens 1997, S. 140.

LM 52

Adalbertmeister (Werkstatt?) Reliefplatte mit hl. Katharina Mainz (?), um 1480–1490

Gelber Sandstein, Spuren alter Farbfassung
H. 85 cm, B. 57 cm, T. 24 cm
Landesmuseum Mainz, Inv.-Nr. S 3148

Zustand: Die Reliefplatte ist an vielen Stellen bestoßen.

Provenienz: unbekannt

Die Märtyrerin Katharina lebte im frühen 4. Jahrhundert in Alexandria und stammte, nach der weitgehend legendären Vita, aus einer königlichen Familie. Weil sie als Christin den römischen Göttern nicht opfern wollte, sollte Katharina auf Befehl des Kaisers Maxentius mit einem messerbesetzten Rad gefoltert werden, doch dieses zerbrach. Daraufhin ließ der Kaiser Katharina mit einem Schwert enthaupten.

Die Reliefplatte des Landesmuseums Mainz zeigt in lebensgroßer Darstellung das Brustbild der hl. Katharina. Die Figur – zu identifizieren an ihren Attributen Rad, Schwert und Krone – füllt das ungestaltete Feld der Reliefplatte weitgehend aus. Die hochrechteckige Platte wird nur oben und unten durch ein einfaches Profil abgeschlossen, sodass es durchaus denkbar ist, dass es sich hier um das Fragment eines mehrfigurigen Reliefbandes handeln könnte. Zu ergänzen wären dann wohl weitere Büsten mit Heiligen und ihren Attributen. Da der Ursprungsort und der architektonische Zusammenhang, für den die Platte gefertigt wurde, nicht mehr bekannt sind, bleiben diese Vermutungen jedoch Spekulation. Auch die Figur der hl. Katharina lässt keine Rückschlüsse auf die Herkunft aus einer bestimmten Kirche mit einem entsprechenden Patronat zu, da Katharina von Alexandrien[1] eine der am meisten verehrten Heiligen im Mittelalter war und kaum in einem mehrfigurigen Programm fehlt.

Stilistisch zeigt das Relief Übereinstimmungen mit Werken, die dem Adalbertmeister zugeschrieben werden. Besonders deutlich ist der Vergleich mit der Madonna der Liebfrauenstraße 6 in Mainz (Kat.-Nr. LM 53) und der 1500 datierten Magdalena vom Tabernakel in St. Stephan in Mainz. Hinsichtlich der zeitlichen Einordnung ist aber vor allem das Relief mit der Madonna im Strahlenkranz zu nennen, das 1484 von Bernhard von Breydenbach und Philipp von Bicken aus Dankbarkeit für die glückliche Heimkehr von der Pilgerfahrt in das Heilige Land gestiftet wurde.[2]

A. A.

1 Katharina von Alexandrien ist die früheste Heilige dieses Namens. Neben ihr ist auch Katharina von Siena (1347–1378) eine besonders von den Dominikanern verehrte Heilige.

2 Das Relief der Palästinafahrer hat die Maße (einschließlich Rahmen) H. 129 cm, B. 111 cm.

Literatur

Arens 1997, S. 125.

LM 53

Adalbertmeister (Werkstatt?) Madonna vom Haus Liebfrauenstraße 6 in Mainz Mainz (?), um 1490–1500

Sandstein, Reste alter Farbfassung
H. 147 cm, B. 48 cm, T. 45 cm
Landesmuseum Mainz, Inv.-Nr. S 3096

Zustand: 1959 wurde die Figur nach vorhandenen alten Farbresten beigetönt. Die Skulptur ist von hinten ausgehöhlt; verloren sind der Kopf des Kindes, der Gegenstand in seiner rechten Hand, ein Teil des linken und die Zehen des rechten Kinderfußes; ebenso ist die rechte Hand Mariens z.T. abgebrochen, und die Brosche auf ihrem Kleid ist nur noch rudimentär erhalten; die Skulptur ist an vielen Stellen bestoßen und gekittet.

Provenienz: Haus Liebfrauenstraße 6 in Mainz

Die älteste Nennung der Skulptur ist 1905 in Ernst Neebs »Verzeichnis der Kunstdenkmäler der Stadt Mainz« zu finden. Zu diesem Zeitpunkt stand die Madonna an der Hausecke Liebfrauenstraße 6, genannt »Zum Gallhof«, auf einer Konsole und unter einem Baldachin aus nachmittelalterlicher Zeit. Die Skulptur zeigt die Gottesmutter mit dem Kind als lebensgroße Figur. Maria präsentiert den unbekleideten Christusknaben, den sie mit beiden Händen hält. Das Kind umfasst mit seiner rechten Hand einen heute verlorenen Gegenstand und mit der Linken hält es ein kugelförmiges Objekt, das nicht eindeutig identifiziert werden kann. Maria ist mit einem bodenlangen Kleid und einem ebenso langen, umhangähnlichen Mantel bekleidet. Einziger Schmuck der Gewandung war die Brosche auf der Brust Mariens. Der Mantel wird von einem Band zusammengehalten, das sich einmal oberhalb der Brosche kreuzt und an der rechten Schulter geknotet ist. Klar strukturierte, vertikal nach unten fallende, schwere Gewandfalten prägen die ruhige und monumentale Erscheinung der Skulptur. Eine auffällig unorganische Faltenkonstruktion ist über dem linken Spielbein der Figur zu beobachten. Der wie von unsichtbarer Hand hoch geraffte Mantelstoff unterbricht hier die Vertikalgliederung und zeigt ein ähnliches Motiv, wie es auch bei den Figuren der Gottesmutter und hl. Maria Magdalena am Strohut-Epitaph in St. Stephan oder, mit dem gleichen schwungvoll sich umschlagenden Mantelsaum, bei der hl. Maria Magdalena am Tabernakel von St. Stephan zu sehen ist.
A. A.

Literatur
Neeb 1905, S. 71. – Busch 1924, S. 11. – Katalog »Mittelrheinische Kunstwerke aus sechs Jahrhunderten« 1954, S. 44, Nr. 120. – Arens 1997, S. 92.

LM 54

Kupferstich des Adalbert-Grabmals
Heinrich Friedrich Otto
Thuringia sacra, Frankfurt a. M. 1737

Papier, 956 Seiten – Im Anhang 93 nummerierte Tafeln mit Kupferstichen, wobei die Nummern 12, 18, 81 und 83 nicht besetzt sind und die Nummern 88 und 90 fehlen. – Pappeinband mit Pergament überzogen, auf dem Rücken beschriftet.
H. 34 cm, B. 20 cm
Hessische Landesbibliothek Wiesbaden, Sign. 4° Fr 9874

Der vollständige Titel des 1737 bei Weidmann in Frankfurt a. M. in lateinischer Sprache gedruckten Buches lautet: »Thuringia sacra sive historia monasteriorum, quae olim in Thuringia floruerunt in qua eorum fundatio, historia abbatum, fata, antiquitates, mutatio et interitus et res notabiles hactenus ignotae ex codd. manuscriptis, membranis autenticis, diplomatibus, monumentis, lapidibus et sigillis et nummis historico et chronologico ordine, ex hibentur accedunt Samuelis Reyheri monumenta landgraviorum Thuringiae et marchionum Misniae, aucta et emendata, innumerisque figuris aeneis et sigillis adornata.« Er beschreibt somit den Inhalt der Publikation, die im ersten Teil die Geschichte der Klöster in Thüringen vorstellt. Hierzu werden die Urkunden, Diplome und Statuten der Abteien im Originaltext abgedruckt und mit zahlreichen Kupferstichen von Siegeln, Notariatszeichen und später eingebundenen Klosteransichten illustriert. Im zweiten Teil des Buches[1] folgen die Monumente der Landgrafen von Thüringen, die Samuel Reyher zusammengestellt hat und die im Anhang mit ganzseitigen Kupferstichen abgebildet werden. Auf Tafel 64 ist der Kupferstich mit dem Grabmal Adalberts von Sachsen zu sehen, der Administrator des erzbischöflichen Stuhls in Mainz war.[2] Die Darstellung ist keine detailgetreue Wiedergabe des am dritten nördlichen Langhauspfeiler von Westen im Mainzer Dom befindlichen Grabmals. Der Vergleich zeigt einen barocken Zeichenstil in der Wiedergabe des Denkmals und es ist anzunehmen, dass der unbekannte Künstler die endgültige Zeichnung für den Kupferstich nicht vor dem Original anfertigte. Die Proportionen von Figur und umgebender Architektur, einzelne Gewandfaltenmotive und die Physiognomie der Gesichter treffen nicht den Charakter des Originals. Die hohe Gestaltung des Sockels für die Figur des Adalbert und der geringe Abstand zum Baldachin können vielleicht mit der perspektivischen Verkürzung erklärt werden, die sich dem Betrachter von einem niedrigen Standpunkt bot. Ob die Maßwerkgestaltung des Kupferstichs der Fantasie des Barockkünstlers entsprang oder die tatsächlichen Motive des Grabmals wiedergibt, ist nicht zu entscheiden, da im 19. Jahrhundert am Denkmal viel ergänzt und restauriert wurde. Trotz der genannten Ungenauigkeiten ist der Kupferstich ein wichtiges historisches Zeugnis für die Gestaltung des Adalbert-Grabmals, denn es dokumentiert z. B., dass im 19. Jahrhundert eine Programmänderung vorgenommen wurde, als man die beiden unteren Statuetten des Gewändes, die ursprünglich die hll. Maria Magdalena und Christophorus darstellten, durch die Figuren der hll. Katharina und Barbara ersetzte.

A. A.

1 Thuringia sacra 1737, S. 921–956.

2 Die entsprechende Textstelle s. S. 951. Hier wird die Person des Administrators kurz beschrieben und die Inschrift auf dem Adalbert-Grabmal im Mainzer Dom zitiert.

Literatur
Arens 1958, S. 117.

Uwe Gast

Erzbischof Berthold von Henneberg als Auftraggeber

Mit Berthold II. von Henneberg verbindet sich nicht die Vorstellung eines kunstsinnigen, prunkliebenden Erzbischofs, der sich, wie dies von anderen Männern seines Ranges bekannt ist, seinen Nachruhm durch aufwendige Stiftungen gesichert hat. Berthold von Henneberg ist als »Staatsmann« in die Geschichte eingegangen, dessen historische Bedeutung in der von ihm bekleideten Rolle als Förderer, wenn nicht gar als Motor der »Reichsreform« zu liegen scheint.[1] Die auf dem Reichstag in Worms 1495 erzielten Ergebnisse – Ewiger Landfriede, Einrichtung eines Reichskammergerichts, Einführung einer auf vier Jahre begrenzten Reichssteuer (Gemeiner Pfennig) – gelten als sein Werk. Anderes, Wichtigeres noch, ließ sich allerdings nicht durchsetzen: die Bildung eines Reichsregiments, einer aus den Reichsständen zusammengesetzten Behörde, der ein nicht geringer Teil der königlichen Herrscherbefugnisse hätte zufallen sollen. Zwar wurde ein solches Reichsregiment im Jahr 1500 in Nürnberg doch noch eingesetzt, es scheiterte aber an der Uneinigkeit seiner Mitglieder und wurde bereits 1502 wieder aufgelöst. Mit der Rückforderung des Reichssiegels durch König Maximilian I. war Berthold von Henneberg in seiner Funktion als Reichserzkanzler schließlich entmachtet. Aber nicht Berthold von Hennebergs Bemühungen um die Reichspolitik sind der Gegenstand der folgenden Ausführungen; es soll vielmehr der Frage nachgegangen werden, inwieweit dieser bedeutende Kurfürst und Erzbischof als Auftraggeber von Kunstwerken in Erscheinung tritt. Da es an einer entsprechenden Untersuchung zu diesem Thema aber fehlt, kann hier nicht mehr als eine erste Materialsammlung vorgelegt werden.

Berthold von Henneberg wurde 1441 – das genaue Datum ist unbekannt – als siebter Sohn Graf Georgs I. von Henneberg-Römhild († 1465) und Johannas von Nassau-Weilburg-Saarbrücken († 1481) auf Burg Hartenberg in Thüringen geboren. Nach Studien in Erfurt (1455) und in Italien wurde er 1464 Domherr in Mainz. 1475 wurde er zum Domdekan gewählt, möglicherweise unter dem Einfluss seines Gönners Erzbischof Adolf II. von Nassau († 1475). Mit dessen Nachfolger Diether von Isenburg-Büdingen kam es zu so gravierenden Spannungen, dass Berthold von Henneberg Mainz für einige Jahre verlassen musste; zeitweise hielt er sich in Rom auf, wo er 1480 zum päpstlichen Notar ernannt wurde. Erst im Jahr 1482, nach dem Tod Diethers von Isenburg, kehrte Berthold von Henneberg nach Mainz zurück. 1484 schließlich, nachdem der junge Administrator Adalbert von Sachsen überraschend gestorben war, wurde Berthold von Henneberg zum Erzbischof gewählt. Er bekleidete dieses Amt bis zu seinem Tod am 21. Dezember 1504. »Unter den Fürsten seines Ranges und Alters war er«– so lautet die Inschrift an seinem Grabmal (s. S. 468, Abb. 3) – »an Klugheit, Einsicht und Ansehen der Erste, ein Wächter der Religion und des Friedens«.[2]

Das älteste für Berthold II. von Henneberg als Auftraggeber gesicherte Werk ist ein Exemplar des 1472 von Peter Schöffer gedruckten »Decretum Gratiani« (Kat.-Nr. LM 55), einer Sammlung kirchenrechtlicher Texte, die um 1140 in Bologna angelegt wurde. Auf dem prachtvollen Titelblatt (fol. 2^r) dieses mit insgesamt 37 Miniaturen illuminierten Druckes erscheint unten, von Blattranken umgeben, ein Schildhalter, der in lässiger Pose das Henneberg-Wappen präsentiert. Da es sich nicht um das mit dem Mainzer Rad versehene Wappen des Erzbischofs handelt, kann als sicher gelten, dass Berthold von Henneberg dieses Exemplar des »Decretum Gratiani« vor 1484, vor Antritt seines Pontifikats, erworben bzw. seine Ausstattung in Auftrag gegeben hat. Ein möglicher Zeitpunkt könnte laut Elgin Vaassen seine Berufung zum Dekan des Mainzer Domkapitels im Jahr 1475 gewesen sein.[3] Es spricht allerdings auch nichts dagegen, dass Berthold von Henneberg bereits zu einem früheren Zeitpunkt diese Gratian-Ausgabe für sich bestellt hat, da er als Jurist – u. a. in kaiserlichen Diensten –[4] größtes Interesse am Besitz derartiger Rechtsbücher gehabt haben dürfte. Ob Berthold von Henneberg den Druck in eigener Regie mit Buchmalerei ausstatten ließ oder ob Peter Schöffer in seinem Auftrag für die Ausstattung sorgte, ist eine nicht zu beantwortende Frage. Die beiden Buchmaler, die den Miniaturenschmuck anfertigten, haben verschiedentlich mit Schöffer zusammengearbeitet, sodass in diesem Fall die Wünsche des Bestellers von den Vorstellungen des Verlegers nicht zu trennen sind.

Nachdem Berthold von Henneberg im Mai 1484 zum Erzbischof von Mainz gewählt worden war, sah er es – neben seiner grundsätzlichen Sorge um das geistliche Wohl aller, d.h. des Klerus wie des Volkes –[5] als grundlegende Aufgabe an, das durch die Stiftsfehde der Jahre 1461 bis 1463 angeschlagene Erzstift politisch und wirtschaftlich zu konsolidieren. Dies spiegelt sich in den zahlreichen Baumaßnahmen wider, die in den Jahren seines Pontifikats von 1484 bis 1504 an Kirchen und Klöstern in Mainz und in der Umgebung durchgeführt worden sind (vgl. S. 476). Seien es die Arbeiten am Dom, sei es der bereits von Adalbert von Sachsen geförderte Chorbau von St. Alban oder seien es die Arbeiten an den Pfarrkirchen in Eltville und Nieder-Olm,[6] es sind Baumaßnahmen, die, soweit wir das noch beurteilen können, nicht nur dem Repräsentationsbedürfnis ihres Bauherrn gedient haben, sondern auch, und dies vielleicht zuerst, praktischen Notwendigkeiten gefolgt sind.

Auch die Vollendung der 1482 von Erzbischof Diether von Isenburg-Büdingen begonnenen und von dem Administrator Adalbert von Sachsen fortgeführten kurmainzischen Amtskellerei in Amorbach, die Berthold von Henneberg betrieb, ist sicherlich *nicht nur* seinem Wunsch nach repräsentativen Bauten zuzuschreiben. Gleichwohl kommt hier der Aspekt fürstlicher Repräsentation stärker zum Tragen, da neben dem Bau selbst, der heute als Heimatmuseum dient, Reste seiner Verglasung erhalten sind (Kat.-Nr. LM 56, 57), die eindeutig eine derartige Intention erkennen lassen. Es handelt sich hierbei um drei Kabinettscheiben, von denen eine den Patron des Erzstifts, den hl. Martin, zeigt, wie er seinen Mantel teilt, während die beiden anderen Scheiben jeweils ein Wappen darstellen: zum einen das Wappen des Erzbischofs Berthold von Henneberg und zum anderen das Wappen der Grafen von Nassau-Saarbrücken, aus deren Geschlecht die Mutter Bertholds stammte. Diese Rundscheiben, die neben weiteren, heute verlorenen Scheiben in die Fenster der Hofstube, der Herrenkammer und der Großen Stube eingelassen waren, wurden von dem Glasmaler Erhart von Mainz im Dezember 1486 eingebaut. Zum größten Teil hat es sich um Wappenscheiben gehandelt,[7] die im Einzelnen aber nicht bekannt sind, sodass über die Ausrichtung des Programms nichts gesagt werden kann.

Mit der Anbringung von Wappenscheiben scheint Berthold von Henneberg seinen Anteil an verschiedenen Stiftungen dokumentiert zu haben. So befand sich nicht nur im Mainzer Dom in der von ihm 1489 erbauten Kleinen Kapitelstube ein Fenster mit seinem Wappen,[8] sondern auch auf Schloss Miltenberg ist eine Wappenscheibe erhalten,[9] und eine weitere Rundscheibe, deren ursprünglicher Standort nicht bekannt ist, befindet sich im Hessischen Landesmuseum Darmstadt.[10]

Als Stifter von Stein- oder Holzskulpturen und als Stifter von Tafelbildern ist Erzbischof Berthold von Henneberg nicht bekannt. Zweifellos hat es aber solche Werke gegeben, und vielleicht stellt so ein Werk das Martinsrelief über dem Eingang zur Alten Sakristei des Mainzer Domes dar, die unter Berthold von Henneberg erweitert wurde (vgl. S. 476, 625). Auch das Denkmal seines 1483 verstorbenen Bruders Bischof Philipp im Dom zu Bamberg gilt als seine Stiftung; es wird jenem Bildhauer zugeschrieben, der das Denkmal Erzbischof Diethers von Isenburg-Büdingen im Mainzer Dom (s. S. 466, Abb. 1) geschaffen hat.[11] Hat Berthold von Henneberg schließlich das so genannte Mainzer Marienleben gestiftet? Ein entsprechender Vorschlag ist 1976 von Jane C. Hutchison unterbreitet worden.[12] So verlockend es auch ist, für diesen bedeutenden Tafelbildzyklus einen nicht minder bedeutenden Stifter vom Rang Bertholds von Henneberg in Anspruch nehmen zu wollen, es gibt keinerlei Hinweis, dass die neun Tafelbilder, die möglicherweise vom Hochaltarretabel der ehem. Liebfrauenkirche in Mainz stammen (Kat.-Nr. LM 64), in seinem Auftrag entstanden und zu seinem Gedächtnis fertiggestellt worden sind.

Auch die 1486 in Mainz erschienene Reisebeschreibung »Peregrinationes in Terram Sanctam« von Bernhard von Breydenbach ist *kein* Auftragswerk des Mainzer Erzbischofs Berthold von Henneberg (Kat.-Nr. LM 58). Aber das Buch ist ihm gewidmet, und hinter dieser Widmung, die sich nicht zuletzt mit Berthold von Hennebergs Zensuredikt von 1485 auseinander setzt und es gleichsam kommentiert,[13] steht mehr als bloße Ehrerbietung, die der Domdekan Bernhard von Breydenbach seinem Erzbischof bezeugt. Dessen Interesse an der Herausgabe des Druckes dürfte nicht gering gewesen sein.

1 Siehe z. B. Bader 1954, S. 21–28. Einschränkend jedoch Moraw 1995, S. 34. Vgl. auch Roll 1998.

2 Der lateinische Text der Inschrift lautet: *VIR INTER SVI ORDINIS ET AETATIS PRINCIPES PRVDENTIA CONSILIO AVTHORITATE PRIMARIVS : RELIGIONIS PACISQVE SERVANTISS(IMVS)*; vgl. Arens 1958, S. 144 unter Nr. 278 (mit deutscher Übersetzung).

3 Vaassen 1973, Sp. 1214.

4 Hollmann 1990, S. 106.

5 In Zusammenhang damit steht auch das berühmte Zensuredikt von 1485.

6 In Nieder-Olm wurde unter Berthold von Henneberg der Chorbogen der Kirche St. Georg errichtet. Im Scheitel des Bogens sind zwei Engel gemalt, die das Wappen des Erzbischofs präsentieren. Als die Wandmalerei 1951 freigelegt wurde, war das Wappen zwar nur noch umrisshaft erhalten, wie Glatz 1981, S. 295, schreibt, doch scheint das vom Restaurator ergänzte Wappen des Erzbischofs nicht falsch zu sein, da bereits Nikolaus Serarius 1604 berichtet, Berthold von Henneberg habe den Bogen errichtet *(arcem Niederulmensem exstruxit)*; s. Serarius 1604, S. 880.

7 Hess 1994, S. 59.

8 Kautzsch/Neeb 1919, Textbd., S. 414; Beeh-Lustenberger 1967/1973, Textbd., S. 188.

9 Hess 1994, S. 151.

10 Beeh-Lustenberger 1967/1973, Textbd., S. 188, Nr. 242, Tafelbd., Abb. 157.

11 Pinder 1914/1929, Bd. 2, S. 392. Vgl. auch Arens 1958, S. 111 unter Nr. 195.

12 Hutchison 1976, S. 111 f.

13 Giesecke 1991, S. 351.

Literaturauswahl

ADB, Bd. 2, S. 524–528 (K. A. Klüpfel). – Bader 1954. – NDB, Bd. 2, S. 156 f. (Ernst Bock). – Schröcker 1970. – Mathy 1979. – LMA, Bd. 1, Sp. 2029–2031 (Alois Gerlich). – Hollmann 1990, S. 380 f. – LThK, Bd. 4, Sp. 1423 f. (Friedhelm Jürgensmeier). – Roll 1998.

LM 55

Gratianus
Decretum cum apparatu
Mainz: Peter Schöffer 1472

Pergament, 413 bedruckte Bll. und ein Vorsatzblatt
Buchblock: H. 48 cm, B. 33 cm; Einband: H. 51 cm, B. 34 cm
Bayerische Staatsbibliothek München, 2 L. impr. membr. 1a
H 7885, GW 11353

Provenienz: Dombibliothek Mainz

Dieses Exemplar von Schöffers »Decretum Gratiani« macht deutlich, dass das gedruckte Buch in seinen ersten Jahrzehnten keineswegs als fertiges Produkt betrachtet wurde, sobald es aus der Presse kam. Der Textdruck war nur der erste von mehreren Schritten auf dem Weg zum vollendeten Buch. Als manuelle Arbeitsgänge folgten meist die Rubrizierung, das Anbringen von Initialen und Auszeichnungsbuchstaben, gegebenenfalls auch von Rankendekoration und gemaltem Buchschmuck, schließlich das Binden. Gerade Peter Schöffer hatte eine komplexe Organisation dieser Fertigungsschritte entwickelt.

Das um 1140 in Bologna entstandene »Decretum Gratiani« gehört zu den wichtigsten kirchenrechtlichen Textsammlungen des Mittelalters. Für Texteinrichtung und Bilderschmuck lagen im 15. Jahrhundert, als Schöffer seine Gratian-Ausgabe druckte, einschlägige Standards der handschriftlichen Tradition vor. Wenn Illustrationen angebracht wurden, dann auf dem Titelblatt und zu den 36 »Causae« des Textes, den Fallbeispielen, die sich aufgrund ihres erzählenden Charakters besonders zu einer Bebilderung anboten. Es ist bezeichnend für Schöffers Prinzipien der Buchgestaltung, dass er sich der illustrierten Tradition anschloss, obgleich die Bilder nicht unabdingbarer Bestandteil des Rechtsbuches waren.[1] Er ließ beim Druck Platz nicht nur für Initialen und Auszeichnungsbuchstaben, sondern auch für manuell anzubringende Illuminationen der »Causae« und des Textbeginns frei. In einer Werbeanzeige für seine juristischen Drucke pries er es als Vorzug seiner »Decretum«-Ausgabe an, dass darin reichlich Freiraum für Initialen und Bebilderung der »Causae« enthalten wäre.[2]

Tatsächlich weisen die meisten der erhaltenen Exemplare des »Decretum Gratiani« gemalten Bilderschmuck auf. Teilweise wurden sie als roher Textdruck verkauft und erst von den Abnehmern, seien es Zwischenhändler oder endgültige Besitzer, nach deren jeweiligem Geschmack ausgestattet. Teilweise wurden sie aber schon im Auftrag Schöffers fertiggestellt; dazu beschäftigte er Rubrikatoren, Buchmaler und Buchbinder.[3]

Das prächtigste Exemplar seines »Decretum Gratiani« ist der für Berthold von Henneberg illuminierte Band. Der eingangs beschriebenen Tradition folgend enthält er auf 37 Seiten figürlichen Schmuck: auf dem Titelblatt (fol. 2^{r}), das auch das Wappen des Bestellers trägt (Abb.), und ab fol. 102^{r} auf weiteren 36 Seiten des Textes, meist in der linken Spalte zu Beginn der »Causae«. Die Qualität der Miniaturen, die von Elgin Vaassen der in Mainz oder Heidelberg ansässigen Werkstatt der Mainzer Riesenbibel zugeschrieben worden sind, ist vorzüglich; zu Recht siedelt Vaassen sie zwischen dem Pontifikale Erzbischof Adolfs II. von Nassau (Kat.-Nr. LM 33), dem Missale Adolfs von Breithardt (Kat.-Nr. LM 37) und dem Gebetbuch der Pfalzgräfin Margarethe von Simmern an.[4]

Offensichtlich waren zwei Illuminatoren mit der Ausstattung beschäftigt.[5] Dabei war jener Maler, der nicht nur das an den Seitenrändern von Blattranken eingefasste Titelblatt ausschmückte – es zeigt in einer H-Initiale eine Darstellung des thronenden Christus, der Papst und Kaiser Schlüssel und Schwert als Zeichen der geistlichen und weltlichen Macht und Gerichtsbarkeit übergibt –, sondern auch den weitaus größeren Teil der übrigen Darstellungen schuf, seinem Werkstattgenossen an Erfindungskraft und Kunstfertigkeit zweifellos überlegen. Gleichwohl überwiegt der Eindruck inhaltlicher wie stilistischer Geschlossenheit, was zum einen an ein verbindliches Konzept für die Ausstattung des Bandes denken lässt und zum anderen die Herkunft beider Maler aus ein und demselben künstlerischen Milieu nahe legt.

Damit sind drei Fragen zugleich angesprochen: die Frage nach der Rolle des Bestellers und des Verlegers und die Frage nach der kunstgeschichtlichen Einordnung des Schmuckes des Münchener »Decretum Gratiani«. Nach Ausweis des Wappens auf fol. 2^r war der Besteller der Mainzer Domherr Berthold von Henneberg. Sein Antrieb, ein persönliches Exemplar zu besitzen, mag seine Ernennung zum Domdekan im Jahr 1475 gewesen sein.[6] Inwieweit er aber selbst Einfluss auf die Ausstattung »seines« Bandes genommen hat, ist ungewiss. Ein Blick auf andere Exemplare des »Decretum Gratiani«, die von denselben Illuminatoren ausgestattet wurden, zeigt zwar, dass die Ausstattung des Rechtsbuches mit Miniaturen variierte,[7] dass ein Besteller offenbar besondere Wünsche realisieren lassen konnte. Das gesamte manuelle Finish wurde aber von den mit Peter Schöffer üblicherweise zusammenarbeitenden Kräften vorgenommen,[8] sodass die Wünsche des Bestellers von den Vorstellungen des Verlegers letztlich kaum zu trennen sind.

Mit dem Verleger Schöffer kommt schließlich die Frage ins Spiel, wo und in welcher Werkstatt Ranken- und Bilderschmuck des Münchener »Decretum Gratiani« sowie der mit ihm verwandten Werke entstanden sind. Deren Zuschreibung an die Werkstatt der Mainzer Riesenbibel ist zumindest problematisch, seitdem aufgrund der Forschungen von Eberhard König und Lotte Hellinga mehr und mehr damit zu rechnen ist, dass es so etwas wie »Verleger-Buchmalerei« gegeben hat,[9] d. h. Buchmalerei, die in offenbar enger Anbindung der Illuminatoren an ein Verlagshaus ausgeführt wurde. Diese Illuminatoren – das trifft auf den so genannten Fust-Meister ebenso zu wie auf jenen Maler, der den Großteil des »Decretum Gratiani« Bertholds von Henneberg ausmalte – könnten durchaus eigenständige, in Mainz tätige Maler gewesen sein, die *nicht* in die Riesenbibel-Werkstatt eingebunden waren. Was den Maler des Münchener Gratian angeht, so spricht dafür nicht zuletzt die Tatsache, dass dessen Illuminationsstil dort keinerlei Voraussetzungen hat. So ist letzten Endes fraglich, inwieweit die von Elgin Vaassen unter dem Namen »Werkstatt der Mainzer Riesenbibel« versammelten Handschriften und illuminierten Frühdrucke überhaupt als geschlossene Werkgruppe anzusehen sind. Andere Möglichkeiten, etwa die Existenz mehrerer Werkstätten, die je nach Auftragslage kooperiert haben könnten, sind von Vaassen nicht in Betracht gezogen worden. Die Ansätze der jüngeren Forschung lassen eben dies nicht ausgeschlossen erscheinen.

P. S./U. G.

1 Hierzu i. Allg. Melnikas 1975 und Mariani Canova 1988.

2 Lehmann-Haupt 1950, Abb. S. 94.

3 Zur Zusammenarbeit Schöffers mit solchen Handwerkern s. König 1993 (I), Hellinga 1994 und Hellinga 1995/96.

4 Vaassen 1973, Sp. 1209–1216, zur Lokalisierung Sp. 1283–1286.

5 Vaassen 1973, bes. Sp. 1386–1390.

6 So Vaassen 1973, Sp. 1214, hier mit der irrtümlichen Jahresangabe 1474. Es ist aber durchaus möglich, dass Berthold von Henneberg den Band bereits zu einem früheren Zeitpunkt erworben hat. – Zur Stellung des Mainzer Domdekans s. Rauch 1976, S. 214–222, und Hollmann 1990, S. 127–139.

7 Ein ebenfalls aus der Mainzer Dombibliothek stammendes Exemplar des »Decretum Gratiani« in der Universitätsbibliothek Würzburg (I. t. f. 48) zeigt auf dem Titelblatt Papst und Kaiser und sechs weitere Personen in Anbetung des Hl. Geistes; Mälzer 1986, Farbtaf. 17.

8 Der originale Einband trägt die Stempel des Buchbinders mit dem Notnamen »M mit Krone I« (bei Kyriss 1951–1958, Bd. 1, S. 128 f., Nr. 160, nicht erwähnt) bzw. »Kyriss 160«, der mit Schöffer über Jahrzehnte hinweg zusammenarbeitete; hierzu zuletzt Hellinga 1994, S. 133–137 mit Appendix (dort das Münchener Exemplar nicht aufgeführt).

9 Vgl. hierzu König 1986 und die in Anm. 3 genannte Literatur.

Literatur

Vaassen 1972/73, S. 177. – Vaassen 1973, bes. Sp. 1212–1214, 1381–1390 (mit weiterer Literatur). – BSB-Ink, Bd. 3, S. 8 (G-254, Nr. 3).

LM 56

Erhart von Mainz
Mantelspende des hl. Martin
Mainz, 1486

Weißes Glas und rotes Überfangglas, mit Schwarzlot, braunem Halbton und Silbergelb bemalt
Dm. 37,5 cm
Fürstlich Leiningensche Sammlungen Amorbach, Inv.-Nr. 708

Zustand: Vorderteil des Pferdes verloren und durch unbemaltes Farbglas ersetzt.

LM 57

Erhart von Mainz
Wappenscheibe Bertholds von Henneberg
Mainz, 1486

Weißes und blaues Glas, rotes Überfangglas mit Ausschliff, mit Schwarzlot und Silbergelb bemalt
Dm. 36,5 cm
Fürstlich Leiningensche Sammlungen Amorbach, Inv.-Nr. 716

Die beiden Rundscheiben sind neben einer dritten mit dem Wappen Nassau-Saarbrücken die einzigen Reste einer Glasgemäldeserie, die der im Dienst des Mainzer Erzbischofs Berthold von Henneberg stehende Glasmaler Erhart im Dezember 1486 in der mainzischen Amtskellerei in Amorbach (heute Heimatmuseum) zusammen mit seinem Diener Wilhelm einsetzte. Sie gehören zu einem Zyklus von ursprünglich über 20 Kabinettscheiben, welche die Fenster der Hofstube, der Großen Stube und der Herrenkammer zierten, von denen die meisten jedoch während der Besetzung Amorbachs durch Götz von Berlichingen 1526 zerstört wurden

Neben der Henneberg-Scheibe kann auch die Scheibe mit dem Wappen der Grafen von Nassau-Saarbrücken mit dem damaligen Mainzer Erzbischof Berthold von Henneberg verbunden werden: Sie bezieht sich auf dessen Mutter und gehörte zu einer Serie von Ahnenwappen. Auch die übrigen Scheiben gehörten offenbar zur Stiftung Bertholds, der großes persönliches Interesse an dem Auftrag bekundete, da er im August 1486 in Amorbach das Eintreffen des Glasmalers Erhart zum Ausmessen der Fenster abwartete. Die Amtskellerei in Amorbach diente dem Mainzer Erzbischof und Landesherrn als repräsentative Unterkunft bei seinen Reisen im kurmainzischen Oberstift. Den Grundstein hatte 1482 der Mainzer Erzbischof Diether von Isenburg gelegt, der noch im selben Jahr verstarb. Der Administrator Adalbert von Sachsen führte den Bau bis zu seinem Tod fort; sein Wappen ziert die Tür des Treppenturms und die Südwand des Saales. Erst Berthold von Henneberg konnte den Bau 1486 vollenden, mit dessen Ausstattung er sich ein würdiges Gedächtnis schuf.

Von den Amorbacher Scheiben ausgehend, kann dem Glasmaler Erhart eine Reihe weiterer Kabinettscheiben zugeschrieben werden, die dessen Tätigkeit in erzbischöflichen Hofdiensten in Mainz untermauern. Die Identität des Glasmalers mit dem fälschlicherweise immer wieder mit dem »Hausbuchmeister« identifizierten Maler Erhard Reuwich, der im Auftrag des Mainzer Domdekans Bernhard von Breydenbach u.a. 1486 die Holzschnitte zu den »Peregrinationes in Terram Sanctam« anfertigte, kann im Hinblick auf die grundverschiedenen Künstlerpersönlichkeiten nicht aufrechterhalten werden. Neben Konrad von Schotten, der von 1478 bis 1481 die Chorverglasung der Friedberger Liebfrauenkirche vollendete und ab 1482 in Mainz das Amt des Domglasers bekleidete, ist Erhart der bislang einzige Glasmaler, der im 15. Jahrhundert in der Bischofsstadt namentlich fassbar ist.

D. H.

Literatur

Simon 1925. – Hotz 1953, S. 113, 118. – Hotz 1957, S. 514. – Husband 1985, S. 151 f. – Katalog »Vom Leben im späten Mittelalter« 1985, S. 275, Nr. 136. – Hess 1994, S. 58–64. – Hess 1999, S. 61.

LM 58 (s. a. GM 216)

Bernhard von Breydenbach
Peregrinatio in Terram Sanctam
Mainz: [Peter Schöffer für] Erhard Reuwich 1486

Papier – Neuer weißer Pergamentumschlag auf Pappe (17./18. Jahrhundert?)
H. 29,5 cm, B. 21 cm (Buchblock beschnitten)
Hessische Landes- und Hochschulbibliothek Darmstadt, Inc. IV. 97
HC 3956; GW 5075; Schramm 1920–1943, Bd. 15, Nr. 1–24

Als der Mainzer Domherr und erzbischöfliche Kämmerer Bernhard von Breydenbach 1483/84 eine Pilgerreise ins Heilige Land unternahm, hatte er wohl schon von Anbeginn die Publikation eines Buches darüber geplant. Diese Reisebeschreibung ist weder ein Pilgerführer noch ein persönlicher Erfahrungsbericht im neuzeitlichen Sinn, sondern aus verschiedenen literarischen Vorlagen und eigenen Beschreibungen Breydenbachs kompiliert, der dabei vermutlich von dem Pforzheimer Theologen Martin Rad (Roth) unterstützt wurde.[1] In der Vorrede begründet Breydenbach die Veröffentlichung damit, dass so die Fahrt – die in erster Linie seinem eigenen Seelenheil dienen sollte – auch für andere nutzbar gemacht und das festgehaltene Wissen über die heiligen Stätten und fernen Länder weitervermittelt werden soll. Zu diesem Zweck nahm er auch einen Maler mit auf die Reise, Erhard Reuwich aus Utrecht, der gemäß dem programmatischen Prolog des Buches die Städte, Landschaften und heiligen Orte getreu festhalten sollte. Reuwich ist im Kolophon auch als Drucker genannt, was aber wohl nur eine rechtliche Formel ist, eine Verlegertätigkeit oder seine Verantwortung für das Projekt bezeichnet. Tatsächlich wurde das Werk mit den Typen und wohl auch in der Offizin Peter Schöffers gedruckt. Der lateinischen Fassung folgte noch im selben Jahr eine deutsche und 1488 eine niederländische. Dann wurden die Holzstöcke der Illustrationen offenbar verkauft, denn in den folgenden Jahren erschienen Nachdrucke mit den Original-Holzschnitten in Lyon, Speyer und Zaragoza; daneben wurden in Augsburg, Lyon, Speyer und Paris Nachdrucke mit Kopien der Illustrationen produziert, was den großen Erfolg dieses neuartig konzipierten Buches belegt.

Der Text wird durch 28 Holzschnitte (im vorliegenden Darmstädter Exemplar sind nur 19 erhalten) veranschaulicht, wobei leer gebliebene Räume im Buch auf eine ursprünglich geplante größere Anzahl deuten. Teilweise geht das Illustrationskonzept auf die Anregung älterer Drucke zurück, etwa in den Darstellungen fremder Volksstämme und der Alphabete ihrer Schriften, die schon in der 1481 in Basel erschienenen Ausgabe von Jean de Mandevilles »Reisen durch das Gelobte Land« enthalten sind.[2] Doch nicht nur die künstlerische Umsetzung und der Anspruch der Naturbeobachtung gehen weit darüber hinaus; der Ruhm des Mainzer Druckes gründet sich vor allem auf die großformatigen Landschafts- und Städteansichten und das virtuose Eingangsbild. Reuwichs Konzept topografischer Wiedergabe, das weite Panoramen an die Stelle der typisierten Landschaften der älteren Tradition setzte, sprengte dann auch das Buchformat: Die großen Ansichten mussten auf mehrere Blätter gedruckt werden, die zusammengeklebt und als Falttafeln in das Buch eingefügt wurden. Die kleineren Bilder der heiligen Stätten, etwa der Grabeskirche in Jerusalem, zeichnen sich durch genaues Studium der Objekte aus. Die großen Falttafeln aber sind nicht nur präzise beobachtete Veduten. Die Ansicht von Venedig etwa komponiert nach der Natur gezeichnete Abschnitte in ein auf erhöhten Blickwinkel hin konstruiertes Überschaubild mit Fantasiepartien. Ebenso das aus drei Druckbögen zusammengeklebte Bild von Jerusalem: Die Stadtansicht, der in der Gesamtschau wie auch in den einzelnen Hauptgebäuden vor Ort angefertigte Studien zugrunde liegen, ist in eine abstrakte Überblickslandschaft im Stil damaliger gedruckter Landkarten eingebunden.

Zu dieser bahnbrechenden Verarbeitung von Raum und Landschaft kommt die innovative Fähigkeit des Entwerfers wie auch des Formschneiders zur grafischen Umsetzung. Das zeigt besonders das Einleitungsbild des Buches mit den Wappen der Reiseteilnehmer Breydenbach, Solms und Bicken, die in einem in so überbordend detailreich wie raffiniert ornamentierten Architekturrahmen präsentiert werden. Auch die kleineren Holzschnitte, etwa der Volksstämme des Heiligen Landes, zeigen Reuwich und die ausführenden Kräfte auf der Höhe der Möglichkeiten, die Holzschnitt-Technik in den Dienst differenzierter Gewand- und Körperdarstellung zu stellen. Die umfangreiche Rezeption vor allem der Stadtansichten und des Eingangsbildes belegt, dass diese Holzschnitte schon von den Zeitgenossen als wegweisend empfunden wurden. Von Erhard Reuwich aber sind keine weiteren Werke bekannt; alle Versuche, ihn mit anderen anonymen Künstlern wie etwa dem umstrittenen »Hausbuchmeister« zu identifizieren, sind gescheitert.

Dem Darmstädter Exemplar, dessen ursprünglicher Besitzer nicht bekannt ist, fehlen einige Holzschnitte, darunter das Eingangsbild und die großen Falttafeln mit den Ansichten von Venedig und dem Heiligen Land. Dafür aber zeichnet es sich durch sorgfältige Kolorierung aus, die unter den erhaltenen Exemplaren dieses Druckes ungewöhnlich ist.

P. S.

1 Vgl. zur Typisierung der Palästina-Reiseliteratur Zrenner 1981 und Hippler 1987.

2 Basel: Bernhard Richel ca. 1481 (C 3833; Schramm 1920–1943, Bd. 21, Nr. 398–552), teilweise kopiert in der Ausgabe Straßburg: Johann Prüss 1483 (Schramm 1920–1943, Bd. 20, Nr. 1030–1148).

Literatur

Davies 1911. – Lehmann-Haupt 1929. – Uhlhorn 1934. – Oehme 1950. – Fuchs 1960, S. 5, 31–71. – Kunze 1975, Textbd., S. 323–343. – Breydenbach 1977. – Huschenbett 1978. – Zrenner 1981, S. 52–62. – Illustrated Bartsch, Bd. 85, S. 276–302, Nr. 1486/327–350. – Hippler 1987, bes. S. 147–161. – Haussherr 1987/88, S. 59–61. – Katalog »Die Reise nach Jerusalem« 1992 (mit weiteren Literaturangaben).

Wolfgang Riedel

Der Meister mit dem Brustlatz

Der leider nur gering erhaltene Bestand spätgotischer Holzskulptur am Mittelrhein mutet aufgrund seiner weitgehenden Zusammenhanglosigkeit wie ein »Trümmerfeld« an. Doch nicht nur das: Im Gegensatz zu den meisten anderen Regionen Deutschlands ist hier im späten 15. und im frühen 16. Jahrhundert kaum ein Bildhauer namentlich bekannt oder gar im Hinblick auf Leben und Werk fassbar, und umgekehrt ist kein erhaltenes Schnitzwerk mit einem der überlieferten Namen in Verbindung zu bringen. Die Ursachen hierfür sind vielschichtig und ausführlich zuletzt in einer radikal-kritischen Forschungsarbeit zu dem zeitlich unmittelbar auf unseren Werkkreis folgenden Bildhauer Hans Backoffen analysiert worden.[1] Für die nun zu behandelnden kunsthistorischen Zusammenhänge ist dabei von Wichtigkeit, dass Mainz im ausgehenden Mittelalter weitgehend von ortsfremden Bildhauer-Werkstätten, vor allem des Oberrheins (mit Schwerpunkt Worms), versorgt worden und keineswegs ein Kunstzentrum mit einem eigenständigen Charakter gewesen zu sein scheint.

Hinsichtlich der genannten Voraussetzungen ist es überhaupt ein Glücksfall, dass sich für die Zeit von etwa 1480 bis einige Jahre nach 1500 die Tätigkeit eines anonymen Holzbildhauers dokumentieren lässt. Es erscheint sogar nicht völlig abwegig, gerade diesen Meister als einen im lokalen Bereich führenden Bildschnitzer seiner Zeit in Erwägung zu ziehen. Die Basis für diese Hypothese liefert die erstaunlich stattliche Anzahl von ca. 50 erhaltenen Skulpturen, die – bei allen Übereinstimmungen – so auffällige Unterschiede in ihrer Qualität aufweisen, dass sie an einen größeren Werkstattbetrieb mit mehreren Mitarbeitern denken lassen, wenn nicht gar einen solchen voraussetzen. Die Zuschreibung der einzelnen Figuren an jenen, stets mit den gleichen Stilmitteln operierenden Künstler ist aufgrund des Fehlens jeglicher archivalischer Quellen zwar ausschließlich auf der Grundlage stilkritischer Analyse möglich, doch ist der Formenkanon seiner Werke so prägnant, dass die Zusammenstellung des Œuvre selbst für den Nichtfachmann nachvollziehbar wird.

Das somit am Mittelrhein eine unverwechselbare Sonderstellung einnehmende Werk des Bildhauers verdankt seine Einführung in die kunstwissenschaftliche Literatur den Forschungen von Grete Tiemann.[2] Neben der damit verbundenen ersten Würdigung versah Tiemann den Bildhauer mit dem Notnamen »Meister mit dem Brustlatz«. Diese bis heute gebräuchliche Benennung verweist auf die signifikante Eigentümlichkeit des Meisters, nahezu sämtliche weibliche Heiligenstatuen mit einem meist schildförmigen Dekolletee zu verzieren. Der modische Einschnitt scheint über die zu jener Zeit allgemein beliebte Verwendung des Motivs hinaus zu gehen, indem es gewissermaßen zur »Hausmarke« der Schnitzwerkstatt erhoben wird. Weitere Forschungen zum Werkkatalog des Künstlers konnten – veranlasst durch die Entdeckung einer weiteren Muttergottesstatue auf dem Speicher eines Hauses in Hallgarten – vom Verfasser durchgeführt werden.[3] Das Ergebnis dieser Studie war ein ungeahnter Zuwachs an Skulpturen, die zwar teilweise in der Literatur bekannt waren, jedoch in Unkenntnis der stilistischen Zusammenhänge für den Meister mit dem Brustlatz nicht in Anspruch genommen worden sind.

Eine wichtige Frage zur Beurteilung der Stilprägung des Meisters ist die nach seiner »kunstlandschaftlichen« Herkunft. Sie konnte bislang nicht mit befriedigendem Ergebnis geklärt werden, zumal auch die beim Formen- und Motivschatz vieler spätgotischer Bildhauer feststellbare Orientierung an grafischen Vorlageblättern für sein Werk nicht konkret zu fassen ist. Eine Berührung des Meisters mit dem oberrheinischen Kunstkreis ist angedeutet worden,[4] doch lassen Stimmungslage und Einzelmerkmale seiner Figuren durchaus auch – oder sogar eher – an schwäbische, im engeren Sinne ulmische Einflüsse denken. Der Johannesaltar in der Pfarrkirche St. Valentin zu Kiedrich,[5] eines der Hauptwerke des Bildschnitzers und zugleich das einzige erhaltene Retabel seiner Hand, lässt sich mit dem Skulpturenbestand des berühmten, 1493/94 vollendeten Blaubeurener Hochaltares von Michel und Gregor Erhart vergleichen.[6] Eine Gegenüberstellung z. B. der beiden Johannes im Kiedricher Retabel mit den namensgleichen Heiligen im Schrein zu Blaubeuren könnte durchaus eine Quelle erschließen, aus denen der Meister mit dem Brustlatz geschöpft hat. Auch der umfangreiche Werkkreis des Ulmer Holzbildhauers Niklaus Weckmann wäre für die weitere Suche nach der Herkunft unseres Meisters unbedingt heranzuziehen.[7] Demgegenüber gab es offenbar keine nähere Beziehung der Werkstatt zum räumlich benachbarten fränkischen Kunstkreis um Tilman Riemenschneider. Obwohl einige Schnitzarbeiten beider Meister, allen voran Darstellungen der Muttergottes, in ihrer Empfindsamkeit und der herben Zartheit der Modellierung sich ähneln, so wird doch unübersehbar deutlich, wie sehr sich das plastische und das dekorative Gefühl der Künstler voneinander unterscheiden, ja abheben. Ein Vergleich des schreibenden Evangelisten Markus in Erbach (Kat.-Nr. LM 63) mit dem motivisch adäquaten Evangelisten Johannes aus der Predella des nur wenige Jahre älteren Münnerstädter Hochaltares belegt dies exemplarisch.[8]

Aber auch zu dem Hauptwerk spätgotischer Schnitzkunst am Mittelrhein, dem 1483 datierten Hochaltarretabel in der Pfarrkirche St. Martin zu Lorch, kann außer zeitgebundenen Stilübereinstimmungen keine nähere Verwandtschaft mit unserem Werkkreis festgestellt werden. Die Skulpturen dieses gewaltigen Retabels, die neuerdings dem Bildhauer Hans Bilger bzw. Hans von Worms zugewiesen werden,[9] verraten eindeutig eine Stilprägung, die vom Oberrhein abhängig zu sein scheint. Gerade diese Anbindung lässt die Beantwortung der Frage nach der künstlerischen Herkunft des Brustlatzmeisters erneut ins Wanken geraten und stellt unter Beweis, dass beispielsweise die voluminöse Muttergottesstatue im Lorcher Altar auf einem völlig andersartigen Fundament gründet als die Muttergottes von der Hand des Brustlatzmeisters in der Pfarrkirche zu Eltville.[10] Selbst die erstaunliche Übereinstimmung beider Bildwerke im Detail der plastischen Mantelbordüre (Apostel in rahmender Architektur, Akanthusranke) kann darüber nicht hinwegtäuschen.

Es muss resümiert werden, dass der Meister mit dem Brustlatz stilistisch offensichtlich kaum in Beziehung zu den Resten der Mainzer Holzskulptur, aber auch zu den Steinbildwerken seiner Zeit, zu setzen ist. Trotz dieser künstlerischen »Isolation« ist es dennoch berechtigt, den Sitz des Künstlers – dem eng begrenzten Verbreitungsgebiet seiner Arbeiten *um* Mainz nach zu urteilen – *nach* Mainz zu lokalisieren. Folglich zählt seine Werkstatt zu den produktivsten Kunststätten, die für die Stadt im Spätmittelalter noch eruierbar sind. Das in sich so homogene Werk des Meisters mit dem Brustlatz ist daher in seiner Bedeutung für das künstlerische Leben im Raum der geistlichen und politischen Metropole am Mittelrhein um 1500 nicht zu unterschätzen und sollte wesentlich stärker als bisher beachtet werden.

1 Goeltzer 1989/90, S. 10–25.
2 Tiemann 1930, S. 71–80.
3 Riedel 1976/77; Riedel 1993.
4 Riedel 1976/77, S. 148.
5 Riedel 1993, S. 67–77.
6 Katalog »Meisterwerke massenhaft« 1993, S. 38, Abb. 34.
7 Zu Nikolaus Weckmann s. Katalog »Meisterwerke massenhaft« 1993.
8 Bloch 1980, S. 52, Nr. 20.
9 Hubach 1993.
10 Tiemann 1930, S. 72 f. mit Taf. 36.

LM 59

Meister mit dem Brustlatz
Muttergottes aus Weisenau
Mainz (?), um 1480

Holz – Krone verloren, geringe Spuren alter Fassung (Rückseite)
H. 120 cm
Städtische Museen Aschaffenburg, Stiftsmuseum, Inv.-Nr. 6/73

Provenienz: Laut schriftlicher Überlieferung stammt die Skulptur aus dem ehem. Reuerinnenkloster in Mainz-Weisenau.[1]

Das zum Frühwerk des Meisters mit dem Brustlatz gehörende Standbild der Jungfrau Maria mit dem Jesuskind ist geradezu prototypisch für das Stilgefühl und den Formenkanon der weiteren Muttergottesstatuen seiner Hand und aus seiner Werkstatt.

Die großzügig entworfene, in S-Kurvatur schwingende Figur steht auf einer Mondsichel, gefüllt mit einem männlichen Gesicht, auf dem der rechte beschuhte Fuß des Spielbeins der Mutter ruht.[2] Maria ist in ein eng anliegendes, gegürtetes Kleid gehüllt, das mit dem »Brustlatz« und einer abschließenden Halsborte verziert ist. Der lose über die Schultern gelegte Mantel wird an beiden Seiten hoch vor den Unterkörper Mariens geführt und an ihrer linken Hüfte hinter dem Kind »verankert«.

Die Verblockung des Unterkörpers der Skulptur ist maßgeblich verursacht durch diese werkstatteigene Drapierungsart des Mantels mit seinen signifikanten Stoff- und Faltenformationen. Durch das schwere Gewicht des Tuches entstehen zwei – hauptsächlich im Frühwerk des Meisters standardisierte – Komplexe von Sackungen. Auf der Seite des Kindes ist im Mantelverlauf ein noch stark an Schüsselfalten angelehntes Auflösungssystem zu beobachten. Diese kraftvoll zu plastischer Tiefenwirkung geführte Stoffmodellation steht in einem auffälligen Kontrast zu den reliefartigen Keil- und Spornbildungen der rechten Mantelhälfte. Der feine Sinn des Schnitzers für dekorative Detailgestaltung lässt sich an der häufiger angewandten kreuzschnittförmigen Punzierung der Mantelborte bewundern, die in eleganten Kaskaden ausläuft.

Der bewegte, dem Betrachter geradezu entgegenstrebende Christusknabe mit der Kugel als Herrschaftszeichen in der Hand hat noch nicht jene lebendige Frische der Körpergestaltung, welche die später geschaffenen Christkinder des Meisters so auszeichnet. Das von den pretiösen Händen seiner Mutter behütend umfangene Kind ist unförmig aufgetrieben. Zwischen dem halslosen Kopf und dem Rumpf ist eine umlaufende Nahtlinie zu bemerken. Sie erhärtet den Verdacht, dass der für den Werkkreis befremdende Kopf des Jesuskindes entweder zu einem unbekannten Zeitpunkt überschnitzt worden ist oder eine komplette Neuanfertigung ist.

Die gefühlsbetonte Anmut der Gesamtdarstellung konzentriert sich in der physiognomischen Typisierung des Mariengesichtes. Der ovale Gesichtsschnitt mit den schlitzförmigen und dadurch blinzelnden Augen sowie die eng geschlossene, oval geschwungene Mundbildung mit der aufgewölbten Unterlippe geben dem sanften Antlitz sein charakteristisches Gepräge.

Der hohe entwicklungsgeschichtliche Stellenwert der Weisenauer Muttergottes im Werk des Meisters mit dem Brustlatz und seiner Werkstatt findet eine Ergänzung in einer weitgehend identischen Figur aus Flörsheim im Museum Wiesbaden.[3] Beide Skulpturen können als Vorstufe für die vollendetsten Muttergottesdarstellungen des Meisters in den Pfarrkirchen zu Rauenthal und Eltville sowie im Diözesanmuseum Limburg angesehen werden.

W. R.

1 Schneider 1974, S. 28.

2 Die ikonografische Deutung des im Spätmittelalter auftauchenden Mondsichelmotivs bei Darstellungen der Gottesmutter reicht von der Interpretation Mariens als *der* Frauengestalt mit »dem Mond zu ihren Füßen« (Apk 12,1) bis hin zum Symbol der unerlösten Menschheit: dem Gesicht Adams.

3 Museum Wiesbaden, Inv.-Nr. 38/68. Riedel 1976/77, S. 140f. mit Taf. 43a.

Literatur

Tiemann 1930, S. 71f. – Schneider 1974, S. 28.

LM 60

Meister mit dem Brustlatz
Muttergottes
Mainz (?), um 1500

Holz, mit freigelegter, stark restaurierter Originalfassung
H. 132 cm
Nieder-Olm

Die gegenüber ihren zeitlichen Vorgängerinnen spiegelbildlich kontrapostierte Muttergottes löst angesichts der nicht sehr variationsreichen Schöpfungen des Werkstattbetriebes Erstaunen aus und könnte, da sie in wesentlichen Einzelheiten vom traditionellen Werk des Meisters abweicht, durchaus als ein Auftakt veränderter Formgebung seiner Marienskulpturen angesehen werden.
Am auffälligsten an der Skulptur ist die unorganische Proportionierung, das Missverhältnis zwischen lang gezogenem Unterkörper und stark verkürztem Oberkörper. Dieses gotische Schönheitsideal bleibt bestehen, unberührt von zeitgleichen Tendenzen zur klaren Gliederung der menschlichen Gestalt. Doch sollte der gerade an dieser Plastik zu beobachtende Versuch des Bildschnitzers, sich naturalistischen Studien zu öffnen, nicht übersehen werden. Er wird insofern ersichtlich, als der – auch vom Faltenstil her gewissermaßen neu interpretierte – Mantel Mariens energisch zur Seite geschlagen wird, um den organischen Verlauf des jetzt nur noch vom Kleid bedeckten Spielbeins aufzuzeigen. Dieser Verdrängungsprozess der vormals die anatomische Gestalt verunklärenden Mantelfülle ist ein höchst beachtenswertes Novum.
Der mit einer Kreuzblumenkrone gezierte Kopf Mariens weist wieder den vertrauten Typ auf, doch hat der Gesichtsausdruck durch den klein geformten Mund mit seinen eingefallenen Winkeln einen zart-herben Zug. Als weitere Abwandlung gegenüber den herkömmlichen Muttergottesdarstellungen des Meisters sitzt das Christuskind mit der eucharistischen Traube hier auf dem rechten Arm der Mutter. Dies führt in der Frontalansicht zu einer besonders innigen Mutter-Kind-Beziehung. Auch das Standmotiv der Figur hat an Sicherheit gewonnen, wobei hier erstmals die Mondsichel zu Füßen Mariens keine Anwendung mehr findet.
Der geschlossene Umriss der Muttergottes in Nieder-Olm ist neben den genannten Merkmalen bezeichnend für den Weg des Meisters zu jener Voluminösität und beruhigter Statuarik, die er in der zweiten Hälfte seiner Schaffensperiode anstrebt. Eine im Schatten der berühmten Muttergottes in der Pfarrkirche zu Eltville stehende, mittlerweile in der kurfürstlichen Burg Eltville präsentierte Marienfigur ist die Hauptvertreterin der angesprochenen Stilphase.[1]
W. R.

1 Riedel 1976/77, S. 143f.

Literatur
Tiemann 1930, S. 74.

LM 61

Meister mit dem Brustlatz
Schutzmantel-Muttergottes
Mainz (?), um 1500

Holz, mit freigelegter, stark restaurierter Originalfassung
H. 95 cm
Mainz-Finthen

Provenienz: Das Schutzmantelbild stammt aus der ehem. Stiftskirche St. Johannis in Mainz.[1]

Das repräsentativ angelegte Bildwerk besticht über seine herausragende Stellung im Werk des Meisters mit dem Brustlatz hinaus durch seinen ikonografischen Typ, der nur im Spätmittelalter weite Verbreitung fand. Aber sowohl im Hinblick auf das erhaltene Œuvre des Meisters und seiner Werkstatt als auch die gesamte spätgotische Bildhauerkunst des mittelrheinischen Raumes ist das Thema der Schutzmantel-Muttergottes in der Finthener Figur allein überliefert.

Die unter dem Mantel der majestätisch aufragenden Gottesmutter kniende Beterschar verkörpert ein zentrales Anliegen der Marienverehrung: die vertrauensvolle Bitte um Fürsprache bei Gott zur Erlangung seines Schutzes vor Gefahren für das körperliche und seelische Heil des Menschen. Die daraus resultierende demütige (Erwartungs-) Haltung wird beim Schutzmantelbild durch die drastisch reduzierten Körperdimensionen der Flehenden gegenüber der Advokatin Maria dokumentiert. Möglicherweise spielte bei der Entstehung dieser Bildgattung der mittelalterliche Rechtsbrauch der Mantelflucht bzw. des Mantelschutzes eine Rolle, der in dieser sinnfälligen Form des »Asylrechts« auf religiöse Bedürfnisse übertragen wurde.[2]

Im Finthener Schutzmantelbild verdichtet sich sowohl geistig als auch szenisch das bis heute in einem Gebet griechischen Ursprungs sowie einem Kirchenlied lebendig gebliebene Thema,[3] indem der Christusknabe hinzutritt. Um der Präsenz des Kindes willen erscheinen grazile geflügelte Engel, die sich bemühen, den Mantel, den Maria meist selbst führt, mit seinen harmonisch geführten Faltenbahnen um die Versammlung zu legen. So verwundert es auch nicht, dass bei dem Bildwerk die himmlischen Hilfskräfte eine daraus abgeleitete priesterliche Mittlerfunktion zwischen Himmel und Erde einnehmen. Daher erscheinen die Engel in liturgischer Gewandung: in der mit dem Zingulum gegürteten Albe, dem am Hals hervortretenden Humerale (Schultertuch) und am prägnantesten mit der über der Brust gekreuzten Stola.

Die Beschirmten werden eingerahmt von dem gleichmäßig ausschwingenden Mantelsaum Mariens und sind streng nach Geschlecht getrennt. Ihre Gewänder und bestimmte Attribute lassen sie als ausgewählte Vertreter der spätmittelalterlichen Ständegesellschaft erkennen. Auf der Männerseite sind ein Kanoniker mit Birett, ein Bischof mit Mitra und ein bärtiger Ratsherr(?) zu identifizieren. Auf der Frauenseite lassen sich Ehefrauen mit zeitgenössischen Kugelhauben, Witwen mit zusätzlicher Halsbinde sowie eine Jungfrau mit offenem Lockenhaar bestimmen.

Die Statuarik der durch die nur ansatzweise erhaltene Krone als Himmelskönigin gekennzeichnete Muttergottes weist auch gegenüber ihrer nächsten Verwandten in der Pfarrkirche zu Eltville durch die sichere Gelassenheit des Stehens fortschrittliche Züge auf. Diese beachtliche Veränderung bleibt jedoch isoliert und wird nicht im Sinne einer verständnisvollen Darstellung menschlicher Anatomie auf die Gesamtfigur übertragen. Der Künstler löst sich nicht vom traditionellen Missverhältnis zwischen Ober- und Unterkörper, die starke Einknickung an der Hüfte beschert Maria erneut ihre unnatürlich verrenkte Oberkörperpartie. Die Modellierung der Köpfe von Mutter und Kind schließt sich dem vertrauten Schema an. Dagegen äußern sich in den Köpfen der Engel und mehr noch in denen der Bittsteller Anzeichen der Individualisierung, die in der asketischen Physiognomie des Bischofs gipfeln.
W. R.

1 Arens 1961, S. 438.
2 Zur Mantelflucht bzw. zum Mantelschutz s. LThK, Bd. 9, Sp. 525–527 (Friedrich Zoepfl), und LCI, Bd. 4, Sp. 128–133 (Jutta Seibert).
3 Gotteslob 1975, S. 75, Nr. 3, und S. 563, Nr. 595.

Literatur

Tiemann 1930, S. 80. – Mayr 1948, S. 57–62. – Arens 1961, S. 438. – Kost 1994, S. 123–126.

LM 62

Meister mit dem Brustlatz
Hl. Margarete
Mainz (?), um 1500

Holz – Fassung verloren
H. 90 cm
Landesmuseum Mainz, Inv.-Nr. 0/2507

Provenienz: Erworben 1901 (aus Astheim bei Groß-Gerau?).

Trotz einer nicht zu übersehenden Gebundenheit an das Frühwerk des Meisters bekundet die breit gelagerte Ausführung der Figur der hl. Margarete, die zu den am meisten verehrten Heiligen des Spätmittelalters zählte, deutlich eine erste Strömung der Zeit um 1500 hin zur Beruhigung der Tektonik im Aufbau von Körper und Gewand. Dies zeichnet sich ab vor allem in dem zaghaften Versuch des Bildhauers, die Statik zu klären und den Formenapparat auf wenige, aber für ihn aussagekräftige plastische Elemente zu reduzieren.

Auf besonders markante Weise wird in das eng anliegende Kleid der schildförmige Brustlatz geschnitten. Eher dekorativ als wirklichkeitsnah gelungen sind die aufgepflanzten »Hohlröhren«, die folgerichtig der Straffung des Stoffes durch den modischen Gürtel entspringen. Der in Vertikalbahnen zur Standfläche der Figur absinkende Mantel ist nur noch von wenigen Faltenzügen dürftig gegliedert und wird vom erlahmten rechten Arm der Heiligen vor den Unterkörper geschleift und an ihn angepresst. Den Stil- und Stimmungscharakter der hl. Margarete mit den festgeschriebenen Detailformen trägt auch ihre nächste Verwandte, die qualitätvollere Anna-Selbdritt-Gruppe im Museum für Kunst und Gewerbe Hamburg,[1] sowie eine Heilige (Magdalena?) in der kath. Pfarrkirche zu Klein-Zimmern bei Dieburg.[2]

W. R.

1 Inv.-Nr. 1950.53. Vgl. Tiemann 1930, S. 74 mit Taf. 39a.
2 Herchenröder/Behn 1940, S. 185, Abb. 176; Riedel 1976/77, S. 148.

Literatur
Tiemann 1930, S. 74.

LM 63

Meister mit dem Brustlatz
Evangelist Markus
Mainz (?), um 1500

Holz, mit geringfügig freigelegter Originalfassung
H. 70 cm, B. 43 cm, T. 28 cm
Kath. Kirchengemeinde St. Markus, Erbach

Die Komposition des an einem Schreibpult sitzenden Evangelisten Markus ist geprägt von einem äußerst erzählfreudigen Realismus. Die Schnitzarbeit ist von meisterhafter Qualität; sie wird durch die mit großem Aufwand angelegte Polychromierung noch gesteigert.

Die polygonale Sockelzone der Skulptur ist an den Eckpunkten mit strebepfeilerartigen Stützen und einem umlaufenden Rundstab wirkungsvoll gegliedert. Darüber erhebt sich die dem Heiligen als Sitzfläche dienende Bank, die mit einem gepolsterten Kissen bedeckt ist. Auch die Bank ist mit einer (Säulchen-)Stütze versehen, was sich ähnlich bei der Thronbank der Anna-Selbdritt-Gruppen in Limburg und Kiedrich sowie bei der Muttergottes in Presberg findet.[1] Auf der Wange der Bank ist eine reliefierte Halbfigur angebracht, wohl die Figur eines Propheten.

Auf der gegenüberliegenden Seite, dicht an die Sitzbank herangerückt, erhebt sich das Schreibpult des Evangelisten. Das sich an spätgotischen Architekturformen orientierende Möbelstück ist mit erstaunlichem Dekorationsgefühl bis ins Detail durchwirkt. Die Seitenwange des Pultes wird gerahmt von Säulchendiensten, die Propheten mit Spruchbändern in unpräziser Schnitztechnik tragen. Zur Schräge des Pultes hin wird die Fläche durch – teilweise stark beschädigte – kielbogenförmige Baldachine, Krabbenwerk und einen umlaufenden Rundstab verziert. Kristallisationspunkt der Pultwange ist jedoch das Relief des auferstehenden Christus mit Segensgestus und Kreuzesfahne. Die Motivwahl errichtet symbolisch eine Brücke zum Autor des nach ihm benannten zweitältesten Evangeliums. Markus ist somit der authentischste Schriftzeuge für die Auferstehung des Gottessohnes, welche die Propheten gleichnishaft in ihren Weissagungen andeuten. Die Stirnseite des Schreibpultes ist durch die Aushöhlung des Inneren als »Bücherkammer« mit drei eingefügten Regalen gestaltet. Das auf der Schräge für den Schreibvorgang geöffnete Evangelienbuch war – wie geringe Spuren beweisen – ursprünglich mit einer Beschriftung versehen, gewiss mit einem Vers aus dem Markus-Evangelium.

Der Heilige wendet sich von seiner frontalen Sitzhaltung mit einer nicht unkomplizierten Drehung des Oberkörpers und des Kopfes seiner Schreibtätigkeit mit der (verlorenen) Feder zu, die er durch das Auflegen der linken Hand auf den Kodex gegen Störungen absichert. Der Gesichtsausdruck des Evangelisten ist mit konzentrierter Innerlichkeit auf das Abfassen seines Textes eingestimmt. Seine individuell wirkenden Züge sind – wie nur noch bei den beiden Johannesfiguren in Presberg und Kiedrich sowie dem nächstverwandten hl. Valentin der kath. Pfarrkirche Oppenheim –[2] tonig modelliert. Hervorstechende Einzelmerkmale des vorzüglich ausgearbeiteten Gesichtes sind z. B. die räumliche Augenbildung, die plastisch hervorspringenden Backenknochen mit den darunter einfallenden Wangen, die spielende Muskulatur des fleischigen Mundes sowie die scharf gezogene Falte unter dem markant vorgewölbten Kinn. Der Kopf wird umrahmt von subtil sich ringelndem Lockenhaar und von einem Birett bedeckt.

Das Gewand des hl. Markus ist beziehungsreich von der zeitüblichen Humanistentracht abgeleitet. Der Bildhauer lässt anhand des am Handgelenk beider Arme des Heiligen zurückgenommenen Obergewandes ein eng geknöpftes Untergewand hervortreten. Das gegürtete Obergewand ist bereichert durch eine pelzverbrämte Abschlussborte am Hals. Die durch das Gürten des Stoffes entstehenden Falten im Brustbereich, einem bei Figuren der Werkstatt häufig anzutreffenden Dekorationsmotiv, sind hier in Abwandlung der ansonsten zumeist hohlröhrenförmig aufgepflanzten Falten dreistrahlig variiert. Diese Faltenform hat eine Parallele beim hl. Philippus im Museum Wiesbaden,[3] der trotz weit geringerer Qualität doch immerhin eine nicht unwichtige Vergleichsfigur für die Erbacher Skulptur ist. Elegant bewegt sind auch die durch kleinteilige Pässe, Mulden und Stege erzeugten Staufalten der Gewandärmel. Sie lassen sich neben weiteren Einzelheiten der Ausführung aufs Engste mit der Komposition eines Büstenpaares im Diözesanmuseum Limburg in Einklang bringen, das ebenfalls die Handschrift des Meisters trägt.[4]

Das Obergewand gleitet wie ein straffer Vorhang vor dem Unterkörper zu Boden. Verstärkt durch die Polimentvergoldung erscheint dieser untere Bereich wie metallisch gehämmert. Ausdrucksträger dieser Stoffzone sind die vom linken Bein zur Sitzbank weit ausschweifende Hohlkehle und die vom Knie abwärts verlaufenden birnstab-

LM 63 **Meister mit dem Brustlatz. Evangelist Markus, Mainz (?) um 1500**

ähnlichen Faltenstege. Im Gegensatz zu den mehr oder weniger zeitgleichen Sitzfiguren der Werkstatt in Presberg, Hamburg, Limburg und Kiedrich, die mit teilweise übersteigertem Faltenreichtum der Mäntel behaftet sind, gewinnt das betont schlicht gehaltene Gewand des hl. Markus seine Qualität durch den wohl absichtlichen Verzicht auf die übliche Opulenz. Somit wird es zu einem »klassischen« Beispiel dafür, dass der gereifte Meister es versteht, renaissancehaft die seelische Befindlichkeit des Dargestellten nicht nur in seinen Gesichtszügen, sondern auch in der reduziert-beruhigten Bekleidungsausführung transparent zu machen.

Das traditionelle Attribut des Heiligen, der neben ihm auf den Hinterläufen hockende Löwe, erweckt trotz wilder Mähne und brüllender Gebärde eher den Eindruck eines friedlichen Haus- als eines zu fürchtenden Raubtieres. Wie deutliche Spuren am Kopf des Löwen beweisen, trug er einst einen Nimbus, der aus Metall gearbeitet war. Die Zuordnung des Löwen zum Evangelisten beruht auf der Metapher des »Rufers in der Wüste«, wie dies gleich zu Beginn des Markus-Evangeliums von Johannes d.T. gesagt wird. Der originale Markustext schließt im Unterschied zu den drei anderen Evangelisten abrupt mit dem Bericht über die den Frauen am leeren Grab verkündete Botschaft der Auferstehung Christi. Dies könnte ein weiteres überzeugendes Argument für die Deutung der Bildwahl an der Wange des Schreibpultes sein. Der Autor Markus wird somit gleichsam von Anfang und Ende seiner biblischen Berichterstattung symbolträchtig gerahmt.

Die bislang wenig bekannte Skulptur des schreibenden Evangelisten Markus könnte sich ursprünglich als erhöhte Mittelfigur im Hochaltarschrein der kleinen spätgotischen Pfarrkirche zu Erbach befunden haben. Das an ihr seit 1281 bezeugte (Altar-)Patronat des Heiligen[5] ist gewiss auch eine Begründung dafür, dass die Skulptur die umfangreichen Umgestaltungsmaßnahmen an der Kirche gegen Mitte des 18. Jahrhunderts überlebte. Die für das Bildwerk gesicherte Präsenz in Erbach ist allerdings erst seit 1935 mit seiner Entdeckung auf dem Pfarrhausspeicher zu belegen.[6]

W. R.

1 Tiemann 1930, S. 74f. mit Taf. 39b; Riedel 1976/77, S. 146 mit Taf. 43e und S. 142 mit Taf. 43d.
2 Tiemann 1930, S. 77f. mit Taf. 46b.
3 Museum Wiesbaden, Inv.-Nr. 24/15. Vgl. Tiemann 1930, S. 76f. mit Taf. 43a.
4 Diözesanmuseum Limburg. Vgl. Tiemann 1930, S. 75f. mit Taf. 42.
5 Sauer 1885–1887, Bd. 2, S. 58f., Nr. 984.
6 Geßner 1951/52, S. 174, Anm. 1.

Literatur
Geßner 1951/52. – Herchenröder 1965, S. 150.

Uwe Gast

Malerei in Mainz um 1500

Vom Meister des Speyerer Altars zu Martin Caldenbach, gen. Hess

Es dürfte bezeichnend für die Situation der Tafelmalerei in Mainz in den Jahren um 1500 sein, dass zwei der bedeutendsten Kunstaufträge, die zu dieser Zeit zu vergeben waren – ein Zyklus mit Darstellungen aus dem Leben Mariens, der vielleicht für den Hochaltar der Kirche des Liebfrauenstifts bestimmt war, und ein Retabel für die Stiftskirche St. Stephan –, nicht an ortsansässige Maler ergingen, sondern in dem einen Fall an eine Werkstatt, deren Sitz in Speyer vermutet wird, und in dem anderen Fall an den in Frankfurt a. M. tätigen Martin Caldenbach, gen. Hess. Das heißt nicht, dass es in Mainz in der Zeit um 1500 keine (Tafel-)Malerwerkstätten gab – im Gegenteil, es gab nicht wenige. In dem Zeitraum zwischen 1470 und 1510 waren stets mehrere Maler zugleich tätig.[1] Sollte deren Leistungsfähigkeit aber so gering gewesen sein, dass man Aufträge von Rang nicht an sie vergeben wollte? Angesichts der z.T. vorzüglichen Buchmalereien, mit denen Handschriften und Frühdrucke in Mainz(?) geschmückt wurden (s. Beitrag E. König, Buchmalerei, und Kat.-Nr. LM 33, 37–40, 55) und angesichts der nicht weniger vorzüglichen Kabinettscheiben-Produktion, die es dort gegeben zu haben scheint (Kat.-Nr. LM 56, 57),[2] möchte man kaum glauben, dass nicht auch Tafelgemälde von vergleichbarer Qualität in Mainz entstanden sind – jedoch, bekannt ist davon nichts.

Der um 1500/05 entstandene Marienleben-Zyklus (Kat.-Nr. LM 64) – die Verkündigungsszene ist 1505 datiert – wurde im ausgehenden 19. Jahrhundert als Werk des »Hausbuchmeisters« entdeckt. Ausgangspunkt für diese Zuschreibung war die Publikation der in Amsterdam aufbewahrten Kaltnadelradierungen des nach ihnen benannten »Meisters des Amsterdamer Kabinetts« durch Max Lehrs, der – wie Ernst G. Harzen eine Generation zuvor – dem Meister auch die Zeichnungen im so genannten Mittelalterlichen Hausbuch auf Schloss Wolfegg zuschrieb und den Notnamen »Meister des Amsterdamer Kabinetts« durch die Bezeichnung »Meister des Hausbuches« ersetzt wissen wollte.[3] Max J. Friedländer wies 1894 als Erster auf Zusammenhänge zwischen den Kaltnadelradierungen und dem Bilderzyklus in Mainz hin,[4] Zusammenhänge, die schon bald darauf von Eduard Flechsig – in seinem 1897 erschienenen Aufsatz »Der Meister des Hausbuches als Maler« – eingehender zu begründen versucht wurden.[5] Über eine generelle stilistische Verwandtschaft mit den Tafeln hinaus weisen insbesondere drei der Kaltnadelradierungen – Verkündigung an Maria, Heimsuchung und Anbetung der Könige –[6] sowohl kompositionelle als auch motivische Verbindungen zu den entsprechenden Darstellungen des Marienleben-Zyklus auf, und so vermochte sich – trotz mancher kritischer Gegenstimme – seine Zuschreibung an den »Hausbuchmeister« durchzusetzen.[7] Dessen gleichwohl fragliche Tätigkeit als Tafelmaler, gegen die sich jüngst Daniel Hess mit Vehemenz gewandt hat,[8] steht und fällt mit der Einschätzung der Kaltnadelradierungen, die gleichsam als Bindeglied zwischen einer Gruppe von Zeichnungen im »Hausbuch«, den Planetenbildern, und den Tafelgemälden stehen. Am »Hausbuch« selbst aber waren offenbar mehrere Künstler beteiligt,[9] sodass es den *einen* »Hausbuchmeister« vermutlich gar nicht gibt.

Das älteste bekannte Werk jener Werkstatt, aus der das Mainzer Marienleben hervorgegangen ist, ist der um 1480 entstandene so genannte Speyerer Altar, von dem sich Tafeln in Freiburg i. Br. (Kreuzigung, Ecce homo und Christus vor Kaiphas), Frankfurt a. M. (Auferstehung Christi) und Berlin (Fußwaschung und Abendmahl) erhalten haben.[10] Der ursprüngliche Aufstellungsort des Retabels, zu dem sie vereinigt waren und von dessen mutmaßlichem Aufbau sich die Rekonstruktion des Marienlebens ableiten lässt, ist nicht bekannt. Allein die Mitteltafel scheint sich im 19. Jahrhundert in Speyer befunden zu haben, wo sie ihr Vorbesitzer William B. Clarke erworben haben soll. Mit den Tafeln des »Speyerer Altars« weist das Mainzer Marienleben so zahlreiche Gemeinsamkeiten im Hinblick auf Maltechnik, Bildkomposition und Figurenstil auf, dass beider Herkunft aus einer Werkstatt, trotz ihres zeitlichen Abstands von ca. zwei Jahrzehnten, nicht angezweifelt werden kann. Dabei dürften, was die Mainzer Tafeln betrifft, aber nur Geburt Christi, Anbetung der Könige und Christus unter den Schriftgelehrten eigenhändige Werke des Malers des »Speyerer Altars« sein. Nur sie – in Teilen auch die Pfingstdarstellung – weisen laut Jan P. Filedt Kok eine mit dem älteren Werk verwandte Unterzeichnung auf, die überaus lebendig ist und mit dichten, gelegentlich fast deckenden Strichlagen arbeitet, während die Unterzeichnung der übrigen Tafeln merklich spröder und sparsamer ist.[11] Aber nicht nur in der – dem Auge des Betrachters weitgehend verborgenen – Unterzeichnung, sondern auch am sichtbaren Bestand lassen sich Unterschiede ausmachen. Die drei erwähnten Darstellungen sind deutlich feiner und in ihren Details differenzierter ausgeführt als die übrigen sechs Tafeln, wobei jedoch eine eindeutige Händescheidung nicht zu leisten ist.[12]

Wenn man die dem »Hausbuchmeister« zugeschriebenen Tafelbilder, die hier im Einzelnen nicht aufzuzählen sind,[13] als Werkgruppe von den Kaltnadelradierungen trennt, wie dies Daniel Hess getan hat, dann ist es folgerichtig, von einem »Meister des Speyerer Altars« zu sprechen. Doch voll und ganz vermag Hess' Argumentation, mit der er die Nicht-Identität des Meisters des Amsterdamer Kabinetts mit dem Meister des Speyerer Altars begründet, nicht zu überzeugen. Obwohl es signifikante Unterschiede zwischen den Kaltnadelradierungen und den Tafelbildern gibt, so gibt es doch auch Zusammenhänge, die nach wie vor einer Erklärung bedürfen. Hess reduziert den Einfluss der grafischen Arbeiten auf die Tafelbilder des Meisters des Speyerer Altars und seiner Werkstatt auf die Darstellungen der Heimsuchung, der Geburt Christi und der Anbetung der Könige des Mainzer Marienlebens; er verweist demgegenüber auf Unterschiede im »Körperverständnis« und in der Wiedergabe von Raum und Architektur innerhalb beider Werkkomplexe und sieht schließlich in deren zeichnerischer Entwicklung eine nachgerade gegenläufige Bewegung.[14] Nun ist zwar unbestreitbar, dass sich der Weg von einer unsicher tastenden hin zu einer freien, souveränen Strichführung, den der Meister des Amsterdamer Kabinetts von 1470/75 bis 1485/90 durchläuft,[15] in der Unterzeichnung der Tafelbilder nicht widerspiegelt, doch ist auffallend, dass sich gerade zwischen den späten Kaltnadelradierungen und denjenigen Tafelbildern, die ab 1490/95 entstanden sind, verwandte Züge feststellen lassen. Auf drei Kaltnadelradierungen, die im Hinblick auf die Darstellungen der Verkündigung, der Heimsuchung und der Anbetung der Könige des Marienleben-Zyklus vorbildlich gewesen sein könnten, wurde bereits hingewiesen. Darüber hinaus sind – um nur zwei Beispiele anzuführen – die Darstellungen der Hl. Dreifaltigkeit und der Hl. Familie beim Rosenstock zu nennen.[16] Hier hat die Figur der knienden, in einen langen Mantel gehüllten Maria eine enge Verwandte in der Maria der Mainzer Darbringung; dort – bei der Hl. Familie – kehrt die Flusslandschaft in ähnlicher Form gleich auf zwei Tafeln des Marienlebens wieder (Tempelgang Mariens und Ausgießung des Hl. Geistes).[17] So spricht zumindest einiges dafür, dass ab einem gewissen Zeitpunkt die Kaltnadelarbeiten in der Werkstatt des Malers verwendet worden sind. Über dessen fragliche Identität bzw. Nicht-Identität mit dem Meister des Amsterdamer Kabinetts dürfte daher das letzte Wort noch nicht gesprochen sein.

Bleibt diesbezüglich auch ein gewisses Maß an Unsicherheit bestehen, so hat Daniel Hess gute Gründe gefunden, die Werkstatt nach Speyer zu lokalisieren.[18] Es ist die Summe aller von ihm geknüpften Verbindungen, die seinen Überlegungen Gewicht verleiht, wobei zwei Scheiben aus Herrnsheim, die Philipp I. von Dalberg († 1492) und Johann von Dalberg († 1503) darstellen dürften und von der Hand des Meisters des Speyerer Altars stammen,[19] eine entscheidende Rolle zukommt. Sie schlagen nicht nur stilistisch eine Brücke zur Speyerer Glas- und Buchmalerei der 1460/70er Jahre, sondern sind über Johann von Dalberg, der 1478/79 Domherr in Speyer wurde, auch historisch an die Bischofsstadt gebunden.

Das Werk des Meisters des Speyerer Altars wurzelt, was seine künstlerischen Quellen betrifft, im 15. Jahrhundert. Auch die spätesten, nach 1500 entstandenen Werke der Werkstatt erweisen sich in dieser Hinsicht als äußerst traditionsgebunden, greifen zu dieser Zeit bereits »altertümliche« Vorlagen auf und sind von moderneren Strömungen weitgehend unberührt. Ganz anders das Werk des nun zu erwähnenden Malers, jenes Retabel, das Martin Caldenbach, gen. Hess, um 1505/06 für die Kirche St. Stephan in Mainz schuf (Kat.-Nr. LM 65). Der Maler, der seine Bekanntheit den Erwähnungen seiner Person in zwei Briefen Albrecht Dürers verdankt,[20] ist zwar auch noch ein Künstler des 15. Jahrhunderts, aber er schöpfte bereits aus anderen Quellen. In seinem Werk, das von der Kenntnis Dürerscher Kunst zeugt, kündigt sich, wenn auch verhalten, eine neue Zeit an.

Martin Caldenbach wurde zwischen 1467 und 1480, eher später als früher, in Frankfurt a. M. als erster Sohn des Malers Hans Caldenbach geboren.[21] Wo er zum Maler ausgebildet wurde, ist nicht bekannt. Urkundlich wird er 1502, dann wieder 1504 erwähnt, als er sich – im übrigen vergeblich – um das Amt eines Visierers bewarb, eines Beamten, der Weinfässer zu Handels- und Steuerzwecken auszumessen, Keller und Weinschiffe zu überwachen u. a. m. zu tun hatte. 1507 schließlich wurde Caldenbach vierter Visierer der Stadt. Im Jahr darauf, 1508, schwor er den Bürgereid und heiratete die Tochter des Frankfurter Malers Hans Fyoll (* um 1460, † 1531). Seine Tätigkeit als Visierer ist ab 1507 bis zu seinem Tod im Jahr 1518 kontinuierlich belegt.

Martin Caldenbach, gen. Hess, werden Zeichnungen, Holzschnitt-Entwürfe und Tafelgemälde zugeschrieben.[22] Die Forschung nahm allerdings nicht von den authentischen Werken seiner Hand ihren Ausgang, den von Walter K. Zülch entdeckten, mit dem Monogramm »MC« versehenen Zeichnungen in den Fahrportenbüchern der Jahre 1509 und 1510,[23] sondern von einer Gruppe von Tafelgemälden, die um das Porträt des Frankfurter Patriziers Jakob Stralenberger gebildet wurde.[24] Als Schöpfer dieses traditionell mit Albrecht Dürer bzw. dem Dürerkreis in Verbindung gebrachten Werkes wurde 1902 Martin Hess ins Spiel gebracht,[25] jener Frankfurter Maler, den Dürer in seinen Briefen an Jakob Heller gleichsam als Kunstsachverständigen vor Ort nennt und Grüße bestellen lässt. Heinrich Weizsäckers vorsichtig formulierter Vorschlag wurde von Carl Gebhardt aufgegriffen und durch Quellen zu Martin Hess ergänzt, dessen gebräuchlicherer Name »Caldenbach« nun auch bekannt wurde.[26] Ein Zusammenhang zwischen den für Martin Hess – aufgrund historischer Erwägungen – in Anspruch genommenen Gemälden einerseits und den gesicherten Werken Martin Caldenbachs andererseits wurde von Karl Simon hergestellt, der Caldenbachs große, durch die Fahrportenbücher belegte »Begabung ... für kalligraphische Ausführung« auf dem Deckel des Stralenberger-Porträts wieder erkannte.[27]

Zu der Gruppe von Tafelgemälden, die an das Stralenberger-Porträt – damals Holzhausen-Bildnis genannt – angeschlossen wurde, gehörte von Anfang an auch das ausgestellte Retabel mit der Anbetung der Könige und der Steinigung des hl. Stephanus.[28] Es stammt, wie sich nach der Wiederentdeckung des gespaltenen linken Flügels mit Darstellungen der hl. Anna Selbdritt (Innenseite) und der Verkündungsmaria (Außenseite) glaubhaft machen ließ,[29] aus der ehem. Stiftskirche St. Stephan, wo beide Heilige verehrt wurden. Der konkrete Anlass, ein Retabel mit Darstellungen der hl. Anna Selbdritt *und* dem hl. Stephanus zu errichten, dürfte der Raub der Anna-Reliquie im Jahr 1500 und der im Anschluss daran entbrannte, bis 1505/06 sich hinziehende Rechtsstreit mit der Stadt Düren gewesen sein, wohin die Reliquie gelangt war. Das Bildprogramm unterstreicht gewissermaßen den Anspruch der Mainzer Stiftsherren auf »ihre« Reliquie; unklar ist, ob das Retabel noch während der Verhandlungen mit der Stadt Düren entstanden ist oder erst nach dem endgültigen päpstlichen Urteil im Jahr 1505/06.

Zu dieser Zeit scheint Martin Caldenbach, gen. Hess, bereits ein renommierter Maler gewesen zu sein. Warum sonst hätten sich die Stiftsherren von St. Stephan an ihn wenden sollen, und nicht an einen in Mainz ansässigen Künstler? Das Werk, das Caldenbach für St. Stephan schuf, ist – namentlich im Hinblick auf die Mitteltafel – förmlich durchtränkt von der Kunst Albrecht Dürers und seines Kreises, sodass man über die Verwendung von gedruckten Vorlagen hinaus von einem unmittelbaren Kontakt Caldenbachs nach Nürnberg ausgehen darf.[30]

1 Heinzelmann 1987, S. 40 f., bes. S. 43–46.
2 Hess 1999, bes. S. 60.
3 Vgl. Hutchison 1985, S. 14, 16 (mit den bibliografischen Nachweisen zu den genannten Schriften von Harzen und Lehrs).
4 Friedländer 1894, S. 273.
5 Flechsig 1897, S. 66–68, bes. S. 68.
6 L., Bd. 8, Nr. 8–10. Vgl. Katalog »Vom Leben im späten Mittelalter« 1985, S. 83–87, Nr. 8–10 (Jan P. Filedt Kok).
7 Vgl. die Zusammenfassung der Forschungsgeschichte bei Hess 1994, S. 159 f.
8 Hess 1994, passim.
9 Vgl. abermals Hess 1994, S. 12, 15 ff., 38 ff. Vgl. dazu auch König 1997, S. 198–200, und Waldburg Wolfegg 1997 (II), der für die Ausführung aller Illustrationen durch einen Künstler eintritt.
10 Freiburg i. Br., Augustinermuseum, Inv.-Nr. 11531 a–c; Frankfurt a. M., Städelsches Kunstinstitut und Städtische Galerie, Inv.-Nr. SG 447; Staatliche Museen zu Berlin – Preußischer Kulturbesitz, Gemäldegalerie, Inv.-Nr. 2072, 2073. Vgl. Hess 1994, S. 70–74 und S. 153–156, Nr. 9.
11 Filedt Kok 1985 (II), bes. S. 258 mit Abb. 74–86.
12 Schon Willy F. Storck hat die drei erwähnten Darstellungen – Geburt Christi, Anbetung der Könige und Christus unter den Schriftgelehrten –, mit Vorbehalten auch die Darstellung der Heimsuchung, von den anderen fünf Tafeln abgesetzt; vgl. Bossert/Storck 1912, S. 51. Von der jüngeren und jüngsten Forschung ist diese Händescheidung im Großen und Ganzen akzeptiert worden; s. Katalog »Vom Leben im späten Mittelalter« 1985, S. 251 (Jan P. Filedt Kok), und Hess 1994, S. 80–85.
13 Vgl. den Überblick bei Hess 1994, S. 86–98.
14 Hess 1994, zusammenfassend S. 106, 108–110.
15 Vgl. hierzu Filedt Kok 1985 (I).

16 L., Bd. 8, Nr. 50 und Nr. 27. Vgl. Katalog »Vom Leben im späten Mittelalter« 1985, S. 98, Nr. 21, und S. 105f., Nr. 28 (Jan P. Filedt Kok).

17 So bereits Flechsig 1897, S. 68; ferner Hutchison 1976, S. 106. – Ein weiteres Tafelbild der Gruppe, das mit zwei Kaltnadelradierungen Zusammenhänge aufweist, ist die Darstellung der Beweinung Christi in Dresden (Staatliche Kunstsammlungen, Gemäldegalerie Alter Meister, Inv.-Nr. 1868 A). Eine der Marienfiguren – die Kniende im Mittelgrund links – sowie die Ansicht der Stadt Jerusalem gehen auf den Meister des Amsterdamer Kabinetts zurück (L., Bd. 8, Nr. 15). Vgl. Katalog »Vom Leben im späten Mittelalter« 1985, S. 93, Nr. 15 (Jan P. Filedt Kok); zur Tafel s. Hess 1994, S. 89f. und S. 163f., Nr. 12; ein Vergleich beider Werke bei Haussherr 1987/88, S. 49f.

18 Hess 1994, bes. S. 98–102.

19 Badisches Landesmuseum Karlsruhe, Inv.-Nr. 58/45–46. Vgl. Hess 1994, S. 77–79, 101f. und S. 170–172, Nr. 18.

20 Vgl. Rupprich 1956, S. 69, Nr. 16, und S. 72f., Nr. 19.

21 Hierzu und zum Folgenden s. Zülch 1935, S. 262f., und Hüneke 1965, S. 32–37.

22 Werkkatalog bei Hüneke 1965, S. 198–209, Nr. 1–14.

23 Zülch 1916.

24 Frankfurt a. M., Städelsches Kunstinstitut und Städtische Galerie, Inv.-Nr. 1739. Vgl. Hüneke 1965, S. 133–137 und S. 207f., Nr. 13.

25 Weizsäcker 1902.

26 Gebhardt 1908; Gebhardt 1912, S. 504–507.

27 Simon 1926, S. 52.

28 Vgl. z. B. die Zusammenstellungen bei Weizsäcker 1902, Gebhardt 1908, Simon 1926.

29 Esser 1954. – Die Tafel mit der Darstellung der hl. Anna Selbdritt befindet sich heute in Frankfurt a. M. (Städelsches Kunstinstitut und Städtische Galerie, Inv.-Nr. SG 600), während der Aufbewahrungsort ihres Gegenstücks nicht bekannt ist.

30 Vgl. Hüneke 1965, S. 132.

LM 64

Meister des Speyerer Altars (?) Mainzer Marienleben Mittelrhein (Speyer?), um 1500/05

Mischtechnik auf Tannenholz
H. 131,2–132 cm, B. 75,8–76,6 cm, Brettstärke 0,4–0,5 cm
Landesmuseum Mainz, Inv.-Nr. 429–437

Zustand: Die neun Tafeln sind unterschiedlich gut erhalten. Namentlich die qualitativ besten Tafeln des Zyklus (Geburt Christi, Anbetung der Könige, Christus unter den Schriftgelehrten) befinden sich in vorzüglichem Zustand; die Darstellungen der übrigen Tafeln weisen diverse, mehr oder minder gravierende Beschädigungen, Kittungen und Retuschen auf. Die Tafeln wurden 1951–1954 restauriert und auf den Rückseiten mit einem Hochparkett versehen.

Provenienz: Der ursprüngliche Standort des Zyklus ist nicht überliefert. Auf Nikolaus Müller (1770–1851), seit dem Jahr 1805 Konservator der Städtischen Gemäldegalerien,[1] dürfte die Nachricht zurückgehen, Erzbischof Lothar Franz von Schönborn habe den Zyklus im Jahr 1720 dem Welschnonnenkloster in Mainz vermacht. Dort scheinen sich die Tafeln bis 1793 im Refektorium befunden zu haben.[2] Im Inventar des Welschnonnenklosters von 1798 werden u. a. neun Gemälde *das Leben Christi vorstellend* erwähnt, die mit den ausgestellten Tafeln identisch sein könnten.[3] Spätestens 1810 gelangten sie in die Obhut der städtischen Sammlungen in Mainz.

Der vermutlich nicht vollständig erhaltene Tafelbildzyklus mit Darstellungen aus dem Leben der Gottesmutter Maria zählt zu den wichtigsten Werken des Landesmuseums Mainz. Mit ihm ist der Notname eines großen Unbekannten der Mittelalter-Kunstgeschichte verknüpft – gemeint ist der »Hausbuchmeister«, dessen Name zum Sammelbegriff für ein riesenhaftes Œuvre wurde, das auch Tafelgemälde umfasst. Das Mainzer Marienleben, dessen Darstellung der Verkündigung das Datum 1505 trägt, ist eines der jüngsten Werke dieses Werkkomplexes und wirft eine Reihe von Fragen auf, die gleichsam am Ort der Aufstellung des Zyklus beginnen und bei seiner Zuschreibung an den »Hausbuchmeister« enden.

Die Bild-Erzählung beginnt mit dem Tempelgang Mariens, einer Darstellung, der die Berichte in den apokryphen Evangelien des Pseudo-Jakobus und des Pseudo-Matthäus zugrunde liegen. Alle weiteren Darstellungen, mit Ausnahme des Marientodes, der in der »Legenda aurea« ausführlich geschildert wird,[4] haben eine neutestamentliche Textgrundlage.

Die Darstellung des Tempelganges zeigt, wie das dreijährige Mädchen Maria, das ihre Eltern Joachim und Anna zum Tempel gebracht haben, die 15 Stufen emporsteigt, an deren Ende sie der Hohepriester erwartet. Die zweite Szene stellt die Verkündigung an Maria dar. In das Gemach Mariens, in dem die Jungfrau lesend an einem Betpult kniet, ist der Engel Gabriel eingetreten, der sie mit den auf einem Spruchband stehenden Worten *AVE GRACI*[A] *PLENA DOMINUS TECUM* begrüßt und ihr die Geburt des Gottessohnes ankündigt. Die folgende Szene zeigt den Besuch Mariens bei Elisabeth, die Heimsuchung. In dem Hof vor dem Haus des Zacharias, der in der Türe erscheint, begrüßen sich die beiden schwangeren Frauen, während Joseph noch im Ankommen begriffen ist. Geburt Christi und Anbetung der Könige, die als vierte und fünfte Darstellung folgen, bilden kompositorisch eine Einheit. Die bildübergreifende, nur scheinbar zentralperspektivisch angelegte Architektur des palastartigen Stallgebäudes verbindet beide Szenen miteinander, sodass der Eindruck eines synchronen Ablaufs der zeitlich aufeinander folgenden Ereignisse entsteht. Über einem dunklen Zugang ins Erdreich, der die Geburtshöhle symbolisieren soll, kniet Maria in andächtiger Haltung vor dem auf einem weißen Tuch liegenden Christuskind. Auch Joseph kniet vor dem Kind nieder, schräg hinter ihm haben sich drei Hirten versammelt, die, wie im Bildhintergrund zu sehen ist, von einem Engel die Botschaft der Geburt Christi erhalten haben. Die Szene mit der Anbetung der Könige ist spiegelbildlich aufgebaut. Maria sitzt mit dem Kind auf ihrem Schoß neben einem kleinen Tisch, auf dem eine mit Gold gefüllte Schatulle steht. Zwei der Könige knien vor dem Kind nieder, der dritte König steht in eleganter Haltung wartend daneben, und hinter ihm drängt ein unendlich großes Gefolge nach, in dem der eine oder andere auch einen Blick auf das Kind erhaschen möchte. Auch die beiden nun folgenden Darstellungen, die Darbringung im Tempel und Christus unter den Schriftgelehrten, lassen sich als Einheit auffassen, auch wenn der bildübergreifende Zusammenhang weniger deutlich ist. Hier wie dort ist ein Innenraum dargestellt, eine Tempelarchitektur, in der das jeweilige Geschehen stattfindet. In der Darbringungsszene kniet Maria, zwei Tauben als Gaben in ihren Händen haltend, vor einem Altar, an dem Simeon mit dem Kind auf dem Arm steht. Joseph, seinen Kopf abwendend, sucht in einer Tasche nach dem Auslösegeld, und hinter dem Altar stehend nimmt auch die Prophetin Hanna an der Darbringung des Kindes teil. Als zwölfjähriger Knabe sitzt Christus im nächsten Bild inmitten eines Kreises von Schriftgelehrten, die mit viel sagenden Blicken seinen Worten zu lauschen scheinen oder ins Studium verschiedener Schriften vertieft sind. Maria und Joseph, die auf der Suche nach dem Knaben waren, stehen am linken Bildrand beim Eingang zum Tempel. Die beiden abschließenden Darstellungen des Zyklus, Ausgießung des Hl. Geistes und Tod Mariens, erweisen sich insofern als zusammengehörig, als sie als einzige Szenen mit einem Goldgrund versehen sind. In der Pfingstdarstellung thront Maria inmitten der zwölf Apostel in einer Loggia, die den Blick auf ein Gewässer frei gibt und aus deren Gewölbe der Hl. Geist in Gestalt einer Taube herabstößt, und in der Darstellung des Todes Mariens ruht ihr Leichnam auf einer Bettstatt, die von den Aposteln umlagert wird, während Christus ihre Seele im Himmel empfängt.

Wo sich der Zyklus vor seiner angeblichen Schenkung an das Welschnonnenkloster in Mainz befunden hat, ist nicht bekannt. Gelegentlich ist die Vermutung geäußert worden, er könne aus der ehem. Liebfrauenkirche in Mainz stammen und seine Übertragung in das Kloster stünde mit spätbarocken Umbauten in der im frühen 19. Jahrhundert abgebrochenen Kirche in Zusammenhang.[5] Für eine Herkunft der Tafeln aus Liebfrauen, für die es aber keinen Beleg gibt, dürfte vor allem ihr auf Maria ausgerichtetes Programm sprechen. Es gab in der ehem. Stiftskirche drei Altäre bzw. Vikarien, die Maria geweiht waren, darunter der Hochaltar *sub titulo assu(m)pcionis,*[6] und auch die zahlreichen Stiftungen, die der Scholaster Adolf von Breithardt († 1491) tätigte, standen ganz im Zeichen der Verehrung der Gottesmutter.[7]

Wenn man voraussetzt, dass sich die Tafeln ursprünglich in der Liebfrauenkirche befunden haben, stellt sich die Frage nach dem Ort und der Art ihrer dortigen Aufstellung. Da es sich um einen zusammengehörigen Zyklus handelt,[8] von dem wenigstens zwei mal zwei Tafeln (Geburt Christi und Anbetung der Könige sowie Ausgießung des Hl. Geistes und Marientod) nicht voneinander zu trennen sind, entfällt sowohl die eine Möglichkeit, dass sie eine Serie einzelner Retabel gebildet haben, als auch die zweite, dass

Rekonstruktion des Mainzer Marienlebens als Altarretabel mit drei Schauseiten
Obere Reihe (geschlossener Zustand): Geburt Mariens (?), Tempelgang Mariens, Verkündigung an Maria, Heimsuchung
Mitte (erste Wandlung): Geburt Christi, Anbetung der Könige, Darbringung im Tempel, Christus unter den Schriftgelehrten
Untere Reihe (geöffneter Zustand): Ausgießung des Hl. Geistes, Krönung Mariens (?), Tod Mariens

sie nebeneinander in einer Folge angebracht waren; gegen diese zweite Überlegung spricht der Goldgrund der abschließenden Darstellungen der Ausgießung des Hl. Geistes und des Marientodes. Geht man jedoch umgekehrt von diesen beiden Darstellungen aus, so können sie eigentlich nur die Innenseiten der Flügel eines Altarretabels gebildet haben, während jene Darstellungen, die keinen Goldgrund aufweisen, auf den Flügelaußenseiten eines solchen Retabels angebracht gewesen sein müssten. Dem steht wiederum die ungerade Zahl der erhaltenen Darstellungen entgegen, die eine Rekonstruktion kaum zulässt. Sollten die Tafeln die Reste eines verlorenen Retabels darstellen, müssen weitere Szenen aus dem Marienleben vorhanden gewesen sein.

Inhaltlich ist der Zyklus nicht vollständig. Es fehlt die Darstellung der Geburt Mariens und es fehlt, nicht minder bedeutend, die Darstellung der Himmelfahrt bzw. der Einsetzung Mariens als Himmelskönigin, ihre Krönung. Eben dieses Thema könnte durchaus das Hauptbild des mutmaßlichen Retabels gewesen sein. Es wäre – sei es in gemalter oder in geschnitzter Form – zwischen die Darstellungen der Ausgießung des Hl. Geistes und des Marientodes einzufügen (s. Rekonstruktion) und es hätte zum Patrozinium des Hochaltars gepasst, der ja, wie erwähnt, der Himmelfahrt Mariens geweiht war. Bei den räumlich engen Verhältnissen besonders im Chor der Kirche, der etwa 4 Meter in der Breite maß, hätte ein Retabel mit einem 1,5–2 Meter breiten Schrein und halb so breiten Flügeln knapp Platz gehabt. Die übrigen acht Tafeln, eine verlorene Darstellung der Geburt Mariens vorausgesetzt, müssten demnach zwei Schauseiten zu je vier Tafeln gebildet haben (s. Rekonstruktion), und das heißt letztendlich, dass sich nur ein Retabel mit zwei Standflügeln und vier beweglichen Flügeln rekonstruieren lässt.[9]

Einer solchen Rekonstruktion stehen aber ernst zu nehmende Bedenken entgegen. Zum einen wäre bei drei möglichen Wandlungen die strenge inhaltliche Beschränkung auf Darstellungen aus dem Leben Mariens sehr ungewöhnlich. In aller Regel kombinierte man verschiedene Inhalte, z. B. das Leben Mariens mit der Passion Christi, diese mit Heiligenlegenden u. a. m. Allerdings steht bei der hier vorgeschlagenen Rekonstruktion in der zweiten Wandlung neben Maria Christus im Mittelpunkt, und zwar in allen vier Darstellungen, sodass eine gewisse inhaltliche Variation doch gegeben wäre. Zum anderen – und dies ist der zweite Einwand gegen den Rekonstruktionsvorschlag – scheint keine der Tafeln, deren geringe Stärke in Verbindung mit Sägespuren auf den Rückseiten auf Abarbeitungen schließen lässt, mit einer anderen Tafel eine Einheit gebildet zu haben, da die Fugen der in senkrechter Lagerung verleimten Bretter offenbar in keinem Fall aufeinander passen.[10] Einschränkend muss aber erwähnt werden, dass diesem Befund keine technologische Untersuchung zugrunde liegt, was verbindliche Aussagen zur Zusammengehörigkeit oder Nicht-Zusammengehörigkeit der Tafeln kaum möglich macht.

Seitdem sich die Forschung mit dem Mainzer Marienleben beschäftigt, ist immer erwähnt worden, dass die neun Tafeln Unterschiede aufweisen und deshalb nicht von einer Hand gemalt worden sein können. Drei Tafeln – Geburt Christi, Anbetung der Könige und Christus unter den Schriftgelehrten – gelten als Arbeiten des für den Auftrag verantwortlichen Meisters, die übrigen Tafeln, die nicht nur im Figurenstil, sondern auch in Unterzeichnung und Maltechnik abweichen, werden der Werkstatt bzw. deren künstlerischem Umfeld zugeschrieben. Damit einher gehen rätselhafte Eigentümlichkeiten in der Ausführung, nämlich konzeptionelle Änderungen, Leinwandanstückungen und übermalte Grundiergrate, was möglicherweise für eine verwickelte Entstehungsgeschichte spricht, in der nicht zuletzt die Probleme, auf die man bei der Bearbeitung der Tafeln stößt, begründet liegen könnten.

Der Stifter des Zyklus ist nicht bekannt. Einen Hinweis möchte man in dem miniaturhaft kleinen Wappen sehen, das im Scheitel des linken Gewölbes im Hintergrund der Darstellung der Darbringung im Tempel erscheint. Es ist als das Wappen des Mainzer Domkapitels gelesen worden,[11] doch bleibt diese Identifikation nicht nur fraglich, sondern das Wappen erscheint auch an so versteckter Stelle, dass es im Grunde keinen Informationswert besitzt. Ebenso unsicher ist die Verbindung der Stiftung mit Erzbischof Berthold von Henneberg († 1504).[12] Dessen Todesjahr und die Vollendung des Zyklus im Jahr 1505 liegen zeitlich zwar nah beieinander, aber es gibt weder ein sichtbares Zeichen, dass Berthold von Henneberg der Stifter war, noch ist eine Schriftquelle bekannt, welche diese These belegen könnte.

Unstrittig – oder wenigstens beinahe unstrittig – ist bei alledem nur, dass das Mainzer Marienleben zum engsten Kreis zweier Werkkomplexe zählt, deren einen die Kaltnadelradierungen des Meisters des Amsterdamer Kabinetts darstellen und deren anderen das so genannte Mittelalterliche Hausbuch auf Schloss Wolfegg bildet. Ein Teil der Zeichnungen im Hausbuch stammt von der Hand des Meisters des Amsterdamer Kabinetts,[13] der deshalb auch »Meister des Hausbuchs« genannt wurde – ein Notname, der sich mehr und mehr durchgesetzt hat und unter dem dann auch Tafelbilder, Glasgemälde u.a.m. versammelt worden sind.[14] Bis auf das berühmte »Gothaer Liebespaar« werden die Tafelbilder heute einem im Umfeld des Schöpfers der Kaltnadelradierungen und anderer am Hausbuch beteiligten Maler und Zeichner anzusiedelnden Meister zugeschrieben, der nach seinem ältesten bekannten, um 1480 entstandenen Werk »Meister des Speyerer Altars« benannt wird. Diesem Meister, der vielleicht in Speyer selbst tätig war, ist auch das Marienleben zuzuschreiben, wobei seine Werkstatt größeren Anteil an der Vollendung des Zyklus hatte, möglicherweise bedingt durch den Tod des Werkstattleiters.[15]

U. G.

1 Brilmayer 1994, S. 160.

2 Taxirtes Verzeichniss der Städtischen Gemäldesam(m)lung in Mainz, im Stande von 1834, nebst nöthig erachteten Bemerkungen u. unterrichtenden Erklärungen [von Nikolaus Müller], im erläuternden Text zu Nr. 37–45 (Stadtarchiv Mainz, 70/XIV aM).

3 Ebd., S. 22 (Stadtarchiv Mainz, 60/137). Vgl. Busch 1933, S. 7. Dieses Inventar wurde anscheinend am 7. Germinal VI (23. März 1798) angelegt und nicht, wie Rudolf Busch angibt, am 19. Floreal XIII (9. Mai 1805).

4 Benz 1925, Bd. 2, Sp. 1 ff.

5 Zu diesen Umbauten zusammenfassend Dengel-Wink 1990, S. 27; zur Umgestaltung des Hochaltars bes. Meintzschel 1963, S. 49–54.

6 Liber fundacionis vicariaru(m) et altarium ecclesie b(ea)te Marie virginis, fol. 13^r (Stadtarchiv Mainz, 13/287). Vgl. hierzu Dörr 1953, S. 113, Nr. 12.

7 Zu den Stiftungen Adolfs von Breithardt s. Köster 1947, bes. S. 200–203.

8 An der Zusammengehörigkeit der neun Tafeln hat man eigentlich zu keinem Zeitpunkt gezweifelt, allein Johannes Dürkop stellte die These auf, dass ursprünglich »zwei Folgen eines Marienlebens aus dem Hausbuchmeisterkreise existiert haben«; vgl. Dürkop 1932, S. 135 f. Auf Dürkops im Kern der Sache durchaus bedenkenswerte Überlegungen kann hier nicht näher eingegangen werden.

9 Einen ähnlichen Aufbau – ohne ein zweites Paar Flügel – wies offenbar der um 1480 entstandene so genannte Speyerer Altar auf, nach dem die Werkstatt, aus der das Mainzer Marienleben stammt, heute benannt wird. Vgl. die Rekonstruktion bei Ziemke 1985, S. 60; zum Retabel selbst s. Hess 1994, S. 70–74 und S. 153–156, Nr. 9. – Wenn sich das Marienleben in der rekonstruierten Form eines Retabels auf dem Hochaltar der Kirche befunden hat, muss es bereits 1623 (?) einem Werk gewichen sein, das der Weihbischof Stephan Weber gestiftet hat, einer »Tafel« aus Marmor und Alabaster, deren Bildgegenstand aber nicht bekannt ist. Vgl. das Kalendarium des Liebfrauenstifts aus dem 14. Jahrhundert, fortgeführt bis ins 17. Jahrhundert, fol. 121$^{r/v}$ (Stadtarchiv Mainz, 13/283).

10 So bereits Stange 1953/54, S. 90, und Katalog »Mittelrheinische Kunstwerke aus sechs Jahrhunderten« 1954, S. 9 (Horst Reber). Vgl. auch Hess 1994, S. 158. – Daniel Hess, Nürnberg, sei an dieser Stelle herzlich für die Überlassung seiner Unterlagen zum Mainzer Marienleben gedankt.

11 Kaemmerer 1896, S. 155; Hess 1994, S. 80, 157.

12 Hutchison 1976, S. 111 f.

13 Zur ebenso diffizilen wie anhaltend diskutierten Frage der Händescheidung aller Illuminationen und Zeichnungen im Hausbuch s. Hess 1994, König 1997 und Waldburg Wolfegg 1997 (II).

14 Zur Forschungsgeschichte s. Hutchison 1985 und Hess 1994, bes. S. 11–13, 67–69.

15 Katalog »Vom Leben im späten Mittelalter« 1985, S. 252 (Jan P. Filedt Kok).

Literatur

Müller 1845, S. 7 f., Nr. 51–59. – Friedländer 1894, S. 273. – Flechsig 1897, S. 66–68. – Bossert/Storck 1912, S. 50 f. – Katalog »Alte Kunst am Mittelrhein« 1927, S. 73, Nr. 315–323 (Hildegard Dannenberg). – Stange 1953/54. – Katalog »Mittelrheinische Kunstwerke aus sechs Jahrhunderten« 1954, S. 9 f., Nr. 13–21 (Horst Reber). – Stange 1958, S. 23 f. und S. 41, Nr. 99. – Stange 1970, S. 107, Nr. 477 (mit weiteren Literaturangaben). – Hutchison 1976. – Katalog »Vom Leben im späten Mittelalter« 1985, S. 251–253, Nr. 132 (Jan P. Filedt Kok). – Hess 1994, bes. S. 80–86 und S. 157–161, Nr. 10 (mit weiteren Literaturangaben).

LM 65

Martin Caldenbach, gen. Hess
Flügelretabel aus St. Stephan in Mainz
Frankfurt a. M., um 1505/06

Mischtechnik auf Nadelholz
Mitteltafel: H. 155 cm, B. 152 cm; rechter Flügel: H. 156 cm, B. 66 cm
Landesmuseum Mainz, Inv.-Nr. 414, 415

Zustand: Die zuletzt in den Jahren 1951/52 restaurierten Tafeln sind relativ gut erhalten, wobei sich der Flügel in besserem Zustand als die Mitteltafel des ehem. Altarretabels befindet. Diese weist im Bereich der Stallruine einen durchgehenden Längsriss auf, und verschiedene Stellen der Malfläche, besonders in den Gewändern der Figuren, sind gekittet und retuschiert. Verloren ist der bogenförmige, vermutlich aus Holz geschnitzte und wohl vergoldete Abschluss der beiden Tafeln, ein Maßwerk- oder Rankenschleier, der über einem blauen Grund gelegen haben dürfte.[1]

Provenienz: Der ursprüngliche Standort ist nicht überliefert. Die Tafeln stammen aus altem städtischem Besitz, wobei die »Anbetung der Könige« mit einem Gemälde identisch sein könnte, das im Inventar des Welschnonnenklosters in Mainz aus dem Jahr 1798 aufgeführt wird.[2] Für eine Herkunft der Tafeln aus St. Stephan in Mainz, die man mit guten Gründen vermuten darf, gibt es keinen eindeutigen Beleg. Dem Visitationsbericht aus den Jahren 1780/81 zufolge befand sich eine Darstellung *Lapidatio S. Stephani am S. Anna Altare*; möglicherweise ist die ausgestellte Tafel mit der Darstellung der Steinigung des hl. Stephanus mit dem erwähnten Gemälde identisch.[3]

Das von Franz Rieffel 1892 erstmals ausführlich besprochene Altarwerk, dessen linker Flügel offenbar schon fehlte, als es zu Beginn des 19. Jahrhunderts in städtischen Besitz überging, stellt auf der Mitteltafel die Anbetung der Könige dar. Im Vordergrund einer weitläufigen Landschaft, in welche die Stadt Jerusalem zwischen Hügel und Berge eingebettet liegt, sitzt Maria vor der mächtigen Ruine eines Stalles mit dem Christuskind auf dem Schoß. Vor ihr und dem Kind ist der älteste König andächtig auf die Knie gesunken. Sein Geschenk hat Joseph in Empfang genommen, der hinter Maria steht. Die beiden anderen Könige stehen wartend und, wie es scheint, in ein Gespräch vertieft hinter dem Ältesten. Wie dieser sind sie in prächtige, kostbare Gewänder gehüllt. Ihr Gefolge – Knechte, die sich um die Pferde kümmern, Reiter und Standartenträger – hat in gebührendem Abstand Halt gemacht; allein rechts im Vordergrund erscheint ein Knecht, der ein Bündel verschnürt.

Auf dem rechten Flügel ist die Steinigung des hl. Stephanus dargestellt. Der Märtyrer, bekleidet mit Albe und Dalmatik, kniet auf einem Stück Weg, der von verschiedenen Pflanzen (Klatschmohn, Schlüsselblume und Akelei) gesäumt wird. Zwei Schergen hinter ihm holen zum Schlag aus, um die Strafe an dem Diakon zu vollziehen, die der Richter des wegen Gotteslästerung Angeklagten auszusprechen scheint. Dieser sieht, wie es in der »Legenda aurea« heißt, »den Himmel offen«,[4] und über der Landschaft, in der sich das Geschehen abspielt, erscheint in einer Wolkenaureole die Hl. Dreifaltigkeit.

Der »Steinigung« stand auf der Innenseite des linken Flügels eine Darstellung der thronenden hl. Anna Selbdritt gegenüber, die 1937 aus der Sammlung Hauth, Düsseldorf, nach Frankfurt a. M. gelangt ist.[5] So zeigte das Retabel in geöffnetem Zustand zuseiten der Mitteltafel zwei Darstellungen, aus deren ungewöhnlicher Kombination sich sein ursprünglicher Standort in Mainz erschließen lässt. Dies muss die Stiftskirche St. Stephan gewesen sein. Nur hier wurden die hl. Anna und der hl. Stephanus zusammen verehrt. Stephanus war der Hauptpatron des Stifts und der Kirche, und von der hl. Anna besaß man seit 1212 eine kostbare Reliquie, ihr Haupt, das im Jahr 1500 von einem Steinmetz aus Düren gestohlen und nach Düren gebracht wurde. Alle Versuche der Mainzer Stiftsherren, die Reliquie zurückzubekommen, scheiterten; der langjährige Rechtsstreit wurde schließlich um 1505/06 von Papst Julius II. zugunsten der Stadt Düren entschieden.[6]

Es ist eine nahe liegende Vermutung, dass Stiftung und Errichtung des Retabels mit diesen Ereignissen in direkter Verbindung standen. Die bildliche Darstellung der hl. Anna Selbdritt unterstreicht gleichsam den legitimen Anspruch der Mainzer Stiftsherren auf »ihre« Reliquie, dem sie auf diese Weise Nachdruck zu verleihen suchten. Ob das Altarretabel aber noch während des Rechtshandels mit der Stadt Düren entstanden ist – im Jahr 1505, wie Karl-Heinz Esser meint – oder erst nach dem Entscheid Papst Julius' II., d. h. bald nach 1505/06, ist wohl nicht zu klären. Essers Argument, eine Darstellung der hl. Anna Selbdritt wäre nach dem Urteil des Papstes eine zu »bittere Erinnerung« gewesen, ist zwar durchaus schlagkräftig, zwingend ist es aber nicht, da das Patrozinium ja weiter bestand und die Mainzer Stiftsherren trotz der päpstlichen Bulle ihr Recht weiterhin für sich in Anspruch nehmen mochten.

Auch auf motiv- und stilkritischem Weg ist die Frage der Datierung nicht eindeutig zu klären. Das dem Frankfurter Maler Martin Caldenbach zugeschriebene Werk erweist sich im Hinblick auf seine Kompositionen als Kompilation aus verschiedenen Vorlagen, deren jüngste nicht von ungefähr von Albrecht Dürer bzw. aus dessen Umkreis stammen. So folgt die Anbetung der Könige kompositionell weitgehend dem um 1503 entstandenen Holzschnitt gleichen Themas im »Marienleben«, das als Buch erst im Jahr 1511 publiziert wurde.[7] Caldenbach, der nachweislich in Kontakt mit Albrecht Dürer stand, hatte Zugriff auf diese Komposition und dürfte sich seine Kenntnisse Dürerscher Kunst, die sich vor allem an einzelnen Figuren, z. B. an der Madonna und an den Königen, festmachen lassen, auf einer Reise nach Nürnberg erworben haben, die im ersten Jahrfünft des 16. Jahrhunderts anzusiedeln ist. Ursula Hünekes Datierung des Retabels »um 1505/06« dürfte im Hinblick auf die historischen und stilistischen Zusammenhänge die größte Wahrscheinlichkeit für sich haben.

Die Darstellungen auf den Rückseiten der Tafeln – die Kreuzigung Christi auf der Mitteltafel und die Verkündigung an Maria auf den Flügeln –[8] sind als eigenhändige Werke Martin Caldenbachs umstritten. Doch gerade die skizzenhafte Anlage der Kreuzigungsdarstellung lässt gewisse Übereinstimmungen mit Zeichnungen Caldenbachs erkennen,[9] sodass der Entwurf – was auch auf die Verkündigung zutreffen dürfte – sicherlich seiner Hand zugeschrieben werden darf.

U. G.

1 Der heutige graue Anstrich ersetzt eine ältere Bemalung, die einen Wolkenhimmel darstellte. Unter diesem Wolkenhimmel befanden sich Reste blauer Farbe, die ihrerseits nicht ursprünglich war (laut Bildakte zu Inv.-Nr. 414), aber möglicherweise den Originalzustand wiederholte. Hüneke 1965, S. 122, vermutet, dass *gemaltes* Maßwerk den oberen Abschluss bildete.

2 Ebd., S. 22 (Stadtarchiv Mainz, 60/137). Vgl. Busch 1933, S. 7.

3 Adjuncta ad Protocollum et Relationem Archiepiscopalis Visitationis Ecclesiae Collegiatae insignis ad S[tm] Stephanum de 1780 in 1781, fol. 56[v] (Dom- und Diözesanarchiv Mainz, K 45/I.66 e). – In St. Stephan befand sich seit dem Jahr 1712 aber auch eine große Tafel von Hans Baldung Grien aus dem Jahr 1522, welche die Steinigung des hl. Stephanus darstellte. Vgl. Osten 1983, S. 157–160, Nr. 52. Ob diese Tafel bis zu ihrem Verschwinden immer in der Kapitelstube aufbewahrt wurde, wohin sie von dem Prälaten Adam Diell († 1712) gestiftet worden war, ist nicht bekannt. Es bleibt daher unsicher, was für eine Tafel sich 1780/81 auf dem Altar der hl. Anna befunden hat.

4 Benz 1925, Bd. 1, Sp. 80.

5 Frankfurt a. M., Städelsches Kunstinstitut und Städtische Galerie, Inv.-Nr. SG 600. Hüneke 1965, S. 206.

6 Die Bulle Papst Julius' II. stammt aus dem Jahr 1505; im Jahr 1506 wurde ihr Inhalt offiziell verkündet. Zum Diebstahl s. Arens 1950.

7 Illustrated Bartsch, Bd. 10, S. 361 f., Nr. 287. – Hüneke 1965, S. 116 f., 130–133, vergleicht die Komposition auch mit der Anbetung der Könige von 1504 in Florenz (Galleria degli Uffizi, Inv.-Nr. 1434), die sie als Terminus post quem für die Entstehung des Retabels wertet. Zur Tafel in Florenz s. Anzelewsky 1971, S. 184 f., Nr. 82 mit Abb. 89.

8 Die von der Tafel mit der Darstellung der hl. Anna Selbdritt abgetrennte Rückseite (Maria der Verkündigung) befand sich 1927 im Kunsthandel, 1938 und 1950 in Privatbesitz. Vgl. Katalog »Alte Kunst am Mittelrhein« 1927, S. 76 f., Nr. 351 (Hildegard Dannenberg), Rott 1938, S. 102 f., und Buchner 1950, S. 318. Ihr derzeitiger Aufbewahrungsort ist nicht bekannt.

9 Schilling 1933; Hüneke 1965, S. 42–67 und S. 198–202, Nr. 1–7.

Literatur

Müller 1845, S. 12, Nr. 106 f. – Rieffel 1892. – Esser 1954. – Hüneke 1965, bes. S. 113–133 und S. 205–207, Nr. 12 (mit weiteren Literaturangaben). – Katalog »Jerg Ratgeb – Spurensicherung« 1985, S. 56 f. – Glatz 1990, S. 50.

LM 66

LM 66

Mantelspende des hl. Martin
Hanau oder Babenhausen (?), um 1480/85

Weißes, grünes und blaues Hüttenglas, mit Schwarzlot und Silbergelb bemalt
Dm. 39 cm
Städtische Museen Aschaffenburg, Stiftsmuseum, Inv.-Nr. 6751

Provenienz: Bis 1926 im Rathaus zu Klingenberg, ursprünglich vermutlich auf Burg Klingenberg.

Bis auf geringfügige Abweichungen folgt die Darstellung des Mainzer Bistumsheiligen Martin der Kaltnadelradierung vom Meister des Amsterdamer Kabinetts,[1] der an den Illustrationen des so genannten Mittelalterlichen Hausbuchs auf Schloss Wolfegg mitwirkte. Die Rundscheibe belegt damit zwar die Wertschätzung der nur in begrenzter Auflage erschienenen und in einem elitären Sammlerkreis verbreiteten Kaltnadelradierungen, kann aber mit keiner der Kabinettscheiben in Verbindung gebracht werden, die aus dem engeren Kreis der Illustrationen im Hausbuch stammen. Ebenso wenig lassen sich Zusammenhänge mit mainzischen Glasmalereien des späten 15. Jahrhunderts beobachten, die in der Ausstellung durch die Rundscheiben aus Amorbach (Kat.-Nr. LM 56, 57) repräsentiert werden. Enge stilistische und maltechnische Verbindungen zeigt dagegen die ebenfalls um 1480/85 zu datierende Rundscheibe eines Wappenhalters in der Marienkirche zu Hanau, die aus derselben Werkstatt kommt, durch ihren schlechteren Erhaltungszustand aber insgesamt etwas weicher wirkt. Die für beide Rundscheiben verantwortliche Werkstatt lässt sich im Hinblick auf die Herkunft der Aschaffenburger Scheibe aus Klingenberg am ehesten im Einzugsgebiet der gräflichen Residenzstädte Hanau und Babenhausen lokalisieren, da Klingenberg sich von 1469 bis 1493 in Hanau-Lichtenbergischem Besitz befand.
Das Glasgemälde befand sich bis 1926 im Rathaus zu Klingenberg, das jedoch erst 1561 erbaut worden war und folglich als ursprünglicher Standort nicht in Frage kommt. Auch wenn dafür bislang ein Nachweis fehlt, könnte die Rundscheibe für die nahe gelegene Burg geschaffen worden sein, die 1469 von den Herren von Bickenbach an die Grafen von Hanau-Lichtenberg verkauft und 1683 zerstört wurde.

D. H.

1 L., Bd. 8, Nr. 39. Vgl. Katalog »Vom Leben im späten Mittelalter« 1985, S. 116, Nr. 38 (Jan P. Filedt Kok).

Literatur
Feulner/Röttger 1925, S. 76 mit Taf. IV, 76. – Röttger 1926, S. X, Abb. 30. – Husband 1985, S. 152 f. – Katalog »Vom Leben im späten Mittelalter« 1985, S. 276, Nr. 137. – Hess 1999, S. 246 f.

Katalog

Winfried Wilhelmy

Mainzer Bildteppiche aus Gutenbergs Zeit

Neben der Sammlung frühgotischer Steinskulpturen des 13. Jahrhunderts zählt das Bischöfliche Dom- und Diözesanmuseum Mainz zu seinen wertvollsten Beständen zehn Bildteppiche aus dem 15. und frühen 16. Jahrhundert. Sieben der zehn Tapisserien widmen sich profanen Themen, drei zeigen religiöse Sujets.

Dabei handelt es sich mit der Ausnahme eines Einzelstückes (Kat.-Nr. DM 8) jeweils um Ensembles von zwei bzw. drei Teilen, die entweder als zusammengehörige Paare bzw. Gegenstücke konzipiert waren oder aber zu unbekanntem Zeitpunkt auseinander geschnitten wurden. Bestechend in der Leuchtkraft ihrer Farben und in der Regel von herausragender Qualität gehören sie zu den schönsten Mainzer Hinterlassenschaften aus Gutenbergs Zeit. Sie entführen den Betrachter in die fantastische Welt des späten Mittelalters, die nicht nur den »modernen« Buchdruck, sondern, wie vor allem der Bildteppich mit den Fabeltieren zeigt, auch »Drache, Greif und Liebesleut'« hervorbrachte.

Die Herkunft der Bildteppiche

Bereits bei der Eröffnung des Mainzer Dommuseums vor 75 Jahren bildete das Ensemble der spätgotischen Tapisserien einen der Höhepunkte der Präsentation in den ehemaligen Kapitelsälen (Abb. 1). Doch trotz ihrer Bedeutung liegt die Herkunft nahezu aller Bildteppiche des Dommuseums fast gänzlich im Ungewissen. Für die sieben Tapisserien des 15. Jahrhunderts gibt es keinerlei direkte Hinweise auf ihre Provenienz oder ihren ursprünglichen spätmittelalterlichen Bestimmungsort. Dies ist um so bedauerlicher, als es sich um vergleichsweise gut erhaltene Stücke von besonderer Qualität handelt. Lediglich für die beiden bislang so genannten »Tugendteppiche« lassen sich, gestützt auf eine Neuinterpretation des Themas, Indizien auf ihre Herkunft gewinnen (Kat.-Nr. DM 6 u. 7). Die Entdeckung, dass es sich bei diesen Tapisserien nicht um eine allgemein moralisierende Darstellung, sondern um eine freie Interpretation des biblischen Gleichnisses der klugen und törichten Jungfrauen handelt, lässt eine kirchliche Verwendung anstelle einer privaten Nutzung wahrscheinlich werden. Ob es sich dabei um Stücke aus dem Dom oder aber einer anderen der zahlreichen Mainzer Stadtkirchen handelt, muss mangels fehlender Belege offen bleiben.[1]

Abb. 1 **Ansicht der Kapitelstube des Dommuseums, um 1925**

Zwar sind für die Mainzer Kirchen einige Inventare, teils sogar noch aus dem 15. Jahrhundert, erhalten. Deren Beschreibungen sind aber in der Regel derart unpräzise, dass sich eine Verbindung zwischen Beschreibung und einem ganz bestimmten, heute noch erhaltenen Gegenstand so gut wie nicht herstellen lässt. Dennoch zeugen diese Inventare vom Reichtum und auch von der Pracht der mittelalterlichen Textilien, die einst die Mainzer Kirchen schmückten. So heißt es z. B. in einer mittelalterlichen Beschreibung des Mainzer Domes:

Es gab dort eine solche Fülle von purpurnen Kostbarkeiten, daß an Festtagen die gesamte Kirche, obwohl sie doch lang und breit ist, innen bedeckt wurde und dennoch etwas übrig war. Es gab Teppiche und Wandbehänge von wunderbarer Vielfalt der Darstellung, die durch die Feinheit und Schönheit des Kunstwerkes die Betrachter mit Bewun-

derung erfüllten. Außerdem gab es andere, die über den Fußboden der Kirche und die Bänke und vor den Altären ausgebreitet wurden.[2]

Aus Gutenbergs Taufkirche St. Christoph hat sich vom Ende des 15. Jahrhunderts ein Inventar erhalten, dessen detaillierte Auflistung uns einen Blick in die verschwenderische textile Ausstattung einer spätgotischen Pfarrkirche erlaubt. In dem 1495 geschriebenen Verzeichnis werden die unterschiedlichsten Textilien aufgeführt, u. a. *Zwey stul kussen mit geweben gepilten bletternn, off eyner syten und dar gegen ledder off der andern syten. Ein lang ruck duch, dar inne ist gewirckt dÿ historie von eÿm kunig von franckenrich und sÿner husfrauwen – und daz henckt man oben herumb, uber den fron altar, Ist gleich breit wie eÿn banck tuch. Zwey semlich banck ducher von kussen blettern henkt man an die gesanckt stul zu ruck off die hoheren fest. (Gab ich sant cristofero, und das langst hat sibenn bletter. das ander hat nit mer dan fünff bletter, die ich mit mir von spier bracht de patrimonio mer) Der hat iecklichs sechs bletter (…) eyn gross gebildt duch mit Inschlagen gebraucht man Jars in der karwochen zu dem heiligen grabe, bey sant Thomas capellen.*[3]

Auch wenn diese Beschreibung nicht die Identifizierung bestimmter Stücke erlaubt, so gibt sie doch einen Einblick in die vielfältigen Nutzungen von Tapisserien im späten Mittelalter. Selbstverständlich waren sie neben ihrer Verwendung als Repräsentationsgegenstand und Wärmeschutz auch Wertgegenstände, die dem Vermögen des Kirchenpatrons, *de patrimonio mer*, zugeschlagen wurden. Aber auch in der Liturgie spielten Bildteppiche eine nicht zu unterschätzende Rolle, schmückten sie doch – sicherlich mit meist passendem Bildprogramm – an hohen Festtagen die Kirche oder wurden in die Karliturgie mit einbezogen (s. o.). Doch selbst Tapisserien mit profanen Themen wurden, wie das Inventar aus St. Christoph zeigt, so hoch geschätzt, dass sie für würdig befunden wurden, den Fronaltar zu schmücken.

Für die Rücklaken des 15. Jahrhunderts mit profanen Themen (Kat.-Nr. DM 1–5) ist deshalb eine Herkunft aus kirchlichem Besitz nicht grundsätzlich auszuschließen; für die beiden Wappenteppiche des 16. Jahrhunderts, die die Wappenschilde des Mainzer Erzbischofs Albrecht von Brandenburg zeigen, darf sie als gesichert gelten. Die Anbringung von Wappenschilden in mehreren Stücken steht dem nicht entgegen, da gerade im Spätmittelalter Stiftungen jeder Art grundsätzlich nicht nur aus rein religiösen Motiven erfolgten, sondern auch den Rang und die soziale Bedeutung des Stifters betonen sollten – wozu ein Hinweis auf die Herkunft der Objekte, vorzugsweise in Form eines Wappens, unerlässlich war. Dennoch lässt die für die Spätgotik typische, profan-moralisierende Thematik (s. u.) der Bildteppiche des Dommuseums eher auf eine Verwendung als erbaulicher Nutz- und Ziergegenstand in einem gehobenen bürgerlichen oder aber im Falle von Kat.-Nr. DM 3 sicher adeligen Haushalt schließen, wie Analogien zu vergleichbaren Stücken nahe legen. Standesbewusste Patrizier wie das Geschlecht der Gensfleisch werden sicherlich die eine oder andere derartige Tapisserie zwecks Repräsentation, Schmuck und/oder schlichter Wärmedämmung in ihren Stuben aufgehängt haben.[4] Leider lassen sich alle profanen Bildteppiche des Dom- und Diözesanmuseums nicht über ihre ältesten schriftlichen Beschreibungen in der einschlägigen Sekundärliteratur des 19. bzw. frühen 20. Jahrhunderts hinaus verfolgen.

Abb. 2 **Brandenburg Teppich (Kat.-Nr. DM 9, Detail), um 1530/32**

Ähnlich sieht die Lage für die drei Bildteppiche des frühen 16. Jahrhunderts aus. Zwar ist der Sippenteppich (Kat.-Nr. DM 8) nachweislich eine Schenkung des Mainzer Medizinalrates Dr. Johann Größer (geb. 1784, gest. 1862). Er überließ ihn, wie die Akten im Bischöflichen Dom- und Diözesanarchiv belegen, dem Domkapitel 1844. Für das weitere 19. Jahrhundert diente dem Teppich als dauernder Aufbewahrungsort die Domsakristei, bevor er um 1919 zusammen mit anderen Objekten in die Kapitelstube überführt wurde, aus deren Beständen dann 1925 das Dommuseum hervorging.[5] Doch leider ist in den Akten der Schenkung die ursprüngliche Herkunft des Bildteppichs nicht verzeichnet. Lediglich Falk vermerkt, allerdings ohne Nachweis und Jahre später: »Der Teppich stammt aus dem Kloster Altenmünster in Mainz (…)«.[6] Darüber hinaus erwägt die ältere Literatur eine Herkunft aus den Mainzer Klöstern Maria Dalheim bzw. St. Jakob.[7] Aus ikonografischen sowie historischen Gründen soll bei der Besprechung der Tapisserie jedoch die Frage nach einer möglichen Herkunft aus der Mainzer Liebfrauenkirche aufgeworfen und – zumindest als Hypothese – diskutiert werden.

Auch für die beiden mit Pflanzen aller Art übersäten Bildteppiche (Kat.-Nr. DM 9 u. 10) gibt es lediglich Anhaltspunkte zur Provenienz. Sie wurden, wie die eingewebten Wappen belegen, eindeutig im Auftrag des Mainzer Erzbischofs Kardinal Albrecht von Brandenburg (1514–1545) hergestellt. Wie die Reihenfolge der erzbischöflichen Wappen deutlich macht (Abb. 2) – das Mainzer Rad steht heraldisch vor dem Magdeburger Schild –, waren sie wahrscheinlich für einen Ort innerhalb des Mainzer Erzbistums, vielleicht sogar, wie der heutige Aufbewahrungsort, das Dommuseum, wahrscheinlich macht, für die Hohe Domkirche selbst bestimmt. Tatsächlich liegen quellenkundliche Nachrichten vor, wonach Teppiche des Kardinals im Westchor des Mainzer Doms gehangen hätten. So beschreibt der Mainzer Domherr Bourdon 1727 den Chor folgendermaßen: *(…) links vom Baldachin des Erzbischofs hing ein schöner Bildteppich mit vielen Wappen und der Inschrift: So viele herrliche Wappen führt durch die göttliche Vorsehung (…) Albrecht (…), welcher zu Halle den prächtigen Tempel mit dem Namen und Schweißtuch des Herrn begründete und ein frommes Kollegiatsstift zum ewigen Darbringen des hl. Opfers Gottes errichtet. Im Alter von 32 Jahren 1522.*[8] Da die beiden erhaltenen Wappenteppiche allerdings die von Bourdon ausdrücklich erwähnten Inschriften nicht zeigen und darüber hinaus, entgegen der Meinung der älteren Literatur, auch unbeschnitten scheinen, ist eine Identifizierung mit den von Bourdon gesehenen Stücken auszuschließen. Zudem handelt es sich, wie die Wappenanordnung nahe legt, nicht um Hallenser Tapisserien. Vor allem aber sind die beiden Teppiche nachweislich (s. Kat.-Nr. DM 10) erst in den dreißiger Jahren des 16. Jahrhunderts und nicht 1522 entstanden. Sie können also nicht mit den von Bourdon beschriebenen Werken identisch sein.

Die Themen

Von den zehn Bildteppichen des Bischöflichen Dom- und Diözesanmuseums zeigen drei religiöse Motive, während die übrigen profane Themen zum Inhalt haben. Dieses Verhältnis von nahezu 1 : 3 überrascht zunächst, denn in den Gattungen der mittelalterlichen Kunst, sei es Malerei, Skulptur oder Grafik, dominieren normalerweise christlich-religiöse Motive, während profane Darstellungen weitgehend verloren sind. Die Mainzer Sammlungen können jedoch als durchaus repräsentativ gelten. So wurde z. B. für die oberrheinischen Bildteppiche festgestellt, dass »zwei Drittel der erhaltenen Wirkteppiche aus Basel und Straßburg profane Inhalte und nur ein Drittel religiöse« zeigen.[9]

Profane Themen

Die Mehrzahl der spätmittelalterlichen Bildteppiche mit profaner Thematik war für die insbesondere den Frauen vorbehaltenen privaten Wohnstuben bzw. die repräsentativen Räume der spätgotischen Patrizierhäuser bestimmt. Entsprechend sind die Themen gewählt: Sie kreisen vorzugsweise um Liebe, (eheliche) Treue und Fruchtbarkeit, um die Bezähmung der Leidenschaften sowie Genealogie und sozialen Status der Familie. Spiegel dieser Themen sind vorzugsweise die sogenannten »Wilden Leute« sowie Fabeltiere im »Kampf« mit Jünglingen und/oder Jungfrauen. Repräsentative Zwecke wiederum erfüllten Tapisserien mit Wappenträgern oder separaten bzw. aneinander gereihten Wappen, in der Regel vor floralem Hintergrund. Auch in den Bildteppichen des Bischöflichen Dom- und Diözesanmuseums dominieren diese Themen.

Wilde Leute

Wilde Leute, Männer wie Frauen, sind Fabelwesen, die in der ungezähmten, wilden Natur, abseits der Städte, ein nur den eigenen Regeln unterworfenes Leben führen. Sie sind – abgesehen von Gesicht, Händen und Füßen, bei Frauen auch den Brüsten – entweder vollständig behaart oder mit einem Fellgewand bekleidet. Hierin gleichen sie den verstoßenen Stammeltern Adam und Eva oder aber dem alttestamentarischen König Nebukadnezar. Doch anders als dieser oder ähnlich verwilderte Ausgestoßene, die nur auf allen Vieren zu kriechen vermögen, gehen sie stolz und behände aufrecht. Oft tragen sie Steine, Keulen oder Spieße als Waffen.

Im Laufe des Mittelalters wandelte sich das Wesen der Wilden Leute. Dies hängt mit einer veränderten Landschaftserfahrung des mittelalterlichen Menschen zusammen.[10] Im Hochmittelalter wurde der Europa fast vollständig bedeckende Wald als bedrohlich angesehen. In dieser undurchdringlichen Wildnis lebten Ausgestoßene und Gesetzlose, Waldgeister und wilde Tiere. Die Dörfer und die wenigen Städte lagen als einsame Inseln in einem riesigen, oft als rechtslos empfundenen Raum, der von Verbrechern und Verfemten bevölkert wurde.[11] Der Wilde Mann dieser Epoche ist der Sturmdämon, der mit der »Wilden Jagd« alles niederreißt, was sich ihm in den Weg stellt. Die Wilde Frau jener Zeit erscheint fürchterlich in ihrer riesenhaften Gestalt; über und über behaart, mit Hauern als Zähnen erschlägt sie mit der Keule jeden, der ihr zu nahe kommt.[12] Mit der Rodung der Wälder im 14. und 15. Jahrhundert, mit dem Ausbau der Fernverkehrswege und der Städte sowie einer größeren Siedlungsdichte veränderte sich auch das subjektive Gefühl der Menschen dem Wald – und damit auch den Wilden Leuten – gegenüber. Die (wilde) Natur erschien nun als ein Bereich, der, anders als die Stadt und das sie umgebende Umland, frei war von gesellschaftlichen Normen und Zwängen. Der Wald wurde idealisiert und zum Freiraum des Städters oder des Höflings; er war der Ort des minnenden Ritters und der Liebespaare. Das Bild der Wilden Leute passte sich dem an: sie spiegeln nun das Ideal einer Gesellschaft, die frei sein will von Sachzwängen und Anpassungen. Die Wilden Leute sind jetzt liebenswerte, friedfertige Wesen, die im Einklang mit der Natur leben und arbeiten. Wilder Mann und Wilde Frau begegnen sich als Liebende, die abseits der Zivilisation das Ideal der Treue (zu) erreichen (suchen) und in gemeinschaftlicher Arbeit sich und ihre Familie ernähren und Kinder großziehen. Wie Edelleute gehen sie mit Hundemeute, Hifthorn und Spieß auf die Jagd und hetzen den Hirsch ins raffiniert gebaute Netz (Abb. 3); sie betreiben Landwirtschaft, säen, ernten und kochen. Im Rahmen der Brautwerbung flechten sie sich modische Bänder ins Haar oder binden die Zöpfe hoch. Wie die Menschen in den Städten, so haben auch sie Enttäuschungen und Entbehrungen erfahren, auch im partnerschaftlichen Miteinander. Der Trost aber, den sie in der Natur, in Pflanzen und Tieren finden, befähigt sie, auf ein neues Glück zu hoffen.

Aufgrund dieses idyllischen Seinszustandes und der heiteren Gemütslage werden die Wilden Leute im 15. Jahrhundert zu einem beliebten Thema höfischer und anderer nobler Feste, in denen man in der Maske des Wilden Mannes oder der Wilden Frau die mit dem Thema verbundenen Freiheiten zu beschwören sucht. So traten am Drei-Königs-Tag 1435 in Basel zur Unterhaltung des Stadtadels und der Konzilteilnehmer *zwölf Maskierte auf und tanzten einen Tanz; dann kleideten sie sich um und erschienen mit Instrumenten. Hinter den Musikern traten 24 Personen ein, die wie Wilde gekleidet waren, mit langen, bis zum Boden herabfallenden Haaren, halb rot, halb grün, mit Schilden am Arm und mit Keulen aus Leinwand, gefüllt mit Werg; man machte ihnen freien Raum und da begann ein lebhafter Kampf, indem sie mit ihren Keulen einander auf die Köpfe und um die Schultern schlugen. Zuletzt ließen sie voneinander und machten einen Tanz. Darauf entspann sich ein neuer Kampf, und mehr als einer fiel wie tot hin. Hierauf verabschiedeten sie sich von den Damen. Alsdann wurde der allgemeine Tanz fortgesetzt bis zum Morgen*, so der venezianische Gesandte Andrea Gattaro in seinem Tagebuch.[13] Auch im nahen Straßburg, wo Gutenberg lange Zeit gelebt hat, wird man ähnliche Festlichkeiten abgehalten haben.

Abb. 3 **Wilde-Leute-Teppich (Kat.-Nr. DM 3, Detail), um 1450/75**

Die Verkleidung als Wilde Leute war aufgrund der damit verbundenen Ausgelassenheit zwar äußerst beliebt, aber auch gefährlich, wie der berühmte »bal des ardents«, den die französische Königin Isabeau de Bavière anlässlich der Hochzeit einer ihrer Hofdamen abhielt, zeigt. Wie verschiedene, voneinander unabhängige Quellen berichten, wäre das Vergnügen, ein Wilder Mann zu sein, für König Karl VI. bei diesem Tanz der Brennenden beinahe tödlich ausgegangen:

Mitgerissen von den Ratschlägen einiger junger Seigneurs seines Hofes, wollte sich aber auch der König, der sich zu leichtsinnig gehen ließ in seiner Lust auf Vergnügungen, dieses Divertissement gönnen. Er nahm fünf von ihnen mit sich, (gekleidet als) aneinandergekettete Wilde, alle ganz mit Fell bedeckt. Ihre Verkleidungen saßen hauteng am Körper, waren überzogen mit Fell, hergestellt aus Linnen, Flachs oder mit Harzpech angeklebtem Werg, und waren mehrfach eingefettet, um noch besser zu glänzen. (...) Danach maskierten sie sich das Gesicht, betraten den Saal unter dieser abscheulichen Verkleidung, die sie unkenntlich machte, und rannten mit zotigen Gesten und unter gräßlichem Geschrei und nachgeahmten Wölfegeheul kreuz und quer durch den Saal. Ihre Bewegungen waren nicht minder anstößig als ihre Schreie. (...) Während die jungen Seigneurs an nichts anderes dachten, als sich zu divertieren, warf einer der Anwesenden, wohl ohne vorauszusehen, welches Übel er anrichten konnte, einen Funken auf einen derer, die zu der Maskerade gehörten. Im Nu fingen die brennbaren Kleider der Tänzer Feuer. (...) Die verzehrende Flamme züngelte bis zur Decke hinauf. Das flüssig gewordene Pech troff an ihren Körpern herab und sengte sich ihnen ins Fleisch.[14]

Dank der Geistesgegenwart einer der Hofdamen, die den König mit einem Mantel bedeckt und so die Flammen erstickt, kann Karl VI. gerettet werden; ein anderer schafft es, sich aus dem Verband loszureißen und sich in der Flaschenkammer in einen Kühlbottich voller Wasser zu werfen. Die Übrigen waren *beinahe eine halbe Stunde die Beute dieser Qualen. Während sie versuchten, das Feuer zu ersticken, während sie sich die Gewänder aufzureißen suchten, brannten und verkohlten sie sich die Hände. Das Feuer verzehrte auch die unteren Partien ihres Körpers, und ihre Mannesglieder, welche in Fetzen abfielen, überschwemmten den Saalboden mit Blut.*[15]

Die Schilderung dieser und anderer Verkleidungen als Wilde Leute hat dazu geführt, die Darstellungen dieser Naturbewohner in Bildteppichen als Illustrationen von Maskenbällen gehobener Stände anzusehen. Doch ebenso wie die zahlreichen Versuche, die Wilden Leute der Tapisserien auf bestimmte literarische Vorlagen zurückzuführen, bislang immer wieder fehlgeschlagen sind, so ist auch die Bestimmung eines – oder gar eines ganz bestimmten – Verkleidungsspieles zum Scheitern verurteilt. Statt dessen werden die Wilden Leute der Bildteppiche, bestimmt durch eine zumeist patrizische oder adelige Betrachtungsweise der Auftraggeber, in Bewegung, Körperauffassung und Menschenähnlichkeit mit sentimentalem Blick derart idealisiert, dass eine Unterscheidung zwischen literarischer Vorlage, Maskenspiel oder »Realität« obsolet wird. Kurzum: ob sich Wilde Leute als Edelleute geben oder aber Edelleute als Wilde Leute, ist in der Regel nicht zu entscheiden.[16] Im Übrigen geht eine solche Fragestellung am Kern der Sache vorbei: Für den mittelalterlichen Betrachter bleiben die Wilden Leute, ob verkleidet oder »real«, Metaphern eines wilden, aber dennoch einem Läu-

Abb. 4 **Fabeltier-Teppich (Kat.-Nr. DM 1, Detail), um 1450/75**

terungsprozess unterworfenen Naturzustandes, der aufgrund seiner Allgemeingültigkeit stets variable Verhaltensmuster anbietet. Zu Recht wird in der jüngeren Literatur betont, dass es notwendig sei, »die mannigfaltig schillernde Art der Wilden Wesen außerhalb der gesellschaftlichen Sitten und Normen zu umschreiben, ohne sie zu fixieren (...); in jedem Fall agieren Wilde Leute als ideale Naturwesen und bieten dem Betrachter immer wieder neue Identifikationsmöglichkeiten«.[17]

Fabeltiere

Fabeltiere tauchen auf zahllosen spätgotischen Bildteppichen aller Regionen sowie in nahezu allen anderen Gattungen der Zeit auf. Sie sind wie die Wilden Leute Bewohner des Waldes. Die einen wie die anderen treten dem zivilisierten Menschen als positiv konnotiertes Ideal oder aber als abschreckendes Lehrbeispiel gegenüber. Oft sind Fabeltiere und Wilde Leute auch als gemeinsame Bewohner des sie einenden Waldes dargestellt. In diesem Falle treten sie als bereits domestizierte »Haustiere« mit entsprechender symbolisch-moralisierender Bedeutung (s.u.) oder gar als Zuflucht gebende Beschützer auf.
Abgesehen vom Einhorn und dem Vogel Greif ist in der Regel eine eindeutige Benennung der Fabeltiere nicht möglich. Meist sind sie aus den Körperteilen völlig verschiedener Tiere zusammengesetzt: So werden Fell und Federn kombiniert, krallenbesetzte Pranken konkurrieren mit Vogelklauen, ja sogar menschenähnliche Extremitäten können integriert sein. Die ältere Literatur sah in diesen Tieren bestimmte Eigenschaften, z.B. einzelne Tugenden oder Laster, verkörpert. Der Kompositcharakter der Fabeltiere verbietet jedoch eine solch eindimensionale Lösung, ist es doch unklar, ob man die Tiere nach Kopf- oder Körperform, nach Farbe oder Fell- bzw. Federkleid bestimmen soll. Die Kombination der Körperteile eines einzelnen Fabeltieres kann jedoch so weit getrieben werden, dass durch Flügel, Schwimmhäute, Hufe und Flammenzunge die verschiedenen Lebensräume Luft, Wasser und Erde abgedeckt werden und zusammen mit der Verbindung zum Feuer eine Beschwörung der vier Elemente hervorgerufen wird.[18] Doch auch dieses »kosmologische« Tier erhält seine endgültige Bedeutung erst im Kontext des gesamten Bildteppichs. Dieser Kontext besteht in der Regel entweder aus Kampf oder Unterwerfung, aus Bezähmt-Werden oder aus Bezähmt-Sein. Die gegnerischen Kämpfer bzw. die Bezwinger sind entweder Edelleute, und zwar in der Regel Männer und Frauen, oder aber Wilde Leute. Die Fabeltiere gehen dabei entweder zum (Gegen-)Angriff auf den Aggressor über oder sind bereits so weit im Stadium der Domestizierung, dass sie sich mit Halsbändern und Kopfschmuck zieren und am Seil führen lassen (Abb. 4). Trotz all ihrer Kraft und Wildheit werden sie selbst von unbewaffneten und zartgliedrigen Jungfrauen gebändigt. Diese Darstellung von Fabeltier und Jungfrau oder von Bestie und Jüngling steht als Metapher für die Bezähmung der unkontrollierten menschlichen Triebe und den Prozess der Selbstbezwingung: das wilde Tier (der menschliche Trieb) muss zum Wohle eines zivilisierten, gemeinschaftlichen Gesellschaftslebens eigenverantwortlich gezähmt werden. Treten Jüngling und Jungfrau gemeinsam gegen die Fabeltiere – oder aber gegeneinander – an, so kann auch die Bezähmung des anderen Geschlechtes, die partnerschaftliche Domestizierung (das Tier im Manne!) gemeint sein. Am Ende dieser »Bändigung« steht die »permanente Zähmung«, im Idealzustand der kirchliche Bund und die eheliche Treue des Paares.[19] Paradigma dieses Themas ist der um 1480 in Basel entstandene Teppich »Liebespaar mit Fabeltieren«, in dem ein reich gekleidetes Paar zwischen je zwei Fabeltieren dargestellt ist. Beide haben ihre Tiere fest im Griff, wie man nicht nur sehen, sondern, interpretiert auf den beigegebenen Spruchbändern, auch lesen kann: *for mir mag kein dier sich gefristen . dz schaf ich . lles mit minen listen (Mir entkommt kein Tier, das schaff' ich alles mit Klugheit und List),* verkündet der Jüngling, während die Dame stolz erwidert: *Mit (miner) minne ich schwigen kan . wilde dier und ouch darzu die man (Mit meiner Liebe ich zähmen kann, wilde Tiere und auch den Mann).*[20] So wie die beiden Edelleute die Tiere »im Griff« haben, so beherrschen sie auch ihre (emotionalen und sexuellen) Leidenschaften. Erst wenn der Jüngling sich selbst bezähmt und nichts überstürzt, hat er Erfolg bei der »Jagd«; mit ihrer auf Züchtigkeit basierenden Minne bezwingt die Frau das »wilde Tier« (im) Mann.

Wappenteppiche

Tapisserien, deren Bild lediglich aus einem oder mehreren Wappen – in der Regel vor ornamentalem oder floralem Hintergrund – besteht, werden in den spätmittelalterlichen und frühneuzeitlichen Quellen immer wieder genannt. In Relation zu dieser Überlieferungsdichte sind sie jedoch vergleichsweise selten erhalten. So kann z. B. das Corpuswerk der oberrheinischen Bildteppiche nur ein einziges noch existentes Beispiel anführen.[21] Die hohe Verlustrate hat, wie Brassat ausführt, mehrere Gründe: Zum einen machten solche Produkte den Aufstieg, aber auch den Verlust des sozialen Status des jeweiligen Wappenträgers mit und wurden, aufgrund des singulären, nicht weiter verwendbaren Motivs, in dessen Niedergang mit hineingezogen und gegebenenfalls vernichtet. Bei nicht eben seltenen Wappenänderungen wurden sie mit einem Schlag unmodern und waren nicht mehr zu verwenden. Gleiches gilt für die Fälle von Wappenteppichen mit Allianzwappen: Diese oft nur kurzfristigen dynastischen Verbindungen ließen die Teppiche ebenso rasch obsolet werden wie die Zusammenschlüsse selbst.[22]

Im mittelrheinischen Bereich sind – zumindest bis zum Zweiten Weltkrieg – in seltener Fülle Wappenteppiche erhalten geblieben, die aufgrund der Wappen eindeutig hiesiger Provenienz und Herstellung zuzurechnen sind.[23] In ihrer – allerdings nur funktionalen, nicht aber stilistischen – Nachfolge stehen die beiden um 1530/32 wahrscheinlich in Flandern gearbeiteten Tapisserien mit dem Wappen des Mainzer Erzbischofs Kardinal Albrecht von Brandenburg. Deren Entstehung ist der Wappenbesserung des kurbrandenburgischen Hauses zu verdanken, die quellenkundlich belegte ältere Wappenteppiche Albrechts (s. o.) überflüssig und eine aktualisierte Neufassung notwendig machte (s. Kat.-Nr. DM 10).

Religiöse Themen

Mittelalterliche Bildteppiche zeigen das ganze Spektrum religiöser Thematik, das auch aus den anderen Kunstgattungen bekannt ist. An erster Stelle stehen, entsprechend der dominierenden Marienverehrung des Spätmittelalters, Szenen aus dem Leben der hl. Jungfrau, gefolgt bzw. kombiniert mit solchen aus dem Christusleben. Ähnlich großen Raum nehmen die Darstellungen einzelner oder versammelter Heiliger sowie Szenen aus deren Viten ein. Aber auch ahistorische »Andachtsbilder« wie Darstellungen der Hl. Sippe (Abb. 5), des Gnadenstuhls oder aber des »Hortus conclusus« erfreuten sich großer Beliebtheit.

Wie auch die Mainzer Quellen belegen, standen solche Teppiche in liturgischer Funktion und dienten an den Hochfesten wie Weihnachten, Ostern oder Pfingsten sowie an den Namenstagen der entsprechenden Heiligen als besonders kostbare Verkleidung der betreffenden Altäre. In dem bereits auszugsweise zitierten Inventar der Mainzer Pfarrkirche St. Christoph aus dem Jahre 1495 wird eine solche temporäre Funktion eines Textils beschrieben: *eyn gross gebildt duch mit Inschlagen gebraucht man Jars in der karwochen zu dem heiligen grabe, bey sant Thomas capellen*.[24] Auch wenn es nicht sicher ist, ob es sich hierbei um einen Bildteppich oder ein – nicht gewirktes, sondern besticktes oder bemaltes – »Fastentuch« handelt,[25] wird die herausgehobene Stellung dieses Textils dennoch deutlich. Es stand in den besonderen Diensten der österlichen Liturgie und war nur zeitweise zur Verhüllung des Hl. Grabes in Gebrauch. Sicherlich wird es dem vornehmen Zweck entsprechend kostbar geschmückt gewesen sein und damit zum würdigen Gesamtrahmen der Messfeier beigetragen haben. Die Bildteppiche hatten aber nicht nur liturgische Funktionen zu erfüllen, sie waren auch schmückender Zierrat, wie die Quelle von 1495 anlässlich der Aufhängung zweier Rücklaken bei einem der Hochfeste ebenfalls zu berichten weiß: *Zwey semlich banck ducher von kussen blettern henkt man an die gesanckt stul zu ruck off die hoheren fest*.[26]

Wie anderen bildlichen Darstellungen im Kirchenraum auch, kam Bildteppichen mit religiöser Thematik neben ihrer liturgischen und schmückenden Funktion zusätzlich eine didaktische Rolle zu, die seit dem Frühmittelalter die Verwendung von Bildern im Kirchenraum legitimierte. Diese Bildfunktionen, die das frühe Christentum bereits intensiv diskutiert hatte, werden im 6. Jahrhundert von Gregor dem Großen zusammengefasst und für das gesamte Mittelalter verbindlich formuliert. Eine Anbetung (adoratio) der Bilder wird als Idolatrie streng verboten. Statt dessen dienen die Bilder, so Gregor, der »memoria«, der Erinnerung an Leben und Sterben Jesu Christi und der Heiligen der Kirche. Ferner erzeugen sie beim Betrachter Andacht und mitleidende Devotion, so z. B. Trauer um die Passion des Herrn oder Freude und Trost ob seiner Auferstehung. Vor allem aber dienen sie der Belehrung der des Lesens unkundigen »illiterati«, denen durch das Anschauen der Bilder, unterstützend zur Predigt, zentrale Glaubensinhalte vermittelt werden. Diese Funktionen der Bilder blieben im Abendland das ganze Mittelalter hindurch gültig, von den kirchlichen Autoritäten immer wieder neu formuliert, aber inhaltlich unverändert. Selbst im Spätmittelalter betont z. B. Bonaventura († 1274) noch einmal, dass die Kirche der Bilder bedarf *wegen der Unbildung der einfachen Leute, wegen der Trägheit der Affekte und wegen der Unzulänglichkeit des Gedächtnisses*.[27] Diese Funktionen waren selbstverständlich auch für die Wirkteppiche verbindlich, die als »Bilder« angesehen wurden. Vielleicht wäre es sogar ohne kirchliche Erlaubnis zum Bild und dessen Verwendung im Kirchenraum gar nicht zur Entwicklung dieser Kunstgattung gekommen.[28]

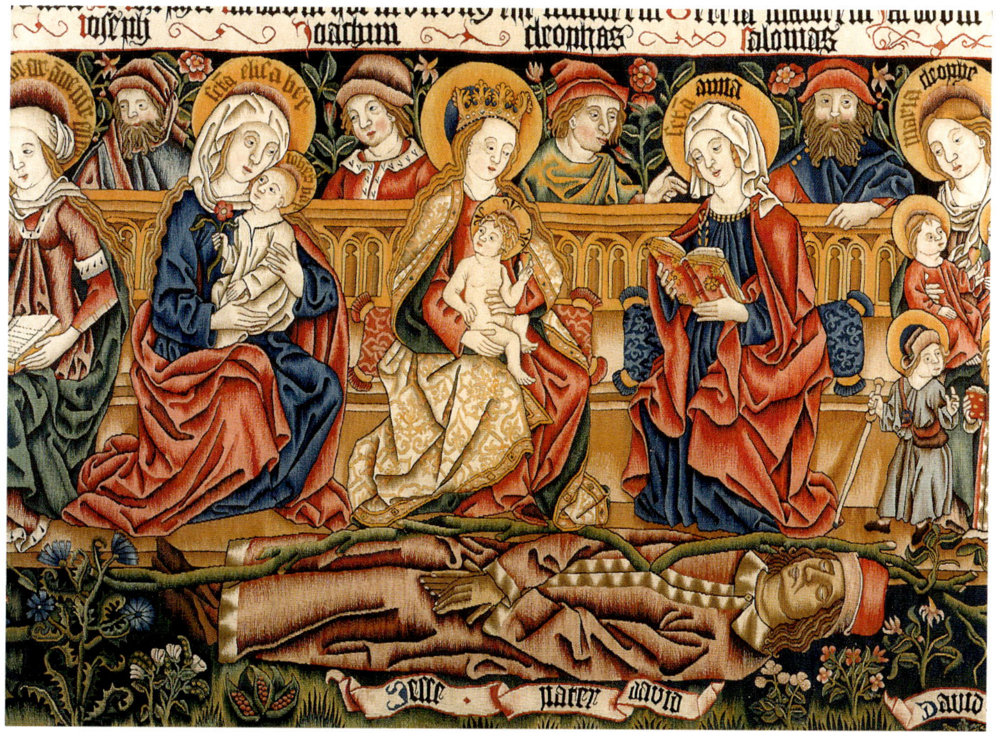

Abb. 5 **Sippenteppich (Kat.-Nr. DM 8, Detail), 1501**

Stil und Datierung

Mehrere Dutzend Bildteppiche aus der Zeit zwischen 1400 und 1550 werden in der Forschung als Stücke aus mittelrheinischer Produktion bezeichnet. Dies ist aus mehreren Gründen eine nicht ganz unproblematische Einordnung. Zum einen ist der Begriff des »Mittelrheinischen« in der Kunstgeschichte stark umstritten. Er taugt, wie neuere Forschungen zeigen, mit seinen meist recht unpräzisen oder allgemein gehaltenen »Charakteristika« kaum oder gar nicht zur geographisch-stilistischen Bestimmung von Kunstwerken, die nicht anderwärtig, so z. B. durch Provenienz, Stifter oder ausführende Künstler, für die Region zwischen Koblenz und Worms sowie die angrenzenden hessischen Gebiete gesichert sind. Zu sehr wurde am Mittelrhein durch regen Kunstaustausch, Kunsthandel und Messegeschäft und nicht zuletzt ein- oder abwandernde Künstler ein stets sich wandelnder »Durchgangsstil« geprägt, den es im Abstand von zwei bis drei Dekaden immer wieder neu zu bestimmen gilt.[29] Dies verbietet, wie es

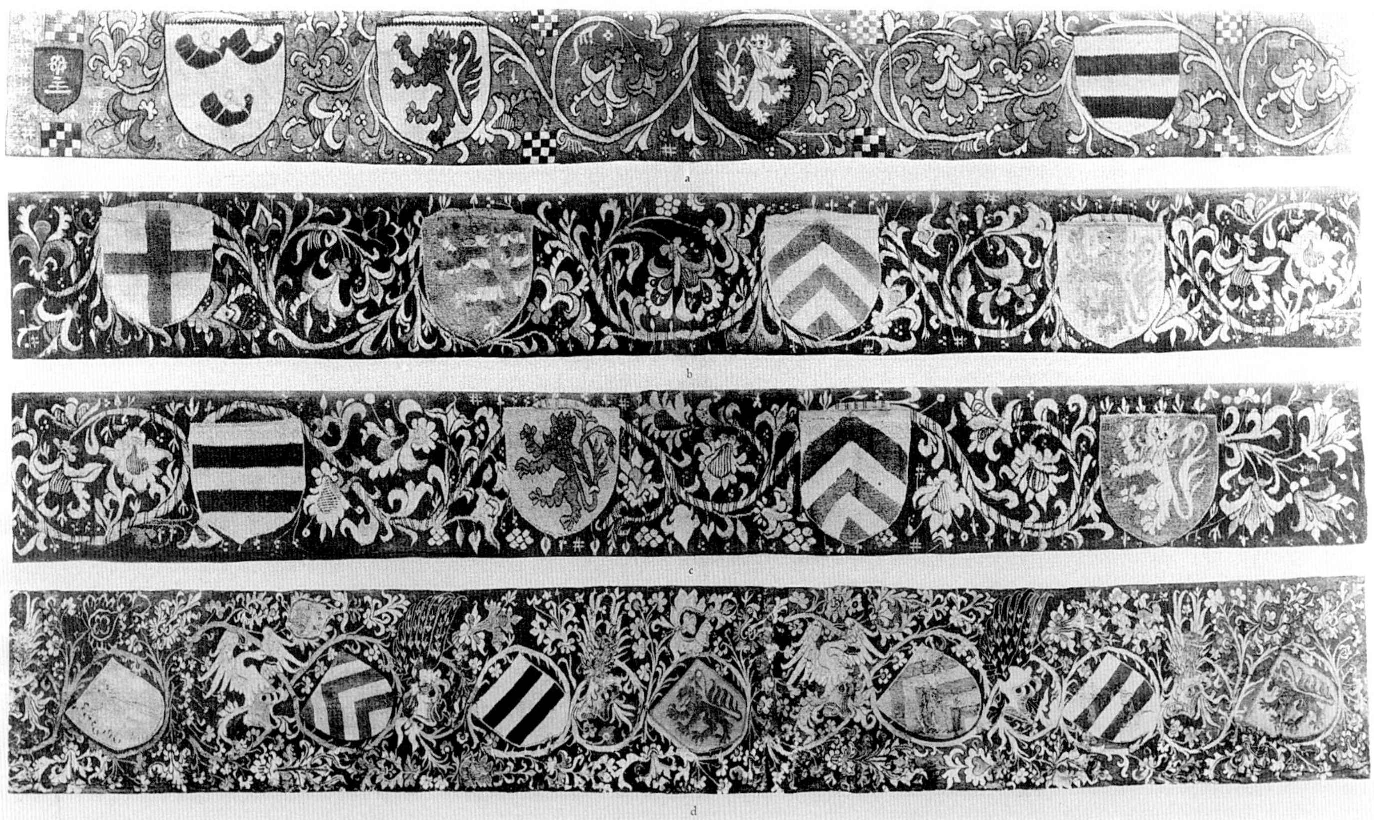

Abb. 6 **Wappenteppiche (verbrannt), 1450/75, Darmstadt, Hessisches Landesmuseum**

die ältere Forschung noch – mit bestenfalls mäßigem Erfolg – versuchte, das »typisch Mittelrheinische« für eine ganze Epoche oder gar das gesamte Kunstschaffen von der Romanik bis zum Barock in einheitlich gültige Stilkriterien fassen zu wollen.[30]

Die Hauptschwierigkeit bei der regionalen Bestimmung der mittelrheinischen Bildteppiche liegt darin, dass von den bekannten Stücken kein Einziges definitiv einer hiesigen Werkstatt zugeschrieben werden kann. Man vermutet zwar Ateliers in Mainz sowie in Frankfurt, Heidelberg oder Worms;[31] aufgrund fehlender Quellen sind diese Werkstätten jedoch weder exakt fassbar, noch können ihnen einzelne Tapisserien oder gar ganze Werkgruppen (die in Ansätzen nachzuweisen sind) zugeordnet werden. Dies gilt auch für die hier vorgestellten Bildteppiche, die aufgrund von Provenienz und Bestimmungsort zwar zu Recht als Mainzer Stücke bezeichnet werden dürfen, deren Entstehung in der Stadt selbst bislang aber nicht zu sichern ist. Damit ist die Ausgangssituation ungleich schwieriger als für die glänzend dokumentierte oberrheinische Produktion mit den Zentren Basel und Straßburg oder die fränkischen Tapisserien, die aus dem Wirkzentrum Nürnberg stammen. Um dennoch eine regionale Abgrenzung vornehmen zu können, gehen die großen Corpuswerke der Tapisserien[32] von anderen Kriterien aus, die Cantzler in ihrer Dissertation über die Bildteppiche der Spätgotik am Mittelrhein aufgegriffen und verfeinert hat.[33] Wie sich analog zur oberrheinischen Produktion gezeigt hat, kommt den oftmals eingewebten Wappen und der dadurch möglichen Bestimmung des Stifters eine zentrale Rolle zu,[34] da Bildteppiche – zumindest zu Gutenbergs Zeit – in der Regel vor Ort in Auftrag gegeben wurden. Tatsächlich lassen sich für Tapisserien mit Wappen von mittelrheinisch-hessischen Geschlechtern gemeinsame, übergeordnete Bildkriterien, meist motivischer Art, erarbeiten. Eine ähnliche Bedeutung kommt der Provenienz der Teppiche, aber auch ihren heutigen Aufbewahrungsorten zu, da sich, wie wiederum ein Blick auf die oberrheinische Produktion zeigt,[35] viele Werke **aus** der Region auch heute noch **in** der Region erhalten haben, namentlich in den Kirchen oder Kirchenschätzen. Auch technische und sprachliche Besonderheiten wie die oft mundartlich gehaltenen Inschriften erlauben Technikhistorikern bzw. Sprachwissenschaftlern die Zuweisung an eine bestimmte Region.[36]

Aus den oben genannten Gründen nehmen die Tapisserien des Bischöflichen Dom- und Diözesanmuseums innerhalb des Corpus der mittelrheinischen Bildteppiche aus spätgotischer Zeit eine besondere Stellung ein. Scheidet man die beiden Brandenburg-Teppiche aus – sie sind, wie die Analyse zeigen wird, kein mittelrheinisches Produkt, sondern in einem flämischen, wahrscheinlich in Brügge residierenden Atelier entstanden – so verbleiben acht Tapisserien, die aus mehreren Gründen zu den zentralen Stücken der einheimischen Produktion gezählt werden. Sie sind nicht nur aufgrund ihres heutigen Aufbewahrungsortes in Mainz zusammenzuschließen und dem Mittelrhein zuzuordnen. Auch die Bestimmung der Stifter des Sippenteppichs als rheingauischer Adel sowie die – leider nur bedingte – Entschlüsselung des Wappens des Wilde-Leute-Teppichs als desjenigen der hessischen Familie von Wallbrunn verweisen auf eine mittelrheinische Herkunft dieser Tapisserien. Darüber hinaus zeigen die sieben Tapisserien des 15. Jahrhunderts neben technischen Gemeinsamkeiten, z. B. den eingestickten Gesichtszügen oder der reichhaltigen Verwendung von Gold- und Silberlahn,[37] in der Anlage des Blatt- und Rankenwerkes im Hintergrund der Bildteppiche große motivische Übereinstimmung mit einer anderen großen Werkgruppe, die aufgrund von Herkunft und Wappenbestimmung dem Mittelrhein zuzuweisen ist: den Wappenteppichen des Hessischen Landesmuseums Darmstadt (Abb. 6). Viele der dort auftretenden Merkmale finden sich auch in dem Mainzer Konvolut wieder: die großen, kraftvollen Wellenbewegungen der breiten Ranken, die oft der Länge nach zweifarbig geteilt sind; die Ausarbeitung der großen, unrealistischen Blüten, kombiniert mit kleinen Dolden; die häufige Verwendung von fünfblättrigen Blüten in Form eines Halbmondes; die herzförmigen Blätter, die tief an dünnen Stielen herunterhängen. Darüber hinaus verband die Darmstädter Wappenteppiche und die Mainzer Wilde-Leute-Teppiche eine etwas grobe und unregelmäßige Ausführung sowie ein vergleichsweise einfaches Material (Wolle). Leider ist diese zentrale Darmstädter Gruppe während des Zweiten Weltkrieges zerstört worden, sodass heute keine detaillierten Vergleiche mehr gezogen werden können und man auf die einschlägigen Vorkriegspublikationen (Kurth etc.) angewiesen bleibt.[38] Dieser große Verlust hebt die Bedeutung der originalen Mainzer Sammlung ebenso wie deren vermittelnde Stellung zur oberrheinischen Kunst. Einzelne Motive von Wilde-Leute-Teppichen aus Baseler bzw. Straßburger Produktion finden sich auch auf den Mainzer Tapisserien wieder, ohne dass von einer kompletten Adaption gesprochen werden könnte.[39] So benutzt der Mainzer Wirker weiterhin das Motiv der für seine Region typischen flammenartig gezackten Grasbüschel unter gleichzeitigem Verzicht auf die für die oberrheinischen Erzeugnisse so charakteristischen stoffartigen Hintergründe. Weitere Unterschiede, die besonders im Vergleich zwischen den Tapisserien des Dommuseums und ihren oberrheinischen Pendants deutlich werden, sind die zarten und doch zugleich kraftvollen Pflanzenbäume (Abb. 7), die – besonders im Falle der Fabeltierteppiche – sehr viel graziler wirkenden, feingliedrigen Personen sowie eine insgesamt elegantere Haltung, die in den genannten Teppichen sogar den Fabeltieren zu Eigen ist, die sich ebenso zierlich zu bewegen wissen wie ihre »Dompteure«. Hinzu kommt die an Pastelltönen reichere Farbskala, die auf Grün, Blau, Ocker und Rosa basiert und nur selten das für die oberrheinischen Teppiche so charakteristische, kraftvolle Rot mit einbezieht.

Abb. 7 **Fabeltier-Teppich (Kat.-Nr. DM 1, Detail), um 1450/75**

Sowohl die Gruppe um die Darmstädter Wappenteppiche als auch die oben genannten sieben Tapisserien des Dommuseums sind nicht fest datiert. Sie werden in der Forschung einhellig in das dritte Viertel des 15. Jahrhunderts datiert, wobei des Öfteren eine gewisse »Fortschrittlichkeit« der Fabeltier-Teppiche konstatiert wird, da hier Vorder- und Hintergrund gleichsam »perspektivisch« verschmelzen würden. Tatsächlich zeigt Teppich a (Kat.-Nr. DM 1) einen der Jünglinge in dem Moment, wo er eine Ranke des Hintergrundes – zur Abwehr des ihn bedrohenden Untieres? – gleichsam zu ergreifen scheint und sich dabei in sie verstrickt, sodass eine wunderbare tiefenräumliche Wechselwirkung zwischen Mensch und Ranke entsteht. Dieses Motiv steht jedoch sowohl innerhalb der Teppichserie als auch in der übrigen Tapisseriekunst der Zeit vereinzelt da. Es stellt, vielleicht unter Rückgriff auf Motive der um 1430 entstandenen Chorbücher des Mainzer Karmeliterklosters (s. Beitrag J. König), eine besondere Erfindung des entwerfenden Künstlers dar, die, zusammen mit der im übrigen höherwertigen Qualität der Fabeltier-Teppiche mehr über die Fertigkeiten von Entwerfer und ausführender Werkstatt aussagt als über die zeitliche Stellung des Teppichs. Eine genauere Differenzierung der in der Literatur getroffenen Datierung »zwischen 1450 und 1475« ist deshalb, solange keine aussagekräftigen und datierbaren, insbesondere grafischen Vorlagen zu den Teppichen gefunden werden, nicht möglich.

Um so höher ist der Wert des Mainzer Sippenteppichs einzuschätzen, der für die mittelrheinischen Bildteppiche der Zeit um 1500 ebenfalls eines der zentralen Werke darstellt. Als einziges mittelrheinisches Werk des 15. und der ersten Jahre des 16. Jahrhunderts ist er fest datiert durch die links unten eingewebte Jahreszahl 1501 (Abb. 8). Von unschätzbarem Wert für Erkenntnisse zur hiesigen Webkunst sind außerdem die ebenfalls eingewebten Wappen, die die im Rheingau bzw. an der Lahn beheimateten Stifter erkennen lassen: die Hilchen von Lorch bzw. das Geschlecht derer von Diez. Hierdurch dürfen mittelrheinische Provenienz und Herstellung dieser Tapisserie als gesichert gelten. Der Sippenteppich steht im Mittelpunkt einer kleinen, aber bedeutsamen Werkgruppe, die von den qualitätvollen, häufig nach (ober-)rheinischer Grafik gearbeiteten spätgotischen Tapisserien der zweiten Hälfte des 15. Jahrhunderts zu niederländisch beeinflussten Frührenaissancearbeiten überleitet. Nicht nur seine überwältigende Größe, auch seine außerordentliche Qualität, die sich in feinsten Schraffuren sowie Licht- und Schattenmalerei niederschlägt, machen ihn zu einem Spitzenprodukt der mittelrheinischen und darüber hinaus auch der deutschen Teppichkunst. Hinzu kommt eine vollendete Körperlichkeit der Figuren und eine bravouröse Beherrschung der Räumlichkeit. Ähnlich wie in der um 1450/75 zu datierenden Werkgruppe, die durch die Darmstädter Kriegsverluste so stark dezimiert wurde, steht auch der Sippenteppich mittlerweile leider als einziger Vertreter seiner Stilstufe da, da sein wichtigstes, wahrscheinlich sogar in der gleichen Werkstatt gearbeitetes Vergleichsstück, der ehemals im Berliner Schlossmuseum aufbewahrte »Susannenteppich« ebenfalls im Zweiten Weltkrieg verbrannt ist.[40]

Der Sippenteppich und die mit ihm verwandten Werke bilden einen letzten großen Höhepunkt der mittelrheinischen Teppichkunst. Unter der übermächtigen Konkurrenz von anderen Wirkzentren wird die Produktion einheimischer Erzeugnisse zunehmend geringer und verschwindet letztlich ganz. Statt dessen werden ab dem späten 15. Jahrhundert verstärkt ausländische Luxustapisserien, insbesondere aus flämischen Ateliers, bestellt. Auch bei den beiden Tapisserien mit dem Wappen des Mainzer Erzbischofs Albrecht von Brandenburg handelt es sich aller Wahrscheinlichkeit nach um flämische, vielleicht in einem Atelier in Brügge gearbeitete Produkte. Sie stehen repräsentativ für eine neue, internationale Epoche: die Ära der Renaissance, die ohne Gutenbergs Erfindung in vielem ein anderes Aussehen oder gar einen anderen Verlauf genommen hätte. Steht der Sippenteppich noch für Gutenbergs Zeitalter, das in Mainz seinen Anfang nahm, so geht mit den Brandenburg-Teppichen Gutenbergs Epoche zu Ende.

1 Selbst eine Provenienz außerhalb der Stadt Mainz ist nicht auszuschließen, da bereits im 19. Jahrhundert einzelne, nicht mehr gebrauchte Gegenstände aus den Pfarrgemeinden des Bistums an die Mutterkirche abgegeben wurden.

2 *Erant ibi purpurarum preciosarum tantae copie, ut diebus festivis totum monasterium, cum sit tamen longum et latum intrinsecus tegeretur et tamen adhuc superfuerunt. Erant tapetia et dorsalia mira picture varietate distincta, que operis subtilitate et pulchritudine animos intuentium admiratione delectabant. Preter ista erant alia, que super pavimentum templi, et scamma, et coram altaribus sternebantur*, Chronicon Moguntinum, Böhmer, Fontes Rer. Germ. II. 258, zit. nach Kurth 1926, S. 283, Nr. 5.

3 Inventar aus St. Christoph, Mainz, aus dem Jahre 1495, zit. nach Kurth 1926, S. 295, Nr. 42.

4 Zu den genannten Funktionen, insbesondere zur Repräsentation s. Brassat 1992, S. 30 ff.

5 Angaben nach Jung 1994, S. 92 f.

6 Falk 1868, S. 10.

7 Katholische Sonntagsblätter zur Belehrung und Erbauung, Nr. 11 vom 11. März 1860, S. 87 f. bzw.Böcher 1972/73, S. 154.

8 *A sinistra baldachini archiepiscopi pendet tapes elegans cum multis insignibus et inscriptione: Arma tot praeclara divina providentia (...) gerit Albertus (...), qui templum magnificentissimum, cui ad aureum velum nomen est, Hallis condidit, collegiumque religiosum (...) apposuit, natus anno 32, anno christi 1522*, zit. nach Arens 1958, S. 172, Nr. 335.

9 Rapp Buri/Stucky-Schürer 1990, S. 52.

10 Perrig 1994, S. 12 ff.

11 Müller 1982, S. 7.

12 Möller 1963, S. X.

13 Zit. nach Müller 1982, S. 12.

14 Chronique de Saint-Denis, zit. nach Markale 1994, S. 83 f.

15 Chronique de Saint-Denis, zit. nach Markale 1994, S. 84 f. Einen ähnlichen Bericht liefert Juvénal des Ursins in seiner »Histoire de Charles VI.«, s. Markale 1994, S. 81 f.

16 Zur Kritik an dieser Diskussion s. Müller 1982, S. 13 f. Im Übrigen gilt es, als Unterscheidungsmerkmale die verschiedenen Grade der Nacktheit zu berücksichtigen: Wilde Frauen mit nackten Brüsten müssen als »echte« Wilde Frauen angesehen werden; zudem tragen »echte« Wilde Leute nie Schuhe, sondern laufen barfuß, während verkleidete Edelleute auch als »Wilde« stets modisch einhergehen und elegantes Schuhwerk tragen.

17 Rapp Buri/Stucky-Schürer 1990, S. 54 bzw. S. 61, Anm. 9.

18 Müller 1982, S. 35.

19 Müller 1982, S. 26.

20 Rapp Buri/Stucky-Schürer 1990, S. 217, Nr. 50.

21 Rapp Buri/Stucky-Schürer 1990, S. 56 mit Nr. 57 auf S. 240 f.

22 Brassat 1992, S. 75 f.

23 Vgl. das bei Cantzler 1990, S. 30 ff. genannte Konvolut.

24 Zit. nach Kurth 1926, S. 295, Nr. 42.

25 Zu dieser Textilgattung s. Sörries 1988, insbes. S. 20–23.

26 Zit. nach Kurth 1926, S. 295, Nr. 42.

Abb. 8 **Sippenteppich (Kat.-Nr. DM 8, Detail), 1501**

27 *Introductae propter triplicem causam: videlicet propter simplicium ruditatem, propter affectuum tarditatem et propter memoriae labilitatem*, Bonaventura, Christologie, Conclusio, zit. nach Wilhelmy 1993, S. 35 f.

29 Zum Durchgangsstil s. Wilhelmy 1994, bes. S. 69 ff.; grundsätzlich: Haussherr 1969; Cantzler 1990, S. 174 ff. sowie Goeltzer 1989/90, S. 14 ff.

30 Tiemann 1930, S. 10 ff.; Jung 1961, S. 69 ff.

31 Cantzler 1990, S. 21 bzw. S. 163 ff.

32 Kurth 1926, Göbel 1933.

33 Cantzler 1990, S. 23 ff.

34 Rapp Buri/Stucky-Schürer 1990, S. 25 f. bzw. S. 87 ff.

35 Rapp Buri/Stucky-Schürer 1990, S. 18 f. bzw. S. 103 ff.

36 Cantzler 1990, S. 25; zur Kritik an der Methode der mundartlichen Lokalisierung s. Rapp Buri/Stucky-Schürer 1990, S. 74 f.

37 Cantzler 1990, S. 39 bzw. 110.

38 Von besonderem Wert sind in diesem Fall die Abbildungen bei Kurth 1926, Taf. 177–180; wie die telefonischen Auskünfte von Kustos Dr. Theo Jülich vom Hessischen Landesmuseum Darmstadt bzw. von Photo Marburg bestätigen, liegen von diesen Teppichen keine originalen Fotos oder Glasplatten mehr vor; deshalb musste die hier gezeigte Abbildung als Repro aus Kurth 1926 entnommen werden.

39 Schneckenburger 1968, S. 29 f.

40 Cantzler 1990, S. 223 f., Nr. 44; Kurth 1926, Taf. 208–211 (mit Farbabb.!).

Kat.-Nr. DM 1 und 2 **Fabeltierteppich**

DM 1 (Abb. s. S. 676 f. oben)

Fabeltier-Teppich (linker Teil)
Um 1450/75

Kette: Leinen, Schuss: Wolle
H. 70 cm, B. 307 cm
5 Kettfäden/cm
Mainz, Bischöfliches Dom- und Diözesanmuseum, Inv.-Nr. T 497a

Der bis zu 70 cm hohe Bildteppich mit Fabeltieren und Edelleuten besteht heute aus zwei Teilen. Zu unbekanntem Zeitpunkt wurde er unter geringem Substanzverlust ziemlich genau in der Mitte auseinander geschnitten,[1] sodass sich heute noch zwei nahezu gleich lange Stücke erhalten haben, die zusammengesetzt die imposante Gesamtlänge von 6,20 m ergeben. Damit zählt er zu den längsten Objekten seiner Art, erreichen Teppiche von solch vergleichsweise geringer Höhe doch selten mehr als eine durchschnittliche Breite von drei bis vier Metern.[2]

Die originalen seitlichen Kanten des Teppichs haben sich erhalten. Sowohl rechts als auch links zeigt ein ca. 16 cm breiter Streifen stilisierte kleine Bäumchen auf feurig rotem Grund. Die Breite der Borte ist ungewöhnlich; die Regel sind sehr viel schmalere, maximal sieben cm breite Borten.[3] Die Komposition des Teppichs orientiert sich im Wesentlichen entlang der Leserichtung. Nach einem Auftakt, der aus zwei um einen Baum gruppierten Wappen besteht, folgen drei in etwa gleich große Bildgruppen, von denen die beiden äußeren, von der farblichen Gestaltung abgesehen, identisch sind. Sie rahmen die leicht beschnittene singuläre Mittelgruppe, die ein drohendes Fabeltier zeigt, das nach einem jungen Mann ausschlägt. Das Fabeltier ist als Mischwesen dargestellt: die Klauen und die unteren Extremitäten scheinen der Vogelwelt entnommen, während die massigen Flanken an ein Rind erinnern. Dem Oberkörper (eines Schafes?) entwachsen an den Schultern zwei mächtige, teils entfaltete Schwingen mit ockerfarbigem Federbesatz. Der Kopf mit seiner Vielzahl von Zotteln, den schmalen Augen und dem spitz zulaufenden Schnabel (?) scheint seinerseits aus mehreren Tieren zusammengesetzt zu sein und erinnert sowohl an einen Drachen, einen Greif oder einen Löwen. Der Gegenspieler dieses Mischwesens, ein junger Edelmann, trägt standesgemäß eng anliegende Beinkleider, eine stark taillierte, eben die Hüften bedeckende Tunika und hochmodische Schnabelschuhe, die nach vorne spitz zulaufen. Mit seiner Rechten umfasst er eine mannshohe blaue Ranke, in die er verstrickt zu sein scheint. Sie dient ihm gleichzeitig als Waffe gegen das ihn bedrängende Fabeltier: peitschenartig scheint er damit zum Schlag auszuholen. Dabei dreht er sich, trotz der drohenden Haltung des Mischwesens, mit dem ganzen Oberkörper nach hinten, um einen Blick auf das benachbarte Paar zu erhaschen, das lediglich durch eine weitere Ranke von ihm getrennt ist. Es handelt sich hier ebenfalls um ein Tier und einen Menschen, diesmal eine höfisch gekleidete Frau, die mit ihrem schmalen Oberkörper und der breiten, weit vorgeschobenen Hüftpartie ganz dem Schönheitsideal der Zeit entspricht. Ihr unbedecktes Haar trägt sie glatt über der Kalotte, ergänzt durch seitlich hochgesteckte, von verschiedenfarbigen Bändern gehaltene Zöpfe. Sie erhebt ihren Zeigefinger warnend in Richtung des vor ihr kauernden Tieres. Dieser domestizierenden Geste bedarf es jedoch wenig: das Mischwesen aus Pferd, Löwe und Drache macht im Vergleich zu dem vorangegangenen Ungeheuer einen friedlichen Eindruck und scheint der Edeldame sogar zuzulächeln. Es wirkt mehr mit der spielerischen Verschlingung in eine Ranke beschäftigt als mit einem Angriff. Diese Mittelgruppe aus Mann bzw. Frau mit Fabeltier wird rechts und links gerahmt vom gleichen, hier jedoch um eine Figur erweiterten Motiv: Edelmann und Edelfrau sind hier zwischen drei rahmende Mischwesen gestellt. Von links naht ein Wesen mit den Hinterbeinen eines Löwen und den Vorderbeinen eines Vogels, während der schlanke Körper einem Windhund und der Kopf, von den Ohren (Rind?) abgesehen, einem Adler entnommen zu sein scheint. In der linken Gruppe ist dieses Tier in prachtvollem Rot bei weiß schattierter Mähne gehalten; in der rechten Gruppe sticht eine himmelblaue Mähne vom ockerfarbenen Körper ab. Ähnlich wie in der Mittelgruppe hat auch dieses Tier seine Pranken drohend gegen einen jungen Edelmann erhoben, der ihm aber ungeachtet der Gefahr den Rücken zukehrt und statt dessen seine ganze Aufmerksamkeit – und einen Stock (Speer?) – gegen ein weiteres Mischwesen rechts von ihm richtet. Dieses Tier mit Fußpranken besitzt glatte, fast humanoide Beine, Flügel, einen langen, aus prachtvollen Federn bestehenden Schweif sowie menschenähnliche Arme und Hände, mit denen es nach einer Ranke greift. Seinen spitzschnäbeligen (Hunde-?)Kopf wendet es in extremer Drehung, die den ganzen Körper durchzieht, nach hinten in Richtung des Angreifers. Diese Bewegung wird ihm erschwert durch

eine Fesselung: mit einem gedrehten mehrfarbigen Seil, das zu seinem Halsband führt, wird es von einer zarten Edelfrau fest am »Gängelband« gehalten. Vergeblich versucht sich das Tier mit einem Griff seiner Linken aus der Fessel zu befreien. Die junge Edelfrau ist ähnlich hochmodisch gekleidet wie die Dame in der Bildmitte; im Gegensatz zu jener trägt sie jedoch ihr Haar bedeckt. Eine weiß-rote bzw. grün-blaue gezaddelte Haube, die aus feinen Federn zusammengesetzt zu sein scheint, lässt lediglich einen kleinen Teil der seitlich hochgesteckten Zöpfe erkennen. Mit ihrer Linken führt die junge Frau ein weiteres Mischwesen an der Leine, die wiederum an einem Halsband befestigt ist. Es handelt sich hier um ein vogelähnliches Tier mit Halszotteln über einem Federkleid und einem flachen, hundeähnlichen Kopf. Trotz seiner gefletschten Zähne macht auch dieses Tier einen domestizierten Eindruck.
W. W.

1 Bereits Kurth 1926, S. 247 vermerkt den Teppich als in zwei Teile zerschnitten.
2 Rapp Buri/Stucky-Schürer 1990, S. 29.
3 Rapp Buri/Stucky-Schürer 1990, S. 30.

Literatur
Kautzsch/Neeb 1919, Textbd., S. 486. – Kurth 1926, Nr. 172/73 auf S. 247. – Schneckenburger 1968, S. 13–23. – Müller 1982, S. 33f. – Cantzler 1990, Nr. 20 auf S. 200f.

DM 2 (Abb. s. S. 676 f. unten)

Fabeltier-Teppich (rechter Teil)
Um 1450/75

Kette: Leinen, Schuss: Wolle
H. 66 cm, B. 305 cm
5 Kettfäden/cm
Mainz, Bischöfliches Dom- und Diözesanmuseum, Inv.-Nr. T 497b

Fabeltiere, alternierend mit Edel- oder Wilden Leuten angeordnet, finden sich in den Darstellungen spätgotischer Bildteppiche immer wieder. Sie stehen inhaltlich für eine meist auf höfischer Erziehung beruhende Zähmung der menschlichen Leidenschaften. So hat auch die Dame im Fabeltier-Teppich rechts ihre Untiere – und damit ihre Leidenschaften – im Griff, eng führt sie sie an der Leine. Dies hängt vielleicht auch damit zusammen, dass sie als verheiratete Frau ausgewiesen ist: in der Regel trugen im Spätmittelalter nur Jungfrauen ihr Haar offen, während Ehefrauen ihr Haar unter einer Haube oder Ähnlichem versteckten. Auch wenn es sich hier um einen hochmodischen extravaganten Kopfputz handelt, so würde diese Interpretation es doch erlauben, in dem Edelmann auf der anderen Seite des von ihr domestizierten Fabeltieres ihren (Ehe-)Partner zu sehen. Er wird durch den Blick des ihnen gemeinsamen Tieres in einen direkten Bezug zu ihr gesetzt, doch sein eigentlicher Gegner ist der dräuende Löwenadler links. Dessen Gebaren ist für den treu sorgenden Ehegatten jedoch ganz offensichtlich ungefährlich, sodass er seinen Speer, mit dem er sich notfalls verteidigen könnte, lediglich spielerisch nach rechts richtet. Seine Leidenschaften scheinen gezähmt und die Treue zu seiner Partnerin unerschütterlich zu sein.
Die mittlere Bildgruppe hingegen erscheint weniger geschlossen und gesichert. Der Furcht erregende Löwendrache wendet sich heftig gegen den rückwärts gewandten Jüngling, dem zur Verteidigung kein Speer oder Stab, sondern nur eine Blattranke zur Verfügung steht, hinter der er sich fast zu verstecken scheint. Diese Geste wird von dem hinter ihm sitzenden Fabeltier nachahmend nahezu karikiert und damit in ihrer Sinnlosigkeit offenbart. Trotz seines vergleichsweise friedlichen Charakters scheint dieses Tier von der Jungfrau noch nicht gebändigt zu sein. Weder trägt es ein Halsband noch wird es auf irgend eine andere Art von ihr »gezügelt«. Vielleicht deshalb, weil es sich hier, wie die fehlende Haube zeigt, um eine noch nicht verheiratete junge Frau handelt?
W. W.

Literatur
S. Kat.-Nr. DM 1.

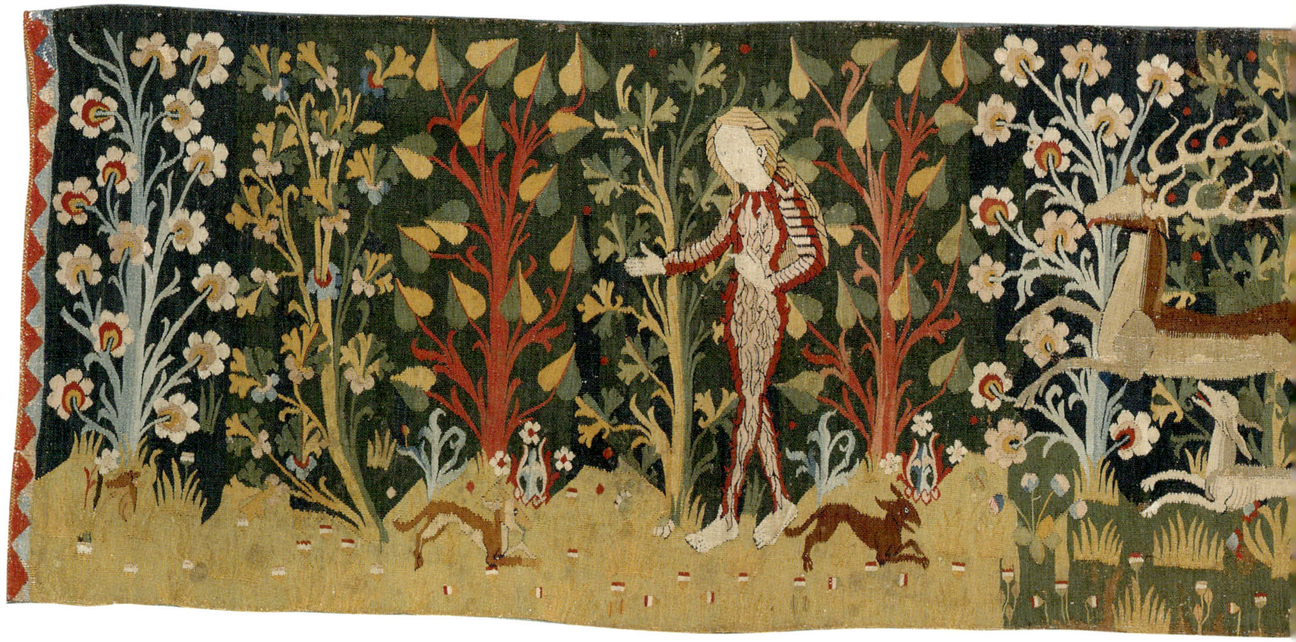

Kat.-Nr. DM 4, 5 und 6 **Wilde-Leute-Teppich**

DM 3 (Abb. s. S. 680 f. oben)

Wilde-Leute-Teppich (linker Teil)
Um 1450/75

Kette: Leinen, Schuss: Wolle
H. 68 cm, B. 284 cm
5 Kettfäden/cm
Mainz, Bischöfliches Dom- und Diözesanmuseum, Inv.-Nr. T 467 a

Die drei Rücklaken (s. auch Kat.-Nr. DM 4 und 5) zeigen Wilde Leute bei der Jagd. Trotz des teilweise fragmentarischen Zustandes der Laken lässt sich die grundsätzliche Flächenaufteilung eines jeden Teppichs in drei Gruppen noch gut ablesen. Rechts eilen ein Wilder Mann und eine Wilde Frau in froher Erwartung aufeinander zu. Die schlanke Wildfrau im rosa Fellgewand hat mit einem schwarzen Band ihr Haar aus der Stirn zurückgenommen, sodass es in langen Bahnen bis zum Ellbogen herabfällt. Ihr breitschultriger Partner im roten Fellkleid hat schulterlanges braunes Haar und einen dichten, rot-blonden Bart, der ordentlich gestutzt ist. Er scheint älter und reifer als seine Partnerin zu sein. Die linke Gruppe des Teppichs zeigt zwei Wilde Frauen, die nach links aus dem Teppich hinauszueilen scheinen. In Gestik und Kleidung sind sie identisch mit der jungen Wilden ganz rechts, lediglich das Gewand der einen ist in dunklem Blau gehalten. Von ihren Fersen ausgehend flüchtet ein Hase zur Bildmitte hin. Hier befindet sich das zentrale Motiv des Teppichs. Es zeigt einen nach links schreitenden Wilden Mann mit einer Hundemeute. Kräftig ins Horn blasend jagt er einen fliehenden Hirsch in einen Waidzaun, der an zwei dünnen, entlaubten Stämmen aufgespannt ist. Eine Konstruktion aus gegrätet verknüpften Seilen, die mittels Ästen im Rahmen verstärkt sind, zeugt von der auch technisch hoch stehenden Kultur der Wilden Leute. Nur Teppich a zeigt all diese Motive; in Teppich b fehlen das aufgespannte Netz sowie die beiden Frauen an den Teppichrändern: sie sind durch blühende Bäume ersetzt. In Teppich c fehlt der Hirsch und vom aufgespannten Netz ist nur das vom Baum herabhängende Seil geblieben. Darüber hinaus differiert die Farbgebung der Personen. Teppich a ist zudem durch die Anbringung zweier Wappenschilde ausgezeichnet. Der erste ist links zwischen den beiden Wilden Frauen platziert. Weiß umbortet, zeigt das quer gespaltene Wappen im unteren Bereich eine undifferenzierte rote Fläche, während der obere Bereich in eine linke blaue und eine rechte weiße Hälfte geteilt ist. Das rechte, rot gebortete Wappen zeigt im Verhältnis 2:1 drei weiße, rautenförmige Gebilde vor schwarzem Grund.[1] Die Deutung beider Wappen auf Teppich a ist bislang noch nicht eindeutig gelungen. Schneckenburger schlägt vor, in dem weiß-rot-blau halbgespaltenen und geteilten Wappen das Emblem des schwäbischen Geschlechtes derer von Schächingen zu sehen, dem schließt sich auch Cantzler an.[2] Ein in dieser Form geteiltes weiß-rot-blaues Wappen trugen aber auch die Reichenauer Ministerialen von Ammenhausen im Thurgau.[3] Für beide Familien ist allerdings keine Allianz mit einem Vertreter eines Geschlechtes überliefert, das weiße Rauten (2:1) auf schwarzem Grund im Wappen trug. Dieses Zeichen hatten die Edelherren von Dornberg bei Groß-Gerau im Schild, so die Kuche von Dornberg, die allerdings vor 1463 ausstarben.[4] Diese Tatsache lässt sich nur schwer mit einem um 1460/70 zu datierenden Teppich, der, wie die Thematik nahelegt, vielleicht anlässlich einer Hochzeit in Auftrag gegeben wurde, in Einklang bringen. Die Hypothese, dass es sich bei dem dargestellten Wappen um dasjenige der Familie von Wallbrunn handelt, ist eher wahrscheinlich.[5] Deren Geschlecht führte ebenfalls drei (silberne) Rauten im Schild, allerdings auf blauem Grund.[6]

W. W.

1 Nach Kurth 1926, S. 247, Nr. 174 war das Wappen zum Teil zerstört und mit Stoff unterlegt, sodass damals nicht mit Sicherheit festzustellen war, ob ein weißer Balken zwischen den Rauten verlief. Das Wappen wurde zu unbekanntem Zeitpunkt (nach 1926) geflickt; wie die Abbildung bei Kurth (Tafel 174) aber deutlich macht, sind dabei keine Veränderungen vorgenommen worden. Der von Kurth postulierte weiße Balken ist anhand der Abbildung eher auszuschließen.

2 Schneckenburger 1968, S. 28 mit Anm. 23; Cantzler 1990, S. 39 mit Anm. 80.

3 So die freundliche briefliche Mitteilung von Herrn Archivdirektor i. R. Dr. Hellmuth Gensicke vom 02.09.1999, der sich dabei auf Auskünfte seines Kollegen Herrn Werner Seeger, Wiesbaden, dem an dieser Stelle ebenfalls herzlich gedankt sei, beruft. Nachweis des Wappens, so Dr. Gensicke, bei Drös 1994, S. 47, Nr. 213 bzw. S. 59, Nr. 447.

4 Briefliche Mitteilung von Herrn Archivdirektor i. R. Dr. Hellmuth Gensicke vom 02. 09. 1999.

5 Zur Familie von Wallbrunn grundsätzlich Kunz 1971 sowie Scior 1977.

6 Kunz 1971, S. 147. Scholz 1999, S. 67 f., Nr. 101 bezeichnet die drei Rauten als »Wecken«, was mit deren unscharfer Kontur gut übereinstimmen würde.

Literatur

Kautzsch/Neeb 1919, Textbd., S. 486 f. – Kurth 1926, Nr. 174 auf S. 247. – Schneckenburger 1968, S. 24–31. – Cantzler 1990, Nr. 22 auf S. 202.

DM 4 (Abb. s. S. 680 f. Mitte)

Wilde-Leute-Teppich (Mittelteil)
Um 1450/75

Kette: Leinen, Schuss: Wolle
H. 65 cm, B. 285 cm
5 Kettfäden/cm
Mainz, Bischöfliches Dom- und Diözesanmuseum, Inv.-Nr. T 467 b

Die Jagd auf den Hirsch ist eines der komplexesten Sujets innerhalb der Wilde-Leute-Thematik. Ältere Interpretationen[1] sahen hierin lediglich die Darstellung eines unbeschwerten Daseins in einer Natur, die dem Tüchtigen Nahrung in Hülle und Fülle bietet. Dieses freie Leben im Einklang mit den Naturgesetzen vollzieht sich abseits des verderblichen Einflusses der Städte, in denen sittlich-moralischer Niedergang herrscht. Die Differenzierung neuerer Forschungsarbeiten[2] hat auch für dieses Motiv der (Hirsch-)Jagd eine Fülle neuer Erkenntnisse gebracht. So ist die Jagd auf den Hirsch grundsätzlich metaphorisch zu sehen und steht für die Beziehungen zwischen Mann und Frau, zwischen Werbendem und Erhörender. Dem Hirsch als Symbol der Treue kommt dabei eine zentrale Rolle zu. Anordnung und Bewegung der Figuren der Mainzer Wilde-Leute-Tapisserien geben dem Betrachter die Orientierung bei der Anschauung vor, die entgegen der »Leserichtung«, also von rechts nach links, verläuft. Hieraus erschließt sich auch der inhaltliche Zusammenhang der drei Einzelszenen. In den Teppichen a und c (s. Kat.-Nr. DM 3 und 5) ist die Wilde Frau offensichtlich auch ohne Beute erfreut über das Erscheinen des Mannes, der an der Jagd nicht teilgenommen hat: er wendet der ganzen Jagdszene den Rücken zu. Ganz eindeutig handelt es sich hier um keine Simultandarstellung, sondern um eine ganz andere, ältere Person als den jungen Jäger mit Horn. In b wiederum fehlt die entsprechende Partnerin, die Erfolg oder Misserfolg der Jagd durch ihr Gebaren kommentieren könnte, dennoch wendet sich auch hier der ältere Mann von dem Jagdgeschehen, das er zu missbilligen scheint, ab, und auch die junge Wilde links flieht, nun allein, vor dem heraneilenden Jäger.

W. W.

1 Bernheimer 1952, S. 121 bzw. S. 175; Katalog »Die wilden Leute des Mittelalters« 1963, S. XI.
2 Insbesondere Müller 1982, S. 51–66.

Literatur
S. Kat.-Nr. DM 3.

DM 5 (Abb. s. S. 680 f. unten)

Wilde-Leute-Teppich (rechter Teil)
Um 1450/75

Kette: Leinen, Schuss: Wolle
H. 64 cm, B. 225 cm
5 Kettfäden/cm
Mainz, Bischöfliches Dom- und Diözesanmuseum, Inv.-Nr. T 467 c

Das zentrale Thema der Mainzer Wilde-Leute-Teppiche ist der Werbungsvorgang zwischen (Wildem) Mann und (Wilder) Frau. Am Anfang des Bildteppichs, der, wie bereits angeführt wurde (s. Kat.-Nr. DM 4), entgegen der üblichen Leserichtung von rechts nach links zu betrachten ist, steht ein Paar, das sich bereits gefunden hat. Beglückt eilen die Wilde Frau und der Wilde Mann mit ausgebreiteten Armen aufeinander zu. Im Gegensatz zu dem von den beiden wegeilenden jagenden Jüngling ist der Wilde Mann dieser Szene durch seinen Bart und die etwas stämmigere Figur als älter, und damit vielleicht auch reifer für eine Beziehung, charakterisiert. Der Jäger hingegen stürmt mit dem Elan der Jugend voran. Diese Eile aber scheint seinem Jagdglück nicht unbedingt förderlich zu sein: wie bereits oben dargelegt, wird ihm der Hirsch wohl entkommen. Auch die beiden jungen Wilden Frauen am linken Bildrand enteilen: ebenso wenig wie den Hirsch wird er eine von ihnen erreichen können. Statt der beiden Frauen kommen ihm jedoch zwei Hasen, von den Fersen der Jungfrauen ausgehend und so ihnen zugeordnet, entgegen. Dieses Angehen eines Hasen auf den Jäger war dem Aberglauben des Mittelalters nach ein Zeichen für bevorstehendes Unglück.[1]
Diese Ängste resultieren aus der negativen Bedeutung, die dem Hasen in der mittelalterlichen Symbolwelt zu-

Kat.-Nr. DM 6 und 7 **Jungfrauenteppich**

kam, galt er doch als Symbol einer unkontrollierten, auf Untreue basierenden Fruchtbarkeit. Der Jäger des Mainzer Bildteppichs wird weder den Hirsch (der Treue) noch eine der Wilden Frauen erreichen und in Treue für sich gewinnen. Ohne eheliche Partnerin verurteilt zur Untreue, gesellen sich ihm allein die diese Untugend symbolisierenden Hasen zu. Sein jugendliches Ungestüm, das die erfolglose Jagd auf das Wild (die Frau) verursacht hat, steht in krassem Gegensatz zu dem idealen Paar rechts, das sich in auf Reife basierender Treue gefunden hat.[2] Immer wieder thematisieren vergleichbare Wilde-Leute-Teppiche, dass es für einen glücklichen Ausgang des Geschehens unabdingbar sei, die für die Jagd (und damit auch die für die Paarbeziehung) geltenden Verhaltensregeln zu beachten, also die Hunde (und sich selbst) im Zaum zu halten oder aber das Wild (die Frau) nicht zu verschrecken, sondern im entscheidenden Moment innezuhalten.[3] Diese Tugenden der Wilden Männer anderer Tapisserien besitzt der ungestüme junge Wildmann offensichtlich nicht; als abschreckendes Beispiel ist er damit von besonderem didaktischen Wert.[4]

W. W.

1 Bächtold-Stäubli 1927–1942, Bd. 3, Sp. 1504–1526 (s. v. »Hase«), hier Sp. 1514.

2 Oft jagen die Wilden Paare auch gemeinsam; dann geht es weniger um den Werbungsvorgang als solchen, sondern um die gemeinsame Suche nach »einer idealen Form der Liebe, deren moralische Voraussetzung die Treue ist«, vgl. Müller 1982, S. 55 mit weiteren Beispielen.

3 Vgl. Rapp Buri/Stucky-Schürer 1990, S. 161 zu Kat.-Nr. 19.

4 Die Mainzer Tapisserie ist hierin vergleichbar anderen Bildteppichen mit ähnlich warnendem Inhalt, vgl. Müller 1982, S. 35ff. bzw. 65ff.

Literatur

S. Kat.-Nr. DM 3.

DM 6 (Abb. s. S. 684 f. oben)

Jungfrauen-Teppich (linker Teil)
Um 1450/75

Kette: Leinen, Schuss: Wolle, Gold- und Silberfäden
H. 65 cm, B. 284 cm
5–6 Kettfäden/cm
Mainz, Bischöfliches Dom- und Diözesanmuseum, Inv.-Nr. T 517a

Auf einem Rasenstück mit flammenartig gebildetem Gras stehen je fünf schlanke junge Frauen. Sie sind umgeben von zahlreichen rankenden Bäumen, Blumen und anderen wild wachsenden Pflanzen, die, im Gegensatz zu einem gepflegten und abgegrenzten Garten, einen Wald oder eine andere Art von »wilder« und ungezügelter Natur darstellen sollen. Nach höfischer Weise sind die Jungfrauen in ein am Oberkörper eng anliegendes Gewand gekleidet. Dieses ist, der Mode des frühen 15. Jahrhunderts entsprechend, oberhalb der Taille von einem Gürtel gerafft und verbreitert sich von den Hüften abwärts, um zu den Füßen nach Art einer Schleppe einen weiten, am Boden aufliegenden Kreis zu bilden. Einige der Frauen tragen ein stark gemustertes Kleid in Rot oder Blau; bei den Übrigen ist dieses Muster zum großen Teil verloren gegangen und heute über dem ockerfarbenen Grundton nur noch schwach zu erkennen. Fein geflochtene Kränze mit Blumen aller Art schmücken ihr Haupt. In ihrer Linken halten die Jungfrauen ein Spruchband, das sich über ihren Kopf hinweg um den gesamten Oberkörper herumzieht. Da es in einem »Baum« links unten fortgesetzt wird, scheint es, als seien die Frauen einer Art von Oval einbeschrieben. Die Worte des Spruchbandes, die ohne erkennbares System entweder in Rot und Blau bzw. in Rot und Schwarz niedergeschrieben sind, variieren in den beiden Tapisserien. In Teppich a verkünden die Frauen: *der welt ere liebt mir sere*; dem halten die Frauen in Teppich b entgegen: *der welt list send mir unmer* (Ungemach).[1] Ihnen antworten Kinder von Wilden Leuten, erkennbar an ihrem Fellgewand. Übereinander angeordnet tauchen sie als Halbfiguren aus Blütenkelchen auf und stellen sich den ihnen zugewandten Jungfrauen entgegen. *Sie ist falß*, schleudern sie auf den mit warnender Geste gehaltenen Spruchbändern den von der Welt geliebten Frauen entgegen, während sie den von der List der Welt enttäuschten Frauen den Rat geben: *such got!*

W. W.

1 Die verschiedenen Lesarten differieren: während Kurth 1926, S. 247 und, auf ihr basierend, Schneckenburger 1968, S. 31 sowie Cantzler 1990, S. 201 die Lesart »umer« wiedergeben, vermerkt Arens 1958, S. 136, Nr. 264 die, wie am Original unschwer zu erkennen ist, korrekte Lesart *unmer*.

Literatur

Kautzsch/Neeb 1919, Textbd., S. 486. – Kurth 1926, Nr. 175 auf S. 247 f. – Arens 1958, Nr. 264 auf S. 136. – Schneckenburger 1968, S. 31 f. – Cantzler 1990, S. 201, Nr. 21.

DM 7 (Abb. s. S. 684 f. unten)

Jungfrauen-Teppich (rechter Teil)
Um 1450/75

Kette: Leinen, Schuss: Wolle, Gold- und Silberfäden
H. 59 cm, B. 265 cm
5–6 Kettfäden/cm
Mainz, Bischöfliches Dom- und Diözesanmuseum, Inv.-Nr. T 517 b

Die Ikonographie der beiden Jungfrauen-Teppiche (s. auch Kat.-Nr. DM 6) ist bislang nur unzureichend untersucht. Die bisherigen Benennungen in der Literatur »Tugendteppich«[1] oder »Wirkstreifen mit Jungfrauen und Wildleuten«[2] treffen den Sachverhalt nur ungenügend. Als Ausgangspunkt der Deutung sollte der Anzahl der weiblichen Hauptpersonen besondere Aufmerksamkeit geschenkt werden: es handelt sich um zweimal fünf Jungfrauen. Bereits diese Zahlensymbolik muss beim mittelalterlichen Betrachter, der es bei entsprechender Bildung gewohnt war, die Welt nach Maß und Zahl zu ordnen, gewisse Assoziationen hervorgerufen haben. Die Frauen sind zwar alle gleich prächtig gekleidet, aber durch ihre Spruchbänder eindeutig positiv bzw. negativ charakterisiert: den gottesfürchtigen Jungfrauen auf der Suche wird durch die Wilden Kinder der Weg hin zu Gott gewiesen. Das Streben der eitlen Jungfrauen hingegen, die von der »Welt« geliebt werden wollen und auf (falsche) »Ehre« aus sind, wird von den hellsichtigen und unverdorbenen Wilden Kindern als »falß« erkannt. Die unterschiedlich charakterisierten Jungfrauen werden auf diese Art und Weise einem großen ikonographischen Thema des hohen und späten Mittelalters inkorporiert: den biblischen »klugen und törichten Jungfrauen«, von denen in einem Gleichnis des Matthäus-Evangeliums die Rede ist: *Dann wird das Himmelreich zehn Jungfrauen gleichen, die ihre Lampen nahmen und dem Bräutigam entgegenzogen. Fünf aber von ihnen waren töricht und fünf klug. Denn die Törichten nahmen zwar ihre Lampen, aber kein Öl mit sich. Die Klugen dagegen nahmen zu ihren Lampen auch Öl in Gefäßen mit. (…) Um Mitternacht aber erscholl der Ruf, »siehe, der Bräutigam! Kommt heraus, ihm entgegen!« Da standen jene Jungfrauen alle auf und machten ihre Lampen zurecht. Die Törichten aber sprachen zu den Klugen: »Gebt uns von eurem Öl, denn unsere Lampen gehen aus.« Die Klugen aber antworteten: »Es könnte für uns und euch nicht reichen. Geht lieber zu den Händlern und kauft euch.« Während sie aber zum Einkaufen weggingen, kam der Bräutigam; und die bereit waren, gingen mit ihm hinein zur Hochzeit, und die Türe wurde geschlossen.*[3]

Um das Thema noch deutlicher zu machen, hat der entwerfende Künstler die klugen Jungfrauen durch ein weiteres und in diesem Falle eindeutiges Attribut gekennzeichnet, das noch nicht erwähnt wurde: alle fünf tragen zwar kleine, aber dennoch, soweit nicht zerstört, gut erkennbare brennende Öllampen aufrecht in ihrer rechten Hand! Dieses wichtige Bilddetail wurde bislang übersehen[4] und konnte deshalb nicht mit in die Interpretation einfließen. Hierzu mag das Fehlen des entsprechenden attributiven Pendants beigetragen haben: normalerweise tragen die törichten Jungfrauen in ihren Händen ebenfalls Lampen, die in ihrem Falle erloschen und meist abwärts gerichtet sind.[5]

Aufgrund der religiösen Thematik dürfte auch für die Mainzer Jungfrauen-Teppiche eine kirchliche Nutzung – vielleicht sogar im Dom – anzunehmen sein.

W. W.

1 Schneckenburger 1968, S. 31.
2 Cantzler 1990, S. 201.
3 Mt 25, 1–13.
4 Ich danke Frau Gabriele Rillig, Mainz, die mich bei der eingehenden Betrachtung der Tapisserie als Erste auf dieses wichtige Bilddetail und die damit verbundene ikonographische Deutung aufmerksam machte.
5 Zu den Lampen als – zeitweise auch fehlendes – Attribut sowie zum Thema grundsätzlich Körkel-Hinkfoth 1994, S. 102.

Literatur
S. Kat.-Nr. DM 6.

DM 8

Sippenteppich

1501

Kette: Leinen, Schuß: Wolle, Gold- und Silberfäden
H. 175 cm, B. 404 cm
5–6 Kettfäden/cm
Mainz, Bischöfliches Dom- und Diözesanmuseum, Inv.-Nr. T 032

Die unter der Bezeichnung »Sippenteppich« bekannte Tapisserie verdankt ihren Namen dem in der Bildmitte dargestellten Thema, der »Hl. Sippe«, also den Verwandten Jesu mütterlicherseits. Deren Namen sind in die jeweiligen Nimben eingetragen. Es handelt sich dabei, von links nach rechts, um folgende Personen:

Memelia, die Enkelin von Hismeria, der Schwester der hl. Anna und damit eine Cousine der hl. Elisabeth. Sie ist die Mutter des hl. Servatius, der, ebenfalls inschriftlich bezeichnet, auf ihrem Schoß sitzt; Hismeria, Schwester der hl. Anna, Mutter der hl. Elisabeth und damit Großmutter Johannes des Täufers; die hl. Elisabeth, Cousine Mariae, mit ihrem Sohn Johannes dem Täufer; Maria, die Mutter Jesu, der auf ihrem Schoß sitzt, Tochter der hl. Anna aus deren erster Ehe mit Joachim; die hl. Anna, die Mutter Mariae; Maria Cleophas, Tochter der hl. Anna aus ihrer zweiten Ehe mit Cleophas (dem Bruder des hl. Joseph), mit ihren vier nicht näher bezeichneten Kindern sowie Maria Salome, Tochter der hl. Anna aus dritter Ehe mit Salomas, und ihre Söhne, den Evangelisten Johannes sowie Jakobus den Älteren.

Parallel dazu zeigt der Teppich aber auch – ausgehend von der liegenden Figur des Ahnvaters Jesse und um das Mittelfeld herum – in der sog. »Wurzel Jesse« die männlichen Ahnen Christi. Jesus selbst bezeichnet sich in der Offenbarung des Johannes als *Radix et genus David*, d. h. *Wurzel und Stamm Davids* (Apk 22,16) und erfüllt hiermit die alttestamentarische Prophezeihung des Jesajas, der verkündet, dass *aus Isais Stumpf aber sproßt ein Reis, und ein Schößling bricht hervor aus seinem Wurzelstock.*[1]

Die oberhalb der Hl. Sippe auf einem Spruchband entrollte Inschrift ist eine der längsten, die auf mittelrheinischen Bildteppichen zu finden ist. Noch bemerkenswerter ist die Tatsache, dass sie die Einzige ist, die in lateinischer Sprache verfasst ist. Die übrigen Inschriften von Bildteppichen der Region sind in spätmittelalterlichem, mundartlich gefärbtem Deutsch gehalten.[2] Sie erzählt in den beiden oberen Zeilen die Geschichte der Nachkommenschaft der hl. Anna:

Anna viros habvit Joachim cleopham salomaq' Cvilibet existis generavit sorte mariam Prima datvr civnx ioseph alpheoq' secunda Et qve saloma zebedeo tercia nvpsit / Prima ihm peperit symonem Jvdamq' secunda Et Joseph et iacobvm quem dicvnt esse minorem Tercia maiorem Jacobvm parit atqve iohannem. (Anna hatte als Männer Joachim, Cleophas und Salomas. Jedem gebar sie nach der Bestimmung eine Maria. Die erste gab man als Gemahlin dem Joseph, die zweite dem Alpheus, und die dritte [Maria], Salome genannt, vermählte man dem Zebedäus. Die erste gebar

Jesus, die zweite Simon, Judas, Joseph und Jakob, von dem man sagte, er sei der Jüngere; die dritte gebiert den älteren Jakob und Johannes [Ev.]).[3] In der dritten Zeile folgt die Aufzählung der Ehemänner der auf der Bank sitzenden heiligen Frauen.

Der Sippenteppich ist, wie bereits Falk in seiner grundlegenden Publikation mitteilt,[4] nachweislich eine Schenkung des Mainzer Medizinalrates Dr. Johann Größer (geb. 1784, gest. 1862).[5] In den Akten der Übergabe ist die ursprüngliche Herkunft der Tapisserie nicht angegeben. Sie wird erst durch Falk in die Literatur eingeführt, der ohne Nachweis vermerkt: »Der Teppich stammt aus dem Kloster Altenmünster in Mainz (…).«[6] Ein nur wenige Jahre früher erschienener Artikel wiederum nennt, ebenfalls ohne Nachweis, eine Herkunft aus dem Mainzer Kloster Maria Dalheim.[7] Beide Angaben sind nicht nachprüfbar. Sie müssen genauso hypothetisch bleiben wie die jüngst geäußerte Meinung, dass die Tapisserie aus dem Mainzer Kloster St. Jakob stammen könnte.[8]

Rechts und links sind in den unteren Ecken des Teppichs zwei Wappen eingewebt. Bereits in seiner Erstpublikation des Teppichs konnte Falk das Lilienwappen als das der Rheingauer Familie Hilchen von Lorch bestimmen.[9] Zu Beginn unseres Jahrhunderts gelang der hervorragenden Textilforscherin Betty Kurth auch eine korrekte Identifikation des zweiten Wappens. Unter Berufung auf »Regierungsrat Dr. Würth in Darmstadt« erkannte sie das Löwenwappen als das des Geschlechtes derer von Diez.[10] In der Mitte des 15. Jahrhunderts verbanden sich die beiden Familien nachweislich einmal miteinander: Zu unbekanntem Zeitpunkt heiratete Johann I. Hilchen von Lorch Agnes von Diez.[11]

Der Sippenteppich ist durch die eingewebte Jahreszahl *MVCI* (1501) links unten fest datiert. Zu diesem Zeitpunkt war Johann I. Hilchen von Lorch schon über 20 Jahre verstorben, sodass er nicht der Stifter des Teppichs sein kann. Doch auch über Agnes von Diez gibt es – außer einer Urkunde aus der Zeit um 1450 – keine weiteren historischen Belege aus dem späten 15. oder frühen 16. Jahrhundert. Ihr Sterbedatum ist unbekannt. Möglicherweise war nicht sie die Stifterin, sondern ihr Sohn, Johann II. Hilchen von Lorch.[12] Ihm gelang es, mit Hilfe seiner Schwäger Otto und Dietrich von Diez, der Familie Hilchen von Lorch in den sechziger Jahren ein wichtiges und ertragreiches Lehen zu sichern, die Vogtei zu Langenseifen, vergeben vom Stift Sankt Maria ad gradus in Mainz. Zum Dank für diese Übertragung könnten Johann II. und die Familie von Diez den Bildteppich nach Sankt Maria ad gradus in Mainz gestiftet haben. Zum Patrozinium passend wäre auch das ikonografische Programm: Hl. Sippe und Wurzel Jesse sind zwei Themen, die in Maria ihren, hier auch bildlichen, Mittelpunkt finden.

W. W.

1 Is, 11,1.

2 Cantzler 1990, S. 25.

3 Zit. nach Arens 1958, S. 139 f, Nr. 268.

4 Falk 1868, S. 10.

5 Ich danke Herrn Michael Brumby vom Stadtarchiv Mainz für die Angabe des Vornamens und der Lebensdaten von Medizinalrat Dr. Größer.

6 Falk 1868, S. 10.

7 Katholische Sonntagsblätter zur Belehrung und Erbauung, Nr. 11 vom 11. März 1860, S. 87 f.

8 Böcher 1972/73, S. 154. Als Begründung verweist er auf nicht erhaltene Inschriften in St. Jakob, die in ähnlicher Form wie im Sippenteppich die hl. Anna verherrlichen. Wie Esser 1986, S. 23 aber nachweist, sind solche Inschriften im 15. Jahrhundert Allgemeingut; zudem relativiert Böcher in Anm. 11 seine Aussage gleich wieder zugunsten eines hypothetischen, heute verlorenen Objektes gleichen Themas.

9 Falk 1868, S. 10.

10 Kurth 1915, S. 88.

11 Gensicke 1973, S. 177, Nr. 11; zu den Hilchen von Lorch grundsätzlich Sauer 1888.

12 Zu Johann II. s. Monsees 1997, S. 308, Nr. 359 sowie die unterschiedlichsten Nennungen bei Sauer 1888.

Literatur

Falk 1868. – Kurth 1915, S. 88. – Kautzsch/Neeb 1919, Textbd., S. 487 f. – Arens 1958, Nr. 268 auf S. 139–141. – Schneckenburger 1968, S. 35–45. – Böcher 1972/73, S. 154. – Esser 1986, Nr. L 06 auf S. 221 f. – Cantzler 1990, S. 224 f, Nr. 45. – Jung 1994.

Kat.-Nr. DM 9 und 10 **Brandenburg-Teppich**

DM 9 (Abb. s. S. 690)

Brandenburg-Teppich (linker Teil) Nach 1530 (1532?)

Kette: Leinen, Schuss: Wolle, Gold- und Silberfäden
H. 120 cm, B. 230 cm
5–6 Kettfäden/cm
Mainz, Bischöfliches Dom- und Diözesanmuseum, Inv.-Nr. T 033 a

Kat.-Nr. DM 9 und 10 mit den identischen Maßen 120 × 230 cm zeigen vor tiefblau-schwarzem Hintergrund ein scheinbar undurchdringliches Dickicht der verschiedensten Pflanzen, die ohne die Andeutung eines Bodens wild wuchernd emporwachsen. Blühende Nelken und Lilien stehen dabei neben einfachem Schilfgras, Löwenzahn oder rankendem Wein. Manche Pflanzen wie Löwenzahn oder Schilf kommen auf einem Teppich mehrfach bzw. auf beiden Bildteppichen vor; die Erbsenschoten hingegen oder die Nelken erscheinen nur einmal. In ihrem realistischen Erscheinungsbild wirken die Pflanzen wie einem botanischen Lehrbuch entnommen ohne dabei ihren reizvollen dekorativen Charme, der vor allem durch die üppige Streuung bedingt ist, zu verlieren. Auffällig ist die Auswahl vergleichsweise »bescheidener«, alltäglicher Pflanzen, die am Wegesrand oder auf Wiesen zu finden sind; auf repräsentative und symbolbeladene Gewächse wie Rose oder Vergissmeinnicht wird in beiden Tapisserien verzichtet. Vor das Blattwerk ist, scheinbar frei schwebend, je ein Wappen gesetzt. Beide sind leicht aus der Mitte des jeweiligen Teppichs verschoben, das eine nach links, das andere nach rechts. Diese geschickte kompositorische Anordnung, in Verbindung mit den identischen Maßen und den unbeschnitten erscheinenden seitlichen Kanten führt die mehrfach geäußerte Vermutung ad absurdum, eine ursprünglich umlaufende Inschrift sei entfernt worden. Die beiden abgebildeten Wappen sind bis ins Detail identisch. Wie Krummstab, Kreuz und Schwert deutlich machen, handelt es sich um ein (erz-)bischöfliches Wappen; der darüber angeordnete Kardinalshut tut ein Übriges, um den Rang des Wappenträgers zu verdeutlichen. Wie die fünfzehn Wappenfelder im Schild (s. u.) eindeutig belegen, handelt es sich bei diesem Kardinal um den Mainzer Erzbischof Albrecht von Brandenburg.
Albrecht wird am 28. Juni 1490 als siebtes und letztes Kind des Markgrafen Johann Cicero von Brandenburg und dessen Gattin Margaretha, der Tochter des Herzogs Wilhelm III. von Sachsen und Thüringen, im Schloss zu Cölln an der Spree geboren. Nur Albrecht, sein älterer Bruder Joachim I. Nestor sowie ihre Schwester Anna erreichen das Erwachsenenalter. Nach dem Tod der Eltern ergreift der 16-jährige Joachim 1499, mit Erlaubnis von Papst und Mainzer Erzbischof, die Kurfürstenwürde und beteiligt ab 1506 den jüngeren Bruder – zumindest symbolisch – an den Regierungsgeschäften. 1509 wird Albrecht auf des Bruders Bestreben Domherr in Magdeburg, 1510 Domherr in Mainz. Drei Jahre später, 1513, im Alter von nur 23 Jahren, kommt innerhalb von 12 Monaten der ganz große Karrieresprung: am 30. oder 31. August 1513 wird Albrecht zum Erzbischof von Magdeburg gewählt und am 9. September bestimmt ihn das Domkapitel von Halberstadt zum Administrator des Bistums. Die dritte Erhebung hingegen wird die bedeutendste: am 9. März 1514 wird Albrecht zum Mainzer Erzbischof und Kurfürsten gewählt. Eine weitere Rangerhöhung gewährt ihm der Vatikan im Jahre 1518: Papst Leo X. nimmt Albrecht ins Kardinalkollegium auf und überträgt ihm die Titularkirche St. Chrysogonus.
W. W.

Literatur

Kautzsch/Neeb 1919, Textbd., S. 488. – Schneckenburger 1968, S. 33f. – Katalog »Albrecht von Brandenburg« 1990, S. 147.

DM 10 (Abb. s. S. 691)

Brandenburg-Teppich (rechter Teil)
Nach 1530 (1532?)

Kette: Leinen, Schuss: Wolle, Gold- und Silberfäden
H. 120 cm, B. 230 cm
5–6 Kettfäden/cm
Mainz, Bischöfliches Dom- und Diözesanmuseum, Inv.-Nr. T 033 b

Das Wappen von Teppich Kat.-Nr. DM 10 (sowie das von Kat.-Nr. DM 9) zeigt die bischöflichen Insignien, d.h., beide Teppiche können definitiv erst nach 1514 gearbeitet worden sein. Der über Schwert, Kreuz und Stab eingefügte Kardinalshut belegt eine Entstehung nach dem Sommer 1518. Im August bzw. Oktober 1529 vereinbaren Albrechts Bruder, Kurfürst Joachim I. und die Herzöge von Pommern, dass das Kurhaus Brandenburg berechtigt sein soll, die Wappen aller pommerschen Länder zu führen: zusätzlich zu den vier pommerschen Greifen und dem Rügener Löwen standen der brandenburgischen Kurlinie somit nunmehr alle neun pommerschen Schilde zu. Auch Albrecht von Brandenburg setzte diese seinem Haus zukommende Erhöhung sofort um: während sein weiterhin geführtes vierfeldiges Wappen unverändert blieb, ersetzte er das bisherige neunfeldige durch das auch auf den beiden Tapisserien zu sehende, nunmehr fünfzehnfeldige Wappen.

Die erste offizielle Mitbelehnung Kurbrandenburgs fand am 26. Juli 1530 auf dem Reichstag von Augsburg statt. Die beiden Bildteppiche können somit erst danach entstanden sein, denn, wie bereits Steinmann, allgemein formuliert, feststellt, ist »auf Grund der dargelegten Wappenänderung des Kardinals (…) die Entstehungszeit von Gegenständen mit dem neunfeldigen Wappen vor Juli 1530 anzusetzen. (…) Ein fünfzehnfeldiges Wappen dagegen weist auf die Zeit nach 1530 hin«.[1] Die hier vorliegenden Bildteppiche sind also, wie bislang angenommen, weder um 1514 noch um 1518 zu datieren,[2] sondern eindeutig nach 1530 entstanden.

Zahlreiche Quellen überliefern uns, dass Albrecht Tapisserien gleich en gros einkaufte – und zwar in den »Niederlanden«, womit, den heutigen geographischen Begriffen nach, Flandern und Brabant gemeint sind.[3] 1532 erwartet der Kardinal ungeduldig flämische Tapisserien, die er über einen Agenten, Hans Schenitz, in Auftrag gegeben hatte.[4] Eventuell handelt es sich hierbei um die hier gezeigten Bildteppiche, deren Entstehung aus stilistischen Gründen nach Brügge, vielleicht in das Atelier des Antoon Segon, zu lokalisieren ist.[5]

Eine genaue Betrachtung der Wappen erlaubt, wie die Forschungen von Redlich und Steinmann gezeigt haben, neben einer präziseren Datierung aber auch Rückschlüsse auf den ursprünglichen Bestimmungsort der Teppiche. In den vielen erhaltenen vier-, neun- oder fünfzehnfeldigen Wappendarstellungen Albrechts variiert die Anordnung der Wappen von Albrechts (Erz-)Bistümern im Herzschild oder im Mittelfeld. Während das vergleichsweise unbedeutende Halberstädter Bistum immer unterhalb der Wappen der beiden Erzdiözesen platziert ist, nimmt einmal dieses, einmal jenes erzbischöfliche Wappen in der oberen Reihe die erste Stelle ein, d.h. es ist heraldisch rechts (vom Betrachter aus also links) gesetzt. Normalerweise würde man erwarten, dass das wichtigere Wappen, also das Mainzer, immer diesen ersten Rang einnähme, war das Mainzer Erzbistum doch nicht nur mit der Kurfürstenwürde, sondern auch mit dem Erzkanzleramt verbunden und galt als eines der (kirchen-)politisch wichtigsten im Reich. In vielen Fällen steht jedoch das Magdeburger Wappen an erster Stelle – allerdings nachweislich nur an solchen Gegenständen, die für die Erzdiözese Magdeburg bestimmt waren.[6]

In den hier vorliegenden Bildteppichen steht das Mainzer Wappen an der heraldisch rechten, also ersten Stelle. Da dies der sozusagen »natürlichen« Rangfolge entspricht, ist hieraus nur bedingt eine Hypothese über den ursprünglichen Bestimmungsort der Tapisserien möglich. Eine Verwendung innerhalb des Mainzer Erzbistums ist jedoch ebenso wahrscheinlich wie eine wenigstens zeitweise Nutzung innerhalb des Mainzer Domes, vor allem, wenn man die Wappenfolge sowie die (weitgehend unbekannte) Provenienz und den heutigen Verbleib im Mainzer Dommuseum berücksichtigt.

W. W.

1 Biermann 1975, S. 251 bzw. Steinmann 1964, S. 161.
2 Katalog »Albrecht von Brandenburg« 1990, S. 147; Jung 1994, S. 97.
3 Bereits Albrechts Vorgänger auf dem Magdeburger Stuhl, Erzbischof Ernst, besaß, wie aus dessen Nachlassverzeichnis hervorgeht, niederländische Tapisserien, so z. B. *(…) 6 grosse gewirckte tücher oder tepte, durch uns in Nyderland gekawft (…)*, s. Redlich 1900, S. 4.
4 Redlich 1900, S. 120 f.
5 Vgl. Katalog »Brugge en de tapijtkunst« 1987, S. 180–191, Nr. 3. Das dort abgebildete Fragment zeigt in Farbigkeit, Musterung und Motiv frappante Ähnlichkeit mit den Brandenburg-Teppichen.
6 Steinmann 1964, S. 158 f; Redlich 1900, S. 158 bzw. 223.

Literatur
S. Kat.-Nr. DM 9.

Stadtplan von Mainz zur Zeit Gutenbergs

Anhang

Autoren

A. A. = Andrea Arens M. A., Landesmuseum Mainz
K. A. = Katja Augustin M. A., Stadtarchiv Friedberg
B. B. = Dr. Bodo Brinkmann, Städelsches Kunstinstitut und Städtische Galerie, Frankfurt a. M.
T. B. = Dr. Thomas Brockmann, Universität Bayreuth
B. Bu. = Bodo Buczynski, Staatliche Museen zu Berlin – Preußischer Kulturbesitz, Skulpturensammlung
W. D. = Dr. Wolfgang Dobras, Stadtarchiv Mainz
I. F.-H. = Dr. Isa Fleischmann-Heck, Gutenberg-Museum Mainz
U. G. = Dr. Uwe Gast, Landesmuseum Mainz
J. G. = Dr. Joachim Glatz, Landesamt für Denkmalpflege Rheinland-Pfalz, Mainz
T. G. = Tanja Greschat, Universität Erlangen
E. H.-B. = Dr. Eva-Maria Hanebutt-Benz, Gutenberg-Museum Mainz
D. H. = Dr. Daniel Hess, Germanisches Nationalmuseum, Nürnberg
F. J. = Prof. Dr. Friedhelm Jürgensmeier, Universität Osnabrück
E. K. = Prof. Dr. Eberhard König, Freie Universität Berlin
J. K. = Judith König, Mainz
F. K. = Priv.-Doz. Dr. Franz Körndle, Universität München
M. M. = Prof. Dr. Michael Matheus, Universität Mainz
R. M. = Ricarda Matheus, Mainz
L. M.-W. = Lothar Müller-Westphal, Düren
M. C. O. = M. Christian Ortner M. A., Heeresgeschichtliches Museum Wien
A. O. = Annelen Ottermann M. A., Stadtbibliothek Mainz
M. P. = Dr. Matthias Pfaffenbichler, Kunsthistorisches Museum Wien, Hofjagd- und Rüstkammer
U. R. = Prof. Dr. Ursula Rautenberg, Universität Erlangen
W. R. = Wolfgang Riedel, Hallgarten
W. S. = Priv.-Doz. Dr. Wolfgang Schmid, Universität Trier
P. S. = Dr. Peter Schmidt, Johann Wolfgang Goethe-Universität, Frankfurt a. M.
C. S. = Dr. Cornelia Schneider, Gutenberg-Museum Mainz
E. S. = Dr. Eduard Sebald, Landesamt für Denkmalpflege Rheinland-Pfalz, Mainz
K.-M. S. = Kai-Michael Sprenger M. A., Mainz
H. S. = Holger Stunz, Mainz
N. Su. = Dr. Norbert Suhr, Landesmuseum Mainz
W. V. = Dr. Wolfhard Vahl, Hessisches Staatsarchiv Marburg
S. W. = Dr. Sabina Wagner, Gutenberg-Museum Mainz
H. W.-A. = Dr. Hiltrud Westermann-Angerhausen, Schnütgen-Museum, Köln
M. W. = Dr. Moritz Woelk, Berlin

Auflösung der Abkürzungen

ADB = Allgemeine Deutsche Biographie. Leipzig, 1 (1875) – 56 (1912)
AGB = Archiv für Geschichte des Buchwesens. Frankfurt/Main, 1 (1956/58) ff.
AHG = Archiv für hessische Geschichte und Altertumskunde. Darmstadt, 1 (1835/37) – 15 (1880/84); N. F. 1 (1893/94) ff.
AmrhKG = Archiv für mittelrheinische Kirchengeschichte. Mainz, 1 (1949) ff.
ArtBull = The Art Bulletin. New York, 1 (1913) ff.
AZ = Archivalische Zeitschrift. München u. a., 1 (1876) – 13 (1888); N. F. 1 (1890) – 20 (1914); 3. F. 1 (1915) ff.
BDDM = Bischöfliches Dom- und Diözesanmuseum Mainz
BMC = Catalogue of books printed in the XVth century now in the British Museum. London, Parts 1 (1908) – 10 (1971) und 12 (1985). [Ab Part 12 u. d. T.: … in the British Library]
BSB-Ink = Bayerische Staatsbibliothek München: Inkunabelkatalog. Wiesbaden, 1 (1988) ff.
CIBN = Bibliothèque Nationale de France: Catalogue des incunables. Paris, 1,1 (1992) und 2 (1985)
CVMA = Corpus Vitrearum Medii Aevi
DA = Deutsches Archiv für Erforschung des Mittelalters. Marburg u. a., 8 (1950/51) ff. Früher u. d. T.: Deutsches Archiv für Geschichte des Mittelalters. Weimar, 1 (1937) – 7 (1944)
DBE = Deutsche Biographische Enzyklopädie. München u. a., 1 (1995) – 10 (1999)
DBhA = Dictionnaire de Biographie des hommes célèbres de l'Alsace depuis les temps les plus reculés jusqu'à nos jours. 2 Bde., Rixheim 1909/10
Dictionary of Art = The Dictionary of Art. Ed. Jane Turner. New York, 1 – 34 (1996)
DM = Bischöfliches Dom- und Diözesanmuseum Mainz
FMASt = Frühmittelalterliche Studien. Berlin, 1 (1967) ff.
GfT = Gesellschaft für Typenkunde des XV. Jahrhunderts: Veröffentlichungen. Leipzig, 1 (1907) – 29/30 (1935/36)
GJb = Gutenberg-Jahrbuch. Mainz, 1 (1926) ff.
GM = Gutenberg-Museum Mainz
GW = Gesamtkatalog der Wiegendrucke. Leipzig, 1 (1925) – 8 (1940); 2. Aufl. Stuttgart u. a., 1 (1968) ff.
GW 1910 = Nachträge zu Hain's Repertorium Bibliographicum und seine Fortsetzungen als Probe des Gesamtkatalogs der Wiegendrucke. Leipzig 1910
GW 1914 = Einblattdrucke des XV. Jahrhunderts. Ein bibliographisches Verzeichnis. (Samlung bibliothekswissenschaftlicher Arbeiten 35/36). Halle 1914
H = Hain, Ludwig: Repertorium bibliographicum, in quo libri omnes ab arte typo graphica inventa usque ad annum MD. 2 Bde. in 4 Teilen. Stuttgart 1826 – 1838
HC = Copinger, Walter Arthur: Supplement to Hain's Repertorium bibliographicum. 2 Bde. in je 2 Teilen, London 1895 – 1902
HCR = Reichling, Dietrich: Appendices ad Hainii-Copingeri Repertorium. 6 Bde. und 1 Index, München 1905 – 1911
HCR, Suppl. = Reichling, Dietrich: Appendices ad Hainii-Copingeri Repertorium. Supplementbd. München 1914
HJb = Historisches Jahrbuch. München u. a., 1 (1880) ff. Früher u. d. T.: Historisches Jahrbuch der Görres-Gesellschaft
IDL = Incunabula in Dutch libraries. Ed. Gerard van Thienen. (Bibliotheca bibliographica Neerlandica 17). 2 Bde., Nieuwkoop 1983
Illustrated Bartsch = The Illustrated Bartsch. General ed. Walter L. Strauss. New York, 1 (1978) ff.
JbBistumMz = Jahrbuch für das Bistum Mainz. Mainz, 1 (1946) – 8 (1958/60). Später u. d. T.: Neues Jahrbuch für das Bistum Mainz
JbKGV = Jahrbuch des Kölnischen Geschichtsvereines. Köln, 1 (1912) ff.
JPKS = Jahrbuch der (bis 1918: kgl.) Preußischen Kunstsammlungen. Berlin, 1 (1880) – 64 (1943). Später u. d. T.: Jahrbuch der Berliner Museen
KunstHessMrh = Kunst in Hessen und am Mittelrhein. Darmstadt, 1/2 (1961/62) ff.
L. = Lehrs, Max: Geschichte und kritischer Katalog des deutschen, niederländischen und französischen Kupferstichs im XV. Jahrhundert. Wien, 1 (1908) – 9 (1934). Mit 9 Tafelbänden
LCI = Lexikon der christlichen Ikonographie. Rom u. a., 1 (1968) – 8 (1976)
LGB = Lexikon des gesamten Buchwesens. 2., völlig neu bearb. Aufl. Stuttgart, 1 (1987) ff.
LM = Landesmuseum Mainz
LMA = Lexikon des Mittelalters. München u. a., 1 (1980) – 10 (1999)
LThK = Lexikon für Theologie und Kirche. Freiburg i. Br., 1 (1930) – 10 (1938); 2. Aufl. 1 (1957) – 10 (1965)
MBvI = Mainzer Bücher verschiedenen Inhalts (Staatsarchiv Würzburg)
MGG = Die Musik in Geschichte und Gegenwart. Kassel u. a., 1 (1951) – 17 (1986)
MIB = Mainzer Ingrossaturbücher (Staatsarchiv Würzburg)
MüJb = Münchner Jahrbuch der bildenden Kunst. München, 1 (1906) –13 (1923); N. F. 1 (1924) – 13 (1938/39); 3. F. 1 (1950) ff.
MZ = Mainzer Zeitschrift. Mainz, 1 (1906) ff.
NA = Neues Archiv der Gesellschaft für ältere deutsche Geschichtskunde. Hannover, 1 (1876) – 50 (1933/34)
NassA = Nassauische Annalen. Wiesbaden, 42 (1913) ff. Früher u. d. T.: Annalen des Vereins für Nassauische Altertumskunde und Geschichtsforschung. Wiesbaden, 1 (1827/30) – 41 (1910/11)
NDB = Neue Deutsche Biographie. Berlin, 1 (1953) ff.
NDBA = Nouveau Dictionnaire de Biographie Alsacienne. Strasbourg, 1 (1983) ff.
NJbBistumMz = Neues Jahrbuch für das Bistum Mainz. Mainz, 1977 ff. Früher u. d. T.: Jahrbuch für das Bistum Mainz.
RDK = Reallexikon zur deutschen Kunstgeschichte. München u. a., 1 (1937) ff.
RepKw = Repertorium der Kunstwissenschaft. Berlin / Stuttgart, 1 (1876) – 52 (1931)
RhVjbll = Rheinische Vierteljahrsblätter. Bonn, 1 (1931) – 12 (1942); 13 (1948) ff.
RQ = Römische Quartalschrift für christliche Altertumskunde und Kirchengeschichte. Freiburg i. Br., 1 (1887) ff.
Saur = Saur Allgemeines Künstlerlexikon. Leipzig / München, 1 (1992) ff.
StA = Stadtarchiv Mainz
StädelJb = Städel-Jahrbuch. München u. a., 1 (1921) – 9 (1935); N. F. 1 (1967) ff.
StB = Stadtbibliothek (StB in Verbindung mit Gutenberg-Museum: Leihgabe der Stadtbibliothek Mainz im Gutenberg-Museum)
TFS = Type Facsimile Society: Publications. Oxford, 1900–1909
Thieme / Becker = Allgemeines Lexikon der bildenden Künstler von der Antike bis zur Gegenwart. Begründet von Ulrich Thieme und Felix Becker. Leipzig, 1 (1907) – 37 (1950)
VD 16 = Verzeichnis der im deutschen Sprachbereich erschienenen Drucke des XVI. Jahrhunderts. VD 16. Hrsg. von der Bayerischen Staatsbibliothek in München. [Red.: Irmgard Bezzel]. Stuttgart, 1 (1983) – 24 (1997)
ZfB = Zentralblatt für Bibliothekswesen. Leipzig, 1 (1884) – 104 (1990)
ZGO = Zeitschrift für die Geschichte des Oberrheins. Karlsruhe, 1 (1850) ff.
ZHF = Zeitschrift für historische Forschung. Berlin, 1 (1974) ff.
ZRGKanAbt = Savigny-Stiftung: Zeitschrift für Rechtsgeschichte. Kanonistische Abteilung. Weimar, 1 (1911) ff.
ZDVKW = Zeitschrift des Deutschen Vereins für Kunstwissenschaft. Berlin, 1 (1934) – 10 (1943); 17 (1963) ff.

Bibliografie

Susanne Speth

A

Achten 1991 – Achten, Gerard: Die Kartäuser und die mittelalterlichen Frömmigkeitsbewegungen. In: Schäfke, Werner (Hrsg.): Die Kölner Kartause um 1500. Köln 1991, S. 138-145

Albert 1922 – Albert, Peter P.: Die Eseler von Alzey. Eine Mainzer Steinmetzensippe des 15. Jahrhunderts. In: ZGO. N. F. 37 (1922), S. 121-179

Alioth 1988 – Alioth, Martin: Gruppen an der Macht. Zünfte und Patriziat in Strassburg im 14. und 15. Jahrhundert. Untersuchungen zu Verfassung, Wirtschaftsgefüge und Sozialstruktur. (Basler Beiträge zur Geschichtswissenschaft 156/156a). 2 Bde., Basel u.a. 1988

Alker / Alker 1966 – Alker, Lisl/Alker, Hugo: Das Beutelbuch in der bildenden Kunst. Ein beschreibendes Verzeichnis. (Kleiner Druck der Gutenberg-Gesellschaft 78). Mainz 1966

Alker / Alker 1978 – Alker, Lisl/Alker, Hugo: Das Beutelbuch in der bildenden Kunst. Ein beschreibendes Verzeichnis: Ergänzungen. In: GJb 1978, S. 302-308

Altmann 1893 – Altmann, Wilhelm (Hrsg.): Eberhart Windeckes Denkwürdigkeiten zur Geschichte des Zeitalters Kaiser Sigmunds. Berlin 1893

Altmann 1896/1900 – Altmann, Wilhelm (Bearb.): Die Urkunden Kaiser Sigmunds (1410–1437). (Regesta Imperii 11). 2 Bde., Innsbruck 1896/1900

Andermann 1990 – Andermann, Kurt: Zeremoniell und Brauchtum beim Begräbnis und beim Regierungsantritt Speyerer Bischöfe. Formen der Repräsentation von Herrschaft im späten Mittelalter und in der frühen Neuzeit. In: AmrhKG 42 (1990), S. 125-177

Andrey 1999 – Andrey, Ivan: A la recherche d'un patrimoine dispersé. In: Patrimoine Fribourgeois. Freiburger Kulturgüter (Die Zisterzienserabtei von Altenryf) 11 (1999), S. 86-98

Angermeier 1984 – Angermeier, Heinz: Die Reichsreform 1410–1555. Die Staatsproblematik in Deutschland zwischen Mittelalter und Gegenwart. München 1984

Anzelewsky 1958 – Anzelewsky, Fedja: Das Gebetbuch der Pfalzgräfin Margarethe von Simmern. In: Berliner Museen. Berichte aus den ehem. Preussischen Kunstsammlungen. N. F. 8 (1958), S. 30-34

Anzelewsky 1971 – Anzelewsky, Fedja: Albrecht Dürer. Das malerische Werk. (Jahresgabe des Deutschen Vereins für Kunstwissenschaft 1970/71). Berlin 1971

Anzelewsky 1985 – Anzelewsky, Fedja: Eine Gruppe von Malern und Zeichnern aus Dürers Jugendjahren. In: Jahrbuch der Berliner Museen. N. F. 29 (1985), S. 35-59

Appuhn/Heusinger 1965 – Appuhn, Horst/Heusinger, Christian von: Der Fund kleiner Andachtsbilder des 13. bis 17. Jahrhunderts in Kloster Wienhausen. In: Niederdeutsche Beiträge zur Kunstgeschichte 4 (1965), S. 157-238

Appuhn 1958 (I) – Appuhn, Horst: Ein denkwürdiger Fund. In: Beiträge zur Geschichte der Brille. Hrsg. von den Firmen Carl Zeiss Oberkochen und Marwitz & Hauser. Stuttgart 1958, S. 179-184

Appuhn 1958 (II) – Appuhn, Horst: Wie alt sind die Nietbrillen von Wienhausen? In: Beiträge zur Geschichte der Brille. Hrsg. von den Firmen Carl Zeiss Oberkochen und Marwitz & Hauser. Stuttgart 1958, S. 203-206

Appuhn 1980 – Appuhn, Horst: Das private Andachtsbild im Mittelalter an Hand der Funde des Klosters Wienhausen. In: Das Leben in der Stadt des Spätmittelalters. Internationaler Kongress Krems an der Donau, 20. bis 23. September 1976. (Veröffentlichungen des Instituts für Mittelalterliche Realienkunde Österreichs 2). (Österreichische Akademie der Wissenschaften. Philosophisch-Historische Klasse. Sitzungsbericht 325). 2. Aufl. Wien 1980, S. 159-169

Appuhn 1989 – Appuhn, Horst (Hrsg.): Meister E.S. Alle 320 Kupferstiche. Dortmund 1989

Arens 1944/45 – Arens, Fritz Viktor: Mainz im Jahre 1660. In: MZ 39/40 (1944/45), S. 41-54

Arens 1950 – Arens, Fritz Viktor: Zum 450. Jubiläum eines großen Diebstahls. In: Mainzer Kalender 1950, S. 20-35

Arens 1958 – Arens, Fritz Viktor (Hrsg.): Die Inschriften der Stadt Mainz von frühmittelalterlicher Zeit bis 1650. (Die deutschen Inschriften 2. Heidelberger Reihe 2). Stuttgart 1958

Arens 1958-1960 – Arens, Fritz Viktor: Ein Blatt aus den Mainzer Karmeliterchorbüchern. In: JbBistumMz 8 (1958-1960), S. 341-346

Arens 1959 – Arens, Fritz Viktor: Bau und Ausstattung der Mainzer Kartause. (Beiträge zur Geschichte der Stadt Mainz 17). Mainz 1959

Arens 1961 – Arens, Fritz Viktor: Die Kunstdenkmäler der Stadt Mainz. Teil 1: Kirchen St. Agnes bis Hl. Kreuz. (Die Kunstdenkmäler von Rheinland-Pfalz 4,1). München u. a. 1961

Arens 1966 – Arens, Fritz Viktor: Das Brevier des Administrators Adalbert von Sachsen in der Mainzer Universitäts-Bibliothek. In: Eibel, Hermann (Hrsg.): Gedenkschrift zur Einweihung der neuen Universitätsbibliothek der Johannes-Gutenberg-Universität Mainz. Mainz 1966, S. 67-89

Arens 1969 – Arens, Fritz Viktor: Das goldene Mainz. 2. Aufl. Schwäbisch-Hall 1969

Arens 1971 – Arens, Fritz Viktor: Die ursprüngliche Verwendung gotischer Stein- und Tonmodel. In: MZ 66 (1971), S. 106-131

Arens 1972 – Arens, Fritz Viktor: Gotische Grabmäler mit der Darstellung der „Ewigen Anbetung" in der Deutschland. In: Das Münster 25 (1972), S. 333-340

Arens 1975 – Arens, Fritz Viktor: Neue Forschungen und Veränderungen an der Ausstattung des Mainzer Domes. In: MZ 70 (1975), S. 106-140

Arens 1980 – Arens, Fritz Viktor: Die Mainzer Kreuzszepter-Madonnen. In: Denkmalpflege in Rheinland-Pfalz. Festschrift für Werner Bornheim gen. Schilling. Mainz 1980, S. 85-96

Arens 1982 (I) – Arens, Fritz Viktor: Der Dom zu Mainz. Darmstadt 1982

Arens 1982 (II) – Arens, Fritz Viktor: St. Martin, der Mainzer Dom und das Erzstift. In: NJbBistumMz 1982, S. 9-55

Arens 1997 - Arens, Andrea: Skulpturen des 13. bis 15. Jahrhunderts im Landesmuseum Mainz. (Museum im Taschenformat 2). Mainz 1997

Arnoult 1979 – Catalogues régionaux des incunables de bibliothèques publiques de France. Bd. 1: Arnoult, Jean-Marie: Bibliothèques de la Région Champagne-Ardenne. Bordeaux 1979

Au 1955 – Au, Bodo von der: Gotischer Schlussstein aus Mainz. In: Lebendiges Darmstadt 1955, Nr. 41/42

Audin 1954 – Audin, Maurice: Type du XVe siècle. In: GJb 1954, S. 84-100

Audin 1957 – Audin, Maurice: Les procédés d'impression des premiers typographes. In: GJb 1957, S. 105-109

Augustin 1995 – Augustin, Katja: Die Wiederherstellung der Stadtkirche in Friedberg 1896 – 1901. Ein Beitrag zur Denkmalpflege im Großherzogtum Hessen. Magisterarbeit Frankfurt/Main 1995 (Ms.)

Avril / Reynaud 1993 – Avril, François / Reynaud, Nicole: Les manuscrits à peintures en France 1440 - 1520. Publié à l'occasion de l'exposition „Quand la peinture était dans les livres – Les manuscrits enluminés en France, 1440 – 1520", réalisé par la Bibliothèque Nationale, 16 octobre 1993 - 16 février 1994. Paris 1993

B

B 42 1979 – Schmidt, Wieland / Schmidt-Künsemüller, Alfred (Hrsg.): Johannes Gutenbergs zweiundvierzigzeilige Bibel. Faksimile-Ausgabe nach dem Exemplar der Staatsbibliothek Preußischer Kulturbesitz Berlin. Kommentarband. München 1979

B 42 1996 – Briesemeister, Dietrich / Hanebutt-Benz, Eva / Koppitz, Hans-Joachim u. a. (Mitarb.): Johannes Gutenberg. Die 42-zeilige Bibel. Kommentar zum Faksimile des Exemplars in Burgos. Valencia 1996

Bächtold-Stäubli 1927-1942 – Bächtold-Stäubli, Hans (Hrsg.): Handwörterbuch des deutschen Aberglaubens. (Handwörterbücher zur deutschen Volkskunde. Abteilung 1). 10 Bde., Berlin 1927-1942

Back 1910 – Back, Friedrich: Mittelrheinische Kunst. Beiträge zur Geschichte der Malerei und Plastik im vierzehnten und fünfzehnten Jahrhundert. Frankfurt/Main 1910

Back 1926/27 – Back, Friedrich: Alte Kunst am Mittelrhein. In: Oberrheinische Kunst 2 (1926/27), S. 187-190

Back 1928/29 – Back, Friedrich: Ein Mainzer Maler des frühen 15. Jahrhunderts. In: Zeitschrift für bildende Kunst 62 (1928/29), S. 102-110

Back 1932 – Back, Friedrich: Ein Jahrtausend künstlerischer Kultur am Mittelrhein. Darmstadt 1932

Backes 1992 – Backes, Martina: Das literarische Leben am kurpfälzischen Hof zu Heidelberg im 15. Jahrhundert. (Hermaea. N. F. 68). Tübingen 1992

Backhouse 1985 – Backhouse, Janet: Book of Hours. London 1985

Bader 1954 – Bader, Karl Siegfried: Ein Staatsmann vom Mittelrhein. Gestalt und Werk des Mainzer Kurfürsten und Berthold von Henneberg. Mainz o. J. [1954]

Baer 1903 – Baer, Leo: Die illustrierten Historienbücher des 15. Jahrhunderts. Strassburg 1903

Baer 1925 – Baer, Leo: Der Heidelberger Totentanz und die mittelrheinische Buchillustration. In: Ruppel, Aloys (Hrsg.): Gutenberg-Festschrift zur Feier des 25jährigen Bestehens des Gutenberg-Museums Mainz. Mainz 1925, S. 269-275

Barker 1980 – Barker, Nicolas: Grammatica Rhythmica: copy, text and layout 1466 – 1468. In: Hellinga. Festschrift, Feestbundel, Mélanges. 43 studies in bibliography presented to Prof. Dr. Wytze Hellinga. Amsterdam 1980, S. 43-57

Barker 1985 – Barker, Nicolas: The Importation of Books into England 1460 – 1526. In: Göpfert, Herbert G. u. a. (Hrsg.): Beiträge zur Geschichte des Buchwesens im konfessionellen Zeitalter. (Wolfenbütteler Schriften zur Geschichte des Buchwesens 11). Wiesbaden 1985, S. 251-266

Bauch 1907 – Bauch, Gustav: Aus der Geschichte des Mainzer Humanismus. In: Dieterich, Julius Reinhard / Bader, Karl (Hrsg): Beiträge zur Geschichte der Universitäten Mainz und Gießen. Darmstadt 1907, S. 3-124

Bauer 1922 – Bauer, Friedrich: Das Gießinstrument des Schriftgießers. Ein Beitrag zur Geschichte der Schriftgießerei. Hamburg / München 1922

Bauer 1987 – Bauer, Sofie: Bildnisse des Frankfurter Werkmeisters Madern Gerthener. In: StädelJb. N. F. 11 (1987), S. 69-74

Bauer 1988 – Bauer, Sofie: Anmerkungen zum Tondoerffer-Epitaph in der St. Lorenzkirche zu Nürnberg und zur mittelrheinischen Tonplastik. In: Anzeiger des Germanischen Nationalmuseums 1988, S. 151-158

Bauer 1992 – Bauer, Sofie: Die mittelalterlichen Grabdenkmäler. In: Becher, Werner / Fischer, Roman (Hrsg.): Die alte Nikolaikirche am Römerberg. (Studien zur Frankfurter Geschichte 32). Frankfurt/Main 1992, S. 313-336

Baur 1860-1873 – Baur, Ludwig (Hrsg.): Hessische Urkunden. Aus dem Großherzoglich-Hessischen Haus- und Staatsarchiv. 6 Bde., Darmstadt 1860-1873. Nachdr. Aalen 1979

Baur-Heinhold 1974 – Baur-Heinhold, Margarete: Schöne alte Bibliotheken. Ein Buch vom Zauber ihrer Räume. 2. Aufl. München 1974

Baurmeister 1994 – Baurmeister, Ursula: Das Blockbuch – Vorläufer oder Konkurrent des mit beweglichen Lettern gedruckten Buchs? In: Rück, Peter (Hrsg.): Rationalisierung der Buchherstellung im Mittelalter und in der frühen Neuzeit. Marburg 1994, S. 147-164

Bechtel 1992 – Bechtel, Guy: Gutenberg et l'invention de l'imprimerie. Une enquête. Paris 1992

Beck / Bredekamp 1975 – Beck, Herbert / Bredekamp, Horst: Die mittelrheinische Kunst um 1400. In: Kunst um 1400 am Mittelrhein. Ein Teil der Wirklichkeit. Liebieghaus 1975. Frankfurt/Main 1975, S. 30-109

Becker 1977 – Becker, Peter Jörg: Handschriften und Frühdrucke mittelhochdeutscher Epen. Eneide, Tristrant, Tristan, Erec, Iwein, Parzifal, Willehalm, Jüngerer Titurel, Nibelungenlied und ihre Reproduktion und Rezeption im späteren Mittelalter und in der frühen Neuzeit. Wiesbaden 1977

Beckmann 1957 – Beckmann, Josef Hermann: Einführung. In: Kerer, Johannes: Statuta Collegii Sapientiae. Satzungen des Collegium Sapientiae zu Freiburg im Breisgau 1497. Faksimile-Ausgabe. Konstanz 1957, S. 5-23

Beeh 1962 – Beeh, Wolfgang: Die Ivesheimer Muttergottes mit dem schreibenden Christuskind. In: Jahrbuch der Rheinischen Denkmalpflege 24 (1962), S. 95-119

Beeh 1970 – Beeh, Wolfgang: Zum Typus des Grabmals von Erzbischof Adolf II. in Kloster Eberbach. In: KunstHessMrh 10 (1970), S. 11-20

Beeh 1990 – Beeh, Wolfgang (Bearb.): Deutsche Malerei um 1260 bis 1550 im Hessischen Landesmuseum Darmstadt. Abbildungsteil. (Kataloge des Hessischen Landesmuseums 15). Darmstadt 1990

Beeh-Lustenberger 1967/1973 – Beeh-Lustenberger, Suzanne (Bearb.): Glasmalerei um 800 – 1900 im Hessischen Landesmuseum Darmstadt. (Kataloge des Hessischen Landesmuseums 2). 2 Bde., Frankfurt/Main / Hanau 1967/1973

Benedum 1997 – Benedum, Christa: Die Kreuzigung von St. Stephan zu Mainz. In: Bahr, Carolin / Jain, Gora (Hrsg.): Zwischen Askese und Sinnlichkeit. Festschrift für Norbert Werner zum 60. Geburtstag. (Giessener Beiträge zur Kunstgeschichte 10). Dettelbach 1997, S. 38-50

Benz 1925 – Jacobus <de Voragine>: Legenda aurea. Deutsch von Richard Benz. 2 Bde., Jena 1925

Benzing 1966 – Benzing, Josef: „Gedruckt zu Mentz von N. D. von E." (1502) In: GJb 1966, S. 137-139

Benzing 1968 – Benzing, Josef: Die Frühdrucke der Hofbibliothek Aschaffenburg bis zum Jahre 1550. (Veröffentlichungen des Geschichts- und Kunstvereins Aschaffenburg 1). Aschaffenburg 1968

Bergmann / Keil 1982 – Bergmann, Heinz / Keil, Gundolf: Das Münchner Pest-Laßmännchen. Standardisierungstendenzen in der spätmittelalterlichen deutschen Pesttherapie. In: Keil, Gundolf (Hrsg.): Fachprosa-Studien. Beiträge zur mittelalterlichen Wissenschafts- und Geistesgeschichte. Berlin 1982, S. 318-330

Bernheimer 1952 – Bernheimer, Richard: Wild men in the middle ages. A study in art, sentiment, and demonology. Cambridge 1952

Beyer 1998 – Beyer, Nicole: Künstlerischer Ausdruck der Ansprüche und Stellung der Mainzer Erzbischöfe in der Frühen Neuzeit: Das Beispiel von Grabdenkmälern. In: Hartmann, Peter Claus (Hrsg.): Kurmainz, das Reichserzkanzleramt und das Reich am Ende des Mittelalters und im 16. und 17. Jahrhundert. (Geschichtliche Landeskunde 47). Stuttgart 1998, S. 173-196

Biermann 1975 – Biermann, Alfons: Die Miniaturenhandschriften des Kardinals Albrecht von Brandenburg (1514 – 1545). In: Aachener Kunstblätter 46 (1975), S. 15-310

Binder-Hagelstange 1937 – Binder-Hagelstange, Ursula: Der mehrfigurige Kalvarienberg in der Rheinischen Malerei von 1300 – 1430. Die Entwicklung des Kalvarienbergs vom Andachtsbild zum Kreuzigungsdrama. Diss. Berlin 1937

Binding 1989 – Binding, Günther: Maßwerk. Darmstadt 1989

Binding 1993 – Binding, Günther (u. a.): Baubetrieb im Mittelalter. Darmstadt 1993

Bischoff 1986 – Bischoff, Bernhard: Paläographie des römischen Altertums und des abendländischen Mittelalters. (Grundlagen der Germanistik 24). 2., überarb. Aufl. Berlin 1986

Blaha / Metze 1992 – Blaha, Walter / Metze, Josef: Kleine illustrierte Geschichte der Universität Erfurt 1392 – 1816. (Erfurter Chronik 4). Erfurt 1992

Blake 1976 – Blake, Norman Francis: Caxton: England's First Publisher. London 1976

Blake 1987 – Blake, Norman Francis: The spread of printing in English during the fifteenth century. In: GJb 1987, S. 26-36

Blake 1996 – Blake, Norman Francis: William Caxton. (Authors of the Middle Ages 3). Aldershot 1996

Bloch 1973 – Bloch, Peter: Eine Marienverkündigung der dunklen Zeit. In: ders. (Hrsg.): Intuition und Kunstwissenschaft. Festschrift für Hanns Swarzenski zum 70. Geburtstag am 30. August 1973. Berlin 1973, S. 379-389

Bloch 1980 – Bloch, Peter (Bearb.): Skulpturengalerie Staatliche Museen Preußischer Kulturbesitz. (Kunst der Welt in den Berliner Museen). Berlin 1980

Bloh 1993 – Bloh, Ute von: Die illustrierten Historienbibeln. Text und Bild in Prolog und Schöpfungsgeschichte der deutschsprachigen Historienbibeln des Spätmittelalters. (Vestigia Bibliae 13/14). Bern/Berlin 1993

Bloy 1967 – Bloy, Colin Henry: A History of Printing Ink, Balls and Rollers 1440 – 1850. London 1967

Blum 1954 – Blum, Robert: Der Prozeß Fust gegen Gutenberg. Eine Interpretation des Helmaspergerschen Notariatsinstruments im Rahmen der Frühgeschichte des Mainzer Buchdruckes. (Beiträge zum Buch- und Bibliothekswesen 2). Wiesbaden 1954

Böcher 1972/73 – Böcher, Otto: Zur jüngeren Ikonographie der Wurzel Jesse. In: MZ 67/68 (1972/73), S. 153-168

Boeckler 1959 – Boeckler, Albert: Deutsche Buchmalerei der Gotik. (Die blauen Bücher). Königstein i. Ts. 1959

Boehm 1988 – Boehm, Laetitia: Das mittelalterliche Erziehungs- und Bildungswesen. In: Propyläen Geschichte der Literatur. Bd. 2: Die mittelalterliche Welt. 600 – 1400. 2. Aufl. Berlin 1988

Böhm 1989 – Böhm, Anke: Das Psalterium Moguntinum. In: GJb 1989, S. 30-38

Boehm 1996 – Boehm, Laetitia: Organisationsformen der Gelehrsamkeit im Mittelalter. In: Garber, Klaus / Wismann, Heinz (Hrsg.): Europäische Sozietätsbewegung und demokratische Tradition. Die europäischen Akademien der Frühen Neuzeit zwischen Frührenaissance und Spätaufklärung. Bd. 1, Tübingen 1996, S. 62-111

Boghardt 1983 – Boghardt, Martin: Bibliographische Beschreibung der im deutschsprachigen Raum zwischen 1608 und 1847 erschienenen typographischen Lehrbücher. In: Philobiblon 1 (1983), S. 5-57

Boghardt 1988 – Boghardt, Martin: Die bibliographische Erforschung der ersten „Catholicon"-Ausgabe(n). In: Wolfenbütteler Notizen zur Buchgeschichte 13 (1988), S. 138-176

Boghardt 1998 – Boghardt, Martin: „auf einem Falz befestigt, der nicht zum Buchblock oder zum Einband gehört". Kodikologische Bemerkungen zum Gothaer Exemplar der Mainzer Catholicon-Ausgabe von 1460. In: GJb 1998, S. 80-89

Boghardt 1999 – Boghardt, Martin: Punkturmuster in großformatigen Inkunabeln und die Datierung des Mainzer „Catholicon". In: GJb 1999, S. 76-88

Bohatta 1911 – Bohatta, Hanns: Liturgische Bibliographie des XV. Jahrhunderts mit Ausnahme der Missale und Livres d'Heures. Wien 1911

Boockmann 1984 – Boockmann, Hartmut: Über Schrifttafeln in spätmittelalterlichen deutschen Kirchen. In: DA 40 (1984), S. 210-224

Boockmann 1987 – Boockmann, Hartmut: Die Stadt im späten Mittelalter. 2. Aufl. München 1987

Borchling / Claussen 1931-1957 – Borchling, Conrad / Claussen, Bruno: Niederdeutsche Bibliographie. Gesamtverzeichnis der niederdeutschen Drucke bis zum Jahre 1800. 3 Bde., Neumünster 1931-1957

Borsa 1961 – Borsa, Gedeon: Eine gedruckte Venediger Buchführeranzeige um das Jahr 1476. In: GJb 1961, S. 43-48

Bossert / Storck 1912 – Bossert, Helmuth Theodor / Storck, Willy F. (Hrsg.): Das mittelalterliche Hausbuch. Nach dem Originale im Besitze des Fürsten von Waldburg-Wolfegg-Waldsee. Leipzig 1912

Bott 1957 – Bott, Barbara: Gotische Plastik in Frankfurt. Ein Beitrag zur Geschichte der mittelrheinischen Skulptur. Diss. Frankfurt/Main 1957 (Ms.)

Bouchot 1903 – Bouchot, Henri: Les deux cent incunables xylographiques du Département des Estampes, Bibliothèque Nationale. Paris 1903

Boyce 1987 – Boyce, P. James J.: Die Mainzer Karmeliterchorbücher und die liturgische Tradition des Karmeliterordens. In: AmrhKG 39 (1987), S. 267-303

Braches 1991 – Braches, Ernst: Gutenberg's ‚scriptorium'. In: Quaerendo 21 (1991) Heft 2 [- Spring], S. 83-99

Brandis 1984 – Brandis, Tilo: Handschriften und Buchproduktion im 15. und frühen 16. Jahrhundert. In: Grenzmann, Ludger / Stackmann, Karl (Hrsg.): Literatur und Laienbildung im Spätmittelalter und in der Reformationszeit. Symposium Wolfenbüttel 1981. (Germanistisches Symposium: Berichtsbd. 5). Stuttgart 1984, S. 176-196

Brassat 1992 – Brassat, Wolfgang: Tapisserien und Politik. Funktionen, Kontexte und Rezeption eines repräsentativen Mediums. Berlin 1992

Braun 1954 – Braun, Wilhelm Hans: Der Bildhauer Hans von Düren und der Steinmetz Siffrit Ribsche von Büdingen. Ein Beitrag zur Literatur über das Sakramentshaus der Friedberger Liebfrauenkirche und zur Kunstgeschichte Schlesiens. In: Wetterauer Geschichtsblätter 3 (1954), S. 64-70

Brentjes 1994/95 – Brentjes, Burchard: Eine Mainzer Handschrift von 1391 mit Miniaturen. In: Revue des Études Arméniennes 25 (1994/95), S. 353-368

Breydenbach 1961 – Breydenbach, Bernhard von: Die Reise ins Heilige Land. Ein Reisebericht aus dem Jahre 1483. Mit 15 Holzschnitten, 2 Faltkarten und 6 Textseiten. Faksimile-Druck d. dt. Ausg. vom 21. Juni 1486. Übertragung und Nachwort von Elisabeth Geck. Wiesbaden 1961

Breydenbach 1977 – Breydenbach, Bernhard von: Die Reise ins Heilige Land. Ein Reisebericht aus dem Jahre 1483. Mit 17 Holzschnitten, 5 Faltkarten und 6 Textseiten. Faksimile-Druck d. dt. Ausg. Mainz 1486. Übertragung und Nachwort von Elisabeth Geck. Wiesbaden 1977

Brilmayer 1994 – Brilmayer, Werner: Nikolaus Müller (1770 – 1851). Eine Gestalt des Mainzer Geisteslebens von der Aufklärung bis zur Mitte des 19. Jahrhunderts. In: MZ 89 (1994), S. 157-166

Brinkmann 1995 – Brinkmann, Bodo: Ein unbekanntes Werk Wolfgang Beurers, des Meisters WB. In: StädelJb. N. F. 15 (1995), S. 145-174

Brockmann 1999 – Brockmann, Thomas: Die Konzilsfrage in den Flug- und Streitschriften des deutschen Sprachraumes 1518 – 1563. (Schriftenreihe der Historischen Kommission der Bayerischen Akademie der Wissenschaften 57). Göttingen 1999

Brosius 1975 – Brosius, Dieter: Zum Mainzer Bistumsstreit 1459 – 1463. In: AHG. N. F. 33 (1975), S. 111-136

Brosius 1976 – Brosius, Dieter: Päpstlicher Einfluß auf die Besetzung von Bistümern um die Mitte des 15. Jahrhunderts. In: Quellen und Forschungen aus italienischen Archiven und Bibliotheken 55/56 (1976), S. 200-228

Broszinski 1986 – Broszinski, Harmut: Die Inkunabeln der Gesamthochschul-Bibliothek Kassel, Landesbibliothek und Murhardsche Bibliothek der Stadt Kassel. Katalog. In: Hessisches Jahrbuch für Landesgeschichte 36 (1986), S. 69-101

Broszinski / Wurzel 1995 – Broszinski, Hartmut / Wurzel, Thomas (Hrsg.): Ein Schatz, wird er mit Augen gesehn? Kostbare Handschriften und Drucke in hessischen Bibliotheken. Frankfurt 1995

Bruckner 1983 – Bruckner, Ursula: Coronatio Maximiliani. In: Beiträge zur Inkunabelkunde. 3. Folge 8 (1983), S. 94-109

Bruckner 1995 – Bruckner, Ursula: Beutelbuch-Originale. In: Studien zum Buch- und Bibliothekswesen 9 (1995), S. 5-23

Bruckner 1997 – Bruckner, Ursula: Das Beutelbuch und seine Verwandten – der Hülleneinband, das Faltbuch und der Buchbeutel. In: GJb 1997, S. 307-324

Brück 1972 – Brück, Anton Philipp: Mainz vom Verlust der Stadtfreiheit bis zum Ende des Dreissigjährigen Krieges (1462 – 1648). (Geschichte der Stadt Mainz 5). Düsseldorf 1972

Bruhns 1940 – Bruhns, Leo: Das Motiv der ewigen Anbetung in der römischen Grabplastik des 16., 17. und 18. Jahrhunderts. In: Römisches Jahrbuch für Kunstgeschichte 4 (1940), S. 253-432

Brush 1990 – Brush, Kathryn L.: Power, Politics, and Demonstration in Thirteenth-Century Mainz: The Tomb Slab of Archbishop Siegfried III von Eppstein († 1249). In: Revue d'Art Canadienne 17 (1990), S. 117-124

Buchner 1927 – Buchner, Ernst: Studien zur mittelrheinischen Malerei und Graphik der Spätgotik und Renaissance. In: MüJb. N. F. 4 (1927), S. 229-325

Buchner 1950 – Buchner, Ernst: [Rezension von Thieme / Becker, Bd. 37]. In: Zeitschrift für Kunst 4 (1950), S. 308-322

Buchner 1953 – Buchner, Ernst: Das deutsche Bildnis der Spätgotik und der frühen Dürerzeit. Berlin 1953

Buczynski 1993 – Buczynski, Bodo: Die Lorcher Kreuztragung. In: Sculptures médiévales allemandes. Conservation et restauration. Actes du colloque ... 1991. Paris 1993, S. 43-62

Büll 1968 – Büll, Reinhard: Vom Wachs. Hoechster Beiträge zur Kenntnis der Wachse. Bd. 1, Beitrag 9: Wachs als Beschreib- und Siegelstoff, Wachsschreibtafeln und ihre Verwendung. Frankfurt/Main 1968

Bumke 1990 – Bumke, Joachim: Geschichte der deutschen Literatur im hohen Mittelalter. (Geschichte der deutschen Literatur im Mittelalter 2). München 1990

Burckhardt 1983 – Burckhardt, Max: Bibliotheksaufbau, Bücherbesitz und Leserschaft im spätmittelalterlichen Basel. In: Moeller, Bernd u. a. (Hrsg.): Studien zum städtischen Bildungswesen des späten Mittelalters und der frühen Neuzeit. (Abhandlungen der Akademie der Wissenschaften in Göttingen Philosophisch-Historische Klasse. 3. Folge Nr. 137). Göttingen 1983, S. 33-52

Buren / Edmunds 1974 – Buren, Anne H. van / Edmunds, Sheila: Playing Cards and Manuscripts: Some Widely Disseminated Fifteenth-Century Model Sheets. In: ArtBull 56 (1974), S. 12-30

Burger 1907 – Burger, Konrad (Hrsg.): Buchhändleranzeigen des 15. Jahrhunderts in getreuer Nachbildung. Leipzig 1907

Bursill-Hall 1977 – Bursill-Hall, Geoffrey Leslie: Teaching Grammars of The Middle Ages. Notes on The Manuscript Tradition. In: Historiographia Linguistica 4 (1977) Heft 1, S. 1-29

Bursill-Hall 1981 – Bursill-Hall, Geoffrey L.: A Census of medieval Latin grammatical manuscripts. (Grammatica speculativa 4). Stuttgart-Bad Cannstatt 1981

Busch 1924 – Busch, Rudolf: Gotische Häusermadonnen in Mainz. Koblenz 1924

Busch 1933 – Busch, Rudolf: Geschichte der städtischen Gemäldegalerie in Mainz. In: MZ 28 (1933), S. 7-20

Buzás 1975 – Buzás, Ladislaus: Deutsche Bibliotheksgeschichte des Mittelalters. (Elemente des Buch- und Bibliothekswesens 1). Wiesbaden 1975

C

Campbell 1987 – Campbell, Tony: The earliest printed maps 1472 – 1500. London 1987

Cantzler 1990 – Cantzler, Christina: Bildteppiche der Spätgotik am Mittelrhein 1400 - 1550. Tübingen 1990

Cardini 1991 – Cardini, Franco / Fumagalli Beonio-Brocchieri, Maria Teresa: Universitäten im Mittelalter. Die europäischen Stätten des Wissens. München 1991

Casamassima 1972 – Casamassima, Emanuele: La prima edizione della Divina Commedia, Foligno 1472. (Documenti sulle arti del libro 9). Mailand 1972

Catalogue of Additions 1864 – Catalogue of Additions to the Manuscripts in the British Museum in the Years 1846 - 1847. London 1864

Catholicon 1986 – Zur Drucklegung des ‚Catholicon' des Johannes Balbus, Mainz 1460. (Bericht über das Arbeitsgespräch unter der Leitung von Dr. Martin Boghardt vom 17./18.12.1985). In: Wolfenbütteler Bibliotheksinformationen 11 (1986) Heft 1/2, S. 9-10

Cermann u. a. 1998 – Cermann, Regina u. a.: Das Glockendon Gebetbuch. Faksimile-Nachdruck der Handschrift: Modena, Biblioteca Estense Universitaria, Est. 136 - [alpha] U.6.7. Luzern 1998

Chartier / Cavallo 1999 – Chartier, Roger / Cavallo, Guglielmo (Hrsg.): Die Welt des Lesens. Von der Schriftrolle zum Bildschirm. Frankfurt/Main u. a. 1999

Christ / May 1997 – Jürgensmeier, Friedhelm (Hrsg.): Handbuch der Mainzer Kirchengeschichte. Bd. 2: Christ, Günter / May, Georg: Erzstift und Erzbistum Mainz. Territoriale und kirchliche Strukturen. (Beiträge zur Mainzer Kirchengeschichte 6). Würzburg 1997

Christie's 1991 – [Marez Oyens, Felix de]: The Würzburg Schottenkloster-Spencer-Liverpool Copy of the 36-line Bible. In: Auktionskatalog Christie's. London, 27. 11. 1991

Claudin 1880 – Claudin, Anatole: Histoire de l'imprimerie à Albi. Paris 1880

Claudin 1971-1976 – Claudin, Anatole: Histoire de l'imprimerie en France au XVe et au XVIe siècle. 4 Bde., Paris 1900-1914. Tables alphabétiques (rédigées par Paul Lacombe). Paris 1915. Nachdr. Nendeln 1971-1976

Clausen 1939 – Clausen, Peter: Heinrich Toke. Ein Beitrag zur Geschichte der Reichs- und Kirchenreform in der Zeit des Baseler Konzils. Diss. Jena 1939

Clemm 1973 – Clemm, Ludwig (Bearb.): Abteilung B 19. Urkunden der Familie zum Jungen mit den zugehörigen Akten der Abteilung E 12 und Handschriften in Abt. C 1. (Repertorien des Hessischen Staatsarchivs Darmstadt [4A - 4C]). Darmstadt 1935. [Masch. Abschrift von 1973]

Coester 1990 – Coester, Ernst: Die Baugeschichte und künstlerische Stellung der Stephanskirche. In: Hinkel, Helmut (Hrsg.): 1000 Jahre St. Stephan in Mainz.

(Quellen und Abhandlungen zur mittelrheinischen Kirchengeschichte 63). Mainz 1990, S. 407-454
Cohn 1934 – Cohn, Werner: Untersuchungen zur Geschichte des deutschen Einblattholzschnitts im 2. Drittel des 15. Jahrhunderts. (Studien zur Kunstgeschichte 302). Straßburg 1934
Coombs / Farrell / Field 1986 – Coombs, Elizabeth / Farrell, Eugen / Field, Richard S.: Pasteprints. A Technical and Art Historical Investigation. Cambridge (Mass.) 1986
Cordes 1985 – Cordes, Gerhard: Art. „Cronecken der sassen". In: Meckseper, Cord (Hrsg.): Stadt im Wandel. Kunst und Kultur des Bürgertums in Norddeutschland 1150 - 1650. Ausstellung Braunschweig, 24. August bis 24. November 1985. Stuttgart-Bad Cannstatt 1985, S. 550
Corsten 1966 – Corsten, Severin: Wann wurde Gutenberg geboren? In: GJb 1966, S. 70-73
Corsten 1971 – Corsten, Severin: Köln und die Ausbreitung der Buchdruckerkunst in den Niederlanden. In: Quaerendo 1 (1971), S. 5-17 und 179-191
Corsten 1979 – Corsten, Severin: Die Drucklegung der zweiundvierzigzeiligen Bibel – Technische und chronologische Probleme. In: Schmidt, Wieland / Schmidt-Künsemüller, Alfred (Hrsg.): Johannes Gutenbergs zweiundvierzigzeilige Bibel. Faksimile-Ausgabe nach dem Exemplar der Staatsbibliothek Preußischer Kulturbesitz Berlin. Kommentarband. München 1979, S. 22-68
Corsten 1981 – Corsten, Severin: Die Kölner Bilderbibeln von 1478. Studien zu ihrer Entstehungsgeschichte. In: Kautzsch, Rudolf (Mitarb.): Die Kölner Bibel 1478/1479. Kommentarband zum Faksimile 1979 der Kölner Bibel 1478/1479. Studien zur Entstehung und Illustrierung der ersten niederdeutschen Bibel. Hamburg 1981, Sp. 49-74
Corsten 1983 (I) – Corsten, Severin: Der frühe Buchdruck und die Stadt. In: Moeller, Bernd / Patze, Hans / Stackmann, Karl (Hrsg.): Studien zum städtischen Bildungswesen des späten Mittelalters und der frühen Neuzeit. (Abhandlungen der Akademie der Wissenschaften in Göttingen. Philologisch-historische Klasse. 3. F. Nr. 137). Göttingen 1983, S. 9-32
Corsten 1983 (II) – Corsten, Severin: Hat Gutenberg an der Erfurter Universität studiert? In: GJb 1983, S. 159-162
Corsten 1985 – Corsten, Severin: Caxton in Köln. In: Corsten, Severin: Studien zum Kölner Frühdruck. Gesammelte Beiträge 1955-1985. (Kölner Arbeiten zum Bibliotheks- und Dokumentationswesen 7). Köln 1985, S. 169-194
Corsten 1987 – Corsten, Severin: Universities and early printing. In: Hellinga, Lotte u. a. (Hrsg.): Bibliography and the Study of 15-th Century Civilisation. (British Library occasional papers 5). London 1987
Corsten 1995 – Corsten, Severin: Gerard Leeu. In: LGB, Bd. 4., 2. Aufl. 1995, S. 431
Corsten 1996 – Corsten, Severin: Gutenberg, Johannes, Drucker. In: DBE, Bd. 4, München u. a. 1996, S. 267-269
Corsten 1999 – Corsten, Severin: The illustrated Cologne bibles of c. 1478. Corrections and Additions. In: Davies, Martin (Hrsg.): Incunabula. Studies in Fifteenth-Century Printed Books presented to Lotte Hellinga. London 1999, S. 79-88
Corsten / Fuchs 1988 – Corsten, Severin / Fuchs, Reimar W. (Hrsg.): Der Buchdruck im 15. Jahrhundert. Eine Bibliographie. (Hiersemanns bibliographische Handbücher 7). Teil 1: Bibliographie. Stuttgart 1988
Crone 1995 – Crone, Marie-Luise (u. a.): Limburg. Geschichte des Bistums. Bd. 2, Straßburg 1995

D

Darapsky 1959 – Darapsky, Elisabeth: Die Verluste der Mainzer Stadtbibliothek unter der Amtsführung von F. J. Bodmann und der Prozeß gegen die Erben Bodmanns. In: MZ 54 (1959), S. 12-30
Davies 1911 – Davies, Hugh Williams: Bernhard von Breydenbach and his Journey to the Holy Land 1483–84. A Bibliography. London 1911
Davies 1995 – Davies, Martin: Aldus Manutius. Printer and publisher of Renaissance Venice. London 1995
De Hamel 1986 – De Hamel, Christopher: A History of Illuminated Manuscripts. Oxford 1986
De Hamel 1994 – De Hamel, Christopher: A History of Illuminated Manuscripts. 2. Aufl. Oxford 1994
De Ricci 1911 – De Ricci, Seymour: Catalogue raisonné des premières impressions de Mayence (1445 – 1467). (Veröffentlichungen der Gutenberg-Gesellschaft 8/9). Mainz 1911
Delisle 1905 – Delisle, Leopold Victor (Vorr.): Chantilly. Le Cabinet des livres. Imprimés antérieurs au milieu du XVIe siècle. Paris 1905
Demandt 1977 – Demandt, Dieter: Stadtherrschaft und Stadtfreiheit im Spannungsfeld von Geistlichkeit und Bürgerschaft in Mainz (11. bis 15. Jahrhundert). (Geschichtliche Landeskunde 15). Wiesbaden 1977
Dengel 1986 – Dengel, Beate: Die ehemalige Liebfrauenkirche in Mainz. Diss. Mainz 1986 (Ms.)
Dengel-Wink 1990 – Dengel-Wink, Beate: Die ehemalige Liebfrauenkirche in Mainz. Ein Beitrag zur Baukunst und Skulptur der Hochgotik am Mittelrhein und in Hessen. (NJbBistumMz 1990). Mainz 1990
Dertsch 1962-1967 – Dertsch, Richard (Bearb.): Die Urkunden des Stadtarchivs Mainz. Regesten. (Beiträge zur Geschichte der Stadt Mainz 20). 4 Bde., Mainz 1962-1967
Dickerhof 1989 – Dickerhof, Harald: Europäische Traditionen und „deutscher Universitätsraum". Formen und Phasen akademischer Kommunikation. In: Pohl, Hans (Hrsg.): Die Bedeutung der Kommunikation für Wirtschaft und Gesellschaft. (Vierteljahrsschrift für Sozial- und Wirtschaftsgeschichte. Beiheft 87). Stuttgart 1989, S. 173-198
Dickerhof 1994 – Dickerhof, Harald (Hrsg.): Bildungs- und schulgeschichtliche Studien zu Spätmittelalter, Reformation und konfessionellem Zeitalter. (Wissensliteratur im Mittelalter 19). Wiesbaden 1994
Diel 1949 – Diel, Karl: Florentius Diel und die geistigen Strömungen in der Frühzeit der Mainzer Universität. In: JbBistumMz 1949 [Festschrift für Dr. Dr. August Reatz], S. 361-373
Diepenbach 1926 – Diepenbach, Wilhelm: Die Wandlungen der Münzstätte Mainz mit besonderer Berücksichtigung des 14. und 15. Jahrhunderts. In: Korrespondenzblatt des Gesamtvereins der deutschen Geschichts- und Altertumsvereine 74 (1926) Heft 7–9, Sp. 154-155
Diepenbach 1928 – Diepenbach, Wilhelm: Die Siegel der Mainzer Universität. In: Volk und Scholle 6 (1928), S. 79-83
Diepenbach 1928/29 – Diepenbach, Wilhelm: Die Stadtbefestigung von Mainz. In: Wothe, Heinrich (Hrsg.): Mainz – ein Heimatbuch. 2 Bde., Mainz 1928/29. Unveränd. Nachdr. in einem Bd. Frankfurt/Main 1977, hier Bd. 1, S. 21-42
Diepenbach 1930 – Diepenbach, Wilhelm: Die Siegel und Medaillen der Mainzer Universität und Bildnisse von Universitätsprofessoren auf Schaumünzen. Ein Nachtrag. In: Volk und Scholle 8 (1930), S. 241-244
Diepenbach 1941 – Diepenbach, Wilhelm: Siegel der „freien" Stadt Mainz. In: MZ 36 (1941), S. 71-80
Diepenbach 1946 – Diepenbach, Wilhelm: Die Siegel und Medaillen der Mainzer Universität. In: Die alte Mainzer Universität. Gedenkschrift anläßlich der Wiedereröffnung der Universität in Mainz als Johannes-Gutenberg-Universität 1946. Mainz 1946, S. 66-77
Diepenbach 1949 – Diepenbach, Wilhelm: Der Rheinische Münzverein. In: Napp-Zinn, Anton Felix (Hrsg.): Kultur und Wirtschaft im rheinischen Raum. Festschrift Christian Eckert. Mainz 1949, S. 89-120
Dieterichs 1930 – Dieterichs, Karl: Die Buchdruckpresse von Johannes Gutenberg bis Friedrich König. Beilage zum 28. Jahresbericht der Gutenberg-Gesellschaft. Mainz 1930
Dietz 1995 – Dietz, Wilfried: Die Töpferei in Aulhausen. Teil 1: Die Fundsituation und die Aulhauser Produkte. In: Rheingau-Forum 4 (1995), S. 24-36
Dirlmeier 1978 – Dirlmeier, Ulf: Untersuchungen zu Einkommensverhältnissen und Lebenshaltungskosten in oberdeutschen Städten des Spätmittelalters (Mitte 14. bis Anfang 15. Jahrhundert). (Abhandlungen der Heidelberger Akademie der Wissenschaften. Philosophisch-Historische Klasse 1978,1). Heidelberg 1978
Dobras 1999 – Dobras, Wolfgang: Die kurfürstliche Stadt bis zum Ende des Dreißigjährigen Krieges (1462 - 1648). In: Dumont, Franz / Scherf, Ferdinand / Schütz, Friedrich (Hrsg.): Mainz. Die Geschichte der Stadt. 2. Aufl. Mainz 1999, S. 227-263
Dodgson 1903 – Dodgson, Campbell: Catalogue of Early German and Flemish Woodcuts Preserved in the Department of Prints and Drawings, British Museum. Bd. 1, London 1903
Dörr 1953 – Dörr, Margarete: Das St. Mariengredenstift in Mainz (Geschichte, Recht und Besitz). Diss. Mainz 1953 (Ms.)
Dold 1951 – Dold, Alban: Die Beweisstücke für die Priorität der B 42 vor der B 36 im Lichtbild dargeboten und kurz erläutert. In: GJb 1951, S. 48–51 und Taf. VI-XI
Dotzauer 1989 – Dotzauer, Winfried: Vom frühen Mittelalter bis ins 15. Jahrhundert. In: Mathy, Helmut (Hrsg.): Bingen. Geschichte einer Stadt am Mittelrhein. Mainz 1989, S. 1-71
Dresler 1954 – Dresler, Adolf: Hat Gutenberg in Bamberg die 36zeilige Bibel gedruckt? In: Börsenblatt für den deutschen Buchhandel. Ausgabe Frankfurt/Main 10 (1954) Nr. 76, S. 553–556, Nr. 85, S. 618–622 und Nr. 96, S. 701–704. (Aus dem Antiquariat 10, 11 und 13)
Drös 1994 : Drös, Harald: Das Wappenbuch des Gallus Öhm. (Reichenauer Texte und Bilder 5). Sigmaringen 1994
Duchhardt-Bösken 1975 – Duchhardt-Bösken, Sigrid: Der Mainzer Dom im 19. Jahrhundert. In: Brück, Anton Philipp (Hrsg.): Willigis und sein Dom. Festschrift zur Jahrtausendfeier des Mainzer Domes 975 – 1975. Mainz 1975, S. 439-499
Dückers 1994 – Dückers, Alexander: Das Berliner Kupferstichkabinett. Ein Handbuch zur Sammlung. Berlin 1994
Dumont / Scherf / Schütz 1999 – Dumont, Franz / Scherf, Ferdinand / Schütz, Friedrich (Hrsg.): Mainz. Die Geschichte der Stadt. 2. Aufl. Mainz 1999
Dürkop 1932 – Dürkop, Johannes: Der Meister des Hausbuches. In: Oberrheinische Kunst 5 (1932), S. 83-160
Durstmüller 1973 – Durstmüller, Anton: Die Wappen der Gensfleisch-Sippe im St. Christoph Wappenbuch des Niederösterreichischen Landesarchivs. In: Die berufsbildende Schule Österreichs 1972/73, Heft 1. Beilage: Begründung und Zerstörung des Slowenischen Buchwesens im 16. Jahrhundert
Duverger 1840 – Duverger, Eugène: Histoire de l'invention de l'imprimerie par les monuments. Album typographique exécuté à l'occasion du Jubilé Européen de l'invention de l'imprimerie. Paris 1840
Dziatzko 1889 – Dziatzko, Karl: Beiträge zur Gutenbergfrage. (Sammlung bibliothekswissenschaftlicher Arbeiten 2). Berlin 1889
Dziatzko 1890 – Dziatzko, Karl: Gutenbergs früheste Druckerpraxis. (Sammlung bibliothekswissenschaftlicher Arbeiten 4). Berlin 1890

E

Eberlein 1995 – Eberlein, Johann Konrad: Miniatur und Arbeit. Das Medium Buchmalerei. Frankfurt/Main 1995
Edler 1938 – Edler, Josef: Die Liebfrauenkirche in Frankfurt a. M. und ihre Kunstwerke. Düren 1938
Ehlert 1978 – Ehlert, Eberhardt: Die Fürst-Georg-Bibliothek Dessau. Dritte Betrachtung: die Kuriosa. In: Dessauer Kalender 22 (1978), S. 84-88
Ehresmann 1968 (I) – Ehresmann, Donald Louis: Middle Rhenish Sculpture 1380 – 1440. New York 1968
Ehresmann 1968 (II) – Ehresmann, Donald Louis: The Frankfurt Three Kings Portal, Madern Gerthener, and the International Gothic Style on the Middle Rhine. In: ArtBull 50 (1968), S. 301-308
Eichenberger / Wendland 1977 – Eichenberger, Walter / Wendland, Henning: Deutsche Bibeln vor Luther. Die Buchkunst der achtzehn deutschen Bibeln zwischen 1466 und 1522. Hamburg 1977
Einsingbach 1989 – Einsingbach, Wolfgang: Kiedrich im Rheingau. (Rheinische Kunststätten 152). 6. Aufl. Neuss 1989
Emmerling 1969 – Emmerling, Ernst: Ingelheim Stadtteil Oberingelheim. (Rheinische Kunststätten 1969,4). Neuss 1969
Emmerling 1974 – Emmerling, Ernst: Stadt Bingen. (Rheinische Kunststätten 1974,2). Neuss 1974
Erler 1964 – Erler, Adalbert: Mittelalterliche Rechtsgutachten zur Mainzer Stiftsfehde 1459 – 1463. (Schriften der wissenschaftlichen Gesellschaft an der Johann Wolfgang von Goethe Universität Frankfurt/Main. Geisteswissenschaftliche Reihe 4). Wiesbaden 1964
Esser 1954 – Esser, Karl Heinz: Zwischen Dürer und Grünewald. In: Das neue Mainz H. 19 (Oktober 1954)
Esser 1974 – Esser, Karl Heinz: Jahresbericht des Mittelrheinischen Landesmuseums Mainz für die Jahre 1970–73. In: MZ 69 (1974), S. 264-271
Esser 1986 – Esser, Werner: Die Heilige Sippe. Studien zu einem spätmittelalterlichen Bildthema in Deutschland und den Niederlanden. Diss. Bonn 1986
Estermann 1999 – Estermann, Monika: „O werthe Druckerkunst – Du Mutter aller Kunst". Gutenbergfeiern im Laufe der Jahrhunderte. Mainz 1999

F

Falck 1973 – Falck, Ludwig: Mainz in seiner Blütezeit als Freie Stadt (1244 - 1328). (Geschichte der Stadt Mainz 3). Düsseldorf 1973
Falck 1975 – Falck, Ludwig: Das Mainzer Zunftwesen im Mittelalter. In: Schäfer, Alfons (Hrsg.): Festschrift für Günther Haselier. (Oberrheinische Studien 3). Karlsruhe 1975, S. 267-288
Falck 1978 – Falck, Ludwig: Rechtsprechung und Verwaltung im spätmittelalterlichen Mainz. In: AHG. N. F. 36 (1978), S. 63-85
Falck 1979 – Falck, Ludwig: Glanz und Elend der mittelalterlichen Mainzer Judengemeinde. In: Schütz, Friedrich (Bearb.): Juden in Mainz. Bd. 1: Katalog zur Austellung der Stadt Mainz im Rathaus-Foyer, November 1978. 3. Aufl. Mainz 1979, S. 25-42
Falck 1982 – Falck, Ludwig: Mainzer Münzen. Mainz 1982
Falck 1993 – Falck, Ludwig: Die erzbischöflichen Residenzen Eltville und Mainz. In: AmrhKG 45 (1993), S. 61-81
Falk 1868 – Falk, Franz: Der Prachtteppich mit dem Stammbaum Christi im Mainzer Dome. In: Kirchenschmuck. Ein Archiv für kirchliche Kunstschöpfungen und christliche Altertumskunde 12 (1868) [= Bd. 24], S. 8-11 und 64
Falk 1868–1887 – Falk, Franz: Aus der Stiftsgeschichte von St. Stephan zu

Mainz. In: Zeitschrift des Vereins zur Erforschung der rheinischen Geschichte und Alterthümer in Mainz 3 (1868–1887), S. 295-311
Falk 1888 (I) – Falk, Franz: Der muthmassliche Verfasser der Schlussschrift des Catholicon von 1460. In: ZfB 5 (1888), S. 306-312
Falk 1888 (II) – Falk, Franz: Die Agenden des Erzstifts Mainz. In: ZfB 5 (1888), S. 534-537
Falk 1892 – Falk, Franz: Die Presse zu Marienthal im Rheingau und ihre Erzeugnisse. (15. Jahrhundert). Mainz 1892
Falk 1897 – Falk, Franz: Die ehemalige Dombibliothek zu Mainz, ihre Entstehung, Verschleppung und Vernichtung. (ZfB. Beiheft 18). Leipzig 1897
Falk 1899 (I) – Falk, Franz: Der gelehrte Korrektor Adrian O.S.B. der Peter Schöfferschen Druckerei zu Mainz. In: ZfB 16 (1899), S. 233-237
Falk 1899 (II) – Falk, Franz: Zur alten Topographie von Mainz. Mainz 1899
Falk 1901 – Falk, Franz: Bibelstudien, Bibelhandschriften und Bibeldruck in Mainz vom 8. Jahrhundert bis zur Gegenwart. Mainz 1901
Falk 1902 – Falk, Franz: Epigramm Seb. Brant's auf die Grablegungsgruppe im Mainzer Dome. In: Der Katholik. 3. F. 25 (1902), S. 287-288
Falk 1906 – Falk, Franz: Beiträge zur Geschichte des mittelalterlichen Erziehungs- und Unterrichtswesen in den linksrheinischen Gebieten der ehemaligen Bistümer Mainz und Worms. In: Beiträge zur hessischen Schul- und Unterrichtsgeschichte Bd. 1.1, Gießen 1906, S. 1-54
Falk 1907 – Falk, Franz: Jakob Welder, der erste Rektor der Mainzer Hochschule (1478 – 1483). In: Dieterich, Julius Reinhard / Bader, Karl (Hrsg.): Beiträge zur Geschichte der Universitäten Mainz und Gießen. Darmstadt 1907, S. 87-93
Falk 1994 – Falk, Tilman (Hrsg.): Die deutschen Zeichnungen des 15. Jahrhunderts. München 1994
Fechter 1938 – Fechter, Werner: Der Kundenkreis des Diebold Lauber. In: ZfB 55 (1938), S. 121-146
Feigel 1911 – Feigel, August: Die Wappenträgerin im Altertumsmuseum der Stadt Mainz. In: MZ 4 (1911), S. 159-160
Feigel 1934 – Feigel, August: Unsere Liebe Frau vom Heiligen Blut. In: Festschrift für Heinrich Schrohe. Mainz 1934, S. 79-82
Feldhaus 1985 – Feldhaus, Franz Maria: Die Technik der Antike und des Mittelalters. Mit Vorwort und Bibliographie von Horst Callies. 2. Nachdruckaufl. d. Ausg. Potsdam 1931. (Documenta technica. Reihe 1). Hildesheim u. a. 1985
Fertel 1723 – Fertel, Martin Dominique: La science pratique de l'imprimerie. Saint Omer 1723
Feulner 1940 – Feulner, Adolf: Der Bildhauer Madern Gerthner. In: ZDVKW 7 (1940), S. 1-26
Feulner / Röttger 1925 – Feulner, Adolf / Röttger, Bernhard Hermann (Bearb.): Die Kunstdenkmäler von Unterfranken. Bd. 23: Bezirksamt Obernburg. (Die Kunstdenkmäler von Bayern [3]). München 1925
Feulner / Röttger 1981 – Feulner, Adolf / Röttger, Bernhard Hermann (Bearb.): Die Kunstdenkmäler von Unterfranken. Bd. 24: Bezirksamt Aschaffenburg. (Die Kunstdenkmäler von Bayern [3]). München 1927. Unveränd. Nachdr. München / Wien 1981
Field 1986 – Field, Richard: A Passion for the Art Institute. In: Print Quarterly 3 (1986), S. 190-216
Filedt Kok 1985 (I) – Filedt Kok, Jan Piet: Die Entwicklung des deutschen Kupferstichs im 15. Jh. und die Kaltnadelstiche des Meisters des Amsterdamer Kabinetts. In: Vom Leben im späten Mittelalter. Der Hausbuchmeister oder Meister des Amsterdamer Kabinetts. Ausstellung und Katalog: Jan Piet Filedt Kok. Rijksmuseum Amsterdam, 14. März – 9. Juni 1985; Städtische Galerie im Städelschen Kunstinstitut Frankfurt am Main, 5. September - 3. November 1985. Amsterdam u. a. 1985, S. 63-75
Filedt Kok 1985 (II) – Filedt Kok, Jan Piet: Die Unterzeichnung in den Gemälden des Hausbuchmeisters. In: Vom Leben im späten Mittelalter. Der Hausbuchmeister oder Meister des Amsterdamer Kabinetts. Ausstellung und Katalog: Jan Piet Filedt Kok. Rijksmuseum Amsterdam, 14. März – 9. Juni 1985; Städtische Galerie im Städelschen Kunstinstitut Frankfurt am Main, 5. September - 3. November 1985. Amsterdam u. a. 1985, S. 257-264
Finger 1994 – Finger, Heinz (Bearb.): Universitäts- und Landesbibliothek Düsseldorf, Inkunabelkatalog. (Schriften der Universitäts- und Landesbibliothek Düsseldorf 20). Wiesbaden 1994
Finger 1995 – Finger, Heinz: Kartäuserbibliotheken. In: LGB, Bd. 4, 2. Aufl. 1995, S. 167-168
Fischel 1950 – Fischel, Lilli: Eine Straßburger Malerwerkstatt um 1400. In: MüJb. 3. F. 1 (1950), S. 159-169
Fischer 1958 – Fischer, Joachim: Frankfurt und die Bürgerunruhen in Mainz (1332 - 1462). (Beiträge zur Geschichte der Stadt Mainz 15). Mainz 1958
Fischer 1962 – Fischer, Friedrich W.: Die spätgotische Kirchenbaukunst am Mittelrhein 1410 - 1520. (Heidelberger kunstgeschichtliche Abhandlungen. N. F. 7). Heidelberg 1962
Flechsig 1897 – Flechsig, Eduard: Der Meister des Hausbuches als Maler. In: Zeitschrift für bildende Kunst. N. F. 8 (1897), S. 8-17 und 66-73
Fleischer 1967 – Fleischer, Hans-Heinrich: Dietrich Gresemund der Jüngere. Ein Beitrag zur Geschichte des Humanismus in Mainz. (Beiträge zur Geschichte der Universität Mainz 8). Wiesbaden 1967
Fleischmann 1998 – Fleischmann, Isa: Metallschnitt und Teigdruck. Technik und Entstehung zur Zeit des frühen Buchdrucks. Mainz 1998
Flick 1820 – Flick, Johann Friedrich: Handbuch der Buchdruckerkunst für angehende und praktische Buchdrucker. Berlin 1820 (Nachdruck TH Darmstadt 1984)
Flood 1987 – Flood, John L.: Probleme um Botes „Cronecken der sassen" (GW 4963). In: Schöttker, Detlev / Wunderlich, Werner (Hrsg.): Hermen Bote. Braunschweiger Autor zwischen Mittelalter und Neuzeit. (Wolfenbütteler Forschungen 37). Wiesbaden 1987, S. 179-194
Fragment vom Weltgericht 1904 – Das Mainzer Fragment vom Weltgericht. Der älteste Druck mit der Donat-Kalender-Type Gutenbergs. A.: Philologische Studien zum Text und zum Druck von Edward Schröder. B.: Typographische und zeitliche Stellung von Gottfried Zedler. C.: Technische Untersuchung des Weltgericht-Druckes und seiner Typen von Heinrich Wallau. (Veröffentlichung der Gutenberg-Gesellschaft 3). Mainz 1904
Franck 1867 – Franck, W.: Wappenkunde des rheinischen Land- und Stadtadels im 13., 14. und 15. Jahrhundert. In: AHG 11 (1867), S. 222-249
Frank 1992-1996 – Frank, Lorenz: Ergebnisse der bauhistorischen Untersuchungen am ehemaligen kurfürstlichen Schloß in Mainz. In: Denkmalpflege in Rheinland-Pfalz 47-51 (1992-1996), S. 66-86
Frank 1993 – Frank, Isnard W.: Das Totenbuch des Mainzer Dominikanerklosters. Kommentar und Edition. (Quellen und Forschungen zur Geschichte des Dominikanerordens. Neue Folge 3). Berlin 1993
Franz 1988 – Franz, Gunther: Die Schicksale der Trierer Gutenbergbibeln: Zwei Makulaturblätter mit Druckvarianten. In: GJb 1988, S. 22-42
Freund 1971– Freund, Hilger: Die Bücher- und Pressezensur im Kurfürstentum Mainz 1486 - 1797. (Studien und Quellen zur Geschichte des deutschen Verfassungsrechts 6). Karlsruhe 1971
Freys 1912 – Freys, Ernst (Hrsg.): Gedruckte Schützenbriefe des 15. Jahrhunderts. In getreuer Nachbildung. (Seltenheiten aus deutschen Bibliotheken 2). München 1912
Fried 1986 – Fried, Johannes (Hrsg.): Schulen und Studium im sozialen Wandel des hohen und späten Mittelalters. (Konstanzer Arbeitskreis für Mittelalterliche Geschichte: Vorträge und Forschungen 30). Sigmaringen 1986
Friedensburg 1912 – Friedensburg, Ferdinand: Deutsche Münzgeschichte. (Grundriß der Geschichtswissenschaft. Reihe 1. Abt. 4). 2. Aufl. Leipzig/Berlin 1912
Friederichs 1965 – Friederichs, Heinz F.: Der Erfinder Johannes Gutenberg. In: Genealogisches Jahrbuch 5 (1965), S. 93-101
Friederichs 1968 – Friederichs, Heinz F.: Johann Fust, Herkunft und Familie. In: Hessische Familienkunde 9 (1968), Heft 1, S. 1-7
Friederichs 1972 – Friederichs, Heinz F.: Gutenbergs Herkunft. Eine genealogisch-soziologische Studie. In: Widmann, Hans (Hrsg): Der gegenwärtige Stand der Gutenberg-Forschung. Stuttgart 1972, S. 68-78
Friedländer / Bock 1921 – Friedländer, Max Julius (Hrsg.): Die Zeichnungen alter Meister im Kupferstichkabinett. Die niederländischen Meister. Bearb. von Elfried Bock. Bd. 1: Text. (Die Kataloge der Prestel-Gesellschaft). Berlin 1921
Friedländer 1894 – Friedländer, Max Julius: Zum Meister des Amsterdamer Cabinets. In: RepKw 17 (1894), S. 270-273
Fuchs 1960 – Fuchs, Reimar Walter: Die Mainzer Frühdrucke mit Buchholzschnitten 1480 – 1500. In: AGB 2 (1960), S. 1-129
Fuchs 1998 – Fuchs, François Jean: Comptes de la fondation de l'Oeuvre Notre-Dame. Année 1414. In: Bulletin de la Cathédrale de Strasbourg 1998, N. 23, S. 33-71
Fuchs / Oltrogge 1991 – Fuchs, Robert / Oltrogge, Doris: Untersuchungen rheinischer Buchmalerei des 15. Jahrhunderts. Historische, kunsthistorische, naturwissenschaftliche und konservatorische Aspekte. In: Imprimatur. N. F. 14 (1991), S. 55-80
Füssel 1994 – Füssel, Stephan (Hrsg.): 500 Jahre Schedelsche Weltchronik. Akten des interdisziplinären Symposions vom 23./24. April 1993 in Nürnberg. (Pirckheimer-Jahrbuch 9). Nürnberg 1994
Füssel 1999 – Füssel, Stephan: Gutenberg und seine Wirkung. Frankfurt/Main 1999
Fuhrmann 1940 – Fuhrmann, Otto Walter: Gutenberg and the Straßbourg documents of 1439. An interpretation ... to which has been appended the text of the documents. New York 1940

G

Gaskell 1979 – Gaskell, Philip: A Census of Wooden Presses. In: Journal of the Printing Historical Society 6 (1979), S. 1-32
Gaskell / Barber / Warrilow 1968 – Gaskell, Philip / Barber, Giles / Warrilow, Georgina: An annotated list of printer's manuals to 1850. In: Journal of the Printing Historical Society 4 (1968), S. 11-13 und 7 (1971), S. 65-66 (addenda und corrigenda)
Gast 1998 – Gast, Uwe: Der Große Friedberger Altar und der Stilwandel am Mittelrhein nach der Mitte des 14. Jahrhunderts. (Neue Forschungen zur deutschen Kunst 1). Berlin 1998
Gast / Strittmatter 1994 – Gast, Uwe / Strittmatter, Anette: Die Kreuzigung in Sankt Stephan in Mainz und ein neuentdecktes Tafelbildfragment. Überlegungen zum Werk des Meisters des Obersteiner Altars. In: KunstHessMrh 34 (1994), S. 41-48
Gatz 1996 – Gatz, Erwin (Hrsg.): Die Bischöfe des heiligen Römischen Reiches. Ein biographisches Lexikon. 1448 bis 1648. Berlin 1996
Gebessler 1962 – Gebessler, August: Stadt und Landkreis Dinkelsbühl. (Bayerische Kunstdenkmale 15). München 1962
Gebhardt 1908 – Gebhardt, Carl: Martin Hess. In: RepKw 31 (1908), S. 437-445
Gebhardt 1912 – Gebhardt, Carl: Frankfurter Maler des 15. und 16. Jahrhunderts. In: Monatshefte für Kunstwissenschaft 5 (1912), S. 495-507
Geeraedts 1980 – Geeraedts, Loek: Die Straßburger Narrenschiff-Ausgaben und ihre Holzschnitte. In: Philobiblon 24 (1980), S. 299-237
Geisberg 1911 – Geisberg, Max (Hrsg.): Die Formschnitte des fünfzehnten Jahrhunderts im kgl. Kupferstichkabinett zu Dresden. (Einblattdrucke des fünfzehnten Jahrhunderts 22). Straßburg 1911
Geisberg 1939 – Geisberg, Max: Geschichte der deutschen Graphik vor Dürer. (Forschungen zur deutschen Kunstgeschichte 32). Berlin 1939
Geissler 1966 – Geissler, Paul: Erhard Ratdolt. In: Lebensbilder aus dem Bayerischen Schwaben 9 (1966), S. 97-153
Geldner 1950 – Geldner, Ferdinand: Hat Heinrich Keffer aus Mainz die sechsunddreißigzeilige Bibel gedruckt? Ein Beitrag zur Geschichte der frühesten Ausbreitung der Buchdruckerkunst. In: GJb 1950, S. 100-110
Geldner 1955 – Geldner, Ferdinand: Eyn gut selig nuwe Jar. Ein Kalender rief vor 500 Jahren zur Europäischen Verteidigungsgemeinschaft auf. In: Bamberger Stadt- und Landkalender 1955
Geldner 1958 – Geldner, Ferdinand: Unbekanntes vom ältesten Straßburger Buchdruck und Buchhandel. In: AGB 1 (1958), S. 114-121
Geldner 1961 – Geldner, Ferdinand: Das „Catholicon" des Johannes Balbus im ältesten Buchdruck. In: Ohly, Kurt / Krieg, Werner (Hrsg.): Aus der Welt des Bibliothekars. Festschrift für Rudolf Juchhoff zum 65. Geburtstag. Köln 1961, S. 90-98
Geldner 1964 (I) – Geldner, Ferdinand: Das Rechnungsbuch des Speyrer Druckherren, Verlegers und Großbuchhändlers Peter Drach. In: AGB 5 (1964), Sp. 1-195
Geldner 1964 (II) – Geldner, Ferdinand: Ein neuer Hinweis auf Bamberg als Druckort der 36zeiligen Bibel. Das Wappen des Peter Knorr im Exemplar der Bibliothêque Nationale. In: GJb 1964, S. 48-51
Geldner 1966 – Geldner, Ferdinand: Ungelöste Gutenbergprobleme. In: Börsenblatt für den deutschen Buchhandel. Ausgabe Frankfurt/Main 22 (1966), S. 2533-2540
Geldner 1967 – Geldner, Ferdinand: Bildungsstand und ursprünglicher Beruf der deutschen Buchdrucker des 15. Jahrhunderts. In: Homage to a bookman. Essays on manuscripts, books and printing written for Hans P. Kraus on his 60th birthday oct. 12, 1967. Berlin 1967, S. 117-131
Geldner 1968 (I) – Geldner, Ferdinand: Die deutschen Inkunabeldrucker. Ein Handbuch der deutschen Buchdrucker des XV. Jahrhunderts nach Druckorten. Bd. 1: Das deutsche Sprachgebiet. Stuttgart 1968
Geldner 1968 (II) – Geldner, Ferdinand: Johannes Gutenberg, Johannes Fust und Dr. Konrad Humery. In: Börsenblatt für den deutschen Buchhandel. Ausgabe Frankfurt/Main 24 (1968), S. 309-317
Geldner 1970 – Geldner, Ferdinand: Die deutschen Inkunabeldrucker. Ein Handbuch der deutschen Buchdrucker des XV. Jahrhunderts nach Druckorten. Bd. 2: Die fremden Sprachgebiete. Stuttgart 1970
Geldner 1971 – Geldner, Ferdinand: Die ältesten Buchdrucker als „Cives academici". Ein Nachtrag. In: AGB 11 (1971), Sp. 373-380
Geldner 1972 (I) – Geldner, Ferdinand: Die ersten typographischen Drucke. In: Widmann, Hans (Hrsg.): Der gegenwärtige Stand der Gutenberg-Forschung. Stuttgart 1972, S. 148-184

Geldner 1972 (II) – Geldner, Ferdinand: Das Helmaspergersche Notariatsinstrument in seiner Bedeutung für die Geschichte des ältesten Mainzer Buchdruckes. In: Widmann, Hans (Hrsg): Der gegenwärtige Stand der Gutenberg-Forschung. Stuttgart 1972, S. 91-121
Geldner 1973 (I) – Geldner, Ferdinand: Probleme um die „Mainzer Ablaßbriefe" von 1454/1455. In: AGB 13 (1973), Sp. 595-612
Geldner 1973 (II) – Geldner, Ferdinand: Kirchenfürsten als Förderer des Buchdrucks. In: Nach Mainz kam Bamberg, Heft 3 (1973)
Geldner 1974 – Geldner, Ferdinand: Peter Schöffers Frühzeit. In: AGB 15 (1975), Sp. 1289-1292
Geldner 1975 – Geldner, Ferdinand: Bücherfestpreise in der Wiegendruckzeit? In: AGB 14 (1974), Sp. 417-432
Geldner 1976 – Geldner, Ferdinand: Der junge Gutenberg. In: GJb 1976, S. 66-73
Geldner 1979 – Geldner, Ferdinand: Zum frühesten deutschen und italienischen Wiegendruck (Mainz – Baiern – Foligno – Johannes Numeister und Ulrich Han?). In: GJb 1979, S. 18-38
Geldner 1984 – Geldner, Ferdinand: Enea Silvio de' Piccolomini und Dr. Paulus Paulirinius aus Prag als Zeugen für die beiden ältesten Bibeldrucke. In: GJb 1984, S. 133-139
Geldner 1988 – Geldner, Ferdinand: Alte und neue Wege der Gutenberg-Forschung. In: GJb 1988, S. 15-21
Gensicke 1973 – Gensicke, Hellmuth: Genealogie und Besitzgeschichte der Familie von Diez. In: NassA 84 (1973), S. 170-185
Gerardy 1969 – Gerardy, Theo: Der Identitätsbeweis bei der Wasserzeichendatierung. In: AGB 9 (1969), Sp. 733-778
Gerardy 1980 – Gerardy, Theo: Die Datierung zweier Drucke in der Catholicontype (H 1425 und H 5803). In: GJb 1980, S. 30-37
Gerhardt 1970 – Gerhardt, Claus W.: Was erfand Gutenberg in Straßburg? In: GJb 1970, S. 56-72
Gerhardt 1988 – Gerhardt, Claus W.: Der Doppelzeilendruck des „Catholicon"-Druckers von 1460. In: Wolfenbütteler Notizen zur Buchgeschichte 13 (1988), S. 177-186
Gerlich 1988 – Gerlich, Alois: Eltville als Mainzer Residenz. In: MZ 83 (1988), S. 55-66
Germann 1995 – Germann, Martin: Neufund eines Exemplars von Gutenbergs 31zeiligem Ablaßbrief von 1454/1455 (GW 6556) in der Zentralbibliothek Zürich. Bericht zum Fund und Überblick über den Stand der Kenntnisse der Druckgeschichte. In: GJb 1995, S. 51-56
Germund 1997 – Germund, Ute: Konstruktion und Dekoration als Gestaltungsprinzipien im spätgotischen Kirchenbau – Untersuchungen zur mittelrheinischen Sakralbaukunst. (Manuskripte zur Kunstwissenschaft 53). Worms 1997
Gerstenberg 1966 – Gerstenberg, Kurt: Die deutschen Baumeisterbildnisse des Mittelalters. (Jahresgabe des Deutschen Vereins für Kunstwissenschaft 1966). Berlin 1966
Gerteis 1989 – Gerteis, Klaus: Reisen, Boten, Posten, Korrespondenz in Mittelalter und früher Neuzeit. In: Pohl, Hans (Hrsg.): Die Bedeutung der Kommunikation für Wirtschaft und Gesellschaft. (Vierteljahrsschrift für Sozial- und Wirtschaftsgeschichte. Beiheft 87). Stuttgart 1989, S. 19-36
Geßner 1951/52 – Geßner, Adolf: Ein mittelrheinischer St. Markus. In: Die Kunst und das schöne Heim 50 (1951/52), S. 172-174 [Wiederabgedruckt in: Kath. Kirchengemeinde St. Markus Erbach 1749 - 1999. Zur 250-Jahrfeier der Kirchen-Erweiterung. Geisenheim 1999, S. 77-80]
Geßner / Hager 1743 – Geßner, Christian Friedrich / Hager, Johann Georg: Der in der Buchdruckerei wohl unterrichtete Lehr-Junge oder: bey der löblichen Buchdruckerkunst nöthige und nützliche Anfangsgründe. Leipzig 1743
Giedion 1987 – Giedion, Sigfried: Die Herrschaft der Mechanisierung. Ein Beitrag zur anonymen Geschichte. Sonderausgabe. Frankfurt/Main 1987
Giesecke 1991 – Giesecke, Michael: Der Buchdruck in der frühen Neuzeit. Eine historische Fallstudie über die Durchsetzung neuer Informations- und Kommunikationstechnologien. Frankfurt/Main 1991
Glatz 1978/79 – Glatz, Joachim: Der Passionszyklus aus der alten Kirche von Bingen-Dietersheim. In: MZ 73/74 (1978/79), S. 89-96
Glatz 1981 – Glatz, Joachim: Mittelalterliche Wandmalerei in der Pfalz und in Rheinhessen. (Quellen und Abhandlungen zur mittelrheinischen Kirchengeschichte 38). Mainz 1981
Glatz 1990 – Glatz, Joachim: Sankt Stephan in Mainz. Die historische Ausstattung. (NJbBistumMz. Sonderband 1990). Mainz 1990
Glatz 1999 – Glatz, Joachim: Romanik und Gotik in Mainz. In: Dumont, Franz / Scherf, Ferdinand / Schütz, Friedrich (Hrsg.): Mainz. Die Geschichte der Stadt. 2. Aufl. Mainz 1999, S. 1059-1095
Göbel 1934 – Göbel, Heinrich: Wandteppiche. Bd. 3: Die germanischen und slawischen Länder. Teil 2: West-, Mittel-, Ost- und Norddeutschland, England, Irland, Schweden, Norwegen Dänemark, Russland, Polen, Litauen. Berlin 1934
Goeltzer 1989/90 – Goeltzer, Wolf: Der „Fall Hans Backoffen". Studien zur Bildnerei in Mainz und am Mittelrhein am Ausgang des Spätmittelalters. In: MZ 84/85 (1989/90), S. 1-78 (Teil 1)
Goeltzer 1991 – Goeltzer, Wolf: Der „Fall Hans Backoffen". Studien zur Bildnerei in Mainz und am Mittelrhein am Ausgang des Spätmittelalters. In: MZ 86 (1991), S. 1-62 (Teil 2)
Götz 1959 – Götz, Ernst: Das Steinmetzzeichen des Bildhauers Hans von Düren. In: Wetterauer Geschichtsblätter 7/8 (1959), S. 176
Goldschmidt 1941 – Goldschmidt, Adolph: Die Dekoration der ersten Mainzer Drucke. In: Schweizerisches Gutenberg-Museum 27 (1941), S. 1-4
Gotteslob 1975 – Gotteslob. Katholisches Gebet- und Gesangbuch. Stuttgart 1975
Gottron 1951 – Gottron, Adam Bernhard: Johann von Hattstein, ein Mainzer Domherr im Zeitalter des Humanismus. In: AHG. N. F. 24 (1951), S. 37-62
Gottron 1952 – Gottron, Adam Bernhard: Zur Geschichte des gotischen Westhelms des Mainzer Domes. In: Das Münster 5 (1952), S. 276-277
Graßmann 1982 – Graßmann, Antjekathrin: Wachstafel und Griffel. In: Wittstock, Jürgen (Red.): Aus dem Alltag der mittelalterlichen Stadt. Handbuch zur Sonderausstellung vom 5. Dezember 1982 bis 24. April 1983 im Bremer Landesmuseum für Kunst- und Kulturgeschichte (Focke-Museum).(Hefte des Focke-Museums 62). Bremen 1982, S. 211-218
Graßmann 1986 – Graßmann, Antjekathrin: Das Wachstafel-Notizbuch des mittelalterlichen Menschen. In: Steuer, Heiko (Hrsg.): Zur Lebensweise in der Stadt um 1200. Ergebnisse der Mittelalter-Archäologie. (Zeitschrift für Archäologie des Mittelalters. Beiheft 4). Köln 1986, S. 223-235
Grenzmann / Stackmann 1984 – Grenzmann, Ludger / Stackmann, Karl (Hrsg.): Literatur und Laienbildung im Spätmittelalter und in der Reformationszeit. Symposium Wolfenbüttel 1981. (Germanistische Symposium: Berichtsbd. 5). Stuttgart 1984
Grimm 1962 – Grimm, Heinrich: Das vermeintliche Allianzsignet Fust-Schöffer und seine Schildinhalte. In: GJb 1962, S. 446-455
Grimm 1967 – Grimm, Heinrich: Die Buchführer des deutschen Kulturbereichs und ihre Niederlassungsorte in der Zeitspanne von 1490 bis um 1550. In: AGB 7 (1967), Sp. 1153-1772
Grundmann 1958 – Grundmann, Herbert: Litteratus – illiteratus. Der Wandel einer Bildungsnorm vom Altertum zum Mittelalter. In: Archiv für Kulturgeschichte 40 (1958), S. 1-65
Günther 1994 – Günther, Hartmut (Hrsg.): Schrift und Schriftlichkeit. Ein interdisziplinäres Handbuch internationaler Forschung. (Handbücher zur Sprach- und Kommunikationswissenschaft 10). Bd. 1, Berlin 1994
Güse 1943 – Güse, Eleonore: Der Bilderschmuck der Zwingenberger Burgkapelle im Rahmen der Wandmalereien und der Karmeliterkunst am Mittelrhein. Diss. Bonn 1943 (Ms.)
Gumbert 1974 – Gumbert, Johan Peter: Die Utrechter Kartäuser und ihre Bücher im frühen 15. Jahrhundert. Leiden 1974
Gumbert 1994 – Gumbert, Johan Peter: Über Faltbücher, vornehmlich Almanache. In: Rück, Peter (Hrsg.): Rationalisierung der Buchherstellung im Mittelalter und in der frühen Neuzeit. (Elementa Diplomatica 2). Marburg 1994, S. 111-121
Gumbrecht 1980 – Gumbrecht, Hans Ulrich (Hrsg.): Literatur in der Gesellschaft des Spätmittelalters. (Grundriß der romanischen Literaturen des Mittelalters. Begleitreihe. Bd. 1). Heidelberg 1980

H

Haberland 1992 – Haberland, Ernst-Dietrich: Madern Gerthener „der Stadt Franckenfurd Werkmeister". Baumeister und Bildhauer der Spätgotik. Frankfurt/Main 1992
Hack 1955 – Hack, Bertold: Notizen zur Geschichte des buchhändlerischen Katalogs (I). In: Börsenblatt für den deutschen Buchhandel. Ausgabe Frankfurt/Main 11 (1955), S. 93-102
Haebler 1923 – Haebler, Konrad: Deutsche Bibliophilen des 16. Jahrhunderts. Die Fürsten von Anhalt, ihre Bücher und ihre Bucheinbände. Leipzig 1923
Haebler 1924 (I) – Haebler, Konrad: Die deutschen Buchdrucker des XV. Jahrhunderts im Auslande. München 1924
Haebler 1924 (II) – Haebler, Konrad: Schriftguß und Schrifthandel in der Frühdruckzeit. In: ZfB 41 (1924), S. 81-104
Haebler 1925 – Haebler, Konrad: Handbuch der Inkunabelkunde. Leipzig 1925
Haebler 1927 – Haebler, Konrad: Die italienischen Fragmente vom Leiden Christi. Das älteste Druckwerk Italiens. (Beiträge zur Forschung aus dem Antiquariat Jacques Rosenthal. N. F. 1). München 1927
Haebler 1928 – Haebler, Konrad: Xylographische Donate. In: GJb 1928, S. 15-31
Haemmerle 1971 – Haemmerle, Albert: Das Rätsel um das Wappen Johannes Gutenbergs. In: GJb 1971 S. 31-35
Häring 1976 – Häring, Friedhelm: Der Schottener Altar. Diss. Gießen 1976
Härter 1996 – Härter, Karl: Kurmainz. In: ders. (Hrsg.): Repertorium der Policeyordnungen der frühen Neuzeit. Bd. 1: Deutsches Reich und geistliche Kurfürstentümer (Kurmainz, Kurköln, Kurtrier). (Ius Commune. Sonderheft 84). Frankfurt/Main 1996, S. 107-133
Häuser 1968 – Häuser, Helmut: Zur Berechnung von Gutenbergs frühestmöglichem Geburtsjahr. In: GJb 1968, S. 66-68
Halbey 1985 – Halbey, Hans Adolf u. a.: Schrift, Druck, Buch im Gutenberg-Museum. Buchkultur in Mainz. Mainz 1985
Halbey 1991 – Halbey, Hans Adolf: Die Mainzer Blockbuch-Ausgabe der Apokalypse. In: Blockbücher des Mittelalters. Bilderfolgen als Lektüre. Mitarb.: Sabine Mertens u. a. Gutenberg-Museum Mainz, 22.6.1991 – 1.9.1991. Mainz 1991, S. 75-80
Halbey 1992 – Halbey, Hans Adolf u. a.: Schrift, Druck, Buch im Gutenberg-Museum. Buchkultur in Mainz. 3. Aufl. Mainz 1992
Hanauer 1895 – Hanauer, Auguste Charles: Diebolt Lauber et les calligraphes de Haguenau au XVe siècle. Straßburg 1895
Hanebutt-Benz 1995 – Hanebutt-Benz, Eva: Bucheinbände im 15. und 16. Jahrhundert. In: Tiemann, Barbara (Hrsg.): Die Buchkultur im 15. und 16. Jahrhundert. Hrsg. Maximilian-Gesellschaft. 1. Halbbd., Hamburg 1995, S. 265-335
Hanebutt-Benz 1997 – Hanebutt-Benz, Eva: Johannes Gutenberg. Die 42-zeilige Bibel. In: Briesemeister, Dietrich / Hanebutt-Benz, Eva / Koppitz, Hans-Joachim u. a. (Mitarb.): Johannes Gutenberg. Die 42-zeilige Bibel. Kommentar zum Faksimile des Exemplars in Burgos. Valencia 1997, S. 7-21
Hansel 1952 – Hansel, Klaus: Das Stift St. Viktor vor Mainz. Diss. Mainz 1952 (Ms.)
Hartlaub 1950 – Hartlaub, Gustav Friedrich: Das Engelrelief im Heidelberger Schloßhof. In: Heidelberger Fremdenblatt 1950 (Dez.-Heft), S. 1-3
Hartmann 1942 – Hartmann, Alfred (Hrsg.): Die Amerbachkorrespondenz. Bd. 1: Die Briefe aus der Zeit J. Amerbachs 1481 – 1513. Basel 1942
Hartwig 1900 – Hartwig, Otto (Hrsg.): Festschrift zum fünfhunderjährigen Geburtstage von Johann Gutenberg. Mainz 1900
Hase 1885 – Hase, Oscar: Die Koberger. Eine Darstellung des buchhändlerischen Geschäftsbetriebes in der Zeit des Überganges vom Mittelalter zur Neuzeit. 2., neugearb. Aufl. Leipzig 1885
Hasse 1977 – Hasse, Max: Studien zur Skulptur des ausgehenden 14. Jahrhunderts. In: StädelJb. N. F. 6 (1977), S. 99-128
Hatt 1963 – Hatt, Jacques: Liste des membres du grand senat de Strasbourg, des stettmeisters, des ammeisters, des Conseils des 12, 13 et des 15 du XIIIe siecle à 1789. Strasbourg 1963
Hattemer 1939 – Hattemer, Jakob: Zur gotischen Tonplastik am Mittelrhein. In: Aus Dom und Diözese Mainz. Festgabe für Georg Lenhart. Mainz 1939, S. 101-120
Hauck / Laufer 1983 – Hauck, Marie / Laufer, Wolfgang: Genealogia oder Stammregister der durchläuchtigen hoch und wohlgeborenen Fürsten, Grafen und Herren des uhralten hochlöblichen Hauses Nassau samt konterfeitlichen Epitaphien durch Heinrich Dorsen. Anno 1632. Das nassauische Epitaphienbuch des Malers Heinrich Dors. (Veröffentlichungen der Kommission für Saarländische Landesgeschichte und Volksforschung 9). Saarbrücken 1983
Haussherr 1969 – Haussherr, Reiner u. a.: Der Mittelrhein als Kunstlandschaft. In: KunstHessMrh. Beiheft 9 (1969), S. 37-56
Haussherr 1977 – Haussherr, Reiner: Die Chorschrankenmalerei des Kölner Doms. In: Bott, Gerhard (Hrsg.): Vor Stefan Lochner. Die Kölner Maler von 1300 – 1430. Ergebnisse der Ausstellung und des Colloquiums, Köln 1974. (Kölner Berichte zur Kunstgeschichte 1). (Begleithefte zum Wallraf-Richartz-Jahrbuch 1977). Köln 1977, S. 28-59
Haussherr 1987/88 – Haussherr, Reiner: Spätgotische Ansichten der Stadt Jerusalem (oder: War der Hausbuchmeister in Jerusalem?). In: Jahrbuch der Berliner Museen. N. F. 29/30 (1987/88), S. 47-70
Hecker 1981 – Hecker, Norbert: Bettelorden und Bürgertum. Konflikt und Kooperation in deutschen Städten des Spätmittelalters. (Europäische Hochschulschriften. Reihe 23 Bd. 146). Frankfurt/Main u. a. 1981
Hegel 1881/82 – Hegel, Karl (Hrsg.): Die Chroniken der mittelrheinischen Städte. Mainz. (Die Chroniken der deutschen Städte 17/18). 2 Bde., Leipzig 1881/82
Hegel 1882 – Hegel, Karl: Verfassungsgeschichte von Mainz. Leipzig 1882
Hehl 1999 – Hehl, Ernst-Dieter: Goldenes Mainz und Heiliger Stuhl. Die Stadt und ihre Erzbischöfe im Mittelalter. In: Dumont, Franz / Scherf, Ferdinand / Schütz, Friedrich (Hrsg.): Mainz. Die

Geschichte der Stadt. 2. Aufl. Mainz 1999, S. 839-857

Heinemann 1903 – Heinemann, Otto von: Die Handschriften der Herzoglichen Bibliothek zu Wolfenbüttel. Abt. 2: Die Augusteischen Handschriften. Teil 5. Wolfenbüttel 1903

Heinig 1983 – Heinig, Paul-Joachim: Reichsstädte, Freie Städte und Königtum 1389 – 1450. Ein Beitrag zur deutschen Verfassungsgeschichte. (Veröffentlichungen des Instituts für Europäische Geschichte Mainz 108, Abt. Universalgeschichte). (Beiträge zur Sozial- und Verfassungsgeschichte des Alten Reiches 3). Wiesbaden 1983

Heinz 1963 – Heinz, Dora: Europäische Wandteppiche. Ein Handbuch für Sammler und Liebhaber. Bd. 1: Von den Anfängen der Bildwirkerei bis zum Ende des 16. Jahrhunderts. (Bibliothek für Kunst- und Antiquitätenfreunde 37). Braunschweig 1963

Heinzelmann 1987 – Heinzelmann, Josef: Genealogische Randnotizen zur Mainzer Kunstgeschichte. 16. und 17. Jahrhundert. In: MZ 82 (1987), S. 39-69

Heitjan 1971 – Heitjan, Isabel: Die Stellung der Buchgewerbetreibenden in der Stadt Köln und zu ihrer Universität (15. bis 18. Jahrhundert). In: AGB 11 (1971), Sp. 1129-1358

Heitz 1899-1942 – Heitz, Paul (Hrsg.): Einblattdrucke des XV. Jahrhunderts. 100 Bde., Straßburg 1899-1942

Heitz / Haebler 1905 – Heitz, Paul (Hrsg.): Hundert Kalender-Inkunabeln. Mit begleitendem Text von Konrad Haebler. Straßburg 1905

Helbig 1876 – Helbig, H: Les concurrents de Pierre Schöffer à Mayence pendant le XVe siècle. Liste de leurs impressions. In: Le Bibliophile belge 11 (1876), S. 22-55 und 209-213

Hellinga 1989 – Hellinga, Lotte: Analytical Bibliography and the study of early printed books with a case-study of the Mainz Catholicon. In: GJb 1989, S. 47-96

Hellinga 1990 (I) – Hellinga, Lotte: Comments on Paul Needham's Notes. In: GJb 1990, S. 65-69

Hellinga 1990 (II) – Hellinga, Lotte: Editing Texts in the First Fifteen Years of Printing. In: Oliphant, Dave / Bradford, Robin (Hrsg.): New Directions in Textual Studies. Austin 1990, S. 126-149

Hellinga 1991 – Hellinga, Lotte: Illustration of fifteenth-century books: a bird's-eye view of changes and techniques. In: Bulletin du Bibliophile 1 (1991), S. 43-61

Hellinga 1992 (I) – Hellinga, Lotte: Slipped Lines and Fallen Type in the Mainz Catholicon. In: GJb 1992, S. 35-40

Hellinga 1992 (II) – Hellinga, Lotte: Eltville and Mainz: A Tale of Two Compositors. In: The Book Collector 41 (1992) Spring, S. 28-54

Hellinga 1993 – Hellinga, Lotte: Das Mainzer „Catholicon" und Gutenbergs Nachlaß - Neudatierung und Auswirkung. In: AGB 40 (1993), S. 395-416

Hellinga 1994 – Hellinga, Lotte: Peter Schoeffer and the Book-trade in Mainz: Evidence for the Organization. In: Rhodes, Dennis E. (Hrsg.): Bookbindings and other Bibliophily. Essays in honour of Anthony Hobson. Verona 1994, S. 131-183

Hellinga 1995/96 – Hellinga, Lotte: Peter Schoeffer and his organization: a bibliographical investigation of the ways an early printer worked. In: Biblis 1995/96, S. 67-106

Hellinga 1997 – Hellinga, Lotte: Buchdruckerkunst und europäische Gesellschaft. Die frühe Entwicklung der Buchdruckerkunst und der Buchhandel. In: Briesemeister, Dietrich / Hanebutt-Benz, Eva / Koppitz, Hans-Joachim u. a. (Mitarb.): Johannes Gutenberg. Die 42-zeilige Bibel. Kommentar zum Faksimile des Exemplars in Burgos. Valencia 1997, S. 53-63

Helmberger 1984 – Helmberger, Werner: Architektur und Baugeschichte der St. Georgskirche zu Dinkelsbühl (1448 – 1499). Diss. Bamberg 1984

Helmrath 1989 – Helmrath, Johannes: Kommunikation auf den spätmittelalterlichen Konzilien. In: Pohl, Hans (Hrsg.): Die Bedeutung der Kommunikation für Wirtschaft und Gesellschaft. (Vierteljahrsschrift für Sozial- und Wirtschaftsgeschichte. Beiheft 87). Stuttgart 1989, S. 116-172

Henkel 1988 – Henkel, Nikolaus: Deutsche Übersetzungen lateinischer Schultexte. Ihre Verbreitung und Funktion im Mittelalter und in der frühen Neuzeit. (Münchener Texte und Untersuchungen zur deutschen Literatur des Mittelalters 90). München 1988

Henn 1996 – Henn, Volker: Das Bildprogramm der „Agrippina" des Kölner Chronisten Heinrich van Beeck. In: RhVjbll 60 (1996), S. 121-152

Herchenröder / Behn 1940 – Herchenröder, Max / Behn, Friedrich (Bearb.): Die Kunstdenkmäler des Landkreises Dieburg. (Die Kunstdenkmäler in Hessen). Darmstadt 1940

Herchenröder 1965 – Herchenröder, Max (Bearb.): Der Rheingaukreis. Mit Beiträgen von Wolfgang Einsingbach u. a. (Die Kunstdenkmäler des Landes Hessen). [München / Berlin] 1965

Hermes 1995-1997 – Hermes, Claudia: Das Terrakotta-Retabel in St. Castor in Karden an der Mosel. In: Aachener Kunstblätter 61 (1995-1997), S. 199-236

Herrmann 1907 – Herrmann, Fritz: Die Mainzer Bursen „Zum Algesheimer" und „Zum Schenkenberg" und ihre Statuten. In: Dieterich, Julius Reinhard / Bader, Karl (Hrsg): Beiträge zur Geschichte der Universitäten Mainz und Gießen. Darmstadt 1907, S. 94-124

Herrmann 1995 – Hermann, Christofer: Wohntürme des späten Mittelalters auf Burgen im Rhein-Mosel-Gebiet. (Veröffentlichungen der Deutschen Burgenvereinigung. Reihe A: Forschungen 2). Espelkamp 1995

Herzberg-Fränkel 1901 – Herzberg-Fränkel, Sigismund: Die Bruderschafts- und Wappenbücher von St. Christoph auf dem Arlberg. In: Mitteilungen des Instituts für Österreichische Geschichtsforschung. Ergänzungsbd. 6. Innsbruck 1901, S. 355-412

Hess 1994 – Hess, Daniel: Meister um das „Mittelalterliche Hausbuch". Studien zur Hausbuchmeisterfrage. Mainz 1994

Hess 1995 – Hess, Daniel: Der Weg in die Stube. Zur Entwicklung und Verbreitung der Kabinettscheibe. In: Bilder aus Licht und Farbe. Meisterwerke spätgotischer Glasmalerei. „Straßburger Fenster" in Ulm und ihr künstlerisches Umfeld. Ulmer Museum, 5. Februar – 26. März 1995. Ulm 1995, S. 42-49

Hess 1999 – Hess, Daniel: Die mittelalterlichen Glasmalereien in Frankfurt und im Rhein-Main-Gebiet. (CVMA. Deutschland 3,2). Berlin 1999

Hessels 1882 – Hessels, Jan Hendrik: Gutenberg: Was he the Inventor of printing? A historical investigation embodying a criticism on Dr. Van der Linde's „Gutenberg". London 1882

Hessig 1935 – Hessig, Edith: Die Kunst des Meisters E.S. und die Plastik der Spätgotik. (Forschungen zur deutschen Kunstgeschichte 1). Berlin 1935

Heubach 1927 – Heubach, Dittmar: Der Belial. Kolorierte Federzeichnungen aus einer Handschrift des XV. Jahrhunderts. (Studien zur deutschen Kunstgeschichte 251). Straßburg 1927

Heusinger 1953 – Heusinger, Christian von: Studien zur oberrheinischen Buchmalerei im Spätmittelalter. Diss. Freiburg 1953 (Ms.)

Heusinger 1962 – Heusinger, Christian von: Die Einblattdrucke Adolfs von Nassau zur Mainzer Stiftsfehde. In: GJb 1962, S. 341-352

Heusinger 1988 – Heusinger, Christian von: War Diebold Lauber Verleger? In: Milde, Wolfgang / Schuder, Werner (Hrsg.): De captu lectoris. Wirkungen des Buches im 15. und 16. Jahrhundert. Berlin 1988, S. 145-154

Hillard 1989 – Catalogues régionaux des incunables des Bibliothèques publiques de France. Bd. 6: Hillard, Denise: Bibliothèque Mazarine. Paris / Bordeaux 1989

Hind 1935 – Hind, Arthur M.: An Introduction to a History of Woodcut. 2 Bde., London 1935

Hippler 1987 – Hippler, Christiane: Die Reise nach Jerusalem. Untersuchungen zu den Quellen, zum Inhalt und zur literarischen Struktur der Pilgerberichte des Spätmittelalters. (Europäische Hochschulschriften. Reihe 1 Bd. 968). Frankfurt/Main u. a. 1987

Höhle 1984 – Höhle, Gisela: Zur ober- und mittelrheinischen Buchmalerei um die Mitte des 15. Jhs. – ausgehend von 2 Maltraktaten. Diss. Berlin 1984

Hölzel 1998 – Hölzel, Hildegund: Heinrich Toke und der Wolfenbütteler „Rapularius". (Monumenta Germaniae Historica: Studien und Texte 23). Hannover 1998

Hoffmann 1979 – Hoffmann, Leonhard: Ist Gutenberg der Drucker des Catholicons? In: ZfB 93 (1979), S. 201-213

Hoffmann 1983 – Hoffmann, Leonhard: Almanache des 15. und 16. Jahrhunderts und ihre Käufer. In: Beiträge zur Inkunabelkunde. 3. Folge, 8 (1983), S. 130-143

Hoffmann 1983-1987 – Hoffmann, Leonhard: Gutenberg, Fust und der erste Bibeldruck. In: ZfB 97 (1983), S. 473-481; 98 (1984), S. 529-536; 100 (1986), S. 535-547; 101 (1987), S. 53-63

Hoffmann 1993 (I) – Hoffmann, Leonhard: Die Gutenbergbibel. Eine Kosten- und Gewinnschätzung des ersten Bibeldrucks auf der Grundlage zeitgenössischer Quellen. In: AGB 39 (1993), S. 255-319

Hoffmann 1993 (II) – Hoffmann, Leonhard: Der Druck der 42zeiligen Bibel durch Johannes Gutenberg. Eine Analyse nach dem neusten Stand der Quellen. In: Nickel, Holger / Gillner, Lothar (Hrsg.): Johannes Gutenberg – Regionale Aspekte des frühen Buchdrucks. Vorträge der Internationalen Konferenz zum 550. Jubiläum der Buchdruckerkunst am 26. und 27. Juni 1990 in Berlin. (Beiträge aus der Staatsbibliothek zu Berlin, Preußischer Kulturbesitz 1). Berlin 1993, S. 118-125

Hoffmann 1996 – Hoffmann, Leonhard: Gutenberg und die Folgen. Zur Entwicklung des Bücherpreises im 15. und 16. Jahrhundert. In: Bibliothek und Wissenschaft 29 (1996), S. 5-23

Hofmann / Thurn 1978 – Hofmann, Josef / Thurn, Hans: Der Handschriften der Hofbibliothek Aschaffenburg. (Veröffentlichungen des Geschichts- und Kunstvereins Aschaffenburg e. V. 15). Aschaffenburg 1978

Hofmeister 1886 – Hofmeister, Adolf: Eine neue Bücheranzeige des 15. Jahrhunderts. In: ZfB 1 (1886), S. 35-36

Hollmann 1990 – Hollmann, Michael: Das Mainzer Domkapitel im späten Mittelalter (1306 – 1476). (Quellen und Abhandlungen zur Mainzer Kirchengeschichte 64). Mainz 1990

Hollstein 195 – Hollstein, Friedrich Wilhelm Heinrich: Dutch and Flemish Etchings, Engravings and Woodcuts, ca. 1450 - 1700. Bd. 12: Masters and Monogrammists of the 15th century. Amsterdam 1955

Hommel 1975 – Hommel, Hildebrecht: „Annis MCCCCLX" im Mainzer Catholicon-Druck. In: GJb 1975, S. 34-37

Horodisch 1974 – Horodisch, Abraham: Buch und Buchdruckpresse im Druckersignet des 15. und 16. Jahrhunderts. In: Philobiblon 18 (1974), S. 166-194

Hotz 1953 – Hotz, Walter: Der „Hausbuchmeister" Nikolaus Nievergalt und sein Kreis. In: Der Wormsgau 3 (1953), S. 97-125

Hotz 1957 – Hotz, Walter: Werkleute der Spätgotik im kurmainzischen Oberstift. In: Aschaffenburger Jahrbuch 4 (1957), S. 497-536

Hubach 1993 – Hubach, Hanns: Überlegungen zum Meister des Lorcher Hochaltarretabels. In: NassA 104 (1993), S. 29-51

Hubach 1994 – Hubach, Hanns: Hans Bilger, Bildhauer von Worms. Studien zur Wormser Retabelbaukunst im letzten Viertel des 15. Jahrhunderts. In: KunstHessMrh 34 (1994), S. 49-114

Hubach 1995 – Hubach, Hanns: Das Heidelberger Schloß als Träger fürstlicher Selbstdarstellung. Gedanken zur Ikonographie der Hoffassaden des Ottheinrichs- und des Friedrichsbaus. In: Heidelberg. Das Schloß – The Castle. Heidelberg 1995, S. 19-30

Hubay 1969 – Hubay, Ilona: Zum historischen Hintergrund des Türkenkalenders für 1455. In: GJb 1969, S. 64-67

Hubay 1974 – Hubay, Ilona: Incunabula der Staats- und Stadt-Bibliothek Augsburg. (Inkunabelkataloge bayerischer Bibliotheken 5). Wiesbaden 1974

Hubay 1979 – Hubay, Ilona: Die bekannten Exemplare der zweiundvierzigzeiligen Bibel und ihre Besitzer. In: Johannes Gutenbergs zweiundvierzigzeilige Bibel. Kommentarband. München 1979, S. 127-156

Hubay 1982 – Hubay, Ilona: Zur Provenienz der Pariser Gutenberg-Bibel. In: Philobiblon 26 (1982), S. 157-165

Huckert 1877 – Huckert, Heinrich Egon: Die Politik der Stadt Mainz während der Regierungszeit des Erzbischofs Johann II. (1397 – 1419). Menden 1877

Hülsen-Esch / Oexle 1998 – Hülsen-Esch, Andrea von / Oexle, Otto G. (Hrsg.): Die Repräsentation der Gruppen. Texte – Bilder - Objekte. (Veröffentlichungen des Max-Planck-Instituts für Geschichte 141). Göttingen 1998

Hüneke 1965 – Hüneke, Ursula: Der Maler Martin Caldenbach. Ein Beitrag zur Frankfurter Kunst um 1500. Diss. Bonn 1965

Hundsbichler 1992 – Hundsbichler, Helmut (Red.): Kommunikation und Alltag in Spätmittelalter und früher Neuzeit. Internationaler Kongress Krems an der Donau 9. bis 12. Oktober 1990. (Veröffentlichungen des Instituts für Realienkunde des Mittelalters und der Frühen Neuzeit Österreichs 15). (Österreichische Akademie der Wissenschaften. Philosophisch-Historische Klasse. Sitzungsbericht 596). Wien 1992

Hupp 1925 – Hupp, Otto: Das Wappen Gutenbergs. In: Ruppel, Aloys (Hrsg.): Gutenberg-Festschrift zur Feier des 25jährigen Bestehens des Gutenberg-Museums in Mainz. Mainz 1925, S. 1-3

Hupp 1937 – Hupp, Otto (Hrsg.): Die Wappenbücher vom Arlberg. (Die Wappenbücher des deutschen Mittelalters 1). Berlin 1937

Husband 1985 – Husband, Timothy B.: The Master of the Amsterdam Cabinet, the Master of the Housebook and a stained glass painting at the Cloisters. In: Studies on Medieval Stained Glass. (CVMA. USA. Occasional Paper 1). New York 1985, S. 139-157

Huschenbett 1978 – Huschenbett, Dietrich : Art. „Bernhard von Breidenbach". In: Stammler, Wolfgang (Begr.): Die deutsche Literatur des Mittelalters. Verfasserlexikon. 2., völlig neu bearb. Aufl. Bd. 1, Berlin u. a. 1978, Sp. 752-754

Hutchison 1972 – Hutchison, Jane Campbell: The Master of the Housebook. New York 1972

Hutchison 1976 – Hutchison, Jane Campbell: The Housebook Master and the Mainz Marienleben. In: Print Review 5 (1976), S. 96-113

Hutchison 1985 – Hutchison, Jane Campbell: Ex ungue leonem: Die Geschichte der Hausbuchmeister-Frage. In: Vom Leben im späten Mittelalter. Der Hausbuchmeister oder Meister des Amsterdamer Kabinetts. Ausstellung und Katalog: Jan Piet Filedt Kok. Rijksmuseum Amsterdam, 14. März – 9. Juni 1985; Städtische Galerie im Städelschen Kunstinstitut Frankfurt am Main, 5. September - 3. November 1985. Amsterdam u. a. 1985, S. 11-29

Hutten 1521 – Hutten, Ulrich von (Hrsg.): Concilia wie man die halten sol

[...],[Straßburg: Johann Schott, 1521]. In: Köhler, Hans-Joachim u. a. (Hrsg.): Flugschriften des frühen 16. Jahrhunderts. Microfiche Serie 1978-1987. Zug/Schweiz 1978–1987, Fiche 534, Nr. 1367 [in Serie 3: Flugschriften Nr. 1001 - 1500]

I

Illich 1991 – Illich, Ivan: Im Weinberg des Textes. Als das Schriftbild der Moderne entstand. Ein Kommentar zu Hugos „Didascalicon". Frankfurt/Main 1991

Imiela 1975 – Imiela, Hans Jürgen: Martinschörlein und Nassauer Unterkapelle im Mainzer Dom. In: MZ 70 (1975), S. 101-105

Ing 1988 – Ing, Janet: Johann Gutenberg and his Bible. A Historical Study. Vorwort von Paul Needham. (Typophile chap book 58). New York 1988

Irsigler 1985 – Irsigler, Franz: Der Alltag einer hansischen Kaufmannsfamilie im Spiegel der Veckinchusen-Briefe. In: Hansische Geschichtsblätter 103 (1985), S. 75-99

Irsigler 1991 – Irsigler, Franz: Kaufmannsmentalität im Spätmittelalter. In: Meckseper, Cord / Schraut, Elisabeth (Hrsg.): Mentalität und Alltag im Spätmittelalter. 2. Aufl. Göttingen 1991, S. 53-75

Irsigler / Schmid 1992 – Irsigler, Franz / Schmid, Wolfgang: Kunsthandwerker, Künstler, Auftraggeber und Mäzene im spätmittelalterlichen Köln. In: JbKGV 63 (1992), S. 1-54

Isenmann 1988 – Isenmann, Eberhard: Die deutsche Stadt im Spätmittelalter. 1250 – 1500. Stadtgestalt, Recht, Stadtregiment, Kirche, Gesellschaft, Wirtschaft. Stuttgart 1988

ISTC 1998 – The Illustrated ISTC on CD-ROM. The illustrated incunabula short-title catalogue on CD-ROM. Primary Source Media in Association with The British Library. 2. Ausg. Reading 1998

J

Jänecke 1964 – Jänecke, Karin: Der spiegel des lidens cristi. Eine oberrheinische Handschrift aus dem Beginn des XV. Jahrhunderts in der Stadtbibliothek zu Colmar (Ms. 306). Hannover 1964

Janssen 1866 – Janssen, Johannes (Hrsg.): Frankfurts Reichskorrespondenz nebst anderen verwandten Aktenstücken von 1376 – 1519. Bd. 2, Abt. 1: Aus der Zeit Kaiser Friedrichs III. bis zur Wahl König Maximilians I. 1440 – 1486. Freiburg 1866, Nr. 343, S. 218-219

Janssen 1977 – Janssen, Frans Anton: Over Houten Drukpersen. Een studie van het bronnenmateriaal met het oog op de reconstructie van een houten drukpers te Amsterdam. Amsterdam 1977

Jeudy 1982 – Jeudy, Colette: Fonds Palatin. In: Les manuscrits classiques latins de la bibliothèque Vaticane. (Institut de Recherche et d'Histoire des Textes: Documents études et répertoires 21). Catalogue établi par Elisabeth Pellegrin, Jeannine Fohlen, Colette Jeudy. Bd. 2,2: Fonds palatin, Rossi, Ste-Marie Majeure et Urbinate. Paris 1982

Joannis 1722-1727 – Joannis, Georg Christian: Rerum Moguntiacarum. 3 Bde., Frankfurt/Main 1722-1727

Joly 1932 – Joly, Henry: Le missel Lyonnais et le plautier de Jean Neumeister. In: GJb 1932, S. 147-157

Joseph 1884 – Joseph, Paul: Die Münzen der Stadt Mainz. In: AHG 15 (1884), S. 459-465

Juchhoff 1935 – Juchhoff, Rudolf: Das Fortleben mittelalterlicher Schreibgewohnheiten in den Druckschriften des XV. Jahrhunderts. In: Beiträge zur Inkunabelkunde. N. F. 1 (1935), S. 65-77

Juchhoff 1959 – Juchhoff, Rudolf: Schrift und Buch. In: Wallrath, Rolf: Das schöne gedruckte Buch im 1. Jahrhundert nach Gutenberg. Köln 1959, S. 9-14

Juchhoff 1973 – Juchhoff, Rudolf: Urteilsspruch und Eidesleistung im Helmaspergerschen Notariatsinstrument. In: Juchhoff, Rudolf: Kleine Schriften zur Frühdruckforschung. (Bonner Beiträge zur Bibliotheks- und Bücherkunde 24). Bonn 1973, S. 51-67

Jülich 1999 – Jülich, Theo: Die Fragmente einer Kreuzigungstafel in St. Martin in Oberwesel. In: Embach, Michael u. a. (Hrsg.): Sancta Treveris. Beiträge zu Kirchenbau und bildender Kunst im alten Erzbistum Trier. Festschrift für Franz J. Ronig zum 70. Geburtstag. Trier 1999, S. 269-281

Jürgensmeier 1989 – Jürgensmeier, Friedhelm: Das Bistum Mainz. Von der Römerzeit bis zum II. Vatikanischen Konzil. (Beiträge zur Mainzer Kirchengeschichte 2). 2. Aufl. Frankfurt/Main 1989

Jürgensmeier 1991 – Jürgensmeier, Friedhelm (Hrsg.): Erzbischof Albrecht von Brandenburg (1490 – 1545). Ein Kirchen- und Reichsfürst der Frühen Neuzeit. (Beiträge zur Mainzer Kirchengeschichte 3). Frankfurt/Main 1991

Jürgensmeier 1992 – Jürgensmeier, Friedhelm: Kurmainz. In: Schindling, Anton / Ziegler, Walter (Hrsg.): Die Territorien des Reichs im Zeitalter der Reformation und Konfessionalisierung. Land und Konfession 1500 – 1650. Bd. 4: Mittleres Deutschland. (Katholisches Leben und Kirchenreform im Zeitalter der Glaubensspaltung 52). Münster 1992, S. 60-97

Jung / Hülsen 1914 – Jung, Rudolf / Hülsen, Julius: Die Baudenkmäler in Frankfurt am Main. Bd. 3: Privatbauten. Frankfurt/Main 1914

Jung 1961 – Jung, Wilhelm: Mittelrhein. (Deutsche Lande - deutsche Kunst). München u. a. 1961

Jung 1963 – Jung, Wilhelm: Beiträge zur Geschichte der spätgotischen Baukunst am Mittelrhein. In: AmrhKG 15 (1963), S. 415-431

Jung 1975 – Jung, Wilhelm: Der Mainzer Dom als Bau- und Kunstdenkmal. In: 1000 Jahre Mainzer Dom. Ausstellungskatalog und Handbuch. Hrsg.: Wilhelm Jung. Dom- und Diözesanmuseum 1975. Mainz 1975, S. 127-160

Jung 1993 – Jung, Wilhelm: Der Wurzel-Jesse-Hl.-Sippe-Bildteppich aus dem Altmünsterkloster Mainz im Bischöflichen Dom- und Diözesanmuseum. In: Adam, Ingrid (Hrsg.): 1300 Jahre Altmünsterkloster in Mainz. Mainz 1993, S. 92-99

K

Kadenbach 1994 – Kadenbach, Johannes: Die Bibliothek des Amplonius Rating de Bercka. Entstehung, Wachstum, Profil. In: Speer, Andreas (Hrsg): Die Bibliotheca Amploniana. Ihre Bedeutung im Spannungsfeld von Aristotelismus, Nominalismus und Humanismus. Berlin 1994, S. 16-31

Kaemmel 1986 – Kaemmel, Heinrich Julius: Geschichte des deutschen Schulwesens im Übergange vom Mittelalter zur Neuzeit. Nachdr. d. Ausg. Leipzig 1882. Hildesheim u. a. 1986

Kaemmerer 1896 – Kaemmerer, Ludwig: Der Kupferstecher E.S. und die Heimat seiner Kunst. In: JPKS 17 (1896), S. 143-156

Kalkoff 1920 – Kalkoff, Paul: Ulrich von Hutten und die Reformation. Eine kritische Geschichte seiner wichtigsten Lebenszeit und der Entscheidungsjahre der Reformation (1517 – 1523). (Quellen und Forschungen zur Reformationsgeschichte 4). Leipzig 1920. Nachdruck New York / London 1971

Kanzog 1956 – Kanzog, Klaus: Eine Mitteilung über den 42zeiligen liturgischen Psalter. In: GJb 1956, S. 72-74

Kapr 1968 – Kapr, Albert: Johannes Gutenberg und die cyprischen Ablaßbriefe 1454/55. Eine druckhistorische Studie. Leipzig 1968

Kapr 1969 (I) – Kapr, Albert: Marginalien zur Gutenbergforschung. In: Beiträge zur Inkunabelkunde. 3. Folge 4 (1969), S. 28-33

Kapr 1969 (II) – Kapr, Albert: Zum 500. Todestag von Johannes Gutenberg. In: Beiträge zur Inkunabelkunde. 3. Folge 4 (1969), S. 7-15

Kapr 1972 – Kapr, Albert: Gab es Beziehungen zwischen Johannes Gutenberg und Nikolaus von Kues? In: GJb 1972, S. 32-40

Kapr 1976 – Kapr, Albert: Die Ablaßbriefe für Neuhausen bei Worms, 1461 und 1462. In: GJb 1976, S. 101-108

Kapr 1977 – Kapr, Albert: Johannes Gutenberg – Tatsachen und Thesen. Leipzig 1977

Kapr 1980 – Kapr, Albert: Hat Johannes Gutenberg an der Erfurter Universität studiert? In: GJb 1980, S. 21 -29

Kapr 1981 – Kapr, Albert: Was war das 'Werk der Bücher'? In: GJb 1981, S. 126-129

Kapr 1985 – Kapr, Albert: Johannes Gutenberg und die Kaiser-Friedrich-Legende. In: GJb 1985, S. 105-114

Kapr 1987 – Kapr, Albert: Johannes Gutenberg – Persönlichkeit und Leistung. München 1987

Kapr 1993 – Kapr, Albert: Über den Zeitpunkt der Erfindung der Buchdruckerkunst in Europa. In: Nickel, Holger / Gillner, Lothar (Hrsg.): Johannes Gutenberg – Regionale Aspekte des frühen Buchdrucks. Vorträge der Internationalen Konferenz zum 550. Jubiläum der Buchdruckerkunst am 26. und 27. Juni 1990 in Berlin. (Beiträge aus der Staatsbibliothek zu Berlin, Preußischer Kulturbesitz 1). Berlin 1993, S. 9-14

Katalog „Albrecht von Brandenburg" 1990 – Albrecht von Brandenburg. Kurfürst – Erzkanzler – Kardinal. 1490 - 1545. Von Horst Reber. Hrsg.: Berthold Roland. Landesmuseum Mainz, 26. Juni 1990 - 26. August 1990. Mainz 1990

Katalog „Alte Kunst am Mittelrhein" 1927 – Alte Kunst am Mittelrhein. Hessisches Landesmuseum Darmstadt, Juni bis Ende September 1927. Darmstadt 1927

Katalog „Basler Buchillustration" 1984 – Basler Buchillustration 1500 – 1545. (Oberrheinische Buchillustration 2). Bearb.: Frank Hieronymus. Universitätsbibliothek Basel, 31.3. bis 30.6. 1984. Basel 1984

Katalog „Bibliotheca Palatina" 1986 – Bibliotheca Palatina. Ausstellung der Universität Heidelberg in Zusammenarbeit mit der Bibliotheca Apostolica Vaticana. Hrsg.: Elmar Mittler. Heiliggeistkirche Heidelberg, 8.7. bis 2.11.1986. Heidelberg 1986

Katalog „Blockbücher des Mittelalters" 1991 – Blockbücher des Mittelalters. Bilderfolgen als Lektüre. Mitarb.: Sabine Mertens u. a. Gutenberg-Museum Mainz, 22.6.1991 – 1.9.1991. Mainz 1991

Katalog „Brugge en de tapijtkunst" 1987 – Brugge en de tapijtkunst. Mitarb.: Guy Delmarcel u. a. Brugge Gruuthusemuseum & Memlingmuseum, 8. Juli - 18. Oktober 1987. Brugge-Moeskroen 1987

Katalog „Bücher als Kunstwerke" 1982 – Bücher als Kunstwerke. Kostbare Handschriften und Pressendrucke aus der Hessischen Landes- und Hochschulbibliothek Darmstadt. Bearb.: Kurt Hans Staub und Erich Zimmermann. Schlossmuseum Darmstadt, 28.5. – 27. 6. 1982. Darmstadt 1982, S. 98

Katalog „Da guckste!" 1994 – Da guckste! Technik- und Kulturgeschichte der Brille. Hrsg.: Ulrich Löber. Landesmuseum Koblenz. Koblenz 1994

Katalog „Das Berliner Kupferstichkabinett" 1994 – Das Berliner Kupferstichkabinett. Hrsg.: Alexander Dückers. Berlin 1994

Katalog „Das Narren Schyff" 1994 – Das Narren Schyff. Zum 500jährigen Jubiläum des Buches von Sebastian Brant. 1494 – 1994. Sébastien Brant, 500e anniversaire de „La Nef des Folz". Hrsg.: Universitätsbibliotheken Basel und Freiburg i. Br., Badische Landesbibliothek Karlsruhe und Bibliothèque Nationale et Universitaire de Strasbourg. Basel 1994

Katalog „Die Aachener Heiligtumsfahrt" 1993 – : Die Aachener Heiligtumsfahrt: Bildzeugnisse und Dokumente. Katalog: Dagmar Preising. Stadtgeschichtliches Museum Burg Frankenberg, Aachen, 14. Juni – 30 August 1993. Aachen 1993

Katalog „Die Graphiksammlung des Humanisten Hartmann Schedel" 1990 – Die Graphiksammlung des Humanisten Hartmann Schedel. Bearb.: Béatrice Hernad. Bayerische Staatsbibliothek München, 20.6. – 15.9.1990. München 1990

Katalog „Die Karlsruher Passion" 1996 – Die Karlsruher Passion. Ein Hauptwerk Straßburger Malerei der Spätgotik. Staatliche Kunsthalle Karlsruhe, 4.4.1996 – 30.6.1996. Stuttgart 1996

Katalog „Die Kunst der Graphik" 1963 – Die Kunst der Graphik. Das 15. Jahrhundert. Werke aus dem Besitz der Albertina. Wien, Graphische Sammlung Albertina, 24. Mai bis 30. September 1963. Wien 1963

Katalog „Die Kunst des Lesens" 1989 – Die Kunst des Lesens. Lesemöbel und Leseverhalten vom Mittelalter bis zur Gegenwart. Museum für Kunsthandwerk Frankfurt. 2. Aufl. Frankfurt/Main 1989

Katalog „Die Messe Gregors des Großen" 1982 – Die Messe Gregors des Großen. Vision, Kunst, Realität. Bearb.: Uwe Westfehling. Schnütgen-Museum Köln 1982. Köln 1982

Katalog „Die Parler und der Schöne Stil 1350 – 1400" 1978 – Die Parler und der Schöne Stil 1350 – 1400. Europäische Kunst unter den Luxemburgern. Handbuch zur Ausstellung des Schnütgen-Museums in der Kunsthalle Köln. Hrsg.: Anton Legner. 3 Bde., Köln 1978

Katalog „Die Reise nach Jerusalem" 1992 – Die Reise nach Jerusalem. Bernhard von Breydenbachs Wallfahrt ins Heilige Land. Red.: Cornelia Schneider. Gutenberg-Museum Mainz, 5. Mai bis Ende September 1992. Mainz 1992

Katalog „Die wilden Leute des Mittelalters" 1963 – Die wilden Leute des Mittelalters. Bearb.: Lise Lotte Möller. Museum für Kunst und Gewerbe Hamburg, 6. September - 30. Oktober 1963. Hamburg 1963

Katalog „Dokumente zur Geschichte des Oberrheins" 1971 – Dokumente zur Geschichte des Oberrheins. Katalog der ständigen Ausstellung im Badischen Generallandesarchiv Karlsruhe. Bearb.: Hansmartin Schwarzmaier. Karlsruhe 1971

Katalog „Early Herbals" 1925 – A catalogue of early herbals, mostly from the well-known library of Dr. Karl Becher, Karlsbad. With an introduction by Dr. Arnold C. Klebs. (Art Ancien SA Lugano: Bulletin 12). Lugano 1925

Katalog „Erlesen gestiftet" 1991 – Erlesen gestiftet. Die Stiftung der Gebrüder Linel in der Buchkunst- und Graphiksammlung des Museums für Kunsthandwerk Frankfurt am Main. Bearb.: Stefan Soltek, Rosamunde Neugebauer. Museum für Kunsthandwerk Frankfurt am Main, 5. Dezember 1991 bis 16. Februar 1992. Frankfurt/Main 1991

Katalog „Europäische Kunst um 1400" 1962 – Europäische Kunst um 1400. Kunsthistorisches Museum Wien, 7. Mai - 31. Juli 1962. Wien 1962

Katalog „Fifteenth Century Woodcuts and Metalcuts" 1965 – Fifteenth Century Woodcuts and Metalcuts from the National Gallery of Art, Washington D.C. Catalogue: Richard S. Field. Washington, National Gallery of Art, 1965. Washington 1965

Katalog „Fünf Jahrhunderte Buchillustration" 1987 – Fünf Jahrhunderte Buchillustration. Meisterwerke der Buchgraphik aus der Bibliothek Otto Schäfer. Katalog und Ausstellung: Eduard Isphording. Germanisches Nationalmuseum Nürnberg, 11.9. - 11. 11. 1987. Nürnberg 1987

Katalog „Gutenberg et les débuts de l'imprimerie" 1968 – : Gutenberg et les débuts de l'imprimerie à Strasbourg. 5e centenaire de la mort de Gutenberg, 1468 - 1968. Exposition organisée par les Archives et la Bibliothèque Municipales de Strasbourg à la Bibliothèque Nationale et Universitaire du 2 au 17 Mars 1968. Catalogue: Joseph Fuchs. Strasbourg 1968

Katalog „Jerg Ratgeb – Spurensicherung" 1985 – Jerg Ratgeb – Spurensicherung. Bearb.: Ute-Nortrud Kaiser. Ausstellung Karmeliterkloster, Frankfurt, Münzgasse, 6. Juni bis 18. Juli 1985. Reuchlin-Haus, Pforzheim, 21. Juli bis 1. September 1985. Limburg 1985
Katalog „Juden in Mainz" 1978 – Juden in Mainz. Bearb.: Friedrich Schütz. Bd. 1: Katalog zur Ausstellung der Stadt Mainz im Rathaus-Foyer, November 1978. Mainz 1978
Katalog „Kunst um 1400 am Mittelrhein" 1975 – Kunst um 1400 am Mittelrhein. Ein Teil der Wirklichkeit. Ausstellung und Katalog: Herbert Beck u. a. Ausstellung im Liebieghaus Museum alter Plastik, Frankfurt a. M., vom 10. Dezember 1975 bis zum 15. Februar 1976. Frankfurt/Main 1975
Katalog „Liturgica Friburgensia" 1993 – Liturgica Friburgensia. Schrift und Gebet. Bearb.: Joseph Leisibach und Michel Dousse. Kantons- und Universitätsbibliothek Freiburg, 17.8. bis 15.10.1993. Freiburg i. Ü. 1993
Katalog „Livelier than Life" 1985 – Livelier than Life. The Master of the Amsterdam Cabinet or the Housebook Master, ca. 1470 - 1500. Bearb.: Jan Piet Filedt Kok. Rijksprentenkabinet / Rijksmuseum Amsterdam, 14. März bis 9. Juni 1985. Amsterdam 1985
Katalog „Meisterwerke massenhaft" 1993 – Meisterwerke massenhaft. Die Bildhauerwerkstatt des Niklaus Weckmann und die Malerei in Ulm um 1500. Württembergisches Landesmuseum Stuttgart, Ausstellung vom 11. Mai – 1. August 1993. Stuttgart 1993
Katalog „Mittelalterliche Buchmalereien" 1979 – Mittelalterliche Buchmalereien aus der Graphischen Sammlung des Mittelrheinischen Landesmuseums Mainz. [Bearb.: Elgin Vaassen]. Mainz 1979
Katalog „Mittelalterliche Wandmalerei in Mainz" 1978 – Mittelalterliche Wandmalerei in Mainz. Originale - Kopien - Dokumente. Bearb.: Joachim Glatz. Mittelrheinisches Landesmuseum Mainz, Oktober 1978. Mainz 1978
Katalog „Mittelrheinische Kunstwerke aus sechs Jahrhunderten" 1954 – Mittelrheinische Kunstwerke aus sechs Jahrhunderten im Besitz des Altertumsmuseums und der Gemäldegalerie der Stadt Mainz. Ausstellung Haus am Dom, Mainz. Mainz 1954
Katalog „Papier" 1986 – Papier. Katalog der Ausstellung [im Deutschen Museum München]. Bearb.: Hermann Kühn und Lutz Michel. München 1986
Katalog „Rhein und Maas. Kunst und Kultur 800 – 1400" 1972 – Rhein und Maas. Kunst und Kultur 800 - 1400. Eine Aussstellung des Schnütgen-Museums Köln. Hrsg.: Anton Legner. Kunsthalle Köln, 14. Mai bis 23. Juli 1972. Köln 1972
Katalog „Sculptures allemandes" 1991 – Sculptures allemandes de la fin du Moyen Age dans les collections publiques Françaises 1400 - 1530. Réd.: Sophie Guillot de Suduiraut. Musée du Louvre, Paris, 22. Octobre 1991 - 20. Janvier 1992. Paris 1991
Katalog „Spätgotik am Oberrhein" 1970 – Spätgotik am Oberrhein. Meisterwerke der Plastik und des Kunsthandwerks 1450-1530. Badisches Landesmuseum Karlsruhe. Gesamtgestaltung: Ernst Petrasch. Karlsruher Schloß, 4. Juli – 5. Oktober 1970. Karlsruhe 1970
Katalog „Stadt im Wandel" 1985 – Stadt im Wandel. Kunst und Kultur des Bürgertums in Norddeutschland 1150 - 1650. Hrsg.: Cord Meckseper. Braunschweig, 24. August bis 24. November 1985. 4 Bde., Stuttgart-Bad Cannstatt 1985
Katalog „Vom Jenseits ins Diesseits" 1995 – Vom Jenseits ins Diesseits. Sakrale Bilder des Spätmittelalters aus den Beständen des Hessischen Landesmuseums und aus Privatbesitz. Bearb.: Moritz Woelk. Katalog zur Ausstellung 16. September 1995 bis 12. November 1995 im Hessischen Landesmuseum Darmstadt. Darmstadt 1995
Katalog „Vom Leben im späten Mittelalter" 1985 – Vom Leben im späten Mittelalter. Der Hausbuchmeister oder Meister des Amsterdamer Kabinetts. Ausstellung und Katalog: Jan Piet Filedt Kok. Rijksmuseum Amsterdam, 14. März – 9. Juni 1985; Städtische Galerie im Städelschen Kunstinstitut Frankfurt am Main, 5. September - 3. November 1985. Frankfurt/Main 1985
Katalog „Vor Stefan Lochner" 1974 – Vor Stefan Lochner. Die Kölner Maler von 1300 bis 1430. Wallraf-Richartz-Museum Köln, 29. März bis 7. Juli 1974. Köln 1974
Katalog „Zahm und wild" 1990 – Zahm und wild. Basler und Straßburger Bildteppiche des 15. Jahrhunderts. Bearb.: Anna Rapp Buri / Monica Stucky-Schürer. Mainz 1990
Katalog „Zeichnungen alter Meister" 1981 – Zeichnungen alter Meister aus polnischen Sammlungen. Herzog Anton Ulrich-Museum Braunschweig, 29. November 1981 bis 17. Januar 1982. Kunstsammlungen der Veste Coburg, 14. März bis 25. April 1982. Braunschweig 1981
Katalog „450 Jahre Staats- und Stadtbibliothek Augsburg" 1987 – 450 Jahre Staats- und Stadtbibliothek Augsburg. Kostbare Handschriften und alte Drucke. Red.: Helmut Gier. Staats- und Universitätsbibliothek Augsburg, 15.5. bis 21.6.1987. Augsburg 1987
Katalog „1000 Jahre Mainzer Dom" 1975 – 1000 Jahre Mainzer Dom. Ausstellungskatalog und Handbuch. Hrsg.: Wilhelm Jung. Dom- und Diözesanmuseum 1975. Mainz 1975
Kautzsch 1895 – Kautzsch, Rudolf: Diebolt Lauber und seine Werkstatt in Hagenau. In: ZfB 12 (1895), S. 1-32 und 57-102
Kautzsch 1896 – Kautzsch, Rudolf: Notiz über einige elsässische Bilderhandschriften aus dem 1. Viertel des 15. Jahrhunderts. In: Philologische Studien. Festgabe für Eduard Sievers. Halle 1896, S. 287-293
Kautzsch 1925 – Kautzsch, Rudolf: Der Mainzer Dom und seine Denkmäler. 2 Bde., Frankfurt/Main 1925
Kautzsch 1926 – Kautzsch, Rudolf: Diebold Lauber und seine Werkstatt. Eine Nachlese. In: Archiv für Buchgewerbe und Gebrauchsgraphik 63 (1926), S. 42-45
Kautzsch / Neeb 1919 – Kautzsch, Rudolf / Neeb, Ernst: Die Kunstdenkmäler im Freistaat Hessen. Bd. [3]: Provinz Rheinhessen. Abt. 2: Stadt und Kreis Mainz. Teil 1: Der Dom zu Mainz. (Die kirchlichen Kunstdenkmäler der Stadt Mainz 1). Textbd. und Tafelbd. Darmstadt 1919
Kazmeier 1954 – Kazmeier, August Wilhelm: Druck und Papier des Manifests von Diether von Isenburg von 1462. In: GJb 1954, S. 26-35
Keil 1986 – Keil, Gundolf: Hortus sanitatis, Gart der Gesundheit, Gaerde der Sunthede. In: MacDougall, Elisabeth Blair (Hrsg.): Medieval Gardens. Dumbarton Oaks Colloquium on the History of Landscape Architecture IX. Washington 1986, S. 55-68
Keil 1986 – Keil, Gundolf: Seuchenzüge des Mittelalters. In: Herrmann, Bernd (Hrsg.): Mensch und Umwelt im Mittelalter. Stuttgart 1986, S. 109-128
Kelchner 1885 – Kelchner, Ernst: Der Pergamentdruck der Agenda Ecclesiae Moguntinensis von 1480 in der Stadtbibliothek zu Frankfurt a. M. Frankfurt/Main 1885
Keller 1990 – Keller, Hagen: Die Entwicklung der europäischen Schriftkultur im Spiegel der mittelalterlichen Überlieferung. In: Leidinger, Paul / Metzler, Dieter (Hrsg.): Geschichte und Geschichtsbewußtsein. Festschrift Karl-Ernst Jeismann zum 65. Geburtstag. Münster 1990, S. 171-204
Keller 1992 (I) – Keller, Hagen: Vom 'heiligen Buch' zur 'Buchführung'. Lebensfunktionen der Schrift im Mittelalter. In: FMASt 26 (1992), S. 1-31
Keller 1992 (II) – Keller, Hagen u. a. (Hrsg.): Pragmatische Schriftlichkeit im Mittelalter. Erscheinungsformen und Entwicklungsstufen. Akten des Internationalen Kolloquiums 17. - 19. Mai 1989. (Münstersche Mittelalter-Schriften 65). München 1992
Kellner 1962 – Kellner, Wolf Erich: Schotten und seine Liebfrauenkirche im 14. Jahrhundert. In: Hessisches Jahrbuch für Landesgeschichte 12 (1962), S. 51-76
Kerber 1975 – Kerber, Ottmar: Denkmäler des Domes in Mainz. In: Brück, Anton Philipp (Hrsg.): Willigis und sein Dom. (Quellen und Abhandlungen zur mittelrheinischen Kirchengeschichte 24). Mainz 1975, S. 393-422
Kessel 1994 – Kessel, Verena: Memorialfunktionen Mainzer Erzbischofsgrabmäler von 1249 bis 1434. In: KunstHess Mrh 34 (1994), S. 13-39
Kessel 1997 – Kessel, Verena: Sepulkralpolitik. Die Krönungsgrabsteine im Mainzer Dom und die Auseinandersetzung um die Führungsposition im Reich. In: Hartmann, Peter Claus (Hrsg.): Der Mainzer Kurfürst als Reichskanzler. Funktionen, Aktivitäten, Ansprüche und Bedeutung des zweiten Mannes im alten Reich. (Geschichtliche Landeskunde 45). Stuttgart 1997, S. 9-21
Kessel 1998 – Kessel, Verena: Die Ausstattung des Domes. In: Nichtweiß, Barbara (Hrsg.): Lebendiger Dom. St. Martin zu Mainz in Geschichte und Gegenwart. Mainz 1998, S. 56-83
Keßler 1925 – Keßler, Peter Thaddäus: Die Wappen im Hause Molsberg zu Mainz, darunter ein noch nicht veröffentlichtes Wappen der Gensfleisch. In: Ruppel, Aloys (Hrsg.): Gutenberg-Festschrift zur Feier des 25jährigen Bestehens des Gutenberg-Museums in Mainz. Mainz 1925, S. 342-344
Kiel 1995 – Kiel, Rainer-Maria: Inkunabeln in der Universitätsbibliothek Bayreuth. In: Archiv für Geschichte von Oberfranken 75 (1995), S. 193-212
Kiepe 1984 – Kiepe, Hansjürgen: Die Nürnberger Priameldichtung. Untersuchungen zu Hans Rosenplüt und zum Schreib- und Druckwesen im 15. Jahrhundert. (Münchener Texte und Untersuchungen zur deutschen Literatur des Mittelalters 74). München / Zürich 1984
Kiesow 1988 – Kiesow, Gottfried: Gotik in Hessen. Stuttgart 1988
Kind / Rohlfing 1995 – Kind, Helmut / Rohlfing, Helmut: Gutenberg und der europäische Frühdruck. Zur Erwerbungsgeschichte der Göttinger Inkunabelsammlung. Göttingen 1995
Kindler von Knobloch 1886 – Kindler von Knobloch, Julius: Das goldene Buch von Straßburg. Bd. 2, Wien 1886
Kindlinger 1819 – Kindlinger, Niklas: Nachricht von einigen noch unbekannten Holzschnitten, Kupferstichen, Steinabdrücken aus dem fünfzehnten Jahrhundert. Frankfurt/Main 1819
Kintzinger 1997 – Kintzinger, Martin: Toke, Heinrich. In: LMA, Bd. 8, Sp. 842-843
Kircher 1793 – Kircher, Ernst Wilhelm Gottlieb: Anweisung in der Buchdruckerkunst, so viel davon das Drucken betrifft. Braunschweig 1793 (Nachdruck TH Darmstadt 1983)
Kirchhoff 1853 – Kirchhoff, Albrecht: Die Handschriftenhändler des Mittelalters. 2. Aufl. Leipzig 1853
Kirnberger 1950 – Kirnberger, Albert: Diether von Isenburg, der Gründer der Mainzer Universität. Mainz 1950
Klebs 1917 – Klebs, Arnold Carl: Herbals of the 15th century. Part 1. In: Bibliographical Society of America: The Papers 11 (1917), S. 75-92
Klebs 1918 – Klebs, Arnold Carl: Herbals of the 15th century. Part 2. In: Bibliographical Society of America: The Papers 12 (1918), S. 41-57
Klebs 1938 – Klebs, Arnold Carl: Incunabula scientifica et medica. Short title list. Brügge 1938
Klein 1866 – Klein, Karl: Die Kirche St. Stephan in Mainz. Mainz 1866
Klein 1987 – Klein, Jean Pierre: Strasbourg. Urbanisme et architectures des origines à 1870. Strasbourg 1987
Kleineidam 1964 – Kleineidam, Erich: Universitas Studii Erffordensis. Überblick über die Geschichte der Universität Erfurt. Teil 1: 1392 - 1460. (Erfurter Theologische Studien 14). Leipzig 1964
Klingelschmitt 1916 – Klingelschmitt, Franz Theodor: Unsere liebe Frau von Hallgarten. Wiesbaden 1916
Klingelschmitt 1918 – Klingelschmitt, Franz Theodor: Magister Valentinus Lapicida de Moguntia. Ein Beitrag zur Mainzer Kunstgeschichte des 15. Jahrhunderts. Wiesbaden 1918
Klingelschmitt 1947 – Klingelschmitt, Franz Theodor: Magister Valentinus Lapicida de Moguntia. In: JbBistumMz 2 (1947), S. 227-233
Klötzer 1996 – Klötzer, Wolfgang: Frankfurt am Main, Gutenberg und Eltville. Eine Spurensuche. (Eltviller Druck 44). Eltville 1996
Knaus 1938 – Knaus, Hermann: Über Verlegereinbände bei Schöffer. In: GJb 1938, S. 97-108
Knaus 1944/49 – Knaus, Hermann: Schöffers Handel mit Zell-Drucken. In: GJb 1944/49, S. 91-92
Knaus 1973 – Knaus, Hermann: Rheinische Handschriften in Berlin. Fraterherren und Windesheimer, Lokalstil und Ordensstil. In: AGB 13 (1973), Sp. 1081-1119
Kniffler 1978 – Kniffler, Gisela: Die Grabdenkmäler der Mainzer Erzbischöfe vom 13. bis zum 16. Jahrhundert. Untersuchungen zur Geschichte, zur Plastik und zur Ornamentik. (Dissertationen zur Kunstgeschichte 7). Köln / Wien 1978
Kock / Schlusemann 1997 – Kock, Thomas / Schlusemann, Rita (Hrsg.): Laienlektüre und Buchmarkt im späten Mittelalter. (Gesellschaft, Kultur und Schrift 5). Frankfurt/Main u. a. 1997
Köhler 1741 – Köhler, Johann David: Hochverdiente und aus bewährten Urkunden wohlbeglaubte Ehren-Rettung Johann Guttenbergs, eingebohrnen Bürgers in Mayntz, aus dem alten rheinländischen adelichen Geschlechte derer von Sorgenloch genannt Gänsefleisch. Leipzig 1741
König 1978 – König, Eberhard: Das Stundenbuch des Christoph I. Markgraf von Baden. Codex Durlach 1 der Badischen Landesbibliothek. Kommentarband, unter Mitarbeit von Gerhard Stamm. Karlsruhe 1978
König 1979 – König, Eberhard: Die Illuminierung der Gutenbergbibel. In: Schmidt, Wieland / Schmidt-Künsemüller, Alfred (Hrsg.): Johannes Gutenbergs zweiundvierzigzeilige Bibel. Faksimile-Ausgabe nach dem Exemplar der Staatsbibliothek Preußischer Kulturbesitz Berlin. Kommentarband. München 1979, S. 69-126
König 1983 (I) – König, Eberhard: Die deutsche Buchmalerei und die Einführung des Buchdrucks. In: Kunstchronik 36 (1983), S. 32 und 37
König 1983 (II) – König, Eberhard: The influence of the invention of printing on the development of German illumination. In: Trapp, Joseph Burney (Hrsg.): Manuscripts in the Fifty Years after the Invention of Printing. Some Papers read at a Colloquium at the Warburg Institute on 12 - 13 March 1982. London 1983, S. 85-94
König 1986 – König, Eberhard: Für Johannes Fust. In: Limburg, Hans u. a. (Hrsg.): Ars impressoria. Entstehung und Entwicklung des Buchdrucks. Eine internationale Festgabe für Severin Corsten zum 65. Geburtstag. München u. a. 1986, S. 285-313
König 1993 (I) – König, Eberhard: Buchschmuck zwischen Druckhaus und Vertrieb in ganz Europa. Peter Schöffers Hieronymus-Briefe von 1470. In: Nickel,

Holger / Gillner, Lothar (Hrsg.): Johannes Gutenberg – Regionale Aspekte des frühen Buchdrucks. Vorträge der Internationalen Konferenz zum 550. Jubiläum der Buchdruckerkunst am 26. und 27. Juni 1990 in Berlin. (Beiträge aus der Staatsbibliothek zu Berlin, Preußischer Kulturbesitz 1). Berlin 1993, S. 130-148
König 1993 (II) – König, Eberhard: The 1462 Fust & Schoeffer Bible. Akron/ Evanston 1993
König 1995 – König, Eberhard: Zur Situation der Gutenberg-Forschung. Supplement zu: Schmidt, Wieland / Schmidt-Künsemüller, Alfred (Hrsg.): Johannes Gutenbergs zweiundvierzigzeilige Bibel. Faksimile-Ausgabe nach dem Exemplar der Staatsbibliothek Preußischer Kulturbesitz Berlin. Kommentarband, Sonderausgabe. München 1995
König 1997 – König, Eberhard: Der Hausbuchmeister. In: Waldburg Wolfegg, Christoph Graf zu (Hrsg.): Das Mittelalterliche Hausbuch. Faksimile und Kommentar. München / New York 1997, S. 163-221
Koepf 1969 – Koepf, Hans: Die gotischen Planrisse der Wiener Sammlungen. (Studien zur östereichischen Kunstgeschichte 4). Wien / Köln / Graz 1969
Körkel-Hinkfoth 1994 – Körkel-Hinkfoth, Regine: Die Parabel von den klugen und törichten Jungfrauen (Mt. 25, 1 - 13) in der bildenden Kunst und im geistlichen Schauspiel. (Europäische Hochschulschriften. Reihe 28 Bd. 190). Frankfurt/Main u. a. 1994
Körner 1997 – Körner, Hans: Grabmonumente des Mittelalters. Darmstadt 1997
Köster 1947 – Köster Kurt: Adolf von Breithardt † 1491. Mainzer Kanzler unter Erzbischof Adolf II von Nassau. In: JbBistumMz 2 (1947), S. 187-226
Köster 1959 – Köster, Kurt: Neue Studien zu Meister Tilman von Hachenburg und seinen Glocken. In: Jahrbuch der hessischen kirchengeschichtlichen Vereinigung 10 (1959), S. 77-91
Köster 1972 – Köster, Kurt: Mittelalterliche Pilgerzeichen und Wallfahrtsdevotionalien. In: Rhein und Maas. Kunst und Kultur 800 - 1400. Schnütgen-Museum Köln, Kunsthalle Köln 14. Mai bis 23. Juli 1972. Köln 1972, S. 146-151
Köster 1973 – Köster, Kurt: Gutenberg in Straßburg. (Kleiner Druck der Gutenberg-Gesellschaft 23). Mainz 1973
Köster 1974 – Köster, Kurt: Woran starb Gutenbergs Straßburger Geschäftsgenosse Andreas Dritzehn? In: Swierk, Alfred (Hrsg.): Beiträge zur Geschichte des Buches und seiner Funktion in der Gesellschaft. Festschrift für Hans Widmann zum 65. Geburtstag am 28. 3. 1973. Stuttgart 1974, S. 87-101
Köster 1980 – Köster, Kurt: Tilman von Hachenburg. Nachlese zum Werk eines mittelrheinischen Glockengiessers im Spätmittelalter. In: Jahrbuch der hessischen kirchengeschichtlichen Vereinigung 31 (1980), S. 1-28
Köster 1983 – Köster, Kurt: Gutenbergs Straßburger Aachenspiegel-Unternehmen von 1438/1440. In: GJb 1983, S. 24-44
Köster 1984 – Köster, Kurt: Mittelalterliche Pilgerzeichen. In: Kriss-Rettenbeck, Lenz / Möhler, Gerda (Hrsg): Wallfahrt kennt keine Grenzen. Themen zu einer Ausstellung des Bayerischen Nationalmuseums und des Adalbert Stifter-Vereins. München / Zürich 1984, S. 203-223
Kohlhaussen 1944/49 – Kohlhaussen, Heinrich: Verziertes Schreibgerät im deutschen Mittelalter. In: GJb 1944/49, S. 9-17
Kohlschein / Wünsche 1998 – Kohlschein, Franz / Wünsche, Peter (Hrsg.): Heiliger Raum. Architektur, Kunst und Liturgie in mittelalterlichen Kathedralen und Stiftskirchen. (Liturgiewissenschaftliche Quellen und Forschungen 82). Münster 1998
Koreny 1968 – Koreny, Fritz: Über die Anfänge der Reproduktionsgraphik nördlich der Alpen. Diss. Wien 1968 (Ms.)
Koreny 1974 (I) – Koreny, Fritz: Spielkarten und Musterbuch in der Spätgotik. In: 150 Jahre Piatnik 1824 – 1974. Wien 1974, S. 45-50
Koreny 1974 (II) – Koreny, Fritz: Zum oberdeutschen Kartenspiel mit italienischen Farbzeichen. In: Spielkarten – Ihre Kunst und Geschichte in Mitteleuropa. Graphische Sammlung Albertina. 242. Ausstellung, 12. September – 3. November 1974. Wien 1974, S. 76-78
Koreny 1977 – Koreny, Fritz (Vorw.): Das Kartenspiel des oberdeutschen Stechers. The Pack of Cards by the South German Engraver. München 1977
Kost 1994 – Kost, Walter: Die Pfarrkirche St. Martin in Mainz-Finthen. Versuch einer Beschreibung. Mainz 1994
Krämer 1960 – Krämer, Philipp: Die Burgkirche in Oberingelheim. Ingelheim 1960
Krämer 1989 – Krämer, Sigrid: Handschriftenerbe des deutschen Mittelalters. (Mittelalterliche Bibliothekskataloge Deutschlands und der Schweiz. Ergänzungsband 1). 2 Teile, München 1989
Kratz 1962 – Kratz, Werner: Eltville. Baudenkmale und Geschichte. 2 Bde., Eltville 1962
Krebs 1827 – Krebs, Benjamin: Handbuch der Buchdruckerkunst. Frankfurt/Main 1827 (Nachdruck TH Darmstadt 1983)
Krienke 1997 – Kulturdenkmäler in Rheinland-Pfalz. (Denkmaltopographie Bundesrepublik Deutschland). Bd. 2: Stadt Mainz. Teilbd. 3: Vororte. Bearb.: Dieter Krienke. Worms 1997
Kristeller 1915 – Kristeller, Paul: Holzschnitte im Königl. Kupferstichkabinett zu Berlin. (Graphische Gesellschaft: 21. Veröffentlichung). Berlin 1915
Krohm 1991 – Krohm, Hartmut: Zwei unveröffentlichte Fragmente der Lorcher Kreuztragung. In: ZDVKW 45 (1991), S. 164-170
Krüger 1974 – Krüger, Herbert: Das älteste deutsche Routenhandbuch. Mit 6 Routenkarten und 272 Originalseiten im Faksimile. Jörg Gails „Raißbüchlein“. Graz 1974
Kubach / Haas 1972 – Kubach, Hans E. / Haas, Walter: Der Dom zu Speyer. (Die Kunstdenkmäler von Rheinland-Pfalz 5). 3 Bde., München 1972
Küchenmeisterei 1939 – Küchenmeisterei. In Nürnberg von Peter Wagner um 1490 gedruckt. Mit einem Glossar und einer Bibliographie. Faksimile nach dem Exemplar der Herzog-August-Bibliothek in Wolfenbüttel. Eingel. von Hans Wegener. (Veröffentlichungen der Gesellschaft für Typenkunde des XV. Jahrhunderts. Reihe B Bd. 3). Leipzig 1939
Künast 1994 – Künast, Hans-Jörg: Johann Schönsperger d. Ä. – der Verleger der Augsburger „Taschenausgabe“ der Schedelschen Weltchronik. In: Füssel, Stephan (Hrsg.): 500 Jahre Schedelsche Weltchronik. Akten des interdisziplinären Symposions vom 23./24. April 1993 in Nürnberg. (Pirckheimer-Jahrbuch 9). Nürnberg 1994, S. 99-109
Künast 1997 – Künast, Hans-Jörg: „Getruckt zu Augspurg“. Buchdruck und Buchhandel in Augsburg zwischen 1468 und 1555. (Studia Augustana 8). Tübingen 1997
Kugler 1853/54 – Kugler, Franz: Kleine Schriften und Studien zur Kunstgeschichte. 3 Bde., Stuttgart 1853/54
Kuhn 1980 – Kuhn, Hugo: Versuch über das fünfzehnte Jahrhundert in der deutschen Literatur. In: Gumbrecht, Hans-Ulrich (Hrsg.): Literatur in der Gesellschaft des Spätmittelalters. Heidelberg 1980, S. 19-38
Kuntze 1964 – Kuntze, Günter: Das Stift St. Martin in Bingen. Diss. Mainz 1964 (Ms.)
Kunz 1971 – Kunz, Rudolf: Stammtafel der Herren von Wallbrunn. In: 50 Jahre hessische familiengeschichtliche Vereinigung e. V. Darmstadt. Festschrift. Darmstadt 1971, S. 145-174
Kunze 1975 – Kunze, Horst: Geschichte der Buchillustration in Deutschland. Das 15. Jahrhundert. 2 Bde., Leipzig 1975
Kurth 1915 – Kurth, Betty: Ein Erzeugnis mittelrheinischer Bildwirkerkunst. In: MZ 10 (1915), S. 87-89
Kurth 1926 – Kurth, Betty: Die deutschen Bildteppiche des Mittelalters. Wien 1926
Kyriss 1951-1958 – Kyriss, Ernst: Verzierte gotische Einbände im alten deutschen Sprachgebiet. 4 Bde., Stuttgart 1951-1958

L

Laager 1996 – Laager, Jacques (Hrsg.): Ars moriendi. Die Kunst, gut zu leben und gut zu sterben. Texte von Cicero bis Luther. Zürich 1996
Laborde 1840 – Laborde, Leon de: Débuts de l'imprimerie à Strasbourg. Ou recherches sur les travaux mystérieux de Gutenberg dans cette ville et sur le procès qui lui fut intenté en 1439 à cette occasion. Paris 1840
Landgraf 1993 – Landgraf, Eleonore: Ornamentierte Bodenfliesen des Mittelalters in Süd- und Westdeutschland. 1150 – 1550. (Forschungen und Berichte der Archäologie des Mittelalters in Baden-Württemberg 14). 3 Bde., Stuttgart 1993
Lange 1949 – Lange, Wilhelm H.: Buchdruck, Buchverlag, Buchvertrieb – Beiträge zur wirtschaftlichen und geistigen Situation des 15. und 16. Jahrhunderts. In: Kunze, Horst (Hrsg.): Buch und Papier. Buchkundliche und papiergeschichtliche Arbeiten, Hans H. Bockwitz zum 65. Geburtstage dargebracht. Leipzig 1949, S. 55-74
Lange 1950 – Lange, Wilhelm H.: Der Buchhandel der Frühdruckzeit. In: Börsenblatt für den deutschen Buchhandel. Ausgabe Frankfurt/Main 6 (1950) Nr. 47, S. 189-191
Laubenstein 1953 – Laubenstein, Heinz: Die Entwicklung des Münzwesens und der Hausgenossen im Erzbistum sowie der Stadt Mainz. Diss. Mainz 1953 (Ms.)
Lauer 1980 – Lauer, Hans H.: Bernhard von Gordon. In: LMA, Bd. 1, Sp. 1999
Le Goff 1989 – Le Goff, Jacques: Kaufleute und Bankiers im Mittelalter. Frankfurt/Main 1989
Lehmann 1928 – Lehmann, Paul: Mittelalterliche Bibliothekskataloge in Deutschland und der Schweiz. Bd. 2: Bistum Mainz, Erfurt. München 1928
Lehmann 1960 – Lehmann, Paul: Bücherliebe und Bücherpflege bei den Kartäusern. In: ders.: Erforschung des Mittelalters. Bd. 3, Stuttgart 1960, S. 121-142 [Erstveröffentlichung in den Miscellanea Francesco Ehrle. Bd. 5, Rom 1924, S. 364-389]
Lehmann-Haupt 1929 – Lehmann-Haupt, Hellmut: Die Holzschnitte der Breydenbachschen Pilgerfahrt als Vorbilder für gezeichnete Handschriftenillustrationen. In: GJb 1929, S. 152-163
Lehmann-Haupt 1950 – Lehmann-Haupt, Hellmut: Peter Schoeffer of Gernsheim and Mainz. With a List of his Surviving Books and Broadsides. Rochester / New York 1950
Lehmann-Haupt 1962 – Lehmann-Haupt, Hellmut: Gutenberg und der Meister der Spielkarten. In: GJb 1962, S. 360-379
Lehmann-Haupt 1966 – Lehmann-Haupt, Hellmut: Gutenberg and the Master of the Playing Cards. New Haven / London 1966
Lehmann-Haupt 1972 – Lehmann-Haupt, Hellmut: The Göttingen Model Book. A Facsimile Edition and Translation of a 15th Century Illuminator's Manual. Columbia 1972, 2. Aufl. 1978 (Mit einem Nachtrag von Fedja Anzelewsky)
Lehrs 1908 – Lehrs, Max: Holzschnitte der ersten Hälfte des XV. Jahrhunderts im Kupferstichkabinett zu Berlin. Berlin 1908
Lehrs 1922 – Lehrs, Max: Der Meister LCz und der Meister WB. (Graphische Gesellschaft: Veröffentlichung 25). Berlin 1922
Leidinger 1928 – Leidinger, Georg: Über ein Bruchstück eines unbekannten Holztafeldrucks des XV. Jahrhunderts. In: GJb 1928, S. 32-42
Leisibach 1976 – Leisibach, Joseph: Die liturgischen Handschriften der Kantons- und Universitätsbibliothek Freiburg. (Iter Helveticum 1). Freiburg i. Ü. 1976
Leitermann 1957 – Leitermann, Heinz: Die Baumeister des Mainzer Domes. In: Mainzer Almanach 1957, S. 71-81
Lenz 1997 – Lenz, Rudolf Ferdinand: Inkunabelkatalog der Erzbischöflichen Diözesan- und Dombibliothek Köln. Hrsg. von Juan Antonio Cervelló-Margalef. Köln 1997
Lergen 1940 – Lergen, Werner: Die Sippe der Eseler. Diss. Frankfurt/Main 1940 (Ms.)
Limousin 1954 – Limousin, Raymond: Jean Bourdichon, peintre et enlumineur. Lyon 1954
Lindenschmit 1894 – Lindenschmit, Ludwig: Mainz, Sammlung des Vereins zur Erforschung der rheinischen Geschichte und Altertümer. In: Westdeutsche Zeitschrift für Geschichte und Kunst 13 (1894), S. 289-306
Lindenschmit 1910 – Lindenschmit, Ludwig: Berichte über die Vermehrung der Sammlungen des Mainzer Altertums-Vereins für die Jahre 1906-1909. In: MZ 5 (1910), S. 67-76
Link 1989 – Link, Eberhard: Die Erzbischöfliche Münze und ihre Erzeugnisse. In: Mathy, Helmut (Hrsg.): Bingen. Geschichte einer Stadt am Mittelrhein. Mainz 1989, S. 235-276
List 1998 – List, Gerhard: Die Handschriften der Stadtbibliothek Mainz. Bd. 2, Wiesbaden 1998
List / Powitz 1990 – List, Gerhard / Powitz, Gerhardt: Die Handschriften der Stadtbibliothek Mainz. Bd. 1, Wiesbaden 1990
Loebel 1949 – Loebel, Hansgeorg: Die Reformtraktate des Magdeburger Domherrn Heinrich Toke. Ein Beitrag zur Geschichte der Reichs- und Kirchenreform im 15. Jahrhundert. Diss. Göttingen 1949 (Ms.)
Loeber 1971 – Loeber, Edo G.: Kriterien der Gleichheit von Wasserzeichen. In: Papiergeschichte. Zeitschrift der Forschungsstelle Papiergeschichte in Mainz 21 (1971) Heft 1-3, S. 15-17
Lökkös 1982 – Lökkös, Antal: Les incunables de la Bibliothèque de Genève. Catalogue déscriptif. Genf 1982
Lohse 1986 – Lohse, Gerhart: Von unnutzen buchern. Zum ersten Kapitel von Sebastian Brants Narrenschiff. In: Limburg, Hans / Lohse, Hartwig / Schmitz, Wolfgang (Hrsg.): Ars Impressoria. Entstehung und Entwicklung des Buchdrucks. Eine internationale Festgabe für Severin Corsten zum 65. Geburtstag. München u. a. 1986, S. 215-230
Loubier 1926 – Loubier, Hans: Der Bucheinband von seinen Anfängen bis zum Ende des 18. Jahrhunderts. (Monographien des Kunstgewerbes 21/22). 2., umgearb. Aufl. Leipzig 1926
Lowry 1991 – Lowry, Martin: Nicholas Jenson and the Rise of Venetian Publishing in Renaissance Europe. Oxford 1991
Lüdke 1996 – Lüdke, Dietmar: Die überlieferten Werke des Meisters der Karlsruher Passion. In: Die Karlsruher Passion. Ein Hauptwerk Straßburger Malerei der Spätgotik. Staatliche Kunsthalle Karlsruhe, 4.4.1996 – 30.6.1996. Stuttgart 1996, S. 27-116
Lühmann-Schmid 1974 – Lühmann-Schmid, Irnfriede: Der Mainzer Marktbrunnen, seine Denkmals- und Bildideen. In: MZ 69 (1974), S. 180-186
Lühmann-Schmid 1975 – Lühmann-Schmid, Irnfriede: Peter Schro. Ein Mainzer Bildhauer und Backoffen-Schüler. In: MZ 70 (1975), S. 1-62
Lülfing 1969 – Lülfing, Hans: Johannes Gutenberg und das Buchwesen des 14. und 15. Jahrhunderts. München-Pullach 1969

M

Mader 1931 – Mader, Felix (Bearb.): Die Kunstdenkmäler von Mittelfranken. Bd. 4: Stadt Dinkelsbühl. (Die Kunstdenkmäler von Bayern 5). München 1931

Maek-Gérard 1985 – Nachantike großplastische Bildwerke. (Liebieghaus, Museum Alter Plastik, Frankfurt am Main: Wissenschaftliche Kataloge). Bd. 3: Maek-Gérard, Michael (Bearb.): Die deutschsprachigen Länder ca. 1380 – 1530/40. Melsungen 1985

Mälzer 1986 – Mälzer, Gottfried: Die Inkunabeln der Universitätsbibliothek Würzburg. Würzburg 1986

Märker 1993 – Märker, Almuth: Geschichte der Universität Erfurt 1392 - 1816. (Schriften des Vereins für die Geschichte und Altertumskunde von Erfurt 1). Weimar 1993

Mariani Canova 1988 – Mariani Canova, Giordana: Ferrara 1474. Miniatura, tipografia, committenza. Il „Decretum Gratiani" Roverella. Con un testo di Franco E. Adami. (Quaderni dei Musei Ferraresi 3). Ferrara 1988

Markale 1994 – Markale, Jean: Isabeau de Bavière. Die Wittelsbacherin auf Frankreichs Thron. München 1994

Marks 1977 – Marks, Richard B.: The significance of fifteenth-century hand corrections in the Düsseldorf Exemplars of some of Therhoernen's editions of the works of Werner Rolevinck. In: GJb 1977, S. 49-56

Martin 1941 – Martin, Paul: Die Hoheitszeichen der Freien Stadt Straßburg 1200 – 1681. Straßburg 1941

Martin 1991 – Martin, Otto: Johannes Gutenberg im Bildnis. In: Imprematura 14 (1991), S. 19-121

Marx 1907 – Marx, Jakob: Geschichte des Armen-Hospitals zum h. Nikolaus zu Cues. Trier 1907

Marx 1997 – Marx, Thomas Christoph: Johannes Kerer und die Gründung des Collegium Sapientiae. In: ders. (Hrsg.): 500 Jahre Collegium Sapientiae 1497 – 1997 und 30 Jahre Collegium Sapientiae in der Lorettostraße 1967 – 1997. Festschrift. Freiburg 1997, S. 18-33

Masson 1954 – Masson, Irvine: The Mainz Psalters and Canon Missae 1457 - 1459. London 1954

Matheus 1999 – Matheus, Michael: Vom Bistumsstreit zur Mainzer Stiftsfehde. Zur Geschichte der Stadt Mainz 1328 – 1459. In: Dumont, Franz / Scherf, Ferdinand / Schütz, Friedrich (Hrsg.): Mainz. Die Geschichte der Stadt. 2. Aufl. Mainz 1999, S. 171-204

Mathy 1977 – Mathy, Helmut: Die Universität Mainz 1477 – 1977. Mit einem ikonographischen Beitrag von Fritz Arens sowie einem Bildteil 1946 – 1977 und einem tabellarischen Anhang. Mainz 1977

Mathy 1979 – Mathy, Helmut: Berthold von Henneberg. In: Helmes, Werner u. a. (Red.): Personen und Wirkungen. Biographische Essays. Mainz 1979, S. 31-36

Mayer 1985 – Mayer, Klaus: St. Stephan in Mainz. 6., neubearb. und erw. Aufl. (Kunstführer 523). München / Zürich 1985

Mayer / Steffens 1992 – Mayer, Ute / Steffens, Rudolf: Die spätmittelalterlichen Urbare des Heiliggeist-Spitals in Mainz. Edition und historisch-wirtschaftsgeschichtliche Erläuterungen. (Geschichtliche Landeskunde 36). Stuttgart 1992

Mayr 1948 – Mayr, Josepha: Die Schutzmantel-Muttergottes in Finthen. In: Preller, Karl / Schreiber, Hermann (Hrsg.): Aus Finthens Geschichte. Dorf und Pfarrei. Festschrift Philipp Heinrich Lambert. Finthen 1948, S. 57-62

Mazal 1979 – Mazal, Otto: Die Bucheinbände der erhaltenen Exemplare der zweiundvierzigzeiligen Bibel. In: Schmidt, Wieland / Schmidt-Künsemüller, Alfred (Hrsg.): Johannes Gutenbergs zweiundvierzigzeilige Bibel. Faksimile-Ausgabe nach dem Exemplar der Staatsbibliothek Preußischer Kulturbesitz Berlin. Kommentarband. München 1979, S. 157-176

Mazal 1981 – Mazal, Otto: Paläographie und Paläotypie. Zur Schriftgeschichte des 15. Jahrhunderts. In: Hellinga, Lotte / Härtel, Helmar (Hrsg.): Buch und Text im 15. Jahrhundert. Arbeitsgespräch in der Herzog August Bibliothek Wolfenbüttel vom 1. bis 3. März 1978. Vorträge. (Wolfenbütteler Abhandlungen zur Renaissanceforschung 2). Hamburg 1981, S. 59-78

McMurtrie 1939 – McMurtrie, Douglas Crawford: Some facts concerning the Invention of Printing, the five-hundredth anniversary of which will be celebrated internationally in 1940. Chicago 1939

Meckelnborg 1998 – Meckelnborg, Christina: Mittelalterliche Handschriften im Landeshauptarchiv Koblenz. Bd. 1: Die nichtarchivischen Handschriften der Signaturengruppe Best. 701 Nr. 1 - 190, ergänzt durch die im Görres-Gymnasium Koblenz aufbewahrten Handschriften A, B und C. (Veröffentlichungen der Landesarchivverwaltung Rheinland-Pfalz 78). Wiesbaden 1998

Meckenstock 1972/73 – Meckenstock, Heinrich: Das fialenflankierte Portal. In: MZ 67/68 (1972/73), S. 143-146

Meckseper / Schraut 1991 – Meckseper, Cord / Schraut, Elisabeth (Hrsg.): Mentalität und Alltag im Spätmittelalter. 2. Aufl. Göttingen 1991

Mehnert 1961 – Mehnert, Walter: Die Gehilfenprüfung als Schriftsetzer. 5., durchges. und erw. Aufl. Stuttgart 1961

Meier 1996 – Meier, Christel u. a. (Hrsg.): Der Codex im Gebrauch. Akten des Internationalen Kolloquiums 11. – 13. Juni 1992. München 1996

Meier 1998 – Meier, Robert: Heinrich van Beeck und seine „Agrippina". (Kölner historische Abhandlungen 41). Köln u. a. 1998

Meintzschel 1963 – Meintzschel, Joachim: Studien zu Maximilian von Welsch. (Veröffentlichungen der Gesellschaft für Fränkische Geschichte. Reihe 8 Bd. 2). Würzburg 1963

Melnikas, Anthony: The Corpus of Miniatures in the Manuscripts of the Decretum Gratiani. (Studia Gratiana 16-18). 3 Bde., Rom 1975

Menn 1941 – Menn, Walter: Das Helmaspergersche Notariatsinstrument vom 6. November 1455. In: Gutenberg und seine Erfindung. (Aus den Schätzen der Universitätsbibliothek zu Greifswald 16). Greifswald 1941, S. 7-35

Menzel 1868 – Menzel, Karl: Diether von Isenburg, Erzbischof von Mainz 1459 – 1463. Ein Beitrag zur Geschichte der staatlichen und kirchlichen Reformbestrebungen des fünfzehnten Jahrhunderts. Erlangen 1868

Menzel 1870 – Menzel, Karl: Die Verträge zwischen den Grafen Adolf von Nassau und Diether von Isenburg-Büdingen zur Beilegung des Streites um das Erzstift Mainz. In: Annalen des Vereins für Nassauische Alterthumskunde und Geschichtsforschung 10 (1870), S. 1-41

Merzdorf 1870 – Merzdorf, Johann Friedrich Ludwig Theodor (Hrsg.): Die deutschen Historienbibeln des Mittelalters. Nach 40 Handschriften zum ersten Male herausgegeben. (Bibliothek des Litterarischen Vereins in Stuttgart 100/101). 2 Bde., Stuttgart 1870

Metternich 1984 – Metternich, Wolfgang: Die Karmeliterkirche in der Frankfurter Kirchenbaukunst vom 13. bis zum 15. Jahrhundert. In: Dohrn-Immig, Margarete: Die gotische Karmeliterkirche in Frankfurt am Main. (Archäologische Reihe 3). Frankfurt/Main 1984, S. 28-45

Metz 1924 – Metz, Peter: Zur Neuaufstellung der Karmeliter-Madonna. In: Lenhart, Georg (Hrsg.): Festschrift zur Wiedereinweihung der Karmeliterkirche zu Mainz am 15. Dezember 1924. Mainz 1924, S. 13-16

Metz 1927 – Metz, Peter: Der Dom zu Mainz. (Kunstführer an Rhein und Mosel 3). Köln u. a. 1927

Meuthen 1982 – Meuthen, Erich: Ein neues frühes Quellenzeugnis (zu Okt. 1454?) für den ältesten Buchdruck. Enea Silvio Piccolomini am 12. März 1455 aus Wiener Neustadt an Kardinal Juan de Carvajal. In: GJb 1982, S. 108-118

Meuthen 1989 – Meuthen, Erich: Die Legationsreise des Nikolaus von Kues 1451/1452. In: Boockmann, Hartmut / Moeller, Bernd u. a. (Hrsg.): Lebenslehren und Weltentwürfe im Übergang vom Mittelalter zur Neuzeit. Politik – Bildung – Naturkunde – Theologie. (Abhandlungen der Akademie der Wissenschaften in Göttingen. Philosophisch-Historische Klasse. 3. F. Nr. 179). Göttingen 1989, S. 421-499

Meyer-Baer 1962 – Meyer-Baer, Kathi: Liturgical Music Incunabula. A Descriptive Catalogue. London 1962

Mezger 1840 – Mezger, Georg Caspar: Augsburgs älteste Druckdenkmale und Formschneidearbeiten,welche in der vereinigten k. Kreis- und Stadtbibliothek daselbst aufbewahrt werden. Nebst einer kurzen Geschichte des Bücherdruckes und Buchhandels in Augsburg. Mit 37 Abdrucken von Original-Holzschnitten aus dem 15. und 16. Jahrhundert. Augsburg 1840

Michel 1937 – Michel, Fritz (Bearb.): Die Kunstdenkmäler der Stadt Koblenz. Bd. 1: Die kirchlichen Denkmäler der Stadt Koblenz. (Die Kunstdenkmäler der Rheinprovinz 20,1). Düsseldorf 1937

Michelitsch 1913 – Michelitsch, Anton: Thomasschriften. Untersuchungen über die Schriften Thomas von Aquino. (Thomasschriften. Philosophische Reihe 1). Graz / Wien 1913

Mieck 1997 – Mieck, Ilja: Die Frühe Neuzeit. Definitionsprobleme, Methodendiskussion, Forschungstendenzen. In: Boškovska-Leimgruber, Nada (Hrsg.): Die Frühe Neuzeit in der Geschichtswissenschaft. Forschungstendenzen und Forschungserträge. Paderborn u. a. 1997, S. 17-38

Miedema 1996 – Miedema, Nine: Erhard Etzlaubs Karten. Ein Beitrag zur Geschichte der mittelalterlichen Kartographie und des Einblattdrucks. In: GJb 1996, S. 99-125

Militzer 1984 – Militzer, Klaus: Die feierlichen Einritte der Kölner Erzbischöfe in die Stadt Köln im Spätmittelalter und in der frühen Neuzeit. In: JbKGV 55 (1984), S. 77-116

Miller 1985 – Miller, Ignaz: Nachlaßregelung und Testament des Trierer Erzbischofs Jakob von Sierck († 1456). In: Landeskundliche Vierteljahrsblätter 31 (1985), S. 51-67

Miner 1952 – Miner, Dorothy: The Giant Bible of Mainz. 500th Anniversary. Baltimore 1952

Moeller 1983 (I) – Moeller, Bernd u. a.(Hrsg.): Studien zum städtischen Bildungswesen des späten Mittelalters und der frühen Neuzeit. (Abhandlungen der Akademie der Wissenschaften in Göttingen. Philosophisch-Historische Klasse. 3. F. Nr. 137). Göttingen 1983

Moeller 1983 (II) – Moeller, Bernd: Die Anfänge kommunaler Bibliotheken in Deutschland. In: ders. u. a. (Hrsg.): Studien zum städtischen Bildungswesen des späten Mittelalters und der frühen Neuzeit. (Abhandlungen der Akademie der Wissenschaften in Göttingen. Philosophisch-Historische Klasse. 3. F. Nr. 137). Göttingen 1983, S. 136-155

Moeller 1989 – Moeller, Bernd: Die letzten Ablaßkampagnen. Der Widerspruch Luthers gegen den Ablaß in seinem geschichtlichen Zusammenhang. In: Boockmann, Hartmut / Moeller, Bernd u. a. (Hrsg.): Lebenslehren und Weltentwürfe im Übergang vom Mittelalter zur Neuzeit. Politik – Bildung – Naturkunde – Theologie. (Abhandlungen der Akademie der Wissenschaften in Göttingen. Philosophisch-Historische Klasse. 3. F. Nr. 179). Göttingen 1989, S. 539-567

Mommert 1965 – Mommert, Michael: Konrad Humery und seine Übersetzung der Consolatio Philosophiae. Studien zur deutschen Boethius-Tradition am Ausgang des Mittelalters. Münster 1965

Mone 1856 – Mone, Franz Joseph (Hrsg.): Das Friedensbuch der Stadt Mainz. In: ZGO 7 (1856), S. 3-28

Monsees 1997 – Monsees, Yvonne: Die Inschriften des Rheingau-Taunus-Kreises. (Die Deutschen Inschriften 43. Mainzer Reihe 5). Wiesbaden 1997

Montagne-Verte o. J. – Histoire vicieuse de la Montagne-Verte. In: Montagne-Verte. Au cercle vicieux en souvenir de l'inauguration de son ile à la Montagne-Verte. [Strasbourg] o. J., S. 17-28

Moraw 1993 – Moraw, Peter: Das spätmittelalterliche Universitätssystem in Europa – sozialgeschichtlich betrachtet. In: Brunner, Horst / Wolf, Norbert R. (Hrsg.): Wissensliteratur im Mittelalter und in der Frühen Neuzeit. Bedingungen, Typen, Publikum, Sprache. (Wissensliteratur im Mittelalter 13). Wiesbaden 1993, S. 9-25

Moraw 1995 – Moraw, Peter: Der Reichstag zu Worms von 1495. In: 1495 - Kaiser, Reich, Reformen. Der Reichstag zu Worms. Katalogred.: Claudia Helm u. a. Ausstellung des Landeshauptarchivs Koblenz in Verbindung mit der Stadt Worms zum 500jährigen Jubiläum des Wormser Reichstags von 1495. Museum der Stadt Worms im Andreasstift, 20. August bis 19. November 1995. (Veröffentlichungen der Landesarchivverwaltung Rheinland-Pfalz. Katalogreihe). Koblenz 1995, S. 25-37

Mori 1941 – Mori, Gustav: Der Typen-Neudruck des Canon Missae vom Jahre 1456/57. In: GJb 1941, S. 59-67

Mori 1945 – Mori, Gustav: Lebenserinnerungen. Masch. Frankfurt/Main 1945

Mosley 1991 – Mosley, James: Illustrations of typefounding engraved for the „Description des Arts et Métiers" of the Académie Royale des Sciences, Paris, 1694 to c. 1700. In: Matrix, Nr. 11 (1991), S. 61-80

Moxon 1683/84 – Moxon, Joseph: Mechanick Exercises on the whole Art of Printing (1683-4). London 1683/84 (Nachdruck von Herbert Davis und Harry Carter, London 1962)

Müller 1832 – Müller, Franz-Hubert (Hrsg.): Beiträge zur teutschen Kunst- und Geschichtskunde durch Kunstdenkmale mit vorzüglicher Berücksichtigung des Mittelalters. Bd. 1, Darmstadt 1832

Müller 1845 – [Müller, Nikolaus] (Bearb.): Katalog des Museums der Stadt Mainz. Mainz o. J. [1845]

Müller 1885/86 – Müller, Johannes (Hrsg.): Vor- und frühreformatorische Schulordnungen und Schulverträge in deutscher und niederländischer Sprache. (Sammlung selten gewordener pädagogischer Schriften früherer Zeiten 12/13). 2 Bde., Zschoppau 1885/86

Müller 1982 – Müller, Christian: Studien zur Darstellung und Funktion wilder Natur in deutschen Minnedarstellungen des 15. Jahrhunderts. Diss. Tübingen 1982

Müller 1990 – Müller, Rainer A.: Geschichte der Universität. Von der mittelalterlichen Universitas zur deutschen Hochschule. München 1990

Müller 1996 – Müller, Rainer A.: Geschichte der Universität. Von der mittelalterlichen Universitas zur deutschen Hochschule. 2. Aufl. Hamburg 1996

N

Neddermeyer 1998 – Neddermeyer, Uwe: Von der Handschrift zum gedruckten Buch. Schriftlichkeit und Leseinteresse im Mittelalter und in der frühen Neuzeit. Quantitative und qualitative Aspekte. (Buchwissenschaftliche Beiträge aus dem deutschen Bucharchiv München 61). 2 Bde., Wiesbaden 1998

Neeb 1905 – Neeb, Ernst: Verzeichnis der Kunstdenkmäler der Stadt Mainz. Bd. 1: Privatbesitz. Mainz 1905

Neeb 1912 – Neeb, Ernst: Bericht über die Vermehrung der Sammlungen des Altertumsmuseums der Stadt Mainz. In: MZ 7 (1912), S. 48-61

Neeb 1915 – Neeb, Ernst: Bericht über die Vermehrung der städtischen Gemäldegalerie und Kupferstichsammlung vom 1. April 1912 bis 1. April 1915. In: MZ 10 (1915), S. 104-111

Neeb 1925/26 (I)– Neeb, Ernst: Die Wand- und Deckengemälde in der

Karmeliterkirche in Mainz. In: MZ 20/21 (1925/26), S. 45-55

Neeb 1925/26 (II) – Neeb, Ernst: Jahresberichte des Altertums-Museums der Stadt Mainz für die Zeit vom 1. April 1924 bis 1. April 1926. In: MZ 20/21 (1925/26), S. 92-104

Needham 1982 – Needham, Paul: Johann Gutenberg and the Catholicon Press. In: Papers of the Bibliographical Society of America 76 (1982), S. 395-456

Needham 1984 – Needham, Paul: Die Hand des Setzers in der Gutenberg-Bibel: eine kritische Betrachtung der Toddschen These. In: Aus dem Antiquariat 3 (1984). [Beilage zu: Börsenblatt für den deutschen Buchhandel. Ausgabe Frankfurt/Main 40 (1984)], S. A77–A93

Needham 1985 – Needham, Paul: The Paper Supply of the Gutenberg Bible. In: Papers of the Bibliographical Society of America 79 (1985), S. 303-426

Needham 1988 – Needham, Paul: The Catholicon Press of Johann Gutenberg: A Hidden Chapter in the Invention of Printing. In: Wolfenbütteler Notizen zur Buchgeschichte 13 (1988), S. 199-230

Needham 1990 – Needham, Paul: Corrective notes on the date of the Catholicon Press. In: GJb 1990, S. 46-64

Needham 1991 – Needham, Paul: Further Corrective Notes on the Date of the Catholicon Press. In: GJb 1991, S. 101-126

Needham 1992 – Needham, Paul: Mainz and Eltville: the true tale of three compositors. In: Bulletin du Bibliophile 1992, Heft 2, S. 257-304

Needham 1993 (I) – Needham, Paul: Palaeography and the Earliest Printing Types. In: Nickel, Holger / Gillner, Lothar (Hrsg.): Johannes Gutenberg – Regionale Aspekte des frühen Buchdrucks. Vorträge der Internationalen Konferenz zum 550. Jubiläum der Buchdruckerkunst am 26. und 27. Juni 1990 in Berlin. (Beiträge aus der Staatsbibliothek zu Berlin, Preußischer Kulturbesitz 1). Berlin 1993, S. 19-27

Needham 1993 (II) – Needham, Paul: Slipped Lines in the Mainz Catholicon: A Second Opinion. In: GJb 1993, S. 25-29

Neidiger 1981 – Neidiger, Bernhard: Mendikanten zwischen Ordensideal und städtischer Realität. Untersuchungen zum wirtschaftlichen Verhalten der Bettelorden in Basel. (Berliner historische Studien 5. Ordensstudien 3). Berlin 1981

Nichtweiß 1998 – Nichtweiß, Barbara (Hrsg.): Lebendiger Dom. Mainz 1998

Nickel 1996 – Nickel, Holger: Zum Pariser Buchwesen um 1500. In: Bibliothek und Wissenschaft 29 (1996), S. 78-86

Nilgen 1985 – Nilgen, Ursula: Amtsgenealogie und Amtsheiligkeit. Königs- und Bischofsreihen in der Kunstpropaganda des Hochmittelalters. In: Bierbrauer, Katharina / Klein, Peter K. / Sauerländer, Willibald (Hrsg.): Studien zur mittelalterlichen Kunst 800 – 1250. Festschrift für Florentine Mütherich. München 1985, S. 217-234

Nissen 1951 – Nissen, Claus: Die botanische Buchillustration. Ihre Geschichte und Bibliographie. Bd. 1: Geschichte und Bd. 2: Bibliographie in einem Bd. Stuttgart 1951

Norman 1961 – Norman, Don Cleveland: The 500th Anniversary Pictorial Census of the Gutenberg-Bible. Chicago 1961

Noss 1916 – Noss, Alfred: Beschreibung der Münzen 1307 - 1556 – Die Münzen von Trier. 1. Teil, 2. Abschnitt. (Publikationen der Gesellschaft für Rheinische Geschichtskunde 30). Bonn 1916

Nußbaum / Lepsky 1999 – Nußbaum, Norbert / Lepsky, Sabine: Das gotische Gewölbe. Eine Geschichte seiner Form und Konstruktion. Darmstadt 1999

Nußbaum 1982 – Nußbaum, Norbert: Die Braunauer Bürgerspitalkirche und die spätgotischen Dreistützenbauten in Bayern und Österreich. Ein raumbildnerisches Experiment des 15. Jahrhunderts. (Veröffentlichung der Abteilung Architektur des Kunsthistorischen Instituts der Universität zu Köln 21). Köln 1982

Nußbaum 1985 – Nußbaum, Norbert: Deutsche Kirchenbaukunst der Gotik. Entwicklung und Bauformen. Köln 1985

O

Oates 1954 – Oates, John C. T.: A catalogue of the fifteenth-century printed books in the University Library Cambridge. Cambridge 1954

Oechelhaeuser 1913 – Oechelhaeuser, Adolf von (Bearb.): Die Kunstdenkmäler des Amtsbezirks Heidelberg. 2. Abt.: Kreis Heidelberg. (Die Kunstdenkmäler des Großherzogtums Baden 8). Tübingen 1913

Oediger 1953 – Oediger, Friedrich Wilhelm: Über die Bildung der Geistlichen im späten Mittelalter. (Studien und Texte zur Geistesgeschichte des Mittelalters 2). Leiden u. a. 1953

Oehme 1950 – Oehme, Ruthardt: Die Palästinakarte aus Bernhard von Breydenbachs Reise ins Heilige Land 1486. In: ZfB. Beiheft 75 (1950), S. 70-83

Oergel 1875 – Oergel, Georg: Amplonius Ratingk de Bercka und seine Stiftung. Erfurt 1875

Oergel 1898 – Oergel, Georg: Das Collegium zur Himmelspforte während des Mittelalters. In: Mitteilungen des Vereins für Geschichte und Alterthumskunde Erfurt 19 (1898), S. 19-114

Oeser 1964 – Oeser, Wolfgang: Die Brüder des gemeinsamen Lebens als Bücherschreiber. In: AGB 5 (1964), Sp. 197-398

Ogris 1961 – Ogris, Werner: Der mittelalterliche Leibrentenvertrag. Ein Beitrag zur Geschichte des deutschen Privatrechts. (Wiener rechtsgeschichtliche Arbeiten 6). Wien u. a. 1961

Ohly / Sack 1967 – Ohly, Kurt / Sack, Vera (Bearb.): Inkunabelkatalog der Stadt- und Universitätsbibliothek und anderer Sammlungen in Frankfurt a. M. (Kataloge der Stadt- und Universitätsbibliothek Frankfurt am Main 1). Frankfurt/Main 1967

Oldemeyer 1965 – Oldemeyer, Gertrude: Die Darstellung des gekreuzigten Christus in der Kunst des „Weichen Stils". Diss. Freiburg i. Br. 1965

Oldenbourg 1973 – Oldenbourg, Maria Consuelo: Hortulus animae [1494] – 1523. Bibliographie und Illustration. Hamburg 1973

Olmert 1992 – Olmert, Michael: The Smithsonian Book of Books. Washington, D. C. 1992

Oltrogge / Michon / Fuchs 1989 – Oltrogge, Doris / Michon, Solange / Fuchs, Robert: „Laubwerk" – Zur Texttradition einer Anleitung für Buchmaler aus dem 15. Jahrhundert. (Würzburger medizinhistorische Mitteilungen 7). Würzburg 1989

Oppitz 1993 – Oppitz, Ulrich-Dieter: Weitere Spuren von Beutelbüchern. In: GJb 1993, S. 311-318

Oppitz 1995 – Oppitz, Ulrich-Dieter: Weitere Spuren von Beutelbüchern. In: GJb 1995, S. 228-239

Origo 1986 – Origo, Iris: 'Im Namen Gottes und des Geschäfts'. Lebensbild eines toskanischen Kaufmanns der Frührenaissance. Francesco di Marco Datini 1335 – 1410. 2., verb. Aufl. München 1986

Osten 1974 – Osten, Gert von der: Vermutungen über die Anzahl der Altkölner Tafel- und Leinwandbilder. In: Vor Stefan Lochner. Die Kölner Maler von 1300 bis 1430. Wallraf-Richartz-Museum Köln, 29. März bis 7. Juli 1974. Köln 1974, S. 26-29

Osten 1983 – Osten, Gert von der: Hans Baldung Grien. Gemälde und Dokumente. (Jahresgabe des Deutschen Vereins für Kunstwissenschaft 1981/82). Berlin 1983

Ott 1983 – Ott, Norbert H.: Rechtspraxis und Heilsgeschichte. Zu Überlieferung, Ikonographie und Gebrauchssituation des deutschen ›Belial‹. (Münchener Texte und Untersuchungen zur deutschen Literatur des Mittelalters 80). München 1983

Ott 1984 – Ott, Norbert H.: Überlieferung, Ikonographie – Anspruchsniveau, Gebrauchssituation. Methodisches zum Problem der Beziehungen zwischen Stoffen, Texten und Illustrationen in Handschriften des Spätmittelalters. In: Grenzmann, Ludger / Stackmann, Karl (Hrsg.): Literatur und Laienbildung im Spätmittelalter und in der Reformationszeit. Symposium Wolfenbüttel 1981. (Germanistisches Symposium: Berichtsbd. 5). Stuttgart 1984, S. 356-386

Ottermann 1990 – Ottermann, Annelen (Einf.): Lateinisches Stundenbuch, Paris 1450. Hrsg.: Gutenberg-Gesellschaft. (Mainzer Faksimile-Drucke : Kostbarkeiten aus dem Gutenberg-Museum). Mainz 1990

Ottermann 1993 – Ottermann, Annelen: Bibelhandschriften aus fünf Jahrhunderten. Stadtbibliothek Mainz. (Veröffentlichungen der Stadtbibliothek und der Öffentlichen Bücherei - Anna Seghers 50). Mainz 1993

Otto 1989 – Otto, Rita: Kunstwerke vom frühen Mittelalter bis zur Gegenwart. In: Mathy, Helmut (Hrsg.): Bingen. Geschichte einer Stadt am Mittelrhein. Mainz 1989, S. 171-216

P

Paasch 1997 – Paasch, Kathrin: Die Bibliotheca Amploniana. In: Handschriften und Alte Drucke der Stadt- und Regionalbibliothek Erfurt. (Erfurter Bibliotheken 1). Erfurt 1997, S. 6-7

Paatz 1956 – Paatz, Walter: Prolegomena zu einer Geschichte der deutschen spätgotischen Skulptur im 15. Jahrhundert. (Abhandlungen der Heidelberger Akademie der Wissenschaften. Philosophisch-Historische Klasse 1956,2). Heidelberg 1956

Paatz 1957 – Paatz, Walter: Nicolaus Eseler als Bildhauer. In: Hackelsberger, Berthold u. a. (Hrsg.): Festschrift Kurt Bauch. Kunstgeschichtliche Beiträge zum 25.11.1957. München / Berlin 1957, S. 132-136

Paatz 1967 – Paatz, Walter: Verflechtungen in der Kunst der Spätgotik zwischen 1360 und 1530. Einwirkungen aus den westlichen Nachbarländern auf Westdeutschland längs der Rheinlinie und deutsch-rheinische Einwirkung auf diese Länder. (Abhandlungen der Heidelberger Akademie der Wissenschaften. Philosophisch-Historische Klasse 1967,1). Heidelberg 1967

Painter 1965 – Painter, George D.: The true portrait of Johann Gutenberg. In: GJb 1965, S. 73-79

Painter 1967 – Painter, George D.: The untrue portraits of Johann Gutenberg. In: GJb 1967, S. 54-60

Painter 1970 – Painter, George D.: Gutenberg and the B 36 Group. A Reconsideration. In: Rhodes, Dennis E. (Hrsg.): Essays in Honour of Victor Scholderer. Mainz 1970, S. 292-322

Palmer 1992 – Palmer, Nigel F.: Latein und Deutsch in den Blockbüchern. In: Henkel, Nikolaus / Palmer, Nigel F. (Hrsg.): Latein und Volkssprache im deutschen Mittelalter 1100 - 1500. Regensburger Colloquium 1988. Tübingen 1992, S. 310-336

Palmer 1993 – Palmer, Nigel F.: Ars moriendi und Totentanz: Zur Verbildlichung des Todes im Spätmittelalter. In: Borst, Arno u. a. (Hrsg.): Tod im Mittelalter. (Konstanzer Bibliothek 20). Konstanz 1993, S. 313-334

Palmer 1995 – Palmer, Nigel F.: Einleitung zum Kommentarband des Faksimiles »Ars moriendi«. Das deutschsprachige Blockbuch der Donaueschinger Hofbibliothek. Hrsg.: Heribert Tenschert. Passau 1995, S. 11-12

Palmer 1998 – Palmer, Nigel F.: Zisterzienser und ihre Bücher. Die mittelalterliche Bibliotheksgeschichte von Kloster Eberbach im Rheingau unter besonderer Berücksichtigung der in Oxford und London aufbewahrten Handschriften. Regensburg 1998

Parguez 1991 – Catalogues régionaux des incunables des Bibliothèques publiques de France. Bd. 11: Parguez, Guy: Bibliothèques de la Région Rhône-Alpes. Teilbd. 1: Ain, Ardèche, Loire, Rhône. Paris 1991

Parker 1974 – Parker, Mike: Early typefounders moulds. In: The Library. 5th series 29 (1974), S. 93-102

Parkhurst 1941 – Parkhurst, Charles P.: The Madonna of the writing Christ child. In: ArtBull 23 (1941), S. 292-306

Partridge 1986 – Partridge, Walter J.: The Type-setting and Printing of the Mainz Catholicon. In: The Book Collector 35 (1986), S. 21-52

Patze 1970 – Patze, Hans: Neue Typen des Geschäftsschriftgutes im 14. Jahrhundert. In: Patze, Hans (Hrsg.): Der deutsche Territorialstaat im 14. Jahrhundert. (Konstanzer Arbeitskreis für Mittelalterliche Geschichte: Vorträge und Forschungen 13). Bd. 1, Sigmaringen 1970, S. 9-64

Pelgen 1994 – Pelgen, Stephan: Das Verhältnis der Augsburger Nachdrucke zur Nürnberger Schedelchronik. In: Füssel, Stephan (Hrsg.): 500 Jahre Schedelsche Weltchronik. Akten des interdisziplinären Symposions vom 23./24. April 1993 in Nürnberg. (Pirckheimer-Jahrbuch 9). Nürnberg 1994, S. 111-132

Pelgen 1996 – Pelgen, Stephan: Zur Archäologie der Buchdruckletter. Neue Funde zur Schriftgussgeschichte von (Kur-)Mainz. In: GJb 1996, S. 182-208

Pellechet 1893 – Pellechet, Marie: Catalogue des incunables de bibliothèques publiques de Lyon. Lyon 1893

Pellechet 1970 – Pellechet, Marie: Catalogue général des incunables des bibliothèques publiques de France. Nachdr. d. Ausg. Paris 1897-1909. 3 Bde., Nendeln 1970

Pellechet / Polain 1970 – Pellechet, Marie / Pollain, Louis: Catalogue général des incunables des bibliothèques publiques de France. Nachdr. d. Ausg. Paris 1897-1909. 26 Bde., Nendeln 1970

Perrig 1994 – Perrig, Alexander (Hrsg.): Landschaft: Entstehung, Gestaltung, Darstellung. (Trierer Beiträge. Sonderheft 7). Trier 1994

Peschlow-Kondermann 1972 – Peschlow-Kondermann, Annegret: Rekonstruktion des Westlettners und der Ostchoranlage des 13. Jahrhunderts im Mainzer Dom. (Forschungen zur Kunstgeschichte und Christlichen Archäologie 8). Wiesbaden 1972

Pflugk 1958 – Pflugk, A. von: Lederbrillen. In: Beiträge zur Geschichte der Brille. Hrsg. von den Firmen Carl Zeiss Oberkochen und Marwitz & Hauser. Stuttgart 1958, S. 17-21

Piccard 1978 – Piccard, Gerhard: Wasserzeichen Anker. (Veröffentlichung der staatlichen Archivverwaltung Baden-Württemberg. Sonderreihe. Die Wasserzeichenkartei Piccard im Hauptstaatsarchiv Stuttgart. Findbuch 6). Stuttgart 1978

Piccard 1982 – Piccard, Gerhard: Das Mainzer ‚Catholicon' von 1460 und seine Datierung. In: Aus dem Antiquariat 4 (1982), S. A 125-A 128. [Beilage zu: Börsenblatt für den deutschen Buchhandel. Ausgabe Frankfurt/Main 38 (1982)]

Pinder 1914/1929 – Pinder, Wilhelm: Die deutsche Plastik vom ausgehenden Mittelalter bis zum Ende der Renaissance. (Handbuch der Kunstwissenschaft). 2 Bde., Wildpark-Potsdam 1914/1929

Pleij 1987 – Pleij, Herman: Dutch literature and the printing press: The first fifty years. In: GJb 1987, S. 47-72

Ploss 1989 – Ploss, Emil Ernst: Ein Buch von alten Farben. Technologie der Textilfarben im Mittelalter mit einem Ausblick auf die festen Farben. 6., erw. Aufl. München 1989

Pohl 1989 – Pohl, Hans (Hrsg.): Die Bedeutung der Kommunikation für Wirtschaft und Gesellschaft. (Vierteljahrsschrift für Sozial- und Wirtschaftsgeschichte. Beiheft 87). Stuttgart 1989

Polius 1640 – Polius, Jacobus: Exegeticon historicum Sanctae Annae, aviae Christi, Magnae Matris Deiparae ... Köln 1640

Pollard 1907 – Pollard, Alfred W.: Catalogue of Manuscripts and Early Printed Books from the (...) Library of Pierpont Morgan. Early Printed Books. Bd. 1, London 1907

Pollard / Ehrman 1965 – Pollard, Graham / Ehrman, Albert: The Distribution of Books by Catalogue from the Invention of Printing to A.D. 1800. Cambridge 1965

Posada 1987 – Posada, Gerardo: Der Heilige Bruno. Vater der Kartäuser. Ein Sohn der Stadt Köln. Köln 1987

Posse 1914 – Posse, Otto (Hrsg.): Die Siegel der Erzbischöfe und Kurfürsten von Mainz, Erzkanzler des deutschen Reiches bis zum Jahre 1803. Dresden 1914

Powitz 1988 – Powitz, Gerhardt: Das „Catholicon" in buch- und textgeschichtlicher Sicht. In: Wolfenbütteler Notizen zur Buchgeschichte 13 (1988), S. 125-137

Powitz 1990 – Powitz, Gerhardt: Die Frankfurter Gutenberg-Bibel. Ein Beitrag zum Buchwesen des 15. Jahrhunderts. (Frankfurter Bibliotheksschriften 3). Frankfurt/Main 1990

Powitz 1994 – Powitz, Gerhardt: Die Tabula rubricarum des Mainzer Catholicon. In: GJb 1994, S. 32-49

Powitz 1999 – Powitz, Gerhardt: Die Bibliothek des Frankfurter Juristen Ludwig von Marburg zum Paradies. Eine Büchersammlung aus der Frühzeit des Buchdrucks. In: AGB 51 (1999), S. 333-369

Powitz / Buck 1974 – Powitz, Gerhardt / Buck, Herbert: Die Handschriften des Bartholomäusstifts und des Karmeliterklosters in Frankfurt am Main. (Die Handschriften der Stadt- und Universitätsbibliothek Frankfurt am Main 2). (Kataloge der Stadt- und Universitätsbibliothek Frankfurt am Main 3). Frankfurt/Main 1974

Prechtl 1850-1851 – Prechtl, Johann Josef von: Technologische Encyklopädie. Leipzig, Bd. 16 (1850): Stampfwerke – Stereotypie und Schriftgießerei und Bd. 17 (1851): Stereotypie und Schriftgießerei

Prescher 1985 – Agricola, Georgius: De re metallica libri XII. Faksimile-Dr. d. Ausg. Basel 1557. Kommentarbd. von Hans Prescher. Weinheim 1985

Presser 1958 – Presser, Helmut: Druckte Numeister die Mainzer Agende von 1480? In: GJb 1958, S. 69-77

Presser 1960 – Presser, Helmut: Abdruck einer Type von 1482. In: GJb 1960, S. 118-121

Presser 1978 – Presser, Helmut: Briefe des Augsburger Frühdruckers Hans Bämler aus dem Jahr 1480. In: Aus dem Antiquariat 2 (1978), S. A33–A39. [Beilage zu: Börsenblatt für den deutschen Buchhandel. Ausgabe Frankfurt/Main 34 (1978)]

Proctor 1899-1902 – Proctor, Robert: An index to the early printed books in the British Museum from the invention of printing to the year MD, with notes of those in the Bodleian Library. 2 Bde., London 1898. 4 Supplemente 1899-1902

Purpus 1991 (I) – Purpus, Elke: Die Blockbücher der Apokalypse. In: Blockbücher des Mittelalters. Bilderfolgen als Lektüre. Mitarb.: Sabine Mertens u. a. Gutenberg-Museum Mainz, 22.6.1991 – 1.9.1991. Mainz 1991, S. 81-97

Purpus 1991 (II) – Purpus, Elke: Die Vorläufer der Blockbücher der Apokalypse. In: Blockbücher des Mittelalters. Bilderfolgen als Lektüre. Mitarb.: Sabine Mertens u. a. Gutenberg-Museum Mainz, 22.6.1991 – 1.9.1991. Mainz 1991, S. 99-118

Purpus 1995 – Purpus, Elke: Die Blockbücher der Apokalypse. Diss. Berlin 1995 (Ms.)

Purpus / Schneider 1991 – Purpus, Elke / Schneider, Cornelia: Die Szenenabfolge der Blockbuch-Apokalypse. In: Blockbücher des Mittelalters. Bilderfolgen als Lektüre. Mitarb.: Sabine Mertens u. a. Gutenberg-Museum Mainz, 22.6.1991 – 1. 9. 1991. Mainz 1991, S. 59-74

Q

Quarg 1998 – Quarg, Gunter: Zum Frühdruck von Bartholomaeus Anglicus „De proprietatibus rerum" (GW 3403). Überlegungen anhand des Kölner Exemplars. In: GJb 1998, S. 90-97

R

Rapp 1998 – Rapp, Andrea: bücher gar hübsch gemolt. Studien zur Werkstatt Diebold Laubers am Beispiel der Prosabearbeitung von Bruder Philipps »Marienleben« in den Historienbibeln IIa und Ib. (Vestigia Bibliae 18). Bern / Berlin 1998

Rauch 1910 – Rauch, Christian: Mittelrheinische Tonplastik. In: Hessen-Kunst 5 (1910), S. 9-13

Rauch 1914 – Rauch, Christian: Mittelrheinische Tonplastik. In: Hessen-Kunst 9 (1914), S. 1-8

Rauch 1934 – Rauch, Christian (Bearb.): Die Kunstdenkmäler des Kreises Bingen. Geschichtliche Beiträge von Fritz Herrmann. (Die Kunstdenkmäler im Volksstaat Hessen 3. Provinz Rheinhessen 3). Darmstadt 1934

Rauch 1975 – Rauch, Günter: Das Mainzer Domkapitel in der Neuzeit. Zu Verfassung und Selbstverständnis einer adeligen geistlichen Gemeinschaft (Mit einer Liste der Domprälaten). Teil 1. In: ZRG-KanAbt 61 (1975), S. 161-227

Rauch 1976 – Rauch, Günter: Das Mainzer Domkapitel in der Neuzeit. Zu Verfassung und Selbstverständnis einer adeligen geistlichen Gemeinschaft (Mit einer Liste der Domprälaten). Teil 2. In: ZRG-KanAbt 62 (1976), S. 194-278

Rauch 1977 – Rauch, Günter: Das Mainzer Domkapitel in der Neuzeit. Zu Verfassung und Selbstverständnis einer adeligen geistlichen Gemeinschaft (Mit einer Liste der Domprälaten). Teil 3. In: ZRG-KanAbt 63 (1977), S. 132-179

Raupp 1985 – Raupp, Hans-Joachim: Zum Verhältnis von Text und Illustration in Sebastian Brants „Narrenschiff". In: Bibliothek und Wissenschaft 19 (1985), S. 146-184

Rautenberg 1996 – Rautenberg, Ursula: Überlieferung und Druck. Heiligenlegenden aus frühen Kölner Offizinen. (Frühe Neuzeit 30). Tübingen 1996

Rautenberg 1999 – Rautenberg, Ursula: Buchhändlerische Organisationsformen in der Inkunabel- und Frühdruckzeit. In: Tiemann, Barbara (Hrsg.): Die Buchkultur im 15. und 16. Jahrhundert. Hrsg. Maximilian-Gesellschaft. 2. Halbbd., Hamburg 1999, S. 339-376

Redlich 1900 – Redlich, Paul: Kardinal Albrecht von Brandenburg und das Neue Stift zu Halle 1520 - 1541. Eine kirchen- und kunstgeschichtliche Studie. Mainz 1900

Reifenberg 1968 – Reifenberg, Hermann: Das Mainzer Rituale von 1480 der Stiftsbibliothek zu Aschaffenburg. In: GJb 1968, S. 88-96

Rembiesa-Darowska 1993 – Rembiesa-Darowska, Marta: Étude et restauration de la Vierge à l'Enfant d'Eberbach. In: Sculptures médiévales allemandes. Conservation et restauration. Actes du colloque ... 1991. Paris 1993, S. 63-77

Repgen 1994 (I) – Repgen, Konrad: Antimanifest und Kriegsmanifest. Die Benutzung der neuen Drucktechnik bei der Mainzer Stiftsfehde 1461/63 durch die Erzbischöfe Adolf von Nassau und Diether von Isenburg. In: Helmrath, Johannes u. a. (Hrsg.): Studien zum 15. Jahrhundert. Festschrift für Erich Meuthen. Bd. 2, München 1994, S. 781-803

Repgen 1994 (II) – Repgen, Konrad: Die politischen Einblattdrucke der Mainzer Stiftsfehde in deutscher Sprache (1461/62). In: AmrhKG 46 (1994), S. 281-321

Rieckenberg 1983 – Rieckenberg, Hans-Jürgen: Die Katechismus-Tafel des Nikolaus von Kues in der Lamberti-Kirche zu Hildesheim. In: DA 39 (1983), S. 555-581

Riedel 1976/77 – Riedel, Wolfgang: „Der Meister mit dem Brustlatz". Beiträge zum Werkkatalog eines mittelrheinischen Bildhauers der Spätgotik. In: MZ 71/72 (1976/77), S. 140-149

Riedel 1993 – Riedel, Wolfgang: Der Meister mit dem Brustlatz. Aspekte zu seinem Werk in der Pfarrkirche zu Kiedrich. In: St. Valentinuskirche in Kiedrich 1493 – 1993. Zur 500-Jahrfeier ihrer Vollendung. Eltville 1993, S. 64-82

Rieffel 1892 – Rieffel, Franz: Studien aus der Mainzer Gemäldegalerie. Ueber ein altdeutsches Altarwerk. In: RepKw 15 (1892), S. 288-305

Ringel 1986 – Ringel, Inge Heike: Zur Wahl Diethers von Isenburg-Büdingen zum Erzbischof von Mainz. In: AHG. N. F. 44 (1986), S. 11-40

Ringshausen 1968 – Ringshausen, Gerhard: Madern Gerthener. Leben und Werk nach den Urkunden. Diss. Göttingen 1968 (Ms.)

Rödel 1998 – Rödel, Walter G.: Mainz als kurfürstliche Residenzstadt im 16. und 17. Jahrhundert. In: Hartmann, Peter Claus (Hrsg.): Kurmainz, das Reichserzkanzleramt und das Reich am Ende des Mittelalters und im 16. und 17. Jahrhundert. (Geschichtliche Landeskunde 47). Stuttgart 1998, S. 223-237

Röll 1990 – Röll, Walter: Die Mainzer Offizin Schöffer und die Drucklegung der „Römischen Historie" 1505. In: GJb 1990, S. 89-117

Röll 1994 – Röll, Johannes: Beobachtungen zu den Holzschnitten der „Meditationes" des Kardinals Juan de Torquemada. In: GJb 1994, S. 50-59

Röttger 1926 – Röttger, Bernhard Hermann: Malerei in Unterfranken. (Alte Kunst in Bayern [11]). Augsburg 1926

Roll 1998 – Roll, Christine: „Sin lieb sy auch eyn Kurfurst ...". Zur Rolle Bertholds von Henneberg in der Reichsreform. In: Hartmann, Peter Claus (Hrsg.): Kurmainz, das Reichserzkanzleramt und das Reich am Ende des Mittelalters und im 16. und 17. Jahrhundert. (Geschichtliche Landeskunde 47). Stuttgart 1998, S. 5-43

Ronig 1978 – Ronig, Franz J.: Die Bildnisse Kunos von Falkenstein. Typ oder Porträt? In: Die Parler und der Schöne Stil 1350 – 1400. Europäische Kunst unter den Luxemburgern. Handbuch zur Ausstellung des Schnütgen-Museums in der Kunsthalle Köln. Hrsg.: Anton Legner. Bd. 3, Köln 1978, S. 211-214

Ronig 1980 – Ronig, Franz J.: Die Ausstattung. In: Ronig, Franz J. (Hrsg.): Der Trierer Dom. (Rheinischer Verein für Denkmalpflege und Heimatschutz: Jahrbuch 1978/79). Neuss 1980, S. 231-362

Rosenberg u. a. 1998 – Rosenberg, Achim / Boghardt, Martin / Dittmann, Heiko / Heimermann, Dieter / Hein, Anno / Mommsen, Hans: Röntgenfluoreszenzanalysen der Druckerschwärzen des Mainzer Catholicon und anderer Frühdrucke mit Synchrotronstrahlung. In: GJb 1998, S. 232-255

Rosenfeld 1974 – Rosenfeld, Hellmut: Gutenbergs Wappen, seine Entstehung und die angeblich jüdischen Ahnen Gutenbergs. In: GJb 1974, S. 35-46

Rosenfeld 1982 – Rosenfeld, Hellmut: Hat Gutenberg sein Erfurter Studium 1418 für ein Jahr unterbrochen? In: GJb 1982, S. 106-107

Rossi 1989 – Rossi, Frank: Brillen. Vom Leseglas zum modischen Accessoire. München 1989

Roßkopf 1998 – Roßkopf, Josef: Hallgarten im Wandel der Zeiten. Von der Grangie Hargadun zum modernen Genossenschaftsdorf. Eltville o. J.[1998]

Roth 1883/84 – Roth, Friedrich Wilhelm Emil: Das Syntagma monumentorum des Domvicars G. Helwich. In: Geschichtsblätter für die mittelrheinischen Bistümer 1 (1883/84), Sp. 8-12, 41-44, 71-75, 105-108, 142-145, 176-178 und 215-216

Roth 1887/88 – Roth, Friedrich Wilhelm Emil: Die Druckerei des Peter Friedberg in Mainz (1491–99) und ihre Erzeugnisse. In: ZfB 4 (1887), S. 394-403 und 5 (1888), S. 43

Rothmann 1998 – Rothmann, Michael: Die Frankfurter Messen im Mittelalter. (Frankfurter Historische Abhandlungen 40). Stuttgart 1998

Rott 1938 – Rott, Hans: Quellen und Forschungen zur südwestdeutschen und schweizerischen Kunstgeschichte im XV. und XVI. Jahrhundert. Bd. 3: Der Oberrhein. Teil 1: Text. Stuttgart 1938

Rouse / Rouse 1991 – Rouse, Richard H. / Rouse, Mary A.: The Book Trade at the University of Paris ca. 1250 – ca. 1350. In: La Production du Livre universitaire au Moyen Age. Exemplar et Pecia. Actes du symposium tenu au Collegio San Bonaventura de Grottaferrata en mai 1983. Hrsg. vom Centre Régional de Publication de Paris. 2. Aufl. Paris 1991, S. 41-113

Rudolf 1951 – Rudolf, Rainer: Der Verfasser des »Speculum artis bene moriendi«. In: Anzeiger der Österreichischen Akademie der Wissenschaften. Philosophisch-Historische Klasse 1951, S. 387-398

Rudolf 1957 – Rudolf, Rainer: Ars moriendi. Köln / Graz 1957

Rübencamp 1900 – Rübencamp, Robert: Farbe und Papier im Druckgewerbe. 1. Theil: Farbe. (Klimsch's Graphische Bibliothek 3). Frankfurt/Main 1900

Rücker 1988 – Rücker, Elisabeth: Hartmann Schedels Weltchronik. Das größte Buchunternehmen der Dürer-Zeit. Mit einem Katalog der Städteansichten. München 1988

Rueff, Hans: Das rheinische Osterspiel der Berliner Handschrift Ms. Germ. Fol. 1219. (Abhandlungen der Gesellschaft der Wissenschaften zu Göttingen. Philosophisch-Historische Klasse. N. F. 18,1). Berlin 1925

Ruppel 1928 – Ruppel, Aloys: Über den Wohnort Gutenbergs in seinen letzten Lebensjahren. In: GJb 1928, S. 58-68

Ruppel 1937 (I) – Ruppel, Aloys: Über die ältere Franziskanerkirche in Mainz. In: MZ 32 (1937), S. 46-52

Ruppel 1937 (II) – Ruppel, Aloys: Der Totenschild am Grabe Gutenbergs. In: GJb 1937, S. 35-42

Ruppel 1937 (III) – Ruppel, Aloys: Peter Schöffer aus Gernsheim. (Kleiner Druck der Gutenberg-Gesellschaft 26). Mainz 1937

Ruppel 1939 – Ruppel, Aloys: Johannes Gutenberg. Sein Leben und sein Werk, Berlin 1939 (2. Aufl. Berlin 1947; 3. Aufl. Nieuwkoop 1967)

Ruppel 1940 (I) – Ruppel, Aloys: Welche Druckerei hinterließ Gutenberg? In: GJb 1940, S. 134-138

Ruppel 1940 (II) – Ruppel, Aloys: Die Wohn- und Arbeitsstätten Gutenbergs in Mainz. In: Mainzer Zeitung Nr. 146 (1940), S. 10-12

Ruppel 1940 (III) – Ruppel, Aloys: Peter Schöffer der Ältere. In: Altmeister der Druckschrift. Frankfurt/Main 1940, S. 25-34

Ruppel 1947 (I) – Ruppel, Aloys: Johannes Gutenberg. Sein Leben und sein Werk. 2., unveränd. Aufl. Berlin 1947

Ruppel 1947 (II) – Ruppel, Aloys: Vom Kalendermachen bis zum Tode Gutenbergs. In: Mainzer Kalender 1947, S. 9-14

Ruppel 1956 – Ruppel, Aloys: Die Druckerfamilie Schöffer aus Gernsheim. In: Gernsheim am Rhein. 600 Jahre Stadt. 1356 – 1956. Gernsheim 1956, S. 276-280

Ruppel 1961 (I) – Ruppel, Aloys: Der Mainzer Bürger Johannes Fust – Er trieb Gutenberg in den Bankrott. In: Das neue Mainz 1961 (Juni)

Ruppel 1961 (II) – Ruppel, Aloys: Johannes Fust. In: NDB, Bd. 5, Berlin 1961, S. 743-744

Ruppel 1961 (III) – Ruppel, Aloys: Die Technik Gutenbergs und ihre Vorstufen. 2., erw. Aufl. Düsseldorf 1961

Ruppel 1967 – Ruppel, Aloys: Johannes Gutenberg. Sein Leben und sein Werk. 3. Aufl. Nieuwkoop 1967

Ruppel 1968 – Ruppel, Aloys: Gutenbergs Tod und Begräbnis. (Kleiner Druck der Gutenberg-Gesellschaft 81). Mainz 1968

Rupprich 1956 – Rupprich, Hans (Hrsg.): Dürer. Schriftlicher Nachlass. Bd. 1, Berlin 1956

S

Sack 1973 – Sack, Vera: Über Verlegereinbände und Buchhandel Peter Schöffers. In: AGB 13 (1973), Sp. 249-288

Sack 1985 – Sack, Vera: Die Inkunabeln der Universitätsbibliothek und anderer öffentlicher Sammlungen in Freiburg im Breisgau und Umgebung. (Kataloge der Universitätsbibliothek Freiburg im Breisgau 2). 3 Bde., Wiesbaden 1985

Sack 1986 – Sack, Vera: Der Vertrag eines Freiburger Zwischenbuchhändlers mit der Universität. In: AGB 27 (1986), S. 163-169

Sauer 1868/1887 – Sauer, Wilhelm: Regesten zur Geschichte der Mainzer Stiftsfehde und der Verpfändung des Mainzer Domschatzes während derselben (1461 - 1476). Aus ungedruckten Urkunden des Staatsarchivs zu Wiesbaden mitgeteilt. In: Zeitschrift des Vereins zur Erforschung der rheinischen Geschichte und Altertümer in Mainz 3 (1868/87), S. 273-282

Sauer 1885-1887 – Sauer, Wilhelm (Bearb.): Codex diplomaticus Nassoicus. Nassauisches Urkundenbuch. 3 Bde., Wiesbaden 1885-1887

Sauer 1888 – Sauer, Wilhelm: Regesten zur Geschichte des Geschlechtes Hilchen von Lorch vom Jahre 1400 ab. (Archivalische Mitteilungen 5). In: Annalen des Vereins für Nassauische Altertumskunde und Geschichtsforschung 20 (1888), S. 64-83

Sauer 1993 – Sauer, Christine: Fundatio und Memoria. Stifter und Klostergründer im Bild 1100 bis 1350. (Veröffentlichungen des Max-Planck-Instituts für Geschichte 109). Göttingen 1993

Saurma-Jeltsch 1988 – Saurma-Jeltsch, Liselotte E.: Textaneignung in der Bildersprache. Zum Verhältnis von Bild und Text am Beispiel spätmittelalterlicher Buchillustration. In: Wiener Jahrbuch für Kunstgeschichte 41 (1988), S. 41-59 und 173-184

Saurma-Jeltsch 1992 – Saurma-Jeltsch, Liselotte E.: Zum Wandel der Erzählweise am Beispiel der illustrierten deutschen >Parzival<-Handschriften. In: Wolfram-Studien 12 (1992), S. 124-152

Saurma-Jeltsch 1992/1993 – Saurma-Jeltsch, Liselotte E.: Zur Entwicklung der illustrierten Handschrift im Milieu der spätmittelalterlichen Stadt. In: Jahrbuch der Oswald von Wolkenstein-Gesellschaft 7 (1992/1993), S. 305-342

Schaab 1841-1851 – Schaab, Karl Anton: Geschichte der Stadt Mainz. 4 Bde., Mainz 1841-1851

Schaab 1843/45 – Schaab, Karl Anton: Geschichte des großen rheinischen Städtebundes. Gestiftet zu Mainz im Jahre 1254 durch Arnold Walpod. 2 Bde., Mainz 1843/45

Schädler 1954 – Schädler, Alfred: Zum Werk des Meisters der Lorcher Kreuztragung. In: MüJb. 3. F. 5 (1954), S. 80-88

Schaer 1880 – Schaer, Carl: Conrad Botes niedersächsische Bilderchronik, ihre Quellen und ihr historischer Wert. Hannover 1880

Schaum-Benedum 1968 – Schaum-Benedum, Christa: Die figürlichen Grabsteine des 14. und 15. Jahrhunderts in Hessen. Diss. Gießen 1968

Scheibler 1884 – Scheibler, Ludwig: Schongauer und der Meister des Bartholomäus. In: RepKw 7 (1884), S. 31-68

Schenk zu Schweinsberg 1884 – Schenk zu Schweinsberg, Gustav: Ueber Johann Gutenberg's Grabstätte und Namen. In: AHG 15 (1884), S. 337-357

Schenk zu Schweinsberg 1900 – Schenk zu Schweinsberg, Gustav: Das Geschlecht der Gensfleisch. In: Hartwig, Otto (Hrsg.): Festschrift zum fünfhundertjährigen Geburtstag von Johann Gutenberg. Mainz 1900, S. 65-131

Scherf 1999 – Scherf, Ferdinand: Lernen in Mainzer Schulen. In: Dumont, Franz / Scherf, Ferdinand / Schütz, Friedrich (Hrsg.): Mainz. Die Geschichte der Stadt. 2. Aufl. Mainz 1999, S. 733-769

Schiffler / Winkeler 1991 – Schiffler, Horst / Winkeler, Rolf: Tausend Jahre Schule. Eine Kulturgeschichte des Lernens in Bildern. 3. Aufl. Stuttgart 1991

Schilling 1887 – Schilling, Andreas (Hrsg.): Die religiösen und kirchlichen Zustände der damaligen Reichsstadt Biberach unmittelbar vor Einführung der Reformation. Geschildert von einem Zeitgenossen. (Freiburger Diöcesan-Archiv 19). Freiburg 1887

Schilling 1933 – Schilling, Edmund: Zur Kunst des Frankfurter Malers Martin Kaldenbach. In: JPKS 54 (1933), S. 140-150

Schlegel 1991 – Schlegel, Albert: Die kurmainzische Münzstätte Höchst 1377 bis 1461/63. Ein Beitrag zur Heimatkunde. Frankfurt/Main 1991

Schmid 1958 – Schmid, Helmut H.: Augsburger Einzelformschnitt und Buchillustration im 15. Jahrhundert. In: AGB 1 (1958), S. 274-322

Schmid 1977 – Schmid, Elmar D.: Nördlingen – Die Georgskirche und St. Salvator. Aalen 1977

Schmid 1984 – Schmid, Karl: „Andacht und Stift". Zur Grabmalplanung Kaiser Maximilians I. In: Schmid, Karl / Wollasch, Joachim (Hrsg.): Memoria. Der geschichtliche Zeugniswert des liturgischen Gedenkens im Mittelalter. (Münstersche Mittelalter-Schriften 48). München 1984, S. 750-786

Schmid 1985 – Schmid, Wolfgang: Altäre der Hoch- und Spätgotik. (Publikationen der Gesellschaft für Rheinische Geschichtskunde 12,1. Geschichtlicher Atlas der Rheinlande). Köln 1985

Schmid 1987 – Schmid, Wolfgang: Raumprobleme in der Tafelmalerei der Gotik. Kunstgeographische und wirtschaftsgeschichtliche Untersuchungen über Köln, Nürnberg, Augsburg und Ulm. In: KunstHessMrh 27 (1987), S. 95-109

Schmid 1994 – Schmid, Wolfgang: Kunstlandschaft - Absatzgebiet - Zentralraum. Zur Brauchbarkeit unterschiedlicher Raumkonzepte in der kunstgeographischen Forschung vornehmlich an rheinischen Beispielen. In: Albrecht, Uwe / Bonsdorff, Jan von / Henning, Annette (Hrsg.): Figur und Raum. Mittelalterliche Holzbildwerke im historischen und kunstgeographischen Kontext. Berlin 1994, S. 21-34

Schmid 1995 – Schmid, Wolfgang: Der Petrusbrunnen auf dem Trierer Hauptmarkt. Ein Werk Hans Ruprecht Hoffmanns von 1595. Trier 1995

Schmid 1999 – Schmid, Wolfgang: Grabdenkmäler und Kunstpolitik der Erzbischöfe von Trier und Köln im Zeitalter der Gegenreformation. In: Embach, Michael u. a. (Hrsg.): Sancta Treveris. Beiträge zu Kirchenbau und bildender Kunst im alten Erzbistum Trier. Festschrift für Franz J. Ronig zum 70. Geburtstag. Trier 1999, S. 515-552

Schmidbauer 1909 – Schmidbauer, Richard: Einzelformschnitte des 15. Jahrhunderts in der Staats-, Kreis- und Stadtbibliothek Augsburg. (Einblattdrucke des 15. Jahrhunderts 18). Straßburg 1909

Schmidt 1860 – Schmidt, Charles: Histoire du Chapitre de Saint-Thomas à Strasbourg pendant le Moyen-Age. Strasbourg 1860

Schmidt 1888 – Schmidt, Charles: Straßburger Gassen- und Häusernamen. 2., neubearb. Aufl. Straßburg 1888

Schmidt 1897 – Schmidt, Adolf: Untersuchungen über die Buchdruckertechnik des 15. Jahrhunderts. In: ZfB 14 (1897), S. 14-27, 57-65 und 153-175

Schmidt 1911 – Schmidt, Adolf: Die Ablaßbriefe für Neuhausen bei Worms 1461 und 1462. In: Zeitschrift für Bücherfreunde. N. F. 3 (1911), S. 65-74 und 131-132

Schmidt 1912 – Schmidt, Adolf: Eine Mainzer Buchdruckerrechnung von 1480. In: ZfB 29 (1912), S. 25 f.

Schmidt 1927 – Schmidt, Adolf: Technische Beiträge zur Inkunabelkunde. In: GJb 1927, S. 9-23

Schmidt 1936 – Schmidt, Wieland : Art. 'Humery, Konrad'. In: Stammler, Wolfgang (Hrsg.): Die deutsche Literatur des Mittelalters. Verfasserlexikon. Bd. 2, Berlin u. a. 1936, Sp. 537-541

Schmidt 1948 – Schmidt, Aloys: Zur Mainzer Stiftsfehde 1462. In: JbBistumMz 3 (1948), S. 89-99

Schmidt 1960 – Schmidt, Wieland: In einem Kopert gebunden. In: Aus der Arbeit eines Bibliothekars. Festschrift Fritz Redenbacher. (Schriften der Universitäts-Bibliothek Erlangen 4). Erlangen 1960, S. 59-82

Schmidt 1986 – Schmidt, Hans-Joachim: Bettelorden in Trier. Wirksamkeit und Umfeld im hohen und späten Mittelalter. (Trierer historische Forschungen 10). Trier 1986

Schmidt 1990 – Schmidt, Gerhard: Kunst um 1400. Forschungsstand und Forschungsperspektiven. In: Pochat, Götz / Wagner, Brigitte (Hrsg.): Internationale Gotik in Mitteleuropa. (Kunsthistorisches Jahrbuch Graz 24). Graz 1990, S. 34-49

Schmidt 1995 – Schmidt, Gerhard: „Pre-Eyckian Realism". Versuch einer Abgrenzung. In: Smeyers, Maurits / Cardon, Bert (Hrsg.): Flanders in a European perspective. Manuscript Illumination around 1400 in Flanders and Abroad. Proceedings of the International Colloquium Leuven, 7 - 10 September 1993. (Corpus of Illuminated Manuscripts 8). Löwen 1995, S. 747-769

Schmidt 1998 – Schmidt, Peter: Rhin supérieur ou Bavière? Localisation et mobilité des gravures au milieu du XVe siècle. In: Revue de l'Art 120 (1998), S. 68-88

Schmidt 2000 – Schmidt, Peter: Gedruckte Bilder und handgeschriebene Bücher. Studien zum Gebrauch von Druckgraphik zur Illustration süddeutscher Handschriften des 15. Jahrhunderts. Köln 2000 (im Druck)

Schmidt-Künsemüller 1951 – Schmidt-Künsemüller, Friedrich Adolf: Die Erfindung des Buchdrucks als technisches Phänomen. (Kleiner Druck der Gutenberg-Gesellschaft 48). Mainz 1951

Schmidt-Künsemüller 1972 – Schmidt-Künsemüller, Friedrich-Adolf: Gutenbergs Schritt in die Technik. In: Widmann, Hans (Hrsg): Der gegenwärtige Stand der Gutenberg-Forschung. Stuttgart 1972, S. 122-147

Schmiedt 1994 – Schmiedt, Heinz Hugo: Gutenbergs Pilgerspiegel-Manufaktur. In: GJb 1994, S. 22-31

Schmitt 1922 – Schmitt, Otto: Das Friedberger Sakramentshäuschen. In: Hessen-Kunst 16 (1922), S. 43-46

Schmitt 1925 – Schmitt, Otto: Hans von Düren. In: Schriften des Historischen Museums der Stadt Frankfurt a. M. 1 (1925), S. 13-41

Schmitt 1993 – Schmitt, Anneliese: Das „Fragment vom Weltgericht" und die frühen Drucke der Sibyllenweissagung. In: Nickel, Holger / Gillner, Lothar (Hrsg.): Johannes Gutenberg - Regionale Aspekte des frühen Buchdrucks. Vorträge der Internationalen Konferenz zum 550. Jubiläum der Buchdruckerkunst am 26. und 27. Juni 1990 in Berlin. (Beiträge aus der Staatsbibliothek zu Berlin, Preußischer Kulturbesitz 1). Berlin 1993, S. 15-18

Schmitz 1995 – Schmitz, Emil-Heinz: Handbuch zur Geschichte der Optik. Ergänzungsbd. 3: Die Brille. Teil A. Bonn 1995

Schmitz 1995 – Schmitz, Wolfgang: Die Kartäuser und das Buch. Anmerkungen zu den Consuetudines. In: Bibliothek und Wissenschaft 28 (1995), S. 95-110

Schneckenburger 1968 – Schneckenburger, Ursula: Die Bildwirkereien im Mainzer Dommuseum. Unveröffentlichte Staatsexamensarbeit. Mainz 1968

Schneider 1887 – Schneider, Friedrich: Mainz und seine Drucker. In: Gedenkblätter zur Gutenbergfeier am 50. Jahrestage der Errichtung des Gutenbergdenkmals zu Mainz 14. Aug. 1837. Hrsg. von den vereinigten Mainzer Buchdruckern und Buchhaendlern. Mainz 1887, S. 3-9

Schneider 1954 – Schneider, Heinrich: Der Text der Gutenbergbibel zu ihrem 500jährigen Juibläum untersucht. (Bonner biblische Beiträge 7). Bonn 1954

Schneider 1974 – Schneider, Ernst (Hrsg.): Stiftsmuseum der Stadt Aschaffenburg. Bildführer. Aschaffenburg 1974

Schneider 1983 – Schneider, Karin: Die Bibliothek des Katharinenklosters in Nürnberg und die städtische Gesellschaft. In: Moeller, Bernd u. a. (Hrsg.): Studien zum städtischen Bildungswesens des späten Mittelalters und der frühen Neuzeit. (Abhandlungen der Akademie der Wissenschaften in Göttingen. Philosophisch-Historische Klasse. 3. F. Nr. 137). Göttingen 1983, S. 70-82

Schneider 1990 – Schneider,Cornelia: Gutenberg – Der Erfinder und seine Bücher. In: Gutenberg. 550 Jahre Buchdruck in Europa. Ausstellung und Katalog: Paul Raabe. Ausstellung im Zeughaus der Herzog-August-Bibliothek Wolfenbüttel vom 5. Mai bis 30. September 1990. (Ausstellungskataloge der Herzog-August-Bibliothek 62). Weinheim 1990, S. 45-50

Schneider 1994 – Schneider, Cornelia (Bearb.): Das Narrenschiff. Katalog zur Ausstellung im Gutenberg-Museum Mainz 1994. Mainz 1994

Schneider 1996 – Schneider, Cornelia (Red.): Ars moriendi. Gutenberg-Museum Mainz. (Patrimonia 108). Mainz 1996

Schnitger / Ziesche / Mundry 1983 – Schnitger, Dierk / Ziesche, Eva / Mundry, Eberhard: Elektronenradiographie als Hilfsmittel für die Identifizierung schwer oder nicht erkennbarer Wasserzeichen. In: GJb 1983, S. 49-78

Schoenberger 1927 – Schoenberger, Guido: Beiträge zur Baugeschichte des Frankfurter Domes. (Schriften des Historischen Museums Frankfurt am Main 3). Frankfurt/Main 1927

Schöpflin 1760 – Schöpflin, Johann Daniel: Vindiciae typographicae. Documenta typographicarum originum ex argentinensibus tabulariis et bibliothecis. Straßburg 1760

Scholderer 1927 – Scholderer, Victor: The Shape of Early Type. In: GJb 1927, S. 24-25

Scholderer 1932 – Scholderer, Victor: Vom italienischen Frühdruck. Festvortrag, gehalten in der Generalversammlung der Gutenberg-Gesellschaft zu Mainz am 26. Juni 1932. Mainz 1932

Scholz 1991 – Scholz, Hartmut: Entwurf und Ausführung. Werkstattpraxis in der Nürnberger Glasmalerei der Dürerzeit. (CVMA. Deutschland. Studien 1). Berlin 1991

Scholz 1999 – Scholz, Sebastian (Bearb.): Die Inschriften der Stadt Darmstadt und der Landkreise Darmstadt-Dieburg und Groß-Gerau. (Die deutschen Inschriften 49). Wiesbaden 1999

Schommers 1990 – Schommers, Annette: Das Grabmal des Trierer Erzbischofs Jakob von Sierck († 1456). Deutungs- und Rekonstruktionsversuch von Inschrift und Grabaufbau. In: Trierer Zeitschrift 53 (1990), S. 311-333

Schooner 1991 – Schooner, Hugues V.: La Production du Livre par la Pecia. In: Bataillon, Louis Jacques (Hrsg.): La Production du Livre universitaire au Moyen Age. Exemplar et Pecia. Actes du symposium tenu au Collegio San Bonaventura de Grottaferrata en mai 1983. Ed.: Centre Régional de Publication de Paris. 2. Aufl. Paris 1991, S. 17-28

Schorbach 1900 – Schorbach, Karl: Die urkundlichen Nachrichten über Gutenberg. In: Hartwig, Otto (Hrsg.): Festschrift zum fünfhundertjährigen Geburtstag von Johann Gutenberg. Mainz 1900, S. 133-256

Schorbach 1925 – Schorbach, Karl: Neue Straßburger Gutenbergfunde, I und II. In:

Ruppel, Aloys (Hrsg.): Gutenberg-Festschrift zur Feier des 25jährigen Bestehens des Gutenberg-Museums in Mainz 1925. Mainz 1925, S. 130-143
Schorbach 1926 – Schorbach, Karl: Neue Straßburger Gutenbergfunde, III. In: GJb 1926, S. 14-31
Schottenloher 1930 – Schottenloher, Karl: Der Farbenschmuck der Wiegendrucke. In: Buch und Schrift 4 (1930), S. 81-96
Schottenloher 1931 – Schottenloher, Karl: Handschriftenforschung und Buchdruck im XV. und XVI. Jahrhundert. In: GJb 1931, S. 73-106
Schottenloher 1938 – Schottenloher, Karl (Vorredner): Drei Frühdrucke zur Reichsgeschichte. (Veröffentlichungen der Gesellschaft für Typenkunde des 15. Jahrhunderts. Reihe B 2). Leipzig 1938
Schottenloher 1944/49 – Schottenloher, Karl: Der Frühdruck im Dienste der öffentlichen Verwaltung. In: GJb 1944/49, S. 138-148
Schramm 1920-1943 – Schramm, Albert (Hrsg.): Der Bilderschmuck der Frühdrucke. 23 Bde., Leipzig 1920-1943
Schreiber 1900 – Schreiber, Wilhelm Ludwig: Vorstufen der Typographie. In: Hartwig, Otto (Hrsg.): Festschrift zum fünfhundertjährigen Geburtstage von Johann Gutenberg. (ZfB. Beiheft 23). Leipzig 1900, S. 25-58
Schreiber 1902 – Schreiber, Wilhelm Ludwig: Manuel de l'amateur de la gravure sur bois et sur métal au XVe siècle. Bd. 4, Leipzig 1902
Schreiber 1910/11 – Schreiber, Wilhelm Ludwig: Manuel de l'amateur de la gravure sur bois et sur métal au XVe siècle. Bd. 5: Un catalogue des incunables à figures imprimés en Allemagne, en Suisse, en Autriche Hongrie et Scandinavie. 2 Bde., Leipzig 1910/11
Schreiber 1913 – Schreiber, Wilhelm Ludwig: Formschnitte und Einblattdrucke aus öffentlichen und privaten Bibliotheken und Sammlungen. (Einblattdrucke des 15. Jahrhunderts 38). Straßburg 1913
Schreiber 1926 – Schreiber, Wilhelm Ludwig: Die Meister der Metallschneidekunst nebst einem nach Schulen geordneten Katalog ihrer Arbeiten. (Studien zur deutschen Kunstgeschichte 241). Strassburg 1926
Schreiber 1926-1930 – Schreiber, Wilhelm Ludwig: Handbuch der Holz- und Metallschnitte des XV. Jahrhunderts. Stark vermehrte und bis zu den neuesten Funden ergänzte Umarbeitung des „Manual de l'amateur de la gravure sur bois et sur métal au 15e siècle". 8 Bde., Leipzig 1926-1930
Schreiber 1927 (I) – Schreiber, Heinrich: Die Bibliothek der ehemaligen Mainzer Kartause. Die Handschriften und ihre Geschichte. (ZfB. Beiheft 60). Leipzig 1927
Schreiber 1927 (II) – Schreiber, Heinrich: Quellen und Beobachtungen zur mittelalterlichen Katalogisierungspraxis besonders in deutschen Kartausen. In: ZfB 44 (1927), S. 1-118
Schreiber 1935 – Schreiber, Heinrich: Die Kartäuser als Bücherfreunde. In: St. Wiborada 1 (1935), S. 16-21
Schreiner 1975 – Schreiner, Klaus: Bücher, Bibliotheken und »gemeiner Nutzen« im Spätmittelalter und in der Frühneuzeit. In: Bibliothek und Wissenschaft 9 (1975), S. 202-249
Schreiner 1992 – Schreiner, Klaus: Verschriftlichung als Faktor monastischer Reform. Funktionen von Schriftlichkeit im Ordenswesen des hohen und späten Mittelalters. In: Keller, Hagen u. a. (Hrsg.): Pragmatische Schriftlichkeit im Mittelalter. Erscheinungsformen und Entwicklungsstufen. Akten des Internationalen Kolloquiums 17. – 19. Mai 1989. (Münstersche Mittelalter-Schriften 65). München 1992, S. 19-38
Schröcker 1970 – Schröcker, Alfred: Unio atque concordia. Reichspolitik Bertholds von Henneberg 1484 bis 1504. Diss. Würzburg 1970 (Ms.)
Schröder 1908 – Schröder, Edward: Das Mainzer Fragment vom Weltgericht. Ein Ausschnitt aus dem deutschen Sibyllenbuch. (Veröffentlichungen der Gutenberg-Gesellschaft 5-7). Mainz 1908
Schrohe 1912 – Schrohe, Heinrich: Aufsätze und Nachweise zur Mainzer Kunstgeschichte. (Beiträge zur Geschichte der Stadt Mainz 2). Mainz 1912
Schrohe 1915 – Schrohe, Heinrich: Mainz in seinen Beziehungen zu den deutschen Königen und den Erzbischöfen der Stadt bis zum Untergang der Stadtfreiheit (1462). (Beiträge zur Geschichte der Stadt Mainz 4). Mainz 1915
Schrohe 1920 – Schrohe, Heinrich: Die Stadt Mainz unter kurfürstlicher Verwaltung (1462 - 1792). (Beiträge zur Geschichte der Stadt Mainz 5). Mainz 1920
Schubert 1993 – Schubert, Ernst: Die Quaternionen. Entstehung, Sinngehalt und Folgen einer spätmittelalterlichen Deutung der Reichsverfassung. In: ZHF 20 (1993), S. 1-63
Schuchert / Jung 1975 – Schuchert, August / Jung, Wilhelm: Der Dom zu Mainz. Ein Handbuch. 2. Aufl. Mainz 1975
Schuchert 1946 – Schuchert, August: Luftschutzmaßnahmen, Fliegerschäden und Wiederherstellungsarbeiten am Mainzer Dom. In: JbBistumMz 1 (1946), S. 24-53
Schütte 1994 – Schütte, Ulrich: Das Schloß als Wehranlage. Befestigte Schloßbauten der frühen Neuzeit im alten Reich. Darmstadt 1994
Schütz 1982 – Schütz, Bernhard: Die Katharinenkirche in Oppenheim. (Beiträge zur Kunstgeschichte 17). Berlin / New York 1982
Schütz 1995 – Schütz, Friedrich: Art. „Mainz". In: Elbogen, Ismar (Hrsg.): Germania Judaica. Bd. 3: 1350 - 1519. Teilbd. 2: Ortschaftsartikel Mährisch-Budwitz - Zwolle. Tübingen 1995, S. 786-831
Schulz 1985 – Schulz, Knut: Handwerksgesellen und Lohnarbeiter. Untersuchungen zur oberrheinischen und oberdeutschen Stadtgeschichte des 14. bis 17. Jahrhunderts. Sigmaringen 1985
Schulz 1993 – Schulz, Knut: Residenzstadt und Gesellschaft vom Hoch- zum Spätmittelalter. In: Flink, Klaus / Janssen, Wilhelm (Hrsg.): Territorium und Residenz am Niederrhein. (Klever Archiv 14). Kleve 1993, S. 211-225
Schum 1887 – Schum, Wilhelm: Beschreibendes Verzeichnis der Amplonianischen Handschriften-Sammlung zu Erfurt. Berlin 1887
Schunk 1954 – Schunk, Carl Ferdinand: Die Mainzer astronomischen Wiegendrucke und ihre Beziehungen zur alten Mainzer Universität. In: Mainzer Kalender 1954, S. 21-34
Schwaerzel 1998 – Schwaerzel, Petra: Das gotische Retabel der Felsenkirche in Oberstein/Nahe. Untersuchung zu Maltechnik und Bestand. Diplomarbeit im Fachbereich Restaurierung und Konservierung von Kunst- und Kulturgut der FH Köln. Köln 1998 (Ms.)
Schwartz 1988 – Schwartz, Frithjof: Der Narr mit dem Schwert. Überlegungen zur Ikonographie einer Passionstafel des Obersteiner Meisters. In: MZ 83 (1988), S. 23-45
Schwenke 1900 – Schwenke, Paul: Untersuchungen zur Geschichte des ersten Buchdrucks. Festschrift zur Gutenbergfeier der Königlichen Bibliothek zu Berlin am 24. Juni 1900. Berlin 1900
Schwenke 1903 – Schwenke, Paul: Die Donat- und Kalender-Type. (Veröffentlichungen der Gutenberg-Gesellschaft 2). Mainz 1903
Schwenke 1904 – Schwenke, Paul: Zum ältesten Buchdruck. In: ZfB 21 (1904), S. 283-284
Schwenke 1923 – Schwenke, Paul (Hrsg.): Johannes Gutenbergs zweiundvierzigzeilige Bibel. Faksimile-Ausgabe. Leipzig 1923
Schwinges 1986 – Schwinges, Rainer Christoph: Deutsche Universitätsbesucher im 14. und 15. Jahrhundert. (Beiträge zur Sozial- und Verfassungsgeschichte des Alten Reiches 6). Stuttgart 1986
Schwinges 1993 – Schwinges, Rainer Christoph: Erfurts Universitätsbesucher des 15. Jahrhunderts. Frequenz und räumliche Herkunft. In: Abe, Horst Rudolf / Kiefer, Jürgen (Hrsg.): Sonderschriften der Akademie gemeinnütziger Wissenschaften zu Erfurt 21 (1993), S. 19-40
Scior 1977 – Scior, Gernot: Die Herren von Wallbrunn zu Ernsthofen. Geschichte einer Herrschaft 1440 - 1722. Ober-Ramstadt 1977
Seelig 1995 – Seelig, Gero: Inkunabelillustration mit beweglichen Bildteilen. In: GJb 1995, S. 102-134
Seidenberger 1900 – Seidenberger, Johann Baptist: Die Zunftkämpfe in Mainz und der Anteil der Familie Gensfleisch. In: Bockenheimer, Karl Georg (Hrsg.): Gutenberg-Feier in Mainz. Mainz 1900, S. 1-61
Serarius 1604 – Serarius, Nicolaus: Moguntiacarum rerum ab initio usque ad reverendissimum et illustrissimum hodiernum Archiepiscopum, ac Electorem, Dominum D. Ioannem Schwichardum, libri quinque. Mainz 1604
Severin 1992 – Severin, Ingrid: Baumeister und Architekten. Studien zur Darstellung eines Berufsstandes in Porträt und Bildnis. (Studien zur profanen Ikonographie 2). Berlin 1992
Sheppard 1954-1971 – Sheppard, L. A.: Catalogue of XVth century books in the Bodleian Library. [Unpubliziertes Manuskript, 1954-1971]
Shestack 1971 – Shestack, Alan: Master LCz and Master WB. New York 1971
Sieben 1983 – Sieben, Hermann Josef: Traktate und Theorien zum Konzil. Vom Beginn des Großen Schismas bis zum Vorabend der Reformation (1378 – 1521). (Frankfurter theologische Studien 30). Frankfurt/Main 1983
Silbermann 1771 – Silbermann, Johann Andreas (Hrsg.): Local-Geschichte der Stadt Straßburg. Straßburg 1771
Simmert 1958 – Simmert, Johannes: Die Geschichte der Kartause zu Mainz. (Beiträge zur Geschichte der Stadt Mainz 16). Mainz 1958
Simon 1925 – Simon, Karl: Mittelrheinische Scheiben in Amorbach: In: Der Cicerone 17 (1925), S. 137-143
Simon 1926 – Simon, Karl: Der unbekannte „Holzhausen" im Städelschen Kunstinstitut und Martin Hess. In: StädelJb 5 (1926), S. 49-54
Simon 1988 – Simon, Eckehard: The Türkenkalender (1454) attributed to Gutenberg and the Strasbourg Lunation Tracts. Cambridge, Mass. 1988
Smend 1907 – Smend, Rudolf: Ein Reichsreformprojekt aus dem Schriftenkreise des Basler Konzils. In: NA 32 (1907), S. 746-749
Solms-Laubach 1935/36 – Solms-Laubach, Ernstotto zu: Der Hausbuchmeister. In: StädelJb 9 (1935/36), S. 13-96
Solms-Laubach 1956 – Solms-Laubach, Ernstotto zu: Nachtrag zu Erhard Reuwich. In: Zeitschrift für Kunstwissenschaft 10 (1956), S. 187-192
Sörries 1988 – Sörries, Reiner: Die alpenländischen Fastentücher. Klagenfurt 1988
Sotheby's 1989 – Auktionskatalog Sotheby's, New York, 9. bis 10. November 1989
Spanner 1958 – Spanner, Werner: Die Grablegung im Mainzer Dom. Ein Beitrag zu ihrer ikonographischen und stilistischen Herkunft und Einordnung. In: Mainzer Almanach 1958, S. 44-60
Sprenger 1998 – Sprenger, Kai-Michael: Die Mainzer Stiftsfehde 1459 - 1463. In: Dumont, Franz / Scherf, Ferdinand / Schütz, Friedrich (Hrsg.): Mainz. Die Geschichte der Stadt. Mainz 1998, S. 205-225
Sprenger 1999 (I) – Sprenger, Kai-Michael: „volumus tamen, quod expressio fiat ante finem mensis Maii presentis" – Sollte Gutenberg 1452 im Auftrag Nikolaus von Kues' Ablassbriefe drucken? In: GJb 1999, S. 42-57
Sprenger 1999 (II) – Sprenger, Kai-Michael: Die Mainzer Stiftsfehde 1459 – 1463. In: Dumont, Franz / Scherf, Ferdinand / Schütz, Friedrich (Hrsg.): Mainz. Die Geschichte der Stadt. 2. Aufl. Mainz 1999, S. 205-225)
Springer 1995/96 – Springer, Klaus-Bernward: Geschichte des Mainzer Dominikanerklosters. In: MZ 90/91 (1995/96), S. 59-87
Springer 1999 – Springer, Klaus-Bernward: Die deutschen Dominikaner in Widerstand und Anpassung während der Reformationszeit. (Quellen und Forschungen zur Geschichte des Dominikanerordens. Neue Folge 8). Berlin 1999
Staab 1991 – Staab, Josef: Zur Baugeschichte der St. Valentinskirche in Kiedrich. In: NassA 102 (1991), S. 55-66
Staab 1993 (I) – Staab, Josef: Baugeschichte und Baumeister der Kirche. In: St. Valentinuskirche in Kiedrich. Zur 500-Jahrfeier ihrer Vollendung. Hrsg. vom kath. Pfarramt St. Valentin, Kiedrich. Eltville 1993, S. 13-27
Staab 1993 (II) – Staab, Josef: Die Sankt Michaelskapelle in Kiedrich: In: NassA 104 (1993), S. 53-89
Stackmann 1980 – Stackmann, Karl: Die Stadt in der norddeutschen Welt- und Landeschronistik des 13. bis 16. Jahrhunderts. In: Fleckenstein, Josef / Stackmann, Karl (Hrsg.): Über Bürger, Stadt und städtische Literatur im Spätmittelalter. (Abhandlungen der Akademie der Wissenschaften in Göttingen. Philosophisch-Historische Klasse. 3. F. Nr. 121). Göttingen 1980, S. 289-310
Stamm 1961 – Stamm, Karl: Gutenberg und seine Zugehörigkeit zum Mainzer St. Viktor-Stift – Eine Fälschung Bodmanns? Eine Stellungnahme zur Behauptung Zedlers in der Mainzer Zeitschrift 35, 1940, S. 49/50. In: MZ 56/57 (1961/62), S. 183-187
Stamm 1981 – Stamm, Liselotte E.: Die Rüdiger-Schopf-Handschriften. Die Meister einer Freiburger Werkstatt des späten 14. Jahrhunderts und ihre Arbeitsweise. Aarau / Frankfurt/Main 1981
Stamm 1983 – Stamm, Liselotte E.: Buchmalerei in Serie: Zur Frühgeschichte der Vervielfältigungskunst. In: Zeitschrift für Schweizerische Archäologie und Kunstgeschichte 40 (1983), S. 128-135
Stamm 1985 – Stamm, Liselotte E.: Auftragsfertigung und Vorratsarbeit. Kriterien zu ihrer Unterscheidung am Beispiel der Werkstatt Diebold Laubers. In: Unsere Kunstdenkmäler 36 (1985), S. 302-309
Stamm 1987 – Stamm-Saurma, Liselotte E.: Zuht und wicze: Zum Bildgehalt spätmittelalterlicher Epenhandschriften. In: ZDVKW 41 (1987), S. 42-70
Stammler 1912 – Stammler, Rudolf: Die Rechtshändel des Johannes Gutenberg. In: Festgabe der juristischen Fakultät der vereinigten Friedrichs-Universität für Wilhelm vom Brünneck zum 8. August 1912. Halle 1912, S. 1-25
Stange 1936 – Stange, Alfred: Deutsche Malerei der Gotik. Bd. 2: Die Zeit von 1350 bis 1400. Berlin 1936
Stange 1938 – Stange, Alfred: Deutsche Malerei der Gotik. Bd. 3: Norddeutschland in der Zeit von 1400 bis 1450. Berlin 1938
Stange 1953/54 – Stange, Alfred: Das Mainzer Marienleben im Werke des Hausbuchmeisters. In: MZ 48/49 (1953/54), S. 89-92
Stange 1955 – Stange, Alfred: Deutsche Malerei der Gotik. Bd. 7: Oberrhein, Bodensee, Schweiz und Mittelrhein in der Zeit von 1450 bis 1500. München / Berlin 1955
Stange 1958 – Stange, Alfred: Der Hausbuchmeister. (Studien zur deutschen Kunstgeschichte 316). Baden-Baden / Strasbourg 1958
Stange 1970 – Lieb, Norbert (Hrsg.): Stange, Alfred: Kritisches Verzeichnis der deutschen Tafelbilder vor Dürer. Bd. 2:

Oberrhein, Bodensee, Schweiz, Mittelrhein, Ulm, Augsburg, Allgäu, Nördlingen, von der Donau zum Neckar. (Bruckmanns Beiträge zur Kunstwissenschaft). München 1970
Staub 1984 – Staub, Kurt Hans: Die Inkunabeln der Nicolaus-Matz-Bibliothek (Kirchenbibliothek) in Michelstadt. (Rathaus- und Museumsreihe 3). Michelstadt 1984
Staub 1997 – Staub, Johannes: Zwei Fragmente einer Dares-Dictys-Handschrift vom Beginn des XI. Jahrhunderts, der Vorlage für die Kölner Erstdrucke der Autoren (Darmstadt, HS 4216 [22]). In: Berschin, Walter / Staub, Kurt Hans (Hrsg.): Fragmenta Darmstadiensia. Heidelberger Handschriften-Studien des Seminars für Lateinische Philologie des Mittelalters (III). Darmstadt 1997, S. 53-62
Staubach 1991 – Staubach, Nikolaus: Pragmatische Schriftlichkeit im Bereich der Devotio moderna. In: FMASt 25 (1991), S. 418-461
Steffens 1991 – Steffens, Rudolf: Die alten Berufe des Mainzer Raumes im Spiegel vor allem der Familiennamen (spätes Mittelalter und frühe Neuzeit). In: MZ 86 (1991), S. 83-137
Stehlin 1888-1891 – Stehlin, Karl: Regesten zur Geschichte des Buchdrucks bis zum Jahre 1500. Aus den Büchern des Basler Gerichtsarchivs. In: Archiv für die Geschichte des deutschen Buchhandels 11/12 (1888/89) und 14 (1891)
Stein 1986 – Stein, Rafaela: Der gegenwärtige Stand der Farbuntersuchungen von Frühdrucken mittels Cyclotron. In: Buchhandelsgeschichte 1986/1. [Beilage zu: Börsenblatt für den deutschen Buchhandel. Ausgabe Frankfurt/Main 42 (1986)], S. B 23-29
Steinmann 1964 – Steinmann, Ulrich: Das Andachts-Gebetbuch vom Leiden Christi des Kardinals Albrecht von Brandenburg. In: Aachener Kunstblätter 29 (1964), S. 139-177
Stengel 1913 – Stengel, Walther (Hrsg.): Holzschnitte im Kupferstichkabinett des Germanischen National-Museums zu Nürnberg. 32 Holzschnitte auf 29 Tafeln, 11 davon in Farben. (Graphische Gesellschaft: Außerordentliche Veröffentlichung 3). Berlin 1913
Stephan 1974 – Stephan, Ernst: Das Bürgerhaus in Mainz. (Das deutsche Bürgerhaus 18). Tübingen 1974
Stephany 1972 – Stephany, Erich : Heiltumsfahrt. In: Rhein und Maas. Kunst und Kultur 800 - 1400. Schnütgen-Museum Köln, Kunsthalle Köln, 14. Mai bis 23. Juli 1972. Köln 1972, S. 142-144
Steuer 1985 – Steuer, Heiko: Mittelalterliche Nietbrillen aus Freiburg im Breisgau. In: Archäologische Nachrichten aus Baden 34 (1985), S. 46-56
Steuer 1986 – Steuer, Heiko: Mittelalterliche Brillenfutterale – ein Nachtrag. In: Archäologische Nachrichten aus Baden 36 (1986), S. 47-48
Stewart 1978 – Stewart, Alison G.: Unequal lovers. A study of unequal couples in Northern Art. New York 1978
Stillwell 1972 – Stillwell, Margret Bingham: The beginning of the world of books 1450 to 1470. A chronological survey of the texts chosen for printing during the first twenty years of the printing art. With a synopsis of the Gutenberg documents. New York 1972
Stock 1992 – Stock, Franz: Die ersten deutschen Buchdrucker in Paris um 1500. Hrsg. und kommentiert von Ansgar Heckeroth und Hans-Walter Stork. Reprint d. Ausg. Freiburg 1940. (Volksdeutsche Quellen und Darstellungen 1). Paderborn 1992
Stöger 1833 – Stöger, Franz Xaver: Zwei der ältesten deutschen Druckdenkmäler, beschrieben und in neuem Abdruck mitgetheilt. München 1833
Stöhlker 1971 – Stöhlker, Friedrich: Nachträge zur Geschichte der Mainzer Kartause. In: MZ 66 (1971), S. 45-57
Strauss 1974 – Strauss, Walter L.: The Complete Drawings of Albrecht Dürer. 6 Bde., New York 1974
Strauss 1979 – Strauss, Walter L.: The Intaglio Prints of Albrecht Dürer. Engravings, Etchings and Dryprints. New York 1979
Strieder 1933 – Strieder, Jakob: Fünf neu aufgefundene Briefe des Mainzer Buchdruckers Peter Schöffer. In: GJb 1933, S. 69-74
Stromer 1983 – Stromer, Wolfgang von: Hans Friedel von Seckingen, der Bankier der Straßburger Gutenberg-Gesellschaften. In: GJb 1983, S. 45-48
Stromer 1999 – Stromer, Wolfgang von: Fortschritte der Frühdruckforschung dank Synchrotronstrahlung. In: GJb 1999, S. 173-175
Stümpel 1988 – Stümpel, Rolf: Überlegungen zum zweizeiligen Satz des „Catholicon". In: Wolfenbütteler Notizen zur Buchgeschichte 13 (1988), S. 187-198
Sudhoff 1908 – Sudhoff, Karl: Deutsche medizinische Inkunabeln. Bibliographisch-literarische Untersuchungen. (Studien zur Geschichte der Medizin 2/3). Leipzig 1908
Swarzenski / Schilling 1929 – Swarzenski, Georg (Hrsg.): Die illuminierten Handschriften und Einzelminiaturen des Mittelalters und der Renaissance in Frankfurter Besitz. Bearb. von Rosy Schilling. Frankfurt/Main 1929
Swierk 1972 – Swierk, Alfred: Johannes Gutenberg als Erfinder in den Zeugnissen seiner Zeit. In: Widmann, Hans (Hrsg.): Der gegenwärtige Stand der Gutenberg-Forschung. Stuttgart 1972, S. 79-90

T

Tacke 1992 – Tacke, Andreas: Der katholische Cranach. Zu zwei Großaufträgen von Lucas Cranach d. Ä., Simon Franck und der Cranach-Werkstatt (1520 – 1540). (Berliner Schriften zur Kunst 2). Mainz 1992
Täubel 1791 – Täubel, Christian Gottlob: Practisches Handbuch der Buchdruckerkunst für Anfänger. 2 Theile, Leipzig 1791
Täubel 1805-1809 – Täubel, Christian Gottlob: Allgemeines theoretisch-practisches Wörterbuch der Buchdruckerkunst und Schriftgießerey. 3 Bde., Wien 1805-1809 (Nachdruck TH Darmstadt 1986)
Täubel 1810 – Täubel, Christian Gottlob: Neues theoretisch-practisches Lehrbuch der Buchdruckerkunst. 2 Theile, Wien 1810
Teichl 1964 – Teichl, Robert: Der Wiegendruck im Kartenbild. In: Bibliothek und Wissenschaft 1 (1964), S. 201-265
Theuerdank 1968 – Maximilian <Römisch-Deutsches Reich, Kaiser, I.>: Kaiser Maximilians Theuerdank. [Hrsg. und Bearb.: Melchior Pfinzing]. Kommentar. Plochingen / Stuttgart 1968
Thiel 1939 – Thiel, Rudolf: Kritische Gutenbergstudien. In: GJb 1939, S. 62-86
Thienen 1990 – Thienen, Gerard van: Ein Ablaßbrief für Neuhausen (Mainz, Fust und Schöffer 1461), von Bonaventura Kruitwagen in Nimwegen gefunden. In: GJb 1990, S. 70-74
Thode 1900 – Thode, Henry: Die Malerei am Mittelrhein im XV. Jahrhundert und der Meister der Darmstädter Passionsscenen. In: JPKS 21 (1900), S. 59-74 und 113-135
Thomas 1932 – Thomas, Alois: Die Weinrebenmadonna. In: RQ 40 (1932), S. 201-217
Thoss 1978 – Thoss, Dagmar: Französische Gotik und Renaissance in Meisterwerken der Buchmalerei. Ausstellung der Handschriften- und Inkunabelsammlung der Österreichischen Nationalbibliothek. Prunksaal, 16. Juni bis 7. Oktober 1978. Graz 1978
Tiemann 1930 – Tiemann, Grete: Beiträge zur Geschichte der mittelrheinischen Plastik um 1500. (Veröffentlichungen der Pfälzischen Gesellschaft zur Förderung der Wissenschaften 10). Speyer 1930
Tiemann 1978 – Tiemann, Barbara: Typographie und Zahlenkombination im Narrenschiff von 1494. In: Philobiblon 22 (1978), S. 95-133
Tobias 1987 – Tobias, Werner: Leonardo da Vinci, ein Maler als Konstrukteur und Erfinder. Ankum 1987
Traband 1982 – Traband, Gerard: Diebolt louber schriber zu hagenowe. In: Etudes Haguenoviennes 8 (1982), S. 51-92
Traube / Ehwald 1906 – Traube, Ludwig / Ehwald, Rudolf: Jean-Baptiste Maugérard. Ein Beitrag zur Bibliotheksgeschichte. In: Abhandlungen der historischen Klasse der kgl. bayerischen Akademie der Wissenschaften 23, 2. Abt. München 1906, S. 301-387
Tremp 1999 – Tremp, Ernst: Religiöse, wirtschaftliche und politische Bedeutung Altenryfs im Mittelalter. In: Patrimoine Fribourgeois. Freiburger Kulturgüter (Die Zisterzienserabtei von Altenryf) 11 (Oktober 1999), S. 6-12
Treue 1955 – Treue, Wilhelm: Kulturgeschichte der Schraube. Von der Antike bis zum achtzehnten Jahrhundert. München 1955
Troescher 1953/54 – Troescher, Georg: Kunst- und Künstlerwanderungen in Mitteleuropa 800 – 1800. 2 Bde., Baden-Baden 1953/54
Tronnier 1908 – Tronnier, Adolph: Die Missaldrucke Peter Schöffers und seines Sohnes Johann. In: Veröffentlichungen der Gutenberg-Gesellschaft 5-7. Mainz 1908, S. 28-220
Tronnier 1926 – Tronnier, Adolph: Ein „Costerfund" in Mainz. In: GJb 1926, S. 144-180
Tronnier 1936 – Tronnier, Adolph: Von Einbandspiegeln, Mainzer Rechnungsbüchern und Gülten der Gensfleisch-Familie. In: GJb 1936, S. 30-47
Tronnier 1940 – Tronnier, Adolph: Das Bildnis Gutenbergs. In: Atlantis, Heft 8 (1940), S. 274-275

U

Uhlhorn 1934 – Uhlhorn, Friedrich: Zur Geschichte der Breidenbachschen Pilgerfahrt. In: GJb 1934, S. 107-111

V

Vaassen 1972/73 – Vaassen, Elgin: Ein neu erworbenes Antiphonarblatt des Mittelrheinischen Landesmuseums. In: MZ 67/68 (1972/73), S. 76-178
Vaassen 1973 – Vaassen, Elgin: Die Werkstatt der Mainzer Riesenbibel in Würzburg und ihr Umkreis. In: AGB 13 (1973), Sp. 1121-1428
Veit 1912 (I) – Veit, Andreas Ludwig: Archivalische Nachrichten über den Dom zu Mainz bis zum 16. Jahrhundert. In: AHG. N. F. 8 (1912), S. 147-171
Veit 1912 (II) – Veit, Andreas Ludwig: Geschichte und Recht der Stiftsmäßigkeit auf die ehemals adeligen Domstifte von Mainz, Würzburg und Bamberg. In: HJb 33 (1912), S. 323-358
Veit 1921 – Veit, Andreas Ludwig: Die Domsakristei, die Domschatzkammer und die Domstiftsseidensticker. Eine archivalische Betrachtung. In: Mainzer Journal Nr. 1 vom 3. Januar 1921
Velke 1908 – Velke, Wilhelm: Zu den Bücheranzeigen Peter Schöffers. (Veröffentlichungen der Gutenberg-Gesellschaft 7). Mainz 1908
Venzke 1993 – Venzke, Andreas: Johannes Gutenberg. Der Erfinder des Buchdrucks. Zürich 1993
Vermeulen 1986 – Vermeulen, Yves G.: Tot profijt en genoegen. Motiveringen voor de produktie van Nederlandstalige gedrukte teksten. Groningen 1986
Vöge 1908 – Vöge, Wilhelm: Sammlung der Bildwerke christlicher Epochen. Ein Meister mittelrheinischer Tonmadonnen. In: Amtliche Berichte aus den Königlichen Kunstsammlungen 29 (1908), S. 315-317
Voulliéme 1903 – Voulliéme, Ernst: Der Buchdruck Kölns bis zum Ende des 15. Jahrhunderts. (Publikationen der Gesellschaft für rheinische Geschichtskunde 24). Bonn 1903
Voulliéme 1906-1927 – Voulliéme, Ernst: Die Inkunabeln der Königlichen Bibliothek (Preussischen Staatsbibliothek) und der anderen Berliner Sammlungen. Ein Inventar. (ZfB. Beiheft 30). Leipzig 1906. Mit drei Supplementen 1914, 1922 und 1927
Voulliéme 1919 – Voulliéme, Ernst: Nachträge zu den Buchhändleranzeigen des XV. Jahrhunderts. In: Collijn, Isak u. a. (Mitarb.): Wiegendrucke und Handschriften. Festgabe Konrad Haebler zum 60. Geburtstage. Leipzig 1919, S. 18-44
Voulliéme 1922 – Voulliéme, Ernst: Die deutschen Drucker des fünfzehnten Jahrhunderts. (Deutsche und italienische Inkunabeln [1]). 2. Aufl. Berlin 1922

W

Walbrach 1957 – Walbrach, Carl: Diether von Isenburg-Büdingen, ein Erzbischof und Kurfürst vor der Reformation. In: Büdinger Geschichtsblätter 1 (1957), S. 7-50
Waldburg Wolfegg 1997 (I) – Waldburg Wolfegg, Christoph Graf zu (Hrsg.): Das Mittelalterliche Hausbuch. Faksimile und Kommentar. München / New York 1997
Waldburg Wolfegg 1997 (II) – Waldburg Wolfegg, Christoph Graf zu: Venus und Mars. Das mittelalterliche Hausbuch aus der Sammlung der Fürsten zu Waldburg Wolfegg. München 1997
Wallau 1900 – Wallau, Heinrich: Die zweifarbigen Initialen der Psalterdrucke von Johann Fust und Peter Schöffer. In: Hartwig, Otto (Hrsg.): Festschrift zum fünfhundertjährigen Geburtstag von Johann Gutenberg. Mainz 1900, S. 261-304
Wallau 1905 – Wallau, Heinrich: Gutenberg, Künstler und Techniker. In: Jahresbericht der Gutenberg-Gesellschaft 4 (1905), S. 12-28
Wallrath 1943 – Wallrath, Rolf: Eine Visierung des Baumeisters und Bildhauers Madern Gerthner? In: JPKS 64 (1943), S. 73-88
Wann 1964 – Wann, Wolfgang: Die alten Mainzer Archive. In: AZ 60 (1964), S. 100-130
Warncke 1912 – Warncke, Johannes: Mittelalterliche Schulgeräte im Museum zu Lübeck. In: Zeitschrift für Geschichte der Erziehung und des Unterrichts 2 (1912), S. 227-250
Wattenbach 1896 – Wattenbach, Wilhelm: Das Schriftwesen im Mittelalter. 3. Aufl. Leipzig 1896
Weale 1886 – Weale, William H. James: Bibliographia liturgica. Catalogus missalium ritus latini ab anno M.CCCC.LXXV. impressorum. London 1886
Weale / Bohatta 1928 – Weale, William H. James: Bibliographia liturgica. Catalogus missalium ritus latini ab anno M.CCCC.LXXV. impressorum. London 1886. Iterum edidit Hanns Bohatta. London 1928
Weber 1979 – Weber, Robert: Der Text der Gutenbergbibel und seine Stellung in der Geschichte der Vulgata. In: Schmidt, Wieland / Schmidt-Künsemüller, Alfred (Hrsg.): Johannes Gutenbergs zweiundvierzigzeilige Bibel. Faksimile-Ausgabe nach dem Exemplar der Staatsbibliothek Preußischer Kulturbesitz Berlin. Kommentarband. München 1979, S. 11-32
Weech 1886 – Weech, Friedrich von: Über die Lehenbücher der Kurfürsten und Pfalzgrafen Friedrich I. und Ludwig V. Zur fünfhundertjährigen Jubelfeier der Ruprecht-Carls-Universität in Heidelberg. Karlsruhe 1886
Weerth 1993 – Weerth, Elsbeth de: Die Altarsammlung des Frankfurter Stadtpfarrers Ernst Franz August Münzenberger (1833 – 1890). Ein Beitrag zur kirchlichen Kunst in der zweiten Hälfte des 19. Jahrhunderts. (Europäische Hochschulschriften. Reihe 28 Bd. 174). Frankfurt/Main u. a. 1993
Wegener 1927 – Wegener, Hans: Beschreibendes Verzeichnis der deutschen Bilderhandschriften des späten Mittelalters in der Heidelberger Universitätsbibliothek. Leipzig 1927
Wegner 1997 – Kulturdenkmäler in Rheinland-Pfalz. (Denkmaltopographie

Bundesrepublik Deutschland). Bd. 2: Stadt Mainz. Teilbd. 2: Altstadt. Bearb. von Ewald Wegner. 3. Aufl. Worms 199

Wehmer 1936 – Wehmer, Carl: Das älteste gedruckte Schriftmusterblatt einer deutschen Druckerei, Augsburg 1486. Gräfenhainichen 1936

Wehmer 1971 – Wehmer, Carl: Deutsche Buchdrucker des fünfzehnten Jahrhunderts. Wiesbaden 1971

Weimann 1980 – Weimann, Birgitt: Die mittelalterlichen Handschriften der Gruppe Manuscripta Germanica. (Die Handschriften der Stadt- und Universitätsbibliothek Frankfurt am Main 4). (Kataloge der Stadt- und Universitätsbibliothek Frankfurt am Main 5). Frankfurt/Main 1980

Weinberger 1925 – Weinberger, Martin: Die Formschnitte des Katharinenklosters zu Nürnberg. Ein Versuch über die Geschichte des frühesten Nürnberger Holzschnitts. München 1925

Weisbrod 1966 – Weisbrod, Adolf: Die Freiburger Sapienz und ihr Stifter Johannes Kerer von Wertheim. (Beiträge zur Freiburger Wissenschafts- und Universitätsgeschichte 31). Freiburg 1966

Weiss 1960 – Weiss, Wisso: Vom Wasserzeichen im Druckpapier. In: GJb 1960, S. 11-18

Weissenborn 1877 – Weissenborn, Johann Christian Hermann: Die Urkunden für die Geschichte des Dr. Amplonius Ratingk de Fago auch genannt Amplonius de Bercka. In: Mitteilungen des Vereins für Geschichte und Alterthumskunde Erfurt Nr. 8 (1877), S. 87-128

Weissenborn 1880 – Weissenborn, Johann Christian Hermann: Die Urkunden für die Geschichte des Dr. Amplonius Ratingk de Fago auch genannt Amplonius de Bercka. In: Mitteilungen des Vereins für Geschichte und Alterthumskunde Erfurt Nr. 9 (1880), S. 129-183

Weissenborn / Hortzschansky 1881-1899 – Weissenborn, Johann Christian Hermann / Hortzschansky, Adalbert (Bearb.): Acten der Erfurter Universität. 3 Bde., Halle 1881-1899

Weizsäcker 1902 – Weizsäcker, Heinrich: Noch einmal der fragliche Dürer. In: RepKw 25 (1902), S. 82-88

Wels 1988 – Wels, Claudia: Die Antoniuskirche in Rauenthal im Rheingau. Eine Untersuchung zum Motiv des Wandpfeilers am Mittelrhein. Magisterarbeit Frankfurt/Main 1988 (Ms.)

Wendehorst 1986 – Wendehorst, Alfred: Wer konnte im Mittelalter lesen und schreiben? In: Fried, Johannes (Hrsg.): Schulen und Studium im sozialen Wandel des hohen und späten Mittelalters. (Konstanzer Arbeitskreis für Mittelalterliche Geschichte: Vorträge und Forschungen 30). Sigmaringen 1986, S. 9-33

Wesenberg 1937 – Wesenberg, Rudolf: Das gotische Sakramentshaus. Entstehung und Gestaltung – dargestellt an Beispielen Hessens und des Mittelrheingebietes. Melsungen 1937

Wetter 1851 – Wetter, Johann: Conrad Henlif oder Henekis, Buchdrucker und Buchhändler zu Mainz, der Geschäftsgenosse Peter Schöffer's. Mainz 1851

Widmann 1964 – Widmann, Hans: „Die Lektüre unendlicher Korrekturen". In: AGB 5 (1964), Sp. 777-824

Widmann 1965 – Widmann, Hans (Hrsg.): Der deutsche Buchhandel in Urkunden und Quellen. Bd. 1, Hamburg 1965

Widmann 1970 – Widmann, Hans: Eltvilles Anteil am frühen Buchdruck. In: Antiquariat. Die Zeitschrift für Bücherfreunde 20 (1970) Heft 10, S. 177/1–181/5 und Heft 11, S. 201/1–208/8

Widmann 1972 (I) – Widmann, Hans (Hrsg.): Der gegenwärtige Stand der Gutenberg-Forschung. (Bibliothek des Buchwesens 1). Stuttgart 1972

Widmann 1972 (II) – Widmann, Hans: Gutenbergs Wirken. Versuch eines Umblicks. In: ders. (Hrsg.): Der gegenwärtige Stand der Gutenberg-Forschung. Stuttgart 1972, S. 1-47

Widmann 1973 – Widmann, Hans: Zur Druckjahr-Angabe „Annis MCCCCLX" im Mainzer Catholicon-Druck von 1460 (GW 3182). In: GJb 1973, S. 126-128

Widmann 1975 (I)– Widmann, Hans: Geschichte des Buchhandels vom Altertum bis zur Gegenwart. Teil 1: Bis zur Erfindung des Buchdrucks sowie Geschichte des deutschen Buchhandels. Völlige Neubearb. d. Aufl. von 1952. Wiesbaden 1975

Widmann 1975 (II) – Widmann, Hans: Mainzer Catholicon (GW 3182) und Eltviller Vocabularii – Nochmals zu einer These der Wasserzeichenforschung. In: GJb 1975, S. 38-48

Wiegand 1954 – Wiegand, Fritz: Szepter, Siegel und Ornate der ehemaligen Universität Erfurt. In: Güthert, Harry (Hrsg.): Festschrift zur Eröffnung der Medizinischen Akademie Erfurt. Erfurt 1954, S. 27-42

Wilckens 1991 – Wilckens, Leonie von: Die textilen Künste. Von der Spätantike bis um 1500. München 1991

Wilhelmi 1997 – Wilhelmi, Thomas (Bearb.): Inkunabeln in Greifswalder Bibliotheken. Verzeichnis der Bestände der Universitätsbibliothek Greifswald, der Bibliothek des Geistlichen Ministeriums und des Landesarchivs Greifswald. Wiesbaden 1997

Wilhelmy 1993 – Wilhelmy, Winfried: Der altniederländische Realismus und seine Funktionen. Studien zur kirchlichen Bildpropaganda des 15. Jahrhunderts. (Kunstgeschichte 20). Münster / Hamburg 1993

Wilhelmy 1994 – Wilhelmy, Winfried: Eine mittelrheinische Apostelpredella im Bischöflichen Dom- und Diözesanmuseum Trier. In: Neue Forschungen und Berichte zu Objekten des Bischöflichen Dom- und Diözesanmuseums Trier. (Kataloge und Schriften des Bischöflichen Dom- und Diözesanmuseums Trier 3). Trier 1994, S. 61-75

Wilkes 1981 – Wilkes, Walter: Garamonds Gießinstrument? In: Philobiblon 25 (1981), S. 184-193

Wilkes 1990 – Wilkes, Walter: Das Schriftgießen. Von Stempelschnitt, Matrizenfertigung und Letternguß. Eine Dokumentation. Stuttgart 1990 (Veröffentlichung der Lehrdruckerei der TH Darmstadt)

Will 1959 – Will, Erich: Decreti Gratiani Incunabula. Beschreibendes Gesamtverzeichnis der Wiegendrucke des Gratianischen Dekrets. In: Studia Gratiana 6 (1959), S. 1-280

Williams-Krapp 1989 – Williams-Krapp, Werner: Bilderbogen-Mystik. In: Kunze, Konrad (Hrsg.): Überlieferungsgeschichtliche Editionen und Studien zur deutschen Literatur des Mittelalters. Kurt Ruh zum 75. Geburtstag. (Texte und Textgeschichte 31). Tübingen 1989, S. 350-364

Wilm 1929 – Wilm, Hubert: Gotische Tonplastik in Deutschland. Augsburg 1929

Winau 1966 – Winau, Rolf: Eine Lilium medicinae-Handschrift aus dem Besitz des Nikolaus von Kues. In: Medizinhistorisches Journal 1 (1966), S. 24-30

Winkler 1936-1939 – Winkler, Friedrich: Die Zeichnungen Albrecht Dürers. 4 Bde., Berlin 1936-1939

Winkler 1947 – Winkler, Ferdinand: Altdeutsche Zeichnungen. (Kunstwerke aus den Berliner Sammlungen). Berlin 1947)

Winkler 1951 – Winkler, Friedrich: Dürer und die Illustrationen zum Narrenschiff. Die Baseler und Straßburger Arbeiten des Künstlers und der altdeutsche Holzschnitt. (Forschungen zur deutschen Kunstgeschichte 36). Berlin 1951

Winn 1997 – Winn, Mary Beth: Anthoine Vérard. Parisian Publisher 1485 – 1512. Prologues, Poems and Presentations. (Travaux d'Humanisme et Renaissance 313). Genf 1997

Winterfeld 1998 – Winterfeld, Dethard von: Das Bauwerk in Gestalt und Werden. In: Nichtweiß, Barbara (Hrsg.): Lebendiger Dom. Mainz 1998, S. 30-55

Woelk 1999 – Woelk, Moritz (Bearb.): Bildwerke vom 9. bis zum 16. Jahrhundert aus Stein, Holz und Ton im Hessischen Landesmuseum Darmstadt. (Kataloge des Hessischen Landesmuseums Darmstadt 19). Berlin 1999

Worm 1987 – Worm, Heinz-Lothar: Zur 'Cronecken der sassen'. In: Eulenspiegel-Jahrbuch 27 (1987), S. 29-38

Worstbrock 1983 – Worstbrock, Franz Josef: Konrad Humery. In: Stammler, Wolfgang (Begr.): Die deutsche Literatur des Mittelalters. Verfasserlexikon. 2., völlig neu bearb. Aufl. Bd. 4, Berlin u. a. 1983, S. 302-304

Wriedt 1994 – Wriedt, Klaus: Schule und Universitätsbesuch in norddeutschen Städten des Spätmittelalters. In: Dickerhof, Harald (Hrsg.): Bildungs- und schulgeschichtliche Studien zu Spätmittelalter, Reformation und konfessionellem Zeitalter. (Wissensliteratur im Mittelalter 19). Wiesbaden 1994, S. 75-90

Würdtwein 1768-1790 – Würdtwein, Stephan Alexander: Diocesis Moguntina in archidiaconatus distincta et commentationibus diplomaticus illustrata. 4 Bde., Mannheim 1768-1790

Z

Zadnikar 1983 – Zadnikar, Marijan (Hrsg.): Die Kartäuser. Der Orden der schweigenden Mönche. Köln 1983

Zahler 1988 – Zahler, Ursula: Das kurfürstliche Schloß zu Mainz. Studien zur Bau- und Stilgeschichte. (Saarbrücker Hochschulschriften 8. Kunstgeschichte). St. Ingbert 1988

Zahn 1988 – Zahn, Peter: Gutenbergdrucke im Teilchenbeschleuniger. Papier- und Druckfarben-Analysen in Kalifornien. In: Bibliothek, Forschung und Praxis 12 (1988), S. 71-87

Zahn 1991 – Zahn, Peter: Die Endabrechnung über den Druck der Schedelschen Weltchronik (1493) vom 22. Juni 1509. Text und Analyse. In: GJb 1991, S. 177-213

Zahn 1993 – Zahn, Peter: Untersuchungen von Beschreibstoffen und Druckfarben früher Inkunabeln mit Röntgenfluoreszenz-Analyse im Teilchen- oder Synchrotron-Beschleuniger. In: Nickel, Holger / Gillner, Lothar (Hrsg.): Johannes Gutenberg – Regionale Aspekte des frühen Buchdrucks. Vorträge der Internationalen Konferenz zum 550. Jubiläum der Buchdruckerkunst am 26. und 27. Juni 1990 in Berlin. (Beiträge aus der Staatsbibliothek zu Berlin, Preußischer Kulturbesitz 1). Berlin 1993, S. 28-46

Zanardi 1999 – Zanardi, Bruno: Projet dessiné et „patrons" dans le chantier de la peinture murale au Moyen Age. In: Revue de l'Art 124 (1999), S. 43-55

Zedler 1904 – Zedler, Gottfried. Der Verbleib der ältesten Gutenbergtype. In: ZfB 21 (1904), S. 388-396

Zedler 1905 – Zedler, Gottfried: Das Mainzer Catholicon. (Veröffentlichungen der Gutenberg-Gesellschaft 4). Mainz 1905

Zedler 1911 – Zedler, Gottfried: Die Bamberger Pfisterdrucke. (Veröffentlichungen der Gutenberg-Gesellschaft 10/11). Mainz 1911

Zedler 1913 – Zedler, Gottfried: Die Mainzer Ablaßbriefe der Jahre 1454 und 1455. (Veröffentlichungen der Gutenberg-Gesellschaft 12/13). Mainz 1913

Zedler 1929 – Zedler, Gottfried: Gutenberg und Schöffer im Lichte des Mainzer Frühdrucks. Teil 1: Die sogenannte Gutenbergbibel sowie die mit der 42zeiligen Bibeltype ausgeführten kleineren Drucke. (Veröffentlichungen der Gutenberg-Gesellschaft 20). Mainz 1929

Zedler 1931 – Zedler, Gottfried: Die Handschriften der Nassauischen Landesbibliothek zu Wiesbaden. (ZfB. Beiheft 63). Leipzig 1931

Zedler 1934 – Zedler, Gottfried: Gutenberg und Schöffer im Lichte des Mainzer Frühdrucks. Teil 2: Gutenbergs älteste Type und die mit ihr hergestellten Drucke. (Veröffentlichungen der Gutenberg-Gesellschaft 23). Mainz 1934

Zedler 1940 – Zedler, Gottfried: Gutenberg und seine Zugehörigkeit zum Mainzer St. Viktor-Stift – Eine Fälschung Bodmanns? In: MZ 35 (1940), S. 49-50

Zeiss / Marwitz 1958 – Beiträge zur Geschichte der Brille. Hrsg. von den Firmen Carl Zeiss Oberkochen und Marwitz & Hauser. Stuttgart 1958

Zerner 1971 – Zerner, Henri: L'art au morier. In: Revue de l'Art 11 (1971), S. 7-30

Zeumer 1913 – Zeumer, Karl (Hrsg.): Quellensammlung zur Geschichte der deutschen Reichsverfassung in Mittelalter und Neuzeit. (Quellensammlungen zum Staats-, Verwaltungs- und Völkerrecht 2). 2., verm. Aufl. Tübingen 1913

Ziemke 1985 – Ziemke, Hans-Joachim: Altdeutsche Tafelmalerei. Städelsches Kunstinstitut und Städtische Galerie. Frankfurt/Main 1985

Ziesche / Schnitger 1980 – Ziesche, Eva / Schnitger, Dierk: Elektronenradiographische Untersuchungen der Wasserzeichen des Mainzer Catholicon von 1460. In: AGB 21 (1980), Sp. 1303-1360

Zimmermann-Deißler 1915 – Zimmermann-Deißler, Eva: Die Ockenheimer Madonna. In: MZ 10 (1915), S. 121

Zimmermann-Deißler 1916 – Zimmermann-Deißler, Eva: Eine Ton-Madonna zu Hallgarten im Rheingau. In: MZ 11 (1916), S. 52-53

Zimmermann-Deißler 1924 – Zimmermann-Deißler, Eva: Vier Meister mittelrheinischer Plastik um 1400. In: StädelJb 3/4 (1924), S. 9-48

Zinner 1941 – Zinner, Ernst: Geschichte und Bibliographie der astronomischen Literatur in Deutschland zur Zeit der Renaissance. Leipzig 1941

Zipelius 1992/93 – Zipelius, Julia: Der „Utrechter Altar" und die Malerei um 1400 am Mittelrhein. In: MZ 87/88 (1992/93), S. 11-133

Zirnbauer 1968 – Zirnbauer, Heinz (Hrsg.): Johannes de Turrecremata, Meditationes. Faksimile-Ausgabe des Erstdrucks von 1467 nach dem Exemplar der Stadtbibliothek Nürnberg. Wiesbaden 1968

Zrenner 1981 – Zrenner, Claudia: Die Berichte der europäischen Jerusalempilger (1475 – 1500). Ein literarischer Vergleich im historischen Kontext. (Europäische Hochschulschriften. Reihe 1 Bd. 382). Frankfurt/Main u. a. 1981

Zülch 1916 – Zülch, Walther Karl: Martin Caldenbach genannt Hess und Nikolaus Nyfergalt, zwei mittelrheinische Maler. In: RepKw 38 (1916), S. 145-160

Zülch 1935 – Zülch, Walther Karl: Frankfurter Künstler 1223 – 1700. (Veröffentlichungen der Historischen Kommission der Stadt Frankfurt a. M. 10). Frankfurt/Main 1935

Zülch / Mori 1920 – Zülch, Walther Karl / Mori, Gustav (Hrsg.): Frankfurter Urkundenbuch zur Frühgeschichte des Buchdrucks. Frankfurt/Main 1920

50 Jahre Karmeliter 1974 – 50 Jahre Karmeliter. Wieder in Mainz. 1924 – 1974. Mainz 1974

Abbildungsnachweis

Abb. Umschlag: GM; Abb. S. 5: GM; Abb. S 11: GM.

Stadtarchiv Mainz: Mit Gutenberg durch Mainz

Wolfgang Dobras: Gutenberg und seine Stadt

Deckblatt: Nachlass Fritz Arens, Dom- und Diözesanarchiv Mainz; Abb. 1: Zeichnung Elke Nalepa; Abb. 2: Nachlass Fritz Arens, Dom- und Diözesanarchiv Mainz; Abb. 3: Landesamt für Denkmalpflege, Abt. Archäologische Denkmalpflege Mainz; Abb. 4: Georg Moller, Denkmäler deutscher Baukunst, Darmstadt 1821, Bd. 1; Abb. 5 u. 6: StA (Dieter Schreiber); Abb. 7: Niederösterreichisches Landesarchiv St. Pölten; Abb. 8: Zeichnung Lothar Müller-Westphal; Abb. 9: StA (Dieter Schreiber); Abb. 10: Zeichnung Lothar Müller-Westphal; Abb. 11: StA (Ursula Rudischer); Abb. 12: Historisches Archiv der Stadt Köln.

Katalog Stadtarchiv

Deckblatt: StA (Ursula Rudischer); Abb. StA 1: Historisches Archiv der Stadt Köln (Jochen Etienne); Abb. StA 2: StA; Abb. StA 3: LM (Ursula Rudischer); Abb. StA 4: BDDM (Magrit Hankel); Abb. StA 5: BDDM (Magrit Hankel); Abb. StA 6: Österreichische Nationalbibliothek Wien; Abb. StA 7: Staatsarchiv Würzburg; Abb. StA 8a–f: StA (Dieter Schreiber); Abb. StA 11: Zeichnungen Lothar Müller-Westphal; Abb. StA 12: StA (Dieter Schreiber); Abb. StA 13: StA (Dieter Schreiber); Abb. StA 14: StA (Dieter Schreiber); Abb. StA 16: Zeichnungen Lothar Müller-Westphal; Abb. StA 17: LM (Ursula Rudischer); Abb. StA 18: Niederösterreichisches Landesarchiv St. Pölten; Abb. StA 21/1 u. StA 21/2: LM (Ursula Rudischer); Abb. StA 21/3 u. StA 21/4: Landesamt für Denkmalpflege Mainz; Abb. StA 22: StA (Dieter Schreiber); Abb. StA 23: StA; Abb. StA 24: BDDM (Ursula Rudischer); Abb. StA 25: LM (Ursula Rudischer); Abb. StA 28, 33–34, 38, 42, 45–50, 52: StA; Abb. StA 55: StA (Dieter Schreiber); Abb. StA 56: StA (Dieter Schreiber); Abb. StA 57: StA (Dieter Schreiber); Abb. StA 58: StA (Ursula Rudischer); Abb. StA 60: Zeichnung Annette Schneider; Abb. StA 61: StA (Ursula Rudischer); Abb. StA 62: Biblioteca Apostolica Vaticana; Abb. StA 63: StA (Dieter Schreiber); Abb. StA 64: Zeichnung Annette Schneider; Abb. StA 66: StA (Ursula Rudischer); Abb. StA 67a–c: StA (Dieter Schreiber); Abb. StA 68: StA (Dieter Schreiber); Abb. StA 69: Institut für Stadtgeschichte Frankfurt a. M.; Abb. StA 71c–d: Österreichische Nationalbibliothek Wien; Abb. StA 73: BDDM (Ursula Rudischer); Abb. StA 74: Staatsarchiv Darmstadt; Abb. StA 76: StA (Dieter Schreiber); Abb. StA 77: StA (Dieter Schreiber); Abb. StA 78: H. Rueff, Das rheinische Osterspiel, 1925; Abb. StA 79: StA; Abb. StA 81: StA (Ursula Rudischer); Abb. StA 83: Kunsthistorisches Museum Wien, Hofjagd- und Rüstkammer; Abb. StA 84: Heeresgeschichtliches Museum Wien; Abb. StA 85: Institut für Stadtgeschichte Frankfurt a. M.; Abb. StA 89: StA (Dieter Schreiber).

Gutenberg-Museum Mainz: Gutenberg – Unternehmer, Ästhet, Techniker

Isa Fleischmann-Heck: Schrift im Gebrauch

Abb. 1: Hessisches Landesmuseum Darmstadt; Abb. 2: Universitätsarchiv der Albert-Ludwigs-Universität Freiburg i. B., Sign. A 105/8141; Abb. 3: Roemer-Museum Hildesheim, Inv.-Nr. H 32; Abb. 4: Herzog August Bibliothek Wolfenbüttel; Abb. 5: Stadtbibliothek Mainz (Ursula Rudischer); Abb. 6: GM (Ursula Rudischer); Abb. 7: Optisches Museum Oberkochen; Abb. 8: GM, StB Ink 375

Sabina Wagner: Bekannter Unbekannter – Johannes Gutenberg

Abb. 1: Vorlage und Aufnahme: Generallandesarchiv Karlsruhe, 67/1057; Abb. 2: Hessisches Staatsarchiv Darmstadt; Abb. 3: Hessisches Staatsarchiv Darmstadt; Abb. 4: Universitätsarchiv der Albert-Ludwigs-Universität Freiburg i. Br., Sign. A105/8141; Abb. 5: GM, StB Ink 755 (Ursula Rudischer); Abb. 6: Stadtarchiv Erfurt; Abb. 7: Stadt- und Universitätsbibliothek Frankfurt a. M.; Abb. 8: GM, Stb Ink 755 (Ursula Rudischer); Abb. 9: GM, Dauerleihgabe (Ursula Rudischer); Abb. 10: Stadt- und Universitätsbibliothek Frankfurt a. M.; Abb. 11: Museum Burg Frankenberg, Aachen, NGK 1264 (Anne Gold); Abb. 12: GM (Ursula Rudischer); Abb. 13: Archives Municipales de Strasbourg, Frankreich; Abb. 14: GM, GM Ink 833a (Ursula Rudischer); Abb. 15: Niedersächsische Staats- und Universitätsbibliothek Göttingen; Abb. 16: Biblioteca Apostolica Vaticana, Vatikanstadt; Abb. 17: GM (Ursula Rudischer); Abb. 18: Staatsarchiv Würzburg, MIB 36; Abb. 19: Staatliche Museen zu Berlin – Preußischer Kulturbestitz, Kupferstichkabinett, KdZ 3148 (Jörg P. Anders); Abb. 20: Staatsarchiv Würzburg, MIB 35; Abb. 21: Hessisches Staatsarchiv Darmstadt, C1 A 130 (Bd. 2); Abb. 22: GM (Ursula Rudischer); Abb. 23: Archives municipales de Strasbourg, Frankreich.

Eva-Maria Hanebutt-Benz: Gutenbergs Erfindungen – Die technischen Aspekte des Druckens mit vielfachen Lettern auf der Buchdruckerpresse

Alle Abbildungen, soweit nicht anders angegeben: GM (Ursula Rudischer). Abb. 1: Stadtbibliothek Nürnberg; Abb. 10, 11: Deutsches Museum München; Abb. 24: Museum für Angewandte Kunst Frankfurt a. M.; Abb. 30: Koninklijke Musea voor Schone Kunsten, Brüssel.

Cornelia Schneider: Mainzer Drucker – Drucken in Mainz I. Der Erstdrucker: Gutenberg

Abb. 1: British Library London; Abb. 2: GM (Fotoarchiv); Abb. 3: Landeshauptarchiv Schwerin; Abb. 4: GM (Fotoarchiv); Abb. 5: GM (Ursula Rudischer); Abb. 6: Staats- und Stadtbibliothek Augsburg; Abb. 7: Universitätsbibliothek Erlangen; Abb. 8: Bibliothek Otto Schäfer Schweinfurt; Abb. 9: Gutenberg-Museum (Ursula Rudischer); Abb. 10: Universitätsbibliothek Freiburg i. Br.

Cornelia Schneider: Mainzer Drucker – Drucken in Mainz II

Abb. 1 u. 2: Bayerische Staatsbibliothek München; Abb. 3: Abb. 4: GM (Ursula Rudischer); Abb. 5 u. 6: GM (Ursula Rudischer); Abb. 7: Österreichische Nationalbibliothek Wien; Abb. 8: GM (Ursula Rudischer); Abb. 9: Landeshauptarchiv Koblenz; Abb. 10: GM (Fotoarchiv); Abb. 11: Bibliotheca Philosophica Hermetica Amsterdam; Abb. 12–15: GM (Ursula Rudischer)

Ursula Rautenberg: Von Mainz in die Welt. Buchdruck und Buchhandel in der Inkunabelzeit

Abb. 1: Stadtbibliothek Mainz; Abb. 2: Nicolaus-Matz-Bibliothek Michelstadt; Abb. 3: Hessische Landes- und Hochschulbibliothek Darmstadt; Abb. 4: Stadtbibliothek Nürnberg.

Katalog Gutenberg-Museum

GM 2: Hessisches Landesmuseum Darmstadt; GM 5: Institut für Stadtgeschichte Frankfurt a. M.; GM 6: GM (Ursula Rudischer); GM 7: Stadtbibliothek Mainz (Ursula Rudischer); GM 9: Anhaltische Landesbücherei Dessau; GM 11b: GM (Ursula Rudischer); GM 12: Staatliche Museen zu Berlin – Preußischer Kulturbesitz, Kupferstichkabinett (Jörg P. Anders); GM 13: Stadtbibliothek Mainz (Ursula Rudischer); GM 14: Stadtbibliothek Mainz (Ursula Rudischer); GM 15: Museum für Angewandte Kunst Frankfurt a. M.; GM 16: Deutsches Ledermuseum Offenbach; GM 18: Stadtbibliothek Mainz; GM 20: Hessische Landesbibliothek Wiesbaden (Ursula Rudischer); GM 21: Stadtbibliothek Mainz (Ursula Rudischer); GM 22: Staatliche Museen zu Berlin – Preußischer Kulturbesitz, Kupferstichkabinett (Jörg P. Anders); GM 23: GM (Ursula Rudischer); GM 27: Museum für Kunst und Geschichte, Freiburg/Schweiz; GM 28: Stadtbibliothek Mainz (Ursula Rudischer); GM 29: Stadtbibliothek Mainz (Ursula Rudischer); GM 30: Stadtbibliothek Mainz (Ursula Rudischer); GM 31: Stadtbibliothek Mainz (Ursula Rudischer); GM 34: Museum für Kunst und Kulturgeschichte der Hansestadt Lübeck; GM 35: Bereich Archäologie der Hansestadt Lübeck; GM 36a: Staats- und Stadtbibliothek Augsburg; GM 36b: GM (Ursula Rudischer); GM 37: LM (Ursula Rudischer); GM 39: Biblioteca Apostolica Vaticana, Vatikanstadt; GM 41c: Haus zum Stockfisch – Stadtmuseum Erfurt (Falko Behr); GM 42: Thüringisches Hauptstaatsarchiv Weimar, Ernestinisches Gesamtarchiv, Urkunden Nr. 28; GM 43: Stadtarchiv Erfurt; GM 46a+b: Stadt- und Regionalbibliothek Erfurt; GM 47a: Hessisches Staatsarchiv Darmstadt; GM 56b: Staatsarchiv Würzburg; GM 58b: Archives municipales de Strasbourg, Frankreich; GM 58c: Archives municipales de Strasbourg, Frankreich; GM 59b: Museum Wiesbaden, Sammlung Nassauischer Altertümer; GM 63: Privatbesitz; GM 67: Museum für Angewandte

Kunst Frankfurt a. M.; GM 69, 71, 76, 78, 79, 81, 86, 95, 96, 98, 102: GM; GM 106: Stadtarchiv Soest; GM 107: Museum für Angewandte Kunst Frankfurt a. M.; GM 111: Dirk Ippen, München, für Zeitungsmuseum Hamm; GM 112, 115, 117 u. 118: GM; GM 131: Universitäts- und Landesbibliothek Düsseldorf; GM 136b: GM (Ursula Rudischer); GM 143: GM (Fotoarchiv); GM 144a+b: GM (Ursula Rudischer); GM 145: GM (Ursula Rudischer); GM 147a: GM (Ursula Rudischer); GM 148b: Staats- und Stadtbibliothek Augsburg; GM 149: GM (Ursula Rudischer); GM 151: John Rylands Library, University of Manchester; GM 152c: Archives municipales de Strasbourg, Frankreich; Abb. S. 351: StA; GM 160: GM (Ursula Rudischer); GM 162a: Hessisches Staatsarchiv Darmstadt; GM 163: GM (Ursula Rudischer); GM 164: Diözesan- und Dombibliothek Köln; GM 165: GM (Ursula Rudischer); GM 169: British Library, London; GM 170a: Hessische Landes- und Hochschulbibliothek Darmstadt; GM 171: GM (Ursula Rudischer); GM 174: GM (Ursula Rudischer); GM 175: GM (Ursula Rudischer); GM 179: Universitätsbibliothek Freiburg i.Br.; GM 182 : GM (Ursula Rudischer); GM 183: GM (Ursula Rudischer); GM 184: Hessisches Staatsarchiv Marburg; GM 185: Hessisches Staatsarchiv Marburg; GM 187: Hessisches Staatsarchiv Marburg; GM 190: GM (Ursula Rudischer); GM 192: Universitätsbibliothek Freiburg i.Br.; GM 195: GM (Ursula Rudischer); GM 199: GM (Ursula Rudischer); GM 200: Bibliothèque Municipale, Châlons-en-Champagne; GM 208: Hessische Landes- und Hochschulbibliothek Darmstadt; GM 212: GM (Ursula Rudischer); GM 214: Universitäts- und Landesbibliothek Düsseldorf; GM 216: GM (Ursula Rudischer); GM 217: Staats- und Stadtbibliothek Augsburg; GM 220: Stadsbibliotheek Haarlem; GM 221: GM (Fotoarchiv); GM 222: Staatliche Museen - Preußischer Kulturbesitz Berlin, Kupferstichkabinett; GM 224: GM (Ursula Rudischer); GM 229: GM (Ursula Rudischer); GM 230: GM (Ursula Rudischer); GM 233: GM (Ursula Rudischer); GM 234: GM (Ursula Rudischer); GM 235: GM (Ursula Rudischer); GM 236: GM (Ursula Rudischer); GM 238: Hessische Landes- und Hochschulbibliothek Darmstadt; GM 240: Universitätsbibliothek Erlangen; GM 241: Nicolaus-Matz-Bibliothek Michelstadt; GM 245: Bibliothek Otto Schäfer Schweinfurt; GM 249: Bayerische Staatsbibliothek München; GM 251 u. 252: Universitätsbibliothek Erlangen; GM 253 u. 255: Nicolaus-Matz-Bibliothek Michelstadt; GM 256, 259, 264, 265 u. 279: Hessische Landes- und Hochschulbibliothek Darmstadt; GM 280 u. 287: Universitätsbibliothek Erlangen; GM 291: Studienbibliothek Dillingen; GM 301: Universitätsbibliothek Erlangen; GM 303: Stadtbibliothek Mainz; GM 310: Universitätsbibliothek Erlangen.

Kurt Flasch: Der Buchdruck als geschichtliche Schwelle. Kontinuität und Innovation

Abb. 1–8: GM.

Landesmuseum Mainz: Künstler, Kunstwerk, Auftraggeber. Mainz im späten Mittelalter

Alle Abbildungen, sofern nicht anders ausgewiesen: LM (Ursula Rudischer)

Wolfgang Schmid, Zwischen Amtsmemoria und Landesherrschaft: Die Grabdenkmäler der Mainzer Erzbischöfe in der zweiten Hälfte des 15. Jahrhunderts

Abb. 1–5: BDDM; Abb. 6: Amt für kirchliche Denkmalpflege, Trier.

Eduard Sebald, Zentrum und Umland – Zur Architektur der Stadt Mainz und des unteren Erzstifts im 15. Jahrhundert

Abb. 2: Landesamt für Denkmalpflege Rheinland-Pfalz, Mainz.

Andrea Arens, Die Werkstatt der Mainzer Kreuzszeptermadonnen

Abb. 1: Landesamt für Denkmalpflege Rheinland-Pfalz, Mainz; Abb. 2: BDDM; Abb. 3: LM (Andrea Arens); LM 3: Schnütgen-Museum, Köln; LM 7: Städtische Galerie Liebieghaus, Museum alter Plastik, Frankfurt a. M..

Eduard Sebald, Überlegungen zu Madern Gerthener

Abb. 1: Historisches Museum, Frankfurt a. M.; Abb. 2: BDDM; LM 8: Institut für Stadtgeschichte, Frankfurt a. M.; LM 9: LM (Andrea Arens); LM 10: Akademie der Bildenden Künste, Kupferstichkabinett, Wien; LM 11: Staatliche Museen zu Berlin – Preußischer Kulturbesitz, Kupferstichkabinett (Jörg P. Anders); LM 12: Hessisches Landesmuseum Darmstadt; LM 14: Bayerisches Landesamt für Denkmalpflege, München.

Uwe Gast, Mainzer Malerei um 1400. Quellen – Werke – Forschungsprobleme

Abb. 1: Bildarchiv Foto Marburg; Abb. 4: Landesamt für Denkmalpflege Rheinland-Pfalz, Mainz; Abb. 5: Germanisches Nationalmuseum, Nürnberg; Abb. 6: Judith König, Mainz; LM 15: Staatsarchiv Würzburg; LM 18, 19: Hessisches Landesmuseum Darmstadt.

Joachim Glatz, Mainzer Wandmalerei des 15. Jahrhunderts

Abb. 1, 2 und LM 20: Joachim Glatz, Mainz.

Bodo Buczynski / Moritz Woelk, Beispiele der Tonplastik des 15. Jahrhunderts am Mittelrhein

Abb. 1,2 und 4: Staatliche Museen zu Berlin – Preußischer Kulturbesitz, Skulpturensammlung (Bodo Buczynski); Abb. 3: Staatliche Museen zu Berlin – Preußischer Kulturbesitz, Skulpturensammlung (Jörg P. Anders); LM 23: Landesamt für Denkmalpflege Rheinland-Pfalz, Mainz; LM 24: Hessisches Landesmuseum Darmstadt.

Judith König, Die Chorbücher des Mainzer Karmeliterklosters

LM 31: Bayerische Staatsbibliothek München.

Friedhelm Jürgensmeier, Diether von Isenburg-Büdingen und Adolf II. von Nassau

LM 32, 34: Hessisches Hauptstaatsarchiv Wiesbaden; LM 33: Hofbibliothek Aschaffenburg; LM 35: Germanisches Nationalmuseum, Nürnberg.

Eberhard König, Buchmalerei in Mainz zur Zeit von Gutenberg, Fust und Schöffer

Abb. 1: Universitätsbibliothek Würzburg; Abb. 2: Staatliche Museen zu Berlin – Preußischer Kulturbesitz, Kupferstichkabinett (Jörg P. Anders); Abb. 3: Sammlung Doheny, Camarillo.

Peter Schmidt, Zur Produktion und Verwendung von Druckgrafik in Mainz im 15. Jahrhundert

Abb. 2: Germanisches Nationalmuseum, Nürnberg; LM 41, 42: Stadt- und Universitätsbibliothek Frankfurt a. M.

Katja Augustin, Der Bildhauer Hans von Düren

Abb. 1: Ernst Götz, München / Achim Bunz, München; Abb. 2: Bildarchiv Foto Marburg.

Bodo Brinkmann, Der Meister WB – Wolfgang Beurer?

LM 47: Hamburger Kunsthalle (Elke Walford); LM 48: Nationalmuseum Danzig; LM 49: The British Library, London.

Andrea Arens, Der Adalbertmeister und seine Werkstatt

Abb. 1, 3: BDDM; Abb. 2: LM (Andrea Arens); Abb. 4: Dom- und Diözesanarchiv Mainz.

Uwe Gast, Erzbischof Berthold von Henneberg als Auftraggeber

LM 55: Bayerische Staatsbibliothek München; LM 56, 57: Corpus Vitrearum Medii Aevi Deutschland.

Wolfgang Riedel, Der Meister mit dem Brustlatz

LM 59: Städtische Museen Aschaffenburg, Stiftsmuseum.

Uwe Gast, Malerei in Mainz um 1500. Vom Meister des Speyerer Altars zu Martin Caldenbach, gen. Hess

LM 66: Städtische Museen Aschaffenburg, Stiftsmuseum.

Bischöfliches Dom- und Diözesanmuseum Mainz: Mainzer Bildteppiche aus Gutenbergs Zeit

Alle Abbildungen: BDDM. DM 1-10: BDDM (Speltdoorn & fils)

Verzeichnis der beteiligten Firmen

Ausstellung

Bauberatung – Dieterich, beratende Ingenieure, Mainz

Vitrinenbau – Glasbau Hahn, Frankfurt a. M.

Großdigitaldruck – Carstens & Partner, Hamburg

Digitale Bild- und Textbearbeitung – von Oertzen digitale Kommunikation, Frankfurt a. M.

Gewebe – Gerriets Bühnenbedarf, Umkirch

Verlegearbeiten, Bespannungen – Kremer Raumausstattung, Frankfurt a. M.

Metallbau – Malkewitz & Krimm Metallbau, Sprendlingen

Schreinerarbeiten – Schreinerei Borawski & Rehm, Mühlheim a. M.

Trockenbau – H. Wöll Montagebau, Offenbach

Stahlbau – Stahlbau Hammer, Mainz-Kostheim

Multivisionsgeräte – GM-Foto, Frankfurt a. M.

Diabelichtung – Diabüro, Frankfurt a. M.

Exponatbeschriftungsdruck – Iffland Siebdruck, Gelnhausen

Leuchtkästen – Werkstätten für Glasgestaltung Hulbert, Eltville

Spätmittelalterlicher Kräutergarten

Holzarbeiten – Holzbau Beismann, Mainz

Treppenstufen – Mendiger Basalt Naturstein, Mendig

Landschaftsbau – Schwarz-Landschaftsbau GmbH & Co. KG, Mainz

Katalog

Repro – Gustav Schoell Reprotechnik, Mainz

Satz – Annette Schneider; Universitätsdruckerei H. Schmidt, Mainz

Druck – Universitätsdruckerei H. Schmidt, Mainz; Erasmusdruck, Mainz;
KS-Druck Karlheinz Schlaf, Mainz; Eggebrecht Presse, Mainz

Buchbinderei – C. Fikentscher, Darmstadt

Vertrieb – Verlag Hermann Schmidt, Mainz